中国古典诗词曲赋鉴赏系列工具书

# 历代辞赋鉴赏辞典

LIDAI CIFU JIANSHANG CIDIAN

主编 ◎ 霍旭东

商务印书馆国际有限公司

中国 · 北京

# 历代辞赋鉴赏辞典


**主　编**：霍旭东

**撰稿人**（以姓氏笔画为序）：

| | | | | |
|---|---|---|---|---|
| 丁　理 | 丁纪闵 | 马积高 | 王少华 | 王庆生 |
| 王春庭 | 王洲明 | 王培元 | 王德保 | 毛庆其 |
| 方永耀 | 尹占华 | 卢燕平 | 叶　华 | 叶幼明 |
| 冯浩菲 | 曲世川 | 朱正义 | 伏俊琏 | 任　重 |
| 任之初 | 向叙典 | 庄大钧 | 刘　锋 | 刘长桂 |
| 刘文忠 | 刘国华 | 刘秉铮 | 刘朝兴 | 汤贵仁 |
| 许宗元 | 许建章 | 孙金韬 | 牟　南 | 纪建生 |
| 李生龙 | 李伯齐 | 李奎烈 | 李捷之 | 李景明 |
| 李善奎 | 杨　栋 | 杨　燕 | 杨国学 | 吴　戈 |
| 吴汝煜 | 汪大白 | 张龙泉 | 张来芳 | 张忠纲 |
| 张宗舜 | 张新科 | 陆联星 | 陈元锋 | 陈伟军 |
| 陈伟强 | 陈志明 | 陈信凌 | 陈根民 | 武润婷 |
| 范明道 | 林开甲 | 林祥征 | 罗　青 | 周啸天 |
| 郑训佐 | 孟祥鲁 | 赵呈元 | 赵望秦 | 胡大浚 |
| 柳　磊 | 段晓华 | 俞建民 | 姜葆夫 | 徐传武 |
| 殷　翔 | 高海夫 | 郭全芝 | 郭建勋 | 黄广华 |
| 黄仁生 | 阎福玲 | 梁宗奎 | 梁超然 | 董翠云 |
| 韩进廉 | 惠淇源 | 程　远 | 程远芬 | 谢丹月 |
| 鲍　恒 | 颜景琴 | 潘新国 | 薛祥生 | 霍旭东 |
| 穆克宏 | 戴武军 | 魏耕原 | | |

# 总　目

# 凡　例

一、本辞典共收录战国至近代180位辞赋作者的241篇作品。

二、正文按辞赋作者所处时代先后为序;同一作者的不同作品,按照创作的先后顺序排列。

三、辞赋中出现的疑难字词,以注释的形式在本文后集中标注。序号以①②③……的形式出现。

四、一般采用传统纪年,括注公元纪年,“年”字从略。

五、附有历代辞赋书目举要,供研究者参考。

# 前　言

马积高

辞赋是我国古代很有民族特色的文体。从其发展来看，“辞”和“赋”既有联系又有区别。简言之，“赋”可包括“辞”，“辞”却不包括“赋”。这需要做较多的说明，我想先从这两个词作为文体的来由说起。

“辞”的本义，据许慎《说文解字》是“讼也”。争讼必有言语乃至文书，故“辞”又有言辞、文辞之义，也通作“词”，《易传》上所说的“修辞立其诚”，即兼二者言之。从现存先秦古籍来看，当时未有称韵语为“辞”的。至汉代，才有人称屈原、宋玉等所作韵语为“楚辞”或“楚词”。《汉书·朱买臣传》“召见说《春秋》、言楚词”即其例。及至刘向、王逸相继编集屈原之作，并附以他们所认定的后人悼屈、拟屈之作，称为《楚辞》，“辞”作为文体的名称就定下来了。然汉人亦称屈原之作为“赋”，《史记·屈原贾生列传》称屈原“乃作《怀沙》之赋”，又称宋玉、唐勒等皆“好辞而以赋见称”，即其例。同篇又称贾生“为赋以吊屈原”，其赋的体式也与屈原《离骚》《九章》等相同。可见汉人认为“楚辞”即是“赋”。故“辞赋”亦连称，如《史记·司马相如列传》有“会景帝不好辞赋”，即其例。

为什么又称屈、宋之作为“赋”呢？这首先关系到对“赋”这个词的理解，且牵涉到《诗》的六义之一的“赋”，因而弄得复杂起来。班固虽说过“赋者，古诗之流也”（《两都赋序》），但从后文可知，其意是指赋为“雅颂之亚”。即主要说的是内容上的继承性，而非形式上的继承性。他的《两都赋》后系以颂诗，在形式上也是学周代颂诗，但它不是该赋的主要部分。可见汉人尚未把作为文体的赋同“比、赋、兴”之“赋”联系起来。将这两者联系起来盖始于齐梁时的刘勰。他在《文心雕龙·诠赋》中说：“诗有六义，其二曰赋。赋者，铺也。铺采摛文，体物写志也。”他释赋为铺，本于东汉郑玄《周礼》注。“铺采摛文，体物写志”两语，如用来概括汉大赋的特点，似颇恰切。但具有这种特点的又何止汉赋，后世许多诗文亦如此，故仍涉于泛。特别是他把文体之“赋”与六义之“赋”联系起来，尤为窒碍难通。因为他所本的郑注，对六义之“赋”原是这样解释的：“赋者言铺，直铺陈今之政教善恶。”也就是把赋及比、兴都当作创作的表现方法看。如把这种理解用来概括文体之“赋”的特征，则不但与多用比兴的屈赋不合，也与他本人所说的“比体云构”（《文心雕龙·比兴》）的汉以来的赋不合。故刘勰对文体之赋所作的诠释，虽然影响很大，实际上是不可取的。（今人张震泽释六义之“赋”为诵诗言志，则与文体之“赋”有相通处，见后。）按赋的本义为“敛”（见《说文》），《左传》所谓“赋车千乘”“悉率敝赋”、《尚书·禹贡》所谓“厥赋惟上上错”等即其义。古时作赋必铺陈之，铺、赋二字音义近，故赋可训铺。作诗言志固可说是铺陈，诵诗言志也是铺陈，故赋又可训为诵，即朗诵。《国语·周语》云：“公卿至于列士献诗，瞽献曲，史献书，师箴，瞍赋。”《左传·隐公元年》记郑庄公赋“大隧”以及其他卿大夫在聘问时的赋诗，都是朗诵的意思。《诗·定之方中》毛诗说：“不歌而诵谓之赋，登高能赋，可以为大夫。”即是对“赋”的这个含义的精确概括。但《左传》《国语》乃至毛传所说的“赋”，都还是动词，由动词变名词而作为一种文体的名称大概始于战国晚期。现传《荀子》有赋篇，近人或疑为后人所加，姑置不论；然《韩非子·外储说左上》已有：“且先王之赋颂、钟鼎之铭，皆播吾之迹，华山之博也。”《战国策·楚策四》亦载，荀卿“因为赋曰”，其赋即《赋篇》中的“佹诗”之一部分，则当时赋已作为“不歌而诵”的文体之称是可以确定的。屈、宋之作在当时是否都可歌，已难确定。《九歌》应是可歌的。但到汉代，至少《离骚》《九章》《九辩》等已是不歌而诵了。这当是汉人称之为“赋”的由来。“楚辞”以《离骚》为代表，故又称为“骚”，东汉梁竦有《悼骚赋》，可能当时已有用“骚”来代表屈赋之说了。

“楚辞”既可称为赋，则辞赋自属一体。即使按照后人的习惯，只将带有“兮”字句式者称为“辞”或“骚”，也应说“辞”或“骚”为“赋”之一体。但后世却有人把它们分别开来。齐、梁间刘勰在《文心雕龙》中既列《辨骚》篇，又列《诠赋》篇，似已稍露端倪。然《辨骚》在《文心雕龙》全书中实与《原道》《征圣》《宗经》《正纬》等篇一道均为纲领性的论述，与《诠赋》属于分体论有别，不能理解为将“骚”“赋”别为二体。正式把骚、辞从赋中析出另列，始于梁萧统的《昭明文选》。此书既首列“赋”类，后面又有“骚”类、“辞”类。但他在“辞”中所选的刘彻的《秋风辞》与“骚”中所选屈、宋之作在体式上无别，另一篇陶潜的《归去来兮辞》亦只是“骚”的变体；而他选入赋类的作品如王粲《登楼赋》、司马相如《长门赋》之类，在体式上亦与“骚”“辞”没有区别。故萧统的分类可谓自相矛盾，进退失据。至清代，程廷祚作《骚赋论》，试图按内容和艺术风格来区别骚与赋，同样也陷入矛盾。但是，以“不歌而诵”为共性的赋，如果按照比较严密的文体分类的原则去考察，其内部确有不同的分支。这些分支之间虽然有着互相影响、互相渗透的情况，但从源到流都有某种区别。前人试图加以分析，是必要的，问题是应如何分才比较合理。我认为，划分骚的分支，应以表现形式的差别为主，同时要结合它们的源流正变来考察。综合前人的研究成果，加上我本人对辞赋发展史的一些认识，我认为，赋这种文体的涵盖面虽较广，变化也较多，但约而言之，主要有下列的三个分支或三种分体：

一是以楚辞中屈原《离骚》《九章》、宋玉《九辩》为代表的一种。从结构形式和表现方法来看，它们都是一种抒情诗体，只是或两句中上句末带“兮”字，或句中带“兮”字，与某些不带“兮”字的诗有所不同。故近人也把它们称为诗。古人则或称为“骚”，或称为“辞”，或称为“骚赋”。这种赋，近人公认它是从楚国民歌发展而来的。

二是以相传为屈原所作的《卜居》《渔父》为代表的一种。传为宋玉所作的《风赋》《高唐神女赋》《登徒子好色赋》等则是其发展。还有荀卿《赋篇》中的《礼》《知》《云》《蚕》《针》等五赋，就其有问答而言也可归入这一类，但属于变体，且后世鲜有仿效者（《赋篇》中后面的“佹诗”则应属下面所说的一类）。这种赋基本上是一种有韵的文，其直接源头是战国纵横家的说辞和诸子中的问答体，只是它的描写部分更趋向文艺化，又有韵，显示出自己的特色。后来的汉大赋即由此脱胎。东汉以后产生的骈赋（一种俳赋）和唐以后形成的律赋，虽一般不再用问答体，内容和表现方法也更加抒情化和诗化，但就其基本体式还是有韵之文来说，仍是它的苗裔。唐宋以后兴起的新文赋更是它的嫡传。所以我认为这些应统称之曰文赋。

三是以四言韵语为基本格式的一种。屈原的《天问》是其先导，后来有《汉书》所载贾谊的《鵩鸟赋》、扬雄的《酒赋》、柳宗元的《牛赋》等。这类赋是四言诗的变体，也可以说就是诗。作者不标名为诗而标名为赋，当是因为“赋”不仅为诵的异名，也含有铺陈之义，故把某些尚铺陈且略带文的辞气者称为“赋”。但这种赋体和四言诗的区别毕竟太少，因而后来继作者不多。南北朝时期还有以五言诗句或以七言诗句为主来创作赋的，但仿效者更少，其原因亦同。

这三种赋，如果用今天的文体分类标准来看，也可以说只有两大类：第一、三两种为一类，是与诗相近的，只是或不歌而诵，或偏重铺陈。汉以后，大量的诗也是不歌的，还有少数也尚铺陈，于是这类赋同诗的区别就更模糊了。特别是那些体制短小的赋就更难与诗区分，倘要寻其差异，那就是：骚或辞在语言结构形式上与五、七言诗及词曲有区别，四言诗体赋则多带一点文的格调，与四言诗微有不同。但这也只是就一般情况说的，并非准确的尺度。李白的诗中就有不少是用骚体的句法写的，诗人未称之曰赋曰骚，后人也不认为它们是赋是骚。遇到这种情况，我们就只好听从作者的意志和采取约定俗成的态度了。第二种为一类，它是近于文的。然亦有不同程度的诗化，其中的骈赋和某些律赋诗化的程度更高。像本书所选的张衡的《归田赋》（骈赋），黄滔的《馆娃宫赋》（律赋）等，我们就说它们是诗，也是可以的。

赋既然同诗和文都有牵连，因而它同那些与诗的性质相近和某些有韵或讲究声律的文之间也有难以截然割断的关系。例如扬雄的《酒赋》就又名《酒箴》，这就说明赋与箴铭类有相通之处；王褒的《洞箫赋》、潘岳的《藉田赋》也叫《洞箫颂》《藉田颂》，这又是赋、颂不分了。还有一些韵文，例如枚乘的《七发》、东方朔的《答客难》、扬雄的《解嘲》、韩愈的《进学解》，乃至阮籍的《大人先生传》、鲁褒的《钱神论》、陆机的《吊魏武帝文》、孔稚圭的《北山移文》等，前人或专立“七”体、“问答体”，或按作者的标题，将它归入“传”“论”“吊祭”“檄移”等体。但从体式的基本特点来看，它们都与赋无别，前人对其中有的作品也径称为赋，如《七发》及所谓“七”体，前人的许多选本就列入赋一类，《说文》氏部引扬雄《解嘲》“响若阺隤”，亦径称为“扬雄赋”。因此，我认为，这些都应称为赋体文，或径称为赋。此外，汉晋以来逐渐形成的骈文（包括“连珠”体），与赋的关系也极密切，但它不押韵，就不好算作赋了。

总之，我们要给“赋”确定一个绝对的义界很难，只能大体上有个标准：首先，它必须是“不歌而诵”的韵文。但又不能把所有的“不歌而诵”的韵文都叫作赋，还要把其他已约定俗成的“不歌”的韵文体裁排除，如乐府歌诗以外五、七言诗以及箴、铭、赞、颂等，从总体上说都应与赋划界。除标名为辞赋者外，归入赋类的只应是那别无恰当体裁名称的韵文（例如所谓“七”，实不能作为一种体裁的名称），或虽标名为另一体，然不如称为赋更合适的韵文（例如《钱神论》《大人先生传》等）。这就是说，我们在确定什么是赋的时候，不能单纯地按照一种定义去衍绎，还要以大量的已定型的赋为标准对与之有关的现象进行分析和归纳，不但要注意它的源，也要注意它的流。仍以前面讲到的辞和赋的关系为例，如仅以屈原的《离骚》《九章》一类作品为据，则辞或骚与赋似可分。但汉人既已称它们为赋，后人所作与之体式全同者，也多称为骚，且后来还有骚体中夹文赋句法、文骚中杂骚体句法以及句法类骚而略去“兮”字等变体出现。这样，我们就不能把“辞”从“赋”中分离出去，而只能认为它是赋的一体，否则就会造成大混乱。以四言为主的诗体赋亦然。我们若将其中更近于诗者摒于赋之外，或将某些尚铺陈且带文的辞气的诗归于赋，道理上固无不可，但同样会招来一些麻烦。

在大致确定辞赋是一种什么样的体裁之后，我想概括地谈一谈它的发展情况。

上面已经辨明，辞和赋是不可截然分割的。因此，楚辞自然是最早的赋，屈原也是最早的辞赋作家。刘勰在《文心雕龙·诠赋》中说，赋是“兴楚而盛汉”，即是本着这个观点。但这里也有个问题，就是盛于汉的文赋却不是骚体（尽管汉代有为数不少的骚体赋），那么，文赋是否也兴于楚呢？我们的回答是肯定的，理由是：第一，汉刘向、王逸编的《楚辞》中有《卜居》《渔父》两篇，它们是否为屈原所作固难肯定，但司马迁在《屈原贾生列传》中已引用《渔父》之文。从内容来看，这两篇即使非屈原所作，也非深知屈原者莫能为，因而我们至少可以说是秦以前的楚人之作，而这两篇正是汉以后文赋之祖。第二，现传文赋尚有宋玉的《风赋》《高唐神女赋》《登徒子好色赋》等。这几篇赋，近人或疑其为伪作，但证据不足（参阅拙著《赋史》）。不过，《文选》中所收的这几篇，经过后人的润色是可能的。东晋习凿齿所著《襄阳记》中引宋玉《高唐对》，即是《文选》所收的《高唐神女赋》，二者在文字上就有一些差别。但这种情况是先秦古籍流传中常有的事，不但不能据此否定宋玉的创作权，反而可以证明后人仅据其中个别词句定为伪作未免有欠郑重（当然，这并非说此事已不可争论）。第三，荀卿虽是赵人，但晚年居楚。其著书，从《史记·孟子荀卿列传》的叙述来看，盖在晚年，他的《赋篇》当亦应作于楚。

楚辞不仅是辞赋的源头，也是辞赋的一个光辉的峰顶，对此，前人早有定评。成问题的是刘勰所谓“盛于汉”的汉赋，前人几乎有截然相反的评价。大致地说，在唐以前，汉赋及其作家在文人中是享有盛誉的。骈文家固如此，就是提倡“文从字顺各识职”的古文家韩愈，也说“汉朝人莫不能文，独司马相如、太史公、刘向、扬雄为之最”。(《答刘正夫书》）司马相如、扬雄都是大辞赋家。宋代的苏轼开始提出异议。他讥诮扬雄“好为艰深之辞，以文其浅易之说”，虽主要是针对扬雄的《太玄》《法言》而言，但谓其“终身雕篆”(均见《答谢民师推官书》)，则显系包括辞赋而言了。至明代艾南英则直讥汉赋不过是“排比类书”。(《王子翠观生草序》)不过，持这种看法的人在历史上是少数，许多人仍对汉赋给予高度评价。清焦循在谈到“文章一代有一代之胜”时，就将汉赋与唐诗、宋词等并提(见《易馀龠录》)。直至近代，王国维还因袭焦循的观点（见《宋元戏曲考》)，章太炎也颇推崇汉赋（见《国故论衡·辨诗》)。只是到了现代，汉赋才在长时期内受到空前的贬斥，被一些文学史研究者加以“宫廷文学”“堆砌词藻”“呆板”“幼稚”等等评判。但至近十年，情况又有转变，一些评论者力图从汉大赋所反映出的汉帝国的声威以及汉人的宏伟的气魄和“以大为美”的审美意识等方面对它进行肯定。我认为，在研究汉赋的价值及其在我国文学史上的地位时，首先要以现存汉赋的总和为依据，而不能从一部分汉大赋出发。从现存汉赋的全体来看，它并不完全是“宫廷文学”，而有一部分是所谓“贤人失志之赋”。本书提出来加以赏析的汉赋，如贾谊的《吊屈原赋》《鵩鸟赋》、东方朔的《答客难》、扬雄的《逐贫赋》《解嘲》、班彪的《北征赋》……以及赵壹的《刺世嫉邪赋》、蔡邕的《述行赋》等即其代表。这些赋对社会问题反映的广泛和深刻是决不下于汉乐府的。其次是对“宫廷文学”也不能概加抹杀。《七发》是写给楚太子之类的人看的，可谓“宫廷文学”，但其中对宫廷腐朽生活的针砭，恐怕至今还值得深思。《子虚赋》《上林赋》《长门赋》更堪称典型的“宫廷文学”。且不说《子虚赋》《上林赋》中确实反映了一种阔大的境界和磅礴的气概，有助于我们认识两汉极盛时期人们的精神风貌，仅就这三篇赋中所描绘的帝王苑囿的广大、游猎的豪侈和失意宫妃的忧郁来说，也是后人认识封建社会的不可缺少的形象的教材。人们往往计较于这些作品究竟是意在讽谏还是意在歌颂。我认为，即使颂多于讽，这些作品所显示的境界也是有其重要历史价值的。

但汉赋的价值还不仅在于它反映了当时的历史风貌，而更在于它开拓了文学的题材、主题，并对文学的表现艺术进行了新的探索。就拿我们一向非常关注的对政治黑暗的揭露来说吧，这是从《诗经》到屈、宋赋早就有了的。然而像东方朔在《答客难》中所揭露的“用之则为虎，不用则为鼠”“抗之则在青云之上，抑之则在深渊之下”这种历史现象，前人就未说过。这当然不奇怪，因为严格的封建专制制度是自秦代开始，前人还不能对君臣关系有这种认识，但我们总不能因此否认东方朔的首先发现。像赵壹《刺世嫉邪赋》那样在一篇文学作品中对时政的腐败所作的全面深刻的概括，尤为过去所未有。至于其他方面，例如对田园、山水、宫殿的描写，对音乐、舞蹈的形容，对游历所见的记述，乃至对田猎、宫怨的描绘，过去的作者虽曾涉及，但都未展开，只有到汉赋，才被摆在重要的位置上，作为主要的题材或主题。其对后代文学的影响是颇大的。从表现艺术看，我不否认某些汉赋确有笨拙的描写和许多不必要的名物和形容词的堆砌。但仔细考察，最为严重的只有司马相如的《上林赋》，到扬雄、班固等的大赋中就逐渐减少了，而代之以精工的刻画和形容。由此可见，这主要是作家欲表现富庶的环境、宏大的场面，而又尚未找到合适的艺术手段所造成的，在当时应是探索前进中的缺点（后人模拟就不能原谅了）。如果我们把这一点撇开，则可以看到，无论是对人的思想感情的描写或是对客观事物的形容，许多汉代的辞赋都较过去的文学作品要细致和形象得多。难道过去有哪一篇作品对失意宫妃的心态刻画得像《长门赋》那样的入微？又有哪一篇作品对音乐、舞蹈的描写有王褒《洞箫赋》、傅毅《舞赋》那样的淋漓尽致？……就是写大场景，后人虽然在避免堆砌辞藻上有进步，但要能像司马相如《子虚赋》《上林赋》写得那样气势磅礴、神采飞扬，也还是不容易的。

汉赋虽然取得了重大成就，但我并不赞成那种认为它是赋的极则和典范的说法。因为就骚赋来说，它既大逊于以前的屈、宋之作，就总体来说，它又不及后来魏晋南北朝的赋和唐赋。

通常讲魏晋南北朝文学都是从汉末建安年间讲起，认为它是文学上的“自觉的”时期的开始，这是对的。但文学脱离经学而独立的倾向实际上在东汉中晚期就开始了。张衡的《归田赋》、赵壹的《刺世嫉邪赋》和蔡邕的《述行赋》《青衣赋》等的出现，即反映了这种倾向（参看拙作《两汉文学思潮的变迁与儒学》，见《求索》1989年第1期）。但在理论上和创作实践上都显示其特点确在建安以后。辞赋也同其他体裁的文学一样表现出新的特色，取得新的成就。

抒情赋的空前发达是这一时期辞赋的突出特色。这是同当时抒情诗和抒情文的兴盛相适应的，是文学突破“讽谕”“风教”的狭小的框架，力求反映人的各方面的思想感情的表现。从辞赋本身来说，则是突破汉赋的以“体物言志”为主的旧框架的表现。正惟如此，这时抒情赋的题材很广泛。有写男女爱情及婚姻问题的，如曹丕的《洛神赋》《出妇赋》、潘岳的《哀永逝文》、陶潜的《闲情赋》；有写离愁怨恨的，如江淹的《恨》《别》二赋；有哀悼朋友和英雄人物的，如向秀的《思旧赋》、陆机的《吊魏武帝文》；有写田园山水情趣的，如孙绰的《游天台山赋》、陶潜的《归去来兮辞》，更有把个人的身世之感和对重大历史变故的深沉感慨融为一体而加以表现的，如王粲的《登楼赋》、李谐的《述身赋》、庾信的《哀江南赋》、颜之推的《观我生赋》等，这是本时期赋的一个巨大成就。

特别值得注意的是，这时还出现了一些优秀的讽刺赋，如曹植的《蝙蝠赋》《鹞雀赋》、阮籍的《猕猴赋》《大人先生传》、鲁褒的《钱神论》、孔稚圭的《北山移文》等。这些赋中的讽刺同汉赋中的讽谕不同。一些汉赋多是在赞颂之余加一个讽谕的结尾，而这些讽刺赋则是把讽刺之意渗透在客观事物的描述之中。这是用赋来抨击现实的一个重要的进展。

曾经流行过一种这样的看法：建安以后或魏正始以后的文学，内容越来越狭窄，缺乏反映时代面貌的作品，这就诗文来说是不公正的，就赋来说更不公正。我想，读者只要读一下本书所选的作品，也会得出这样的结论。

魏晋南北朝时期辞赋的另一个突出的特色，是骈赋的盛行。这是同骈文的兴盛互相促进的，是文学自觉地追求美的形式的一种表现。远在先秦，在文中就出现过排偶句。但那只是偶然的局部的现象。排偶句的大量出现，首先是在辞赋中。屈原的《离骚》，如去掉“兮”字，就是相当整齐的六字句式，也不乏前后两句词义大体相对的语言，如“名余曰正则（兮），字余曰灵均”“朝发轫于苍梧（兮），夕余至乎县圃”“饮余马于咸池（兮），总余辔乎扶桑”“前望舒使先驱（兮），后飞廉使奔属”等等，司马相如《子虚赋》《上林赋》等大赋，更有大量的排偶句。所以，我们完全可以说，骈赋是辞赋本身发展的产物，而骈文则是汉以来辞赋盛行对文所产生的一种影响。骈赋始于何时，尚难做出绝对精确的判断。葛洪《西京杂记》中所载的西汉枚乘《柳赋》、路乔如《鹤赋》、中山王胜《文木赋》等都是骈赋，但文风与西汉之作不类，恐是伪作。可认为较早的骈赋的是张衡《归田赋》。它在当时似未推广。不过，从东汉中期起，赋中的骈句是在逐渐地增加。同骈文一样，骈赋的成熟和推广都在西晋，本书所收陆机的《文赋》《吊魏武帝文》和成公绥的《啸赋》就都是骈赋，只是陆机的两篇在骈偶的程度上要高一些。这正反映了晋、宋间骈赋的状况。当时的骈赋原只是大体排偶，并非所有的上下句都是成双，更非所有的上下句都讲对仗。齐、梁以后，骈赋中的对偶日趋严密，也还不是通体无处不骈，相反，为了更有效地表达内容和造成某种声势或情调，作者还有意变换一下句法，在提挈、转折和顿宕处尤其如此。如江淹《别赋》开头用“黯然销魂者，惟别而已矣”，就不是排偶句。至于提挈、转折、顿宕处加虚词和上下句相承而不对之处，更是不一而足。庾信的骈赋一般认为排偶化的程度在此时为最高，亦未尝没有变换。正惟如此，此时的骈赋的句法虽大体对偶，却不板滞；音节虽和谐，却有起伏。骈赋在整体结撰上也较富于变化。汉文赋虽不纯为问答体（如本书所选之王延寿《鲁灵光殿赋》就不是问答体），但总的说来，结构比较单调，变化少，特别是题材相类的作品，结构雷同者也多。骈赋则多随意结撰，变化多端。较之汉文赋来说，可以说是大大地进步了。

同赋的骈丽化相适应，魏晋南北朝的赋（包括骈赋、骚赋和诗体赋）在艺术表现上也较汉赋有长足的进步。此时虽还有继承汉大赋传统的大赋如左思的《三都赋》、木华的《海赋》、郭璞的《江赋》

等，其中仍有名物的罗列，但总的说来，这时辞赋作家已不满足甚至不屑于这种比较简单的办法来表现某种境界（富庶、博大之类），而追求用生动传神的形象描写来创造意境，把情意与景物融为一体。他们虽追求词采的美，却不再频繁使用众多难以捉摸实际含义的形容词，而力图选拣那些较易感知的最有表现力的形容词和动词，采取多种修辞的方法（比喻、想象、用典等）来增强词采和音律的美。这在以抒情为主的辞赋中表现最为突出，就是在以体物为主的辞赋中也有不同程度的表现，如木华的《海赋》即有较多的生动形象的描写，谢庄的《月赋》和谢惠连的《雪赋》则更与抒情赋无别了。同汉赋相比，这无疑也是一个重大的进步。

唐赋在继承以往辞赋的基础上又有一些新的发展。这主要体现在下列诸方面：

一、反映的社会生活面更广阔，表现的思想感情也更充实。可以说，唐代社会生活的所有方面在赋中基本上都有所表现（参看拙著《赋史》）。需要特别指出的是：过去的辞赋作品虽对社会历史、自然风光和人的思想感情作了多方面描绘，除屈赋外，却有一个重大的缺陷——对普通人民的生活和思想感情极少注意。也就是说，作者多是从社会的上层来看自然、社会和人生，而不注意从下层来观察。正因为缺少这个重要的角度，他们对社会生活的认识就受到限制。唐代的辞赋作家当然也不是每一个人都注意了普通人的生活和感情，更不是每一个人都能从下层来观察生活，但是却有一些人能在不同程度上注意这一点。在辞赋作家中，柳宗元最为突出，还有晚唐一些作家，如李商隐、罗隐、陆龟蒙……以及不知名的俗赋作家，都多少注意了普通人民的生活和思想感情。正惟如此，他们写的一些讽刺现实的小赋（包括直接揭露人民与统治者的对立或只揭露上层社会的黑暗的），便比此前的同类之作显得更为辛辣，更为深刻，而讽刺小赋的繁兴，也就成为唐赋中的一大特色。本书所选的柳宗元《骂尸虫文》《哀溺文》《起废答》、李商隐的《虱赋》、陆龟蒙的《蚕赋》、罗隐的《后雪赋》以及无名氏的《燕子赋》等即其代表。此外，还有一些虽不是或非典型的讽刺赋，如柳宗元的《瓶赋》《牛赋》、杜牧的《阿房宫赋》、皮日休的《桃花赋》、孙樵的《大明宫赋》等，从其选材或描述的角度中也多少可以看出普通人的生活和思想的印记。

二、体式更加多样化。除所有过去的体式如骚赋、四言诗体赋、骈赋等唐人都加以继承外，还创造出三种新体赋。一是律赋，它是从骈赋衍变而来的。首先是为了适应科举考试的需要，到晚唐也有文人用它来抒情，命题措意都与科举没有联系的，如本书所选黄滔《馆娃宫赋》即是此种。律赋同骈赋的区别是：(1) 更讲求对仗的工整。(2) 篇幅短。一般在四百字上下，不超过五百字，如本书所选王棨的《江南春赋》即只三百六十一字。像元稹《观兵部马射赋》那样多至五百二十八字，属于罕见。(3) 限定四至八字（通常为八字）必须押的韵脚，每字前后数句押其同韵部的字。如元稹《观兵部马射赋》以"艺成而动，举必有功"八字为韵，与"艺"字相连的韵脚还有"誓""卫""祭"等字，在"成"字之前的韵脚则有"平""正""争"等字。"而""动"等字亦同。(4) 开头必须破题。如《观兵部马射赋》开头两句为："大司马以驰射而选才，众君子皆注目而观艺。"第一句就点出"兵部马射"，第二句则点出是"观马射"。这种赋既多是为准备应试或应试时所作，内容贫乏的固不少，然亦不乏精美之作，特别是晚唐一些作家自抒其情的创作，从内容到形式都有值得注意的精品。二是前人所谓"文赋"，但正如前面所说的，从传为屈原所作的《卜居》《渔父》到汉代司马相如的《子虚赋》《上林赋》一类的作品都是同文相近的文赋，所以我认为唐代的"文赋"应称之为"新文赋"。新文赋同汉文赋的区别主要是语言趋于平易，没有汉文赋中那种古奥艰深的字句和呆板的形容词，篇幅一般比较短小，虽有韵，但极少排偶的句法。它是伴随着唐代古文运动的兴起而产生的。本书所选李华的《吊古战场文》、韩愈的《进学解》、柳宗元的《起废答》、杜牧的《阿房宫赋》等，都是比较典型的新文赋。这种赋的出现不仅是辞赋语言的一次大革新，而且也带来了艺术表现方法的变化。用白描的手法去创造鲜明的意境，成了优秀的新文赋作者所共同追求的目标。这是同唐代各体文学发展历史进程相适应的。实际上，从唐代初年起，诗文和骈赋、骚赋等就已不像南北朝那样的追求浓丽的辞藻，而趋向于用平易清新的语言去抒情、议论和描写了。读者若将本书所选初、盛唐的一些骈赋、骚赋同南北朝同体之作相比，就不难看出这种区别。中唐以后的骈赋、骚赋同样也呈现这种倾向。这在文学发展史上是一个新的重大的进展。三是出现了一种比新文赋语言更为通俗的赋。它是清末从敦煌石窟中发现的，学者们称之为俗赋。本书所选的《燕子赋》即其代表。这种赋的产生可能同唐代寺院、民间说唱文学的兴起有某种联系，至少是文学自觉适应普通百姓（主要是市民、下层知识分子）的需要这一共同趋势的产物。因为它原是在普通百姓中流传，未登大雅之堂，所以现存这类赋的误字多，有的还有残缺。但从这些有缺误的篇章中，我们仍可以欣赏到其中充满生活气息的生动形象的描写和民间作者的幽默机趣。这类作品在赋中可谓别开生面，是一朵奇葩。

三、艺术构思、艺术风格和艺术技巧更加多变。除上面讲到的语言平易化和白描手法的广泛运用外，值得注意的还有两点：首先是构思的变化多。前面已说过，魏晋以后的赋，其篇章构思的变化已比汉赋要多，篇幅长短随意更与汉赋大为不同。唐赋继承并发展了魏晋南北朝赋的传统，特别是在把抒情、议论和描写结合起来，融为一体，而以议论出新意方面又有新的进展。我们试将本书所选唐代杨敬之的《华山赋》、杜牧的《阿房宫赋》，同唐以前写山水或宫殿的赋相比，将刘禹锡的《秋声赋》、罗隐的《后雪赋》同以前写物色的赋相比，其创新之处就更加显而易见。其次是风格的变化也多一些。唐以前的赋（特别是名家的赋）虽然各个作家和同一作家不同题材的赋在风格上有差异，如司马相如的赋不同于扬雄的赋，司马相如的《子虚赋》《上林赋》不同于《长门赋》等赋，左思的《三都赋》也不同于《白发赋》，但总的说来，汉赋是以声势胜，魏晋南北朝赋是以情韵胜，能兼具这两者如鲍照《芜城赋》之类者不多。唐代一些赋作家则往往能将两者结合起来而又显出个性的特色。

正因为唐赋有这些新发展，特别是它在反映社会生活的深广和体式的多样这两方面明显地超过前人，因此我认为，尽管唐赋在唐代文学中的地位不如汉赋和魏晋南北朝赋在当时整个文学中的地位重要，但就辞赋本身发展的历史来看，却是超越自汉至隋的高峰。

唐以后的宋元明清各代，辞赋在整个文学中仍有其地位，产生过一些优秀的作家和许多优秀的作品，在题材、主题思想和艺术技巧等方面也有些小的进展。如宋赋在语言的平易化、白描手法的推广等方面，就在唐赋的基础上又有所发展，对民族矛盾反映较多也是特色；明赋中反映民生疾苦者较多，也值得注意；清赋则在艺术上善于兼采前人之长而避其短。但一般说来，宋赋议论的成分太多，情韵稍不足；明赋驳杂，艺术上很精美的较少；清赋则又雅炼有余，生气不足。这还不足为病，因为类似缺点，在唐赋及唐以前的赋中也未尝不或多或少地有所表现，最主要的是：宋以后的赋在思想内容和体式上都没有重大的发展了。这大概是因为宋以后文学的体裁更加繁富，继起于唐的词之后，又产生了小说、戏曲、散曲等新体，赋在整个文学中的地位相对地缩小，于是作者对赋的注意也就减少了吧？但这只是外部的原因。从赋本身来说，则是到了唐，内容和形式的变化已基本上接近极致，要想有大的开拓，实在很难，后来者自然就只好沿其流而扬其波，不冀求另辟蹊径了。因此，我们不应苛责宋以后的辞赋作家，他们能继承前人的成就，写出有某种个人和时代特色的好作品，那就值得赞赏了。

在此，我还要补充说明一下，所谓宋以后的赋未能另辟蹊径，只是就作为一种文学体裁的赋来说的。如将“不歌而诵”的赋体作为一种文学的表现形式看，则仍在开拓新的道路。有的研究者认为，唐代的变文以及宋元话本都是散韵结合的文赋体的苗裔。这两者之间是否有直接的继承关系，尚可讨论，根据现有材料似还不能作出肯定的判断。但变文、话本等来自民间的新文体，确实多是散韵结合的：以变文说，以韵语诵，韵语部分着重在铺描，散文部分着重在叙事。这同汉文赋和唐代某些新文赋是惊人的相似的。我们至少得承认它们间有一种内在的联系和间接的影响。变文、话本这种形式后来又影响到小说，这在吴承恩的《西游记》中表现最为突出，其中用来作为描写、赞颂的许多韵语可以说都是通俗的赋。元明以后戏曲中的韵白也可说是赋体。诸如此类，我们都不妨说是作为表现形式的赋体的浸润、拓展和变化。

辞赋的真正衰落是从近代开始的。特别是“五四”以后，由于文体的革命，语体文取代了文言文，辞赋就逐渐地不再为作家们所注意了。但是，在某些优美的散文诗中，乃至在某些以抒情和铺描为主旨的散文中，我们仍然可以看到辞赋的影子，只是它已融入别的文体中，而失去辞赋本来的较为完整的面貌了。这是不足怪的。前人创造的遗产，总不会完全适合后人的需要，对那些不合需要的部分，理应毫不惋惜地抛弃。但人类的文化，又是长期积累而成的，因而我们对前人创造的精华，又理应加以继承和发展。我想，这也是本书编纂者的目的。

# 篇　目

# 离　骚[1]（节选）

屈　原

帝高阳之苗裔兮[2]，朕皇考曰伯庸[3]。摄提贞于孟陬兮，惟庚寅吾以降[4]。皇览揆余初度兮，肇锡余以嘉名[5]。名余曰正则兮，字余曰灵均[6]。纷吾既有此内美兮[7]，又重之以修能[8]。扈江离与辟芷兮，纫秋兰以为佩[9]。汩余若将不及兮，恐年岁之不吾与[10]。朝搴阰之木兰兮，夕揽洲之宿莽[11]。日月忽其不淹兮[12]，春与秋其代序[13]。惟草木之零落兮[14]，恐美人之迟暮[15]。不抚壮而弃秽兮[16]，何不改此度[17]？乘骐骥以驰骋兮[18]，来吾道夫先路[19]！

昔三后之纯粹兮[20]，固众芳之所在[21]。杂申椒与菌桂兮[22]，岂维纫夫蕙茝[23]？彼尧舜之耿介兮[24]，既遵道而得路[25]。何桀纣之猖披兮[26]，夫唯捷径以窘步[27]！惟夫党人之偷乐兮[28]，路幽昧以险隘[29]。岂余身之惮殃兮[30]，恐皇舆之败绩[31]。忽奔走以先后兮[32]，及前王之踵武[33]。荃不察余之中情兮[34]，反信谗而齌怒[35]。余固知謇謇之为患兮，忍而不能舍也[36]。指九天以为正兮[37]，夫唯灵修之故也[38]。初既与余成言兮[39]，后悔遁而有他[40]。余既不难夫离别兮[41]，伤灵修之数化[42]。

余既滋兰之九畹兮[43]，又树蕙之百亩[44]。畦留夷与揭车兮[45]，杂杜衡与芳芷[46]。冀枝叶之峻茂兮[47]，愿俟时乎吾将刈[48]。虽萎绝其亦何伤兮，哀众芳之芜秽[49]。众皆竞进以贪婪兮[50]，凭不厌乎求索[51]。羌内恕己以量人兮，各兴心而嫉妒[52]。忽驰骛以追逐兮[53]，非余心之所急。老冉冉其将至兮[54]，恐修名之不立[55]。朝饮木兰之坠露兮，夕餐秋菊之落英[56]。苟余情其信姱以练要兮[57]，长顑颔亦何伤[58]。掔木根以结茝兮[59]，贯薜荔之落蕊[60]。矫菌桂以纫蕙兮[61]，索胡绳之纚纚[62]。謇吾法夫前修兮[63]，非世俗之所服[64]。虽不周于今之人兮[65]，愿依彭咸之遗则[66]。

长太息以掩涕兮[67]，哀民生之多艰[68]。余虽好修姱以鞿羁兮[69]，謇朝谇而夕替[70]。既替余以蕙纕兮[71]，又申之以揽茝[72]。亦余心之所善兮，虽九死其犹未悔[73]！怨灵修之浩荡兮，终不察夫民心[74]。众女嫉余之蛾眉兮[75]，谣诼谓余以善淫[76]。固时俗之工巧兮[77]，偭规矩而改错[78]。背绳墨以追曲兮[79]，竞周容以为度[80]。忳郁邑余侘傺兮，吾独穷困乎此时也[81]！宁溘死以流亡兮，余不忍为此态也[82]！鸷鸟之不群兮[83]，自前世而固然[84]。何方圜之能周兮，夫孰异道而相安[85]？屈心而抑志兮，忍尤而攘诟[86]。伏清白以死直兮[87]，固前圣之所厚[88]。

悔相道之不察兮[89]，延伫乎吾将反[90]。回朕车以复路兮，及行迷之未远[91]。步余马于兰皋兮[92]，驰椒丘且焉止息[93]。进不入以离尤兮，退将复修吾初服[94]。制芰荷以为衣兮[95]，集芙蓉以为裳[96]。不吾知其亦已兮，苟余情其信芳[97]。高余冠之岌岌兮[98]，长余佩之陆离[99]。芳与泽其杂糅兮[100]，唯昭质其犹未亏[101]，忽反顾以游目兮[102]，将往观乎四荒[103]。佩缤纷其繁饰兮[104]，芳菲菲其弥章[105]。民生各有所乐兮[106]，余独好修以为常[107]。虽体解吾犹未变兮[108]，岂余心之可惩[109]？

## 注释

①《离骚》题名的含义,古今学者解释不同。司马迁说:"《离骚》者,犹离忧也。"(《史记·屈原贾生列传》)班固说:"离,犹遭也。骚,忧也,明已遭忧作辞也。"(《〈离骚〉赞序》)王逸说:"离,别也;骚,愁也。"(《楚辞章句》)这类解释,是把"离"和"骚"当作两个单词来处理的。现代学者游国恩先生认为"离骚"是一个联绵词,不应该拆开来解释。他根据楚辞《大招》中有"伏羲《驾辩》,楚《劳商》只"二句,根据"劳商"与"离骚"同为双声字的事实,以为"《离骚》可能本是楚国一种歌曲的名称,其意义则与'牢骚'二字相同"。(见游国恩《楚辞论文集》)

② 高阳:传说中原始部落的首领颛顼,号高阳氏。相传楚王始祖熊绎是颛顼的后代。春秋时,楚武王熊通有子名瑕,受封于屈邑,子孙因以屈为氏。屈原即瑕的后人。苗裔:远代子孙。苗,初生的植物。裔(yì),衣服的末边。兮(xī):语气词,相当于现在说的"啊"。

③ 朕(zhèn):我,先秦通用的第一人称代词,至秦始皇始定为封建皇帝自称的专用词。皇:光明伟大的。考:已经去世的父亲。伯庸:屈原父亲的表字。

④ 摄提:即摄提格,古代太岁纪年法的术语,相当于寅年。贞:正。孟陬(zōu):夏历正月,也即寅月。孟,开始。陬,正月的别名。正月是一年的开始,故叫"孟陬"。庚寅:庚寅日。降:降生,出生。以上两句系屈原自述出生在寅年寅月寅日。据郭沫若《屈原研究》推算,是为公元前340年正月初七日。浦江清《屈原生年月日的推算问题》一文则推算为公元前339年正月十四日或十五日。

⑤ 皇:指皇考。览:观察。揆(kuí):衡量。初度:初生的时间,出生的日子。肇:开始。锡:赐。嘉名:美名。

⑥ 屈原名平字原。正则:公正而有法则,含有"平"字之意。灵均:地之善而均平者,含有"原"字之意。一说正则与灵均是屈原的小名小字。

⑦ 纷:众多。内美:内在的美质,这是说自己生于不寻常的吉日,具有天地赋予的美质。

⑧ 重(chóng):加上。修:美好的,奇异的。修能:美好奇异的才能。一说,能通"态",修能指美好的容态。

⑨ 扈(hù):楚国方言,披在身上。江离:香草名,又名蘼芜。辟:同"僻",幽静。芷:香草名,白芷。辟芷,生长在幽静处所的白芷。纫:编

结。秋兰:即泽兰,秋天开花。佩:佩带在身上的饰物。两句都是比喻自己博采众善,加强自我修养。

⑩ 汩(yù):迅疾的样子,表示时间过得快。不及:赶不上。恐:恐怕,担心。年岁:指时间。与:等待。这两句意为,时间过得真快,我像是赶不上它,老担心它不等待我。

⑪ 朝:早晨。搴(qiān):楚国方言,拔取,采摘。阰(pí):山名。木兰:香木名,这里指木兰的花。夕:晚间。揽:指采摘。洲:水中陆地,小岛。宿莽:楚国方言,经冬不死的宿草。这两句说,早晨,我采摘山冈上的木兰花;晚间,我采集小岛上的宿草。比喻自己精勤修德。

⑫ 日月:指时光。忽:匆匆忙忙地。淹:停留,久留。

⑬ 代序:按顺序更迭。春秋代序,表示一年过去,又是新的一年。

⑭ 惟:想到,思。零落:飘零,坠落,凋谢。

⑮ 美人:喻君主。迟暮:犹晚暮,指年老。以上四句从天时运转,春生秋杀,草木零落,年岁将尽,担心到君王如不能及时建立道德,举贤用能,则将年华老大,无所成就。

⑯ 不:即何不,与下句"何不"为互文。抚:握持。壮:指壮盛之年。弃秽:抛弃污秽。这句说,君王何不把握住这年岁壮盛的时机,抛弃污秽的行径呢?

⑰ 度:法度。此度,指当时所行的法度。

⑱ 骐骥:古代对名马、千里马的通称。乘骐骥,比喻任用贤人治理国家。驰骋(chěng):马快速奔跑,比喻使国家迅速富强。

⑲ 来:呼唤君王听从自己的话。道:同"导",引导。先路:前面的路。这句说,随我来吧!我当为君在前面带路。

⑳ 后:君王。三后:三位贤明的君王,指夏禹、商汤、周文王。一说指楚的先王熊绎、若敖、蚡(fēn)冒三人。纯粹:指品德行为精美无疵。

㉑ 固:本来。众芳:各种香花香草,比喻众多有贤德有才能的人。所在:汇集的处所。

㉒ 杂:错杂,聚拢。申椒:香椒的一种。菌桂:桂木的一种,一说即肉桂。

㉓ 岂维:哪里只是。蕙:香草名。茝(chǎi):香草名,一说即白芷。

㉔ 尧舜:唐尧和虞舜,传说中古代的两个贤明的君王。耿:光明。介:正大。

㉕ 既:已经。遵道:沿着正道。得路:找到了正路。这句说,已经沿着正道,找到了治理国家的康庄大路。

㉖ 桀纣:夏桀(夏代最末一个王)和商纣(商代最末一个王),古代传说中的两个昏庸残暴的君王。猖披:狂妄放荡。披同"诐",不正,放荡。

㉗ 捷径:斜出的小路。窘步:困窘不能行走。这句意为,老是爱走那些邪路,以致弄得寸步难行。比喻施政不由正道。

㉘ 党人:结党营私的小人,指当时包围

在国君左右的腐朽的贵族官僚。偷乐:苟且偷生,贪图享乐。

㉙ 路:指国家的前途。幽昧:昏暗。险隘:危险狭隘。

㉚ 惮(dàn):畏惧,害怕。殃:祸殃,灾难。

㉛ 皇舆:君王所乘的车子,这里比喻国家、君王。败绩:古代军事术语,覆败。

㉜ 忽:速疾。这句意为,自己匆匆忙忙地在国君前后奔走,比喻不顾一切地为国事操劳。

㉝ 及:赶上。前王:指上文"三后"和"尧舜"。踵(zhǒng):脚后跟。武:步伐。踵武,足迹。

㉞ 荃(quán):香草名,比喻国君。不察:不仔细分辨。中情:内心的情感。中,内心。

㉟ 反:反而。信谗:听信谗言。齌(jì):用急火煮食物。齌怒,暴怒,大发脾气。

㊱ 固知:本来知道。謇(jiǎn)謇:忠贞正直。为患:成为祸患,招来灾难。舍(shě):抛弃,改变。这两句是说,我本来知道忠贞正直会招来灾祸,但我忍受着痛苦,不能改变我的本性。

㊲ 九天:古时以为天有九重,故说"九天"。正同"证"。这句是说,自己对天起誓作为凭证。

㊳ 灵修:具有神明远见的美德的人,这里指楚王。这句是说,我一切都是为了君王的缘故。(这两句下面,原有"曰黄昏以为期兮,羌中道而改路"二句,这二句又见《九章·抽思》。因为一般都认为是衍文,所以未录。)

㊴ 初:当初。成言:彼此约定的话。

㊵ 悔遁:后悔而回避,指心意改变。有他:有了别的主意。

㊶ 难:感到为难。难夫(fú)离别:因为离开国王而感到为难。

㊷ 伤:伤心,惋惜。数(shuò)化:屡次改变主意,摇摆不定。

㊸ 滋:栽植。畹(wǎn):面积单位,数量说法不一,王逸说12亩,班固说20亩,许慎说30亩。

㊹ 树:栽种。

㊺ 畦(qí):垄。这里作动词用,意即一垄一垄地栽种。留夷、揭车:皆为香草名。

㊻ 杂:间杂栽种。杜衡、芳芷:皆为香草名。以上四句以栽种花草喻培育各种人才。

㊼ 冀:希望。峻茂:高大而茂盛。

㊽ 俟(sì):等待。刈(yì):收割,引申为收获的意思。

㊾ 萎:干枯。绝:死亡。萎绝,比喻所培植的人才能力不够,达不到要求。芜秽:荒芜污秽,比喻所培养的人才思想堕落,改变节操。这两句意为,自己所栽培的贤才遭到摧折原不足伤,可悲的是他们的变节与堕落。

㊿ 众:指众小人,那些"党人"。竞进:争着往上爬,争相追逐私利。贪婪:爱财叫做贪,爱食叫做婪。

51 凭:楚国方言,完全地。厌:饱,满足。求索:求与索同义,索取,搜求。

这句说，众小人贪得无厌，完全没有满足的时候。

㊷ 羌(qiāng)：楚国方言，发语词，无义。内恕己：对内宽恕自己。量人：揣测别人，猜疑别人。兴心：产生念头，打定主意。这两句意为：这些人以小人之心衡量他人，以为屈原也如他们一样，因而各生嫉妒之心。

㊸ 驰骛(wù)：往前跑叫"驰"，胡乱奔跑叫"骛"，驰骛指东奔西跑。追逐：指追逐私利。

㊹ 老：老年。冉冉：渐渐。

㊺ 修名：美好的名声。

㊻ 木兰之坠露：木兰花上夜间凝集的露水。落：古代有"初""始"之义。落英，刚开的花，即鲜嫩的花。

㊼ 苟：如果。情：情操。信：真实。姱(kuā)：美好。练要：精诚专一。

㊽ 长：长久地。顑颔(kǎnhàn)：因挨饿而面黄肌瘦的样子。

㊾ 擥(lǎn)：同"揽"，拿，持。木根：树根。结：编结束缚。

㊿ 贯：贯串。薜荔(bìlì)：香草名。蕊：花心。

(61) 矫：举起。

(62) 索：用作动词，搓绳。胡绳：香草名，可用以搓成绳索。纚(xǐ)纚：长而美好的样子。

(63) 謇(jiǎn)：楚国方言，发语词，无义。法：效法，学习。前修：前代贤人。

(64) 服：用。这句指上文的服食和服饰，均与世俗不同。

(65) 不周：不合。今之人：指世俗之人。

(66) 彭咸：王逸说是殷朝的一个贤大夫，向君主提意见，不被采纳，投水而死。遗则：留下的法则，即榜样。

(67) 太息：叹息。掩涕：擦拭眼泪。

(68) 民生：人生，作者自指。("民生"一说为"生民"，人民，但联系下文，不够确切。)多艰：多难。

(69) 好(hào)：爱好。修姱：同义复词，美好，指培养品德而言。鞿(jī)：马缰绳。羁(jī)：马笼头。鞿羁，用作动词，自我约束、限制。

(70) 谇(suì)：责骂。替：毁坏，指诽谤。这句说，自己仍然从早到晚地受到攻击和诽谤。

(71) 纕(xiāng)：佩带。

(72) 申：重，加上。以上两句意为，因为我佩带香蕙，采摘白芷，洁身自好，不同世俗，所以"党人"们对我攻击诽谤。

(73) 善：用作动词，赞美，肯定。九死：极言死的次数之多。九死未悔，连上句，极言自己为理想而奋斗，绝不妥协屈服。

(74) 浩荡：内心糊涂，行为荒唐。民：同"人"，作者自指。

(75) 众女：众小人，"党人"。蛾眉：像蚕蛾的须一样的眉毛。古人认为"蛾眉"是美的象征，这里用蛾眉比喻美人和美德。

(76) 谣诼(zhuó)：造谣中伤。诼与"谣"同义。善：善于。淫：行为放荡，作风不正派，比喻品德邪恶。

(77) 时俗：世俗。工巧：善于取巧作伪。

(78) 偭(miǎn)：违背。规：用以求圆形的工具。矩：用以求方形的工具。

规矩:犹言法则。改错:改变措施,错同“措”。

⑲ 绳墨:用以画直线的工具。追曲:追求邪曲,这里指追随邪恶的人。

⑳ 周容:苟合取容,向人巴结讨好。度:法度,准则。

㉑ 忳(tún):忧愁深沉的样子。郁邑:联绵词,心情忧郁不能舒畅。侘傺(chàchì):失意,不得志。穷困:艰难困苦,走投无路。

㉒ 溘(kè)死:忽然死去。流亡:漂泊异乡。为此态:表现出这种丑态。

㉓ 鸷(zhì)鸟:鹰隼(sǔn)一类凶猛的鸟,比喻品德正直高尚的人。不群:指不与凡鸟同群,比喻不同流合污。

㉔ “自前”句:从古以来就是如此。

㉕ 方圜:方的和圆的,圜同“圆”。能周:能够相合。异道:不同道,志趣不同。相安:平安相处。

㉖ 屈心:使内心受到委屈。抑志:使意志受到压抑。尤:罪。忍尤,忍受别人加己之罪。攘诟(rǎnggòu):容忍别人的辱骂。攘,通“让”,容让,容忍。诟,辱骂。

㉗ 伏:通“服”,保持。清白:清白之志,高尚的情操。死直:为坚守正直之道而死。

㉘ 厚:用作动词,重视,夸奖。

㉙ 相(xiàng):观看,查看。道:道路。察:明审,仔细地看。这句说,追悔自己道路看得不仔细。

㉚ 延:长久。伫(zhù):站立。反:同“返”。

㉛ 回:使折回。复路:回到原来的路上。及:趁着。行迷:走入迷途。未远:不远。

㉜ 步:用作使动词,让……慢慢走。皋(gāo):水边高地。兰皋,长有兰草的水边高地。

㉝ 驰:疾驰。椒丘:长有椒树的山丘。且:暂且,姑且。焉:在那里。止息:休息。

㉞ 进:进仕,指为国王效劳。入:接纳。进不入:指想为国王效劳却不被接纳。离:通“罹(lí)”,遭受。退:返回。复修:重新修整。初服:从前的服装,比喻原有的品德。

㉟ 制:裁制。芰(jì):菱。荷:莲叶。衣:上衣。

㊱ 集:采集。芙蓉:莲花。裳:下衣。

㊲ “不吾”二句:不了解我也就算了,只要我的情操确实高尚,我就心满意足了。

㊳ 高余冠:把我的帽子戴得高高的。岌岌:高的样子。

㊴ 佩:玉佩,佩带。长余佩:把我的佩带系得长长的。陆离:联绵词,长的样子,一说美丽而有光泽的样子。

⑩⓪ 芳与泽:香的和臭的。泽,通“殬”(dù),腐臭,污秽。杂糅:杂乱地混合在一起。

⑩① 唯:只有。昭质:光明的品质,美好纯洁的品质。犹未亏:还没有亏损。亏,亏损。

⑩② 反顾:回过头看。游目:使目游观,即放眼远望。

⑩③ “将往”句:准备到四方边远的地区去游览一番。四荒,四方边远之地。

⑩④ 缤纷：众多的样子。繁饰：繁盛的装饰。

⑩⑤ 菲菲：香气浓郁的样子。弥：更加。章同“彰”，显著。

⑩⑥ 民生：即人生。乐：爱好，喜乐。

⑩⑦ 好(hào)修：爱好美好的装饰，比喻坚持美德。以为常：把它作为经常要做的事。

⑩⑧ 体解：肢解，古代的一种酷刑，即把人的四肢分割下来。未变：指不改变理想。

⑩⑨ 惩：畏惧，因受创而知戒。

## 鉴赏

屈原（公元前340？—前278），名平，字原，战国楚人，与楚王同姓，曾任左徒、三闾大夫等官职。他学识渊博，具有远大政治理想，主张修明法度，举贤授能，富国强兵，联齐抗秦，进而统一中国。曾辅佐怀王规划国事，处理内政，应对诸侯，甚得信任。后遭上官大夫靳尚诬陷，被怀王疏远。顷襄王时，又受令尹子兰等谗毁，被放逐江南，流浪于沅湘一带。顷襄王二十一年（公元前278年），秦将白起攻破楚都郢，屈原深感国家濒于危亡，自己理想破灭，遂自投汨罗江而死。他是我国最早的伟大诗人，“骚体”的创造者。他的作品，《汉书·艺文志》记载有二十五篇，古今一致认为系其所作的有《离骚》一篇，《天问》一篇，《九歌》十一篇，《九章》九篇，都强烈地反映了他进步的政治理想、坚韧不拔的性格和热爱祖国的精神。作品中大量运用了神话传说和比兴手法，想象奔放，文辞瑰丽，是我国古代积极浪漫主义诗歌的典范。

《离骚》是屈原的代表作，是震铄古今的最伟大的浪漫主义诗歌，全篇373句，2490字，结构宏伟，井然有序。按照诗人思想发展逻辑，可以划分为三部分。第一部分从“帝高阳之苗裔兮”到“岂余心之可惩”，反映诗人在楚国当时的现实政治斗争中，虽屡遭打击迫害，但仍坚持理想，坚守高洁的人格，九死未悔。第二部分从“女媭之婵媛兮”到“余焉能忍与此终古”，表达了诗人上下求索、不屈不挠地追求理想的精神，显示了诗人情操的纯美和高尚。第三部分从“索藑茅与筳篿兮”到“吾将从彭咸之所居”，表现了诗人在一次又一次的求索失败后，为了保持人格不受玷污，决心以死抗争。三部分形成一个有机的整体，充分显示了诗人积极追求理想、决不妥协屈服的崇高悲壮的人格美。这里节选的是第一部分。在这部分里，既有对楚国群小当道、君王昏庸的揭露，也有对进步政治理想的热烈追求和对祖国前途命运的强烈关心,表达了诗人不屈不挠的斗争精神和高尚峻洁的伟大人格,全诗的基本思想至此已反映出来了。

司马迁在《史记·屈原列传》里称赞《离骚》:“其文约,其辞微,其志洁,其行廉,其称文小而其指极大,举类迩而见义远。……推此志也,虽与日月争光可也。”从为人与为文两方面给予高度评价,可谓至善至美。这首带有自传性质的波澜壮阔的政治抒情诗,虽然思想内容极为丰富,但在千变万幻之中,处处洋溢着诗人人格的壮美,并以此统摄全篇,贯串始终,因此作品纷繁而不杂乱,变化而又一致,诗人的人格与作品思想内容水乳交融,其人现于其文,其文反映其人,诗人人格所具有的悲壮的美、伟大的力就像经天的日月一样,沾溉后人,光照千古。

诗人的人格美首先表现在不断加强自我修养和锻炼上。《离骚》开篇就自叙出身、生辰以及具有典范意义的名字,接着写道:“纷吾既有此内美兮,又重之以修能。”表现诗人对自己人格的珍视并深深地引以为骄傲,但他并不以此为满足,而是时时刻刻不忘保持和发扬这些品德,正如诗人所写的:“扈江离与辟芷兮,纫秋兰以为佩”,“朝饮木兰之坠露兮,夕餐秋菊之落英”,这些都表明为了保持和发扬志洁行芳、好修为常的个性,他是那样一丝不苟地奋发自厉,加强修养。特别是当他遭到打击迫害后,“灵修浩荡”“党人偷乐”“众芳芜秽”,社会充满着一片恶浊的空气,诗人的处境极为艰难,而他依然忠贞自守,并且“复修初服”——“制芰荷以为衣兮,集芙蓉以为裳”“高余冠之岌岌兮,长余佩之陆离”。这是因为诗人纵览时代风云、感受历史脉搏后,产生了时不我待、机不可失的迫切心情:“汩余若将不及兮,恐年岁之不吾与。”他担心的是:“老冉冉其将至兮,恐修名之不立。”诗人始终关注着自己的人格美,不为媚俗而随波逐流,不因挫折而改变初衷。在与群小竞进贪婪、党人苟且偷乐、世风混浊不清的尖锐对立中,正因为诗人处处加强自我修养,所以他才能保有高尚的情操、峻洁的人格、纯美的品德、耿介的个性,使读者感到他确实是志洁行廉,人格壮美,“濯淖污泥之中,蝉蜕于浊秽,以浮游尘埃之外,不获世之滋垢,皭然泥而不滓者也。”(《史记·屈原列传》)

诗人的人格美主要表现在他对进步政治理想的执着追求中。诗人处在战国后期,当时历史潮流是结束春秋以来的纷争局面,使天下统一,虽然秦、楚、齐、赵、魏、韩、燕七雄并立,但真正有可能担任统一重任的只是秦、楚两国。楚国自吴起变法失败后,政权一直操纵在旧贵族手里,国家逐渐被引上“路幽昧以险隘”的危途,面对这种现实,诗人怀着“美政”理想登上了历史舞台。《离骚》第一句就交待自己是“帝高阳之苗裔兮”,表明他和楚王室有着特殊的关系;“摄提贞于孟陬兮,惟庚寅吾以降”,自己又有不平凡的生辰,所有这些再加上自己杰出的才华,反映诗人不仅以此自豪,而且更为重要的是他要凭借特殊优越的条件,自觉地担当起在楚国实现改革的重任,从而使楚国富强起来。屈原的“美政”理想虽然未能超脱圣君贤臣相遇合的历史内容,但他又赋予其针对性极强的现实含义。诗人在《离骚》中“上称帝喾,下道齐桓,中述汤、武,以刺世事。明道德之广崇,治乱之条贯,靡不毕见”。(《史记·屈原列传》)他特别强调这些圣君以及伊尹、皋陶、傅说、吕望、宁戚等贤臣都有很高的道德品质:“纯粹”“耿介”“无私”“茂行”,也就是说都有崇高的人格美,所以才能修明法度,举贤授能。诗人希望楚王能像历史上的圣君那样,“道德广崇”,从而“遵道得路”,统一天下。他自己也以那些贤臣为榜样,加强道德修养,甘愿“奔走先后”,为王“导夫先路”,甚至不惜牺牲生命。诗人的“美政”理想顺应时代潮流,站在社会发展前列,不能不说是崇高的,而诗人所具有的对现实政治的敏感性和对国家前途命运关心的无限热情,表明了他人格的高尚峻美。

诗人的人格美还表现在他具有坚韧不拔的斗争精神。诗人在一连串的打击迫害中决不妥协屈服,而是不屈不挠地上下求索,他的人格美也就进一步升华。在险恶的环境里,诗人首先要面对那些“党人”,他们“竞进贪婪”“兴心嫉妒”“蔽美称恶”“驰骛追逐”,人格低下,品德卑劣,趋炎附势,毫无节操;他们追逐的是毫无节制的个人享受和永不满足的功名利禄。诗人其次要面对国君,国君反复无常,“悔遁有他”,“信谗齌怒”,疏远诗人,行为“浩荡”,终于“不悟”。同时,诗人精心培育的人才也纷纷变质(“众芳芜秽”)。所有这一切形成了“溷浊”的恶势力,一齐向正道直行的诗人压来——“谓申椒其不芳”“谓幽兰其不可佩”“谣诼谓余以善淫”,对他的人格恶意中伤,使他长期过着“屈心而抑志兮,忍尤而攘诟”的屈辱痛苦的生活,以致到了“阽余身而危死”的走投无路的境地。在这场光明与黑暗、正义与邪恶、真善美与假恶丑的搏斗中,也就是诗人的壮美的人格与他们的卑污的人格的较量中,虽然诗人的对立面暂时力量强大,但诗人特立独行,毫不畏惧,一方面勇敢地揭露批判黑暗势力的种种丑态,控诉他们把国家前途引到“幽昧险隘”路上的罪行,一方面表现出决不与他们同流合污的高尚人格:“何方圜之能周兮,夫孰异道而相安!”他要始终保持自己忠贞峻洁、光明正直的情操:“民生各有所乐兮，余独好修以为常。”虽然诗人屡遭挫折、备受打击，但他的人格的壮美却更加发扬光大：“芳菲菲其难亏兮，芬至今犹未沫。”诗人一再坚定地表示宁愿以死来保持自己人格的尊严和完美——“亦余心之所善兮，虽九死其犹未悔”“宁溘死以流亡兮，余不忍为此态也”“伏清白以死直兮，固前圣之所厚”“虽体解吾犹未变兮，岂余心之可惩”，直至《离骚》最后，诗人深感“国无人莫我知兮”，寂寞的灵魂仍然发出不屈的呐喊：“既莫足与为美政兮，吾将从彭咸之所居！”诗人实践了自己的诺言，终于在汨罗江里找到了自己的归宿，结束了壮美的一生。

屈原的死是旷古悲剧，黑暗、邪恶和假恶丑暂时战胜了光明、正义和真善美；对于楚国来说，从此以后，恶势力更加猖獗，政治更加腐败，国家一天天削弱下去，在强秦的侵凌下，亡国的日子已经为期不远了。但在历史上和精神上，屈原是伟大的胜利者，他用生命去殉国家、殉理想，他的人格具有悲壮的美和巨大的感召力。屈原的悲剧向当代和后代昭示：美的人格不会随着肉体的消失而泯灭，它能唤起麻木灵魂的警醒与自觉，唤起人们对黑暗现实的反叛情绪，激起人们向往光明、向往美好，培养了人们高尚纯洁的品格和爱国主义传统。屈原精神彪炳千秋万代，流传海内海外，其原因正在于此。

屈原用他的美好理想、追求精神、满腔悲愤乃至整个生命在《离骚》中打下了异常鲜明的个性烙印，显示了诗人人格的壮美，这一伟大创造，具有划时代的意义。屈原之前，中国诗歌基本上是群众性的集体创作，缺少全面表现诗人性格的作品；在屈原影响下，才出现了反映诗人全部思想感情和个性的作品，所以说屈原“以一人之手，创千古之业”（明李维桢《楚辞集注序》），确是恰如其分的。同时，正是屈原这种富于革新勇气的创造，使他继《诗经》以后，在我国诗歌史上进行了一场大革命。为了表现鲜明的个性，抒发充沛的感情，屈原大量运用神话故事和历史传说，以香草美人为象征，并通过极富地方色彩的楚地方言，融汇了当时北方的中原文化和南方的荆楚文化，写成了惊心动魄、纵横恣肆、绚烂多姿的《离骚》，从而创立了“骚体”这一独特的文学样式，给我国积极浪漫主义文学奠定了雄厚的基础，“其衣被词人，非一代也”。（刘勰《文心雕龙·辨骚》）

（刘朝兴）

# 涉　江

屈　原

余幼好此奇服兮①，年既老而不衰。带长铗之陆离兮②，冠切云之崔嵬③。被明月兮佩宝璐④。世溷浊而莫余知兮⑤，吾方高驰而不顾。驾青虬兮骖白螭⑥，吾与重华游兮瑶之圃⑦。登昆仑兮食玉英⑧，与天地兮同寿，与日月兮齐光！哀南夷之莫吾知兮⑨，旦余济乎江湘。

乘鄂渚而反顾兮⑩，欸秋冬之绪风⑪。步余马兮山皋，邸余车兮方林⑫。乘舲船余上沅兮，齐吴榜以击汰⑬。船容与而不进兮⑭，淹回水而疑滞⑮。朝发枉陼兮，夕宿辰阳⑯。苟余心之端直兮⑰，虽僻远之何伤！

入溆浦余儃佪兮⑱，迷不知吾所如。深林杳以冥冥兮⑲，猿狖之所居⑳。山峻高以蔽日兮，下幽晦以多雨。霰雪纷其无垠兮㉑，云霏霏而承宇㉒。哀吾生之无乐兮，幽独处乎山中。吾不能变心而从俗兮，固将愁苦而终穷㉓。接舆髡首兮㉔，桑扈臝行㉕。忠不必用兮，贤不必以㉖。伍子逢殃兮㉗，比干菹醢㉘。与前世而皆然兮㉙，吾又何怨乎今之人！余将董道而不豫兮㉚，固将重昏而终身㉛！

乱曰：鸾鸟凤皇，日以远兮㉜。燕雀乌鹊，巢堂坛兮㉝。露申辛夷㉞，死林薄兮㉟。腥臊并御，芳不得薄兮㊱。阴阳易位㊲，时不当兮！怀信侘傺㊳，忽乎吾将行兮！

## 注释

①奇服：指下文“带长铗”“冠切云”。喻指自己有美好品德。

②铗（jiá）：剑。陆离：长长的样子。

③切云：一种高帽的名字。崔嵬：高高的样子。

④被：同“披”。明月：珍珠名。璐：宝玉。

⑤溷浊：即混浊。

⑥虬：有角的龙。骖白螭（chī）：以白螭为骖。螭，无角的龙。

⑦重华：舜。瑶之圃：长满玉树的园圃。

⑧昆仑：昆仑山。玉英：玉石的花。

⑨南夷：原指南方夷人，暗指楚国统治集团。

⑩鄂渚：地名。

⑪欸（āi）：叹。绪风：指冬末春初寒意未尽的风。

⑫“步余”二句：是说在山边步行，在方林停车。山皋，山边。方林，地名。

⑬“乘舲”二句：是说乘船溯沅水而上，划动大船桨击打水波。舲船，有窗的船。吴榜，大桨。汰，水波。

⑭容与：徘徊。

⑮淹：留。回水：回旋的水。疑滞：同“凝滞”。

⑯“朝发”二句：早晨从枉陼出发，晚上息止辰阳。枉陼、辰阳皆地名。

⑰端直：指内心正直。

⑱溆（xù）浦：地名。儃佪（chán huái）：徘徊不前。

⑲杳（yǎo）：深远。冥冥：昏暗。

⑳狖（yòu）：黑色的长尾猿。

㉑霰（xiàn）：小雪粒。

㉒霏霏：盛多的样子。承宇：承接屋檐。

㉓终穷：永远困穷。

㉔接舆：楚国的一位贤者，自剃其发，表示不仕。髡（kūn）首：剃发。

㉕桑扈：也是古代的一位贤者。臝（luǒ）行：裸体而行。臝，同“裸”。

㉖以：也是用的意思。

㉗伍子：即伍员，号子胥，吴王夫差不听其忠言劝谏，反逼迫他自杀。“逢殃”即指此事。

㉘比干：商纣王时忠臣，纣王将其害死并做成肉酱。

㉙与：举，全部。

㉚董道：遵循正道而行。豫：犹疑。

㉛重昏：处于重复的昏暗中。

㉜“鸾鸟”二句：比喻贤者一天天地被远离。

㉝“燕雀”二句：比喻小人被重用。巢，筑巢。坛，祭坛。

㉞露申：一种香花。辛夷：一种香木。

㉟林薄：草木错杂之处。

㊱“腥臊”二句：比喻小人被重用，贤者遭远斥。薄，迫近。

㊲阴阳易位：指好坏不分，是非颠倒。

㊳怀信：怀抱忠诚。侘傺（chàchì）：失意的样子。

## 鉴赏

《涉江》是屈原晚年被放逐到江南时所写的一篇重要作品。因为它记述的是诗人渡江而南,又沿沅水西上,最后困处山中的一段经历,故名曰“涉江”。诗篇真实地反映出流放生活的艰苦,揭露了楚国政治的腐败昏暗,抒发了诗人眷恋故国的深情以及对理想矢志不渝的追求精神。

诗篇一开始,描述了诗人自己对奇异装饰的追求以及想象中的远游。这实际是诗人以奇异美丽、不同寻常的装束、服饰,喻指自己不同凡俗的志趣才德;而想象中的高驰远游,则更进一层地展示了诗人的远大理想、高洁品格、匡世英才,以及对理想的坚定信念。汉代王逸曾说:“《离骚》之文,依《诗》取兴,引类譬喻。故善鸟香草,以配忠贞;恶禽臭物,以比谗佞。”其实,这里用的也正是这种比喻、象征的手法。我们知道,诗人写作《涉江》的时候,已经走过漫长而又痛苦的人生道路。诗人主张改革,主张进步,坚持统一,热爱祖国,热爱人民,都遭到了楚国守旧贵族势力的排挤和打击,因而被疏远,遭流放。但这丝毫没能使诗人“变心从俗”,反而更加坚定了“其九死犹未悔”的决心。诗中含蓄的比喻、象征手法极形象地揭示了诗人理想和黑暗现实之间不容调和的矛盾,在极其深远的背景上揭示了涉江远行的原因。

诗篇第二段,转入到对流放行程的描写。鄂渚,在今湖北武汉武昌以西。诗篇中的其他地名如枉陼、辰阳,也确系诗人这次放逐经过的地点。诗人的确是先陆行,后水行,过洞庭,涉沅水,最后到达放逐地——溆浦的。交待这个放逐过程,并不是写作的唯一目的,其中蕴含着诗人很深的感情。原来,在诗人这次远行之前,秦国大将白起攻破了楚国国都郢(今湖北江陵),在国都沦陷、“民离散而相失”的苦难之际,诗人自己也“去故乡而就远”,“遵江夏以流亡”,经历了一段痛苦的迁谪东行的生活。联系这一具体历史背景,我们就比较容易理解此时诗人的心境了。在萧瑟的寒风中,诗人登高回首遥望自己走过的迁谪之路,无限的悲愁伴随寒风阵阵袭上心头,诗人仿佛看到了遭秦兵蹂躏而破败不堪的故都,又仿佛看到了蒙受奇耻大辱而流离四散的善良人民;仿佛想起了自己迁徙途中的千辛万苦,也仿佛想到了造成这种历史悲剧的原因。在家国破败、个人沉沦双重悲苦重压下,诗人的步履显得那样艰难、迟疑:在山边让马匹缓缓而行，在方林又不得不停车休息；虽然用大桨奋力划动小船溯沅水西上，而船却在回水中滞止不前。这真可谓是时时回首，步步生哀。诗人就是这样以饱蘸感情的笔触，通过对途中景物的描写，表现了自己依恋故都、关心国事、慨叹人生的复杂心境，展现了几乎是兼负时代悲苦的诗人的形象。

第三段开始是对流放地溆浦景物的描述。呈现在诗人面前的是一片荒寒景象。这里山林幽深，猿狖时见；高山峻峭，阴暗潮湿；霰雪无垠，瘴雾弥漫。溆浦为当时楚国最僻远地区。清蒋骥曾引《辰州志》说："溆浦在万山中。"又说："云雨之气，皆山岚烟瘴所为也。是时黔粤未通中国，辰州于楚最为西南，苗瑶之景，非人所居。"因此，诗人笔下的险恶环境，的确是诗人艰苦流放生活的真实反映；但同时，诗中的"一切景语，皆情语也"，它又是通过对这凄凉景物的描写，来衬托自己寂寞、孤独、悲怆的心境。这一节中"哀吾生之无乐兮，幽独处乎山中"一段文字，是触景生情，直接抒发对现实不满而又坚持理想的感情。

"乱曰"一段是诗篇的结尾。它运用了一连串生动比喻，如用凤凰日远，芳草不能得用，比喻忠臣贤人被逐；用燕雀、乌鹊垒巢庙堂，比喻奸邪小人当政；用阴阳易位，比喻社会政治混浊不堪。这些比喻，极形象而又深刻地揭露了楚国政治的黑暗，并表现了诗人无比愤激的心情。

纵观全诗，以纪行写景为主，同时，写景和抒情又交错融会，表达了诗人的复杂心境，也展现了诗人正道直行而又孤高耿直、眷恋故国而又愤世嫉俗、屡遭挫折而又矢志不渝、勇于追求而又常感苦闷的自我形象。

（王洲明）

# 哀　郢

屈　原

皇天之不纯命兮①，何百姓之震愆②！民离散而相失兮，方仲春而东迁③。去故乡而就远兮④，遵江夏以流亡⑤。出国门而轸怀兮⑥，甲之鼂吾以行⑦。发郢都而去闾兮⑧，怊荒忽其焉极⑨！楫齐扬以容与兮⑩，哀见君而不再得。望长楸而太息兮⑪，涕淫淫其若霰⑫。

过夏首而西浮兮⑬，顾龙门而不见⑭。心婵媛而伤怀兮⑮，眇不知其所蹠⑯。顺风波以从流兮⑰，焉洋洋而为客⑱。凌阳侯之汜滥兮⑲，忽翱翔之焉薄⑳？心絓结而不解兮㉑，思蹇产而不释㉒。将运舟而下浮兮㉓，上洞庭而下江。去终古之所居兮㉔，今逍遥而来东㉕。羌灵魂之欲归兮㉖，何须臾而忘反㉗？背夏浦而西思兮㉘，哀故都之日远。登大坟以远望兮㉙，聊以舒吾忧心㉚。哀州土之平乐兮㉛，悲江介之遗风㉜。当凌阳之焉至兮㉝？淼南渡之焉如㉞？曾不知夏之为丘兮㉟，孰两东门之可芜㊱？心不怡之长久兮㊲，忧与愁其相接。惟郢路之辽远兮㊳，江与夏之不可涉㊴。忽若去不信兮㊵，至今九年而不复㊶。惨郁郁而不通兮㊷，蹇侘傺而含戚㊸。外承欢之汋约兮㊹，谌荏弱而难持㊺。忠湛湛而愿进兮㊻，妒被离而鄣之㊼。尧舜之抗行兮㊽，瞭杳杳而薄天㊾；众谗人之嫉妒兮㊿，被以不慈之伪名[51]。憎愠惀之脩美兮[52]，好夫人之忼慨[53]。众踥蹀而日进兮[54]，美超远而逾迈[55]。乱曰[56]：曼余目以流观兮[57]，冀壹反之何时[58]？鸟飞反故乡兮[59]，狐死必首丘[60]。信非吾罪而弃逐兮[61]，何日夜而忘之？

## 注释

① 皇天：天。皇：大，美好。纯：正，常。“不纯命”即不正常。

② 震：震动。愆（qiān）：过失，罪咎。

③ 方：正。仲春：二月。东迁：向东迁移。

④ 去：离开。就远：到远方去。

⑤ 遵：沿着。江夏：长江与夏水。“夏水”为古水名，汉水之支流。汉水下游古称亦“夏水”。

⑥ 国门：郢都的城门。国，指国都。轸（zhěn）怀：伤心，悲痛。轸，痛。

⑦ 甲之鼂：甲日的早晨。甲，即甲日，

古代以干支纪日。鼂,同"朝"。
⑧ 发:出发。郢都:楚国都城郢(在今湖北江陵西北)。闾(lǘ):里巷的大门,此指居处。"去闾"即离家。
⑨ 怊(chāo):悲伤。荒忽:恍惚。焉:何。极:极点。
⑩ 楫:船桨。齐扬:一齐举起。容与:迟缓不前的样子。
⑪ 长楸(qiū):高大的楸树。太息:叹息。
⑫ 涕:眼泪。淫淫:流淌的样子。霰:雪珠。
⑬ 夏首:夏口,夏水入长江处。西浮:船西行。
⑭ 顾:回望。龙门:郢城东门。
⑮ 婵媛:情思牵萦。
⑯ 眇:通"渺",辽远之意。蹠(zhí):践,踏。
⑰ 从流:随着江水漂流。
⑱ 焉:于是。洋洋:漂泊不定的样子。客:旅外,指流浪者。
⑲ 凌:乘,驾。阳侯:波涛之神,即指波涛。氾滥:波澜起伏。
⑳ 忽:恍恍惚惚。翱翔:飞,在水上漂飞。焉:何处。薄:通"泊",停船不行进。
㉑ 絓(guà)结:牵挂。
㉒ 蹇(jiǎn)产:曲折。释:解,解开。
㉓ 运舟:驾舟。下浮:顺江东下。
㉔ 终古之所居:世代所居住的地方,指郢城。
㉕ 逍遥:飘荡。
㉖ 羌(qiāng):语首助词,无实义。
㉗ 须臾:片刻。反:通"返"。
㉘ 背:离开。夏浦:夏水之溪。
㉙ 坟:水边高地。
㉚ 聊:姑且。
㉛ 州土:国土。平乐:平和安乐。
㉜ 江介:江边。遗风:自古流传的淳朴民风。
㉝ 当:面对。凌阳:波涛。焉:何处。至:到。
㉞ 淼(miǎo):大水茫茫。焉如:往哪里去。
㉟ 曾:乃,竟。夏:房屋。丘:荒丘,废墟。
㊱ 两东门:郢都的两座东门。芜:荒芜。
㊲ 怡(yí):快乐。
㊳ 惟:语气助词,无义。
㊴ 江与夏:长江、夏水。涉:渡。
㊵ 忽若:忽然。去:离开。信:相信。"不信",意为连自己都不敢相信。
㊶ 复:返回。
㊷ 惨:悲伤。郁郁:抑郁。不通:不舒畅。
㊸ 蹇:艰难,困厄。侘傺(chàchì):失意的样子。戚:悲。
㊹ 外:外表。承欢:博取欢心,讨好。汋(chuò)约:即绰约,美好的样子。
㊺ 谌(chén):实在。荏(rěn)弱:柔弱。持:维持。难持,难以维持国家。
㊻ 忠:忠心。湛(zhàn)湛:厚重、老实的样子。愿进:愿得进用,为国尽力。
㊼ 被(pī)离:即"披离",四面散开。鄣:同"障",蔽障。

㊽ 抗行:高尚的行为。抗,通“亢”,“高”的意思。

㊾ 瞭:眼珠明亮。杳杳:深远。薄:接近。

㊿谗人:说他人坏话的人。

51 被:加。

52 愠惀(yǔnlǔn):心有郁结而不善表达。脩美:德行美好的人。

53 夫(fú):彼,那。“夫人”,意为“那伙人”。忼慨:同“慷慨”。

54 踥蹀(qièdié):同“躞蹀”,小步奔跑的样子。日进:日见进用。

55 美:德行美好的人。超:远。逾:更加。迈:远,疏远。

56 乱:乐曲的最后一章或辞赋篇末总括全篇要旨的一段。

57 曼:延长,延伸。流观:四面观望。

58 冀:希望。壹:同“一”。反:通“返”。

59 反:返。故乡:指鸟的老巢。

60 首丘:头向着山丘。

61 信:确实。

## 鉴赏

《哀郢》的创作时间历来说法不一,如:楚顷襄王二十一年(公元前278年)、十一年(前288年)、十年(前289年)、七年(前292年)、二年(前297年),等等。对其写作背景,亦有纷纭众说,影响比较大的有“楚破哀郢说”,即:秦将白起于顷襄王二十一年攻破楚都郢城,屈原痛而作《哀郢》。诸说不妨并存。我们认为,它作于顷襄王十一年左右的可能性更大一些。理由是:屈原是在顷襄王二年被放逐的,《哀郢》中有“至今九年而不复”之句。秦军破郢城是史有明载的,但郢城失陷与屈原因哀感而作《哀郢》毕竟是两回事。《哀郢》中便没有片语只字的国破惨痛的描写与呼号。就鉴赏的角度来说,我们觉得与其过多地进行写作时间、背景以及与之有关的作者生平之类的种种考证,倒不如更多地着眼于作品本身。

《哀郢》是一首流亡者的哀歌。屈原联齐抗秦的主张终不被楚怀王所纳,怀王最后上当受骗、客死秦国,楚国因此丧师失地、元气大伤。顷襄王继位,国势江河日下;正直、耿介的屈原成为顷襄王兄弟、奸佞小人们的眼中钉,终于顷襄王二年被赶出国都——郢(在今湖北江陵)。在漫长的流亡岁月里,屈原无时无刻不怀念国都、忧虑父母之邦的命运。沉重的使命感、沉痛的哀感郁积胸中,倾于笔端,乃成《哀郢》。《哀郢》可以说是华夏载籍中第一部祖国忧思录。在这部最早的祖国忧思录中,屈原成功地塑造了一个具有多方面意义的艺术形象——一个高大的爱国者、勇猛的批判者、坚毅的探索者、独立不移的人格维护者、生活的积极参与者的形象。

“皇天之不纯命兮,何百姓之震愆”二句,使赋作于开篇之际便激起爱国的洪波。这里楚国百姓大流亡的背景,当是顷襄王元年秦兵败楚于汉北,亦即《史记》所载“发兵出武关攻楚,大败楚军,斩首五万,取析十五城”。汉北地区战火烽起,百姓罹难,沿汉水纷纷南逃。屈原在次年仲春被逐,流徙于汉水、夏水一带时,恰遇一批批汉北难民,遂有“民离散”云云。国土沦丧,国事日非,生灵涂炭,使他痛心疾首。在屈原的心目中,郢都便是国家的象征:他对郢都城门的眷恋——“出国门而轸怀兮”“顾龙门而不见”,对故国乔木的寄怀——“望长楸而太息兮”,对郢城的种种猜想——“曾不知夏之为丘兮,孰两东门此可芜”,统统都是爱国至情、痴情的充分体现。他离家愈远,这至情便愈厚;辞国愈久,这痴情便愈浓。那登高远眺(“登大坟以远望兮”)、泪如飞雪(“涕淫淫其若霰”)的诗人形象,乃是中国文学史上最早的爱国文人的形象。诗人对辽阔富饶的国土、淳朴善良的民风的正面赞颂(“哀州土之平乐兮,悲江介之遗风”),为后世颂诗作法开了先河。与开篇两句相呼应的,是尾声中“鸟飞反故乡兮,狐死必首丘”两句。这两句在修辞上的成功——设譬之妙——固然值得我们欣赏,其审美上的价值似更应予刮目相看。在这里,诗人的爱国之情已浓得化不开了。这两句是诗人爱国至情的结晶。“我死了也要回去,父母之邦哟!”这滚烫的誓言之所以万古长青、新美如画,决定于它的审美意识。屈原的爱国精神、美政理想是鲜明的,其美政、爱国的手段是批判、斗争。《哀郢》虽以“哀”为感情基调,却非懦夫弱女之哀,而是一种阳刚之哀。这是《哀郢》具有独特审美价值的原因之一。《哀郢》中屹立着一个勇猛的批判者,其批判的锋芒主要是对着楚王身边贵族、权臣集团的,“外承欢”两句、“众谗人”两句以及“众踥蹀而日进兮”莫不如此。至于开篇那一声愤激的震撼人心的呼告——“天啊!你为何这般失常?”则是直刺最高统治者了。如同《离骚》,《哀郢》中的诗人形象同样是一个求索者的形象。同时,我们从“忠湛湛而愿进兮”,又看到了一个国家政治生活的积极参与者的形象。若哀而心死,屈原、屈赋的价值不知将减却多少。诗人虽清醒地看到处境之维艰,明智地预料到前途的渺茫,但一息尚存,仍奋斗不息。正因为如此,这首哀歌才震烁千古。

在创作手法上,属于中国文学两大源头之一的楚辞《哀郢》给后世文学以丰富的乳汁。心理的描写、情绪的捕捉、感情的渲染、对比的鲜明、比喻的高妙,等等,正显示出诗人的卓荦、屈赋的高超。本篇以哀情渲染之成功而瞩目于中国文学史。“哀郢”即哀郢都，实则是哀楚国。以《哀郢》的行文顺序看，他哀民、哀故土、哀君、哀故都、哀州土、哀江介。“哀郢”不是哀郢都已破，而是哀楚国行将灭亡。诗人的哀情是彻头彻尾的，是沉痛无比的。从赋史的角度看，《哀郢》是哀歌之祖，此后乃有大批的哀赋问世，如：司马相如的《长门赋》、向秀的《思旧赋》、陆机的《叹逝赋》、潘岳的《怀旧赋》《寡妇赋》、庾信的《哀江南赋》、江淹的《恨赋》《别赋》……夏完淳的《大哀赋》，等等。《哀郢》的影响并非仅限于赋。《哀郢》以降，诗坛、词坛哀作如云，如曹植、张载、王粲等人的《七哀诗》，蔡琰的《胡笳十八拍》，李煜词，纳兰性德词。王国维评李煜词是“以血书者也”（《人间词话》），那么，数典溯祖，《哀郢》堪称最早的血泪诗篇。我们与尼采持同一态度：“一切文学，余爱以血书者。”（见《人间词话》）基于这种文学鉴赏态度，我们给《哀郢》以极高的评价。

（许宗元）

# 怀　沙

屈　原

滔滔孟夏兮①，草木莽莽②。伤怀永哀兮③，汩徂南土④。眴兮杳杳⑤，孔静幽默⑥。郁结纡轸兮⑦，离慜而长鞠⑧。抚情效志兮⑨，冤屈而自抑⑩。刓方以为圜兮⑪，常度未替⑫。易初本迪兮⑬，君子所鄙⑭。章画志墨兮⑮，前图未改⑯。内厚质正兮⑰，大人所盛⑱；巧倕不斫兮⑲，孰察其拨正⑳！玄文处幽兮㉑，矇瞍谓之不章㉒。离娄微睇兮㉓，瞽以为无明㉔。变白以为黑兮，倒上以为下。凤皇在笯兮㉕，鸡鹜翔舞㉖。同糅玉石兮㉗，一概而相量㉘。夫惟党人鄙固兮㉙，羌不知余之所臧㉚。任重载盛兮㉛，陷滞而不济㉜。怀瑾握瑜兮㉝，穷不知所示㉞。邑犬之群吠兮㉟，吠所怪也㊱；非俊疑杰兮㊲，固庸态也㊳！文质疏内兮㊴，众不知余之异采；

材朴委积兮[40]，莫知余之所有！重仁袭义兮[41]，谨厚以为丰[42]；重华不可遻兮[43]，孰知余之从容[44]。古固有不并兮[45]，岂知其何故；汤禹久远兮[46]，邈不可慕也[47]。惩违改忿兮[48]，抑心而自强[49]。离慜而不迁兮[50]，愿志之有像[51]！进路北次兮[52]，日昧昧其将暮[53]，舒忧娱哀兮[54]，限之以大故[55]。乱曰：浩浩沅湘，分流汩兮[56]。脩路幽蔽[57]，道远忽兮[58]。怀质抱情[59]，独无匹兮[60]。伯乐既没[61]，骥焉程兮[62]。民生禀命[63]，各有所错兮[64]。定心广志[65]，余何畏惧兮。曾伤爰哀[66]，永叹喟兮。世溷浊莫吾知，人心不可谓兮[67]。知死不可让[68]，愿勿爱兮[69]！明告君子，吾将以为类兮[70]。

## 注释

① 滔滔：犹"陶陶"。和暖的样子。孟夏：夏季第一个月，即四月。

② 莽莽：草木茂盛的样子。

③ 伤怀：伤心。永哀：长久的悲痛。

④ 汩徂南土：急急地去往南方。汩：迅急。徂：去，往。

⑤ 眴（shùn）：看。杳杳：深暗幽远。

⑥ 孔：非常，很。幽默：寂静无声。

⑦ 纡：委屈。轸：痛苦。

⑧ 离：通"罹"，遭。慜（mǐn）：同"愍"，痛。鞠：穷困。

⑨ 抚：循。效：核察。

⑩ 抑：抑制。本句意为忍受冤屈，自我抑制。

⑪ 刓（wán）：削。圜：同"圆"。

⑫ 常度：合理的法则。替：废弃。

⑬ 易：改变。迪：道。本句意为改变初衷。

⑭ 鄙：鄙视。

⑮ 章：同"彰"，明显。画：规矩。志：记住。墨：绳墨，木工弹直线之具。

⑯ 前图：从前的法度。

⑰ 内厚：内心敦厚。质正：品质端正。

⑱ 大人：圣人，君子。盛：赞美。

⑲ 倕（chuí）：传说中的人物，为尧时的巧匠。斫：砍。

⑳ 拨：不正。"巧倕"二句意为：技艺精巧如倕那样的名匠，若不用斧砍削，谁察知他砍得正或不正？

㉑ 玄文：黑色花纹。处幽：置于幽暗之处。

㉒ 矇瞍（méngsǒu）：睁眼瞎子。章：明显。

㉓ 离娄：传说中的人物，黄帝时人，视

力特强,能于百步外明察秋毫。睇:斜视。微睇:稍加顾盼。

㉔ 瞽(gǔ):瞎子。无明:看不见。

㉕ 笯(nú):鸟笼。

㉖ 鹜:鸭。

㉗ 糅:混杂。

㉘ 概:古代量米麦时刮平斗斛的器具。

㉙ 党人:小人们。鄙固:鄙俗顽固。

㉚ 臧:好,爱好。

㉛ 任重:担负重量。载盛:负载多。盛:多。

㉜ 陷滞:陷没沉滞。不济:不得成功。

㉝ 怀:揣于怀中。握:握在手里。瑾、瑜:均为美玉。

㉞ 穷:穷困。示:表示。本句意为:虽才智出众,但穷困潦倒,不知该向谁诉说。

㉟ 邑犬群吠:小地方的狗成群地狂叫。

㊱ 所怪:觉得怪异的现象。

㊲ 非:诽谤。疑:疑忌。俊、杰:才智超群的人。

㊳ 庸态:庸人的作风。

㊴ 文质疏内:平淡质朴,不善辞令。文:文采,外表。质:本质。疏:粗疏。内:同“讷”。

㊵ 材:加工过的木材。朴:未加工的木材。委积:堆积。

㊶ 重、袭:义同,均重叠之义。本句意为:积累仁义。

㊷ 谨厚:谨慎、忠厚。丰:富,指品德丰美。

㊸ 重华:虞舜,古圣贤。遌(è):遇到。

㊹ 从容:举动。

㊺ 不并:生不同时。

㊻ 汤:商汤。禹:夏禹。均为古代贤君。

㊼ 邈:远。

㊽ 惩:止,克制。违:恨。“改忿”与“惩违”为互文。

㊾ 抑心:抑制住心中的愤恨。自强:使自己变得坚强。

㊿ 离慜:遭受痛苦。不迁:不改变。

51 像:榜样。

52 进路:往前赶路。北次:北行找停留之处。次:停留、可停留的地方。

53 昧(mèi)昧:昏暗。

54 舒忧娱哀:使忧伤的心境舒缓、哀愁的心情欢洽。

55 限:期限。大故:死。

56 汩:水流的样子。

57 脩:长。幽蔽:幽暗。

58 忽:远。

59 怀、抱:具有。质:内在的美质。情:情思、文采。

60 匹:双。

61 伯乐:春秋时人,善相马。

62 骥:千里马。

63 民生:人生。禀:承受。

64 错:通“措”,安排,安置。

65 定心:心意坚定。广志:志愿广大。

66 曾(zēng):增。爰(xuǎn):通“咺”,哀哭不止。

67 谓:说。

68 让:推辞。

69 爱:吝惜。

70 类:榜样。

## 鉴赏

《怀沙》是屈赋中极为重要的一篇。它的非同一般,首先在于它长期以来被视为屈原的绝命辞。绝命辞一说源于司马迁。据《史记·屈原贾生列传》载:“乃作《怀沙》之赋,……于是怀石,遂自投汨罗以死。”后人遂据此理解《怀沙》为屈原的绝笔。对此,历代异议颇多。有以《九章》中的《惜往日》为绝命辞者。其主要理由是:《惜往日》辞情比《怀沙》更为沉痛。不过,学术界亦有人以《惜往日》为伪作。与这个问题息息相关的是《怀沙》的创作时间,亦即屈原的卒年。学术界对此莫衷一是。这里可援引几位现代学者之说:林庚以为卒于顷襄王三年(前296年),陆侃如以为卒于顷襄王十年(前289年)以前,浦江清以为卒于顷襄王十九年(前280年),郭沫若以为卒于顷襄王二十一年(前278年),游国恩以为卒于顷襄王二十二年(前277年)。由于史料的不足,很难对此作定论。我们以为,从作品本身论,屈赋中当以《怀沙》《惜往日》为最后之作,作期均距死期不远,均有成为屈原绝命辞的可能。“九章”一词是汉刘向将屈原九篇作品合编后才出现的,诸篇孰作于前、孰作于后,难作判断。

之所以认为《怀沙》为绝命辞,在于这篇不朽名赋宣告着一场悲剧行将终结。从“舒忧娱哀兮,限之以大故”“知死不可让,愿勿爱兮”“明告君子,吾将以为类兮”诸句看,屈原死志已决。就《怀沙》本身而论,屈原是为维护人格、为保持节操投身汨罗的。在这篇很可能是屈原绝笔的赋作中,我们再也看不见《离骚》中对君王的希冀。昔日热切的希望变成失望,进而又成今日的绝望。变白为黑、上下颠倒、玉石混杂……诗人深深眷恋的父母之邦是如此昏暗;而昏暗的又岂仅是楚国!伯乐既没,圣人不遇,“世溷浊莫吾知”,诗人所深恶痛绝的是“世”,即“天下”。既然整个楚国是一片“溷浊”,人生还有什么意义?这个“溷浊”的世界,需要的是“庸态”;在“溷浊”世界里,得志的是鸡鹜,遭殃的是凤凰。由于历史的局限,立志彻底改造现实的先知先觉者尚未出现。要么是与现实妥协,要么是与之决绝。秉性刚烈的屈原选择了后者。“易初本迪兮,君子所鄙!”他如此痛斥改变初衷的懦夫行为,坚定地宣言:“离慜而不迁兮,愿志之有像!”这里的“志”,即司马迁“余读《离骚》《天问》《招魂》《哀郢》,悲其志”“其志洁,其行廉”“推此志也,虽与日月争光可也”(《史记》)的志,是贾谊“高其志”(《吊屈原赋》)的志。君子之志与黑暗现实冲突的结果,是屈原的自杀。诚如吉川幸次郎所评,这种自杀“则是屈原这个具有强烈个性的知识分子喷发的对特异环境的反抗”。(《中国诗史》)近人刘永济断言《怀沙》为屈原绝笔,并热烈称许:“古今伟大人物,于其临死之前,未有作为文章自写其情思有如此光明磊落者。”(《屈赋音注详解》)正是这种高洁的心志,这种“内厚质正”、光明磊落的情思,构成屈原的人格美。美的结晶、美的化身的屈原的毁灭,是完全意义上的悲剧。所以,谢列勃里雅可夫有如斯评:“屈原的死本身就犹如一部艺术作品。”(《屈原与楚辞》)屈赋的菁华是爱国情操与高洁的人格。这两者乃是全世界所有民族崇尚、追求的。因此,屈赋具有普遍的、永恒的意义。苏联著名汉学家费德林曾有的论:“现实生活本身的悲剧,祖国和个人的悲剧,决定了屈原的活动、斗争以及他的全部行为。根据诗人的著作来看,……而且,正是这些特点有着全人类的意义。”(《论屈原诗歌的独特性与全人类性》)这种普遍的意义,使世界和平理事会于1953年认定屈原为全世界人民纪念的四大文化名人之一。另外三位是波兰天文学家哥白尼、法国文学家拉伯雷、古巴作家和民族运动领袖何塞·马蒂。屈赋的永恒意义已被中国历史所证明。屈原的精神是通过屈赋体现的。中国第一个大写的“我”,来自屈赋。自沉汨罗的屈原,已成为中国历代维护人格与国格、杀身成仁、舍生取义的志士仁人的第一个楷模和最光辉的典范。《怀沙》及其姊妹篇,实为民族正气歌的第一乐章。两千多年来,从齐太史、晋董狐、汉苏武,到张巡、颜杲卿、文天祥、史可法、张煌言、史坚如、陈天华、张自忠、谢晋元……多少仁人志士都谱写着这支正气歌的新乐章,这黄钟大吕必将与我永生的民族共存。

《怀沙》又显示出夺目的艺术美。大量设譬是它的修辞特色之一。连篇的妙喻,把作者的爱憎之情、客观的是非曲直作了鲜明的表现。人们通过凤凰被困、鸡鹜翔舞而分外憎恨那“溷浊”之世。比喻的妙用还增强了语言的形象性,又丰富了赋作的内涵。语言上的一大特色是善用联绵词,如“莽莽”“杳杳”。全篇繁音促节,加强了赋作的节奏感。《怀沙》的声调美得力于它成功的语言。作为朗诵诗的赋,节奏与声调是至关重要的。紧凑、完整,是该赋结构上的一大特色。凡此,对后世诗赋创作均裨益良多。

“怀沙”二字的释义,历来众说纷纭。有以“怀沙”为“怀石”之说;有以“沙”为地名,或云垂沙,或云长沙。“怀念长沙”之说,清人蒋骥在《山带阁注楚辞》中述之最详。他认为长沙是楚先王熊绎的始封地,怀念长沙,即怀念楚先王,怀念故国。我们认为:此时屈原以《怀沙》命名,是怀念长沙,也即怀念故国。

司马迁用其如椽的史笔赞颂屈原:“虽与日月争光可也。”(《史记》)《怀沙》正给我们这样的读后感。为人类提供了宝贵精神财富、为中华民族赢得殊荣的屈原及其辞赋,宜乎不朽!

(许宗元)

# 湘 夫 人

屈 原

帝子降兮北渚[1],目眇眇兮愁予[2]。袅袅兮秋风[3],洞庭波兮木叶下[4]。登白薠兮骋望[5],与佳期兮夕张[6]。鸟何萃兮蘋中,罾何为兮木上[7]?沅有芷兮澧有兰[8],思公子兮未敢言。荒忽兮远望[9],观流水兮潺湲[10]。麋何食兮庭中,蛟何为兮水裔[11]?朝驰余马兮江皋[12],夕济兮西澨[13]。闻佳人兮召予,将腾驾兮偕逝[14]。筑室兮水中,葺之兮荷盖[15]。荪壁兮紫坛[16],播芳椒兮成堂[17]。桂栋兮兰橑[18],辛夷楣兮药房[19]。罔薜荔兮为帷[20],擗蕙櫋兮既张[21]。白玉兮为镇[22],疏石兰兮为芳[23]。芷葺兮荷屋[24],缭之兮杜衡[25]。

合百草兮实庭[26],建芳馨兮庑门[27]。九疑缤兮并迎[28],灵之来兮如云[29]。

捐余袂兮江中[30],遗余褋兮澧浦[31]。搴汀洲兮杜若[32],将以遗兮远者[33]。时不可兮骤得[34],聊逍遥兮容与[35]。

**注释**

① 帝子:指湘夫人。因为传说她是帝舜的女儿,故称“帝子”。渚:沙洲。

② 眇(miǎo)眇:极目远视的样子。

③ 袅(niǎo)袅:形容微风吹拂的样子。

④ 洞庭:洞庭湖。

⑤ 白薠(fán):一种秋生的草。骋望:远望。

⑥ 与佳期:与湘夫人约会。期,动词,约

会。夕张:指在约会的傍晚,做好一切准备。张:布置陈设。

⑦ “鸟何”二句:是说鸟应栖息树上反而聚集在水草中,罾不在水中反而挂在树上。指错乱颠倒的现象。萃:聚集。蘋:水草。罾(zēng):渔网。

⑧ 沅:沅水。茝:即白芷,香草名。澧:澧水。澧或作“醴”。兰:兰草。

⑨ 荒忽:即恍惚。

⑩ 潺湲(chányuán):水流动的样子。

⑪ “麋何”二句:麋寻食于庭中,蛟栖息在水边,都不是正常现象。所以戴震《屈原赋注》说:“见物之失其居,疑事多反侧。”麋(mí):鹿的一种。蛟:传说中龙一类的动物。水裔:水边。

⑫ 江皋(gāo):江边的高地。

⑬ 济:渡。澨(shì):水边。

⑭ 腾驾:飞腾起车驾。偕逝:同去。

⑮ 葺(qì):编草盖房子称“葺”。荷盖:以荷叶盖屋顶。

⑯ 荪壁:指以荪装饰墙壁。荪:一种香草。紫坛:指用紫贝铺彻中庭的地面。紫:指紫贝。坛:楚地方言称中庭为“坛”。

⑰ 播:散播。椒:椒树,其子芳香。成堂:满堂。

⑱ 桂栋:以桂木作房梁。兰橑(lǎo):以木兰作屋椽。橑,屋椽。

⑲ 辛夷楣:以辛夷木作门上的横梁。辛夷:一种香木。药房:指用白芷涂饰卧室的墙壁。

⑳ 罔:即“网”字。作动词用,编结。薜荔(bìlì):藤本植物。帷:幔帐。

㉑ 擗(pì):剖开。蕙櫋(mián):指以蕙兰作为房间的隔扇。《楚辞补注》引五臣注云:“罔结以为帷帐,擗析以为屋联,尽张设于中也。”屋联,即今所谓隔扇。既张:已经陈设。

㉒ 镇:指压席之物。

㉓ 疏:分布。此指分散放置。石兰:兰草的一种。

㉔ 芷葺:指用白芷的叶子覆盖屋顶。

㉕ 缭:缠绕。杜衡:又作“杜蘅”,芳草名。

㉖ 合:聚集。实庭:满庭。实,动词,充满。

㉗ 芳馨:芳香。庑(wǔ)门:庑和门。庑,走廊。

㉘ 九疑:或作“九嶷”,山名,在今湖南境内。此指九疑山诸神。缤:众多的样子。

㉙ 灵:指九疑山上众神灵。

㉚ 捐:弃。袂(mèi):有絮的短袄。

㉛ 遗(wèi):赠与。褋(dié):单衣。

㉜ 搴(qiān):拔取。汀(tīng)洲:水中平地。杜若:芳草名。

㉝ 远者:指湘夫人。

㉞ 骤得:屡得。

㉟ 聊:姑且。容与:从容自在的样子。

## 鉴赏

《湘夫人》是屈原作品《九歌》中的一篇。在《九歌》中,与它相对应的还有一篇《湘君》。古今注家对这两篇的内容作了种种不同的解释。有人认为,湘君是湘水神,而湘夫人为其配偶。有人则认为,湘夫人是舜的两个妃子娥皇、女英,湘君当然就是舜了。舜南巡而死于苍梧山,二妃追踪而至,南向痛哭,自投湘江而死,于是她们都变成了湘水的神灵。还有人认为,娥皇是湘君,女英是湘夫人。在对内容的理解上,古代注家大都主张该篇寓忠君之意,托讽谏之辞,而今人则多认为抒写的是各自对对方的思念之情。在表达方式上,有人认为是男女(由男扮巫,由女扮神)双方的对唱,有人主张是扮巫者的男性自始至终的独唱。这许许多多的说法,都不无道理。不过,我们觉得释湘君和湘夫人为湘水神(未必是配偶关系),比较更切合实际,两篇所描述的是各自对对方的思念之情,是反映在屈原笔下的两千多年前的带有奇异色彩的楚地优秀恋歌。而《湘夫人》则通过扮演湘君的男巫的独唱,表现了湘君对湘夫人的思慕、追求以及求爱不可得的惆怅心情。

纵观全篇,通过景物、环境的描写来抒情,是《湘夫人》艺术表现上的第一个特征。此外,多侧面地反复抒发追求与失望、欢乐与悲伤、凄婉缠绵的感情,而感情的抒发又往往和叙述描写结合在一起,因而异常真切感人,这是其艺术表现上的第二个特征。诗中的形象,做到了神的特点和人的特点的统一。它们那样地富有人情味,他们之间希望相会相知的感情、执着追求的精神,又确实是人类最普遍、最纯洁的感情和最高尚的精神。如果说屈原善于把神奇的想象和现实生活的感受、经验统一起来,使作品既根植于现实又呈现出浪漫主义的风格,那么,这种方法在《湘夫人》中获得了极大的成功。而这也正是《湘夫人》在艺术表现方面的第三个特征了。

(王洲明)

## 山　　鬼

屈　原

若有人兮山之阿[①],被薜荔兮带女萝[②]。既含睇兮又宜笑[③],子慕予兮善窈窕[④]。乘赤豹兮从文狸[⑤],辛夷车兮结桂旗。被石兰兮带杜衡,折芳馨兮遗所思。余处幽篁兮终不见天[⑥],路险难兮独后来。表独立兮山之上[⑦],云容容兮而在下[⑧]。杳冥冥兮羌昼晦[⑨],东风飘兮神灵雨[10]。留灵修兮憺忘归[11]，岁既晏兮孰华予[12]！采三秀兮於山间[13]，石磊磊兮葛蔓蔓。怨公子兮怅忘归，君思我兮不得闲。山中人兮芳杜若[14]，饮石泉兮荫松柏。君思我兮然疑作[15]。雷填填兮雨冥冥[16]，猿啾啾兮狖夜鸣[17]，风飒飒兮木萧萧，思公子兮徒离忧[18]！

## 注释

① 阿：曲隅。

② 被：同“披”。带女萝：以女萝为带。女萝，松萝。地衣类，常自树梢悬垂，丝状。

③ 睇：目光流盼的样子。宜笑：笑容美丽。

④ 子：指山鬼所向往的人。予：山鬼自称。窈窕：美好的样子。

⑤ 赤豹：红色而有黑斑纹的豹。文狸：有花纹的野猫。

⑥ 幽篁：深邃幽暗的竹林。

⑦ 表独立：卓然特立。表：突出。

⑧ 容容：舒卷流动的样子。

⑨ 杳冥冥：深暗不明。羌：语助词。

⑩ 神灵：此指雨神。

⑪ 灵修：即上文之“子”。下文“公子”“君”同。憺：安。

⑫ 岁既晏：指年岁已老。

⑬ 三秀：灵芝草。据说灵芝草一年开三次花，故称“三秀”。秀，出穗也。於（wū）山：同“巫山”。按此屈原运用了巫山神女的传说。

⑭ 山中人：指山鬼。

⑮ 然疑作：信疑参半。然，是，如同说相信。作，起，生。

⑯ 填填：雷声。冥冥：犹蒙蒙。

⑰ 狖（yòu）：长尾猿。

⑱ 离忧：心怀忧愁。离，通“罹”，遭遇。

## 鉴赏

在屈原的《九歌》中，《山鬼》是抒情性极强而又极富特色的一篇。它把悱恻缠绵的感情，融合在如泣如诉、如怨如慕的描摹中，刻画出一位一往情深的美丽女神的形象。

《九歌》是屈原吸收和利用楚地神话传说而创作的一组情采并茂的祭神歌曲，也是一组浪漫而优美的抒情诗章。《山鬼》在创作中，也极可能利用了巫山神女故事的原始素材，郭沫若等人的意见是有一定道理的。巫山神女的故事虽然是在以后的著作中才丰富和完善起来的，但我们从《山鬼》“采三秀兮於山间”的叙述中，从宋玉《高唐赋》“朝为行云，暮为行雨，朝朝暮暮，阳台之下”的描绘中,完全可以想见,楚地一定流传着关于神女的丰富多样的传说。屈原正是利用这些素材,正面刻画出美丽而深情的山鬼形象。它写的是神灵的生活,却充满了人世的气息和感情,而给人以切切实实的感觉。它通过抒情而带有故事性的叙述,把山鬼在恋人失约时产生的怅望忧伤的心理、愁苦悲戚的感情,在富有特色的环境中,表现得淋漓尽致。全诗以一种凄婉感人的气氛,扣动着读者的心弦。读完全诗,女神的美好形象、丰富细腻的内心、遭遇不幸的愁苦,却如活画一般呈现于眼前。

诗中的女主人山鬼,是一位美丽多情的山中女神。作者以精炼的刻画,开头即向我们展示了这位女神的丰神秀采:“若有人兮山之阿,被薜荔兮带女萝。”在若隐若现的景象中,从薜荔女萝的芳洁妆束,已使我们体味到了这位女神的娇美。这是一种富有诗意的朦胧美,又是可以使人切实感觉到的形态美。紧接这一粗线条的形态描绘,“既含睇兮又宜笑”,就展示出局部神态的精确刻画。这正如一个特写镜头,更加显示出山鬼的意态之美。那含睇的目光,似乎使我们看到了一泓碧波荡漾的清澈秋水;宜笑的面庞,又如同山间绽开的盈盈向人的鲜花。这开始几句,像两组极精练的镜头,一粗一精,一远一近,互相配合,互为补充,完整地呈现了一位“善窈窕”的山中女神的形象。

但这只是美的一个方面。这位女神不仅具有外在的形态之美,更具备内在的美质。作品以比喻、象征等手法,很有特色地写出了她的品质的芳洁。以服饰、饮食之美象征品行的高洁,是屈赋所惯用的表现方式,本篇也是这样。它紧扣山鬼的身份、所处环境,用“被薜荔兮带女萝”“被石兰兮带杜衡”“山中人兮芳杜若,饮石泉兮荫松柏”等符合人物特性的刻画,表现山鬼的内在品质。她像杜若等香草一般芬芳,像石泉一般纯洁,又像松柏一样的坚贞。这是一种达到了圣洁境界的心灵。这种内在之美寄托在一个富有外在之美的形体之上,使山鬼的形象达到了完美的境地。

这样完美的女性,在自己的恋爱生活中,是一往情深的。这样美丽圣洁而一往情深的女神,似乎应该得到忠贞美满的爱情。但是,实际情况正相反,女神的恋爱生活充满了悲愁。全诗就是在两种情绪的交织中展开了描写,而创造出一种凄婉感人的气氛。当山鬼满怀喜悦,越过了艰险之途来与恋人相会时,却不见恋人的到来。独立于云雾缭绕的山顶之上,望着风飘细雨的迷蒙山峦,她悲叹自己的孤独,悲叹自己的青春年华。美丽多情的女神,悲苦不幸的爱情,作品正是在这种强烈对比中,在对人物心态的层层剖析之中,在充满抒情的歌唱中,突出了山鬼的恋爱生活的失意，细致表现了她因此而生的忧闷悲苦和怨愤之情。这怎能不引起人们的深深同情和叹惜！

就整篇作品来说，仅有人物心理、思想活动的刻画，或许还不具有如此动人心弦的力量。因此，作品在刻画人物心理的同时，还大力写出了山鬼所处的特定环境并以此作为衬托，渲染了一种笼罩全诗的浓烈气氛。这种环境，是与她的悲苦心境相统一的凄清冷寂的环境，是有高度特征性的。正是这种富有特征的——既有山之女神的独有特征，又有情与景相适应的特征——环境描写，才能表达出山鬼区别于其他神灵的独有色彩，也才能使对于景物的描写与感情的变化紧密无间地结合在一起，达到情景交融的境界，使全诗笼罩在一种凄婉的气氛之中，有着强烈的感人力量。这种情绪，这种力量，是蕴涵在对于周围环境气氛、人物活动、思想变化的描写之中的，它是那么细致，那么含蓄，那么丰富又那么集中，真使人思之愈深而情愈厚，涵咏既久而味愈长！

屈原以他丰富的想象力和高超的艺术手段给我们留下了这样一首优美动人的诗篇，它那悲伤痛苦的心灵颤动深深地感染和打动着读者。这不仅仅在于诗篇本身具有的真实感人的描写，生动细致的表现，还在于作品中融进了屈原自己灵魂的闪光。朱熹说："昔楚南郢之邑，沅湘之间，其俗信鬼而好祀，其祀必使巫觋作乐，歌舞以娱神。……原既放逐，见而感之，故颇为更定其词，去其泰甚，而又因彼事神之心，以寄语忠君爱国眷恋不忘之意。"（《楚辞集注·九歌序》）屈原政治活动中的遭遇，理想不能实现的悲痛，求美无合的忧伤，就像一股无形的力量，挟着他那一支色彩绚丽的笔，寻找一切机会表达出来。即使在像《山鬼》这样描写神灵爱情生活的篇章中，不也可以很明显觉察到屈原的深深叹息和悲愤感情吗！

《山鬼》全篇神之情与人之情的密合无间、互相渗透的抒写，使那种凄婉之情永久回荡在读者胸间。它是抒情艺术的珍品，永远放射着熠熠的光彩。（王培元）

# 国殇

屈原

操吴戈兮被犀甲①，车错毂兮短兵接。旌蔽日兮敌若云，矢交坠兮士争先。凌余阵兮躐余行②，左骖殪兮右刃伤[③]。霾两轮兮絷四马[④]，援玉枹兮击鸣鼓[⑤]。天时坠兮威灵怒[⑥]，严杀尽兮弃原野[⑦]。

出不入兮往不反[⑧]，平原忽兮路超远[⑨]。带长剑兮挟秦弓，首身离兮心不惩[⑩]。诚既勇兮又以武，终刚强兮不可凌。身既死兮神以灵，子魂魄兮为鬼雄[⑪]！

## 注释

① 吴戈:指锋利的戈。古代吴越之地善为兵器,故称。下文秦弓意同。被:通“披”。

② 凌:犯。躐(liè):踏。行(háng):军队行阵。

③ 殪(yì):倒地而死。右:右边的骖马。

④ 霾:通“埋”。絷(zhí):绊住。

⑤ 玉枹(fú):玉饰的鼓锤。鸣鼓:声音洪亮之鼓。

⑥ 坠:落,指天时不利。威灵:威猛的神灵。

⑦ 严杀:鏖战痛杀。

⑧ 反:通“返”。

⑨ 忽:荒忽辽远的样子。超远:遥远。

⑩ 惩:戒惧。

⑪ 子魂魄句:英雄魂魄依然果决刚毅。鬼雄:鬼中雄杰。

## 鉴赏

《国殇》在屈原的《九歌》中是最为特殊的一篇作品。

作为祀神曲组歌中的一首,它不是祭祀天地之间的神祇,而是敬奠为国捐躯的忠魂。它既没有礼赞式的肃穆堂皇,也没有抒情式的委婉缠绵、诉说式的曲折详尽,它是以一种慷慨激越的情调,描绘出一幅悲壮雄阔的图景,塑造了一组孔武有力的群像,给人以强烈的感染和激励。在它浓彩重举的画面上,充溢着崇高之美,悲壮之美。

整篇作品可以区分为前后两大部分。这两部分互相配合,共同完成了塑造战士群像的主题,为这些死于国事的将士们唱出了一曲悲壮的赞歌。

第一部分,是对战争场面的勾勒,虽然是粗线条的,但却是鲜明而形象的。从将士们的出战迎敌,到战争结束的战场,随着描述的步步展开,表现出将士们奋不顾身、英勇杀敌的高昂战斗热情和牺牲精神。一开始就是短兵相接的激烈战斗。吴戈犀甲,这些精良的装备显示出战斗的激烈,车毂交错,短兵相接,战士们奋勇杀敌的情景如在眼前。这两句为全诗奠定了基调。接下去就是对于战斗场面的具体描绘。当然,诗歌不可能对战斗的所有情节作出精细的刻画和细大不捐的记录,它只是选取了几个典型的画面予以表现,仅仅如此,就足以显示将士们誓死一战的决心和勇气。战士们面对的是强大的敌人,"旌蔽日兮敌若云",这就埋下了这次战斗将要失利的种子。面对这种现实,我们的将士不仅没有退缩,没有怯敌,而是争先赴难。"矢交坠兮士争先",就是这种精神的写照。这"士争先",不仅是写军容,也是写士气,是写战士们慷慨报国的精神。但是,这终究抵挡不住如云强敌,敌人终于冲进了自己的行阵之中。作者笔锋一转,重点写出了失利的战斗。"凌余阵兮躐余行,左骖殪兮右刃伤。霾两轮兮絷四马,援玉枹兮击鸣鼓"。"凌""躐",不仅写出了来敌之势不可挡,也写出了战士们在拚命抵挡之后,终于不得不承认失败的事实。但尽管如此,也丝毫不能动摇战士的决心。战马被砍死砍伤了,战车也深陷在泥土之中,杀敌的勇气却不曾低落。"援玉枹兮击鸣鼓",使我们仿佛听到了那震耳欲聋的鼓声和喊杀之声,仿佛看到了战士们奋力拼搏的雄姿。写鼓,正是为了写人,鼓声不绝,战士们也是不屈的。但是,奋力厮杀之后,一切都归于沉寂了,战斗结束了,作者以满怀伤痛的笔调写出了失败后的战场:"严杀尽兮弃原野。"严杀,是痛杀的意思。战士战死了,没有人能够生还,战场上尸横遍野,一片悲惨的景象。那么,是什么原因造成了这种失败呢?固然,敌人的强大是直接的原因,还有没有其他因素?"天时坠兮威灵怒"也许就是作者的回答。过去,人们一直把这一句讲作天怒神怨,把"坠"又写作"怼",作"恨"解,似乎只是一般描写战争的残酷。细想起来,这应该是作者的痛苦之思。在楚文化的精神中,重鬼神的观念一直有着很大的作用力和影响。因此,战争中天时不利、鬼神不佑当然是十分可怕的事。尽管有战士们奋勇杀敌、誓死不屈的战斗,但最终还是失败了。作者写到这些原因,自然也就对这些为国战死的将士表现出更深的敬意与哀悼,也就更加显示出这些战士可歌可泣的战斗精神。

综观这一部分对战争的描述,是在敌我力量的对比中,重点刻画战斗失利的情景,体现战士们的崇高精神,虽无称颂之词,但对将士们的赞颂之意却充满字里行间。

第二部分是作者对为国捐躯将士的直接赞颂。"出不入兮往不反",开始就把战士们抱着必死决心而出征的战斗豪情体现出来,基调是高昂雄壮的,但联系到上文战斗的失败,又是令人悲怆的。而且接着写的是一种渺茫荒忽的境界,平原辽远无际,路途也遥远难知,这似乎预示了归路的艰难,又似乎正在走向鬼魂所在的冥冥世界。这就造成了一种悲壮的气氛。“带长剑兮挟秦弓”以下四句,就对战士们视死如归的豪情作了高度赞美,而中心是在“心不惩”上。既勇且武,宁折不弯,是战士们“心不惩”的表现,首身分离又算得了什么!虽然将士们抛尸荒郊、血洒疆场,他们的精神却是永存的,是令人敬佩的。这赞美虽只有几句,但联系上文对于战斗场面的具体描写,这几句中却包含了丰富的内容。最后二句“身既死兮神以灵,子魂魄兮为鬼雄”,既是作者的赞颂,又是祝愿和希望,而且首身既离,身体已死,但魂魄之刚毅一如生前,这又是“心不惩”的更深一层的发展,即使在冥冥之中,也要为鬼中雄杰。将士们的坚毅勇敢怎不令人感佩!一方面是令人心伤的死亡图景,一方面是令人感佩的刚毅精神,作者正是把这二者糅和在一起,使得悲怆之中不失豪气,伤感之情不掩雄心,从而形成一种悲壮的感情。这就在第一部分具体叙写的基础上,升华一步,展示了死于国难的将士们的精神境界,也表现了作者的无限景仰之情,作者的赞颂使得全诗回荡着一股崇高感人的精神力量!

战争是血与火的搏斗,是生与死的较量。在人类社会活动的舞台上,战争是最为残酷而又足以引起人们自豪感的事件。那些为了保卫国家、民族而战死沙场的将士们,是令人千古永记的英雄,他们生命的丧失会激励更多的人,激励他们的斗志,激励他们的热情和爱国之心。屈原是一位著名的爱国者,他在《国殇》中唱出的对于这些死难将士的颂歌,也就表现了他自己的一颗炽热的报国之心。凝聚在《国殇》中的这种爱国报国精神,同样也影响到后人,这大概是这首作品成为名篇的原因之一吧!

(王培元)

# 渔　父[1]

屈　原

屈原既放[2],游于江潭[3],行吟泽畔,颜色憔悴[4],形容枯槁[5]。

渔父见而问之曰:“子非三闾大夫与[6]?何故至于斯[7]?”

屈原曰："举世皆浊我独清，众人皆醉我独醒，是以见放。"

渔父曰："圣人不凝滞于物[8]，而能与世推移[9]。世人皆浊，何不淈其泥而扬其波[10]？众人皆醉，何不餔其糟而歠其醨[11]？何故深思高举[12]，自令放为？"

屈原曰："吾闻之，新沐者必弹冠[13]，新浴者必振衣[14]。安能以身之察察[15]，受物之汶汶者乎[16]？宁赴湘流[17]，葬于江鱼之腹中；安能以皓皓之白[18]，而蒙世俗之尘埃乎？"

渔父莞尔而笑[19]，鼓枻而去[20]，歌曰："沧浪之水清兮，可以濯吾缨[21]；沧浪之水浊兮，可以濯吾足。"遂去，不复与言。

**注释**

① 渔父：渔翁。父，楚地对老年人的尊称。《方言》："凡尊老，南楚谓之父。"

② 放：放逐，流放。

③ 江潭：谓江边。《史记》作"江滨"。

④ 憔悴：困顿萎靡。

⑤ 形容：指外貌。枯槁：瘦瘠。

⑥ 三闾大夫：楚官名。掌楚国王族屈、景、昭三姓的官，屈原曾任此职。与，通"欤"。表反诘语气。

⑦ 斯：此，这里，指江潭泽畔。《史记》作"何故而至此？"

⑧ 凝滞：冻结不流。凝滞于物，谓对客观事物抱着固定的看法和态度，不能变通。

⑨ 与世推移：与"凝滞于物"相反，能随俗应变。推移，王逸注："随俗方圆。"

⑩ 淈（gǔ）：搅浊。淈泥扬波，与下文的"餔糟歠醨"意同，都是随波逐流、与世浮沉的意思。

⑪ 餔（bǔ）：食。糟：酒糟。歠（chuò）：饮。醨（lí）：薄酒。

⑫ 深思：思虑很深。高举：高出流俗。

⑬ 弹冠：弹去帽上的灰尘。

⑭ 振衣：抖去衣上的尘埃。

⑮ 察察：洁白貌。

⑯ 汶（mén）汶：污暗不明。与"察察"相对。引申为蒙受污垢或耻辱。

⑰ 湘流：湘水。在湖南境内。

⑱ 皓皓:洁白光明。这里指纯洁高尚的品质。

⑲ 莞(wǎn)尔:微笑。

⑳ 鼓枻(yì):划桨。枻,船桨。

㉑ 沧浪(láng)之水:一说为歌名,战国时楚地流行的一首民歌,孔丘曾听唱过(见《孟子·离娄》);一说为水名,在今湖南汉寿县境内(见蒋骥《山带阁注楚辞》)。濯(zhuó):洗涤。缨:帽带。

## 鉴赏

《汉书·艺文志》记载屈原作品25篇,《渔父》为其中之一。太史公在《屈原列传》中把《渔父》一文作为屈原生平事迹加以引用,说明他并不怀疑《渔父》所写的真实性。王逸《楚辞章句》也认为本文系“屈原之所作也”。到了清代,崔述首先发难,认为《渔父》“必非屈原之所自作”,而是后人的假托(见《考古续说·观书余论》)。郭沫若则进一步认为“可能是深知屈原生活和思想的楚人的作品”(见《屈原赋今译》)。但怀疑的理由似嫌不足。在没有获得强有力的反证之前,我们还是持慎重态度,把《渔父》的著作权还给屈原吧。

《渔父》篇和《卜居》一样,是屈赋中别开生面的篇章。它采用韵散相间的语言形式和设为问答的艺术手法,生动地表现了屈原志洁行芳、孤介特立的高尚品格。

本文所写是屈原流放后期生活的一个片断,也可以说是自沉汨罗前的生动一幕。文章可以分成三个部分。第一段为第一部分,写屈原被放逐之后游于江潭,行吟泽畔的情景,说明诗人心中隐藏着巨大的痛苦和悲愤。世上是那样混浊不堪,人们是那样醉生梦死,而祖国的命运则危在旦夕。“美政”既不得实现,自身却遭到放逐;在远离郢都的江潭泽畔,诗人一边行走,一边咏哦,颜色憔悴,形容枯槁。

第二段至第五段为第二部分,写屈原在徘徊行咏之际遇上了渔父,从而引发了与渔父的问答对话。这一部分是文章的主体,通过问答,反映了两种思想的斗争。文中的渔父,显然是个具有道家思想的隐士。他似乎同情屈原的处境,但又劝他不要“凝滞于物”,而要“与世推移”,不要“深思高举”,而要“淈泥扬波”“餔糟歠釃”。这种处世哲学,与老子的“和其光,同其尘”、庄子的“虚与委蛇”的主张一致,而与屈原的人生哲学尖锐对立。屈原身处乱世,对于“举世皆浊”“众人皆醉”的现实是深恶痛绝的。在他的作品中,愤世嫉俗的呼声绵绵不绝。面对溷浊黑暗的现实,诗人与老庄信徒采取了截然不同的态度。他要呐喊,要抗争,要“高驰而不顾”。渔父的劝导,反而坚定了他沉江殉国的决心。诗人要坚持自己的理想,保持自己的高尚节操,决不向世俗妥协,更不愿和光同尘、同流合污。这最后一段的答话,先是比喻,后用反诘,义正词严,光明磊落,活现出爱国诗人的光辉形象,这与《离骚》诸篇中所显示的抒情主人公形象完全一致。

文章最后一段为第三部分,写渔父莞尔而笑,鼓枻而去,并歌“沧浪之水”。这种结尾十分耐人寻味。所谓“道不同不相谋”。渔父无法说服屈原,但他不愠不怒,仍然保持着隐者的超然风度,与屈原分道扬镳,各行其是。渔父所唱的沧浪歌,其歌词大意是说,沧浪之水清清,可以洗我的帽缨;沧浪之水混浊,可以洗我的脏脚。无论水清(世清)与水浊(世浊),我都可以自得其乐,无往而不适。这和上面所说的“圣人不凝滞于物,而能与世推移”的命意相同,是渔父处世哲学的形象概括。从渔父身上,我们似乎看到了长沮、桀溺的影子(见《论语·微子》),而从屈原身上,我们也仿佛看到了孔子的形象。

从语言形式上看,《渔父》开头与结尾部分纯用散文句法,中间韵散相间错综成文,既不同于诗歌,又有别于散文,是介乎诗歌与散文之间的一种新的文体。加上设为问答的对话式结构,与后来的汉赋十分接近。这种文体,是楚辞向汉赋演化的一种过渡形式。有人说它是汉赋的滥觞和先导,是符合实际的。因此,《渔父》的出现,在赋史上有着重要意义。刘勰说“是以枚贾追风以入丽,马扬沿波而得奇”(《文心雕龙·辨骚》),大概也包含了这么一层意思。

语言简约优美,是本文又一个特点。文章开头对屈原形象的刻画生动传神,栩栩如生,使人如临其境,如见其人。文章结尾对渔父行为的描写个性鲜明,音容逼肖,呼之欲出。说明作者具有高超的驾驭文字的功夫。而用渔父唱沧浪之歌结束全文,更给人以余音袅袅,不绝如缕之感。

(王春庭)

# 九　辩

宋　玉

悲哉秋之为气也！萧瑟兮，草木摇落而变衰。憭慄兮[1]，若在远行；登山临水兮，送将归。泬寥兮[2]，天高而气清。寂寥兮[3]，收潦而水清[4]。憯凄增欷兮[5]，薄寒之中人[6]。怆怳圹悢兮[7]，去故而就新[8]。坎廪兮[9]，贫士失职而志不平。廓落兮[10]，羁旅而无友生[11]。惆怅兮，而私自怜。燕翩翩其辞归兮，蝉寂漠而无声[12]。雁廱廱而南游兮[13]，鹍鸡啁哳而悲鸣[14]。独申旦而不寐兮[15]，哀蟋蟀之宵征[16]。时亹亹而过中兮[17]，蹇淹留而无成[18]。

悲忧穷戚兮独处廓[19]，有美一人兮心不绎[20]。去乡离家兮徕远客[21]，超逍遥兮今焉薄[22]？专思君兮不可化[23]，君不知兮其奈何！蓄怨兮积思，心烦憺兮忘食事[24]。愿一见兮道余意，君之心兮与余异。车既驾兮朅而归[25]，不得见兮心伤悲。倚结軨兮长太息[26]，涕潺湲兮下沾轼[27]。忼慨绝兮不得，中瞀乱兮迷惑[28]。私自怜兮何极[29]，心怦怦兮谅直[30]。

皇天平分四时兮，窃独悲此凛秋。白露既下百草兮，奄离披此梧楸[31]。去白日之昭昭兮，袭长夜之悠悠。离芳蔼之方壮兮[32]，余萎约而悲愁[33]。秋既先戒以白露兮，冬又申之以严霜。收恢台之孟夏兮[34]，然欿傺而沉藏[35]。叶菸邑而无色兮[36]，枝烦挐而交横[37]。颜淫溢而将罢兮[38]，柯仿佛而萎黄[39]。萷櫹椮之可哀兮[40]，形销铄而瘀伤。惟其纷糅而将落兮，恨其失时而无当。揽騑辔而下节兮[41]，聊逍遥以相佯[42]。岁忽忽而遒尽兮[43]，恐余寿之弗将[44]。悼余生之不时兮，逢此世之俇攘[45]。澹容与而独倚兮[46]，蟋蟀鸣此西堂。心怵惕而震荡兮，何所忧之多方。卬明月而太息兮[47]，步列星而极明。

窃悲夫蕙华之曾敷兮[48]，纷旖旎乎都房[49]。何曾华之无实兮[50]，从风雨而飞飏。以为君独服此蕙兮[51]，羌无以异于众芳[52]。闵奇思之不通兮[53]，将去君而高翔。心闵怜之惨凄兮，愿一见而有明。重无怨而生离兮[54]，中结轸而增伤[55]。岂不郁陶而思君兮[56]，君之门以九重。猛犬狺狺而迎吠兮，关梁闭而不通。皇天淫溢而秋霖兮，后土何时而得漧[57]。块独守此无泽兮[58]，仰浮云而永叹。

何时俗之工巧兮[59]，背绳墨而改错[60]！却骐骥而不乘兮，策驽骀而取路[61]。当世岂无骐骥兮？诚莫之能善御。见执辔者非其人兮，故駶跳而远去[62]。凫雁皆唼夫粱藻兮[63]，凤愈飘翔而高举。圜凿而方枘兮[64]，吾固知其鉏铻而难入[65]。众鸟皆有所登栖兮，凤独遑遑而无所集。愿衔枚而无言兮，尝被君之渥洽[66]。太公九十乃显荣兮[67]，诚未遇其匹合。谓骐骥兮安归？谓凤皇兮安栖？变古易俗兮世衰，今之相者兮举肥[68]。骐骥伏匿而不见兮，凤皇高飞而不下。鸟兽犹知怀德兮，何云贤士之不处[69]？骥不骤进而求服兮[70]，凤亦不贪餧而妄食[71]。君弃远而不察兮，虽愿忠其焉得？欲寂漠而绝端兮[72]，窃不敢忘初之厚德。独悲愁其伤人兮，冯郁郁其何极[73]！

霜露惨凄而交下兮，心尚幸其弗济[74]。霰雪雰糅其增加兮[75]，乃知遭命之将至。愿徼幸而有待兮，泊莽莽与野草同死。愿自直而径往兮，路壅绝而不通。欲循道而平驱兮，又未知其所从。然中路而迷惑兮，自压按而学诵[76]。性愚陋以褊浅兮，信未达乎从容。窃美申包胥之气盛兮[77]，恐时世之不固[78]。何时俗之工巧兮，灭规矩而改凿[79]。独耿介而不随兮，愿慕先圣之遗教。处浊世而显荣兮，非余心之所乐。与其无义而有名兮，宁穷处而守高。食不媮而为饱兮[80]，衣不苟而为温[81]。窃慕诗人之遗风兮，愿托志乎素餐[82]。蹇充倔而无端兮[83]，泊莽莽而无垠。无衣裘以御冬兮，恐溘死不得见乎阳春[84]。

靓杪秋之遥夜兮[85]，心缭悷而有哀[86]。春秋逴逴而日高兮[87]，然惆怅而自悲。四时递来而卒岁兮，阴阳不可与俪偕。白日晼晚其将入兮[88]，明月销铄而减毁[89]。岁忽忽而遒尽兮，老冉冉而愈弛[90]。心摇悦而日幸兮[91]，然怊怅而无冀[92]。中憯恻之凄怆兮，长太息而增欷。年洋洋以日往兮[93]，老嵺廓而无处[94]。事亹亹而觊进兮[95]，蹇淹留而踌躇。

何氾滥之浮云兮，猋壅蔽此明月[96]？忠昭昭而愿见兮，然黯黮而莫达[97]。愿皓日之显行兮，云蒙蒙而蔽之[98]。窃不自聊而愿忠兮，或黕点而污之[99]。尧舜之抗行兮[100]，瞭冥冥而薄天[101]。何险巇之嫉妒兮[102]，被以不慈之伪名[103]？彼日月之照明兮，尚黯黮而有瑕[104]。何况一国之事兮，亦多端而胶加[105]。被荷裯之晏晏兮[106]，然潢洋而不可带[107]。既骄美而伐武兮[108]，负左右之耿介[109]。憎愠惀之修美兮[110]，好夫人之慷慨[111]。众踥蹀而日进兮[112]，美超远而逾迈[113]。农夫辍耕而容与兮，恐田野之芜秽。事绵绵而多私兮，窃悼后之危败。世雷同而炫曜兮[114]，何毁誉之昧昧[115]！今修饰而窥镜兮[116]，后尚可以窜藏[117]。愿寄言夫流星兮，羌倏忽而难当。卒壅蔽此浮云兮，下暗漠而无光。

尧舜皆有所举任兮，故高枕而自适。谅无怨于天下兮[118]，心焉取此怵惕？乘骐骥之浏浏兮[119]，驭安用夫强策[120]？谅城郭之不足恃兮，虽重介之何益[121]？邅翼翼而无终兮[122]，忳惛惛而愁约[123]。生天地之若过兮，功不成而无效。愿沈滞而不见兮[124]，尚欲布名乎天下？然潢洋而不遇兮，直怐愗而自苦[125]。莽洋洋而无极兮[126]，忽翱翔之焉薄？国有骥而不知乘兮，焉皇皇而更索[127]？宁戚讴于车下兮[128]，桓公闻而知之。无伯乐之善相兮，今谁使乎誉之？罔流涕以聊虑兮[129]，惟著意而得之[130]。纷纯纯之愿忠兮[131]，妒被离而鄣之[132]。愿赐不肖之躯而别离兮，放游志乎云中。乘精气之抟抟兮[133]，骛诸神之湛湛[134]。骖白霓之习习兮[135]，历群灵之丰丰[136]。左朱雀之茇茇兮[137]，右苍龙之躍躍[138]。属雷师之阗阗兮[139]，通飞廉之衙衙[140]，前轻辌之锵锵兮[141]，后辎乘之从从[142]。载云旗之委蛇兮[143]，扈屯骑之容容[144]。计专专之不可化兮[145]，愿遂推而为臧[146]。赖皇天之厚德兮，还及君之无恙。

## 注释

① 憭慄(liáolì)：凄凉。

② 泬寥(xuèliáo)：空旷而清朗的样子。

③ 寂廖(liáo)：平静而清澈的样子。廖，通“漻(liáo)”。

④ 收潦(lǎo)：收尽地面积水。

⑤ 憯凄：悲伤。憯，通“惨”。欷：叹息声。

⑥ 薄寒：深秋寒气。中(zhòng)人：侵人。
⑦ 怆怳：失意的样子。圹悢(kuàng làng)：义同“怆怳”。
⑧ 故：原来地方。新：新的环境。
⑨ 坎廪(lǎn)：困顿，不得志。
⑩ 廓落：空虚孤独的样子。
⑪ 友生：知心朋友。
⑫ 寂漠：通“寂寞”。
⑬ 廱(yōng)廱：通“雍雍”，形容鸣声和谐。
⑭ 鹍鸡：鸟名，似鹤，黄白色。啁哳(zhāozhā)：细碎杂乱的声音。
⑮ 申旦：直到天亮。
⑯ 宵征：夜行，指蟋蟀夜间活动时振翅发声。
⑰ 亹(wěi)亹：行进不停的样子。过中：过了中年。
⑱ 蹇(jiǎn)：通“謇”，楚语，发语词。
⑲ 穷戚：穷蹙(cù)，处境穷困。廓：空旷之地。
⑳ 绎：通“怿”，喜悦。
㉑ 徕：通“来”。客：作客。
㉒ 超：远。薄：止。
㉓ 化：化解，改变。
㉔ 憺(dàn)：通“惮”，心悸。
㉕ 朅(qiè)：离去。
㉖ 结軨(líng)：车箱前面和左右两面横直交结的栏木。
㉗ 潺湲(chányuán)：泪流不止。
㉘ 瞀(mào)：昏乱。
㉙ 极：终了。
㉚ 谅直：诚实正直。
㉛ 奄：忽。离披：分散的样子，指枝疏叶落。
㉜ 蔼：繁盛的样子。方壮：正当壮盛之年。
㉝ 萎约：困顿的样子。
㉞ 恢台：繁盛广大的样子。
㉟ 欿：通“坎”，陷落。傺(chì)：停止。
㊱ 菸(yù)邑：枯萎。
㊲ 烦挐(rú)：纷乱。
㊳ 淫溢：过甚。罢(pí)：乏。
㊴ 仿佛：色暗，模糊。
㊵ 萷(xiāo)：萧疏的样子。櫹槮(xiāo sēn)：高耸的样子。
㊶ 下节：停车。
㊷ 相佯：通“徜徉”，徘徊。
㊸ 遒：迫近。
㊹ 将：长。
㊺ 恇(kuāng)攘：纷扰的样子。
㊻ 澹：心情淡漠。
㊼ 卬：通“仰”。
㊽ 敷：开放。
㊾ 都：华丽。
㊿ 曾：通“层”。曾华：花朵累累。
51 服：佩带。
52 羌：楚语，发语词。
53 闵：通“悯”，怜惜。
54 无怨：无罪。
55 结轸：郁结悲痛。
56 郁陶(yáo)：忧思郁积的样子。
57 澣：同“干”。
58 块：块然，孤独的样子。无：通“芜”。
59 工巧：善于投机取巧。
60 错：通“措”，指正常措施。
61 驽骀(tái)：劣马。
62 驹(jú)跳：跳跃。

⑥③ 唼(shà):鸟吃食叫做唼。
⑥④ 圜:同“圆”。圜凿:圆的插孔。方枘(ruì):方的榫头。
⑥⑤ 鉏铻(jǔyǔ):抵触不合。
⑥⑥ 渥洽:深厚的恩泽。
⑥⑦ 太公:姜尚。
⑥⑧ 相者:相马者。举肥:只挑选肥马。
⑥⑨ 处:“出处”之处,退隐。
⑦⓪ 服:驾御。
⑦① 餧:同“喂”。
⑦② 绝端:断绝思绪。
⑦③ 冯:通“凭”,愤懑。
⑦④ 幸:希望。济:成功。
⑦⑤ 雰(fēn):雪盛的样子。
⑦⑥ 压按:克制。学诵:指学诗。
⑦⑦ 申包胥:春秋时楚国大夫,楚昭王十年,吴国攻楚破郢都,他哭于秦廷七天七夜,感动秦哀公出兵救楚。
⑦⑧ 固:坚定。
⑦⑨ 改凿:木器打眼不依规矩。
⑧⓪ 媮:巧。
⑧① “食不媮”二句:吃不苟且饭不饱也饱,穿不苟且衣不暖也暖,喻不苟图富贵,但求心安理得。
⑧② 素餐:《诗经·魏风·伐檀》:“彼君子兮,不素餐兮。”托志素餐,以素餐为耻。
⑧③ 充:满。倔:通“屈”,委屈。无端:无穷尽。
⑧④ 溘(kè):忽然。
⑧⑤ 靓:同“静”。杪秋:秋末。
⑧⑥ 缭悷(lì):缠绕而郁结。
⑧⑦ 逴(chuò)逴:愈去愈远的样子。
⑧⑧ 畹(wǎn)晚:日落的光景。
⑧⑨ 销铄:指月缺。
⑨⓪ 弛:指心志松懈。
⑨① 摇悦:心动而喜。
⑨② 怊(chāo)怅:惆怅。
⑨③ 洋洋:广大无边貌。
⑨④ 嵺廓:通“寥廓”,空旷而无着落的样子。
⑨⑤ 觊(jì):希图。
⑨⑥ 猋(biāo):犬奔,引申为迅捷。
⑨⑦ 黯(yīn):乌云蔽日。黯曀(yì):天色阴暗的样子。
⑨⑧ 蒙蒙:云气迷蒙的样子。
⑨⑨ 黕(dǎn):污垢。点:玷污。
⑩⓪ 抗行:高尚行为。
⑩① 瞭冥冥:高远。
⑩② 险巇(xī):艰险,此指险恶小人。
⑩③ 被:加上。有人认为尧舜禅让,是对他们的儿子不慈。
⑩④ 黯黮(àndàn):昏暗。
⑩⑤ 胶加:乖戾,交错纷乱。
⑩⑥ 裯(dāo):短衣。晏晏:鲜明盛大的样子。
⑩⑦ 潢洋:宽阔的样子。
⑩⑧ 骄美:自骄其美。伐武:自夸其勇。
⑩⑨ 负:恃。耿介:引申为刚勇。
⑪⓪ 愠惀(yǔnlǔn):忠诚的样子。
⑪① 慷慨:此指动听的言辞。
⑪② 踥蹀(qièdié):小步奔跑的样子。
⑪③ 超:义同“远”。逾迈:远行。
⑪④ 雷同:小人唱和,众口一词。炫曜:目光迷乱,不辨是非。
⑪⑤ 昧昧:昏暗。
⑪⑥ 修饰、窥镜:比喻自修自省。
⑪⑦ 窜藏:逃过危难,得以保全。

⑱ 谅:信,确实。
⑲ 浏(liú)浏:水流貌,顺行无阻。
⑳ 强策:强硬有力的鞭策。
㉑ 介:甲,盔甲。
㉒ 邅(zhān):回转不前。翼翼:谨慎。无终:无结果。
㉓ 忳(tún):忧愁貌。惛惛:糊涂。愁约:穷困而悲愁。
㉔ 沈滞:埋没。见:同"现"。
㉕ 怐愗(kòumào):愚昧。
㉖ 莽洋洋:荒野辽阔的样子。
㉗ 皇皇:通"遑遑"。
㉘ 宁戚:春秋时卫人,传说他经商于齐,夜间扣牛角而歌,齐桓公闻歌知是贤人,用为卿。
㉙ 罔:通"惘",怅惘。聊虑:姑且抒发自己的思虑。
㉚ 著意:着意。只有着意求贤的君主才能得到贤才。
㉛ 纷纯(zhūn)纯:很诚挚的样子。
㉜ 被离:通"披离",纷乱。鄣:同"障"。
㉝ 精气:古指自然中的元气。抟抟:聚集。
㉞ 骛:追随。湛(zhàn)湛:形容众神密集的样子。
㉟ 习习:飞动。
㊱ 群灵:指群星之神。丰丰:众多。
㊲ 朱雀:星座名,南方七宿总称。茷(pèi)茷:翻飞。
㊳ 苍龙:东方七宿总称。躣(qú)躣:行进。
㊴ 属:使后随。阗阗:雷声。
㊵ 通:使前导。飞廉:风神。衙(yú)衙:行进。
㊶ 轻辌(liáng):轻便卧车。
㊷ 辎乘:辎重车。从从:与下文"容容"为互文,皆从容之意。
㊸ 委蛇(wēiyí):随风伸展的样子。
㊹ 扈(hù):扈从。屯骑:聚集的车骑。
㊺ 计:心意。专专:专一执着的样子。
㊻ 推:推广。臧:善。

## 鉴赏

《九辩》为著名的楚辞作家宋玉所作。宋玉,战国时期楚国人,大约与唐勒、景差等人同时。他出身低微,曾为楚王小臣,横遭奸佞谗害,结果被黜失职,从此穷困潦倒,抑郁终生。宋玉的作品,据《汉书·艺文志》记载有赋16篇,篇目已不可考。王逸《楚辞章句》载《九辩》《招魂》两篇,萧统《文选》有《风赋》《高唐赋》《神女赋》《登徒子好色赋》《对楚王问》五篇,《古文苑》有《笛赋》《大言赋》《小言赋》《讽赋》《钓赋》《舞赋》六篇。这些作品,《古文苑》中的6篇,前人指为伪作,已成定论;《招魂》一篇,多认为是屈原所作;《文选》所载5篇,历代学者亦颇多争议。因此,基本公认的宋玉作品唯有这篇《九辩》。

《九辩》是借用古代乐调之名为题目创作而成的自叙性抒情长诗。诗人因遭谗被黜而蓄怨积思，感伤万分，于是他“发愤以抒情”，浩歌以当哭，倾吐自己贫士失职的不平、落拓不偶的悲哀、美人迟暮的感喟、报国无门的愤慨。作品当中感情充沛缠绵，抒写精细传神，郁郁乎洋溢着屈原辞作的流风余韵，昭昭然展示出诗人自己所特有的风貌与性情。

诗一共分为九章。

诗的首章由感叹秋气悲凉起兴，叙写诗人的客居与失意。“坎廪兮，贫士失职而志不平。廓落兮，羁旅而无友生。”在深秋时节肃杀凄凉的氛围中，失职的惆怅与愤懑，羁旅的孤独和寂寞，煎熬着诗人的心，使他通宵达旦不能成眠。

于是紧接着的第二章，他自比美人，且泣且诉：“专思君兮不可化，君不知兮其奈何！”“愿一见兮道余意，君之心兮与余异。”这里唱出了“专思君”而“君不知”的衷曲和愁怨，情思缠绵，十分感人。

诗的第三章先是伤悼白露严霜凌逼之下树木的凋零枯朽，“惟其纷糅而将落兮，恨其失时而无当”。进而抒发了自己生不逢时的哀愁，“悼余生之不时兮，逢此世之俇攘”。自悲自怜之中包含着对时世的强烈不满。

第四章诗人又借蕙华一遇风雨即飞扬飘散作比，自叹无法得到楚王的知重，也经受不起小人的谗害，怨恨君门深邃而关梁不通。

第五章紧承前章意思而进一步展开，结合自身遭遇，诉说世道昏暗，慨叹贤士遇合之难。诗人对执辔非人而相者举肥的朝政，感受特别深切，故而措辞也特别激烈。“却骐骥而不乘兮，策驽骀而取路。”“众鸟皆有所登栖兮，凤独遑遑而无所集。”精巧的比喻，鲜明的对比，极其形象又极其尖锐地揭露出现实中的良莠不分、贤愚颠倒。“谓骐骥兮安归？谓凤皇兮安栖？”面对颠倒的现实，他发出愤激的呼喊，这呼喊传达出内心的几分迷惘、几分绝望。

第六章继续抒写寻找出路而终不可得的苦闷与彷徨。“独耿介而不随兮，愿慕先圣之遗教。”诗人内心矛盾重重，但是仍然郑重而明确地表示，宁愿穷处而守高，决不苟且以求荣。

尽管他决心坚守志向，独善其身，但是内心的悲愤却总是难以平息，故而诗中前波未平，后浪又起。诗人在第七章中悲叹自己春秋日高，事业无成；在第八章中又痛斥谗人蔽君，昏君误国。“四时递来而卒岁兮，阴阳不可与俪偕。”“事绵绵而多私兮，窃悼后之危败。”无论是嗟老叹逝，还是愤世忧国，都跟屈原《离骚》情感相通，声息仿佛，无怪乎前人以为宋玉“闵惜其师，忠而放逐，故作《九辩》以述其志。”（王逸《楚辞章句》）

诗的末章申述自己的政治主张和对待现实的主观态度,收束全篇。“乘骐骥之浏浏兮,驭安用夫强策?谅城郭之不足恃兮,虽重介之何益?”他强调必须注重人才,举贤任能。反诘句式的连续使用,加强了他议论的力量。但冷峻的现实使他失望。“愿赐不肖之躯而别离兮,放游志乎云中。”在极端苦闷中,为超脱自己,他决定乞身致仕,高举远遁。他展开想象的翅膀,飞入幻想的天地,伴群神,驾白霓,乘风驭雷,遨游于云际。然而诗的结尾表明,他矢志不渝,忠魂未泯,终究未能超尘遗世,旷达自适。

通览全篇,诗人再三申述、反复表白自己忠诚而且多才,但是不被楚王了解,并且遭受奸谗排挤,以至才不见用,志不得伸,最终被黜失职,进退失所,从而悲凉难堪,愁苦不已。诗的确有着明显的自叙性质。然而它毕竟不是叙事作品,它不可能按照普通的叙述方式和一般的逻辑结构,叙写作者的经历遭遇。它是一首按照诗人内心情感的波动和流向去挥洒笔墨的抒情杰作。诗人因遇兴感,由事生情,他的不平、怨恨、愤懑、慷慨、迷惑、彷徨、希冀、失望、惆怅、寂寞、忧愁、哀伤,汇聚成汹涌的感情潮水,由胸中汩汩而出,不可遏止。诗人的经历、遭遇,便由这感情的潮水淹没后再飘载着,或浮或沉、时聚时散地推涌到读者面前。尽管人们对于其中的事实只能有个大概的了解,但是却从中受到强烈的情感激荡,深深为诗人的情所感染。

不仅如此。诗人的内心世界矛盾复杂,自然导致诗中情感纷纭变化。譬如对待楚王,诗人一方面指责他贤愚颠倒、昏聩不明,一方面又期望被他重用、为他效忠;一会儿表示“将去君而高翔”,一会儿又申明“窃不敢忘初之厚德”。诗人就在怨君与忠君、去君与思君的矛盾中徘徊往返,难以解脱。诸如此类心灵深处的矛盾运动,及其所引起的情感冲突,使诗人表现出愁肠百结、欲罢不能、欲言难尽的悲苦心态,诗中的情感流也因此而波澜迭起,曲折回旋,愈益显得缠绵悱恻,婉曲动人。

诗人如此丰富、复杂的情思真可谓“剪不断,理还乱”,犹如万斛源泉,不择地而出,任其势而流淌。然而,作品却脉络清晰,层次井然,高度地显示着艺术的整体性、完整性,主题也极其集中、鲜明。诗人的结构艺术和表现能力实在令人赞叹!

《九辩》的基本内容是“感遇”,而主导情绪则是“悲秋”。作者没有大量采用直接方式抒写自己的所遇所感,而是更多地通过对深秋景象的描绘渲染,来融汇并表现他对人生、社会、时代的凄凉感受。诗的第一章就突出地体现了这一特点。诗开篇即以“悲哉秋之为气也!”这撼人魂魄的一声长叹奠定了全诗的基调,紧接着将登山、临水、远行、送别等最动感情的人类活动，融入天高气清、收潦水清、秋风萧瑟、薄寒中人、北雁南征、寒蝉噤声、秋鸟悲鸣、蟋蟀宵征的自然景象之中，创造出极其浓厚的悲秋氛围，以此涵容、映衬和烘托作者去故就新、失职困顿、羁旅孤独、彻夜不眠的怨怅哀伤。以下各章也都结合秋露、秋霜、秋雨、秋风、秋月以及秋天虫鸟草木的描绘，来表现一个游子弃臣的幽愁忧思。特别是其中的第三章，以哀艳的词藻、细腻的笔触，将霜露侵袭下的树木其枝其叶其形其色一一刻画，使人一读过后便戚戚然有寥落凄清之感。

本来诗人满怀末路颠踣、身世飘零之感，对岁暮穷秋那种肃杀凄凉的景象感觉特别敏锐，而自然界的秋风、秋雨、秋声、秋色又不断地刺激他，增添与强化他心中的穷途迟暮之悲。“情生景，景生情”，外界的摇落之景和内心的沦落之情两者彼此契合，相感相生，升华而成为主客统一、物我和谐的“悲秋”境界。这种“悲秋”情调作为覆盖《九辩》全篇的主旋律，它涵容着“感遇”，使诗人笔下的事、物、情、感，水乳交融，浑然一体，从而谱就一支以悲凉感伤为基调的回旋曲，颇为完美地表现了“贫士失职志不平”的主题。

《九辩》是在屈原艺术滋润下盛开的一枝奇葩。它在诸多方面继承了屈原艺术的成就，甚至有意录用了一些屈赋原句，以表示对屈原的深挚的景仰。同时，《九辩》反映出作者自己的文学才华，具有独特的艺术风采，尽管它“驰神逞想，不如《离骚》，而凄怨之情，实为独绝”（鲁迅《汉文学史纲要》）。

“摇落深知宋玉悲”（杜甫《咏怀古迹五首》之二）。宋玉是古代第一个以悲秋名世的诗人，他利用情景相生、情景交融的手法，抒写深厚的悲秋情怀，进一步开拓了诗的意境，增强了表现诗人自我意识的艺术功能，这在文学史上影响极为深远。

（汪大白）

# 风　赋

宋　玉

楚襄王游于兰台之宫，宋玉、景差侍①。有风飒然而至，王迺披襟而当之②，曰：“快哉此风！寡人所与庶人共者邪？”宋玉对曰：“此独大王之风耳，庶人安得而共之!”王曰:“夫风者,天地之气,溥畅而至,不择贵贱高下而加焉。今子独以为寡人之风,岂有说乎?”③宋玉对曰:“臣闻于师:‘枳句来巢④,空穴来风。’其所托者然,则风气殊焉。”

王曰:“夫风,始安生哉?”⑤宋玉对曰:“夫风,生于地,起于青蘋之末,侵淫溪谷,盛怒于土囊之口,缘泰山之阿,舞于松柏之下,飘忽淜滂,激飏熛怒,耾耾雷声,回穴错迕,蹶石伐木,梢杀林莽⑥。至其将衰也,被丽披离,冲孔动楗,眴焕粲烂⑦,离散转移。”

“故其清凉雄风,则飘举升降,乘凌高城⑧,入于深宫。邸华叶而振气,徘徊于桂椒之间,翱翔于激水之上,将击芙蓉之精,猎蕙草,离秦蘅,概新夷,被荑杨,回穴冲陵,萧条众芳⑨。然后徜徉中庭,北上玉堂,跻于罗帷,经于洞房⑩,迺得为大王之风也。故其风中人,状直憯凄惏慄,清凉增欷,清清泠泠,愈病析酲⑪,发明耳目,宁体便人。此所谓大王之雄风也。”

王曰:“善哉论事?夫庶人之风,岂可闻乎?”宋玉对曰:“夫庶人之风,塕然起于穷巷之间,堀堁扬尘,勃郁烦冤,冲孔袭门。动沙堁,吹死灰,骇溷浊,扬腐余,邪薄入瓮牖⑫,至于室庐。故其风中人,状直憞溷郁邑,驱温致湿,中心惨怛,生病造热,中唇为胗,得目为蔑,啖齰嗽获,死生不卒⑬。此所谓庶人之雌风也。”

## 注释

① 楚襄王:即楚顷襄王(前298—前263在位),楚怀王的儿子,名横。兰台之宫:宫苑名,遗址在今湖北省钟祥市境内。景差:楚国的大夫,

与宋玉同以辞赋著称,但无作品流传。

② 飒然:形容风声。迺:乃。

③ 溥畅而至:普遍地无所阻挡地吹来。说:说法,道理。

④ 枳:树名,弯曲多枝。句:即“勾”,弯曲。

⑤ 安:何处,哪里。

⑥ 青蘋:水草,贴于水面,稍有微风,叶端即抖动。末:尖端,末梢。侵淫:逐渐扩展,渐渐地进入。泰山:大山。阿:山弯。飘忽:风急迅的样子。淜滂:风撞击物体的声响。激飏:指风激烈迅猛。飏,通“扬”。熛(biāo)怒:风声像大火飞扬一样怒吼。熛,火势飞扬的样子。耾(hóng)耾雷声:风声像雷声一样。耾耾,犹“轰轰”,风声。回穴错迕:风回旋交错。回穴,穴通“泬”(xuè),回旋不定。一说急速的样子。错迕,交错相杂。迕,不顺。蹶:动,倒。梢杀:冲击,折断。莽:野草。

⑦ 被丽披离:风向四处轻轻地飘散的样子。楗:门栓。眴焕粲烂:形容景物鲜明、空气清新。这是说,风定之后尘埃减少,花木都分外光彩鲜明,空气也清新。

⑧ 飘举:飘扬。乘凌:升越。

⑨ 邸:同“抵”,触动。华:同“花”。振气:使散发香气。桂椒:桂树、椒树。二者都是香木。激水:被激起浪花的水流。芙蓉:荷花。精:通“菁”,花。猎:掠过。蕙草:香草。离:分开。秦蘅:秦地所生的香草。蘅,杜蘅,香草的一种。概:吹平。新夷:即辛夷,又叫木笔。被:通“披”,分开。荑杨:初生的杨树。荑,草木初生的叶芽。冲陵:冲撞。萧条众芳:使各种花木凋零。

⑩ 倘佯:徘徊。玉堂:宫殿的美称。古代宫殿都坐北向南,所以风吹进宫殿称“北上”。跻:登上。洞房:宫中幽深的内室。

⑪ 憯凄惏慄:清凉寒冷的样子。清凉增欷:清凉的风吹到身上,使人发出叹声。欷,叹声。清清泠泠:清凉的样子。愈病析酲:治好疾病,解除酒醉。

⑫ 塕(wěng)然:忽然而起的样子。堀堁(kūkè):刮起尘土。堁,尘埃。勃郁烦冤:风回旋不定,吹土扬尘,像愤怒不平的样子。骇溷浊:搅起污秽肮脏之物。骇,惊起,这里指搅动。溷,通“混”。腐余:腐臭的东西,指垃圾。邪薄:偏斜着迫近。瓮牖:用破瓮装制的窗户。牖,屋墙上的窗。

⑬ 憞溷郁邑:烦浊忧闷。驱温致湿:送来闷热潮湿之气。惨怛(dá):忧伤,痛苦。胗(zhěn):唇疡,口疮。䁾(miè):目疾。啖(dàn)齰(zé)嗽(sòu)获:中风后口抖动的样子。齰,咬。嗽,吸吮。获,通“嚄”,大叫。死生不卒:指中风后既不能在短时间内死去,也不能在短时间内痊愈。卒,通“猝”,仓猝之间。一说,卒,终了。

## 鉴赏

《风赋》见昭明太子《文选》,作者题为宋玉,是“拓宇于楚辞”的早期赋作。它借风喻理,意在言外,开讽谕之赋的先河。

楚襄王与宋玉、景差游览富丽堂皇的兰台宫,有凉风飒然而来,自然十分惬意。襄王展衿迎风,身适意得,禁不住赞叹说:“畅快啊,这凉风!”畅快之余,忽问“这是我和百姓共同享受的吗?”襄王认为风是天地间的一种气,不分贵贱高低,遍吹各处各人。宋玉却说:“这是属于大王的风,百姓怎能共同享受呢!”这自然引起襄王的疑问:“现在您单单以为是我大王的风,难道有什么说法吗?”宋玉乘机发挥说:“我从老年人那里听说:枳树弯曲分杈就会有鸟雀做窝,空阔的洞穴容易招风。各种事物都有不同的依托,那么风在不同环境下气势也就不同。”

首段交待人物、环境,引出论风情由。其中对襄王迎风意得的情态,写得简洁而生动。宋玉抓住时机,借题发挥,表现了他作为文学侍从的机智。

以下三段,通过君臣问答,对风在不同环境中的情态加以具体形象的描绘。襄王追问说:“风始安生哉?”这话既可理解为风最初在哪里兴起,也可理解为风未入人间之前在哪里生长。宋玉则兼两层意思并答之,从而描绘了风在山野的兴、盛、衰的全过程。风悄然从大地生起,起自水草末梢。形成之后渐渐进入山谷,在山洞前猛烈刮起,飞土扬尘,之后沿大山弯前进,舞动于松柏之间,越刮越急,撞击万物,发出声响,势如大火飞腾。这时风声如雷,轰轰作响,回旋不定,交错相杂。狂风摇撼巨石,刮断树木,奔腾于山野,摧毁草木。这节文字,按照风势由微弱而极盛的过程,通过风的流动、声响、气势,将无形之风的情态描绘得惟妙惟肖。最后,写风逐渐平息的情状。到风势要衰弱下来的时候,逐渐向四面分散,这时仅有冲击小洞、摇动门栓的力量。当各种景物又现出鲜明光彩,风就向四外飘散转移了。

第二段按照风在山野中兴、盛、衰的过程,生动形象地描绘了风由始至终的情状。风是无形的,而作者却将各个过程中的多种情态描绘得生动形象而且传神,说明作者不仅善于观察,而且长于描绘。以“侵淫”“缘”“舞”“飘忽”“激飏”等词形容风的各种动态,准确而生动;以“盛怒”“雷声”“蹶石伐木,梢杀林莽”来描绘狂风的磅礴奔放、盛势凌人,贴切而形象。这都表现了本文词藻丰富的特点。

第三段开头用一“故”字，使段落联系紧密，过渡自然，也可省去君臣问答，使文章简洁而有变化。山野之风“离散转移”，其中清凉雄风依地势高低而升降，升越高高的城垣，进入幽深的宫殿。在宫殿中，摇动花草，吹拂香木，翱翔于浪花翻卷的水流之上，携带花木之芳香，满载清流之爽气。然后徘徊于幽庭深院，进入华美的殿堂，拂帷幔，入洞房。这才成为大王之风。因此，处在这种风中的人，有清凉寒爽之感，为此发出感叹。在清凉环境中，可以治病解酒，使人耳聪目明、身心安适。大王之雄风给人带来无穷益处。

本段写大王之雄风的形成和作用。对风入宫廷进停回旋，展开了生动细致的描绘，词藻丰富、华美，景物生动而鲜明。

庶人之雌风则不然，正与大王之雄风相反，突然起于穷街陋巷，卷起尘埃，回旋反复，像含冤难平，钻孔洞，撞屋门，扬沙土，吹死灰，翻垃圾，搅污秽，斜刺里冲进破陋门窗，涌入草房。庶人之风本为浊重之气，又在破陋肮脏环境中形成，携肮脏之物，载污秽之气，使人厌恶，令人烦躁。这种风刮到人身上，吹走温暖，送来潮湿，让人烦浊忧闷，造成人内心愁苦忧伤，以致热病缠身，嘴巴生疮，眼睛红肿，抽搐中风，半死不活。

第四段写庶人之风的形成和危害。以“堀”“勃郁”“烦冤”“骇”“扬”“邪薄”来描绘风在穷巷的动态，用词贴切，景物和环境气氛融洽合一，使读者对庶人之风生厌，容易理解下文所述此风造成的危害。

鉴赏必须在理解基础上进行。理解就是通过文字符号与作者相沟通。虽然读者所把握的未必与作者所要表达的完全一致，但应该达到基本相同。不过，读者不是被动接受因素，单纯作出反应的环节，阅读过程也非作家与作品单向向读者灌输形象与意义的被动接受，读者往往是能动地展开自己的联想、想象和思辨。由于当时社会、学术思潮或学派的影响、制约，在接受之前，读者便已具有自己特定的“期待视界”和“前理解”，这种阅读前的意向和视界，会影响读者对作品的把握，并决定读者对作品内容和形式的取舍标准、注意重点和基本态度与评价，影响读者对作品命意主旨的确定和把握，也即影响读者与作者的沟通。鲁迅先生指出：“《红楼梦》……单是命意，就因读者的眼光而有种种：经学家看见《易》，道学家看见淫，才子看见缠绵，革命家看见排满，流言家看见宫闱秘事……。”(《集外集拾遗·〈绛花洞主〉小引》)《风赋》命意主旨的确定也有类似情况。在封建社会，由于受经学和儒家文学理论的影响，人们都很强调赋的讽谕作用。自汉朝以来就尤其强调赋的美刺作用,特别是匡谏君过的作用,并以此衡量赋的高下。因此,人们都好心地去挖掘本赋匡君作用,把它的主旨说成是“时襄王骄奢,故宋玉作此赋以讽之”(《文选》五臣注吕向说),以提高《风赋》的价值和地位。

作者在《风赋》中要表现什么样的思想呢?根据上面对原文的分析,我们可以看到,本文描绘了风这种天地之气在三种环境下的情态、作用,首先描绘了风在山野的情态,接着描绘风进入人间之后所分化成的“大王之雄风”“庶人之雌风”,对于人间之风,着重描绘其形成过程、气势、作用。为什么风会产生分化,而且气势、作用不同以至相反呢?作者在本文首段已指出“其所托者然,则风气殊焉”,即人或事物常因所托环境不同而表现、作用各异。因此,本文的主旨是通过风在三种不同环境中的表现、作用的具体描绘,阐明“其所托者然,则风气殊焉”的道理。《晏子春秋》的“橘在淮南则为橘,橘在淮北则为枳”,左思《郁郁涧底松》诗,《史记》所载李斯“鼠叹”等等,都表现了类似的道理和思想。但是,通过具体事物的描绘,即借助文学作品反映这一道理和思想,却以《风赋》最早,在赋史上更是开风气之先。今天看来,这道理和思想并无什么了不起,但在两千多年前这样看问题,实属可贵,尤其是借助对风的描绘巧妙地反映出这种思想,就更难能可贵。

说到《风赋》的艺术特点,如铺张扬厉的笔法,君臣对话的形式,散中有整、整散相间的句式,细致观察基础上的具体传神的描绘,语言的便捷,态度诙谐的趣味等,都是可贵的,但我认为本文最大的特点是巧妙对比。山野之风与人间之风的对比,人间之风中又有“大王之风”和“庶人之风”的对比。其中有形成过程的对比,有气势的对比,有作用的对比。作者只是对各种环境的风进行具体生动的描写,描写得适可而止,给人以活泼而简净的印象。最后一段把庶人之风写完了就立刻煞住,不再多费一词,虽然作者只是客观地写了三种环境中风的表现,读者却可以看出强烈的对比,并且易于掌握言外的讽谕之意,表现出笔墨的经济。作为早期赋作,达到如此艺术成就,确实表现了作者高超的艺术技巧。

(李景明)

# 高唐赋并序

宋玉

昔者楚襄王与宋玉游于云梦之台①，望高唐之观②。其上独有云气，崒兮直上③，忽兮改容④，须臾之间，变化无穷。王问玉曰："此何气也?"玉对曰："所谓朝云者也⑤。"王曰："何谓朝云?"玉曰："昔者先王尝游高唐⑥，怠而昼寝，梦见一妇人曰：'妾，巫山之女也⑦，为高唐之客。闻君游高唐，愿荐枕席⑧。'王因幸之。去而辞曰：'妾在巫山之阳，高丘之阻⑨，旦为朝云，暮为行雨，朝朝暮暮，阳台之下⑩。'旦朝视之，如言。故为立庙，号曰'朝云⑪'。"王曰："朝云始出，状若何也?"玉对曰："其始出也，䁯兮若松榯⑫；其少进也，晰兮若姣姬。扬袂鄣日而望所思⑬；忽兮改容；偈兮若驾驷马、建羽旗⑭；湫兮如风，凄兮如雨⑮，风止雨霁⑯，云无处所。"王曰："寡人方今可以游乎?"玉曰："可。"王曰："其何如矣?"玉曰："高矣显矣，临望远矣，广矣普矣，万物祖矣，上属于天，下见于渊，珍怪奇伟，不可称论⑰。"王曰："试为寡人赋之⑱。"玉曰："唯唯⑲。"

惟高唐之大体兮，殊无物类之可仪比⑳。巫山赫其无畴兮，道互折而曾累㉑。登巉岩而下望兮，临大阺之稸水㉒。遇天雨之新霁兮，观百谷之俱集。濞汹汹其无声兮，溃淡淡而并入㉓。滂洋洋而四施兮，蓊湛湛而弗止㉔。长风至而波起兮，若丽山之孤亩㉕。势薄岸而相击兮，隘交引而却会㉖。崒中怒而特高兮，若浮海而望碣石[27]。砾磥磥而相摩兮，巆震天之磕磕[28]。巨石溺溺之瀺灂兮，沫潼潼而高厉[29]。水澹澹而盘纡兮，洪波淫淫之溶滴[30]。奔扬踊而相击兮，云兴声之霈霈[31]。猛兽惊而跳骇兮，妄奔走而驰迈[32]。虎豹豺兕，失气恐喙[33]。雕鹗鹰鹞[34]，飞扬伏窜。股战胁息，安敢妄挚[35]。于是水虫尽暴，乘渚之阳[36]。鼋鼍鳣鲔[37]，交积纵横。振鳞奋翼，蜲蜲蜿蜿[38]。中阪遥望[39]，玄木冬荣，煌煌荧荧[40]，夺人目精。烂兮若列星，曾不可殚形[41]。榛林郁盛，葩华覆盖[42]。双椅垂房，纠枝还会[43]。徙靡澹淡，随波闇蔼[44]。东西施翼，猗狔丰沛[45]。绿叶紫裹，丹茎白蒂。纤条悲鸣，声似竽籁[46]。清浊相和，五变四会[47]。感心动耳，回肠伤气。孤子寡妇，寒心酸鼻。长吏隳官，贤士失志[48]。愁思无已，叹息垂泪。登高远望，使人心瘁[49]。盘岸巑岏，裖陈硙硙[50]。盘石险峻，倾崎崖隤[51]。岩岖参差，纵横相追。陬互横牾，背穴偃蹠[52]。交加累积，重叠增益。状若砥柱[53]，在巫山下。仰视山巅，肃何芊芊[54]，炫耀虹蜺[55]。俯视峥嵘，窐寥窈冥[56]。不见其底，虚闻松声。倾岸洋洋，立而熊经[57]。久而不去，足尽汗出[58]。悠悠忽忽，怊怅自失[59]。使人心动，无故自恐。贲育之断，不能为勇[60]。卒愕异物[61]，不知所出。縰縰莘莘[62]，若生于鬼，若出于神。状似走兽，或象飞禽。谲诡奇伟[63]，不可究陈。上至观侧，地盖底平[64]。箕踵漫衍，芳草罗生[65]。秋兰茝蕙，江离载菁[66]。青荃射干，揭车苞并[67]。薄草靡靡，联延夭夭，越香掩掩[68]。众雀嗷嗷[69]，雌雄相失，哀鸣相号。王雎鹂黄，正冥楚鸠。姊归思妇，垂鸡高巢[70]。其鸣喈喈，当年遨游[71]。更唱迭和，赴曲随流[72]。有方之士，羡门高谿。上成郁林，公乐聚谷[73]。进纯牺，祷琁室[74]。醮诸神，礼太一[75]。传祝已具，言辞已毕[76]。王乃乘玉舆，驷苍螭[77]，垂旒旌，旆合谐[78]。紬大弦而雅声流，冽风过而增悲哀[79]。于是调讴，令人惏悷惨凄，胁息增欷[80]。于是乃纵猎者，基趾如星[81]。传言羽猎，衔枚无声[82]。弓弩不发，罘罕不倾[83]。涉漭漭，驰苹苹[84]。飞鸟未及起，走兽未及发。弭节奄忽[85]，蹄足洒血。举功先得，获车已实[86]。

王将欲往见之，必先斋戒，差时择日[87]，简舆玄服[88]，建云旆，蜺为旌，翠为盖[89]。风起雨止，千里而逝。盖发蒙，往自会[90]。思万方[91]，忧国害[92]。开贤圣[93]，辅不逮[94]。九窍通郁，精神察滞[95]，延年益寿千万岁。

## 注释

① 楚襄王：即楚顷襄王，熊氏，名横，公元前298年—前263年在位。云梦之台：云梦泽中的高台。云梦，古泽名。先秦所称云梦泽，大致包括今湖南益阳县、湘阴以北，湖北江陵县、安陆以南，武汉以西地区。

② 高唐之观（guàn）：宫观名。楚怀王曾游云梦泽，梦见一美女自称为巫山神女，与之欢洽，后来怀王在山下建立此观。

③ 崒兮直上：形容云气像险峻陡峭的山峰直立。崒（zú），险峻。

④ 忽兮改容：云气迅速改变着各种颜色形状。忽，迅速，突然。

⑤ 朝（zhāo）云：本指早晨天空的云霞，此处也隐指巫山神女。

⑥ 先王：指楚襄王之父、已故的楚怀王。怀王熊氏名槐，公元前328年—前299年在位。

⑦ 巫山之女：据《襄阳耆旧传》载，赤帝（即炎帝，又称神农氏）女姚姬未行（出嫁）而卒，葬于巫山之阳（山阳：山的南面），故曰“巫山之女”，又称为“巫山神女”。巫山，在重庆巫山县东、巴山山脉特起处，有十二峰，峰下有神女庙。

⑧ 荐枕席：侍寝。荐，进。

⑨ 高丘之阻：高丘山险要的地方。高

丘,山名。阻,险要之地。

⑩ 阳台:传说中台名。

⑪ 朝云之庙:《文选》注:“至朝视之,如见云雨之象,故为立庙,号‘朝云之庙’。”

⑫ 𦬊(duì):茂盛的样子。榯(shí):树木直立的样子。

⑬ 晣(zhé):通“晢”,光亮。姣姬,美女。袂(mèi):衣袖。鄣(zhàng):同“障”,遮挡。全句意为:朝云光亮动人,就像美女举起衣袖遮挡日光,遥望所思之人。

⑭ 偈(jiē):疾驰的样子。建羽旗:树起用五彩羽毛装饰的旗帜。建,树。

⑮ 湫(qiū)、凄(qī):寒凉。

⑯ 霁(jì):雨停下来,天空放晴。

⑰ 高矣显矣……不可称论:这段话意为:神女居住的地方高敞广远,险要万分,可以作为万物之祖,至于怪异奇美,则不能一一论说出来。

⑱ 赋:铺叙其事。

⑲ 唯(wěi)唯:恭敬而顺从的应答词。

⑳ 体:形体,形状。殊:特出,出众。仪:匹配。

㉑ 赫(hè):显著,显耀。畴(chóu):类。曾累:层层积累。曾(céng),通“层”。

㉒ 巉(chán):险峻。陁(dǐ):山坡。稸(xù):通“蓄”,积聚储存。

㉓ 谷:山谷。濞(pì):大水暴发的声音。汹汹:水腾涌的样子。溃(kuì):水破堤而出。淡(yǎn)淡:水平满的样子。

㉔ 滂:大水涌流。洋洋:水势很大的样子。四施:向四面八方漫流。施(yì),漫延。蓊(wěng):聚集。湛湛:水深的样子。

㉕ 丽山之孤亩:附着在山上的田埂。丽,附着。亩,田中高处,田埂。

㉖ 两句意为:水势很大,触岸相击,波涛在狭窄处交引相会。薄:迫近。隘(ài):狭窄。

㉗ 崒(cuì):通“萃”。聚集。特:形容气势强盛猛烈。碣石:《文选》注:指海边的山。碣石山原在河北昌黎县海边,南北朝时已沉入海中。

㉘ 砾(lì):小石头。磥(lěi)磥:形容石头很多。礚(hóng):水石相激荡发出的声音。磕(kē)磕:象声词,意与礚同。

㉙ 溺溺:沉浸。潺湲(chánzhuó):水流声。沫(mò):水泡。潼(tóng)潼:高起。厉:飞扬。

㉚ 澹澹:水波动荡的样子。盘纡(yū):盘旋。淫淫:流动,行进。溶滴(yì):水波涌荡。

㉛ 兴:起。霈(pèi)霈:形容云起时的声音。

㉜ 妄:狂乱。迈:前进。

㉝ 虎豹豺兕(sì):皆猛兽名。喙(huì):疲困。

㉞ 雕鹗鹰鹞:皆猛禽名。鹗(è),雕类,俗称鱼鹰,古称雎鸠。

㉟ 股战胁息:大腿颤抖,敛缩气息,表示恐惧。股,大腿。胁,从腋下至肋骨尽处。挚(zhì):攫取。

㊱ 水虫:生活在水中的动物。尽暴:全

部暴露在日光之下。渚(zhǔ):水边,水中小块陆地。阳:水的北边。

㊲ 黿(yuán):大鳖。鼉(tuó):扬子鳄,又名猪婆龙,生活在长江中下游。鳣鲔(zhānwěi):皆鱼名,鲟鱼一类。

㊳ 翼:鱼翅。蜲(wěi)蜲蜿(wān)蜿:盘旋曲折。

㊴ 中阪遥望:水虫在山坡上遥遥相望。阪(bǎn),山坡。

㊵ 玄木:四季常青的树木。玄:苍青色。冬荣:冬天开花。荣:花。煌煌:光辉。荧(yíng)荧:微光闪烁。

㊶ 列星:群星。殚(dān)形:全部形态。殚,尽,全。

㊷ 榛(zhēn)林:栗林。葩(pā):花。

㊸ 椅(yī):树名,又名山桐子。椅,通"倚"。垂房:果实下垂。纠枝:树枝向下弯曲。

㊹ 徙靡:树木枝叶往来摆动。闇蔼:不分明的样子。闇,同"暗"。

㊺ 东西施翼:树枝像鸟的翅膀一样向各方伸展。猗狔(yīnǐ):婀娜,柔弱下垂。丰沛:多。

㊻ 竽(yú):管乐器名。籁(lài):箫。

㊼ 五变:五音皆变。四会:四方之声相会合。

㊽ 隳官:弃去官职。隳(huī),毁坏。失志:失去本志。

㊾ 心瘁(cuì):心情忧伤。瘁,忧伤。

㊿ 盘岸:盘绕于岸。巑岏(cuán wán):峻峭的山峰。裖(zhěn)陈:重叠陈列。裖,重叠的样子。硙(ái)硙:高高的样子。

51 倾崎:倾斜不平。隤(tuí):倒塌。

52 陬(zōu):山脚。横牾(wǔ):违逆,抵触。背穴:背后深洞。偃蹠(yǎnzhí):形容山石险恶。全句意为:进有怪石横挡于前,退有深穴阻拦于后。

53 砥柱:山兀立在水中像柱子一样。砥柱山原在河南三门峡东北黄河中,因修水库,今已不见。

54 芊(qiān)芊:浓绿色。

55 炫耀虹蜺:光彩照耀,交相辉映,像虹蜺那样美丽。

56 窐(qiāo)寥(liáo)窈(yǎo)冥:空深幽暗的样子。

57 全句意为:崖岸将要倾倒,而水流又很迅猛,所以人立其旁,顿生恐惧,身体不觉佝偻。熊经:像熊那样攀树而立,其身佝偻。

58 足尽汗出:因恐惧而流汗至足。

59 悠悠:指空间遥远,时间久长。忽忽:指迷惑,失意。怊(chāo)怅:惆怅,感伤失意。

60 全句意为:像孟贲(bēn)、夏育那样勇敢果断的人,见此险阻,也不能逞勇决断。

61 卒(cù):通"猝",仓促。愕(è):惊讶。

62 縰縰莘(shēn)莘:众多的样子。

63 谲诡(juéguǐ):怪诞,奇异,变幻。

64 观侧:高唐观之侧。底(dǐ)平:像磨刀石那样平坦。底,磨刀石。

65 箕踵(jīzhǒng):簸箕跟部。箕,簸箕。踵,足跟。漫衍:宽阔平坦。罗生:罗列而生。

66 秋兰、茝、蕙、江离:皆香草名。载菁

(jīng):开花,载花。菁,花。

㊿67 荃(quán)、射(yè)干、揭车(jū):皆香草名。苞并:丛生,茂盛。

68 薄草:草丛生。靡靡:草伏相依的样子。夭夭:草木茂盛的样子。越:远。掩掩:香气浓郁的样子。

69 嗷(áo)嗷:哀号声。

70 王雎(雎鸠)、鹂黄(黄鹂)、楚鸠、姊归(子规)、思妇、垂鸡:皆为鸟名。正冥:未详,疑亦鸟名。高巢:筑巢于高处。

71 喈(jiē)喈:鸟鸣声。当年:正当年华。

72 更唱迭和:递相唱和。赴曲随流:众鸟唱和声与流水声合拍。

73 方:法术。羡门高谿:疑为羡门高誓,古方士名。上成:古方士名。郁林:盛多如林。公乐聚谷:仙人聚会的高唐观,共食作乐。

74 进:祭祀。纯牺:祭祀时用的纯色的整个牲畜。祷:祈祷。琁室:用美玉装饰的屋子。琁(xuán),同"璇",美玉。

75 醮(jiào):祭祀。诸神:百神。礼:尊礼。太一:天之尊神。

76 传祝:古时传话给神灵的巫者。言辞:传给神灵的话。

77 王:怀王。玉舆:用玉装饰的车子。舆,车。驷:一车套四马。苍螭(chī):苍龙。螭:独角龙。全句意为:怀王驾着四条苍螭拉的用玉装饰起来的车子。

78 旒(liú):古时旗帜下边悬垂的饰物。旌(jīng)、旆(pèi):皆为旗帜的通称。合谐:和谐。

79 细(chōu):抽引,引申为弹奏。大弦:古弦乐器上的宫声弦。雅声:高雅正规的乐声。流:乐声像流水一样传播开。冽(liè)风:寒风。

80 调讴(ōu):讴歌,歌唱。惏悷(línlì):形容恐惧悲伤。胁息:见注㉟。欷(xī):抽咽声。

81 趾(zhǐ):脚。

82 羽猎:古时帝王狩猎,士卒背负羽箭随从,因名羽猎。衔枚(méi):枚状如筷,横衔口中,以禁喧哗。

83 罘(fú):捕兔的猎具。罕(hǎn):捕鸟的网。倾:施,设。

84 漭(mǎng)漭:形容水面广阔无边。芊芊:草丛生的样子。

85 弭节:驻车。弭(mǐ),停止。节:行车进退之节。奄(yǎn)忽:迅疾。

86 获车:载兽车。

87 差(chāi):选择。

88 简舆:选择车子。简:选择。玄服:黑衣服。

89 云旆:装饰着云彩图案的旗帜。蜺为旌:以蜺作为图案的旗帜。翠为盖:用翠羽装饰的华盖。

90 盖(hé):通"盍",何不。发蒙:启发蒙昧。自会:自与神女相会。

91 思万方:思考四方之事。万方,四方。

92 忧国害:担忧国家的利害。

93 开贤圣:广开贤圣进言之路,用其谋策。

94 辅不逮:(让贤圣)辅佐自己,以补自己思虑不及之处。不逮:不及。

95 九窍:九孔。指人的眼、耳、鼻、口七窍和大小便处二窍。通郁:通畅。郁,不通。察:明白。滞,阻塞。

## 鉴赏

《高唐赋》是针对楚襄王而写的。襄王荒唐糊涂,远远超过其父怀王。对宋玉,他"既美其才,而憎之似屈原也","以为小臣"(《襄阳耆旧传》)。虽然宋玉"终莫敢直谏"(《史记·屈原列传》),没有屈原的正直和勇敢,但他受屈原影响而不满襄王的情绪是有的;加之他自恃才华出众而又不受重用,不平的愤懑也是有的,因此《文选》李善注说《高唐赋》是"假以为辞,讽于淫也",清楚地指明了宋玉的写作意图是讽谏襄王的淫惑。这种思想无疑是正确的,但因这篇赋本身写得过于曲折委婉,而又"竞为侈丽闳衍之词",所以"没其讽谕之义"(《汉书·艺文志》)。作品仅在结尾部分点出"思万方,忧国害,开贤圣,辅不逮",希望襄王不要沉溺于游猎淫乐之中,而要思虑国事,任用贤能(当然也包括宋玉本人),广开言路,以补过失。这样轻描淡写,正如班固所说,只是"曲终奏雅""劝百而讽一"(《汉书·司马相如传》)了。

《高唐赋》的思想内容,与作者的身世及志趣关系极为密切。宫廷侍从的地位,使宋玉寄襄王篱下,仰襄王鼻息,不得不以襄王的喜怒哀乐为自己的喜怒哀乐,时时小心翼翼,处处察颜观色,如果稍有不慎,轻则被辱遭逐,重则身亡命丧,因而他考虑个人的荣辱得失较多,形成了软弱的性格和格调不高的思想境界,没有直言抗争、刚直不阿的个性,也缺少忧国忧民的远大理想。这种情形在他的赋里打下了深深的烙印。但宋玉又是一个"失职而志不平"的"贫士",常为怀才不遇而苦闷,加之知识分子那种忧患意识也没有完全丧失,所以赋中往往流露出担心国家前途命运的情怀。《高唐赋》除了"曲终奏雅"外,也不乏"失志""心瘁""悲哀""惨凄""回肠伤气""寒心酸鼻""愁思无已,叹息垂泪"等词句。从表层来看,是宋玉笔下的景物触发了观者的情感,但从深层分析,何尝不是宋玉悲愁失志的心态和坎坷惨淡的人生的真实写照呢?如果进一步挖掘,我们还会发现,这是宋玉为急剧衰亡的楚国而垂泪叹息,为风云变幻的时代而悲哀感伤。正因为宋玉的情绪融合了贫士个人的慨叹及其对社会的感受,所以古往今来引起无数文人墨客的共鸣,唐代大诗人杜甫就写过这样的诗句:"怅望千秋一洒泪,萧条异代不同时。"(《咏怀古迹五首·其二》)可谓宋玉的知音。

《高唐赋》前有序,写宋玉陪侍楚襄王"游云梦之台,望高唐之观",借"须臾之间,变幻无穷"的云气,编织了一个千古迷人的楚怀王与巫山神女梦中交往的故事。我国古代云梦泽一带,历来流传着许多关于神女的美丽传说,诗人骚客们为之感动不已,吟咏不绝,留下了无数美丽动人的名篇佳作。《诗·周南·汉广》中的汉水之神可望而不可即,屈原《九歌》中的山鬼和湘水之神风姿绰约,情意缠绵。然而在这些篇章中,宋玉笔下的人神交往的故事因其曲折离奇而更为流传。后世称道男女幽会为巫山、云雨、高唐、阳台,即源于此。在序里,作者写神女"愿荐枕席"怀王因而"幸之",这一幕情爱短剧,浪漫色彩极浓。接着在展开的情节中,神女辞别怀王时说道:"妾在巫山之阳,高丘之阻,旦为朝云,暮为行雨,朝朝暮暮,阳台之下。"真是若有若无,似幻似真,在一片神秘的氛围里,使人享受到朦胧美。襄王听到这个故事后,按捺不住急迫的心情,连忙问宋玉:"朝云始出,状若何也?"宋玉回答说:"其始出也,𪱷兮若松榯;其少进也,晰兮若姣姬,扬袂鄣日而望所思;忽兮改容;偈兮若驾驷马、建羽旗;湫兮如风,凄兮如雨。"这段文字采用博喻的修辞手法,一连串用了五个新奇的比喻,调动了人的视觉、听觉和感觉,从静态动态等方面等把本来变幻莫测的朝云形容得姿色独绝,仪态万方,使人在神奇的境界里弄不清朝云究竟是满天彩霞还是巫山神女,抑或是人间姣姬。现实与幻想,人世与神境,都融汇统一起来,引发人们无穷的好奇心与丰富的想象力。对于襄王来说,自己眼中的朝云就是先王梦里的神女,自然令他心追神往,急欲一游巫山高唐,重温先王美梦。宋玉在煽动了襄王的欲望之后,却急转直下,极力夸陈巫山的险峻高广,让襄王自动打消亲往游历的念头。虽然"序"只是交待作赋的缘由,但宋玉展开想象的翅膀,运用瑰丽的词语,把编织的故事的情节写得一波三折,引人入胜。"序"由五问五答构成,因问而答,由答而问,丝丝入扣,环环相生。特别是宋玉的答辞,紧紧地抓住襄王的心理,有长有短,忽擒忽纵,令襄王欲罢不甘,欲近无因,只好乖乖地让宋玉牵着鼻子走,最后无可奈何地说:"试为寡人赋之。"从而十分自然地引出赋的正文来。

这篇赋等于引导襄王游览了一遍巫山高唐。作者首先用 41 句描述它的高大险峻和山水汇集时的气势;接着用 61 句写树木郁盛、"葩华覆盖"的优美景象以及"岩岖参差,纵横相追"的雄奇景象;然后用 22 句写许多奇花异草,争妍斗芳,众雀"更唱迭和,赴曲随流";又用 18 句写当年游仙方士"公乐聚谷"以及礼神打猎的情景;最后照应序文,对襄王微露讽谏之意。全赋层次清晰,条理分明,前呼后应,结构严谨,夸赞了巫山的万千气象,动人心魄,具有高度的审美价值。作品的艺术美的表现形态既有壮美，也有优美，给人以多方面的美感享受。

赋一开头就写道："惟高唐之大体兮，殊无物类之可仪比。巫山赫其无畴兮，道互折而曾累。"把读者带入一个壮阔的空间，使之产生了一种巍峨肃穆、伟大崇高的感觉。古代汉民族以壮大为美，巫山无比之大就体现了这种壮美。但巫山并非大而无当，它包罗万象，生气勃勃。当登高俯视时，所见到的是天雨新霁、百谷俱集的景象，亦即"濞汹汹其无声兮，……云兴声之霈霈"。这段文字，有声有色，淋漓尽致地渲染了山水的非凡气势，极为壮观，使人如临其境，如闻其声，觉得险不胜收，美不胜赞。但作者并未就此罢休，而是别开生面地描绘了浩大的水势，使"猛兽惊骇""水虫尽暴"的场景，收到了侧面烘托的艺术效果。接着作者又刻画了"盘石险峻"的景象，光怪陆离，峥嵘谲诡，格外增添了巫山的雄奇之美。经过作者如椽之笔的铺叙描写，使人获得了气势磅礴、惊心动魄的阳刚之美的享受。与此同时，作品还展现了另外一种景象：既有"绿叶紫裹，丹茎白蒂"的郁盛的林木，又有"越香掩掩""联延夭夭"的香花芳草；既有"状似走兽，或象飞禽"的生物，又有"其鸣喈喈""更唱迭和"的众雀，好一派明媚优美的风光！让人视之有色，闻之有声，嗅之有香，享受到阴柔美的愉悦。从作品的描绘来看，以表现壮美为主，优美为辅，二者互相交融渗透，并且都统一在观赏者居高俯瞰的视野之内，把巫山的美丽尽收眼底，目光所及，处处是美。

《高唐赋》在艺术表现手法上也有独到之处。首先，它比"骚体"文学写得更加铺张夸饰，句法也更加错落多变，从而为"铺采摛文"（刘勰《文心雕龙·诠赋》）的汉大赋形成奠定了基础。其次，赋的前面有序也是一个创举，开后人写诗赋并序的先河。宋玉在中国文学史上承先启后，继往开来，独树一帜，自成一家，其作品又有鲜明的个性和特色，所以千百年来屈（原）宋（玉）并称，不是没有道理的。

（刘朝兴）

# 神　女　赋[①]并序

宋　玉

楚襄王与宋玉游于云梦之浦[②]，使玉赋高唐之事[③]。其夜王寝，梦与神女遇，其状甚丽。王异之，明日以白玉。玉曰："其梦若何？"王对曰："晡夕之后，精神恍忽，若有所喜[④]。纷纷扰扰[⑤]，未知何意。目色仿佛[⑥]，乍若有记[⑦]。见一妇人，状甚奇异。寐而梦之，寤不自识[⑧]。罔兮不乐，怅而失志[⑨]。于是抚心定气[⑩]，复见所梦。”玉曰：“状何如也？”王曰：“茂矣美矣，诸好备矣[⑪]。盛矣丽矣，难测究矣[⑫]。上古既无，世所未见。瓌姿玮态[⑬]，不可胜赞[⑭]。其始来也，耀乎若白日初出照屋梁。其少进也，皎若明月舒其光。须臾之间，美貌横生[⑮]。烨兮如花，温乎如莹[⑯]。五色并驰，不可殚形[⑰]。详而视之，夺人目精[⑱]。其盛饰也，则罗纨绮缋盛文章[⑲]，极服妙采照万方[⑳]。振绣衣，被袿裳[㉑]。襛不短，纤不长[㉒]，步裔裔兮曜殿堂[㉓]。忽兮改容，婉若游龙乘云翔。嫷被服，侻薄装[㉔]。沐兰泽，含若芳[㉕]。性和适，宜侍旁[㉖]。顺序卑，调心肠[㉗]。”王曰：“若此盛矣，试为寡人赋之[㉘]。”玉曰：“唯唯[㉙]。”

夫何神女之姣丽兮，含阴阳之渥饰[㉚]。被华藻之可好兮，若翡翠之奋翼[㉛]。其象无双，其美无极[㉜]。毛嫱障袂，不足程式；西施掩面，比之无色[㉝]。近之既妖，远之有望[㉞]。骨法多奇[㉟]，应君之相。视之盈目，孰者克尚[㊱]？私心独悦，乐之无量。交希恩疏，不可尽畅[㊲]。他人莫睹，王览其状。其状峨峨[㊳]，何可极言！貌丰盈以庄姝兮，苞温润之玉颜[㊴]。眸子炯其精朗兮，瞭多美而可观[㊵]。眉联娟以蛾扬兮，朱唇的其若丹[㊶]。素质干之醲实兮，志解泰而体闲[㊷]。既姽婳于幽静兮，又婆娑乎人间[㊸]。宜高殿以广意兮，翼放纵而绰宽[㊹]。动雾縠以徐步兮，拂墀声之珊珊[㊺]。望余帷而延视兮，若流波之将澜[㊻]。奋长袖以正衽兮，立踯躅而不安[㊼]。澹清静其愔嫕兮，性沇详而不烦[㊽]。时容与以微动兮，志未可乎得原[49]。意似近而既远兮，若将来而复旋[50]。褰余帱而请御兮，愿尽心之惓惓[51]。怀贞亮之絜清兮，卒与我兮相难[52]。陈嘉辞而云对兮，吐芬芳其若兰[53]。精交接以来往兮，心凯康以乐欢[54]。神独亨而未结兮，魂茕茕以无端[55]。含然诺其不分兮，喟扬音而哀叹[56]。頩薄怒以自持兮，曾不可乎犯干[57]。于是摇佩饰，鸣玉鸾[58]。整衣服，敛容颜[59]。顾女师，命太傅[60]。欢情未接，将辞而去[61]。迁延引身[62]，不可亲附。似逝未行，中若相首[63]。目略微眄，精彩相授[64]。志态横出，不可胜记[65]。意离未绝，神心怖覆[66]。礼不遑讫，辞不及究[67]。愿假须臾，神女称遽[68]。徊肠伤气，颠倒失据[69]。闇然而暝，忽不知处[70]。情独私怀，谁者可语[71]？惆怅垂涕，求之至曙[72]。

## 注释

① 神女：即巫山神女，见《高唐赋》注⑦。

② 云梦：见《高唐赋》注①。浦：水滨。

③ 见《高唐赋》。

④ 晡（bū）夕：傍晚。怳（huǎng）忽：心神不定，糊涂。所喜：《文选》注："忽然喜悦"。

⑤ 纷纷扰扰：神志凌乱的样子。

⑥ 仿佛：看不真切。

⑦ 乍（zhà）：忽然。记：记住不忘。

⑧ 寐（mèi）：睡。寤（wù）：睡醒。

⑨ 罔（wǎng）：迷惑。怅（chàng）：失意。

⑩ 抚心：以手摸胸。

⑪ 茂：美好。好：美，善。

⑫ 盛：美。究：推寻，探求。

⑬ 瓌姿玮（wěi）态：美好的身姿神态。瓌，玉璧之一种。

⑭ 不可胜赞：不可能称赞得尽（夸赞不尽）。胜（shēng），尽。

⑮ 横（héng）生：洋溢而出，充分表露出来。

⑯ 烨（yè）：光盛鲜亮。温：柔和。莹（yíng）：玉色光洁。

⑰ 五色：各种颜色。殚（dān）：尽。

⑱ 目精：眼瞳，视觉。

⑲ 罗纨（wán）绮（qǐ）缋（huì）：指衣饰高贵华美。罗，质地稀疏的丝织品。纨，白色细绢。绮，素地织纹起花的

丝织品。缋,彩色丝织物。盛:多。文章:错杂的色彩或花纹。

⑳ 极服:最美的衣服。妙采:美好的色彩。万方:四方。

㉑ 振:抖动。被(pī):通“披”。

㉒ 襛(nóng):肥,丰满。纤(xiān):细。

㉓ 步裔(yī)裔:形容步履轻盈。

㉔ 婧(tuǒ)被服:披上美好的服装。婧,美好。侻(tuì)薄装:薄薄的衣装正合适。侻,合适,适宜。

㉕ 沐兰泽:用香兰浸油泽以洗头。沐,洗头。芳:香,香气。

㉖ 全句意为:性情温和安适,适宜侍奉在君王之旁。

㉗ 顺序卑:和谐柔弱。顺序,和谐,适宜。卑,柔弱。调心肠:心肠调顺。

㉘ 盛:美。赋:铺叙其事。

㉙ 唯唯:恭敬而顺从的应答词。

㉚ 姣丽:美丽。阴阳:指天地,日月。渥(wò)饰:得天独厚的美质。渥,厚。

㉛ 华藻:文彩修饰。可好:合适美好。可,合适。翡翠:鸟名。奋翼:振动翅膀。

㉜ 象:形象。极:穷尽。

㉝ 毛嫱、西施:皆古美女名。障袂(mèi):用衣袖遮蔽。障,阻隔,遮蔽。袂,衣袖。程式:《文选》注:“程比姿式”。

㉞ 妖:艳丽,妩媚。望:姿望。

㉟ 骨法:旧时指人的骨相,即骨骼、形体、相貌,以此推论人的命运、性格。奇:特异。

㊱ 孰者克尚:谁能比得上?孰,谁。克,能。尚,超过。

㊲ 交:结交,往来。畅:舒展,尽情。

㊳ 峨峨:指仪容端庄盛美。

㊴ 庄姝(shū):端庄美丽。温润:温和柔顺。

㊵ 眸(móu):眼珠。炯(jiǒng):明亮。精朗:明亮。瞭:眼珠明亮。

㊶ 联娟:同“连娟”,微微弯曲。蛾扬:眉毛扬起,形容美人笑的样子。的(dì):鲜明。

㊷ 素质:白色质地,指美人肤色洁白。干(gàn):躯体。醲(nóng)实:厚实。解泰:舒缓,安宁。闲:娴静。

㊸ 姽婳(guǐhuà):娴静美好。婆娑:盘旋,轻巧地移动。

㊹ 广意:心广意宽。翼放纵:像鸟的翅膀那样随意放纵。绰宽:宽绰。

㊺ 縠(hú):绉纱,薄如雾。徐步:缓步,慢步。墀(chí):殿上空地。珊珊:象声词,凡玉、铃、钟、雨等声音舒缓者常作珊珊。

㊻ 延视:久视。流波:流水波纹,比喻神女晶莹灵活的眼光。将澜:将起波澜。

㊼ 奋:挥动。衽(rèn):衣襟。踯躅(zhízhú):徘徊。

㊽ 澹:恬静。愔嫕(yīnyì):安闲柔顺。愔,和悦,安闲。嫕,柔顺。沈(chén)详:深沉安详。

㊾ 容与:犹“犹豫”,迟疑不定的样子。原:推究。

㊿ 将来:将要过来。旋:盘旋。

(51) 褰(qiān):撩起,用手提起。帱(chóu):床帐。御:侍奉。愿:希望。惓(quán)惓:恳切的样子。

(52) 贞亮:贞节忠诚。絜(jié):通“洁”。

卒:终。难:拒斥。

㊿3 陈嘉辞:陈述美善的言辞。嘉,美,善。对:回答。芬芳:香,香气。

54 精:精神。凯康:通“慨慷”,感慨,激动。

55 神独亨(hēng)而未结:《文选》注:“神虽许通,竟未结爱。”亨:通达顺利。茕(qióng)茕:孤零的样子。

56 然诺:许诺。喟(kuì):叹息。

57 頩(pīng):恼怒的样子。薄怒:微怒。干(gān):冒犯。

58 鸣:作响,发出响声。玉鸾:雕玉为鸾鸟形状的饰物。

59 敛(liǎn):收起,约束。

60 顾:回视。女师、太傅:皆为神女的师傅。

61 接:交接。辞:告辞,告别。

62 迁延:拖延。引身:动身,抽身。

63 中:内心。相首:相向,向往。首,向。

64 眄(miǎn):斜视,多情的样子。精彩:神采。

65 横出:横生,见前注⑮。记:记录,记载。

66 怖覆:恐怖而反覆。

67 不遑(huáng)。没有闲暇。遑,闲暇。讫(qì):完毕,终了。不及:来不及。究:探求。

68 假:借。遽(jù):匆忙,急速。

69 徊:通“迴”“回”,回环。失据:失去依靠。据,依,靠。

70 闇然:形容看不清楚。瞑(míng):消失。忽:迅疾。

71 怀:想念。语:告诉。

72 惆怅:因失意而伤感、懊恼。垂涕:流泪。曙:天明,天亮。

## 鉴赏

此赋作于《高唐赋》后,是《高唐赋》的姊妹篇。在《高唐赋》里,宋玉编织了一个楚怀王与巫山神女梦中幽会的浪漫故事,描绘了神女“朝为行云,暮为行雨,朝朝暮暮,阳台之下”的亦幻亦真、扑朔迷离的形象。现在襄王也来到云梦之浦、巫山之下,又面对着与怀王当时相同的一片朝云暮雨的迷蒙景色,不禁心摇目眩,想入非非,于是在最容易勾起人遐思冥想的日暮黄昏之际,在似睡非睡的“精神恍忽”的痴迷状态中,做起了美梦。他在梦里见到一位“状甚奇异”的美女,感到“若有所喜”,但清醒过来时,又“寤不自识”,觉得空虚惆怅,“不乐”“失志”。然而美梦对他毕竟太有吸引力了,因此他“抚心定气,复见所梦”。梦虽然是人的无意识思维,它像脱缰的野马一样任意纵横驰骋,但终究是潜藏在人意识深处的信息的反映。从作品中对襄王做梦的精彩叙述来看,他反复追求、念念不忘的是美色,这样就挖出了襄王灵魂深处最隐秘的东西,使之暴露在光天化日之下，让人们发现权势赫赫的一国之君，原来不过如此。襄王做梦是通过他自己的口讲出来的，显得更加真实可信。这种揭露和讽刺方法，既巧妙又有力，既可免祸又很深刻，符合宋玉宫廷侍从的身份地位，也表现出他心中的不平和过人的才气。像襄王这样热衷于女色的国君，能有什么心思去“思万方，忧国害，开贤圣，辅不逮”（《高唐赋》）呢？无怪乎像屈原那样正道直行、忧国忧民的人遭谗被逐，也无怪乎像宋玉这样才华出众的人不受重用，悲夫！

《神女赋》的最主要的艺术特色在于从不同角度对神女的美丽作了淋漓尽致的描绘，它堪称是一篇“美女赋”。作品首先盛赞神女“茂矣美矣，诸好备矣”，“上古既无，世所未见”，把她说成是集众美于一身的古今第一大美人，造成一种先声夺人的艺术效果，紧紧地抓住了读者，使读者急欲寻根究底，想弄清楚神女到底美在何处。接着从各个方面具体地描绘刻画了神女的外在美和内在美。她身材适中，丰满而不纤弱（“襛不短，纤不长”），可谓“增之一分则太长，减之一分则太短”（宋玉《登徒子好色赋》）。对于最能传情达意的眼睛，作者将其描绘为“眸子炯其精朗兮，瞭多美而可观”“若流波之将澜”“目略微眄，精彩相授”，可见神女眼睛不仅清亮明朗，炯炯有神，而且秋波流动，妩媚含情。作品对神女的眉、唇、肤色也分别加以形容：“眉联娟以蛾扬”“朱唇的其若丹”“皎若明月舒其光”。作者正是捕捉这些能够体现女性美的地方给予突出描绘，令人目不暇接。天姿绝色的神女修饰起来则是：“罗纨绮缋盛文章，极服妙采照万方”，“婧被服，侻薄装，沐兰泽，含若芳”，不仅光彩照人，而且芳香袭人。经过作者的渲染描绘，一位国色天香的神女出现在读者面前。她洁白苗条，罗衣灿烂，修眉朱唇，明眸送情，真个是“五色并驰”“夺人目精”“瑰姿玮态，不可胜赞”。作品除了刻画神女的这些静态美外，还描绘了她的动态美：“其始来也，耀乎若白日初出照屋梁；其少进也，皎若明月舒其光。”“步裔裔兮耀殿堂”“婉若游龙乘云翔”。动态美和静态美的彼此交错和互相浸淫，织成了一幅流光溢彩的神奇画面，使神女的绰约风姿突出地展现在人们面前。神女美艳而有生气，娇媚而有活力，不是那种泥塑木雕的偶像。作品在对神女的外在美作了精雕细刻的同时，还进一步描写了她的内在美。神女性情温和安适（“性和适”），娴静柔顺（“澹清静其愔嫕兮”），深沉安详（“性沈详而不烦”），美丽而不妖冶，柔顺而不倔强，含蓄而不轻佻，深沉而不浅薄，这正是东方女性所独有的柔美。在神女身上，内在美和外在美和谐统一，使她的形象更为鲜明突出，更为完美可爱，人们在欣赏这一形象时，就会获得美感享受。

为了塑造神女形象，作品反复运用比喻、衬托的修辞手法。有的以物喻人，用自然界各种美好的事物来比喻神女如花，如玉，若游龙，若翡翠，若白日，若明月，似乎各种美好物体的特性都集于神女一身。有的以人衬托人，用人们熟悉的绝色美女来衬托神女："毛嫱障袂，不足程式；西施掩面，比之无色。"神女之美远远超过了这些人间美女，使她们在神女面前不得不障袂掩面，黯然无色。比喻与衬托交织运用，能够化抽象为具体，使神女"美貌横生"的形象鲜灵活现，而不再是虚幻缥缈的了。

宋玉精雕细刻的神女形象，在我国文学史上具有开创意义。宋玉之前，《诗·卫风·硕人》赞美卫庄公夫人庄姜"手如柔荑，肤如凝脂，领如蝤蛴，齿如瓠犀，螓首蛾眉。巧笑倩兮，美目盼兮"。虽然被誉为"美人图"，但它没有《神女赋》描绘得全面充分。屈原在《九歌》中塑造了湘水女神和山鬼等女神形象，但也没有《神女赋》刻画得细致入微。宋玉对《诗经》和《九歌》中关于女性形象的描写手法有所学习和继承，但更有自己的发现和创造。因此，《神女赋》影响了后世许多赞美女性形象的作品，如建安时代曹植的《洛神赋》就是接受它的影响的杰出作品之一。

这篇赋的后半部分还反复申述神女想要亲近襄王的多情的心态："褰余帱而请御兮，愿尽心之惓惓"，"精交接以来往兮，心凯康以乐欢"，直到她要离去时，也还是"似逝未行，中若相首"，"迁延引身"，"意离未绝"，但最后却是"欢情未接"。这些描写，使作品的思想内容更加呈现出复杂性。我们认为，宋玉以神女自况，表现他怀才不遇的苦闷和欲伸其志的希望。他自恃才华出众，认为理当受到重用，然而襄王虽"美其才"，却"以为小臣"（习凿齿《襄阳耆旧传》），显然，这对于宋玉来说是大材小用了。所以他那种怀才不遇的愤懑和不平的苦闷情绪，就时有流露。他在《九辩》里反复写道："坎廪兮，贫士失职而志不平""悲忧穷戚兮独处廓，有美一人兮心不绎""悼余生之不时兮，逢此世之俇攘"。但他低下的地位和软弱的性格，决定了他不可能像屈原那样勇敢抗争和愤怒呐喊，而只是对襄王感恩戴德："愿衔枚而无言兮，尝被君之渥洽""欲寂寞而绝端兮，窃不敢忘初之厚德"。因此，他希望襄王能像尧舜和齐桓公任用贤能那样来任用自己："尧舜皆有所举任兮，故高枕而自适""宁戚讴于车下兮，桓公闻而知之"。宋玉的这种悲愁和希望，在《神女赋》里不是直接流露出来的，而是非常含蓄地表达出来的。他学习屈原在《离骚》里创造的以美人比君子的象征手法,把神女写得那么美丽而多情,就是以她来象征自己具有出众的才华和为君效劳的希望。神女虽多情,但终于“情独私怀,谁者可语”?宋玉虽然想要有所为,但最后还是不可为,其主要原因当然是在于昏聩荒淫的襄王不能也不愿去任用贤能之士。这是宋玉的悲剧,也是时代的悲剧。宋玉的遭遇和才华感动了后代无数身世经历与他差不多的文人墨客,“摇落深知宋玉悲,风流儒雅亦吾师。怅望千秋一洒泪,萧条异代不同时”。(杜甫《咏怀古迹五首·其二》)可以说士人怀才不遇是整个封建时代的悲剧,宋玉只不过是其中一人而已。

(刘朝兴)

# 登徒子好色赋

宋　玉

大夫登徒子侍于楚王①,短宋玉曰②:“玉为人体貌闲丽③,口多微辞④,又性好色。愿王勿与出入后宫。”

王以登徒子之言问宋玉。玉曰:“体貌闲丽,所受于天也;口多微辞,所学于师也;至于好色,臣无有也。”

王曰:“子不好色,亦有说乎⑤?有说则止,无说则退⑥。”

玉曰:“天下之佳人,莫若楚国;楚国之丽者,莫若臣里⑦;臣里之美者,莫若臣东家之子⑧。东家之子,增之一分则太长,减之一分则太短;著粉则太白⑨,施朱则太赤⑩;眉如翠羽⑪,肌如白雪,腰如束素⑫,齿如含贝⑬;嫣然一笑⑭,惑阳城、迷下蔡⑮,然此女登墙窥臣三年⑯,至今未许也。登徒子则不然。其妻蓬头挛耳[17]，齞唇历齿[18]，旁行踽偻[19]，又疥且痔，登徒子悦之，使有五子。王孰察之[20]，谁为好色者矣？”

是时，秦章华大夫在侧[21]，因进而称曰[22]：“今夫宋玉盛称邻之女[23]，以为美色。愚乱之邪臣[24]，自以为守德[25]，谓不如彼矣[26]。且夫南楚穷巷之妾[27]，焉足为大王言乎[28]？若臣之陋[29]，目所曾睹者[30]，未敢云也[31]。”

王曰：“试为寡人说之。”

大夫曰：“唯唯[32]。臣少曾远游，周览九土[33]，足历五都[34]，出咸阳[35]，熙邯郸[36]，从容郑、卫、溱、洧之间[37]。是时向春之末，迎夏之阳[38]，鸧鹒喈喈[39]，群女出桑[40]。此郊之姝[41]，华色含光[42]，体美容冶[43]，不待饰装。臣观其丽者，因称诗曰[44]：‘遵大路兮揽子袪，赠以芳华辞甚妙[45]。’于是处子怳若有望而不来，忽若有来而不见[46]。意密体疏[47]，俯仰异观[48]；含喜微笑，窃视流眄[49]。复称诗曰[50]：‘寐春风兮发鲜荣，洁斋俟兮惠音声，赠我如此兮不如无生[51]。’因迁延而辞避[52]。盖徒以微辞相感动[53]，精神相依凭[54]。目欲其颜，心顾其义[55]，扬诗守礼[56]，终不过差[57]，故足称也[58]。”

于是楚王称善，宋玉遂不退。

## 注释

① 登徒子：登徒为复姓，子是古代对男子的通称或敬称。这是作者虚构的人物。侍：侍从、侍奉。楚王：指楚顷襄王，公元前298—前263年在位。

② 短：说人的坏话。

③ 体貌闲丽：体态文雅，容貌美丽。

④ 微辞：婉转而巧妙的言辞。

⑤ 说：解说，理由。

⑥ 止：指留下继续做官。退：指罢官离开。

⑦ 里：乡里，家乡。

⑧ 东家:东邻。子:指未嫁的女子。

⑨ 著粉:犹言傅粉、搽粉、抹粉。

⑩ 施朱:犹言涂胭脂。朱:红色,指如胭脂一类的化妆品。

⑪ 翠羽:翡翠鸟的羽毛,呈青黑色。

⑫ 束素:一束白色的生帛,形容腰肢柔美纤细。

⑬ 贝:洁白的贝壳。齿如含贝,形容牙齿整齐洁白。

⑭ 嫣然:脉脉含情、自然微笑的美好情态。

⑮ 阳城、下蔡:楚国县名,为楚国贵族居住的封邑。此两句是说邻女的美貌足可以迷惑住阳城、下蔡的贵族公子哥儿。

⑯ 窥:从隐僻处偷看。

⑰ 蓬头挛耳:头发蓬乱,耳朵卷曲。

⑱ 齞(yǎn)唇历齿:牙齿露在唇外而稀疏。历,稀疏。

⑲ 旁行踽(jǔ)偻(lóu):走路歪斜,弯腰驼背。

⑳ 孰察:仔细深入地考察。孰:同"熟"。

㉑ 秦章华大夫:一个祖籍在楚国章华而在秦国做大夫的人,此时正出使在楚国。

㉒ 进而称曰:犹言插嘴说话。称:言说。

㉓ 盛称:极力赞美。

㉔ 愚乱之邪臣:谓昏钝邪僻之臣。此是章华大夫自己的谦称。

㉕ 守德:遵守德操。

㉖ 谓:说,照这样说。不如彼:不如他。彼:指宋玉。

㉗ 且:承接上文,另起新义的连词,犹如口语中的"再说"。南楚:楚国对中原各国来说,地处南方,故可称南楚。穷巷:偏僻的小巷。妾:对女子鄙薄的称呼,此处指宋玉所说的东邻之女。

㉘ 焉:哪里。

㉙ 陋:知识短浅。这是章华大夫自谦的话。

㉚ 目所曾睹者:亲眼看见过的美女。

㉛ 云:言、说。

㉜ 唯唯:应承的话,犹如现代所说"是是""好好"。

㉝ 周览:到处游览。九土:犹言九州、全国。

㉞ 历:经过。五都:五大都会。此处泛指全国各大繁华的城市。

㉟ 出:出入、经过。咸阳:当时秦国的都城,在今陕西咸阳东北。

㊱ 熙:通"嬉",游玩。邯郸:当时赵国的都会,在今河北邯郸。

㊲ 从容:举止安逸、舒缓,这里有逗留、消闲的意思。郑:国名,在今河南省中部;卫:国名,在今河南北部。郑、卫是古代出美女的地方,也是男女恋爱比较自由的地方。溱、洧是郑国境内的两条河,古代在溱洧水边常有男女欢会的习俗。

㊳ 向:接近。迎:迎接。向春之末、迎夏之阳是指春夏之交的三四月之间。

㊴ 鸧鹒:即黄莺。喈喈:黄莺的叫声。

㊵ 出桑:出外采桑。

㊶ 姝(shū):美女。

㊷ 华色:美丽的姿色。
㊸ 容冶:容貌艳丽。
㊹ 称诗:引诗,诵诗。
㊺ “遵大路兮”两句:它的大意是:“沿着大路走啊,牵着你的衣袖;赠给你一束芬芳的鲜花呀,对你说着美妙动听的话。”《诗·郑风·遵大路》有“遵大路兮,掺执子之袪兮”“遵大路兮,掺执子之手兮”的诗句,这里是秦章华大夫借用《遵大路》的声调和意思向群女中的“丽者”调戏时胡诌的两句诗。
㊻ 处子:处女,未婚的女子。此句的意思是说:那美丽的女子,在章华大夫诗篇的感动下,神思不定,忽而像有所期望,而又不走近过来;忽而像走近过来了,而又不大大方方地相见,若即若离,欲就又止。怳:同“恍”。怳若、忽若,都是形容恍惚不定的样子。
㊼ 意密体疏:情意密切而形体疏远。
㊽ 俯仰异观:或俯或仰,神态各异。
㊾ 流眄:斜视的目光不停地流动。
㊿ 复:又。以下的诗句是美女吟诵的。
51 寤:苏醒。荣:花。洁:修饰整洁。斋:清心庄重。俟:等待。惠音声:美好的音讯。这几句诗的意思是:草木在春风中苏醒了,开出了鲜艳的花朵,我穿戴整洁,诚心庄重地等待你送来的好音讯。可是你只赠送我一支《遵大路》,使我伤心得不如死去。
52 因:因而、于是。迁延而辞避:缓缓地告辞而避开。
53 盖:表示推测的语气助词,犹如“原来”“大概”“因为”等等,以引起下面的议论。徒以:只用。
54 依凭:依托、慰藉、恋念的意思。
55 义:礼义道德规范。
56 扬诗守礼:发扬《诗经》“国风”中“好色而不淫”的精神,遵守礼义规范。
57 过差:过失,差错。
58 足称:值得称赞。

## 鉴赏

从表现形式上说,这是一篇散文赋。它和《风赋》有些相似,都是采取了“问答体”,或者说是采取了对话形式。但《风赋》只是楚襄王和宋玉两人的对话,而这篇却出现了登徒子、楚襄王、宋玉和秦章华大夫四人。《高唐赋》《神女赋》虽然也采取了楚襄王和宋玉的对话,但对话部分只能算作“赋”的“序言”,后半部分才是真正的“赋文”,而这篇却是通篇使用对话而组成。所以,单从这一点上说,宋玉辞赋创作的表现形式是丰富多样的,对以后辞赋的写作,也产生过重大的影响。

全篇仅六七百字,但作者通过四人一场生动的对话、辩难和议论,却给读者编织了一则生动的故事。大夫登徒子心怀叵测,有意在楚襄王面前说了宋玉的坏话。他罗列了宋玉的三大罪状:一、“体貌闲丽”;二、“口多微辞”;三、“又性好色”。一般地说,要搞臭搞倒别人,如在男男女女上造谣生事,往往最能引起世俗人们的关注,使受辱者不易说明洗清,从而达到险恶的目的。登徒子虽然提出了三条,而实际上前面两条不过是后一条的陪衬,或者说是后一条的“先天条件”,而最根本、最重要、最狠毒的还是着眼在第三条上,所以他还意味深长地提醒或警诫楚王“勿与出入后宫”。当楚王把这一信息传达给宋玉时,聪明、机灵的宋玉马上意会到了登徒子的险恶用心。因此,对于一、二两条,他只一句轻轻带过,就可以驳斥登徒子的诬陷,即使登徒子在场,似乎也不好再进一步申述了。“体貌闲丽,所受于天也”,先天生的,父母给的,何罪之有?“口多微辞,所学于师也”,老师教的,后天学的,又有何罪!但下面却紧接着使用“至于”两字加以强调、突出,提出了“好色”的问题。他斩钉截铁地说:“臣无有也。”断然予以否定和回击。这样,开门见山,简洁有力,使全文很快地引入中心,揭开了事件的根本矛盾,突出了主要线索,展现了中心人物,迫使读者欲罢不能,非要读下去不可。

楚襄王的再追问,使故事自然地向前发展,并在具体的情节发展中产生了波澜。他以自己的权势威胁宋玉说:“有说则止,无说则退。”于是,宋玉就紧扣这个“说”字,讲出了自己亲身经历过的一件富有浪漫气息的“艳遇”。应该说,宋玉是能言善辩的。他胸有成竹、从容不迫地摆事实,有条有理、情景鲜明地说情况,而不下结论、扣帽子,让听者——楚王从中“孰察”道理,判断孰是孰非。他为自己辩解的同时,反守为攻,反唇相讥,即使登徒子在场,恐怕也难以再辩驳了。这表现了宋玉善于言谈、辩论的天才,也反映了作者善于驾驭语言文字而表述事件的艺术能力,在全文中是极为精彩的。

按说,宋玉讲出了事实真相,楚襄王是可以进一步“孰察”而做出判断的,文章也可以完成主题了。但是,这时秦章华大夫恰恰“在侧”,主动插嘴说话,表示“臣自以为守德,谓不如彼矣”,使故事情节得以进一步向前发展。在楚襄王好奇地追问下,他又讲出了自己的一桩更有趣的“艳遇”。他说,他曾“周览九土,足历五都。出咸阳,熙邯郸”,特别在“有女如云”“淫风大行”的“郑、卫、溱、洧之间”逗留过很久,曾和出桑群女中的“丽者”发生过一场“精神恋爱”。相互赠诗、调情,情意密切,“微辞相感动,精神相依凭”,双方都有些难分难舍。但是,他虽“目欲其颜”,可是由于“心顾其义”,所以“扬诗守礼,终不过差”。宋玉面对美女窥墙三年而不为所动,大有“坐怀不乱”的修养功夫;秦章华大夫虽然“目欲其颜”,为其所动,但终能“好色而不淫”,不为美女的引诱而乱礼。这都是值得称赞的。不过,从思想修养、思想境界上说,相比之下,章华大夫坦率地认为“不如彼”,是颇有些道理的。描述章华大夫的这段文字,虽然有些貂尾狗续、离题较远之嫌,但作者的目的却是用来进一步衬托、强调自己“不好色”的,因而也使整个故事情节更加波澜成趣了。应该说,这是作者行文时有意的艺术构思。

从整篇文章所记述的故事情节来看,章华大夫是比较坦率的。宋玉为了辩白自己,对自己,对登徒子,都进行了夸张和渲染,用以反击登徒子的恶意攻击和诽谤,这样做也是可以理解的。登徒子有意陷害别人,没料想“好色”的帽子反而扣在自己头上,这是他咎由自取,我们大可不必为他鸣冤叫屈。今世的某些论者,认为宋玉善于诡辩,以一面之词攻击登徒子,使登徒子蒙受了近两千年的不白之冤等等,就似乎是超出了本文所提供的事实范围了。但平心而论,宋玉反击登徒子的理由和事实,却是站不住脚的。他爱他的丑妻,并生了五个子女,这不能说是“好色”,甚至还值得称赞。所以,宋玉这个反攻,虽然把对方一时打臭了,却打歪了,没打着要害,恐怕登徒子有朝一日是要翻案的。

那么,这篇赋作的中心思想是否就是辩白谁是谁非、谁好色谁不好色的问题呢?总观全文,它虽然给我们提出了一系列值得思考的问题,但从总的思想倾向上,或从写作意图上说,是别有目的的,也就是说宋玉不仅仅是为了辩解自己。刘勰《文心雕龙·谐隐》中说:“宋玉赋《好色》,意在微讽,有足观者。”《文选》李善注说:“此赋假以为辞,讽于淫者。”明代《屈宋古音义》的作者陈第也认为它是“假辞以为谏”的。可见,宋玉写作的目的关键还在“讽谏”两字上,着重阐述“情”与“淫”的关系。从大量的历史文献记载中,我们知道,楚襄王是一个比他父亲楚怀王还要昏庸的君王。他在做太子时曾在秦国为质,因为和秦国大夫私斗而逃回楚国,因而造成了秦国多次进攻楚国的借口;后来他的父亲楚怀王又被秦国骗去,以致客死在那里,他不仅不能很好地组织力量抵御秦国的进攻,保楚国、报父仇,反而在秦国的胁迫下去做秦王的女婿。从《高唐赋》《神女赋》的记载中,我们也可以看到,巫山神女曾经和他的父亲楚怀王幽会过,而他亦念念不忘云梦之游,意欲“神遇”巫山之女。在这篇赋作里,作者的目的就在于劝戒楚襄王不要沉溺于女色而应致力于国事。全文的中心,就在“目欲其颜,心顾其义,扬诗守礼，终不过差”这十六个字上。这是全文的根本，所以我们阅读时“是不可以枝叶而弃其灵根”（陈第语）的！这一种写法，可以说是一种“讽谏”之法，在当时是有一定的积极意义的。但这种写作方法，也为以后汉赋的写作，打开“讽一而劝百”的缺口，是产生过一定的消极影响的。

应该特别提出的是，本文的艺术成就和艺术技巧是很高的。它编织的故事，有头有尾，情节波澜曲折，生动有趣。文章的组织结构，也能做到前后呼应，重点突出，清晰完整。它基本上是散文体、对话式，但在重要或关键的地方，连用几句韵语，使清新流畅的语言文字增加了新鲜生动的音乐美，就自然增强了它的可读性。

烘托、夸张、对比，是本文特别突出的三种表现手法。宋玉描述东家之子，先从全国说到“臣里”，再从“臣里”说到“东家之子”，像电影的镜头画面，一步一步地引导观众去看特写镜头中的特写人物，去看他的那个“美之最”中的“美之最”。秦章华大夫也是如此，他先说“周览九土，足历五都”，再说“出咸阳，熙邯郸，从容郑、卫、溱、洧之间”，在“华色含光、体美容冶”的出桑群女中，特别点出了其中的“丽者”。这些，都是使用由面到点、逐渐显示的艺术手法，使读者不知不觉地跟着作者的笔触进入到了他要重点描述的艺术境界中去。这种烘云托月式的表述，是可以收到极好的艺术效果的。

在描述人物形象时，作者在进行烘托的同时，浓墨重彩，着力予以夸张，使人物形象分外鲜明突出。写东家之子、写登徒子之妻，极力写她们的外形、体态，写采桑群女中的“丽者”，则着重刻画她的心理、情态。笔法多变，铺叙参差错落，语气诙谐有趣。写东家之子时，“增之一分则太长，减之一分则太短，……”是先虚写，用烘托手法显示她的体态容颜；“眉如翠羽，肌如白雪，……”是实写，用比喻的手法描绘她的体形容貌；“惑阳城、迷下蔡”两句又进一步夸张了她美貌的动人诱力。这位姑娘，真是美得不能再美了。可是写登徒子之妻，几乎从头到脚、从耳到唇，里里外外，无处不让人看了厌恶、恶心以至害怕，真是丑得不能再丑了。作者所以这样夸张，表面是为了突现人物形象，而实意是为了更好地说理。那么美的美女登墙窥视诱引，宋玉长期不许，正说明自己无“寡人之疾”，不色不淫；那么丑的丑妇，登徒子反而悦之，使她生有五子，正是既色又淫的表现。章华大夫面对美女的挑逗，只是“目欲其颜”，而做到了“淫而不乱”，也不能笼统地戴上“好色”的帽子。可见，夸张是为作者的写作意图服务的。

东邻之子的美和登徒子之妻的丑，是鲜明的对比；宋玉的行为和登徒子的行为,又是鲜明的对比。秦章华大夫的行为,和宋玉、登徒子的行为既鲜明对比,又相互衬托和映衬,对深化赋作的主题思想,能起到很好的艺术效果。

由此可见,无论从思想内容上说,还是从艺术手法上说,这篇短赋都蕴涵有丰富的内容,值得我们深入地思索和玩味。

(霍旭东)

# 赋　篇（节选）

荀　况

皇天隆物[1]，以示下民[2]。或厚或薄，帝不齐均[3]。桀纣以乱[4]，汤武以贤[5]。湣湣淑淑[6]，皇皇穆穆[7]。周流四海，曾不崇日[8]。君子以修[9]，跖以穿室[10]。大参乎天[11]，精微而无形。行义以正，事业以成。可以禁暴足穷[12]，百姓待之而后宁泰[13]。臣愚不识，愿问其名。

曰：此夫安宽平而危险隘者邪[14]？脩洁之为亲，而杂污之为狄者邪[15]？甚深藏而外胜敌者邪？法禹舜而能弇迹者邪[16]？行为动静，待之而后适者邪[17]？血气之精也，志意之荣也[18]，百姓待之而后宁也，天下待之而后平也，明达纯粹而无疵也[19]。夫是之谓君子之知。——知。……

有物于此，生于山阜[20]，处于室堂。无知无巧[21]，善治衣裳。不盗不窃，穿窬而行[22]。日夜合离[23]，以成文章[24]。以能合从[25]，又善连衡[26]。下覆百姓[27]，上饰帝王。功业甚博，不见贤良[28]。时用则存，不用则亡。臣愚不识，敢请之王。

王曰：此夫始生钜其成功小者邪[29]？长其尾而锐其剽者邪[30]？头铦达而尾赵缭者邪[31]？一往一来，结尾以为事[32]；无羽无翼，反覆甚极[33]；尾生而事起，尾邅而事已[34]；簪以为父[35]，管以为母[36]；既以缝表[37]，又以连里[38]。夫是之谓箴[39]理。——箴。

天下不治，请陈佹诗[40]：天地易位[41]，四时易乡[42]。列星殒坠[43]，旦暮晦盲[44]。幽闇登昭[45]，日月下藏[46]。公正无私，见谓从横[47]；志爱公利，重楼疏堂[48]；无私罪人，憼革贰兵[49]。道德纯备[50]，谗口将将[51]。仁人绌约[52]，敖暴擅强[53]。天下幽险[54]，恐失世英[55]。螭龙为蝘蜓[56]，鸱枭为凤皇[57]。比干见刳[58]，孔子拘匡[59]。昭昭乎其知之明也，郁郁乎其遇时之不祥也[60]；拂乎其欲礼义之大行也[61]，闇乎天下之晦盲也。皓天不复，忧无疆也[62]。千岁必反[63]，古之常也。弟子勉学[64]，天不忘也。圣人共手，时几将矣[65]。与愚以疑，愿闻反辞[66]。

其小歌曰[67]：念彼远方，何其塞矣[68]。仁人绌约，暴人衍矣[69]。忠臣危殆，谗人服矣[70]。璇玉瑶珠[71]，不知佩也。杂布与锦[72]，不知异也。闾娵、子奢[73]，莫之媒也。嫫母、力父[74]，是之喜也。以盲为明，以聋为聪；以危为安，以吉为凶。呜呼上天，曷维其同[75]！

## 注释

① 皇天：天。皇，大，美好。隆物：生长万物。《汉书·王莽传》注："隆，长也，言成就之使长大也。"一说"隆"当为"降"，意为降生。亦通。

② 以示下民：把智慧显示给下民。

③ "或厚"两句：人们有的智慧多，有的智慧少，上帝所给予的并不均平、齐一。

④ 桀纣：桀，夏朝末代的君主；纣，商朝末代的君主。皆暴君。

⑤ 汤武。汤，商汤王；武，周武王。皆贤君。

⑥ 湣(hūn)湣：同"惛惛"，精神专一的样子。淑淑：清明的样子。

⑦ 皇皇穆穆：美好的样子。

⑧ 曾不崇日：连一天时间也不要。崇，终。

⑨ 修：指修德。

⑩ 跖(zhí)：传说是春秋时的大盗。穿室：穿墙入室。

⑪ 参：比较。此处意为“及得上”。
⑫ 禁暴足穷：禁止强暴，满足穷厄。
⑬ 宁泰：安宁，康泰。
⑭ 安宽平而危险隘：安习于宽阔平正而危惧于险倾狭隘。
⑮ 杂污：品行杂驳，卑污。狄，通“逖”，这里是疏远的意思。
⑯ 法：效法。弇(yǎn)：承袭。
⑰ 待：依恃。适：适当。
⑱ 荣：通“营”，营气。《灵枢·邪客》：“营气者，泌其津液，注之于脉，化而为血，以荣四末，内注五脏六腑。”
⑲ 疵：小毛病。
⑳ 阜：土山。
㉑ 知：同“智”。
㉒ 穿窬(yú)：穿越墙壁。比喻用针缝制衣物。窬同“逾”。一说通“窦”，即穴、洞。
㉓ 合离：把裁开的成离散状态的布料缝合起来。
㉔ 文章：有花纹的服饰。
㉕ 从：通“纵”。
㉖ 衡：通“横”。合纵、连横是当时诸侯所采取的两种或联合、或斗争的外交策略，这里比喻针把布帛或直或横地缝缀起来。
㉗ 覆：覆盖。
㉘ 不见贤良：不表现自己的才能。见同“现”。
㉙ “始生”句：针在原料阶段时体积很大，加工制成后就小了。钜，通“巨”。
㉚ “长其尾”句：尾端针鼻连着长线，锋端锐利。剽(biǎo)，针尖。
㉛ 铦(xiān)达：锋利，尖锐。赵(diào)缭：长而缠绕的样子。
㉜ 结尾：在线的尾端上打一个结。为事：做事，开始工作。
㉝ 极：亟，疾速。
㉞ 邅(zhān)：回，转，指把线回绕转来打一个结。事已：工作停止。
㉟ 簪：发簪。发簪形状像针而比针大，所以说“簪以为父”。
㊱ 管：用来装针的筒套。
㊲ 表：外衣。
㊳ 里：内衣。
㊴ 箴：即“针”。
㊵ 佹(guǐ)诗：奇异激切的诗。
㊶ 易位：更换位置。天在下，地在上。
㊷ 易乡：改换方向。指四时次序颠倒。
㊸ 殒坠：殒落，殒，同“陨”。
㊹ 晦盲：一片黑暗，什么也看不见。
㊺ 登昭：登上显要位置。
㊻ 下藏：隐居下位。
㊼ 见谓：被称作。从横：纵横家。纵横家或合纵、或连横，政治上反复无常，又多借此道谋取个人名利，所以为一些人所轻视。如孟子就批评他们“以顺为正”，是“妾妇之道”。
㊽ 疏堂：宽阔的堂屋。
㊾ “无私”两句：不以私怨加罪于人的人，别人却对他加以武力戒备。憼(jǐng)通“儆”，戒备。革：兵甲。贰：王念孙说，当作“戒”。
㊿ 纯备：纯粹而完备。
51 将(qiāng)将：聚集的样子。
52 绌约：贬退、穷困。绌，通“黜”。
53 敖(ào)暴：傲慢残暴的人。敖同

“傲”。擅强：专横强暴。
㊴ 幽险：幽暗危险。
㊵ 世英：世上的英才。
㊶ 螭（chī）：传说中一种无角的龙。蝘蜓（yǎndiàn）：壁虎，又名守宫。
㊷ 鸱枭（chī xiāo）：猫头鹰。
㊸ 比干见刳（kū）：商纣王的大臣比干因直言极谏而被挖心。
㊹ 孔子拘匡：孔子周游列国，过匡，被匡人当作阳虎囚禁五天。
㊺ “郁郁乎”句：杨倞说当作“拂乎其遇时之不祥也”。拂，违背。
㊻ “拂乎”句：杨倞说当作“郁郁乎其欲礼义之大行也”。郁郁乎，富有文采的样子。
㊼ 皓（hào）：同“昊”，大。无疆：无边。
㊽ 反：通“返”。
㊾ 勉学：勉力学习。
㊿ 共（gǒng）手：拱手而待。时几将矣：大治之时差不多将要到来了。
66 “与愚”两句：您把有疑问的言论说给我们听，我们希望听到您的反复陈述之词。这是假托学生的口气说的。
67 小歌：犹如楚辞的“乱曰”。
68 远方：指楚国。塞：闭塞。
69 衍：富饶。
70 服：被任用。
71 璇（xuán）：美玉。
72 杂：错杂在一起。
73 闾娵（lǘjū）：魏国的美女。子奢：即子都，春秋时郑国的美男子。
74 嫫（mó）母：传说是黄帝的妃子，貌极丑。力父：不详，与上文子都相对，大约是丑男子。
75 曷维其同：怎么能与这样是非颠倒的世俗共存呢？

## 鉴赏

荀况（前298？—前238？），字卿，因避汉宣帝刘询讳，也称孙卿，世称荀子，战国末赵国人。为战国后期儒家八派之一的代表人物。50岁游学于齐，曾三为祭酒，“最为老师”。给齐相上过书，后因遭谗离齐入楚。楚春申君黄歇时为相，任为兰陵令。此期间又曾因被谗离楚，到过秦国和赵国，与秦昭王及应侯范睢论政，与赵孝成王议兵。复返楚。春申君死，荀子也被废，家居兰陵。传说他因学生李斯为秦相，预料到李斯将来必遭不测之祸，不食而死。有《荀子》32篇。《汉书·艺文志》说他有赋十篇，今仅存《赋篇》。另有《成相辞》，是用民间通俗歌辞形式来陈说政治主张，对后世的说唱文学有深远影响。

《赋篇》包括《礼》《知》《云》《蚕》《箴》五篇和《佹诗》一篇。这里选入的是《知》《箴》和《佹诗》三部分。

前五赋与佹诗在内容上没有必然联系。赋中称“王”云云，当是作于在齐国时。就性质而言，它们是隐语，即后世所谓谜语，齐威王、宣王等都好隐，作于齐国绝非偶然。《文心雕龙·谐隐》说：“谜也者，回互其辞，使昏迷也。或体目文字，或图像品物；纤巧以弄思，浅察以炫辞；义欲婉而正，辞欲隐而显。荀卿《蚕赋》，已兆其体。”因为不能将谜底明说而又要使猜谜者领会所猜对象，就必须调动有效的表现手段去激发人们的想象，因而从文体角度看，谜语本身就可以是咏物赋或咏物诗。荀子的这些作品即属于咏物赋。以赋名篇，不是没有道理的。

咏物赋在《楚辞》中已有，如《橘颂》《风赋》等，而且表现了较高的艺术水平。相对而言，荀子的这些赋艺术水平要低一些。但也自有其特色。它体现了作者两个方面的努力：一是力图将只能诉诸理性而难以诉诸感官的抽象事物化为具体的、可感知的形象。如“知”这个东西，它看不见、摸不着，纯粹是一种精神活动，作者却从它在每个人身上的不同禀赋，在不同品质的人的行为中所表现的功用、后果等各个角度加以铺叙，较好地体现了“知”的特征，这为后世哲理赋的创作提供了艺术借鉴。二是力图将具体可感的事物刻画生动，同时又要使对象升华到一定的理性高度，使之具有托物寄兴的特色。如写“针”，作者一面写它“长其尾而锐其剽，头铦达而尾赵缭”“无羽无翼”，突出它的特征；一面又写它“不盗不窃”“日夜合离”“下覆百姓，上饰帝王，功业甚博，不见贤良，时用则存，不用则亡”，这就赋予了它勤奋、智巧、仁厚、均平、博施于人而不自居功的高洁人格和与时依违的人生态度，比单纯的就物施色显得内涵丰富、深厚得多。

这些赋都运用对话结构篇章，句式运用也相当灵活。每篇的谜面部分全用四言，整齐划一；在揭示谜底前先用句式较长的反问句铺排，然后再用四言逐渐引向谜底。这样娓娓道来，显得纡徐从容，跌宕有致，错综成文，无板滞之病。这些都为后代辞赋特别是汉赋创作提供了经验。

佹诗的小歌《战国策·楚策四》和《韩诗外传》卷四都曾引用部分句子，并说是遗赠给春申君的作品。这些句子与佹诗特别是小歌的其他句子是一脉相承的，倘割裂开来读，就显得各自突兀、不完整。佹诗与小歌的关系，等于楚辞正文与“乱曰”的关系，小歌具有强调和总结上文的作用。从写作时间看，当以在赵遗寄给春申君之说较合理。俞樾《诸子平议·荀子四》说：“此章盖亦遗春申君者。下文‘仁人绌约，暴人衍矣’诸句，其意实讥楚也，不敢斥言楚国，故姑托远方言之，若谓彼远方之国有如此耳。”这是很中肯的意见。

佹诗具有浓厚的抒情特色。它对黑白颠倒、是非混淆、谗小得志、贤人受压的黑暗现实表示了极度的不满,这愤世嫉俗之情与屈原是一致的。《汉书·艺文志》说:"春秋之后,周道寖坏,聘问歌咏不行于列国,学《诗》之士逸在布衣,而贤人失志之赋作矣。大儒孙卿及楚臣屈原,离谗忧国,皆作赋以风,咸有恻隐古诗之义。"可见在汉人看来,荀子与屈原、荀赋与屈骚是完全相通的。从文辞看,两者相通处也很多。如"天地易位,四时易乡""仁人绌约,暴人衍矣,忠臣危殆,谗人服矣""比干见刳,孔子拘匡"等与屈原《涉江》中"阴阳易位""忠不必用兮,贤不必以""伍子逢殃,比干菹醢"等十分相似,其他与《怀沙》《惜往日》《天问》等篇中句子相近的也在所多有。它在整齐的四言句式中掺入五言或散句,也是楚辞的特点。屈原早于荀子,荀子是受屈原的影响至此。但仔细体味起来,荀子似乎更多地继承了《诗经》的现实主义传统,更多地具有三晋法术之士的严肃和冷峻,更多地具有学者的严谨和理性精神,因而他的赋较少楚辞的那种浪漫情调,较少诗人的激动和恺切,较少腾挪、飞动之势。这些特点在比较重理性的汉代人的抒情赋里得到了进一步的发展,荀子的影响是直接的。

(李生龙)

# 吊屈原赋

贾　谊

恭承嘉惠兮[1]，俟罪长沙[2]。侧闻屈原兮[3]，自沉汨罗[4]。造托湘流兮[5]，敬吊先生。遭世罔极兮[6]，乃殒厥身[7]。

呜呼哀哉，逢时不祥[8]！鸾凤伏窜兮[9]，鸱枭翱翔[10]。阘茸尊显兮[11]，谗谀得志[12]。贤圣逆曳兮[13]，方正倒植[14]。世谓随夷为溷兮[15]，谓跖蹻为廉[16]。莫邪为钝兮[17]，铅刀为铦[18]。

吁嗟默默[19]，生之无故兮[20]。斡弃周鼎[21]，宝康瓠兮[22]。腾驾罢牛[23]，骖蹇驴兮[24]。骥垂两耳[25]，服盐车兮[26]。章甫荐履[27]，渐不可久兮[28]。嗟苦先生[29]，独离此咎兮[30]！

讯曰[31]："已矣！国其莫我知兮，独壹郁其谁语？"[32]凤漂漂其高逝兮[33]，固自引而远去[34]。袭九渊之神龙兮[35]，沕深潜以自珍[36]。偭蟂獭以隐处兮[37]，夫岂从虾与蛭螾[38]？所贵圣人之神德兮[39]，远浊世而自藏。使骐骥可得系而羁兮[40]，岂云异夫犬羊[41]？般纷纷其离此尤兮[42]，亦夫子之故也[43]。历九州而相其君兮[44]，何必怀此都也[45]？凤凰翔于千仞兮[46]，览德辉而下之[47]。见细德之险征兮[48]，遥曾击而去之[49]。彼寻常之污渎兮[50]，岂能容夫吞舟之巨鱼[51]？横江湖之鳣鲸兮[52]，固将制于蝼蚁[53]。

## 注释

① 恭承:恭敬地接受。嘉惠:指皇帝的恩命。贾谊被贬谪为长沙王太傅,本是一种处分,但因是皇帝的命令,所以也只得说是“嘉惠”。

② 俟罪:待罪。这是做官人对自己的居官任职的一种谦辞。

③ 侧闻:从旁听说。

④ 汨(mì)罗:水名,在今湖南平江和汨罗境内,西流入洞庭湖。传说屈原是投汨罗江而死的。

⑤ 造:到。托湘流;托请湘水(致吊屈原)。

⑥ 遭世:遇到的时世。罔极:无常,混乱。

⑦ 殒(yǔn):丧生。厥:其,他的,指屈原。

⑧ 不祥:不吉祥。

⑨ 鸾(luán)凤:鸾鸟,凤凰,古人都认为是祥瑞之鸟。伏窜:潜藏逃窜。

⑩ 鸱枭(chīxiāo):猫头鹰,古人认为是不祥的恶鸟。

⑪ 阘茸(tàróng):细小杂乱的样子,此指平庸无能的人。尊显:尊崇显荣。

⑫ 谗谀:诽谤别人的人和拍马逢迎的人。

⑬ 逆曳(yè):倒着拖拉,指横遭侮辱。

⑭ 方正:品德端方正直的人。倒植:方正之士居于下位。

⑮ 随:卞随,夏末殷初的贤人,传说商汤要把天下让给他,他拒不接受,投颍水而死。夷:伯夷,殷末孤竹君之子,因与弟弟叔齐争让君位而逃。后劝阻周武王伐纣。商亡后,不食周粟,兄弟二人饿死在首阳山。卞随、伯夷,在古代被认为是贤者。溷:通“混”,污浊。

⑯ 跖:春秋时鲁国的奴隶起义领袖,后世诬称“盗跖”。蹻(jué):战国时楚国的人民起义领袖,亦称庄蹻,见《商君书》《吕氏春秋》。廉:廉洁。

⑰ 莫邪;古代名剑,传说为春秋时吴国干将、莫邪夫妻所造。邪,又作“耶”。

⑱ 铦(xiān):锋利。

⑲ 吁(xū)嗟:感叹词。默默:不得志的样子。

⑳ 生:先生的简称,指屈原。无故:无缘无故地遭受祸灾。一说无故,同“无辜”。

㉑ 斡(wò)弃:背弃,抛弃。周鼎:周代的传国之宝,传说是夏禹所铸。

㉒ 宝:以……为宝,用作动词,康瓠(hù):一种低劣的空瓦壶。康:有空的意思。

㉓ 腾驾:飞奔的马车。这里用作动词,以……驾驶飞奔的马车。罢:通“疲”。

㉔ 骖(cān):驾在车辕两边的马,也叫边马。此处用作动词,以……为骖。蹇(jiǎn)驴:瘸腿驴。

㉕ 骥:好马。

㉖ 服:驾。骥服盐车,见《战国策·楚策四》。

㉗ 章甫荐履:以礼帽做鞋垫。章甫:古代士人所戴的一种礼帽。荐:垫。履:鞋。

㉘ 渐:进。此句是说章甫垫进鞋内,不久就要损坏了。

㉙ 苦:苦难,愁苦。

㉚ 离:通“罹”,遭受。咎:灾难,罪过。

㉛ 讯:《汉书》作“谇”。讯曰,一般解为《离骚》最后的“乱曰”,是概括全文结语。细审本赋语意,此“讯”应是问的意思,说见黄瑞云《释“讯曰”》(上海古籍出版社 1986 年 10 月版《历代抒情小赋选》附文)。

㉜ 已矣:罢了,算了。莫我知:没有人理解我。壹郁:同“悒郁”,失意忧愁。谁语:有话向谁说?这一句是假借屈原的口,套用《离骚》最后一句话而发出的疑问,以便引出下文,以作答的方式继续抒写自己的思想认识和感受。《离骚》的“乱曰”是:“已矣哉!国无人莫我知兮,又何怀乎故都!既莫足为美政兮,吾将从彭咸之所居!”

㉝ 漂漂:同“飘飘”,鸟儿轻快飞翔的样子。高逝:高飞而去。

㉞ 固:本来应该。

㉟ 袭:因袭,这里有效仿、学习的意思。九渊:九重之渊,深渊。

㊱ 沕(mì):深藏的状态。自珍:自己珍重自己。

㊲ 偭:背离。蟂(xiāo):一种吃鱼的水蛇。獭(tǎ):一种吃鱼的水兽。隐处:隐藏。

㊳ 蛭(zhì):水虫,即蚂蟥。螾(yǐn):同“蚓”,蚯蚓。

㊴ 神德:高贵非凡的品德。

㊵ 使:假使。骐骥:骏马。系:用绳索拴住。羁:用络头套住。

㊶ 异:区别。

㊷ 般:通“斑”。般纷纷:社会黑暗混乱的样子。尤:罪过。

㊸ 故:通“辜”,过错。此两句是说:在混乱黑暗的社会里遭受到灾难,也是屈原自己的过错所致的。

㊹ 历:经过、走遍。九州:天下,指当时各个诸侯国。相:观察。一说辅佐。

㊺ 怀:怀恋。此都:指郢都。此两句套用《离骚》“思九州之博大兮,岂惟是其有女”及“何所独无芳草兮,尔何怀乎故宇”句意。

㊻ 仞:一仞八尺,或说七尺。千仞,极言其高。

㊼ 德辉:道德的光辉,此指有高尚品德的君主。

㊽ 细德:指品德卑薄的君主。险征:险恶的征兆。

㊾ 曾:高。击:飞。曾击,《史记》作“增翮”。遥曾击而去之:远远地高飞而离开他。

㊿ 寻:八尺。常:十六尺。污渎:浅而小的水沟。

51 吞舟:吞没舟船,形容鱼大。

52 横:渡越。鳣(zhān):一种长二三丈的大鳇鱼。

53 制:受挟制。

## 鉴赏

贾谊的《吊屈原赋》是辞赋名篇,《史记》《汉书》、萧统《文选》及朱熹《楚辞集注》皆有收录,个别文字稍有不同。

贾谊(前200—前168),洛阳人,西汉初年杰出的政论家和文学家。少有文才,18岁时能诵述《诗》《书》,写出精彩的文章。后来,河南郡守吴公荐之于汉文帝,召为博士,不久迁为太中大夫,甚得汉文帝重用,为西汉初年王朝中最年青、最有作为的咨询官员,对改革当时的政治、巩固汉王朝的封建政权提出过很多建议。在他23岁的时候,汉文帝要把他晋升到"公卿之位",元老和新贵嫉妒其才能,利用种种借口,制造种种罪名,对他进行攻击和诽谤,致使汉文帝相信了谗言,不再让他参与朝政,把他贬出朝廷,做了长沙王的太傅。文帝七年(前173年),虽然把他召回过长安,但不久又任命他做了梁怀王的太傅。正当意气风发、大展才能时候的贾谊,连续遭到了政治上的打击,其内心的苦闷、忧伤和愤慨是可想而知的。后来,梁怀王去见皇帝,不慎坠马而死。他作为太傅,自感失职而内疚,终日忧伤啼哭,以致默默地离开了人世。死时才33岁。贾谊著述很多,可惜大都散佚。今传《贾谊集》(包括《新书》十卷),是后人辑集的。

贾谊的政论散文,诸如《过秦论》《陈政事疏》,流畅犀利,切中时弊,大有战国纵横家的遗风,得到历代的传诵和好评,使他成为西汉初年不可多得的优秀散文家。同时,他又是一位著名的辞赋家,在屈宋骚体赋的基础上发展、创造,为汉代新体赋的形成,起了承先启后的作用。据《汉书·艺文志》记载,他有赋作七篇,可惜有的已经佚失,有的已经残阙,有的尚有可疑,只有《吊屈原赋》和《鹏鸟赋》才真正是他的作品,而且完整地流传了下来。

梁昭明太子萧统把《吊屈原赋》收入他编集的《文选》时,更名为《吊屈原文》,并根据《史记》《汉书》的有关记载在"文"前加了个"小序"。"序"说:"谊为长沙王太傅。既以谪去,意不自得,及度湘水,为赋以吊屈原。屈原,楚贤臣也,被谗放逐,作《离骚》赋,其终篇曰:'已矣哉!国无人兮,莫我知也。'遂自投汨罗而死。谊追伤之,因以自喻。"这就把此赋写作的时间、缘由和主旨大体都说清楚了。

贾谊被贬长沙,大概是在汉文帝初年。在贬谪赴任的途中,听到有关屈原的逸闻和传说,使他愤懑、愁苦的心情好像有了寄托,于是情思如泉,奋笔写出了这篇名赋,用以表示对屈原的缅怀、敬仰和哀悼。

从赋文所抒写的思想内容来看,全篇可以划分为三个部分。

第一节八句是第一部分,说明作赋的心情和因由。赋文一开头就开门见山地点明写赋的时间,表达了他当时的心情。无论是他的用词还是语气,我们都可以看出,他内心里是充满着无限忧愤、无限感慨的。恰在这个时候,他又听到屈原自沉汨罗的传闻,于是自身的不幸遭遇自然就和屈原的不幸遭遇吻合在一起了。他身在楚地,面对湘水,触景生情,吊古思今,便写赋作文,“造托湘流”来“敬吊先生”。吊屈原,三言两语岂能尽意?所以,他接着先用一句话“遭世罔极兮,乃殒厥身”,作为总说明、总哀悼,之后再展开胸臆,尽情抒发。这样,前后仅仅只有八句,就简洁、鲜明地展示了题意,并为下文进一步哀悼做下了铺垫。表面上看来,作者好像是要代屈原诉冤言情,实际他是在“自喻”自己。不要认为“俟罪长沙”一句仅仅是为了交代写赋的起因,由自己的“俟罪长沙”引出屈原的“自沉汨罗”,其中的弦外之音,几乎是要溢于言表的。

从“鸣呼哀哉”到“讯曰”以前,是第二部分,也是他“吊”的主要内容。在这一部分里,他仅就“遭世罔极”加以生发,淋漓尽致地哀悼了屈原为什么“自沉汨罗”的种种不幸遭遇。他先用“鸣呼哀哉,逢时不祥”一句表示痛伤和哀悼,既承接上文,又领起下文,以引起读者的注意。其实,“遭世罔极”和“逢时不祥”是一个意思,作者之所以用一意异词,不过是加以强调而已。那么,怎样的“罔极”、怎样的“不祥”呢?接着,他就写出了屈原所生活的那个社会里的种种黑暗和混乱。但是,他不是直接说明,而是设喻作比,用种种具体生动的表现来揭露统治者的昏庸,来批判社会现实的罪恶,从而哀悼屈原“无故”“遭咎”的不幸。在这样乌七八糟的社会里,弃周鼎、宝康瓠,驾罢牛、骖蹇驴,骥服盐车、章甫荐履,等等,都是自然而然的事了。在这样罪恶、黑暗的现实里,贤圣逆曳,方正倒植,屈原这个爱国爱民、坚持真理、刚正不阿、至死不屈的人,“无故”而“离咎”,也是自然而然的事了。作者博闻多识,广喻善比,说起来滔滔不绝,字里行间所迸发出来的愤懑感情,也是不可遏抑的。最后,他用“嗟苦先生,独离此咎兮”一句作结,更加强了上述思想感情的表达,并与“鸣呼哀哉,逢时不祥”一句照应了起来。

“讯曰”以后,是第三部分,是作者对屈原的进一步哀悼。他不仅高度同情和痛伤屈原的不幸遭遇,而且还进一步惋惜屈原未能远走高飞、摆脱那个污浊的社会。开头,作者用“讯曰”,转换语意和语气,假借回答提问而另辟蹊径、引出下文。他似乎不同意屈原在"国无人莫我知"的情况下"自沉汨罗"、以身殉国的做法,主张"高逝""远去","远浊世而自藏","历九州而相其君",以免"制于蝼蚁"。在这一部分里,他同样采取设喻作比的方法,来表达他的感情,说明他的认识。凤为禽中之王,龙为兽中之圣,它们所以高贵,就在于它们善于远离浊世、善于自己珍重自己、自己保护自己。它们既要摆脱凶恶的蟂、獭,又不同卑微的蚂虾、蚯蚓为伍,因此,具有"神德"的"圣人"所以可贵,就在于他们能够"远浊世而自藏"。以上是从正面说起,已经表达出了他要表达的意思。但作者仍嫌意犹未尽,接着又从反面质问:"使骐骥可得系而羁兮,岂云异夫牛羊?"假如高贵的骐骥也能被绳索、络套束缚住的话,那它和平庸的牛羊还有什么区别呢?因此,他不无埋怨、指责地说:"般纷纷其离此尤兮,亦夫子之故也;历九州而相其君兮,何必怀此都也?"认为屈原之所以遭到不幸,自己也有过错、有责任,本来可以周游天下,择君而仕,何必恋恋不舍地不愿离开故都呢?凤凰就是这样,它高飞千仞,翱翔天下,见到有高尚德操的人才下来;发现险恶的征兆,就远远地迅猛飞去。因为,"寻常之污渎",是不能容纳"吞舟之巨鱼"的。那么,渡越出江湖的鳣鲸,就当然要"制于蝼蚁"了。这里,他反反复复,一再表达对屈原"自沉汨罗"的哀伤和惋惜。

贾谊和屈原虽然生活在不同的时代,各有不同的社会环境,但他们有相近的政治理想和抱负,又有了相似的不幸遭遇,因而对政治的黑暗和统治阶级的昏庸,也是有共同认识的。他敬仰屈原的为人,从本篇透露出来的信息来看,他也很熟悉屈原的创作。眼看着自己目前的遭遇,他"悲君自悲","追伤而自喻",所以就情真意切地痛切哀悼,喋喋不休地反复惋惜痛伤。虽然,他们都愤世嫉俗,都强烈抗议,所持的态度却不相同。屈原爱国爱民爱真理是那样执着、热烈,贾谊在遭受到不幸后,却没表现出爱国爱民爱真理的执着、热烈,相反却蒙上了旷达的情绪,似乎他远离朝廷、谪贬长沙,"远浊世而自藏",多少还存有一些自安、自慰的心情。因此,他对屈原的惋惜,实际是对屈原"自沉汨罗"的行为还缺乏理解。在朝秦暮楚、晋材秦用、游说之风盛行的战国时代,屈原是可以"远浊世"而"历九州"的,凭他的政治才能也许是可以觅得官禄和显荣的。但如果真的那样,屈原也就不是两千多年来人们所纪念的屈原了。

在写作上说,贾谊可以说是屈原的继承者。这篇赋作,从思想内容到表现手法,和屈原的《离骚》特别是《九章》中的某些篇章多么相似!他学习了屈赋的比兴手法,用"善鸟香草,以配忠贞;以恶禽臭物,以比谗佞"(王逸《离骚经序》),设喻作比,以写意抒情。从行文上看,他全用"骚体",句式极像屈赋的样式。它的"兮"字,多是放在两句行文的上句句末,但有时也在下句之尾,再加利用感叹词语和"讯曰"等等表达语气的承接转换,就使全赋的感情分外显得深沉、激越和悲愤感人,使人大有一唱三叹之感。赋文的语言,简明精练,时而深沉凝重,时而激越急促。第二部分连用短促的排比句,第三部分则夹用了许多反诘句和感叹句,顿挫参差,颇有铺张雄辩的风采。他广泛地设喻作比,比喻在整个行文中纷至沓来,简直使人目不暇接,而结束时却又戛然而止,令人回味不已。这些艺术表现上的种种特点,也充分反映了他激动万分,惟恐言之不尽而又心烦意乱的心情。

总之,这是一篇抒情上品,凭吊佳作,值得鉴赏和研究。

(霍旭东)

# 鵩　鸟　赋

贾　谊

单阏之岁兮,四月孟夏[①]。庚子日斜兮,鵩集予舍[②]。止于坐隅兮,貌甚闲暇[③]。异物来萃兮,私怪其故[④]。发书占之兮,谶言其度[⑤]。曰:"野鸟入室兮,主人将去[⑥]。"请问于鵩兮:"予去何之[⑦]?吉乎告我,凶言其灾[⑧]。淹速之度兮,语予其期[⑨]。"鵩乃叹息,举首奋翼,口不能言,请对以臆[⑩]:——

"万物变化兮,固无休息[⑪]。斡流而迁兮,或推而还[⑫]。形气转续兮,变化而嬗[⑬]。沕穆无穷兮,胡可胜言[⑭]。祸兮福所倚,福兮祸所伏[⑮];忧喜聚门兮,吉凶同域[⑯]。彼吴强大兮,夫差以败;越栖会稽兮,勾践霸世[⑰]。斯游遂成兮,卒被五刑[⑱];傅说胥靡兮,乃相武丁[⑲]。夫祸之与福兮,何异纠纆[⑳]?命不可说兮,孰知其极[㉑]?水激则旱兮,矢激则远[㉒];万物回薄兮,振荡相转[23]。云蒸雨降兮，纠错相纷[24]；大钧播物兮，坱圠无垠[25]。天不可预虑兮，道不可预谋[26]；迟速有命兮，焉识其时[27]？

“且夫天地为炉兮，造化为工[28]；阴阳为炭兮，万物为铜[29]。合散消息兮，安有常则[30]？千变万化兮，未始有极[31]！忽然为人兮，何足控抟[32]；化为异物兮，又何足患？小智自私兮，贱彼贵我[33]；达人大观兮，物无不可[34]。贪夫殉财兮，烈士殉名[35]；夸者死权兮，品庶每生[36]。怵迫之徒兮，或趋西东[37]，大人不曲兮，意变齐同[38]。愚士系俗兮，窘若囚拘[39]；至人遗物兮，独与道俱[40]。众人惑惑兮，好恶积亿[41]；真人恬漠兮，独与道息[42]。释智遗形兮，超然自丧[43]；寥廓忽荒兮，与道翱翔[44]。乘流则逝兮，得坻则止[45]；纵躯委命兮，不私与己[46]。其生兮若浮，其死兮若休[47]。澹乎若深泉之静，泛乎若不系之舟[48]。不以生故自宝兮，养空而浮[49]；德人无累，知命不忧[50]。细故蒂芥兮，何足以疑[51]！”

## 注释

① 单阏(chán'è)：古代以岁星纪年，太岁星(木星)在卯的方位上称“单阏之岁”。据后人推算，汉文帝六年(前174年)岁次丁卯，当指此年。孟夏：夏季的第一个月。古代以孟、仲、季配以季名，分别称呼每季的三个月。

② 庚子：四月某一天的干支。据推算应为四月二十三日。日斜：日西。鵩(fú)：俗名猫头鹰，古人认为是一种不祥之鸟。集：栖集。舍：居室。

③ 坐隅：座位的一角。闲暇：不惊不慌，神态自若的样子。

④ 萃：集，止。故：缘故。

⑤ 发书：打开供占卜用的书。谶(chèn)：预告吉凶的言辞。度：吉凶的定数。

⑥ 去：离去。

⑦ 何之：到哪里去。之：往。

⑧ “吉乎”二句：是吉，就告诉我；是凶，也要说明是什么灾祸。

⑨ 淹：迟缓。速：急促。淹速之度：指

寿命的长短。期:期限,时间。

⑩ 臆:胸臆,想法。“口不能言”二句:鹏鸟不能说话,就请以臆中之事来作答吧。这是作者的假托,以使展开下文。

⑪ 固:本来。休息:停止。

⑫ 斡:运转。流:前进。迁:变化。推:推移。还:循环。

⑬ 形:天地间有形的物质。气:天地无形的物质。转续:连续不断的相互转化。而:犹“如”。蟺(chán):蝉。蝉的幼虫为爬虫,蜕壳后即能飞善鸣。

⑭ 沕(wù)穆:深微幽远的状态。胡:何,哪能。胜言:说清、说完。

⑮ 这两句出于《老子》五十八章。倚(yǐ):依托。伏:隐藏。

⑯ 聚门:聚集在一室之内。同域:同在一个地方。

⑰ 吴、越:春秋时期的两个诸侯国。吴建都在今江苏苏州;越建都在今浙江绍兴。两国不断相互攻伐。吴败越;越王勾践复仇,败吴。吴王夫差复仇,破越,勾践仅剩五千人退于会稽之上。勾践一方面向夫差求和称臣,一方面卧薪尝胆,励精图治。后在大夫范蠡、文种的协助下,终于打败了吴国,迫使夫差自杀,称霸一时。此处引用此事,主要是说明成败得失常常是相互转化的道理。栖:被困山居。会稽(kuàijī):山名,在今浙江绍兴东南。

⑱ 斯:李斯,原为楚国人,后游说秦国,身登相位。秦二世时,为赵高谗害,腰斩于咸阳。游:游说。遂成:达到成功。卒:最后,终于。被:遭受。五刑:墨(黥面)、劓(割鼻)、宫(男去势、女幽闭)、刖(断足)、杀(死刑)。这里是指遭受惨杀的意思。

⑲ 傅说(yuè):殷武丁时人,原为服劳役的刑徒,后被武丁发现,用为国相。胥靡:刑徒,囚犯。

⑳ 纠:两股拧成的绳。纆:三股拧成的绳。此句是说:祸与福像绳索一样拧在一起,是不可分开的。

㉑ 命:天命。极:终极,究竟。

㉒ 激:激荡,冲击。旱:同“悍”,猛烈。

㉓ 回薄:往返相激。转:转化。

㉔ 蒸:受热上升。降:受冷下降。纠错:纠缠错杂。纷:纷乱。

㉕ 大钧:造化、大自然。播物:指运转造物。坱圠(yǎngyà):广阔无边的状态。垠(yín):边际,界限。

㉖ 预:干预。此两句是说:天、道深远莫测,不可干预思虑和谋算它们。

㉗ 迟速:指死亡的快慢早晚。命:命运。焉:怎能。时:期限,时间。

㉘ 工:工匠。

㉙ 阴阳为炭两句:作者把天地比作冶金炉,把大自然的变化比作工匠,因为阴阳能铸造万物,所以比作炭;万物由阴阳铸化而成,所以比作铜。

㉚ 合:聚。消:灭。息:生。安:何。常则:一定的规律。

㉛ 未始:未尝。极:终极,极限。

㉜ 忽然:偶然。控抟(tuán):保持,爱惜。

㉝ 小智:眼光短浅、自私狭隘的人。

㉞ 达人:通达知命、懂得生死福祸道理的人。大观:看得高远。可:适宜。这两句是说:通达知命的人眼光远大,和客观万事万物没有不适应的。

㉟ 贪夫:贪财的人。殉财:为财丧生。烈士:重义轻生的人。

㊱ 夸者:贪求虚名的人。死权:为权势而死。品庶:众庶,普通的人。每生:贪生。

㊲ 怵(chù):为财利诱引。迫:被贫贱逼迫。趋西东:东跑西奔,趋利避害。

㊳ 大人:道德高尚的人。不曲:不为财利权势而曲从。意:通"亿"。亿变:千变万化。齐同:等量齐观,一视同仁。

㊴ 愚士:短浅迂腐的人。系俗:被世俗所束缚。窘:困迫。囚拘:受管制的囚犯。

㊵ 至人:道德情操最高的人。遗物:忘掉身外的一切事物。与道俱:与大道并行。道:道家的最高理想境界。

㊶ 惑惑:迷惑不清。好恶积亿:所爱所憎的事情积存得极多。

㊷ 真人:道家所说存真养性的人。恬漠:安静。息:止,指清静无为。

㊸ 释智:放弃智慧和思虑。遗形:丢掉形体和自我。超然自丧:超脱于万物之外,自己忘掉自己。

㊹ 寥廓:深远空旷的样子。忽荒:同"惚恍",昏暗不明的样子。"寥廓"二句:人的修养达到极高境界后,就会在空旷幽深的太空中与道一起遨游。

㊺ 坻(chí):水中小洲。"乘流"二句:人生就像浮在水面上的漂物一样,随着水流则远去,遇到小洲则停止。

㊻ 纵躯:放开自己的身躯。委命:任凭自然命运的安排。不私于己:不把自己看作是自己的私有物。

㊼ 浮:浮寄,寄托。休:休息。

㊽ 澹:安静。泛:浮动。系:指缆绳。

㊾ 自宝:自己珍视自己。养空而浮:养成空虚之性而浮游于人世。

㊿ 德人:有道德修养的人。累:牵累。

51 细故:小事。蒂芥:比喻心中的小淤积、小疙瘩。

## 鉴赏

这是一篇抒情赋。但它不是通过叙事来抒情,也不是通过写物绘景来抒情,而是通过说理来抒情,使抒情寓于说理之中。因此也可以说它是一篇哲理赋,而且是我国辞赋史上的第一篇哲理赋。

《史记·屈原贾生列传》在收录这篇赋文前有这样一段记载:"贾生为长沙王太傅,三年,有鸮(按:雄鸮称鹏)飞入贾生舍,止于坐隅。楚人命鸮曰鹏。贾生既以谪居长沙,长沙卑湿,自以为寿不得长,伤悼之,乃为赋以自广。"这已经把写作此赋的时间、因由和主旨说清楚了。它通篇都是作者与鹏鸟的问答之辞。当然,这只是一种假托。但通过这种假托,却表现了作者贬谪后忧伤苦闷、愤懑不平的复杂心情。

赋文的第一段,就是作者之所以写作此赋的缘起。他以叙事的方式开头,由鹏鸟入室、心生疑虑领起,很自然地把问题引到生死祸福上来,假借鹏鸟的"臆",使笔锋转入说理。

鹏鸟入室,世俗认为是极不吉利的。而这只鹏,不仅集于舍,而且还"止于坐隅""貌甚闲暇",更是一种不祥的征兆。贾谊被谪贬长沙，政治上受到了致命的打击，心情是极为苦闷愤慨的。因此，遇到鹏鸟入室这样的事，也自然就相信“占卜”了。占卜的结果是“主人将去”。这就更增加了他的疑虑。于是，他就自言自语地和鹏鸟对起话来，中心意思是要追问吉凶祸福以至生死的问题。这样写，于事、于情、于理都非常自然。赋作的巧妙新颖之处，正是在自然叙事之中反映出作者复杂细致的思想感情。应该说，这是作者极为新鲜别致的艺术构思。

鹏鸟的“所答”之意，可以分为前后两部分。

前部分，主要说明客观的万事万物都是不断发展变化的，而且是相互转化的。“祸兮福所倚，福兮祸所伏”，“忧喜同门”，“吉凶同域”，其“沕穆无穷”，是不可“胜言”的。吴王夫差强大一时，不久就转而为败，越王勾践即将灭国，可是转而又称霸于世。李斯荣贵一时，最后惨死于“五刑”；傅说出身卑贱，后来却荣为国相。可见生死祸福、贵贱荣辱，是自然命运的安排，是“不可预虑”“不可预谋”“不可说”的。所以，作者想让鹏鸟把“淹速之度”“语予其期”是不可能的，鹏鸟只能“回答”他说：“迟速有命兮，焉识其期？”从文章结构上来说，使前后照应了起来。

后部分，是前部分说理的进一步深化和升华。既然万物变化，不可预知，那么个人如果遇有吉凶祸福之事应该怎样对待呢？这部分里，作者浓笔重意，集中让鹏鸟讲了要“知命不忧”的道理。它把天地之间比作一个熔炉，世上的万事万物都是自然的“造化”，“千变万化兮，未始有极”，“合散消息兮，安有常则？”因而，“忽然为人兮”，不足珍爱；“化为异物兮”，也不值得忧虑。它不厌其烦地举出各种不同人物对待世俗的各种不同态度，明确地指出小智、贪夫、烈士、夸者、品庶、愚士、众人等等，都不过是为财物、名利、权势以及生命所累，终日奔走西东，丝毫不懂变化之“道”。相反，达人、大人、至人、真人、德人等等，却能做到“大观”“不曲”“遗物”“恬漠”“自丧”“释智遗形”，因而能够“与道俱”“与道息”“与道翱翔”。它奉劝作者要“养空而浮”“知命不忧”，所以对于鹏鸟入室，也就不足以疑虑了。这样，又进一步回答了作者提出的问题，依然照应了前文。

应该指出，作者提出世界上的万事万物是在不断发展变化的，是可以互相转化的；人们对于某些吉凶祸福之类的事情发生，应该采取豁达大度的态度，从发展变化的辩证观点上去看待它，这都是正确的。但是，如果把这种发展、变化以至转化，想象到神妙玄测、不可捉摸的程度，那就陷入到不可知论的泥坑中了。表面上它“未始有极”，“不可说兮”，实际上只要我们认真对待，加以客观地分析和研究，还是可以找出它的特点和规律的，也是可以“预虑”“预谋”的。如果由于“命不可说兮”，而要人们“释智遗形，超然自丧”，以至“纵身委命”“与道翱翔”，那就变成无所作为、甘愿做“大钧”奴隶的宿命论者了。可见，作者从自己贬谪后苦闷愤慨的心情实际出发，而最后落脚到老庄之道的“一是非”“齐生死”的态度上来，显然是消极的，是时代环境和世界观的局限所在，是我们不能汲取和赞同的。

作者所以这样抒写，是由他所处的具体环境条件决定的。他身遭不幸，对不合理的社会现实和政治生活有着愤懑的不平之气，但他又无能为力。凭个人的想象和愿望无法改变自己的具体处境，自己良好的政治主张和政治理想与实际存在的现实生活，又发生着强烈的矛盾，因此，人生的探索，哲理的思考，感受的冲击，命运的安排，都一股脑儿地淤积在他的心头。在无法摆脱的情况下，他只有采取“纵身委命”的消极态度来自遣自慰，也就是《史记》所说的“为赋以自广”。其实，从贾谊一生的思想和言行来看，他也不是甘愿这样做的。所以，这种复杂的思想情绪，只不过是他怀才不遇而又无可奈何的痛苦、悲愁、忧愤、哀怨的思想反映罢了。

全赋以四言诗句为主要表现形式。作者学习楚辞的某些手法，采取了拟托的问答体，而“答”文又是赋文的主要部分。在具体抒写时，他充分使用了想象力和联想力，把大自然的变化莫测和命运的不可捉摸写得活灵活现、幽深玄妙和精微至极。他不完全抽象说理，而是采取引史实、作比喻来进行证明，说明他对客观事物有着相当精细的观察和理解。他对在变化莫测的世俗生活中各种人物的心理、态度和言行，进行了极为细致的揭露和描绘，说明他看穿了人生，以致产生了憎恶，其思想是相当深邃的。赋的语言，虽然多是四言诗句，但不臃肿、不板滞，从不规则的押韵和不断调换韵脚中，显示出文字的活脱来。随着感情的变化，他时而描写，时而陈述，时而提问，时而反诘，因而通篇都在说理，而却没有抽象难懂的道学习气。相反，有时写得激烈奔放，有时写得平静安适，字里行间不乏流畅而又跌宕的风采，没有后来事类大赋那种臃肿、艰涩、堆砌、浮丽的毛病。所以，它应该是我国早期辞赋中的佳作。　　（霍旭东）

# 七　发

枚　乘

楚太子有疾，而吴客往问之，曰："伏闻太子玉体不安，亦少间乎①？"太子曰："惫②，谨谢客。"客因称曰："今时天下安宁，四宇和平③，太子方富于年④。意者久耽安乐⑤，日夜无极；邪气袭逆⑥，中若结轖⑦。纷屯澹淡⑧，嘘唏烦酲⑨；惕惕怵怵⑩，卧不得瞑⑪。虚中重听⑫，恶闻人声；精神越渫⑬，百病咸生⑭。聪明眩曜⑮，悦怒不平⑯；久执不废⑰，大命乃倾⑱。太子岂有是乎⑲？"太子曰："谨谢客。赖君之力，时时有之，然未至于是也⑳。"客曰："今夫贵人之子，必宫居而闺处㉑，内有保母㉒，外有傅父㉓，欲交无所㉔。饮食则温淳甘膬㉕，脭醲肥厚㉖，衣裳则杂遝曼暖㉗，燂烁热暑㉘。虽有金石之坚，犹将销铄而挺解也㉙，况其在筋骨之间乎哉？故曰：纵耳目之欲，恣支体之安者㉚，伤血脉之和㉛。且夫出舆入辇㉜，命曰蹶痿之机㉝；洞房清宫㉞，命曰寒热之媒㉟；皓齿蛾眉㊱，命曰伐性之斧㊲；甘脆肥脓㊳，命曰腐肠之药㊴。今太子肤色靡曼㊵，四支委随㊶，筋骨挺解，血脉淫濯㊷，手足堕窳㊸。越女侍前㊹，齐姬奉后㊺，往来游醼㊻，纵恣于曲房隐间之中㊼。此甘餐毒药㊽，戏猛兽之爪牙也㊾。所从来者至深远㊿，淹滞永久而不废(51)，虽令扁鹊治内(52)，巫咸治外(53)，尚何及哉！今如太子之病者，独宜世之君子[54]，博见强识[55]，承间语事[56]，变度易意[57]，常无离侧，以为羽翼[58]。淹沉之乐[59]，浩唐之心[60]，遁佚之志[61]，其奚由至哉[62]！”太子曰：“诺[63]。病已，请事此言[64]。”

客曰：“今太子之病，可无药石针刺灸疗而已[65]，可以要言妙道说而去也[66]，不欲闻之乎？”太子曰：“仆愿闻之[67]。”

## 注释

① 少间(jiàn)：稍愈。

② 惫：疲劳。

③ 四宇：四方，即天下。

④ 方富于年：正当年轻的时候。方，正。年，年岁。

⑤ 意者：料想。下文自“久耽安乐”至“大命乃倾”，均为吴客料想之事。耽，沉溺。

⑥ 袭逆：侵入体内。

⑦ 中：指胸中。结轖(sè)：郁结不舒畅。

⑧ 纷屯：昏乱的样子。澹淡：摇荡的样子。

⑨ 嘘唏：叹息。烦酲(chéng)：烦闷得像喝醉了酒。酲，病酒。

⑩ 惕(tì)惕怵(chù)怵：忧惧不安。

⑪ 瞑：入睡。

⑫ 虚中：元气损伤，体内虚弱。重听：听觉不灵。

⑬ 越渫(xiè)：涣散。

⑭ 咸：都。

⑮ 聪明：指听觉和视觉。眩曜：迷惑混乱。

⑯ 悦怒不平：谓或悦或怒，不能平静。

⑰ 久执不废：长久保持这些病态而不治愈。废，止。

⑱ 大命：生命。倾：坏、倒塌。

⑲ 岂：表疑问，犹言“是否”。是：这些，指上述病症。

⑳ “赖君之力”三句：言仰赖国君之力，天下太平，可以长期耽于安乐，所以常常有这些症候，但尚未到如此严重的地步。

㉑ 宫居：住在宫中。闺处：处于内室。

㉒ 保母：抚育贵族子女的妇女。

㉓ 傅父：辅导贵族子女的男子。

㉔ 欲交无所：想与人交往也没有机会和途径。

㉕ 温淳：味道浓厚。甘膬(cuì)：脆甜可口。膬，同“脆”。

㉖ 脭(chéng)：肥肉。醲(nóng)：醇酒。

㉗ 杂遝(tà)：众多纷杂。曼暖：轻细温暖。

㉘ 燂(qián):火热。烁:热。暑:热。
㉙ 销铄(shuò):熔化。挺解:松散。
㉚ 恣:放纵。支:通“肢”。
㉛ 和:调和。
㉜ 出舆入辇(niǎn):出入都要乘车。舆和辇都是车。
㉝ 命曰:叫作。蹷(jué)痿(wěi):身体麻痹不能行动的病症。机:征兆。
㉞ 洞房:深邃的房屋。清宫:清凉的宫室。
㉟ 寒热:感寒或受热。媒:媒介。
㊱ 皓齿:洁白的牙齿。蛾眉:如蚕蛾触须一样细长的眉。皆代指美女。
㊲ 伐:砍伐,伤斫。性:生命。
㊳ 脓:通“醲”,醇酒。
㊴ 腐肠:使肠子腐烂。
㊵ 靡曼:柔弱的样子。
㊶ 委随:萎软。
㊷ 淫濯:宏大、膨胀。
㊸ 堕窳(yǔ):懈怠无力。
㊹ 越女:越国的女子。侍前:在前面侍奉。
㊺ 齐姬:齐国的姬妾。奉:与“侍”同义。
㊻ 游醼:游乐欢宴。醼,通“宴”。
㊼ 纵恣:放纵。曲房:深幽的房屋。隐间:秘室。
㊽ 甘餐毒药:把毒药当作甘甜的食物吃。
㊾ 戏猛兽之爪牙:与猛兽的爪牙戏耍。
㊿ 所从来者:得病的由来。至:极。
(51) “淹滞”句:长期耽搁下去而不治愈。淹滞,滞留、耽搁。
(52) 扁鹊:古代良医,郑(今河北任丘)人,姓秦,名越人。治内:治疗体内的疾病。
(53) 巫咸:传说中的神巫,相传他能通过祷祝为人除去疾病。治外:即从身体外部凭借祷祝除去疾病。
(54) “独宜”句:只应该让世上的君子来医治。宜,适于、应该。
(55) 博见强识(zhì):博闻强记。识,记忆。
(56) 承间(jiàn):乘机会。语:谈论。
(57) 变度易意:改变其思虑和心意。
(58) 羽翼:犹言辅佐之人。
(59) 淹沉:沉溺。
(60) 浩唐:即浩荡,放荡不定。
(61) 遁佚:放纵作乐。
(62) 奚由:从哪里。奚,何。
(63) 诺:应承之词。
(64) “病已”二句:等病好了,就照你这番话去做。
(65) 无:同“勿”,不要。药石:药物。
(66) 要言:至理名言。妙道:精深的道理。说(shuì):劝说。去:除去疾病。
(67) 仆:自己谦称。

客曰:“龙门之桐①,高百尺而无枝。中郁结之轮菌②,根扶疏以分离③。上有千仞之峰④,下临百丈之谿⑤。湍流溯波⑥,又澹淡之⑦。其根半死半生。冬则烈风、漂霰、飞雪之所激也[8]，夏则雷霆、霹雳之所感也[9]。朝则鹂黄，鳱鴠鸣焉[10]，暮则羁雌、迷鸟宿焉[11]。独鹄晨号乎其上[12]，鹍鸡哀鸣翔乎其下[13]。于是背秋涉冬[14]，使琴挚斫斩以为琴[15]，野茧之丝以为弦[16]，孤子之钩以为隐[17]，九寡之珥以为约[18]。使师堂操《畅》[19]，伯子牙为之歌[20]。歌曰：'麦秀蔪兮雉朝飞[21]，向虚壑兮背槁槐[22]，依绝区兮临回溪[23]。'飞鸟闻之，翕翼而不能去[24]；野兽闻之，垂耳而不能行；蚑、蟜、蝼、蚁闻之[25]，拄喙而不能前[26]。此亦天下之至悲也，太子能强起听之乎？"太子曰："仆病未能也。"

## 注释

① 龙门：山名，在今山西河津和陕西韩城之间。桐：树名，其材适合制作琴瑟。

② 郁结：指桐木纹理的积聚。轮菌：屈曲。

③ 扶疏：伸展分布。

④ 仞（rèn）：古时以八尺或七尺为一仞。

⑤ 谿（xī）：同"溪"，山间的河沟。

⑥ 湍流：湍急的流水。溯波：逆流的波浪。

⑦ 澹淡：摇荡。

⑧ 漂：通"飘"。霰（xiàn）：小冰粒。激：激荡。

⑨ 感：触动。或言通"撼"（hàn），震撼。

⑩ 鹂黄：鸟名，即黄鹂。鳱（hàn）鴠（dàn）：鸟名。鸣焉：在树上鸣叫。焉，相当于"于此"。

⑪ 羁雌：失群的雌鸟。迷鸟：迷失方向的鸟。

⑫ 独：孤独。鹄（hú）：鸟名，即天鹅。

⑬ 鹍（kūn）鸡：鸟名。

⑭ 背：离。涉：至。

⑮ 琴挚：春秋时鲁国的乐官，名挚，善于弹琴，故称"琴挚"。斫斩：砍下。

⑯ 野茧：野蚕茧。

⑰ 孤子：无父或无父母的孩子。钩：衣带上的钩。隐：琴上的装饰。

⑱ 九寡：有九个儿子的寡妇。李善《文选》注引《列女传》："鲁之母师，九子之寡母也。不幸早失夫，独与九子居。"珥（ěr）：用珠玉做的耳饰。约：琴徽。以上二句的用意，张铣以为："取孤子寡妇之宝而用之，欲其声多悲声也。"（见《文选》五臣

注)

⑲ 师堂:一称"师襄",古代乐师。据《韩诗外传》,孔子曾向他学琴。操:演奏。《畅》:古代琴曲名。

⑳ 伯子牙:即伯牙,是古代一位精通琴艺的人。

㉑ 秀蕲(jiān):结穗生芒。秀,谷物抽穗开花。蕲,麦芒。雉(zhì):鸟名,即野鸡,或称山鸡。

㉒ 虚:空。壑:山谷。槁:枯。

㉓ 绝区:险峻之处。回溪:曲折的溪流。

㉔ 翕(xī)翼:合起翅膀。翕:合。去:离开。

㉕ 蚑(qí):蟏蛸,蜘蛛的一种。蟜(jiǎo):虫名。蝼:蝼蛄。

㉖ 拄:支撑,此指张开。喙(huì):嘴。

客曰:"犓牛之腴[①],菜以笋蒲[②];肥狗之和[③],冒以山肤[④]。楚苗之食[⑤],安胡之饭[⑥],抟之不解[⑦],一啜而散[⑧]。于是使伊尹煎熬[⑨],易牙调和[⑩]。熊蹯之臑[⑪],勺药之酱[⑫],薄耆之炙[⑬],鲜鲤之鲙[⑭],秋黄之苏[⑮],白露之茹[⑯]。兰英之酒[⑰],酌以涤口。山梁之餐[⑱],豢豹之胎[⑲]。小饭大歠[⑳],如汤沃雪[㉑]。此亦天下之至美也,太子能强起尝之乎?"太子曰:"仆病未能也。"

## 注释

① 犓(chú)牛:小牛。腴:腹下的肥肉。

② 菜:用菜调和。蒲:香蒲,根、茎可食。以上二句说,小牛腹下的肥肉,用笋和香蒲来调和配搭为菜。

③ 和:羹。

④ 冒:通"芼"(mào),用菜调和。山肤:植物名,即石耳,可食用。以上二句说,肥狗的肉羹,用石耳调制。

⑤ 楚苗之食:用楚地苗山所产之禾做食物。禾,稻米。

⑥ 安胡之饭:用菰(gū)米做的饭。

⑦ 抟(tuán)之不解:聚在一起不散开,言其米性黏。抟,团聚。

⑧ 一啜而散:一吃入口中就散开了。啜,尝,饮。

⑨ 伊尹:商汤时大臣,善烹饪。煎熬:烹调。

⑩ 易牙:春夏时齐桓公幸臣,擅长调味。调和:指调和五味。

⑪ 熊蹯(fán):熊掌。臑(ér),同"胹",煮。

⑫ 勺药:即芍药,根可入药,古人以为有调合五脏的功能,亦常用作调料。

⑬ 薄耆(qí):切为薄片的兽脊肉。按:

疑耆通"鬐",鱼脊鳍。炙:烤肉。

⑭ 鲙(kuài):切得很细的鱼肉。

⑮ 秋黄之苏:在秋天变为黄色的紫苏。苏,紫苏,药草名,可食用。

⑯ 白露之茹:经受秋露的蔬菜。茹,蔬菜。

⑰ 兰英之酒:用兰花浸泡的酒。英,花。

⑱ 山梁之餐:用野鸡肉做的食物。这里即用山梁代指野鸡。

⑲ 豢豹:人们豢养的豹。此句指用豹胎做的食物。

⑳ 歠(chuò):饮。

㉑ 汤:热水。沃:浇。以上二句说,无论小吃大饮,都如热水浇雪,非常爽快。

客曰:"钟、岱之牡①,齿至之车②。前似飞鸟,后类距虚③。穱麦服处④,躁中烦外⑤。羁坚辔⑥,附易路⑦。于是伯乐相其前后⑧,王良、造父为之御⑨,秦缺、楼季为之右⑩。此两人者⑪,马佚能止之⑫,车覆能起之⑬。于是使射千镒之重⑭,争千里之逐⑮。此亦天下之至骏也⑯,太子能强起乘之乎?"太子曰:"仆病未能也。"

## 注释

① 钟、岱:岱,当作"代",皆古赵国之地名,以产马著称。牡:雄马。

② 齿至之车:以年齿适中的马驾的车。齿至,年齿适中。

③ "前似"二句:形容马跑得快。距虚:兽名,善奔走。

④ 穱(zhuō)麦:选择先熟的麦子。穱,择。服处:服用,指饲马。

⑤ 躁中烦外:言马饲养得肥壮,所以性情烦躁而亟思奔驰。

⑥ 羁:拘系。坚辔:结实的辔头。

⑦ 附:顺。易路:平坦的道路。

⑧ 伯乐:春秋时人,善于相马。相(xiàng):观察。

⑨ 王良:春秋时晋国擅长驾车的人。造父:相传为周穆王的御者。御:驾驭车马。

⑩ 秦缺:古代勇士。楼季:战国时魏国的勇士,善于攀登跳跃。右:即车右,古代乘车时位于右边的武士。

⑪ 此两人者:指秦缺和楼季。

⑫ 佚:通"逸",奔跑。

⑬ 覆:倾倒。起:掀起。

⑭ 射:打赌。镒(yì):二十四两。

⑮ 争:竞赛。逐:奔跑。以上二句是说马善于奔驰,可以用它与人进行千

镒之注的赌赛,千里之遥的赛跑。

⑯ 至骏:最好的马。

客曰:“既登景夷之台①,南望荆山②,北望汝海③,左江右湖④,其乐无有⑤。于是使博辩之士⑥,原本山川⑦,极命草木⑧,比物属事⑨,离辞连类⑩。浮游览观⑪,乃下置酒于虞怀之宫⑫。连廊四注⑬,台城层构⑭,纷纭玄绿⑮。辇道邪交⑯,黄池纡曲⑰。溷章、白鹭,孔鸟、鹍鹄,鹓雏、鸡䴔,翠鬣紫缨⑱。螭龙德牧⑲,邕邕群鸣⑳。阳鱼腾跃㉑,奋翼振鳞㉒。漃漻薵蓼㉓,蔓草芳苓㉔。女桑、河柳㉕,素叶紫茎㉖。苗松、豫章㉗,条上造天㉘;梧桐、并闾㉙,极望成林㉚。众芳芬郁㉛,乱于五风㉜;从容猗靡㉝,消息阳阴㉞。列坐纵酒,荡乐娱心㉟。景春佐酒㊱,杜连理音㊲。滋味杂陈,肴糅错该㊳。练色娱目㊴,流声悦耳㊵。于是乃发《激楚》之结风㊶,扬郑、卫之皓乐㊷。使先施、征舒、阳文、段干、吴娃、闾娵、傅予之徒㊸,杂裾垂髾㊹,目窕心与㊺;揄流波㊻,杂杜若㊼,蒙清尘㊽,被兰泽㊾,嬿服而御㊿。此亦天下之靡丽皓侈广博之乐也[51],太子能强起游乎?”太子曰:“仆病未能也。”

## 注释

① 景夷:台名。李善《文选》注引《战国策》:“鲁君曰:‘楚王登京台,南望猎山,左江右湖,其乐之忘死。’”近人王文濡以为京台即景夷台,在今湖北监利北。

② 荆山:王文濡以为即猎山,在今湖南华容境内。

③ 汝海:即汝水,源出河南嵩县,东南流入淮河。称海,以形容其大。

④ 江:指长江。湖:指洞庭湖。

⑤ 其乐无有:那种乐趣是世上所没有的。

⑥ 博辩:博学而有口才。

⑦ 原本山川:陈说山川的原本。

⑧ 极命草木：尽举草木的名称。极，尽。命，命名。

⑨ 比物属（zhǔ）事：将各种事物进行排比归纳。属：连接。

⑩ 离辞连类：连缀同类事物写成文章。离同“丽”，附丽。

⑪ 浮游：漫游。

⑫ 虞怀：宫名。

⑬ 连廊：堂下的房屋四周相连。廊，堂下四周的屋子。四注：屋顶四面皆成坡形，都可以向下流水。注，流。

⑭ 台城：有台的城。层构：重叠的建筑。

⑮ 纷纭：繁盛。玄：黑色。这句是形容城的颜色。

⑯ 辇（niǎn）道：乘车往来的路。邪交：纵横交错。邪通“斜”。

⑰ 黄池：同“潢池”，积水的池塘。纡曲：曲折。

⑱ 溷（hùn）章：鸟名。白鹭：鸟名，羽毛雪白。孔鸟：即孔雀。鹍（kūn）鹄：鸟名。鹓（yuān）雏（chú）：鸟名，属凤凰一类。鵁（jiāo）鶄（jīng）：水鸟名。鬣（liè）：头顶上的毛。缨：颈上的毛。

⑲ 螭（chī）龙德牧：指头上和腹下有花纹的雌鸟和雄鸟。螭，雌龙。龙，雄龙。这里借指雌鸟和雄鸟。德，头上的花纹。牧，腹下的花纹。

⑳ 邕（yōng）邕：鸟和鸣之声。

㉑ 阳鱼：即鱼。古人以鱼类属阳，故称阳鱼。

㉒ 奋：摇动。翼：鱼鳍。振：抖动。

㉓ 漃（jì）漻（liáo）：清静之水。薵（chóu）、蓼（liǎo）：皆草名。

㉔ 芳苓：草名。

㉕ 女桑：柔嫩的小桑树。河柳：河旁赤茎小杨。

㉖ 素叶：叶色单纯，指女桑。紫茎：指河柳。

㉗ 苗松：苗山的松树。豫章：樟树。

㉘ 条：枝。造：达到。

㉙ 并闾：即棕榈树。

㉚ 极望：极目望去。

㉛ 众芳：各种各样的花。芬郁：香气浓郁。

㉜ 乱于五风：指色彩缤纷。乱，驳杂。五风，指不同的颜色。一说五风指五方之风，则此句紧承上文，有花香浓郁，随风四处飘荡之意。

㉝ 从容猗（yī）靡：指树木枝叶在风中舒缓地摇摆着。猗靡，摇摆。

㉞ 消息阳阴：此句紧承上文，形容树木枝叶随风摇摆时光泽变幻的样子，犹言“时隐时现，或明或暗”。消息，灭和生，引申为隐现。阳，明。阴，暗。

㉟ 荡乐：纵情作乐。娱心：使心情愉悦。

㊱ 景春：战国时纵横家，善于辞令。佐酒：陪伴饮酒。

㊲ 杜连：古代善于鼓琴的人，传说为伯牙之师。理音：奏乐。

㊳ 肴糅（róu）：各种鱼肉之类的荤菜。错该：错杂齐备。

㊴ 练色：经过选择的色彩，犹言“最美的色彩”。练，选择。

㊵ 流声：经过选择的乐声，犹言“最美的乐声”。流，也有选择之意。

㊶ 激楚：楚地歌曲名。因楚地音乐声

调激切,故称激楚。结风:歌曲结尾的余声。

㊷ 郑、卫:古代郑、卫两国的音乐多变古调而造新曲。皓乐:指优美动听的乐曲。

㊸ "先施"至"傅予":皆古代美女名。先施,即西施,越国美女。阳文,楚国美女。吴娃:吴国美女。闾娵(zōu):梁王魏婴之美人。余不详。

㊹ 杂裾:用各种色彩修饰衣裾。杂,五彩相合。裾,衣的前、后襟。垂髾(shāo):垂着燕尾形的发髻。

㊺ 目窕:用目光挑逗。窕,通"挑"。心与:心中相许。

㊻ 揄流波:取流水洗身。揄,引,取。

㊼ 杂杜若:错杂地佩戴着杜若。杜若,香草名。

㊽ 蒙清尘:指头发上像蒙罩着一层尘雾。

㊾ 被(pī)兰泽:用兰花的香脂沐发润身。被,通"披"。

㊿ 嬿(yàn)服:闲居之服,便服。御:侍奉。

(51) 靡丽:豪华。皓侈:盛大奢侈。皓,通"浩"。

客曰:"将为太子驯骐骥之马①,驾飞軨之舆②,乘牡骏之乘③。右夏服之劲箭④,左乌号之雕弓⑤。游涉乎云林⑥,周驰乎兰泽⑦,弭节乎江浔⑧。掩青蘋⑨,游清风⑩。陶阳气⑪,荡春心⑫。逐狡兽⑬,集轻禽⑭。于是极犬马之才⑮,困野兽之足⑯,穷相御之智巧⑰。恐虎豹⑱,慑鸷鸟⑲。逐马鸣镳⑳,鱼跨麋角㉑。履游麋兔㉒,蹈践麖鹿㉓,汗流沫坠㉔,冤伏陵窘㉕。无创而死者㉖,固足充后乘矣㉗。此校猎之至壮也㉘,太子能强起游乎?"太子曰:"仆病未能也。"然阳气见于眉宇之间㉙,侵淫而上㉚,几满大宅㉛。

客见太子有悦色,遂推而进之曰㉜:"冥火薄天㉝,兵车雷运㉞,旍旗偃蹇㉟,羽毛肃纷㊱。驰骋角逐㊲,慕味争先㊳。徼墨广博㊴,观望之有圻㊵。纯粹全牺㊶,献之公门㊷。"太子曰:"善,愿复闻之。"

客曰:"未既㊸。于是榛林深泽㊹,烟云暗莫㊺,兕虎并作㊻。毅武孔猛㊼,袒裼身薄㊽。白刃硙硙㊾,矛戟交错[50]。收获掌功[51]，赏赐金帛。掩薠肆若[52]，为牧人席[53]。旨酒嘉肴[54]，羞炰脍炙[55]，以御宾客[56]。涌觞并起[57]，动心惊耳。诚必不悔[58]，决绝以诺[59]。贞信之色[60]，形于金石[61]。高歌陈唱[62]，万岁无斁[63]。此真太子之所喜也，能强起而游乎？"太子曰："仆甚愿从，直恐为诸大夫累耳[64]。"然而有起色矣。

## 注释

① 驯：驯服。骐骥：骏马。

② 飞軨(líng)：系于轴头的装饰物，以绸制成，上面画有青龙、白虎等图案。

③ 乘(chéng)牡骏之乘(shèng)：乘坐骏马驾的车。前"乘"字为动词，后"乘"字为名词，指车。牡骏，雄的骏马。

④ 右夏服之劲箭：右手拿着夏后氏箭袋中的强劲的箭。夏，指夏后氏。服，通"箙"，盛箭之器。

⑤ 左乌号(háo)之雕弓：左手拿着刻镂花纹的乌号弓。乌号，良弓名。雕，刻镂。

⑥ 云林：云梦中的树林。云梦，楚国著名的大泽，在今湖北。

⑦ 周驰：围绕奔驰。兰泽：生有兰草的泽地。

⑧ 弭节：驻车。江浔(xún)：江边。

⑨ 掩青薠：掩，休息。薠，当作"蘋"(fán)，青蘋，陆生之草。这句是说在生有青蘋的草地上休息。

⑩ 游：当作"溯"，迎着，向着。

⑪ 陶阳气：春天的空气令人心情舒畅。陶，畅。

⑫ 荡春心：涤荡春日里伤感的情绪。

⑬ 狡兽：凶猛的野兽。

⑭ 集轻禽：众箭集中射向轻捷的飞禽。

⑮ 极犬马之才：充分发挥猎犬骏马的才能。

⑯ 困野兽之足：把野兽追逐得足力困乏。

⑰ 穷相(xiàng)御之智巧：使辅佐的人和驾车的人都竭尽其智慧和技巧。相，指辅佐之人。御，指驾车之人。

⑱ 恐虎豹：使虎豹恐惧。

⑲ 慑(shè)鸷鸟：使猛禽畏惧。

⑳ 逐马：奔驰的马。鸣镳(biāo)：镳上的铃铛鸣响着。镳，马嚼子的两端露出嘴外的部分。

㉑ 鱼跨麋角：此句费解。清人胡绍煐以为"跨""角"并捕取之名（见《文选笺证》）。朱东润主编之《中国历代文学作品选》释此句为：似鱼之腾跃，似麋之角逐。

㉒ 履游：踩，踏。麕(jūn)：兽名，即

獐子。

㉓ 蹈践：践踏。麖（jīng）：兽名，大鹿。

㉔ 汗流沫坠：这是描写犬马奔驰时的样子。沫坠，流下口沫。

㉕ 冤伏陵窘：这是描写禽兽被追逐时的样子。冤伏，畏缩藏伏。陵窘：急促窘迫。

㉖ 创：创伤。

㉗ 后乘（shèng）：跟随在后面的车子。

㉘ 校（jiào）猎：设置栅栏，围圈禽兽，然后猎取。至壮：极其壮观。

㉙ 阳气：喜悦的气色。见（xiàn）：出现。

㉚ 侵淫：渐进。

㉛ 几：几乎。大宅：面部。

㉜ 推而进之：进一步。

㉝ 冥火：夜间点燃的火焰。冥，夜。薄，迫近。

㉞ 雷运：像雷鸣般地运行着。

㉟ 旍（jīng），同“旌”。偃（yǎn）蹇（jiǎn）：高耸。

㊱ 羽毛：鸟羽和旄牛尾，都是旌旗的装饰物。肃纷：整齐而盛多。

㊲ 角逐：竞争。

㊳ 慕味：追求美味。

㊴ 徼（yāo）墨广博：遮拦猎取野兽的烧田范围广博。徼，拦截。墨，烧田。古人在打猎的地方纵火焚烧，烧过的土地发黑，故称作“墨”。

㊵ 圻（yín）：通“垠”，边际。

㊶ 纯粹：指禽兽毛色纯一。全：通“牷”，指躯体完备的野兽。牺：指毛色纯一的野兽。

㊷ 公门：君主之门。

㊸ 未既：话还没有说完。既，尽。

㊹ 榛（zhēn）林：丛林。

㊺ 暗莫：昏暗不明。

㊻ 兕（sì）：犀牛。作：出现。

㊼ 毅：刚毅。武：勇武。孔：很。

㊽ 袒（tǎn）裼（xī）：脱去衣服，裸露身体。身：亲身。薄：迫近，指与野兽搏斗。

㊾ 硙（ái）硙：同“皑皑”，白。

㊿ 矛、戟：兵器名。

(51) 收获掌功：收获猎物并记录功劳。掌，掌管。

(52) 蘋：参见注⑨。肆：陈列。若：杜若，香草名。

(53) 牧人：负责牧养牲畜的官。一说指参加打猎的官。席：摆设席位。

(54) 旨酒：美酒。

(55) 羞：美味的食物。炰（páo）：以火烧熟的食物。脍（kuài）：细切的肉。炙：烧烤的肉。

(56) 御：进献。

(57) 涌觞（shāng）：斟满酒的杯子。觞，酒杯。并起：齐举。

(58) 必：守信用。

(59) 决绝以诺：无论拒绝或应允，但凭一诺，态度非常坚决，毫不犹豫。决绝，坚决。

(60) 贞信之色：忠贞诚信的表情态度。

(61) 形于金石：通过乐器的演奏表现出来。金石，指乐器。

(62) 陈唱：久唱。

(63) 万岁无斁（yì）：久久不厌。斁，厌。

(64) 直：只，只是。为诸大夫累：成为群臣的累赘。

客曰："将以八月之望[1]，与诸侯远方交游兄弟，并往观涛乎广陵之曲江[2]。至则未见涛之形也，徒观水力之所到[3]，则恤然足以骇矣[4]。观其所驾轶者[5]，所擢拔者[6]，所扬汩者[7]，所温汾者[8]，所涤汔者[9]，虽有心略辞给[10]，固未能缕形其所由然也[11]。恍兮忽兮[12]，聊兮慄兮[13]，混汩汩兮[14]，忽兮慌兮[15]，俶兮傥兮[16]，浩瀇瀁兮[17]，慌旷旷兮[18]。秉意乎南山[19]，通望乎东海[20]。虹洞兮苍天[21]，极虑乎崖涘[22]。流揽无穷[23]，归神日母[24]。汩乘流而下降兮[25]，或不知其所止。或纷纭其流折兮[26]，忽缪往而不来[27]。临朱汜而远逝兮[28]，中虚烦而益怠[29]。莫离散而发曙兮[30]，内存心而自持[31]。于是澡概胸中[32]，洒练五藏[33]，澹澉手足[34]，颒濯发齿[35]，揄弃恬怠[36]，输写淟浊[37]，分决狐疑[38]，发皇耳目[39]。当是之时，虽有淹病滞疾[40]，犹将伸伛起躄[41]，发瞽披聋而观望之也[42]。况直眇小烦懑、酲醲病酒之徒哉[43]！故曰：发蒙解惑，不足以言也[44]。"太子曰："善！然则涛何气哉[45]？"

客曰："不记也[46]。然闻于师曰，似神而非者三[47]：疾雷闻百里[48]；江水逆流，海水上潮[49]；山出内云，日夜不止[50]。衍溢漂疾[51]，波涌而涛起。其始起也，洪淋淋焉[52]，若白鹭之下翔。其少进也，浩浩溰溰[53]，如素车白马帷盖之张[54]。其波涌而云乱[55]，扰扰焉如三军之腾装[56]。其旁作而奔起也[57]，飘飘焉如轻车之勒兵[58]。六驾蛟龙[59]，附从太白[60]。纯驰浩蜺[61]，前后骆驿[62]。颙颙卬卬[63]，椐椐强强[64]，莘莘将将[65]。壁垒重坚[66]，沓杂似军行[67]。訇隐匈礚[68]，轧盘涌裔[69]，原不可当[70]。观其两傍[71]，则滂渤怫郁[72]，暗漠感突[73]，上击下律[74]，有似勇壮之卒，突怒而无畏[75]。蹈壁冲津[76]，穷曲随隈[77]，逾岸出追[78]，遇者死，当者坏。初发乎或围之津涯[79]，荄轸谷分[80]。回翔青篾[81]，衔枚檀桓[82]。弭节伍子之山[83]，通厉胥母之场[84]。凌赤岸[85]，篲扶桑[86]，横奔似雷行[87]。诚奋厥武[88]，如振如怒[89]。沌沌浑浑[90]，状如奔马。混混庉庉[91]，声如雷鼓。发怒庢沓[92]，清升逾跇[93]，侯波奋振[94]，合战于藉藉之口[95]。鸟不及飞，鱼不及回[96]，兽不及走。纷纷翼翼[97]，波涌云乱。荡取南山[98]，背击北岸[99]。覆亏丘陵[100]，平夷西畔[101]，险险戏戏[102]，崩坏陂池[103]，决胜乃罢[104]。瀄汩潺湲[105]，披扬流洒[106]。横暴之极，鱼鳖失势[107]，颠倒偃侧[108]，沋沋湲湲[109]，蒲伏连延[110]。神物怪疑，不可胜言。直使人踣焉[111]，洄暗凄怆焉[112]。此天下怪异诡观也[113]，太子能强起观之乎？”太子曰：“仆病未能也。”

## 注释

① 望：农历每月十五日。

② 广陵：扬州，即今江苏扬州。曲江：江名，在扬州城外，今淤塞。

③ 徒：仅仅。

④ 恤然：惊惧。

⑤ 驾轶：腾越。

⑥ 擢拔：耸起。

⑦ 扬汩(yù)：飞扬激荡。

⑧ 温汾：回旋。

⑨ 涤汔(qì)：聚结冲激。

⑩ 心略：智慧。略，智。辞给(jǐ)：善于辞令。

⑪ “固未能”句：也不能详细地说出江水所以产生这些景象的道理。缕，细致。形，指表达描述。

⑫ 怳兮忽兮：兮是语气词。怳忽，即“恍惚”，形容江水浩渺，模糊不清。

⑬ 聊兮慄(lì)兮：聊慄，恐惧。这是形容江涛骇目惊心的样子。

⑭ 混汩(gǔ)汩兮：混，水势浩大。汩汩，水流声。这句是说江水浩大，汩汩而流。

⑮ 忽兮慌兮：忽慌，同“怳忽”。

⑯ 俶(tì)兮傥(tǎng)兮：俶傥，卓异不凡。

⑰ 浩瀇(wǎng)瀁(yàng)兮：瀇瀁，同

"汪洋"。这句是形容江水广阔无涯。

⑱ 慌旷旷兮:慌,通"荒",远。旷旷,辽阔广大。这句说江水辽远广大。

⑲ 秉意:犹"注意"。南山:当是江水发源之处。

⑳ 通望:纵观。东海:指江水所往之处。以上二句言观涛者注视着南山,纵观江水,一直望到东海。

㉑ 虹洞兮苍天:言天水苍茫,连为一体。虹洞,相连。

㉒ 极虑:远虑,尽思虑之所及。崖涘(sì):边际,当指天水相连之处。这句是说极目天水相连处,心神亦随之而往。

㉓ 流揽:浏览。

㉔ 归神日母:言心神随江水驰向东方的太阳。日母,指太阳。

㉕ "汩(yù)乘流"句:言浪涛疾速地顺江流而东下。汩,疾速。

㉖ 纷纭:形容波浪盛多。流折:曲折地奔流。

㉗ 缪(jiū)往:错杂纠结地流去。不来:不返回。

㉘ 朱汜(sì):大概是地名,未详。

㉙ 虚烦:空虚烦闷。益:更加。怠:怠倦。以上二句说观涛者见江涛逝去,心中空虚烦闷而愈如怠倦。

㉚ 莫(mù)离散:指晚潮退去。莫,同"暮"。发曙:指早潮到来。

㉛ 存心:安定心神。自持:克制自己。以上二句说,自晚潮退去,直到早潮又来,才使心神安定下来而能自持了。

㉜ 澡概:洗涤。概,通"溉"。

㉝ 洒练:洗涤。五藏:五脏。藏,通"脏"。

㉞ 澹澉(gǎn):洗涤。

㉟ 颒(huì)濯:洗濯。

㊱ 揄(shū)弃:抛弃。恬怠:怠惰。

㊲ 输写(xiè):排除。写,同"泻"。淟(tiǎn)浊:污浊。

㊳ 分决:解决。狐疑:疑虑。

㊴ 发皇:启发,使之清明。皇,明。

㊵ 淹、滞:久。

㊶ 伸伛(yǔ):使驼背的人挺直身躯。伛,曲背。起躄(bì):使跛足的人起来行走。躄,跛足。

㊷ 发瞽:使目盲的人睁开眼睛。发,开。瞽,目盲。披聋:使耳聋的人听见声音。披,开。

㊸ "况直"句:何况只是小有烦闷和饮酒过量而得病的人呢!直:只。酲:病酒。醲:味厚的酒。

㊹ "发蒙"二句:启发蒙昧,解除迷惑,这是不值得说的事。二句见《黄帝内经·素问》,原文作"发蒙解惑,未足以论也"。

㊺ 气:气象。

㊻ 不记:不见于记载。

㊼ "似神"句:像神而又不是神的特征有三种。

㊽ "疾雷"句:疾雷般的涛声闻于百里,这是特征之一。

㊾ "江水"二句:写特征之二。上潮:涨潮。

㊿ "山出内(nà)云"二句:山上吞吐云气,日夜不止。此特征之三。内:通

"纳"。

51 衍溢:盛大涌溢。漂疾:湍急。

52 洪淋淋焉:形容巨浪涌起,倾泻而下。洪,大。淋淋:水倾泻而下。焉,语气词。

53 浩浩:形容水势浩大。溰(yí)溰:形容一片洁白。

54 素车:涂以白土的车。帷盖:车的帷幔和顶盖。

55 云乱:像云气一样纷乱。

56 扰扰:纷乱。腾装:整备行装,奔腾前进。

57 旁作:横流。奔起:奔腾上扬。

58 "飘飘"句:言波浪飞涌如同主帅在轻车上率领军队前进。轻车:古代兵车名。勒兵:统率军队。

59 六驾蛟龙:言江涛奔腾之势如同用六条蛟龙驾车驱驰。

60 附从:跟从。太白:河神。一说为帅旗。

61 纯(tún)驰:或停聚或奔驰。纯,通"屯"。浩蜺:形容浪涛高大。

62 骆驿:即"络绎",连续不绝。

63 颙(yóng)颙卬(áng)卬:波高的样子。

64 椐(jū)椐强强:相随。

65 莘(shēn)莘将(qiāng)将:盛大雄壮。

66 壁垒重(chóng)坚:形容波涛就像重叠坚固的壁垒。

67 沓(tà)杂:众多。军行(háng):军队的行列。

68 訇(hōng)隐匈磕(kē):形容涛声宏大的象声词。

69 轧盘:广大无垠。涌裔:波涛奔流。

70 原不可当:实在不可抵挡。

71 傍:通"旁"。

72 滂渤怫(fú)郁:汹涌激荡。

73 暗漠:昏暗不明。感突:互相撞击。

74 上击下律:上下冲击。律,当作"硉"(lù),石从高处滚下。

75 突怒:奔突发怒。

76 蹈壁:拍击壁岸和渡口。冲津:冲击渡口。

77 穷曲随隈(wēi):言浪涛遍及江流曲折之处。穷,尽。穷、随都有遍及之义。曲、隈,指曲折之处。

78 逾:越过。出:越出。追(duī):通"堆",沙堆。

79 或围:大概是地名。或,古"域"字。

80 荄(gāi)轸谷分:如山陇之相隐,川谷之区分。荄,通"陔",山陇。轸,隐。

81 回翔青篾:像车在回旋奔驰。回翔,回旋。青篾,车名。

82 衔枚檀桓:如口中衔枚一样无声地盘桓。枚,古代行军时,衔在口中以禁止喧哗的器具。檀桓,盘桓。

83 弭节:驻车,比喻江水稍停。伍子之山:因伍子胥而得名的山。

84 通厉:远行。胥母:山名,在今江苏。场:祭祀的处所。

85 凌:越过。赤岸:地名。

86 篲(huì):扫,很快地越过。扶桑:神话中的树名,在太阳所出处。

87 横奔:纵横奔流。

88 诚:确实。厥:其,它的。武:威武。

89 振:通"震",震动。

⑳ 沌沌浑浑：波浪相随。
⑼ 混混庉(dùn)庉：波涛之声。
㉒ 㢓(zhì)沓：受到阻碍，沸涌而起。㢓，阻碍。沓，沸涌。
㉓ 清：清波。逾跇(yì)：逾越。
㉔ 侯波：阳侯之波，即大波。阳侯，传说中的大波之神。
㉕ 藉藉：地名。口：通道或关隘。
㉖ 回：逃避。
㉗ 纷纷：众多。翼翼：飞的样子。
㉘ 荡：冲激。
㉙ 背：反。
⑩⓪ 覆亏：摧毁。
⑩① 平夷：荡平。畔：岸。
⑩② 险险戏(xī)戏：险阻。戏，通"巇"。
⑩③ 陂(pō)池(tuó)：同"陂陀"，倾斜，这里指倾斜的江岸。
⑩④ 决胜：取得胜利。
⑩⑤ 澥(zhì)汩(yù)：水波激荡。潺湲(chányuán)：水流动的样子。
⑩⑥ 披扬：飞溅。
⑩⑦ 失势：失态。
⑩⑧ 颠倒偃(yǎn)侧：犹言"东倒西歪"。颠、偃皆倒伏、倾斜之义。
⑩⑨ 沋(yóu)沋湲湲：形容颠倒的样子。
⑪⓪ 蒲伏：同"匍匐"，伏地而行。连延：连续。
⑪① 踣(bó)：跌倒。
⑪② 泂暗：昏乱不清。以上四句言神奇怪异的景象不可胜言，简直要把人惊骇得跌倒，使人神思昏乱而心情悲怆。
⑪③ 诡观：奇异的景象。

客曰："将为太子奏方术之士有资略者①，若庄周、魏牟、杨朱、墨翟、便蜎、詹何之伦②，使之论天下之精微③，理万物之是非。孔、老览观④，孟子持筹而筭之⑤，万不失一⑥。此亦天下要言妙道也，太子岂欲闻之乎？"于是太子据几而起⑦，曰："涣乎⑧！若一听圣人辩士之言！"涊然汗出⑨，霍然病已⑩。

**注释**

① 奏：进，引荐。方术：道德学术。资略：资望和智谋。
② 庄周……詹何：都是春秋战国时期的思想家和有才学的人。伦：类。
③ 精微：精深微妙的道理。
④ 孔、老：孔子和老子，春秋时期的思想家。览观：指对上列诸人的言论加以审察鉴定。
⑤ 孟子：战国时期的思想家。筹：算筹。筭：即"算"，谋划。

⑥ 万不失一:不会有万分之一的失误。
⑦ 据:倚着。几:小桌子。
⑧ 涣:解,散。这里有消除困惑、头脑清醒的意思。乎:感叹词。
⑨ 涊(niǎn)然:流汗的样子。
⑩ 霍然:忽然,疾速。

## 鉴赏

《七发》不仅是西汉前期重要辞赋家枚乘的名作,而且也是我国辞赋史上的重要篇章。它的出现,标志了我国辞赋由骚体向散体的转化和衍变,也标志了西汉新体辞赋的正式形成,无论是从内容上说还是从形式上说,对西汉以及后代辞赋的发展和写作,都起了积极的推动作用,并产生了深远的影响。在中国辞赋发展史上,它具有重要地位。

枚乘(?—前140),字叔,淮阴人,西汉前期重要的辞赋家。先为吴王刘濞的郎中。吴王谋反,他曾上书劝阻,吴王不听,他去吴至梁,为梁孝王的宾客。前154年,吴、楚七国反叛,他又上书劝吴王罢兵,亦被拒。不久,汉景帝平息了“七国之乱”,枚乘也因之名重于当世。景帝曾任命他为弘农都尉,他不乐于郡吏生活,以病辞官,复游于梁。梁孝王死,他回到了家乡。汉武帝素闻其名,前140年即位后,即以安车蒲轮征召他,惜其已年迈,死于赴京的途中。

据《汉书·艺文志》,著录枚乘赋作为九篇,可惜大都遗失。今传有《七发》《梁王菟园赋》《柳赋》三篇,“梁”赋错讹难读,“柳”赋又不可靠,所以只有这一篇《七发》才算真正完整地流传下来。另外,他还有《上吴王书》《再上吴王书》,据说就是当年劝阻吴王刘濞反叛时写的。虽然他流传下来的作品不多,但这篇《七发》却使他在中国文学史上占有了重要的位置。

“七发”是七项具有启发意义的言论或事件。枚乘所抒写的内容,正为此意。他汲取并采用了楚辞诸如《卜居》《渔父》以及宋玉辞赋中所惯用的对答体式,以夸张铺排的语言虚构故事:楚太子有病,吴客前去探望,并乘机指出楚太子的病源就是由于“久耽安乐”的缘故。吴客指出,住则洞房清宫,食则甘脆肥脓,衣则杂遝曼暖,行则出辇入舆,再加上无节制的声色、游宴的享受,就是身体“销铄”“挺解”“腐肠”“伐性”的根源。这种病,仅凭“扁鹊治内,巫咸治外”和“药石针刺灸疗”是医治不好的。接着,他先后用绝妙的音乐、味美的饮食、轻疾华贵的车骑和欢快尽情的游宴去启发、诱导楚太子,劝他“强起”而去听、去尝、去乘、去游，而楚太子都因“病，未能也”，表示不感兴趣。接着，吴客又用盛大壮观的田猎和惊险引人的江涛加以启发、引诱，楚太子虽然颇有兴趣，有了“悦色”和“起色”，但仍因“病”而“未能”亲去。最后，吴客又以“要言妙道”启发、诱导楚太子，可是虽然只说了简要的几句，楚太子却“据几而起”“涊然汗出”而“霍然病已”了。

这是一个精巧有趣而寓意深厚的故事。对写作动机，后人的理解不同。刘勰《文心雕龙·杂文》说：“枚乘摛艳，首制《七发》，腴辞云构，夸丽风骇。盖七窍所发，发乎嗜欲，始邪末正，所以戒膏粱之子也。”《文选》五臣注说得更为直接：“七发者，说七事以起发太子也。”但是李善在注《文选》时，却另辟新说。他认为，“乘事梁孝王，恐孝王反，故作《七发》以谏之。”北宋以来的学者，又认为是“谏吴王濞谋反之作”。我们细审此赋的思想内容，看不出枚乘所写的七件事与梁王或吴王的谋反有什么关系，而且于史无据，倒是五臣注文说得简明贴切。刘勰说“戒膏粱之子”是正确的，但硬把“七发”和人的“七窍所发”联系在一起，则含混、牵强，不可理解。综观全赋，“七发”和“七窍”是没有直接联系的。枚乘写作此赋的意旨，显然是在说明：奢侈腐化、淫逸享乐是封建贵族阶级的病源，要治理好这种疾病，单靠良医药石是无济于事的，只有用“要言妙道”来提高思想认识，充实精神生活，才能铲除“淹沉之乐，浩唐之心，遁佚之志”而得以健康地生活。这种认识，客观上既是对封建贵族阶级奢侈腐化、纵恣淫逸生活的揭露和批判，又是封建地主阶级中下层积极进取、奋发有为和励精图治的精神状态的反映。对于一切贪图和追求物质享受的人来说，也有很好的启发和教育意义。因此，这篇赋作的认识价值和教育价值至今依然是很高的。

《七发》虽体制宏大，但由于作者善于布局构思，故不臃肿平板，其结构严整紧密，层次条理清楚，行文富有起伏和变化。警奢侈、戒淫逸，讽邪劝正，是这篇赋作的思想灵魂；丰富的想象和联想，开阔了它的精神境界；铺丽排彩、绘形绘色、状声拟神的描述，又给全赋涂抹了优美的靴帽和衣饰。虽然它已具有过分排比铺陈，恢奇夸张和辞藻浮丽的缺点或弱点，但还不像后来一些逞辞大赋那样堆砌、臃肿和板滞，行文仍不失挥洒自如、气势磅礴。它既继承了战国时代楚辞和纵横家的文风、余韵，又为以后两汉辞赋的写作开辟了一条新的道路，其艺术成就相当杰出。

《七发》的出现，为辞赋开拓了一种新的文体。刘勰《文心雕龙·杂文》中说：“自《七发》以下，作者继踵。观枚氏首唱，信独拔而伟丽矣。及傅毅《七激》，会清要之工；崔骃

《七依》,入博雅之巧;张衡《七辨》,结彩绵靡;崔瑗《七厉》,植义纯正;陈思《七启》,取美于宏壮;仲宣《七释》,致辨于事理。自桓麟《七说》以下,左思《七讽》以上,枝附影从,十有余家。"萧统《文选》专门列有"七"体。据有人统计,"七"体发展到唐以前,共达四十家之多。虽然后来的一些"七"文无论是思想或艺术都远远赶不上枚乘,但仅从众多作家追步、模仿这一点上来说,也可看出其影响之大、之深、之远了。

(霍旭东　林开甲)

# 招　隐　士

淮南小山

桂树丛生兮山之幽，偃蹇连蜷兮枝相缭①。山气巃嵸兮石嵯峨，谿谷崭岩兮水曾波②。猿狖群啸兮虎豹嗥，攀援桂枝兮聊淹留③。

王孙游兮不归，春草生兮萋萋④。岁暮兮不自聊，蟪蛄鸣兮啾啾⑤。

坱兮轧，山曲岪，心淹留兮恫慌忽⑥。罔兮沕，憭兮栗，虎豹穴⑦，丛薄深林兮人上慄⑧。

嶔岑碕礒兮，碅磳磈硊⑨。树轮相纠兮，林木茷骫⑩。青莎杂树兮，薠草靃靡⑪。白鹿麏麚兮，或腾或倚⑫。状貌崟崟兮峨峨，凄凄兮漇漇⑬。猕猴兮熊罴，慕类兮以悲⑭。

攀援桂枝兮聊淹留。虎豹斗兮熊罴咆，禽兽骇兮亡其曹⑮。王孙兮归来！山中兮不可以久留！

## 注释

① 桂树:桂花树,即木樨,常绿小乔木或灌木。此处桂树是丛生于山上的灌木。幽:幽深的地方。偃蹇(yǎn jiǎn)、连蜷(quán):都是形容弯弯曲曲的样子。缭:纠结。

② 巃嵸(lóngzōng):云气聚集的样子。嵯峨(cuó'é):高耸的样子。崭岩:险峻的样子。曾波:层层波浪。曾,通“层”。

③ 猿狖(yòu):猿猴。聊:姑且。淹留:停留,长时间地逗留。此句的主语是“隐士”,即下句之王孙。

④ 王孙:王者的后代。亦泛指贵族子弟。当时隐士中多有秦汉间亡国败家之后,故以王孙尊称之。游:离家远行,此谓隐居山中。萋萋:草茂盛。

⑤ 岁暮:一年将尽。不自聊:百无聊赖。蟪蛄(huìgū):蝉的一种,体较短而极善鸣,此处亦泛指蝉。啾啾(jiū):象声词,形容蝉鸣声。从萋萋春草到啾啾蝉鸣,表现出隐士一年到头隐于山中的无聊岁月。

⑥ 坱轧(yǎngyà):雾气浓重的样子。曲茀(fó):山势曲折盘绕的样子。恫(dòng):恐惧。慌忽:义同"恍惚"。此句意为,山气弥漫,山势盘陀,虽欲久居而心中恐惧,恍惚不安。

⑦ 罔沕(wǎngwù):忧愁疑虑的样子。罔通"惘"。憭栗(liáolì):恐惧的样子。

⑧ 丛薄:草木丛生之处。慄:因害怕而发抖。

⑨ 嶔岑(qīncén):又作"嶔崟(yín)",山高而险的样子。碕礒(qīyǐ):山石错落的样子。硱磳(jūnzēng):山石高耸的样子。磈硊(kuǐwěi):山石高耸而不齐的样子。此句描写山势高险,山石突兀的景象。

⑩ 轮:轮囷,弯弯曲曲的样子。茷骫(bówěi):树木枝条盘纡屈曲的样子。

⑪ 莎(suō):草名,根入药。树:植,立。杂树即丛生。薠(fán):草名,形似莎而较大。莎、薠泛指杂草。靃靡(suǐmǐ):野草杂乱漫野的样子。

⑫ 麇(jūn):兽名,即獐子。麚(jiā):公鹿。或:有的。

⑬ 状貌:形貌,指上句鹿獐的模样。崟崟(yín)、峨峨:此处形容兽角高耸的样子。凄凄、漇漇(xǐ):兽毛光滑滋润的样子。

⑭ 罴(pí):棕熊,俗称人熊或马熊。慕类:谓寻求同类。悲:悲鸣。

⑮ 骇:受惊,惊骇。曹:群,同类。

## 鉴赏

《招隐士》是今本《楚辞》的第十二篇,作者是西汉淮南王刘安的宾客。刘安(前179—前122),汉高祖刘邦庶孙,好读书鼓琴,善文辞,武帝甚尊重之,曾使作《离骚传》。刘安招致宾客方术之士数千人,著述甚众,今存《淮南子》二十一卷。武帝元狩元年(前122)十月因谋反事败自杀。事见《史记·淮南衡山列传》及《汉书·淮南厉王刘长传》。《汉书·艺文志》载淮南王赋82篇,淮南王群臣赋44篇,可惜多散佚了。《楚辞》本篇王逸注云:"《招隐士》者,淮南小山之所作也。"淮南王宾客以其创作类别,分称为小山和大山,所以"小山""大山"既是淮南王宾客中的作家流派,也是他们的作品类别。其作品分类是取法《诗经》之分《小雅》《大雅》的。本篇为小山派作家所作,作者的姓名汉代已不可知,故王逸云:“小山之徒……作《招隐士》之赋。”

关于本篇主旨,讲法不一。王逸认为本篇是闵伤屈原之作,其说牵强附会,已为古今学者所否定。王夫之《楚辞通释》云:“此篇义尽于招隐,为淮南召致山谷潜伏之士,绝无闵屈子而章之之意。”姜亮夫《楚辞通故》云:此篇“丝毫无关屈子”,“细读全文,但写山林景色,青莎杂树,枝栢虬缭,山气巃嵸,猿狖群啸,虎豹聚嗥,熊罴咆斗,可畏之境。招王孙之隐者,速速归来。”可见,本篇主旨就在“招隐士”三字表面,无须另作过多猜测和联系,以免流于穿凿和曲解而不能自圆其说。淮南王安广招才士,拊循百姓,树立威望,扩大影响,以求流誉天下,并为反叛做准备,而当时隐士之中颇有所谓高才俊伟之士。《招隐士》正为网罗这些贤才而作。虽其名为招隐,而意实在于广事搜求在野人才,非独隐居中人而已。

全篇可分三部分。第一部分,开头至“蟪蛄鸣兮啾啾”,指出隐士长年生活于深山之中。这一部分以极富代表性的事物表现隐士长年独居的深山野岭的凶险恐怖,写得生动传神而含蓄自然。第二部分,从“坱兮轧”到“慕类兮以悲”,极写深山环境的险恶和隐士生活的凄凉。这一部分具体而充分地表现了深山隐士的艰难处境和疑惧心情,告诉人们,鸟兽不可与同群,山中非人所居,从而有力地说明山中隐士避世生活的不合理性。第三部分,从“攀援桂枝兮聊淹留”到结束,正面召唤隐士出山入世。

作者招隐,并非直接诱以富贵利禄,而是极力铺叙深山险情,强调山中不可久居,以启发和感召隐士来归。这使读者感到亲切,也使本文能够成为一篇气象宏伟、韵味浓厚隽永、艺术表现力和感染力都很强的文学作品,具有鲜明的艺术特色。首先,本文的环境描写和气氛渲染非常成功。作者善于选择和集中具有代表性的事物来表现环境特征,创造氛围。作者笔下的怪石群兽、迷雾深林,都是山中实有之物,并无离奇之处,而作者把它们集中放进一个画面,并注入自己浓重的主观感情色彩,组成一派阴森可怖的险恶景象。将人物(隐士)放在这样一个环境之中,就很自然地突现出了他那孤危的境况和疑惧不安的心情。使环境气氛的描写与心理状态的揭示和谐统一,相得益彰。其次,其结构继承了屈宋传统,回环往复,盘旋曲折,“但于空山岑寂孤危之情景之致意”(《楚辞通释》),从而深化了意境,增强了效果。描写深山恐怖,隐士孤危,一唱三叹,步步加深,于最终两句发出召唤,显得十分恳切有力，可以产生感人的艺术效果。再次，句式整齐中错落有致，工于变化，文气雄健弘肆而流荡婉转，辞采华茂，造语新奇。

本文是我国文学史上现存最早的招隐之作，对后世影响很深。招隐与反招隐成为历代文人常写的内容，“招隐”也有了两种相反的含义，一是招隐士入世，一是号召人们归隐。后者如晋代的陆机有《招隐诗》三首，左思有《招隐诗》二首，张载有《招隐诗》一首，王康琚则既有《反招隐诗》（反《楚辞·招隐士》之意），也有《招隐诗》，这些都是歌颂隐居生活，劝人归隐的。这样，“招隐”也便成了乐府古题。旧题唐人吴兢作的《乐府古题要解》中云：“《招隐》本楚词，汉淮南王安小山所作也，言山中不可以久留。后人改以为五言，若晋左思‘杖策招隐士’等数篇，最为首出。晋王康居反其致，谓之《反招隐》。”本篇中某些文意也常为历代文人所化用，例如南朝宋谢灵运《悲哉行》：“萋萋春草生，王孙游有情”，唐王维《山居秋暝》：“随意春芳歇，王孙自可留。”《山中送别》：“春草明年绿，王孙归不归。”白居易《赋得古原草送别》：“又送王孙去，萋萋满别情。”等等，就都是从本篇七、八两句化来的。南朝齐谢朓有诗《王孙游》，题意也是由这两句而来。可见，本篇虽然在体制上上承屈、宋，但其内容与形式都有独特的开创意义和影响。

（庄大钧）

# 秋　风　辞

刘　彻

秋风起兮白云飞，草木黄落兮雁南归。兰有秀兮菊有芳[①]，携佳人兮不能忘[②]。泛楼船兮济汾河[③]，横中流兮扬素波[④]，箫鼓鸣兮发棹歌[⑤]。欢乐极兮哀情多，少壮几时兮奈老何[⑥]。

## 注释

① 秀：草木开的花。芳：花香。以春兰秋菊、香花芳草比喻贤良的群臣，即下句中之佳人。

② 携：携带，带领。一作"怀"。佳人：心目中的好人，所指可随文而异，参阅清赵翼《陔余丛考》卷四二。此处谓群臣。又，清人张玉谷以此"佳人"为仙人（见其《古诗赏析》卷三），然考作者之礼迎宝鼎，祭祀后土以祈谷，与求仙事有别，故不从张说。可参阅《汉书·郊祀忘上》。忘：通"亡"，失去。二句言作者出行，携带左右贤臣良弼，不能须臾离之。

③ 泛：浮，漂。楼船：建有楼的大船，多为战船，亦有游船，此处谓后者。济（jì）：渡。汾河：河名，黄河支流，其源在山西宁武管涔山，南流至新绛西折，于河津流入黄河。汉汾阴在汾河之南，作者幸汾阴，遂济汾河。

④ 中流：河中央。素：白。

⑤ 棹（zhào）：划船用具。棹歌：行船的人所唱的歌。《文选》本篇李善注："棹歌，引棹而歌。"

⑥ "少壮"句：年轻力壮能多久啊，对于老又有什么办法呢！

## 鉴赏

作者刘彻（前156—前87），即汉武帝。在位54年。在位期间，他采取一系列政治、经济措施，有效地加强了中央集权和国家实力，发展生产，繁荣经济，反击匈奴，开发边疆，促进了国内各民族间及中外经济文化联系和交流，并接受公羊学大师董仲舒的建议，罢黜百家，独尊儒术，以董仲舒的儒学思想作为统治思想，奠定了儒家思想作为此后两千年封建社会正统思想的基础。汉武帝喜好和提倡文学创作，他在位时期是西汉王朝的极盛时期，也是西汉文学最繁荣的时期。此时辞赋的创作成就在中国古代文学史上是空前的。汉武帝立乐府而采歌谣，在中国文学史上有着重要的意义，他本人也有一些出色的作品，除本篇外，较著名的还有《瓠子歌》《李夫人歌》《李夫人赋》等等。

旧题东汉班固作的《汉武故事》记载，汉武帝行幸河东郡，祭祀土地神，回首远望京都长安，欣然泛舟中流，与群臣宴饮，非常高兴，乃自作此《秋风辞》。逯钦立考证此辞作于元鼎四年（前113）秋（见其《先秦汉魏晋南北朝诗》汉诗卷一），古人亦有此说。是年作者43岁。

开头两句，写眼前景色。秋风吹动白云，草黄叶落，群雁南飞，一派清秋光景。古人评此二句感物悲秋，有楚辞逸致。萧瑟的秋气最易触发作家感慨的情思，在中国文学史上，文人悲秋之作甚多，宋玉《九辩》为其首唱。其辞云：“悲哉秋之为气也！萧瑟兮草木摇落而变衰……燕翩翩其辞归兮，蝉宋漠（即寂寞）而无声；雁廱廱而南游兮，鹍鸡啁哳而悲鸣。”不难看出，《秋风辞》开头两句在写作上受到《九辩》的影响。这两句以凄清萧索的景象为全篇定下了伤怀的感情基调。

以下五句描写当时的宴乐情景。三、四两句，写群臣随侍，众美一堂，表现了作者对群臣的赞赏心情。汉武帝十分重视人才，注意选贤任能，在位期间，名臣济济，“汉之得人，于兹为盛”（参阅《汉书·公孙弘卜式兒宽传赞》）。如今吉日良辰，赏心乐事，明主贤弼，同舟尽欢。面对满堂“群芳”，武帝感触良深：汉家至此90年江山，不正依仗兰菊佳人们的鼎力支撑吗？自己得以使王朝臻于鼎盛，不也正靠了他们的力量吗？这两句自言与群臣关系亲密融洽，包含对群贤由衷的赞美，也表现了自己重贤爱才的真实情感。诸葛亮说：“亲贤臣，远小人，此先汉所以兴隆也。”（《出师表》）昔日高祖酒酣，歌大风而思猛士；如今武帝宴饮，咏秋色而赞贤臣。二者气势虽殊，重才思贤之心却是相通的。“《离骚》之文，依《诗》取兴，引类譬谕。故善鸟香草，以配忠贞。”（东汉王逸《离骚经序》）古人常说此篇为《离骚》之遗响，兰菊芳香以比贤良，也正是楚辞的本色和传统。五、六、七三句,描写中流泛舟的热闹场面。楼船半渡,中流扬波,船上奏着美妙的音乐,舟子唱起欢快的船歌,活现出一幅帝王游乐图。

然而物盛而衰,乐极则悲,尽欢之余,一桩心事袭上心头:人生短促,岁月如流,青春已逝,盛年不再,这欢乐的日子还有几多?船外云飞雁归,满目萧然,不正象征着自己老之将至,如草木之摇落变衰吗!思念及此,不由得悲从中来,黯然神伤。于是笔锋陡转,以末尾两句直写出作者此刻的感伤情绪,与开头两句相呼应。

开头写衰景,结尾抒哀情,五、六、七三句夹在当中,虽极写出当时场面的热闹壮观,但不能使读者感到多少喜悦欢乐的气氛和情调。

通过以上分析,不难看出,本篇的主题思想在于抒发作者感物悲秋、乐极伤老的思想情绪,同时描写了泛舟汾河,与群臣宴饮的情景。为求长生不老,汉武帝曾多次遣方士入海求仙,炼丹采药,他自己也多次临海求仙。虽然直到67岁,即死前二年,他才最终觉悟,悉罢方士求仙事,但从《秋风辞》对老之将至所发的无可奈何的哀叹中,可以看出此时他已认识到衰老这一自然规律是无法抗拒的了。

汉武帝喜好楚辞,他这首辞也明显体现了楚辞的传统。除上文说过的之外,本篇三言加兮字加三言和四言加兮字加三言两种句式,也与楚辞一脉相承。对于情景关系的处理,也很有特色。“岁有其物,物有其容;情以物迁,辞以情发。”(《文心雕龙·物色》)萧瑟的秋景触动了汉武帝伤老的情怀,因而开头的衰景与结尾的哀情有着直接联系。尽管创作伊始,衰景勾起的哀情已充于胸,但作者并没有将景与情连着说出来,而是以较多的文字来描写当时的宴乐场面,将景和情分置于首尾,使之遥相呼应。这种手法使全篇浑然一体,又巧妙而有效地突出了感秋伤老、乐极哀来的主题。这可以说是本篇结构上的一大特点。本篇语言清丽,韵味深浓,文势跌宕,气调秀拔,读来极富音乐美。前四句语气平缓,二句一韵,意致深婉,情思缠绵;中五句则如迫不及待,喷薄直下,一韵到底,音调铿锵,后两句哀叹陡然迸发,紧锣密鼓,急管繁弦,突现了乐极哀来的转折,显示出了感情的激越和强烈。

《秋风辞》是汉武帝的代表作品,被古人誉为“绝妙好辞”。古代诗文中常将秋风与汉武帝联系起来,人所共知,唐人李贺、宋人苏轼都曾称汉武帝为“秋风客”,于此也可想见本篇在中国文学史上的重要地位和影响了。

(庄大钧)

# 子 虚 赋

司马相如

楚使子虚使于齐[①]，王悉发车骑，与使者出畋[②]。畋罢，子虚过奼乌有先生[③]，亡是公在焉。坐定，乌有先生问曰："今日畋，乐乎？"

子虚曰："乐。"

"获多乎[④]？"

曰："少。"

"然则何乐？"

对曰："仆乐——齐王之欲夸仆以车骑之众而仆对以云梦之事也[⑤]。"

曰："可得闻乎？"

子虚曰："可。王车驾千乘，选徒万骑，畋于海滨，列卒满泽，罘网弥山[⑥]，掩兔辚鹿[⑦]，射麋脚麟[⑧]，骛于盐浦[⑨]，割鲜染轮[⑩]，射中获多，矜而自功，顾谓仆曰：'楚亦有平原、广泽、游猎之地，饶乐若此者乎？楚王之猎，孰与寡人乎？'

"仆下车对曰：'臣，楚国之鄙人也。幸得宿卫[⑪]，十有余年，时从出游，游于后园，览于有无[⑫]，然犹未能遍睹也，又焉足以言其外泽乎？'

"齐王曰：'虽然，略以子之所闻见而言之。'

"仆对曰：'唯唯。'

## 注释

① 子虚和下文的乌有先生、亡是公，并无其人，纯系作者艺术虚构的人物。后世因称虚无之事为“子虚乌有”。

② 畋(tián)：射猎。

③ 过：过访。奼(chà)：“诧”的假借字，夸耀。

④ 获：猎获的禽兽。

⑤ 云梦：古代楚国著名的大沼泽地。

⑥ 罘(fú)：捕捉兔子的网。弥：满。

⑦ 掩：指用网掩捕。辚(lín)：车轮，这里指用车轮碾压。

⑧ 麋(mí)：麋鹿，其角似鹿非鹿，头似马非马，身似驴非驴，蹄似牛非牛，故又名“四不像”。脚麟：抓住麟的一只脚。脚：用如动词。麟：这里指普通的鹿，非传说中的麒麟。

⑨ 骛(wù)：驰骋。盐浦：海滨的盐滩。

⑩ 鲜：指动物的生肉。染轮：撩取车轮上的盐和在生肉中吃。染：在这里当“撩取”讲。

⑪ 宿卫：在帝王宫禁中担任值宿和警卫的工作。

⑫ 览于有无：观看有些什么东西。有无：复词偏义。

“‘臣闻楚有七泽，尝见其一，未睹其余也。臣之所见，盖特其小小者耳，名曰云梦。云梦者，方九百里，其中有山焉，其山则盘纡茀郁[1]，隆崇嵂崒[2]，岑崟参差[3]，日月蔽亏[4]，交错纠纷，上干青云[5]，罢池陂陀[6]，下属江河。其土则丹青赭垩[7]，雌黄白坿[8]，锡碧金银[9]；众色炫耀，照烂龙鳞[10]。其石则赤玉玫瑰[11]，琳瑉昆吾[12]，瑊玏玄厉[13]，碝石碔砆[14]。其东则有蕙圃[15]：衡兰芷若[16]，芎藭菖蒲[17]，江蓠蘪芜[18]，诸柘巴苴[19]。其南则有平原广泽：登降陁靡[20]，案衍坛曼[21]，缘以大江，限以巫山[22]；其高燥则生葴菥苞荔[23]，薛莎青薠[24]，其埤湿则生藏莨蒹葭[25]，东蔷雕胡[26]，莲藕觚芦[27]，庵闾轩于[28]。众物居之[29]，不可胜图[30]。其西则有涌泉清池，激水推移；外发芙蓉菱华[31]，内隐巨石白沙；其中则有神龟蛟鼍[32]，玳瑁鳖鼋[33]。其北则有阴林：其树楩楠豫章[34]，桂椒木兰[35]，檗离朱杨[36]，樝梨梬栗[37]，桔柚芬芳[38]；其上则有赤猨蠷猱[39]；鹓雏孔鸾[40]，腾远射干[41]；其下则有白虎玄豹[42]，蟃蜒貙犴[43]。

## 注释

① 盘纡：山盘回纡曲。岪(fú)郁：与“盘纡”同义。

② 隆崇：山高峻耸立。嵂崒(lǜzú)：山高危。

③ 岑崟(yín)：山高峻。

④ 蔽：(日月)全被遮隐。亏：(日月)部分被遮隐。

⑤ 干：干犯，触犯。

⑥ 罢(pí)池：山倾斜而下。陂(pō)陀：与“罢池”同义。

⑦ 丹：朱砂。青：石青，可制颜料。赭(zhě)：赤土。垩(è)：白土。

⑧ 雌黄：三硫化砷，又名石黄，可制颜料。白坿：白石英。

⑨ 碧：青绿色的玉石。

⑩ 烂：灿烂。

⑪ 赤玉：又名赤瑾，赤色的玉石。玫瑰：宝石名，即火齐珠。

⑫ 琳：美玉。瑉(mín)：一种次于玉的美石。昆吾：即琨珸，也是一种次于玉的美石。

⑬ 瑊玏(jiānlè)：一种次于玉的美石。玄厉：一种黑色的刀石。

⑭ 碝(ruǎn)：一种次于玉的白中带赤的美石。碔砆(wǔfū)：一种赤质白纹的玉石。

⑮ 蕙圃：种植香花异草的园圃。蕙：香草。

⑯ 蘅：杜蘅。兰：兰草。芷：白芷。若：杜若。都是香草名。

⑰ 芎䓖(xiōngqióng)：香草名。叶似芹，根可入药。

⑱ 江蓠：龙须菜。蘪(mí)芜：即蘼芜，其叶似当归，其香似白芷，其茎叶靡弱而繁芜，故名之。

⑲ 诸柘(zhè)：甘蔗。巴苴(jū)：芭蕉。

⑳ 陁(yǐ)靡：斜坡。

㉑ 案衍：低洼。坛曼：平宽。

㉒ 巫山：这里指云梦泽中的巫山，又名阳台山。

㉓ 葴(zhēn)：马蓝草。菥(xī)：形似燕麦的草。苞：与茅相似的一种草。荔(lì)：马荔，又名马蔺，似蒲而小，根可制刷。

㉔ 薛：蒿的一种。莎(suō)：也是一种蒿草，其叶可制笠和蓑衣。青薠(fán)：似莎而大的一种草。

㉕ 藏莨(zànglàng)：俗名狗尾巴草。蒹(jiān)：荻，与芦同科，叶较芦阔而韧。葭(jiā)：芦苇，根可入药。

㉖ 东蘠(qiáng)：即水蓼。雕胡：菰米，俗名茭白。

㉗ 觚(gū)：菰米的嫩茎。芦：这里指

芦笋。

㉘ 庵(ān)闾:形似艾蒿,果实可制药。轩于:莸(yǒu)草,似蕙而臭。

㉙ 居:生存,生长。

㉚ 图:画,计。

㉛ 外:指水上面。芙蓉:荷花。菱华:菱花。

㉜ 蛟:古代传说中一种有鳞甲、尾如蛇的动物。鼍(tuó):即扬子鳄,俗名猪婆龙。

㉝ 玳瑁(dàimào):海龟科动物,其甲片可制装饰品,也可入药。鳖(biē):甲鱼,又名团鱼。鼋(yuán):鳖科动物,亦名绿团鱼。

㉞ 楩(pián):黄楩树。楠(nán):樟科植物,木材有芬芳气味。豫章:樟树。以上三者均为常绿乔木,木质坚固细致,是制作器物的好木料。

㉟ 椒(jiāo):花椒。木兰:又名辛夷,俗名紫玉兰,早春先叶开花,花大,外紫,内近白色,微香;花蕾干燥后可入药。

㊱ 檗(bò):黄檗,又名黄柏,芸香科植物,落叶乔木,树皮厚,可制软木,亦可入药。离:山梨。朱杨:赤茎之杨柳。

㊲ 樝(zhā):果名,形似梨而味甘。梬(yǐng):果名,梬枣,又名软枣,形似柿而小,俗名丁香柿。

㊳ 柚(yòu):果名,柚子,皮厚,可制蜜饯和提取芳香油。

㊴ 猨(yuán):同“猿”。玃猱(juénáo):母猴。

㊵ 鹓雏(yuānchú):传说中凤凰之类的鸟。孔:孔雀。鸾(luán):鸾鸟,亦为传说中凤凰一类的鸟。

㊶ 腾远:猿猴类动物,善攀援树木。射(yè)干:又名野干。似狐而小,能爬树。

㊷ 玄豹:黑豹。

㊸ 蟃蜒(wànyán):传说中似狸的兽。貙犴(chū'àn):似狸而大的猛兽。

“‘于是乎乃使剸诸之伦①,手格此兽②。楚王乃驾驯驳之驷③,乘雕玉之舆④;靡鱼须之桡旃⑤,曳明月之珠旗⑥,建干将之雄戟⑦,左乌号之雕弓⑧,右夏服之劲箭⑨。阳子骖乘⑩,纤阿为御⑪;案节未舒⑫,即陵狡兽⑬,蹴蛩蛩⑭,辚距虚⑮;轶野马⑯,轊騊駼⑰,乘遗风⑱,射游骐⑲。倏眒倩浰⑳,雷动焱至㉑,星流霆击;弓不虚发,中必决眦㉒;洞胸达掖㉓,绝乎心系㉔。获若雨兽㉕,掩草蔽地。于是楚王乃弭节徘徊㉖,翱翔容与㉗,览乎阴林,观壮士之暴怒,与猛兽之恐惧,徼刭受诎[28]，殚睹众物之变态[29]。

## 注释

① 剸(zhuān)诸:人名,即专诸,春秋时刺杀吴王僚的勇士。伦:类。

② 手格:徒手搏击。

③ 驯:驯服。驳:毛色不纯的马,此指著名的五花马。驷:四匹马合驾之车,这里指合驾一车的四匹马。

④ 雕玉之舆:用雕刻的玉石装饰起来的车。

⑤ 靡:今写作"麾",挥动。须:海鱼的须,指用海鱼的须做的旌旗上的旒(liú)穗。桡旃(náozhān):赤色旌旗的曲柄。

⑥ 曳(yè):拖,这里当"挥舞"讲。明月:明月珠,即夜光珠。

⑦ 建:高举。干将:利剑名,这里指利刃。雄戟:三刃戟。

⑧ 乌号:柘桑制成的良弓。

⑨ 夏:夏后氏,即禹所建立的夏朝。服:袋。夏服:夏后氏的箭袋。

⑩ 阳子:孙阳,字伯乐,春秋时齐国善相马者。骖(cān)乘:陪乘者,居于车右。

⑪ 纤阿:人名,古代善御者。

⑫ 案节:按下马鞭。节:与"策"同义,马鞭。未舒:尚未尽意驰驱。

⑬ 陵:陵轹(lì),践踏。狡兽:狡健之兽。

⑭ 蹴(cù):践踏。蛩(qióng)蛩:善奔走之青色兽,似马而小。

⑮ 距虚:同"蛩蛩"。

⑯ 轶(yì):超过。

⑰ 轊(wèi):车轴头。这里用作动词,作"用车轴头撞击"解。騊駼(táo tú):野马。

⑱ 遗风:千里马名。

⑲ 骐:青黑色有花纹的马。

⑳ 倏眒(shūshēn):奔逐急速。倩浰(lì):飞快。

㉑ 猋(biāo):疾风。

㉒ 决:裂。眦(cī):目眶。这句是说射技高超,箭一定射中禽兽的眼睛并使眼眶绽裂。

㉓ 洞胸达掖:箭从左胸穿洞,达到腋下。掖:同"腋"。

㉔ 绝:断。心系:连接心脏的血脉筋络。

㉕ 雨(yù)兽:指被射中的鸟兽,像下雨一样纷纷落地。

㉖ 弭(mǐ)节:停止策马。

㉗ 翱翔容与:从容自得。

㉘ 徼(jiào):拦截。刭(jǐ):同"剞"。这里指困乏已极的鸟兽。诎(qū):这里指精乏力竭的鸟兽。

㉙ 殚(dān):尽。变态:各式各样的姿态。

"'于是郑女曼姬[1]，被阿緆[2]，揄纻缟[3]；杂纤罗[4]，垂雾縠[5]；襞积褰绉[6]，纡徐委曲[7]，郁桡谿谷[8]。衯衯裶裶[9]，扬袘戌削[10]，蜚襳垂髾[11]，扶舆猗靡[12]，翕呷萃蔡[13]；下靡兰蕙[14]，上拂羽盖[15]；错翡翠之葳蕤[16]，缪绕玉绥[17]。眇眇忽忽[18]，若神仙之仿佛。

'于是乃相与獠于蕙圃[19]，媻珊教窣[20]，上乎金堤[21]。揜翡翠[22]，射鵕鸃[23]，微矰出[24]，纤缴施[25]。弋白鹄[26]，连駕鹅[27]，双鸧下[28]，玄鹤加[29]。怠而后游于清池。浮文鹢[30]，扬旌栧[31]，张翠帷[32]，建羽盖。罔玳瑁[33]，钩紫贝[34]。摐金鼓[35]，吹鸣籁[36]。榜人歌[37]，声流喝[38]。水虫骇[39]，波鸿沸[40]，涌泉起，奔扬会[41]。礧石相击[42]，硠硠礚礚[43]，若雷霆之声，闻乎数百里之外。将息獠者，击灵鼓[44]，起烽燧[45]，车按行[46]，骑就队。纚乎淫淫[47]，般乎裔裔[48]。

'于是楚王乃登阳云之台[49]，泊乎无为[50]，澹乎自持[51]，勺药之和具[52]，而后御之[53]。不若大王终日驰骋，曾不下舆，脟割轮焠[54]，自以为娱。臣窃观之，齐殆不如。'于是齐王无以应仆也。"

## 注释

① 郑女：郑国的美女。曼姬：光彩照人的美人。

② 阿：细缯。緆(xī)：细布。

③ 揄：拖着。纻(zhù)：纻麻织成的细布，今称夏布。缟：素绢。

④ 杂：装饰。纤罗：细纹的丝织品。

⑤ 雾縠(hú)：细薄如雾的轻纱。

⑥ 襞(bì)积：衣裙上的褶子。褰(qiān)绉：缩叠。

⑦ 纡徐：从容宽缓。委曲：指衣裙线条婉曲多姿。

⑧ 郁桡谿谷：指衣裙上皱褶深曲得像山谷一般。

⑨ 衯(fēn)衯、裶(fēi)裶：都是形容衣长的样子。

⑩ 扬袘(yí)：扬起衣袖。戌削：亦作

“恤削”，形容衣服裁制得非常合身。

⑪ 蜚(fēi)：古“飞”字。纖(xiān)：衣上的长带。髾(shāo)：古代妇女衣服上形似燕尾的装饰品。

⑫ 扶舆：随风盘旋貌。猗靡：随风飘拂。

⑬ 翕呷(xīxiā)、萃(cuì)蔡：均象声词，形容衣服摆动时发出的摩擦声。

⑭ 下靡(mó)兰蕙：指衣服的下端抚摩着鲜花香草。靡：通“摩”。兰蕙：泛指各种香草鲜花。

⑮ 上拂羽盖：指长长的衣袖和衣服上的长带，在羽毛装饰的车盖上飘拂。

⑯ 错：交错。翡：鸟名。羽毛呈红色。翠：鸟名，羽毛呈绿色。葳蕤(wēiruí)：鲜丽。

⑰ 缪(liáo)绕：即“缭绕”，缠结。玉绥：缀在玉饰上的缨绥。

⑱ 眇眇忽忽：缥缈飘忽不定。

⑲ 獠：夜间射猎。

⑳ 媻(pán)珊、敦窣(bósū)：均匍匐缓行。

㉑ 金堤(dī)：坚固如金的堤。

㉒ 揜(yǎn)：用网捕捉禽鸟。

㉓ 鵔鸃(jùnyí)：锦鸡，羽毛呈五彩斑斓之色，尾毛红赤。

㉔ 矰(zēng)：古代系以生丝线射鸟的箭。

㉕ 缴(zhuó)：系在射禽鸟箭上的生丝线，箭射出去，可以靠它收回来。施：放射。

㉖ 弋(yì)：用带生丝线的箭射鸟。白鹄(hú)：天鹅之一种。

㉗ 连：与“弋”同义。鴐(jiā)鹅：野鹅。

㉘ 鸧(cāng)：鸧鸹(guā)，又名麦鸡，大如鹤，青苍色。下：中箭而坠下。

㉙ 玄鹤：黑鹤。加：指被箭射中。

㉚ 鹢(yì)：水鸟名，似鹭而大。古代天子所乘之龙舟，画鹢首于船头，后世乃以鹢或鹢首为船的代称。文鹢：绘制有文采的鹢首。

㉛ 旌：旗，这里指船桅上的旗。栧(yì)：同“枻(yì)”，短桨。

㉜ 翠帷：饰以翠鸟羽毛的帷帐。

㉝ 罔：同“网”。

㉞ 紫贝：又名文贝，蚌蛤(gé)类有壳软体动物，白质如玉，壳有紫点花纹，古代曾用它作货币。

㉟ 摐(chuāng)：敲击。金鼓：钲(zhēng)、铃一类的打击乐器。

㊱ 籁(lài)：管乐器，箫。

㊲ 榜(bàng)人：船工。

㊳ 流喝：形容声音幽咽、嘶哑。

㊴ 水虫骇：指水中的鱼鳖惊跳奔走。

㊵ 鸿：大。

㊶ 奔扬：波涛。会：汇。

㊷ 礧(lèi)石：众石。

㊸ 硠(láng)硠、礚(kē)礚：均象声词，形容水石相击之声。

㊹ 灵鼓：古代乐器，六面鼓。

㊺ 起：点燃。烽燧：这里指火炬。

㊻ 按行(háng)：按次序排列成行。

㊼ 纚(xǐ)：成群结队地行走。淫淫：渐进。

㊽ 般：相连。裔裔：鱼贯前进的样子。

㊾ 阳云：台名，又名阳台，在云梦泽中巫山下。

㊿ 泊：恬淡。无为：顺应自然，不求有所作为。

51 澹（dàn）：恬静。自持：自己掌握自己。

52 勺药：即“芍药”，古人认为芍药的根有“主和五脏，又辟毒气”的功效，故食品五味调和好后，再加上芍药。具：备。

53 御：进食。

54 脟（luán）：通“脔（luán）”，切肉成块。轮焠（cuì）：同上文“染轮”义。

乌有先生曰：“是何言之过也！足下不远千里，来贶齐国[①]，王悉发境内之士，备车骑之众，与使者出畋；乃欲戮力致获，以娱左右，何名为夸哉!？问楚地之有无者，愿闻大国之风烈[②]，先生之余论也。今，足下不称楚王之德厚，而盛推云梦以为高，奢言淫乐，而显侈靡，窃为足下不取也。必若所言，固非楚国之美也，无而言之，是害足下之信也。彰君恶，伤私义，二者无一可，而先生行之，必且轻于齐而累于楚矣！且齐东陼钜海[③]，南有琅邪[④]，观乎成山[⑤]，射乎之罘[⑥]，浮渤澥[⑦]，游孟诸[⑧]。邪与肃慎为邻[⑨]，右以汤谷为界[⑩]，秋田乎青丘[⑪]，彷徨乎海外，吞若云梦者八九于其胸中，曾不蒂芥[⑫]。若乃俶傥瑰玮[⑬]，异方殊类，珍怪鸟兽，万端鳞崒[⑭]，充牣其中[⑮]，不可胜记；禹不能名[⑯]，契不能计[⑰]。然在诸侯之位，不敢言游戏之乐，苑囿之大[⑱]；先生又见客[⑲]，是以王辞不复。何为无以应哉！”

## 注释

① 贶（kuàng）：加惠，赐予。

② 风：美好的风尚。烈：辉煌的业绩。

③ 陼（zhǔ）：水边。钜：大。

④ 琅邪：山名，在今山东诸城南，三面临海，西南通陆地。

⑤ 观：观赏。成山：在今山东荣成东。

⑥ 之罘:山名,在今山东烟台北。
⑦ 渤澥(xiè):滨海港湾之地。
⑧ 孟诸:古代大沼泽地,在今河南商丘东北,现已淤塞。
⑨ 邪:同“斜”。肃慎:古国名,在今辽宁、吉林、黑龙江一带。
⑩ 汤(yáng)谷:即“旸谷”,古代传说中日出之处。
⑪ 田:同“畋”。青丘:古国名,相传在大海以东三百里。
⑫ 蒂芥:果蒂和草芥,极言其小。
⑬ 俶傥(tìtǎng):卓异不凡。瑰玮:珍奇美好之物。
⑭ 鳞崪(cuì):鱼鳞一样聚集在一起。
⑮ 牣(rèn):盈,满。
⑯ 禹:在尧时为司空,辨九州土地山川草木鸟兽。
⑰ 契(xiè):在尧时为司徒,主四方会计。
⑱ 苑囿:天子游乐畋猎的场所。大曰苑,小曰囿。
⑲ 见客:被当作贵客招待。

## 鉴赏

司马相如(前179—前118),字长卿,少年时好读书,学击剑,小名犬子,因仰慕蔺相如之为人,改名相如。曾以赀为郎,任汉景帝刘启的武骑常侍。景帝不喜爱辞赋。吴楚七国之乱后,梁孝王刘武带着游说之士邹阳、枚皋、严忌等人入朝。于是司马相如托病辞官,跟着这些人出游于梁。他的成名之作《子虚赋》就是在这个时期写成的。公元前143年,梁孝王死后,他返回故乡蜀郡成都,由于临邛令王吉的帮助,他与临邛巨富卓王孙之女卓文君恋爱结婚,在成都买田置宅,由“家徒四壁”的穷汉,变成了富翁。汉武帝刘彻喜爱辞赋,读了司马相如的《子虚赋》后,极其赞赏,颇为遗憾地说:“朕独不得与此人同时哉!”他身边的狗监杨得意说:“臣邑人司马相如自言为此赋。”汉武帝喜出望外,立即召见司马相如。相如献《天子游猎赋》,汉武帝读后十分高兴,便任他为郎官。其后任中郎将、孝文园令等官职,曾两度出使巴蜀。后因消渴病免官,居于茂陵。汉武帝元狩五年(前118),病逝。

司马相如博学多才,通音律,善鼓琴。虽略有口吃,却颇具游说之士的雄辩能力。工属文,其《喻巴蜀檄》《难蜀父老》等,以气势夺人,说理透彻见长。尤精辞赋,是汉代辞赋的一座高峰。《汉书·艺文志》称他写有辞赋29篇,今存完整辞赋七篇。《哀二世赋》批评秦二世胡亥“持身不谨”,“信谗不寤”,于是演出了一幕“亡国失势”,“宗庙灭绝”的历史大悲剧。《大人赋》意在讽谏汉武帝好神仙之术,其艺术效果却与他的主观愿望相反,刘彻读后,"大说,飘飘然有凌云之志,似游天地之间"。《长门赋》抒写刘彻幼年时欲以"金屋贮之"的阿娇陈皇后失宠后的愁闷悲思,细腻真实,深切感人,开"宫怨"题材之先河。《美人赋》词浮意浅;《封禅文》谀词满篇。《梨赋》和《鱼葅赋》仅存片言只语;《梓桐山赋》除篇名外,连片言只语也未流传下来。《子虚赋》《上林赋》代表着司马相如在辞赋上的最高成就。这两篇在《史记》和《汉书》本传中,皆以《天子游猎赋》一篇名之,梁昭明太子萧统编《文选》,始分为《子虚赋》《上林赋》。

《子虚赋》是司马相如精心创作的硕果,人物与对话全系艺术虚构。他创作这篇赋时,倾注了全副精力,确乎达到了呕心沥血的程度:"意思萧散,不复与外事相关,控引天地,错综古今,忽然如睡,焕然而兴,几百日而后成。"(《西京杂记》卷上)态度极其严肃认真。这篇赋结构很简单:由子虚与乌有先生的对话组成。子虚盛夸楚国云梦之事,乌有先生则力斥其言过其实,反称齐国地大物博。他们俩分别在楚齐两国的立场上,各为其国,或扬楚抑齐,或抑楚扬齐,以维护各自的国家声誉和尊严,表现了新兴地主阶级的自信心、自豪感和不甘人后的积极向上的精神。经过文景之治以后,空前统一而又繁荣富强的西汉帝国,迫切需要弘扬的正是这种精神。因为人们一旦为这种精神所支配,就会转化为开拓前进的巨大的物质力量。"略输文采"的汉武帝赞赏《子虚赋》的奥秘和这篇赋在历史上的进步意义与价值,正在这里。

子虚与乌有先生的对话,都是在这种精神的支配下并围绕着这个中心来展开的。作为楚国使臣的子虚,见齐王夸耀畋猎时车骑之众,意在贬抑楚国。于是他就夸以楚国七泽中最小的云梦泽之事物,来迫使"齐王无以应",并以此为荣,以此为乐,以此自豪。子虚夸这小小的云梦泽,极尽其铺张扬厉之能事:有巍巍的高山,直插云霄,遮蔽日月;有色彩斑斓的辽阔的土地,蕴藏着丰富的金银等矿产资源和五光十色的玉石珠宝;东有种植着香花异草的蕙圃;南有出产丰饶的平原广泽;西有繁殖着芙蓉、菱花和玳瑁、神龟的涌泉清池;北边的阴林,不仅生长着楩楠豫章等优质的器用树木和芬芳的橘柚等果树,而且珍禽飞翔于上,奇兽攀援其间,令人眼花缭乱,目不暇接。子虚对云梦泽山川地势和物产的铺叙,表面上是回答齐王提出的"楚亦有平原、广泽、游猎之地,饶乐若此者乎"的问题,实际上是为了挫败齐王扬齐抑楚的图谋,以维护楚国的声誉和尊严,并为楚王畋猎游乐的盛况,布置典型环境,制造先声夺人的气氛。这种匠心独运的铺叙，显示了司马相如作为辞赋大家的那种气势纵横、论事周密、想象丰富、构思精巧的卓越的艺术才华。

楚王游猎的排场和气派，更是齐王望尘莫及的。看，楚王坐在用雕琢着的玉石装饰起来的华贵的车子上，由四匹良马——五花马套驾着，御手是天下闻名的伯乐和纤阿，挥舞着满缀明月宝珠的旌旗，高举着像宝剑干将那样锋利的三刃戟，左悬乌号宝弓，右佩插满劲箭的夏后氏箭袋，威风凛凛，宛若天神。射猎刚刚开始，蛩蛩、距虚、野马、騊駼等各种野兽，就被像勇士专诸那样的猎手们追逐得四处奔走逃窜。楚王射猎动作迅速，如"雷动猋至，星流霆击"；箭法高超，"弓不虚发，中必决眦；洞胸达掖，绝乎心系"；战果辉煌，"获若雨兽，掩草蔽地"。然而，经过了这么一番紧张的射猎以后，楚王却安然自得，若无其事，尽情观赏他的左右截获那些奔逃得精疲力竭、奄奄一息的野兽，饱览清理猎场时的风光景象。这是何等非凡的气派，与齐王畋猎时，"列卒满泽，罘网弥山，掩兔辚鹿，射麋脚麟"的小家子气相比，简直有天壤之别。一种雄伟之气、阳刚之美，溢于言表，已足使齐王汗颜。

不仅如此，继日猎之后，楚王还和严妆盛饰、飘飘若仙的"郑女曼姬"宵猎于蕙圃，美女们一个个头上插着光彩鲜艳的红红绿绿的翡翠鸟的羽毛，身上穿着剪裁缝制得十分合身的丝质衣裙，玉饰上缨绥缭绕，披着的晓雾般的轻纱薄绡随风飘举，走起路来婀娜多姿，衣裙下拂鲜花香草，长袖飘带在羽饰的车盖上飞扬；匍匐缓行在金堤之上，捕捉翡鸟、翠鸟，弋射锦鸡，白鹄、野鹅、麦鸡、黑鹤；弋射玩倦了，就乘坐船头画鹢鸟形象的船，嬉游于清池之上，网捞玳瑁，钩钓紫贝，敲锣、擂鼓、吹箫；船工唱起幽咽的歌；彩鹢所到之处，鱼鳖惊骇，跳跃奔走，沸腾的波涛与涌出的清泉汇合在一处；磊石相击，声闻数百里之外，好不热闹。宵猎行将结束之时，敲起六面鼓，点燃火炬，车排成行，马列成队，整整齐齐，缓缓而归。楚王登上阳云台，待野味烹调好并和以芍药，这才从容进食。在子虚描绘的这一幅栩栩如生的楚王偕美女宵猎的画卷中，一种阴柔之美，洋溢于字里行间，与日猎时的阳刚之美，互映增辉，相得益彰。楚王游猎如此倜傥风流，从容自得，豪健而文雅，而齐王畋猎却终日奔驰于盐浦，"脟割轮焠，自以为娱"，相形之下，就显得像山野村夫，粗俗不堪而滑稽可笑了。因而齐王自惭形秽，无以应答。

子虚作为楚国使臣，长楚国志气，灭齐王威风，不辱使命，维护了楚国的声誉和尊严。这正是新兴地主阶级的自信心、自豪感和不甘人后的奋发蹈厉精神的一种表现。司马相如把它们寓于子虚踌躇满志、怡然自乐而又自豪的熔叙事、写景、抒情、议论于一炉的对话中,这既是"春秋笔法"的继承,又是《战国策》传统的发扬光大。特别值得注意的是,作者把他反对淫乐侈靡、主张节俭的倾向性,隐蔽在子虚对楚王游猎的叙述和描写中,不是硬塞给读者,而是让它自然而然地流露出来,让读者在审美过程中去品味。从这个意义上讲,不仅是司马相如的高明之处,而且意义是重大而深远的:是我国文学史上审美意识发展的一块里程碑。

乌有先生站在齐国的立场上,奋力反驳子虚扬楚抑齐的言论,以维护齐国的尊严和声誉。言辞简洁而犀利,说理严密而周详,层层深入,步步紧逼,大有纵横家的气概。首先,晓之以理:子虚出使齐国,齐王以礼相待,陪同畋猎,也以娱左右,乃人之常情,情之常理,"何名为夸哉!"又,齐王愿听先生谈谈贵国美好的风尚和光辉的业绩,既是出于礼貌,也是出于尊重。这粗浅的事理人情,作为使臣是应该懂得的。然后,斥之以义:您不称颂楚王的仁德宽厚,却"奢言淫乐,而显侈靡",恣意夸张,这既"彰君恶",又"伤私义",不以为耻,反以为乐,作为使臣,必为齐国所轻视,回到楚国还必将因此而治罪,何苦乃尔。最后,为折服子虚以抑楚扬齐,则先讲齐国版图之大:云梦算什么,齐国"吞若云梦者八九于其胸中",只不过像吃下一根小小的草梗而已;继而讲齐国物产之丰:"俶傥瑰玮,异方殊类,珍怪鸟兽,万端鳞崒","禹不能名,契不能计",只不过是因为处于诸侯之位,不能说,不便说,也不愿说罢了。

这篇赋在艺术上的特色之一,是在典型化的过程中,注意把概括化与个性化有机地结合在一起,通过对个性化的典型事物的刻画,以取得以小见大、举一反三、引人遐想的艺术效果。如:子虚在选择楚国七泽中的小小的云梦进行铺张扬厉的个性化刻画的同时,进行了一定程度的概括,于是楚国版图之大、物产之丰、山川之美、游猎之乐和国力之强,就生动形象地展现在读者的面前。

这篇赋在艺术上最大的特色和审美特征,是作者善于捕捉客观事物的对立统一美,并在艺术概括中生动形象地表现出来。如:写云梦泽,有使"日月蔽亏""上干青云"的高山峻岭和"外发芙蓉菱华,内隐巨石白沙"的涌泉清池的对立统一美;有"高燥"之地和"埤湿"之处的对立统一美;有静态的奇花异草、楩楠豫章和动态的珍禽怪兽的对立统一美;写婀娜多姿的"郑女曼姬",有精雕细刻的工笔和惜墨如金的白描的对立统一美;写畋猎,有日猎阳刚之力和宵猎阴柔之媚的对立统一美;有"雷动猋至,星流霆击"的射猎的紧张激烈和"击灵鼓,起烽燧,车按行,骑就队,纚乎淫淫,般乎裔裔”的猎后的从容宽缓,一张一弛的对立统一美;写吃野味,有“勺药之和具,而后御之”的从容文雅和“脟割轮焠,自以为娱”的原始粗犷的对立统一美;在表现手法上,有抽象的议论说理和形象的写景抒情的对立统一美;在体制上,有韵文和散文的对立统一美,等等。这既是集《诗经》《楚辞》以及诸子散文的优秀传统之大成,又是它在新的历史条件下的发扬光大。这大约是司马相如的辞赋成为汉赋的不可逾越的高峰的奥秘之所在。无怪乎扬雄说:“长卿之赋不似人间来,其神化之所至耶?!”

在这篇赋里,子虚抑齐扬楚和乌有先生抑楚扬齐的相互依存、对立统一,是楚齐对立统一的一种表现。不仅云梦泽,而且整个楚国;不仅楚国,而且“吞若云梦者八九于其胸中,曾不蒂芥”的齐国,以及其他各诸侯国,这时都统一于汉帝国的版图之内、管辖之下,汉武帝是多么热切地盼望描写一种大一统气象的辞赋,来为富强的汉帝国的天子唱赞歌啊!坐在那里听子虚和乌有先生驳难的亡是公,已呼之欲出了。

(向叙典)

# 上　林　赋(节选)

司马相如

且夫齐楚之事,又乌足道乎!君未睹夫巨丽也,独不闻天子之上林乎?左苍梧,右西极,丹水更其南,紫渊径其北。终始灞、浐,出入泾、渭;酆、镐、潦、潏[①],纡余委蛇,经营乎其内[②],荡荡乎八川分流,相背而异态。东西南北,驰骛往来;出乎椒丘之阙[③],行乎洲淤之浦[④],经乎桂林之中,过乎泱漭之野[⑤]。汩乎浑流[⑥],顺阿而下,赴隘狭之口。触穹石,激堆埼[⑦],沸乎暴怒,汹涌彭湃。滭浡滵汩[⑧],偪侧泌瀄[⑨],横流逆折,转腾潎洌[⑩],澎濞沆瀣[⑪];穹隆云桡[⑫],蜿灗胶戾[⑬],逾波趋浥[⑭],莅莅下濑[⑮];批岩冲拥;奔扬滞沛[⑯];临坻注壑;瀺灂陨坠[⑰],沈沈隐隐[⑱],砰磅訇磕[⑲];潏潏淈淈[20]，湁潗鼎沸[21]。驰波跳沫，汩急漂疾[22]。悠远长怀，寂漻无声，肆乎永归[23]。然后灏溔潢漾[24]，安翔徐回；翯乎滈滈[25]，东注太湖[26]，衍溢陂池[27]。

于是乎蛟龙赤螭[28]，䱭䲛渐离，鰅鳙鰬魠，禺禺魼鳎[29]，揵鳍掉尾[30]，振鳞奋翼，潜处乎深岩。鱼鳖欢声，万物众夥。明月珠子[31]，玓瓅江靡[32]。蜀石黄碝，水玉磊砢[33]。磷磷烂烂，采色澔旰[34]，丛积乎其中。鸿鹔鹄鸨，駕鹅鸀鳿，鵁鶄鹮目，烦鹜鷛鶏，鷼䴔鸬卢[35]，群浮乎其上。泛淫泛滥[36]，随风澹淡，与波摇荡，掩薄草渚[37]，唼喋菁藻[38]，咀嚼菱藕。

于是乎崇山巃嵸[39]，崔巍嵯峨。深林巨木，崭岩参嵯。九嵕嶻嶭[40]，南山峨峨。岩陁甗锜[41]，摧崣崛崎[42]。振溪通谷，蹇产沟渎[43]，谽呀豁閜[44]，阜陵别岛，崴磈嵔瘣[45]，丘虚堀礨[46]，隐辚郁垒[47]，登降施靡，陂池貏豸[48]，沇溶淫鬻[49]，散涣夷陆[50]，亭皋千里[51]，靡不被筑[52]。掩以绿蕙，被以江离，糅以蘪芜，杂以留夷[53]。布结缕[54]，攒戾莎[55]，揭车衡兰，槀本射干，茈姜蘘荷，葴持若荪，鲜支黄砾，蒋苧青薠[56]，布濩闳泽，延曼太原，离靡广衍[57]，应风披靡，吐芳扬烈，郁郁菲菲，众香发越，肸蠁布写[58]，晻薆苾勃[59]。

于是乎周览泛观，缜纷轧芴[60]，芒芒恍忽，视之无端，察之无涯，日出东沼，入乎西陂[61]。其南则隆冬生长，踊水跃波；其兽则犝旄貘犛[62]，沈牛麈麋[63]，赤首圆题，穷奇象犀[64]。其北则盛夏含冻裂地，涉冰揭河[65]；其兽则麒麟角端[66]，騊駼橐驼[67]，蛩蛩驒騱[68]，駃騠驴骡[69]。

于是乎离宫别馆，弥山跨谷；高廊四注[70]，重坐曲阁[71]，华榱璧珰，辇道纚属[72]；步櫩周流[73]，长途中宿。夷嵕筑堂[74]，累台增成[75]，岩窔洞房[76]，俛杳眇而无见，仰攀橑而扪天[77]；奔星更于闺闼，宛虹拖于楯轩[78]。青虬蚴蟉于东箱，象舆婉僤于西清[79]，灵圄燕于闲馆[80]，偓佺之伦，暴于南荣[81]。醴泉涌于清室，通川过于中庭。盘石振崖，嶔岩倚倾[82]，嵯峨嶕嶫[83]，刻削峥嵘。玫瑰碧琳，珊瑚丛生，瑉玉旁唐[84]，玢豳文鳞[85]；赤瑕驳荦[86]，杂臿其间，晁采琬琰，和氏出焉[87]。

于是乎卢橘夏熟，黄柑橙楱，枇杷橪柿，楟柰厚朴，梬枣杨梅，樱桃蒲萄，隐夫郁棣，榙遝荔枝[88]，罗乎后宫，列乎北园，貤丘陵[89]，下平原。扬翠叶，扤紫茎[90]，发红华，秀朱荣，煌煌扈扈[91]，照耀巨野。沙棠栎槠，华枫枰栌，留落胥邪，仁频并闾，欃檀木兰，豫章女贞[92]，长千仞，大连抱，夸条直畅，实叶葰茂[93]，攒立丛倚，连卷累佹[94]，崔错癹骫[95]，阬衡閜砢[96]，垂条扶疏，落英幡纚[97]，纷容萧蔘[98]，猗狔从风[99]，藰莅芔歙[100]，盖象金石之声，管籥之音。偨池茈虒[101]，旋环后宫，杂遝累辑[102]，被山缘谷，循阪下隰，视之无端，究之无穷。

于是乎玄猿素雌[103]，蜼玃飞蠝，蛭蜩蠼猱，獑胡豰蛫[104]，栖息乎其间，长啸哀鸣，翩幡互经[105]，夭蟜枝格[106]，偃蹇杪颠，逾绝梁，腾殊榛，捷垂条，踔希间[107]，牢落陆离[108]，烂漫远迁。若此者数百千处，嬉游往来，宫宿馆舍，庖厨不徙，后宫不移，百官备具。

于是乎背秋涉冬，天子校猎。乘镂象，六玉虬；拖蜺旌，靡云旗；前皮轩，后道游[109]。孙叔奉辔，卫公骖乘[110]，扈从横行，出乎四校之中[111]，鼓严簿，纵猎者[112]，河江为阹，泰山为橹[113]，车骑雷起，殷天动地，先后陆离，离散别追[114]，淫淫裔裔，缘陵流泽，云布雨施。生貔豹，搏豺狼，手熊罴，足野羊[115]；蒙鹖苏，绔白虎，被斑文，跨野马[116]。凌三嵕之危，下碛历之坻，径峻赴险，越壑厉水。椎蜚廉，弄獬豸；格虾蛤，鋋猛氏；羂騕褭，射封豕[117]。箭不苟害，解脰陷脑[118]；弓不虚发，应声而倒。

于是乎乘舆弭节徘徊，翱翔往来，睨部曲之进退，览将帅之变态。然后侵淫促节[119]，儵敻远去[120]。流离轻禽，蹴履狡兽[121]，轊白鹿，捷狡兔[122]；轶赤电，遗光耀[123]，追怪物，出宇宙；弯蕃弱，满白羽；射游枭，栎蜚遽[124]。择肉后发，先中命处[125]；弦矢分，艺殪仆[126]。然后扬节而上浮，凌惊风，历骇猋，乘虚无，与神具[127]。躏玄鹤，乱昆鸡；遒孔鸾，促鵕鸃；拂翳鸟，捎凤凰；捷鸳雏，掩焦明[128]。道尽途殚，回车而还；消摇乎襄羊，降集乎北纮[129]；率乎直指，晻乎反乡。蹶石阙，历封峦，过鳷鹊，望露寒，下棠梨，息宜春[130]。西驰宣曲，濯鹢牛首，登龙台，掩细柳[131]。观士大夫之勤略，均猎者之所得获，徒车之所轥轹[132]，步骑之所蹂若[133]，人臣之所蹈藉，与其穷极倦𠜎[134]，惊惮慑伏[135]，不被创刃而死者，他他籍籍[136]，填坑满谷，掩平弥泽。

于是乎游戏懈怠，置酒乎昊天之台，张乐乎胶葛之宇；撞千石之钟，立万石之钜[137]，建翠华之旗，树灵鼍之鼓[138]，奏陶唐氏之舞，听葛天氏之歌[139]；千人唱，万人和；山陵为之震动，川谷为之荡波。巴渝、宋、蔡，淮南干遮，文成颠歌[140]，族居递奏[141]，金鼓迭起，铿锵闛鞈[142]，洞心骇耳。荆、吴、郑、卫之声，韶、濩、武、象之乐，阴淫案衍之音[143]，鄢郢缤纷，激楚结风[144]，俳优侏儒，狄鞮之倡[145]。所以娱耳目乐心意者，丽靡烂漫于前，靡曼美色于后。若夫青琴宓妃之徒[146]，绝殊离俗，妖冶娴都，靓妆刻饰，便嬛绰约，柔桡嬛嬛，妩媚纤弱，曳独茧之褕袘[147]，眇阎易以戌削[148]，媥姺嫳屑[149]，与俗殊服。芬香沤郁[150]，酷烈淑郁，皓齿灿烂，宜笑玓皪。长眉连娟，微睇绵藐，色授魂与[151]，心愉于侧。

## 注释

① 灞（bà）、浐（chǎn）、泾、渭、酆（fēng）、镐（hào）、潦（lǎo）、潏（jué）：流经现在的陕西的八条水名，即下文所说的“八川”。

② 经营：盘绕经历。

③ 阙（què）：宫前两边的门楼。这里指双峰对峙如门楼的山峡。

④ 淤（yū）：洲。古代长安一带的人称洲为淤。

⑤ 泱漭（yāngmǎng）：广大。

⑥ 汩（yù）乎浑流：水势浩大迅疾。

⑦ 穹石：巨石。堆埼（qí）：泥沙壅积而成的曲岸。

⑧ 滭浡（bìbó）滵汩（mìyù）：水势浩大湍急。

⑨ 偪（bī）侧泌瀄（zhì）：水浪相击发出声响。

⑩ 潎洌（pièliè）：水流翻腾时发出的冲击之声。

⑪ 滂濞（pēngpì）：水势迅猛。滂濞即澎湃。沆瀣（hàngxiè）：水势混流的情状。

⑫ 穹隆云桡（ráo）：水势忽而高起忽而低回曲折。

⑬ 蜿灗（shàn）胶戾（lì）：水流蜿蜒交绕的样子。

⑭ 逾波趋浥（yì）：后面的水波越过前波，流向低幽之处。

⑮ 莅（lì）莅：水流声。濑（lài）：水流于沙碛之上而形成的急湍。

⑯ 滞沛：水流奔扬的样子。

⑰ 瀺灂（chánzhuó）：小水声。

⑱ 沈沈：水深。隐隐：水盛。

⑲ 砰磅訇磕（hōngkē）：水浪撞击发出的轰鸣声。

⑳ 潏（yù）潏淈（gǔ）淈：水不断涌出的样子。

㉑ 湁潗（chìjí）：水腾沸状。

㉒ 汩濦（yùxī）：水流急转。漂疾：水势迅猛。

㉓ 肆乎永归：水奔流而长归于渊海。

㉔ 灏溔(hàoyǎo)潢(huáng)漾：水势浩荡无际。

㉕ 翯(hè)：洁白而有光泽。滈(hào)滈：水发出的白光。

㉖ 太湖：关中巨泽。一说指上林苑东南的昆明池。

㉗ 衍溢：水满而溢出。陂(bēi)池：池塘。

㉘ 螭(chī)：龙的一种。有角的叫螭，无角的叫虬。

㉙ 䱭鰽(gèngmèng)、渐离、鰅(yú)、鳙(yōng)、鰬(qián)、魠(tuō)、禺(yú)禺、魼鳎(qūtǎ)：八种不同的鱼类。

㉚ 揵(qián)：扬起。掉：摇摆。

㉛ 明月：大珠。珠子：小珠。

㉜ 玓瓅(dìlì)：珠光照耀。江靡：江边。

㉝ 蜀石、黄碝(ruǎn)：两种次于玉的石头。水玉：水晶石。磊砢(kē)：玉石积累。

㉞ 澔旰(hàohàn)：光彩焕发。

㉟ "鸿鹄"五句：鸿、鹄(hú)、鹔(sù)、鸨(bǎo)、駕(jiā)鹅、鸀(zhǔ)玉、鵁鶄、鱞目、烦鹜(wù)、鷛鶏(yōngqú)、鰲鸕(cǐ)、鵁(jiāo)卢：十二种鸟名，其中駕鹅以下八种为水鸟。

㊱ 泛淫泛滥：众鸟混杂浮游。

㊲ 掩：休息。薄：群集。

㊳ 唼喋(shàdié)：鸟类咬咂食物。菁、藻：都是水草。

㊴ 巃嵸(lóngzōng)：高峻的样子。

㊵ 九嵕(zōng)：山名，在今陕西礼泉。巀嶭(jiéniè)：高峻。

㊶ 陁(yǐ)：倾斜。甗(yǎn)：瓦器名。锜(qí)：三脚的釜。这里用甗、锜形容山岩形状的奇特。

㊷ 崛崎：峭拔突兀。

㊸ 蹇(jiǎn)产：曲折。

㊹ 谽(hán)呀：极大。豁閕(xiā)：空虚的样子。

㊺ 崴魄(wēikuǐ)喂魇(wèiguī)：两个联绵词叠用，极言高峻。

㊻ 丘虚堀(jué)礨：高低不平。

㊼ 隐辚郁垒(lěi)：山势叠聚的样子。

㊽ 施靡：斜长。陂池：倾斜。貏豸(bēi zhì)：山势渐趋平缓。

㊾ 沇(yǔn)溶淫鬻(yù)：水缓缓流于溪谷间的样子。

㊿ 散涣夷陆：漫散于旷野。

51 亭：平。皋：水边高地。

52 被筑：筑而使平。

53 "掩以绿蕙"四句：掩、被：覆盖。糅、杂：混杂。蕙、江离、蘪(mí)芜、留夷：均香草名。

54 布：布满。结缕：蔓生草名。

55 攒(cuán)戾莎：丛聚而生的绿色莎草。

56 "揭车"六句：揭车、衡兰、槀(gǎo)本、射干、茈(zǐ)姜、蘘(xiāng)荷、葴(zhēn)持、若孙、鲜支、黄砾、蒋苎(zhù)、青薠(fán)：共十四种花草名。

57 布濩：布满。太原：广阔的原野。离靡：连绵不绝。广衍：广布。

58 肸蠁(xīxiǎng)布写：香气四溢，到处弥漫。写：泻。

⑲ 晻薆(àn'ài)苾勃:形容香气极盛。

⑳ 缜纷:众多繁盛。轧芴(wù):密密麻麻,难以分辨的样子。

㉑ “日出”二句:与下文的“其南”“其北”一样,极力夸张上林苑面积的广大。

㉒ 犝(yōng):颈上有肉堆的一种牛。旄(máo):旄牛。这里指野牛。貘(mò):形状似熊的一种野兽。犛(lí):黑色野牛。

㉓ 沈牛:水牛。麈(zhǔ):似鹿而尾大,头生一角的怪兽。麋(mí):角像鹿,尾像驴,蹄像牛,颈像骆驼,而整体哪个都不像,故俗称“四不像”。

㉔ 赤首、圆题、穷奇:均为怪兽。

㉕ 揭河:撩衣渡河。

㉖ 角端:鼻端生角形似猪的怪兽。

㉗ 騊駼(táotú):北方的良马。橐(tuó)驼:骆驼。

㉘ 蛩(qióng)蛩:似马的野兽。驒騱(diānxī):野马。

㉙ 駃騠(juétí):善跑的良马。

㉚ 四注:四周相连。

㉛ 重坐:两层的楼房。曲阁:曲折的长廊。

㉜ 华榱(cuī):雕、绘花纹的屋椽。璧珰(dāng):用玉装饰的椽头。纚(lǐ)属:连属。

㉝ 步櫩:走廊。周流:周遍。

㉞ 夷嵕(zōng):削平高山。

㉟ 累台增成:台阁重重。

㊱ 岩窔(yǎo):幽深。

㊲ 俛:同“俯”。杳眇:深邃。橑(lǎo):屋椽。

㊳ 奔星:流星。更(gēng):经历。闺闼(tà):宫中小门。宛虹:弯曲之虹。拖:越过。楯(shǔn):栏杆。

㊴ 虬(qiú):无角之龙。这里指为神仙驾车的马。蚴蟉(yǒuliú):龙行走的形态。箱:通“厢”。婉僤(dàn):宛转徐行的样子。西清:西厢清净之处。

㊵ 灵圄(yǔ):众仙的称号。燕:闲居的意思。

㊶ 偓佺:仙人名。伦:辈,类。暴:曝。南荣:南檐下。

㊷ 振崖:用石块把水崖修砌整齐。嶔(qīn):高峻。倚倾:倾斜。

㊸ 嶕嶫(jiéyè):山石高耸。

㊹ 旁唐:彩纹石。

㊺ 玢豳(bīnbīn):玉石纹理杂然纷陈的样子。文鳞:玉的纹理像鱼鳞一般。

㊻ 赤瑕:赤色的玉。驳荦(luò):色彩斑驳不纯。

㊼ 晁采:美玉名。琬琰(wǎnyǎn):美玉名。和氏:指春秋时代楚国人卞和所得的美玉,即和氏璧。

㊽ 黄柑、橙、楱(còu)、枇杷、橪(rǎn)、柿、楟(tíng)、柰(nài)、厚朴、梬(yǐng)枣、杨梅、樱桃、蒲萄、隐夫、郁棣、榙遝(dātà)、荔枝:共十七种水果名。

㊾ 貤(yì):通“迤”,绵延。

㊿ 扤(wù):摇动。

91 煌煌扈扈:光彩鲜艳的样子。

92 沙棠、栎(lì)、槠(zhū)、桦、枫、枰(píng)、栌(lú)、留落、胥邪、仁频、并闾(lǘ)、欃(chán)檀、木兰、豫

章、女贞：共十五种树木名。

㊈ 葰(jùn)：大。

㊉ 连卷累佹(guǐ)：形容树枝卷曲且互相倚附交叉的状态。

⑮ 崔错：交错。癹骫(bōwěi)：盘绕纠结。骫：古通"委"。

⑯ 阬衡：抗衡，径直平行。閜砢(kě luǒ)：互相扶持。

⑰ 幡纚：飞扬的样子。

⑱ 纷容：繁盛的样子。萧蔘(sēn)：通"萧森"，又高又长。

⑲ 猗狔(yǐnǐ)：同"旖旎"，婀娜。

⑩⑩ 蓟莅(liúlì)卉歙(hūxī)：风吹树木发出的凄厉的鸣声。

⑩① 偨(cī)池：差池，参差不齐。茈虒(cháchí)：同"差池"。

⑩② 杂遝：错杂。累辑：累集。

⑩③ 素雌：白色的雌猿。

⑩④ 蜼玃(yòujué)：母猴。飞蠝(lěi)、蛭(zhì)：能飞的兽。蜩(tiáo)：传说中的兽名。蠼猱(juénáo)：母猴。獑(chán)胡：一种似猿的兽类。縠蛫(hùguǐ)：善腾跃的猿类。

⑩⑤ 翩幡：本指鸟飞轻疾，这里用来形容猿类腾跃如飞。互经：往来穿插。

⑩⑥ 夭蟜：猿猴在树上攀悬的动作。枝格：枝杈。偃蹇：猿猴在树上蹲、卧的动作。

⑩⑦ 捷：通"接"。踔(chuō)：腾跳。希通"稀"。全句意思是猿类在向枝条稀疏的空隙腾跳时，接握下垂的枝蔓。

⑩⑧ 牢落、陆离：疏密参差的样子。烂漫：猿类成群奔跑的样子。

⑩⑨ 皮轩：以虎皮装饰的车。道游：导游。古时天子出行的仪仗队中有道车五辆，游车九辆。

⑪⑩ "孙叔"二句：孙叔、卫公指汉武帝时太仆公孙贺和大将军卫青。一说二人均指古之善御者。奉辔：驾车。骖乘：在车右为卫士。

⑪① 四校：天子射猎时的四支队伍。

⑪② "鼓严簿"二句：在森严的护卫下击鼓出猎。簿：卤簿，天子出行时的侍卫仪仗队伍。

⑪③ 阹(qù)：打猎者为遮获禽兽所围的阵。橹：瞭望楼。

⑪④ 别追：分别追逐。

⑪⑤ 貔(pí)：似豹的猛兽。

⑪⑥ "蒙鹖(hé)苏"四句：围猎者头戴鹖尾，裤子上饰有白虎图案，身披有斑纹的虎豹皮，骑着烈马。绔(kù)：古"裤"字。

⑪⑦ "椎蜚廉"六句：椎(chuí)：击杀。弄：捕捉。格：搏击。鋋(yán)：铁柄短矛，这里指用矛刺杀。羂(juàn)：同"罥"，用网捕。蜚(fěi)廉、獬(xiè)豸、虾蛤(gē)、猛氏、騕褭(yǎoniǎo)、封豕：都是怪兽名。

⑪⑧ "箭不苟害"二句：箭不会轻易射到非要害部位。脰(dòu)：颈项。

⑪⑨ 侵淫：渐进。促节：加快节奏。

⑫⑩ 倏敻(shūxiòng)：忽然远去。

⑫① 流离：用网掩捕，使之困厄。蹴履：践踏。

⑫② 轊：套在车轴末端的圆筒，这里指用车轴头冲撞。捷：迅速捕获。

⑫③ "轶赤电"二句：超过闪电光速。

轶:超过。遗:抛在后面。

⑫④ 蕃弱:古代夏后氏良弓名。满:拉满。游枭:怪兽。栎:击。蜚遽:传说中的神兽。

⑫⑤ "择肉"二句:选择膘肥体壮的禽兽作为猎获对象,然后按事先预言或指定的部位施放箭、标等兵器。

⑫⑥ 艺(niè):古通"槷",即"臬"字,箭靶。这里指被射的禽兽。

⑫⑦ 凌:乘,驾。历:经历。惊风、骇猋(biāo):都是疾风。虚无:天空。神:天神。四句意为,车速极快,像驾着疾风同天神在空中遨游一样。

⑫⑧ 躏:践踏。乱:使之乱。道、促:逼捕。拂:击打。捷:迅速捕获。掩:拦、堵。玄鹤、昆鸡、孔鸾、鵕鸃(jùnyì)、翳(yì)鸟、凤凰、鸳雏、焦明:八种珍禽。

⑫⑨ 消摇:通"逍遥"。襄羊:徜徉,安闲地散步。降集:从天空下降休息。北纮(hōng):极北的地方。

⑬⑩ "蹶(jué)石阙"七句:蹶:登临。石阙、封峦、鳷(zhī)鹊、露寒:都是建于甘泉宫外的观阙名。棠梨、宜春、宣曲:都是宫名。

⑬① 濯鹢(yì)牛首:濯,通"棹(zhào)"。鹢:水鸟名,这里指船头饰成鹢形。牛首:池名。

⑬② 轥轹(lìnlì):用车轮蹂辗。

⑬③ 蹂若:践踏。

⑬④ 穷极倦𠭞(jù):禽兽走投无路,极度疲倦。𠭞,疲倦之极。

⑬⑤ 慑伏:因惊恐而匍匐不动。

⑬⑥ 他他籍籍:形容被杀禽兽的尸体横七竖八,到处都是。

⑬⑦ 钜(jù):同"鐻",钟鼓架子。

⑬⑧ 鼍(tuó):猪婆龙,即鳄鱼。

⑬⑨ 唐陶氏之舞,葛天氏之歌:都是上古歌舞名。

⑭⑩ 巴渝、干遮、颠歌:三种不同地方的歌舞。颠:通"滇"。

⑭① 族居:群居,聚居。

⑭② 闛鞈(tāngtà):鼓声。

⑭③ 阴淫案衍:淫靡放纵。

⑭④ 结风:音乐迅促如急风。

⑭⑤ 狄鞮(tí):古代西方种族名。倡:倡优。

⑭⑥ 青琴:神女名。宓(fú)妃:洛水女神。

⑭⑦ 褕袘(yúyì):直襟罩衣和裙子下摆。

⑭⑧ 眇:美好。闫易:衣长貌。戌削:形容衣服边缘整齐。

⑭⑨ 媥姺(xiān)嫳(piè)屑:衣饰轻柔的样子。

⑮⑩ 沤郁:香气浓郁。

⑮① 色授魂与:谓以表情表示,以精神相应。

## 鉴赏

《上林赋》是《子虚赋》的续作,在《史记·司马相如列传》中两篇紧密相连,写亡是公听了子虚、乌有先生夸耀楚、齐苑囿之大,物产之富,车骑之众，游乐之盛的对话以后，以居高临下的姿态批评了子虚、乌有"以奢侈相胜，荒淫相越"之娱，接着铺陈汉天子上林苑的雄伟辽阔，富饶壮丽及汉天子射猎、燕乐的盛况以压倒楚齐；描述汉天子幡然觉醒，"解酒罢猎"，决心励精图治的情形以折服楚齐；最后，以子虚、乌有"愀然改容"，心悦诚服作结，表达了作者讽谏统治者抑淫侈，尚节俭的愿望。这里据《史记·司马相如列传》节选此赋刻意描绘上林山水、物产、宫观、园苑及汉天子田猎娱乐的部分。

《上林赋》不仅是司马相如的代表作之一，而且是汉大赋的代表作之一。它以宏伟博大，穷极绮丽，彪炳于文学史册。

作者在开头叙述了亡是公对子虚、乌有的批评以后，便挥开如椽大笔，以浓墨重彩渲染汉天子上林苑之"巨丽"，真可谓一苑之中，气候不齐。在这里，亡是公极力渲染上林苑的宽广辽阔，突出了一个"大"字，这个"大"苑，其实是包括齐、楚两藩国在内的大汉帝国的版图，它本来可以使拿"方九百里"而又美丽富庶的云梦大泽引以为荣的子虚和吹嘘能"吞若云梦者八九，其于胸中曾不蒂芥"(《子虚赋》)的乌有先生汗颜，然而，这不过是个大致的轮廓，真正的"巨丽"远非一个"大"字所能概括。上林苑中的山、水、草、木、虫、鱼、禽、兽、宫观、园苑乃至狩猎、歌舞，都无所不至其极，绝非齐楚等藩国所能伦比。其中"丹水更其南，紫渊径其北"；"八水分流"，浩浩荡荡，"横流逆折"，"汹涌澎湃"。水中之物，则鱼龙鼋鼍，"万物众夥"；"磷磷烂烂，采色澔旰"。苑中"崇山巃嵸，崔巍嵯峨，深林巨木，崭岩参差"。香花竞妍，异草斗奇，"布濩宏泽，延曼太原"。"离宫别馆，弥山跨谷；俛杳眇而无见，仰攀橑而扪天；奔星更于闺闼，宛虹拖于楯轩"。森林果木，"被山缘谷，循陂下隰，视之无端，究之无穷"。亡是公知道，只凭上林苑地域的广大，还不能完全使子虚、乌有折服，因此，他又恣肆铺叙上林苑物产之丰富，景物之壮观，突出了一个"博"字。通过这样多方位、多角度、多层次的铺张、渲染，一个博大宏丽，生机盎然的艺术境界便呈现在读者面前了，使人油然而生向往之情。但是，"博""大"只见物，未见人，尚不足以从根本上压倒齐、楚。于是，他又汪洋恣肆，有声有色地炫耀了大汉天子声势浩大的上林校猎。那规模，那声势，那气派，各地诸侯，哪个能有，哪个敢有，哪个配有！帝国中央的赫赫武功，在这游戏式的狩猎活动中已现一斑。即使是歌舞娱乐，也表现出大一统的强大帝国特有的气势声威而不同凡响：昊天之台上，"撞千石之钟，立万石之钜，建翠华之旗，树灵鼍之鼓，奏陶唐氏之舞，听葛天氏之歌；千人唱,万人和,山陵为之震动,川谷为之荡波。”作者豪情满怀,笔底生花,用一连串对偶排比句,突出了人物气度的恢宏。至此,江山的秀丽多姿,物产的富饶丰赡,建筑的宏伟壮观,狩猎的声势浩大,歌舞的雍容豪壮,宛如一幅幅巧夺天工,绚丽多彩的奇异画卷,展现在人们面前,这就使得子虚、乌有不能不“愀然改容”,心服口服。

可是,如果我们看到的只是《上林赋》夸奇炫博的一面,那就未免失之皮相。实际上,《上林赋》不仅不遗余力地宣扬了大汉帝国的声威,表达了虎虎有生气的汉初统治者对繁荣富强的汉帝国所创造的辉煌业绩的充分肯定,更重要的是表现了一个生机勃勃的民族在发展上升时期充满活力、充满自信的精神风貌,反映了中华民族巨大的创造力,洋溢着人征服自然,改造世界的豪迈乐观精神。它表明中华民族进入发达的文明社会以后,对自然界的直接征服和胜利,“这种胜利使文学和艺术也不断要求全面地肯定、歌颂和玩味自己存在的自然环境、山岳江川、宫殿房屋、百土百物以及各种动物对象。所有这些对象都是作为人的生活的直接或间接的对象化而存在于艺术中。人这时不是在其自身的精神世界中,而完全溶化在外在生活和环境世界中,在这种琳琅满目的对象化的世界中”(李泽厚《美的历程》第 81 页)。这是一个宏伟博大、声美色丽的艺术世界,这个世界作用于人,便自然而然地孕育了人们“苞括宇宙,总揽万物”(《西京杂记》司马相如语),“驰骛乎兼容并包,而勤思乎参天贰地”(《史记·司马相如列传·难蜀父老》)的开阔心胸和恢宏的气度。这就是《上林赋》所显示出来的认识价值。

与上述精神相协调相统一的是《上林赋》“沉博绝丽”,锦上添花的艺术风格。如写八水分流之态,纵横开合,淋漓酣畅:“出乎椒丘之阙,行乎洲淤之浦,经乎桂林之中,过乎泱漭之野。汩乎浑流,顺阿而下,赴隘狭之口。触穹石,激堆埼,沸乎暴怒,汹涌澎湃。”这段描写中的“出”“行”“经”“过”“汩”“顺”“赴”“触”“激”“沸”十个动词,本来足以写尽那波滚浪涌的关中“八川”所经地域之广,水势变化之多、变化之大,但作者似乎仍觉不能尽其“异态”,便将八川或“驰骛往来”“横流逆折”;或“临坻注壑”“驰波跳沫”;或“寂漻无声”“安翔徐回”等各种形态一一绘出,导引读者尽情领略祖国山川风光,有心的读者,定当为祖国山川如此壮美而产生强烈的爱国之情和民族自豪感。

对汉天子校猎场面的描写,更是铺采摛文,备极变化:“生貔豹,搏豺狼,手熊罴,足野羊;蒙鹖苏,绔白虎,被斑文,跨野马。凌三嵕之危,下碛历之坻;径峻赴险,越壑厉水,椎蜚廉,弄獬豸;格虾蛤,鋋猛氏;羂騕褭,射封豕。箭不苟害,解脰陷脑；弓不虚发，应声而倒。”作者一股脑儿将十八种不同的动作和姿态依次排出，泼墨淋漓，变化纷呈，俨然就是十八般武艺的精彩表演，使人目不暇接，眼花缭乱。其中既写出了种类繁多的射猎对象，也相应地写出了针对不同对象所采取的不同手段；既写出了狩猎者千姿百态的装束，也写出了他们在千差万别的地形地貌条件下千变万化的经历，从而使这一组画面极富于动态美。

类似的铺陈描绘，比比皆是。如“捷鳍掉尾，振鳞奋翼”“鱼鳖欢声，万物众夥”拟水族欢快的情态；“泛淫泛滥，随风澹淡，与波摇荡，掩薄草渚”写水鸟的众多与悠然自得；“高廊四注，垂坐曲阁，华榱璧珰，辇道纚属”绘离宫别馆的豪华壮观；“吐芳扬烈，郁郁菲菲”状奇花异草竞芳斗艳；“垂条扶疏，落英幡纚”饰森林果木的婀娜多姿；特别是“长啸哀鸣，翩幡互经，夭蟜枝格，偃蹇杪颠，逾绝梁，腾殊榛，捷垂条，踔希间，牢落陆离，烂漫远迁”一段，刻画猿类的矫捷好动，天真烂漫而衬以优美的自然风光，穷形尽相，出神入化，不啻是一幅群猴嬉林图，简直使人有身临其境之感，留连忘返之情。再加上“靓妆刻饰，便嬛绰约”“长眉连娟，微睇绵藐”等描写“靡曼美色”的文辞，真是妙语连珠，层出不穷，花团锦簇，美不胜收，由不得你不“色授魂与，心愉于侧”，感受到强烈的审美愉悦。这种泼墨如云，铺采摛文，“益以玮奇之意，饰以绮丽之词”（鲁迅《汉文学史纲要》），自觉追求词藻美、夸饰美的写法，正是司马相如所说的“合綦组以成文，列锦绣而为质，一经一纬，一宫一商”的“作赋之迹”（《西京杂记》）。一般认为，在素“质”上作“文”，以“质”衬“文”，利用其反差效果，方能使“文”与“质”相得益彰。而司马相如的赋却以锦绣为“质”，在锦绣上作“文”，而且做到了“文”与“质”像经纬那样交错有致，像宫商一样和谐统一，从而使这篇赋具备了很高的审美鉴赏价值。

汉大赋中出现《子虚赋》《上林赋》这样的作品，意味着中国文学已经开始遵循文学发展的特殊规律，强调其审美特征，从严格意义上的文学的角度表现自然美和社会美，向着美文学步月登云的轨道前进。它是我国文学追求更高层次的审美境界的一块里程碑。魏晋南北朝的句式整齐精练，词语华丽铿锵，讲究对仗用典的骈文，各领风骚数百年的唐诗宋词，都无不直接或间接地受到这种文学的美的影响。

（杨国学）

# 长门赋

司马相如

夫何一佳人兮，步逍遥以自虞[1]。魂逾佚而不反兮，形枯槁而独居[2]。言我朝往而暮来兮，饮食乐而忘人[3]。心慊移而不省故兮，交得意而相亲[4]。

伊予志之慢愚兮，怀贞悫之欢心[5]。愿赐问而自进兮，得尚君之玉音[6]。奉虚言而望诚兮，期城南之离宫[7]。修薄具而自设兮，君曾不肯乎幸临[8]。

廓独潜而专精兮，天漂漂而疾风[9]。登兰台而遥望兮，神怳怳而外淫[10]。浮云郁而四塞兮，天窈窈而昼阴[11]。雷殷殷而响起兮，声象君之车音[12]。飘风回而起闺兮，举帷幄之襜襜[13]。桂树交而相纷兮，芳酷烈之訚訚[14]。孔雀集而相存兮，玄猨啸而长吟[15]。翡翠胁翼而来萃兮，鸾凤翔而北南[16]。

心凭噫而不舒兮，邪气壮而攻中[17]。下兰台而周览兮，步从容于深宫[18]。正殿块以造天兮，郁并起而穹崇[19]。间徙倚于东厢兮，观夫靡靡而无穷[20]。挤玉户以撼金铺兮，声噌吰而似钟音[21]。刻木兰以为榱兮，饰文杏以为梁[22]。罗丰茸之游树兮，离楼梧而相撑[23]。施瑰木之欂栌兮，委参差以槺梁[24]。时仿佛以物类兮，象积石之将将[25]。五色炫以相曜兮，烂耀耀而成光[26]。致错石之瓴甓兮，象玳瑁之文章[27]。张罗绮之幔帷兮，垂楚组之连纲[28]。

抚柱楣以从容兮、览曲台之央央[29]。白鹤嗷以哀号兮，孤雌跱于枯杨[30]。日黄昏而绝望兮，怅独托于空堂。

悬明月以自照兮，徂清夜于洞房[31]。援雅琴以变调兮，奏愁思之不可长[32]。案流徵以却转兮，声幼妙而复扬[33]。贯历览其中操兮，意慷慨而自卬[34]。左右悲而垂泪兮，涕流离而从横[35]。舒息悒而增欷兮，蹝履起而彷徨[36]。揄长袂以自翳兮，数昔日之諐殃[37]。无面目之可显兮，遂颓思而就床[38]。抟芬若以为枕兮，席荃兰而茝香[39]。

忽寝寐而梦想兮，魄若君之在旁。惕寤觉而无见兮，魂迋迋若有亡[40]。众鸡鸣而愁予兮，起视月之精光[41]。观众星之行列兮，毕昴出于东方[42]。望中庭之蔼蔼兮，若季秋之降霜[43]。夜曼曼其若岁兮，怀郁郁其不可再更[44]。澹偃蹇而待曙兮，荒亭亭而复明[45]。妾人窃自悲兮，究年岁之不敢忘[46]。

## 注释

① 夫：发语词，表示感叹而引起下文。何：一何，多么。佳人：美人，指陈皇后阿娇。逍遥：慢步缓行的样子。虞：通“娱”。

② 逾佚：失散。反：同“返”。枯槁：憔悴。

③ 言：说，这里是回忆汉武帝的话。我：代汉武帝。人：这里以陈皇后的口气，指陈皇后自己。

④ 慊（qiàn）移：绝情变心。慊，绝、断绝；移，转移、改变。省（xǐng）：察看、顾念。故：故人，指陈皇后。得意：称心如意的人，指卫子夫。此两句是代陈皇后对汉武帝的埋怨。

⑤ 伊：发语词。慢愚：愚昧、迟钝。贞悫（què）：忠诚。欢心：犹言爱心、爱情。

⑥ 愿：希望。赐问：指汉武帝对陈皇后的问讯、关怀。自进：自己进见、陈述。尚：承受、奉事。玉音：对皇帝旨意、言语的敬称。

⑦ 虚言：空言、假话，指上文“朝来暮往”，等等。望诚：希望是真诚的。期：期待、等待。离宫：古代帝王在正式宫殿之外另建的宫殿。这里指长门宫。

⑧ 修：整治、置办。薄具：菲薄的饮食。自设：亲自安排。曾（zēng）：乃、竟然。幸临：宠幸光临。

⑨ 廓：空旷寂寞的样子。独潜：孤独地

深居。专精:专心思念。漂漂:风力疾猛的状态。

⑩ 兰台:宫中华丽的楼台。怳(huǎng)怳:犹“恍恍”,心神恍惚不定的样子。外淫:外游,指神不守舍的状态。

⑪ 郁:结集、浓积。四塞:布满天空,遮蔽四方。窈窈:幽暗的样子。

⑫ 殷殷:雷声。君:指汉武帝。

⑬ 飘风:旋风。回:旋转。闺:闺房。起闺,一作“赴闺”。举:吹起。帷幄:帐幕。襜(chān)襜:帷帐摇动的样子。

⑭ 交而相纷:指桂花树枝叶交错盘结的状态。芳:香气。訚(yín)訚:桂花香味浓烈的状态。

⑮ 相存:互相抚慰。玄猨:黑猨。猨,同“猿”。

⑯ 翡翠:鸟名,一名翠鸟。胁翼:收起翅膀。萃:聚集。北南:忽向北飞,忽向南飞。

⑰ 凭噫:心中愤懑郁结的样子。邪气:指不得舒展的忧愤之气。壮:盛壮。攻中:攻入内心。

⑱ 周览:周游观览,四周观望。从容:步履舒缓的样子。

⑲ 块:高大屹立。造天:到天、冲天。郁:繁盛、众多。穹(qióng)崇:高峻的样子。

⑳ 间:有时,时而。徙倚:徘徊。靡靡:富丽华美的样子。

㉑ 挤:推开。玉户:指华丽的殿门。撼:摇动。金铺:金属制作的兽面形门环底盘。噌吰(chēnghóng):开门时响如洪钟的声音。

㉒ 木兰、文杏:都是质地香、纹理细的高级建筑木材。榱(cuī):椽子。

㉓ 罗:排列。丰茸(róng):繁富,茂盛。游树:宫殿中的浮柱。离楼:众木攒聚的样子。梧:交叉,指斜柱。相撑:互相支撑。

㉔ 施:设置。瑰木:珍贵的木料。欂栌(bólú):斗拱。委:堆积。参差:长短不齐的样子。槺(kāng)梁:虚梁。指斗拱上承着参差不齐的空梁。

㉕ 仿佛:恍惚不清。以物类:以相似的物体比拟。积石:积石山,古人认为是黄河发源的地方。将(qiāng)将:山石堆积高峻的样子。

㉖ 炫:光亮。曜:同“耀”,照耀。烂:鲜明。烂耀耀:犹言光闪闪。

㉗ 致:细密。错石:交错而呈花纹的石块。瓴甓(língpì):铺地的砖块。玳瑁(dàimào):一种可做装饰品用的海龟类爬行动物的贝壳,光润而有花纹。文章:花纹。

㉘ 张:张开,张挂。罗绮(qǐ):一种美丽的丝织品。垂:垂挂。楚组:楚地出产的一种帷帐丝带。连纲:连结各种小丝带的总带。

㉙ 楣:门上的横木。曲台:指汉宫中的曲台殿,在未央宫东。央央:宽广的样子。

㉚ 噭(jiào):悲哀的鹤声。跱(zhì):孤独地停落。

㉛ 徂:往,消逝。清夜:清冷的夜晚。洞房:深邃的内室。

㉜ 援:引,拿过。雅琴:曲调文雅的琴。变调:改变它的曲调。不可长:指弹奏愁思的曲调而又弹不下去。

㉝ 案:同“按”,手抚,弹奏。流徵(zhǐ):见《对楚王问》注。却转:回转,指变换曲调。幼(yào)妙:轻细悠长的曲调。扬:高举,指畅扬的高音。

㉞ 贯:贯连起来。历览:遍观各种曲调。中操:心中的情操。卬(áng):激昂。

㉟ 左右:指身边的侍奉者。流离:淋漓,泪流不止的样子。从(zòng)横:即纵横,泪水交流的样子。

㊱ 舒:舒展,倾吐。息:叹息。悒(yì):忧郁。欷(xī):哽咽声。蹝(xǐ)履:趿着鞋。

㊲ 揄(yú):扬起。长袂(mèi):长衣袖。自翳:自己遮住自己的脸。愆殃:过错,罪过。指对不起汉武帝的地方。

㊳ 显:显示,显露。颓思:心绪颓丧。一说“思”为“息”之误。颓息:颓丧叹息。

㊴ 抟(tuán):揉搓。芬若:香草名。荃、兰、茝(chǎi),也都是香草。席:以……做席,用作动词。

㊵ 惕寤:忽然惊醒起来。觉:清醒。迋(kuáng)迋:惊慌,恐惧。亡:丢失。

㊶ 愁予:使我发愁。精光:亮光。

㊷ 毕昴(mǎo):二星名,皆为二十八宿(xiù)之一,五六月间凌晨出现于东方。

㊸ 蔼蔼:月光微暗的样子。季秋:晚秋。

㊹ 曼曼:漫长。郁郁:郁闷。再更:再经受,再忍受。

㊺ 澹:安静。偃蹇(yǎnjiǎn):伫立凝望的样子。曙:天明。荒:天将明的样子。亭亭:遥远的样子。

㊻ 妾人:陈皇后自称。究:终,穷尽。

## 鉴赏

这是一篇抒情赋。最早见录于《昭明文选》。赋文前编者加了个“小序”。“序”说:“孝武皇帝陈皇后,时得幸,颇妒,别在长门宫,闷愁悲思。闻蜀郡成都司马相如天下工为文,奉黄金百斤为相如文君取酒,因于解悲愁之辞。而相如为文以悟主上,陈皇后复得亲幸。”这是说,司马相是受陈皇后的请托而为她写下这篇赋的。

陈皇后,名阿娇,是汉武帝刘彻的姑母长公主刘嫖的女儿。刘彻原非汉景帝刘启的太子,由于长公主的鼎助才得立为嗣,因而娶阿娇为妃。即帝位后,立为皇后,得“专宠娇贵十余年”。后来汉武帝宠爱妃子卫子夫,陈皇后非常嫉妒,曾利用巫婆在后宫设坛,为自己祈祷,并诅咒卫子夫。为此,汉武帝大怒,废了陈皇后,幽禁于长门宫,而立卫子夫为皇后。为此事牵连而被杀的还有三百多人。“序”说“陈皇后复得亲幸”,史无记载,可能是后人的附会,但这篇著名的赋文却流传了下来。

从赋文的思想内容来看,司马相如对陈皇后的不幸遭遇,怀有深切的同情。他以陈皇后的口吻,细致生动地描绘出了她失宠后的复杂心情。她幽居深宫,苦闷抑郁,心神恍惚,哀怨凄楚,无限感慨。她一方面埋怨汉武帝言而无信,忘却故人;一方面又情真意切,渴望君王的幸临。她孑然独居,百无聊赖,朝思暮想,梦魂萦绕,而又自谴自责、自怨自艾,充分反映了封建社会皇宫内苑中绝大多数妇女可怜可悲的命运,具有一定的时代意义和典型意义。

赋文对陈皇后内心世界的揭示和描绘,非常真切细腻,而且逐步深入,层次井然,给读者塑造了一个哀婉动人的艺术境界。

作者在第一、第二两个自然段里,先总写陈皇后对汉武帝的真诚思念。被弃后,她孤苦独居,形容枯槁,魂飞魄散,依然思念着旧情,希望能得到君王的顾念。但是,“心慊移而不省故”的君王,“交得意而相亲”,早把“朝往而暮来”的许诺忘在脑后了。所以尽管她“愿赐问而自进”“修薄具而自设”,君王还是“不肯幸临”的。因此,她只有怀着无限的悲伤和哀怨,“奉虚言以望诚”,在思念、在盼望,但愿有一天能够“期城南之离宫”。作者通过这样简洁的表述和描写,一个愁苦幽怨而又诚心痴意的弃妇形象,就初步展示在读者面前。

“离宫”就是长门宫,是陈皇后谪居幽处的地方。宫中,该有陈皇后多少愁苦、忧伤和哀怨啊!赋题为“长门赋”,因而作者就紧紧抓住长门、围绕离宫,在第三、第四、第五三个自然段里,再进行深入细致地抒写和描述,全面地表现了陈皇后丰富而又复杂的幽思、愁绪、哀感和怨情,使陈皇后的生动形象,更加血肉丰满地活现了出来。

首先,他写陈皇后的“登兰台而遥望”,用她的所见来烘托她的心情。在空旷寂寥的离宫里,疾风劲吹,望君不来,精神恍惚,只好由“步逍遥以自虞”到“登兰台而遥望”,用以排遣哀愁。但是兰台之外,浓云满天,天色昏暗,使她更加惆怅。“殷殷”的雷声,使她思念入痴,想作是君王之车。那么,举帷起闺的飘风,芳香交错的桂树,双双抚慰的孔雀,凄凉啸吟的黑猿、胁翼萃集的翠鸟、翱翔南北的鸾凤,……又能引起她怎样的情思呢?大自然美好的生动景象,不仅没给她带来任何情趣,反而使她更加感到孤苦和郁闷。因此,她“心凭噫而不舒兮,邪气壮而攻中”,只好满怀忧愁、哀怨地“下兰台而周览兮,步从容于深宫”了。

接着,作者又写她“深宫”中的所见和所感。皇家的宫室,富丽华贵;高峻宏伟的殿宇,接连并起。她游走徘徊,心神不宁,一会儿“徙倚于东厢”,一会儿推开“玉户”,一会儿又慢慢地抚摸着“柱楣”。看到的,是无穷无尽的富丽华美的景象,正说明皇家的豪奢;听到的,是声似洪钟的金铺振响,正说明宫殿的空旷和寂寥。整个深宫以内,到处是木兰做的榱,文杏做的梁,繁多的浮柱,交错的斜杈、珍贵的斗拱以及五光十色的地砖、光彩鲜艳的帷帐,等等。这些,虽然华贵无比,但对于被贬谪、被遗弃的陈皇后来说,反而触景生情,更加痛苦、更加悲伤。因为,她的富贵尊荣依赖于皇帝的宠爱,没有君王的幸临,不是更加空旷孤独、更加冷落凄凉了吗?

以上的描述,是陈皇后白天的所见、所闻和所感。那么到了夜晚,她的时光就更加难捱。于是,作者从“抚柱楣”“览曲台”开始,又转入黄昏后的描述,再进一步表现陈皇后的忧思和哀愁。她白天“登兰台遥望”,“下兰台周览”,从“步从容于深宫”到“抚柱楣以从容兮,览曲台之央央”,处处都是触目惊心、睹物伤情、思绪万千的。当她看到“白鹤嗷以哀号兮,孤雌跱于枯杨”的情景,思君王而不得见的孤独冷落的心情,就更加不可排遣。“日黄昏而绝望兮”,使她只有“怅独托于空堂”。“空堂”内,她看到明月高照,想到“清夜”消逝,千头万绪,难以排遣,只好弹“变调”以寄愁思。但是愁思之曲弹不下去,又转为弹奏“流徵”之音。越弹,自己的叹息反而越加不可遏抑,甚至连左右侍者也都泪流纵横起来。她无可奈何,趿鞋彷徨,自怨自艾,只好颓思“就床”而睡去。作者就这样真切、具体地描述她的心情和行动,便更加突现了陈皇后思念萦绕、忧愁难排的思想和情绪。

在最后一个自然段里,作者又进一步由“就床”生发,写陈皇后的梦想,写她梦醒后的感受,再次强调她的思君哀愁。写梦,只一句带过。“若君在旁”,说明她白天思极成梦,只有梦中如愿以偿。但南柯时短,惊醒无见,反而更加悲伤、惆怅、寂寞和凄凉。室外的鸡鸣使她更加愁苦;床前的月光使她更加悲伤;漫漫的长夜度“若岁”,胸中的悒郁“不可再更”。她起床徘徊,“观众星”“望中庭”,呆呆地伫立“待曙”,在悲伤和愁苦中仍然在思念着君王。这样,所谓“朝朝暮暮情”,就得到了最充分的表述和揭示。

一般说来,生动地表现出人物的心理变化,真实地描绘出人物的思想情绪,比起叙事、写景,是要更困难一些的。但司马相如是辞赋高手,有丰富的写作技巧和经验,因而在这篇赋作里,他展开了铺张扬厉的笔触,以陈皇后的先后行动为线索,以时间的推移为次序,采取了烘托、映衬和联想等等交相运用的表现手法,真实生动地表现出了陈皇后的愁思、忧伤和哀怨相交织的复杂感情。情景历历可见,语言情真意切,感情哀婉动人,自然能博得读者的同情和好评。

刘勰在《文心雕龙·诠赋》中说:“赋者,铺也。铺采摛文,体物写志也。”司马相如正是“铺采摛文”的能手。如果说,他的《子虚赋》《上林赋》重在“体物”而且善于“体物”,那么这篇《长门赋》就重在“序志”而且善于“序志”了。清人何焯(义门)在评论此赋时曾说过,“通篇只写出愁闷悲思四字”。司马相如并未到过长门,但凭借他丰富的想象和联想,可谓“写尽了独居”。因为他以长门为题,所以“叙宫殿特长”“登台下台,总见无聊”,“自昼至夜,十二时中无刻放下也”。这些都恰切地说出了本赋的艺术所在。由于他既能“体物”又能“序志”,这就为以后辞赋的写作,一改西汉事类大赋几乎独霸的局面而带来了新的气息,打开了新的窗口。同时,它的思想内容,也为以后“宫怨”“思妇”之类诗文的写作,产生了很大的影响。

(霍旭东)

# 答　客　难

东方朔

客难东方朔曰[①]：“苏秦、张仪一当万乘之主[②]，而身都卿相之位[③]，泽及后世。今子大夫修先王之术[④]，慕圣人之义；讽诵《诗》《书》百家之言，不可胜数[⑤]；著于竹帛，唇腐齿落，服膺而不可释[⑥]。好学乐道之效[⑦]，明白甚矣。自以为智能海内无双，则可谓博闻辩智矣[⑧]。然悉力尽忠，以事圣帝[⑨]，旷日持久[⑩]，积数十年，官不过侍郎[⑪]，位不过执戟[⑫]。意者尚有遗行邪[⑬]？同胞之徒，无所容居[⑭]，其故何也？”

东方先生喟然长息[⑮]，仰而应之，曰：“是故非子之所能备[⑯]。彼一时也，此一时也，岂可同哉？夫苏秦、张仪之时，周室大坏[⑰]，诸侯不朝[⑱]，力政争权[⑲]，相擒以兵[⑳]，并为十二国，未有雌雄[㉑]，得士者强[㉒]，失士者亡，故说得行焉[㉓]。身处尊位，珍宝充内，外有仓廪[㉔]，泽及后世，子孙长享[㉕]。今则不然：圣帝德流[㉖]，天下震慴[㉗]，诸侯宾服[㉘]，连四海之外以为带[㉙]，安于覆盂[㉚]。天下平均，合为一家[㉛]。动发举事，犹运之掌[㉜]。贤与不肖，何以异哉[㉝]？遵天之道，顺地之理，物无不得其所[㉞]。故绥之则安，动之则苦[㉟]；尊之则为将，卑之则为虏；抗之则在青云之上，抑之则在深渊之下[㊱]；用之则为虎，不用则为鼠[㊲]。虽欲尽节效情，安知前后[㊳]？

夫天地之大，士民之众，竭精驰说，并进辐凑者，不可胜数[39]。悉力慕之，困于衣食，或失门户[40]，使苏秦、张仪与仆并生于今之世，曾不得掌故[41]，安敢望侍郎乎？传曰[42]：‘天下无害，虽有圣人，无所施才；上下和同，虽有贤者，无所立功。’故曰：‘时异事异[43]。’

“虽然，安可以不务脩身乎哉[44]？《诗》曰：‘鼓钟于宫，声闻于外。’‘鹤鸣九皋，声闻于天[45]’。苟能脩身，何患不荣[46]？太公体行仁义，七十有二，乃设用于文、武，得信厥说[47]，封于齐，七百岁而不绝[48]。此士所以日夜孳孳，脩学敏行而不敢怠也[49]。譬若鹡鸰，飞且鸣矣[50]。传曰：‘天不为人之恶寒而辍其冬，地不为人之恶险而辍其广，君子不为小人之匈匈而易其行[51]。天有常度[52]，地有常形，君子有常行。君子道其常，小人计其功[53]。《诗》云：‘礼义之不愆，何恤人之言[54]？’‘水至清则无鱼，人至察则无徒[55]。冕而前旒，所以蔽明；黈纩充耳，所以塞聪[56]。’明有所不见，聪有所不闻。举大德，赦小过，无求备于一人之义也[57]。‘枉而直之，使自得之；优而柔之，使自求之；揆而度之，使自索之[58]。’盖圣人之教化如此[59]，欲其自得之。自得之，则敏且广矣[60]。

“今世之处士，时虽不用，块然无徒，廓然独居[61]，上观许由，下察接舆，计同范蠡，忠合子胥[62]，天下和平，与义相扶[63]。寡偶相徒，固其宜也[64]。子何疑于予哉[65]？若夫燕之用乐毅，秦之任李斯，郦食其之下齐[66]，说行如流，曲从如环[67]；所欲必得，功若丘山[68]；海内定，国家安：是遇其时者也。子又何怪之邪？

“语曰：以管窥天，以蠡测海，以筳撞钟[69]。岂能通其条贯，考其文理，发其音声哉[70]？由是观之，譬犹鼱鼩之袭狗，孤豚之咋虎，至则靡耳[71]，何功之有？今以下愚而非处士，虽欲勿困，固不得已[72]。此适足以明其不知权变而终惑于大道也[73]。”

## 注释

① 难(nàn):非难,责难。

② 苏秦、张仪:皆为战国时纵横家。苏主“合纵”,说燕、赵、韩、魏、齐、楚六国联合抗秦。张是秦宰相,以“连横”说六国使背纵约而事秦,破坏“合纵”。当:遇。万乘:极言兵车之多,此喻国家强盛。

③ 都:居。

④ 子:古对男子的敬称。大夫:东方朔官职。脩:通“修”,学习。先王:古代帝王。术:治国之道。

⑤ 讽诵:熟读。《诗》《书》:儒家经典,即《诗经》和《尚书》。百家:诸子百家之著作。不可胜记:无法计算,极言读书之多。

⑥ 竹帛:竹简和绢帛,古以之书写。服膺:牢记在心,存于胸中。释:放。

⑦ 效:功效。

⑧ 博闻:见识广博。辩智:明智。

⑨ 圣帝:指汉武帝。

⑩ 旷日持久:多费时日,拖得长久。

⑪ 侍郎:汉时皇帝侍卫官。

⑫ 执戟:指执戟的侍从官。戟,古兵器。

⑬ 意者:推测,猜想。遗行:过失。

⑭ 同胞:亲兄弟。容居:容身居住。句意:东方朔因官微禄少,无力照顾自己的亲兄弟。

⑮ 喟(kuì)然:叹气的样子。长息:长叹。

⑯ 是:这。备:尽。

⑰ 周室:周朝王室。

⑱ 不朝:不朝拜周天子。即不服统治。

⑲ 力政:靠武力征战。政,通“征”。

⑳ 相擒以兵:用武力相互吞并。

㉑ 十二国:齐、楚、燕、赵、韩、魏、秦、鲁、卫、宋、郑、中山。未有雌雄:强弱、胜负未定。

㉒ 士:指有治国之道的士人。

㉓ 说(shuì):游说,以计策劝说人。

㉔ 廪(lǐn):粮仓。

㉕ 享:享受。

㉖ 德流:恩泽流布。

㉗ 震慴(shè):震惊恐惧。

㉘ 宾服:服从。

㉙ “连四海”句:把国内和海外统一在一起。

㉚ 覆盂:把底小口大的瓦盆倒置,则平稳。喻国家稳定。

㉛ “天下”二句:言全国政令统一,听

从中央指挥。

㉜ 举事:做事。之:代词。句意:发动做什么事,犹如将它运转在手掌之中那么容易。

㉝ 不肖:品行不好,与贤相对。

㉞ 物:人和物。句意:遵顺天地运转规律办事,人和物均有适当的归所。

㉟ 绥:安抚。句意:谓安抚之便使其安乐,更动之就使其劳苦。

㊱ 抗:高举。抑:压抑。句意:皇帝抬举他则直入青云做高官,压制他则如入深渊受苦难。

㊲ "用之"二句:皇帝重用则威权甚重如老虎,不用则卑微如老鼠。

㊳ 尽节:尽臣下的志节。效情:报效忠情。安知前后:怎知是向前或向后?

㊴ 竭精驰说:竭尽精力去游说。辐凑:形容人或物聚集趋向如车辐集中于车毂一样。

㊵ 之:代官职利禄。门户:借指门道、门路。"悉力"三句:有的人全力追求官职利禄,终为衣食所忧困,找不到门路。

㊶ 仆:我,东方朔自称。掌故:掌礼乐制度的小官。

㊷ 传:古人统称古书为传。

㊸ 异:不同,两样。

㊹ 虽然:尽管这样。务:致力。脩身:修炼自身的品德。

㊺ 引诗见《诗经·小雅·白华》《诗经·小雅·鹤鸣》。鼓:敲击。宫:室。皋(gāo):水泽。

㊻ 苟:如果,假如。荣:显耀。

㊼ 太公:吕尚,姜姓,名望,字子牙,辅武王灭商有功封齐。体行:身体力行。设用:施其所用。信:通"伸"。陈达并被采纳。厥:其,他的。

㊽ 七百岁:自太公封于齐至田和代齐,约七百年。

㊾ 孳孳(zī):同"孜孜",勤勉。敏行:致力品行修养。怠:懈怠,惰,松懈。

㊿ 鹡鸰:鸟名,一飞则鸣。《诗经·小雅·小宛》:"题彼脊令,载飞载鸣。"脊令即鹡鸰。此喻勤勉不懈惰。

51 恶(wù):厌恶。辍:停止。匈匈:汹汹,吵闹的样子。易:改变。

52 常度:永恒不易的法则。

53 道其常:遵循正道。计其功:计较功利。

54 愆(qiān):差错,过错。恤:忧虑。此诗不见于《诗经》。《左传·昭公四年》郑子产引作"礼义不愆,何恤于人言?"意谓:礼义上无差错,对别人的议论又有什么忧虑的呢?

55 至:极。察:苛察,苛求细枝末节。无徒:没伙伴,离群。"水至清"二句:水极清就没鱼,人极明察就没朋友。

56 冕:古帝王卿大夫所戴的礼帽,后专指帝王的礼帽。旒(liú):古帝王礼帽前后的玉串。明:视力。黈纩(tǒukuàng):黄色丝棉。充:塞。聪:听力。"冕而"四句:冕之前的垂旒,用以遮蔽视线;冕两旁所悬黄丝,充塞耳朵,是为堵塞听觉。见《大戴记·子张问入官》。

57 举:用。赦:宽恕。求备:求全责备。

58 枉:曲。直:改正。揆:揣度,推测。

索：求索，寻求。“枉而”六句：纠正人的错误，应使其认识改正；对人宽恕柔和，是为使其自觉上进；对人揣情度理地诱导，是为使其自去求索。见《大戴记·子张问入官》。

59 圣人：品学高尚之人。此指孔子。

60 敏：谓品德敏勉。广：学问渊博。

61 处士：有才能未被朝廷录用做官之人。块然：孤独的样子。廓然：寂寞的样子。

62 许由：尧时隐士，品行高洁，尧欲让帝位予他，不受而逃。接舆：孔子时之隐士，讽孔子热心功名。见《论语·微子》。范蠡（lǐ）：越王勾践的谋臣。合：同。子胥：伍员，吴王夫差之臣，尽忠却被杀害。

63 相扶：相合而行。“天下”二句：天下太平时，行的是义。

64 固其宜也：本来是应该的。

65 予：我。

66 乐毅：燕昭王之臣。曾大破齐，克七十余城。李斯：秦始皇之臣，辅之统一全国。郦食（yì）其（jī）：汉刘邦谋臣，说服齐王田广归汉。

67 行：通“畅”。曲从：曲意从人，改变原主意而听从别人意见。“说行”二句：他们向君王进言，畅通如流水；君王听从他们的意见，无阻若转环。

68 功若丘山：喻功绩大如丘山。

69 蠡：瓢。以蠡测海，喻以浅见揣度。筳（tíng）：小竹枝。

70 条贯：条理，系统，此指天空星辰分布。文理：同纹理。物体上呈线条形的花纹。此指海水动荡情形。“岂能”三句：这三句对上三句而言，意谓：这怎么能够通达天空星辰分布情况、考察海水流动情形、激发出宏大的声响呢？

71 鼱鼩（jīngqú）：一种体小吻尖的老鼠。豚：小猪。咋：咬。靡：通“糜”，烂，粉碎。“譬犹”四句：譬如小鼱鼩袭击狗，单个小猪咬虎，走到就粉身碎骨了，有什么功绩。即以弱小的袭击强大的，结果必定死亡。

72 下愚：与上智对，愚蠢人。此指客。非：非难。处士：东方朔自指。困：窘困。固不得已：一定办不到，决然不可。

73 适：恰好。明：表明，说明。权变：变通，随机应变。惑于大道：对知人论世的道理迷惑不解。

## 鉴赏

东方朔（前154—前93），字曼倩，平原厌次（今山东惠民）人，西汉著名的辞赋家。武帝初年，征揽天下有才能的人，他时年22，诣阙上书自荐，被召入朝廷，官至太中大夫、给事中，常为郎，但未得重用。他广知博闻，敢于直言切谏，指陈时弊。为人放荡，好调笑，滑稽谐谑，“数召至前谈语，人主未尝不说也”。常以奇计俳辞供帝娱乐,被视为俳倡之人,不委政事。官位卑微,自有怀才不遇之感,故作散文赋《答客难》,以抒其愤激不平之气。后世效之者颇众,《文选》特辟“设问”一门。其著作篇目均见于《汉书》本传,《楚辞》载其《七谏》七篇。王逸曰:“东方朔追悯屈原,故作此辞以述其志,所以昭忠信矫曲朝也。”而《七谏》始终都是模拟骚体之作,既乏新意,又少匠心,价值不大。只有《答客难》是其文学成就最高且独具风格的代表作。它骈而有韵,文笔曲折有致,叙事论理,辞意繁密,虽效宋玉“对问”,却有创造和发展,成为“设问”之祖,故传诵千载而不衰。

《答客难》全文可分为两大部分:一为客方诘难,一是自己辩驳。而文章重点和精彩之处,即在后者。

文章以“客难东方朔曰”开篇,摆出客方诘难的全部内容。“客”为何人?《史记·滑稽列传》褚补曰:“时会聚宫下,博士诸先生与论议,共难之。”由此可知,“客”即博士诸先生。博士先生们举出苏秦、张仪高居卿相之位,受尽荣华富贵作为实例,来与东方朔相比较,指出他“好学乐道”“博闻辩智”,才学超群,“海内无双”,而且尽忠竭力侍奉皇帝几十年,官位却不过是执戟侍从的郎官而已,何以不如苏、张地位之高,是否有什么过错行为呢?如此官卑禄薄,连亲兄弟也不能照顾,那原因是什么呢?至此,博士先生们表面似是对东方朔赞扬和惋惜,实际那疑问之中则饱含嘲讽讥诮之意。这种欲抑先扬的手法,只有儒雅的博士先生们才能想得出而用得上。

于是“东方先生喟然长息,仰而应之”,一个细节的形象描写,突现了东方朔被迫辩驳的神态。他首先用“是故非子之所能备”一个概括否定句,和缓而明确地回答博士先生们,以振起下文。紧接着提出“彼一时也,此一时也,岂可同哉”即时异则事异,不可以古衡今的思想,以作为理论根据,而进行具体分析。苏秦、张仪生当乱世,周室卑微,诸侯争霸,礼崩乐坏,民众四起,诸侯为时势所迫必需谋士方可图存以至称雄,所以才可以大有作为。这即是时势造英雄的意思。而自己则生于太平盛世,“圣帝德流”“诸侯宾服”“天下平均,合为一家”,因而“贤与不肖,何以异哉?”所以不能施展才能、建功立业。这既赞颂了皇帝,又开脱了自己,巧妙地回答了“积数十年,官不过侍郎,位不过执戟”的诘难。人的升沉荣辱、进退黜陟,非由才能所定,“遵天之道,顺地之理”,便可各得其所,所以只好听凭命运,随遇而安。“尊之则为将,卑之则为虏”,举之则上青云,抑之则下深渊,“用之则为虎,不用则为鼠”,几个并列对比的无主句,颇为隽永,耐人寻味,非深有体会者不能道,其弦外之音是,谁可主之？唯有皇帝。重返原题之上,他又说“使苏秦、张仪与仆并生于今之世,曾不得掌故,安敢望侍郎乎？”一个假设反诘句,说明苏秦、张仪生于当今之世,还远远赶不上自己呢。再引古书所言,得出“时异事异”的结论,所论更为坚强有力。

既然“时异事异”,一切都在变化之中,而且圣明治世之时“贤与不肖”无所异,才能无所施,人们只有听天由命,何必发愤学习、努力进取呢！东方朔说:“虽然,安可以不务脩身乎哉？”引《诗》说明“苟能脩身,何患不荣？”再以姜太公“体行仁义,七十有二”,终用于文、武为例,证明修身终必显荣。所以君子不能施才立功的时候,就要“务脩身”“道其常”,做到自得,并且要待人以宽厚仁恕,行“圣人之教化”,使之品德敏勉、学识渊博。可见东方朔虽有官卑不遇之愤,却不自馁,更无悲观,仍在孜孜以求,等待机遇。这自然也是对博士先生们的有力回敬。

为了进一步阐明问题,东方朔再以许由、接舆、范蠡、子胥为例,证实许多有才学之人历来不为时用,那是由于“天下和平,与义相扶”,人不易骋其才能而有所建树,并不值得大惊小怪,“子何疑于予哉？”接着又指出,在历史上能够建功立业之人,如乐毅、李斯、郦食其之辈,其所以青云直上、功成名遂,那是因为他们“遇其时者也”。两相对比,更为鲜明而深刻地突现了上述“用之则为虎,不用则为鼠”的思想。

于此,作者在颂扬皇帝的背后,竭力标示自己的才学智能,而且征引史实,证以经传,表明自己努力修身、愿为时所用的殷切期望。而其真正用意,则是在辩驳之中宣泄自己官卑禄薄和不被重用的愤慨之情,“然而在客观上却深刻地反映了战国纵横之士与中央集权专制制度下文士处境的差异,揭露了封建专制制度下的文士不得不听任皇帝随意摆布的悲哀命运。”(马积高《赋史》第80页)

最后一段是辩驳的总括,作者将满腔哀愤之情一股脑儿倾注在博士先生们身上,态度不够客气,笔锋亦颇犀利。几个精妙而贴切的比喻:“以管窥天,以蠡测海,以筳撞钟”,“鼱鼩之袭狗,孤豚之咋虎”,说明博士先生们其实都是些故作高雅的“下愚”,既“不知权变”,又不明“大道”,更无权非难东方先生这位“处士”了。这真可谓“嬉笑怒骂,皆成文章”。

刘勰曰:“自《对问》以后,东方朔效而广之,名为《客难》,托古慰志,疏而有辨。”(《文心雕龙·杂文》)通观全文,可知东方朔虽效法《对楚王问》的形式,却有其创造性的发展和独特风格。“对问”

重在想象，面对帝王，语言要文雅而适度；“答难”则多于论理，面对博士，故文辞通畅而嘲谑。至于文章构思巧妙，条理清楚而又波澜起伏，行文生动活泼，比喻贴切，语言朴实，没有铺张扬厉、堆砌辞藻之弊，读者自可体会，不必详析。由于《答客难》独具风格，影响颇佳，故后世文人效之者甚众。扬雄《解嘲》、班固《答宾戏》、崔骃《达旨》、张衡《应间》、蔡邕《释诲》、郭璞《客傲》、夏侯湛《抵疑》、韩愈《进学解》、柳宗元《起废答》等等，无不受东方朔之启迪而为，然而其思想意义大多未能超过《答客难》，唯扬雄、韩、柳之作尚可一读，其余不足观矣。

（张宗舜）

# 洞箫赋

王褒

原夫箫干之所生兮，于江南之丘墟[1]。洞条畅而罕节兮[2]，标敷纷以扶疏[3]。徒观其旁山侧兮，则岖嵚岿崎[4]、倚巇迤㠧[5]，诚可悲乎其不安也。弥望傥莽，联延旷荡[6]，又足乐乎其敞闲也。托身躯于后土兮[7]，经万载而不迁。吸至精之滋熙兮[8]，禀苍色之润坚[9]。感阴阳之变化兮[10]，附性命乎皇天。翔风萧萧而径其末兮[11]，回江流川而溉其山。扬素波而挥连珠兮[12]，声礚礚而澍渊[13]。朝露清泠而陨其侧兮[14]，玉液浸润而承其根[15]。孤雌寡鹤娱优乎其下兮；春禽群嬉翱翔乎其颠。秋蜩不食抱朴而长吟兮[16]；玄猿悲啸搜索乎其间[17]。处幽隐而奥庰兮[18]，密漠泊以獭猭[19]。惟详察其素体兮[20]，宜清静而弗諠[21]。

## 注释

① 江南之丘墟：指（今属安徽马鞍山）慈姥山（又名鼓吹山）。此山产竹，宜作箫笛，其声美妙。

② 条畅：条直通畅。罕节：竹节稀疏。

③ 标：竹的末端。敷纷：繁盛的样子。扶疏：竹叶四布的样子。

④ 岖（qū）嵚（qīn）、岿（kuī）崎：皆形容山势险峻的样子。

⑤ 巇（xī）：危险。迤㠧（mǐ）：斜平相连的样子。

⑥ 傥莽、旷荡：指竹相连宽广的样子。

⑦ 后土：土地。

⑧ 至精：指天地间的精灵之气。滋熙：滋润而有光泽。

⑨ 禀:受。润坚:鲜润而坚贞。

⑩ 阴阳变化:四时变化。

⑪ 翔风:祥风,瑞风。萧萧:风吹竹叶之声。

⑫ 挥:溅洒。

⑬ 礚(kē)礚:水石相击声。澍(zhù):通“注”,灌注。

⑭ 清泠(líng):清爽寒凉。

⑮ 玉液:清泉水。

⑯ 蜩(tiáo):蝉。抱(fù):依附。朴(pǔ):树皮。

⑰ 搜索:往来穿梭的样子。

⑱ 庰:通“屏”。奥庰,隐蔽。

⑲ 漠泊:茂密的样子。獑(chēn)猭(chuān):相连延续的样子。

⑳ 素体:本体。

㉑ 諠:通“喧”。

幸得谥为洞箫兮[1],蒙圣主之渥恩[2]。可谓惠而不费兮[3],因天性之自然。于是般匠施巧[4],夔襄准法[5];带以象牙[6],掍其会合[7],锼镂离洒[8],绛唇错杂[9],邻菌缭纠[10],罗鳞捷猎[11],胶致理比[12],挹抐擫擶[13]。

于是乃使夫性昧之宕冥[14],生不睹天地之体势[15],闇于白黑之貌形[16]。愤伊郁而酷䛫[17],愍眸子之丧精[18]。寡所舒其思虑兮,专发愤乎音声。故吻吮值夫宫商兮[19],和纷离其匹溢[20]。形旖旎以顺吹兮[21],瞋㖒啁以纡郁[22]。气旁迕以飞射兮[23],驰散涣以逫律[24]。趣从容其勿述兮[25],骛合遝以诡谲[26]。或浑沌而潺湲兮[27],猎若枚折[28];或漫衍而骆驿兮[29],沛焉竞溢[30]。惏慄密率[31],掩以绝灭[32];㗘霵晔踕[33],跳然复出。

若乃徐听其曲度兮,廉察其赋歌[34];啾咇㗎而将吟兮[35],行鍖銋以和啰[36]。风鸿洞而不绝兮[37],优娆娆以婆娑[38]。翩绵连以牢落兮[39],漂乍弃而为他[40]。要复遮其蹊径兮[41],与讴谣乎相和[42]。

## 注释

① 谥(shì):号,称。

② 渥(wò)恩:深厚的恩惠。

③ 惠而不费：给人以恩惠而自己却无耗费，语出《论语·尧曰》。

④ 般匠：般通“班”，即公输班和匠石，古代巧匠。此指善作箫的匠人。

⑤ 夔襄：夔是舜时乐官，襄即指师襄，春秋时鲁乐官。襄，一作“妃”，指妃义。准法：指乐官准度音律法则。

⑥ 带：饰。

⑦ 掍(hùn)：同，混合。上二句意谓以象牙装饰箫的会合之处。

⑧ 锼镂(sōulòu)：刻镂，雕刻。离洒：文采罗布的样子。

⑨ 绛唇错杂：以朱色涂饰吹口而文采纵横。

⑩ 邻菌缭纠：竹管相连、缠绕的样子。

⑪ 罗鳞捷猎：如鱼鳞罗列，参差不齐。

⑫ 胶致理比：竹管细密相次的样子。

⑬ 挹(yì)抐(nà)擫(yè)撚(niǎn)：按捻箫管的各种不同的手势。

⑭ 性昧之宕冥：天性闇昧过于幽冥，指盲人。

⑮ 天地之体势：指天地体色样子。

⑯ 白黑之貌形：指昼夜的形状。

⑰ 伊郁：忧愤聚结的样子。酷䀣(nì)：极为忧伤。

⑱ 眸子丧精：瞳子丧失精光。

⑲ 吻吮(shǔn)：用口吮吸，指吹箫的动作。宫商：五音中头两个音级，此指音调、声韵。

⑳ 纷离、匹溢：声音纷繁四散的状态。

㉑ 旖旎(yǐnǐ)：犹言婀娜，形容身体柔美的样子。

㉒ 瞋(chēn)：睁大眼睛。哂啁(hán hú)：鼓腮作气的样子。

㉓ 旁迕(wù)：气竞旁出，递相逆迕。飞射：迅疾。

㉔ 散涣：分布。逫(zhú)律：气出迟缓的样子。

㉕ 趣：通“趋”。趣从容：指声音趋走从容。勿述：无所乖逆、阻碍。

㉖ 骛：东西交驰，引申为急。合遝(tà)：重叠、聚集一起。诡谲：奇异、奇怪。

㉗ 浑沌：声音繁杂不分。潺湲：清流之声。

㉘ 猎：木枝摧折之声。枚：树枝、树干。

㉙ 漫衍：泛滥的样子。骆驿：相连不绝。

㉚ 沛：盛多的样子。

㉛ 惏慄(línlì)：形容声音清爽而凄凉。密率：安静，静寂。

㉜ 掩：止息的样子。

㉝ 嚁霵(xījí)：众声急速的样子。晔踕：繁多急速的样子。

㉞ 廉：察。赋歌：作曲之通称。

㉟ 啾(jiū)：声音众多。咇㘉(bìzhì)：开始发声的样子。

㊱ 行：且。鍖銋(chěnrěn)：声音舒缓的样子。和啰：声音迭荡相杂。

㊲ 鸿洞(hòngtóng)：风吹声相连不绝、弥漫无际的样子。

㊳ 优：优游。娆(ráo)娆：柔美。婆娑：盘旋的样子。

㊴ 翩：声音疾飞的样子。绵连：绵绵不断。牢落：稀疏。

㊵ 漂：漂浮而散。乍：忽然。弃而为他：弃旧调而为异声。

㊶ 蹊径：道路。

㊷ 讴：谣歌。

故听其巨音，则周流泛滥，并包吐含，若慈父之畜子也[1]。其妙声则清静厌瘱[2]，顺叙卑达[3]，若孝子之事父也。科条譬类[4]，诚应义理[5]。澎濞慷慨[6]，一何壮士；优柔温润[7]，又似君子。故其武声，则若雷霆輘輷[8]，佚豫以沸渭[9]；其仁声，则若颽风纷披[10]，容与而施惠[11]。或杂遝以聚敛兮[12]，或拔摋以奋弃[13]。悲怆怳以恻惐兮[14]，时恬淡以绥肆[15]。被淋洒其靡靡兮[16]，时横溃以阳遂[17]。哀悁悁之可怀兮[18]，良醰醰而有味[19]。故贪饕者听之而廉隅兮[20]，狼戾者闻之而不怼[21]。刚毅强虣反仁恩兮[22]，啴唌逸豫戒其失[23]。钟期牙旷怅然而愕兮[24]，杞梁之妻不能为其气[25]。师襄严春不敢窜其巧兮[26]，浸淫叔子远其类[27]。嚚顽朱均惕复惠兮[28]，桀跖鬻博儡以顿顇[29]。吹参差而入道德兮[30]，故永御而可贵[31]。时奏狡弄[32]，则彷徨翱翔。或留而不行，或行而不留。憛悇澜漫[33]，亡耦失畴[34]。薄索合沓[35]，罔象相求[36]。

故知音者乐而悲之，不知音者怪而伟之[37]。故闻悲声，则莫不怆然累欷[38]，撆涕抆泪[39]；其奏欢娱，则莫不惮漫衍凯[40]，阿那腲腇者已[41]。是以蟋蟀蚸蠖[42]，蚑行喘息[43]；蝼蚁蝘蜓[44]，蝇蝇翊翊[45]；迁延徙迤[46]，鱼瞰鸡睨[47]；垂喙蜿转[48]，瞪瞢忘食[49]。况感阴阳之和而化风俗之伦哉！

## 注释

① 周流泛滥：形容声音广远传播。并包吐含：指并包众声吞吐和乐。畜：教养。

② 妙声：微妙之声。厌（yān）：通“懕”，安静。瘱（yì）：深邃，幽深。

③ 卑：衰微。达（tì）：滑，顺。

④ 科条：指声曲名目。

⑤ 诚应义理：至诚而感应于义理。

⑥ 澎濞（pēngpì）：大水暴发，波涛冲击之声。慷慨：勇壮的样子。

⑦ 优柔温润：平和温柔。

⑧ 輘輷（lénghóng）：声音宏大。

⑨ 佚豫、声音迅速传播。沸渭：声音喧腾。

⑩ 飄（kǎi）风：南风。纷披：分散，散乱。

⑪ 容与：和缓，宽裕。施惠：南风温和、使万物生长。

⑫ 杂遝：同“杂沓”，众多杂乱。

⑬ 拔摋（sà）：分散。奋弃：奋力弃除。

⑭ 怆怳（chuànghuǎng）：失意的样子。恻惐（yù）：悲伤。

⑮ 恬淡：清静。绥肆：迟缓。

⑯ 被：覆盖。淋洒：连绵不绝。靡（mǐ）靡：柔弱细密的样子。

⑰ 横溃：纵横溃乱。阳遂：通达。

⑱ 悁（yuán）悁：忧闷，烦悒。

⑲ 醰（tán）醰：醇厚。

⑳ 贪饕（tāo）：贪财。廉隅：本指棱角，后喻人品端方清廉。

㉑ 狼戾（lì）：凶狠，暴戾。怼（duì）：怨恨。

㉒ 虣（bào）：通“暴”，暴虐。

㉓ 啴咺（tānxián）：舒缓放纵的样子。逸豫：舒缓，安乐。

㉔ 钟期：钟子期，春秋时楚人，精于音律。牙：伯牙，春秋时善鼓琴者。伯牙鼓琴，只有钟子期知音。子期死后，伯牙不再鼓琴。旷：师旷，春秋时晋国乐师，目盲，善弹琴辨音。愕：惊。

㉕ 杞（qǐ）梁之妻：即孟姜。齐庄公四年（前550），杞梁攻莒被俘而死；孟姜援琴而鼓之，曲终投水而死。气：气调。

㉖ 师襄：春秋时鲁乐官。严春：即庄春，古代善鼓琴者。寘：措。

㉗ 浸淫：或谓人名，不详。叔子。即颜叔子，春秋鲁人，常独居。有一晚，邻居独身女子遇大雨屋漏，投奔他家，叔子让她执烛待旦，以别男女之嫌。

㉘ 嚚（yín）顽：愚蠢而顽固的人。或谓嚚为舜母，顽为舜父。朱均：指丹朱、商均，分别为尧和舜之子，皆荒淫不肖。惕：敬畏，戒惧。

㉙ 桀：夏代亡国之君，暴虐荒淫。跖：春秋战国之际人民起义领袖，旧时被诬为强暴之人。鬻（yù）：通“育”，指夏育，战国时勇士。博：申博，或谓朱博。儡（lěi）：瘦弱憔悴。顇（cuì）：即“悴”，憔悴，困顿。

㉚ 参差：指洞箫，或谓箫曲名。入道德：由音乐感化道德。

㉛ 永：长久。御：服用。

㉜ 狡弄：急促的曲调。

㉝ 懆恅（cǎolǎo）：烦乱。澜漫：分散。

㉞ 耦：通“偶”。畴：同“俦”，类。

㉟ 薄：通“迫”，急迫。索：求。合沓：众声重沓。

㊱ 罔象：余声。相求：相集。

㊲ 伟：壮美。

㊳ 累欷：过分哀伤。欷，抽泣。

㊴ 撆（piē）：即撇，挥去。抆（wěn）：

擦拭。

㊵ 惮(dàn)漫:纵逸的样子。衍凯:欢乐、和乐的样子。

㊶ 阿那:同"婀娜",柔美的样子。腲腇(wěiněi):舒缓的样子。

㊷ 蚸蠖:即尺蠖,一种伸屈爬行的昆虫。

㊸ 蚑(qí)行:举首爬行。

㊹ 蝘蜓(yǎndiàn):壁虎。

㊺ 蝇蝇、翊(yì)翊:虫类游动爬行的样子。

㊻ 迁延、徙迤:徘徊、退却的样子。

㊼ 瞰:视。睨:斜视。

㊽ 蜿:盘旋。

㊾ 瞪:直视。瞢(mèng):视而不明。

乱曰:状若捷武①,超腾踰曳②,迅漂巧兮③;又似流波,泡溲汎淁④,趋巇道兮⑤。哮呷呟唤⑥,跻躋连绝⑦,淈殄沌兮⑧。搅搜㵿捎⑨,逍遥踊跃⑩,若坏颓兮⑪。优游流离⑫,踌躇稽诣⑬,亦足耽兮⑭。颓唐遂往⑮,长辞远逝⑯,漂不还兮⑰。赖蒙圣化⑱,从容中道⑲,乐不淫兮⑳。条畅洞达㉑,中节操兮㉒。终诗卒曲,尚余音兮。吟气遗响,联绵漂撇㉓,生微风兮。连延骆驿㉔,变无穷兮。

**注释**

① 捷武:形容声音捷巧。

② 踰:同"逾"。曳:超越。

③ 漂:疾。

④ 泡溲(sǒu):水盛多的样子。汎淁:水满而急的样子。

⑤ 巇道:险巇之道。

⑥ 哮(xiào)呷(xiā)呟唤:声音洪大。

⑦ 跻躋(jīzhì):比喻乐音的上下升降。

⑧ 淈(gǔ):混乱。殄(tiǎn)沌:不分。

⑨ 搅搜㵿捎:风吹振竹木声。

⑩ 逍遥:声音飘然远去。踊跃:声音陡然增高。

⑪ 坏颓:形容声烈如物崩坏颓坠。

⑫ 优游、流离:指和缓分散之声。

⑬ 踌躇稽诣:指声音稽留不散的样子。

⑭ 耽(dān):过乐。

⑮ 颓唐:声微。

⑯ 远逝:远去。

⑰ 漂不还:漂流而不回还。

⑱ 圣化:指君王的教化。

⑲ 从容:优游舒缓的意思。中道:符合道德。

⑳ 乐不淫:逸乐而不荒淫。
㉑ 洞达:通达,指声音条贯通畅。
㉒ 中(zhòng)节操:符合节操。
㉓ 联绵:不绝。漂撇:余音清远。
㉔ 连延骆驿:指余音不绝。

## 鉴赏

《洞箫赋》是王褒的代表赋作。

王褒(前?—前61),字子渊,蜀郡资中(今四川资阳)人。精通音律,善为歌诗,是汉代重要辞赋家之一。汉宣帝时,益州刺史王襄发现王褒有俊才,便向宣帝推荐。王褒应诏作《圣主得贤臣颂》,果受赞赏,与张子侨等并待诏,不久擢谏议大夫。他在宫馆中常作歌颂,颇受欢迎;其甘泉、洞箫诸作,“后宫贵人左右皆诵读之”(《汉书·王褒传》)。足见王褒赋作在宫中流传之广,影响之深。后奉命往益州祭神求宝,不幸病故道中。

汉赋发展到王褒手中开始有所转变,逐渐摆脱堆砌辞藻、模拟抄袭的旧作风,出现刻写细腻、寄予情愫的新气象。王褒赋作虽多歌功颂德,然作品基调开始发生变化,给汉赋创作带来生机,在赋史上是有重大贡献的。

《汉书·艺文志》载王褒赋16篇,今存《九怀》《洞箫赋》及《甘泉宫颂》等13篇,明代张溥辑有《王谏议集》(见《汉魏六朝百三名家集》)。

洞箫本指无底的排箫,后世则称竹制单管直吹者为洞箫。本赋言“邻菌缭纠,罗鳞捷猎,胶致理比”,则王氏此赋所指系无底的排箫无疑。此种乐器音色清幽,优美动听。“褒以箫音响清肃,故为此赋。”(《文选》吕延济注卷十七)说明王褒此作是从音乐角度立意的。

此赋体制宏博,内容丰厚,词采华赡,风格清妙,堪称汉赋优秀之作。故著名文学批评家刘勰《文心雕龙·诠赋篇》将王褒此作与司马相如《上林赋》、贾谊《鹏鸟赋》、班固《两都赋》、张衡《两京赋》、扬雄《甘泉赋》等相提并论,纳入十大辞赋家之列,不无道理。

此赋内容可分为四大部分。第一部分从开头至“宜清静而弗谊”,叙箫干产生的地理环境与竹的形象特性。第二部分从“幸得谥为洞箫兮”至“与讴谣乎相和”,言洞箫的精工制作及歌者高超的吹奏技艺。第三部分从“故听其巨音”至“而化风俗之伦哉”,述洞箫的美妙音调及感人至深的艺术魅力。第四部分从“状若捷武”至结尾,写洞箫声调抑扬顿挫,变化无穷,总收全赋。

穷声之变,惟肖惟妙,是此赋最

突出的艺术特色。它从音乐角度着眼,对洞箫曲调的描述十分细致、逼真,生动感人。赋中言洞箫声调:其巨声如父训子慷慨激昂,又如武士凌空;其妙声像子事父清和安畅,又像木折清亮;其壮声似雷霆輘輷,又似物崩顿断;其柔声若南风吹拂,又若清泉潺潺……时而众声相聚,时而遽然飘散,时而连绵不断时而寥落稀疏,时而悲伤凄怆,时而欢乐清爽,……作者巧设比喻,取类无常,“或喻于声,或方于貌,或拟于心,或譬于事”(《文心雕龙·比兴》),摹形状声,变化万端,千姿百态,层见叠出。作者聚天下情事于笔端,生动地描摹了洞箫巧妙多变的音乐形象,创造了或阔远,或深幽,或清丽,或迷蒙……种种精微的音乐境界,既呈现了音乐美的多样性与丰富性,又体现了洞箫音响的整体性,显示了作者观察事物的细致和学识的渊博。随着作者的笔触,读者可以步入神奇美妙的音乐世界,聆听优美的洞箫乐章,得到洞箫音美的享受。

描写洞箫音乐形象是从正面入题的,而评估洞箫音乐效果则是从侧面着笔的。作者一方面借助伯牙、师旷、钟子期、严春等音乐大师对洞箫的惊叹赞赏,显示洞箫乐调清肃优美的审美特征;另一方面指出顽淫、强暴之徒乃至虫鱼之类闻箫乐深受感动,揭示了洞箫曲调感人肺腑的美感作用,肯定其审美价值。从而把作品的主旨升华到“感阴阳之和,而化风俗之伦”的思想高度,与儒家“声音之道,与政通矣”“乐者,通伦理者也”(《乐记·乐本》)的礼乐思想相默契。不言而喻,作者不过借“托身躯于后土”“附性命乎皇天”的洞箫,寓托内心“蒙圣主之渥恩”的情愫,以达到对皇朝歌功颂德的目的。然作者“睹物兴情”“物以情观”,构思新颖,遣词巧丽,“写物图貌,蔚似雕画”(《文心雕龙·诠赋》),笔触清新,意境清幽,不失为成功之作。

(张来芳)

# 逐贫赋

扬雄

扬子遁居[1]，离俗独处。左邻崇山[2]，右接旷野。邻垣乞儿，终贫且窭[3]。礼薄义弊，相与群聚[4]。惆怅失志，呼贫与语[5]：

“汝在六极[6]，投弃荒遐[7]。好为庸卒[8]，刑戮相加[9]。匪惟幼稚，嬉戏土沙。居非近邻，接屋连家。恩轻毛羽，义薄轻罗[10]。进不由德，退不受呵[11]。久为滞客[12]，其意谓何？人皆文绣[13]，余褐不完[14]。人皆稻粱，我独藜飧[15]。贫无宝玩[16]，何以接欢[17]？宗室之燕[18]，为乐不槃[19]。徒行负笈[20]，出处易衣[21]。身服百役，手足胼胝[22]。或耘或耔[23]，沾体露肌。朋友道绝，进官凌迟[24]。厥咎安在[25]？职汝为之[26]！舍汝远窜[27]，昆仑之颠[28]；尔复我随[29]，翰飞戾天[30]。舍尔登山，岩穴隐藏；尔复我随，陟彼高冈[31]。舍尔入海，泛彼柏舟[32]；尔复我随，载沉载浮[33]。我行尔动，我静尔休；岂无他人，从我何求？今汝去矣，勿复久留！”

贫曰：“唯唯[34]。主人见逐，多言益嗤[35]。心有所怀[36]，愿得尽辞[37]。昔我乃祖[38]，宣其明德[39]。克佐帝尧[40]，誓为典则[41]。土阶茅茨[42]，匪雕匪饰[43]。爰及季世[44]，纵其昏惑。饕餮之群[45]，贪富苟得。鄙我先人[46]，乃傲乃骄。瑶台琼榭[47]，室屋崇高。流酒为池，积肉为峭[48]。是用鹄逝[49]，不践其朝[50]。三省吾身[51]，谓予无愆[52]。处君之家，福禄如山[53]。忘我大德，思我小怨[54]。堪寒能暑，少而习焉[55]。寒暑不忒[56]，等寿神仙[57]。桀跖不顾，贪类不干[58]。人皆重蔽[59]，予独露居[60]。人皆怵惕[61]，予独无虞[62]。”

言辞既罄[63]，色厉目张[64]。摄齐而兴[65]，降阶下堂[66]：“誓将去汝[67]，适彼首阳[68]。孤竹二子[69]，与我连行。”

余乃避席[70]，辞谢不直[71]：“请不贰过[72]，闻义则服。长与汝居，终无厌极[73]。”贫遂不去，与我游息[74]。

## 注释

① 遁居：遁世隐居。

② 崇山：高山。

③ 邻垣：隔壁。垣，矮墙。终贫且窭（jù）：既贫穷又寒伧。终，《诗经·小雅·正月》：“终其永怀，又窘阴雨。”《经义述闻》，“终，犹既也。”《仓颉篇》：“无财曰贫，无财备礼曰窭。”

④ “礼薄”二句：互为倒文，即相与群居，礼薄义弊。弊，败坏。

⑤ 与语：同它说。

⑥ 六极：上下四方总称六极。

⑦ 投弃遐荒：被抛弃到荒远之地。

⑧ 庸卒：佣工，士卒。庸，同“佣”，雇工。

⑨ 刑戮相加：还要给他们施加刑罚。戮：杀戮。

⑩ “恩轻”二句：互文，意为恩义比羽毛、轻罗还轻薄。

⑪ 呵：大声呵斥。

⑫ 滞客：久留不行的客人。

⑬ 文绣：绣有花纹的锦衣。

⑭ 褐（hè）：粗布衣。不完：破烂，不完整。

⑮ 藜飧：野菜饭。藜，一种草本植物，嫩叶可吃。飧，同“餐”。

⑯ 宝玩：珍宝玩物。

⑰ 接欢：指交结朋友。

⑱ 燕：通“宴”，饮酒。

⑲ 槃：通“般”，快乐。

⑳ 负笈（jí）：背着书箱。

㉑ 出处易衣：出外和居家要更换衣服。意为好衣服太少，出外时穿一下，回家就得换上破旧衣服。

㉒ 胼胝（piánzhī）：手脚上因长期劳动而磨出的厚茧。

㉓ "或耘"句:《诗经·小雅·甫田》:"今适南亩,或耘或耔。"耘,除草。耔(zǐ),给庄稼的根部培土。

㉔ "进宦"句:提升的希望越来越衰微。凌迟,同"陵迟"。

㉕ 厥:其,那。咎,罪责。

㉖ 职:只,只是。

㉗ "舍汝"句:抛下你远远逃窜。

㉘ 颠:通"巅",山顶。

㉙ 尔复我随:你又跟随我。

㉚ "翰飞"句:高飞到天上。《诗经·小雅·小宛》:"宛彼鸣鸠,翰飞戾天。"《毛传》:"翰,高。""戾,至也。"

㉛ 陟:登,升。

㉜ "泛彼"句:《诗经·鄘风·柏舟》:"泛彼柏舟,亦泛其流。"泛,漂浮,漂流。

㉝ 载沉载浮:《诗经·小雅·菁菁者莪》:"泛泛杨舟,载沉载浮。"载,乃,则,又。

㉞ 唯唯:答应的声音。

㉟ 益嗤(chī):更加惹人讥笑。

㊱ 怀:想。

㊲ 尽辞:说完要说的话。

㊳ 乃祖:你的祖先。

㊴ 宣明:显示明白。

㊵ 克佐帝尧:能够辅佐尧帝。《韩非子·五蠹》:"尧之王天下也,茅茨不翦,采椽不斫,粝粢之食,藜藿之羹,冬日麑裘,夏日葛衣,虽监门之服养,不亏于此矣。"

㊶ 典则:法则,榜样。

㊷ 土阶:泥土筑的台阶。茅茨:茅草盖的屋顶。

㊸ 匪:通"非"。

㊹ 爰及季世:等到末世。

㊺ 饕餮(tāotiè):传说中的一种凶恶贪吃的野兽,这里用来比喻贪婪的人。

㊻ 先人:这里指"贫"。

㊼ 瑶台琼榭:用玉建成的台榭。

㊽ 峭:山名。《史记·殷本纪》载商纣王曾"以酒为池,悬肉为林,使男女倮(裸),相逐其间,为长夜之饮"。

㊾ 鹄逝:像鸿鹄一样地高飞而去。

㊿ 践:踏,踩。

51 三省吾身:多次检查自己。语出《论语·学而》。

52 諐(qiān):错误。

53 福禄:这里指好处、益处。

54 大德:指下面"堪寒能暑"以下十句。小怨:指上文主人对贫的种种责难。

55 习:习惯。

56 忒(tè):差错。

57 "等寿"句:同神仙一样长寿。

58 干:侵犯。

59 重蔽:在重楼高屋的覆盖下生活。

60 露居:在露天下生活。

61 怵惕:紧张,害怕。

62 虞:忧虑。

63 既罄:已经说完。

64 色厉目张:神色严厉,眼睛瞪着,形容极度愤怒。

65 摄齐而兴:提起衣服的下摆站起来。《论语·乡党》:"摄齐兴堂。"齐(zī),缝了边的衣服下摆。

66 降阶:走下台阶。

㊼ "誓将"句:《诗经·魏风·硕鼠》"逝将去女,适彼乐土"。逝通"誓",坚决。

㊽ 首阳:即今山西永济南的雷首山。

㊾ 孤竹二子:相传商孤竹君的两个儿子伯夷、叔齐在商朝灭亡后,耻食周粟,饿死在首阳山。

㊿ 避席:离开座位。

(71) 辞谢不直:不停地道歉。不直,不止。

(72) 不贰过:《论语·雍也》"不迁怒,不贰过"。不重犯上次的过失。

(73) 厌:满足。

(74) 游息:行走栖息。

## 鉴赏

扬雄(前53—18),字子云,西汉蜀郡成都人,是西汉末年著名的思想家和辞赋家。好学,博览群书,为人简易舒缓,因口吃,不能疾言,故平日沉默寡言,喜于深思,清静少欲,不求名,有大度。40多岁始由蜀郡至京师,大司马车骑将军王音欣赏其才,召为门下吏,并向汉成帝荐其为待诏。一年后,因进献《甘泉赋》《羽猎赋》而拜为郎,给事黄门。王莽建立新朝,调任为大夫。由于他不愿趋附权贵,又为王莽所忌,所以一直不得志。他一生比较贫困,学问渊博,尽力写作。前期擅长作赋,除《羽猎赋》《甘泉赋》之外,还有《蜀都赋》《河东赋》《长杨赋》《逐贫赋》《解嘲》等。后来认为赋非但无益于讽谏,反而能助长帝王的奢靡非望之念,即所谓"讽一而劝百",因此辍此而不复为,潜心于《法言》《太玄》《方言》等学术著作的撰写。天凤五年卒,年71岁。

这篇赋揭示了作者内心对世俗生活的追求和对圣人安贫乐道理想的向往两者之间的深刻矛盾。从赋的后半部分看,似乎是后者战胜了前者,但我们用不着细心体味就会发现,圣洁的光圈无论如何也代替不了生命和欲望的烈火,这种战胜不过在重复前代圣哲所遗赠给作者的现成模式,那种真正属于人的血肉之躯的、由外来物质诱惑所引起的内心躁动、不安、愤懑并没有因为这种战胜而弥散、消解,相反,它千载之下还会引起那些饱受贫窭寒酸之苦的人们的深深共鸣。唐代的韩愈曾仿此做过一篇《送穷文》,就是明证。在今人看来,中国古代的知识分子都有些过分的清高,只懂得抱道而居而不管穿衣吃饭。读了这篇赋,我们也许会觉得自己有时实在是诬枉了古人。他们何尝又不想发家致富,何尝又不乐意追求感官享受呢!不然,还要逐什么贫、送什么穷呢?当然,我们得出古人过分清高的结论,也是有根据的,那就是古人自己的宣扬和标榜。例如《汉书·扬雄传》就说扬雄为人“清静亡(无)为,少耆(嗜)欲,不汲汲于富贵,不戚戚于贫贱,不修廉隅以徼名当世。家产不过十金,乏无儋(担)石之储,晏如也”。这是何等的清高、超脱呀!如果我们只读班固的这篇《扬雄传》而不读扬雄自己的《解嘲》和《逐贫赋》,我们也许就信以为真了!读了这些赋,我们才会明白班固只道出了属于扬雄性格的浅层次的、非本质的东西。扬雄,他不仅仅是一个埋头于玄而又玄的哲学家,而且也是一个普普通通的、迷恋世俗生活的真正的人。

扬雄要表现自己的这些真思想、真追求、真感情,是颇费了一番艺术的匠心的。他把“贫”这么一个抽象的概念具象化以后,又竟然同他对起话来。而且,他甘心让自己充当同隔壁乞儿相类的凡俗的角色,尽量地鸣放一番自己对穿粗衣、吃野菜、无宝玩以接欢,无嘉乐以侍宴、无车马靠徒步行走、无僮仆要亲自劳作等的不平,然后又让“贫”充当一位圣哲的角色,尽情地抨击一番那些饕餮贪类,嘲笑他们宴安耽乐所造成的怵惕不安,表示要坚持自己的独立人格而不与他们同流合污,和光同尘。这位哲人并非一味地在说教,而同样也在发牢骚,声色俱厉地谴责剥夺者。显然,这两个角色都分别代表着作者思想的两个既对立又统一的方面,而且都是围绕着宣泄内心不平的目的而设置的。

逐贫,这昭示着知识分子对自己境况的不满,主题是严肃的。然而作者并非板起面孔骂娘,而是寓庄于谐,于幽默风趣之中揭出主旨。“舍汝远窜”以下 18 句写得极富意味:贫穷呀,为了抛掉你,我远远地逃窜到昆仑之巅,可你穷追不舍,尾随我高飞到天;为了抛开你,我只好爬到山间的岩穴中深藏,可你穷追不放,尾随我上了山冈;为了抛开你,我只好漂着柏舟逃亡入海,可你穷追不歇,沉啊浮啊的尾随着跟上来,我走你就动,我安静你休息;难道没有别人,跟着我又怎的?现在你该离开了,千万别再久留!作者不写“逐贫”而先写“逃贫”,写贫穷跟自己捉迷藏,这就把自己欲不贫而不得的处境淋漓尽致地表现了出来。下面贫还要继续作我的思想工作,鼓励我继续与他合作,谴责我不该只计他的小怨而忘了他的大德,而我也终于向他“妥协”,表示愿意长期与他共处,永不嫌弃。这就暗示了自己始终无法摆脱贫穷,从而也进一步揭示了封建社会处于中下层地位的知识分子终身坎坷困窘的悲惨命运。读后令人忍俊不禁,也令人心酸不已。作者是含着眼泪在那里自我揶揄、自我嘲弄,同时也自我安慰的。

这篇赋的语言也极生动活泼。它全用四言,但由于充分地调动了铺排、对比、描写等各种艺术手法，特别是倾注了作者强烈的思想感情，读来但觉波澜起伏，风雨欲来，丝毫也不枯燥乏味。汉代人有很多借题发挥寄寓牢骚的赋作，如东方朔《答客难》、班固《答宾戏》、崔骃《达旨》、张衡《应间》、崔实《答讥》、蔡邕《释诲》等，都从不同角度反映了当时士大夫的命运和心境，但像扬雄这样写得形神兼备，五味俱全的极少，所以本篇确是值得重视的珍品。

（李生龙）

# 甘　泉　赋并序

扬　雄

孝成帝时①，客有荐雄文似相如者②。上方郊祠甘泉泰畤、汾阴后土③，以求继嗣④，召雄待诏承明之庭⑤。正月，从上甘泉。还，奏《甘泉赋》以风⑥。其辞曰：

## 注释

① 孝成帝：汉成帝刘骜（áo）。

② 相如：司马相如。这句谓当时有人向成帝推荐扬雄，说他的文章和司马相如的文章相似。

③ 上：指汉成帝。郊：指祭天。祠：犹祀，指祭地。甘泉：指甘泉宫。秦始皇建甘泉前殿。汉武帝扩建，增通天、高光、迎风诸殿。位于今陕西淳化西北甘泉山。泰畤（zhì）：天子祭天之处。汾阴：地名，以在汾水之南而得名。在今山西万荣境内。汉武帝时曾在此得宝鼎。后土：指当时天子祭地之处，设在汾阴。

④ 继嗣：指皇子。

⑤ 承明庭：即未央宫的承明殿，在当时长安故城内西南角。

⑥ 风：通“讽”。

惟汉十世①，将郊上玄②，定泰畤③，雍神休④，尊明号⑤，同符三皇⑥，录功五帝⑦，恤胤锡羡⑧，拓迹开统⑨。于是乃命群僚，历吉日⑩，协灵辰⑪，星陈而天行⑫。诏招摇与泰阴兮，伏钩陈使当兵⑬；属堪舆以壁垒兮，梢夔魖而抶獝狂⑭。八神奔而警跸兮，振殷辚而军装⑮；蚩尤之伦带干将而秉玉戚兮，飞蒙茸而走陆梁⑯。齐总总以撙撙，其相胶葛兮，猋骇云讯，奋以方攘⑰；骈罗列布，鳞以杂沓兮，柴虒参差，鱼颉而鸟昕⑱；翕赫曶霍，雾集蒙合兮，半散照烂，粲以成章⑲。

## 注释

① 十世：成帝为西汉第十世皇帝。

② 上玄：指天。

③ 定泰畤：成帝于建始元年（前32）罢甘泉、汾阴之祠。二年，始祭天于长安南郊，祭后土于北郊。后因无子嗣，于永始三年（前14）冬诏恢复甘泉泰畤、汾阴后土之祭。故谓"定泰畤"。定：定祭。

④ 雍：和顺。休：美。汉武帝以下皆郊天于甘泉泰畤，成帝即位罢甘泉、祭南郊、史谓神不福助，频降灾眚，是逆神之意。今又定祭泰畤，是和顺神之美祥。

⑤ 尊：尊显，尊祀。明号：明神之号。

⑥ 符：符瑞，即天所赐之祥瑞。三皇：谓伏羲、神农、黄帝。这句谓希望能与三皇同符瑞。

⑦ 录：总有。五帝：谓少昊、颛顼、高辛、尧、舜。

⑧ 恤：忧。胤：子嗣。锡：同"赐"。羡：饶，多。

⑨ 拓：推广。统：统绪。当时成帝忧无子嗣，故重又定祭泰畤、后土，希求神明赐福，多生皇子，扩广基业，开启统绪。以上九句说明汉成帝定祭泰畤的目的和希望。

⑩ 历：选。

⑪ 协：合。灵辰：善时。

⑫ "星陈"句：比喻天子之行，其仪仗队列，如同星的陈列和天的运行。

⑬ 招摇：北斗第七星。泰阴：星名，指岁后三辰。钩陈：星名。在紫微垣内，又谓之极星。当：阻挡。这两句谓诏告招摇与秦阴二星宿，让隐藏的钩陈星阻挡不测之兵。

⑭ 属：委托。堪舆：造图宅书之神。壁垒：军营围墙。这里指障碍物。梢、抶（chì）：都是击打、驱赶的意思。夔（kuí）：木石之怪。魖（xū）：耗费财物的鬼。獝（yù）狂：恶鬼。这两句谓委托堪舆负责设置障碍物，驱赶各种鬼怪。

⑮ 八神：八方之神。警跸（bì）：帝王出行时清道，禁止行人来往。振：振

奋。殷辚(lín):盛大的样子。军装:谓作军事装饰。

⑯ 蚩尤:古九黎族部落酋长,以凶悍著名。伦:辈。这里以“蚩尤之伦”比喻负责保卫任务的武士。干将:指利剑。秉:持。玉戚:以玉饰柄的斧形武器。飞蒙茸而走陆梁:飞者蒙茸而乱,走者陆梁而跳。形容猛士的勇武捷健。

⑰ 总总撙撙:聚集。胶葛:交错。猋骇云讯:如猋风骇起,如云浪奋迅。方攘:奔离分散。这四句描写人群的聚合离散。

⑱ 骈:并。柴虒(cīzhì)、参差(cēncī):高低、长短不齐之貌。颉颃(jiéháng):通“颉颃”,忽上忽下之貌。这四句描写队伍的排列变化。

⑲ 翕(xī)赫曶(hū)霍:开合之貌。雾集蒙合:如雾之集,如气之合。蒙:迷蒙。半散:即泮散,分布之状。照烂:光明。章:彩。这四句描写整个出行队伍声势浩大,光辉灿烂。从“于是”至“成章”,叙写出行前各种事项的准备情况。

于是乘舆乃登夫凤皇兮翳华芝①,驷苍螭兮六素虬②,蠖略蕤绥,漓虖幓纚③。帅尔阴闭,霅然阳开④。腾清霄而轶浮景兮,夫何旟旐郅偈之旖柅也⑤!流星旄以电烛兮,咸翠盖而鸾旗⑥。敦万骑于中营兮,方玉车之千乘⑦。声駍隐以陆离兮,轻先疾雷而馺遗风⑧。陵高衍之嵱嵷兮,超纡谲之清澄⑨。登椽栾而狃天门兮,驰阊阖而入凌兢⑩。

## 注释

① 乘舆:皇帝所乘的车。这里代指皇帝。凤皇:指饰以凤凰的车子。皇:同“凰”。翳:隐蔽。华芝:华盖,即车上所建的华伞。

② 螭(chī):传说中的一种龙。虬(qiú):传说中的一种无角龙。驷、六:都表示一车所驾之数。驾车的实际是马,这里用铺张想象的写法,非谓真的以龙驾车。

③ 蠖(huò)略蕤(ruí)绥:龙行之貌。漓虖幓纚(líhūshēnxǐ):车饰垂下飘扬之貌。这四句铺张描写天子的车乘。

④ 帅尔:倏忽,忽而。霅(sà)然:飒然。这两句形容众多的旗帜忽而聚合在一起,仿佛天阴了一样;飒然飘散,又仿佛天晴了一样。

⑤ 腾:升。清霄:天之高处。轶:闪过。

浮景:流影。旟(yú):画有鸟隼的旗。旐(zhào):画有龟蛇的旗。这里以旟旐代指各种旗帜。郅偈(zhì jié):形容旗杆高举之状。旖柅(yǐ nǐ):形容旗上飘带的摆动。这两句描写旗帜升腾在高空,闪着流影,旗杆如林,彩带拂动。

⑥ 旄:杆顶系有旄牛尾的旗。旗幅窄而长,上有星图,随风拂动,则有如星之流、如电之照的景象。翠盖:饰以翠羽的华盖。鸾旗:上绣鸾鸟而编以羽毛的旗。天子出,载在车上先行。

⑦ 敦:与“屯”同,聚意。方:并。玉车:以玉饰车。

⑧ 骈(pēng)隐:形容车声大而盛。陆离:参差错综。轻:快。駊(sà):指疾驰。遗风:疾风。

⑨ 陵:登上。高衍:高广之地。嵱嵷(yǒngsǒng):山峰众多之貌。超:过。纡谲:曲折。这两句写车驾登上高原,在曲折清澄的大道上行进。

⑩ 椽栾:甘泉南山。珙(gòng):至。天门:形容其地势极高。阊阖:天门名。凌兢:指高险而令人恐惧之地。这两句描写车驾在高险的椽栾山上行进的情况。

是时未轃夫甘泉也,乃望通天之绎绎①。下阴潜以惨廪兮,上洪纷而相错②;直峣峣以造天兮,厥高庆而不可虖疆度③。平原唐其坛曼兮,列新雉于林薄④;攒并闾与茇苦兮,纷被丽其亡鄂⑤。崇丘陵之駊騀兮,深沟嶔岩而为谷⑥。往往离宫般以相烛兮;封峦、石关施靡虖延属⑦。

## 注释

① 轃:与“臻”同,至的意思。通天:台名。绎绎:相连。这两句谓当时虽未到达甘泉,但已遥遥望见甘泉宫的通天台。

② 阴潜:阴深。惨廪:寒凉。洪纷:宏伟多采。这两句描写从远处下瞧和上望通天台所见的情景。

③ 峣(yáo)峣:高。造:至。庆(qiāng):语助词。疆:同“强”。这两句谓通天台高入云天,不可度量。

④ 唐:形容广大。坛曼:无边之意。新雉:即辛夷,一种大树,枝叶都有香味。雉,同“薙”,薄:草丛生处。

⑤ 攒:聚。并闾:棕榈树。茇苦(bá kuò):草名。被丽:披散。亡鄂:无边。这四句描写平原上的景色。

⑥ 崇:高。駊騀(pǒě):高大。嶔(qīn)岩:深险的山岩。这两句描写丘陵和山谷。

⑦ 往往:处处。离宫:古代帝王于正式宫殿之外别筑的宫室,以供随时游处。般(pán):连接。相烛:相照,相映。封峦、石关:均为宫名。施(yí)靡:连绵不断的样子。属:连。

于是大夏云谲波诡,摧嶉而成观[1]。仰挢首以高视兮,目冥眴而亡见[2];正浏滥以弘惝兮,指东西之漫漫[3];徒回回以徨徨兮,魂固眇眇而昏乱[4]。据軨轩而周流兮,忽軮轧而亡垠[5]。翠玉树之青葱兮,璧马犀之瞵瑞[6]。金人仡仡其承钟虡兮,嵌岩岩其龙鳞[7];扬光曜之燎烛兮,乘景炎之炘炘[8];配帝居之县圃兮,象泰壹之威神[9]。洪台掘其独出兮,㰍北极之嶟嶟[10];列宿乃施于上荣兮,日月才经于柍桭[11];雷郁律而岩突兮,电倏忽于墙藩[12]。鬼魅不能自还兮,半长途而下颠[13]。历倒景而绝飞梁兮,浮蔑蠓而撇天[14]。

## 注释

① 大夏:即大厦。云谲波诡:形容厦屋结构奇巧多变。摧嶉(zuǐzuī):高大雄伟之貌。观:观阙。这两句概述甘宫泉的外观。

② 挢(jiǎo):举。冥眴(xuàn):看不清。这两句写宫殿的高峻。

③ 浏滥:即浏览。弘惝(chǎng):高大。漫漫:形容其长。这两句写其长大。

④ 回回、徨徨:都形容宫殿里头的空廓。眇眇:飘忽迷乱。这两句谓宫殿里头空廓深博,使人感到神魂迷乱。

⑤ 軨(líng)轩:格棂栏杆。周流:周视。忽:隐隐忽忽。軮(yǎng)轧:广大。这两句写凭栏仔细观览,目不暇接。

⑥ 玉树:武帝时集众宝所作之树,以玉为叶,植于前庭。璧:同"璧"。璧马犀:用璧玉饰作的马和犀。瞵瑞(línbīn):色彩缤纷的样子。

⑦ 仡(yǐ)仡:勇健。钟虡(jù):悬挂编钟的架子。嵌岩岩:开张。龙鳞:似龙之鳞。言其鳞甲开张,像真龙之形。

⑧ 燎烛:树于庭中的大烛。乘:升。

景：大。炘炘（xīn）：光明。这两句谓庭中的大烛扬着光曜，火炎升腾，光明灿烂。

⑨ 县（xuán）圃：神仙所居之境。也是庭中模拟所建。泰壹：天帝。

⑩ 洪台：高台。掘：突出。撴（zhì）：至。嶟（zūn）嶟：竦峭。

⑪ 列宿（xiù）：众星宿。施（yì）：延。荣：屋檐两端上翘的部分，即飞檐。经：经行。柍桭（yāngchén）：屋檐中部。

⑫ 郁律：雷声。倏忽：疾。

⑬ “鬼魅”二句：谓庭内高深，虽鬼魅也不能至其极而返，故于长途之半而颠坠。

⑭ 倒景：即倒影。飞梁：浮道之桥。绝：度。蔑蠓：浮气。撇：拂。这两句复极言庭中之高深。以上18句全写据軨轩周流之所见。

左欃枪右玄冥兮，前熛阙后应门①；阴西海与幽都兮，涌醴汩以生川②。蛟龙连蜷于东厓兮，白虎敦圉虖昆仑③。览樛流于高光兮，溶方皇于西清④。前殿崔巍兮，和氏珑玲⑤，炕浮柱之飞榱兮，神莫莫而扶倾⑥；闶阆阆其寥廓兮，似紫宫之峥嵘⑦。骈交错而曼衍兮，峻嶂隗虖其相婴⑧。乘云阁而上下兮，纷蒙笼以掍成⑨。曳红采之流离兮，飏翠气之冤延⑩。袭璇室与倾宫兮，若登高妙远，肃虖临渊⑪。

**注释**

① 欃（chán）枪：彗星的别名。玄冥：水神。熛（biāo）阙：赤色之阙。阙：门楼。应门：正门。应门在熛阙之内。这两句写宫门及其绘饰。

② 西海、幽都：指西方、北方绝远之地。这句夸张阙高，谓其能够荫映西海及幽都。“涌醴”句：谓醴泉汩汩涌出，流成河。

③ 连蜷：卷曲。敦圉：盛怒。这两句描写甘泉宫中的形势有蛟龙、白虎及昆仑山之象。

④ 樛（jiū）流：屈折。高光：宫名。溶然：闲暇。方皇：犹彷徨。西清：西厢清闲之处。这两句写漫游高光宫。

⑤ 崔巍：高峻。和氏珑玲：黄金壁带中含有和氏璧，色泽鲜明玲珑。

⑥ 炕：同“抗”，举意。言举立浮柱而驾飞榱，其形危竦，若有神暗中扶持，故不倾。

⑦ 阆阆阆(làng):门高的样子。紫宫:天帝之宫。峥嵘:形容深邃。

⑧ 曼衍:连绵不断。崣(tuǐ):山高。嶵隗(zuìwéi):犹崔巍。婴:同"缨",绕意。这两句谓宫室台观相连不绝。

⑨ 乘:登。云阁:高阁。蒙茏:草木茂密的样子。捃(hún)成:谓自然。

⑩ 蜿延:犹蜿蜒。这两句谓宫观高大,曳扬着红翠之气,流转蜿蜒。

⑪ 袭:继。璇室:夏桀所建。倾宫:商纣所造。临渊:若临深渊,有危惧之感。登高远望,当以亡国为戒,故以此微谏。

回猋肆其砀骇兮,翍桂椒,郁栘杨[①]。香芬茀以穷隆兮,击薄栌而将荣[②]。芗呹肸以棍根兮,声駍隐而历钟[③]。排玉户而飏金铺兮,发兰惠与穹穷[④]。惟弸彋其拂汩兮,稍暗暗而靓深[⑤]。阴阳清浊穆羽相和兮,若夔、牙之调琴[⑥]。般、倕弃其剞劂兮,王尔投其钩绳[⑦]。虽方征侨与偓佺兮,犹仿佛其若梦[⑧]。

## 注释

①回猋:旋风。肆:恣肆。砀骇:摇撼。翍:同"披"。郁:聚。栘(yí):唐棣。这三句谓旋风乱起,撼动众树。桂椒披散,栘杨聚拢。

② 薄栌:柱顶端方木。穷隆:即"穹隆",充溢腾涌的样子。这两句谓桂椒香气充溢腾涌而起,冲击大柱上方木和屋檐。

③ 芗:与"响"同。呹肸(yìxī):疾过。这两句谓声响振起,众树根合,駍隐而盛,历入殿上之钟。

④ 铺:门铺首。以铜为兽面,衔环着于门上。穹穷:也作"芎䓖",香草名。这两句谓风之所至,排门扬铺,回旋入宫,吹动众多芳草。

⑤ 弸彋(pēnghóng):风吹帷帐鼓起的样子。拂汩(gǔ):鼓动之貌。暗暗:幽深隐约的样子。靓:同"静"。这两句谓风一直吹入深宫,拂动帷帐,渐深渐静。

⑥ 穆羽:纤细的乐音。穆,古之变音。羽,古之正音。夔:舜时乐官。牙:古代著名琴师。这两句总谓宫中风声有如阴阳、清浊、穆羽相和,就像夔和伯牙弹琴一样。

⑦ 般:公输般。倕:共工。都是古代的巧匠。剞(jī):曲刀。劂(jué):曲凿。王尔:也是古代巧匠。投:扔。这两句谓宫殿的土木之功穷极巧丽,可令般、锤之徒弃其常法。

⑧ 方：并行。征侨、偓佺（wúquán）：都是仙人名。这两句谓宫观高峻巧丽，虽使仙人行其上，恐一下难识其究竟，仿佛若梦。

于是事变物化，目骇耳回①。盖天子穆然珍台闲馆璇题玉英蜵蜎蠖濩之中②，惟夫所以澄心清魂，储精垂思，感动天地，逆釐三神者③。乃搜逑索耦皋、伊之徒，冠伦魁能④，函甘棠之惠，挟东征之意⑤，相与齐虖阳灵之宫⑥。靡薜荔而为席兮，折琼枝以为芳⑦；噏清云之流瑕兮，饮若木之露英⑧；集虖礼神之囿，登虖颂祇之堂⑨。建光耀之长旓兮，昭华覆之威威⑩；攀璇玑而下视兮，行游目虖三危⑪；陈众车于东阬兮，肆玉釱而下驰⑫；漂龙渊而还九垠兮，窥地底而上回⑬。风傱傱而扶辖兮，鸾凤纷其御蕤⑭；梁弱水之濎濴兮，蹑不周之逶蛇⑮；想西王母欣然而上寿兮，屏玉女而却虙妃⑯。玉女无所眺其清卢兮，虙妃曾不得施其蛾眉⑰。方揽道德之精刚兮，侔神明与之为资⑱。

**注释**

① 目骇耳回：言惊人视听。

② 穆然：肃敬。璇题玉英：榱椽之头饰以玉饰、精美的玉石。题：头。蜵蜎蠖濩（yuānyuānhuòhuò）：形容屋中深广。这句谓此时成帝静坐于具有璇题玉英而广博幽深的珍台闲馆之中。

③ 逆：迎。釐（xī）：福。三神：天、地、人之神。这四句谓成帝洁静以待，祈神降福。

④ 逑（qiú）：匹。索：求。偶：对。皋：皋陶，尧帝之臣。伊：伊尹，商汤之臣。这两句谓选择贤臣，可匹耦于古代名臣皋陶、伊尹之类者，使做其群辈的魁首。

⑤ 甘棠之惠：指西周邵公奭施惠于治内百姓。东征之意：指周公旦大义灭亲。

⑥ 阳灵之宫：祭天处。这句谓同集于此。

⑦ 靡：密织。薜荔：香草。琼枝：玉树之枝。这两句谓坐香草之席，戴美玉之佩。

⑧ 噏：通“吸”。瑕：通“霞”。若木：传

说中长在日入之处的一种树木。露英：华上之露。这两句谓斋戒自新，居处饮食都芳洁。

⑨ 礼神：谓祭天。颂祇：谓祭地。这两句为互文，天神也颂，地神也礼。

⑩ 旓（shāo）：指旌旗上的飘带。华覆：华盖。威威：形容华盖明丽之貌。

⑪ 璇玑：代指北斗星。三危：山名。这两句设想登天周游，下视尘世。

⑫ 阬（gāng）：山陵。肆：放任。釱（dài）：通"轪"，车辖。

⑬ 龙渊：龙潭。还：与"旋"同。九垠：九重。这两句写入地底而返。

⑭ 傱（sǒng）傱：疾速前行的样子。御：乘。蕤：车之垂饰。这两句设想在周游升降于天上地下之时，风吹而扶车，瑞鸟纷纷相随。

⑮ 梁：架桥而过。弱水：水名，相传在昆仑之东。濎濙（dǐngyíng）：小水。不周：山名。逶蛇（yí）：曲折的样子。这两句谓渡过小小的弱水，走过弯弯曲曲的不周山。

⑯ 西王母：传说中居于西方的女神。玉女、虙（fú）妃：都是神女。这两句设想成王及其随从神游到了西方极远之处，故想到西王母，并欣然为她祝寿，却屏除神女不见。

⑰ 卢：同"矑"，眼珠子。蛾眉：比喻女子长而好的眉毛。这两句谓由于成帝不见神女，所以神女无法舞弄她们动人的眼珠和眉毛。

⑱ 方：方能。揽：总有。精刚：精微刚强。侔神明：与天地齐等。资：资质。后六句微谏，告诫成帝：只有清心寡欲，不好色，方能保持道德的精微刚强，增寿广嗣，与天地神明的道德相一致。

于是钦柴宗祈①，燎熏皇天②，招繇泰壹③。举洪颐，树灵旗④。樵蒸焜上，配藜四施⑤。东烛仓海，西耀流沙，北爌幽都，南炀丹厓⑥。玄瓒觩䚯，秬鬯泔淡⑦，肸向丰融，懿懿芬芬⑧。炎感黄龙兮，熛讹硕麟⑨；选巫咸兮叫帝阍，开天庭兮延群神⑩。傧暗蔼兮降清坛，瑞穰穰兮委如山⑪。

## 注释

① 钦：敬。柴：同"柴"，积柴燎而祭天。宗：尊。祈：求福。

② 燎熏：谓置牲体、玉币于柴上，燎而熏祭。

③ 招繇：《文选》作"皋摇"。如淳曰："皋：挈皋也。积柴于挈皋头，置牲玉于其上，举而烧之，欲近天也。"

④ 洪颐：一种旗名。

⑤ 樵：木柴。蒸：麻秆。焜（hùn）：火。配藜：披离。这两句谓燃烧木柴和

麻秆，火炎上冲，披离四出。

⑥ 烛、耀、爌（huǎng）、炀（yáng）：都是照耀的意思。仓海、流沙、幽都、丹厓：分别代指东、西、北、南四方极远之处。

⑦ 玄瓒：以玄玉为饰的一种勺形祭器，用来盛酒祭祀。觩觵（qiúliú）：形容玄瓒弯曲如角的样子。秬鬯（jùchàng）：祭祀用的一种香酒。泔（hà）淡：满。

⑧ 肸（xī）向：散布、弥漫之意。这两句谓秬鬯芬芳盛美。

⑨ 讹：化。硕：大。这两句谓光炎熛盛，感动神物。

⑩ 巫咸：古神巫名。阊：门。延：请。这两句设想令巫祝叫呼天门，使打开天庭延请群神。

⑪ 傧：赞礼者。暗蔼：形影。穰穰：多。委：积。这两句设想天庭中的舞礼者执行赞导，群神降临，所赐祥瑞堆积如山。

于是事毕功弘，回车而归，度三峦兮偈棠梨①。天阃决兮地垠开，八荒协兮万国谐②。登长平兮雷鼓磕，天声起兮勇士厉③；云飞扬兮雨滂沛，于胥德兮丽万世④。

## 注释

① 度：过。三峦：封峦观。偈（qì）：与"憩"同，休息之意。棠梨：宫名。谓归途中经过封峦观，又在棠梨宫休息。

② 天阃（kǔn）：天之门限。决：开。垠：界限。八荒：八方极远之处。这两句谓天地所赐德泽无极，故使八方万国都和谐。

③ 长平：坡名。雷鼓：祭天时所用的八面大鼓。磕：击鼓声。天声：如天之声。厉：奋发。

④ 胥：皆，都。丽：华美。这两句言恩泽广博，如云行雨施，君臣皆有圣德，故华美至于万世。

乱曰①：崇崇圜丘，隆隐天兮②；登降峛崺，单埢垣兮③。增宫嵾差，骈嵯峨兮④；岭嶒嶙峋，洞亡厓兮⑤。上天之縡，杳旭卉兮⑥；圣皇穆穆，信厥对兮⑦。徕祇郊禋，神所依兮⑧。徘徊招摇，灵迟迡兮⑨。辉光眩耀，隆厥福兮⑩；子子孙孙，长无极兮。

## 注释

① 乱:赋的结尾部分。其作用在于概括全篇意义。

② 崇崇:高。圜丘:祭天之坛,即后世所称天坛。圜:同“圆”。隆隐:形容圜丘之貌。

③ 登降:上下。峛崺(lǐyǐ):曲折。单(chán):周。埢(quán)垣:圆。

④ 增:重。嵾差(cēncī):不齐。嵯峨:高峻。

⑤ 岭巆(língyíng):深邃。嶙峋:突兀高耸。洞无厓:深无极。

⑥ 縡(zǎi):事。杳:高远。旭卉:幽昧。

⑦ 圣皇:指成帝。穆穆:肃敬。信:诚。厥:其,指天地。对:配,谓能与天地相配。

⑧ 倈:同“来”。郊禋:祭天。言来祭天,甚为恭敬,故为神祇中凭依。

⑨ 招摇:彷徨。迟迟(zhī):游息。这两句言神久留游息。

⑩ “辉光”二句:谓辉光炫耀,福祥隆盛。

## 鉴赏

《甘泉赋》的写作背景在序文中已经表明,即汉成帝郊祠甘泉泰畤,以求继嗣,扬雄从行,回京后便奏上了这篇赋。序文虽然是《汉书·扬雄传》的史文,但据本传“赞曰”观之,实属扬雄原来自序。因而昭明《文选》也径采为赋序。

西汉自文、景以后,辞赋盛行。特别经过武帝的提倡,辞赋成为当时颇有影响的一个文学门类。不过从其内容上看,汉赋有相当一部分作品都是为了满足帝王的游观之乐而由其随从文士所作的。这篇《甘泉赋》也是如此。全篇分为十段,极尽铺陈夸张之能事,详细地描述了郊祀甘泉泰畤的全部过程。作者采用顺叙的写法,第一段揭明成帝定祭泰畤的目的和希望,并叙写出行前各种事项的准备情况。第二段描写天子登乘,车驾上路及行进的情况。第三段描写通天台的远景和沿途所见平原、丘陵、山谷的形势及离宫别馆的连绵相映。第四段铺写到达甘泉宫之后所见其宫室的高峻、长大、深博,并详细铺写了凭栏周流所见大庭内的种种奇异景象。第五段描写漫游高光宫之所见,极陈宫殿的高大富丽,接着以临渊处危微谏。第六段描写大风在宫中刮起时所产生的种种音响变动,继而赞叹宫观建筑的精巧美丽。第七段描写成帝与其贤能之臣会集于阳灵宫,斋戒自新,洁祀天地,并设想他们周流旷远,升降天地,广通神明。随后告诫成帝清心寡欲,屏退女色,方能保持天性,增寿广嗣。第八段描写柴祭皇天的经过,设想天神赐福甚多。第九段描写归途中的情形,并歌功颂德。第十段总括全篇意义,谓成帝恭肃祭天,神祇凭依,广赐福祥,子孙相继无极,并与文章开头相呼应。总之,读者寓目,有如观览长卷画幅,徐徐展示,一一显明,凡君臣卫侍、车马旗斧、山川草木、雷电风雨、宫殿观阙、天上地下、神仙鬼怪乃至金人玉树、燎烛景炎、玄瓒秬鬯等,无不毕陈。也就是说,天子郊天的整个过程都被生动鲜明地展现出来了。

铺陈夸张是汉赋的共同特色。这在司马相如的《上林赋》《子虚赋》等作品中得到了充分的体现。因此刘勰《文心雕龙·夸饰》篇曾致"相如凭风,诡滥愈甚"之讥。司马相如是扬雄的同郡先贤,扬雄好其文,作赋常刻意模仿,也是"极丽靡之辞,闳侈钜衍,竞于使人不能加也"(见《汉书·扬雄传》),在《甘泉赋》中即表现得很突出。如第四段铺写宫室的高峻、长大、深博及周游所见大庭内的种种奇异景象;第五段铺写高光宫的高大富丽;第六段描写大风在宫中的骇荡等,均鳞次栉比,不避繁密。再如第一段"诏招摇与泰阴兮"至"振殷辚而军装"六句写诏星驱怪,八神警跸;第四段末四句以"鬼魅不能自还"夸饰殿屋之高深;第七段"攀璇玑而下视兮"至"屏玉女而却虙妃"十二句写周游旷远,升天入地,广通神明;第八段"樵蒸焜上"至"南炀丹厓"六句写燎火配藜,烛炀四远等,都骋思遐想,夸饰怪诞。这些都是铺陈夸张的例子。当然二人风格自有区别,相如之赋弘丽温雅,扬雄为文则沉博艳丽。

这篇赋和众多汉赋一样,用了不小的篇幅,花了很大的力气,只是铺张描写了一次天子郊天的过程,现实意义不很大;勉强点缀上去的几句微谏之辞,也如沧海一粟,被大量极力铺陈夸饰的东西所淹没,讽谏作用很小。但在客观上它却反映了那个时代及以前广大劳动人民所创造的灿烂的物质文化的一些面影。特别值得指出的还在于这篇赋是见于记载的最早的一篇描写郊祀的赋。关于郊祀之仪,史籍所载虽多,但大都语焉而不详。这篇赋则专写郊祀,从准备出发一直到事毕回车,对郊天之全过程逐一作了详细的描述。尽管使用的是文笔而不是史笔,但通过那些夸诞的词语仍能辨别出汉时天子郊天仪式的真实面貌。也就是说,在这方面,《甘泉赋》具有重要的历史意义和文献价值。

由于铺陈事物的需要,汉赋在用词上的特色之一是僻字很多。这也是汉赋难读的一个原因。《甘泉赋》也是这样。但是一旦沉浸其中读通了,也能从中领略到其所独具的风光和意蕴。

(冯浩菲)

# 解　　嘲

扬　雄

客嘲扬子曰："吾闻上世之士，人纲人纪[1]，不生则已，生则上尊人君，下荣父母，析人之圭[2]，儋人之爵[3]，怀人之符[4]，分人之禄，纡青拖紫[5]，朱丹其毂[6]。今子幸得遭明盛之世，处不讳之朝，与群贤同行，历金门、上玉堂有日矣[7]，曾不能画一奇、出一策，上说人主，下谈公卿。目如燿星，舌如电光，壹纵壹横，论者莫当，顾而作《太玄》五千文[8]，支叶扶疏，独说十余万言。深者入黄泉，高者出苍天，大者含元气[9]，纤者入无伦[10]，然而位不过侍郎，擢才给事黄门[11]，意者玄得毋尚白乎？何为官之拓落也[12]？"

扬子笑而应之曰："客徒欲朱丹吾毂，不知一跌将赤吾之族也[13]！往者周网解结[14]，群鹿争逸，离为十二，合为六七[15]，四分五剖，并为战国。士无常君，国无定臣，得士者富，失士者贫，矫翼厉翮，恣意所存[16]。故士或自盛以橐[17]，或凿坏以遁[18]。是故邹衍以颉亢而取世资[19]，孟轲虽连蹇，犹为万乘师[20]。今大汉左东海[21]，右渠搜[22]，前番禺[23]，后陶涂[24]。东南一尉，西北一候。徽以纠墨[25]，制以质鈇[26]，散以礼乐，风以《诗》《书》，旷以岁月，结以倚庐[27]。天下之士，雷动云合，鱼鳞杂袭[28]，咸营于八区[29]，家家自以为稷契[30]，人人自以为咎繇[31]，戴縰垂缨而谈者皆拟于阿衡[32]，五尺童子羞比晏婴与夷吾[33]。当途者入青云，失路者委沟渠，旦握权则为卿相，夕失势则为匹夫。譬若江湖之雀，勃解之鸟[34]，乘雁集不为之多[35]，双凫飞不为之少[36]。昔三仁去而殷虚[37]，二老归而周炽[38]，子胥死而吴亡[39]，种、蠡存而粤伯[40]，五羖入而秦喜[41]，乐毅出而燕惧[42]，范雎以折摺而危穰侯[43]，蔡泽虽噤吟而笑唐举[44]。故当其有事也，非萧、曹、子房、平、勃、樊、霍则不能安[45]，当其亡事也，章句之徒相与坐而守之，亦亡所患[46]。故世乱，则圣哲驰骛而不足；世治，则庸夫高枕而有余。

夫上世之士，或解缚而相[47]，或释褐而傅[48]；或倚夷门而笑[49]，或横江潭而渔[50]；或七十说而不遇[51]，或立谈间而封侯[52]；或枉千乘于陋巷，或拥帚彗而先驱[53]。是以颇得信其舌而奋其笔[54]，窒隙蹈瑕而无所诎也[55]。当今县令不请士，郡守不迎师，群卿不揖客，将相不俛眉[56]；言奇者见疑，行殊者得辟[57]，是以欲谈者宛舌而固声，欲行者拟足而投迹[58]。向使上世之士处乎今，策非甲科，行非孝廉，举非方正[59]，独可抗疏[60]，时道是非，高得待诏，下触闻罢[61]，又安得青紫？且吾闻之也，炎炎者灭，隆隆者绝[62]；观雷观火，为盈为实[63]，天收其声，地藏其热。高明之家，鬼瞰其室[64]，攫拏者亡，默默者存[65]；位极者宗危[66]，自守者身全。是故知玄知默，守道之极[67]；爰清爰静，游神之廷；惟寂惟寞，守德之宅[68]。世异事变，人道不殊[69]，彼我易时，未知何知。今子乃以鸱枭而笑凤皇，执蝘蜓而嘲龟龙[70]，不亦病乎！子徒笑我玄之尚白，吾亦笑子之病甚，不遭臾跗、扁鹊[71]，悲夫！”

客曰：“然则靡《玄》无所成名乎[72]？范、蔡以下何必《玄》哉?”

扬子曰:“范雎,魏之亡命也,折胁拉髂[73],免于徽索,翕肩蹈背,扶服入橐[74],激卬万乘之主[75],界泾阳、抵穰侯而代之[76],当也。蔡泽,山东之匹夫也,顉颐折頞[77],涕唾流沫,西揖强秦之相,搤其咽,炕其气,附其背而夺其位[78],时也。天下已定,金革已平[79],都于洛阳,娄敬委辂脱輓[80],掉三寸之舌,建不拔之策[81],举中国徙之长安,适也。五帝垂典,三王传礼[82],百世不易,叔孙通起于枹鼓之间[83],解甲投戈,遂作君臣之仪,得也。《甫刑》靡敝,秦法酷烈[84],圣汉权制,而萧何造律,宜也。故有造萧何律于唐虞之世,则悖矣[85];有作叔孙通仪于夏殷之时,则惑矣;有建娄敬之策于成周之世,则缪矣[86];有谈范、蔡之说于金、张、许、史之间,则狂矣[87]。夫萧规曹随[88],留侯画策[89],陈平出奇,功若泰山,响若阺隤[90],唯其人之胆知哉,亦会其时之可为也。故为可为于可为之时,则从;为不可为于不可为之时,则凶。夫蔺先生收功于章台[91],四皓采荣于南山[92],公孙创业于金马[93],票骑发迹于祁连[94],司马长卿窃訾于卓氏[95],东方朔割炙于细君[96]。仆诚不能与此数公者并,故默然独守吾《太玄》。”

## 注释

① 人纲人纪:喻指杰出的人。纲,提网的绳。纪,丝缕的头。

② 圭:即珪,玉器。

③ 儋:荷,肩挑。

④ 符:一种可作凭据的东西,刻有文字,双方各执一半。怀符,指为官任职。

⑤ 纡(yū):系。拖:垂下来,拖着。青

紫:显贵者之服色。
⑥ 毂:车毂。
⑦ 金门:官署门,即金马门。玉堂:殿名。
⑧ 顾:却,反而。
⑨ 元气:混沌恢宏之气,此句言其文包孕无穷。
⑩ 无伦:无法比拟。
⑪ 擢:提拔。
⑫ 拓落:落魄。
⑬ 赤:诛灭。
⑭ 周:周朝。网:喻政教。
⑮ 十二:十二个诸侯国,即鲁、卫、齐、宋、楚、郑、燕、赵、韩、魏、秦、中山等国。六七指齐、燕、韩、赵、魏、楚为六,合秦则为七。
⑯ 矫:高举。厉:疾飞。
⑰ 自盛以橐:据说范雎自魏奔齐途中,恐为秦穰侯发现,曾躲藏于橐中。橐:布口袋。
⑱ 凿坏以遁:凿穿墙壁而跳跑。坏(péi),又写作"培",房屋后墙。
⑲ 邹衍:齐人,好讲天事,人称"谈天衍"。颉亢:同"颉颃",谓诡变不定的言论。
⑳ 孟轲:即孟子,轲是他的名。
㉑ 东海:郡名。
㉒ 渠搜:县名,在今内蒙古。
㉓ 番禺:县名,在今广东。
㉔ 陶涂:地名。
㉕ 徽:捆绑,束缚。纠墨:绳索。
㉖ 制:制裁。质鈇:即锧鈇,古时斩刑之具。
㉗ 倚庐:为父母守丧时居住的粗陋的房子。
㉘ 鱼鳞杂袭:喻人之多且杂。
㉙ 八区:八方。
㉚ 稷契:稷即后稷,周之始祖。契,商之始祖,舜时助禹治水有功,任为司徒。
㉛ 咎繇:也作"皋陶",舜之大臣,掌管刑狱之事。
㉜ 縰(xǐ):束发的黑帛。缨:系帽的带子。阿衡:商朝的官名,指伊尹。
㉝ 晏婴:春秋时齐国人,曾任齐景公之相。夷吾:即管仲,齐人,辅佐齐桓公富国强兵。
㉞ 勃解(bóxiè):又作"渤澥",即渤海。
㉟ 乘雁:四只雁。集:栖止。
㊱ 凫(fú):野鸭。
㊲ 三仁:商纣王时的三位贤臣微子、比干、箕子。
㊳ 二老:伯夷与吕望。
㊴ 子胥:伍员,春秋吴国贤臣。
㊵ 种、蠡:越国大夫文种与范蠡。粤伯:即越霸。
㊶ 五羖(gǔ):指百里奚。羖,黑色公羊。
㊷ 乐毅:燕国大将。
㊸ 范雎:魏国人。折摺:即下文"折胁拉髂"。穰(ráng)侯:即魏冉。
㊹ 蔡泽:燕人。噤吟:不说话。唐举:著名的相士。蔡泽笑唐举一事详见《史记·范雎蔡泽列传》。
㊺ 萧、曹、子房、平、勃、樊、霍:萧何、曹参、张良、陈平、周勃、樊哙、霍光,诸人皆汉代著名的将相。

㊻ 章句之徒:儒生。

㊼ 解缚而相:指管仲。

㊽ 释褐而傅:指傅说。释褐,脱下粗布衣服。

㊾ 倚夷门而笑:指侯嬴。

㊿ 横江潭而渔:指渔父。

51 七十说而不遇:指孔子。说,游说。

52 立谈间而封侯:指虞卿。立谈间,站着说话的时间。

53 拥彗:执帚。先驱:先行。

54 信:通"伸"。

55 窒:堵塞。隙:缝隙。诎(qū):通"屈"。

56 俛眉:即俯眉。

57 行殊:行为异样。辟:罪。

58 投迹:踩着脚印走路。

59 策:对策。甲科:考试名。孝廉、方正:汉代选举官吏的科目。

60 抗疏:上书直言。

61 待诏:候命备选。罢:君主知道了而已。

62 炎炎:火盛。

63 盈:满。实:实在,实存。

64 高明之家:指富贵之家。

65 攫挐(juéná):争夺。

66 宗:宗族。

67 "是故"二句:谓懂得玄默,是守道的最佳途径。

68 爰(yuán)、惟:语首助词。廷、宅:喻精神、道德所居之处。

69 不殊:没有差别。

70 鸱枭:恶鸟名。蝘蜓(yǎntíng):蜥蜴。

71 臾跗:传说中的良医。扁鹊:战国时的名医。

72 靡:无。

73 折胁摺髂(qià):打断肋骨和腹部两侧骨。

74 翕(xī):收缩。扶服:同"匍匐"。

75 激卬(áng):打动、感动。

76 泾阳:秦昭王的同母弟。泾阳君,以封邑为号。介:离间。抵:排挤。

77 顉(hǎn)颐:下巴上曲之貌。折頞(è):凹鼻梁。

78 "搤(è)其咽"三句:掐其咽喉,断绝其呼吸,按住其后背,夺取其相位。

79 金革:喻指战争。

80 娄敬:齐国人。委辂脱輓:放下车子。辂:挽车的横木。輓:拉车。

81 不拔:坚固,不可更易。

82 五帝:黄帝、颛顼、帝喾、尧、舜。三王:夏禹、商汤、周武王。

83 叔孙通:薛人,刘邦之重臣。枹(fú)鼓:枹,鼓槌。鼓,战鼓。

84 甫刑:《尚书》中《吕刑》篇,又称《甫刑》。酷烈:残暴。

85 唐虞之世:指尧舜时代。悖:乖背。

86 成周之世:指西周时代。

87 金张许史:指汉代金日磾、张安世、许广汉、史恭诸人。

88 萧规曹随:曹参继萧何为相,依照萧何之成规办事。

89 留侯:张良。

90 阺隤(dǐtuí):石块从山崖落到山底,发出巨大的响声。

91 蔺先生:蔺相如。章台:秦离宫中台观之一。

92 四皓:东园公、甪里先生、绮里季、夏黄公。

⑬ 公孙:公孙弘。

⑭ 票骑:同“骠骑”,指霍去病。

⑮ 司马长卿:司马相如。訾,通“资”,财富。卓氏:指卓王孙。

⑯ 东方朔:齐人。割炙:割肉。细君:指东方朔之妻。

## 鉴赏

扬雄是汉代著名的大赋作家。他一度激赏他的同乡司马相如宏丽温雅的赋作,“每作赋,常拟以为式。”从他的《甘泉赋》《羽猎赋》《长扬赋》等篇中皆可以看到司马相如作品的流风余韵,因此后世常以“马扬”并称。但这篇《解嘲》则是继踵东方朔《答客难》的体制范式,假设宾主辩难。在主人的慷慨陈言中,抒发作者安于淡泊的心境和安弱守雌的处世哲学。

《解嘲》中的客人以及文中叙述的长谈是真有其人、果有其事?或纯属子虚乌有?对此我们不必深究。反正《解嘲》展示出的是一个文文绉绉、别别扭扭的答客录。文章以客人的发难起笔:我听说上世之士不生则已,生则必能摄高位、荣父母。你扬雄生于明盛之世,为官之日不可谓不久,为何官位至今如此低微?

问一个久游宦海的人,为何官位总是如此卑下,犹如问一个皓首童生为何屡试不中,是一个令人尴尬不堪的问题,实际上是对别人自尊心的一次残酷的折磨。因为其中缘由实在“未易一二为俗人言也”。如欲强作解会,纵使摇动如簧巧舌,引古征今,左推右挡,都难免陷入捉襟见肘的窘境。要在这一维护自尊的过程中,始终保持面不改色、心不虚,几乎是不太可能的。一般说来,面对此类提问,最明智有效的招数应该是缄口不语,或者“王顾左右而言他”。但扬雄还是镇定自如地回答了。我们且看看扬雄是如何答解这道难题的:春秋战国时期,六合之内,烽烟密布,正是用人之时,因此士人得以以“矫翼厉翮,恣意所存”。今汉朝天下一统,普天之下,莫非王土,礼教刑法,都走上了正常的轨道,朝廷上陪侍的官员,多一个少一个皆无关宏旨,致使“群卿不揖客,将相不俛眉”。不但难遇礼贤下士的当权者,投靠无门,而且还动辄得咎,“言奇者见疑,行殊者得辟”。上世之士或以一介布衣而身至卿相,或横戈立马、厮杀疆场,建立卓著功勋,我扬雄自愧弗如。他们的成功除了个人的胆识外,更重要的是适逢其时。若我与他们换个位置,还难说谁强谁弱呢。依扬雄之见,上世之士显赫一时而他自己官场失意,非关各人才智的高下,而在于活动的社会环境迥然不同。也就是说扬雄是生活在一个不需要英雄的时代,这个时代匮乏士人拔地而起的土壤与气候。

扬雄的这些话,一言以蔽之就是生不逢时。尽管他说得慷慨激昂、理直气壮,还是难免令人联想起那些一唱三叹、顾影自怜的《悲士不遇赋》来。《解嘲》脱胎于东方朔的《答客难》。

扬雄说的第二层意思是“我”对于纡青拖紫并不感兴趣,倒反而是避之唯恐不及。他的这一识见与选择,不同于庄子那般视高爵显位如腐鼠,将“曳尾于涂中”。而是因为他觉得蹒跚在仕途上,总有一种如临深渊,如履薄冰的恐惧感。为世俗所推崇的功名利禄四处奔波,费尽心机,即便是如愿以偿,也非幸事,因为这同时也就埋下了灭顶之灾的祸种。只有甘于淡泊,知白守黑,方为养性全身的良策。饱学之士如扬雄者,对老庄安弱守雌、清静虚无的遗训早该稔熟于心。当他从变幻莫测的人间世态中看出险恶之后,便把清静无为活用为他明哲保身的处世哲学的核心。在一个个体的升迁荣辱甚至身家性命仅仅系乎当道者喜怒咳唾间的社会里,文人们常有一种身非我有、岌岌可危的心理是可以想见的。但用舍由时,行藏在我。阮籍以名士的旷达,常常豪饮酣醉而避世扰。陶渊明以诗人的孤傲,冲破尘网复返自然,欣欣然体悟大自然的真谛。扬雄的选择则更多地显示了他的学人气质,躲进小楼成一统,甘于淡泊与寂寞。他对自己的选择是很满意的,既然人生处世以清静为旨,唯寂寞是尚,那么富贵荣华与我何干?撰《太玄》守太玄岂不是人生第一要义?

古代常有些文士在官场上不得志,往往啸傲岩穴,纵情泉石。并宣称他们以荣华为粪土,视富贵如云烟。但实际的情形却截然相反,他们是吃不到葡萄就说葡萄酸的。刘勰在《文心雕龙·情采》中就识破了他们的假象:“志深轩冕,而泛咏皋壤;心缠几务,而虚述人外。”扬雄既未高蹈风尘,也不愿像东方朔那样避世金马门,但他对高官不甚感兴趣倒是可信的。《汉书·扬雄传》说他“不汲汲于富贵,不戚戚于贫贱,不修廉隅以徼名当世。”他对屈原投江自尽的看法,可以加深我们的这一认识。屈原赍志而没,扬雄对此不以为然。他认为“君子得时则大行,不得时则龙蛇。遇不遇命也,何必沉身哉!”(《汉书·扬雄传》)由此可见,扬雄鄙夷青紫,决非他为官拓落的托词,而是他一以贯之的处世原则使然。现在我们就可以理解扬雄对客人贸然提出的问题,为什么能够胸有成竹,应付裕如了。

扬雄以东方朔彼此异时的陈言,加之他自己的处世观念,挡住了客人的诘难。然后转守为攻，反而嘲戏客人以鸱枭笑凤凰、执蝘蜓嘲龟龙。似乎扬雄在这一唇枪舌剑中操了胜券，但在严酷的现实面前，他那套清静寡淡、全身养性的处世哲学并不十分保险。

扬雄也算得上古代的一位文学理论家，他认为赋是用来讽谏的。可是汉武帝喜好神仙之事，司马相如上《大人赋》，非但没有达到讽谏的效果，武帝反而缥缥有凌云之志。扬雄有同样的遭际。因此扬雄认定赋是壮夫不为的雕虫篆刻，辍而不复作，转而仿《周易》作《太玄》，效《论语》作《法言》。班固在《汉书·扬雄传》里对《解嘲》作了点背景介绍，其辞曰："哀帝时，丁、傅、董贤用事，诸附离之者或起家至二千石。时雄方草《太玄》，有以自守，泊如也。或嘲雄以玄尚白，而扬雄解之，号曰《解嘲》。"由此可以推断，《解嘲》作于扬雄矢志不作赋之后。

其实扬雄把赋局限在只能讽谏的小天地里，是一种极为狭隘的文学观。而要赋充当谏书，无异于令牝鸡司晨。他的《解嘲》就突破了这个窄小的囿苑，"杂以谐谑，回环自释"（《文心雕龙·杂文》）；沿用宾主问答的形式，纵横驰说，倾诉心曲，无意中让赋回到文学抒情言志的通衢大道。

（陈信凌）

# 遂初赋

刘 歆

昔遂初之显禄兮[1]，遭阊阖之开通[2]。蹠三台而上征兮[3]，入北辰之紫宫[4]。侍列宿于钩陈兮[5]，拥大常之枢极[6]。总六龙于驷房兮[7]，奉华盖于帝侧[8]。惟太阶之侈阔兮[9]，机衡为之难运[10]。惧魁杓之前后兮[11]，遂隆集于河滨[12]。遭阳侯之丰沛兮，乘素波以聊戾[13]。得玄武之嘉兆兮，守五原之烽燧[14]。

二乘驾而既俟，仆夫期而在涂[15]。驰太行之严防兮，入天井之乔关[16]。历冈岑以升降兮，马龙腾以起摅[17]。舞双驷以优游兮，济黎侯之旧居[18]。心涤荡以慕远兮，回高都而北征[19]。剧强秦之暴虐兮，吊赵括于长平[20]。好周文之嘉德兮，躬尊贤而下士[21]。骛驷马而观风兮，庆辛甲于长子[22]。哀衰周之失权兮，数困辱而莫扶[23]。执孙蒯于屯留兮[24]，救王师于余吾[25]。过下虒而叹息兮，悲平公之作台[26]。背宗周而不恤兮，苟偷乐而惰怠[27]。枝叶落而不省兮，公族阒其无人[28]。日不悛而俞甚矣，政委弃于家门[29]。载约屦而正朝服兮，降皮弁以为履[30]。宝砾石于庙堂兮，面随和而不视[31]。始建衰而造乱兮，公室由此遂卑[32]。怜后君之寄寓兮，唁靖公之铜鞮[33]。越侯田而长驱兮，释叔向之飞患[34]。悦善人之有救兮，劳祁奚于太原[35]。何叔子之好直兮，为群邪之所恶[36]？

赖祁子之一言兮，几不免乎徂落[37]。美不必为偶兮，时有差而不相及[38]。虽韫宝而求贾兮，嗟千载其焉合[39]？昔仲尼之淑圣兮，竟隘穷乎陈蔡[40]。彼屈原之贞专兮，卒放沉于湘渊[41]。何方直之难容兮，柳下黜而三辱[42]？蘧瑗抑而再奔兮，岂材知之不足[43]？扬蛾眉而见妒兮，固丑女之情也[44]。曲木恶直绳兮，亦小人之诚也[45]。以夫子之博观兮，何此道之必然[46]？空下时而矐世兮，自命己之取患[47]。悲积习之生常兮，固明智之所别[48]。叔群既在皂隶兮，六卿兴而为桀[49]。荀寅肆而颛恣兮，吉射叛而擅兵[50]。憎人臣之若兹兮，责赵鞅于晋阳[51]。轶中国之都邑兮，登句注以陵厉[52]。历雁门而入云中兮，超绝辙而远逝[53]。济临沃而遥思兮，忽垂意乎边都[54]。

野萧条以寥廓兮，陵谷错以盘纡[55]。飘寂寥以荒昒兮，沙埃起而杳冥[56]。回风育其飘忽兮，回飑飑之泠泠[57]。薄涸冻之凝滞兮，茀谿谷之清凉[58]。漂积雪之皑皑兮，涉凝露之隆霜[59]。扬雹霰之复陆兮，慨原泉之凌阴[60]。激流澌之漻泪兮，窥九渊之潜淋[61]。飒凄怆以惨怛兮，慽风漻以洌寒[62]。兽望浪以穴窜兮，鸟胁翼之浚浚[63]。山萧瑟以鹍鸣兮，树木坏而哇吟[64]。地坼裂而愤忽急兮，巨石破之嵓嵓[65]。天烈烈以厉高兮，廖颵窗以枭牢[66]。雁邕邕以迟迟兮，野鹳鸣而嘈嘈[67]。望亭隧之皦皦兮，飞旗帜之翩翩[68]。迥百里之无家兮，路修远而绵绵[69]。于是勒障塞而固守兮，奋武灵之精诚[70]。摅赵奢之策虑兮，威谋完乎金城[71]。外折冲以无虞兮，内抚民以永宁[72]。既邕容以自得兮，唯惕惧于竺寒[73]。攸潜温之玄室兮，涤浊秽于太清[74]。反情素于寂漠兮，居华体之冥冥[75]。玩琴书以条畅兮，考性命之变态[76]。运四时而览阴阳兮，总万物之珍怪[77]。虽穷天地之极变兮，曾何足乎留意[78]！长恬澹以欢娱兮，固贤圣之所喜[79]。

乱曰[80]：处幽潜德，含圣神兮[81]；抱奇内光，自得真兮[82]。宠幸浮寄，奇无常兮[83]；寄之去留，亦何伤兮[84]；大人之度，品物齐兮[85]。舍位之过，忽若遗兮[86]。求位得位，固其常兮[87]；守信保己，比老彭兮[88]。

## 注释

① 遂：以往。初：开始。显禄：显贵的官职。

② 遭：逢，遇。阊阖（chānghé）：联绵词，神话传说中的天门，这里指宫门。开通：通达无阻。

③ 蹠（zhí）：脚掌，这里用如动词，踩，登。三台：星名，在北斗星的斗杓之下，分三行，依次相错，每行二星，共六星，状如台阶，故称三台。汉代的中央政府设有三公（丞相、太尉、御史大夫。西汉末丞相改称大司徒，太尉改称大司马，御史大夫改称大司空），"三公在天法三台"，故即以三台为三公的代称。作者在拜为黄门侍郎之后，曾受诏与其父刘向一起领校皇家图书秘籍，而秘籍属大司空的属官所掌管，因此刘歆说自己登上了三台。征：行。上征：喻拔擢。

④ 北辰：北极星，借指皇帝。紫宫：紫微星，借指西汉未央宫正殿（朝堂所在）。这句说，自己被提拔为侍中太中大夫，直接侍奉皇帝，掌议论应对，很庆幸。

⑤ 列宿：众星，此指皇帝的后妃太子等。钩陈：星名，借指汉朝禁卫军。

⑥ 拥：拥戴。大常：即"太常"，旗名，上面绘有日月，天子所用，这里用以代天子。枢极：最高、最重要的地位。

⑦ "总六"句：意思是自己为天子车驾作前驱。总，把几匹马的辔绳合起来攥在手里牵着。六龙：驾在乘舆（天子之车）上的六匹马。马高八尺曰龙。驷房：房星名，一名天驷，故称为房驷，这里似指御马厩。

⑧ 华盖：星名，在钩陈旁，形如车盖，此处代乘舆。

⑨ 惟：语气词。太阶：即三台，指三公。侈阔：这里是骄纵乖戾的意思。古代星相家认为，"三台色齐，君臣和；不齐，为乖戾"。这句的大意是说汉哀帝时期，三公外戚擅权，君臣失和，政见分歧。

⑩ 机：同"玑"，天玑，北斗第三星。衡：玉衡，北斗第五星。这里以机衡代北斗。古人认为北斗星运于中央，临制四方，它象征天子的喉舌、政令。此句紧承上句，是说三公骄

横,哀帝的意旨难以贯彻施行。

⑪ 魁:北斗第一至第四星。杓(biāo):北斗第五至第七星。这里以魁杓代北斗。前后:前后变动。

⑫ 遂:于是,就。隆:当作"降",指京官外放。又,自长安往东,为下行路线,也称降。集:止,到。河滨:黄河岸边,此指西汉河南郡洛阳。

⑬ 阳侯:水神名。相传他本为阳陵国诸侯,被水淹死而魂魄成神。丰沛:指黄河水量丰盛充沛。素波:白浪。以:而。聊戾:双声联绵词,此指船只在浪涛中颠簸旋转。

⑭ 玄武:天文学称北方奎、娄、界、昴、毕、觜、参七星为玄武,其中参星是晋的分野,故作者即以玄武代指晋国(今山西)。嘉兆:犹言喜讯。五原:郡名,在今山西北部与内蒙古相交的地区,春秋时属晋,战国时属赵。烽燧(suì):古代边防上用以报警的烽火。

⑮ 乘(shèng):车。驾:套车。俟(sì):等待。仆夫:即车夫。期:期待。涂:同"途"。

⑯ 太行:太行山。严防:险要的关隘。天井:天井关,在太行山主峰附近。乔:高。

⑰ 历:经过。冈:山脊。岑:小而高的山峰。攄(shū):舒展,活泼。

⑱ 舞:使动用法,驱马飞驰。双驷:即"二乘",每乘四马为驷。优游:叠韵联绵词,悠闲。济:止,到。黎:殷代诸侯国,后为西伯(周文王)所灭。汉为上党郡壶关县黎亭,位于今山西长治。

⑲ 涤荡:同"条畅",舒散,畅达。远:兼有二义:古代(圣贤、史迹);远方(从南至北的晋国境域)。回:绕过。高都:上党郡的县名。

⑳ 剧:甚,太厉害。这里是意动用法,认为……太厉害了。强秦:战国七国中秦国最强盛,故称强秦。吊:凭吊。赵括:赵国人,赵奢之子。赵孝成王四年(前260)他代廉颇为将守长平(今山西高平),抗击秦将白起,因指挥失误而溃败,赵括被射死,全军40余万人被坑杀。

㉑ 好:喜爱。周文:周文王。嘉:善,美。躬:亲自。

㉒ 观风:瞻仰古先贤的风采。庆辛甲:为辛甲这样的贤人能知遇于周文王而庆幸。辛甲,周文王的太史。原先服侍殷纣,屡次进谏不听,因而去殷入周。长子:辛甲的封地,在今山西长子。

㉓ 衰周:指东周王室日渐衰微。数(shuò):屡次。困辱:被围困、侮辱。莫:没有哪个(诸侯)。扶:救助。

㉔ 执:捕获。孙蒯(kuǎi):春秋后期卫国大夫,公元前555年,在出使晋国时被捕。原因是他上年曾带兵进攻过曹国,曹国当即向诸侯盟主晋国告了状,因而晋国以此来报复(事见《左传·襄公十八年》)。屯留:本为留吁国,春秋时期晋灭之为邑,在今山西屯留南。

㉕ 王师:周王室的军队。余吾:晋邑,在屯留西北。

㉖ 下虒(sī):地名,汉代为下虒聚,又有上虒亭,并属上党郡铜鞮(dī)县,在今山西沁县。平公:姬姓,名彪,

晋悼公之子，公元前557—前532年在位。他淫逸纵欲，大兴土木，耗竭民力，晋的国力从此衰败。台：平而高的建筑物，这里泛指宫室台榭等建筑。

㉗ 背：背离，抛弃。宗周：东周时期，周天子名义上还是天下的宗主，故仍称宗周。恤：忧。苟：苟且。偷乐：只顾眼前的快乐。惰怠：心志懈怠。

㉘ 枝叶：喻公族。落：公族失去爵禄，降为庶民。省(xǐng)：视，察看。阒(qù)：形容空寂。

㉙ 日：一天天地，日趋严重地。悛(quān)：悔改。家门：又称私门，指卿大夫。俞：通“愈”，越发，更加。

㉚ 载：同“戴”。约：当作“絇”(qú)，鞋头的装饰。屦(jù)：鞋，用麻、葛等制成。弁(biàn)：贵族男子戴的一种帽子。履：鞋。这两句以鞋帽倒置比喻晋君在用人上的昏庸。

㉛ 宝砾(lì)石：把砾石当作宝贝。砾，碎石。庙：宗庙。堂：朝堂，君臣议政处。面(miǎn)：同“偭”，背弃。随和：随侯珠与和氏璧，皆有名的珍宝。

㉜ 建衰而造乱：即制造衰乱。

㉝ 后君：平公玄孙出公。靖公：《史记》作“静公”，同，幽公曾孙，名俱酒，在位仅有两年，韩、赵、魏灭晋而三分其地，被封于端氏(县)，后又被迁到屯留，降为庶人，晋亡。

㉞ 越：跨过。侯田：当作“侯甲”(据《水经注·汾水》)，山名，在今山西祁县。释：解免。飞患：意外的灾祸。此句是指晋大夫祁奚免除了叔向所遭的横祸一事。叔向：羊舌肸(xī)，字叔向，晋平公太傅，春秋时的贤人。

㉟ 善人：指叔向。劳：慰劳，感谢。祁奚：晋国大夫，以正直著名。太原：汉郡，在今山西太原一带。祁奚为祁人。祁属太原郡。

㊱ 何：为什么。叔子：叔向。好(hào)：爱。直：正直光明。为：被。群邪：指范宣子等人。恶(wù)：憎恨。

㊲ 徂(cú)落：死亡。

㊳ 美：善，善人，指祁奚。偶：遇合。

㊴ 虽：即使。韫宝：蕴藏的珍宝。焉：哪里，怎么。贾(jià)：价格。

㊵ 仲尼：孔子名丘，字仲尼。淑：善。隘穷：穷困窘迫。陈蔡：春秋时二国名，陈在今河南周口一带，蔡在今河南上蔡西南。孔子困于陈蔡之事，详见《史记·孔子世家》。

㊶ 彼：那。贞专：坚贞忠诚。卒：终。放：流放。沉：投入水中(自杀)。湘渊：湘水上的汨(mì)罗渊。渊：深水。

㊷ 方直：正直。容：被容纳。柳下：柳下惠，即展获，字禽，食邑于柳下(地名)，谥惠，春秋时鲁国的士师(官名)。三黜(chù)：多次被撤职。

㊸ 遽瑗：通作蘧瑗(qúyuán)，字伯玉，春秋时卫国大夫，以善于改过闻名。抑：被压制。再奔：遽瑗曾两次为避内乱而离开卫国，事见《左传》。知：通“智”。

㊹ 扬：舒展。蛾眉：眉毛形如蚕蛾谓之蛾眉，形容貌美。见：被。固：本来。情：本性。

㊺ 恶(wù)：憎恨。绳：墨斗里的墨线，匠人用以取直。诚：真诚，真心。

㊻ 夫(fú)子：那些人，指上述叔向、仲

尼等。博观:博学多识。此道:指遭遇贬黜困辱等困境。

㊼ 空:白白地。下时:低眼下看当时的社会风尚,即看不起污浊的社会现实。矔(guàn)世:对世俗怒目而视,即憎恶邪恶的世态。矔,瞪视。命:使。

㊽ 积习:积久的社会风习。生常:成为人们普遍接受的公理。常:常理,法则。别:辨识。

㊾ 叔群:晋国当初的受封者叔虞,系周成王之弟,名虞,字叔,故称晋国始封君以下的历代子孙(即公族)为叔群。皂隶:奴隶。六卿:晋国的韩氏、赵氏、魏氏、范氏、智氏、中行氏六家贵族,他们在晋昭公时强盛起来。桀:同"杰",豪杰。

㊿ 荀寅:即中行文子,六卿之一。肆:放肆。颛(zhuān)恣:专横骄纵。颛,同"专"。吉射:范氏,六卿之一。擅兵:独霸兵权。

51 若兹:如此,指上述背君作乱的行为。责:痛斥。赵鞅:谥简子,晋国正卿(执政大臣),掌权近六十年。晋阳:晋国故都,汉代为太原郡郡治,在今山西太原。

52 轶(yì):越过。中国:犹中原,此指晋阳以南。句注:山名,战国时为赵国北部的险要,在今山西雁门关西北。以:而。陵厉:同"凌厉",意气激越。

53 历:经过。雁门:汉代郡名,在今山西西北部。云中:郡名,在山西西北部及内蒙古自治区南部一带。超:跨越。绝辙:未曾有车辆通行过的地方。逝:往,行。

54 济:止,到。临沃:汉五原郡县名。遥思:遐想。垂意:关注的意思。边都:边城,此指五原。

55 野:旷野。寥廓:空旷。陵谷:丘陵山谷。错:交杂。盘纡(yū):盘旋曲折。

56 飘:旋风,泛指大风。寂寥:寂寞冷落。荒昒(hū):形容暴风过处景物模糊不清。杳(yǎo)冥:昏暗的样子。

57 回风:旋风。育:犹言"育育",盛貌。飘忽:转移不定。飐(zhǎn)飐:风吹物动状。泠(líng)泠:清冷。

58 薄:迫,临近。涸(hé)冻:地面及流水冻结。茀(fú):同"拂",吹。

59 漂:通"飘",吹。涉:履,踩着。隆:厚。

60 扬:飞扬。雹霰(xiàn):冰雹和(空中降下的)冰粒。复:覆盖。陆:此指原野。慨:喟叹。原泉:源泉。原,同"源"。凌阴:冰窖,在源泉之下。

61 激:撞击,此指流澌相击。流澌(sī):流冰。漻泪(liàolì):双声联绵词,水流疾速的样子。窥:看。九渊:深渊。潜淋:暗流。

62 飒(sà):风声。凄怆:悲伤。以:而。憯怛(dá):悲苦。慽风:哀风。漻:呼啸。

63 望浪:叠韵联绵词,仓皇失措的样子。穴:同"泬",迅疾。胁翼:夹紧翅膀。胁:用如动词,夹住。浚浚:紧缩的样子。

64 萧瑟:萧条冷落。鹍(kūn):鹍鸡,似鹤,黄白色。树木坏:指老树树干中空成洞。哇吟:风吹时树洞发出声音。

⑥⑤ 坼(chè):裂开。嵒(yán)嵒:形容巨石破裂的样子。

⑥⑥ 烈烈:强大威猛的样子。厉高:凌厉而高远。廖䏲、枭牢:都是空虚的意思。

⑥⑦ 邕(yōng)邕:雁叫声。迟迟:飞行缓慢。鹳(guàn):鸟名,形似白鹤,生活在水边。嘈(cáo)嘈:叫声杂乱。

⑥⑧ 亭:用以瞭望、戒备的建筑物,类似后世的岗楼。隧:同"燧",烽火台。皦(jiǎo)皦:明亮、显眼的样子。翩(piān)翩:飘动的样子。

⑥⑨ 迥:远。修:长。绵绵:长远的样子。

⑦⓪ 勒:部署,戒敕。障塞:借以守御的地形、地物及营垒工事。奋:振发。武灵:赵武灵王(? —前295),名雍,战国时有名的诸侯。奋发图强,提倡胡服骑射,进行军事改革,破林胡、楼烦等部族,拓地至雁门、云中一带。

⑦① 摅(shū):布置,这里当实行讲。赵奢:战国时赵国名将,富有谋略。威谋:威势和计谋。完:使(城池)完整无损。金城:城防坚固如金。

⑦② 外:对外,指防御匈奴侵犯。折冲:攻击和消灭敌寇。无虞:没有(边境上的)忧患。抚:安抚。宁:安宁。

⑦③ 邕容:从容不迫,适意。惕:惊惧。竺(dǔ)寒:盛寒。竺,厚。

⑦④ "攸潜"句:自己要离开保暖的深屋。攸:或为"放"字之误。玄,深。涤:洗刷。太清,道家所说的很高的天界。

⑦⑤ 反:同"返",回归。情素:本性。寂漠:(道家提倡的)空虚无为。华体:华贵的身体。冥冥:虚无缥缈的世界。

⑦⑥ 条畅:舒畅。考:推究。变态:道家认为清静无为符合人的本性,是常态;争斗进取违背本性,因而是变态。

⑦⑦ "运四"句:意思是掌管驾驭四时、阴阳。四时:四季。览:同"揽"。总:总管。

⑦⑧ 穷:穷尽。天地之极变:指四时阴阳万物的一切变化。何足:哪里值得。

⑦⑨ 恬澹(tiándàn):淡泊。圣贤:指道家老子、庄子。

⑧⓪ 乱:音乐的末章,即"尾声"。

⑧① "处幽"句:处身于幽远的境界,把德性潜藏起来,包容着圣人神人的精神。

⑧② "抱奇"句:把自己的奇才抱进怀中(不要显扬),光彩也收敛起来,那我就得到真道了。内(nà):同"纳"。

⑧③ "宠幸"句:世间尊荣、耻辱变化无常。宠:尊贵。幸:被爱。浮寄:漂泊不定。奇:变异。

⑧④ "寄之"句:既然整个人生就像旅行做客一样,那么在生活中离开或留在某个地方还不是一回事,又有何妨呢?寄:义为人生如寄。

⑧⑤ 大人:品格精神极高的人。品物:众物,一切事物变化。齐:同样看待,认为没有差异。

⑧⑥ "舍(shě)位"句:导致我丢掉原有官位的所谓过失,很快就忘记了,就像遗失了似的,再也不想它了。

⑧⑦ "求位"句:我请求从朝廷外放为吏,就得到了河内、五原的郡守职位,来到边塞,这本来是事情的常理。

⑧⑧ "守信"句:守着真诚,保住自我,那

就能像老彭一样长寿了。信:诚实。老彭:据说是商朝人,活了很久。

## 鉴赏

刘歆(?—23),字子骏,汉高祖刘邦之弟楚元王交的后代,是西汉末年大学者刘向的儿子。少时通诗、书,能属文,成帝初待诏宦者署,为黄门郎。河平中(前26年前后)奉诏与其父同领校皇家图书,对六艺、诸子、传记、诗赋、数术、方技皆有所深究。公元前6年刘向死后,继父任。汉哀帝时任侍中太中大夫、骑都尉、奉车光禄大夫,甚得信任。此时,作《七略》,为我国目录学史上第一部目录学术著作。此书虽已亡佚,但班固的《汉书·艺文志》"辑其要",基本上保存下了它的原貌。后出为河内太守、五原太守、涿郡太守。王莽执政后,还朝,为右曹太中大夫、大司农、京兆尹等,封红休侯。此期,考定律历,著《三统历》。王莽篡位后,以他为国师,封嘉新公。地皇四年(23),因谋杀王莽事泄而自杀。

刘歆是著名的古籍整理学家、学者,也是著名的辞赋家。今存《遂初赋》及《灯赋》《甘泉宫赋》的残文。《遂初赋》是继屈原《涉江》《哀郢》之后的第一篇完整的纪行辞赋,对以后纪行辞赋的写作,产生了深远的影响。

清人严可均在辑录《全上古三代秦汉三国六朝文》一书时,于本赋前加了一段"序文"。"序"说:"遂初赋者,刘歆所作也。……歆好《左氏春秋》,欲立于学官。时诸儒不听,歆乃移书太常博士,责让深切,为朝廷大臣非疾。求出补吏,为河内太守。又以宗室不宜典三河,徙五原太守。是时朝政已多失矣。歆以论议见排摈,志意不得,之官经历故晋之域,感今思古,遂作斯赋,以叹征事,而寄己意。"这就把此赋写作的背景,主要内容和创作意图都予以说明了。

总观全赋的叙写,语意连贯,像是一气呵成。但从所述内容来看,大致可分为四部分。

第一部分,作者首先交代所以出守五原的原因及始末。开头至"奉华盖于帝侧"八句,先简叙自己年轻得志的情况。"蹠三台"以下六句,具体说出这些"显禄"的具体职位,以表明汉成帝对他的宠信。赋文以"遂初"命题,而不以所述内容题为"北征"等等,大概就为了表现他怀旧伤今的思想情绪。"惟太阶之侈阔兮"以下八句,接着写他出守河内,而又转徙五原的情景。第二部分,作者主要叙写赴任行程中途经"古晋之域"的感慨。他以春秋时晋国的故事为引发,思古感今,借以抒发自己内心的抑郁和不平。第三部分从“野萧条以寥廓兮”至“乱曰”前,集中叙写了他在边塞地区所见的风光、旅途中所受的辛苦以及临近任所时所产生的思想感情。如果说第二部分主要是借述史以抒情的话,那么这一部分则主要是借写景以抒情,或者直抒胸臆。所以从写法到思想,前后都是有所变换、有所不同的。在此,作者把塞外的风光写得极为真实、生动而精彩。最后一部分是“乱曰”,也是全赋的尾声。这种写法,几乎是自屈原《离骚》以来骚体赋普遍采取的体式。在这里,作者虽然仍然是用老庄思想进行自我宽慰、自我解脱,但也是他对自己半生以来种种荣辱、遭遇的反思和总结。他身寄边塞,远离朝廷,认为是“处幽潜德,含圣神兮;抱奇内光,自得真兮”。其中,虽然也不无怨愤之情,但胸怀、意境确实是拓阔了。他豁达大度地说:“宠幸浮寄,奇无常兮;寄之去留,亦何伤兮;大人之度,品物齐兮。”以前的种种荣辱,站在更高的角度上来返视复察,似乎都不值得思虑和计较了。就他这次远守五原的具体前后过程来说,他也认为是“舍位之过,忽若遗兮;求位得位,固其常兮”,心理上也完全可以得平衡。最后,作者提出“守信保己,比老彭兮”的宗旨,表示既不屈服于强权,也不忧愤于个人得失,自认为保身全性、守信保己、不失自己的德操和职守,也就可以修真养性、长命百岁了。这是作者对这场斗争的总结和再认识,也是对自己品德的自我表白。看看作者后来仕于王莽新朝时的所作所为,他虽然没有完全实践自己的宣言,但还是能保持自己操守的。作者用这种表现手法结束全文,也是能引人深思的。

总而言之,《遂初赋》既是一篇纪行之作,又是一篇抒情之作。全赋最大的特点是以纪行为线索,叙事状物,述怀抒情。或托意于事,或寄情于景,或直抒胸臆,达到了行、事、景、情相互交融为一体的艺术高度。由于事、景的不同,作者的感情或豪放、或深沉、或激切、或悲凉,起伏变化,自然真切,都具有较强的艺术感染力。

《遂初赋》继承和发展了屈原《涉江》《哀郢》的写作艺术。它的出现,开创了以后辞赋创作中“纪行体”的写作道路。后来出现的诸如班彪的《北征赋》、班昭的《东征赋》、潘岳的《西征赋》等等,虽然是学习它而又有所发展的赋作,但在以史实写现实上这一点上,都还不如《遂初赋》这么恰切和深沉。萧统的《文选》“纪行”类中虽然没有收录它,但它在辞赋发展中的作用和影响,却是不容忽视的。

(霍旭东　朱正义)

# 北 征 赋

班 彪

余遭世之颠覆兮，罹填塞之阨灾[1]。旧室灭以丘墟兮，曾不得乎少留[2]。遂奋袂以北征兮，超绝迹而远游[3]。

朝发轫于长都兮，夕宿瓠谷之玄宫[4]。历云门而反顾，望通天之崇崇[5]。乘陵冈以登降，息郇邠之邑乡[6]。慕公刘之遗德，及行苇之不伤[7]。彼何生之优渥[8]，我独罹此百殃。故时会之变化兮，非天命之靡常[9]。

登赤须之长坂，入义渠之旧城[10]。忿戎王之淫狡，秽宣后之失贞[11]。嘉秦昭之讨贼，赫斯怒以北征[12]。纷吾去此旧都兮，騑迟迟以历兹[13]。遂舒节以远逝兮，指安定以为期[14]。涉长路之绵绵兮，远纡回以樛流[15]。过泥阳而太息兮[16]，悲祖庙之不修。释余马于彭阳兮，且弭节而自思[17]。日晻晻其将暮兮，睹牛羊之下来[18]。寤旷怨之伤情兮，哀诗人之叹时[19]。

越安定以容与兮，遵长城之漫漫[20]。剧蒙公之疲民兮，为强秦乎筑怨[21]。舍高亥之切忧兮，事蛮狄之辽患[22]。不耀德以绥远兮，顾厚固而缮藩[23]。首身分而不寤兮，犹数功而辞僭[24]。何夫子之妄说兮，孰云地脉而生残[25]。登鄣隧而遥望兮，聊须臾以婆娑[26]。闵獯鬻之猾夏兮，吊尉卭于朝那[27]。从圣文之克让兮，不劳师而币加[28]。惠父兄于南越兮，黜帝号于尉佗[29]。降几杖于藩国兮，折吴濞之逆邪[30]。惟太宗之荡荡兮，岂曩秦之所图[31]。

隮高平而周览，望山谷之嵯峨[32]。野萧条以莽荡，迥千里而无家[33]。风猋发以漂遥兮，谷水灌以扬波[34]。飞云雾之杳杳，涉积雪之皑皑[35]。雁邕邕以群翔兮，鹍鸡鸣以哜哜[36]。游子悲其故乡，心怆悢以伤怀[37]。抚长剑而慨息，泣涟落而霑衣[38]。揽余涕以于邑兮[39]，哀生民之多故。夫何阴曀之不阳兮，嗟久失其平度[40]。谅时运之所为兮，永伊郁其谁愬[41]。

乱曰[42]：夫子固穷，游艺文兮。乐以忘忧，惟圣贤兮[43]。达人从事，有仪则兮[44]。行止屈申，与时息兮[45]。君子履信[46]，无不居兮。虽之蛮貊[47]，何忧惧兮。

## 注释

①颠覆：倾跌，指时局动荡。罹(lí)：遭遇。填塞：指道路被填塞，比喻政治混乱。阨(è)：同“厄”，危困。

②丘墟：废墟。曾：乃，竟。少：稍。

③奋袂(mèi)：举袖，形容奋发的样子。绝迹：远道无人迹之处。

④发轫(rèn)：驾车出发。轫，止车木。长都：即长安，我国古都之一，在今陕西西安西北。瓠(hù)谷、玄宫：皆地名，在今陕西西安西。

⑤云：即云阳县，在今陕西淳化北。通天：台名，在甘泉宫内。崇崇：高峻的样子。

⑥乘：登。陵：大土山。登降：上下。郇(xún)邠(bīn)：栒邑县之豳邑，在今陕西旬邑西南。郇同“栒”，邠同“豳”。

⑦公刘：周之远祖，曾率周民迁于豳，观察地形水利，开垦荒地，安定居处。行苇：《诗经·大雅》中有《行苇》篇，相传为公刘所作。《毛诗序》：“《行苇》，忠厚也。周家忠厚，仁及草木。”

⑧优渥(wò)：丰厚优裕。

⑨时会：时运，即时势。靡：无。

⑩赤须：坂名，在北地郡，今甘肃东南

部及宁夏南部一带。义渠：古西戎国名，在北地郡。

⑪ 忿（fèn）：怨恨。戎王：指义渠戎王，他与秦昭王母宣太后私通，秦昭王杀之，并起兵伐灭其国。秽：淫乱。宣后：宣太后，秦昭王之母。

⑫ 赫：犹赫怒，勃然震怒。"赫斯怒"，语出《诗经·大雅·皇矣》。

⑬ 纷：指心绪繁乱。騑（fēi）：古代驾车的四匹马，在两旁的两匹马叫骖马，也叫騑马。历兹：至此。

⑭ 舒节：指驰车。节，车行的节度。安定：汉郡名，治所在高平，辖境相当于今甘肃景泰、靖远、会宁、平凉、泾川、镇原以及宁夏中宁、中卫、同心、固原等县地。

⑮ 绵绵：连绵不断的样子。纡回：曲折。樛（jiū）流：曲折的样子。

⑯ 泥阳：汉县名，属北地郡，在今甘肃宁县东南。

⑰ 释：放。彭阳：汉县名，在今甘肃镇原。弭节：指停车。弭：止。

⑱ 晻（yǎn）晻：日光渐暗。牛羊之下来：语出于《诗经·王风·君子于役》"日之夕矣，牛羊下来"。

⑲ 寤：通"悟"，理解。旷怨：指旷夫怨女。《君子于役》篇抒写对久役在外君子的思念是旷怨。诗人嗟叹君子行役是叹时。

⑳ 容与：行进迟缓的样子。遵：循。漫漫：通"曼曼"，距离遥远的样子。

㉑ 剧：极，甚，过分。蒙公：即蒙恬，秦将，曾督筑长城。筑怨：蒙恬督建长城，使民疲而怨，故云"筑怨"。

㉒ 舍：舍弃。高：指赵高。亥：指胡亥，秦二世名。切忧：近忧。事：从事，指防御。辽患：远患。

㉓ 耀德：发扬道德的光辉。绥远：安抚远方。缮（shàn）：整治。藩：篱笆，引申为边防。

㉔ 数（shǔ）：历数。辞諐（qiān）：不承认罪过。諐：同"愆"，罪过，过失。

㉕ 夫子：指蒙恬。地脉生残：地脉生害，即毁绝地脉。生残，是"生害"的意思。

㉖ 鄣（zhàng）：塞上险要之处，别筑为城。隧：通"燧"，烽火亭。婆娑（suō）：盘桓，徘徊。

㉗ 闵：伤念。獯鬻（xūnyù）：我国古代北方少数民族，汉代称之为匈奴。猾：乱。夏：华夏。卬（qióng）：姓孙，一说姓段，曾任都尉，为匈奴所杀。朝那：汉县名，在今宁夏固原东南。

㉘ 圣文：指汉文帝刘恒。克：能。劳师：烦劳军队以征伐。币加：增加币帛。

㉙ 惠：施以恩惠。南越：古代南方民族名、国名。秦朝末年，龙川令赵佗建立南越国。《史记·孝文本纪》："南越王尉佗自立为武帝。然上（指文帝）召贵尉佗兄弟，以德报之，佗遂去帝称臣。"

㉚ 几仗：是老人恃以支持身体的用具。吴濞（bì）：即吴王刘濞，汉高帝刘邦兄刘仲之子，汉高帝立为吴王。孝文帝时，稍失藩臣之礼，称病不朝。孝文帝赐吴王几杖，准予年老不朝。

逆邪:叛逆。

㉛ 太宗:汉文帝庙号。荡荡:广远的样子,这里用以形容汉文帝的王道广远。曩(nǎng):从前。图:图谋,设想。

㉜ 隮(jī):登上。高平:汉县名,属安定郡,在今宁夏固原。周览:四面瞭望。嵯(cuó)峨:高峻的样子。

㉝ 萧条:凋零的样子。莽荡:旷远的样子。迥(jiǒng):远。

㉞ 猋(biāo):通"飙",疾风,暴风。漂遥:即"飘摇",风驰的样子。灌:灌注。扬波:翻起波涛。

㉟ 杳(yǎo)杳:深暗幽远的样子。皑(ǎi)皑:洁白的样子。邕(yōng)邕:雁鸣声。

㊱ 鹍(kūn)鸡:鸟名,似鹤,黄白色。哜(jiē)哜:犹"喈喈",众鸟齐鸣声。

㊲ 游子:班彪自指。怆悢(chuàngliàng):悲哀。

㊳ 慨息:犹"叹息"。涟落:泪流的样子。

㊴ 揽:收。于(wū)邑:同"呜唈",犹"呜咽",因悲伤而抽噎。

㊵ 阴曀(yì):阴暗,比喻天下昏乱。阳:明,比喻天下太平。平度:正常的法度。

㊶ 谅:确实。伊郁:忧怨。愬(sù):同"诉"。

㊷ 乱:辞赋篇末对全篇要旨的总结。

㊸ 夫子:指孔子。固穷:安守穷困。艺:指六艺,即礼、乐、射、御、书、数。孔子曾说过:"君子固穷"(见《论语·卫灵公》)"游于艺""乐以忘忧"(见《论语·述而》)。

㊹ 达人:通达事理的人。仪则:犹法则。

㊺ 申:通"伸"。与时息:与时消息,指行动适应时势变化。息,消息,谓生灭、盛衰。

㊻ 履信:指履行忠信之道。

㊼ 之蛮貊(mò):比喻自己远至天水。之,往、到。貊,古代东北方的部族。

## 鉴赏

班彪(3—54),东汉史学家、文学家,字叔皮,扶风安陵(今陕西咸阳东北)人。出身于仕宦之家。年二十余,逢更始帝被杀,长安一带大乱,离长安避难。初在天水(在今甘肃通渭西北)依附御史大夫隗嚣,后在河西(今甘肃、青海二省黄河以西地区)为大将军窦融从事,劝窦融支持皇族刘秀复兴汉室。东汉初年,光武帝雅闻班彪才名,召入见,举茂才,拜徐令,因病免官。后为望都长,卒于任。班彪是汉代著名的史学家,才高好述。曾采前史遗事,旁贯异闻,作《史记后传》百余篇,为其子班固著述《汉书》所本。班彪还著赋、论、书、记、奏凡九篇。班彪的辞赋分纪行赋和山水赋两类，有《北征赋》《冀州赋》《游居》《览海赋》等，体制短小，重在抒情，开了东汉抒情小赋之先声。他的《北征赋》最负盛名，是汉赋史上有名的一篇以纪行为题材的作品，上承刘歆的《遂初赋》，对后世纪行赋的写作，有一定的影响。班彪之后，曹大家（班昭）写了《东征赋》，蔡邕写了《述行赋》，潘岳写了《西征赋》，都很有名，在题材和艺术手法上是受了《北征赋》影响的。庾信的《哀江南赋》、杜甫的《北征》、《自京赴奉先县咏怀五百字》等作品，与《北征赋》也有相似之处。可见《北征赋》对后世诗赋的影响是很深远的。

《北征赋》是班彪的早期作品，写于更始三年（25）。西汉末年，随着新王朝经济改革的失败，统治阶级内部斗争日趋尖锐，匈奴反叛，时常入侵，干旱、洪水、蝗虫等天灾连年袭击，各地农民大起义和饥民暴动不断发生。地皇四年（23），王莽的新朝在农民起义军的沉重打击下土崩瓦解。新市、平林农民起义军拥戴刘玄称帝，建元为更始元年，都于宛城（在今河南南阳）。次年，刘玄在王莽被击杀后，迁都长安。更始三年，刘盆子率赤眉入关，攻陷长安，刘玄肉袒至长乐宫请降。《后汉书·隗嚣传》记载，“赤眉入关，三辅扰乱”时，隗嚣由于参与谋划“劫更始东归”光武帝之事败露，被迫率数骑从长安突围，亡至天水。及至刘玄败降，“三辅耆老士大夫皆奔归嚣”。仕宦出身的班彪，“遂奋袂以北征兮，超绝迹而远游”，往天水依附隗嚣，行至安定郡境内高平时，登上城楼，周览四方，感慨万千，即挥笔写了这篇《北征赋》。

《北征赋》是一篇纪行赋。赋的开端部分，写了离京北行的原因是由于“遭世之颠覆”“罹填塞之阨灾”。中间部分纪行，历数北行途中所经之地以及由此而产生的伤感之情，是赋的主体。“乱曰”部分，明确地表示了在乱世中所持的效法前代贤人、“行止屈伸”、适应时势变化、“退则独善其身”的坚定态度。这篇纪行赋以骚体的形式，记叙了北行的历程，表达了怀古伤时的感慨，抒发了怀念故乡和安贫乐道的情怀。

运用夹叙夹议的手法，将纪行叙事、写景抒情、怀古议论融为一体，是《北征赋》最突出的艺术特色。作者纪行，落笔长安，止笔高平。“朝发轫于长都兮，夕宿瓠谷之玄宫。”字里行间流露出凄怆、愤慨的心情。当在“云门而反顾”时，看见了那高高的通天台。“望通天之崇崇”，摄情入景，是景语，又是情语，既展现了云门地势高的特点，又抒发了离开长安时依依不舍之情。“乘陵冈以登降，息郇邠之邑乡。”郇邠曾是周代远祖公刘的治邑。《诗经·大雅》中有《公刘》篇，真实而具体地叙述了公刘率其民众至郇邠开垦荒地、选择京邑、建筑宫室、勤于政务的情况；又有《行苇》篇，相传为公刘所作，《毛诗序》认为表现了周王室内睦九族，亲敬耆老，恩泽被布天下的盛况。作者行旅至此，不禁思古抚今，涉笔抒慨："慕公刘之遗德，及行苇不伤，彼何生之优渥，我独罹此百殃。"由古代公刘之"遗德"，想到当今自己所遭受的"百殃"；由古代"周家忠厚，仁及草木"，想到当今身处兵燹连年、生灵涂炭的乱世。通过古今对比，感慨生不逢时，大大增强了文章的感情色彩。接着发出议论："故时会之变化兮，非天命之靡常。"就是说，社会变乱之由起，是人君不行德政所致，不是天命决定的。简短的议论，流露出了对西汉末年王莽、刘玄等人不修德政的怨愤。思古既毕，转入议论，至为顺畅，衔接紧密，在议论中又有抒情，议论与抒情契合。出了郇县豳乡，继续北上，到了义渠旧城。战国时代西戎国义渠戎王曾与秦昭王之母宣太后淫乱，后为秦昭王所杀；秦伐义渠，"于是秦有陇西、北地、上郡，筑长城以拒胡"。(见《史记·匈奴列传》)作者"入义渠之旧城"，便联想起了义渠戎王和秦昭王的这段往事，褒贬之情油然而生。西汉末年，匈奴反叛，西掠天水东麓，南侵晋陕，但未曾有征讨之事。显然，作者是借古讽今，即借赞扬秦昭王诛杀义渠戎王、北征匈奴之功绩，来批评王莽、刘玄等人的为政荒乱。依恋旧都长安之情，忧虑"旧室灭"之思，洋溢于楮墨之外。在途经泥阳时，看到祖庙由于长年失修，墓碑倾于草芜的情景，一种难以克制的悲哀涌上心头。"日晻晻其将暮兮，睹牛羊之下来。"这两句生动、形象地描绘出了夕阳西下、牛羊从远处的山坡上归来的一个画面，渲染出了一种凄清、悲凉的气氛。此时此景何其动人，使他对《诗经·王风·君子于役》叹时的含义，有了更深刻的感受。作者写释马停车，叹息自思，衬之以牛羊夕归的动人景色，使读者仿佛闻其叹时之声，感其国哀家愁之情。叙事兼有抒情，叙事与抒情，宛然妙合。在途经安定时，作者沿着长城缓缓而行，不禁想起当年筑城者、秦代名将蒙恬。始皇二十六年"蒙恬将三十万众，北逐戎狄，收河南。筑长城，因地形，用制险塞，起临洮，至辽东，延袤万余里"。三十七年冬，秦始皇崩于沙丘平台，宦官赵高与公子胡亥、丞相李斯阴谋伪造秦始皇遗诏，立胡亥为太子。"太子已立，遣使者以罪赐公子扶苏、蒙恬死……蒙恬喟然太息曰：'我何罪于天，无过而死乎？'良久，徐曰：'恬罪固当死矣。起临洮属之辽东，城堑万余里，此其中不能无绝地脉哉？此乃恬之罪也。'乃吞药自杀。"(见《史记·蒙恬列传》)想到蒙恬的这段史实，颇有感慨，遂生发出一番意味深长的议论。在班彪看来，蒙恬是一个历史悲剧人物。

他认为蒙恬为了让秦王朝免受匈奴侵扰而“疲民”修筑万里长城,这是为强秦“筑怨”;认为蒙恬身为秦王朝之名将,放着朝廷内政腐败混乱不管,只一味防御边患巩固边防,结果让胡亥篡位,自己被赐死于边地,这是政治上的失策;认为蒙恬至死时“数功”,只承认筑城有罪,不承认其他之过错,这是“妄说”“不寤”。作者对蒙恬一段史实的追忆与议论,是借用历史上的沉痛教训来表示他对王莽末年大肆推行暴力政策,结果边患平,内乱迭起的不满。缘境追忆,因忆发议,寓情于议,议论与抒情妙合。作者沿着那蜿蜒起伏于峰巅壑间的长城边行边思,怀着沉痛的心情凭吊了在匈奴入侵时被杀于朝那的北地都尉卬,表达了他对北地都尉卬的崇敬与缅怀之情。这时他联想到《史记·孝文本纪》中记载的汉文帝为政之事。洋溢着对汉文帝内外政策憧憬、仰慕之情。怀古与抒情熔于一炉。

总之,《北征赋》是一篇富有时代特点的纪行赋。作者纪旅行所经之地,插入有关景物的描写,寓情于景,达到情景交融的境地。抚今怀古,以古喻今,相当成功,不是信手拈来,随意安放,而是因地而施,穿插得宜,显得含蓄有致。议论也很巧妙,往往是承上而来,就事因人而发,即自然顺理,恰到好处,又多在怀古之中寓感时之意,使作品超出了单纯纪行的范围而具有一种特有的思想深度。因此晚清浦铣的《复小斋赋话》谓其“妙在有议论,有断制。不则一篇述征记,有何意味”。《北征赋》全文贯穿着作者对“旧室灭以丘墟”“我独罹此百殃”的悲哀,所以其叙事、怀古、议论虽较繁多杂碎,却无断线风筝、游离意脉之弊,读来觉得自然天成。作者将纪行叙事、写景抒情、怀古议论融为一体,并使之相得益彰,值得我们学习借鉴。

(李捷之)

# 两　都　赋并序

班　固

或曰："赋者，古诗之流也[①]。"昔成康没而颂声寝，王泽竭而诗不作[②]。大汉初定，日不暇给[③]。至于武、宣之世，乃崇礼官，考文章，内设金马、石渠之署，外兴乐府协律之事，以兴废继绝，润色鸿业[④]。是以众庶悦豫，福应尤盛[⑤]。《白麟》《赤雁》《芝房》《宝鼎》之歌，荐于郊庙[⑥]；神雀、五凤、甘露、黄龙之瑞，以为年纪[⑦]。故言语侍从之臣[⑧]，若司马相如，虞丘寿王、东方朔、枚皋、王褒、刘向之属，朝夕论思，日月献纳。而公卿大臣，御史大夫倪宽、太常孔臧、太中大夫董仲舒、宗正刘德、太子太傅肖望之等，时时间作。或以抒下情而通讽谕，或以宣上德而尽忠孝，雍容揄扬，著于后嗣，抑亦"雅""颂"之亚也[⑨]。故孝成之世，论而录之，盖奏御者千有余篇，而后大汉之文章，炳焉与三代同风[⑩]。

且夫道有夷隆，学有粗密，因时而建德者，不以远近易则[⑪]。故皋陶歌虞，奚斯颂鲁，同见采于孔氏，列于《诗》《书》，其义一也[⑫]。稽之上古则如彼，考之汉室又如此，斯事虽细，然先臣之旧式，国家之遗美，不可阙也[⑬]。臣窃见海内清平，朝廷无事，京师修宫室，浚城隍，起苑囿，以备制度[⑭]。西土耆老，咸怀怨思，冀上之睠顾，而盛称长安旧制，有陋洛邑之议[⑮]。故臣作《两都赋》，以极众人之所眩曜，折以今之法度[⑯]。

## 注释

①流:流别,流派。

②成、康:即周成王、周康王。据说周成王、周康王相继在位时,天下安宁,40余年连刑具都未用过。史家誉之为“成康之治”。颂声:歌功颂德之声。寝:停止,平息。王泽:天子之德泽。

③日不暇给:谓事务繁多,没有空闲的时间顾及这些事情。

④武、宣:即汉武帝、汉宣帝。礼官:掌礼仪之官。文章:礼乐制度。金马:汉官署名,旁有汉武帝所立的铜马,故称金马门。石渠:即石渠阁,汉代宫中藏书之处,在未央宫北。乐府:掌管音乐的官署。汉武帝设立乐府专署,掌管宫廷、巡行、祭祀所用的音乐,兼采民间歌辞。协律:校正音乐吕律,使之和谐。武帝以李延年为协律都尉主管音乐。润色:修饰,赞美。鸿业:大业。

⑤悦豫:喜乐。福应:吉祥的征兆。

⑥《白麟》《赤雁》《芝房》《宝鼎》:皆为乐府歌名,据《汉书·武帝纪》记载:武帝巡幸雍,获白麟,作《白麟之歌》。巡幸东海,获赤雁,作《朱雁之歌》。甘泉宫内有芝草,其叶相连,作《芝房之歌》。又在后土祠旁得宝鼎,作《宝鼎之歌》。荐:献,进。郊庙:帝王祭祀天地称为郊,祭祀祖先称为庙。

⑦神雀、五凤、甘露、黄龙:都是汉宣帝的年号。据《汉书·宣帝纪》记载:汉宣帝时,先后有神雀、五只凤凰、甘露、黄龙等出现,宣帝认为是祥瑞之兆,先后用以为年号。

⑧言语:指文辞著作。

⑨讽谕:用委婉的话进行劝说。上德:帝王的功德。雍容:容仪温文。揄扬:宣扬。亚:同类而次之者。

⑩孝成:即汉成帝。奏御:进献。炳:辉煌。三代:指夏、商、周。同风:风格相同。

⑪夷:平。隆:盛。则:法则。

⑫皋陶歌虞:皋陶是虞舜的贤臣,他作诗歌颂虞舜。其诗见《尚书·益稷》:“元首明哉,股肱良哉,庶事康哉。”奚斯颂鲁:奚斯是春秋时鲁国大夫,他作诗赞美鲁僖公。其诗见《诗经·鲁颂·閟宫》。孔氏:指孔子。义:道理。

⑬稽:考核,考察。旧式:遗留的典范。阙(quē):通“缺”。

⑭清平:政治清明,社会太平。京师:指东汉京都洛阳。浚(jùn):疏通。城隍:护城河。苑囿(yòu):林苑,古代帝王打猎玩乐的园林。备:完备。

⑮耆(qí)老:老人。古代称60岁为耆,称70岁为老。睠(juàn)顾:垂爱关注。睠,同“眷”。陋:鄙薄。洛邑:即洛阳,在今河南洛阳白马寺东洛水北岸。

⑯极:尽。眩曜:同“炫耀”,迷惑。折:折中。

# 西 都 赋

有西都宾问于东都主人曰[①]："盖闻皇汉之初经营也，尝有意乎都河洛矣[②]。辍而弗康，实用西迁，作我上都[③]。主人闻其故而睹其制乎[④]?"主人曰："未也。愿宾摅怀旧之蓄念，发思古之幽情，博我以皇道，弘我以汉京[⑤]。"

宾曰："唯唯[⑥]。汉之西都，在于雍州，实曰长安[⑦]。左据函谷、二崤之阻，表以太华、终南之山[⑧]。右界褒斜、陇首之险，带以洪河、泾、渭之川。众流之隈，汧涌其西[⑨]。华实之毛，则九州之上腴焉[⑩]；防御之阻，则天地之隩区焉[⑪]。是故横被六合，三成帝畿，周以龙兴，秦以虎视[⑫]。及至大汉受命而都之也，仰悟东井之精，俯协河图之灵，奉春建策，留侯演成[⑬]；天人合应，以发皇明，乃眷西顾，实惟作京[⑭]。于是睎秦岭，睋北阜，挟沣、灞，据龙首[⑮]。图皇基于亿载，度宏规而大起[⑯]。肇自高而终平，世增饰以崇丽，历十二之延祚，故穷奢而极侈[⑰]。建金城而万雉，呀周池而成渊，披三条之广路，立十二之通门[⑱]。内则街衢洞达，闾阎且千，九市开场，货别隧分，人不得顾，车不得旋，阗城溢郭，旁流百廛，红尘四合，烟云相连[⑲]。于是既庶且富，娱乐无疆，都人士女，殊异乎五方，游士拟于公侯，列肆侈于姬姜[⑳]。乡曲豪举，游侠之雄，节慕原、尝，名亚春、陵，连交合众，骋骛乎其中[㉑]。

若乃观其四郊，浮游近县，则南望杜、霸，北眺五陵，名都对郭，邑居相承[22]；英俊之域，绂冕所兴，冠盖如云，七相五公[23]。与乎州郡之豪杰，五都之货殖，三选七迁，充奉陵邑，盖以强干弱枝，隆上都而观万国也[24]。封畿之内，厥土千里，逴跞诸夏，兼其所有[25]。其阳则崇山隐天，幽林穹谷，陆海珍藏，蓝田美玉[26]。商、洛缘其隈，鄠、杜滨其足，源泉灌注，陂池交属[27]。竹林果园，芳草甘木，郊野之富，号曰近蜀[28]。其阴则冠以九嵕，陪以甘泉，乃有灵宫，起乎其中[29]；秦、汉之所极观，渊、云之所颂叹，于是乎存焉[30]。下有郑、白之沃，衣食之源，提封五万，疆埸绮分[31]。沟塍刻镂，原隰龙鳞，决渠降雨，荷插成云，五谷垂颖，桑麻铺棻[32]。东郊则有通沟大漕，溃渭洞河，泛舟山东，控引淮湖，与海通波[33]。西郊则有上囿禁苑，林麓薮泽，陂池连乎蜀、汉，缭以周墙，四百余里，离宫别馆，三十六所，神池灵沼，往往而在[34]。其中乃有九真之麟，大宛之马，黄支之犀，条支之鸟，踰昆仑，越巨海，殊方异类，至三万里[35]。

其宫室也，体象乎天地，经纬乎阴阳，据坤灵之正位，仿太、紫之圆方[36]。树中天之华阙，丰冠山之朱堂[37]。因瑰材而究奇，抗应龙之虹梁，列棼橑以布翼，荷栋桴而高骧[38]。雕玉瑱以居楹，裁金璧以饰珰，发五色之渥彩，光爓朗以景彰[39]。于是左墄右平，重轩三阶，闺房周通，门闼洞开[40]。列钟虡于中庭，立金人于端闱，仍增崖而衡阈，临峻路而启扉[41]。徇以离殿别寝，承以崇台闲馆，焕若列宿，紫宫是环[42]。清凉宣温，神仙长年，金华玉堂，白虎麒麟，区宇若兹，不可殚论[43]。增盘崔嵬，登降炤烂，殊形诡制，每各异观，乘茵步辇，唯所息宴[44]。后宫则有掖庭椒房，后妃之室，合欢增成，安处常宁，茝若椒风，披香发越，兰林蕙草，鸳鸾飞翔之列[45]。昭阳特盛，隆乎孝成，屋不呈材，墙不露形[46]。裛以藻绣，络以纶连，随侯明月，错落其间，金釭衔璧，是为列钱[47]。翡翠火齐，流耀含英，悬黎垂棘，夜光在焉[48]。于是玄墀釦砌，玉阶彤庭，碝磩彩緻，琳珉青荧，珊瑚碧树，周阿而生[49]。红罗飒纚，绮组缤纷，精曜华烛，俯仰如神[50]。后宫之号，十有四位，窈窕繁华，更盛迭贵，处乎斯列者，盖以百数[51]。左右庭中，朝堂百僚之位，萧、曹、魏、邴，谋谟乎其上[52]。佐命则垂统，辅翼则成化，流大汉之恺悌，荡亡秦之毒螫[53]。故令斯人扬乐和之声，作画一之歌，功德著于祖宗，膏泽洽于黎庶[54]。又有天禄、石渠，典籍之府，命夫谆诲故老，名儒师傅，讲论乎六艺，稽合乎同异[55]。又有承明、金马，著作之庭，大雅宏达，于兹为群。元元本本，殚见洽闻，启发篇章，校理秘文[56]。周以钩陈之位，卫以严更之署，总礼官之甲科，群百郡之廉孝[57]。虎贲赘衣，阉尹阍寺，陛戟百重，各有典司[58]。周庐千列，徼道绮错[59]。辇路经营，修除飞阁[60]。自未央而连桂宫，北弥明光而亘长乐，陵隥道而超西墉，混建章而连外属，设璧门之凤阙，上觚棱而栖金爵[61]。内则别风之嶕峣，眇丽巧而耸擢，张千门而立万户，顺阴阳以开阖[62]。尔乃正殿崔嵬，层构厥高，临乎未央，经骀荡而出馺娑，洞枍诣与天梁，上反宇以盖戴，激日景而纳光[63]。神明郁其特起，遂偃蹇而上跻，轶云雨于太半，虹霓回带于棼楣[64]；虽轻迅与僄狡，犹愕眙而不能阶[65]。攀井幹而未半，目眴转而意迷，舍棂槛而却倚，若颠坠而复稽，魂怳怳以失度，巡回涂而下低[66]。既惩惧于登望，降周流以彷徨，步甬道以萦纡，又杳窱而不见阳[67]。排飞闼而上出，若游目于天表，似无依而洋洋[68]。前唐中而后太液，览沧海之汤汤，扬波涛于碣石，激神岳之嶈嶈，滥瀛洲与方壶，蓬莱起乎中央[69]。于是灵草冬荣，神木丛生，岩峻崷崒，金石峥嵘[70]。抗仙掌以承露，擢双立之金茎，轶埃堨之混浊，鲜颢气之清英[71]。骋文成之丕诞，驰五利之所刑[72]；庶松乔之群类，时游从乎斯庭，实列仙之攸馆，非吾人之所宁[73]。

尔乃盛娱游之壮观，奋大武乎上囿，因兹以威戎夸狄，耀威灵而讲武事[74]。命荆州使起鸟，诏梁野而驱兽，毛群内阗，飞羽上覆，接翼侧足，集禁林而屯聚[75]。水衡虞人，理其营表，种别群分，部曲有署[76]。罘网连纮，笼山络野，列卒周匝，星罗云布[77]。于是乘銮舆，备法驾，帅群臣，披飞廉，入苑门[78]。遂绕酆镐，历上兰，六师发逐，百兽骇殚[79]；震震爚爚，雷奔电激，草木涂地，山渊反覆，蹂躏其十二三，乃拗怒而少息[80]。尔乃期门佽飞，列刃钻鍭，要趹追踪，鸟惊触丝，兽骇值锋[81]。机不虚掎，弦不再控，矢不单杀，中必叠双[82]。飑飑纷纷，矰缴相缠，风毛雨血，洒野蔽天[83]。平原赤，勇士厉，猨狖失木，豺狼慑窜[84]。尔乃移师趋险，并蹈潜秽，穷虎奔突，狂兕触蹷[85]。许少施巧，秦成力折，掎僄狡，扼猛噬，脱角挫脰，徒搏独杀[86]。挟师豹，拖熊螭，曳犀犛，顿象罴，超洞壑，越峻崖，蹷崭岩[87]。钜石隤，松柏仆，丛林摧，草木无余，禽兽殄夷[88]。于是天子乃登属玉之馆，历长杨之榭，览山川之体势，观三军之杀获[89]。原野萧条，目极四裔，禽相镇压，兽相枕藉[90]。然后收禽会众，论功赐胙，陈轻骑以行炰，腾酒车以斟酌，割鲜野食，举烽命釂[91]。飨赐毕，劳逸齐，大路鸣鸾，容与徘徊[92]。集乎豫章之宇，临乎昆明之池，左牵牛而右织女，似云汉之无涯[93]。茂树荫蔚，芳草被隄，兰、茝发色，晔晔猗猗，若摛锦布绣，爥燿乎其陂[94]。玄鹤白鹭，黄鹄䴔䴖，鸧鸹鸨鶂，凫鹥鸿雁[95]；朝发河海，夕宿江汉，沈浮往来，云集雾散[96]。于是后宫乘輚辂，登龙舟，张凤盖，建华旗，祛黼帷，镜清流，靡微风，澹淡浮[97]。櫂女讴，鼓吹震，声激越，謍厉天，鸟群翔，鱼窥渊[98]。招白鹇，下双鹄，揄文竿，出比目[99]。抚鸿罿，御矰缴，方舟并驾，俛仰极乐[100]。遂乃风举云摇，浮游普览，前乘秦岭，后越九嵕，东薄河、华，西涉岐、雍[101]；宫馆所历，百有余区，行所朝夕，储不改供[102]。礼上下而接山川，究休祐之所用，采游童之欢谣，第从臣之嘉颂[103]。于斯之时，都都相望，邑邑相属，国藉十世之基，家承百年之业[104]。士食旧德之名氏，农服先畴之畎亩，商循族世之所鬻，工用高曾之规矩，粲乎隐隐，各得其所[105]。若臣者，徒观迹于旧墟，闻之乎故老，十分而未得其一端，故不能偏举也[106]。

## 注释

① 西都宾、东都主人：都是假设的人物。西都，指长安。东都，指洛阳。

② 皇汉：大汉。经营：规划创业。河洛：黄河与洛水。此指这两条河之间的洛阳。

③ 辍(chuò)：中止，停止。康：安。实

用:犹“是用”,所以。上都:京城。

④ 睹:察看。

⑤ 摅(shū):抒发。蓄念:早已有的念头。幽情:深远的感情。皇道:帝王之道。汉京:指汉都洛阳。

⑥ 唯唯:应诺声。

⑦ 雍州:古九州之一,在今陕西、甘肃、青海及内蒙古额济纳一带。长安:本为秦之乡名,汉高祖建都于此而为国都名,故城在今陕西西安西北。

⑧ 函谷:即函谷关。古函谷关在今河南灵宝东北。二崤:崤山有二陵,故谓二崤,在今河南西部。表:外,外面。太华:山名,即西岳华山,在今陕西渭南东南。终南:又名南山,秦岭主峰之一,在今陕西西安南。

⑨ 褒斜(bāoyé):谷名,为沿褒水和斜水所形成的河谷,在今陕西西南。陇首:山名,在今陕西陇县至甘肃平凉一带。带:围绕。洪河:大河,指黄河。泾、渭:泾水和渭水。隈(wēi):弯曲的地方。汧(qiān):本作“汧”,水名,源出今陕西陇县西北,汧山南麓,注入渭河。

⑩ 华实之毛:谓草木。上腴:上等的肥沃土地。

⑪ 防御:谓关禁。隩(ào)区:深奥之区域,犹今言“内地”“腹地”。

⑫ 被:及。六合:四方上下。三:指周、秦、西汉三代。帝畿(jī):京城所在地区。龙兴、虎视:皆比喻盛强。

⑬ 悟:晓。东井:即井宿,星官名,因在银河之东故名,二十八宿之一,有星八颗。协:合。河图:相传伏羲氏见龙马负图于河,据其文字,以画八卦,谓之河图。“悟东井之精”“协河图之灵”,谓汉当代秦都关中。奉春:汉娄敬的封号。齐人娄敬,戍陇西过洛阳,劝说刘邦建都长安,赐姓刘氏,拜为郎中,号奉春君,后封关内侯,号建信侯。留侯:汉张良的封爵。演:引,引申。

⑭ 天:谓五星聚东井。人:谓娄敬等进说。发:启发。皇明:指高祖。西顾:谓入关。作京:指在长安建京都。

⑮ 睎(xī):远望。秦岭:指秦岭山脉的一段,又名南山,一名终南山,在今陕西西安南。眺(é):审视。北阜:山名,在今陕西三原北。挟:从旁钳住。沣(fēng):水名,源出陕西秦岭山中,北流至西安西北渭水。灞(bà):水名,在今陕西中部。据:占有。龙首:山名,在今陕西西安旧城北。

⑯ 皇基:天子之基业。度:量度。或作“羌”,发语词。

⑰ 肇(zhào):开始。高:指汉高祖。平:指汉平帝。崇丽:高而美。延祚(zuò):延续皇位。穷奢、极侈:形容极端奢侈。奢,原作“泰”,今据《后汉书·班固传》改。

⑱ 金城:坚固的城墙。万雉(zhì):形容很高。雉,长三丈,高一丈为一雉。呀(xiā):大而空。披:开劈。通门:通行之门。天子城有十二门。

⑲ 街衢(qú):城市中四通八达的道路。洞达:通达。闾阎(yán):里巷

的门。九市：买卖货物的场所。《汉宫阙疏》："长安立九市，其六市在道西，三市在道东。"隧：道路，指列肆于道路。阗（tián）：通"填"，充满。廛（chán）：市房。红尘：飞扬的尘土，形容繁华热闹。

⑳ 疆：止境。都人：都城的人。拟：模仿，指僭于公侯车服。列肆侈于姬姜：谓市场上妇女服饰奢侈过于姬姜。姬姜：此代指贵族妇女。列肆：市场上成列的店铺。

㉑ 乡曲：乡里。豪举：豪放的举动。原尝：即平原君赵胜和孟尝君田文。春陵：即春申君黄歇和信陵君无忌。骋骛（wù）：驰骋，奔走。

㉒ 浮游：漫游。杜、霸：杜陵（在今西安东南）和霸陵（在今西安东北）。五陵：即长陵、安陵、阳陵、茂陵、平陵，都在渭水北岸，今咸阳附近。邑：指陵邑，汉代为守陵墓所置之邑。

㉓ 绂（fú）冕：古时高官之礼服礼冠，此借指高官。冠盖：官吏的服饰和车乘，此借指官吏。七相：即车千秋、黄霸、王商、韦贤、平当、魏相、王嘉。五公：即田蚡、张安世、朱博、平晏、韦赏。

㉔ 五都：西汉时首都以外的五个大都市，指洛阳、邯郸、临淄、宛、成都。货殖：经商，这里指商人。三选：选三种人家，指吏二千石、高訾富人及豪杰兼并之家。七迁：迁于七陵。强干弱枝：干喻京师，枝喻地方。隆：增。观：示。

㉕ 封畿（jī）：京都一带地区。逴跞（chuòluò）：超越。诸夏：中国。

㉖ 阳：山之南面。穹谷：深谷。蓝田：山名，山出美玉，故又名玉山，在今陕西蓝田东。

㉗ 商、洛：商县和上洛县，属弘农郡。隈：山曲。鄠（hù）、杜：鄠县和杜陵，在今陕西西安东南。滨：犹近。陂（bēi）池：池沼。属：连接。

㉘ 近蜀：言秦境富饶与蜀相似。

㉙ 阴：山之北面。九嵕（zōng）：山名，有九峰高耸，在今陕西礼泉东北。甘泉：山名，在今陕西淳化西北。秦始皇二十七年在其上作甘泉前殿，汉武帝增筑扩建而为甘泉宫。灵宫：指甘泉宫。

㉚ 极观：谓所见到的尽善尽美无以复加的事物。渊、云：即子渊（王褒的字）和子云（扬雄的字）。王褒作《甘泉颂》，扬雄作《甘泉赋》。

㉛ 郑、白：即郑国渠（战国末年韩国人郑国修筑）和白渠（汉武帝时赵国中大夫白公修筑）。提封：犹言封地。疆埸：田界。绮分：交错成纹。分，通"纷"。

㉜ 塍（chéng）：田埂。刻镂：交错如镂。原：高平的地。隰（xí）：低下的湿地。龙鳞：形容土地一高一低的样子。插：通"锸"，农具名，即锹。颖：禾穗。铺棻（fēn）：茂盛的样子。棻，通"纷"。

㉝ 大漕：大运河。溃渭洞河：即"渭溃河洞"。泛舟：浮舟。山东：战国、秦汉称崤山或华山以东为"山东"，

即关东。

㉞ 上囿禁苑：即林苑，指上林苑，在今陕西西安西及周至、户县界。林麓（lù）：林连接于山为麓。薮（sǒu）：无水的泽地。缭（liáo）：围绕，缠绕。离宫：古代帝王正宫以外临时居住的宫室。别馆：古代帝王的正室以外的宫室。神池、灵沼：灵异的池沼。往往：处处。

㉟ 九真：汉郡名，辖境相当于今越南清化、河静两省及义安省东部地区。大宛：古代西域国名，在今中亚费尔干纳盆地，以盛产汗血马著名。黄支：古代国名，故地在今印度马德拉斯西南的康契普拉姆附近。一说，在今印度尼西亚苏门答腊岛西北部亚齐附近。条支：古代西域国名，在今伊拉克境内。踰：通“逾”，越过。殊方：异域，别的地方。

㊱ 经纬：南北为经，东西为纬。阴阳：指日光的背向，向日为阳，背日为阴。坤灵：即地祇（qí），古代对于山岳河渎之神的总称。倣（fǎng）：仿，象。太、紫：太微和紫宫，均为星官名。太微方，紫宫圆。《春秋合诚图》曰：“太微，其星十二，四方。”《史记·天官书》曰：“环之匡衡十二星，藩臣，皆曰紫宫。”

㊲ 中天：天空之中。华阙（què）：华丽的观阙。丰：大。冠山：在山之上。朱堂：涂以朱色的殿堂。

㊳ 瑰（guī）：珍贵。究奇：极为奇伟。抗：高。应龙：古代神话中有翼的龙。这里指梁作应龙之形。虹梁：梁曲如虹。棼（fén）：栋木。橑（liǎo）：椽木。翼：飞檐。荷：承受。栋：房屋正梁。桴（fú）：房屋次梁，即二梁。骧（xiāng）：马首昂举，引申为上举。

㊴ 瑱（tián）：通“磌”，柱下的石础。楹（yíng）：厅堂前部的柱子。珰（dāng）：屋檐头装饰。渥（wò）彩：谓色彩之美。渥，光润。爓（yàn）：火焰。

㊵ 左墄（cè）右平：古代王者之宫，左为陛阶，右以纹砖相次第，谓之左墄右平。墄：陛阶。轩：楼板，栏板。闺房：内室。门闼（tà）：宫中大小之门。

㊶ 虡（jù）：悬挂钟、磬的木架。金人：铜铸的人像。端闱（wéi）：宫殿的正门。仍：因。衡：通“横”。阈（yù）：门槛。峻路：高峻的道路。扉（fēi）：门扇。

㊷ 徇：环绕。别寝：正寝以外的其他寝室。崇：高。闲馆：广大之馆。焕：明。列宿：众星宿。

㊸ 清凉、宣、温、神仙、长年、金华、玉堂、白虎、麒麟：均指殿名。区宇：疆宇，区域。殚：尽。

㊹ 增：通“层”，重复。盘：盘曲。崔嵬（wéi）：高耸的样子。登降：上下。炤烂：明亮。诡：怪异。乘茵（yīn）：乘车。步辇：古代一种用人抬的代步行的工具，类似轿子。息宴：安息。

㊺ 后宫：古代妃嫔所居的宫室。掖庭：汉皇宫中的旁舍，宫妃所居。《汉官仪》

曰:“婕妤以下皆居掖庭。”椒房:汉皇后所居的宫殿,用椒和泥涂壁,取其温暖有香气,兼有多子之意。长乐宫有椒房殿。合欢、增城、安处、常宁、茝若、椒风、披香、发越、兰林、蕙草、鸳鸾、飞翔:皆殿名。

㊻ 昭阳:汉宫殿名,成帝时赵昭仪居之。孝成:汉孝成帝刘骜。呈:显露。

㊼ 裛(yì):缠绕。藻绣:五色文彩。络:缠绕。纶(lún)连:结绶为网络,即今之扎彩。随侯明月:即随侯珠。因晚上光如明月,故云随侯明月。高诱注《淮南子·览冥训》曰:“随侯见大蛇伤断,以药傅之,后蛇于江中衔大珠以报之,因曰随侯之珠。”釭(gāng):古代宫室壁上的环状金属饰物。列钱:行列似钱。

㊽ 翡翠:即“硬玉”,矿物名,是“辉石”族中的一种。火齐(jì):宝石名。流耀:闪动光辉。含英:内含精英。悬黎、垂棘:都是美玉名。悬黎、垂棘之玉,夜有光辉。

㊾ 玄墀(chí):以漆饰墀。墀,殿上的空地。釦(kòu)砌:犹“镂砌”,以玉饰物。釦,用金玉镶嵌器物。碝碱(ruǎnqì):都是次玉的美石。彩緻(cǎizhì):形容文理细密。琳(lín):青碧色的玉。珉(mín):似玉的美石。青荧:形容玉青白的光泽。珊瑚:热带海中的腔肠动物,骨骼相连,形如树枝,故又名珊瑚树,多为红色,常作可供观赏的装饰品。碧树:玉树。碧,青玉。周阿:环于水曲之处。

㊿ 飒(sà)纚(xǐ):长袖舞动的样子。绮组:华美的丝带。缤纷:繁多的样子。精曜:精美而又有光辉。华烛:光彩映射,指人之美容。

51 十有四位:十四等。后宫妃嫔有昭仪、婕妤、娙娥、傛华、美人、八子、充衣、七子、良人、长使、少使、五宫、顺常是为十三等,又有无涓、共和、娱灵、保林、良使、夜者,秩禄同,共为一等,合十四位。窈窕:幽闲,指妇德幽静,妇容闲雅。繁华:美丽。迭:更替。

52 朝堂:汉代正堂左右百官治事之所。百僚:百官。萧、曹、魏、邴:指萧何、曹参、魏相、邴吉,并为丞相。谋谟(mó):谋划,筹策。

53 佐命:指辅助帝王创业的人。垂统:把基业传统给后世子孙。统,皇统、帝业。辅翼:辅佐协助。成化:成就德化。恺悌(kǎitì):和乐简易。荡:清除。毒螫(shì):毒害。

54 乐和:音乐和谐。画一:同“划一”,一律。膏泽:比喻恩泽。洽:沾湿,浸润。黎庶:众百姓。

55 天禄、石渠:均为汉宫中藏书阁名。天禄阁在未央宫内,石渠阁在未央宫北。典籍:法典图籍等重要文献。谆诲:殷勤教告。故老:年龄大阅历深的人,这里指元老旧臣。六艺:指礼、乐、射、御、书、数。稽合:考校。

56 承明:汉殿名,在未央宫中。金马:汉官署名,门旁有铜马,故名。著作：撰述。大雅：指才德高尚的人。宏达：才识广博通达。于兹：在此。元元本本：探其原始而得其根本。殚见洽闻：广见博闻，是说知识渊博。秘文：难见的典籍。

㊼ 周：环绕。钩陈：指后宫。严更：督行夜鼓。甲科：汉时课士分甲、乙、丙三科。廉孝：廉直纯孝。此为汉代选拔官吏的科目之一。

㊽ 虎贲（bēn）：官名，皇宫中卫戍部队将领。赘（zhuì）衣：官名，掌管衣服，为太子近臣。阉（yān）尹：主管宫室出入的宦官。阍（hūn）寺：即阍人和寺人。阍人掌守中门之禁。寺人掌内人之禁令。陛戟（jǐ）：戟，古代兵器的一种。古代卫士持戟立于殿阶两侧，叫"陛戟"。典司：小臣有司。

㊾ 周庐：秦汉时皇宫四周所设的警卫庐舍。徼（jiào）道：巡视之道。绮错：纵横交错。

㊿ 辇路：阁道。经营：犹往来。除：楼陛，阶梯。飞阁：凌空而建的阁道。

61 未央、桂宫、明光、长乐、建章：均汉宫名。弥：终。亘（gèn），从此端直达彼端，横贯。隥（dèng）道：有台阶的登高道路。墉（yōng）：指城墙。掍（hùn）：混同，混合。璧门：建章宫正门。凤阙：汉宫阙名。觚（gū）棱：宫阙上转角处的瓦脊，因成方角棱瓣之形故名。金爵：指饰于建章宫阙上的铜凤凰。爵，通"雀"。

62 别风：汉宫阙名，又名折风阙。嶕峣（jiāoyáo）：高耸的样子。眇（miǎo）丽：精妙而壮丽。眇，通"妙"。耸擢：高耸而拔起。开阖：开谓之阳，阖谓之阴。

63 尔乃：如此。正殿：即前殿。崔嵬：高峻的样子。层：重。骀（dài）荡、馺（sà）娑、洞枍（yì）、天梁：都是汉宫殿名，在建章宫。反宇：屋檐上仰起的瓦头。盖戴：覆盖。激日景（yǐng）而纳光：挡住了日影下照，而反纳其光。景，古"影"字。

64 神明：汉建章宫中台名。郁：美盛的样子。特起：崛起，挺出。偃蹇：高耸的样子。跻（jī）：登，升。轶（yì）：超越。太半：过半。回带：萦绕。楣：屋檐口椽端的横板。

65 僄（piào）狡：轻疾勇猛。愕（è）眙（chì）：惊视的样子。阶：循阶而登。

66 井幹（hán）：汉楼名。眴（xuán）转：眼目眩乱。棂（líng）槛：楼上的栏楯（shǔn）。却倚：退倚。稽：留止。怳（huǎng）怳：心神不定的样子。巡：沿。

67 惩惧：恐惧。周流：周游。徬徨：同"彷徨"，徘徊不定的样子。甬（yǒng）道：飞阁复道。萦纡：回旋曲折。杳窱（tiǎo）：形容宫室幽深的样子。

68 飞闼：阁楼上的门。天表：天外。洋洋：无所归的样子。

69 唐中：汉池名。太液：汉池名，池中有三山，以象征传说中的蓬莱、方丈、瀛洲三仙山。揽：收拢。汤（shāng）汤：大水急流的样子。碣（jié）石：海畔山。神岳：仙山。嶈（qiāng）嶈：激流冲撞的石声。方壶:即传说中的方丈仙山。

⑩ 灵草:即灵芝仙草,古人认为服之可以长生,故称“灵芝”或“灵草”。神木:指松柏之类四季长青、寿命极长的树木。古人认为常服其籽实可以长生,故称“神木”。岩峻:险峻的山石。崷(qiú)崒(zú):高峻的样子。峥嵘:高峻的样子。

⑪ 抗:举。承露:承接甘露。擢:耸起。金茎:即铜柱。轶:超过。埃堨(ài):尘埃。颢(hào)气:洁白清鲜之气。清英:清爽秀丽。

⑫ 骋:发挥。文成:汉代将军名号。齐人李少翁,以方术见汉武帝,武帝拜少翁为文成将军。丕:大。诞:欺骗。弛:传播,传扬。五利:汉代将军名号,胶东人栾大,因多方略而敢为大言,汉武帝拜为五利将军。刑:法。

⑬ 庶:差不多。松乔:古代传说中的仙人赤松子和王子乔。列仙:众仙。攸:所。馆:寓舍。

⑭ 大武:大陈武事。上囿:供帝王玩赏、打猎的园林。威灵:犹言声威。

⑮ 荆州:古九州之一。这里指汉武帝所置十三刺史部之一,辖境相当于今湖北、湖南两省及河南、贵州、广州、广西一部分。禁林:帝王的苑囿、园林。屯聚:聚集。

⑯ 水衡:官名,掌诸池苑。虞人:掌管山泽之官。营表:古代建筑宫室时立表确立位置,这里谓正行列。部曲:古代军队编制之称。《后汉书·百官志》:“将军领军皆有部曲,大将军营五部,部校尉一人。……部下有曲,曲有军候一人。”

⑰ 罘(fú)网:捕兽的网。纮(hóng):网。络:网罗。周匝(zā):周围。星罗云布:比喻布列稠密。

⑱ 銮舆:天子之车驾。法驾:亦称“法车”,天子之车驾,驾六马。飞廉:馆名,汉武帝元封二年建,馆上铸神兽飞廉铜像,故名飞廉馆。苑门:御苑之门。

⑲ 酆(fēng):指酆京,周文王都于此,故址在今陕西西安沣河以西。镐(hào):指镐京,周武王都于此,故址在今陕西西安长安区韦曲乡西。上兰:汉宫观名,在上林苑中,故址在今陕西西安长安区西。六师:犹“六军”。天子之军,凡72500人为一军。骇殚:惊惧。

⑳ 震震:形容雷声。爚(yuè)爚:光明耀目的样子。一说,震震、爚爚,都是奔走的样子。涂:污。反覆:犹“倾动”。拗(ào)怒:抑制愤怒。

㉑ 期门:官名。佽(cì)飞:官名,取古代勇士佽飞为名,掌弋射,有九承两尉。钻:通“攒”,簇聚。鍭(hóu):箭,用于近射田猎。要:通“邀”,拦截。趹(jué):奔。值锋:遇上利箭。

㉒ 机:弩机,弓上发弦的装置。掎(jǐ):发射。控:引弓,拉弓。中(zhòng):射中。

㉓ 飑(biāo)飑、纷纷:都是形容众多的样子。矰缴(zēngzhuó):系有生丝

以射鸟雀的短箭。

㉔ 厉:勇猛。猨狖(yòu):泛指猿猴。猨,同"猿"。慑:恐惧。

㉕ 潜:深入。秽:田中杂草。穷:势穷力竭。奔突:横冲直撞。兕(sì):古代犀牛中一类的兽名,一角,青色,重千斤,皮厚,可以制甲。触蹶(jué):冲撞颠蹶。

㉖ 许少、秦成:皆人名,未详。掎:牵制。僄(piào)狡:勇猛轻疾。扼:掐住。噬(shì):咬。脱:脱掉。挫:折断。脰(dòu):颈项。徒搏:空手搏斗。

㉗ 挟:胁持。师:即"狮"。螭(chī):古代传说中的一种动物,蛟龙之属。曳:牵引。犛(máo):通"氂",即牦牛,黑色。顿:倒。洞壑:深谷。蹶:踏。崭岩:险峻的山石。

㉘ 钜:通"巨"。陨(tuí):坠落。殄(tiǎn)夷:杀绝。

㉙ 属玉:汉观名。榭(xiè):筑在高土台上的敞屋。体势:形势,状态。

㉚ 四裔(yì):四方边远之地。镇压:伏压。枕藉(jiè):纵横相枕而卧。

㉛ 赐胙(zuò):赐祭之余肉。炰(páo):同"炮",将带毛的肉用泥裹住在火上烧烤。鲜:新杀的禽兽。燧:告警的烽火。命爵(jué):命饮尽杯中之酒。

㉜ 大路:即王辂(lù),玉饰的皇帝专用车。容与:迟缓不前。

㉝ 豫章、昆明:皆汉观名。昆明:汉池名。云汉:天河。

㉞ 荫蔚:草木茂盛的样子。被:覆盖。隄:同"堤"。兰、茝(chǎi):都是香草名。晔(yè)晔:明盛的样子。猗(yī)猗:美盛的样子。摛(chī):舒展。燭燿(zhúyào):照耀。陂(bēi):山坡。

㉟ 玄鹤:黑鹤,古代传说鹤千年化为苍,又千年变为黑,谓之玄鹤。白鹭:鸟名,全身羽毛雪白,飞翔轻快。黄鹄(hú):鸟名,即天鹅。鵁(jiāo):鸟名,头细身长,颈有白色,能入水捕鱼。鹳:大型水禽,形似鹤亦似鹭。鸧鸹(cāngguā):鸟名,大如鹤,青苍色,亦有灰色者。鸨(bǎo):鸟名,似雁而大,无后趾。鶂(yì):水鸟名,即"鹢(yì)",形如鹭而大,羽色苍白,善翔。凫(fú)鹥(yī):水鸟名。凫,野鸭;鹥,鸥鸟。鸿雁:鸟名,大曰鸿,小曰雁。

㊱ 沈:同"沉"。云集雾散:形容众鸟聚集在一起又分散而去。

㊲ 后宫:指妃嫔、姬妾。輚(zhàn)辂:天子的卧车。龙舟:龙形的船,船的首尾作巨龙形状。凤盖:即凤凰伞,帝王仪仗所用。华旗:彩旗。祛(qū):举起,撩起。黼(fú)帷:绣有黑白相间如斧形花纹的车帷。靡:随着。澹淡:漂动的样子。

㊳ 櫂(zhào)女:舟女。櫂,同"棹"。讴(ōu):歌唱。激越:声音高亢清远。訇(hōng):轰响。厉天:谓响彻天空。

㊴ 白鹇(xián):鸟名,亦称"白雉""银雉"。此处为弓弩名。揄:引。文竿:饰以花纹的竿。比目:即比

目鱼。

⑩⓪ 抚：按，执。罿（chōng）：捕鱼网。御：控制。骛：疾驶。俛：同“俯”。

⑩① 普：普遍。乘：登上。薄：迫近。河、华：黄河和华山。岐、雍：岐山和雍县，属右扶风郡，在今陕西西安长安区西。

⑩② 宫馆：宫城内的馆舍。储：积蓄。供（gòng）：供具。

⑩③ 上下：谓天地。接：祭。究：尽。休祐（yòu）：美福，吉祥。用：指牺牲玉帛之物。第：按次序。

⑩④ 相属：相连接。藉（jiè）：系，继承。

⑩⑤ 先畴（chóu）：祖先的田地。畎（quǎn）亩：田间，田地。循：遵循。遵守。鬻（yù）：出卖。高曾：高祖和曾祖。粲：鲜明。隐隐：众多的样子。

⑩⑥ 一端：一方面。徧：遍。

# 东　都　赋

东都主人喟然而叹曰[①]：“痛乎风俗之移人也[②]！子实秦人，矜夸馆室，保界河山[③]；信识昭、襄而知始皇矣，乌睹大汉之云为乎[④]？夫大汉之开元也，奋布衣以登皇位，由数朞而创万世，盖六籍所不能谈，前圣靡得言焉[⑤]。当此之时，功有横而当天，讨有逆而顺民，故娄敬度势而献其说，萧公权宜而拓其制，时岂泰而安之哉？计不得以已也[⑥]。吾子曾不是睹，顾曜后嗣之末造，不亦暗乎[⑦]？今将语子以建武之治，永平之事，监于太清，以变子惑志[⑧]。

往者王莽作逆，汉祚中缺，天人致诛，六合相灭[⑨]。于时之乱，生人几亡，鬼神泯绝，壑无完柩，郛罔遗室，原野厌人之肉，川谷流人之血[⑩]。秦、项之灾，犹不克半，书契已来，未之或纪[⑪]。故下人号而上诉，上帝怀而降监，乃致命乎圣皇[⑫]。于是圣皇乃握乾符，阐坤珍，披皇图，稽帝文，赫然发愤，应若兴云，霆击昆阳，凭怒雷震[13]。遂超大河，跨北岳，立号高邑，建都河洛[14]。绍百王之荒屯，因造化之荡涤，体元立制，继天而作[15]。系唐统，接汉绪，茂育群生，恢复疆宇，勋兼乎在昔，事勤乎三五[16]。岂特方轨并迹，纷纶后辟，治近古之所务，蹈一圣之险易云尔哉[17]？且夫建武之元，天地革命，四海之内，更造夫妇，肇有父子，君臣初建，人伦实始，斯乃伏羲氏之所以基皇德也[18]。分州土，立市朝，作舟舆，造器械，斯乃轩辕氏之所以开帝功也[19]。龚行天罚，应天顺人，斯乃汤武之所以昭王业也[20]。迁都改邑，有殷宗中兴之则焉[21]；即土之中，有周成隆平之制焉[22]。不阶尺土一人之柄，同符乎高祖[23]。克己复礼，以奉终始，允恭乎孝文[24]。宪章稽古，封岱勒成，仪炳乎世宗[25]。案六经而校德，眇古昔而论功，仁圣之事既该，而帝王之道备矣[26]。

至乎永平之际，重熙而累洽，盛三雍之上仪，修衮龙之法服[27]。铺鸿藻，信景铄，扬世庙，正雅乐[28]。人神之和允洽，群臣之序既肃[29]。乃动大辂，遵皇衢，省方巡狩，躬览万国之有无，考声教之所被，散皇明以爥幽[30]。然后增周旧，修洛邑，扇巍巍，显翼翼，光汉京于诸夏，总八方而为之极[31]。是以皇城之内，宫室光明，阙庭神丽，奢不可逾，俭不能侈[32]。外则因原野以作苑，填流泉而为沼，发蘋、藻以潜鱼，丰圃草以毓兽[33]。制同乎梁、邹，谊合乎灵囿[34]。若乃顺时节而蒐狩，简车徒以讲武，则必临之以王制，考之以“风”“雅”[35]。历《驺虞》，览《驷驖》，嘉《车攻》，采《吉日》，礼官整仪，乘舆乃出[36]。于是发鲸鱼，铿华钟，登玉辂，乘时龙，凤盖棽丽，和鸾玲珑，天官景从，寖威盛容[37]。山灵护野，属御方神，雨师汎洒，风伯清尘[38]。千乘雷起，万骑纷纭，元戎竟野，戈鋋彗云，羽旄扫霓，旌旗拂天[39]。焱焱炎炎，扬光飞文，吐爓生风，欱野歕山，日月为之夺明，丘陵为之摇震[40]。遂集乎中囿，陈师按屯，骈部曲，列校队，勒三军，誓将帅[41]。然后举烽伐鼓，申令三驱，輶车霆激，骁骑电骛[42]。由基发射，范氏施御，弦不睼禽，辔不诡遇，飞者未及翔，走者未及去[43]。指顾倏忽，获车已实，乐不极盘，杀不尽物[44]。马踠余足，士怒未泄，先驱复路，属车案节[45]。于是荐三牺，效五牲，礼神祇，怀百灵[46]。觐明堂，临辟雍，扬缉熙，宣皇风，登灵台，考休征[47]。俯仰乎乾坤，参象乎圣躬，目中夏而布德，瞰四裔而抗稜[48]。西荡河源，东澹海漘，北动幽崖，南耀朱垠[49]。殊方别区，界绝而不邻，自孝武之所不征，孝宣之所未臣，莫不陆詟水慄，奔走而来宾[50]。遂绥哀牢，开永昌，春王三朝，会同汉京[51]。是日也，天子受四海之图籍，膺万国之贡珍，内抚诸夏，外绥百蛮[52]。尔乃盛礼兴乐，供帐置乎云龙之庭，陈百僚而赞群后，究皇仪而展帝容[53]。于是庭实千品，旨酒万钟，列金罍，班玉觞，嘉珍御，太牢飨[54]。尔乃食举《雍》彻，太师奏乐，陈金石，布丝竹，钟鼓铿锵，管弦烨煜[55]。抗五声，极六律，歌九功，舞八佾，《韶》《武》备，太古毕[56]。四夷间奏，德广所及，《僸》《佅》《兜离》，罔不具集[57]。万乐备，百礼暨，皇欢浃，群臣醉[58]；降烟煴，调元气，然后撞钟告罢，百僚遂退[59]。

于是圣上睹万方之欢娱，又沐浴于膏泽，惧其侈心之将萌，而怠于东作也[60]；乃申旧章，下明诏，命有司，班宪度，昭节俭，示太素[61]。去后宫之丽饰，损乘舆之服御，抑工商之淫业，兴农桑之盛务[62]。遂令海内弃末而反本，背伪而归真，女修织纴，男务耕耘，器用陶匏，服尚素玄[63]。耻纤靡而不服，贱奇丽而弗珍，捐金于山，沈珠于渊[64]。于是百姓涤瑕荡秽而镜至清，形神寂漠，耳目弗营[65]；嗜欲之源灭，廉正之心生，莫不优游而自得，玉润而金声[66]。是以四海之内，学校如林，庠序盈门，献酬交错，俎豆莘莘，下舞上歌，蹈德咏仁[67]。登降饫宴之礼既毕，因相与嗟叹玄德，谠言弘说，咸含和而吐气，颂曰：盛哉乎斯世[68]！

今论者但知诵虞夏之《书》，咏殷周之《诗》，讲羲文之《易》，论孔氏之《春秋》[69]；罕能精古今之清浊，究汉德之所由[70]。唯子颇识旧典，又徒驰骋乎末流[71]。温故知新已难，而知德者鲜矣[72]！且夫僻界西戎，险阻四塞，修其防御，孰与处乎土中，平夷洞达，万方辐凑[73]？秦岭九嵕，泾渭之川，曷若四渎五岳，带河泝洛，图书之渊[74]？建章甘泉，馆御列仙，孰与灵台、明堂，统和天人[75]？太液、昆明，鸟兽之囿，曷若辟雍海流，道德之富？游侠逾侈，犯仪侵礼，孰与同履法度，翼翼济济也[76]？子徒习秦阿房之造天，而不知京洛之有制也[77]；识函谷之可关，而不知王者之无外也。”

主人之辞未终，西都宾矍然失容，逡巡降阶，惵然意下，捧手欲辞[78]。主人曰：“复位，今将授子以五篇之诗[79]。”宾既卒业[80]。乃称曰：“美哉乎此诗！义正乎扬雄，事实乎相如，匪唯主人之好学，盖乃遭遇乎此时也！小子狂简，不知所裁，既闻正道，请终身而诵之[81]。”其诗曰：

《明堂诗》：於昭明堂，明堂孔阳[82]；圣皇宗祀，穆穆煌煌[83]。上帝宴飨，五位时序[84]；谁其配之？世祖光武。普天率土，各以其职[85]；猗欤缉熙，允怀多福[86]！

《辟雍诗》：乃流辟雍，辟雍汤汤[87]；圣王莅止，造舟为梁[88]。皤皤国老，乃父乃兄[89]；抑抑威仪，孝友光明[90]。於赫太上，示我汉行[91]；洪化惟神，永观厥成[92]。

《灵台诗》：乃经灵台，灵台既崇[93]；帝勤时登，爰考休征[94]。三光宣精，五行布序[95]；习习祥风，祁祁甘雨[96]。百谷蓁蓁，庶草蕃庑[97]；屡惟丰年，於皇乐胥[98]。

《宝鼎诗》：岳修贡兮川效珍，吐金景兮歊浮云[99]；宝鼎见兮色纷缊，焕其炳兮被龙文[100]。登祖庙兮享圣神，昭灵德兮弥亿年[101]。

《白雉诗》：启灵篇兮披瑞图，获白雉兮效素乌，嘉祥阜兮集皇都[102]。发皓羽兮奋翘英，容絜朗兮于纯精[103]。彰皇德兮侔周成，永延长兮膺天庆[104]。

## 注释

① 喟(kuì)然：叹息的样子。

② 移：改变。

③ 矜夸：夸耀。保界河山：谓守河山之险以为界。保，守。

④ 信：确实。识(zhì)：记住。昭襄：秦昭王和庄襄王。乌：何，怎么。云为：言行。

⑤ 开元：犹言创始。布衣：平民。数朞(jī)：几年。朞，同“期”，一周年。六籍：即六经，指《诗》《书》《礼》《乐》《易》《春秋》。靡：无。

⑥ 当天：蔽天。逆：叛乱，谓臣伐君。娄敬：即刘敬。度(duó)：势，考虑当时的形势。萧公：萧何。权宜：随

时事采取适宜办法。拓:扩展。

⑦ 吾子:相亲爱之称。是:此,指上文“度势”“权宜”之由。顾:反而。眩曜:夸耀。末造:犹末世,指一个朝代近于衰亡的末期。暗:愚昧不明。

⑧ 建武:东汉光武帝年号(25—56)。永平:东汉明帝年号(58—75)。监:通“鉴”,借鉴,比照。太清:天道,自然。惑志:困惑之心。

⑨ 王莽(前45—23):字巨君,汉元帝皇后之侄,新王朝的建立者。祚(zuò):皇位。天人:天意和人事。

⑩ 生人:即生民,人民。泯(mǐn)绝:灭绝。李贤注《后汉书·班固传》曰:“人者神之主,生人既亡,故鬼神亦绝也。”壑(hè):山谷,坑地。郛(fú):外城。罔:无,没有。厌:通“餍”,布满。

⑪ 克:能够。书契:指文字。纪:通“记”,记载。

⑫ 上帝:天帝。怀:愍(mǐn)念。降:下。监:审视。圣皇:光武帝的尊称。

⑬ 乾符、坤珍:天地符瑞,是帝王受命于天应之于地的吉祥征兆。披:分解。皇图:封建帝王的版图。稽:考核。帝文:天文。赫然:愤怒的样子。昆阳:汉县名,在今河南叶县,新莽地皇四年(23年)刘秀歼灭王莽的主力军王寻、王邑于此。凭:满,盛。

⑭ 大河:指黄河。跨:占据。北岳:恒山的古名,在今河北曲阳西北,与山西接壤处。高邑:春秋时为晋国的鄗邑,西汉时为侯国。光武帝在此即位,因避讳,改名为高邑,故址在今河北柏乡北。

⑮ 绍:继承。造化:创造化育,指天地。荡除:清除。体元:谓效法天地之德。一说,谓置善德于身。继天:谓承天之志。作:起,出现。

⑯ 系:继。唐:即唐尧。统:统业,统绪事业。绪:业,指前人未竟之功业。茂育:繁盛滋长。群生:一切生物。恢复:重新拓广。恢,大。三五:三皇五帝。

⑰ 方轨:两车并行。纷纶:众多。后辟:谓君。务:事务。险易:比喻理乱。

⑱ 元:开始。革命:古代认为帝王受命于天,因称改朝换代为革命。实始:这才开始。斯乃:这就是。伏羲氏:我国远古神话中人类的始祖,传说他教民结网,从事渔猎畜牧。又传说他创造八卦。基:始。皇德:天子的恩德。

⑲ 市朝:指国家的规模建制。轩辕氏:黄帝之号,古史记载黄帝,少典之子,姓公孙,居于轩辕之丘,故名曰轩辕。古史传说蚕桑、医药、舟车、宫室、文学之制,皆始于黄帝时代。后人以黄帝为中华民族的祖先。帝功:帝业,王业。

⑳ 龚行:恭行。龚,通“恭”。天罚:上天的惩罚。昭:光大。

㉑ 殷宗:殷代的祖先,指盘庚。盘庚在王室衰乱时,率众自奄(今山东曲阜)迁都于殷(今河南安阳),商复

兴,史称殷商。则:准则,法则。

㉒ 即:就,至。周成:即周成王。隆平:盛平,升平。

㉓ 阶:凭借。尺土:极狭小的土地。柄:权力。同符:古代用符契作为凭证,因称事情相同为同符。高祖:开国皇帝的庙号,这里指汉高祖刘邦。

㉔ 克己复礼:语出《论语·颜渊》,意思是约束自己的视、听、言、动,以恢复和符合礼的要求。允:诚信,诚实。恭:恭谨。孝文:即汉文帝。

㉕ 宪章:效法。稽古:考求古事。封岱:帝王在泰山上筑土祭天。岱,泰山的别名。勒成:刻碑以记功。勒,雕刻。仪:仪礼。炳:明。世宗:汉武帝死后的庙号,有一世之宗之意。

㉖ 案:通"按",按照。校德:量德。眇:审视。该:通"赅",尽备。

㉗ 重熙:光明又光明。累洽:太平相承。三雍:指明堂、辟雍、灵台,古代封建帝王举行祭祀典礼的场所。上仪:隆重的礼节。衮龙:衮卷龙衣,古代帝王及上公绣龙的礼服。法服:礼法规定的标准服。

㉘ 铺:布。鸿藻:大而错杂的花纹。信:通"伸"。景铄(shuò):谓大的美德。景,大。铄,通"烁",美。世庙:高祖之庙。孝明帝尊光武帝庙号为世庙。雅乐:用于郊庙朝会的正乐。正雅乐:指依谶文改大乐(音乐名)为大予乐(亦音乐名)。

㉙ 允洽:和美,信实。肃:严正。

㉚ 大辂(lù):即玉辂,玉饰的皇帝专用车。皇衢:驰道。省方:视察四方。巡狩:同"巡守",古代帝王五年一巡守,视察诸侯所守之地。躬览:亲自观览。考:考察。声教:声威和教化。被:及。皇明:天子之明德。燭(zhú)幽:照明幽暗之处。燭,通"烛"。

㉛ 洛邑:即洛阳。巍巍:形容宫阙高大的样子。翼翼:形容宫阙庄严雄伟的样子。极:中,谓洛阳在诸夏之中。

㉜ 阙庭:宫廷和阙廷。神丽:奇异美丽。奢不可逾,俭不可侈:是说奢俭合礼。

㉝ 苑(yuàn):帝王及贵族游玩和打猎的风景林园。蘋、藻:都是水草名。圃(pǔ):种植蔬菜、花果或苗木的地方,周围无垣篱。毓:同"育",养育。

㉞ 梁、邹:都是汉县名,在今山东邹平东北。谊:义理。灵囿:神圣之囿。

㉟ 蒐(sōu)狩:打猎。春猎为蒐,冬猎为狩。简:查检,检阅。车徒:兵车及步卒。王制:王者的制度。《礼记》《荀子》皆有《王制》篇,记先王治国之制度。风、雅:指《诗经》中的《国风》和《大雅》《小雅》。《诗经·周南·关雎》的《序》云:"是以一国之事,系一人之本,谓之风;言天下之事,形四方之风,谓之雅。"

㊱ 《驺虞》:《诗经·召南》中的诗篇名。《驷驖》:《诗经·秦风》中的诗篇名。《车攻》《吉日》:都是《诗经·小雅》中的诗篇名。整仪:整齐威仪。

㊲ 鲸鱼:谓刻杵作鲸鱼形。铿

(kēng):撞击。华钟:钟有篆刻之纹,故谓华钟。时龙:应时的龙。凤盖:凤凰伞,帝王仪仗用。棽(shēn)丽:繁盛披覆的样子。和鸾:车铃。玲珑:清越的声音。天官:泛指百官。景(yǐng)从:紧相追随,如影随形。寖:盛。

㊳ 山灵:山神。属御:属车之御。方神:四方之神。雨师:司雨之神。汎洒:遍洒。风伯:司风之神。清尘:拂除尘垢。

㊴ 纷纭:盛多的样子。元戎:古代大型的兵车。鋋(chán):铁把短矛。彗:扫。羽旄:羽旗。旌(jīng)旗:旗帜的通称。拂:掠过。

㊵ 焱(yàn)焱:炎炎,形容戈矛车马光彩闪烁的样子。文:色彩交错。欱(hē):啜,吸吮。歕(pēn):喷射。摇震:晃动。

㊶ 中囿:即囿中。按屯:止军驻扎。按,止住。骈(pián):并列。校队:部队。勒:治,统御。三军:周制天子六军,三居一编,故言三军。这里泛指军队。

㊷ 三驱:即三田。天子、诸侯每年三度田猎,猎时必驱,故称田猎为驱。𬨎(yóu)车:驱逆之车。骁(xiāo)骑(jì):勇猛的骑兵。电骛(wù):电驰,形容迅速。

㊸ 由基:即养由基,春秋时楚人,善射。范氏:指赵简子之御人。施御:驾驭。睼(dì):视。诡遇:指打猎时不按礼法规定而横射禽兽。去,离去。

㊹ 指顾:谓手指而目顾,极言其迅速。倏(shū)忽:转眼之间。实:充满。极:尽。盘(pán):乐。

㊺ 踠(wǎn):屈曲。泶(xiè):消散。属车:皇帝侍从的车子。案节:按辔调节马的步伐。案,通"按"。

㊻ 荐:进,献。三牺:指祭天、地、宗庙之牺。效:呈献。五牲:指麋(mí)、鹿、麏(jūn)、狼、兔。神祇(qí):天神和地神。百灵:百神。

㊼ 觐(jìn):古代诸侯秋朝天子为觐。明堂:古代天子宣明政教的地方。辟雍:汉祭祀之所。缉熙:犹言积渐至于光明。皇风:谓天子之德。灵台:汉代观察天文气象之台,在今陕西西安长安区西北。休征:谓休美之征验,犹吉利的征兆。

㊽ 乾坤:天地的代称。参象:观象。圣躬:天子之圣体。中夏:中国。布德:广施恩德。抗棱:振举威势。

㊾ 荡:疏通。澹:触动。海漘(chún):海边。幽崖:北方的边界。朱垠:南方。

㊿ 孝武:即汉武帝刘彻。孝宣:即汉宣帝刘询。詟(zhé):恐惧。慄(lì):恐惧。

(51) 绥:安抚。哀牢:古代我国西南地区少数民族。永昌:汉郡名,辖境相当于今云南大理州及哀牢山以西地区。春王:即春王月,周王正月之别名。三朝(zhāo):元日。颜师古注《汉书·孔光传》曰:"岁之朝,月之朝,日之朝,故曰三朝。"会同:古代诸侯朝见帝王曰会,众见曰同。

(52) 图籍:地图和户籍。膺(yīng):受。

百蛮：指与华夏对称的诸少数民族。

53 盛礼：隆盛之礼。供帐：供设帷帐。云龙：汉洛阳宫门名，以云龙为饰，故名。赞：引。群后：谓众诸侯。皇仪：天子之仪容。帝容：帝王之威容。

54 庭实：贡献之物。旨酒：美酒。钟：古代酒器名，圆形似壶。金罍（léi）：古代酒器名，尊形，饰以金，刻以云雷之象。班：谓排列。玉觞（shāng）：玉杯，酒器。珍御：谓珍贵的食品和用品。珍，谓八珍，指八种珍贵的食品。御，用，指珍贵的用品。太牢：牛、羊、猪三牲为太牢。

55 食举：当食举乐，谓天子进食先奏乐。《雍》彻：谓天子进食终了歌《雍》这篇诗来彻食。《雍》，《诗经·周颂》中的篇名。太师：乐官，掌六律、六吕，以合阴阳之声。金石：钟磬之类的乐器。丝竹：我国对弦乐器和竹制管乐器的总称。铿鍧（hōng）：钟鼓相杂的声音。烨煜（yèyù）：繁盛的样子。

56 抗：高。五声：又称五音，即我国古乐五声阶中的宫、商、角、徵、羽五个音阶。极：至，达到最高限度。六律：即黄钟、太蔟、姑洗、蕤宾、夷则、无射。九功：即金、木、水、火、土、谷、正德（正身之德）、利用（利民之用）、厚生（厚民之生）。八佾（yì）：古代国君专用的一种乐舞，排列成行，纵横都是八人，共六十四人。佾，古代乐舞的行列。《韶》：帝舜乐曲名。《武》：周武王乐曲名。太古：谓太古之乐。

57 四夷：指东夷、西戎、南蛮、北狄，是古代统治者对华夏族以外各少数民族的蔑称。间（jiàn）：更迭。《僸（jìn）》《佅（mài）》《兜离》：四夷之乐。《僸》，北夷之乐。《佅》，东夷之乐。《兜离》，也作《朱离》，西夷之乐。罔：无。

58 暨（jì）：至，到。欢浃：欢乐和洽。

59 烟煴（yīnyūn）：同“絪缊”，天地合气。元气：指人的精神。退：离去。

60 沐浴：浸身，置身。膏泽：比喻恩泽。侈心：奢侈、放纵之心。萌：萌芽，开始。东作：指春耕生产。

61 明诏：圣明的诏书。有司：官吏。古代设官分职，事各有专司，因称官吏为有司。班：通“颁”，颁布。宪度：法度。昭：彰明，显示。太素：朴素。

62 丽饰：华丽的装饰。乘舆：皇帝乘坐的车子。服御：衣服车马之类。淫业：末业。盛务：可大可久的事业。

63 末：指商业。本：指农业。织纴（rèn）：以丝织布。纴，织布帛的丝缕。陶：瓦器。匏（páo）：葫芦之属。

64 纤靡：纤细华丽。沈：同“沉”。

65 瑕：比喻事物的缺点。秽：谓秽行、秽德。形神：身体与精神。寂漠：同“寂寞”，寂静。营：通“荧（yíng）”，迷乱，迷惑。

66 源灭：根本消灭。优游：悠闲自得的样子。

67 庠（xiáng）序：古代地方所设的学校，与帝王的辟雍、诸侯的泮宫等大学相对而言。《汉书·儒林传序》:“乡里有教,夏曰校,殷曰庠,周曰序。”俎(zǔ)豆:都是古代宴客、朝聘、祭祀所用的器皿。俎,置肉的几。豆,盛干肉一类食物的器皿。莘(shēn)莘:众多的样子。

⑱ 登降:上下。饫(yù)宴:宴饮。相与:共同。玄德:潜蓄不著于外的品德。谠(dǎng)言:善言,正直的话。弘:大。咸:都。含和:内藏温和之气。

⑲《书》:指《尚书》。《诗》:指《诗经》。羲文之《易》:伏羲画八卦,周文王作卦辞。

⑳ 清浊:犹善恶。究:探究。

㉑ 驰骋:纵马奔驰,引申为奔走、趋赴。末流:犹下流,谓诸子。

㉒ 温故知新:语出于《论语·学而》。鲜(xiǎn):少。

㉓ 僻界:偏鄙之界。四塞(sài):指四面皆有天险,可作屏障。平夷:平坦。辐凑:如辐之聚于车轴心,比喻聚集一处。

㉔ 四渎(dú):古代对四条独流入海的大川的总称,即江(长江)、河(黄河)、淮、济。五岳:我国五大名山的总称,即东岳泰山、南岳衡山、西岳华山、北岳恒山、中岳嵩山。泝:同“溯”。图书:河图洛书的简称。《汉书·五行志》曰:“河出图,洛出书。”

㉕ 馆御:设台以进御神仙。统和:统一和合。天人:天下之人。

㉖ 逾侈:奢侈逾礼,指西都宾云“列肆侈于姬姜”等。履:施行,执行。翼翼:恭敬的样子。济济:众多的样子。

㉗ 阿房:即阿房宫,秦代著名的大建筑物,遗址在今陕西西安西阿房村。造:至。京洛:京都洛阳。

㉘ 矍(jué)然:惊惶四顾的样子。失容:犹“失色”,因恐惧而变了脸色。逡(qūn)巡:迟疑徘徊,欲行又止。恞(dié)然:恐惧的样子。恞,与“惵”同。意下:心中。捧手:犹拱手,表示敬佩。

㉙ 五篇诗:指下文《明堂诗》《辟雍诗》《灵台诗》《宝鼎诗》和《白雉诗》。

㉚ 卒业:诵读全篇。

㉛ 小子:表示轻蔑的称呼。狂简:谓志大而于事疏略。裁:节制,控制。诵之:诵读这五首诗。

㉜ 於(wū):叹美之辞。昭:明。孔阳:甚明。

㉝ 圣皇:称颂光武帝。宗祀:谓庙祭。穆穆:肃敬、恭谨的样子。煌煌:美盛的样子。

㉞ 上帝:上古之帝。宴飨:谓神受飨。五位:五方之神,即东方苍帝灵威仰、南方赤帝赤熛怒、中央黄帝含枢纽、西方白帝白招矩、北方黑帝汁光纪。

㉟ 普天率土:普天,犹言遍天下。率土:谓境域以内。这一造语出自《诗经·小雅·北山》篇。

㊱ 猗欤:叹美之词。允:诚信。怀:归向,来到。

㊲ 汤(shāng)汤:大水急流的样子。

⑱ 莅(lì):来临。造舟为梁:谓连舟为浮梁。

⑲ 皤(pó)皤:头发斑白的样子。

⑳ 抑抑:美好的样子。威仪:庄严的容貌举止。孝友:孝顺父母与友爱兄弟。

㉑ 於(wū)赫:赞叹词。太上:指太古立德贤圣之人。行:遵行。

㉒ 洪化:洪大的教化。观:示。

㉓ 经:量度。崇:高。

㉔ 时登:以时登之。爰(yuán):于是,乃。考:考核。

㉕ 三光:指日、月、星。宣:布。精:明。五行:指木、火、土、金、水五种物质。布序:谓各顺其性,无谬戾。

㉖ 习习:形容微风和煦的样子。祥风:和风。祁(qí)祁:犹徐徐。

㉗ 蓁(zhēn)蓁:茂盛的样子。蕃庑(wú):滋长茂盛。

㉘ 於(wū)皇:叹美。乐胥:喜乐。胥,语助词。

㉙ 金景:黄金色之光。歊(xiāo):气上升的样子。

⑩⓪ 纷缊:五色斑斓的样子。焕、炳:都是明亮的意思。龙文:龙形的花纹。

⑩① 祖庙:先祖之庙。圣神:指智德至极,无所不通,神妙不可思议的天子。灵德:灵妙之德。弥:终于,尽于。

⑩② 灵篇:谓河、洛之书。披:分解。瑞图:祥瑞之图。白雉:古代迷信以白雉为祥瑞之物。嘉祥:吉祥。阜(fù):大,多。皇都:天子之宫城。

⑩③ 皓(hào):白。奋:鼓起。翘(qiáo)英:美丽的尾羽。絜朗:清洁明朗。絜,通"潔(洁)"。

⑩④ 侔(móu):齐等。周成:即周成王。天庆:上天之福庆。

## 鉴赏

班固(32—92),东汉著名史学家、文学家,字孟坚,扶风安陵(今陕西咸阳东北)人。班彪长子。幼年聪慧好学,九岁能写文章,诵诗赋。16岁入洛阳太学,博览群经九流百家之言。23岁,父卒后,归乡里,承父业,继续撰写《史记后传》。永平五年(62),被人告发,以私改国史罪下狱。弟班超上书辩解,乃获释放。明帝遂召为兰台令史。一年后,迁为郎,典校秘书。自永平中奉诏编撰《汉书》,至章帝建初七年(82)基本完成。建初三年(78),任玄武司马。次年,章帝在白虎观召集诸儒讨论五经异同,班固撰成《白虎通义》。和帝永元元年(89),随同大将军窦宪出征匈奴,任中护军。及至窦宪专权败死,连坐免官,被洛阳令种兢逮捕入狱,死于狱中。

班固遵守儒家的封建正宗思想,宣扬汉德汉业。一生著述除《汉书》和《白虎通义》外,还有"《典引》

《宾戏》《应讥》、诗、赋、铭、诔、颂、书、文、记、论、议、六言,在者凡四十一篇”(《后汉书·班固传》)。后人将其诗文辑成《班兰台集》。

班固善作赋,是汉代四大辞赋家之一。其赋分京都赋、答难赋、山水赋、咏物赋四类,有《两都赋》《答宾戏》《幽通赋》《终南山赋》《竹扇赋》《白绮扇赋》等(见《全上古三代秦汉三国六朝文》),多为模拟之作。《两都赋》是班固的代表作品,是汉赋史上的第一篇京都大赋,最负盛名。梁代萧统编的《文选》把它列为卷首,足见其在汉魏六朝人心目中的地位。班固开创京都大赋一体,第一次将人物安排于京都大赋中,写物,写人,兼叙事。在其影响下,张衡写了《二京赋》,左思写了《三都赋》。班固在开拓汉赋题材方面有突出成就,在赋的体制、谋篇、语言艺术方面也有其他赋家难以企及之处。他的赋作在汉赋发展史上占有重要地位,对后世辞赋的发展也有一定影响。

《两都赋》的写作年代,《后汉书》本传曰:“自为郎后,遂见亲近。时京师修起宫室,浚缮城隍,而关中耆老犹望朝廷西顾。……乃上《两都赋》。”班固为郎是在永平(58—75)中,据此,《两都赋》亦当作于永平中。唐代著名学者李善在《文选·两都赋》题注中云:“自光武至和帝都洛阳,西京父老有怨,班固恐帝去洛阳,故上此词以谏,和帝大悦。”从赋中言永平之治又录入章、和之事来看,李善之说可从成立。笔者认为,《两都赋》虽展卷于永平之际,则完篇于和帝永元初年。

《两都赋》记叙了西都宾与东都主人围绕迁都长安还是定都洛阳所展开的一场大辩论。西都宾向东都主人夸耀西都(长安)形势的险要、市容的繁荣、封畿近县的富庶、皇帝帝苑的壮丽,以为迁都长安之由。东都主人则向西都宾颂扬光武帝建都洛阳(东都)的功绩,夸耀明帝在洛阳“备制度”的盛事,以为定都洛阳之理,终于将西都宾折服。全文所叙写的内容及其表现出来的思想,要之有三:一、描绘了汉帝国京都的繁荣与昌盛。“内则街衢洞达,……烟云相连”(《西都赋》)写西都长安市里之繁荣;“竹林果园……”“下有郑、白之沃……,桑麻铺棻”(同上)写长安郊区农村之富庶景象;“其宫室也……,丰冠山之朱堂”(同上)写长安宫殿建筑之宏伟;“昭阳特盛,……夜光在焉”(同上)写宫殿建筑工艺技巧之高超;“又有天禄、石渠,……校理秘文”(同上)“学校如林,……蹈德咏仁”(《东都赋》)写长安与洛阳文化教育之盛。这些对京都的描述,从商业、农业、宫殿建筑、文化教育诸方面表现了汉帝国的繁荣与昌盛,肯定和歌颂了汉民族巨大的物质劳动成果及其征服客观世界的伟大力量。二、描写了四邻臣服朝贡的盛况和天子游猎的盛大场面。汉武帝时代,征服了匈奴,并征服了周围的邻国。汉帝国的版图伸展到东南沿海、岭南西南和东北地区,威势大增,四邻国家都来臣服或通聘。至东汉初期,仍然维持了这一局面。“目中夏而布德,……内抚诸夏,外绥百蛮”(《东都赋》)描述了东汉帝国大一统局面的形成和四邻臣服朝贡的盛况。“千乘雷起,……骁骑电骛”(同上)描写了东都天子游猎的盛大场面。这些描述表现了东汉帝国的精神风貌和雄伟气概,歌颂了汉帝国强大的国势与声威。三、歌颂了汉代帝王的功德。“建武之元,……斯乃汤武之所以昭王业也”(同上)这是歌颂光武帝统一中国、建立东汉王朝功绩的,并在热情歌颂中,表现出作者对地主阶级重建其统一的封建帝国的衷心拥护和踌躇满志的喜悦心情。明帝“备制度”的盛事,作者在《东都赋》中也作了尽情的歌颂:浚城隍、修宫室,……作者极力颂扬这些盛事,并以此来歌颂明帝的文德之治。《东都赋》歌颂东都帝王的功德,虽有所夸大,但并未违背历史的真实。光武帝、明帝对东汉王朝的建立、巩固与发展,对东汉帝国经济的繁荣、物质的丰富、文教的隆盛和外交的发达,是有贡献的。他们是有“功”可歌,有“德”可颂的。作者歌颂东汉帝王的文治武功,是以此来讴歌大汉盛世。这种歌颂符合当时人们的心理状态,符合历史发展的要求,既有现实意义,又有历史意义。总之,班固为使东汉帝王久都洛阳而上《两都赋》,“以极众人之所眩曜,折以今之法度。”作者运用汉代实际史地的材料,歌颂了汉帝国京都的繁荣与昌盛、强大的国势与声威,在对汉代帝王的歌功颂德中表达了坚持法度、反对奢侈的思想主张。

《两都赋》在艺术上的成就主要有两点:一、体制宏阔,繁简得当,脉络清晰,结构严谨。作者凭借天才的想象力进行艺术构思,编造出西都宾和东都主人两个人物,用主客问答敷成巨幅宏篇。《西都赋》以宾主一问一答展开全文,交代辩论的中心议题:是否非都长安“弗康”?写西都宾言西迁之由,围绕“眩曜”二字铺排,繁于都市、宫室、田游之事的描写刻画。写都市,先从地理形势写起,左右涉笔,描绘出了西都长安易守难攻、安全保险的形胜之壮。而写城郭之崇丽、城池之深广,却一笔带过。写市里,从街道、里门、市场,写到都人士女的优游、达官贵人的麇集、游侠豪强的骋骛,描绘出了长安繁荣的景象。写郊区,从“其阳”“其阴”“东郊”“西郊”,开笔叙写,泼墨如云,描绘出了长安郊区的辽阔、富庶和山川景物,铺写有序,层次井然。《东都赋》首段,直斥西都宾之“眩曜”,照应与概括上篇。中段一大段详写建武之治与永平之事,以事实为依据,批驳西都宾所散布的非都长安则“弗康”的滥调。言建武之治，先从揭露和批判王莽为政的残暴落笔，交代光武帝中兴的背景，继而称颂光武帝建都河洛、重新统一中国、建立东汉王朝的功绩。最后以“功”“德”二字收住建武之治。言永平之事，从明帝即位后举行三雍盛典着笔，为后文所缀五首诗设下了伏笔。接着叙写明帝“备制度”的盛事，从浚城隍、修宫室、作苑囿、蒐狩、祭祀，写到朝会、宴飨、昭节俭、劝农、兴学，层层推进，承接紧密，丝扣环连。后用“盛哉乎斯世”一句，结住永平之事。《孙评文选·两都赋》说：“以见汉治之极盛，东都之所由，异于西也。”这一大段文字约占全文三分之二的篇幅，而描写宫室、田猎，大抵略过。尾段，直斥西都宾“驰骋乎末流”，并阐明了洛阳的天时地利。“子徒习秦阿房之造天，而不知京洛之有制也；识函谷之可关，而不知王者之无外也”两句，独拈秦以折服西都宾，回护东都洛阳，立言有体。收束东都主人之言，极为缜密，呼应上篇西都宾开始所言，也相映成趣。《孙评文选·两都赋》说：“五首诗缀后，亦有乱辞歌颂之别，以其为永平制度之盛，故特举而言之。”可见，《两都赋》在体制上虽取式于司马相如的《子虚上林赋》，但规模更壮阔，体制更宏伟，“明绚以雅赡”（《文心雕龙·诠赋》），洋洋洒洒四千余言，前所未有。在材料的剪裁上做到了有繁有简，繁简得当，有详有略，详略得体，在材料的组织、安排上，脉络清晰。层次分明，一节接一节，节节相连，尤其前后呼应，处处照应，结构显得完整、严谨，天衣无缝。这充分表现了作者在剪裁、谋篇上的匠心独运。二、语言严整、富赡、平实、晓畅。范晔评价班固的《汉书》时说：“固文赡而事详。若固之叙事，不激诡，不抑抗，赡而不秽，详而有体，使读之者，亹亹而不厌。”（《后汉书·班固传》）这些有关语言风格的评论，十分中肯。《两都赋》的语言风格，同《汉书》的语言风格是一致的。《西都赋》的语言显得华丽、夸饰；《东都赋》的语言显得典雅、古朴，但都具有严整、富赡、平实、晓畅的艺术特色。作者多用排比句、排偶句、骈俪句。如“且夫僻界西戎……翼翼济济？”（《东都赋》）这五个排比句，以整齐的句式、强烈的对比，驳斥了西都宾的“眩曜”，具有骏马走坂、流水下坡之势，让西都宾听了也瞠目结舌，无以为对。“于斯之时，……各得其所。”（《西都赋》）这里用一组排偶句和一组骈俪句论述了西都达官贵人、士人、农民、工商业者安居乐业、各得其所的现状及其因由。排比句、排偶句和骈俪句的运用，不仅使语言显得严整而又有节奏，读之朗朗上口，而且大大地增强了文章的气势、文字的劲健。作者在遣词造句上，往往使用错综法。如：“挟师豹，拖熊螭，曳犀犛，顿象罴，超洞壑，越峻崖，蹶崭岩”（《西都赋》）是动词“拖”与“曳”，“超”与“越”交错使用。“岩峻嶵崒，金石峥嵘”（《西都赋》）是形容词“嶵崒”与“峥嵘”交错使用。“列金罍，班玉觞”（《东都赋》）是名词“金罍”与“玉觞”交错使用。这都显示了语言的变化之美。错综法的广泛使用，不仅使语言错落有致，而且使语言显得富赡，达意也很精确。为了增强语言的生动性与形象性，作者还运用了比喻与夸张。如《西都赋》写昆明池的风景：“茂树荫蔚，芳草被隄，兰茝发色，晔晔猗猗，若摛绵布绣，爓耀乎其陂。”用彩色锦绣铺展在池边耀彩呈艳来比喻花草的明丽，比得新鲜而传神。赋中的夸张，有数量的夸张、性状的夸张和用喻的夸张。如《东都赋》写天子田猎，用“千乘”“万骑”来形容田猎队伍之众多，用戈鋋扫云、羽旄扫霓、旌旗拂天来夸饰戈鋋、羽旄、旌旗之长高，用使日月暗淡、使山陵震动来夸饰其光辉灿烂、声响巨大，这就把天子的威风淋漓尽致地表现出来了。又如《西都赋》写陵邑，用“云”作比喻，盛夸陵邑中豪右、富赀、吏二千石之众多。又用“云汉”作比喻，盛夸昆明池之广大。这种用喻夸张，既能使描写的对象表现得更鲜明、更突出，又能给读者以丰富的想象。比喻和夸张手法的运用，不仅使语言显得平实、晓畅，而且使语言更形象、更生动。《两都赋》语言上严整、富赡、平实、晓畅的艺术特色，充分表现了作者驾驭语言的功力。

（李捷之）

# 舞　　赋并序

傅　毅

楚襄王既游云梦，使宋玉赋高唐之事，将置酒宴饮，谓宋玉曰："寡人欲觞群臣[1]，何以娱之？"玉曰："臣闻歌以咏言，舞以尽意。是以论其诗不如听其声；听其声不如察其形。《激楚》《结风》《阳阿》之舞，材人之穷观，天下之至妙，噫！可以进乎[2]？"王曰："如其郑何[3]？"玉曰："小大殊用，郑雅异宜[4]。弛张之度，圣哲所施[5]。是以《乐》记干戚之容，《雅》美蹲蹲之舞，《礼》设三爵之制，《颂》有醉归之歌[6]。夫《咸池》《六英》，所以陈清庙、协神人也；郑卫之乐，所以娱密坐、接欢欣也[7]。余日怡荡，非以风民也[8]。其何害哉！"王曰："试为寡人赋之。"玉曰："唯唯[9]。"

夫何皎皎之闲夜兮，明月烂以施光[10]。朱火晔其延起兮，耀华屋而熹洞房[11]。黼帐祛而结组兮，铺首炳以焜煌[12]。陈茵席而设坐兮，溢金罍而列玉觞[13]。腾觚爵之斟酌兮，漫既醉其乐康[14]。严颜和而怡怿兮，幽情形而外扬[15]。文人不能怀其藻兮，武毅不能隐其刚[16]。简惰跳踃，般纷挐兮[17]；渊塞沉荡[18]，改恒常兮。于是郑女出进，二八徐侍[19]。姣服极丽，姁媮致态[20]。貌嫽妙以妖蛊兮，红颜晔其扬华[21]。眉连娟以增绕兮，目流睇而横波[22]。珠翠的皪而照耀兮，华袿飞髾而杂纤罗[23]。

顾形影，自整装。顺微风，挥若芳[24]。动朱唇，纡清阳[25]。亢音高歌为乐之方[26]。歌曰："摅予意以弘观兮，绎精灵之所束[27]。弛紧急之弦张兮，慢末事之骩曲[28]。舒恢炱之广度兮，阔细体之苛缛[29]。嘉《关雎》之不淫兮，哀《蟋蟀》之局促[30]。启泰真之否隔兮[31]，超遗物而度俗。"扬激徵，骋清角，赞舞操，奏均曲[32]。形态和，神意协。从容得，志不劫[33]。

于是蹑节鼓陈，舒意自广，游心无垠[34]，远思长想。其始兴也，若俯若仰，若来若往。雍容惆怅，不可为象[35]。其少进也，若翱若行，若竦若倾，兀动赴度，指顾应声[36]，罗衣从风，长袖交横。骆驿飞散，飒擖合并[37]。鶣鷅燕居，拉揩鹄惊[38]。绰约闲靡，机迅体轻，姿绝伦之妙态，怀悫素之洁清[39]。修仪操以显志兮，独驰思乎杳冥[40]。在山峨峨，在水汤汤[41]，与志迁化，容不虚生。明诗表指，喟息激昂[42]。气若浮云，志若秋霜[43]。观者增叹，诸工莫当[44]。于是合场递进，按次而俟[45]。埒材角妙，夸容乃理[46]。轶态横出，瑰姿谲起[47]。眄盘鼓则腾清眸，吐哇咬则发皓齿[48]。摘齐行列，经营切儗[49]。仿佛神动，回翔竦峙，击不致策，蹈不顿趾，翼尔悠往，闇复辍已[50]。及至回身还入，迫于急节，浮腾累跪，跗蹋摩跌[51]。纡形赴远，漼似摧折[52]。纤縠蛾飞，纷猋若绝[53]。超逾鸟集，纵弛殟殁[54]。委蛇姌嫋，云转飘曶[55]。体如游龙，袖如素蜺[56]。黎收而拜，曲度究毕[57]。迁延微笑，退复次列[58]。观者称丽，莫不怡悦[59]。

于是欢洽宴夜，命遣诸客。扰躟就驾，仆夫正策[60]。车骑并狎，巃嵸逼迫[61]。良骏逸足，跄捍凌越[62]。龙骧横举，扬镳飞沫[63]。马材不同，各相倾夺[64]。或有逾埃赴辙，霆骇电灭，蹠地远群，暗跳独绝[65]。或有宛足郁怒，盘桓不发，后往先至，遂为逐末[66]。或有矜容爱仪，洋洋习习，迟速承意[67]，控御缓急。车音若雷，骛骤相及[68]。骆漠而归，云散城邑。天王燕胥，乐而不泆[69]。娱神遗老，永年之求[70]。优哉游哉，聊以永日。

## 注释

① 楚襄王：楚顷襄王。云梦：泽名。在今湖北潜江西南。泛指春秋战国时楚国君主的游猎区。赋高唐之事：宋玉曾作《高唐》《神女》二赋，写的是楚王与巫山高唐神女恋爱的故事。觞：以酒饮人。

② 歌以咏言：语出《书·尧典》："诗言志，歌永言。"舞以尽意：《毛诗序》有一段阐明诗歌的言志特征和诗歌与音乐舞蹈的相互关系的话："在心为志，发言为诗。情动于中而形于言，言之不足故嗟叹之，嗟叹之不足故永歌之，永歌之不足，不知手之舞之、足之蹈之也。""舞以尽意"谓以舞蹈来充分表达情志。《激楚》：楚歌曲名，音调激切昂扬。《结风》《阳阿》：皆舞曲名。材人：才人，有才华的人。穷观：极观。进：引进。

③"如其"句：意为楚王怕引进的歌舞类似郑国的俗乐。春秋战国时郑、卫的俗乐很有名，其音调与雅乐不同。《礼·乐记》称："郑卫之音，乱世之音也。"《论语·卫灵公》也有"放郑声""郑声淫"之说。

④ 殊用：不同的用途。异宜：各有所宜。

⑤ "弛张"句：弓上弦叫张，下弦叫弛。《礼记·杂记下》："一张一弛，文武之道也。"这是比喻周文王、武王以宽严相济治天下。

⑥ 干戚：古代武舞名，舞者手执干（盾）戚（斧）。《礼·乐记》："执其干戚，习其俯仰诎伸，容貌得庄焉。"蹲（cún）蹲：起舞。三爵：爵，古代酒器。古礼，臣侍君宴，不过三爵。

⑦《咸池》：周代用于祭祀的六个乐舞之一，相传为尧时代的乐舞。《六英》：古乐名，传说是帝喾之乐，一说是颛顼之乐。清庙：太庙，天子祭祖先之庙。协：和。密坐：互相靠近地坐在一起。接：接引。

⑧ 余日：暇日。怡（yí）荡：和悦畅快。风：教化。

⑨ 唯唯：应诺声。

⑩ 夫何：发语词。闲夜：静夜。施：散布。

⑪ 朱火：烛。晔（yè）：光。熹（xī）：放光明。

⑫ 黼（fǔ）帐：绣帐。袪（qū）：撩起。

结组:用丝带结上。铺首:门上用以衔环的底盘,多以铜制。焜(kūn)煌:明亮。

⑬ 茵(yīn):坐褥。罍(léi):古代酒器,形似壶。

⑭ 觚(gū):古代酒器,比爵大。漫:无拘束。

⑮ 严颜:严肃的容颜。怡怿(yì):和蔼喜悦。幽情:隐秘的感情。

⑯ 怀:藏。藻:文采。武毅:勇猛果敢的人。

⑰ 简惰:简慢懒惰的人。跳踃(xiāo):跳跃。般:通"盘",回旋。纷挐(rú):牵持杂乱。

⑱ 渊塞:深沉实在的人。

⑲ 郑女:郑地的女子,相传古代郑国多美貌的女伎。进:向前。二八:16人。徐侍:缓步侍侧。

⑳ 姁媮(xūyú):妖媚的神态。

㉑ 嫽(liáo)妙:俊美。妖蛊:艳丽。晔:容光焕发。

㉒ 连娟:细长。"眉连娟"二句:眉细长而弯曲,目转盼如水波之横流。

㉓ 的皪(lì):亮晶晶的样子。华袿:华美的女子上衣。飞髾(shāo):飘动着的缀在上衣上的形如燕尾的装饰。纤罗:纤细的丝罗。

㉔ 若芳:指杜若,歌者佩带的香草。

㉕ 纡(yú):低。清阳:即清扬,指清秀的眉目。

㉖ 乐之方:乐曲的法式。

㉗ 摅(shū):抒发。弘观:大观。绎精灵之所束:使约束的精神得以伸展。

㉘ "弛紧急"二句:意谓在舞蹈节目之前,先以缓歌诉说舞蹈的底细和原委。末事,这里是代表舞者对自己所从事的舞蹈事业的谦称。

㉙ "舒恢炱"二句:意谓舒展广大的胸怀,摆脱苛屑的规则。恢炱(tái),广大。细体,琐屑的规矩。

㉚ "嘉《关雎》"二句:意谓赞美《关雎》的乐而不淫,哀怜《蟋蟀》的局促小见。局促,见识不广。

㉛ 泰真:中国哲学术语,即太极真气,是构成宇宙的元气。元气运动而分阴阳,由阴阳而派生宇宙万物。否(pǐ)隔:闭塞不通。

㉜ 徵(zhǐ)、角:中国五声音阶中的两个音级。徵音激,角音清。舞操(càn):舞的节奏。操,通"掺"。均曲:合乎乐律的歌曲。均,古代乐器的调律器。

㉝ "形态"四句:意谓歌者的形态神意无不与歌词内容相和谐。她从容自得,志气不为外物所胁。

㉞ 无垠(yín):无边际。

㉟ 始兴:开始起舞。雍容:温雅大方。惆怅(chóuchàng):失意而哀伤。象:形容。

㊱ 竦(sǒng):伸长脖子、提起脚跟站着。倾:身子斜倾。兀(wù)动:不安静地跳动。赴度:投入音乐的节拍。应声:与曲声相应。

㊲ 骆驿飞散:形容罗衣飘荡不绝。飒擖(sàyè):盘旋之貌。合并:团聚。

㊳ 翩翾(piānpiāo):轻的样子。燕居:如燕子那样蹲下。拉揩(tà):举翅之貌。鹄(hú):即天鹅。

㊴ 绰约：美。闲靡：文雅而柔美。闲，通“娴”。机迅：像弩机发箭那样迅疾。姿：通“资”，藉。悫（què）素：忠贞质朴。

㊵ 仪操：容貌品行。杳冥：高远莫测之境。

㊶ 峨峨：高峻。汤（shāng）汤：大水急流。

㊷ “明诗”二句：意谓她的舞蹈表明了歌诗的内容和它的意旨，乃至表达了诗中的叹息和激昂感情。指：通“恉”。

㊸ “气若”二句：意谓舞者气高、志洁。

㊹ 工：指乐师，乐人。以上铺写一女独舞的情景。

㊺ “按次”句：这是说众舞女按次序一个接着一个上场。

㊻ “埒材”二句：意谓修饰美好的容仪，较量才艺的巧妙。埒（liè）：等，衡量。夸：通“姱”，美好。

㊼ 轶态：超逸的神态。瑰（guī）姿：美丽的容貌。

㊽ 眄（miǎn）：斜视。盘鼓：扁平如盘的鼓，用为舞具。古有七盘舞，列七个盘鼓于地，舞者手举杖策，往来其上而舞。清眸：黑眼珠。哇咬：民间歌曲。皓（hào）：洁白。

㊾ 摘齐行列：指摘行列，使之整齐。经营切儗（nǐ）：意谓大家紧贴着肩一起往来周旋。

㊿ 回翔：回旋飞翔。竦峙：耸立。击不致策：以策击鼓时似乎策不及鼓。顿：停。翼尔：形容姿态飘逸。悠往：舞向远处。闇复辍已：忽然停止。闇，通“奄”，忽然。

51 回身还入：从停息处回身而舞。迫于急节：意谓在乐曲的急拍的催促下。浮腾：跳跃。累跪：反复不停地跪起。跗蹋（fūtà）：反足蹈地。摩跌：以脚摩地而扬跌。

52 纡形赴远：曲体远跃。漼（cuǐ）：折。摧折：曲折。

53 纤縠（hú）：细绉，指舞衣。蛾飞：如蛾轻飞。纷猋（biāo）：飞扬。

54 超逾（yú）鸟集：谓跳跃之势超过如群鸟飞集。縕殁（wēnmò）：舒缓。

55 委蛇（wēiyí）：回旋曲折之貌。姌嫋（rǎnniǎo）：柔长之貌。飘曶（hū）：迅疾。

56 素蜺：白虹。

57 黎收：敛容。曲度究毕：乐曲终尽。

58 迁延：却退。退复次列：退回行列。

59 怡悦：快乐。

60 欢洽：欢情融洽。命遣诸客：这一句再一次与序中“欲觞群臣”相照应。扰躟：疾行。正策：执鞭。

61 并狎（xiá）：拥挤。巃嵸（lóng sǒng）：聚集。

62 逸足：快步。跄（qiāng）捍：疾驰。凌越：逾越。

63 龙骧横举：像龙那样抬起头而横跑。镳（biāo）：马嚼子，马口中所衔铁具露出在外的两头部分。

64 倾夺：相竞奔驰。

65 逾埃：绝尘。赴辙：追前车之辙。蹠（zhí）地远群：蹄一着地就远出于群马。暗跳：行疾。

66 宛足：屈足不行。盘桓：逗留。逐

末:在末后追赶。

㊲ 矜容爱仪:意谓马自矜而爱它的容仪。洋洋:舒缓摇尾之貌。习习:和调之貌。承意:顺承御者的意愿。

㊳ 骛骤:奔驰。相及:相接。

㊴ 天王:大王。燕胥:犹宴醑,宴饮之乐。泆:放荡。

㊵ 遗老:忘老。永年:长寿。

## 鉴赏

傅毅(约 47—92),字武仲,扶风茂陵(今陕西兴平)人。东汉章帝时拜郎中,与班固、贾逵共典校书。作《显宗颂》十篇,文名显于朝廷。博学多才,为东汉辞赋家。据《后汉书》本传,其作有诗、赋、文章 28 篇。其赋今存《舞赋》《洛都赋》《雅琴赋》《七激》及《反都赋》《扇赋》《窦将军北征颂》《西征颂》等残文。其中以《舞赋》最著。

《舞赋》是一篇托古之作,以假设楚王设宴欲觞群臣时与宋玉的一段对话为序言。全赋可分为三段:第一段叙写明月皎洁的静夜,红烛照耀着华屋洞房。楚王与群臣畅饮至酣时,16 名美丽的郑女缓步上前。第二段着重描写舞蹈场面,先写独舞之状,次写队舞之状,极尽刻画形容之能事。这是全赋的主体。第三段主要叙写宾客欢散时车马驰骤情景,是赋的结尾。三段紧密衔接。

此赋反映了作者颇为先进的艺术观。他在序中假设宋玉答楚王的一番话中就提出了“小大殊用,郑雅异宜”,反对一味推崇“陈清庙、协神人”的雅乐而诋毁、排斥“娱密坐、接欢欣”的俗乐。他在赋中,更让郑女于舞前所唱的歌词中极力宣扬了舞蹈艺术具有舒展人们的胸怀、摆脱苛缛的陈规陋习,乃至“启泰真之否隔兮,超遗物而度俗”的巨大作用。并且热情赞美了她歌唱时“从容得,志不劫”的神态完全与歌词的精神相和谐。这之后,又以“怀悫素之洁清”“独驰思乎杳冥”,“气若浮云,志若秋霜”等语形象地表现了独舞者一尘不染的内在素质。这一切所显示出的艺术观,在经学严重窒息思想、抑止艺术的东汉时期是极为罕见的。以歌舞为业的女艺人,在汉代被称为“倡伎”,受人轻视。傅毅却对她们极为尊重。在精心铺写她们的色艺双美的同时,更着意揭示她们的灵魂的洁净和美好。这样就写得相当传神,而且格调颇高,千古常新。

叙事状物细腻委曲而生动,是这篇《舞赋》最鲜明的艺术特色。如写一女独舞:始则“若俯若仰,若来若往”,较和缓地迁转不定;继则“若翱若行,若竦若倾”,旋转逐步加速,但见:“罗衣从风,长袖交横……绰约闲靡,机迅体轻。”忽而络绎飘飏,忽而屈折盘旋。或如轻燕的下蹲,或如惊鹄的举翅。这一切舞姿无不与鼓节、曲声相应和,从而充分显示了她的舞蹈艺技的无比精湛。更兼她那端庄、美丽的仪容和随时显露的纯洁高雅的志趣,也赢得了全场观众的惊叹。使人读后也有身临其境之感。此外,对队舞的轻疾之态更作了细致而逼真的刻画,对宾客散去时的车喧马腾之状和众马奔驰时所表现的不同脾性也描写得淋漓尽致。全赋详略得当,重点突出,语言华美而流畅自如。序言全为散文形式,赋中或偶句,或散句,显得自然而不杂乱,灵活而不板滞。

综观《舞赋》的思想和艺术,它为东汉赋坛增添了不少新色。后人所写的《舞赋》《观舞赋》也没有一篇可以与它相媲美。由此可见曹丕在《典论·论文》中所说的“傅毅之于班固,伯仲之间耳”,是很有见地的。

(方永耀)

# 适 吴 赋

梁 鸿

逝旧邦兮遐征，将遥集兮东南。心惙怛兮伤悴，志菲菲兮升降[①]。欲乘策兮纵迈，疾吾俗兮作谗。竟举枉兮措直，咸先佞兮唌唌[②]。固靡惭兮独建[③]，冀异州兮尚贤。聊逍遥兮遨嬉，缵仲尼兮周流[④]。傥云睹兮我悦，遂舍车兮即浮[⑤]。过季札兮延陵，求鲁连兮海隅[⑥]。虽不察兮光貌，幸神灵兮与休[⑦]。惟季春兮华阜，麦含含兮方秀。哀茂时兮逾迈，愍芳香兮日臭[⑧]。悼我心兮不获，长委结兮焉究。口嚣嚣兮余讪，嗟恇恇兮谁留[⑨]？

## 注释

① 惙怛(chuòdá)：忧伤。菲菲：上下不定。句意是，将到异处，不知吉凶祸福，心里忐忑不安。

② 直：正直的人。措：废弃。枉：邪曲之人。唌(xián)唌：言语捷急，能说会道。

③ 建：立。独建：独立人格。

④ 缵(zuǎn)：继续。周流：周游。

⑤ 即浮：乘船。

⑥ 季札：春秋时吴公子，吴王寿梦之子。寿梦欲传位于他，坚持不受。被封于延陵，故称延陵季札，当时以博学多闻及不重名禄而见称。鲁连：鲁仲连，战国时齐人。喜为人排难解纷，以不帝秦而闻名于世。齐王欲赐以爵禄，他逃避海上。

⑦ 光貌：光彩和风貌。休：美。意思是，虽然不能亲睹季札和鲁连的风采，但希望学习他们的品格和精神。

⑧ 茂时：盛世。臭：腐败变质。

⑨ 讪：诽谤。恇(kuāng)恇：恐惧。

## 鉴赏

梁鸿(约25—104),字伯鸾,扶风平陵(今陕西咸阳西北)人。东汉隐士。尝受业于太学,家贫好学,崇尚气节,与妻子隐居霸陵山中,以耕织为业。汉章帝时,因事经过洛阳,见京城宫殿豪华,遂作《五噫歌》,对统治者的奢侈进行尖锐的讽刺。章帝闻知,下令逮捕,只得改名换姓,避居齐鲁等地。后南逃至吴郡(今江苏苏州)为人雇工。其妻孟光,"肥丑而黑",但能相敬如宾,有举案齐眉的佳话。后因东家礼遇,遂得闭门读书。死后葬于要离墓旁。

梁鸿著作十余篇,有集二卷,今已不传。今存《五噫歌》《思友诗》二首诗,和一篇《适吴赋》,俱见《后汉书》本传。他的诗富有现实性,反映了东汉前期一部分士人的不满情绪。他的赋为骚体或楚歌变体,反映了东汉前期文人创作未能脱尽楚骚的影响,但力求有所变化和创新。

《适吴赋》为骚体赋,可分为三层:首先,写"适吴"矛盾而又复杂的感情。其次,申述"适吴"的缘由,从消极方面看是政治昏暗和小人的造谣中伤;从积极方面看,是学习孔子周游列国,寻找实现理想的地方,以及访求古代贤人的遗迹,学习古人的遗风。再次,写对当时现实的绝望,然而,瞻念前途又很渺茫,再次陷入矛盾和苦闷之中。这是一支抒写正直知识分子的忧患和愁肠百结的咏叹调,其动人的艺术魅力由下列美学因素所构成:

一、形象的人格美。所谓人格就是个人的持久品性。《适吴赋》所反映的自我形象的人格是一种崇高的人格,其基本特征可用气节二字来概括。气是进取与追求,节是人格的尊严。诗中自我形象有着强烈理想追求"冀异州兮尚贤",在政治失意时,绝不与那帮小人同流合污,至死坚持自己的人格和节操。这种以气节为核心的人格特征已成为中华民族心理的基本结构,具有激动人心的力量。

二、感情表现美。《适吴赋》的感情表现体现了生命的辩证运动,而这种运动是由下列三组矛盾所构成:去与留的矛盾("欲乘策兮纵迈"与"嗟恇恇兮谁留");理想与现实的矛盾("冀异州兮尚贤"与"悼我心兮不获");出仕与入处的矛盾(寻求尚贤之处即要施展政治抱负,然而又要做季札和鲁仲连那样的名士)。这就说明自我形象是个矛盾的复合体,从而使之始终处于"志菲菲兮升降"的矛盾之中。黑格尔说:

“生命的力量,尤其是心灵的威力,就在于它本身设立矛盾,忍受矛盾,克服矛盾。”(《美学》第1卷)《适吴赋》正是在展示自我形象的内心矛盾世界和痛苦心态之后,而使形象充满着心灵的威力,显得有血有肉,富有生命感,从而给读者以强烈的情感激荡和撞击。

三、节奏的回环之美。钱锺书在评论《离骚》的节奏美时指出:“思绪曲折,文澜往复。司空图《诗品·委曲》之‘似往已回’,庶几得其悱恻缠绵之致。”(《管锥编》)《适吴赋》在节奏上也具有这种特点,赋的开端讲“咸先佞兮唌唌”,结尾又讲“口嚣嚣兮余讪”。表面上是重复,其实“水深才有漩涡”,是心中忧愤郁结太久太深而形成的感情旋涡。赋的开篇写自我形象“欲乘策兮纵迈”似乎是义无反顾地要远离故土了,然而在结尾处又“嗟恇恇兮谁留”,又表现了欲去还留,难留又不易去的感情,表现了“似往已回”的节奏美。从而使感情的表达缠绵悱恻,蕴藉委曲,富有余味。

(林祥征)

# 西　京　赋[1]

张　衡

有凭虚公子者[2]，心奓体忲，雅好博古，学乎旧史氏，是以多识前代之载[3]。言于安处先生曰：

“夫人在阳时则舒，在阴时则惨，此牵乎天者也[4]；处沃土则逸，处瘠土则劳[5]，此系乎地者也。惨则尠于驩，劳则褊于惠[6]，能违之者寡矣。小必有之，大亦宜然[7]。故帝者因天地以致化，兆人承上教以成俗[8]。化俗之本，有与推移[9]。何以覈诸[10]？秦据雍而强[11]，周即豫而弱[12]，高祖都西而泰[13]，光武处东而约[14]，政之兴衰，恒由此作[15]。先生独不见西京之事欤？请为吾子陈之[16]。

## 注释

① 西京：长安（在今陕西西安）。

② 凭虚公子：与下文“安处先生”均虚拟的人物。凭：依托。安：何。

③ 奓（chǐ）：同“侈”，阔大。忲（tài）：舒泰。雅：平素。好（hào）：喜爱。旧史氏：史官。载：事。

④ 夫（fú）：发语词。阳时：指白昼和春夏。阴时：指夜晚和秋冬。惨：忧愁，悲凄。牵：维系。

⑤ 劳：辛苦。

⑥ 尠（xiǎn）：同“鲜”，稀少。驩（huān）：同“欢”。褊（biǎn）：狭窄，短少。惠：仁爱。

⑦ 小：指臣民。大：指帝王。

⑧ 因：依据。化：教化。兆人：百姓。

⑨ “化俗”二句：国家的政教风化社会习俗，随着帝王建都的天时地利方面的条件而转移。

⑩ 覈（hé）：同“核”，考核。

⑪ 秦：周代国名。雍：古代九州之一，

在今陕西中部和甘肃东部。

⑫ 即:走向,指西周末平王自镐迁都洛邑。豫:古九州之一,包括今湖北北部和河南。

⑬ 都:建都。西:指长安。泰:昌盛。

⑭ 东:指洛阳。约:困弱。

⑮ “政之”二句:国家的强弱,常是由国都的地理位置决定的。

⑯ 吾子:对人尊敬而亲切的称呼,此指安处先生。

“汉氏初都,在渭之涘①。秦里其朔,寔为咸阳②。左有崤函重险、桃林之塞③,缀以二华④巨灵赑屃,高掌远蹠⑤,以流河曲,厥迹犹存⑥。右有陇坻之隘⑦,隔阂华戎;岐梁汧雍,陈宝鸣鸡在焉⑧。于前则终南太一,隆崛崔崒,隐辚郁律⑨;连冈乎嶓冢,抱杜含鄠,欱沣吐镐⑩;爰有蓝田珍玉⑪,是之自出。于后则高陵平原⑫,据渭踞泾,澶漫靡迤⑬,作镇于近。其远则九嵕甘泉,涸阴冱寒⑭,日北至而含冻,此焉清暑。尔乃广衍沃野,厥田上上,寔惟地之奥区神皋⑮。昔者大帝说秦穆公而觐之,飨以钧天广乐⑯。帝有醉焉,乃为金策,锡用此土,而翦诸鹑首⑰。是时也,并为强国者有六,然而四海同,宅西秦⑱,岂不诡哉!自我高祖之始入也,五纬相汁,以旅于东井⑲。娄敬委辂,干非其议⑳。天启其心,人惎之谋㉑。及帝图时,意亦有虑乎神祇㉒,宜其可定以为天邑?岂伊不虔思于天衢㉓?岂伊不怀归于枌榆㉔?天命不滔,畴敢以渝㉕!

## 注释

① 汉氏:汉家,即汉朝。渭:渭水。涘(sì):水边。

② 里:居,都城所在。朔:北。寔(shí):是,代词,这。

③ 左:与下文的右、前、后,均以长安为中心、面南的方向而言。崤(xiáo):山名,在今河南洛宁。函:函谷关,在今河南灵宝。桃林:要塞名,在今

陕西。

④ 缀:连接。二华:太华山(西岳)和少华山。

⑤ 巨灵:河神,力大无穷。赑屃(bì xì):用力的样子。高掌:高擎双手。远蹠(zhí):远踏。

⑥ 厥:其。迹:掌痕。

⑦ 陇坻(dǐ):在今陕西陇山。

⑧ 岐、梁、汧(qiān)、雍:四座山名。陈宝鸣鸡:见《汉书·郊祀志》。

⑨ 终南:山名。太一:即太白山。崔崒(zú):高峻。隐辚(lín):盛多。郁(yù)律:不平。

⑩ 嶓冢(bōzhǒng):山名,在今甘肃西和。杜:周代诸侯国。鄠(hù):今陕西西安鄠邑区。欱(hē):喝。

⑪ 爰(yuán):于是。蓝田:县名。

⑫ 原:一种台形地貌,四周陡峻,顶部平坦。

⑬ 澶漫(chánmàn):广远的样子。靡迤(mǐyí):绵延不断的样子。

⑭ 涸(hé):与"沍(hù)"同义,凝结。

⑮ 尔:同"迩",近。衍(yǎn):低下而平坦的地形。上上:上上等的土地。奥:人们可以居住生活的地方。神皋:神灵降临的地方。

⑯ 觐(jìn):使……朝见。飨(xiǎng):用酒食款待。钧天广乐(yuè):天下的音乐。

⑰ 金策:金制的简册,是用于封赐的文书。锡:同"赐"。用:以。翦(jiǎn):尽,全部。鹑首:星次名,是秦的分野。

⑱ 是时:指战国时期。并:同样。六:楚、齐、燕、韩、赵、魏。四海同:统一天下。宅西秦:建都咸阳。

⑲ 五纬:金木水土火五个行星。相汁(xié):五星合在一起。东井:井星,是恒星。

⑳ 娄敬:秦末汉初人。委辂(lù):放下辇车。干:纠正。

㉑ 天:天象。人:指娄敬。惎(jì):教。

㉒ 意:或许,大概。神祇(qí):天神曰神,地神曰祇。

㉓ 虔(qián):敬。

㉔ 枌(fén)榆:祀土地的神社。

㉕ "天命"句:天命无可怀疑。

"于是量径轮,考广袤[①],经城洫,营郭郛[②]。取殊裁于八都,岂启度于往旧[③]?乃览秦制,跨周法[④]。狭百堵之侧陋[⑤],增九筵之迫胁[⑥]。正紫宫于未央[⑦],表峣阙于阊阖[⑧]。疏龙首以抗殿,状巍峨以岌嶫[⑨]。亘雄虹之长梁,结棼橑以相接[⑩]。蒂倒茄于藻井,披红葩之狎猎[⑪]。饰华榱与璧珰,流景曜之韡晔[⑫]。雕楹玉碣,绣栭云楣[⑬]。三阶重轩[⑭],镂槛文棍[⑮]。右平左城,青琐丹墀[16]。刊层平堂，设切厓隒[17]。坻崿鳞眴，栈齴巉崄[18]。襄岸夷涂，修路陵险[19]。重门袭固，奸宄是防[20]。仰福帝居[21]，阳曜阴藏[22]。洪钟万钧，猛虡趪趪[23]。负笋业而余怒[24]，乃奋翅而腾骧[25]。朝堂承东，温调延北，西有玉台，联以昆德[26]。嵯峨崨嶫，罔识所则[27]。若夫长年神仙，宣室玉堂，麒麟朱鸟，龙兴含章[28]，譬众星之环极[29]，叛赫戏以辉煌[30]。正殿路寝，用朝群辟[31]。大夏耽耽，九户开辟[32]。嘉木树庭，芳草如积[33]。高门有闶，列坐金狄[34]。内有常侍谒者，奉命当御[35]。兰台金马，递宿迭居[36]。次有天禄石渠，校文之处[37]。重以虎威章沟，严更之署[38]。徼道外周，千庐内附[39]。卫尉八屯[40]，警夜巡昼。植铩悬瞂，用戒不虞[41]。后宫则昭阳飞翔，增成合驩，兰林披香，凤皇鸳鸾[42]。群窈窕之华丽，嗟内顾之所观[43]。故其馆室次舍，采饰纤缛[44]。裛以藻绣，文以朱绿[45]。翡翠火齐[46]，络以美玉。流悬黎之夜光，缀随珠以为烛[47]。金戺玉阶，彤庭辉辉[48]。珊瑚琳碧，瓀珉璘彬[49]。珍物罗生，焕若昆嵛[50]。虽厥裁之不广，侈靡踰乎至尊[51]。于是钩陈之外，阁道穹隆[52]。属长乐与明光，径北通乎桂宫[53]。命般尔之巧匠，尽变态乎其中[54]。后宫不移，乐不徙悬[55]。门卫供帐，官以物辨[56]。恣意所幸，下辇成燕[57]。穷年忘归，犹弗能徧[58]。瑰异日新[59]，殚所未见。

“惟帝王之神丽，惧尊卑之不殊[60]。虽斯宇之既坦，心犹凭而未摅[61]。思比象于紫微，恨阿房之不可庐[62]。觑往昔之遗馆，获林光于秦余[63]。处甘泉爽垲，乃隆崇而弘敷[64]。既新作于迎风，增露寒与储胥[65]。托乔基于山冈，直墆霓以高居[66]。通天訬以竦峙，径百常而茎擢[67]。上辨华以交纷，下刻陗其若削[68]。翔鹍仰而不逮，况青鸟与黄雀[69]。伏棂槛而頫听，闻雷霆之相激[70]。柏梁既灾，越巫陈方[71]。建章是经，用厌火祥[72]。营宇之制，事兼未央[73]。圜阙竦以造天，若双碣之相望[74]。凤骞翥于甍标，咸遡风而欲翔[75]。阊阖之内，别风嶕峣[76]。何工巧之瑰玮，交绮豁以疏寮[77]。干云雾而上达，状亭亭以苕苕[78]。神明崛其特起，井干叠而百增[79]。跱游极于浮柱，结重栾以相承[80]。累层构而遂跻，望北辰而高兴[81]。消雰埃于中宸，集重阳之清澄[82]。瞰宛虹之长鬐，察云师之所凭[83]。上飞闼而仰眺，正睹瑶光与玉绳[84]。将乍往而未半，怵悼慄而怂兢[85]。非都卢之轻趫，孰能超而究升[86]。馺娑骀荡，焘奡桔桀[87]。枍诣承光，睽罛庨豁[88]。橧桴重棼，锷锷列列[89]。反宇业业，飞檐𪖐𪖐[90]。流景内照，引曜日月[91]。天梁之宫，实开高闱[92]。旗不脱扃，结驷方蕲[93]。轹辐轻骛，容于一扉[94]。长廊广庑，途阁云蔓[95]。閈庭诡异，门千户万[96]。重闺幽闼，转相逾延[97]。望窈窱以径廷，眇不知其所返[98]。既乃珍台蹇产以极壮，墱道逦倚以正东[99]。似阆风之遐坂，横西洫而绝金墉[100]。城尉不弛柝，而内外潜通[101]。前开唐中，弥望广潒[102]。顾临太液，沧池漭沆[103]。渐台立于中央，赫昈昈以弘敞[104]。清渊洋洋，神山峨峨[105]。列瀛洲与方丈，夹蓬莱而骈罗[106]。上林岑以垒嶵，下崭岩以嵒龉[107]。长风激于别隝，起洪涛而扬波[108]。浸石菌于重涯，濯灵芝以朱柯[109]。海若游于玄渚，鲸鱼失流而蹉跎[110]。于是采少君之端信，庶栾大之贞固[111]。立修茎之仙掌，承云表之清露[112]。屑琼蘂以朝飧，必性命之可度[113]。美往昔之松乔，要羡门乎天路[114]。想升龙于鼎湖，岂时俗之足慕[115]。若历世而长存，何遽营乎陵墓[116]？

## 注释

① 径:方形的边长。轮:周长。考:研究。广:东西向的距离。袤(mào):南北向的距离。

② 经:与“营”同义,筹治。城:城墙。洫(xù):水道和护城河。郭郛(fú):外城。

③ 殊裁:特异的体制。八都:东周及七国的都城。岂:岂不。启:视,借鉴。度:体制。

④ “览秦”二句:“览”与“跨”为互文。

⑤ 狭:认为……狭隘。堵:墙高一丈长一丈为一堵。侧陋:鄙陋,寒伧。

⑥ 九筵:《周礼》说明堂宽可容九张筵席,每筵长九尺。筵:竹席。

⑦ 紫宫:紫微宫。

⑧ 表:用作标志。峣(yáo):高峻。阙(què):宫门两边的台观。阊阖(chānghé):天门。

⑨ 疏:爬剔。龙首:山名。抗:举起。岌嶫(jíyè):高峻。

⑩ 亘:横贯。雄虹:虹。棼(fén):阁楼的栋。橑(lǎo):椽。

⑪ 蒂:用如动词,缀系。茄:藕茎。藻井:天花板上绘有彩色图形的装饰物。葩(pā):花。狎猎:分披的样子。

⑫ 榱(cuī):椽。璧珰:以美玉制成的屋椽头的装饰。景曜:光泽。韡晔(wěiyè):明亮的样子。

⑬ 磶(xì):柱石。栭(ěr):柱顶上承托栋梁的小方木。楣(méi):两柱之间的横板。

⑭ 三阶:殿前有三道台阶。重轩:两道走廊。

⑮ 槛(jiàn):栏杆。槐(pí):檐前连接椽头的长板。

⑯ 平:殿阶用有文饰的砖块平铺而成的部分。堿(cè):台阶。青琐:门户边上刻有连环文,涂成青色。丹墀(chí):殿阶上面的空地,涂成朱色。

⑰ 刊:削。平:平整。堂:高土。切:门限。厓(yá):山崖,山边。隒:同“廉”,棱角,边隅。

⑱ 坻:山坡。崿(è):山边。嶙峋:同“嶙峋”。栈齴(zhànyǎn)、巉崄(chányǎn):山势高险的样子。

⑲ 襄:高。岸:殿阶。夷涂:平路。

⑳ 袭固:筑起一层层的防卫设施。奸宄(guǐ):寇贼。

㉑ 仰:上。福:同“副”。

㉒ “阳曜”句:《文选》薛综注:“阳时则见,阴时则藏,言今长安宫上与之同法矣。”

㉓ 洪:巨大。钧:30 斤为一钧。虡(jù):悬挂钟磬的支架两旁的柱子。

趪(huáng)趪:昂扬威武的样子。

㉔ 筍(xùn)业:筍通“簴”(xùn)。钟架上的横木。

㉕ 奋:张开。腾:跳跃。骧(xiāng):奔驰。

㉖ 朝堂:君臣议事处。温调、玉台、昆德:皆殿室名。

㉗ 嵯峨(cuó'é)、崨嶫(jiéyè):高峻的样子。罔:无,不。识:知。则:效法。

㉘ “长年”至“含章”:都是殿室名称。

㉙ 极:天极,北极星。

㉚ 叛:焕然,有光彩的样子。赫戏(xī):光彩鲜明。

㉛ 路寝:正殿。群辟:百官。

㉜ 大夏:殿名。耽(dān)耽:深邃的样子。

㉝ 树:栽植。如积:形容多。

㉞ 闶(kàng):高大。金狄:即铜人。

㉟ 长侍:宦官。谒者:宫中掌通报的官员。奉命:奉传诏令。当御:值班。

㊱ 兰台:台名。金马:门名。递、迭:轮流的意思。

㊲ 天禄、石渠:阁名。校文:整理书籍。

㊳ 虎威、章沟:门、台名。严更:掌管夜间打更警戒。署:机关。

㊴ 徼(jiào)道:巡逻的路线。外:宫外。周:围绕。庐:驻扎近卫军的房舍。

㊵ 卫尉:九卿之一,掌管宫门近卫军。八屯:八营。

㊶ 植:立。铩(shā):长矛。瞂(fú):盾牌。不虞:意外。

㊷ “后宫”四句:自“昭阳”至“鸳鸾”,皆后宫殿室名。

㊸ 群:聚集。窈窕(yǎotiǎo):美女。

㊹ 次:处所。采:同“彩”。纤缛:细密,繁多。

㊺ 裛(yì):缠。藻绣:彩色图案。文:装饰。朱:朱红色。

㊻ 翡翠、火齐:珠玉名。

㊼ 流:闪耀。悬黎:美玉名。夜:晚间发光的珠玉的统称。随珠:随侯珠。

㊽ 戺(shì):台阶两边砌的斜石。彤:红色。煇(huī)煇:颜色鲜红的样子。

㊾ 珊瑚:由珊瑚虫分泌的石灰质骨骼聚集而成,形如树枝。琳:玉名。碧:青玉。瑌(ruǎn):一种玉石。珉(mín):石似玉。璘(lín)彬:玉色杂聚。

㊿ 罗:陈列。焕:光彩。

51 厥:其。裁:体制。踰:超过。至尊:皇帝。

52 钩陈:星名。阁道:架空而筑的通道。穹隆:长而曲。

53 属(zhǔ):连。长乐、明光:二宫名。

54 般:鲁班。般:通“班”。尔:王尔。鲁班王尔:都是古代的巧匠。变态:奇巧。

55 悬:钟磬等乐器悬挂于架。

56 门卫:即卫尉。“官以”句:侍从的官吏各有专职。物:事,职责。辨:分别。

57 幸:皇帝到达(某处)称作幸。燕:宴乐。

58 穷:尽,整。徧(biàn):同“遍”。

59 瑰:奇。

⑹ 殊:区别,悬殊。

⑹ 斯:此。宇:指宫殿。坦:广阔。凭:忧闷。摅(shū):舒展。

⑹ 比象:效法。阿房:阿房宫。

⑹ 覛(mì):视。遗馆:秦代遗留下来的室。林光:宫名。

⑹ 甘泉:山名,又宫名。爽垲(kǎi):明朗干燥。隆崇:修筑高大的宫殿。弘敷:广布。

⑹ 迎风、露寒、储胥:均为宫殿名,汉武帝所修。

⑹ 乔:高。墆霓(dìní):高耸的样子。居:踞。

⑹ 通天:台名,汉武帝作。訬(miǎo):高。峙(zhì):立。径:指高度。常:八尺曰寻,二寻曰常。茎:指台身及台基。擢(zhuó):拔地而起。

⑹ 辩华:斑斓华丽。辩,同"斑"。交纷:交错。刻陗(qiào):峭直。

⑹ 鹍(kūn):鸟类,形体较大。逮:及。青鸟、黄雀:泛指小鸟。

⑺ 伏:身体向前靠着。棂(líng)槛(jiàn):栏杆。頫(fǔ):同"俯"。激:撞击。

⑺ 柏梁:台名。灾:被火烧毁。越巫:越地的巫师。陈方:提出建议。

⑺ 建章:宫名。经:营造。厌:压服。祥:灾。

⑺ 营宇:建造宫殿。事:指规模。兼:两倍。

⑺ 圜(yuán)阙:顶部呈圆形的门观。圜,同"圆"。造:至。碣(jié):碣石山。

⑺ 骞、翥:飞翔。甍(méng):屋栋。标:顶端。咸:俱。遡(sù):逆,迎着。

⑺ 别风:阙名。嶕峣(jiāoyáo):高耸。

⑺ 瑰玮(guīwěi):奇丽。交绮:花纹交错。豁:空。疏:刻穿。寮(liáo):小窗。

⑺ 干:冲向。亭亭、苕(tiáo)苕:高耸的样子。

⑺ 神明:台名。井干(hán):楼名。叠:层层相加。

⑻ 跱(zhì):置。游:与"浮"均用以形容高渺。极:屋梁。栾:置于柱顶的曲木。

⑻ 累(lěi):重叠。构:屋架。跻(jī):上升。北辰:北极星。兴:起立。

⑻ 雰(fēn)埃:尘埃污秽。中宸(chén):天、地之中。重阳:指高空。

⑻ 瞰(kàn):看。宛:曲。鬐(qí):脊。云师:云神。

⑻ 飞闼(tà):楼上最高层的小门。瑶光:北斗星斗柄末端的星。玉绳:星名,在北斗旁。

⑻ 乍:猛起。怵(shù):惊。悼慄:惧。怂兢:怕得发抖。

⑻ 都卢:国名,其人擅长缘登高木。趫(qiáo):轻捷。超:跳。究:竟然。

⑻ 馺娑(sàsuō)、骀(dài)荡:二殿名。焘奡(ào):高大。桔(jié)桀:高峻深邃的样子。

⑻ 枍诣(yìyì)、承光:二殿名。睽罛(kuígū)、庨(xiào)豁:高峻深邃的样子。

⑻ 橧(céng):通"层",一层层。桴

(fú):屋栋。棼(fén):屋栋。锷锷、列列:高峻的样子。

⑩ 反宇:飞檐。业业、巘(niè)巘:高峻。

⑪ 景:光。

⑫ 天梁:宫名。闱(wéi):宫门。

⑬ 扃(jiōng):战车上插放兵器或军旗的横木。结驷:四马合驾一车。蕲(qí):马衔。

⑭ 轹(lì):敲击。骛(wù):驰。扉:门扇。

⑮ 庑(wǔ):堂下周围的廊屋。阁:阁道。云蔓:像云气蔓延。

⑯ 閈(hàn):墙。诡:奇。户:单扇的门。

⑰ 闺、闼:宫中小门。逾延:延伸。

⑱ 窅窱(yǎotiǎo):深远。径廷:穿越中庭。所返:返回的道路。

⑲ 珍:名贵。蹇产:高大的样子。墱(dèng)道:阁道。逦(lǐ)倚:起伏曲折的样子。

⑩ 阆(láng)风:昆仑山的山峰名。遐坂:长坡。

⑩ 城尉:城门校尉,官名。弛(chí):停止。柝(tuò):打更用的梆子。内:指城内未央等宫。外:城外建章等宫馆。

⑩ 唐中:池名。广潒(dàng):广阔无边。

⑩ 顾:回头看。临:自高视下。太液:池名。沧池:池如沧海。漭沆(mǎnghàng):水势广大。

⑩ 渐台:在太液池中,高二十余丈。赫:显著。昈(hù)昈:明亮的样子。

⑩ 清渊:池名,在建章宫之北。洋洋:水量很大。神山:仙山。峨峨:高峻。

⑩ 瀛洲、蓬莱、方丈:传说中的东海里的三座仙山。骈罗:并列。

⑩ 林岑:险峻。垒嶵(zuì):不平。崭(chán)岩:突兀。嵒齬(yánwú):山石错落不齐。

⑩ 陦(dǎo):同“岛”,指池中的其他岛屿,因在蓬莱等三山之外,故称“别陦”。洪:大。

⑩ 浸:泡在水里。石菌:石芝,与灵芝均为神草名。重涯:指池边。濯(zhuó):洗涤。朱柯:(灵芝的)赤茎。

⑪ 若:海神名。玄渚(zhū):赤黑色的积水。失流:离开水中。蹉跎(cuō tuó):指欲动不得的样子。

⑪ 采:任用。少君:李少君,汉代方士。端信:正直可靠。栾大:汉武帝重用的方士。贞固:长生不老。

⑪ 修茎:长柱。仙掌:即承露仙人掌。

⑪ 屑:摩成碎粒。蘂(ruǐ):同“蕊”。度:化,化为神仙。

⑪ 松、乔:赤松子和王子乔,仙人。要(yāo):相约。羡门:古仙人。

⑪ 升龙:传说黄帝晚年乘龙而升天。鼎湖:黄帝升天的地方。

⑪ 历世:长生。存:生。遽:急。营:修造。陵:墓上(作标志的)土丘。

“徒观其城郭之制，则旁开三门，参涂夷庭[1]。方轨十二，街衢相经[2]。廛里端直，甍宇齐平[3]。北阙甲第，当道直启[4]。程巧致功，期不陁陊[5]。木衣绨锦，土被朱紫[6]。武库禁兵，设在兰锜[7]。匪石匪董，畴能宅此[8]？尔乃廓开九市，通阛带阓[9]。旗亭五重，俯察百隧[10]。周制大胥，今也惟尉[11]。瑰货方至，鸟集鳞萃[12]。鬻者兼赢，求者不匮[13]。尔乃商贾百族，裨贩夫妇[14]，鬻良杂苦，蚩眩边鄙[15]。何必昏于作劳，邪赢优而足恃[16]。彼肆人之男女，丽美奢乎许史[17]。若夫翁伯浊质，张里之家，击钟鼎食，连骑相过[18]。东京公侯，壮何能加[19]。都邑游侠，张赵之伦，齐志无忌，拟迹田文[20]。轻死重气[21]，结党连群。寔蕃有徒，其从如云[22]。茂陵之原，阳陵之朱[23]，趫悍虓豁，如虎如貙[24]。睚眦虿芥，尸僵路隅[25]。丞相欲以赎子罪，阳石污而公孙诛[26]。若其五县游丽辩论之士[27]，街谈巷议，弹射臧否[28]。剖析毫厘，擘肌分理[29]。所好生羽毛，所恶成创痏[30]。郊甸之内，乡邑殷赈[31]。五都货殖，既迁既引[32]。商旅联槅，隐隐展展[33]。冠带交错，方辕接轸[34]。封畿千里，统以京尹[35]。郡国宫馆[36]，百四十五。右极盩厔，并卷鄠鄠[37]。左暨河华，遂至虢土[38]。

## 注释

① 徒：只。旁：城墙的四边。参（sān）涂：（每座城门有）三条道路。庭：正。

② 方轨十二：每条路可通过四辆车，每座门可容十二辆车并行。

③ 廛（chán）里：街巷。宇：屋顶的四边。

④ 北阙：指皇城以北。甲第：最高级、第一流的馆舍。启：开设。

⑤ 程：显示。巧：设计的巧妙。功：通“巩”，坚固。陁陊（zhìduò）：崩坏。

⑥ 衣:用如动词,披,加上。绨(tí)锦:泛指丝织品。

⑦ 武库:皇家储放兵器的库房。禁兵:属于天子的武器。设:放置。兰:盛弓箭的器具。锜(yǐ):盛弩的器具。

⑧ 匪:通“非”。石:石显,汉元帝时权臣。董:董贤,汉哀帝时显宦。

⑨ 尔乃:语气词。九市:(长安城内有)九个商业区。阛(huán):市墙。阓(huì):市门。

⑩ 旗亭:市楼。隧:道路。

⑪ 大胥:周代都邑中主管市场的官员。大,通“太”。尉:汉代的市官。

⑫ 瑰:奇。

⑬ 兼赢:两倍的利润。

⑭ 百族:百姓。

⑮ 杂苦:夹杂劣质品。蚩眩:欺侮迷惑。边鄙:住在边远地区的人。

⑯ 昬(mǐn):勉,努力。作劳:劳苦。邪赢:靠邪门歪道(欺诈)获得利润。优:富裕。

⑰ 肆人:街市居民。许、史:许广汉、史高及其族人。分别为汉元帝、宣帝时的外戚。

⑱ 翁伯:西汉大商人。浊:浊氏,靠经营肉食发家。质:质氏,以修治剑鞘成为巨富。张里:兽医,家财万贯。击钟鼎食:用鼎器烹肉,以钟鼓乐器作伴奏进餐。

⑲ 东京:洛阳。

⑳ 游侠:不从事劳动,居处不定,喜欢交际、轻生死、重信义的人。张、赵:张回和赵君都,长安名侠。伦:辈,一伙人。齐志:志向与……一样(高)。无忌:战国魏公子无忌,封信陵君。拟迹:效法……的行为。田文:战国时齐国孟尝君。

㉑ 气:义气。

㉒ 寔:是,这伙人。蕃:多。徒:党羽。

㉓ 茂陵:扶风郡属县。原:原涉,游侠。阳陵:冯翊郡属县。朱:朱安世,游侠。

㉔ 趫(qiáo)悍:勇猛果断。虓(xiāo)豁:胆气雄豪。貙(chū):一种猛兽,形状似虎。

㉕ 睚眦(yázì):发怒时瞪大眼睛,与“虿(chài)芥”,均借指极小的仇恨。

㉖ “丞相”二句:指汉武帝时丞相公孙贺为欲赎公孙敬声罪反被诬致死事。

㉗ 五县:长陵、安陵、阳陵、茂陵、平陵。游丽:游览。丽,历。士:学者、文士。

㉘ 弹:下棋。射:射箭。臧否(pǐ):品评议论。

㉙ 擘(bò):分,分析。肌:皮肤,比喻事物的表层。理:纹理。

㉚ 好(hào):喜爱。恶(wù):憎恨。创:伤。痏(wěi):殴打所致之伤。

㉛ 郊甸:泛指郊区。殷赈(zhèn):富饶。

㉜ 五都:洛阳、邯郸、临淄、宛、成都。货殖:各种财货的经营。迁:运转。引:拉来。

㉝ 联槅(gé):车辆并行。隐隐、展展:车行声。

㉞ 冠带:借指贵族和官吏。轸

(zhěn):车后横木。

㉟ 封畿(jī):国都附近的地方。京尹(yǐn):京兆尹。

㊱ 宫馆:离宫别馆。

㊲ 盩厔(zhōuzhì):县名,今陕西周至县。卷:包括。酆(fēng):周文王所都,在今陕西西安。

㊳ 暨:及,达。河:黄河。华:华山。虢(guó):周代诸侯国。

"上林禁苑,跨谷弥皋[1]。东至鼎湖,邪界细柳[2]。掩长杨而联五柞[3],绕黄山而款牛首[4]。缭垣绵联[5],四百余里。植物斯生,动物斯止[6]。众鸟翩翻,群兽駓騃[7]。散似惊波,聚以京峙[8]。伯益不能名,隶首不能纪[9]。林麓之饶[10],于何不有。木则枞栝棕楠[11],梓棫楩枫[12]。嘉卉灌丛,蔚若邓林[13]。郁蓊薆薱[14],橚爽櫹槮[15]。吐葩飏荣,布叶垂阴[16]。草则葴莎菅蒯[17],薇蕨荔苀[18]。王刍莔台,戎葵怀羊[19]。苯䔿蓬茸,弥皋被冈[20]。篠簜敷衍[21],编町成篁[22]。山谷原隰,泱漭无疆[23]。迺有昆明灵沼,黑水玄阯[24]。周以金堤,树以柳杞[25]。豫章珍馆,揭焉中峙[26]。牵牛立其左,织女处其右[27]。日月于是乎出入[28],象扶桑与濛汜[29]。其中则有鼋鼍巨鳖[30],鳣鲤鱮鲖[31]。鲔鲵鲿魦[32],修额短项[33]。大口折鼻,诡类殊种[34]。鸟则鹔鷞鸹鸨[35],駕鹅鸿鹖[36]。上春候来[37],季秋就温[38]。南翔衡阳,北栖雁门[39]。奋隼归凫[40],沸卉軿訇[41]。众形殊声,不可胜论[42]。于是孟冬作阴,寒风肃杀[43]。雨雪飘飘,冰霜惨烈[44]。百卉具零,刚虫搏挚[45]。尔乃振天维,衍地络[46]。荡川渎,簸林薄[47]。鸟毕骇,兽咸作[48]。草伏木栖,寓居穴托[49]。起彼集此,霍绎纷泊[50]。在彼灵囿之中,前后无有垠锷[51]。虞人掌焉,为之营域[52]。焚莱平场[53],柞木翦棘[54]。结罝百里,迒杜蹊塞[55]。麀鹿麌麌[56],骈田偪仄[57]。天子乃驾彫轸，六骏驳[58]。戴翠帽，倚金较[59]。璇弁玉缨[60]，遗光儵爚[61]。建玄弋，树招摇[62]。栖鸣鸢，曳云梢[63]。弧旌枉矢[64]，虹旃蜺旄[65]。华盖承辰[66]，天毕前驱[67]。千乘雷动，万骑龙趋[68]。属车之簉[69]，载猃猲獢[70]。匪唯翫好，乃有秘书[71]。《小说》九百，本自虞初[72]。从容之求，寔俟寔储[73]。于是蚩尤秉钺[74]，奋鬣被般[75]。禁御不若[76]，以知神奸[77]。魑魅魍魉[78]，莫能逢旃[79]。陈虎旅于飞廉[80]，正垒壁乎上兰[81]。结部曲，整行伍[82]。燎京薪，駴雷鼓[83]。纵猎徒，赴长莽[84]。迾卒清候[85]，武士赫怒[86]。缇衣韎韐[87]，睢盱拔扈[88]。光炎烛天庭，嚣声震海浦[89]。河渭为之波荡[90]，吴岳为之阤堵[91]。百禽㥄遽[92]，騤瞿奔触[93]。丧精亡魂，失归忘趋。投轮关辐[94]，不邀自遇[95]。飞罕潚箾[96]，流镝㩮擦[97]。矢不虚舍，鋋不苟跃[98]。当足见蹍[99]，值轮被轹[100]。僵禽毙兽，烂若碛砾[101]。但观罝罗之所羂结[102]，竿殳之所揘毕[103]，叉蔟之所搀捔[104]，徒搏之所撞拯[105]，白日未及移其晷[106]，已狝其什七八[107]。若夫游鷮高翚[108]，绝坑踰斥[109]。毚兔联猭[110]，陵峦超壑[111]。比诸东郭[112]，莫之能获。乃有迅羽轻足[113]，寻景追括[114]。鸟不暇举，兽不得发[115]。青骹挚于韝下[116]，韩卢噬于绁末[117]。及其猛毅髬髵，隅目高匡[118]，威慑兕虎，莫之敢伉[119]。乃使中黄之士，育获之俦[120]，朱鬘鬤髽，植发如竿[121]。袒裼戟手[122]，奎踽盘桓[123]。鼻赤象[124]，圈巨狿[125]。摣狒猬[126]，批窳狻[127]。揩枳落，突棘藩[128]。梗林为之靡拉[129]，朴丛为之摧残[130]。轻锐僄狡趫捷之徒[131]，赴洞穴，探封狐[132]。陵重巘，猎昆駼[133]。杪木末，擭獑猢[134]。超殊榛[135]，摕飞鼯[136]。是时后宫嬖人昭仪之伦[137]，常亚于乘舆[138]。慕贾氏之如皋[139]，乐《北风》之同车[140]。盘于游畋，其乐只且[141]。于是鸟兽殚，目观穷[142]。迁延邪睨[143]，集乎长杨之宫[144]。息行夫[145]，展车马[146]。收禽举胔[147]，数课众寡[148]。置互摆牲[149]，颁赐获卤[150]。割鲜野飨[151]，犒勤赏功[152]。五军六师，千列百重[153]。酒车酌醴[154]，方驾授饔[155]。升觞举燧[156]，既釂鸣钟[157]。膳夫驰骑[158]，察贰廉空[159]。炙炰夥[160]，清酤妓[161]。皇恩溥，洪德施[162]。徒御悦，士忘罢[163]。巾车命驾[164]，回旆右移[165]。相羊乎五柞之馆[166]，旋憩乎昆明之池[167]。登豫章，简矰红[168]。蒲且发[169]，弋高鸿[170]。挂白鹄，联飞龙[171]。磻不特絓[172]，往必加双[173]。于是命舟牧，为水嬉[174]。浮鹢首[175]，翳云芝[176]。垂翟葆[177]，建羽旗[178]。齐栧女[179]，纵棹歌[180]。发引和[181]，校鸣葭[182]。奏淮南[183]，度《阳阿》[184]。感河冯，怀湘娥[185]。惊蝄蜽，惮蛟蛇[186]。然后钓鲂鳢，纚鰋鲉[187]。摭紫贝，搏耆龟[188]。搤水豹，馽潜牛[189]。泽虞是滥[190]，何有春秋[191]。擿漻澥，搜川渎[192]。布九罭，设罜麗[193]。摷昆鲕[194]，殄水族[195]。蘧藕拔[196]，蜃蛤剥[197]。逞欲畋魰[198]，效获麑麌[199]。摎蓼浶浪[200]，干池涤薮[201]。上无逸飞，下无遗走[202]。擭胎拾卵[203]，蚳蝝尽取[204]。取乐今日，遑恤我后[205]。既定且宁，焉知倾阤[206]！

## 注释

① 上林：苑名。

② 邪：通“斜”。细柳：在长安西北。

③ 长杨、五柞(zuò)：均宫名。

④ 黄山：宫名。款：到。牛首：山名。

⑤ 缭垣：缭绕，盘旋。绵联：绵延相接。

⑥ 止：停息。

⑦ 駓騃(pīsì)：行走之貌。

⑧ 以：而。京：高。沶(zhǐ)：同“沚”，水中的小块陆地。

⑨ 伯益：人名，尧舜时主管鸟兽的官。

隶首:传说是黄帝的史官,发明了数目。纪:计算。
⑩ 麓:山脚。
⑪ 枞(cōng):树身似柏,叶子似松。栝(guō):树身似松,叶子似柏。棕(zōng):棕榈。楠(nán):楠树。
⑫ 梓(zǐ):一种落叶乔木。棫(yù):一种灌木。楩(pián):乔木,与樟木相似。
⑬ 卉:花草。灌:灌木。蔚:茂盛。邓林:传说中的大林。
⑭ 郁蓊(wěng):茂密的样子。薆薱(ài duì):枝叶相盖。
⑮ 橚(sù)爽、橚椮(xiāo shēn):草木茂盛。
⑯ 荣:树木开的花。布:舒张。阴:同"荫"。
⑰ 葴(zhēn):冬蓝。莎(suō):多年生的草。菅(jiān):茅草。蒯(kuǎi):多年生草。
⑱ 荔:似蒲草。芃(háng):一种丛生的草。
⑲ 王刍(chú)、莔(méng)、台:三种草名。戎葵、怀羊:二草名。
⑳ 苯蕁(běn zǔn):丛聚。蓬茸:蓬勃茂盛。弥:遮盖。
㉑ 篠(xiǎo):小竹。簜(dàng):大竹子。敷衍:散布,蔓延。
㉒ 町(tǐng):界垅。篁(huáng):竹林。
㉓ 隰(xí):低下潮湿的地方。泱漭(yǎngmǎng):广阔的样子。疆:边。
㉔ 迺(nǎi):同"乃"。昆明:池名。灵:奇异。沼:池。阯(zhǐ):同"沚",小沙洲。
㉕ 周:围绕。金:坚。树:栽。杞(qǐ):树名。
㉖ 豫章:观名。揭:挺拔。峙:耸立。
㉗ 牵牛、织女:豫章观旁两石像。
㉘ "日月"句:极言昆明池之大。
㉙ 扶桑:神话传说中太阳升起的地方。濛汜(sì):太阳落下的地方。
㉚ 鼋:一种大鳖。
㉛ 鳣(zhān)、鲤、鱮(xù)、鲖(tóng):均鱼名。
㉜ 鲔(wěi)、鲵(ní)、鲿(cháng)、魦(shā):均鱼名。
㉝ 项:脖子。
㉞ 殊:不同的。
㉟ 鹔鷞(sùshuāng):鸟名。鸹(guā):鸟名。鸨(bǎo):鸟名。
㊱ 駕(jiā)鹅:野鹅。鹍(kūn):大鸟。
㊲ 上春:孟春。候:侍。
㊳ 季秋:秋末。就:趋向。
㊴ 衡阳:衡山之南。
㊵ 奋:起飞。隼(sǔn):一种猛鸟。凫(fú):野鸭子。
㊶ 沸卉、軿訇(pēnghōng):叠韵联绵词,象声词。
㊷ 胜:全部。
㊸ 作:兴起。阴:阴寒之气。
㊹ 惨烈:寒冷的样子。烈,同"洌"。
㊺ 具:俱,都。零:殒落。刚虫:凶猛的禽兽。搏挚:可以搏击禽获。
㊻ 振:整理。天维:与"地络"都是指大网。
㊼ 荡:振动。川渎(dú):流和沟渠。

簸：摇动。林薄：树木杂草丛生的地方。

㊽ 作：起来。

㊾ 寓：暂时托身的地方。托：寄居。

㊿ 霍绎、纷泊：鸟兽飞行、跑动的样子。

51 灵囿（yòu）：皇帝养育动物的园林。垠锷（yín è）：边界。

52 虞人：掌管鸟兽的官员。

53 莱：草。平：整理。

54 柞（zhà）：斫，砍。

55 罝（jū）：网。远（háng）：道。杜：堵住。

56 麀（yōu）：母鹿。麌（yǔ）麌：群聚的样子。

57 骈田：多。偪（bī）仄：紧靠在一起。

58 彫轸：有绘饰的车辆。驳：颜色不一。

59 翠帽：用翠鸟羽毛做的车盖。金较（jué）：车两边横木上的铜钩。

60 璇弁（xuánbiàn）：用美玉装饰马冠。玉缨：以玉为饰的冠带。

61 儵爚（shūyuè）：闪耀。

62 建：竖立。玄弋：画有矛的旗帜。

63 栖鸣鸢（yuān）：画有鸣叫的雄鹰的旗幅。曳（yè）：飘动。云梢：旗上有飞云似的飘带。

64 弧、枉矢：旗名。

65 虹旃（zhān）：旗上的布幅飘动如虹。蜺旄（nímáo）：旗杆头上作装饰的牦牛尾有如雌虹。

66 华盖：车盖。辰：北极星。

67 天毕：毕星。

68 乘（shèng）：车辆。龙驱：骑队如龙，腾跃而前。

69 簉（zào）：副。

70 "载猃（xiǎn）"句：出自《诗经·秦风·驷驖》。猲獢（xiēxiāo）：短嘴的猎犬。

71 匪：非。翫（wán）：同"玩"。秘书：皇帝的藏书。

72《小说》：记载逸闻杂事、街谈巷议的书。九百：据《汉书·艺文志》小说共943篇，赋文仅举整数。虞初：汉代方士。

73 从容：平时。

74 秉：持。

75 鬣（liè）：长发。般：虎皮。

76 不若：不顺。

77 神、奸：神明、鬼怪。

78 魑（chī）、魅（mèi）、魍魉（wǎng liǎng）：三种怪兽。

79 旃："之焉"的合音。

80 陈：陈列。虎、旅：虎贲、旅贲，天子卫队。飞廉：馆名，在长安。

81 垒壁：营盘，工事。上兰：观名。

82 结：集合。部曲：汉代大将军营下分为五个部，部下有曲。指军队的编制。行：五伍为行，共25人。伍：五人为伍。

83 京薪：高高积起的柴火。骇（hài）：击。雷鼓：一种多面的鼓。

84 猎徒：随行狩猎的士众。

85 迾（liè）：通"列"。

86 赫：发怒的样子。

87 缇（tí）：橘红色。韎韐（mèigé）：一种赤黄色战衣。

88 睢盱（huīxū）：张目仰视。拔扈：暴烈。

⑧⑨ 烛:照。嚣:嘈杂声。
⑨⓪ 河、渭:黄河和渭水。
⑨① 吴岳:吴山,在今陕西。阤(zhì):(山石)陨落。
⑨② 掕(líng):惊恐。
⑨③ 骙(kuí)瞿:逃跑。奔触:乱跑乱撞。
⑨④ 投:碰。关辐:夹在车轮下。
⑨⑤ 邀:遮拦。
⑨⑥ 罕(hǎn):网。潚箾(sù suò):描写网的形状。
⑨⑦ 镝:箭头,此指箭。攉撵(pòbó):象声词。
⑨⑧ 舍:射。鋋(chán):小矛。苟:随便。跃:挥舞。
⑨⑨ 足:猎人之足。见:被。蹍(niǎn):踩。
⑩⓪ 轹(lì):辗。
⑩① 僵:直挺不动。烂:颜色分明。碛(qì):沙石滩。
⑩② 罥(juàn):套住。
⑩③ 殳(shū):竹竿做的兵器。揘(huáng)毕:打击。
⑩④ 叉:同"杈"。簇(chuò):叉刺鸟兽的器具。搀捔(chánzhuó):刺透。
⑩⑤ 柲(bì):拍打。
⑩⑥ "白日"句:极言捕猎时间之短。
⑩⑦ 狝(xiǎn):杀死。什七八:十分之七八。
⑩⑧ 鷮(jiāo):雉的一种。翚(huī):飞。
⑩⑨ 绝:穿越。坑(gāng):土山,山脊。踰:越过。斥:沼泽。
⑪⓪ 毚(chán):狡兔。联猭(chuán):叠韵联绵词,形容奔跑的样子。
⑪① 陵:逾越。超:跳过。
⑪② 东郭:古代东郭氏所养的名兔。
⑪③ 迅羽:飞行迅猛的鸟类,此指猎鹰。轻足:奔跑健捷的兽类。
⑪④ 景:影,猎物的踪影。括:箭尾。
⑪⑤ 暇:及,顾得上。举:起飞。发:起跑。
⑪⑥ 青骹(qiāo):鹰类。骹,腿。挚:击。韝(gōu):臂套。
⑪⑦ 韩卢:古时韩国有人养的狗取名"卢",是天下名犬。绁(xiè):绳索。
⑪⑧ 鬔髵(pī ěr):鸟兽毛羽张起的样子。隅目:怒视的样子。高匡:因发怒眼眶睁得大大的。
⑪⑨ 兕(sì):雌性犀牛。伉(kàng):当。
⑫⓪ 中黄:中黄伯,古代的大力士。育、获:夏育、乌获,均为有名的力士。俦(chóu):辈,群。
⑫① 朱鬘(mà):红色的发饰。鬠:头发盘成较小的结。髽(zhuā):古代妇人遇丧事时梳的发髻。植:竖立。
⑫② 袒裼(tǎnxī):脱掉上衣,光膀子。戟手:手臂微曲,成戟形。
⑫③ 奎踽(kuíjǔ):开步走。盘桓:忽进忽退。
⑫④ 鼻:抓住(大象)鼻子。
⑫⑤ 圈:围捕。狿(yán):一种大兽,形似狸而身体长。
⑫⑥ 摣(zhā):捕取。狒(fèi):狒狒,俗称"狗头猴"。
⑫⑦ 批(zǐ):拳击。窳(yǔ):窳窫(yā),猛兽,似虎,食人。狻(suān):狻猊(ní),一种怪兽,或说即狮子。
⑫⑧ 揩(kāi):擦过。枳(zhǐ):带刺的灌木。落:篱笆。突:冲过。棘:酸

枣树。

⑫⁹ 梗:草木的刺。靡拉:倒伏。

⑬⁰ 朴丛:灌木丛。

⑬¹ 僄(piāo):轻快。趫:矫健。

⑬² 探:提取。封:大。

⑬³ 陵:越。巘(yǎn):山岩上大下小。昆:众,成群的。駼(tú):騊(táo)駼,北方之良马。

⑬⁴ 杪(miǎo):木末,用如动词,爬到树顶上。擭(wò):抓住。獑猢(chán hú):猿类。

⑬⁵ 超:跨过。殊:大的。榛(zhēn):榛子树。

⑬⁶ 揥(dì):抓获。

⑬⁷ 嬖(bì):被宠爱的妃妾。昭仪:女官名。

⑬⁸ 亚:次,跟随。乘(shèng)舆:天子所乘的车驾。

⑬⁹ 贾:国名,在今陕西蒲城。如:往。皋:泽畔。

⑭⁰ "乐北"句:《诗经·邶(bèi)风·北风》:"惠而好我,携手同车。"

⑭¹ 盘:乐。畋(tián):打猎。只、且(jū):语气词连用。

⑭² 殚(dān):尽。穷:到了极点。

⑭³ 迁延:慢悠悠地。邪睨(nì):斜视两旁。

⑭⁴ 集:止。长杨:宫名。

⑭⁵ 息:让……休息。

⑭⁶ 展:检修。

⑭⁷ 举:拾取。胔(zì):指兽肉。

⑭⁸ 数(shǔ):计算。课:登记并考查。

⑭⁹ 互:挂肉的架子。摆:割开挂起来。牲:泛指猎物。

⑮⁰ 颁:分发。获卤(lǔ):战利品。卤,通"虏"。

⑮¹ 鲜:鲜肉。野:在野外。飨(xiǎng):用酒食款待。

⑮² 勤:劳苦(的人)。

⑮³ "五军"二句:形容士卒众多,行列整齐。

⑮⁴ 酒车:以车载酒。醴(lǐ):一种甜酒。

⑮⁵ 方驾:并列的车辆。饔(yōng):熟食。

⑮⁶ 升:举起。觞(shāng):酒杯。

⑮⁷ 釂(jiào):饮酒完毕。

⑮⁸ 膳夫:掌管饮食的官员。

⑮⁹ 察:细看。廉:目验。

⑯⁰ 炙(zhì):烤肉。炰(páo):带着皮毛在火上烧熟的肉。夥:多。

⑯¹ 清酤(gū):美酒。皱(zhī):多。

⑯² 溥:遍及每个人。

⑯³ 徒:步行的(士卒)。罢(pí):通"疲"。

⑯⁴ 巾车:主管车驾的官员。

⑯⁵ 回:旋转,回走。旆(pèi):旗的一种。

⑯⁶ 相羊:义同"徜徉",游荡。乎:于。五柞:宫名。

⑯⁷ 旋:徘徊。

⑯⁸ 简:省(xǐng)视。矰(zēng):系有丝线的箭。

⑯⁹ 蒲且(jū):蒲且子,古代的善射者。

⑰⁰ 弋(yì):带绳的箭。

⑰¹ 鹄(hú):天鹅。联:义同"挂"。飞龙:鸟名。

⑰² 磻(bō):后系细绳并缚有石子儿的箭,用以击鸟。特:独,一个。絓:同

“挂”。

⑰③ 加:击中。

⑰④ 舟牧:管理船只的官员。

⑰⑤ 浮:泛(舟)。鹢(ní)首:天子所乘的船,船头像鹢鸟之形。

⑰⑥ 翳(yì)云、芝:船顶画有云朵和灵芝。

⑰⑦ 翟(dí)葆:用野鸡羽毛作装饰的伞状器物。

⑰⑧ 建:竖立。

⑰⑨ 栧(yì)女:划船的女子。

⑱⓪ 纵:放声。櫂歌:船夫唱的歌。

⑱① 发:领唱。引:带起。和(hè):和唱。

⑱② 校(jiǎo):急,指乐曲的高潮或节奏急促的部分。葭(jiā):通“笳”,乐器的一种。

⑱③ 淮南:指淮南的歌舞。

⑱④ 度:奏(包括奏曲、歌唱和舞蹈)。阳阿:汉代名舞曲。

⑱⑤ 河冯(píng):黄河之神冯夷。

⑱⑥ 惮(dàn):害怕,使动用法。

⑱⑦ 鲂(fáng)、鳢(lǐ)、鰋(yǎn):均鱼名。纚(sǎ):一种渔网,形似簸箕。这里指用网捕鱼。鲉(yóu):与鳝鱼相似的一种鱼。

⑱⑧ 摭(zhí):拾取。紫贝:贝名。耆(qí):老。

⑱⑨ 搤(è):同“扼”,用力掐住。水豹:与“潜牛”皆水兽名。馽(zhì):同“絷”,拴住。

⑲⓪ 泽虞:掌管泽沼池塘的官员。是:代词。

⑲① “何有”句:不顾时节,任意滥捕。

⑲② 擿(tì);同“剔”,搜刮干净,一点不剩。漻(liǎo):积水,涝池。澥(xiè):水洼。渎:水沟。

⑲③ 九罭(yù):渔网的一种。罜罜(zhǔ lù):小网。

⑲④ 摷(jiǎo):同“剿”,全部捕捉。昆:鱼卵。鲕(ěr):幼鱼。

⑲⑤ 殄(tiǎn):抓完。

⑲⑥ 蘧(qú):芙蕖,荷花。

⑲⑦ 蜃(shèn):大蛤蜊(gélì)。

⑲⑧ 逞:满足,尽意。敂(yú):同“渔”。

⑲⑨ 效获:缴获。麑(ní):幼鹿。麇(ǎo):小麋鹿。

⑳⓪ 摎蓼(jiǎoliǎo):搜索。浶浪(láo láng):惊扰。

⑳① 干:把水弄干。薮(sǒu):大泽。

⑳② 逸:逃脱。走:逃跑。

⑳③ 擭:取。卵:鸟蛋。

⑳④ 蚳(chí):蚁卵。蝝(yuán):蝗虫卵。

⑳⑤ 遑(huáng):何,哪里。恤:顾得了。后:后代子孙。

⑳⑥ 定:安,天下安定。倾阤(zhì):倾斜,崩坏。

“大驾幸乎平乐①,张甲乙而袭翠被②。攒珍宝之玩好③,纷瑰丽以奓靡④。临迥望之广场,程角觝之妙戏⑤。乌获扛鼎⑥,都卢寻橦⑦。冲狭燕濯⑧,胸突铦锋[9]。跳丸剑之挥霍[10]，走索上而相逢[11]。华岳峨峨，冈峦参差[12]。神木灵草，朱实离离[13]。总会仙倡[14]，戏豹舞罴[15]。白虎鼓瑟，苍龙吹篪[16]。女娥坐而长歌，声清畅而蜲蛇[17]。洪涯立而指麾[18]，被毛羽之襳襹[19]。度曲未终[20]，云起雪飞。初若飘飘，后遂霏霏[21]。复陆重阁[22]，转石成雷[23]。礔砺激而增响[24]，磅礚象乎天威[25]。巨兽百寻，是为曼延[26]。神山崔巍，欻从背见[27]。熊虎升而拏攫[28]，猨狖超而高援[29]。怪兽陆梁，大雀踆踆[30]。白象行孕[31]，垂鼻辚囷[32]。海鳞变而成龙，状蜿蜿以蝹蝹[33]。含利颬颬[34]，化为仙车。骊驾四鹿[35]，芝盖九葩[36]。蟾蜍与龟[37]，水人弄蛇。奇幻儵忽[38]，易貌分形[39]。吞刀吐火，云雾杳冥[40]。画地成川，流渭通泾[41]。东海黄公，赤刀粤祝。冀厌白虎，卒不能救[42]。挟邪作蛊，于是不售[43]。尔乃建戏车，树修旃[44]。侲僮程材，上下翩翻[45]。突倒投而跟絓[46]，譬陨绝而复联[47]。百马同辔[48]，骋足并驰。橦末之伎，态不可弥[49]。弯弓射乎西羌，又顾发乎鲜卑[50]。于是众变尽，心醒醉[51]。盘乐极，怅怀萃[52]。阴戒期门[53]，微行要屈[54]。降尊就卑，怀玺藏绂[55]。便旋闾阎[56]，周观郊遂[57]。若神龙之变化，章后皇之为贵[58]。然后历掖庭，适驩馆[59]。捐衰色，从嬿婉[60]。促中堂之狭坐[61]，羽觞行而无筭[62]。秘舞更奏，妙材骋伎[63]。妖蛊艳夫夏姬[64]，美声畅于虞氏[65]。始徐进而羸形，似不任乎罗绮[66]。嚼清商而却转[67]，增婵蜎以此豸[68]。纷纵体而迅赴，若惊鹤之群罢[69]。振朱屣于盘樽[70]，奋长袖之飒纚[71]。要绍修态，丽服飏菁[72]。眳藐流眄[73]，一顾倾城[74]。展季桑门，谁能不营[75]！列爵十四[76]，竞媚取荣。盛衰无常，唯爱所丁[77]。卫后兴于鬒发[78]，飞燕宠于体轻[79]。尔乃逞志究欲，穷身极娱[80]。鉴戒《唐》诗[81]：‘他人是媮[82]。’自君作故，何礼之拘[83]！增昭仪于婕妤[84]，贤既公而又侯[85]。许赵氏以无上[86]，思致董于有虞[87]。王闳争于坐侧，汉载安而不渝[88]。

## 注释

① 平乐：平乐观。

② 张：铺设。甲、乙：汉武帝所使用的两幅帷帐名。袭：盖。翠被：用翠鸟羽毛作装饰的被子。

③ 攒（zǎn）：积聚。玩好（hào）：供赏玩用的东西。

④ 纷：纷纭，用如动词。

⑤ 迥（jiǒng）望：可以看得很远的。程：检阅。角觝（dǐ）：一种游戏。

⑥ 乌获：古力士。

⑦ 橦（chuáng）：杆子。

⑧ 冲狭：一种杂技。燕濯：形容技人身体轻便，如燕子濯水。

⑨ 突：向前顶住。铦（xiān）：锐利。锋：刀、剑的刃口。

⑩ 跳（tiào）：跃动。丸：球状物。挥霍：双声联绵词，闪动的样子。

⑪ 索：绳。

⑫ 华岳：华山。

⑬ 朱实：朱红色的果实。离离：下垂的样子。

⑭ 仙（xiān）倡：艺人扮演的神仙。

⑮ 舞：使动用法。

⑯ 鼓：用如动词，弹击。篪（chí）：竹管乐器。

⑰ 女、娥：女英和娥皇。

⑱ 洪涯：传说中的远古艺人。麾（huī）：同“挥”。

⑲ 被（pī）：披。襳襹（shānshī）：毛羽衣轻柔的样子。

⑳ 度：奏。

㉑ 霏（fēi）霏：纷纷扬扬。

㉒ 复路：复道，即阁道。

㉓ “转石”句：演员在阁道上转动大石，下面的观众听到的声响有如雷鸣。

㉔ 僻砺（pìlì）：同“霹雳”。

㉕ 磅礚（pángkē）：联绵词，象声词。象：如。天威：老天震怒发威。

㉖ 百寻：极言其长大。曼延：一种游戏。

㉗ 欻（xū）：忽然。见（xiàn）：同“现”，出现。

㉘ 升：登。挐攫（nájué）：搏斗，厮打。

㉙ 猨（yuán）：同“猿”。狖（yòu）：黑猿。

㉚ 陆梁：乱蹦乱跳的样子。踆（qūn）踆：大鸟走动的样子。

㉛ 行孕:怀孕,此指雄雌交配。

㉜ 蟉围(qūn):弯曲下垂。

㉝ 鳞:指鱼。蜿(yuān)蜿、蝹(yūn)蝹:蜿蜒屈伸,龙舞动的样子。

㉞ 含利:兽名,据说能吐出金属来。颬(xiā)颬:张口吐气的样子。

㉟ 骊:并,一齐。

㊱ 芝盖:灵芝作装饰的车盖。九:言其多,非定数。

㊲ 蟾蜍:俗称癞蛤蟆。

㊳ 儵(shū)忽:疾速。

㊴ 易貌:改变形状。

㊵ 云雾:"吐火"游戏中所施放的烟火。杳(yǎo)冥:迷蒙、深远的样子。

㊶ 泾:泾水。

㊷ 东海:汉郡名。黄公:巫师。粤祝:汉代善搞巫术诅咒一类活动的越人。粤,通"越"。祝,咒。厌:压制,降服。卒:终。

㊸ 挟(xié)邪:身怀邪道。蛊(gǔ):迷惑人。不售:行不通。

㊹ 树:立。脩:长。旃:此指顶端有旗帜的杆子。

㊺ 侲(zhèn)僮:耍杂技的儿童演员。

㊻ 倒投:头朝下。跟絓(guà):脚向上挂住(杆子)。

㊼ 譬:如。陨(yǔn)绝:(绳子)断绝。

㊽ 同辔(pèi):齐驱。

㊾ 橦末:杆子顶上。伎(jì):技艺。态:花样。弥:极尽。

㊿ 弯:拉开。乎:于。

51 众变:全部杂技魔术。酲(chéng):醉得稀里糊涂。

52 盘:游。极:到了顶点。怅(chàng):失意。怀:心思。萃(cuì):至,来了。

53 阴戒:暗地告诉。期门:期门郎,官名。

54 微行:帝王像常人一样出行。要屈:卑尊屈节。

55 玺(xǐ):天子的印章。绂(fú):系印章的丝绳。

56 便(pián)旋:徘徊。闾(lǘ)阎:平民的居住区。

57 周:绕行。郊遂:都城的郊野。

58 章:显示。后皇:皇帝。后,君主。

59 掖庭:指后宫。

60 嬿婉(yànwàn):姿色美好。

61 促:紧密地。

62 羽觞(shāng):雕画有飞鸟形状的酒樽。筭(suàn):同"算",数(shǔ)。

63 秘:少见、奇异的。更(gēng):轮流。骋:施展。伎:才华。

64 妖蛊:美貌而不正派。

65 美声:优美的歌声。虞氏:虞姬,楚霸王项羽之妃。

66 嬴(léi):瘦。任:经得起,承受得了。罗绮:丝衣。

67 嚼:吟赏,玩味。清商:乐府音乐。却转:后退着回过身来。

68 婵娟(chánjuān):美好的样子。娟,通"娟"。此豸(zhì):妖艳的样子。

69 赴:快步走动。罢:分散。

70 振:舞动。朱屣(xǐ):红丝编制的鞋。

71 奋:挥动。飒纚(sàxǐ):修长的样子。

⑦² 要绍：美好。修：打扮。态：容颜。飏(yáng)：同"扬"。菁(jīng)：花，华彩。
⑦³ 眳(míng)：眼睛。藐：美好。流眄(miǎn)：目光转动。
⑦④ 倾城：形容美女魅力极大。
⑦⑤ 展季：春秋鲁国贤人展禽，又称柳下惠。桑门：梵语"沙门"较早的译音，是出家的佛教徒的总称。营：(被)迷惑住。
⑦⑥ "列爵"句：汉代女官自皇后之下分十四等级。
⑦⑦ 丁：当。
⑦⑧ 卫后：汉武帝卫皇后，名子夫。兴：起，见宠。鬒(zhěn)：美发。
⑦⑨ 飞燕：赵飞燕，汉成帝的皇后。
⑧⓪ 逞志：纵意。
⑧① 鉴戒：借鉴。
⑧② 唐诗：指《诗经·唐风》中的《山有枢》篇。
⑧③ 作故：开创先例。
⑧④ "增昭"句：汉元帝的妃子傅婕妤有宠，升为昭仪。
⑧⑤ "贤既"句：董贤，汉哀帝宠臣，其妹为昭仪，因封董贤为高安侯，后转大司马，位在三公。
⑧⑥ "许赵"句：汉成帝赵皇后做婕妤时，成帝曾许愿要立她为皇后。
⑧⑦ "思致"句：汉哀帝醉中言禅让事。
⑧⑧ "王闳"二句：中常侍王闳劝阻哀帝禅让。

"高祖创业，继体承基①。暂劳永逸②，无为而治。耽乐是从③，何虑何思！多历年所，二百余朞④。徒以地沃野丰，百物殷阜⑤。岩险周固，衿带易守⑥。得之者强，据之者久⑦。流长则难竭，柢深则难朽⑧。故奢泰肆情，馨烈弥茂⑨。鄙生生乎三百之外⑩，传闻于未闻之者⑪。曾髣髴其若梦，未一隅之能睹⑫。此何异于殷人屡迁，前八后五⑬？居相圮耿，不常厥土⑭。盘庚作诰⑮，帅人以苦⑯。方今圣上同天号于帝皇⑰，掩四海而为家，富有之业莫我大也⑱。徒恨不能以靡丽为国华⑲，独俭啬以龌龊⑳，忘《蟋蟀》之谓何㉑。岂欲之而不能㉒，将能之而不欲欤㉓？蒙窃惑焉㉔。愿闻所以辩之之说也㉕！"

## 注释

① 继体:嗣位的君主。
② 暂劳:指刘邦自起义到巩固汉朝的一系列重大活动。
③ 耽:沉迷。
④ 年所:年数。朞(jī):周年。
⑤ 殷阜:繁荣。
⑥ 岩险:地形险要。周固:四围坚固。衿(jīn)带:关中地形东西狭长,如衣带。衿,衣上的小带子。
⑦ 据:占有。
⑧ 柢(dǐ):树根。
⑨ 泰:侈。肆:纵。馨(xīn):香气。烈:光耀,影响。
⑩ 鄙生:凭虚公子的自称。三百之外:三百多年。
⑪ “传闻”句:指把长安之盛传达给没听到过的人(指“安处先生”等)。
⑫ 曾(zēng):副词,竟。髣髴(fǎng fú):同“仿佛”。
⑬ 殷人屡迁:商汤前曾八次迁都,盘庚又迁都五次。
⑭ 相:地名。耿:地名。
⑮ “盘庚”句:盘庚要迁都于殷,遭臣民反对,于是发表讲话,宣告迁都的目的。
⑯ “帅人”句:带领百姓转徙。
⑰ 天号:最高的名号。
⑱ 掩:拥有。
⑲ “徒恨”句:只是遗憾不能以侈靡华丽作为天下的荣耀。
⑳ 龌龊(wòchuò):狭小,窘迫。
㉑ 蟋蟀:《诗经·唐风》中篇名。
㉒ 之:指“以靡丽为国华”。
㉓ 欤:疑问语气词。
㉔ 蒙:自谦之辞。
㉕ 辩之:解释清楚上述疑问。

## 鉴赏

张衡(78—139),字平子,南阳西鄂(今河南南阳)人,东汉杰出科学家,著名文学家。两次担任太史令期间,主持天文气象工作,致思天文,研究阴阳,写出了天文学名著《灵宪》。发明候风仪和地动仪,为我国科技事业做出了重大的贡献。顺帝阳嘉中,升为侍中。又任河间相。后拜为尚书。

张衡著述甚多,学术著作外,还有诗、铭、赋等文学著作。其赋今存十四五篇,有些已是残文。其中以《二京赋》《南都赋》《思玄赋》和《归田赋》最为有名。

张衡是我国文化史上不多见的科学家兼文学家,又是学者兼政治家。在辞赋上,他不仅能写叙事状物、铺张扬厉的大赋如《二京赋》

《南都赋》,而且更会创作描景抒情、辞美意丰的抒情小赋如《思玄赋》《归田赋》等。其咏物之作,亦有佳作。他的出现,生动、具体地标志了我国辞赋发展、变化的转机,具有承前启后的重大意义。

所谓“二京”,是指西汉京师长安和东汉京师洛阳。因此,他的《二京赋》虽假托凭虚公子和安处先生之间的对话连缀成篇,实际凭虚公子言西京,安处先生说东京,是可以各自成篇的。萧统的《文选》把它一分为二,分别标出《西京赋》和《东京赋》的名称,因之后人也就视之为两篇了。

据《后汉书》本传所述推测,《二京赋》大概作于张衡任南阳主簿时期,当时他只有二三十岁。“游三辅”“入京师”,为他写作此赋提供了素材,现实生活又引发了他写作此赋的旨意。本传中说:“时天下承平日久,自王侯以下,莫不踰侈,衡乃拟班固《两都》,作《二京赋》,因以讽谏。精思傅会,十年乃成。”这篇近万字的大赋,前后写了十年,可看出他为此赋“精思傅会”的认真和辛苦。

都邑的形势、建筑、设施以及生活,是我国辞赋写作中的重大传统题材之一,萧统《文选》专列“京都”类,清人陈元龙的《历代赋汇》,就用了十卷的篇幅收入从西汉至明末期间所产生的70篇作品。其中,班固的《两都赋》皆列于此类之首,当然是属于开创性的著作。从体制和倾向上看,《二京赋》显然是模拟《两都赋》(模拟几乎是两汉之际辞赋创作的一种风气)的,但却又要力图超过它。事实上,我们将它们加以对比,也会发现无论是从内容上还是思想上说,张衡也确实超过了班固。张衡所叙写的事物比班固详尽,其“讽谕”之意,更比班固深刻。张衡的立脚点,依然也是称颂东汉王朝的,如在《东京赋》里有意让安处先生对凭虚公子进行反驳,说他“末学肤受”“贵耳贱目”“陋今荣古”“有胸而无心,不能节之以礼”,提出了“天子有道,守在海外,守位以仁”,而不能“以肆奢为贤”的观点,最后致使凭虚公子只好认输,承认自己“华而不实”,对方“信而有征”,并表示“而今而后,乃知大汉之德馨咸在于此(东京)”。这一方面是因为作者生活在东汉王朝,不得不如此立意和落笔,另一方面更主要的是作者以西汉喻东汉,其讽谏之意仍然是指向东汉“自王侯以下,莫不踰侈”这一现实的。

《西京赋》一文,洋洋洒洒,几近五千言。它通过凭虚公子的嘴,极为夸张、铺排地描绘了西京长安周围山川的雄伟形势、名产胜迹及汉高祖定都长安的前后经过,特别突出地叙写了长安宫殿台阁的壮观、华丽和侈靡,反映出了长安士民殷富、商市繁荣和豪侠学士的骄奢和恣纵的情景,对于上林宫苑的规模、物产以及皇帝贵族的射猎、燕饮、出行、庆功、歌舞以及宫内生活,也都进行了极为细致、生动、饰夸的描写和表现,充分显示出大汉帝国的强大、豪骄和物质文化的发展与繁荣,字里行间呈现着一种壮丽之美的艺术色彩。这些,一般说在班固《西都赋》部分,也是基本具备的。但张衡写得更详尽,更注意到了当时的世俗人情,使壮丽的静态美更富有流动性。比如写长安商市繁荣和游侠恣纵一段,就特别生动具体而引人体味。

此赋所描写的,有杂技、有气功、有歌舞、有驯兽、有幻术、有化妆表演等,真是五彩缤纷,热闹异常。特别写到艺童的表演,更让人触目惊心、赞叹不已。这些记载,是我国关于杂技艺术最早、最真实、最生动的记录,也是杂技艺术的珍贵文献。艺人高超的技艺,至今仍使我们目迷心骇。这在汉赋中,是颇为罕见的。

不要认为这是作者的想象和夸张。新中国成立以来陆续出土、发现的汉墓石刻、画砖,完全证实了作者描述的真实性。今存《汉武故事》一书,也有关于"角觝戏"的记载,说它"杂以奇幻,有若鬼神","云雨雷电,无异于真""画地为川,聚石为山,倏忽变化,无所不为"。可见,张衡所写,正是超过班固的地方,在研究汉代文化史上是有重要价值的。

《西京赋》艺术表现的另一个特点是,它的"讽谕"不是外加的,或者后附一个说教的尾巴,而是以"讽谕"的感情驾驭他所描述的事物,时而还在关键之处或说在节骨眼上渲染几句,以实现他的讽谏意图,这也是班固所不及的。

张衡大赋创作所走的道路,不是司马相如、班固"讽一而劝百"的老路,而是有所深化、有所提高的。他之所以"精思傅会"十年,除了考核史实、名物,揣摩如何遣词造句、叙事状物外,恐怕在艺术构思中对主旨表达的方式、方法,也是煞费苦心的。

《两京赋》内容的丰富、结构的宏伟、气势的雄健、辞藻的华丽,是人们容易看到的,而它构思的精巧、意旨的深邃,却往往被人忽视。清人何义门说:"《西京》一赋,可谓逞靡丽之思矣,然须看其用意一线贯穿。措词分曹按步,实纵横于整肃之中,斯为能事也。"又说:"《两京》全祖孟坚,而语加峭拔,铺张尤基,此长篇之极轨也。孟坚意主和平,平子多含讽刺。看其两赋间开合处,用意深婉。"(《文选评》)这些话,对张衡来说,可谓是知心之论了。

(朱正义 霍旭东)

# 归田赋

张衡

游都邑以永久[1]，无明略以佐时[2]；徒临川以羡鱼[3]，俟河清乎未期[4]。感蔡子之慷慨，从唐生以决疑[5]。谅天道之微昧[6]，追渔父以同嬉[7]。超埃尘以遐逝[8]，与世事乎长辞[9]。

于是仲春令月[10]，时和气清[11]，原隰郁茂[12]，百草滋荣[13]。王雎鼓翼[14]，鸧鹒哀鸣[15]，交颈颉颃[16]，关关嘤嘤[17]。于焉逍遥，聊以娱情[18]。

尔乃龙吟方泽[19]，虎啸丘山。仰飞纤缴[20]，俯钓长流[21]。触矢而毙，贪饵吞钩[22]。落云间之逸禽[23]，悬渊沉之鲨鰡[24]。

于时曜灵俄景[25]，系以望舒[26]。极般游之至乐[27]，虽日夕而忘劬[28]。感老氏之遗诫[29]，将回驾乎蓬庐[30]。弹五弦之妙指[31]，咏周孔之图书[32]。挥翰墨以奋藻[33]，陈三皇之轨模[34]。苟纵心于物外[35]，安知荣辱之所如[36]！

## 注释

① 游：宦游，做官。都邑：东汉京都洛阳。永久：长久。

② 明略：明智的谋略。佐时：辅佐当时的君主。

③ 徒：只，空。临川羡鱼：《淮南子·说林》："临河而羡鱼，不如归家织网。"此句是说，空怀宿愿而无法实现。

④ 俟(sì)：等待。未期：不可预期。

⑤ 感：感叹，有感于。蔡子：蔡泽，原为战国时燕国的游士。慷慨：不得志时的悲愤感叹。唐生：唐举，据传善看相。决疑：裁决疑虑。

⑥ 谅：相信，实在是。天道：天命，天

理,指自然的发展变化及人世间的吉凶祸福。微昧:微妙幽隐,难以捉摸。
⑦ 追:追随。渔父:《楚辞·渔父》中假托的人物。嘻:乐。
⑧ 埃尘:指浊世。遐逝:远去。
⑨ 长辞:永别。
⑩ 仲春:农历二月。令:善,美。
⑪ 时和:阳光暖和。气清:空气清新。
⑫ 原:高的平地。隰(xí):低湿的平地。郁茂:草木茂盛葱茏的样子。
⑬ 滋荣:花儿滋润鲜艳。
⑭ 王雎(jū):大雎鸠鸟。鼓翼:扇动翅膀。
⑮ 鸧鹒:即黄莺。
⑯ 交颈:雌雄鸟双飞合欢的状态。颉(xié):向上飞。颃(háng):向下飞。
⑰ 关关嘤嘤:鸟儿和鸣的声音。
⑱ 于焉:于是,在此。逍遥:自由徘徊。聊:姑且。娱情:娱乐情志,陶冶性情。
⑲ 尔乃:于是,那么就。方泽:大泽。
⑳ 仰飞:上射。纤缴(zhuó):一种系在箭尾的细丝绳。
㉑ 长流:长河。
㉒ 触矢:触箭,指飞鸟。贪饵:贪食诱饵,指河鱼。
㉓ 落:射落。逸禽:飞禽。
㉔ 悬:钓起。鲨鰡(shāliú):两种河鱼名。
㉕ 曜灵:太阳。俄景:斜影,指夕阳西下。
㉖ 系:《文选》六臣注本作"继"。望舒:月亮神,此指月亮。
㉗ 般(pán)游:游乐。
㉘ 劬(qú):疲劳。
㉙ 老氏:指老子。《老子》第十二章:"驰骋田猎,令人心发狂。"遗留下的教诫即指此。
㉚ 回悬:回车。蓬庐:茅屋。
㉛ 五弦:五弦琴,相传为大舜所造。妙指:美妙的旨趣。
㉜ 咏:诵读。周孔:周公、孔子。
㉝ 翰墨:笔墨。奋藻:指奋笔为文。
㉞ 陈:陈述。三皇:一般指伏羲、神农、黄帝。轨模:规范,法则。
㉟ 苟:假如,只要。纵心:犹言"纵情",放任胸怀。物外:指世俗之外。
㊱ 安知:何知,哪里考虑。所如:所归,所往。

## 鉴赏

据《后汉书·张衡传》记载,此赋约作于汉顺帝永和三年(138)张衡免官回家时,此时他已年过花甲,翌年即去世。

张衡生活在和帝、安帝和顺帝时期,系东汉中叶。这时,封建贵族骄奢淫逸,昏庸腐败;宦官、外戚长期争权夺利、互相倾轧,政治一片黑暗混乱。豪强地主阶级的巧取豪夺,肆意兼并土地,更加加剧了阶级矛盾和社会危机。张衡长期为官,颇有治国的策略和建树,却遭宦官、贵族的嫉恨和陷害。永和元年(136),他出为河间相。“视事三年”,终因“天下渐弊,郁郁不得志”(《四愁诗》序),而“上书乞骸骨”、辞官归田了。这篇著名的抒情小赋,就生动地表现了他辞官归田的思想感情。

全赋由四个自然段落组成。首段只能看作为本赋的序言,说明自己辞官归田的原因。以下三段,紧扣“归田”,想象田园之乐。从思想情绪看,此赋并不是他归田后才写出的。

赋文开端之“游都邑以永久,无明略以佐时”反映出他对仕宦生活的不满和厌倦。在自谦中有些发牢骚。“徒临川以羡鱼,俟河清乎未期”,说明他对社会现实极为不满,对国家前途也完全绝望。因此,即使想建功立业,在“天道微昧”的时代,也是不可能实现的。所以,他决心追随渔父“超埃尘以遐逝,与世事乎长辞”,归守田园,以过自得其乐的生活。这种思想,虽然是消极的、遁世的、逃避现实的,但在当时,却具有深刻的社会意义。以下三段文字,作者以诗的语言,生动具体地描绘了他所向往的田园生活以及其中的无限乐趣,用以反衬出社会现实的黑暗和仕宦生活的苦闷。首先,他写田园风光的美好和乐趣。作者有意选择了一年中最美好的时光——“仲春”来描绘。这时,“时和气清”,到处是一片生机盎然的景象,广阔的田野,水草丰茂,百花争荣,莺歌燕舞,春光明媚。在这良辰美景之中,无论是看到的、听到的、感受到的,都是会完全令人陶醉的。“于焉逍遥,聊以娱情”,当然使人对那污浊的官场更加增强了憎恶。其次,他写山泽射钓的自由和乐趣。作者想象他超脱埃尘、辞却世事之后,可以像蛟龙入水、猛虎归山一样,任意遨游、纵情啸吟。既可以“仰飞纤缴”,又可以“俯钓长流”,看到“落云间之逸禽,悬渊沉之魦鰡”的情景,那大自然所赠予的无限乐趣,当然是会享受不尽的。最后,他写草庐生活的恬静和乐趣。般游之乐,虽然可以夜以继日,流连忘返,但是正如《老子》所说,“驰骋畋猎,令人心发狂。”为了使田园生活有动有静、各尽其乐,他想象可以“回驾乎蓬庐”,借着清风明月,既可以“弹五弦之妙指,咏周孔之图书”,又可以“挥翰墨以奋藻,陈三皇之轨模”。恬适、平静、优雅,放心于万物之外,哪管它人世间的荣辱祸福呢?这种乐趣,当然是尔虞我诈、狗苟蝇营的黑暗现实中所不可能享有的。当然,这样的“世外桃源”,在当时的社会现实中是难以存在的,也不是作者真正要享有的。面对腐朽的政治和黑暗的现实,他辞官退隐,向往去过恬适、安静、优雅的田园生活,不过是他怀才不遇、无法施展自己的政治理想和抱负,而又不愿随世沉浮、向邪恶势力屈服以至同流合污的思想表现罢了。《文选》李善注说:“张衡仕不得志,欲归于田,因作此赋。”正说明了这个意思。事实上,张衡虽然上书“乞骸骨”,意欲退隐,但不久汉顺帝又征他为尚书,未几也就去世,始终也没有真正实现他“归田”的愿望。

张衡是一位伟大的科学家,又是一位辞赋写作的高手。科学与艺术的构思虽有共通之处,但却各有其特点和规律。张衡两者兼精,这在中国文化史上还是少有的。在辞赋写作上,他不仅“精思十年”,写出了著名的长篇巨制《二京赋》,而且一挥而就,写出了后世传诵的短篇佳作《思玄赋》《归田赋》等,标志了他在中国辞赋发展史上由两汉事类大赋向魏晋抒情小赋转变过程中承前启后的巨大贡献。

《归田赋》是我国辞赋史中第一篇以田园生活和乐趣为主题的抒情小赋,从表现手法上看,具有非常突出的艺术特色。首先,他善于捕捉自然界中具有典型意义的优美景象,通过自己的艺术提炼和加工,创造出了一个个引人向往的艺术境界,以便以景寄情,抒情体志,从而使赋文情景交融而并茂。写“仲春令月”一段,虽然着墨不多,却特别有色有声,让一幅欣欣向荣的春景,像图画一样呈现在读者面前。他虽然没有直接抒情,但字里行间却处处跳跃着喜悦、欢快的心情。“射钓”一段,简洁勾勒,诗意描绘,也使闲逸洒脱、怡然自得的情趣溢于言表。没有高超、精湛的表达艺术,是达不到这样的艺术效果的。其次,作者使用了清新、流畅、诗一般的语言,也为赋文的描述增强了色彩。他摆脱了两汉大赋铺采摛文、堆积辞藻、排列语汇、矫揉雕琢的陈规旧习,一改而为自然、恬淡、活泼、通畅的新文风,使读者倍感新鲜可读。特别是通篇皆用韵语,而且随着所写内容和所抒情感的不同,四段换用了四种韵脚,更使全赋音韵铿锵、和谐、畅朗。读时朗朗上口,甚感起伏转折,节奏自然流畅;听时优雅悦耳,娓娓动听,从而得到音乐美的享受。这说明作者具有极强的驾驭语言文字的艺术能力。最后,作者采用了新颖、精巧的艺术表现形式,也增强了赋文“抒情述志”的表现力。西汉的一些抒情辞赋,多是承袭《楚辞》的表现形式和句式特点,一般显得单调或板重,缺乏个性和创造。张衡几乎完全摆脱了“骚体赋”的拘束,一改而为诗体句式。他不仅全篇不用一个“兮”字,而且多用对偶,使之成为我国辞赋史上第一篇几近成熟的骈体赋。大量的语句,如行云流水,自然地对应语式或语意,有些语句简直达到了精工绘描的程度,而又毫无矫揉造作之弊。

“仰飞纤缴”六句，无论是用语造词、遣韵协调，还是对偶的使用、语序的变换，都可以说是达到了精巧绝妙的地步。它既像一幅优美闲雅的图画，又似一曲悠扬恬静的乐章，其中充满了无限的风味和情趣。那“落”“悬”字的使用，更可以说把动词炼活了。这种新巧的艺术形式，自然也加强了赋文的艺术感染效果。

《归田赋》的出现，从思想内容上对以后田园诗文的写作以及从艺术形式上对以后抒情辞赋的写作，都产生了深远的作用和影响。

（霍旭东）

# 鲁灵光殿赋并序

王延寿

鲁灵光殿者，盖景帝程姬之子恭王馀之所立也。初，恭王始都下国[1]，好治宫室，遂因鲁僖基兆而营焉[2]。遭汉中微，盗贼奔突，自西京未央、建章之殿[3]，皆见隳坏，而灵光岿然独存。意者岂非神明依凭支持，以保汉室者也。然其规矩制度，上应星宿，亦所以永安也。予客自南鄙[4]，观艺于鲁，睹斯而眙[5]，曰：嗟乎！诗人之兴，感物而作。故奚斯颂僖，歌其路寝[6]，而功绩存乎辞，德音昭乎声[7]。物以赋显，事以颂宣。匪赋匪颂，将何述焉。遂作赋曰：

粤若稽古帝汉，祖宗濬哲钦明[8]。殷五代之纯熙，绍伊唐之炎精[9]。荷天衢以元亨，廓宇宙而作京[10]。敷皇极以创业，协神道而大宁。于是百姓昭明，九族敦序[11]。乃命孝孙，俾侯于鲁。锡介珪以作瑞，宅附庸而开宇[12]。乃立灵光之秘殿，配紫微而为辅[13]。承明堂于少阳，昭列显于奎之分野[14]。

瞻彼灵光之为状也，则嵯峨㠑嵬，峞巍𡾋㟪[15]。吁可畏乎，其骇人也。迢峣倜傥，丰丽博敞[16]，洞轇轕乎[17]，其无垠也。邈希世而特出，羌瑰谲而鸿纷[18]。屹山峙以纡郁，隆崛岉乎青云[19]。郁坱圠以嶒竑，崱缯绫而龙鳞[20]。汩硙硙以璀璨，赫燡燡而爥坤[21]。状若积石之锵锵，又似乎帝室之威神[22]。崇墉冈连以岭属，朱阙岩岩而双立。高门拟于阊阖，方二轨而并入[23]。

于是乎乃历夫太阶，以造其堂。俯仰顾眄，东西周章[24]。彤彩之饰，徒何为乎？澔澔涆涆，流离烂漫[25]。皓壁暠曜以月照，丹柱歙赩而电烻[26]。霞驳云蔚，若阴若阳[27]。瀖濩燐乱，炜炜煌煌[28]。隐阴夏以中处，霐寥窲以峥嵘[29]。鸿爌炾以爣阆，飋萧条而清泠[30]。动滴沥以成响，殷雷应其若惊。耳嘈嘈以失听，目矎矎而丧精[31]。骈密石与琅玕，齐玉珰与璧英[32]。

遂排金扉而北入，霄霭霭而晻暧[33]。旋室㛹娟以窈窕，洞房叫窱而幽邃[34]。西厢踟蹰以闲宴，东序重深而奥秘[35]。屹铿瞑以勿罔，屑㠥翳以懿濞[36]。魂悚悚其惊斯，心猥猥而发悸。

于是详察其栋宇，观其结构。规矩应天，上宪觜陬[37]。倔佹云起，嵚崟离搂[38]。三间四表，八维九隅。万楹丛倚，磊砢相扶[39]。浮柱岧嵽以星悬，漂峣岘而枝柱[40]。飞梁偃蹇以虹指，揭蘧蘧而腾凑[41]。层栌磥垝以岌峨，曲枅要绍而环句[42]。芝栭攒罗以戢孴，枝撑杈枒而斜据[43]。傍夭蟜以横出，互黝纠而搏负[44]。下茀蔚以璀错，上崎嶬而重注[45]。捷猎鳞集，支离分赴[46]。纵横骆驿，各有所趣。

尔乃悬栋结阿，天窗绮疏[47]。圆渊方井，反植荷蕖。发秀吐荣，菡萏披敷。绿房紫菂，窋咤垂珠[48]。云楶藻棁，龙桷雕镂[49]。飞禽走兽，因木生姿。奔虎攫挐以梁倚，仡奋舋而轩鬐[50]，虬龙腾骧以蜿蟺，颔若动而躨跜[51]。朱鸟舒翼以峙衡，腾蛇蟉虬而绕榱。白鹿孑蜺于欂栌，蟠螭宛转而承楣[52]。狡兔跧伏于柎侧，猿狖攀椽而相追[53]。玄熊舑舕以龂龂，却负载而蹲跠[54]；齐首目以瞪眄，徒脈脈而狋狋[55]。胡人遥集于上楹，俨雅跽而相对[56]。仡欺偲以雕䀛，鼬顤顟而睽睢[57]。状若悲愁于危处，憯嚬蹙而含悴[58]。神仙岳岳于栋间，玉女闚窗而下视[59]。忽瞟眇以响像，若鬼神之髣髴[60]。

图画天地，品类群生。杂物奇怪，山神海灵。写载其状，托之丹青。千变万化，事各缪形。随色象类，曲得其情。上纪开辟，遂古之初[61]。五龙比翼，人皇九头[62]。伏羲鳞身，女娲蛇躯。鸿荒朴略，厥状睢盱[63]。焕炳可观，黄帝唐虞。轩冕以庸，衣裳有殊。下及三后，淫妃乱主[64]。忠臣孝子，烈士贞女。贤愚成败，靡不载叙。恶以诫世，善以示后。

于是乎连阁承宫，驰道周环。阳榭外望，高楼飞观。长途升降，轩槛曼延。渐台临池，层曲九成。屹然特立，的尔殊形。高径华盖，仰看天庭。飞陛揭孽，缘云上征[65]。中坐垂景，俯视流星。千门相似，万户如一。岩突洞出，逶迤诘屈。周行数里，仰不见日。何宏丽之靡靡，咨用力之妙勤。非夫通神之俊才，谁能克成乎此勋。据坤灵之宝势，承苍昊之纯殷。包阴阳之变化，含元气之烟煴，玄醴腾涌于阴沟，甘露被宇而下臻。朱桂黝儵于南北，兰芝阿那于东西[66]。祥风翕习以飒洒，激芳香而常芬。神灵扶其栋宇，历千载而弥坚。永安宁而祉福，长与大汉而久存。实至尊之所御，保延寿而宜子孙。苟可贵其若斯，孰亦有云而不珍。

乱曰：彤彤灵宫，岿䡾穹崇，纷庞鸿兮。崱屴嵫釐，岑崟崰嶷，骈巃嵸兮[67]。连拳偃蹇，嵛菌踡嵼，傍敧倾兮[68]。歇欻幽蔼，云覆霮䨴，洞杳冥兮[69]。葱翠紫蔚，礧碨瑰玮，含光晷兮[70]。穷奇极妙，栋宇已来，未之有兮。神之营兮，瑞我汉室，永不朽兮。

## 注释

① 下国：诸侯国。
② 鲁僖：春秋时代鲁僖公，他曾派遣大夫奚斯在鲁修整姜嫄庙和新建文公之宫。基兆：旧地基。
③ 未央、建章之殿：西汉宫殿名。
④ 南鄙：南方边地，这里指荆州。
⑤ 眙（chì）：惊视。
⑥ 奚斯：春秋鲁公子。路寝：天子、诸侯的正室。
⑦ 德音昭乎声：恩德声教由音乐而昭示出来。
⑧ 钦明：谓敬事节用，照临四方。
⑨ 五代：指唐、虞、夏、殷、周。炎精：火德。句意是，汉朝比五代光明美盛，而继承唐尧的火德之运。
⑩ 天衢：天道。元亨：顺利通达。作京：建立国都。
⑪ 九族：指汉高祖及其玄孙的九族之亲。
⑫ 开宇：开汉室的土宇以作屏障。
⑬ 紫微：帝宫。
⑭少阳：东方。奎：奎娄，星宿名，为鲁的分野。
⑮崒（zuì）嵬，巃嵸巋嵔（wěi）：皆高峻貌。
⑯ 倜傥：特出之貌。
⑰ 轇轕（jiāogé）：旷远深邈之貌。
⑱ 希世特出：世间稀有而特别。瑰谲鸿纷：瑰异奇特而又庞大复杂。
⑲ 纡郁：深曲之貌。崛岉（juéwū）：高耸屹立。
⑳ 郁坱圠（yà）：栋梁繁多而不平。嶒竑（cénghóng）：上阔而险。崱缯绫：参差不齐。
㉑ 汩硙硙（gǔ ái ái）：光洁。燡燡：光明。燭（zhú）坤：照耀大地。
㉒ 积石：神话中昆仑山上天帝所居的宫殿。锵锵：华丽。帝室：天上紫微宫。威神：惊震人心。
㉓ 阊阖：天门。二轨：其路之宽可容纳二辆并排的车子。
㉔ 周章：周游浏览。
㉕ 澔（hào）澔涆（hàn）涆：色彩鲜艳。流离：光彩焕发。
㉖ 歙赩（xīxì）：赤色浓盛的样子。电烻（yàn）：闪电之光。
㉗ 霞驳云蔚：其光彩像云霞之多姿，其深邃则如白云之繁蔚。
㉘ 濩濩（huòhuò）燐乱、炜炜煌煌：皆光彩闪烁不定之貌。
㉙ 阴夏：向北的宫殿。霟（hóng）、寥窲（cháo）、峥嵘：皆幽深邃远之貌。
㉚ 鸿爌炾（kuànghuǎng）以爣阆：宽敞而又明亮之貌。飂：形容秋风。

㉛ 矎(xuàn)矎:眼花缭乱。
㉜ 密石:纹理细密的石头。琅玕:美玉。玉瑶、璧英:皆美玉名。
㉝ “遂排”二句:瞻仰北殿时,天色已晚。
㉞ 旋室:回曲的房子。㛹(pián)娟:美好。洞房:深邃的内室。窈窱(yǎo tiǎo):同“窈窕”,深远的样子。
㉟ 踟蹰:相连。闲宴:安静。东序:东边的厢房。
㊱ 屹铿瞑而勿罔:特出而看不清楚。黡翳:昏暗隐蔽。懿濞:深邃。
㊲ 觜(zī)陬:星宿名,二十八宿之一。
㊳ 嵚崟(yìn):高大险峻。离搂:众木相依。
㊴ 磊砢:壮大的样子。
㊵ 岧嵽(tiáodì):高远。漂:浮。峣峴(yáo niè):不安稳的样子。
㊶ 偃蹇:弯曲的样子。蘧(jú)蘧:高耸。
㊷ 栌:斗拱。碨垝(wēi):高耸。岌峨:高危。曲枅(jī):弯曲的斗拱。要绍而环句:弯曲而相连。
㊸ 芝栭(ér):梁上绘画芝草图案的短柱。戢孴(nì):聚。枝撑:梁上交木。杈枒:倾斜而又相互支撑。
㊹ 夭蟜:特出。黝纠:相连绕。
㊺ 茀蔚:壮丽。璀错:繁盛。崎嶬:高峻。
㊻ 捷猎:依次排列。支离分赴:分散而各有趋向。
㊼ 绮疏:刻镂着花纹。
㊽ 菂(dì):莲子。窋(zhú)咤:在穴中突出之貌。
㊾ 云楶(jié):在斗拱上画着云气。藻棁(zhuō):画着美丽彩画的梁上短柱。
㊿ 仡(yì):抬头。轩髻:背上的鬣毛都竖起来。
51 蜿蟺(shàn):屈曲盘旋。榑踞(kuí ní):动的样子。
52 孑蜺:伸头。榑栌:斗拱。
53 跧(quán)伏:蜷伏。柎:斗拱上的横木。
54 䑙談(tāndàn):吐舌。龂(yín)龂:露齿。蹲跠:踞坐。
55 脈(mò)脈:凝视。狋(yí)狋:怒视。
56 俨雅:长跪之貌。
57 仡(yì):抬头。欺猥:脸狭长。雕眈(xuè):像雕那样瞪眼看。顤顟颢(āoyáoláo):大头深目之貌。睽睢:张目之貌。
58 憯(cǎn):惨痛。嚬蹙:皱眉蹙额。悴:忧愁。
59 岳岳:高立之貌。
60 瞟眇:依稀。忽瞟眇以响像:神仙玉女的形象仿佛能发出声音似的。
61 遂古:远古。
62 人皇:古代传说中的三皇之一。
63 鸿荒:太古,混沌之初。睢盱:朴素。
64 淫妃:指夏桀之妹喜,殷纣之妲己,周幽之褒姒等。
65 陛:帝王宫殿的台阶。揭孽:高的样子。征:行走。
66 黝儵(shū):荣盛之貌。阿那:柔弱之貌。
67 崱屴(zèlì):高峻。嵫釐:险峻。岑崟(yín):险峻。崰(zī)嶷:参差不齐之貌。巃嵸:高耸。
⑱ 连拳偃蹇:屈曲。嵛菌:屈曲盘结。跪巇:险峻。
⑲ 歇欻:高敞。幽蔼:幽深。云覆霮䨴:像被繁云覆盖那样幽邃深远。洞杳冥:幽远。
⑳ 礧碨(lěiwéi):大石。瑰玮:奇伟。光晷(guǐ):日光。

## 鉴赏

王延寿(约124—148),字文考,又字子山,南郡宜城(今湖北宜城)人。《楚辞章句》作者王逸之子。少时随父游鲁,到泰山从鲍子真学算,归渡湘水溺死。年仅20余岁。他是我国历史上早熟而又早夭的作家之一。

王延寿的赋作除《鲁灵光殿赋》之外,还有《梦赋》及《王孙赋》。《梦赋》写梦中与鬼怪搏斗,《王孙赋》写猴子的各种情态,但只存片断。

《鲁灵光殿赋》是第一篇描写宫殿的大赋,历来备受推崇。据《后汉书·王逸传》记载,东汉大文学家蔡邕也想写以鲁灵光殿为题材的赋,后来看到王延寿的这篇赋,也就不再动笔了。

汉代是我国历史上既统一又繁荣的时代,战乱平,国强盛,出现了从来没有的生气勃勃的气象,人们也表现了前所未有的兴奋和进取精神。反映在文艺创作上是以“宣上德而尽忠孝”(班固《两都赋·序》)为主旨的汉大赋的产生。歌颂帝王的园囿者有之,歌唱京城的宏伟者有之,歌唱帝王的征伐者有之。王延寿讴歌的是以壮美为特征的鲁灵光殿,以此歌颂帝国的强大,反映其时代精神,应该说是独辟蹊径、另具慧眼的。那么,王延寿又是怎样描写鲁灵光殿的呢?

一、借时间流程还原空间意识,写出其结构之美。

鲁灵光殿是一座完整的建筑群,它以平面铺开、互相连接和配合构成空间规模巨大的群体建筑为特征,而不像欧洲哥特式教堂那样孤立而高耸入云。这种有机群体具有可居、可行、可望、可游的特点。这种平面铺开的有机结构实质上是把空间意识转化为时间进程,“瞬间直观把握的巨大空间感受在这里变成长久漫游的时间历程”(李泽厚《美的历程》),其本质是时间进程的流动美。王延寿深谙其中的奥秘,要把这一巨大空间规模的建筑群展现于读者的面前,莫过于借时间流程还原其空间意识。因此,他在按汉大赋的体制,写了序言及建殿目的之后,先通过“瞻”的形式展现其殿堂宏伟壮观,令人叹为观止的外貌。

“屹山峙以纡郁,隆崛岉乎青云”这是写整体建筑之高;“崇墉冈连以岭属”这是写整体建筑之大。既高且大,就把宫殿的壮美形象展现出来了。这里的“崇墉冈连以岭属”还说明了汉代建筑师已经懂得采用借景法解决其建筑物与周围环境的关系。这种建筑艺术既可以扩大宫殿的空间感,把周围自然美借入殿体为我所用,还可以通过借景使人工创造的宫殿建筑群融化于自然之中,增添其自然与和谐。这种手法在后代的园林建筑中得到进一步的发展。北京的颐和园把其背后的玉泉山及远处隐约可见的西山借来,从而构成一幅更加广阔深远的景象,达到“虽由人作,宛自天开”的美学境界,是跟这种借景法分不开的。

作者在“瞻”之后,又通过“历”和“造”写出正殿斑斓色彩及清幽的风貌。在第五自然段中,又用“排而入”写出北堂旋室及东西厢房的“重深”与“奥秘”。而后又通过“观”写出栋宇的复杂结构,殿堂的雕刻艺术和壁画艺术。最后写出主体建筑之外的连阁、驰道和楼观等建筑,随着瞻仰的顺序,时光的推移,这座可誉之为“冻结之音乐”的完美而神奇的古建筑群便形象地展现出来了。英国威廉·荷加斯说:“一幅画所可能具有的最大魅力和生命,就是运动。画家把运动称之为一幅画的精神。”(《美的分析》)灵光殿是静止的,作者通过视线的运动而展示,就把鲁灵光殿的建筑美及其精神活画出来了。

另外,在第五自然段中的“遂排金扉而北入,霄霭霭而晻暖”,表面上是写参观北堂的时间是在傍晚,但其实质也是写其空间。从正殿到北堂需要整整一个大白天,那么整座宫殿之大不可想而知了吗?

二、以深刻的感情体验,写出灵光殿的飞动之美。

刘勰《文心雕龙·诠赋》指出:“延寿《灵光》,含飞动之势。”一语破的地反映了《鲁灵光殿赋》的主要美学特征。王延寿写该赋,抓了一个“流”字,更抓了一个“飞”字。“飞梁偃蹇以虹指”,梁柱是飞的;“高楼飞观”,台观是飞的;“飞陛揭孽,缘云上征”,台阶也是飞的;“屹山峙以纡郁,隆崛岉乎青云”,甚至整座宫殿都要飞上青天了。然而,写飞动之美的最为精彩的还是写殿内作为装饰艺术的雕刻部分。这里有着活生生的碧绿的莲蓬和水草,有奔腾而搏击的老虎,飞腾的虬龙,张翅而立的朱雀,有转来转去的腾蛇,有伸着脖子的白鹿,有伏在那里的狡兔,有抓着椽子互相追逐的猿猴,还有一只黑熊,背着一个东西,蹲在那里,吐着舌头。这里不但有动物,而且还有人,一群胡人面对面地跪在高屋架上,悲愁而又憔悴。更高的栋间,还有神仙和凭窗下视尘寰的玉女(参见宗白华《美学与意境》),无不栩栩如生,气韵生动,显示着飞动之美。

对飞动之美的追求,是我国古代艺术的古老传统,《诗经·斯干》“如鸟斯革,如翚斯飞”的描写,说明周宣王时代宫殿建筑已经像一只野鸡展翅飞翔。战国时期《考工记》的记载,古代工匠就喜欢把生气勃勃的动物形象运用于艺术之中。而希腊的建筑上的雕刻多半用植物的叶子构成的花纹图案,而我国采用植物图案则在唐代之后。到了“汉代对飞动之美的追求更加发展,不仅舞蹈、杂技等艺术十分发达,就是绘画、雕刻也无不呈现一种飞舞的状态。图案画常用云彩、雷纹和翻腾的龙构成,雕刻也常常是雄壮的动物,还要加上两个能飞的翅膀”(宗白华《美学与意境》)。这就说明《鲁灵光殿赋》所再现的飞动之美,既是民族审美心理的积淀,也是汉代国家统一、社会繁荣、到处有前进的活力在艺术上的反映。

需要指出的是,被刘勰誉之为“辞赋之英杰”之一的王延寿写该赋时表现了独特的感受力和深刻的感情体验。在写飞动之美时是如此,在写宫殿的其他特征时也是如此。他用“吁可畏乎,其骇人也”“魂悚悚其惊斯,心猬猬而发悸”写宫殿的高峻和动人心魄,用“耳嘈嘈以失听,目瞍瞍而丧精”写宫殿的幽深。“写气图貌,既随物以宛转;属采附声,亦与心而徘徊。”(《文心雕龙·物色》)这种写作原则,很值得借鉴。

(林祥征)

# 长　笛　赋[1] 并序

马　融

融既博览《典》《雅》[2]，精核数术[3]，又性好音律[4]，能鼓琴吹笛[5]，而为督邮[6]，无留事[7]，独卧郿平阳邬中[8]，有雒客舍逆旅[9]，吹笛为《气出》《精列》相和[10]。融去京师逾年[11]，暂闻，甚悲而乐之[12]，追慕王子渊[13]、枚乘[14]、刘伯康[15]、傅武仲[16]等，箫、琴、笙颂[17]，唯笛独无，故聊复备数[18]，作《长笛颂》[19]，其辞曰：

惟籦笼之奇生兮，于终南之阴崖[20]。托九成之孤岑兮，临万仞之石磎[21]。特箭槁而茎立兮，独聆风于极危[22]。秋潦漱其下趾兮，冬雪揣封乎其枝[23]。巅根跱之槷刖兮，感回飙而将颓[24]。夫其面旁则重巘增石，简积頵砡[25]。兀嵝狋觺，倾夨倚伏[26]。庨窌巧老，港洞坑谷[27]。嶰壑澮帨，峆窞岩𥧌[28]。运裛穿洝[29]，冈连岭属。林箫蔓荆，森槮柞朴[30]。于是山水猥至，渟涔障溃[31]。頣淡滂流，碓投瀺穴[32]。争湍苹萦，汩活澎濞[33]。波澜鳞沦，窊隆诡戾[34]。瀺瀑喷沫，奔遯砀突[35]。摇演其山、动机其根者，岁五六而至焉[36]。是以间介无蹊[37]，人迹罕到。猨蜼昼吟，鼯鼠夜叫[38]。寒熊振颔，特麚昏髟[39]。山鸡晨群，野雉朝雊[40]。求偶鸣子[41]，悲号长啸。由衍识道，噍噍讙譟[42]。经涉其左右、哤聒其前后者，无昼夜而息焉[43]。夫固危殆险巇之所迫也[44]，众哀集悲之所积也[45]，故其应清风也[46]：纤末奋蒴，铮鐄謍嗃[47]。若絙瑟促柱，号钟高调[48]。于是放臣逐子，弃妻离友[49]，彭胥伯奇[50]，哀姜孝己[51]。攒乎下风，收精注耳[52]。雷叹颓息，掐膺擗摽[53]。泣血泫流，交横而下[54]。通旦忘寐，不能自御[55]。

于是乃使鲁般宋翟[56]，构云梯[57]，抗浮柱[58]，蹉纤根[59]，跋蔑缕[60]，膺陗阤[61]，腹陉阻[62]，逮乎其上，匍匐伐取[63]。挑截本末，规摹彟矩[64]。夔襄比律，子野协吕[65]，十二毕具，黄钟为主[66]。挢揉斤械[67]，剸掞度拟[68]，鏓硐颓坠[69]，程表朱里[70]。定名曰笛，以观贤士[71]。陈于东阶，八音俱起[72]。食举《雍》彻，劝侑君子[73]。然后退理乎黄门之高廊[74]，重丘宋、灌，名师郭、张[75]，工人巧士[76]，肄业修声[77]。于是游闲公子，暇豫王孙[78]，心乐五声之和[79]，耳比八音之调[80]，乃相与集乎其庭。

详观夫曲胤之繁会丛杂，何其富也[81]。纷葩烂漫，诚可喜也[82]。波散广衍，实可异也[83]。掌距劫遌，又足怪也[84]。啾咋嘈啐似华羽兮，绞灼激以转切[85]。震郁怫以凭怒兮，耾砀骇以奋肆[86]。气喷勃以布覆兮，乍跱蹠以狼戾[87]。雷叩锻之岌峇兮，正浏溧以风冽[88]。薄凑会而凌节兮，驰趣期而赴踬[89]。尔乃听声类形，状似流水，又象飞鸿。泛滥溥漠[90]，浩浩洋洋。长矕远引，旋复回皇[91]。充屈郁律，瞋菌碨抰[92]。酆琅磊落，骈田磅唐[93]。取予时适，去就有方[94]。洪杀衰序，希数必当[95]。微风纤妙[96]，若存若亡。荩滞抗绝，中息更装[97]。奄忽灭没，晔然复扬[98]。或乃聊虑固护，专美擅工[99]。漂凌丝簧，覆冒鼓钟[100]。或乃植持縼缠，佁儗宽容[101]。箫管备举，金石并隆[102]。无相夺伦，以宣八风[103]。律吕既和，哀声五降[104]。曲终阕尽，余弦更兴[105]。繁手累发，密栉叠重[106]。踾踧攒仄，蜂聚蚁同[107]。众音猥积，以送厥终[108]。然后少息暂怠，杂弄间奏[109]。易听骇耳，有所摇演[110]。安翔骀荡，从容阐缓[111]。惆怅怨怼，窳圔窴赦[112]。聿皇求索[113]，乍近乍远。临危自放，若颓复反[114]。蚡缊蟠纡，緸冤蜿蟺[115]。笢笏抑隐，行入诸变[116]。绞概汩湟，五音代转[117]。挼拏捘臧，递相乘遭[118]。反商下徵，每各异善[119]。

故聆曲引者[120]，观法于节奏[121]，察变于句投[122]，以知礼制之不可逾越焉。听篴弄者[123]，遥思于古昔，虞志于怚惕[124]，以知长戚之不能闲居焉[125]。故论记其义，协比其象[126]：彷徨纵肆[127]，旷瀁敞罔[128]，老庄之概也[129]。温直扰毅[130]，孔孟之方也[131]。激朗清厉[132]，随光之介也[133]。牢刺拂戾[134]，诸贲之气也[135]。节解句断[136]，管商之制也[137]。条决缤纷[138]，申韩之察也[139]，繁缛络绎[140]，范蔡之说也[141]。剺栎铫檀[142]，析龙之惠也[143]。上拟法于《韶箾》《南籥》[144]，中取度于《白雪》《渌水》[145]，下采制于《延露》《巴人》[146]。是以尊卑都鄙，贤愚勇惧[147]。鱼鳖禽兽闻之者，莫不张耳鹿骇[148]，熊经鸟伸[149]，鸱视狼顾[150]，拊噪踊跃[151]。各得其齐，人盈所欲[152]。皆反中和，以美风俗[153]。屈平适乐国[154]，介推还受禄[155]。澹台载尸归[156]，皋鱼节其哭[157]。长万辍逆谋[158]。渠弥不复恶[159]。蒯聩能退敌[160]，不占成节鄂[161]。王公保其位，隐处安林薄[162]。宦夫乐其业，士子世其宅[163]。鳣鱼喁于水裔，仰驷马而舞玄鹤[164]。于时也，绵驹吞声[165]，伯牙毁弦[166]，瓠巴恬柱[167]，磬襄弛悬[168]。留视瞠眙，累称屡赞[169]。失容坠席，搏拊雷抃[170]。僬眇睢维，涕洟流漫[171]。是故可以通灵感物[172]，写神喻意，致诚效志[173]，率作兴事[174]，溉盥污秽[175]，澡雪垢滓矣[176]。

昔庖羲作琴[177]，神农造瑟[178]，女娲制簧[179]，暴辛为埙[180]，倕之和钟[181]，叔之离磬[182]。或铄金砻石[183]，华睆切错[184]，丸挻雕琢[185]，刻镂钻笮[186]。穷妙极巧，旷以日月[187]，然后成器[188]，其音如彼。唯笛因其天姿[189]，不变其材[190]，伐而吹之，其声如此。盖亦简易之义，贤人之业也[191]。若然，六器者，犹以二皇圣哲𪔠益[192]，况笛生乎大汉，而学者不识其可以裨助盛美[193]，忽而不赞[194]，悲夫！有庶士丘仲[195]，言其所由出，而不知其弘妙[196]。其辞曰：近世双笛从羌起，羌人伐竹未及已。龙鸣水中不见已，截竹吹之声相似[197]。剡其上孔通洞之[198]，裁以当簻便易持[199]。易京君明识音律[200]，故本四孔加以一[201]。君明所加孔后出，是谓商声五音毕[202]。

## 注释

① 长笛：乐器名。古笛汉初已失传，武帝时，丘仲因羌人之制，截竹做成笛，名为羌笛。羌笛本有四孔，其后京房在后面又加上一孔，备齐五音，称之谓长笛。

②《典》《雅》：相传古书有《三坟》《五典》，《诗经》中有《大雅》《小雅》，因此以《典》《雅》作为古代典籍的通称。

③ 精核：详细考核。数术：即“术数”，古代关于天文、历法、占卜的学问。

④ 音律：音乐中音节性质及其配合关系。

⑤ 鼓琴：弹琴。

⑥ 督邮：汉代职官名，其职掌为辅佐郡守，督调检举所掌管县的违法之事。

⑦ 无留事：没有留滞未办的事务。

⑧ 郿（méi）：今陕西眉县。平阳邬（wū）：郿县地名。

⑨ 雒客：从洛阳来的客人。雒通“洛”。舍：住宿。逆旅：客舍，旅馆。

⑩《气出》《精列》：皆为古乐曲名，古相和歌十八曲中有《气出》《精列》。

⑪ 去:离开。京师:指东汉都城洛阳。逾:超过。

⑫ “暂闻”二句:才听到这些乐曲时很悲伤,过后又喜欢起它们来。

⑬ 王子渊:王褒(? —前61),字子渊,西汉辞赋家,工诗善赋。《汉书·艺文志》著录有赋16篇,其中《洞箫赋》描写音乐细致入微,为西汉咏物赋的名篇。

⑭ 枚乘(? —前140):字叔,西汉著名辞赋家。《汉书·艺文志》著录有赋9篇,今存《七发》等三篇,《七发》为汉赋的“创制之作”。依马融本篇序言所说,枚乘所作当为《笙赋》,未详。

⑮ 刘伯康(生卒年不详):据《文章志》记载:刘云,字伯康,东汉明帝时官至中大夫,作《簧赋》。

⑯ 傅毅(约47—92):字武仲,东汉文学家,著诗、赋、诔、颂、祝文等28篇,其所作赋中有《雅琴赋》。

⑰ 颂:文体名,赋的通称。

⑱ 聊:姑且。备数:充数。

⑲《长笛颂》:即《长笛赋》。

⑳ 籦(zhōng)笼:竹名。奇生:生而特异。奇,特异,稀罕。终南:山名,秦岭山峰之一,在今陕西西安南。阴崖:山北。

㉑ 托:依附。九成:九重,极高。孤岑:特立的高山。岑(cén),小而高的山。万仞(rèn):极高。仞,长度单位,一仞等于七尺或八尺。磎(xī):同“溪”,山谷。

㉒ 特:出众,优异。箭:竹名。槁(gǎo):箭杆。茎立:挺拔直立。聆(líng):听,闻。

㉓ 秋潦(lǎo):秋天的大水。漱(shù):被水冲刷剥蚀。趾(zhǐ):脚,引申为根。揣(tuán):积聚的样子。

㉔ 巅根:根生于山巅。跱(zhì):独立。槷刖(nièyuè):危险的样子。回飙(biāo):回旋的暴风。

㉕ 面:正面。旁:旁边。巘(yǎn):山峰。增(céng):通“层”。简:大。磒砡(yūnyù):石堆积的样子。

㉖ 兀(wù):高耸。嵝(lǒu):山巅。狋嶷(chíyí):险峻的样子。倾夨(zè):倾侧。夨,侧头。

㉗ 庨窌(xiāo liáo)巧老:深空的样子。港(hòng)洞:相通。

㉘ 嶰(xiè)壑:山涧。嶒㟪(huìduì):宽大相连的样子。峪窞(kǎn dàn):地穴。寝(fù):岩穴。

㉙ 运裛(yè):回旋相缠的样子。窀洝(wū'è):低曲不平的样子。

㉚ 林萧:小竹。箫,通“篠”。蔓剂、森槮(shēn)、柞朴:皆草木名。全句意为:竹与其他高耸丛生的树木生长在一起。

㉛ 猥(wěi):众多。渟涔(tíngcén):水积聚很多而不流的样子。障溃:堤岸被冲坏。障:阻塞,引申为堤岸。

㉜ 頣(hàn)淡:水摇荡的样子。滂流:大水涌流。碓(duì)投:形容水流冲击如碓舂下投。瀺(chán):灌注。

㉝ 湍(tuān):急流的水。苹(pēng)

萦:水回旋的样子。汩活(gǔguō):水急流声。澎濞(pēng pì):水流声。

㉞ 鳞沦(lún):像鱼鳞一样的微波。窊(wā)隆:高下起伏的样子。诡戾(guǐlì):差异的样子。

㉟ 澩瀑(xuèbào):水飞溅。奔遁(dùn):奔流。砀突:冲撞,抵触。

㊱ 摇演:摇引,摇动。动杌(wù):动摇。杌,摇。岁五六:每年五六次。

㊲ 间介:阻隔。蹊(xī):小路。

㊳ 猨(yuán):兽名,同"猿",似猴。蜼(wèi):长尾猴,又名"狖"(yòu)。鼯(wú)鼠:俗名飞鼠,前后趾之间有薄膜,能在树林中滑翔。

㊴ 振颔(hàn):动口。颔,下巴。特麚(jiā):孤独的公鹿。昏髟(biāo):回顾而鬣毛竖起。昏,视。髟:鬣(liè),动物颈上的长毛。

㊵ 野雉(zhì):野鸡。朝雊(zhāo gòu):早晨雉鸣。雊,雉鸣。

㊶ 偶:配偶。

㊷ 由衍:游荡。噍噍(jiāojiāo):鸟鸣声。讙譟(huānzào):喧闹。譟,同"噪"。

㊸ 经涉:行走经历。哤聒(máng guō):声音杂乱。

㊹ 险巇:险阻崎岖。

㊺ 众:多。积:聚集。

㊻ 应:应和。

㊼ 奋藃(shāo):鼓起竹梢。藃同"梢"。铮鐄(zhēnghuáng):乐声。謍嗃(yíngxiào):大小声。謍,小声;嗃,大声。

㊽ 緪(gēng):急。促柱:急弦。号钟:琴名。高调(tiáo):急张琴弦。

㊾ 放:流放。逐:驱逐。弃:抛弃。离:别离。

㊿ 彭胥:彭指彭咸,商纣时的贤臣,因谏纣不听而出奔。胥指伍子胥,春秋时吴国贤臣,因谏吴王夫差不从而被赐死。伯奇:周代大夫尹吉甫之子。尹吉甫听信后妻谗言而放逐伯奇,伯奇自伤无罪,投河而死。

(51) 哀姜:春秋时鲁国文公夫人。文公死,其子被杀,哀姜怨而返齐,过市而哭,鲁国人称她为"哀姜"。孝己:殷代高宗之子,事亲至孝,尝一夜五起,而高宗听信后妻谗言,杀孝己。

(52) 攒(cuán):聚集。收精注耳:收回目光、专心倾听。

(53) 雷叹颓息:大声叹息。掐膺(tāo yīng):叩击胸膛。擗摽(pìpiāo):抚心而悲。

(54) 泣血:极其悲痛而无声的哭泣。泫(xuàn):泪滴下垂。交横:纵横。

(55) 通旦:达旦,从天黑到天明。御:控制。

(56) 鲁般:春秋时鲁国著名的巧匠,又名鲁班、公输班。宋翟(dí):墨翟,春秋战国之际思想家,有巧智。因其曾做过宋国大夫,故又称其为"宋翟"。

(57) 构云梯:构筑凌云之梯。

(58) 抗浮柱:举立浮空之柱。

(59) 蹉(cuō):以足蹉踏。

(60) 蹴:踩,踏。葳蕤:细小的根须。

(61) 膺(yīng)陗阤:胸膛贴在陡峻的山

上。膺,胸。陗陁(qiàozhì),山势陡峻、山石崩落之处。

62 腹陉阻:腹部贴在峭壁上。陉(xíng)阻,山脉中断处。

63 逮(dài):及。匐匍(púfú):爬行。

64 挑:挖取。截:切断。本:根。末:梢。规摹:制度程式。矱矩(huò jǔ):法度规则。

65 夔(kuí):相传为帝舜的乐官。襄:师襄,也称师襄子,春秋时卫国乐官,传说孔子曾从他学琴。子野:春秋时晋国乐官师旷,字子野,生而目盲,善辨声乐。比律、协吕:校正音调,使之准确和谐。律吕:乐律的统称。古代乐律有阳律、阴律各六,合为十二律。阳六曰律,阴六曰吕,合称律吕。

66 黄钟:阳律之一,声调最为洪大响亮,是十二律之始,故曰"黄钟为主"。

67 挢揉(jiǎoróu):揉制。斤械:斧子等器械。斤,斧。

68 剸掞(tuányǎn):割削。度拟:量度比拟,使合乎标准。

69 鏓硐(cōngdǒng):以刀通竹节。颓坠:竹节之屑坠落。

70 程表:表面不加修饰,显示竹子本色。程:呈现,显示。朱里:用红漆涂染笛子里面。朱:赤红色。

71 以观贤士:观贤士之志。

72 八音俱起:笛声清美,如八音杂奏。八音:金、石、丝、竹、匏、土、革、木为八音。金为钟,石为磬,琴瑟为丝,箫管为竹,笙竽为匏,埙为土,鼓为革,柷敔为木。

73《食举》:乐曲名,帝王进食时演奏。《雍》:乐曲名,为古时撤膳时演奏。劝侑(yòu):劝助。

74 黄门:官署名,学习音乐之处。

75 重丘:县名,在今山东聊城茌平区西南。宋、灌、郭、张:四姓,汉代重丘县通音乐的人,故称"名师"。

76 工人:精通音乐的人。工,古代特指乐师、乐官。

77 肄业修声:修习音律。肄(yì),学习,练习。

78 游闲、暇豫:悠闲逸乐。

79 五声:宫、商、角、徵、羽,古乐五声音阶的五个阶名,也叫五音。和:和谐。

80 调:音调。

81 曲胤(yìn):乐曲。胤通"引"。繁会丛杂:形容乐声丰富而喧闹。

82 纷葩烂漫:形容乐声像百花盛开一样缤纷热闹。葩(pā),花。

83 波散广衍:形容乐声像水波一样扩散而传播得很远。

84 牚距劫遌:形容乐声互相撞击激荡。牚(chēng),顶撞。遌(è),抵触。

85 啾咋嘈啐(jiūzécáocuì):形容众声喧闹。华羽:美观而有文彩的羽毛。绞灼激:形容乐声互相缠绕激荡。切:急。

86 郁怫(fú):蕴积。凭怒:大怒。凭,大。耾(hóng):大声。砀骇:振荡。奋肆:发扬放纵。

87 喷勃:气盛的样子,形容吹笛时气集于笛中而不散。布覆:遍布周覆,形容吹笛时气通而遍布周覆。跱踧

(zhìzhí):停步踏足。狼戾(lì):交横,纵横。

⑧⑧ 叩锻:打铁。岌峇(jíkè):形容打铁声。浏溧(liúlì):清凉的样子。

⑧⑨ 凑会:聚集,会合,指奏乐时繁音相合。凑节:指声音高亢,超越节拍。趣期:乐声趋向会合。趣,通"趋"。赴蹶(zhì):向下。

⑨⓪ 溥漠(pǔmò):广大无边。

⑨① 矕(mǎn):视。回皇:彷徨。

⑨② 充屈、郁律、瞋菌(zhēn jiǒng)、碨抰(wěiyāng):都是形容众声的郁勃竞响。

⑨③ 酆琅(fēngláng)、磊落、骈田、磅唐:都是形容声音的宏大四布。

⑨④ 取予时适:指乐声开始和结束都能适时。去就有方:指乐曲的节度都符合规则。

⑨⑤ 洪杀(shài):增减。衰(cuī)序:按一定比例递减的次序。希数:犹言迟速。

⑨⑥ 纤妙:纤细精妙。

⑨⑦ 荩滞:余声沉滞。荩(jìn),同"烬",遗余。抗绝:极绝。中息:中途息声。更装:变调复奏。

⑨⑧ 奄忽:迅疾。晔(yè)然:宏盛。

⑨⑨ 聊虑固护:精心专一。专美擅工:犹言独揽奏笛的美妙。擅,专;工,精妙。

⑩⓪ 漂凌:超过。丝:琴瑟。簧:笙。覆冒:掩蔽。句意为超过和压倒了其他乐器。

⑩① 植持:植立相持。缋缠:绳索缠绕。缋(xuán),绳。佁儗(chìyì):舒缓的样子。

⑩② 管:乐器名。举:奏。金石:钟磬。隆:盛。

⑩③ 无相夺伦:谓音节配合和谐,不失其次序。夺:失。伦:序。八风:八方之风。

⑩④ 五降(jiàng):乐声将止。降,谓音节降低以至停息。

⑩⑤ 阕(què):一曲乐之终。余弦更兴:笛声渐弱复起,如击弦时余声更起。

⑩⑥ "繁手"二句:吹笛时手指按孔,快速繁多,像梳篦的齿一样。累(lěi):屡次,多次。栉(zhì):梳,篦。

⑩⑦ 蹜踧(fúcù):迫蹙的样子。攒仄(cuánzè):攒聚。

⑩⑧ 猥积:堆积,聚积。厥:其,指乐曲。

⑩⑨ 少(shǎo):稍微。怠(dài):松懈。杂弄间奏:交替穿插,奏出各种曲子。

⑪⓪ 易:变易,变换。骇耳:激烈,震耳。摇演:使人心意摇动。句意是:以杂曲变换刚才演奏的激烈之曲。

⑪① 安翔:安详,从容稳重。骀(dài)荡:舒缓荡漾。阐缓:指乐声舒徐和缓。

⑪② 惆怅:因失意而伤感懊恼。怨怼(duì):怨恨,不满。窳圔(yǔyà):指乐声低回。窴赧(tiánnǎn):指乐声悠缓。

⑪③ 聿(yù)皇:轻疾的样子。

⑪④ 若颓复反:乐声好像要倾下来而又返上去。颓,倾倒,崩落;反,通"返"。

⑪⑤ 蚡缊(fēnyùn):纷繁纠结。蟠纡(pányū):盘曲回旋。緸冤(yīn

yuān):动摇的样子。蜿嬗(wǎnshàn):曲屈盘旋的样子。

⑯ 筤笏(mínhù)抑隐:形容吹笛时手指循按笛孔的样子。行入诸变:迅速进行各种声音的变化。

⑰ 绞概汩湟:形容乐声互相缠绕切磨的样子。

⑱ 挼拏捘臧(ruónázùnzāng):形容吹笛时的动作揉引按抑。递相乘遭(zhān):交替转换。遭,转换。

⑲ 反商下徵(zhǐ):变调。每各异善:声无不妙,乐声各有各的美妙。

⑳ 曲引:乐曲。引,乐曲体裁之一,有序曲之意。

㉑ 法:法度。节奏:乐音的高下缓急。

㉒ 句投:即句读(dòu),这里借指乐曲中的休止和停顿之处。

㉓ 簉(zào)弄:小曲,杂曲。

㉔ 虞(yú):意料,料度。怛惕(dátì):忧劳。

㉕ 戚:悲伤。闲居:避人独居。

㉖ “故论”二句:论记笛之义理,合比其形象,形容其声。协,合。

㉗ 彷徨纵肆:徘徊放纵。

㉘ 旷漾敞罔(kuàngyàngchǎngwǎng):宽大幽闲。

㉙ 老庄:老子和庄子,先秦道家代表人物。概:风度,节操。

㉚ 温直扰毅:温和正直,柔顺坚强。

㉛ 孔孟:孔子和孟子,先秦儒家代表人物。方:道。

㉜ 激朗清厉:激切明朗,高洁猛烈。

㉝ 随光:卞随和务光,传说中夏末殷初的隐士。介:孤高耿直。

㉞ 牢剌(là):愤郁不平。拂戾:桀骜不驯。

㉟ 诸贲(bēn):专诸和孟贲,皆为古代勇士。气:勇气。

㊱ 节解句断:节奏明晰,曲度决断。

㊲ 管商:指管仲和商鞅。制:裁断。

㊳ 条决缤纷:条理分决,整理杂乱。缤纷,杂乱。

㊴ 申韩:申不害和韩非,先秦法家代表人物。察:明察。

㊵ 繁缛(rù)络绎:繁密华茂,相续不绝。

㊶ 范蔡:范雎和蔡泽,战国纵横家。说(shuì):说辞。

㊷ 剺栎(lílì):分门别类。铫愲(tiáo huò):节制。

㊸ 析龙:邓析和公孙龙,先秦名家。惠:明惠。

㊹《韶箾(xiāo)》:传说舜时乐名。《南籥(yuè)》:传说周文王时乐舞名。

㊺《白雪》《渌水》:皆为古曲名。

㊻《延露》《巴人》:古代民间歌曲名。

㊼ 尊卑都鄙,贤愚勇惧:谓尊贵者,卑微者,优美者,鄙陋者,以及贤明者,愚蠢者,勇敢者和胆怯者各种人。

㊽ 张耳:张大耳朵。鹿骇:鹿性善惊,闻声逃逸,借喻为惶恐失措之状。

㊾ 熊经:熊攀树而立,其身佝偻,称为“熊经”,喻恐惧之状。鸟伸:鸟因惶恐而起飞伸脚。

㊿ 鸱(chī)视狼顾:鸱鸟举首而视,狼回首而视,皆喻惊恐之状。

(151) 拊噪(fǔzào):鼓掌喧闹。踊跃:躁动奋起。

⑫ 齐:分限。盈:满足。

⑬ 反:同"返"。中和:天地万物和谐的境界。美风俗:使风俗淳美。

⑭ 屈平:屈原,名平字原。适:往。乐国:乐土,快乐的地方。

⑮ 介推:介之推,春秋晋人,曾随晋文公流亡。后晋文公回国,赏赐流亡时的从属,介之推没有得到赏赐,又不愿去说明,于是和母亲一起隐居在绵山里。晋文公为逼他出来,放火烧山,他坚持不出,和母亲同被烧死。受禄:使官。

⑯ 澹台:澹台灭明,春秋武城人,孔子弟子。据《博物志》记载,澹台灭明之子淹死在江中,他的弟子们想要收尸而葬之,他不允许。载尸归:收尸安葬。澹(tán)台,复姓。

⑰ 皋鱼:春秋时人。据《韩诗外传》记载,一次孔子出行,闻哭声甚悲,原来是皋鱼在哭泣。孔子问其何故而哭,皋鱼回答说是因为无以养亲之故,遂立哭而死。节其哭:忍住哭泣,不再哭泣。

⑱ 长万:南宫长万,春秋宋国大夫,弑其君宋闵公。辍(chuò):停止。

⑲ 渠弥:高渠弥,春秋郑人,弑其君郑昭公。恶:作恶。

⑳ 蒯聩(kuì):春秋卫国太子,一次郑卫交战,蒯聩登高见郑师人多,遂生恐惧而自投于车下。退敌:击退敌人。

(161) 不占:陈不占,春秋齐人,听说崔杼弑齐庄公,遂往救庄公,然闻斗战之声而惊死。节鄂:节操忠直而不怯懦。

(162) 保:安定。隐处:隐居之人。林薄:草生丛生之地,借指隐居的地方。

(163) 世:安。宅:居,住所。

(164) 鱏(xún):鲟。喁(yóng):鱼口露出水面。水裔(yī):水边。仰驷马:驷马仰首。舞玄鹤:玄鹤起舞。

(165) 绵驹:春秋齐人,善歌者。吞声:不敢出声。

(166) 伯牙:春秋时人,以精于弹琴而著名。

(167) 瓠(hú)巴:春秋楚人,善鼓瑟。怗(tiē)柱:安柱,不再鼓瑟。

(168) 磬襄:春秋时人,乐师,善奏磬。弛:松开。悬:悬挂钟磬等乐器的架子。

(169) 留视瞠(chēng)眙(chì):张目直视的样子。

(170) 坠席:坐不安席。搏拊(fǔ):拍手。雷抃(biàn):掌声如雷。抃,鼓掌。

(171) 僬(jiāo)眇睢(suī)维:眼睛一开一合的样子。涕:眼泪。洟(yí):鼻液。流漫:遍布。

(172) 通灵:与神灵相通。

(173) 效志:立志。

(174) 率作兴事:率领众人做起美风俗之事。

(175) 溉盥(guàn):洗涤。

(176) 澡雪:洗涤使之洁净。

(177) 庖羲作琴:据《琴操》记载,伏羲氏做琴。庖羲,即伏羲。

(178) 神农造瑟:据《淮南子》记载,神农初做瑟。神农,传说古帝名,又称炎帝。

⑰ 女娲制簧：据《世本》记载，女娲做笙。女娲：传说古帝名。

⑱ 暴辛为埙（xūn）：据《世本》记载，暴辛造埙。暴辛，周平王时诸侯。埙，古乐器。

⑱ 倕（chuí）：黄帝时的巧人，传说他始造钟。和：调和。

⑱ 叔：人名。不详。离磬：理磬。离，通“理”，治理。

⑱ 铄（shuò）金：熔化金属。砻（lóng）：磨。

⑱ 华睆（huàn）：刮平使之华美。切错：切割，打磨。

⑱ 丸挻（shān）：揉和使成丸。挻：揉和。

⑱ 笮（záo）：通“凿”。

⑱ 旷以日月：时间久远。旷，久远。

⑱ 器：乐器。

⑱ 天姿：天然姿质。

⑲ 材：材性。

⑲ 简易之义，贤人之业：谓治理国家应崇尚简易，所以贤人不为繁华，而以俭素为业。

⑲ 六器：指上述琴、瑟、簧、埙、钟、磬等六种乐器。二皇：指庖羲、神农。圣哲：指女娲、暴辛、倕、叔。黈（tǒu）益：增益，增。

⑲ 裨（bì）：增益。

⑲ 忽：忽视，轻视。

⑲ 丘仲：汉武帝时人。《风俗通》记载，笛为丘仲所作。

⑲ 弘妙：大妙。弘，通“宏”。

⑲ “近世”四句：谓羌人伐竹未毕之间，有龙鸣水中，不见其身。羌人旋即截竹吹之，声与龙鸣相似。未及已：没有来得及停止。已：谓龙。

⑲ 剡（yǎn）：削。上孔：吹笛之孔，在上。

⑲ 裁：截。箠（zhuā）：鞭，杖。便易持：方便而易持。

⑳ 易京君明：京房（前77—前33），字君明，东郡顿丘（今河南浚县）人，西汉今文《易》学京氏学的创始人。好音律，推律自定为京氏；因其修《易》，故曰“易京”。

⑳ 四孔加一：笛本四孔，京房又加上一孔。

⑳ 商声五音毕：四孔笛少商声，京房后加之孔为商声，连同原来的四孔一起，使五音毕备。

## 鉴赏

马融（79—166），字季长，扶风茂陵（今陕西兴平东北）人，东汉著名经学家、文学家。安帝时为校书郎中，桓帝时为南郡太守。马融学识渊博，才华出众，广授生徒，弟子常有千数，著名学者卢植、郑玄等皆出其门下。他精通音律，善鼓琴，好吹笛，放达任性，不拘俗儒礼节，在堂上讲学时，悬挂着绛纱帐，前授生徒，后列女乐。马融遍注《诗》《书》《易》《春秋》、三礼、《论语》《老子》《淮南子》《离骚》等典籍，使古文经学达到成熟境地。他的著作有赋、诔、书、记、表、奏、七言、琴歌、对策等21篇,其中《长笛赋》洋洋洒洒近两千言,是汉代一篇著名的咏物大赋。

《长笛赋》在众多的咏物赋作中,其艺术构思独具特色。作品前有序,叙述作赋缘由,提到笛可以奏多种乐曲,能使人“悲而乐之”,为全文内容定下基调。第一段写法颇为奇特,不直接写笛,而间接写竹。首先渲染竹生长在高山绝顶之巅,既有秋水冲刷其根,又有冬雪封压其枝,还经常受到旋风的吹袭,接着描写竹置身于崇山峻岭、嶙峋怪石之中,受山洪冲击,然后描绘在这样的人迹罕到之处,只有鸟兽是竹的伴侣,虽然客观环境如此险恶,但是竹“独聆风于极危”,屹立苍穹,傲然不屈,不但经受住各种考验,而且能“应清风也,纤末奋蒴,铮鐄謍嗃,若絙瑟促柱,号钟高调”,具有音乐的禀赋。最后写这种自然之音的巨大感染力,它使人“雷叹颓息,掐膺擗摽。泣血泫流,交横而下。通旦忘寐,不能自御”。这一段宕开一笔,表面看似无关作品主旨,实际却为后文张目。第二段先写竹的伐取之艰难,一方面照应上文的环境描绘,一方面反映笛来之不易。次写笛制作之精美,既保持竹的本色,又兼有人工巧力。再写演奏笛也需要反复练习和高深的音乐修养。这一段承上启下,照应前后。第三段描写笛的演奏情况及其音乐的丰富多变。这一段是全文的重点,作品不遗余力地描绘渲染,乐音绕梁。第四段赞美长笛奏出的音乐的象征意义和巨大感染力。首先连续使用八个排比句,以音乐分别象征历史上和传说中的著名人物的品德、情操和才能。其次描写音乐不仅使鱼鳖禽兽“拊噪踊跃”,而且能使“人盈所欲”“以美风俗”。接着渲染许多历史人物的反常举动和音乐家歌唱家“失容坠席”,进一步反映音乐可以“通灵感物,写神喻意,致诚效志,率作兴事,溉盥污秽,澡雪垢滓”,起到陶冶性情、净化灵魂的作用。最后指出音乐之所以有这种作用,是因为长笛“上拟法于《韶箾》《南籥》,中取度于《白雪》《渌水》,下采制于《延露》《巴人》”,对各种乐曲都兼容并蓄。第五段在比较长笛和各种乐器后,指出“唯笛因其天姿,不变其材”所以才能奏出美妙悦耳的音乐,并上升到哲理(“简易之义”)、治国(“贤人之业”)和宣扬汉威(“况笛生乎大汉,……可以裨助盛美”)的高度,最后指明长笛的来源和发展。综观全文,作者用华美夸陈的词语,参差错落的句式,浓墨重彩地描绘了长笛的生长环境和制作过程,淋漓尽致地铺叙了长笛的音乐形象及其巨大感染力,言简意赅地赞美了长笛的时代功能。作品由远及近,由浅入深,环环相扣,步步深入,层次清晰,结构严谨,虽长达两千言,却使人不觉其烦。

此赋的审美价值较高,首先表现在它具有哲理美。作品着力描绘长笛前身竹的生长环境险恶异常,而它却经受了种种考验,依然坚贞挺立,“千磨万击仍坚劲,任尔东西南北风”(清·郑板桥)。不仅如此,它还吸取了自然界万物精华,培养了自己的音乐禀赋,为用来制笛创造了条件。在伐竹制笛过程中,又要克服艰险,精心加工。作品形象化地向人们昭示:要想取得任何事业的成功,都不会是一帆风顺的,只有经历千难万险而毫不退缩倒下,并努力去克服不利因素,才能增长聪明才智,培养勇气毅力,达到预期目的。正如孟子所说:“故天将降大任于斯人也,必先苦其心志,劳其筋骨,饿其体肤,空乏其身,行拂乱其所为,所以动心忍性,增益其所不能。”(《孟子·告子下》)同时,马融作为儒家大师,难免以经学入赋。作品由笛的“天姿”和制作简易,联想到“简易之义,贤人之业”,即《易·系辞上》所谓“易则易知,简则易从。……易简而天下之理得矣”和孔子所说的“居敬而行简,以临其民,不亦可乎?”(《论语·雍也》)也就是说贤人治国要崇尚简易,勤俭朴素,爱人济物,对统治者奢侈淫靡、不合礼教的行为进行劝谏,微露讽谕之意。作品在表达这些哲学和政治观点时,并非空泛说教,而是借助于鲜明的形象化的语言,通过由浅入深,由表及里的描绘,自然而然地流露出来,启人思,发人悟。读者掩卷遐思,回味无穷,从中悟出人生的启迪和治国的道理,获得美感享受和满足。其次,作品的审美价值还表现在关于音乐的描写能使人产生丰富的审美联想上。音乐,本来是诉诸听觉的,但由于作者运用了通感,把听觉转化为视觉。所以他能从笛声中,“听”到音乐有时像欢快的流水一样,浩浩洋洋,无边无际;有时又像劲飞的鸿鸟一样,徘徊翱翔,高瞻远瞩;有时又像美丽的羽毛一样,绚丽多姿,引人入胜。作者把不是那么清晰确定的音乐形象,化为可见可知的视觉形象,使人进入一种心醉神迷的艺术境界里,从而得到审美的愉悦。作者还运用审美联想,把音乐和人物的品格情操联系起来。他跨越漫长的时空界限,用类的联想把音乐和历史人物及其品格联系在一起,使读者的脑海里出现相关的纷呈意象,暂时忘却了现实生活中的种种羁绊,在历史世界里纵横驰骋,面对古人流连忘返,获得美感享受和满足。

另外值得一提的是,作品在描写音乐的巨大感染力时,有 12 句五言诗:“屈平适乐国,……士子世其宅。”在叙述长笛的起源和发展时有十句七言诗:“近世双笛从羌起,……是谓商声五音毕。”这些五言诗和七言诗虽然只是附丽于赋而未能独立,并且内容也仅是平直地叙事,语言也缺乏文采和形象,但它们句式整齐,句末协韵,表现出一定的规律性,显然在我国五言诗和七言诗的形成发展过程中起到过积极的作用。

两汉文人绝大多数都致力于辞赋的创作,使之成为汉代文学的代表。辞赋作家之多,数量之丰,令人惊叹。仅据班固《汉书·艺文志》所载,西汉时代的赋就有九百多篇,可以想见东汉的赋肯定不会少于此数。但是现存汉赋仅180篇左右,其中散体大赋只有30篇上下,而马融的《长笛赋》却留传至今,历经岁月的淘洗仍显示出生命的活力,足见其具有相当高的艺术价值。

(刘朝兴)

# 述行赋 并序

蔡 邕

延熹二年秋[①]，霖雨逾月[②]。是时梁冀新诛[③]，而徐璜、左悺等五侯擅权于其处[④]。又起显阳苑于城西[⑤]，人徒冻饿[⑥]、不得其命者甚众[⑦]。白马令李云以直言死[⑧]，鸿胪陈君以救云抵罪[⑨]。璜以余能鼓琴，白朝廷，敕陈留太守发遣余[⑩]。到偃师[⑪]，病不前，得归。心愤此事，遂托所过，述而成赋。

## 注释

① 延熹二年:公元159年。延熹,东汉桓帝年号。

② 霖雨:久雨不止。

③ 梁冀:东汉桓帝梁皇后之兄,扶立桓帝,并以外戚身份执政专权,为所欲为,梁皇后死后,桓帝与宦官谋杀之。

④ 五侯:指参与谋杀梁冀的五个宦官徐璜、左悺、单超、具瑗、唐恒。因同日被封侯,故称。

⑤ 显阳苑:宫苑名。

⑥ 人徒:被役使的百姓。

⑦ 不得其命:不能享受应有的寿命。即冻饿而死。

⑧ 白马令李云:白马县(今河南滑县东北)的县令李云,字行祖,因上书桓帝说五侯当政是"官位错乱,小人谄进"而触怒桓帝,被捕入狱,死于狱中。

⑨ 鸿胪陈君:鸿胪,职官名,掌管赞导相礼等事。陈君即陈蕃。《后汉书·李云传》载:陈蕃因上书桓帝救李云而得罪。

⑩ 陈留:位于今河南开封。守:汉代郡守,相当于后代知府。

⑪ 偃师:今河南洛阳偃师区。

余有行于京洛兮，遘淫雨之经时。涂迍邅其蹇连兮[1]，潦污滞而为灾[2]。乘马蟠而不进兮[3]，心郁伊而愤思[4]。聊弘虑以存古兮[5]，宣幽情而属词[6]。

夕余宿于大梁兮[7]，诮无忌之称神[8]。哀晋鄙之无辜兮[9]，忿朱亥之篡军。历中牟之旧城兮[10]，憎佛肸之不臣[11]。问宁越之裔胄兮[12]，藐仿佛而无闻[13]。

经圃田而瞰北境兮[14]，悟卫康之封疆[15]。迄管邑而增感叹兮[16]，愠叔氏之启商[17]。过汉祖之所隘兮[18]，吊纪信于荥阳[19]。

降虎牢之曲阴兮[20]，路丘墟以盘萦[21]。勤诸侯之远戍兮[22]，侈申子之美城。稔涛涂之愎恶兮，陷夫人以大名。登长坂以凌高兮[23]，陟葱山之峣崝[24]。建抚体而立洪高兮[25]，经万世不倾。回峭峻以降阻兮[26]，小阜寥其异形[27]。冈岑纡以连属兮，溪壑夐其杳冥[28]。迫嵯峨以乖邪兮[29]，廓岩壑以峥嵘。攒棫朴而杂榛楛兮[30]，被浣濯而罗生。布蘴葖与台菌兮[31]，缘增崖而结茎[32]。行游目以南望兮，览太室之威灵[33]。顾大河于北垠兮，瞰洛汭之始并。追刘定之攸仪兮，美伯禹之所营[34]。悼太康之失位兮，愍五子之歌声[35]。

## 注释

① 涂：通“途”。迍邅（zhūnzhān）、蹇连：迂曲难行之意。

② 潦（lào）：大水。污：积水。

③ 蟠：盘桓不进。

④ 郁伊：即抑郁，心情不畅。

⑤ 弘虑：扩大思绪。存古：存想古昔。

⑥ 属（zhù）词：作文。

⑦ 大梁：战国时魏国都城，在今河南开封。

⑧ 无忌：战国时魏国公子，号信陵君，以养士出名。称神：被推崇。

⑨ 晋鄙：《史记·信陵君列传》：秦军围赵，信陵君欲救赵，但魏将晋鄙惧秦不肯进兵。侯嬴乃向信陵君荐朱亥椎杀晋鄙，并夺其军救赵。

⑩ 中牟：汉县名，在今河南中牟。

⑪ 佛肸(bìxī):春秋时晋大夫赵简子的家臣,曾为中牟邑宰,后据中牟以叛赵氏。

⑫ 宁越:战国时中牟人,刻苦好学,别人说他30年可以学成,他只15年即学成,成为周威王师傅。裔胄:后代。

⑬ 藐:遥远。

⑭ 圃田:古代薮泽名,遗址在今河南中牟。据《左传》记载,圃田之北是卫康叔的封地。

⑮ 卫康:卫国君康叔,周武王同母弟,名封。卫国的始封君。

⑯ 管邑:又称管城,在今河南郑州附近,为周武王胞弟管叔封地。

⑰ 愠:怒。叔氏:指管叔和蔡叔。启商:武王灭商后,封纣子武庚为诸侯,并令管蔡安抚商之遗民。武王死后,管蔡引导武庚反周。

⑱ 隘:困厄。

⑲ 吊纪信于荥阳:汉高祖刘邦被困于荥阳,将领纪信扮成刘邦降项羽,刘邦溃围而出,纪信被项羽烧死。荥阳:故城在今河南荥阳东南。

⑳ 虎牢,古城邑名,位于古荥阳附近。

㉑ 盘萦:盘桓不前。

㉒ "勤诸侯"以下四句:事见《左传》僖公三年、四年、七年记载。侈,大。稔,通"谂",念。愎恶:刚愎不仁,令人憎恶。夫人:那个人。

㉓ 长坂:崎岖难行的山路。

㉔ 葱山:山名,在今河南巩义东。峣崝:山高之貌。

㉕ 抚:通"橅",大。洪高:大而高。

㉖ 阻:险。

㉗ 寥:空阔。

㉘ 敻(xiòng):深远。

㉙ 乖邪:指溪谷改变形状。

㉚ 攒棫(yù)朴:山林丛生,比喻人才之盛。棫:柞木。朴,山木名。榛楛(hù):山木名。

㉛ 蘬(wěi):蘬冬,植物名。菼(tǎn):即荻。台:通"苔"。莔(méng):贝母。

㉜ 增:通"层"。

㉝ 太室:即太室山,代指嵩山。

㉞ 刘定:刘定公,春秋时周大夫。他曾说过赞美大禹治水功劳的话,见《左传·昭公元年》。

㉟ 太康:传说太康为禹之孙,喜欢游猎,长久不归,政事败坏,以致丧国。其弟五人在洛汭作歌,以示戒劝。《尚书》有《五子之歌》篇。

寻修轨以增举兮[①],邈悠悠之未央。山风汩以飙涌兮[②],气懆懆而厉凉[③]。云郁术而四塞兮[④],雨濛濛而渐唐[⑤]。仆夫疲而劬瘁兮[⑥],我马虺隤以玄黄[⑦]。格莽丘而税驾兮[⑧],阴曀曀而不阳[⑨]。

哀衰周之多故兮,眺濒隈而增感[⑩],忿子带之淫逸兮，啬襄王于坛坎。悲宠嬖之为梗兮，心恻怆而怀惨[11]。

操方舟而泝湍流兮[12]，浮清波以横厉。想宓妃之灵光兮[13]，神幽隐以潜翳[14]。实熊耳之泉液兮[15]，总伊瀍与涧濑[16]。通渠源于京城兮，引职贡乎荒裔[17]。操吴榜其万艘兮，充王府而纳最[18]。济西溪而容与兮[19]，息巩都而后逝[20]。愍简公之失师兮[21]，疾子朝之为害。

玄云暗以凝结兮，集零雨之溱溱[22]。路阻败而无轨兮，涂泞溺而难遵。率陵阿以登降兮，赴偃师而释勤[23]。壮田横之奉首兮[24]，义二士之侠坟。伫淹留以候霁兮，感忧心之殷殷。并日夜而遥思兮，宵不寐以极晨。候风云之体势兮，天牢湍而无文[25]。弥信宿而后阕兮[26]，思逶迤而东运。见阳光之颢颢兮，怀少弭而有欣[27]。

## 注释

① 修轨：长远的路途。增举：越走越高。
② 汩：风势迅疾。飙：狂风骤起。
③ 懆（cǎo）懆：义同“惨惨”，愁惨。厉凉：深凉。
④ 郁术：郁结。
⑤ 渐唐：淋湿了道路。唐：通“塘”，堤。
⑥ 劬（qú）瘁：极度疲劳。
⑦ 虺隤（huītuí）、玄黄：马积劳成疾。
⑧ 格：至。莽丘：杂草丛生的高地。税驾：解下驾车的马匹。
⑨ 曀（yì）曀：阴暗。不阳：没有阳光。
⑩ 濒隈：水边。
⑪ 子带四句：事见《左传》僖公二十四年记载。坛坎：即坎埳，在今河南巩义境内。梗：祸患。恻怆：悲伤。
⑫ 方舟：两舟相并。
⑬ 宓（fú）妃：洛水女神。灵光：光彩。
⑭ 幽隐、潜翳：不露面。
⑮ 实：收纳。熊耳：山名，在今洛阳西南。
⑯ 总：汇集。伊、瀍、涧：皆水名。濑：急流。
⑰ 荒裔：边远的地方。
⑱ 纳最：上贡。最，聚。
⑲ 容与：从容徘徊。
⑳ 巩都：周卿士巩简公的封邑。
㉑ “愍简公”二句：事见《左传》昭公二十二年记载。
㉒ 溱溱：形容雨下得很大。
㉓ 释勤：解除疲劳。

㉔“田横”二句：据《史记·田儋列传》载：汉高祖刘邦灭齐，齐王田横逃入海岛。高祖召之，田横不得已与二客奉诏前往洛阳。未至，自杀。命二客捧首级见高祖，高祖礼葬田横后，二客亦自杀。

㉕牢湍：天阴得纹丝不动，雨下得如急流一般。无文：无缝。

㉖信宿：两夜。阕：停止。

㉗少弭（mǐ）：愁思少解。

命仆夫其就驾兮，吾将往乎京邑。皇家赫而天居兮[1]，万方徂而星集[2]。贵宠扇以弥炽兮[3]，佥守利而不戢[4]。前车覆而未远兮，后乘驱而竞及。穷巧变于台榭兮，民露处而寝湿。消嘉谷于禽兽兮，下糠粃而无粒。弘宽裕于便辟兮，纠忠谏其骎急[5]。怀伊吕而黜逐兮，道无因而获入[6]。唐虞眇其既远兮，常俗生于积习；周道鞠为茂草兮[7]，哀正路之日涩[8]。

观风化之得失兮，犹纷挐其多违[9]。无亮采以匡世兮[10]，亦何为乎此畿？甘衡门以宁神兮[11]，咏《都人》而思归[12]。爰结踪而回轨兮[13]，复邦族以自绥[14]。

乱曰：跋涉遐路，艰以阻兮。终其永怀[15]，窘阴雨兮。历观群都，寻前绪兮。考之旧闻，厥事举兮[16]。登高斯赋，义有取兮[17]。则善戒恶，岂云苟兮。翩翩独征，无俦与兮[18]。言旋言复，我心胥兮[19]。

## 注释

①赫：显赫，兴盛。

②徂：往。

③扇：如火被扇。

④佥：皆。戢：停止。

⑤“纠忠谏”句：意谓对忠谏者纠察越来越急。

⑥“怀伊吕”二句：意谓纵有伊尹、吕望之德才，也必被黜逐，无从进言。

⑦鞠：穷。

⑧涩：行不通。

⑨纷挐：杂乱。违：违失，错误。

⑩亮采：谓辅相朝廷的事业。

⑪衡门：横木为门，即卑陋的门庭。

⑫《都人》：《诗经·小雅·都人士》。

⑬ 结踪：踪迹相连。
⑭ 自绥：自己回故里安居。绥：安居。
⑮ 永怀：深长的叹息。
⑯ 举：举例。
⑰“登高”二句：意谓写此赋有所寄托。
⑱ 俦与：同伴。
⑲ 心胥：心宽。

## 鉴赏

本赋选自《蔡中郎集》，作者蔡邕（133—192），字伯喈，东汉陈留（今河南杞县）人。年少博学，尤精天文历数音乐，善鼓琴，雅好词章；精文字学，曾订正六经文字，并自写经文刻石（后人称为熹平石经），是东汉有名的文学家和书法家。他初辟桥玄府，出任河平长。稍迁至郎中，校书东观，迁为议郎。因弹劾宦官和权贵而被流放朔方。遇赦归，五原太守设宴饯别，邕不为礼。太守是宦官之弟，又于朝廷陷害他。他被迫“亡命江海，远迹吴会”，12年后才得归。献帝时董卓专政，使任祭酒，迁侍中、左中郎将，封高阳乡侯。及卓被诛，王允收付廷尉，死于狱中。蔡邕擅长辞赋，所作颇有个性，且多短篇，如《青衣》《汉津》《短人》《弹棋》《笔》等，即使最长的《述行赋》也不足千言。冗长的大赋发展到蔡邕时，终被抒情小赋取而代之，他对魏晋南北朝小赋的繁荣是有贡献的。

《述行赋》是一篇纪行赋，它叙写了作者受宦官征召从陈留到洛阳途中的见闻和感受，借古人古事，凭吊缅怀，抚今追昔，逐行逐述，激烈地抨击了统治者的骄奢淫逸及其残酷统治，表达了自己对民瘼的深切同情。

赋前序文部分叙述了写作此赋的缘由和历史背景，具有历史文献价值。它采用叙述方法，语言朴实，平易中见深情，给读者留下深刻印象，为阅读理解全文提供了条件。

赋文部分分缘起、正文和结尾三个部分，完整地表达了作者的思想感情。

赋文第一小节为缘起部分，内容与序文相表里。它交代作者有事赴京洛，遇久雨不停。由于路途艰难，不敢前进。大水郁积成为灾难，所乘马也盘桓不前。这既是写实，也是对当时政治的影射。逐行逐述，借古讽今，是本赋的突出特点。

赋文第二至第八自然节为第一大段。作者采用“引类譬喻”的手法，自冒雨赴洛一路写起凭吊古迹，感伤汉末乱世，抒发忧愤之情。是赋文的主体部分。作者每到一处，就凭吊古迹，联系历史人物，运用一字逗的形式表达自己的感情，行文整齐，文笔洗练，有较强的感染力。“降虎牢之曲阴兮”以下一段，行文有所变化。作者对自己履足之地进行细致描绘，使人如临其境。“寻修轨以增举兮”以下一段，由描写地势转而描绘天气。作者在愁云惨淡、风雨交加、道路泥泞之中艰难地跋涉。这种描写，既是对当时政治气候的生动隐喻，也是政治腐败的东汉末年，正直之人“行路难”的哀叹。由于行路艰难，作者又回想起多动乱变故的周朝末年，眺望而增加感伤。西周末年，使作者感触愤恨的事是王子带淫逆乱政。王子带与襄后私通，又图谋夺取王位，在作者看来，这种乱臣贼子与阴类隗氏、宦官及外戚梁冀之类是一样的坏东西，因而对他们的作梗表示悲哀、恻怆和凄惨。这种感情的抒发也是直接的，不加任何掩饰。在这里，作者将神话与现实、升平与战乱对比叙写，使行文更加活泼和生动。以上，赋文真实、生动地记录和描写了作者从陈留到偃师沿途的所见古迹、所怀古人、所遇景物和天气。他一面低徊往迹，陈古刺今，一面写景抒情，伤时念乱。两条线交织错综，文笔严谨而起伏，含蓄地表达了他对腐败现实的强烈不满。

第九、十自然节为第二大段，采用对比的手法，写想象中京城的情况。他痛恨权奸当道，生民无依，感到京城不可久留，决定回归。这里，作者感情升华到一个新高度。天晴了，他命仆夫驾车去京洛。但他想到京城里皇家显赫如在天上，如众星拱月为万方所归之地。他们不顾前车之覆，继续穷奢极欲，而对民众疾苦毫不放在心上。作者丧失信心，认识到纵有伊尹、吕望那样的贤才也会被黜逐，无从进言。唐尧之世已远去不会再现，世俗积习也难以挽回。周代的典章制度全遭破坏，正道已难以行通。这是作者心中不平的宣泄，是他发自内心的呼喊。作为封建士大夫这是难能可贵的。所以，鲁迅先生称蔡邕“也是一个有血性的人”。风化得失，纷乱多违，自己又“无亮采以匡世”，因此他只好决定离开京城、回家安居了。

曲终为结尾部分，作者以总结性的语言高度概括他旅途的艰难及其所见所想，表明写赋目的是“则善戒恶”，与开头呼应，使全文成为一个有机整体。

（刘　锋　梁宗奎）

# 青衣赋①

蔡邕

金生沙砾，珠出蚌泥。叹兹窈窕，产于卑微[2]。盼倩淑丽，皓齿蛾眉[3]。玄发光润，领如螬蛴[4]。修长冉冉，硕人其颀[5]。绮袖丹裳，蹑蹈丝扉[6]。盘跚蹴蹀，坐起昂低[7]。和畅善笑，动扬朱唇[8]。都冶武媚，卓砾多姿[9]。精慧小心，趋事如飞[10]。中馈裁割，莫能双追[11]。关雎之洁[12]，不陷邪非。察其所履，世之鲜希[13]。宜作夫人，为众女师。伊何尔命[14]，在此贱微。

代无樊姬，楚庄晋妃[15]。感昔郑季，平阳是私[16]。故因锡国，历尔邦畿[17]。虽得嬿婉，舒写情怀[18]。寒雪缤纷[19]，充庭盈阶。兼裳累镇，展转倒颓[20]。昒昕将曙[21]，鸡鸣相催。饬驾趣严，将舍尔乖[22]。

蒙冒蒙冒，思不可排[23]。停停沟侧，嗷嗷青衣[24]。我思远逝，尔思来追[25]。明月昭昭，当我户扉[26]。条风狎猎，吹予床帷[27]。河上逍遥，徙倚庭阶[28]。南瞻井柳，仰察斗机[29]。非彼牛女，隔于河维[30]。思尔念尔，惄焉且饥[31]。

## 注释

① 青衣：卑贱者之服，因称婢女为青衣。

② 窈窕：《诗经·周南·关雎》："窈窕淑女。"因以窈窕代指淑女。产：出生。

③ 盼倩(qiàn)：《诗经·卫风·硕人》："巧笑倩兮，美目盼兮。"倩：笑靥美好的样子。盼：眼睛黑白分明之貌。淑丽：美好。蛾眉：形容女子眉毛如蚕蛾触须之美。

④ 玄发:黑发。螬蛴:金龟子的幼虫。此虫洁白丰满而长,故古时用以形容妇女项颈之美。

⑤ 冉冉:柔和之貌。硕人:美人。颀:修长。

⑥ 绮袖丹裳:华美的衣,红色的裙。袖,别本作"绣",均指衣。蹑蹈:此指脚上穿着。丝屝(fèi):丝鞋。

⑦ 盘跚:行走缓慢摇摆之貌。蹴蹀(dié):即"躞蹀",行走。昂低:高下。

⑧ "和畅"二句:此二句失韵,当有误。

⑨ 都雅:闲雅。武媚:即妩媚,姿态美好。卓砾:卓绝出众。

⑩ 趋事如飞:言做事迅速。

⑪ 中馈:烹治饮食,主持饮食之事。裁割:裁制切割。莫能双追:言无人能赶上,即举世无双之意。

⑫ 关雎:水鸟名,又名王雎,相传雄雌有定偶,故用以比喻妇女的坚贞。《诗经·周南·关雎》:"关关雎鸠,在河之洲。"这里形容这青衣之女有关雎之贞洁。

⑬ 所履:所作所为。履,践。鲜(xiǎn)希:稀少。鲜,少。

⑭ 伊:语助词。

⑮ 代:世,系唐人避讳改。樊姬:春秋时楚庄王夫人。樊姬谏止楚庄王狩猎,并激楚相虞丘子使进孙叔敖。楚庄王以敖为令尹,三年而霸。事见《列女传》。楚庄:楚庄王,春秋时楚国国君,春秋五霸之一。晋妃:指樊姬。樊姬,樊人,姬姓。樊,亦名阳樊,周畿内邑,在今河南济源东南。鲁僖公二十五年,晋文公协助周襄王平定王子带之乱,周襄王将阳樊赐给晋文公,樊又属晋,故又称樊姬为晋妃。

⑯ 郑季:汉武帝时大将军卫青的生父。平阳:指曹参曾孙平阳侯曹寿。曹寿娶汉武帝之姊阳信长公主为妻,称平阳公主。私:私通。《史记·卫将军骠骑将军列传》载:"大将军卫青者平阳人也。其父郑季,为吏,给事平阳侯家,与侯妾卫媪通,生青。"

⑰ 锡国:赐国。卫青以讨伐匈奴军功封长平侯。历:经历,经过。尔:指青衣。邦畿:谓地区。

⑱ 嫵婉:欢好之貌。舒写:抒发。写:宣泄,排除。

⑲ 缤纷:盛丽。

⑳ 裳:疑当作"衾"。镇:压。展转:翻覆不定。倒颓:犹言倒颠,翻来覆去。

㉑ 昒昕(húxīn):拂晓,天将明未明之时。曙:天亮。

㉒ 饬(chì)驾:整驾,准备车驾。饬:整治。趣(cù)严:赶紧准备好。趣,迅速。乖:乖违,背离。这二句说,赶紧准备好车子,我将舍你而离别。

㉓ 蒙冒:昏暗昏昧。排:除去。这二句说,我神志昏昧,思念之情不可排除。

㉔ 停停:一次次地停下来。噭(jiào)噭:悲哭声。

㉕ 追:随,谓相随。

㉖ 昭昭:光明。扉:门扇。

㉗ 条风:东风,春风。狎猎:重接层叠之貌,这里形容风不断吹拂。帷:帷帐。

㉘ 河上:河畔,河边。逍遥:犹彷徨,往来不定。徙倚:流连徘徊。

㉙ 井柳:井宿、柳宿,二十八宿中的两宿,属东方朱鸟七宿。斗机:北斗星。机,借作玑,北斗第三星。

㉚ 牛女:指牵牛、织女星。河:银河。维:隅。

㉛ 惄(nì):忧思。

## 鉴赏

这篇赋写的是蔡邕与一个婢女的一段私生活。赋首先描写了青衣的姿容和心灵的美。作者将这位“产于卑微”的婢女描绘成为一个“精妙世无双”的美女和幽闲静贞的淑女,赞扬她“宜作夫人,为众女师”,同情其“伊何尔命,在此贱微”。孔子曾说:“唯女子与小人为难养也,近之则不逊,远之则怨。”(《论语·阳货》)但是这位既是小人又是女子的青衣,在蔡邕笔下却是多么丽艳可爱。这种描写与孔夫子的说法是大相径庭的。第二段,作者叙述了与青衣的一次幽会。作者说他与青衣的这次幽会,是与历史上郑季与平阳公主的婢妾卫媪的私会是一样的。作者敢于将他与婢女的这种关系写进作品中来,在当时那种等级森严、门第不同如隔鸿沟的社会里,是十分大胆的。最后,作者描写了他们别后的相思之情。作者写青衣是“停停沟侧,嗷嗷青衣”,写自己是“条风狎猎,吹予床帷”,双方别后都在互相思念着。作者埋怨说,他们不是牵牛织女星,却像牵牛织女星一样,隔在天河两岸,不得相见,从而使他的思念之情,如同饥饿般不可忍耐,生动地表达了作者对青衣的深厚感情。

这篇作品,将一位身为婢妾的青衣的容貌与心灵都描写得十分美好,将自己与她之间的感情也写得非常真挚。一个封建士大夫能这么来描写一个奴婢,这跟封建等级观念与封建礼法是根本不相容的。所以这篇赋写出不久,就有一个叫张超的人写了一篇《诮青衣赋》来加以批评,说什么“彼何人斯,悦此艳姿。丽辞美誉,雅句斐斐。文则可嘉,志卑意微。凤兮凤兮,何德之衰”,还讲了一篇不可亲近婢妾的大道理,说什么“生女为妾,生男为虏”“臧获之类,盖不足数”。张超对这篇赋的挞伐,更证明了蔡邕是一个敢于打破陈规的有血性的人,是一个比较有进步思想的人。鲁迅先生曾说:“例如蔡邕,选家大抵只选他的碑文,使读者仅觉得他是典重文章的作手，必须看见《蔡中郎集》里《述行赋》（也见于《续古文苑》），那些‘穷工巧于台榭兮，民露处而寝湿，委嘉谷于禽兽兮，下糠粃而无粒’的句子，才明白他并非单单的老学究，也是一个有血性的人，明白那时的情形，明白他确有取死之道。”（《且介亭文二集·题未定草（六）》）同样，我们只有读了《青衣赋》，才能明白蔡邕是一个思想很开放的人，并不是像《后汉书·蔡邕传》里所写的连鸿都门学的那些“能为文赋者”与“为尺牍及工书鸟篆者”也看不惯的迂夫子。

当然，这种描写爱情的作品在这个时期产生也有其一定的历史背景。描写男女爱情及其相思离别之苦的作品，在民间文学中曾大批涌现。《诗经·国风》及汉乐府民歌里爱情诗就特别多。因为“礼不下庶人”，民间作者受礼教的束缚相对来说要小得多。而士大夫阶级则受“男女授受不亲”，“男女有别，国之大节也”一类男女之大防观念的束缚很深，因此，文人创作里就很少出现描写爱情的作品。即使有一点，如宋玉《高唐赋》《神女赋》，司马相如《美人赋》之类，其写作目的也不是歌颂爱情，而是“假设其事，风谏淫惑也”（《文选·高唐赋》李善注）。但随着东汉帝国统治基础的动摇，到东汉末年，儒家礼教的束缚也逐渐削弱，爱情的主题也就逐渐进入文人创作的殿堂。张衡就作有《同声歌》《定情赋》（残），《古诗十九首》里也有不少爱情诗。蔡邕正是在这股时代风气的影响下，创作了一些颂扬爱情的作品，如《检逸赋》《协和婚赋》，《青衣赋》只是其描写爱情的赋作之一。不过，像《青衣赋》这种打破门第观念与阶级界限的爱情作品，在当时，在后世，都是为数不多的，它之所以受到张超的讥诮也是毫不足怪的，而这正是这篇赋反封建礼教的历史价值之所在。

（叶幼明）

# 刺世嫉邪赋

赵　壹

伊五帝之不同礼，三王亦又不同乐[①]。数极自然变化，非是故相反驳[②]。德政不能救世溷乱，赏罚岂足惩时清浊[③]？春秋时祸败之始，战国愈复增其荼毒[④]。秦汉无以相逾越，乃更加其怨酷[⑤]。宁计生民之命，唯利己而自足[⑥]。

于兹迄今，情伪万方[⑦]。佞谄日炽，刚克消亡[⑧]。舐痔结驷，正色徒行[⑨]。妪媽名势，抚拍豪强[⑩]。偃蹇反俗，立致咎殃[⑪]。捷慑逐物，日富月昌[⑫]。浑然同惑，孰温孰凉[⑬]？邪夫显进，直士幽藏[⑭]。

原斯瘼之攸兴，实执政之匪贤[⑮]。女谒掩其视听兮，近习秉其威权[⑯]。所好则钻皮出其毛羽，所恶则洗垢求其瘢痕[⑰]。虽欲竭诚而尽忠，路绝险而靡缘[⑱]。九重既不可启，又群吠之狺狺[⑲]。安危亡于旦夕，肆嗜欲于目前[⑳]。奚异涉海之失柂，积薪而待燃[㉑]。荣纳由于闪揄，孰知辨其蚩妍[㉒]。故法禁屈挠于势族，恩泽不逮于单门[㉓]。宁饥寒于尧舜之荒岁兮，不饱暖于当今之丰年[㉔]。乘理虽死而非亡，违义虽生而匪存[㉕]。

有秦客者，乃为诗曰[㉖]：河清不可俟，人命不可延[㉗]。顺风激靡草，富贵者称贤[㉘]。文籍虽满腹，不如一囊钱[㉙]。伊优北堂上，抗脏倚门边[㉚]。鲁生闻此辞，系而作歌曰[31]：势家多所宜，咳唾自成珠[32]。被褐怀金玉，兰蕙化为刍[33]。贤者虽独悟，所困在群愚[34]。且各守尔分，勿复空驰驱[35]。哀哉复哀哉，此是命矣夫！

## 注释

① 伊：发语词。五帝：《史记》以黄帝、颛顼、帝喾、唐尧、虞舜为五帝。三王：指夏商周的开国君主夏禹、商汤、周文王。礼乐：指治理国家的典章制度。

② 数：指社会与自然发展的气数、定数。极：极点，极限。故：故意，有意识地。反驳：互相排斥。

③ 溷（hùn）乱：浊乱。岂足：怎能够。惩：惩治。

④ 时：同"是"。愈复：又更加。荼毒：毒害。

⑤ 逾越：超过。怨酷：指人民的怨恨和政治的残酷。

⑥ 宁计：哪里考虑。生民：人民。自足：满足自己的欲望。

⑦ 于兹迄今：从春秋到现在。兹：此，指春秋。情伪：人情的伪诈，社会的弊病。万方：多种多样，形形色色。

⑧ 佞：伪善逢迎的人。谄：拍马阿谀的人。炽：盛，强。刚克：刚强正直的人。

⑨ 舐（shì）：舔。痔：痔疮。驷（sì）：四匹马拉的车子。结驷：马车一辆接一辆。舐痔结驷，语出《庄子·列御寇》。正色：严正耿直的人。徒行：徒步行走。

⑩ 妪媀（yǔqǔ）：弯腰曲背，这里指卑躬屈膝的样子。名势：有名有势的人。抚拍：指巴结讨好、拍马逢迎。豪强：指豪门贵族。

⑪ 偃蹇（yǎnjiǎn）：高傲。致：招致，遭受到。咎殃：罪过和灾难。

⑫ 捷慑：同"踕蹑"，小心谨慎、碎步急走的样子。逐物：追逐财货（或权势）。

⑬ 浑然：是非不明的样子。同惑：彼此都糊里糊涂。孰：谁。温、凉：指是非、好坏。

⑭ 邪夫：奸邪的人。显进：显贵高升，飞黄腾达。直士：正直的人。幽藏：隐居潜藏，默默无闻。

⑮ 原：追究原因，用作动词。斯：此。瘼（mò）：病。攸（yōu）兴：所以产生的原因。执政：把持政权的统治者。匪贤：不是贤德之人。匪，通"非"。

⑯ 女谒（yè）：皇帝宠爱的宫女和宦官。近习：皇帝亲近的人。秉：掌握，把持。

⑰ 所好（hào）：所喜欢的人。所恶（wù）：所厌恶的人。钻皮出其毛羽：千方百计地找优点。洗垢求其瘢痕：吹毛求疵。瘢（bān）：疮疤。

⑱ 竭诚：竭尽诚意。崄：同“险”。靡缘：没有机会。

⑲ 九重：九重天，这里指朝廷、皇帝。启：开。狺（yín）狺：狗叫声。群吠狺狺，指皇帝周围的一些猖狂的坏人，专门造谣诬陷好人。

⑳ 安：安然对待。肆：放纵。嗜欲：贪欲。

㉑ 涉海失舵、积薪待燃：皆喻情势的危险和紧急。奚异，与……有什么不同？柂（duò），同“舵”。薪，柴草。

㉒ 荣纳：受宠幸，被采纳。闪揄（shū）：佞邪谄谀。蚩妍：丑美，指好坏、善恶。

㉓ 法禁：法律禁令。屈挠：屈服，阻挠。势族：豪强贵族。逮：及，到。单门：无权无势的寒门。

㉔ 宁：宁愿。荒岁：荒年。尧舜：指政治清明的时代。

㉕ 乘理：坚持真理。违义：违背正义。匪存：不存在，不活着。

㉖ 秦客：与下文鲁生，都是作者假托的人物。

㉗ 俟（sì）：等待。延：长。古人传说：黄河清，圣人出；黄河清，天下平。因传说黄河五百年一清，所以说“不可俟”。

㉘ 激：疾吹。靡草：细弱小草。此句是说很多人顺风倒伏，没有骨气。称贤：被称为贤人。

㉙ 文籍：文章书籍，指学问。囊：口袋。

㉚ 伊优：阿谀献媚者。北堂：面南的厅堂，富贵者所居。抗脏：高亢刚直的人。

㉛ 系：接着。

㉜ 多所宜：一切都是适宜的。“咳唾”句：连咳痰和吐唾沫都成为珍珠了。

㉝ 被（pī）：穿着。褐（hè）：粗布衣。金玉：比喻才德。语出《老子》：“圣人被褐而怀玉。”兰蕙：香草。刍：野草。

㉞ 独悟：独自清醒。困：围困。

㉟ 且：姑且，暂且。尔：你，你们。分（fèn）：本分，职分。复：再。驰驱：为功名利禄而奔波。

## 鉴赏

赵壹，字元叔，东汉汉阳郡西县（今甘肃天水西南）人，约生活于汉桓帝、灵帝年间，《后汉书》有传。

东汉末年，社会黑暗，政治腐朽。外戚宦官互相倾轧，专权跋扈，几乎是轮番地控制着王朝政权。一些权门豪强也逞虐不法，大肆进行土地兼并，欺压人民。安帝、顺帝时政治的败迹已经四露，桓帝、灵帝时腐烂衰败已更加不可收拾。桓帝时，宦官集团大肆掠夺社会财富，迫害朝廷忠良；灵帝时，又大兴党狱，无数正直之士横遭灾祸。致使社会矛盾激烈，农村田园荒芜，生产凋敝，人民转徙流离，生活涂炭，只有相继起义暴动，在饥饿死亡线上挣扎。而朝廷却公然卖官鬻爵,贿赂成风,贪官污吏到处皆是。于是,社会道德风尚日益败坏,是非不分、邪正颠倒的现象也极为严重。东汉王朝已到了穷途末路的地步。

赵壹出身寒门,恃才高傲,耿介不群,狂放不羁,不趋炎附势于豪门贵族,看不惯黑暗庸俗的社会现实,所以屡遭权奸豪强的嫉恨和陷害,亦不为乡党世俗所容纳,因而几乎因“犯罪”而致死,多赖友人的营救才得幸免。他曾做过郡吏,灵帝时举郡上计吏入京师,为司徒袁逢、河南尹羊陟赏识和器重,一时名动京城。后来,郡州多次推举、官府屡次征诏他入京做官,他都拒不接受,表现了他对污浊社会、腐朽政治的厌恶和誓死不与之同流合污的反抗精神。他的著述遗留下来的不多,《全上古三代秦汉三国六朝文》收录有文三篇,赋四篇,其中以《刺世嫉邪赋》最负盛名。

所谓“刺世”,就是讥刺世道的黑暗腐朽;所谓“嫉邪”,就是憎恨社会的混乱邪恶。以前的辞赋写作,虽然不乏对社会现实的讽刺和揭露,但大都愤懑多于抨击,哀伤多于揭露,或委婉陈词,或含蓄暗示,或借物寓意,或感慨天命,特别两汉的事类大赋,竟然发展到了“劝百讽一”的地步。赵壹的这篇赋却一反过去辞赋写作的不良积习,而以最激烈、最犀利、最尖锐的语言,对准黑暗的社会现实和腐朽的统治阶级,进行了直接的、严厉的、深刻的揭露、鞭挞、嘲讽和诅咒,表现了对黑暗、邪恶现实的高度鄙视和坚决的反抗态度,这在辞赋发展史中还是破天荒的第一次。因而受到了历代人民的喜爱和传诵。

此赋第一段先写春秋以来政治的黑暗和混乱。接着,笔触急转,把描述的重点很自然地引入到后代来。第二段,再写春秋以来的社会风气的败坏和邪恶。在封建统治下,“情伪万方”,是非不分、黑白颠倒、逢迎巴结、谗媚奸佞之徒“日富月昌”;嫉邪反俗、刚强耿直的人,却“立致咎殃”。作者排列了一系列是非颠倒的现象,极尽揭露、鞭挞和嘲讽之能事,把那个时代小人得志、正人受辱的社会病态暴露了出来,真是针砭时弊,入木三分,让读者既感到痛心疾首,又感到痛快淋漓。屈原、宋玉、贾谊等人,都用过这种手法揭露社会的黑暗和腐败,但相比之下,赵壹说得却更为干脆和直接!第三段,追述造成这种混乱和黑暗的根本原因,把笔触直接刺向了最高统治者。最后一段,借秦客为诗、鲁生作歌,再进一步抒发自己对社会现实的感慨。其中,秦客的诗,表现了对黑暗现实的绝望,对贤愚倒置的不满和对卖官鬻爵制度下知识分子处境的愤懑与不平。鲁生的歌,也对黑白混淆、是非不分的社会现实提出了抗议。这都是前文思想内容的复述和强调,作者所以一再假托和引用,一方面是沿袭了一般辞赋写作中“乱曰”“讯曰”“歌曰”的惯例,用以结束全文,另一方面也是用来表达自己愤懑不已、欲休不止的强烈感情。应该指出的是,作者说的是“春秋以来”“于兹迄今”,似乎从古到今一起骂尽,实际句句所指的都是东汉末年的现实。我们稍稍读些有关史料的事实记载,这篇赋作的针对性、战斗性,就更使人一望而知了。

激烈、尖锐、深刻,直言不讳,是这篇赋文写作上的最大特点。它变两汉辞赋的板滞为疏朗,变臃肿为简明,变艰涩为通俗,变委婉为率直,虽使用了不少夸张、排比、铺叙的词语和句式,但由于作者是在毫无畏忌地直抒胸臆,因而使全赋呈现出了一种刚劲、质朴、流畅的文风,并不时闪烁出尖利、轻蔑的火花。这些,在两汉辞赋的写作中,是非常具有特色的,因而在辞赋发展中,也就产生了一定的作用和影响。

(霍旭东)

# 章华台赋[1]并序

边 让

楚灵王既游云梦之泽[2]，息于荆台之上[3]。前方淮之水，左洞庭之波[4]，右顾彭蠡之隩，南眺巫山之阿[5]。延目广望，骋观终日。顾谓左史倚相曰："盛哉斯乐，可以遗老而忘死也[6]！"于是遂作章华之台，筑干溪之室[7]。穷木土之枝，单珍府之实[8]。举国营之，数年乃成。设长夜之淫宴，作《北里》之新声[9]。于是伍举知夫陈蔡之将生谋也，乃作斯赋以讽之[10]：

胄高阳之苗胤兮，承圣祖之洪泽[11]。建列藩于南楚兮，等威灵于二伯。超有商之大彭兮，越隆周之两虢[12]。达皇佐之高勋兮，驰仁声之显赫[13]。惠风春施，神武电断[14]。华夏肃清，五服攸乱[15]。旦垂精于万机兮，夕回辇于门馆[16]。设长夜之欢饮兮，展中情之燕婉[17]。竭四海之妙珍兮，尽生人之秘玩[18]。

尔乃携窈窕，从好仇，径肉林，登糟丘[19]。兰肴山竦，椒酒渊流[20]。激玄醴于清池兮，靡微风而行舟[21]。登瑶台以回望兮，冀弥日而消忧[22]。于是招宓妃，命湘娥，齐倡列，郑女罗[23]。扬《激楚》之清宫兮[24]，展新声而长歌。繁手超于《北里》，妙舞丽于《阳阿》[25]。金石类聚，丝竹群分[26]。被轻袿，曳华文[27]。罗衣飘飖，组绮缤纷[28]。纵轻躯以迅赴，若孤鹄之失群[29]。振华袂以逶迤[30]，若游龙之登云。于是欢嬿既洽[31]，长夜向半。琴瑟易调，繁手改弹。清声发而响激，微音逝而流散。振弱支而纡绕兮[32]，若绿繁之垂干。忽飘飖以轻视兮，似鸾飞于天汉[33]。舞无常态，鼓无定节。寻声响应，修短靡跌[34]。长袖奋而生风，清气激而绕结[35]。尔乃妍媚递进，巧弄相加[36]。俯仰异容，忽兮神化。体迅轻鸿，荣曜春华[37]。进如浮云，退如激波。虽复柳惠，能不咨嗟[38]！于是天河既回[39]，淫乐未终。清篇发徵[40]，《激楚》扬风。于是音气发于丝竹兮，飞响轶于云中。比目应节而双跃兮，孤雌感声而鸣雄[41]。美繁手之轻妙兮，嘉新声之弥隆[42]。于是众变已尽，群乐既考[43]。归乎生风之广夏兮，修黄轩之要道[44]。携西子之弱腕兮，援毛嫔之素肘[45]。形便娟以婵媛兮，若流风之靡草[46]。美仪操之姣丽兮，忽遗生而忘老。

尔乃清夜晨，妙技单，收尊俎，彻鼓盘[47]。惘焉若酲，抚剑而叹[48]。虑理国之须才，悟稼穑之艰难。美吕尚之佐周，善管仲之辅桓[49]。将超世而作理，焉沉湎于此欢[50]！于是罢女乐，堕瑶台[51]。思夏禹之卑宫，慕有虞之土阶[52]。举英奇于仄陋，拔髦秀于蓬莱[53]。君明哲以知人，官随任而处能[54]。百揆时叙，庶绩咸熙[55]。诸侯慕义，不召同期。继高阳之绝轨，崇成、庄之洪基[56]。虽齐桓之一匡，岂足方于大持[57]。尔乃育之以仁，临之以明。致虔报于鬼神，尽肃恭于上京[58]。驰淳化于黎元，永历世而太平[59]。

## 注释

① 章华台:楚离宫名,楚灵王所建,在今湖北潜江。

② 楚灵王:名围,春秋楚国君主(前540—前529在位)。云梦:见前傅毅《舞赋》注。

③ 荆台:台名,在今湖北监利北。

④ 方淮:大淮。淮水为古四渎之一,今称淮河。洞庭:湖名,在今湖南北部,为我国第二大淡水湖。

⑤ 彭蠡:古泽名,隋以后因它接鄱阳山,故又名鄱阳湖。隩(ào):水涯深曲处。巫山:在今四川湖北两省边境。阿(ē):山边。

⑥ 遗老:忘记年老。左史:史官名。周代史官分左史和右史,左史记言,右史记事。春秋时晋楚两国都设有左史。倚相:人名,楚国的左史。

⑦ 干溪:春秋楚地名,在今安徽亳州东南。

⑧ 单:通"殚",竭尽。句意为用遍了土木建筑的技术,竭尽了府库的收藏。

⑨《北里》:古舞曲名。据《史记·殷本纪》记:殷纣王使师涓作新淫声,《北里》之舞,靡靡之乐。

⑩ 伍举:春秋楚大夫名。陈蔡:春秋时两小国。事见《史记·楚世家》。

⑪ 胄:古帝王贵族的后代。这里指楚灵王。高阳:古帝颛顼的称号。传说颛顼帝玄孙陆终氏季连的后裔曾事周文王。他的曾孙熊绎,周成王时被封于楚。苗胤:后代子孙。圣祖:指颛顼。洪泽:洪大的德泽。

⑫ 二伯:指春秋时的齐桓公、晋文公。威灵:威力。等:相同。大彭:即彭祖。两虢(guó):指周分封的两个姬姓诸侯国西虢(今陕西宝鸡)与东虢(今河南荥阳),为周文王弟虢仲、虢叔的封地。

⑬ 皇佐:指鬻熊。他曾佐助周文王。显赫:盛大显著。

⑭"惠风"二句:是说楚灵王承先世仁惠之风,如春光普施;神武威棱,如电雷般敢于断决。

⑮ 华夏:中国。五服:古代王畿外围,每五百里为一区划,按距离远近分为五等地带,叫五服。攸:语助词。乱:治理。

⑯ 万机:指繁多的国家事务。门馆:指宫掖,皇宫中的旁舍。

⑰ 燕婉:安闲和顺之貌。

⑱ 秘玩:稀奇的玩赏品。

⑲ 窈窕(yǎotiǎo):容貌美好之貌。代指美女。好仇:佳偶。肉林:悬肉为林。语出《史记·殷本纪》:纣在沙丘"以酒为池,悬肉为林,使男女裸相逐其间,为长夜之饮"。糟丘:由酿酒所余的糟滓堆积成的山。

⑳ 兰肴:芳香的菜肴。竦:通"耸"。椒酒:以椒浸制的酒浆。

㉑ 玄醴(lǐ):指水。靡:没有。

㉒ 瑶台:雕饰华丽,结构精巧的楼台。

弥日:终日。

㉓ 宓(fú)妃:传说中伏羲氏之女,溺死洛水,遂为洛水之神。湘娥:传说唐尧的女儿娥皇、女英嫁给虞舜,虞舜南巡而死,二妃成为湘水之神。宓妃、湘娥,这里均指楚灵王的嫔妃。

㉔《激楚》:见前傅毅《舞赋》注。

㉕ 繁手:同"烦手"。指弹奏乐器的一种复杂手法。这里指舞曲内容的复杂多变。《阳阿(ē)》:见前傅毅《舞赋》注。

㉖ 金石:钟磬之类的乐器。丝竹:指弦乐器和竹制管乐器。

㉗ 曳(yè)华文:拖着美观而有文采的下裳。

㉘ 飘飖:飘荡。组绮(qǐ):华美而有花纹的丝带子。缤纷:繁多而交错飘动。

㉙ 鹄:见前傅毅《舞赋》注。

㉚ 逶迤(wēiyí):斜行,曲折前进。

㉛ 欢嬿:欢宴。

㉜ 弱支:柔美的肢体。纡(yū)绕:回旋。

㉝ 天汉:即银河。

㉞ 靡跌:没有差误。

㉟ 清气激而绕结:意谓歌声激发,萦绕缠结。

㊱ 递进:按次序交替前进。巧弄:灵巧的表演。

㊲ 荣曜春华:颜色的美丽,胜于春天的花朵。华,同"花"。

㊳ 柳惠:柳下惠。春秋鲁大夫。传说柳下惠夜宿郭门,遇到一个没有住处的女子。他怕她受冷,就用自己的衣服把她裹在怀里,坐了一夜,没有发生淫乱行为。见《荀子·大略》。此处意为,就连坐怀不乱的柳下惠,面对这么美的女子,也不能不发出赞叹。

㊴ 天河既回:指夜已很深。

㊵ 籥(yuè):古管乐器。如笛,六孔。徵(zhǐ):古代音阶中的第四个音级。

㊶ 轶:超越。比目:比目鱼,一名鲽(dié)。孤雌:失去配偶的雌鸟。

㊷ 弥隆:更加丰富多彩。

㊸ 考:终,结束。

㊹ 广夏:即广厦,大屋。生风之广夏,语出《说苑·善说》。修黄轩之要道:指行房中之事。《后汉书·边让传》此句注:"黄帝轩辕氏得房中之术于玄女,握固吸气,还精补脑,可以长生。"

㊺ 西子:春秋越国美女西施的别称。毛嫔:即毛嫱,古美女名。

㊻ 便娟:轻盈美丽的样子。婵媛(chányuán):气急而喘之貌。靡草:一种枝叶靡细的草。这二句意谓娇弱的女子在楚灵王的牵持下,气急而喘,其行态宛若随风飘动的靡草。

㊼ 尊俎:盛酒和盛肉的器皿。鼓盘:即盘鼓。见前傅毅《舞赋》注。

㊽ 惘(wǎng)焉:失意之貌。酲(chéng):酒醒后所感觉的困惫如病的状态。抚剑:按剑。

㊾ 吕尚:姜子牙,西周初年辅佐武王伐

纣有功,封于齐,是齐国的始祖。管仲:名夷吾,春秋初期政治家,被齐桓公任命为卿。他在齐进行改革,帮助齐桓公以"尊王攘夷"相号召,使之成为春秋时第一个霸主。

㊿ 超世:超出当世。理:治理。沉湎:犹沉溺。

51 堕(huī):毁坏。

52 卑宫:低屋。有虞:舜的姓氏,指舜。土阶:以土为阶。

53 仄陋:卑微的地位。髦秀:俊秀。蓬莱:蓬蒿草莱之间,低贱者所居之地。

54 能:指有能力的人。

55 百揆时叙:语出《书·尧典》,犹言百官承顺。庶绩咸熙:这是《书·尧典》的原句,犹言诸事振兴。

56 绝轨:已经中断的行迹。成、庄:指春秋楚君主成王、庄王。洪基:宏伟的基业。

57 一匡:全部纳入正规。匡,正。齐桓公"一匡天下",语出《论语·宪问》。方:比拟。大持:指楚灵王。持,主持。

58 "致虔"二句:意为以虔敬的祭祀致告于天地,以极其恭敬庄重的态度尊事周王朝。

59 淳化:敦厚的教化。黎元:黎民。

## 鉴赏

边让(?—208 左右),字文礼,陈留浚仪(旧城在今河南开封西北)人,少辩博,能属文。汉灵帝中平中,大将军何进闻其才名,征为令史。后屡迁,出为九江太守。献帝初平中去官还家。建安中,恃才气,不屈曹操,多轻侮之言。曹操令地方官将他就地处死。他的诗文多遗失,只存《章华台赋》,是其未仕时所作。

章华台为春秋时楚灵王所建。据《国语·楚语上》记:楚灵王建此台"举国留之,数年乃成",使"国民疲焉,财用尽焉,年谷败焉,百官烦焉"。章华台建成后,灵王问伍举:"台美夫?"伍举即乘机进谏。但荒淫、奢侈而极其暴虐的楚灵王并没有改过自新。边让从《国语》所记伍举谏楚灵王一事受到启发,虚构伍举作赋以讽楚灵王,并在赋的最后以楚灵王切实改过作结。这显然是针对昏庸荒淫的汉灵帝而发,在当时有一定的讽谕意义。

全赋可分三部分:第一部分开头 12 句颂扬楚灵王继承老祖宗颛顼的德泽,作为南楚的君主,对拥戴周室起到极其重要的作用。他仁声显赫,神武无比,使华夏肃清。后六句写楚灵王白天"垂精于万机",晚上回宫中尽情地寻欢作乐。言外之意:这无非是人之常情而已。第二部分铺陈楚灵王长夜淫乐。第三部分叙写楚灵王在次日清晨“惘焉若醒，抚剑而叹”。他想到“理国之须才”，“稼穑之艰难”，不该“沉湎于此欢”。从此切实改过，把楚国治理成为理想之邦。这是赋的结束。

范晔在《后汉书·边让传》中说《章华台赋》“虽多淫丽之辞，而终之以正，亦如相如之讽也”。他看出《章华台赋》托古喻今，为东汉末期的帝王提供鉴戒。但边让在赋中对声色之乐是带着赞赏的态度而加以酣畅淋漓的描写的，对楚灵王的悔悟和归正，只在最后作了一些叙述。这就如同司马相如的《子虚》《上林》那样“劝百而讽一”（扬雄语。见《汉书》卷五十七《司马相如传赞》），实际起不了多少讽谕作用。边让在赋中虽然还有意识地用了“径肉林”“登糟丘”等词句，寓有揭露帝王荒淫的意思；但就全篇看，他对楚灵王却作了不切实际的颂扬。这就不能不使这篇赋的思想价值受到一定程度的损害。

范晔从思想内容上肯定《章华台赋》的“终之以正”而指摘它“多淫丽之辞”。我们从文学鉴赏的角度看，正好与他相反。文学作品是以形象感人的。《章华台赋》的末尾部分全属超形象地进行说教，而“淫丽之辞”最多的第二部分则正是形象性最强，最有艺术感染力的所在。这部分分三个层次，它们紧密衔接而又不显得重复，这是经过精心构思的。在这部分中，作者驰骋联想，多方取喻，形象地显示了音乐歌舞场景。此赋文辞简洁流畅，注意用韵，无汉赋堆砌词藻之弊，读来朗朗上口，艺术性较强。

（方永耀）

# 鹦鹉赋并序

祢衡

时黄祖太子射宾客大会[①]，有献鹦鹉者，举酒于衡前曰："祢处士[②]，今日无用娱宾[③]。窃以此鸟自远而至，明慧聪善[④]，羽族之可贵[⑤]。愿先生为之赋，使四坐咸共荣观[⑥]，不亦可乎？"衡因为赋，笔不停缀[⑦]，文不加点[⑧]。其辞曰：

**注释**

① 黄祖：东汉末年原为江夏（今湖北武汉地区）太守，在当时割据形势下，亦不听调遣，俨然为一方君主，故称其子为太子。太子：指黄祖的长子黄射（yì），与祢衡最为友善，是时为章陵太守。

② 处士：有才名而无官职的人。

③ 无用：无以，没有什么……。

④ 明惠聪善：聪明善良。

⑤ 羽族：鸟类。

⑥ 荣观：荣幸欣赏。

⑦ 缀：连缀，指写文章。

⑧ 文不加点：形容文思敏捷，一挥而就。

惟西域之灵鸟兮，挺自然之奇姿[①]。体金精之妙质兮[②]，合火德之明辉[③]。性辩慧而能言兮[④]，才聪明以识机[⑤]。故其嬉游高峻，栖跱幽深，飞不妄集，翔必择林[⑥]。绀趾丹觜[⑦]，绿衣翠衿[⑧]。采采丽容[⑨]，咬咬好音[⑩]。虽同族于羽毛，固殊智而异心。配鸾皇而等美，焉比德于众禽[⑪]？

**注释**

① 惟:发语词。西域:泛指我国西部地区。传说鹦鹉产于西部的陇山,故冠以“西域”。灵鸟:鹦鹉能仿人言,故名。挺:突现。

② 体:犹言“以……为体”。金精:古人认为西方属金,主白色。因鹦鹉的羽毛有白色,所以称为金精。

③ 合:配合。火德:古人认为南方属火,主赤色。因鹦鹉的嘴是红色的,所以称为火德。

④ 性:天姿。

⑤ 识机:知道事情变化的枢纽,即有预见的智慧。

⑥ 安集:随便停息。

⑦ 绀(gàn):青而带红的颜色。觜:同“嘴”。

⑧ 绿衣翠衿(jīn):指鹦鹉有翠绿色的羽毛。

⑨ 采采:盛装之貌。

⑩ 咬(jiāo)咬:象声词,指鹦鹉的叫声。

⑪ 配:匹。鸾皇:鸾鸟和凤凰。

于是羡芳声之远畅,伟灵表之可嘉[1]。命虞人于陇坻[2],诏伯益于流沙[3]。跨昆仑而播弋[4],冠云霓而张罗[5]。虽纲维之备设,终一目之所加。且其容止闲暇[6],守植安停[7];逼之不惧,抚之不惊[8];宁顺从以远害[9],不违忤以丧生[10]。故献全者受赏,而伤肌者被刑[11]。

**注释**

① 伟:形容词意动用法,意思是认为灵表是壮美的。灵表:美好的外表。

② 虞人:古代掌握山泽禽兽的官吏。陇坻(dǐ):山名,即今甘肃的陇山。传说为产鹦鹉之地。

③ 伯益:传说古代掌管山泽的官。相传由于他善于畜牧和狩猎,舜任命他为虞人。

④ 播弋(yì):设置一种射鸟的器具。弋:古代系有细绳的箭,用于射鸟。

⑤ 冠云霓:在云彩和霓虹之上,形容置身极高处。

⑥ 容止:仪容举止。

⑦ 守植:守志,怀抱着志向。安停:

安定。

⑧ 逼之不惧,抚之不惊:形容鹦鹉的闲暇安定。逼:迫,近。

⑨ 远害:避害。

⑩ 违忤:违背,违逆。

⑪ 全:指被捕获的鹦鹉完好无损。

尔乃归穷委命[1],离群丧侣;闭以雕笼,翦其翅羽[2];流飘万里[3],崎岖重阻;逾岷越障[4],载罹寒暑[5]。女辞家以适人[6],臣出身而事主[7]。彼贤哲之逢患[8],犹栖迟以羁旅[9]。矧禽鸟之微物[10],能驯扰以安处[11]?眷西路而长怀[12],望故乡而延伫。忖陋体之腥臊[13],亦何劳于鼎俎?

## 注释

① 尔乃:于是。归穷委命:归于困境而听任命运摆布,无可奈何。

② 翦:同“剪”。

③ 流飘:迁徙漂流。

④ 岷:岷山。在今四川和甘肃交界的地方。障:山名,在今甘肃西部。

⑤ 载:发语词。罹:遭逢。

⑥ 适人:嫁人。

⑦ 出身:献身,指出任。

⑧ 贤哲:贤圣明哲之人。

⑨ 栖迟:游玩休憩。

⑩ 矧(shěn):何况。

⑪ 能:能不。驯扰:驯服,驯顺。安处:安于居处,指接受人的驯养。

⑫ 眷:怀念。

⑬ 陋体:鄙陋之体。腥臊:指味道不鲜美。

嗟禄命之衰薄[1],奚遭时之险巇[2]?岂言语以阶乱[3],将不密以致危[4]?痛母子之永隔,哀伉俪之生离[5]。匪余年之足惜[6],慜众雏之无知[7]。背蛮夷之下国[8],侍君子之光仪[9]。惧名实之不副[10],耻才能之无奇。羡西都之沃壤[11],识苦乐之异宜[12]。怀代越之悠思[13],故每言而称斯[14]。

## 注释

① 嗟:感叹。禄命衰薄:犹命苦福薄。
② 奚:疑问词,同“何”。险巇(xī):险恶艰难。
③ 阶乱:祸乱之阶。孔子曰:“乱之所生也,则言语以为阶。”
④ 将:抑或,还是。
⑤ 伉俪(kànglì):夫妇。
⑥ 匪:非。
⑦ 愍(mǐn):怜悯。
⑧ 背:离开。蛮夷:古代对中原国土以外的少数民族的鄙称。下国:小国。
⑨ 君子:对鹦鹉主人的尊称。光仪:光彩和仪表。
⑩ 不副:不相称。
⑪ 西都:指长安。
⑫ 异宜:各有所宜。
⑬ 代:古郡名,在今河北西部、山西北部,以产马著称。越:即南越,今广东广西一带地区,盛产鸟。代马越鸟,皆有不忘故乡之意。
⑭ 斯:此。指怀念中的故乡。

若乃少昊司辰[①],蓐收整辔。严霜初降,凉风萧瑟。长吟远慕[②],哀鸣感类[③]。音声凄以激扬[④],容貌惨以憔悴[⑤]。闻之者悲伤,见之者陨泪[⑥]。放臣为之屡叹[⑦],弃妻为之歔欷[⑧]。

## 注释

① 若乃:于是。少昊(hào)、蓐(rǔ)收:古代传说中主宰秋季第一个月的父子二神。《礼记·月令》:“孟秋之月……其帝少昊,其神蓐收。”司辰:掌管节令。
② 远慕:思念远土。
③ 感类:想念同类。
④ 音声:声音。激扬:激越清扬。
⑤ 憔悴:瘦弱萎靡的样子。
⑥ 陨泪:落泪。
⑦ 放臣:被贬逐的臣子。
⑧ 弃妻:弃妇。歔欷(xū xī):抽泣。

感平生之游处[①],若埙篪之相须[②],何今日之两绝[③],若胡越之异区[④]?顺笼槛以俯仰[⑤],窥户牖以踟踌；想昆山之高岳[6]，思邓林之扶疏[7]。顾六翮之残毁[8]，虽奋迅其焉如[9]？心怀归而弗果[10]，徒怨毒于一隅[11]。苟竭心于所事[12]，敢背惠而忘初[13]？托轻鄙之微命，委陋贱之薄躯。期守死以报德[14]，甘尽辞以效愚[15]；恃隆恩于既往，庶弥久而不渝[16]。

## 注释

① 游处：同游共处的伴侣。

② 埙篪（xūn chí）：两种乐器名。埙：古代一种用陶土烧制的乐器。篪：古时一种用竹管制成的乐器。埙篪相和，表示兄弟和睦相处。

③ 两绝：应为“雨绝”。以雨从云天降落，与云天隔绝，比喻人与人之间的生离死别，再无重逢的希望。

④ 胡：指北方边远之地。

⑤ 笼槛：鸟笼栅栏。

⑥ 昆山：昆仑山的简称。

⑦ 邓林：古代神话传说中夸父追日遗下的手杖，化为邓林。见《山海经·海外北经》。扶疏：树叶茂盛纷披。

⑧ 顾：回看自身。六翮（hé）：翅膀。翮：鸟羽的茎。

⑨ 奋迅：奋飞。焉如：何往，能到哪里去。

⑩ 弗果：未果，未能如愿。

⑪ 怨毒：怨恨。

⑫ 苟：只得，唯有。所事：所侍奉的主人。

⑬ 敢：岂敢。背惠：背恩。忘初：忘掉捕捉者初时加于鹦鹉的恩惠，指捕捉者未伤及它的一根羽毛。

⑭ 期：必，表示决心。

⑮ 尽辞效愚：言无不尽地贡献自己的愚诚。

⑯ 庶：大概。渝：改变。

## 鉴赏

祢衡（173—198），字正平，平原般（今山东临邑）人。为人能言善辩，且刚直不阿，好恃才犯上，常蔑视权贵，为名流所痛恨。献帝兴平中避难荆州，建安初来游许昌。与孔融友善，孔融深爱其才，多次称述于曹操，曹操欲见他，而衡却称狂病不肯前往，并出言不逊。曹操听说衡善于击鼓，于是召为鼓吏，想借大会宾客之机羞辱衡，结果反被衡所羞辱。衡在曹前更衣，裸身而立，毫无愧色。后又坐于曹营大门，以杖捶地大骂。曹操大怒,想杀他,但又慑于衡为名士,不敢亲自加害,于是便用借刀杀人之计,派人将衡押送刘表处。一开始,刘表非常器重他,但后因不能容忍衡的侮慢,袭用曹操之计,将衡送于性情残暴的手下大将江夏太守黄祖处。开始黄祖尚能以礼遇之,其子黄射尤善于衡。但最终还是触怒了黄祖,被祖杀害。死时年仅26岁。

祢衡不仅是一位有骨气的文人,而且还是东汉末年著名辞赋家。原有集二卷,可惜已佚,仅存《鲁夫子碑》《颜子碑》《鹦鹉赋》及《吊张衡文》。他的赋笔墨酣畅,如行云流水,同时又悲凉刚烈如同其人。《鹦鹉赋》为其代表作。

鹦鹉以其羽毛艳丽,叫声婉转而备受人们的青睐。千百年来,悠闲者养鹦鹉,作画者画鹦鹉,文人骚客赋鹦鹉,但大多是把鹦鹉当作一种观赏之物去养、去画、去赋的。祢衡的赋鹦鹉与众不同,是把鹦鹉当作自己去赋的。据《后汉书·文苑传》《鹦鹉赋》赋前小序等记载,祢衡在黄祖处,与其子黄射友善,过往甚密。一次,黄射大会宾客,有人进献鹦鹉,射嘱其作赋。与鹦鹉相同的遭遇,祢衡触发了灵感,文思潮涌,笔不停辍,文不加点,挥洒成篇。全赋通篇以鹦鹉自况,托物言志。借写鹦鹉的不幸遭遇及其忧伤的心境,形象地表达了作者生不逢时、寄人篱下、委曲求全的痛苦心情,曲折地控诉了反动统治者设置陷阱、残害贤才的卑劣行径,巧妙地展示了自己愤世嫉俗,不肯同世俗小人同流合污的高贵品质。由于鹦鹉的形象和作者的形象达到了水乳交融的境地,所以情真意切,感人肺腑,真可谓是赋作之上品。

全赋可以分六段。

第一段说鹦鹉的与众不同,是其傲岸自负、清高不群品格的自然流露,也是作者形象的自画。由于所赋之物鹦鹉就在面前,所以作者不枝不蔓,直陈鹦鹉不凡的外表。这是作者超世脱俗不肯和腐朽势力同流合污高贵品质的形象化体现。然后作者进一步调整色彩,描绘鹦鹉艳丽的容姿。“绀、丹、绿、翠”四种颜色相搭配,色彩斑斓;再加之以“咬咬”好音,使鹦鹉的形象更臻完美。最后水到渠成,画龙点睛,一气呵出此段的赋眼:“虽同族于羽毛,固殊智而异心。配鸾皇而等美,焉比德于众禽?”将鹦鹉的形象推向了更高的境界。气势磅礴,读之若金石之声,非大手笔难及于此。

第二段写鹦鹉因不同凡响的外表和举止所招致的不幸遭遇,是对容不得才志之士的黑暗社会和腐朽政治的揭露和控诉,同时也反映了作者面对强暴,不卑不亢,但又束手无策,只能委曲求全的心迹。

第三段写鹦鹉被捕后的遭遇及忧伤的心情。先是缠绵悱恻,最后大声疾呼。寄人篱下的苦楚、失去自由的悲哀、对故乡的思恋以及对反动统治者的愤恨,无不跃然纸上。

第四段写寄人篱下、思念故乡、思念亲人的痛苦心情,委婉地表达了作者追求美好理想、不肯同腐朽势力同流合污的高尚情操。

思念故乡,思念亲人,且在政治上又不得志,因而他的心情是极为痛苦的。因此,第五段继续以鹦鹉自况,写寄人篱下的痛苦心情,哀怨凄切、悲凉断肠,读之往往使人悲之而盈泪,怜之而歔欷,不能卒读而生出无限的悲哀和同情来。

第六段借对鹦鹉心理状态的描写,表达了作者对美好政治和幸福生活的向往,以及理想破灭后的极其怨恨的心情,最后表达了作者只好委曲求全的态度,是言不由衷的敷衍。严酷的现实触动了作者的化身——鹦鹉对过去的回忆。

综上所述,《鹦鹉赋》的最大特点首先是托物言志,通篇以鹦鹉的形象自况,并达到了水乳交融的艺术境地。感情真挚,无半点矫揉和造作。其次是文章流畅,起承转合,水到渠成,一泻千里。表现了作者非凡的艺术天才。《鹦鹉赋》是辞赋宝库中的一块瑰宝,祢衡则无疑在辞赋史上占有一席之地。

(许建章)

# 登楼赋

王粲

登兹楼以四望兮[1]，聊暇日以销忧[2]。览斯宇之所处兮[3]，实显敞而寡仇[4]。挟清漳之通浦兮[5]，倚曲沮之长洲[6]，背坟衍之广陆兮[7]，临皋隰之沃流[8]。北弥陶牧[9]，西接昭丘[10]，华实蔽野[11]，黍稷盈畴[12]。虽信美而非吾土兮[13]，曾何足以少留[14]？

遭纷浊而迁逝兮[15]，漫逾纪以迄今[16]。情眷眷而怀归兮[17]，孰忧思之可任[18]！凭轩槛以遥望兮[19]，向北风而开襟[20]。平原远而极目兮[21]，蔽荆山之高岑[22]。路逶迤而修迥兮[23]，川既漾而济深[24]。悲旧乡之壅隔兮[25]，涕横坠而弗禁[26]。昔尼父之在陈兮，有归欤之叹音[27]。钟仪幽而楚奏兮[28]，庄舄显而越吟[29]。人情同于怀土兮[30]，岂穷达而异心[31]？

惟日月之逾迈兮[32]，俟河清其未极[33]。冀王道之一平兮[34]，假高衢而骋力[35]。惧匏瓜之徒悬兮[36]，畏井渫之莫食[37]。步栖迟以徙倚兮[38]，白日忽其将匿[39]。风萧瑟而并兴兮[40]，天惨惨而无色[41]。兽狂顾以求群兮[42]，鸟相鸣而举翼[43]。原野阒其无人兮[44]，征夫行而未息[45]。心凄怆以感发兮[46]，意忉怛而憯恻[47]。循阶除而下降兮[48]，气交愤于胸臆[49]。夜参半而不寐兮[50]，怅盘桓以反侧[51]。

## 注释

① 兹楼:此楼。此处指湖北当阳城楼。
② 聊:暂且。暇日:假借此日。暇,通“假”,借。
③ 览:观看。斯宇:此楼。所处:指所处的地理位置。
④ 显敞:明亮宽敞。寡仇(qiú):无比。寡,少;仇,匹敌。
⑤ 挟(xié):带。漳:漳水。发源于湖北南漳西南,东南流经当阳,与沮水会合,又东南经江陵而流入长江。漳水清澈,故称清漳。浦:大水的支流与别的河流相通处。
⑥ 倚:靠。沮(jū):沮水。发源于湖北省保康西南,经江陵西境流入长江。沮水弯曲,故称曲沮。长洲:水中长形的陆地。
⑦ 背:背对着。坟:地势高起。衍:地势广平。
⑧ 临:面对着。皋:水边高地。隰(xí):低下的湿地。沃流:可供灌溉的河流。沃,灌溉。
⑨ 弥:终。陶牧:指陶朱公范蠡的坟墓所在的郊野。陶,指陶朱公范蠡。牧,指郊野。
⑩ 昭丘:楚昭王的坟墓。楚昭王墓在当阳东南。
⑪ 华实:花和果实。蔽野:遮蔽原野。
⑫ 黍:黄米。稷(jì):谷子。盈:满。畴:田地。
⑬ 信:确实。土:指故乡。
⑭ 曾:语气助词。少留:稍稍逗留。
⑮ 遭:遭遇。纷浊:纷乱污浊。此指长安战乱。迁逝:迁移流亡。此指避乱荆州。
⑯ 漫:长远的样子。逾:超过。纪:十二年为一纪。迄:至。
⑰ 眷眷:怀恋的样子。怀:思。
⑱ 孰:谁。任:承受。
⑲ 凭:倚,靠。轩槛:指栏杆。
⑳ 向:面对着。
㉑ 极目:极尽目力远望。
㉒ 荆山:在今湖北南漳西北。岑(cén):小而高的山。
㉓ 逶迤(wēiyí):曲折的样子。修:长。迥(jiǒng):远。
㉔ 漾(yàng):长。济:指渡口。
㉕ 旧乡:故乡。壅隔:阻塞隔绝。
㉖ 涕:眼泪。坠:落。弗禁:不止。
㉗ “昔尼父(fǔ)”二句:昔日孔子周游列国,被困在陈国,发出“归欤”的叹息。尼父,即孔子。孔子死后鲁哀公谥他为尼父。归:回家。欤:语气助词。
㉘ “钟仪”句:楚人钟仪在晋国被囚禁,弹奏的仍是楚国的乐曲。钟仪:春秋时楚国的乐官。幽:囚禁。
㉙ 庄舄(xì):战国时越国人庄舄在楚国做了大官,病中低唱的依然是越国歌曲。显:指身居显要之职。越吟:用越国乡音吟咏。
㉚ 怀土:怀念故乡。
㉛ 穷:指仕途困顿。达:指仕途显达。

异心:心情不一样。

㉜ 惟:思。日月:指光阴。逾迈:流逝。

㉝ 俟(sì):等待。河清:黄河水清。比喻天下太平。《左传·襄公八年》:"俟河之清,人寿几何?"相传黄河五百年清一次,是不可等待的事。未极:没有尽头。极,至。

㉞ 冀:希望。王道:王政,指朝廷的政治局面。一:统一。平:平定。

㉟ 假:凭借。高衢(qú):大路。骋(chěng)力:发挥能力。骋,尽量施展,发挥。

㊱ "惧匏瓜"句:我担心自己像匏瓜那样悬挂着,不为世所用。匏(páo)瓜:葫芦。徒:白白地。

㊲ "畏井渫(xiè)"句:我担心自己像淘治过的井水,没有人食用。《周易·井卦》:"井渫不食,为我心恻。"井渫:淘干净了的井水。

㊳ 步:行走。栖迟:游息。徙(xǐ)倚:徘徊。

㊴ 匿(nì):隐藏。

㊵ 萧瑟:风声。兴:起。

㊶ 惨惨:暗淡的样子。无色:分不清什么颜色,指天黑。

㊷ 狂顾:慌乱地张望。求群:寻找同类。

㊸ 翼:翅膀。

㊹ 阒(qù):寂静。

㊺ 征夫:行人。

㊻ 凄怆:悲伤。感发:感触。

㊼ 忉怛(dāodá):忧劳。憯(cǎn)恻:凄伤。

㊽ 循:沿着。阶除:阶梯。

㊾ 交:交加,交结。愤:愤懑。胸臆:胸怀。

㊿ 夜参半:直到半夜。参,至。

51 怅:惆怅。盘桓:徘徊。反侧:翻来复去,指不能入睡。

## 鉴赏

王粲(177—217),字仲宣,山阳高平(今山东邹城)人。"建安七子"之一。他14岁时,就受到当时著名学者蔡邕的赏识,蔡邕当着满座宾客,称他"有异才",说自己不如他。17岁时,他因战乱避难荆州,依附刘表,历时15年,不被重用。后归曹操,任丞相掾,赐爵关内侯,官至侍中。王粲擅长诗赋,在"建安七子"中,文学成就最高。刘勰称他为"七子之冠冕"(《文心雕龙·才略》篇)。有《王粲集》。

王粲的辞赋今存26篇(包括残句),其中最有代表性的是《昭明文选》收录的《登楼赋》。

《登楼赋》作于荆州。赋中说:"遭纷浊而迁逝兮,漫逾纪以迄今。"古时以12年为一纪。王粲于初平三年(192年),与王凯、士孙萌等离长安往荆州避乱,依附刘表,到登楼作赋时已超过12年,则此赋当作于建安十年(205年)至十三年(208年)间。王粲所登之楼在何处呢?《昭明文选》卷十一《登楼赋》李善注引盛弘之《荆州记》云:“当阳县城楼,王仲宣登而作赋。”这是说楼在当阳。六臣注《文选》刘良注云:“仲宣避难荆州,依刘表,遂登江陵城楼,因怀归而有此作,述其进退危惧之状。”这是说楼在江陵。现在有的研究者根据《水经注》卷三十二“沮水”云:“沮水又东南径驴城西,磨城东,又南径麦城西……又南径楚昭王墓,东对麦城,故王仲宣之赋登楼云:‘西接昭丘’是也。”又“漳水”云:“漳水又南径当阳县,又南径麦城东,王仲宣登其东南隅,临漳水而赋之曰:‘夹(挟)清漳之通浦(兮),倚曲沮之长洲’是也。”确定王粲所登之楼为麦城城楼,也有根据。稽之史籍,建安十三年,刘琮投降曹操,王粲随曹操进军江陵,于当阳长坂击破刘备,途经麦城,登楼作赋是有可能的。但是,仔细玩味此赋所表达的思想感情,我们感到确定此赋写于王粲劝刘琮降曹之后,与理不合。按王粲归曹之后,即辟为丞相掾,并赐爵关内侯,不应对曹操如此不满,似以李善说为是。

《登楼赋》写王粲流落荆州,不为刘表所重视,因怀才不遇,而产生思乡之情。登楼原为销忧,而触景生情,思乡更甚。全赋表达了他的浓郁的思乡之情。

此赋全篇押韵,根据用韵的不同,可以分其为三部分。

第一部分写登楼所见。一开头写登楼,而登楼的目的是“销忧”,紧扣主题。登楼之后,写城楼及其周围的景色。先总提一句,概括地写出城楼地势的显豁开阔,罕与伦比。下面详写,城楼下临清澈的漳水,背靠曲折的沮水中的长洲,背后地势高平,是广阔的原野,面前低洼潮湿,是可灌溉的河流。北边直到陶朱公范蠡的墓地,西边与楚昭王的陵园相接。花果遮遍原野,庄稼布满田畴。荆州的景色如此美好,物产这样丰富,而诗人却认为:“虽信美而非吾土兮,曾何足以少留?”为什么呢?这是因为王粲没有受到刘表的重视,自己有才能而不能得到施展的机会,怀才不遇使他更加思念故乡,而思乡之情却充满了怀才不遇的忧愁。

第二部分写诗人眷眷怀归之情。王粲流落荆州已12年以上了,思乡之情十分殷切。他凭栏远眺,遥望北方,当时的帝都长安,王粲的家乡山阳高平都在北方。诗人向北方,表示眷怀故都,思念家乡。向着广阔的北方平原望去,却被荆山遮断了视线。归去的路啊!曲折而又漫长;途中的河流啊!长而又深。想到故乡阻隔,不禁使人涕泪横流。这是直接抒发思乡之情,感情激荡,写得真实感人。由于自己深深地思念故乡,自然联想到历史上一些人物对故土的怀念。孔子在陈国，曾有“归欤”的感叹；春秋时楚国人钟仪，曾被郑国所俘，转献给晋国，晋国国君让他弹琴，他弹的是楚地的乐曲；战国时越国人庄舄，本是出身微贱的人，在楚国做了大官，但他在病中仍操越音。这些人都怀念故土。王粲引用这些典故借以说明古往今来人们的思念之情总是一样的，以此表达他的思乡之苦。

第三部分写时光飞逝，壮志难酬的苦闷。时光消逝，而太平日子却遥遥无期。希望天下太平，他就可以凭借帝王的力量来施展才能。令人担心的是，自己像匏瓜，白白地悬着，无人食用，像井水淘冶干净了，无人汲取。王粲连用两个典故说明自己的品德才能都好，担心无人用他。这里从正面点出王粲的思乡实由怀才不遇引起的。此时诗人在城楼上徘徊，眼看着太阳就要西下了。只见寒风四起，天空暗淡无光。野兽慌慌张张寻找它们的同伴，鸟儿相对悲鸣，展翔高飞，原野上一片寂静，无人劳作，只有征夫在赶路。眼前凄凉的景象，对诗人内心的悲愤苦闷起了衬托作用。诗人内心悲伤，情怀凄惨，沿着楼梯下来，郁闷之气充满胸膛。直到夜半仍不能入睡，辗转反侧，想来想去，十分惆怅。王粲登楼，本为消除忧愁，结果是触景生情，愁上加愁。

这篇抒情小赋，从登楼写到下楼，从白天写到傍晚，以时间和游览活动为顺序，段落分明，脉络清晰，并注意前后照应，充分表现了结构紧密，写情细腻的特点。在表现手法上，诗人把写景和抒情紧密地结合起来，使人感到景中有情，情景交融，字里行间流露出来的强烈的感情，使人感到作品充沛有力。刘勰说王粲赋的特点是“靡密，发篇必遒”（《文心雕龙·诠赋》篇）。意思是说，王粲赋表现细腻周密，遒劲有力。《登楼赋》正体现了这一特点。

（穆克宏）

# 柳　　赋 并序

曹　丕

昔建安五年[1]，上与袁绍战于官渡[2]，是时余始植斯柳。自彼迄今，十有五载矣[3]。左右仆御已多亡[4]，感物伤怀，乃作斯赋曰：

伊中域之伟木兮[5]，瑰姿妙其可珍。禀灵祇之笃施兮[6]，与造化乎相因[7]。四气迈而代运兮[8]，去冬节而涉春。彼庶卉而未动兮，固肇萌而先辰[9]。盛德迁而南移兮[10]，星鸟正而司分[11]。应隆时而繁育兮[12]，扬翠叶之青纯。修干偃蹇以虹指兮[13]，柔条阿那而蛇伸[14]。上扶疏而孛散兮[15]，下交错而龙鳞[16]。

在余年之二七[17]，植斯柳乎中庭。始围寸而高尺，今连拱而九成[18]。嗟日月之逝迈，忽亹亹以遄征[19]。昔周游而处此[20]，今倏忽而弗形。感遗物而怀故，俯惆怅以伤情。

于是曜灵次乎鹑首兮[21]，景风扇而增暖[22]。丰弘阴而博覆兮[23]，躬恺悌而弗倦[24]。四马望而倾盖兮[25]，行旅仰而回睠[26]。秉至德而不伐兮[27]，岂简卑而择贱[28]。含精灵而寄生兮[29]，保休体之丰衍[30]。惟尺断而能植兮，信永贞而可羡[31]。

## 注释

① 建安:东汉末年汉献帝年号,起讫为196—219年。建安五年(200)曹操以汉献帝的名义征讨袁绍于官渡,以劣势兵力取得胜利,为统一北方奠定了基础。

② 官渡:地名。在今河南中牟东,以临古官渡水而得名。

③ 有:通“又”。

④ 左右仆御:指身边随从。

⑤ 中域:犹言域中。

⑥ 禀:承受。灵祇:神灵。笃施:丰厚的施与。

⑦ 造化:自然的创造化育。

⑧ 四气:四季阴阳变化、温热寒冷之气。

⑨ 先辰:先时,早。

⑩ 盛德:四季旺盛之气。南移:指司春之星辰由司冬之星辰从北而变为南出现。据天文知识,斗牛等七宿司冬,配于北方。井鬼等七宿司春,配于南方。

⑪ 星鸟:指二十八宿中南方朱雀七宿:井、鬼、柳、星、张、翼、轸。司分:即指示分日、至日,这里指七宿中的“星”宿指示夏至日。

⑫ 隆时:盛时。

⑬ 偃蹇:高耸之貌。虹指:形容树干上部枝条弯垂如虹一样美好。

⑭ 阿那:即婀娜,柔美的样子。蛇伸:形容柳枝柔长如蛇一样伸展。

⑮ 扶疏:繁茂纷披的样子。孛散:向四处分散。

⑯ 龙鳞:连结交络如同龙鳞。

⑰ 余年之二七:曹丕自述那年14岁。按,曹丕于汉献帝中平二年(187)生,至献帝建安五年(200),正合其叙。故曰二七。

⑱ 连拱:两手合围。九成:即九层,极言其高。

⑲ 亹(wěi)亹:行进。遄(chuán)征:指时间飞逝。遄,疾速。征,行也。

⑳ 周游:此指出游。

㉑ 曜灵次乎鹑首:指五月。曜灵,太阳。鹑首,指朱雀七宿中的井鬼二宿。

㉒ 景风:夏至后和暖之风。

㉓ 阴:通“荫”。博覆:(不分卑贱)普遍遮覆。

㉔ 躬:身体。恺悌:和乐简易。此以柳拟人。

㉕ 四马:亦称驷。古代一车套四马,因以称四马之车或车之四马。倾盖:偏侧车盖。

㉖ 行旅:往来行客。回睠:回首眷恋。回,回顾。

㉗ 至德:最高德行。伐:夸耀。

㉘ 简、择:都是选择的意思。

㉙ 精灵:神明。

㉚ 休:美善。丰衍:茂盛盈溢。

㉛ 永贞:永远保持高尚的节操。

## 鉴赏

汉魏时期,赞美柳树的赋文很多,如著名文学家枚乘、王粲、陈琳、曹丕等都有《柳赋》传世。尽管它们各有千秋,但曹丕的《柳赋》却胜出一筹,即使在当时的咏物赋中亦自成一格。故马积高先生认为其“可与贾谊的《鹏鸟赋》和祢衡的《鹦鹉赋》鼎足而立”。

曹丕(187—226),字子桓,曹操次子,沛国谯(今安徽亳州)人。东汉建安十六年(211)为五官中郎将,二十二年(217)立为魏太子。二十五年(220)曹操死,嗣位为丞相、魏王,旋废献帝为皇帝。在位七年,谥号文帝。曹丕好文学,与著名的“建安七子”互相酬唱,为当时文坛领袖。曹丕的诗歌内容多描写男女爱情和别离生活,反映了当时的社会现实和作者的思想感情。其文论《典论·论文》,《四库全书提要》推为“论文之首”,对后世有较大影响。曹丕的赋作较多,不论写朋友酬酢、征夫思妇,还是咏物抒情,无不情意隽永,语言精醇。《柳赋》一文则是借对柳树形体和品格的赞美,表达了作者不“简卑而择贱”,而要“博覆”天下的政治理想和志为明君的宏伟抱负。

赋序交代其写作目的是“感物伤怀”。建安五年春二月,曹操为了统一北中国,与当时的冀州牧袁绍战于官渡。当时,曹丕随军于此,曾植此柳。可是曹丕再见到它时,已经是15年之后了。岁月飞逝,人世几经沧桑,想到他左右曾驱使的人多已物故,再次看到此柳,当然就大有“木犹如此,人何以堪”(《世说新语》)的感慨。此赋就是在这种心情下写作的。

赋文很短,明显地可以分为三部分,但又紧密地联系在一起。即由柳树高大的体态而联想到它的成长过程,由柳树的成长而感伤时间的流逝,从而在赞美柳树的崇高品格中表达自己的政治抱负。

赋文的第一段,写柳树的自然特征,特别是它的形态。开头即赞美其形体高大、姿态瑰奇美妙,值得珍惜,接着从高度、形体、颜色几个方面将柳树高大、繁茂、青翠的形象勾画出来。

这棵高大的柳树何年栽植,原来是什么样子——这是赋文第二段的内容。本段纯用叙述手法,告诉人们作者在14岁时,随父至官渡,栽下此柳。15年后树已长成极粗极高的样子。日月匆匆流逝,看到柳树的变化想起当年自己身边的人多已物故,自然“惆怅而伤情”,于是借物抒情,援翰成赋。看上去语言平淡无奇,但表达出来的感情却是非常由衷而深沉的。这自然容易引起一般人的共鸣。

赋文的第三段,赞美柳树兼覆广施的品格,表达自己广覆天下的宏伟抱负。柳树不只高大壮观,而且对人们有着遮覆的作用。这表面上说的是柳树,实际上是曹丕自喻。曹丕治国颇缘儒术。他的"博覆"与孟子的"穷则独善其身,达则兼济天下"是一脉相承的。柳的风度又是和乐且不知疲倦。由于它高大"博覆",故坐车的官人"倾盖"仰望,行旅之人也不住回视。"秉至德而不伐兮,岂简卑而择贱"二句是对柳树高尚品质的最高概括,也是作者的自我鸣志。柳树有益于人但不自夸,对广大众生一律遮覆,不分贵贱尊卑。这实际上是王者之德。李斯《谏逐客书》说:"泰山不让土壤,故能成其大;河海不择细流,故能就其深;王者不却众庶,故能明其德。"曹丕写此赋时的官职为五官中郎将,就已以王者自居,其取代献帝之志已见端倪。赋文最后四句,对柳树继续赞美,称它含有神明而生得奇特,祝愿它养育着善美的身体而生长茂盛。作者指出,只要取一小截柳枝就能插植,永保节操,令人生羡,其实这也是作者对自己的资质非同凡俗的表白,并暗喻子孙将永承帝业。

《柳赋》是一篇好的咏物抒情赋,好就好在借写柳树而实写了作者自己。

(梁宗奎)

# 寡妇赋 并序

曹　丕

陈留阮元瑜与余有旧,薄命早亡[1],每感存其遗孤,未尝不怆然伤心[2],故作斯赋,以叙其妻子悲苦之情[3]。命王粲并作之。

惟生民兮艰危,在孤寡兮常悲[4]。人皆处兮欢乐,我独怨兮无依。抚遗孤兮太息,俛哀伤兮告谁[5]?三辰周兮递照,寒暑运兮代臻[6]。历夏日兮苦长,涉秋夜兮漫漫[7],微霜陨兮集庭,燕雀飞兮我前[8]。去秋兮既冬，改节兮时寒[⑨]。水凝兮成冰，雪落兮翻翻[⑩]。伤薄命兮寡独，内惆怅兮自怜[⑪]。

## 注释

① 阮元瑜：阮瑀（yǔ），字元瑜，陈留尉氏人，汉末文学家，“建安七子”之一。建安十七年（212）卒于瘟疫。旧：老交情。薄命：命运不好，福分不大。阮瑀死于建安十七年时年约47岁。

② 感存：感念。怆然：伤悲，凄怆的样子。遗孤：身后遗留的孩子。当时阮瑀之子阮籍年方两岁。

③ 叙：述说，描写。

④ 惟：句首语气助词。生民：人民。在：处于，作为。

⑤ 抚：抚摸。太息：深深地叹息。俛：同“俯”。

⑥ 三辰：指日、月、星。周：环绕。递：顺次。运：运行。代：更替。臻：至。

⑦ 历：经过。苦长：以长为苦。涉：经过。

⑧ 陨：落。集：聚集。庭：院子。

⑨ 去：离开。就：趋。

⑩ 翻翻：飞舞之貌，这里是纷纷扬扬的意思。

⑪ 伤：悲伤。惆怅：伤感，愁闷。

## 鉴赏

《寡妇赋》是曹丕赋文的代表作之一。赋序指出：这是为自己的亡友阮瑀的妻子所作的，目的是“以叙其妻子悲苦之情”。因此，也可以说这是对亡友哀思的一种寄托。曹丕因逼其胞弟作“七步诗”而给世人留下了刻薄毒辣的印象，但从他为亡友的遗孀作赋这件事情中，却使我们看出，他与朋友相处，还是很重感情的。

《寡妇赋》通篇以寡妇的口吻，叙述了她孤独、凄凉的寂苦之情。格调哀婉悱恻，语言凄切悲凉，读之令人怜悯和同情。

赋文可分为两部分。前六句为第一部分，直陈寡妇之愁苦。语言凄楚悲怆，平实自然，既符合人物的身份，也符合人物的心理，无半点矫揉造作。作者之所以能如此准确地把握人物的身份和心理，写得如此传神，使人于平实之中感到有一种震颤心扉的艺术力量，除了作者较深的辞赋造诣之外，更重要的是作者把自己对亡友的友情和哀思倾注到了赋作的字里行间。寡妇的哀怨，实际上就是作者自己的哀愁，或者说是作者真情实感的自然流露。诗贵有情，赋也应如此。由于作者情真意切，所以下笔神生，一下子就扣住了读者的心弦。“惟生民兮艰危，在孤寡兮常悲。人皆处兮欢乐，我独怨兮无依。抚遗孤兮太息，俛哀伤兮告谁?”意思是：“人生在世是多么艰难呀，作为孤儿寡母更是感到悲苦。别人都处在欢乐之中，而我却单单因无依无靠而孤苦怨愁。抚摸着遗孤长长地叹息，只能低头哀伤又能向谁倾诉?”凄切悱恻，如泣如诉，字字倾注着悼夫的哀思，句句饱蘸着思夫的泪水。透过纸背，使我们仿佛看到了那位面带愁容，拖儿带女的寡妇正在向我们诉说着自己的不幸和悲哀。在语言的运用上，平实之中也不乏技巧，短短六句就使用了正衬和反衬两种积极的修辞手法。其中，“惟生民兮艰危”和“在孤寡兮常悲”是正衬，“人皆处兮欢乐”和“我独怨兮无依”是反衬，两者交相使用，就更加突出了寡妇内心的苦楚和哀愁。接着作者选取了“抚遗孤兮太息”这样一个典型动作，使寡妇的悲哀更加形象化，悲剧气氛也得到了进一步的渲染。最后用一个反诘句，几乎是喊出了寡妇孤独、悲伤然而却又无可奈何的痛苦心声，读之令人动容!

从第七句至结束为赋文的第二部分，它紧紧抓住夏、秋、冬三个季节的特点，选取具有典型性的景物加以描绘，以此进一步衬托寡妇内心的悲愁和孤独。色彩暗淡，格调凄凉，与寡妇悲苦和孤独的心情浑然一体。

杜甫在《春望》诗中曾经写道：“感时花溅泪，恨别鸟惊心。”由于心情的不同，同样一种景物能引起人们的不同联想，产生不同的感受。同样，由于心情的不同，映入人们视野的景物也会有所差别。人们在高兴的时候最容易感触到的是那些春光明媚，鸟语花香，万木葱茏之类的景物；而对枯树昏鸦，西风瘦马之类的景物，就视而不见。反之亦然。因此，作者在写景时，紧紧抓住了寡妇孤独、愁苦、度日若年的心理特征，以此去从夏、秋、冬三个季节中选取与之相适应的冷色调的景物加以描绘和渲染。夏季，本该是万木葱茏、蝉吟鸟鸣，充满了活力，然而寡妇所感到的却只有夏日的“苦长”。秋天本该是秋高气爽，充满着收获的喜悦，然而这里却变得暗淡无光：在寡妇心中秋夜是那样的“漫漫”，在她的眼中不是飞去的“燕雀”，就是集庭的“微霜”。冬天虽然寒冷，但也不乏银妆素裹，然而在她的眼中，却只有“水凝兮成冰”“雪落兮翻翻”的凄凉景象。在这里，无论是她心中的感受，还是眼中的景物，都与她孤独、寂寞愁苦的心情相吻合。写景是为了抒情，所以作者在着意描绘一幅凄凉、萧条的风景画之后，又回到了抒情的主题上，以“伤薄命兮寡独，内惆怅兮自怜”两句结束全文，使写景的目的更加凸显，从而达到了景为情设，情以景生，情景交融的艺术境地，增强了赋作的感染力。

总之,整个赋作感情真挚充沛,语言平实哀婉,凄切悱恻,使人能从如泣如诉的直陈和贴切自然的景物描写中窥见寡妇那孤独、寂寞、悲苦的内心世界以及作者对亡友的悼念哀思和深情厚谊。

(许建章)

# 节 游 赋

曹 植

览宫宇之显丽①，实大人之攸居②。建三台于前处③，飘飞陛以凌虚④。连云阁以远径⑤，营观榭于城隅⑥。亢高轩以迥眺⑦，缘云霓而结疏⑧。仰西岳之崧岑⑨，临漳滏之清渠⑩。观靡靡而无终⑪，何眇眇而难殊⑫。亮灵后之所处⑬，非吾人之所庐⑭。

于是，仲春之月，百卉丛生，萋萋蔼蔼⑮，翠叶朱茎。竹林青葱，珍果含荣⑯。凯风发而时鸟讙⑰，微波动而水虫鸣。感气运之和润⑱，乐时泽之有成⑲。遂乃浮素盖⑳，御骅骝㉑，命友生㉒，携同俦㉓，诵风人之所叹㉔，遂驾言而出游㉕。步北园而驰骛㉖，庶翱翔以写忧㉗。望洪池之滉漾㉘，遂降集乎轻舟㉙。沉浮蚁于金罍㉚，行觞爵于好仇㉛。丝竹发而响厉㉜，悲风激于中流㉝。且容与以尽观㉞，聊永日而忘愁㉟。

嗟羲和之奋策㊱，怨曜灵之无光㊲。念人生之不永㊳，若春日之微霜㊴，谅遗名之可纪㊵，信天命之无常㊶。愈志荡以淫游㊷，非经国之大纲㊸。罢曲宴而旋服㊹，遂言归乎旧房㊺。

**注释**

① 显丽：宽敞明亮而又富丽。

② 大人：这里指曹操。攸居：即所居。

③ 三台:指铜雀、金虎和冰井三台。前处:指三台处于文昌殿之前。
④ 陛:阶除。此句意思是,三台高耸,看上去如腾空而起。
⑤ 云阁:高耸云天的楼阁。远径:即长途。
⑥ 观:楼。榭:台有屋曰榭。城隅:城的一角。
⑦ 亢:当,临。轩:长廊有窗者。迥眺:远望。
⑧ 缘:依傍。结:构。疏:窗子。
⑨ 西岳:这里指西山。崧岑:山大而高者曰崧,小而高者曰岑。
⑩ 漳:水名,在今河南境内。滏(fǔ):水名,即今滏阳河。清渠:《三国志·魏书·武帝纪》:"(建安十八年)九月,凿渠引漳水入白沟以通河。"这里当指此渠。
⑪ 靡靡:细腻而美好。
⑫ 眇眇:悠远的样子。
⑬ 灵后:水神。
⑭ 庐:居。
⑮ 萋萋蔼蔼:草木繁盛的样子。
⑯ 珍果含荣:珍奇的果树含苞待放。
⑰ 讙:同"欢",喜悦。凯风:和风。
⑱ 时运:指气候的变迁,时序的转移。
⑲ 时泽:时雨。有成:有所收获。
⑳ 遂乃:于是。浮素盖:白色的车盖飘浮在顶上。
㉑ 骅骝(huáliú):赤色骏马,亦名枣骝。
㉒友生:即朋友。
㉓同俦(chóu):同辈,伴侣。
㉔ 诵风人之所叹:《诗经·卫风·竹竿》云"驾言出游,以写我忧"。这句话的意思是,大家默诵《诗经》中的篇章,出外游宴。
㉕ 言:语中助词。
㉖ 北园:指魏之玄武苑。驰骛:奔驰。
㉗ 写忧:消除忧愁。
㉘ 洪池:指玄武池。滉漾(huàng yàng):水波动的样子。
㉙ 降集:停止,结集。
㉚ 浮蚁:因酒酿熟后,米糟上如蚁之集聚,故此作为酒的代名词。金罍:金制的酒器。
㉛ 觞爵:古代的酒器。好仇(qiú):好朋友。
㉜ 丝竹:指琴、瑟、笙、笛、筑、筝、琵琶七种乐器。响厉:声音高亢激越。
㉝ 悲风:萧瑟凄厉之风。激:激荡。
㉞ 容与:舒闲自适。
㉟ 永日:消磨时间之意。
㊱ 羲和:传说中的日神。奋策:扬起鞭子。
㊲ 曜灵:太阳。
㊳ 不永:不长久。
㊴ 春日之微霜:因春天的霜易干,故用以比喻人生的短暂。
㊵ 谅:大概,或许。可纪:记载称述。
㊶ 无常:变化不定,难以预测。
㊷ 志荡:放纵情志。淫游:毫无节制地游乐。
㊸ 经国之大纲:治理国家的原则。
㊹ 罢:停止。曲宴:在深邃的宫阁中举行的私宴。旋:返回。服:语尾助词。
㊺ 言:语中助词。

## 鉴赏

曹植(192—232),字子建,是三国时代大政治家、文学家曹操的第三子。他的前半生虽然“生乎乱,长乎军”,但实际上过的是一种书生生活。据《三国志·魏书》本传记载,他十余岁即能“诵读诗论及辞赋数十万言”。由于天赋聪颖,很得曹操的赏识,并因此想立之为太子,但终因他才子气太足,且“任性而行,不自雕励”而作罢。曹操死后,曹丕当政。为了排除异己,曹丕竭力打击皇室的其他势力,曹植自然成了主要的迫害对象。他曾数次被改变封地和变更爵位,甚至闭门思过,在“监国使者”的监督下,过着囚徒般的生活。曹叡执政后,虽然在生活上对曹植比较优待,把他从贫瘠的雍丘迁到了富庶的东阿,但政治上仍然采取了其父的态度。这样,曹植仍然忧愁似海,正当盛年就愤然长逝。但正如恩格斯所说:“愤怒出诗人”,现实的苦闷固然给曹植的心灵造成了巨大的创伤,但同时也锻造了他的艺术生命。可以毫不夸张地说,他是继屈原以后,中国文学史上又一位杰出的作家。在他不长的创作生涯中,仅辞赋就有 40 来篇,这个数量在魏晋作家中无疑是十分令人瞩目的。他的这些作品,或借物抒怀,或感叹身世,充分展现了自身的心灵路程。其艺术风格与前代作家相比,也更臻完美。他的一些作品,有的苍凉悲壮,有的缠绵悱恻,有的潇洒自然,如《洛神赋》成了后世文人创作所遵循的经典。

魏晋南北朝时期是中国思想史上一个具有特殊意义的时代。就人生观而言,一方面社会的动乱与政治的残酷成了人们普遍的忧生之嗟,另一方面人生的短促又唤起了人们对主体生命的执着。对生活的强者来说,时间的催迫,更能激起事业上的紧迫感;但对生活的弱者来说,生命的短暂引发的却是人生如梦的悲凉。虽然这二者珍惜的都是飘忽的人生,但如果从文化背景和人生境界上审视,意义却大不相同。前者是想通过对时间紧迫感的体认,更进一步激起开拓广阔的生存空间的欲望,这是对人的生存意义的真实的高扬。后者则是通过对人生悲凉感的玩味,更沉溺于感官上的享乐,这实际上是生命力萎缩的表现。因此,从人生境界上说,魏晋南北朝时期是一个慷慨与悲凉、进取与堕落、禁欲与纵欲混杂的时代,而作为这个时代最敏感的体验者,当时的文人在人生态度和行为方式上亦超出不了这种生命的两极。这不但在不同的作家那里有不同的体现,即使在同一作家身上,也有不同的情形。曹植就是这样一个在心理和行为上充满时代色彩的作家。又因为他个人遭际的特殊性,所以此种色彩又远比其他作家复杂得多、丰富得多。和许多贵族子弟一样,少年时代的曹植过着裘马轻狂的生活,读书击剑、游宴享乐是他生活的全部内容,因此,这一时期的作品更大的程度上表现的是一个贵族少年翩翩的风度。虽然其中也不乏对人生的悲哀,但充其量只是一个刚刚踏上人生之途的贵族少年莫名的感伤。这仅是一般意义上的乐极生悲。但随着年岁的增长和对人生况味的体验,他的悲哀中逐渐融进了一些比较深刻的社会内容,它已由"飘飖放志意,千秋长若斯"(《公宴》)的单纯感官的纵欲,转为"惊风飘白日,光景驰西流,盛时不再来,百年忽我遒,生存华屋处,零落归山丘"(《箜篌引》)的生命的倏忽,再转为"愈志荡而淫游,非经国之大纲"(《节游赋》)的理性的体认,最后达到"宁作清水之沉泥,不为浊路之飞尘"(《九愁赋》)的高昂的含有悲剧感的人生境界,而本篇正标志了作者人生态度的转变,这从题目即可以领略一二。所谓"节游",就是对游乐生活的节制,它既体现了对当时奢侈的社会风气的批判,也流露了作者一种自律的倾向。

从总体上看,作者是以欲擒故纵的方法,最终达到规劝的目的。他首先把人们的视野引向了气势不凡的三台,为了突出它们的雄伟,作者从不同的角度对它们进行了渲染,使人们感觉到一种突兀而起、凌空直上的气势,而所用笔法竟和王粲的《登楼赋》有着异曲同工之妙。这实际上并不仅仅是作家在创造思维上的偶合,同时也积淀着历史的因素。早在汉大赋中,这种通过不同的角度和方位把握描写对象的方法已成了人们惯用的手段,所不同的是,在汉大赋的作家那里,有时因过分执着于铺张扬厉,最后反而过犹不及,产生了累赘板滞的毛病。这篇作品却没有这样的弱点,传统手法经过作家主体心灵的过滤,只留下了那牢笼万有的神韵。这是汉魏抒情小赋化腐朽为神奇的一个典型范例。我们还可以看到,作者大肆夸张三台的奢丽,并不是故意显露他的才情。因为对于一个态度严肃、惜墨如金的大家来说,空虚浮泛的文字无疑是对艺术生命的自戕。曹植正是在这方面有着充分理性认识的作家。他之所以不吝笔墨,乃是为了完成这样一个主题:通过对三台形制的夸张,暴露当时贵族阶层奢侈的生活。所不同的是,这种揭露不是通过正常的肯定或否定的形式直接显示出来,而是以欲贬故褒、欲抑先扬的方法暗示出来的。当然,这里除了传统的影响外,还有现实的原因。因为三台的建造者不是别人,正是曹植的父亲曹操。特殊的背景决定他只能用特殊的方法表示自己的不满,这就是作者在第一段末两句所流露的:“亮灵后之所处,非吾人之所庐。”作者在说:如此华丽的台阁只能是仙人所居,而不是凡人所能居住的。毋庸讳言,这种隐晦的讽喻,还缺乏一种力量感,如果仅仅停顿在这个水平上,不但会使作者的主体意识陷入暧昧的状态,还很难达到“节游”的题旨。但作者没有使读者失望,随着文章的进展,他对人生的思考和对游乐生活的批判亦越来越趋向于公开化和尖锐化。

到了第二段,作者笔锋一转,突然由夸张的描述进入优美的铺叙。在二月阳春的烟景里,大自然的一切都因春之催动而充满了和谐之声,一叶朱茎,就是一个活泼的心灵;一丝和风,就是一片温柔的手掌,这是一个生命复苏的季节,也是一个撩人心魂的季节。大自然美妙的春色感召了骚人墨客的心灵,他们携亲朋,约好友,或驰骛于北冈,或翔集于轻舟,在春天的氤氲里消散昔日的忧愁。应该说,如果从纯粹审美的角度而言,这一段是本篇最优美的文字。春天的魅力,骚人的飘逸,都通过作者细腻的感受流露于笔端,以至于我们在为美的情韵陶醉的同时,不禁为作者恣意的铺张而忧虑:他会不会因此而陷入“玩物丧志”的旋涡中不能自拔?所谓“节游”的宗旨会不会在不知不觉中变成“纵游”?我们的担心是多余的。如前面的欲抑先扬一样,这里的“纵”,正是“节”的发端,乐也是悲的开始。

到了第三段,作者的情绪突然发生了质的变化,仿佛由生机盎然的生命的春天直接进入了萧索摇落的秋日:“嗟羲和之奋策,怨曜灵之无光。念人生之不永,若春日之微霜,谅遗名之可纪,信天命之无常。”这才是作者文意的最后归宿,也是隐伏在阳春烟景背后的真实的自我。因为这种真实的自我是由乐极生悲的触发而显露的,所以能给人以一种沉重的落差感。在这种落差中,不但游乐本身失去了永恒的意义,而且人生也成了飘忽即逝的瞬间。这种天命无常、人生不永的时间性的悲哀,正是汉魏文人最大也最富特征的悲哀。当时,甚至连曹植的父亲曹操这样的胸怀宽广的政治家也唱出了“对酒当歌,人生几何”的低沉音调。但和一般意义上的时间性悲哀不同,曹植并没有停留在这种悲哀所引起的伤感上,而是尽量从此中超脱出来,将之变成一种提高人生境界的反作用力,所谓“遗名之可纪”“经国之大纲”正标志了这种精神上的高扬。

(郑训佐)

# 洛神赋并序

曹植

黄初三年[1]，余朝京师[2]，还济洛川[3]。古人有言，斯水之神名曰宓妃[4]。感宋玉对楚王说神女之事[5]，遂作斯赋，其词曰：

余从京域[6]，言归东藩[7]，背伊阙[8]，越轘辕[9]，经通谷[10]，陵景山[11]。日既西倾，车殆马烦[12]。尔乃税驾乎蘅皋[13]，秣驷乎芝田[14]，容与乎阳林[15]，流眄乎洛川[16]。于是精移神骇[17]，忽焉思散[18]，俯则未察，仰以殊观[19]。睹一丽人，于岩之畔。乃援御者而告之曰[20]："尔有觌于彼者乎[21]？彼何人斯[22]，若此之艳也！"御者对曰："臣闻河洛之神，名曰宓妃，然则君王之所见也，无乃是乎[23]？其状若何，臣愿闻之。"

余告之曰：其形也，翩若惊鸿[24]，婉若游龙。荣曜秋菊[25]，华茂春松。仿佛兮若轻云之蔽月[26]，飘飖兮若流风之回雪。远而望之，皎若太阳升朝霞；迫而察之，灼若芙蓉出渌波[27]。秾纤得衷[28]，修短合度[29]。肩若削成[30]，腰如束素[31]。延颈秀项[32]，皓质呈露[33]。芳泽无加，铅华弗御[34]。云髻峨峨[35]，修眉联娟[36]。丹唇外朗[37]，皓齿内鲜。明眸善睐[38]，靥辅承权[39]。瑰姿艳逸[40]，仪静体娴[41]，柔情绰态[42]，媚于语言[43]。奇服旷世[44]，骨像应图[45]。披罗衣之璀璨兮[46]，珥瑶碧之华琚[47]。戴金翠之首饰[48]，缀明珠以耀躯[49]。践远游之文履[50]，曳雾绡之轻裾[51]。微幽兰之芳蔼兮[52]，步踟蹰于山隅[53]。

于是，忽焉纵体[54]，以遨以嬉[55]。左倚采旄[56]，右荫桂旗[57]，攘皓腕于神浒兮[58]，采湍濑之玄芝[59]。余情悦其淑美兮[60]，心振荡而不怡[61]。无良媒以接欢兮[62]，托微波而通辞[63]。愿诚素之先达兮[64]，解玉珮以要之[65]，嗟佳人之信修兮[66]，羌习礼而明诗[67]。抗琼珶以和予兮[68]，指潜渊而为期[69]。执眷眷之款实兮[70]，惧斯灵之我欺[71]！感交甫之弃言兮[72]，怅犹豫而狐疑[73]。收和颜而静志兮[74]，申礼防以自持[75]。

于是，洛灵感焉，徙倚彷徨[76]。神光离合[77]，乍阴乍阳[78]。竦轻躯以鹤立[79]，若将飞而未翔。践椒途之郁烈[80]，步蘅薄而流芳[81]。超长吟以永慕兮[82]，声哀厉而弥长[83]。

尔乃众灵杂遝[84]，命俦啸侣[85]，或戏清流，或翔神渚[86]，或采明珠，或拾翠羽。从南湘之二妃[87]，携汉滨之游女[88]。叹匏瓜之无匹兮[89]，咏牵牛之独处[90]。扬轻袿之猗靡兮[91]，翳修袖以延伫[92]。体迅飞凫[93]，飘忽若神。陵波微步，罗袜生尘[94]。动无常则[95]，若危若安。进止难期[96]，若往若还。转眄流精[97]，光润玉颜。含辞未吐，气若幽兰。华容婀娜，令我忘餐。

于是，屏翳收风[98]，川后静波[99]，冯夷鸣鼓[100]，女娲清歌[101]。腾文鱼以警乘[102]，鸣玉鸾以偕逝[103]。六龙俨其齐首[104]，载云车之容裔[105]。鲸鲵踊而夹毂[106]，水禽翔而为卫[107]。

于是，越北沚[108]，过南冈。纡素领[109]，回清扬[110]。动朱唇以徐言，陈交接之大纲[111]。恨人神之道殊兮，怨盛年之莫当[112]。抗罗袂以掩涕兮[113]，泪流襟之浪浪[114]。悼良会之永绝兮，哀一逝而异乡[115]。无微情以效爱兮[116]，献江南之明珰[117]。虽潜处于太阴[118]，长寄心于君王。忽不悟其所舍[119]，怅神霄而蔽光[120]。

于是，背下陵高，足往神留。遗情想像，顾望怀愁。冀灵体之复形[121]，御轻舟而上溯。浮长川而忘返[122]，思绵绵而增慕[123]。夜耿耿而不寐[124]，沾繁霜而至曙。命仆夫而就驾，吾将归乎东路[125]。揽骈辔以抗策[126]，怅盘桓而不能去[127]。

## 注释

① 黄初：魏文帝曹丕的年号，起讫为220—226年。

② 朝京师：到京城洛阳朝见魏文帝。

③ 济：渡。洛川：洛水。

④ 斯：代词，此。宓(fú)妃：伏羲氏之女，相传溺死洛水，遂为洛水之神。

⑤ 宋玉：战国时楚国文人。神女之事：见《文选》宋玉《神女赋·序》。

⑥ 京域：京城，此处指洛阳。

⑦ 言：语助词。东藩：封建诸侯为王室屏藩，故称藩国，此时曹植受封为鄄城(属今山东)王，地处洛阳东北方，所以称东藩。

⑧ 背伊阙：谓路经伊阙山，并将之抛在背后。伊阙，山名，在洛阳附近。

⑨ 轘辕：山名，在今河南洛阳偃师区东南，巩义西南，登封西北。

⑩ 通谷：地名，在洛阳东南。

⑪ 陵：登。景山：山名，在今河南洛阳偃师区南。

⑫ 殆：通"怠"。烦：疲。

⑬ 尔乃：相当于"于是就"。税驾：解开马缰绳。蘅：杜蘅，一种香草。皋：泽。

⑭ 秣：喂马。驷：一车四马，此处指驾车的马。芝田：本指种有灵芝的田地，此处则谓野草繁盛之地。

⑮ 容与：悠闲之貌。阳林：或作杨林，地名。

⑯ 流眄(miǎn)：目光流动。

⑰ 精移神骇：精神恍惚。

⑱ 忽焉：急速。此句谓情思在突然之间涣散。

⑲ "俯则"二句：往下没有看到什么，当目光上移，却发现了异常的景象。

⑳ 援：拉。御者：车夫。

㉑ 觌(dí)：见，相见。

㉒ 斯：语尾助词。

㉓ 无乃：莫非就是。

㉔ "翩若"二句：洛神的姿态柔美，如同惊鸿翩翩，游龙婉婉。

㉕ "荣曜"二句：洛神如秋菊春松，神采焕发。

㉖ "仿佛"二句：洛神忽隐忽现，如被

轻云遮掩的皎月;踪迹不定,如被微风卷起的雪花。

㉗ 迫:近。灼:鲜明。渌(lù)波:清冽的水波。

㉘ 秾:肥。纤:瘦。

㉙ 修:长。

㉚ 削成:两肩轮廓分明,如刀削。

㉛ 束:缠束。素:白色的绡。

㉜ 延:长。

㉝ 皓质:指洁白的肤质。

㉞ 铅华:化妆用的粉。弗御:不用。

㉟ 云髻:谓美发如云。峨峨:高耸之貌。

㊱ 联娟:微曲之貌。

㊲ “丹唇”二句:红唇那样鲜明,白齿那样明亮,因唇在外,齿在内,故曰外朗、内鲜。

㊳ 眸:瞳子。睐(lài):旁视,顾盼。

㊴ 靥(yè):酒窝。权:同“颧”,面颊骨。此句是说,两颊下有美丽的酒窝。

㊵ 艳逸:姿态美好,不同凡俗。

㊶ 仪静:举止文静。体娴:体态娴雅。

㊷ 绰态:绰约多姿。

㊸ 媚:美好。

㊹ 旷世:举世少有。

㊺ 骨像:骨骼相貌。应图:如画图一般。

㊻ 璀粲:鲜明。

㊼ 珥(ěr):耳环,此处作动词用,是戴的意思。瑶碧:美玉。华琚:有花纹的玉佩。

㊽ 翠:翡翠,美玉。

㊾ 缀:点缀。

㊿ 践:穿。远游:履名。文履:有花纹的鞋子。此句是说,穿着有花纹的名叫远游的鞋子。

51 曳:牵。雾绡(xiāo):轻纱。裾:裙边。

52 微:隐。芳蔼:指香气淡远。此句是说,洛神置身在芳香的幽兰丛中。

53 踟蹰:徘徊。隅:角落。

54 纵体:体态自如洒脱。

55 以遨以嬉:一边漫步,一边游戏。

56 旄(máo):这里指带有旄饰的旌旗。

57 桂旗:用桂木为杆的旗。

58 攘皓腕:捋起衣袖,露出洁白的手腕。神浒:神经过的水边。

59 湍濑(tuānlài):急流。玄芝:黑芝。

60 淑:善。

61 振荡:动荡,不平静。怡:悦。

62 接欢:互通情好。

63 微波:或指水波,或指目光,皆可。

64 诚素:真诚的意愿。

65 要:约。

66 信修:实在美好。

67 羌:发语词。习礼:熟习礼法。明诗:即知诗,此指善于辞令。

68 抗:举。琼珶(dì):美玉。和:答。予:我。

69 潜渊:洛神的居所。期:会。

70 眷眷:通“睠睠”,留恋的样子。款实:真诚。

71 斯灵:洛神。

72 交甫:《韩诗外传》:郑交甫在汉水之滨遇见两个神女,便请求她们将玉珮赠给他,神女如其所请,但在顷刻之间,玉珮和神女都不见了。弃言:违背诺言。

⑦③ 狐疑:本指狐性多疑,此指疑惑、犹豫。

⑦④ 收和颜:收敛笑容。静志:使心情安定。

⑦⑤ 申:展。礼防:礼法的约束。自持:控制自己。

⑦⑥ 徙倚彷徨:低回徘徊。

⑦⑦ 神光离合:神光聚散不定,若隐若现。

⑦⑧ 乍阴乍阳:忽明忽暗。

⑦⑨ 竦:通"耸"。

⑧⓪ 践:走。椒途:长满花椒的道路。郁烈:香气浓郁。

⑧① 蘅薄:杜蘅丛生之地。

⑧② 超:高。永慕:深切的爱慕。

⑧③ 厉:急。弥:久长。

⑧④ 杂遝:众多。

⑧⑤ 命俦啸侣:呼朋唤友。

⑧⑥ 渚:水中高地。

⑧⑦ 南湘之二妃:湘女之神娥皇和女英。

⑧⑧ 汉滨之游女:见《诗经·汉广》:"汉有游女,不可求思。"

⑧⑨ 匏瓜:星名,因其处孤独,所以用来比喻没有配偶。

⑨⓪ 牵牛:星名,因与其配偶织女星隔河相对,故也用以比喻孤独。

⑨① 袿(guī):女子的上衣。猗靡:随风飘忽之状。

⑨② 翳:遮掩。延伫:久立。

⑨③ 凫(fú):水鸟,即野鸭。

⑨④ 罗袜生尘:言洛神微步于水波之上,罗袜仿佛扬起了尘土。

⑨⑤ 常则:一定的规则。

⑨⑥ 进止难期:进退难料。

⑨⑦ 转眄流精:目光转动,神采飞扬。

⑨⑧ 屏翳:风神。

⑨⑨ 川后:水神。

⑩⓪ 冯(píng)夷:水神。

⑩① 女娲:即女娲氏,相传她初作笙簧,故曰"女娲清歌"。

⑩② 腾:飞升。文鱼:鳐鱼。警乘:准备驾车出发。

⑩③ 玉鸾:玉制的形如鸾鸟的车铃。

⑩④ 六龙:《春秋命历序》云:"有神人,右耳苍色,大肩,驾六龙出辅,号曰神农。"俨:矜持庄重。

⑩⑤ 云车:谓神人以云为车。容裔:悠然安详。

⑩⑥ 鲸鲵(ní):鲸鱼。雄为鲸,雌为鲵。夹毂:夹车而行。

⑩⑦ 卫:护卫。

⑩⑧ 沚(zhǐ):水中小洲。

⑩⑨ 纡素领:转过白皙的颈项。

⑪⓪ 清扬:眉目清秀状。

⑪① 陈交接之大纲:陈述彼此交往的纲常。

⑪② 怨盛年之莫当:埋怨少壮时未能如愿以偿。

⑪③ 袂:衣袖。掩涕:掩而流泪。

⑪④ 浪浪:泪流滚滚之貌。

⑪⑤ 良会:男女欢会。异乡:谓天各一方。

⑪⑥ 微情:区区之情。效爱:表示爱慕。

⑪⑦ 明珰:明珠制作的耳饰。

⑪⑧ 太阴:鬼神所居,这里指洛神居住的地方。

⑲ 舍:止。
⑳ 神霄:神消。蔽光:光彩隐退。
㉑ 冀:希望。灵体:洛神的形体。
㉒ 长川:洛水。
㉓ 绵绵:连续不断。增慕:加深思慕之情。
㉔ 耿耿:不寐之貌。
㉕ 东路:指返回封地的道路。
㉖ 揽:执。骈:车辕两边的马。辔:缰绳、嚼子等御马器具。策:一种马鞭,头上有刺。
㉗ 盘桓:徘徊不前。

## 鉴赏

说起曹植,人们自然会想到他的《洛神赋》,这不仅由于这篇作品和作者的私生活有着某种神秘的联系,从而激发了人们的好奇心,还由于它的确是作者创作生涯中一块不容忽视的里程碑,是当时文学天地里一朵引人瞩目的奇葩。正是这三者的结合,才使它产生了超常的魅力,才使人们产生了说曹植不谈《洛神》固然无味,论汉魏小赋而不及《洛神》,也同样如登泰山而不至极顶,终是一种遗憾。所以,历代对这篇作品不乏研究者,如王世贞《艺苑卮言》云:"《洛神赋》……清彻圆丽。"何焯《义门读书记》云:"植既不得于君,因济洛川,作为此赋,托辞宓妃,以寄心文帝,其亦屈子之志也。"前者注重作品的审美价值,后者则寻求其伦理上的意义,二者都可谓至言。大家知道,一篇作品要想在读者审美的王国里留下一道很深的辙痕,进而在汗牛充栋的文学天地里占一席之地,近者传诵一时,远者流播千古,就必须具备一种不寻常的素质,以突破旧藩篱的束缚,脱颖而出。这表现在手法上,往往或依靠形式的精致供人玩味,或通过丰富的情感摄取人心,或凭藉深沉的蕴涵让人思索,能占据其中之一者已属不易,何况三者兼而有之?但《洛神赋》却奇迹般地达到了这个妙境。它无懈可击的形式足以成为一代风范,缠绵悱恻的情感足以撩人魂魄,而深刻丰富的蕴涵则能使人于领首之余掩卷冥想,不能忘怀。

关于《洛神赋》的本事,可见诸《文选》李善注。人们对《洛神赋》本事的编排附会,有潜在的因素。人们在心理上总是偏袒于弱者的,而现实中的曹植,正是一个屡遭迫害的不幸者,这种遭遇本身就具有了一种摧人肝肠的情味,何况他还是一个惊采绝艳的才子。因此,人们把一颗充满同情与怜悯的心许给了这个伤心人,人们在《洛神赋》流动着悲剧感的人神之恋的故事中找到了投射这种同情与怜悯的落脚点，于是一场曲折暧昧的恋情便降临到这个汉魏才子的身上。这无形中使他于忧郁中又增添了几分凄艳，文学史也因此多了几许纷争，几多追寻。这真是“满纸荒唐言，一把辛酸泪，都云作者痴，谁解其中味”。

实际上在文章的一开始，作者已经表明他陈述的并非现实的故事，而是一个神话世界。原始神话是现实的扭曲与放大。至于后来文人创作中出现的神话作品，不管是有意的，还是无意的，都经历了明显的世俗化的过程。中国自古以来就是一个重实用的民族，表现在意识形态中，高度发达的实践理性往往淡化，甚至淹没了宗教精神。在这种土壤上产生的神话，只能是人神混合的产物。作为一个阅世很深，情感炽烈，且有几分政治家气质的作家，曹植更不会完全把自己搁置在充满童稚的、一片混茫的神话世界里。敏感的精神触角，孤寂难堪的现实处境，必然把他引向世俗的彼岸，从而架起一座沟通人神之间的桥梁。因此，尽管他在竭力掩饰作品的人间性，但这种人间性却无处不在；尽管他努力把自己的忧郁描述成人神殊隔的产物，但现实的悲愤还是悄悄地接踵而至。因此，从严格意义上说，这篇作品乃是以神话的形式表现了现实的内容。

纵观全篇，作者主要塑造了两个形象，一个是令人梦魂缥缈的洛神，一个是在情思上为其所主宰的作者自我。而这二者中，洛神的形象又显然占据了主要位置。这个不同凡响的凌波仙子，以其丰华绰约的姿态，向作者展现了一个神奇的美的世界，由此引出了一场充满悲欢离合、波澜跌宕的爱情故事。也正因为如此，对洛神形象的描述便成了本篇的主体。那么，作者是如何完成这一艺术形象的呢？一句话，经历了一个从外在之美到内在之善，从平面到立体的描述与挖掘过程。这实际上也是一个由形式到内容的逐渐渗透的过程。而这种方法显然受到了宋玉《神女赋》的启示。但曹植毕竟是一个才华出众，而且创作个性相当鲜明的作家，艺术上的自尊和超逸的藻思决定他不会也不可能甘心成为他人的影子。这表现在这篇作品中，虽然有所依傍，却不是亦步亦趋，虽然有所参照，却没有抹杀自我。这位翩翩才子，终于没有失去他应有的风度，在“得鱼忘筌”的佳境中，完成了这篇“青出于蓝而胜于蓝”的力作。

作者是这样引出洛神这一绝代艳影的：“其形也，翩若惊鸿，婉若游龙。……迫而察之，灼若芙蓉出渌波。”作者几乎搜寻了文学天地中最富美丽神奇意味的文字来衬托心中的美神。但同时我们也可以看出，作者在这里所展现的氛围虽然是美丽的，但却是空灵的；虽然是醉人的，但却是朦胧的。尽管他推出了“惊鸿”“游龙”“秋菊”“春松”等一系列感性色彩相当鲜明的意象，可这种感性，只是喻象本身的显露，至于作者最终所要描述的对象洛神却还处在十分模糊的状态。但只要略加思索又会发现，这种“千呼万唤始出来”的紧张氛围，恰恰是作者所期待的。他不愿意这个美丽的洛神在不经意的，甚至相当平庸的环境下出现，而试图通过“以虚代实”的方式，给人们在感觉上造成一种神秘的启示，使那潜藏在背景之后的女主人公首先以她那光怪陆离的神韵征服一个处在焦渴状态下的心灵。显然，作者的一番匠心没有白费。当我们带着审美的目光步入这由一系列美好意象所组成的美的世界时，精神的羽翅不由得飞动起来，本来处于沉寂状态的心灵开始出现被强烈的美感所震颤的躁动不安。在这种高度的亢奋中，一种良好的审美感知也因此形成了，从而为以下的审美活动取得了一个有着充分灵性的情感基础。从这种意义上看，虽然这一段文字过于缥缈，却是进入审美实体的开端。它犹如一个忠实的向导把我们的审美触须引向了一个更加动人的领域。这不由得使我们想起了宋玉《神女赋》中神女的出场：“茂矣美矣，……皎若明月舒其光。”从这一段文字中，我们既发现了曹宋两家的共同之处，也看到了他们的不同点。宋玉也算得上一个描写女性的圣手了，《神女赋》中的文字也可谓光彩照人，引人入胜。但他毕竟于辉煌处露出了才思的窘迫，从而显得不够潇洒，如前面一连串的四字句，虽然颇为流利且具气势，却太嫌抽象、质实，缺乏空灵飞动的情韵，而他的后辈曹植在这方面显然技高一筹。那蝉联的意象直贯而下，是那样地从容不迫、游刃有余，使人于目不暇接的同时，不得不为他惊人的想象力点头称是。

于是，读者所渴望的洛神终于出场。她带着秋菊的冷艳，春松的高洁，展现了美丽的姿容：“秾纤得衷，修短合度。……践远游之文履，曳雾绡之轻裾。”可就在这里，我们又再一次发现了宋玉的影子：“眸子炯其精朗兮，瞭多美而可观。……动雾縠以徐步兮，拂墀声之珊珊。”这是《神女赋》中对美女形态的描写，其出神入化，已臻妙境。但曹植却能于这妙境中另辟蹊径，达到了“山重水复疑无路，柳暗花明又一村”的效果。这就是在汲取宋玉神韵的同时又加以程序化。他不断变化描述的角度，以从未有的具体与细腻，推出一个个特写镜头，共同组成了一个和谐的美的世界。洛神的一丝纤发，一片皓齿，乃至一颗明珠，一叶裙裾，都是他想象力驰骋的地方，可谓触手成春，涉笔成趣，无一处不是美的象征，又无一处不是善的所在。但不容否认，作者在向美的王国迈进的同时，又悄悄地坠进了前人的窠臼——一种传统的超现实的表现方法——之中。从很早的时候起，在中国的诗歌中就诞生了这种艺术模式的雏形。那些才华卓著的文人，为了使自己笔下的艺术形象，尤其是女性形象，达到尽善尽美的境界，往往不惜牺牲现实的逻辑，对之极尽夸张之能事。他们上天入地苦苦搜寻，将美好的东西集于一身，使之达到“增之一分则太长，减之一分则太短”的美的超饱和状态。这从《陌上桑》《羽林郎》等作品中可以略观一二，作为一个传统修养很深的作家，曹植也不能不受到这方面的影响。但特定的题材又最终使他免于人们对他的诟病。因为他在这里描写的乃是一个具有非人间性的洛神，这种非人间性无形中为超现实手法的运用提供了一个合适的土壤，这便多少抵消了人们感觉上的隔膜，这可能是作者始料不及的。

但以上作者对洛神的观照还是静态的，平面的，正如一幅精致的图画，虽然毫发毕现，美丽绝伦，却始终缺乏活泼的生命力。从这种角度而言，作者此刻的描述还属于形式的范围，即肖像式的。也许作者意识到了这一点，在手法上开始加以变化，他的笔触逐渐地由肖像的静观，进入行为的刻画，由表层的探讨进入心理的追寻。这使那被高高地搁置在镜框中的神女，终于走下了可望而不可即的神坛，蜕变成了一个血肉丰满的现实中的人。她忽而如一个活泼的少女：“忽焉纵体，以遨以嬉”；忽而似一个典雅的贵妇：“羌习礼而明诗”；忽而如一个多情的处子：“抗琼珶以和予兮，指潜渊而为期”；忽而似一个失意的思妇：“超长吟以永慕兮，声哀厉而弥长”。作者在对洛神进行世俗化过程的同时，赋予了她人的美德、人的欲望和人的惆怅。也是从这里开始，作者与洛神的精神纠葛发生了。

此时的洛神完全成了一个被世俗的热望所主宰的有情人。也许是与人世隔绝得太久，也许是为了填补由这种隔绝带来的失落，一旦进入到流动着爱欲的人间世界，她便显得那样地含情脉脉，充满春意。她甚至大胆地向作者提出了幽期，但无奈她面对的却是一个心灵包袱相当沉重、不敢越雷池一步的忧郁者。这便不能不给这个感情丰富的美神在精神上带来几丝暗影。此时，虽然她的身边“众灵杂遝”，极尽繁华，但在她的心灵中展现的却是生命的秋日，不过如同忧郁能激起人的爱怜一样，忧郁也使她于美丽中增添了几份凄艳，从而将她的魅力直接诉诸人们最敏感的神经：“扬轻袿之猗靡兮，翳修袖以延伫，……含辞未吐，气若幽兰。”不难看出，虽然她仍飘忽若神，无法捕捉，但却于缥缈中流露了对人间的留恋，于顾盼中流露了精神上的犹疑，更于羞涩中表现了爱的失意。也正是在这留恋、犹疑、失意中，显示了她对爱情的执着与精诚。她“越北沚，过南冈，纡素领，回清扬”，可谓一步一回头，柔情万种；她“抗罗袂以掩涕兮，泪流襟之浪浪”，可谓一字一呜咽，摧人肠断。她“虽潜处于太阴，长寄心于君王”，则于伤感中抒发了对意中人的忠贞。至此，洛神的形象已立体地袒露在读者的面前了。虽然作为一个神灵，她终于光蔽神消，飘然而去，她的风貌，她的神采，尤其是她离开尘世时那忧郁的一瞥，却继续牵动着无数爱的愁肠。

那么，此时，这场人神之恋中的另一个角色——作者所表现的情形又如何呢？仿佛是一片孤寂的云朵，一朝遇到温柔的惠风，便会下起爱的细雨；好像漂流多年的游子，一旦寻求到心灵的归宿，便梦魂萦绕，难以去怀。这个多情的君王，面对洛神美妙的倩影，便心荡神移，不能自持。在女主人的召唤下，他试图“托微波而通辞”。但就在这一时刻，暗影却悄悄降临，他开始怀疑自己感觉的真实性，甚至担心自己的爱心被神灵亵渎。他还想起了郑交甫失意于洛滨的爱情悲剧，希望自己不要重蹈覆辙。这些不能不使他在心灵深处筑起一道理性的栅栏，从而“怅犹豫而狐疑”。就这一点而言，文中“申礼防以自持”固然含有在伦理上自律的意思，但心理上的恐惧也是不能排除的。作者在心理上所表现的黯淡虽然是令人扫兴的，但却是必然的，也是可以宽恕的。因为他是一个在心灵上备受创伤的不幸者。这便使他对生活产生了幻灭感。对他来说，世间的一切都失去了真实的价值，只有忧郁和痛苦是永恒的。所以，他此时的犹豫与怅惘，与其说是对爱的冷漠，不如说是政治生涯中忧患意识的折射。这无意中倒使他于爱的失意中又增添了更动人的质素。所以，当我们听到他“叹匏瓜之无匹兮，咏牵牛之独处”的呻吟时，当我们看到他“夜耿耿而不寐，沾繁霜而至曙”的幽怨形象时，也不由得愁绪满怀。那充满浪漫色彩的人神之恋早已为现实中残酷的君臣之间的纠葛所取代。

（郑训佐）

# 九　愁　赋

曹　植

嗟离思之难忘，心惨毒而含哀①，践南畿之末境②，越引领之徘徊③。眷浮云以太息④，愿攀登而无阶⑤。匪徇荣而愉乐[⑥]，信旧都之可怀[⑦]，恨时王之谬听[⑧]，受奸妄之虚辞[⑨]，扬天威以临下，忽放臣而不疑[⑩]。登高陵而反顾[⑪]，心怀愁而荒悴[⑫]，念先宠之既隆[⑬]，哀后施之不遂[⑭]。虽危亡之不豫[⑮]，亮无远君之心[⑯]。

刈桂兰而秣马[⑰]，舍余车于西林[⑱]。愿接翼于归鸿，嗟高飞而莫攀。因流景而寄言[⑲]，响一绝而不还[⑳]。伤时俗之趋险，独惆怅而长愁。感龙鸾而匿迹[㉑]，如吾身之不留。窜江介之旷野[㉒]，独眇眇而泛舟[㉓]。思孤客之可悲，愍予身之翩翔[㉔]。岂天监之孔明[㉕]，将时运之无常[㉖]！谓内思而自策[㉗]，算乃昔之衍殃[㉘]。以忠言而见黜[㉙]，信无负于时王[㉚]。俗参差而不齐[㉛]，岂毁誉之可同[㉜]。竞昏瞀以营私[㉝]，害予身之奉公[㉞]。共朋党而妒贤[㉟]，俾予济乎长江[㊱]。

嗟大化之移易[㊲]，悲性命之攸遭[㊳]。愁慊慊而继怀[㊴]，恒惨惨而情挽[㊵]。旷年载而不回[㊶]，长去君乎悠远。御飞龙之蜿蜿[㊷]，扬翠霓之华旌[㊸]，绝九霄而高骛[㊹]，飘弭节于天庭[㊺]。披轻云而下观[㊻]，览九土之殊形[㊼]。顾南郢之邦壤[㊽]，咸芜秽而倚倾[㊾]。骖盘桓而思服[㊿]，仰御骧以悲鸣[51]。纡予袂而收涕[52]，仆夫感以失声[53]。

履先王之正路[54]，岂淫径之可遵[55]！知犯君之招咎[56]，耻干媚而求亲[57]。顾旋复之无轨[58]，长自弃于遐滨[59]。与麋鹿而为群，宿林薮之葳蓁[60]。野萧条而极望[61]，旷千里而无人。民生期于必死[62]，何自苦以终身！宁作清水之沉泥[63]，不为浊路之飞尘。

践蹊径之危阻[64]，登岩峣之高岑[65]。见失群之离兽，觌偏栖之孤禽[66]。怀愤激以切痛，若回刃之在心[67]。愁戚戚其无为[68]，游绿林而逍遥；临白水以悲啸，猿惊听而失条[69]。亮无怨而弃逐，乃余行之所招[70]。

## 注释

① 惨毒：内心强烈的怨愤。
② 践：到。南畿：南疆，这里当指雍丘，在今河南杞县。末境：远方。
③ 越：远。引领：伸颈远望。
④ 太息：叹息。
⑤ 无阶：无所凭借。
⑥ 徇荣：追求荣耀。愉乐：愉，同"偷"。苟且偷生，寻一时之安乐。
⑦ 信：实在。旧都：邺城，在今河南境内。
⑧ 时王：曹丕。谬听：听信谗言。
⑨ 奸枉：奸毒邪恶。虚辞：不实之词。
⑩ 忽：突然。放：放逐。
⑪ 高陵：曹操的陵墓。
⑫ 荒悴：憔悴的样子。
⑬ 先宠：以往在曹操那里所得到的恩宠。隆：丰厚。
⑭ 后施：后来曹丕的惠施。不遂：不终。
⑮ 不豫：无法预测。
⑯ 君：曹丕。
⑰ 刈：割。桂兰：芳香的植物。秣马：饲马。
⑱ 舍：停也。
⑲ 流景：指飞鸿的影子。寄言：托其传语。
⑳ 响：飞鸿的鸣叫。
㉑ 鸾：凤鸟。传说龙凤是吉祥之物，天下太平则现，天下混乱则隐。
㉒ 窜：迁。江介：江岸。
㉓ 眇眇：孤独无援的样子。
㉔ 愍(mǐn)：哀怜。翩翔：孤独前行的样子。
㉕ 天监：上天的监视。孔明：十分明了。
㉖ 将：且。无常：没有定则。
㉗ 内思：自我反思。自策：自我思虑。
㉘ 算：命运。乃昔：过去。衍殃：过失，灾难。
㉙ 见黜：被废黜。
㉚ 负：辜负。
㉛ 参差：不整齐的样子。
㉜ 毁誉：诋毁与赞誉。
㉝ 昏瞀(mào)：愚昧。
㉞ 害：患，妒忌。
㉟ 朋党：为了共同利益而结合在一起的集团。妒贤：妒忌贤能。
㊱ 俾：使。
㊲ 大化：国家政教大纲。
㊳ 攸遭：所遭遇。
㊴ 慊(qiǎn)慊：不满足或遗憾的样子。继怀：萦绕于胸，不能断绝。
㊵ 恒：常常。惨惨：悲伤的样子。情挽：情之所系。

㊶ 旷:长久。
㊷ 飞龙:喻马。龙升于天,故曰飞龙。蜿蜿:龙行之貌。
㊸ 扬:高高地飘起。翠霓之华旌:五色彩虹组成的旗帜。
㊹ 绝:超越。高骛:高飞。
㊺ 弭节:驻车。
㊻ 披:拨开。
㊼ 九土:九州。殊形:看上去不一样。
㊽ 南郢:楚地之南。雍丘本属杞国,后为楚所灭。
㊾ 芜秽:荒芜。倚倾:杂乱不齐的样子。
㊿ 骖:驾车时位于两旁的马。盘桓:徘徊不前。
(51) 仰玉骧以悲鸣:马头朝向御者悲鸣。
(52) 纡:弯曲。袂:衣袖。收涕:拭泪。
(53) 失声:因过度悲伤而哭不出声来。
(54) 履:走。
(55) 淫径:邪路。遵:循也。
(56) 犯君:触犯君王。招咎:招来祸害。
(57) 干媚:献媚。
(58) 顾:考虑。旋复:回还,归来。无轨:失去道路。
(59) 遐滨:偏远的地方。
(60) 葳榛:草木丛杂。
(61) 极望:竭力远眺。
(62) 民生:人生。
(63) "宁作"二句:以清水之沉泥和浊路之飞尘暗示作者宁愿作清白环境中的卑下者,也不愿做浊世中的显达者。
(64) 蹊径:道路。危阻:艰难险阻。
(65) 岧峣:高峻的样子。
(66) 觌(dí):遇见。偏栖:独处。
(67) 回刃:回旋的刀刃。
(68) 戚戚:忧愁的样子。
(69) 失条:从树枝上坠落。
(70) 招:招致。

## 鉴赏

在中国古代众多的作家中,曹植可谓命途多舛。他的"虚负凌云万丈才,一生襟袍未曾开"的悲剧性生涯无疑给这位风流俊赏的汉魏才子的现实生活覆盖上了一层浓重的暗影,甚至带来了几多辛酸,几多悲凉,以至于当我们于千载以下想到他那漂泊无定的遭遇和虽然胸怀冰雪却报国无门的形销骨立的幽怨的形象,也不能不黯然神伤。可是,当我们把审视的目光从他所处的残酷的历史背景转移到他所开拓的文学天地,出现的却是另一番动人的情形。在这里,人生的悲凉、生活的遗弃,通过主体心灵的高扬和审美的观照,都发生了惊人的转变。人生的悲凉已不单纯是生活强加给作家的厄运,它实际已成了他把握生命、体察人生的一种情感方式;生活的遗弃也不再是生命无价值的消耗,它已熔铸成了对自我价值的执着与精诚,这也许是刘勰所说的病蚌成珠。这里要谈到的《九愁赋》,正是作者生命历程的一部真实的记录。在这篇自叙性的文字中,作者带着旷古的幽怨与不屈的希求向我们忠实地展现了一个虽然遭谗受诟,但仍不改初衷的坚贞者的动人的内心世界。其思想的深刻,情感的真挚与艺术的精致,可谓绝伦。正如明代沈嘉则所说:"若论文章,则伯仲屈平,贾宋诸人未堪与俦。"的确,如果我们细作分析,就会发现,这并非毫无根据的谀词,在总的精神走向上,曹植寻求的是一条与他的前辈屈原完全相似的途径,也正因为有了这样高层次的参照,所以他在人格上才显得那样独立不移,在艺术上才那样光彩照人。

从文章透露的一些信息我们可以推断,这篇作品作于雍丘,时间大约在黄初四年至黄初七年,这正是曹植个人经历中最不幸的时期。自建安二十五年(220)父亲曹操去世以后,曹植的遭际便一落千丈,由一个备受宠爱的对象沦落为任他人宰割的受害者。在去雍丘以前,他即屡次被贬爵,并不断改变封地。他先由县侯的临淄侯降为乡侯的安乡侯,不久又由安乡侯改封为鄄城侯。在鄄城期间,他又因被人诬告,而迁往邺城旧居闭门思过。此后,曹丕大概为了体现他的一点仁爱之心,又将之进封为鄄城王,但过后不久,又徙之到雍丘,并且在这里滞留了三年。在汉魏时期,雍丘是一个备受战乱破坏,且离都城遥远的边境地带。因此,此行对曹植来说,无异于放逐。这篇文章很可能就是作者在到达雍丘后不久所作。

从题目即可以看出,这是一篇非同寻常的文字。古人常用"九"字言其多,那么,作者在这里以"九愁"名篇,其命意非常明显,就是借此宣泄他的百转愁肠。当我们一接触到题目,就似乎已经感到了一种不可言说的沉重感,从这种意义上说,它的确起到了"山雨欲来风满楼"的笼罩全篇的效果。的确,在实际的写作过程中,作者也是以愁为线索,展开他的心历路程的。

我们先看第一段。显然作者意识到了开篇的重要性,所以工于发端成了这一段的最大特色。潜藏在心中的无限的幽怨如决堤之水冲垮了作者理性的栅栏,情感上的激越几乎使他摒弃了艺术上的修饰和语意上的闪烁其词,而以十分清晰的文字直陈胸臆:"嗟离思之难忘,心惨毒而含哀",作者一开始就把痛苦而复杂的内心世界袒露给读者,可谓一字一血泪,一字一呜咽。随着情绪的高涨,文中指陈的范围亦越来越趋向于对象化。由于作者是一个受现实政治迫害而流徙边土的放逐者,因此,这就必然给这种对象化带来这样的规定性,即把指陈的锋芒对准自身现实悲剧的制造者。这无意中便造成了两种形象的对立:一个是"扬天威以临下,忽放臣而不疑”的曹丕，一个是“虽危亡之不豫，亮无远君之心”的作者自我。正是在这两种形象的对立与描述中，作者也完成了两种势力的价值判断。在作者看来，身为一国之君，又是自己兄长的曹丕只是一个没有理性的专制者，充其量只是昏庸与猜忌的象征，而作者自己则是这种专制局面的无辜的受害者，是忠贞与清白遭到毁灭的标志。这种对比性的描述无疑具有一种黑白分明的清晰感和一字千钧的力度，它不但无情地暴露了世道的艰难险阻，而且还在一定的意义上高扬了自身的价值。这在曹植的整个作品也是少见的。我们知道，在曹植生活的后半期，由于生活的落差所造成的忧患意识的触发，他写作了许多感叹身世的作品。但因为环境的险恶和指陈对象的特殊性，他一般都采取比较隐晦的方式，即用草木零落、美人迟暮来表达政治上的失意，如《洛神赋》《杂诗》之类，即使如《赠白马王彪》这样阳刚之气比较旺盛的作品，也是在传统比兴的形式中，很有节制地倾诉心中的不平。因此，特殊的现实背景赋予了曹植特殊的表达方式，而这种特殊的表达方式又形成了一种特定的情感模式，即怨而不怒的中庸的情感境界。这样，在一般的作品中，曹植往往只是以吞咽者的形象出现，他总是把自己的情感固定在一种满而不泄的状态，或是“含情欲说宫中事，鹦鹉前头不敢言”，或是“欲说还休，欲说还休，却道天凉好个秋”。一句话，他大多迂回曲折，点到为止。有时甚至为了安全起见，不得不以扭曲作为代价，虽备遭坎坷，也要说些违背初衷、歌颂圣明的话。但这篇作品所呈现的面貌却与众不同，不但在情感上突破了中庸的情感模式，而且对对象的指责也一变以往的暧昧，把锋芒直接对准了曹丕——那个曾经使他备尝世态艰辛，并且目前仍然制约着他的专制者。也正因为他抛弃了精神上的羁绊，所以才那样痛快淋漓，一泻千里。

从专制的阴影中摆脱出来的曹植，再也没有成为理性的奴隶。在情感的王国里，他终于成了自由人。他忽而接翼归鸿，忽而遥问苍天，尽情地宣泄心中的忧愤，开放自身的胸怀。如果说，在前段中作者以不羁的姿态为自己情感的表达开辟了一个逻辑起点，那么，第二段则是它的承续，在原先价值判断的基础上，他把自己的情感推向了一个新的层面。和前面不同的是，这一段的形象性明显增强。“刈桂兰而秣马，舍余车于西林”便具备了这种特征。桂兰本是美好的东西，但却用来秣马，自己的生命之车本应奔驰不息，现在却停滞不前，无疑，从暗喻的意义上审视，这正象征了作者在现实中的窘困。这是明珠暗投的悲哀，但却不是毁灭性的悲哀。因为他已完全把自己看作是一个独立于昏昏浊世和上帝眷顾之外的弃子:“思孤客之可悲,愍予身之翩翔,岂天监之孔明,将时运之无常。”其中,虽然不乏对生命的哀叹,甚至带点人生无常的意味,但它却是建立在严肃的道德判断基础之上的,因此显得极其深厚而真实。在作者看来,和所有遭谗受谄者一样,他之所以遭到放逐,并不是由于自己于国无忠,而是因为太眷眷于忠。“以忠言而见黜”一语正道出了这方面沉痛的感受。他之所以引来诋毁,也不是由于胸怀私心,而是因为太游离于私。“害予身之奉公”,就说出了这种底蕴。在黑白不分、是非混淆的世风中,作者不得不承受由价值颠倒所引发的痛苦,因为举世昏昏,所以他的清醒与理智便成了罪恶;因为举世浊浊,所以他的高洁与狷介便成了污点。这不由得使我们想起了屈原那种“举世皆浊我独清,众人皆醉我独醒”的对现实的反讽。在现实的重压下,作者甚至想弃世远游,寻觅一个空灵而静谧的所在,安置他那颗在现实中备受挫折的心灵。于是,他整个的身心开始向另一个世界漂移,以致产生了精神上的幻觉。他似乎已经和他那个精神偶像屈原一样,驾飞龙,扬华旌,飘摇于五光十色的天庭。但遗憾的是作者毕竟是一个活生生的现实中的人,神话世界不能代替世俗的土壤,精神幻觉也不可能成为现实的视象,充溢于内在精神领域严肃的责任感和外在的巨大引力,最终又把他拉回到混浊的尘世,逼迫他在忧郁和痛苦中完成他的人生之途。所以,当世俗的钟声敲碎了片刻的梦幻,俯瞰大地的芜秽与倾颓,他又一次陷入了无法解脱的悲哀之中,以致老马盘桓,仆夫失声。这种变化使我们再一次想起了屈原在《离骚》的最后所表现的情调:“驾八龙之婉婉兮,载云旗之委蛇,抑志而弭节兮,神高驰之邈邈,……陟升皇之赫戏兮,忽临睨乎旧乡,仆夫悲余马怀兮,蜷局顾而不行。”毋庸讳言,作者所流露的对国家的眷恋还没有屈原明确深厚,情感还没有那么令人悱恻,色彩也没有那么辉煌绚烂,但他们在人格走向上却是基本一致的。因为这不是一般意义上的缠绵与伤感,而是一个赤子对母体的忠贞,一个弃儿在失去依傍后对大地的回顾!

于是,作者在精神上开始蜕变,他已由一个愤世者转变成了一个殉道者,在这种意念的照耀下,他的是非观念越来越趋于明确,其独立不移的人格也越来越向成熟发展。看上去他是这样地精诚执着,义无反顾,这就是在第四段所表白的:“履先王之正路,岂淫径之可遵,知犯君之招咎,耻干媚而求亲。”作者明确表示他决心寻求一条与现实截然相反的道路作为他最终的归宿,他甚至宁可犯忤君之嫌,也不愿作出媚态,宁可放逐于遐滨,也不做亏心之举。无疑,在君臣之义与个体人格抵触的情况下,他毅然选择的是后者。虽然从传统的伦理观念上审视,这不无反叛的意味,但正是在这种反叛中,作者亮出了他个性的旗帜。也正因为如此,所以他标出的所谓的先王,便失去了实在的意义,而成为徒具形式的托古寄怀,充沛于其中的则是对自我的忠贞。这样,作者在否定现实的同时,也肯定了自身,完善了自身,“宁作清水之沉泥,不为浊路之飞尘”,正是它形象化的表现。清水中的沉泥虽然寂寞无闻,但却能保持固有的本性;浊路上的飞尘虽然阅尽繁华、飞扬跋扈,但终是他人的奴仆。作者的表述可谓奇极、痴极,也悲极,他的萧索,他的耿直,他的艳绝的才情,皆包含在这一小片画面之中。

和前面相比,最后一段的调子显然有些低沉,但这并不是作者在精神上退缩的表现,而是他的愁苦在意象上的一种回归。正是通过这种回归,使读者于沉雄之中又感到了一种萧瑟之气,从而激起不尽的联想。

(郑训佐)

# 蝙 蝠 赋①

曹 植

吁何奸气②,生兹蝙蝠。形殊性诡,每变常式③。行不由足,飞不假翼④。明伏暗动,尽似鼠形,谓鸟不似⑤。二足为毛,飞而含齿⑥。巢不哺鷇,空不乳子⑦。不容毛群,斥逐羽族⑧。下不蹈陆,上不冯木⑨。

**注释**

① 蝙蝠:哺乳动物。又名服翼、伏翼。或名飞鼠、仙鼠。

② 吁(xū):叹词,表示惊异。奸气:谓天地间的邪气。

③ 常式:一定的格式和制度。此处谓一般的规律与通常的习性。

④ 由:用。假:凭借,依靠。

⑤ 明伏暗动:谓白天隐伏,夜晚行动。尽:别本作“昼”,当作“昼”是。

⑥ 为毛:当作“而毛”。谓蝙蝠既不能算作鸟类,又不能算作兽类。

⑦ 鷇(kòu):待母哺食的幼鸟。空:疑为“穴”,形近而误。

⑧ 毛群:兽类。羽族:鸟类。

⑨ 蹈陆：脚踏土地。冯：通“凭”，依托，依靠。

## 鉴赏

这是一篇写物小赋，流传至今，已不很完整了。其中有很多脱佚，语气不甚连贯，但根据残文，揣摩文意，我们也可给它划出几个层次。

开头四句，是总说。起笔便肯定蝙蝠是邪恶之气所生，谅非善类，为全篇内容定下了基调。作者为什么视其为邪恶给以贬斥呢？“形殊性诡，每变常式”两句概括地回答了这个问题。原来，蝙蝠的形体及生性都有令人不怿的怪异之处。

中间九句，紧接着作出具体说明。通过对蝙蝠的外形、活动情状及习性等各方面的描写，勾画出它那怪丑的形象。“行不由足，飞不假翼”，说蝙蝠的起作有悖于动物的常态，既不类兽，也不类禽。“明伏暗动”等三句，说蝙蝠的外貌与活动规律全像老鼠，它害怕光明，专在暗中活动，与夜息昼作的鸟类截然不同。“二足为毛，飞而含齿”，又对此作进一步说明。鸟类足胫无毛，口内无牙，蝙蝠则反是，所以尽管它能飞翔，毕竟不能认它作鸟。而更为怪异的是蝙蝠的秉性。说它是巢居的鸟吧，它可不曾嘴对嘴地将食物吐哺给幼蝠；说它是穴居的兽吧，它又不把奶汁喂养自己的儿女。它是那样自私，连起码的母爱、亲情都没有（按：据生物学资料记载，母蝠只将一半的奶汁喂养自己所产的幼蝠，另一半则喂给其他幼蝠，而其他幼蝠之母，亦将其奶汁之半返喂该母蝠的幼蝠。古人的认识因受客观条件的限制，不够准确，才有“穴不乳子”的不科学的说法）。在曹植看来，蝙蝠不过是非鸟非兽，不伦不类而且没有天性的丑类。它外貌丑，行为丑，内心更丑，说它是奸气所生，实不过分。作者评述蝙蝠，既实实在在，又带有明显的感情色彩。

最后四句是结论。有两层意思：一是蝙蝠不容于鸟兽之群，只能视为动物世界中的异类；二是它下无法立足，上无由安居，境遇实在可悲。这是蝙蝠“形殊性诡，每变常式”的必然结果。

古人赋物，往往借以抒怀，即通过刻意描摹某一事物，直接地或迂曲隐晦地表达自己某种思想观点、情怀感触。曹植写《蝙蝠赋》，自然不会是单纯地、客观地就物论物，总会有某种寓意、某种寄托在内。这一点，只要联系他的生平遭遇即可窥探一二。

曹植甚得曹操宠爱。曹操曾欲立他为太子。但他年轻任性，不自雕励，终于失宠。曹丕即位，曹植便受到种种猜忌、抑压和迫害，境遇艰险。黄初四年(223)五月，曹植偕同白马王曹彪、任城王曹彰到洛阳参加朝会，不料曹彰被曹丕毒死(据《世说新语》载)，很令曹植惊恨。七月曹植与曹彪返回封地，监国使者(曹丕派去的监视人)灌均又不许他二人同路止宿。曹植非常不满，愤而写下《赠白马王彪》这首名诗，直抒胸中垒块。其后曹丕甚至想杀害曹植，经卞太后力阻才罢。曹植也曾多次上书请求任用，不仅未能如愿，反而迭遭贬爵徙封，一生很不得志。身陷如此孤危的境地，曹植不得不深自敛退，以求自保，然而内心毕竟苦闷难堪，怨怼日积。这种孤愤的心情，难免会在诗文中有所显示。像《赠白马王彪》中"鸱枭鸣衡轭，豺狼当路衢。苍蝇间白黑，谗巧令亲疏"等语，就是谴责灌均之类的君侧佞幸的。显然，在当时的险恶情势下，曹植只能借丑物以喻坏人，流露自己的不满，发泄心中的感慨。

《蝙蝠赋》也是曹植借物抒感、刺世斥邪之作。他抓住蝙蝠的行为特点及习性落笔，暗示出讽刺对象的某些与之相似之处，让读者体味出所指为何，从而达到对奸宄充分揭露、严厉挞伐的目的。大凡居心不良、行为叵测的人，无论玩弄什么手法，其行状和本性总是会表现得与众不同，难以完全遮掩，迟早要被识破。"行殊性诡，每变常式"，就是那班诡诈虚伪、卑劣善变的佞臣奸相、刁吏黠绅的写照。他们欺世盗名，要尽两面手法，行为诡秘，正所谓"行不由足，飞不假翼"，难以捉摸。他们猥琐、贪婪而又阴险，专在暗处为非作歹；所谓"明伏暗动，尽似鼠形"，指的就是这些宵小之徒。他们当面是人，背后是鬼，人而鬼，鬼而人，有如蝙蝠的似鸟似兽而又非鸟非兽。更有甚者，他们为了一己的私利，竟不惜骨肉相残，连最高统治者也是如此。所谓"巢不哺鷇，穴不乳子"，就是典型的表现。作者对这种人实在痛恨已极，在篇末直斥他们不齿于人类，得不到安身立命之所，有力地给予了无情的鞭笞。全篇无一字说人，却又处处说人，那种溢于言表的嫉恶愤俗的深沉感情，能给人们巨大的感染和深刻的启示。

建安时代，四言诗仍有活力。曹操就是写作四言乐府的能手。赋，是半文半诗的文学样式，在其由两汉发展到魏晋的过程中，有时袭用四言格式是不足为怪的。本篇看去是四言诗，之所以名之为赋，就是因为它虽然形制短小，却仍旧具有古赋铺排议论、体物写志的特点。曹植另有一篇《鹞雀赋》，基本上也是四言。

(段晓华)

# 猕猴赋

阮籍

昔禹平水土，而使益驱禽[①]。涤荡川谷兮，栉梳山林[②]。是以神、奸形于九鼎，而异物来臻[③]。故丰狐文豹释其表[④]，间尾驺虞献其珍[⑤]，夸父独鹿祓其豪[⑥]，青马三骓弃其群[⑦]。此以其壮而残其生者也。

若夫熊狚之游临江兮，见厥功以乘危[⑧]。夔负渊以肆志兮，扬震声而衣皮[⑨]。处闲旷而或昭兮，何幽隐之罔随[⑩]？鼷畏逼以潜身兮，穴神丘之重深[⑪]，终或饵以求食兮，焉凿之而能禁[⑫]？诚有利而可欲兮，虽希觌而为禽[⑬]。故近者不称岁，远者不历年[⑭]；大则有称于万年，细者则为笑于目前。

夫猕猴直其微者也，犹系累于下陈[⑮]。体多似而匪类[⑯]，形乖殊而不纯。外察慧而无度兮，故人面而兽心。性褊浅而干进兮[⑰]，似韩非之囚秦。扬眉额而骤呻兮，似巧言而伪真[⑱]。藩从后之繁众兮，犹伐树而丧邻[⑲]。整衣冠而伟服兮，怀项王之思归[⑳]。耽嗜欲而眄视兮，有长卿之妍姿[㉑]。举头吻而作态兮，动可增而自新。沐兰汤而滋秽兮，匪宋朝之媚人[㉒]。终嗤弄而处绁兮，虽近习而不亲[㉓]。多才使其何为兮？固受垢而貌侵[㉔]。姿便捷而好技兮，超趠腾跃乎岺岑[㉕]。既投林以东避兮，遂中冈而被寻[㉖]。

婴徽缨以拘制兮[27]，顾西山而长吟。缘榱桷以容与兮，志岂忘乎邓林[28]。庶君子之嘉惠[29]，设奇视以尽心。且须臾以永日，焉逸豫而自矜[30]。斯伏死于堂下，长灭没乎形神。

## 注释

① 平水土:禹治水分天下为九州。平:辨治。益:伯益,皋陶之子,舜命益为虞(掌山泽之官),佐禹治水,后为禹相。

② 涤荡:疏通。栉梳:梳理,整理。

③ 神:神异之物。奸:奸怪之物。形:绘形,表现。异物来臻:祥瑞之物纷纷而至。臻,至。

④ 丰狐:大狐狸。文豹:花豹。文,通"纹",花纹。释其表:贡献其皮。

⑤ 间尾:长尾兽。间,盛,大。驺虞:瑞兽。

⑥ 夸父:古神话中神人,当系炎帝后裔。独鹿:兽名,又作"独浴"。状如虎而白身、犬首、马尾、彘鬣。见《山海经·北山经》。祓:除。豪:同"毫",毛。

⑦ 青马、三骓:名马。

⑧ 狚(dàn):兽名,似狼。江:长江。

⑨ 夔:一足兽。负渊:倚恃深渊。肆志:伸展其志。扬震声:即扬雷声。震,雷。

⑩ 闲旷:荒凉幽僻之处。或昭:迷惑于显闻。或通"惑"。一本作"惑"。罔随:不依循,不从。

⑪ 鼷:小鼠。神丘:社坛,古以木为社,下封土为坛。重深:甚深。

⑫ 或饵:惑饵。饵,食。焉:何。

⑬ 希觌(dí):稀见。为禽:被擒,被捉。

⑭ 不称岁:不足一年。称:足。远:久。不历年:谓不超过一年。

⑮ 直:特,只是。系(jì)累:捆缚,拴系(jì)。下陈:谓堂下庭中。

⑯ 匪类:非类,不是同类。

⑰ 褊浅:褊狭而浅陋。干进:求仕。干,求。

⑱ 骤呻:频频鸣叫。伪真:不真实。

⑲ 藩从后:谓一猴领头,众猴紧随,好似随从卫队一般。藩,屏卫。伐树:损坏树木。丧邻:伤害邻里。

⑳ 项王:项羽。

㉑ 耽:沉湎。眄视:斜视。长卿:司马相如的字。妍姿:美丽的姿容。

㉒ 沐兰汤:《楚辞·九歌·云中君》:"浴兰汤兮沐芳。"本意为洁身自好,此谓以汤水洗头脸。滋秽:更加污秽。匪:非,不。宋朝:春秋时宋公子朝,与卫灵公夫人南子通奸,时人呼为"艾豭"(可爱的小公猪)。

㉓ 嗤弄:被嗤笑耍弄。处绁:被拴系。

绁,绳索。近习:亲幸者,亲近狎昵之人。

㉔ 貌侵:体貌短小而丑。

㉕ 超跕(zhān):超越急走。嵒岑:山岩。嵒,同“岩”。

㉖ 被寻:被发现,被捕获。

㉗ 婴:被……所缠。徽纆:系囚之绳索。拘制:束缚,制约。

㉘ 榱桷(cuījué):屋椽,桷为方形椽。此谓木桩。容与:徘徊。邓林:桃林,夸父手杖所化。此泛指树林。

㉙ 庶:希望。君子:养狙者,实喻统治者。嘉惠:施予恩惠。

㉚ 须臾:片刻。永日:终日。逸豫:闲适,安乐。

## 鉴赏

阮籍(210—263),字嗣宗,“建安七子”阮瑀之子,魏正始间“竹林七贤”之一。《晋书》本传说他“本有济世志,属魏、晋之际,天下多故,名士少有全者,籍由是不与世事,遂酣饮为常”。早年曾为蒋济、曹爽所辟举,不久即托病辞去。司马氏秉政期间,他做了十天东平相。又因慕步兵营厨中有美酒三百斛,一度做了步兵校尉,故又称阮步兵。他曾登广武山,面对楚汉旧战场而嗟叹:“时无英雄,使竖子成名!”又善为青白眼,见礼俗之士,以白眼对之,“由是,礼法之士疾之若仇”。卒年54岁,有《阮步兵集》传世。

他的82首《咏怀诗》,以旨意“遥深”名古今。而其赋作,也同样是“厥旨渊放,归趣难求”(钟嵘《诗品》语)。正像颜延年所说:“虽志在刺讥,而文多隐避。百代之下,难以情测”。(《文选》李善注引)在艺术上,阮赋大多采取浪漫主义手法,往往“情寄八荒之表”(《诗品》),以大胆的夸张和奇特的幻想见长,描绘的形象又栩栩欲生。因而显得体格宏放,文法高妙。

猕猴亦称沐猴或母猴,又称王孙,是猿猴中矮小而最为敏捷的一种。古代描写猕猴的小赋,首推汉末王延寿的《王孙赋》,阮赋是第二首。王赋仍未脱汉赋窠臼,以“体物而浏亮”见长。阮赋描绘虽惟妙惟肖,则意不在体物而重在抒情。就艺术价值及思想的深刻意义而言,则阮赋大大超越王赋,可谓千古名篇。

这首赋可分三段,采用由远及近、层层剥笋的方式,结构十分严密。第一段自开始至“细者则为笑于目前”,写猕猴活动的背景。作者以丰富的想象力,把丰狐、文豹、夸父、驺虞、青马、三骓这些不同时间、不同地域的珍奇怪异之物,通通和禹平水土、铸九鼎联系起来,真可谓光怪陆离,目不暇收!它们或"释其表",或"献其珍",或"被其豪",或"弃其群",看来确实豪壮。但是,只不过"以其壮而残其生者也"!这一句结得力重千钧,不仅否定了"珍禽怪兽"们的对自然本性的违背,而且把统治阶级历来宣扬的"异物来臻"的所谓"祥瑞",统统彻底否定。第二段自"夫猕猴"句至"遂中冈而被寻",是本赋的正文。通过写猕猴的种种举动,来讽刺当时追求功名利禄的礼法之士。第三段共十句,是写猕猴被拘后思念西山,虽极尽小心却惨死堂下。

这首赋明写猕猴,暗写人事,实则寓指礼法之士追求显达、自陷罗网,以致落得个形死神灭的可悲下场。在艺术上,以意蕴深邃、构想奇幻、形象逼真、语言生动活泼,成为千古绝唱。后来之咏猿诸作,殆无出其右者。

(殷　翔)

# 大人先生传(节选)

阮　籍

大人先生盖老人也,不知姓字。陈天地之始[①],言神农、黄帝之事,昭然也[②];莫知其生年之数。尝居苏门之山[③],故世或谓之闲。养性延寿,与自然齐光[④]。其视尧、舜之所事,若手中耳。以万里为一步,以千岁为一朝。行不赴而居不处[⑤],求乎大道而无所寓[⑥]。先生以应变顺和、天地为家[⑦];运去势隤,魁然独存[⑧]。自以为能足与造化推移[⑨],故默探道德[⑩],不与世同之。自好者非之[⑪],无识者怪之,不知其变化神微也。而先生不以世之非怪而易其务也[⑫]。先生以为中区之在天下,曾不若蝇蚊之着帷[⑬],故终不以为事,而极意乎异方奇域,游览观乐,非世所见,徘徊无所终极[⑭]。遗其书于苏门之山而去[⑮],天下莫知其所如往也[⑯]。

或遗大人先生书曰[⑰]:"天下之贵,莫贵于君子[⑱]。服有常色[⑲],貌有常则[⑳],言有常度[㉑],行有常式[㉒]:立则磬折[23]，拱若抱鼓[24]，动静有节，趋步商羽[25]，进退周旋，咸有规矩[26]。心若怀冰，战战慄慄[27]；束身修行，日慎一日；择地而行，唯恐遗失[28]。诵周、孔之遗训，叹唐、虞之道德[29]。唯法是脩，唯礼是克[30]。手执珪璧，足履绳墨[31]。行欲为目前检，言欲为无穷则[32]。少称乡闾，长闻邦国[33]。上欲图三公，下不失九州牧[34]。故挟金玉，垂文组，享尊位，取茅土[35]，扬声名于后世，齐功德于往古。奉事君上，牧养百姓，退营私家，育长妻子[36]。卜□吉宅，虑乃亿祉[37]；远祸近福，永坚固已。此诚士君子之高致，古今不易之美行也。今先生乃被发而居巨海之中[38]，与若君子者远[39]。吾恐世之笑先生而非之也。行为世所笑，身无由自达[40]，则可谓耻辱矣。身处困苦之地，而行为世俗之所笑，吾为先生不取也。"

## 注释

① 陈：陈述。

② 昭：明白。

③ 苏门之山：亦名苏岭，又名百门山，在今河南辉县西北七里。

④ 齐光：与自然同样光辉不朽。

⑤ 赴：去。处：住。

⑥ 无所寓：没什么寄托，谓无目的、无终极。

⑦ 应变顺和：适应变化、顺从和谐，谓与时俯仰。

⑧ 隤：衰败。魁（kuài）然：孤独的样子。

⑨ 与造化推移：随自然变化而变化。

⑩ 默探道德：默默地探求关于道德的学说。

⑪ 自好者：洁身自好的人，谓隐者。非：否定，批评。

⑫ 不以世之非怪易其务：不因世俗的非难、怪异而更改他的追求。

⑬ 中区：域内，中国。曾：乃。着：附着。帷：帐。

⑭ 终极：止境。

⑮ 遗：留下。书：书信。

⑯ 所如往：去向。

⑰ 或：有人。遗（wèi）：赠。

⑱ 君子：本文所谓"君子"，虽泛指儒家

君子,实指趋附司马氏的所谓礼法之士。

⑲ 服有常色:古代礼制规定,衣服的颜色随贵贱、吉凶而定。常:一定。

⑳ 貌有常则:面部表情有一定的法式。

㉑ 言有常度:说话有一定分寸。

㉒ 行有常式:行为有一定法则。

㉓ 立则磬折;站立时腰弓得像磬一般。磬:乐器,形曲折。

㉔ 拱:拱手。

㉕ 动静有节:动作合乎节奏。趋步商羽:或急走或缓行都合乎音乐旋律。趋:急走,碎步小跑,古时臣子晋见国君以示急切故作此态。步:慢步,缓行。商羽:指宫、商、角、徵(zhǐ)、羽五声,此谓音乐旋律。

㉖ 进退周旋:与人交接均循规蹈矩。咸:都。

㉗ 怀冰:殆由赵晔《吴越春秋》越王"冬常抱冰"事化来。

㉘ 择地而行:形容极其谨慎。

㉙ 周、孔:周公、孔子。遗训:著述。唐、虞:唐尧、虞舜。

㉚ 偹:循,依循。克:能,遵守。

㉛ 珪璧:古代王侯朝聘、祭祀时用的玉器。璧圆形,象地;珪长方形,象天。也有将二者结合为一的:上呈长方形,下为圆形,即珪璧。足履绳墨:形容走路笔直,以喻行为规规矩矩。

㉜ 检:法式。无穷则:永久的法则。

㉝ 乡闾:乡里。

㉞ 三公:周指太师、太傅、太保,西汉指大司马、大司徒、大司空,东汉指太尉、司徒、司空。为朝廷的最高长官。九州牧:《礼记·曲礼》"九州之长,入天子之国曰牧"。此谓地方最高长官。

㉟ 金玉:金银珠宝。文组:有花纹的绶带,用来系玉佩、金印等物。取茅土:封为诸侯。古代天子以五色土(象征五方)为社,将以封诸侯,各取方土,裹以白茅授之,故云。

㊱ 牧:管理。退:辞官,告退。

㊲ 卜□吉宅:所缺之字似为"乃"或"则"。谓占卜以求吉宅。虑乃亿祉:考虑的是永世福禄。

㊳ 被发:披发。巨海:大海。古人以为中国四面环海。居巨海,谓远离人世。

㊴ 若:这样的。远:疏远。

㊵ 身无由自达:自己无法被荐于国君,从而获得封赏。

于是大人先生乃逌然而叹[①],假云霓而应之[②],曰:"若之云尚何通哉[③]?夫大人者,乃与造物者同体、天地并生[④];逍遥浮世,与道俱成;变化散聚,不常其形[⑤]。天地制域于内,而浮明开达于外[⑥]。天地之永固,非世俗之所及也[⑦]。吾将为汝言之:

“往者天尝在下，地尝在上，反覆颠倒，未之安固，焉得不失度式而常之[8]？天因地动，山陷川起，云散震坏，六合失理，汝又焉得择地而行、趋步商羽[9]？往者群气争存，万物死虑，支体不从，身为泥土，根拔枝殊，咸失其所，汝又焉得束身修行，磬折抱鼓[10]？李牧功而身死[11]，伯宗忠而世绝[12]。进求利以丧身，营爵赏而家灭，汝又焉得挟金玉万亿、祇奉君上而全妻子乎[13]？

“且汝独不见夫虱之处于裈之中乎[14]？逃于深缝，匿乎坏絮，自以为吉宅也。行不敢离缝际，动不敢出裈裆，自以为得绳墨也。饥则啮人，自以为无穷食也[15]。然炎丘火流，焦邑灭都[16]，群虱死于裈中而不能出。汝君子之处寰区之内[17]，亦何异夫虱之处裈中乎？悲夫！而乃自以为远祸近福，坚无穷已。亦观夫阳乌游于尘外[18]，而鷦鹩戏于蓬芰[19]，小大固不相及，汝又何以为若君子闻于予乎[20]！且近者夏丧于商，周播之刘，耿、薄为墟，丰、镐成丘[21]。至人来一顾，而世代相酬[22]。厥居未定[23]，他人已有，汝之茅土，将谁与久[24]？

“……昔者天地开辟，万物并生[25]。大者恬其性，细者静其形[26]。……明者不以智胜，暗者不以愚败[27]；弱者不以迫畏，强者不以力尽[28]。盖无君而庶物定，无臣而万事理[29]，保身修性，不违其纪[30]。惟兹若然，故能长久[31]。今汝造音以乱声，作色以诡形[32]，外易其貌，内隐其情，怀欲以求多，诈伪以要名[33]。君立而虐兴，臣设而贼生[34]。坐制礼法，束缚下民。欺愚诳拙，藏智自神[35]。强者睽（眠）而凌暴，弱者憔悴而事人[36]。假廉而成贪，内险而外仁。罪至不悔过，幸遇则自矜[37]。驰此以奏除，故循滞而不振[38]。

夫无贵则贱者不怨，无富则贫者不争，各足于身而无所求也。……今汝尊贤以相高[39]，竞能以相尚[40]，争势以相君[41]，宠贵以相加[42]，驱天下以趣之，此所以上下相残也[43]。竭天地万物之至，以奉声色无穷之欲[44]，此非所以养百姓也。于是惧民之知其然，故重赏以喜之，严刑以威之[45]。财匮而赏不供，刑尽而罚不行[46]，乃始有亡国、戮君、溃败之祸。此非汝君子之为乎[47]？汝君子之礼法，诚天下残贼、乱危、死亡之术耳[48]，而乃目以为美行不易之道，不亦过乎[49]；……

## 注释

① 逌(yóu)然:悠闲自得之貌。
② 假:借,乘。
③ 若之云:你的说法。
④ 造物者:此指自然界。
⑤ 逍遥浮世:自由自在地浮游于世。
⑥ 制域于内:造成内心境界。内,心。浮明开达于外:其外形表现为自在明智。浮明:自在明智。开达:表现。外:喻形。
⑦ 所及:所达到,所理解。
⑧ 度式:法规,规范。
⑨ 天因地动:古人认为地随天动,此故意反言之。因,依,随。山陷川起:山陷为河谷,河谷突起为山。震:雷。六合:上下四方。失理:颠倒失序。
⑩ 群气:构成万物的原始气态物质。死虑:忧虑死亡。支体不从:支同“肢”,谓肢体不谐调,不从心意。枝殊:枝断。咸失其所:都丧失原来的生活环境。
⑪ 李牧:战国时赵国名将,以守边、破秦屡立战功封武安君。因秦国贿赂赵王宠臣郭开诬陷他想谋反,被赵王杀害。功:立功。
⑫ 伯宗:春秋时晋国大夫。
⑬ 祇奉:敬献。全妻子:保全妻子儿女。
⑭ 裈(kūn):裤子。
⑮ 啮(niè):咬。无穷食:享用不尽的食品。
⑯ 炎丘:炎土,指南方酷热之地。焦邑灭都:谓都邑里热得酷焦一般。
⑰ 寰区:寰宇,指中国。

⑱ 阳乌:《五经通义》曰:“日中有三足乌。”因名为阳乌。

⑲ 鷦鷯(jiāoliáo):一种小鸟。蓬芠:当作“蓬艾”,即蓬蒿。

⑳ 小大固不相及:《庄子·逍遥游》:“小知不及大知,小年不及大年。”若君子:这样的君子。闻于予:名声超过我。

㉑ 夏丧于商:夏朝亡于商朝。周播之刘:周朝移给刘姓的汉朝。耿、薄为墟:耿,周代姬姓诸侯国,故城在今山西河津东南。薄即薄姑,亦作蒲姑,本为殷、周间诸侯国,其地在今山东博兴东北。丰、镐成丘:丰是周文王所建都,故城在今陕西西安鄠邑区东五里;镐即镐京,周武王所建都,在今陕西西安长安区西南。汉武帝穿昆明池,镐京故宅,皆沦于池中。

㉒ 至人:道家理想中最高的人物。顾:视。酬:谢,交替。

㉓ 厥:其,他的。

㉔ 将谁与久:又怎么会长久呢?将:且,又。谁:怎么。与:助词。

㉕ 天地开辟:中国古代神话传说。

㉖ 恬:静。细者:细小的事物。

㉗ 明者不以智胜:聪明人不凭智慧取胜于人。暗者不以愚败:暗昧的人不因愚笨失败。

㉘ 弱者不以迫畏:柔弱的人不因为被胁迫而畏惧。强者不以力尽:强悍的人不因为用力而枯竭。

㉙ 庶物定:众物各安其性。庶:众。万事理:万事都得到治理,谓都有条理。

㉚ 不违其纪:不违其道。纪:道,理。

㉛ 惟兹若然:只有如此这般。惟:唯,独独,只有。兹:如此。若然:这样的。

㉜ 造音以乱声:制造乐音以淆乱自然之声。作色以诡形:粉饰得五颜六色而乖违真形。

㉝ 要名:求名。

㉞ 君立而虐兴:国君一产生,暴虐就兴起。臣设而贼生:臣子一设立,祸乱就产生。贼,祸害。

㉟ 欺愚诳拙:欺诈愚蠢的,诳骗拙笨的。藏智自神:藏匿起智慧故作神秘。

㊱ 强者睽(眠)而凌暴:此或当从《史记·司马相如列传》所载《大人赋》作“眩眠”,《汉书》作“眩泯”,即视而不见貌,意犹藐视。

㊲ 幸遇:遭际幸运,谓仕途通达。

㊳ 驰此以奏除:循行此道而进退。循滞而不振:因循阻滞而不能整治。循滞:阻滞,滞留。

㊴ 尊贤以相高:尊重贤人以为高明。

㊵ 竞能以相尚:争相表现才能以为高尚。竞,争。

㊶ 争势以相君:争权夺势以为主宰。君,主宰。

㊷ 宠贵以相加:崇尚尊贵以为上。加,上,重。

㊸ 驱天下以趣之:驱使天下之人而趋向这些事。之,指代上述尊贤、竞能、争势、宠贵诸端。

㊹ 竭:尽。万物之至:谓最美好的东

西。奉:进献。

㊺ 喜之:使他们喜欢。威之:使他们感到畏惧。

㊻ 财匮:财物用尽。赏不供:不能满足赏赐的需要。刑尽:刑法用尽。罚不行:谓处罚达不到目的。

㊼ 此非汝君子之为乎:这不是你们君子们所造成的吗?

㊽ 贼:害,败坏。

㊾ 目以为美行:看作美好行为。不易之道:千古不变的道理。不亦过乎:不也是错误的吗?

## 鉴赏

本文名为传记,实为赋体。其设问对答,或韵或散,均为赋之常格;其“以精神代色相,以议论当铺排,赋之别格也”(刘熙载《艺概·赋概》)。故入于赋类。在我国古代,“大人”“先生”都是对人表示尊敬的称呼。这里作者借用来称呼自己虚构的理想人物。本赋可分五大段。第一段概括介绍“大人先生”长生久视、默探道德、变化神微,而不为世所知。第二段写“君子”投书质问大人先生,大人先生回答“君子”,讽刺“君子”犹如“裈中之虱”。第三段写“大人先生”与“隐者”的对话,批评“隐者”不过是另一种形式的“恶彼而好我,自是而非人”,是变相的“忿激以争求”。“隐者”听了之后遂“惧不终夕而死”。第四段写“大人先生”与“薪者”的对话,谓“薪者”“虽不及大,庶免小矣”。第五段是对“大人先生”的礼赞,充分发挥老、庄“道法自然”、与宇宙自然为一的思想。今选录第一段和第二段中部分文字(本段共删去62句,301个字)。

这篇赋体传文,以其对黑暗现实及儒家传统观念的深刻批判而名播千古。古代统治者从来认为礼乐制度是天经地义、永世不竭的事业,“天高地卑,乾坤位矣”,是永远不移的真理。而本文则认为“往者天尝在下,地尝在上,反覆颠倒,未之安固”。这就从根本上否定了统治阶级所鼓吹的礼法制度的永恒性,也是针对当时司马氏集团而言的。《晋书·礼乐志》云:“及晋国建,文帝又命荀觊因魏代前事,撰为新礼,参考今古,更其节文,羊祜、任恺、庾峻、应贞并共刊定,成百六十五篇奏之。”本文所讽刺的“君子”,虽泛指儒家君子,实际上是在攻击统治者的崇礼,讽刺趋附司马氏集团的所谓“世士”。作者不仅一针见血地指出“汝君子之礼法,诚天下残贼、乱危、死亡之术”,而且针对社会的弊端,在我国历史上第一次大胆地提出“君立而虐兴,臣设而贼生”的口号,这对晋代鲍敬言的“无君论”,有着明显的直接影响。

作者在批判现实的同时,也讴歌了自己的政治理想,即“无君而庶物定,无臣而万事理”“各从其命,以度相守”、一切顺应自然的、彼此和谐融洽的社会。这虽然是一种不切实际的空想,但却是针对污浊黑暗的社会现实而发,自有其不可磨灭的光辉意义。

这篇赋体传文,又以大胆的虚构和夸张而蜚声古今文坛。文中描绘的“大人先生”,虽是以当时的隐者孙登为模特儿,但其形象却远非孙登所能比。又以比喻贴切、讽刺尖刻为后人称道。

(殷　翔)

# 琴　　赋 并序

嵇　康

余少好音声，长而玩之，以为物有盛衰，而此无变；滋味有厌[1]，而此不勌[2]。可以导养神气、宣和情志、处穷独而不闷者，莫近于音声也。是故复之而不足[3]，则吟咏以肆志[4]；吟咏之不足，则寄言以广意。然八音之器[5]、歌舞之象，历世才士并为之赋颂，其体制风流[6]，莫不相袭。称其才干，则以危苦为上[7]；赋其声音，则以悲哀为主；美其感化，则以垂涕为贵。丽则丽矣，然未尽其理也。推其所由，似元不解音声[8]；览其旨趣，亦未达礼乐之情也。众器之中，琴德最优，故缀叙所怀，以为之赋。其辞曰：

惟椅梧之所生兮[9]，托峻岳之崇冈。披重壤以诞载兮[10]，参辰极而高骧[11]。含天地之醇和兮，吸日月之休光。郁纷纭以独茂兮，飞英蕤于昊苍[12]。夕纳景于虞渊兮[13]，旦晞干于九阳[14]。经千载以待价兮[15]，寂神跱而永康[16]。

且其山川形势，则盘纡隐深，磪嵬岑岩，互岭巉岩[17]，岞崿岖嵚，丹崖崄巇，青壁万寻[18]。若乃重巘增起[19]，偃蹇云覆[20]，邈隆崇以极壮，崛巍巍而特秀；蒸灵液以播云[21]，据神渊而吐溜[22]。尔乃颠波奔突，狂赴争流。触岩觝隈，郁怒彪休[23]，汹涌滕薄[24]，奋沫扬涛，栉汩澎湃，蛩蟺相纠[25]。放肆大川，济乎中州[26]，安回徐迈，寂尔长浮。澹乎洋洋[27]，萦抱山丘。

详观其区土之所产毓，奥宇之所宝殖，珍怪琅玕，瑶瑾翕赩[28]，丛集累积，奂衍于其侧[29]。若乃春兰被其东，沙棠殖其西[30]，涓子宅其阳[31]，玉醴涌其前[32]，玄云荫其上[33]，翔鸾集其巅，清露润其肤，惠风流其间，竦肃肃以静谧[34]，密微微其清闲[35]。夫所以经营其左右者[36]，固以自然神丽而足[37]，思愿爱乐矣。

于是遁世之士，荣期绮秀之俦[38]，乃相与登飞梁、越幽壑，援琼枝、陟峻崿，以游乎其下。周旋永望[39]，邈若凌飞[40]，邪睨昆仑，俯阚海湄。指苍梧之迢递[41]，临回江之威夷[42]，悟时俗之多累，仰箕山之余辉[43]，羡斯岳之弘敞，心慷慨以忘归[44]。情舒放而远览，接轩辕之遗音[45]，慕老童于騩隅[46]，钦泰容之高吟[47]。顾兹梧而兴虑，思假物以托心。乃斫孙枝[48]，准量所任[49]，至人摅思[50]，制为雅琴。

乃使离子督墨[51]，匠石奋斤[52]，夔襄荐法[53]，般倕骋神[54]，锼会裛厕[55]，朗密调均[56]，华绘雕琢，布藻垂文，错以犀象[57]，籍以翠绿，弦以园客之丝[58]，徽以钟山之玉[59]。爰有龙凤之象、古人之形[60]，伯牙挥手，钟期听声[61]。华容灼爚，发采扬明，何其丽也；伶伦比律[62]，田连操张[63]，进御君子，新声憀亮，何其伟也。

乃其初调，则角羽俱起，宫徵相证，参发并趣[64]，上下累应[65]、踸踔磥硌[66]。美声将兴，固以和昶，而足耽矣[67]。

尔乃理正声，奏妙曲，扬《白雪》[68]、发《清角》[69]。纷淋浪以流离[70]，奂淫衍而优渥[71]，粲奕奕而高逝，驰岌岌以相属[72]，沛腾遌而竞趣[73]，翕韡晔而繁缛[74]。状若崇山，又象流波，浩兮汤汤，郁兮峨峨。怫惘烦冤[75]，纡于婆娑，陵纵播逸，霍濩纷葩[76]。检容授节[77]，应变合度。竞名擅业、安轨徐步。洋洋习习[78]，声烈遐布。含显媚以送终，飘余响乎泰素[79]。

若乃高轩飞观，广夏闲房[80]，冬夜肃清，朗月垂光，新衣翠粲，缨徽流芳[81]。于是器冷弦调[82]，心闲手敏[83]，触擫如志，唯意所拟。初涉《渌水》[84]，中奏《清徵》[85]，雅昶《唐尧》[86]，终咏《微子》[87]，宽明弘润，优游躇跱，附弦安歌，新声代起[88]。歌曰：凌扶摇兮憩瀛洲[89]，要列子兮为好仇[90]。餐沆瀣兮带朝霞[91]，眇翩翩兮薄天游。齐万物兮超自得[92]，委性命兮任去留。激清响以赴会[93]，何弦歌之绸缪！

于是曲引向阑，众音将歇，改韵易调，奇弄乃发。扬和颜，攘皓腕，飞纤指以驰骛，纷儮譶以流漫[94]。或徘徊顾慕，拥郁抑按，盘桓毓养，从容秘玩。闼尔奋逸[95]，风骇云乱，牢落凌厉[96]，布濩半散[97]，丰融披离[98]，斐韡奂烂，英声发越，采采粲粲。或间声错糅，状若诡赴[99]，双美并进[100]，骈驰翼驱。初若将乖，后卒同趣。或曲而不屈，直而不倨。或相凌而不乱，或相离而不殊。时劫掎以慷慨[101]，或怨嫭而踌躇[102]。忽飘摇以轻迈，乍留联而扶疏[103]。或参谭繁促[104]，复叠攒仄[105]，从横骆驿，奔遁相逼，拊嗟累赞[106]，间不容息，瑰艳奇伟，殚不可识。

若乃闲舒都雅，洪纤有宜，清和条昶[107]，案衍陆离[108]，穆温柔以怡怿，婉顺叙而委蛇。或乘险投会，邀隙趋危[109]，嘤若离鹍鸣清池[110]，翼若游鸿翔层曾崖，纷文斐尾，慊缘离纚[111]，微风余音，靡靡猗猗。或搂捎栎捋[112]，缥缭潎冽，轻行浮弹，明婳睩慧[113]，疾而不速，留而不滞，翩绵飘邈，微音迅逝。远而听之，若鸾凤和鸣戏云中，迫而察之，若众葩敷荣曜春风。既丰赡以多姿，又善始而令终。嗟姣妙以弘丽，何变态之无穷！

若夫三春之初，丽服以时，乃携友生[114]，以遨以嬉[115]。涉兰圃，登重基[116]，背长林，翳华芝[117]，临清流，赋新诗。嘉鱼龙之逸豫，乐百卉之荣滋，理重华之遗操[118]，慨远慕而长思。

若乃华堂曲宴，密友近宾，兰肴兼御，旨酒清醇。进南荆，发西秦，绍《陵阳》[119]，度《巴人》[120]。变用杂而并起，竦众听而骇神，料殊功而比操[121]，岂笙籥之能伦。若次其曲引所宜，则《广陵》《止息》《东武》《太山》《飞龙》《鹿鸣》《鹍鸡》《游弦》[122]，更唱迭奏，声若自然，流楚窈窕[123]，惩躁雪烦。下逮谣俗，蔡氏五曲[124]，王昭楚妃[125]，《千里》《别鹤》[126]，犹有一切[127]，承间簉乏[128]，亦有可观者焉。

然非夫旷远者不能与之嬉游，非夫渊静者不能与之闲止，非夫放达者不能与之无吝[129]，非夫至精者不能与之析理也。若论其体势[130]，详其风声[131]，器和故响逸，张急故声清[132]，间辽故音痹[133]，弦长故徽鸣[134]。性洁静以端理，含至德之和平，诚可以感荡心志而发泄幽情矣！是故怀戚者闻之，则莫不憯懔惨凄、愀怆伤心，含哀懊咿，不能自禁；其康乐者闻之，则欨愉欢释，抃舞踊溢，留连澜漫，嗢噱终日[135]；若和平者听之，则怡养悦愉，淑穆玄真，恬虚乐古，弃事遗身。

是以伯夷以之廉[136]，颜回以之仁[137]，比干以之忠[138]，尾生以之信[139]，惠施以之辩给[140]，万石以之讷慎[141]。其余触类而长，所致非一，同归殊途，或文或质。总中和以统物[142]，咸日用而不失，其感人动物，盖亦弘矣！

于时也，金石寝声，匏竹屏气，王豹辍讴[143]，狄牙丧味[144]，天吴踊跃于重渊[145]，王乔披云而下坠[146]，舞鸑鷟于庭阶[147]，游女飘焉而来萃[148]。感天地以致和，况蚑行之众类[149]。嘉斯器之懿茂，咏兹文以自慰。永服御而不厌，信古今之所贵。

乱曰：愔愔琴德[150]，不可测兮，体清心远，邈难极兮。良质美手，遇今世兮；纷纶翕响，冠众艺兮。识音者希[151]，孰能珍兮；能尽雅琴，唯至人兮。

## 注释

① 厌：满足。

② 勌：同"倦"，懈怠。

③ 复之：反复玩习音声。

④ 肆志：抒发心意。

⑤ 八音：指以金、石、丝、竹、匏、土、革、木八种原料制成的乐器所发出的乐声。器：乐器。

⑥ 风流：精神，气派。

⑦ 危苦：孤高而苦闷。

⑧ 元：同"原"。

⑨ 椅梧：梧桐树。

⑩ 重壤：深厚的土层。诞载：壮大生机。

⑪ 参：接近。辰极：北极星。高骧：上举。

⑫ 英蕤（ruí）：花朵。

⑬ 景：同"影"。虞渊：水渊名，传说为日落之处。

⑭ 干：树干。九阳：日出之地。

⑮ 待价：待为世用。

⑯ 跱：立。永康：永远安康。

⑰ 互岭：犬牙交互的山岭。

⑱ 寻：八尺。

⑲ 增起：上升。

⑳ 偃蹇：高而不平。

㉑ 灵液：雾气。

㉒ 溜：水流。

㉓ 彪休：盛怒。

㉔ 滕薄：翻腾相冲。滕，通"腾"。

㉕ 蛩蟺：曲屈。

㉖ 中州：中原。
㉗ 洋洋：水面宽大。
㉘ 翕赩（xī xì）：美盛。
㉙ 奂衍：众多而满布。
㉚ 沙棠：树名。
㉛ 涓子：仙人，能致风雨，作《琴心》三篇。
㉜ 玉醴：泉水。
㉝ 玄云：浓黑之云。
㉞ 竦：恭敬。
㉟ 密：隐秘。微微：幽静。
㊱ 经营：往来，周旋。
㊲ 自然：天然。
㊳ 荣期：荣启期，春秋时隐士。绮季：汉初隐士，商山四皓之一。
㊴ 永望：长久观望。
㊵ 凌飞：飞升。
㊶ 苍梧：山名，又名九嶷。
㊷ 威夷：曲折延伸。
㊸ 箕山：山名，在今河南登封。
㊹ 慷慨：快乐。
㊺ 轩辕：黄帝。遗音：据说乐律起于黄帝。
㊻ 老童：传为颛顼之子，嗓音洪亮。
㊼ 泰容：传为黄帝乐师。
㊽ 孙枝：再生枝。
㊾ 准量所任：衡量所需用的。
㊿ 至人：德行完美之人。
51 离子：离类，黄帝时人，视力极好。
52 匠石：见《庄子·徐无鬼》。
53 夔（kuí）：传为尧舜时乐师。襄：师襄，春秋时乐师。
54 般：鲁班，春秋时著名木匠。倕：工倕，传为尧时巧匠。
55 锼（sōu）：将木雕空。会：合缝。裛（yì）：缠裹。厕：间隙。
56 朗：明显。
57 犀象：犀图案。
58 园客：仙人。
59 徽：琴徽。钟山：在昆仑附近，传说出美玉。
60 “爰有”句：谓琴身饰有龙凤、古人图案。
61 伯牙：春秋时人，善琴艺。钟期：钟子期，善识琴音。
62 伶伦：黄帝时乐师，创音律。比：校定。
63 田连：春秋时乐师。
64 参发：交替发音。并趣：并发。趣，同“趋”。
65 上下：徽位上下。
66 踸踔（chěnchuō）：变化无常。磥硌（lěiluò）：宏大。
67 耽：沉溺。
68《白雪》：高雅的乐曲，传为师旷所创。
69 清角：雅曲名。
70 流离：淋漓。
71 优渥：充足丰厚。
72 岌岌：高耸。
73 遻：抵触。
74 翕：聚合。
75 怫㥜（fèiwèi）：郁结。烦冤：曲结。
76 霍濩：流水声，形容乐声。
77 检容：端正容止，指收敛繁乱之音。检：通“敛”。授节：按节律演奏。
78 洋洋：众多。
79 泰素：太空。

⑧⁰ 夏:通“厦”。
⑧¹ 缨徽:女子佩带的香囊。
⑧² 冷:同“泠”。
⑧³ 闲:通“娴”。
⑧⁴ 渌水:舞曲名。
⑧⁵ 清徵:音清亮似鸟鸣。
⑧⁶ 雅昶唐尧:平和的《尧畅逸》。昶,通“畅”。
⑧⁷ 微子:《微子操》,古曲名。
⑧⁸ 代起:交替而生。
⑧⁹ 扶摇:旋风。
⑨⁰ 列子:战国初期人,传说知御风术。仇:伴侣。
⑨¹ 沆瀣:夜气,仙人所食。
⑨² 齐万物:以万物相同而无别,庄子有《齐物论》。
⑨³ 会:节会。
⑨⁴ 僁䜂(sètà):纷繁。
⑨⁵ 闼尔:快速。
⑨⁶ 牢落:稀疏。
⑨⁷ 布濩:遍布。半散:同“泮散”,消散。
⑨⁸ 披离:分散。
⑨⁹ 诡赴:变声突起。诡,异。
⑩⁰ 双美:正声与间声。
⑩¹ 劫掎:急速。
⑩² 怨嫭(jù):哀怨而娇媚。
⑩³ 扶疏:远散。
⑩⁴ 参谭:相随。
⑩⁵ 攒仄:异音相聚。
⑩⁶ 拊嗟:屏息细听。
⑩⁷ 条昶:条畅。
⑩⁸ 案衍陆离:起伏错落。
⑩⁹ 邀隙:抽空。
⑪⁰ 嚶:当从《文选》本作“嚶”,同“嚶”,鸟鸣声。
⑪¹ 纚(xǐ):羽毛相连而垂下的样子。
⑪² 搂:抹。捴:批。栎:同“拣”,弹。捋:轻滑。
⑪³ 明婳:鲜明清雅。睩(qì)慧:鲜明端庄。
⑪⁴ 友生:朋友。
⑪⁵ 遨:游。
⑪⁶ 重基:高山。
⑪⁷ 华芝:华丽的车盖。
⑪⁸ 重华:舜。操:乐曲。
⑪⁹《陵阳》:古时典雅的乐曲名。
⑫⁰《巴人》:古代民间俗曲名。
⑫¹ 操:指音色。
⑫² “《广陵》”句以下八种皆古乐曲,曲调高雅。
⑫³ 流楚:流利清楚。
⑫⁴ 蔡氏五曲:东汉蔡邕作《游春》《渌水》《坐愁》《秋思》《幽居》五曲。
⑫⁵ 王昭:指乐曲《昭君怨》。楚妃:指乐曲《楚妃叹》。
⑫⁶ 千里:乐曲《千里吟》。《别鹤》:乐曲《别鹤操》。
⑫⁷ 一切:一时权宜。
⑫⁸ 箧:副,次。箧乏:以副品填补空缺。
⑫⁹ 吝:吝啬。
⑬⁰ 体势:感染力。
⑬¹ 风声:教化作用。
⑬² 张急:弦紧。
⑬³ 痹:当作“庳”,谓声音低弱。
⑬⁴ 徽鸣:泛音鸣响。
⑬⁵ 嘔噱:喜不自胜。
⑬⁶ 伯夷:殷人,殷亡后不食周粟而死。

⑬⑦ 颜回：孔子弟子，以仁著称。
⑬⑧ 比干：殷纣王叔父，因谏纣王而遭剜心。
⑬⑨ 尾生：先秦鲁人，因守诚而溺亡。
⑭⓪ 惠施：战国宋人，善辩论，是名家代表人物。
⑭① 万石：西汉石奋父子。
⑭② 中和：中和之音。
⑭③ 王豹：先秦歌手。
⑭④ 狄牙：即易牙，春秋名厨，善品味。
⑭⑤ 天吴：水神。
⑭⑥ 王乔：仙人王子乔。
⑭⑦ 鸑鷟（yuèzhuó）：凤凰类。
⑭⑧ 游女：汉水之神。
⑭⑨ 蚑行：生物之动。
⑮⓪ 愔（yīn）愔：和静。
⑮① 希：同“稀”。

## 鉴赏

嵇康（224—263），字叔夜，谯郡铚（今安徽淮北临涣集）人。其祖先本姓奚，为会稽上虞人，因避怨，徙居铚县之嵇山侧，因更姓为“嵇”。嵇康是魏正始年间“竹林七贤”之一，是我国古代著名的思想家和文学家。

嵇康生活在魏晋易代之际，与魏宗室有姻亲关系，曾拜为中散大夫。司马氏把持政权时，政治黑暗，嵇康长隐不仕，公开宣告拒绝与司马氏合作，并针对司马氏集团，发表了蔑视礼教、非薄汤武的言论，提出了“越名教而任自然”的口号，终于被司马氏杀害，卒时40岁。

嵇康诗现存50余首，多为四言体形式。诗歌着重表现一种清逸脱俗的境界，是嵇康个人性情与志趣的展示。散文存14篇，无不感情饱满，且思想新颖，针对现实，抨击尖锐；文风清峻洒脱，华丽自然，继承了建安风骨的精神，代表了嵇康个人的文学成就，也代表了正始散文的最高成就。《琴赋》是现存嵇康的唯一辞赋，情趣如其诗歌。但在清逸脱俗的境界中还蕴涵着难以名状的惆怅和寂寞。

《琴赋》叙琴，从其原材料梧桐写起，写梧桐的状貌气质，写其产区形势，写制琴者匠石鲁班，……至于琴声，则高低不一，断续起伏，或正声，或间声，或奏《白雪》，或演《巴人》，美妙丰富，述说详尽。全赋洋洋洒洒，几近三千文字。其中形容，更是珠玑迭出，美不胜收。语言华丽之至，叙物周详之至。但仅此，不过是一谱录。“赋与谱录不同。谱录惟取志物，无情可言，无采可发，则如数他家之宝，无关己事。”“赋必有关著自己痛痒处。如嵇康叙琴，向秀感笛……”（刘熙载《艺概·赋概》）嵇康之“痛痒”，在其序文中已微露端倪。嵇康以一知音者的姿态出现,向世人介绍他对音乐的高超独特的见解,并抒发他因为“知音者希(稀)”而产生的怅惘和孤寂情绪,叙琴,则琴成为他寄托情意的事物。

赋文一开始,即铺排出椅梧茂盛而清高的形象,“待价”和“寂”字是作者传达意向的点睛之笔:椅梧纷纭独茂,甘心守寂,盖为待价。而椅梧所处自然环境也保护着它免遭世俗喧扰。正是物以类聚,山川、产毓无不体现作者的意旨。对比一下王褒、马融的作品,更能说明问题。王褒《洞箫赋》为娱乐汉宣帝太子而作,故箫干“托身躯于后土”“吸至精之滋熙”,其名“幸得谥为洞箫兮,蒙圣主之渥恩”。马融《长笛赋》为抒发悲情,故笛干生长于“九成之孤岑”,饱受风霜折磨。意旨情感不同,其所选自然环境也各不相同。

在众多方面突出了椅梧的天然美质之后,作者转笔写“至人”对于椅梧的发现经过和利用。作者心目中的“至人”,是“遁世之士,荣期绮季之俦”。因为嵇康本人即“天质自然,恬静寡欲”“长好庄老”(《晋书》本传),为长隐之士。接下来,作者即用生花妙笔描述新声的丰富美妙、“变态无穷”。这正体现了作者对于音乐的一家之见,体现了作者的知音。弦外之音,“识音者希”,故而作者又特意用抒情笔调,写三春之初,“携友生”遨游、弹琴;写“华堂曲宴,密友近宾”相聚弹奏的乐趣,显示出作者的理想。之后,作者唯恐读者不晓,干脆直接说明。音乐本身没有情感,其逸急高低,无非是弹琴者手的轻重缓急所致。同样道理,同一音乐,情绪不同的人会有不同感受:怀戚者憀怆,康乐者雀跃,和平者恬虚,“所致非一,同归殊途”。然而,这一番有关音乐的见解,谁人可诉?作者只有“咏兹文以自慰”了。

最后,作者以“乱曰”的形式作结,总撮篇章大意。我们看见,“识音者希”的旋律再次出现,留在人们心中的是长久的怅惘和孤寂。

嵇康在《琴赋》中发泄其怅惘和孤寂情绪,不是偶然的。《晋书》本传载其“以高契难期,每思郢质。所与神交者,惟陈留阮籍,河内山涛”,其余不过是“豫其流者”。而阮籍常托醉不醒,山涛中途改变初衷,嵇康的孤独之深可以想见,于是发而为文。

(郭全芝)

# 思 旧 赋并序

向 秀

余与嵇康、吕安居止接近[①]，其人并有不羁之才[②]。然嵇志远而疏[③]，吕心旷而放[④]，其后各以事见法[⑤]。嵇博综技艺[⑥]，于丝竹特妙。临当就命[⑦]，顾视日影[⑧]，索琴而弹之。余逝将西迈，经其旧庐[⑨]。于时日薄虞渊[⑩]，寒冰凄然。邻人有吹笛者，发声嘹亮；追思曩昔游宴之好[⑪]，感音而叹，故作赋云：

将命适于远京兮[⑫]，遂旋反而北徂[⑬]。济黄河以汎舟兮[⑭]，经山阳之旧居。瞻旷野之萧条兮，息余驾乎城隅。践二子之遗迹兮[⑮]，历穷巷之空庐[⑯]。叹黍离之愍周兮[⑰]，悲麦秀于殷墟[⑱]。惟古昔以怀今兮[⑲]，心徘徊以踌躇。栋宇存而弗毁兮，形神逝其焉如[⑳]。昔李斯之受罪兮[㉑]，叹黄犬而长吟；悼嵇生之永辞兮，顾日影而弹琴。托运遇于领会兮[㉒]，寄余命于寸阴。听鸣笛之慷慨兮，妙声绝而复寻。停驾言其将迈兮[㉓]，遂援翰而写心[㉔]。

**注释**

① 嵇康(223—262)，字叔夜，魏谯郡铚(今安徽淮北)人。崇尚老庄之学，常言养生服食之事，富于正义感和反抗性。他反对虚伪的礼教和礼法之士，对当时黑暗的政治极为不满，曾当面奚落过司马昭的心腹钟

会,还公开发表过离经叛道、非薄“圣人”的言论。加上他是魏宗室的外戚,曾任魏国的中散大夫,极受司马氏的疑忌。司马氏把持朝政后,又拒绝出仕。因此,妄图以礼教篡国的司马昭及其帮凶,就以反对“圣人”为借口杀害了他。吕安(?—262),字仲悌,魏东平(今山东省东平)人,史载其性至烈,有济世志,与嵇康、向秀友善,共同反对司马氏标榜名教、阴谋篡政的一套做法。其兄霸占其妻,反诬其不孝,入狱。嵇康为其辩诬,一起为司马昭所杀。居止:住处。

② 不羁之才:难以收敛和约束的才华,意谓才华横溢。

③ 志远而疏:志趣高远而性情疏放。

④ 心旷而放:心性旷达而行为恣纵。

⑤ 以事见法:因事受刑被杀。

⑥ 博综技艺:从事多种艺术活动。

⑦ 临当就命:临死之际。就命,终命。

⑧ 顾视日影:嵇康临刑前颜色不变,看看日影,计算距离行刑的时间,弹了一曲《广陵散》,叹道:“《广陵散》于今绝矣。”

⑨ 旧庐:嵇康的旧庐舍,其址在山阳竹林(今河南修武东南)。

⑩ 虞渊:传说中日落之地。

⑪ 曩昔:从前。游宴之好:游乐宴饮的深情厚谊。

⑫ 将命:奉命。适:到……去。远京:指洛阳。

⑬ 旋反:接着回来。反,通“返”。北徂:北行。

⑭ 汎舟:坐船浮于水上。汎,通“泛”。

⑮ 遗迹:脚印,代指活动过的地方。

⑯ 穷巷:偏僻的地方。

⑰ 叹黍离之愍周:悲叹《黍离》对西周的伤悼。《黍离》:《诗经·王风》中的篇名。愍,通“悯”。

⑱ 悲麦秀于殷墟:为在殷墟唱的《麦秀》之歌悲伤。殷墟:殷商故都的废墟。

⑲ 惟:思念。

⑳ 焉如:何往。

㉑ 李斯(?—前208):秦政治家、文学家,楚上蔡(今河南上蔡西)人。官至秦丞相。遭谗,于二世二年被腰斩于咸阳。临刑时,对同时被执的儿子说:“吾欲与若复牵黄犬,俱出上蔡东门逐狡兔,岂可得乎?”

㉒ 运遇:命运遭遇。

㉓ 言:语助词,无义。

㉔ 翰:毛笔。

## 鉴赏

向秀(约227—约272),字子期,河内怀(今河南武陟西南)人,魏晋之际的哲学家兼文学家。少有不羁之才,《晋书》载其清悟有远识,酷爱老庄之学,曾注过《庄子》(已佚)。常与嵇康论养生之道,有《难嵇叔夜养生论》传于世。魏废帝正始年间,与嵇康、阮籍、山涛、阮咸、王戎、刘伶友善,游于竹林,号称“竹林七贤”。又与嵇康、吕安友情最深,曾与嵇一起锻铁,与吕一起灌园。在嵇、吕被杀害后,被迫入洛阳应郡举,先后任散骑侍郎、黄门侍郎、散骑常侍等职。但他对西晋的黑暗统治,始终抱着不肯同流合污的态度。向秀擅长诗赋,原有集12卷,现仅存《思旧赋》一篇。

《思旧赋》是一篇艺术性极高的抒情赋。嵇康、吕安被杀害后,向秀本应长歌当哭,直抒胸臆。但当时的社会极其黑暗,对不同政见者采用恐怖高压政策。向秀软弱,因此,对自己老友的怀念不敢直抒畅言,而采取了凝练含蓄、隐晦曲折的笔法,表达对他们冤死的悲愤、惋惜的悼念之情。这对当时黑暗恐怖的政治来说,无疑是一种敢怒而不敢言的抗议。

闻笛而发是理解本文的一个关键。笛声是作者感情爆发的催化剂。作者在老友被杀之后,迫不得已去洛阳应郡举,然后北折去山阳经嵇康“旧庐”,看到房舍依旧,人事全非,思旧之情不能自抑。兼之原野萧条、满目荒凉、寒风冰人、日下平川,恰此时,飘来凄清悲凉的笛声,终使他拿起笔来,抒写自己的思旧之情。

此赋很短,但因其高度的艺术性,在历史上影响很大。全赋叙事简淡,情景交融,语言简洁含蓄,托意深远,真有尺幅之内显千里之势,弹丸之地显大千世界之概。在思想上,它表达了黑暗统治下正直的知识分子的心声。鲁迅先生在《为了忘却的记念》一文中说:“年青时读向子期《思旧赋》,很怪他为什么只有寥寥的几行,刚开头却又煞了尾。然而,现在我懂得了。”这是鲁迅先生在段祺瑞执政府残杀爱国青年学生时因其赋引起的共鸣,也是对《思旧赋》的赞扬。

(梁宗奎)

# 啸　　赋

成公绥

逸群公子，体奇好异[1]，傲世忘荣，绝弃人事[2]。睎高慕古[3]，长想远思。将登箕山以抗节[4]，浮苍海以游志[5]。于是延友生，集同好[6]。精性命之至机，研道德之玄奥[7]。愍流俗之未悟，独超然而先觉[8]。狭世路之阨僻，仰天衢而高蹈[9]。邈姱俗而遗身，乃慷慨而长啸[10]。

于时曜灵俄景，流光濛汜[11]。逍遥携手，踟蹰步趾[12]。发妙声于丹唇，激哀音于皓齿[13]。响抑扬而潜转，气冲郁而熛起[14]。协黄宫于清角，杂商羽于流徵[15]。飘游云于泰清[16]，集长风乎万里。曲既终而响绝，遗余玩而未已[17]。良自然之至音，非丝竹之所拟[18]。

是故声不假器，用不借物，近取诸身，役心御气[19]。动唇有曲，发口成音，触类感物，因歌随吟[20]。大而不洿，细而不沈[21]。清激切于竽笙，优润和于瑟琴[22]。玄妙足以通神悟灵，精微足以穷幽测深[23]。收《激楚》之哀荒，节《北里》之奢淫[24]。济洪灾于炎旱，反亢阳于重阴[25]。唱引万变，曲用无方[26]。和乐怡怿，悲伤摧藏[27]。时幽散而将绝，中矫厉而慨慷[28]。徐婉约而优游，纷繁鹜而激扬[29]。情既思而能反[30]，心虽哀而不伤。总八音之至和，固极乐而无荒[31]。

若乃登高台以临远，披文轩而骋望[32]。喟仰抃而抗首，嘈长引而憀亮[33]。或舒肆而自反[34]，或徘徊而复放。或冉弱而柔挠，或澎濞而奔壮[35]。横郁鸣而滔涸，冽飘眇而清昶[36]。逸气奋涌，缤纷交错，列列飚扬，啾啾响作[37]。奏胡马之长思，向寒风乎北朔[38]。又似鸿雁之将雏[39]，群鸟号乎沙漠。故能因形创声，随事造曲[40]。应物无穷，机发响速[41]。怫郁冲流，参谭云属[42]。若离若合，将绝复续。飞廉鼓于幽隧，猛虎应于中谷[43]。南箕动于穹苍，清飚振乎乔木[44]。散滞积而播扬，荡埃蔼之溷浊[45]。变阴阳之至和，移淫风之秽俗[46]。

若乃游崇岗，陵景山，临岩侧，望流川，坐磐石，漱清泉[47]，藉皋兰之猗靡，荫修竹之蝉娟，乃吟咏而发散，声骆驿而响连[48]。舒蓄思之悱愤，奋久结之缠绵[49]。心涤荡而无累，志离俗而飘然[50]。

若夫假象金革，拟则陶匏，众声繁奏，若笳若箫[51]。磞硠震隐，訇磕啷嘈[52]，发徵则隆冬熙蒸，骋羽则严霜夏凋，动商则秋霖春降，奏角则谷风鸣条[53]。音均不恒，曲无定制[54]。行而不流，止而不滞[55]。随口吻而发扬，假芳气而远逝[56]。音要妙而流响，声激嚁而清厉[57]。信自然之极丽，羌殊优而绝世[58]。越韶、夏与咸池，何徒取异乎郑、卫[59]。于时绵驹结舌而丧精，王豹杜口而失色[60]。虞公辍声而止歌，宁子检手而叹息[61]。钟期弃琴而改听，孔父忘味而不食[62]。百兽率舞而抃足，凤皇来仪而拊翼[63]。乃知长啸之奇妙，盖亦音声之至极。

## 注释

① 逸群:超群。逸,通“轶”,超绝。“逸群公子”是作者杜撰的人物,代表了作者自己的意趣。体奇好异:喜爱体验奇异的事物。

② 荣:荣华富贵。人事:指仕进之事。

③ 睎(xī):仰慕。

④ 箕山:山名,又名崿岭、许由山,在今河南登封东南。抗:高尚。抗节:使节操高尚。

⑤ 浮苍海:漂浮在海上。沧海:大海。游志:使志向游于物外。

⑥ 延:邀请,接待。友生:朋友。同好:志趣投合的友人。

⑦ 精:精通。至机:最关键的道理。玄奥:广奥。

⑧ 愍(mǐn):忧伤,哀怜。先觉:先知。

⑨ 狭:认为狭窄。阨(è)僻:仄陋,狭小。天衢:天上的街道。高蹈:远行。

⑩ 邈(miǎo):远,远离。姱(kuā)俗:奢侈的风俗。遗身:遗忘自身,忘我。慷慨:意气风发,情绪激昂。长啸:用口哨来吹出旋律,又叫作啸歌。啸歌在魏晋时期蔚成风气,许多名士都善于啸歌。

⑪ 于时:这时。曜(yào)灵:太阳。俄:倾斜。景:同“影”。濛汜(sì):古代传说中的太阳沉没之处。

⑫ 踟跦(chíchú):同“踟蹰”,来回走动。

⑬ 皓:白。

⑭ 潜转:暗中转换(曲调)。冲:气流冲口而出。郁:气流强。熛(biāo)起:迅速兴起。

⑮ 协:合。黄宫:“黄钟宫”的省称,专用调名。宫、商,角、徵、羽,古乐中的五音(五种音调或五个音阶),相当于现代音乐简谱中的1、2、3、5、6。清角:比角音高半音,相当于“4”。流徵:流利的徵声。杂:与“协”义同。

⑯ 泰清:天的别称。

⑰ 响:回声。玩:玩味,赏玩。已:停止。

⑱ 良:确实。丝竹:丝为弦乐器,竹为管乐器,泛指乐器。拟:比拟。

⑲ 假:借助。用:作用。役心:用心。御气:控制气流。

⑳ 触类:对某类事物有所感触。与“感物”义同。

㉑ 洿(wū):形容声音散漫。沈:同“沉”,沉滞。

㉒ 清激:清澈激越。切:贴近,近似。竽、笙均为古代管乐器。优润:优美圆润。和:谐和。瑟、琴均为古代弦乐器。

㉓ 玄妙:道家语。通神悟灵:古人认为音乐可以沟通人与鬼神之间的思想感情,所以祭祀时要奏乐。穷:尽。测:知。

㉔ 收:除去。激楚:古曲名,其调高亢凄清。哀荒:悲哀过分。节:节制。

北里：古舞曲名，是靡靡之音。

㉕ 济洪灾于炎旱：在大旱时，啸歌能使天降大雨。反亢阳于重阴：在密雨浓阴之时，啸歌能使太阳出现。

㉖ 引：乐曲体裁之一。用：度。方：常。

㉗ 怡怿（yíyì）：快乐。摧藏（zàng）：极度悲哀。

㉘ 绝：断绝。中：中转。矫：高举。厉：高。

㉙ 徐：缓慢。婉约：婉转优美。优游：从容不迫。纷：纷乱。骛（wù）：急，速。激扬：激越高亢。

㉚ 反：同“返”。

㉛ 总：合，包括。八音：古代称金、石、丝、竹、匏、土、革、木八类乐器为八音，即钟、磬、琴瑟、箫管、笙竽、埙、鼓、柷敔。至和：极谐调。固：能够。荒：荒唐，颓废。

㉜ 披：分开。文：同“纹”。饰有花纹。轩：古代一种前顶较高而有帷幕的车子。披文轩，分开车子的帷幕。骋望：极目远眺。

㉝ 喟：叹。抃（biàn）：拍手。抗首：昂头。嘈：象声词，这里形容啸声响亮。长引：长长的啸声。

㉞ 舒肆：舒缓。

㉟ 冉弱：荏弱。柔挠：又作“柔扰”，软弱的样子。澎濞（bì）：水流声。

㊱ 横：陈。郁鸣：浓烈的啸声。滔涸（hé）：流水干涸。冽：本指寒冷，此处引申为强烈地吹。飘渺：形容啸声清脆而悠长。清昶（chǎng）：天气晴朗。

㊲ 逸气：啸歌时吹出的强烈气流。奋涌：喷薄而出。缤纷：多姿多彩的啸声。列列：风吹动的样子。飚（biāo）：暴风。啾啾：象声词，细小的叫声。

㊳ 胡：泛指北方少数民族。长思：深深的思念。朔：北。

㊴ 将：携带。雏：幼鸟。

㊵ 因形创声：依照、模仿各种形象创造出不同的音响。随事造曲：即兴编造旋律。

㊶ 应物无穷：各种各样的感触都可以用啸歌来抒情。机发：像弩机发射一样迅速。响速：像回声应和一样迅速。响：回声。

㊷ 怫（fú）郁：愤懑，心情不舒畅。这里形容啸声受压抑而不舒展。冲流：形容啸声强而连续不断。参谭、云属（zhǔ）：皆形容声音连续不断。

㊸ 飞廉：风神。鼓：鼓动，吹动。幽隧：深邃的山路。应：应和。中谷：山谷中。

㊹ 南箕：南方天空的箕星。穹苍：苍穹，天空。清飚：大风。乔木：高树。

㊺ 散积滞：啸歌使积滞之气散发开来。荡：涤荡。埃蔼：灰尘多的样子。溷：混。

㊻ “变阴阳”二句：意为改变阴阳使其和谐，铲除淫风秽俗。

㊼ 崇岗：高岗。陵景山：登上大山。陵，升。景，大。岩侧：高山旁。流川：瀑布。

㊽ 藉：坐卧其上。皋（gāo）兰：水泽中所生的兰草。猗（yī）靡：随风飘动

之貌。荫:遮荫。蝉娟:美好的样子。骆驿:犹"络绎",连绵不断。

㊾ 舒:抒发。蓄思:积虑。悱愤:忧思郁结。奋:振作,亦指抒发,与"舒"义同。

㊿ 累:烦累。

51 假:借。象:比。拟:仿效。金、革、陶、匏均为八音之属。笳:古代管乐器名。

52 硼硠(pēngláng)、震隐:均形容声音大。訇磕(hōngkē)、嘐(láo)嘈:均象声词。

53 隆冬:深冬。熙蒸:热气上升。骋:尽情啸歌。凋:草木凋谢。霖:久雨。谷风:东风,春风。鸣条:使树木枝条发出声响。按照阴阳五行的说法,徵、羽、商、角分别属于火、水、金、木,而火、水、金、木又分别代表夏、冬、秋、春四个季节,因此这里说啸歌演奏这几种不同的调式时,就会出现不同季节的景象。

54 恒:常,固定的。

55 "行而"二句:进行而不失控,静止而不凝滞。

56 吻:嘴唇。发扬:发声扬气。芳气:人呼吸之气的美称。

57 要妙:声音细微而曲折。激嚁(dí):形容声音急促。清厉:形容声音激切高朗。

58 信:确实。羌(qiāng):发语词,无实义。殊尤:特异。绝世:冠绝当世。

59 越:超过。韶(箫韶)、夏(大夏)、咸池均古代雅乐名。箫韶为虞舜之乐,大夏为夏之乐,咸池相传为黄帝所作,尧曾加以修改。徒:仅仅,只。取异:取其不同之处。郑、卫:郑卫之音,指民间俗乐,与上述雅乐相对。

60 绵驹:春秋时齐国歌唱家。结舌:指不敢再唱歌。丧精:丧失魂魄。王豹:齐国歌唱家。

61 虞公:齐国歌唱家。辍(chuò):停止。宁子:宁戚,齐国大夫。检手:敛手。

62 钟期:钟子期,楚人,著名音乐鉴赏家。孔父:孔子。忘味:据《论语·述而》载,孔子在齐国听到韶乐,三月不知肉味。

63 抃(biàn)足:跳舞。抃,原意是拍手,这里是顿足。凤皇来仪:凤凰来舞而有容仪,古代相传以为瑞应。

## 鉴赏

成公绥(231—273),复姓成公,字子安,东郡白马(今河南滑县)人。幼而聪敏,博涉经传,擅长辞赋。性情恬淡,不求闻达,被荐召为博士,后升中书郎,入晋后为骑都尉。有著作十余卷,已失,明张溥辑有《成公子安集》。现存成公绥的赋20余篇,有些已残。

成公绥的赋，多以天、地、江、河、云、雨等自然景物为描写对象，也有一部分描写花木、乐器和虫鸟的，其中最著名的要算《啸赋》了。

从魏晋时期的许多文字记载来看，“啸”是当时名士们的一种特殊癖好，就像这类人士酷爱酒和“五石散”一样。但“啸”究竟是怎么回事，后人却不得其详，因此千余年来，其说纷纭。根据今人的研究，“啸”其实就是打口哨。口哨属于一种口技，而口技在我国有着悠久的历史，古籍中不乏对这种技艺的精湛描绘，许多民间艺人能够用口技对自然界的各种声响进行模仿，其惟妙惟肖，往往达到令人惊异的程度。但是，打口哨这种民间技艺能够进入上层社会，成为魏晋之际的社会风尚，许多儒雅之士纷纷效法，并一一成为啸歌能手，却是有其特定的时代背景的。

魏晋时期，社会经历了长时间的动乱，统治集团争夺权力的斗争和改朝换代导致了思想界的一系列变化。由名理之学发展起来的玄学已经形成并占据了意识形态上的统治地位，这种糅合了老、庄、《周易》的思想体系，在政治上以君主无为为宗旨，既适应了豪门世族的需要，又是人们企图从当时各种社会矛盾中解脱出来的一种表现。但早期的玄学仍然是用来解释儒学合理性的，所以遭到一批愤世嫉俗的知识分子的反对，以嵇康、阮籍为代表，提出了“越名教而任自然”，用以揭露名教的虚伪性，客观上起了破坏礼教的作用，建立了新的玄学体系。

嵇康、阮籍等“竹林七贤”及一些观点相同的文人，对自己的主张身体力行。他们在行动上表现得放浪形骸、不拘礼法，旷达超脱不为名利所累；为躲避统治阶级迫害远祸全身，他们聚在一起时都缄口不谈政治，而是饮酒、弹琴、谈玄悟道，追求一种远离世俗的隐逸生活。在这种生活中，“啸”便成了他们的一种乐趣。据《晋书·阮籍传》载：“籍尝于苏门山遇孙登，与商略终古及栖神导气之术，登皆不应。籍因长啸而退，至半岭闻有声若鸾凤之音响乎岩谷，乃登之啸也。”这就是有名的“苏门之啸”。从中可知，阮籍是非常善于啸歌的，而道士孙登的啸歌比阮籍更为高明。孙登不回答阮籍关于修炼的提问，却用奇绝的长啸来给阮籍以某种神秘的启示，这大概也就是当时所谓的隐逸风度吧。

“啸”是一种音乐化的口技，它不须借助任何乐器，也不需要歌词，只需用肺部发出的气流来冲击口唇就能“奏”出各种动听的曲调。啸歌的任意性很强，既可以演奏现成的曲调，也可以随心所欲地去模仿风雨鸟兽等声响，更可以根据自己的某种感受去进行即兴创作，随意编造旋律，完全不受什么清规戒律的约束，也不受时间、场地、人数的限制。正因为它有“触类感物,因歌随吟”“唱引万变,曲用无方”“因形创声,随事造曲。应物无穷,机发响速”的特点,所以它非常适合于名士们那种狂放不羁的性格和敏感浪漫的气质,使他们能用啸歌来抒发自己积郁已久、难以言传的种种感受,因此他们很快地接受了这种艺术形式。再说,啸歌也并不那么简单易学,而必须掌握一定的技法要领,它不仅要求啸者具备某些先天的优越条件(如口腔唇舌的形状、肺活量、乐感和悟性等),还需要较高的音乐素养和其他方面的知识。即使学会了啸歌,水平也有高下之分,要想提高技艺,还需要长时间地练习。所以,它是一种能显示才能和个性的艺术,无怪乎它备受那些才分极高却在黑暗社会中没有施展机会的名士们的青睐了。这些名士们竞相习啸,把它作为精神寄托和个人生活的一部分。他们在山间旷野和幽静的竹林中放声长啸,尽情发泄人生的感受,从啸歌中得到快乐和慰藉。

作者成公绥,正是一位具有与“竹林七贤”相同意趣的知识分子。据《晋书·成公绥传》载,他精通音律,尤善啸歌,“尝当暑承风而啸,泠然成曲”,所以他能用形象的笔触和渲染铺陈的手法,展示啸歌的特殊艺术魅力。

赋的开头,作者杜撰了一位感慨社会黑暗、人生道路狭窄的“逸群公子”,其实这就是作者自己的影子。这位公子的“慷慨而长啸”,正是作者借以抒发自己那种不肯与世俗同流合污而离群高蹈情怀的工具。接着,作者以饱满的感情,来宣扬“长啸之奇妙”乃“音声之至极”,用比喻、夸张、用典等手法,反复铺陈,淋漓尽致地描写了啸歌之奇妙。

作者笔下的啸歌,是天然佳音,其清澈动听可与竽笙、琴瑟、箫笳等一切乐器媲美而且有过之无不及。它丰富多彩变化万千,可以表达世间各种各样的意境,它所呈现出的各种情绪诸如欢乐振奋、激越热情、恬淡平静、悲凉哀婉……无不具有强烈的感染力,不仅可以令人销魂,而且可以感动天地、沟通人神。啸歌所模仿的风号水流、马嘶虎啸、鸟鸣人泣,都足以乱真。这种特殊的歌唱,还能给歌者本人带来极度的愉悦和享受,使其肺腑如洗而飘飘欲仙,忘却人生的一切烦恼。历史上任何著名的音乐家无不拜倒在啸歌面前,因为啸歌使他们的歌唱或演奏黯然失色。啸歌是那么引人入胜,它即使停止了,也仍然余音缭绕、回味悠长。

在这里,作者赞美的虽然是啸歌,却同时把音乐的各种功能都表述得十分贴切、恰到好处,不仅描绘形象,而且寄托深远,使《啸赋》成为辞赋中描写音乐的名篇。啸歌盛极于魏晋,后来随着时代变迁而逐渐消歇,隋唐以后的文人已经不大懂得它了,虽然唐诗中也有些写到啸的(如王维诗句“弹琴复长啸”),但这时的啸只不过是指吟诗而已,远不是啸歌那种抑扬顿挫、神妙万分的音乐化口技了。《啸赋》给我们留下了认识啸歌的宝贵资料,对于今人了解我国辉煌的古代文化是很有益处的。

《啸赋》还把啸歌这一民间艺术的地位提到前所未有的高度,认为它已经超过了被尊为音乐典范的官方雅乐《箫韶》《大夏》《咸池》等,这不能不说是一种大胆的评价,表现了作者蔑视礼法、傲然独立的气概。因为所有的官方雅乐都是封建统治阶级用来维护礼法、巩固等级秩序的,而一切民间艺术都被统治者贬低为“不登大雅之堂”,并加以排斥和扼杀。作者反其道而行之,通过对啸歌的种种赞美和描绘,得出啸歌是一切音乐中至善至美者的结论,要在艺术殿堂中为啸歌摘取桂冠,使我们不能不佩服作者这种不同凡响的见地。

西晋时代,尤其是太康时期,文学出现了繁荣景象,辞赋的成就尤高于诗歌。西晋王朝虽然黑暗,但毕竟是继长期动乱之后进入了统一的时代。乱后的繁荣在人们心中激起对于太平盛世的向往,短期的安定给作家们提供了较稳定的创作环境,此时作家云涌、作品迭出,辞赋从汉末以来的长期沉寂之后开始复兴。能够代表这一时期辞赋成就的是叙事大赋和抒情小赋,它们都沿着“体物写志”的方向延伸。《啸赋》既承两汉传统,又有建安慷慨之音的余韵,在题材和情韵上都有新的突破,能够“触兴致情”。读者通过对《啸赋》的鉴赏,是完全可以体会到这一时期辞赋作品的某些特色的。

(任　重)

# 纸　　赋

傅　咸

盖世有质文①，则理有损益②。故礼随时变③，而器与事易④。既作契以代结绳兮⑤，又造纸以当策⑥；犹纯俭之从宜⑦，亦惟变而是适⑧。夫其为物，厥美可珍⑨：廉方有则，体洁性真⑩；含章蕴藻⑪，实好斯文⑫；取彼之弊⑬，以为此新⑭。揽之则舒⑮，舍之则卷⑯，可屈可伸，能幽能显⑰。若乃六亲乖方⑱，离群索居⑲，鳞鸿附便⑳，援笔飞书㉑，写情于万里，精思于一隅㉒。

## 注释

① 世有质文:社会有风气质朴或重视华美的区别。质,质朴。文,与“质”相对,指华美、文彩。

② 理有损益:治理方法有所改变。理,一作“治”,治理。损益,减少或增加。

③ 礼:古代治国的制度。时:时代。

④ 器:实用工具,器物。易:变化。

⑤ 作契以代结绳:《易·系辞下》:“上古结绳而治,后代圣人易之以书契。”契,指文字。古代文字多契刻在一定材料上,故称书契。结绳:上古的记事方法,以绳结不同形状代表不同事物。

⑥ 策:简策,古代用于书写的竹、木片。

⑦ “犹纯俭”句:典出《论语·子罕》。犹,如同。纯,丝。俭,简易。宜,适宜,恰当。

⑧ 变:变化。适:顺应,适应。

⑨ 厥美可珍:纸的好处是值得珍视的。厥,其,指纸。美,美德,优点。

⑩ 廉方:有棱角而方正。则:准则。

⑪ 章:文彩。藻:藻饰。

⑫ 好:便于,适宜于。斯文:文字,

文章。

⑬ 彼:指造纸的原料。弊:古以破渔网等造纸,故云“弊”。

⑭ 新:新的面目,即纸。

⑮ 揽:拿,用。舒:展开。

⑯ 舍:藏,不用。

⑰ 幽:幽藏。显:显露。

⑱ 六亲乖方:亲朋别离,天各一方。六亲,泛指各种亲戚,具体说法历来不一,如《左传》以父子、兄弟、姑姊、甥舅、婚媾、姻亚为六亲;《易·家人》王弼注又以父子、兄弟、夫妇为六亲等。乖方:天各一方。乖,背。

⑲ 离群索居:离开同伴孤独地生活。索:散。

⑳ 鳞鸿:鱼雁,指书信。

㉑ 援:把笔,拿笔。飞书:疾书。

㉒ 隅:角落。一隅,指思考时的处所。

## 鉴赏

《纸赋》,是傅咸的一篇咏物小赋。

傅咸(239—294),字长虞,晋北地泥阳(今陕西铜川耀州区东南)人,西晋文学家。他是著名哲学家、文学家傅玄的儿子。晋武帝时,袭父爵为清泉侯,官拜太子洗马,迁尚书右丞、左丞,惠帝时迁御史中丞,以议郎长兼司隶校尉,卒谥贞。他为人刚简有大节,识性明悟,多次上疏指陈弊政,执法严峻,嫉恶如仇,推贤乐善。他爱好文学创作,原有集三十卷,后散佚,明代辑为《傅中丞集》,存各体散文、韵文39篇及赋36篇(包括残篇)。他的作品,一般说来文采不足,但内容可资借鉴者不少,多有启迪作用,因此,庾纯曾赞其文“近乎诗人之作”。《纸赋》虽然主要咏写新出现不久的纸,但在一语双关之中,也表达了作者一定的思想观点和处世态度。

纸的发明,在中国文化发展史上是一件大事,也是对世界文明的巨大贡献,它影响于后代之巨,是无可估量的。傅咸生活的时代,纸的发明虽已近二百年,但尚未得到普遍应用,而且在他以后的一个相当长的时期内,纸也没有被提到文化生活的应有高度上来。但傅咸却以敏锐的感觉,把纸作为主要歌咏对象,应当是令人佩服的。固然,两晋时期是咏物赋大量出现的时期,歌咏的对象,在汉代基础上,又大大扩展了视野,引入了许多新的方面,但傅咸能从自己日常生活中,撷取材料,对新生不久的纸张大加赞美,这就如同他的父亲写《笔赋》《砚赋》一样,同样是别开生面的。

《纸赋》全文虽然仅122字,但层次明晰,意义显豁。文章开始,从“惟变是适”的事物发展的普遍规律入手,歌颂纸的产生是顺应时代的需要的,如同“理有损益”“器与事易”一样。人类社会是不断进步的,一切新的东西都会随着社会的需要而不断创造出来。在中国的书写史上,最早被大量应用的书写材料恐怕主要是最易得到的竹木简,兼有缣帛等织物。但用之于书写,缣帛是太昂贵了,而竹木简又太笨重、太不方便了。能否制造出一种既方便又便宜的书写材料呢?从西汉末年皇宫中出现的以丝绵为原料的“赫蹄纸”开始,人们尝试造出了植物纤维纸。虽然它很粗糙,不便于书写,但它代表了新的方向。到了东汉的蔡伦,广泛吸取了前人经验,从实践中加以总结改进,终于用树皮、破布、渔网、麻头等废旧物制成了“蔡侯纸”,“自是莫不从用焉”。正如结绳要被文字的发明所取代,简策也必将被纸所取代,这是社会发展的趋势所决定的。虽然傅咸之时尚未达到这一程度,但他以历史发展的眼光歌咏纸的强大生命力,体现了他的社会进化观点,这种见识是应当肯定的。

接下来,作者又从纸张的本身歌颂其“厥美可珍”。作者用“夫其为物,厥美可珍”带起下文,首先写其表象“廉方有则,体洁性真”。一张方方正正的纸,是那样洁白,那样纯净,就像一个人有着刚正清洁的表现和率真的性格一样。“含章蕴藻”以下二句,写出了纸在应用中才能焕发光彩。它是文采藻饰的载体,便于文人学士;也正是文人学士们的挥洒摛文,使纸增加了新的光彩。傅咸并没有把纸看死,而是在与文化事业的联系中,纸才能真正体现出它的光辉和意义。“揽之则舒”以下二句,则写出了纸便于利用和保存的特点。比起简策这庞然大物来,纸是轻灵方便多了。用时即可展开,不用时即可卷起,在这屈伸展收当中,表现了它既能深藏、又能显豁的特色,这是纸的内在的特质。这一层意思三经转折,从不同方面描述了纸的特征。

作者采用了拟人化的手法写纸,同时,写纸也就写出了人的情操和胸怀。写物写情,各得其趣。“廉方有则,体洁性真”,不仅指纸的外表,也应当是人立身处世的原则。西晋的政治是黑暗的,在那腐朽的社会中,不能随波逐流,同流合污,应该有一定的立身原则,保持自己的清白正直的品格。“取彼之弊,以为此新”,富含哲理。他人的优点长处,应随时吸收,以加强自己的修养,充实自己的胸怀,造就自己的新品格。纸张的取人之善是被动的,因为它是为人所用的东西;而人不是可以从中悟出一点主动的道理吗?揽之舍之,屈伸幽显,更是符合儒家“达则兼济天下,穷则独善其身"的处世原则，符合孔子"用之则行，舍之则藏"的人生哲学。穷通荣辱，都能怡然处之。这些，就不仅是写纸，而是体现了作者的品格。古人论诗说："情动于衷而形于言"，我们可以从咏纸的字里行间看到傅咸感情的跳荡。

最后一层，作者写了纸便于人们生活的作用。纸的作用是很多的，大大小小，方方面面，条陈缕析是不可能的。作者只选取了两点来写：一是对于天各一方的亲朋好友，有"鳞鸿附便"之用。这是最容易激起人们思绪共鸣的因素。从来的诗词文赋，写别离之苦真是积案盈箱，而现在有了这方便的纸，就可以方便地互通音信，这还不值得歌唱吗？二是作为表达感情和思想的载体，纸有重要作用，它既方便于寄情，又可记载人们的深思。虽然这不仅是纸的功用，但当时却是起到这种作用的最方便的东西；它也不是纸的唯一用途，但无疑地，它是纸的最主要的用途。一方面是最易动人之处，另一方面是最主要的作用，这两个方面就足以体现纸的意义和作用了。作者的笔墨是经济的，但效果却并不差。

作为"铺彩摛文"的赋体文学，这篇作品在写作上应该说是简括的、质朴的。它的每一方面的内容，都可以敷衍成大段文字，都可以写得更细，更夸张，更有文采。但作者没有这样做。他只是以质朴而浅明的语言，抓住最主要的特征，进行简洁的描述和刻画，给人一个比较清晰的印象。作为对于新生事物的纸的歌唱，这就足可以引起人们的思考和比较，从而为它的发展开出一条坦途来。这种不重绮丽而重内容的写作风格，是作者赋体文学的一般风格，也是值得注意的地方。此外，这篇作品作为研究纸张运用的重要历史资料价值，也是不容忽视的。

（王培元）

# 海 赋

木 华

昔在帝妫臣唐之代[①]，天纲浡潏[②]，为凋为瘵[③]；洪涛澜汗[④]，万里无际；长波涾㴔[⑤]，迤涎八裔[⑥]。于是乎禹也，乃铲临崖之阜陆，决陂潢而相沷[⑦]；启龙门之岝㠋[⑧]，墾陵峦而崭凿[⑨]。群山既略，百川潜渫；泱漭淡泞[⑩]，腾波赴势。江河既导，万穴俱流；掎拔五岳[⑪]，竭涸九州。沥滴渗淫，荟蔚云雾[⑫]；涓流泱瀼[⑬]，莫不来注。于廓灵海，长为委输[⑭]。其为广也，其为怪也，宜其为大也。

**注释**

① 帝妫(guī)：舜。妫：姓。唐：尧。尧姓陶唐氏。
② 天纲：谓大水，古人以江河为天之纲纪。浡潏(bójué)：水沸涌之貌。
③ 瘵(zhài)：病。
④ 澜汗：水势浩大。
⑤ 涾㴔(tàduò)：水波重叠。
⑥ 迤(yǐ)涎：绵延相连。八裔：八方。
⑦ 阜陆：高原。陂潢(bēihuáng)：积水之处。沷(fā)：疏浚。
⑧ 岝㠋(zuó'è)：山势高峻。
⑨ 墾：同“垦”，开凿。崭凿：开凿。
⑩ 泱漭(yǎngmǎng)：水广大无边。淡泞：水深澄澈。
⑪ 掎(jǐ)拔：挺起。
⑫ 渗淫：小水。荟(huì)蔚：云雾弥漫。
⑬ 泱瀼(yǎngnǎng)：水流之貌。
⑭ 委输：长流汇合。

尔其为状也：则乃浟湙潋滟[①]，浮天无岸；浺瀜沆瀁[②]，渺弥湠漫[③]，波如连山，乍合乍散；嘘噏百川[④]，洗涤淮汉；襄陵广舄，潋澫浩汗[5]。若乃大明摭辔于金枢之穴[6]，翔阳逸骇于扶桑之津[7]。彯沙碻石，荡飏岛滨[8]。于是鼓怒，溢浪扬浮，更相触搏，飞沫起涛。状如天轮，胶戾而激转[9]；又似地轴，挺拔而争回。岑岭飞腾而反复，五岳鼓舞而相磓[10]。濆濆沦而滀漯[11]，郁沏迭而隆颓；盘盓激而成窟[12]，淯沺渫而为魁[13]；潤泊柏而迤飏[14]，磊匒匌而相豗[15]。惊浪雷奔，骇水迸集；开合解会，瀼瀼湿湿[16]；葩华踧沑[17]，頩泞潗濇[18]。若乃霾曀潜销[19]，莫振莫竦；轻尘不飞，纤萝不动[20]。犹尚呀呷[21]，余波独涌；澎濞灪磙[22]，碨磊山垄[23]。

## 注释

① 浟湙(yóuyì)：水流之貌。潋滟：水波荡漾。
② 沖瀜(chōngróng)：水平远之貌。沆瀁(hángyàng)：水广深之貌。
③ 㳽(tàn)漫：水广远之貌。
④ 嘘噏(xī)：吐纳。噏，同"吸"。
⑤ 广舄(xì)：扩大了海水浸渍的盐碱地。潋澫(jiāogě)浩汗：水势广大。
⑥ 大明：月亮。金枢之穴：西方月落处。
⑦ 翔阳：太阳。扶桑：东方日出处。
⑧ 彯(piāo)沙碻(què)石：风卷起沙粒，水激响石声。彯，通"漂"。飏(yù)：疾风。
⑨ 胶戾：环旋。
⑩ 磓(duì)：撞击。
⑪ 濆(wèi)：乱的样子。濆沦：水势起伏汹涌。滀漯(chùtà)：聚集之貌。
⑫ 盘盓(yū)：旋绕。
⑬ 淯沺(qiàotān)：巨浪。渫：同"杰"，特立。魁：小山丘。
⑭ 潤(shǎn)：疾。泊柏(pōbǎi)：小波浪。迤飏：斜起，渐高。
⑮ 磊：大。匒匌(dákē)：重叠。豗(huī)：撞击。
⑯ 瀼瀼湿湿：开合。
⑰ 葩华：分散。踧沑(cùnǜ)：水纹蹙聚。
⑱ 頩泞(dǐngnìng)：沸。潗濇(jínì)：沸声。
⑲ 霾曀(máiyì)：此指海风吹起，浪沫遮住太阳。
⑳ 纤：细小。萝：女萝，地衣类植物，又名松萝。
㉑ 呀呷：水波吞吐。
㉒ 澎濞(pì)：水声。灪磙：高峻。
㉓ 碨(wěi)磊：不平的样子。

尔其枝岐潭瀹[1]，渤荡成汜[2]。乖蛮隔夷，迴互万里。若乃偏荒速告，王命急宣，飞骏鼓楫，汎海凌山。于是候劲风，揭百尺，维长绡，挂帆席，望涛远决，冏然鸟逝[3]。鹬如惊凫之失侣，倏如六龙之所掣。一越三千，不终朝而济所届。若其负秽临深[4]，虚誓愆祈[5]，则有海童邀路，马衔当蹊[6]。天吴乍见而仿佛[7]，蝄像暂晓而闪尸[8]。群妖遘迕[9]，眇䁯冶夷[10]，决帆摧橦[11]，戕风起恶[12]。廓如灵变[13]，惚恍幽暮。气似天霄，叆叇云布[14]。倏昱绝电[15]，百色妖露。呵歘掩郁[16]，矆睒无度[17]。飞涝相磢[18]，激势相沏。崩云屑雨，浤浤汩汩[19]。踔踔湛濼[20]，沸溃渝溢。瀖泋濩渭[21]，荡云沃日[22]。

于是舟人渔子，徂南极东，或屑没于鼋鼍之穴，或挂罥于岑嶅之峰[23]，或掣掣泄泄于裸人之国[24]，或泛泛悠悠于黑齿之邦，或乃萍流而浮转，或因归风以自反。徒识观怪之多骇，乃不悟所历之近远。

## 注释

① 枝岐：入海之水流冲成的小片陆地。潭瀹(yuè)：动摇的样子。

② 汜：水决而复入叫汜。

③ 冏然：鸟飞之貌。

④ 负秽：指身有罪。

⑤ 虚誓愆祈：虚假的祈祷。

⑥ 海童：海中神童。马衔：海中妖怪。

⑦ 天吴：水神。

⑧ 蝄像：水怪。闪尸：暂见。

⑨ 遘迕(gòuwǔ)：遭遇冒犯。

⑩ 眇䁯(miǎoyǎo)：视。冶夷：妖媚。

⑪ 橦(chuáng)：百尺之竿。

⑫ 戕(qiāng)风：暴风。

⑬ 廓：开。

⑭ 叆叇(àifèi)：昏暗。

⑮ 倏昱：疾快。

⑯ 呵歘(xù)掩郁：不明之貌。

⑰ 矆睒(huòshǎn )：光泽闪烁不定。

⑱ 涝：大波。磢(chuǎng)：摩擦。

⑲ 浤(hóng)浤汩(gǔ)汩：波涛声。

⑳ 踸踔(chěnchuō):进退不定之貌。湛瀹(yào):波浪涌腾之貌。

㉑ 濩渮(huòhuī):波浪声。濩渭:波涛声。

㉒ 沃日:灌日。

㉓ 挂罥(juàn):缠挂。岑嶅(áo):山岭。

㉔ 掣掣泄(yì)泄:任风漂泊之貌。裸人国:与下句黑齿邦,皆传说中的海外异国。

尔其为大量也,则南溓朱崖,北洒天墟[①]。东演析木,西薄青徐[②]。经途瀴溟[③],万万有余。吐云霓,含龙鱼;隐鲲鳞,潜灵居[④]。岂徒积太巅之宝贝[⑤],与随侯之明珠[⑥]。将世之所收者常闻,所未名者若无。且希世之所闻,恶审其名[⑦]?故可仿象其色,叆䨴其形[⑧]。

**注释**

① 溓(liàn):浸渍。朱崖:最南的地方。天墟:最北的地方。

② 演:长流。析木:幽州地。薄:迫近。青徐:青州、徐州,因靠海,被认为是海的最西方。

③ 瀴溟(yíngmíng):遥远之貌。

④ 鲲鳞、灵居:皆神仙居处。

⑤ 太巅之宝:《琴操》记载:纣王徙文王,欲杀,太巅散宜生、南宫适之属得水中大贝以献,纣王释文王西伯。

⑥ 随侯之珠:春秋时随侯救伤蛇,后蛇以珠报恩。

⑦ 希世:即稀世。恶(wū):何。

⑧ 叆䨴(xì):模模糊糊之貌。

尔其水府之内,极深之庭。则有崇岛巨鳌,峌岘孤亭[①],擘洪波,指太清[②]。竭盘石,栖百灵[③]。飏凯风而南逝,广莫至而北征[④]。其垠则有天琛水怪[⑤],鲛人之室[⑥]。瑕石诡晖[⑦],鳞甲异质。若乃云锦散文于沙汭之际[⑧],绫罗被光于螺蚌之节。繁彩扬华,万色隐鲜。阳冰不冶[⑨],阴火潜然。熺炭重燔[⑩],吹炯九泉。朱焰绿烟[⑪],瞑眇蝉蜎[⑫]。鱼则横海之鲸,突扤孤游[⑬]。

戛岩嶅[14]，偃高涛，茹鳞甲[15]，吞龙舟。噏波则洪涟踧蹜[16]，吹涝则百川倒流。或乃蹭蹬穷波[17]，陆死盐田，巨鳞插云，鬐鬣刺天[18]，颅骨成岳，流膏为渊。

**注释**

① 嵽嵲(dié niè)：高耸之貌。
② 太清：天空。
③ 竭：载。百灵：众仙。
④ 凯风：南风。广莫：北风。
⑤ 天琛：自然之宝。
⑥ 鲛人：传说中的人鱼。
⑦ 诡晖：奇异的色泽。
⑧ 汭：水边。
⑨ 冶：熔化。
⑩ 熺(xī)炭：放光之炭，永不灭。
⑪ 朱焰：红色火焰。
⑫ 腰(yǎo)眇蝉娟：烟艳飞腾之貌。
⑬ 突扤(wù)：高耸特出之貌。
⑭ 戛：刮平。岩嶅：有岩石的山。
⑮ 茹：吃。
⑯ 踧蹜(cù sù)：退缩之貌。
⑰ 蹭蹬(cèng dèng)：水势渐次减弱之貌。
⑱ 鬐鬣(qí liè)：鱼脊鳍。

若乃岩坻之隈[1]，沙石之嶔[2]，毛翼产鷇[3]，剖卵成禽。凫雏离褷[4]，鹤子淋渗[5]。群飞侣浴，戏广浮深。翔雾连轩，泄泄淫淫[6]。翻动成雷，扰翰为林。更相叫啸，诡色殊音[7]。若乃三光既清，天地融朗，不泛阳侯[8]，乘蹻绝往[9]，觌安期于蓬莱[10]，见乔山之帝象[11]。群仙缥眇[12]，餐玉清涯[13]。履阜乡之留舄[14]，被羽翮之襂纚[15]。翔天沼，戏穷溟，甄有形于无欲[16]，永悠悠以长生。

**注释**

① 隈：山边或水流弯曲处。
② 嶔(qīn)：高险。
③ 鷇(kòu)：待哺的幼鸟。
④ 离褷(shī)：羽毛始生。

⑤ 淋渗:幼鸟生羽。
⑥ 连轩:飞舞。泄泄淫淫:飞翔。
⑦ 诡色:异样色彩。
⑧ 阳侯:水神。这里代指波浪。
⑨ 乘蹻(juē):道家所谓的飞行术。
⑩ 安期:即安期生,传说中的仙人,据说他住蓬莱仙岛。
⑪ 乔山:即桥山,山名,上有黄帝墓。
⑫ 缥眇:同"缥缈",若隐若现之貌。
⑬ 餐玉:食玉。传说黄帝以玉为食。
⑭ 舄(xì):古代一种复底鞋。
⑮ 羽翮:羽毛。襂纚(shēnxǐ):羽毛下垂的样子。
⑯ 甄:外表。

且其为器也,包乾之奥,括坤之区;惟神之宅,亦祗是庐[①]。何奇不有?何怪不储?芒芒积流[②],含形内虚。旷哉坎德[③],卑以自居;弘往纳来,以宗以都[④];品物类生,何有何无?

## 注释

① "惟神之宅"二句:为宾语前置的互文句,意为是居住神祗之处。宅、庐皆用如动词。
② 芒芒:众多之貌。
③ 坎德:坎,《易》八卦之一,象征水,故称水德为坎德。
④ 都:通"潴",水汇合处。

## 鉴赏

浩瀚的大海,无边无垠,雄威壮阔,奇异诡丽。它时而风急浪奔,波涛连天;时而风平浪息,静谧含蓄,深邃莫测。古往今来,有多少文人墨客为之陶醉倾倒,援翰赞美。在古往今来无数赞美大海的佳作中,木华的《海赋》像银河之中一颗璀璨的彗星,放射出夺目的光彩,吸引无数后来人拜读。木华,字玄虚,晋广川人,生卒年均不详,约晋惠帝初年(290)前后在世,曾为杨骏府主簿。作《海赋》,文甚隽丽。除此,对其身世知道甚少,可见他是以《海赋》名于后世的。

《海赋》一文,作者驰骋其极其丰富而奇幻的想象,运用铺陈、夸张、比喻、渲染等艺术手法,声色俱佳地再现了大海那千变万化的情态。且结构宏伟,气势雄壮,读后心胸为之开阔。故历来受人赞扬。

《海赋》就结构来说,分为两个部分,但无论哪一部分,其所使用的艺术手法则是一致的。第一部分写禹疏江河、百川归海的神话故事,以神奇的色彩引人卒读。赋文以“昔在帝妫臣唐之代”开笔,用一“昔”字将人们带回远古时代。那个时代:滚滚洪水流卷天下,给人们带来严重灾难。我国古代典籍《尚书·尧典》也记载当时“汤汤洪水方割,荡荡怀山襄陵,浩浩滔天,下民其咨”的情况。可见洪水为害是历史的真实。洪水泛滥的情况,赋文用了16字形容,即“洪涛澜汗”四句。只此四句,就对那时洪水泛滥的情况描绘殆尽,足见是大手笔。在生民受难之际,圣人大禹出来治水,他接受其父鲧治水失败的教训,采用疏导的办法,江河已导,积水已空。洪水清退,自然五岳挺拔而出,九州土地为之干燥。人们的灾难解除了。原来的水,“沥滴渗淫”,在太阳照晒下,形成了雾。“涓流泱瀼”,都注入海中。至此,赋文方说出大海,点出题来,并对其尽情地铺陈、描绘。本部分最后三句:“其为广也,其为怪也,宜其为大也”,从三个方面概括了“灵海”的特点,是下文的纲,也是三个过渡句。

“尔其为状也”,统领一段,描绘大海千变万化的形态。这里作者运用铺述、比喻等修辞手法,竭尽形容之能事,将大海的千姿百态绘声绘色地刻画出来。赋文从三个方面进行描绘。作者用比喻的手法,极写大海狂风呼啸、巨浪排空的令人惊心动魄的景象。作者对大海状态的描绘可谓淋漓尽致了。从“尔其枝岐潭瀹”开始,赋文转入对大海“怪”的描述。其“怪”表现在它仿佛有爱憎之情。海边河流动摇贯通,陆地隔海相望,一边为峦,一边为夷,“迥互万里”。这些可怕的景象,实为大海对有罪但不思改悔之人的嘲弄,当然也是作者的希望和想象之笔,对坏人,不光人类要惩治他们,就连大海中的“水怪”也应严惩他们。“尔其为大量也”以下转入对大海深阔的描绘。它表现在三个方面。一写其辽阔旷远。二写大海之深,宝物之多。这是对上面海中之物的具体描绘。三写海边水鸟。有声有势,可谓神来之笔。“更相叫啸,诡色殊音”二句,则是对水鸟色彩和声音的赞美。就是这些水鸟,增加了大海的情趣。作者根据神话传说,描绘了一种神秘美妙的仙境。增添了大海的浓厚神奇色彩。赋文最后以评论性的文字概括大海的广阔神奇,赞美大海的品格。

《海赋》是一篇仿汉赋的大赋。尽管汉大赋在晋代影响已经不大了,但由于赋文作者巧妙地运用各种修辞手法,有声有色地再现了大海的形象,给读者以深刻的印象和一种美的享受,故被世人推为六朝文赋第一。

(梁宗奎)

# 鹪鹩赋并序

张华

鹪鹩，小鸟也[①]。生于蒿莱之间，长于藩篱之下，翔集寻常之内，而生生之理足矣[②]。色浅体陋，不为人用[③]。形微处卑，物莫之害[④]。繁滋族类，乘居匹游[⑤]。翩翩然有以自乐也[⑥]。彼鹫、鹗、鹍、鸿、孔雀、翡翠，或凌赤霄之际，或托绝垠之外，翰举足以冲天，觜距足以自卫[⑦]。然皆负矰婴缴，羽毛入贡，何者？有用于人也[⑧]。夫言有浅而可以托深，类有微而可以喻大，故赋之云尔。

何造化之多端兮，播群形于万类[⑨]。惟鹪鹩之微禽兮，亦摄生而受气。育翩翾之陋体，无玄黄以自贵；毛弗施于器用，肉弗登于俎味[⑩]。鹰鹯过犹俄翼，尚何惧于罿罻[⑪]！翳荟蒙茏，是焉游集[⑫]。飞不飘飏，翔不翕习[⑬]。其居易容，其求易给：巢林不过一枝[⑭]，每食不过数粒。栖无所滞，游无所盘；匪陋荆棘，匪荣茝兰[⑮]。动翼而逸，投足而安[⑯]。委命顺理，与物无患[⑰]。伊兹禽之无知，而处身之似智。不怀宝以贾害，不饰表以招累[⑱]。静守约而不矜，动因循而简易[⑲]。任自然以为资，无诱慕于世伪[⑳]。

雕鹖介其觜距，鹄鹭轶于云际；鹍鸡窜于幽险，孔翠生乎遐裔；彼晨凫与归雁，又矫翼而增逝。咸美羽而丰肌，故无罪而皆毙；徒衔芦以避缴，终为戮于此世[21]。苍鹰鸷而受绁，鹦鹉惠而入笼：屈猛志以服养，块幽縶于九重；变音声以顺旨，思摧翮而为庸[22]。恋钟岱之林野，慕陇坻之高松[23]。虽蒙幸于今日，未若畴昔之从容[24]。海鸟鶢鶋，避风而至；条支巨雀，逾岭自致[25]。提絜万里，飘摇逼畏。夫惟体大妨物，而形瑰足玮也[26]。

阴阳陶蒸，万品一区[27]。巨细舛错[28]，种繁类殊。鷦螟巢于蚊睫，大鹏弥乎天隅，将以上方不足而下比有余[29]。普天壤而遐观，吾又安知大小之所如[30]。

## 注释

① 鷦鷯(jiāoliáo)：小黄雀。

② 蒿莱：野草，杂草。藩篱：用竹木编成的篱笆或围栅。寻常：古长度单位，八尺为寻，倍寻为常。生生：养生。

③ 色浅：毛羽不华丽。体陋：形体丑陋。

④ 处卑：住在低下之处。物：与“我”相对的他物。

⑤ 繁滋：繁殖。乘(shèng)：古时物数以四计之称。匹：成对。

⑥ 翩翩然：自得之貌。

⑦ 鹫(jiù)：即“雕”，似鹰而大，黑褐色。鹗(è)：猛禽名，栖水边，捕鱼为食，俗名“鱼鹰”。鹍(kūn)：鹍鸡，似鹤，黄白色。鸿：大雁。翡翠：鸟名，也叫翠雀。赤霄：有红色云的天空。绝垠(yín)：天边的地方。翰：翅膀。觜(zuǐ)距：鸟类的嘴和爪甲。

⑧ 负矰(zēng)：被系生丝的箭射中。婴缴(zhuó)：为系在箭上的生丝绳所缠绕。

⑨ 造化：指自然的创造化育。万类：各种生物。

⑩ 摄生：养生。受气：承受阴阳之气。翾翾(xuān)：小飞之貌。玄黄：这里指彩色。俎味：祭祀用食品。俎，古代祭祀时用以载牲的礼器。

⑪ 鹰、鹯(zhān)：都是猛禽名，肉食。俄翼：倾翼而过。罿(tóng)：捕鸟网。罻(wèi)：小网。

⑫ 翳荟(yìhuì)：草木繁盛。蒙笼：覆蔽。

⑬ 飘飏：高飞。翕(xī)习：急疾。

⑭ “巢林”句：语出《庄子·逍遥游》：“鷦鷯巢于深林，不过一枝。”

⑮ 滞：滞留。盘：盘桓，徘徊。茝(chǎi)：一种香草。

⑯ 逸：逸乐。安：安适。

⑰ 委命：听顺命运支配。顺理：顺从自

然法则。无患:无害。

⑱ 贾(gǔ)害:招引祸害。饰表:修饰外表。累(lèi):危难。

⑲ 守约:保持简朴。矜:自以为贤能。因循:沿袭旧法而不加改变。

⑳ 资:凭借,依托。世伪:世俗的诈伪。

㉑ 鹖(hé):鸟名。羽毛黄黑色。形似雉而大,斗死不却。介:甲。鹄:天鹅。鹭(lù):水鸟名。又名白鹭、鹭鸶。轶:超越,过。云际:云中。幽险:幽深险峻之地。孔翠:指孔雀。遐裔:遥远的边地。晨凫(fú):野鸭。野鸭常于早晨起飞,故称"晨凫"。矫翼:举翼。增(céng):通"层",飞向层霄之上。衔芦:雁飞行时衔芦草以自卫。为戮:被杀。

㉒ 鸷(zhì):凶猛。受绁(xiè):被系住。惠:通"慧",聪明。块(kuài):孤独。幽絷(zhí):囚禁。九重:皇宫。变音声:模仿人的语音。顺旨:顺从人的意旨。摧翮(hé):毁坏翅膀。

㉓ 钟:钟山,昆仑山的别名。岱:泰山的别名。陇坻(dǐ):即今甘肃的陇山。古时陇山产鹦鹉。

㉔ 畴昔:往日。从(cóng)容:安逸而自由自在。

㉕ 鶢鶋:海鸟名。条支:汉朝时西域国名,在安息以西,临西海(今波斯湾),在今伊拉克境内。《后汉书·西域传》记条支国出大雀。

㉖ 体大妨物:体大易隐蔽而受害于风。形瑰(guī)足玮(wěi):条支大雀形状奇伟,非常珍贵。

㉗ 陶蒸:陶冶。万品一区:一切有生命的东西生活在同一个自然界。

㉘ 舛(chuǎn)错:夹杂。

㉙ 鷦螟:即蟭(jiāo)螟。古代寓言中的小虫。蚊睫:蚊子的眼睫毛。大鹏:传说中最大的鸟。弥:满。天隅:天的一角。上:指大鹏。方:比。下:指蟭螟。

㉚ 所如:即何如。

## 鉴赏

张华(232—300),字茂先,范阳方城(今河北固安)人。家境清寒,少年时曾以牧羊为生。魏末被荐为太常博士。晋武帝时,以襄赞平吴之功,封广武县侯。惠帝时官至司空,一度秉持朝政。后因拒绝参加赵王伦的篡夺活动而被杀害。他博学多闻,是西晋文坛有资望的人物。诗今存30余首,内容较单调,讲究辞藻华美,格调平缓少变化,思想、艺术成就均不高。其赋今存六篇,篇幅都较短小。《归田赋》模拟张衡,《感婚诗》模拟曹植。《永怀赋》《朽社赋》《相风赋》都较平泛。唯《鷦鷯赋》著名。

《隋书·经籍志》录《张华集》十卷,已佚。明张溥《汉魏六朝百三家集》辑存《张茂先集》。他编撰的《博物志》十卷,有今人范宁校本。

在魏晋时期寄情禽兽的赋作

中,张华的《鹪鹩赋》是较著名的一篇。赋正文第一段从造化播生万物说起,着重刻画鹪鹩形象。鹪鹩形小而陋,毛不可以饰器,肉不登于俎味,猎者不屑网罗它,鹰鹯见它就倾翼而过。它从不高飞快飞,甘愿默默无闻。它没有大的物欲,没有任何困苦之感。这些描写赋予鹪鹩以鲜明的性格。同时作者又以"不怀宝以贾害,不饰表以招累。静守约而不矜,动因循而简易"等语对它加以赞誉。于是鹪鹩形象就显得栩栩如生了。很显然,它是寄寓着作者的理想、体现了他心目中的隐君子的特征的。第二段铺叙雕鹗、鹄鹭、鹍鸡、孔翠、晨凫与归雁都因美羽丰肌而遭杀身之祸,苍鹰鸷而受羁,鹦鹉慧而入笼,海鸟鶢鶋因体大而有避风之累,条支巨雀因形瑰而被提絜万里。它们的主观条件都比鹪鹩优越,且大都有用于人;可是都不如鹪鹩得以从容自在,"乘居匹游",尽其天年。在这些猛禽贵雀的反衬下,使鹪鹩形象的哲理意义更显得强烈。第三段叙写天下万物,大小舛错。大鹏翼满天隅,蟭螟巢于蚊睫。鹪鹩虽小,但它比上不足,比下有余。何况"普天壤而遐观,吾又安知大小之所如",人们也满可以不视鹪鹩为小。这是用"齐大小"的观点为鹪鹩形小作辩,也是进一步对鹪鹩的肯定。

据《文选》李善注引臧荣绪《晋书》说张华"虽栖处云阁,慨然有感,作《鹪鹩赋》。"在西晋统治集团内部斗争尖锐复杂,政治风云变幻无常的时候,出身庶族而身居显宦、名重一时的张华深感进退失据、处境危殆,因而取《庄子·逍遥游》"鹪鹩巢于深林,不过一枝"之义,作《鹪鹩赋》以抒情写志,这自在情理之中。然而这时的张华已不是当年的牧羊少年,他已不可能过他所向往的隐居生活,他已卷入司马氏集团的内部斗争而无法自拔了。在魏晋时代,一般士人即使隐居僻壤,也未必能全身远害。但那时出仕而名显的则必然受人约束且往往惨遭杀戮。俗话说:"树大招风,人怕出名。"张华在这篇赋中所宣扬的"不怀宝""不饰表""因循""守约"的处世哲学,在封建社会政治极端黑暗的时候,并不是没有积极意义的。

《鹪鹩赋》的托物言志,是与祢衡的《鹦鹉赋》相同的。但他把鹪鹩置于宇宙之中来观察,最后以"齐大小"作结,故《鹪鹩赋》的意境远比祢赋开阔。赋中以雕鹗、苍鹰、鶢鶋等鸟的遭戮,受缚或不得自由,反衬鹪鹩的"……任自然以为资,无诱慕于世伪"的自由自在,这是不袭前人窠臼而有一定的创新意义的。就全赋看,作者只求达意,不重藻饰,语言质朴、精炼而生动。无汉赋铺张堆砌之弊,也不像刘宋以后的赋作那样讲究声律和对偶,具有自然通脱的特色。与张华同时代的傅咸曾作《仪凤赋》以反对《鹪鹩赋》,但它的思想、艺术都不及《鹪鹩赋》。

(方永耀)

# 头责子羽文并序

张 敏

余友有秦生者，虽有姊夫之尊，少而狎焉。同时好昵有太原温长仁颙、颍川荀景伯寓、范阳张茂先华、上郡刘文生许、南阳邹润甫湛、河南郑思渊诩，数年之中继踵登朝。而此贤身处陋巷，屡沽而无善价[1]，亢志自若，终不衰堕，为之慨然。又怪诸贤既已在位，曾无伐木嘤鸣之声[2]，甚违王贡弹冠之义[3]，故因秦生容貌之盛，为头责之文以戏之，并以嘲六子焉。虽似谐谑，实有兴也。其文曰：

维泰始元年，头责子羽曰："吾托子为头，万有余日矣。大块禀我以精[4]，造我以形。我为子植发肤，置鼻耳，安眉须，插牙齿，眸子摛光，双颧隆起。每至出入人间，遨游市里，行者辟易[5]，坐者竦跽[6]，或称君侯，或言将军，捧手倾侧，伫立崎岖，如此者故我形之足伟也。子冠冕不戴，金银不佩，钗以当笄，帢以代帼。旨味弗尝，食粟茹菜，隈摧园间，粪壤污黑。岁莫年过，曾不自悔。子厌我于形容，我贱子乎意态，若此者乎，必子行己之累也。子遇我如仇，我视子如仇，居常不乐，两者俱忧，何其鄙哉！子欲为人贤耶，则当如皋陶、后稷、巫咸、伊陟[7]，保乂王家[8]，永见封殖[9]。子欲为名高也，则当如许由、子臧、卞随、务光[10]，洗耳逃禄，千岁流芳。子欲为游说也，则当如陈轸、蒯通、陆生、邓公[11]，转祸为福，令辞从容。子欲为进趣也，则当如贾生之求试[12]，终军之请使[13]，砥砺锋颖，以干王事。子欲为恬淡也，则当如老聃之守一[14]，庄周之自逸[15]，廓然离俗，志凌云日。子欲为隐遁也，则当如荣期之带索[16]，渔父之瀺灂[17]，栖迟神丘[18]，垂饵巨壑。此一介之所以显身成名者也。今子上不希道德，中不效儒墨，块然穷贱[19]，守此愚惑。察子之情，观子之志，退不为于处士，进无望于三事[20]。而徒玩日劳形，习为常人之所喜，不亦过乎?”

于是子羽愀然深念而对曰[21]：“凡所教敕，谨闻命矣。以受性拘系，不闻礼义。设以天幸，为子所寄。今欲使吾为忠也，即当如子胥屈平[22]。欲使吾为信耶，则当杀身以成名。欲使吾为介节耶，则当赴水火以全贞。此四者子之所忌，故吾不敢造意[23]。”

头曰：“子所谓天刑地网，刚德之尤。不登山抱木，则褰裳赴流[24]。吾欲告尔以养性，诲尔以优游，而与虮虱同情，不听我谋。悲哉！俱寓人体，而独为子头。且拟人其伦[25]，喻子侪偶[26]，子不如太原温颙、颍川荀寓、范阳张华、上郡刘许、南阳邹湛、河南郑诩。此数子者，或謇吃无宫商[27]，或尪陋希言语[28]，或淹伊多姿态[29]，或喧哗少智谞[30]，或口如含胶饴，或头如巾齑杵[31]，而犹文采可观，意思详序，攀龙附凤，并登天府。夫舐痔得车[32]，沉渊得珠，岂若夫子徒令唇舌腐烂，手足沾濡哉。居有事之世，而耻为权谋，譬犹凿池抱瓮[33]，难以求富。嗟乎子羽！何异牢槛之熊，深阱之虎，石间饥蟹，窦中之鼠，事力虽勤，见功甚苦，宜其拳局剪蹙[34]，至老无所希也。支离其形，犹能不困，非命也夫，岂与夫子同处也！”

## 注释

①“屡沽”句：意思是久盼出仕而无良机。

②伐木：《诗经》中以“鸟鸣嘤嘤”喻求友之声。

③王贡弹冠：王吉与贡禹为友，王既在位，贡自弹冠准备出仕。这里用其朋友引荐之意。

④泰始：晋武帝司马炎的年号，起讫为265—274年。大块：大自然。

⑤辟易：惊退。

⑥竦：肃敬。跽：长跪。

⑦皋陶（gāoyáo）：舜的大臣，掌管刑法，被选为继承人，因早死，未继位。后稷：尧舜时代为农官，教民耕种，被认为是周族的始祖。巫咸：商王太戊的大臣，传说是用筮占卜的创始者，又是占星家。伊陟：商王太戊的贤相，辅佐太戊行德政。

⑧保乂（yì）：治理使安定。

⑨封殖：壅土培植，引申为扶植。

⑩许由：相传尧让位给他，他临水洗耳，表示不愿听到这话。子臧：曹宣公庶子，公子欣时让国者。卞随、务光：古隐士，相传汤把天下让给他们，他们不受，投水而死。

⑪陈轸：战国时楚国人，历仕秦楚，善游说。蒯通：楚汉时以善辩著名，有权变。陆生：陆贾，汉初楚人，以客从刘邦建汉王朝，有辩才。邓公：邓析，春秋末期郑国人，能“操两可之说，设无穷之辞”，对后来辩者很有影响。

⑫贾生：贾谊，西汉洛阳人，文帝召为博士，迁太中大夫，上疏请改正朔，易服色，制法度，兴礼乐，实行改革。

⑬终军：西汉济南人，武帝任为谒者给事中，迁谏大夫，他出使南越，自请长缨，羁南越王归汉。

⑭老聃：相传即老子，春秋时人，道家创始人。守一：道家语，道家宣称专一存想所谓神物，人可得道。

⑮庄周：战国时代，道家代表人物。自逸：逍遥自得。

⑯荣期：荣启期，隐者，孔子曾见他鹿裘带索，鼓琴而歌。

⑰瀺灂（chán zhuó）：渔舟行水声。

⑱栖迟：游息。

⑲块然：孤独之貌。

⑳三事：官名，即三事大夫。

㉑愀（qiǎo）然：凄怆。

㉒子胥：伍子胥，春秋时吴国大夫。屈平：屈原。

㉓造意：首倡其意。

㉔褰（qiān）：揭起。

㉕拟人其伦：以同类人来相比。

㉖侪偶：同辈，同类人。

㉗謇吃：口吃。

㉘尪（wāng）陋：形体弯曲丑陋。

希:少。

㉙ 淹伊:阿谀奉承貌。

㉚ 喧哗:一作“驒騱”。智谞(xū):才智。

㉛ 巾齑(jī)杵:戴着头巾的捣腌菜木棒。

㉜ 舐痔得车:典出《庄子》,意思是屈己奉君求得富贵。

㉝ 凿池抱瓮:典出《庄子》,意思是凿池取水,抱瓮灌园,用力甚多,见功甚少。

㉞ 拳局剪蹙:不得伸展,步履艰难。剪蹙,蹇蹙。

## 鉴赏

张敏,晋太原中都(今属山西)人。他的生年,大约略微晚于张华、邹湛等人,卒年大约在晋元帝建武元年(317)之后。曾官秘书监,终于尚书郎。余不详。有文集二卷流传于世。

如果单看题目,真会教人感到莫名其妙。好在开头有段序文,从容自如,娓娓道来,本文写作的因由和意旨交代得清清楚楚。看来子羽指的就是秦生,是秦生的表字还是化名,那无关紧要。秦生据说是作者的朋友,兼有姊夫之尊。这人很不走运,同辈温、荀、张、刘、邹、郑诸人先后都做上了官,但是他却一直与乌纱帽绝缘。对此作者颇有感触:一是秦生本人屡经顿挫,却“亢志自若”,不思其反;二是温荀诸人既已在朝,却全然不念友情,无人引荐秦生。于是他发奇情异想,撰成头责之文,借以戏秦生而嘲六子,抒写自己的感慨。

文章自第二自然段开始是正文,主要写了头对子羽的指责。

头对子羽的指责是由头与子羽的关系说起的。“吾托为子头,万有余日矣。”30多年来,我脑袋总算尽职尽责,为你子羽显示伟岸于人间,而你至今如此窝囊,如此狼狈,并且“岁莫年过,曾不自悔”。我跟着你真是运交华盖,倒了大霉!在这里,头俨然以摆事实、讲道理的姿态,从“我为子”与“子遇我”两个方面的情况对照中,来表明自己对子羽的强烈不满。文章这一层的叙写,句句不离其头,而笔触又灵活多变,得心应手。文中先以“植发肤,置鼻耳”等铺陈的笔墨,就须发五官形貌对头进行正面描述,接着又从侧面着笔,运用极度夸张的手法,描绘子羽头“出入人间,遨游市里”的时候人们的种种反应,以“行者辟易,坐者竦踞,或称君侯,或言将军,捧手倾侧,伫立崎岖”这样传神的细节刻画,极其生动地渲染和烘托出子羽头的奇伟。在对头的描写达到意完气满之后，文章再掉转笔锋，叙写头所遭受的冷遇，用“冠冕不戴，金银不佩。旨味弗尝，食粟茹菜，隈摧园间，粪壤污黑”数语铺写子羽的贫贱与劳苦，以见子羽的确有负于头。由于文章对“我为子”和“子遇我”这两方面情况都予以适当的铺陈、夸张、渲染，所以两方面形成的对照更加鲜明，从而增强了头责子羽的力量。

头责子羽的又一层是侧重就子羽方面展开议论。它纵观古今，列举出方方面面的代表人物，在子羽面前铺展开各式各样显身成名的道路。它利用“子欲为……，则当如……”这一假设句式，由人贤而名高，由游说而进趣，由恬淡而隐遁，一气贯通，排比而下，造成高屋建瓴的声势，随后乘势逼进，针对子羽的实际处境和思想状况，严厉地指出他“退不为于处士，进无望于三事”，而偏偏玩日劳形，徒然自扰，这可是大错特错！它这一番议论雄辩有力，指责也痛快淋漓，真够子羽受的啦！

子羽的确被捅着了心底的痛处，感到凄楚难堪。然而他思想上并没有转过弯来，他举出头所忌讳的四种情况，为自己没有能够显身成名进行辩解。这种辩解实际是子羽的自我嘲弄。从文章看，这一层是个过渡。

所以，头在直截了当地指出子羽的偏颇和愚惑之后，即以“悲哉！俱寓人体，而独为子头”一声长叹稍稍收束上文，又暗暗递过话头，由“且拟人其伦，喻子侪偶”两句引起下文，以“子不如”带出温荀六人来进行比较，在比较中顺手投枪，给温荀诸人以辛辣的嘲讽。文中“此数子者”以下数句，尽以漫画的笔法，讥刺的语调，来勾勒、描绘六子的声腔相貌，与前文对子羽头的夸耀形成对照。再进一步，文章就六子的“攀龙附凤，并登天府”生发议论，“舐痔得车，沉渊得珠”的讽刺显然是指向六子，但又不限于六子了。“居有事之世，而耻为权谋，譬犹凿池抱瓮，难以求富。”这表面上像是针对子羽的迂腐加以开导，实际上则是旁敲侧击，锋芒悄然指向当时的仕途乃至整个社会，其愤世嫉俗之情已经溢于言表。

文章最后运用“牢槛之熊，深阱之虎，石间饥蟹，窦中之鼠”这一连串的比喻，穷形尽相地再现了子羽所处的窘境，意在使他警悟，不要迷于求官，劳而无功。文章结尾处，子羽头竟然表示不愿再与子羽同困于非命，打算支离其形而另谋出路，这叫人为子羽捏一把汗，不知他本人作何感想？这一结尾真是想落天外，富有风趣而又耐人寻味。

这篇作品正如作者自己所说，“虽似谐谑，实有兴也”。它采取幻想的方式，虚构出头责子羽的奇特情节，调动诙谐而多风趣的笔墨，在嬉笑戏讽之中自然巧妙地揭露了现实,寄寓了作者对人生、对时代深沉的感慨。文中假借头对子羽的指责,满怀同情地表现了子羽的落拓不遇,穷困潦倒,同时也委婉地讽诫他不要一味迷恋和追求仕途功名。正文的后一部分,用比较的方式将子羽与温、荀等人联系起来,在善意嘲讽子羽的同时,无情地讥刺了温、荀诸人,收到一箭双雕的效果。而在对温、荀诸人的辛辣讽刺、严厉挞伐之中,显然又流露出指桑骂槐的意思,曲折地反映出对世道不公、时世动乱的不满,为当时天下寒士大发牢骚,鸣了不平。文章以幻写真,由小见大,言近旨远、寓庄于谐,称得上是一篇构思巧妙、风格独特的奇文。

(汪大白)

# 萤 火 赋

潘 岳

嘉熠耀之精将，与众类乎超殊[①]。《东山》感而增叹，行士慨而怀忧[②]。翔太阴之玄昧[③]，抱夜光以清游。颎若飞焱之霄逝，嘒似移星之云流[④]。动集阳晖，灼如隋珠[⑤]。熠熠荧荧，若丹英之照葩[⑥]。飘飘颎颎，若流金之在沙[⑦]。载飞载止，光色孔嘉[⑧]。无声无臭，明影晹遐[⑨]。饮湛露于旷野，庇一叶之垂柯[⑩]。无干欲于万物，岂顾恤于网罗[⑪]！至夫重阴之夕，风雨晦暝，万物眩惑，翩翩独征，奇姿燎朗，在阴益荣[⑫]。犹贤哲之处时，时昏昧而道明；若兰香之在幽，越群臭而弥馨[⑬]。随阴阳以飘繇，非饮食之是营[⑭]。问螽斯之无忌，希夷、惠之清贞[⑮]。羡微虫之琦玮，援彩笔以为铭[⑯]。

## 注释

① 熠(yì)耀：闪烁。萤火虫一称熠耀。精将：美好。

② “《东山》”二句：《诗经·东山》的作者见到萤火便会增加感叹，行役之士便会思念故乡。

③ 昧：深沉的黑暗。

④ “颎若”二句：(近处)光亮显耀时像飞扬火花在夜空流闪，(远处)光亮微弱时像流星在云层飘移。颎(jiǒng)，光亮。焱(yàn)，火花。逝，流动。嘒(huì)，星微明的样子。

⑤ “动集”二句：飞动时凝聚阳光，晶莹光亮如隋侯之珠。

⑥ “熠熠”二句：光亮闪烁，就像鲜艳明丽的红花。

⑦ “飘飘”二句：徐缓从容地飘动，犹

如黄金在沙中闪烁。颎颎,光亮。

⑧ 载:且,又。孔嘉:非常美丽。孔,很、非常。

⑨ 臭(xiù):气味。畼遐:广远。畼,即"畅"。

⑩ "饮湛"二句:萤在旷野饮清露以为食,在树上以一叶以为庇所。湛露,清露。

⑪ "无干"二句:萤对外在万物既然无所欲求,那么岂会害怕世间的网罗之祸!

⑫ 眩惑:迷乱。燎朗:光耀之貌。

⑬ "犹贤"四句:就好像贤哲之士处世,世道黑暗,仍恪守正大光明之道。仿佛兰花香味在幽暗处散播,盖过别的气味而越发浓郁。

⑭ "随阴"二句:随着阴阳造化生生息息,并非只为了口腹之乐。

⑮ 问、希:均有羡慕赞赏之意。螽斯,蝗虫一种,繁殖能力强。夷:伯夷。惠:柳下惠。

⑯ 琦玮:珍奇瑰丽。援:执,提。铭:一种文体,用来记述功德。

## 鉴赏

潘岳(247—300),字安仁,西晋文学家,荥阳中牟(今属河南)人,他少年早惠,被乡里称为神童,二十多岁成名。他一生热衷功名,趋炎附势,但仕途时有坎坷。初仕时为河阳令,转怀县令,后为太傅杨骏之主簿,值骏诛,岳受牵连免官。后又历任著作郎、给事黄门侍郎等职。

潘岳与石崇等人谄事外戚贾谧,为贾谧的"二十四友"之首,贾每出,"辄望尘而拜",颇为世人所讥议。后赵王伦专政,其亲信孙秀诬潘岳等人与齐王冏一起谋反,潘岳即被杀乃至夷灭三族,时年54岁。

潘岳工诗赋,文辞华靡,并长于哀诔之作。诗以《悼亡诗三首》著称。赋今存24篇(其中半数已残),较著名者为《秋兴赋》《寡妇赋》《西征赋》《怀旧赋》《闲居赋》和《哀永逝文》等。潘岳在文学上与陆机齐名,并称为"潘陆",又与其侄潘尼并称"二潘",其赋入《文选》者达八篇,明人辑有《潘黄门集》。

东汉末年及魏晋以来,抒情小赋兴盛,咏物赋的创作也很繁荣。此期咏物赋的最显著特点是与抒情赋合流,通过体物而写志。潘岳的《萤火赋》是这类作品的佳构。

开篇四句为第一部分,起着涵盖全篇的作用。一"嘉"字流露出作者对萤的赞颂之情,是通篇的感情基调。"超殊"则是一篇之纲,它既是作者的赞颂之由,又规定后面行文的走向,即具体对萤之形貌、品格的描述。而后,作者强调萤火虫具有摇荡人情,引人感慨的力量。“行士”可以看成作者自指,也可以看作《东山》诗人的互文。设想诗人身处宦游途中,眼见熠耀萤火,联想《东山》诗句,不禁感物动情,遂有命笔之意。这个开头大气包举、涵盖全篇,可谓起手不凡。

第五句至“希夷、惠之清贞”为第二部分,是全篇主干,具体描述萤的超殊之处。

首先作者的笔触描绘萤的外在形貌。萤的显著特征是夜间发光。作者充分发挥赋“铺采摛文”的写作特点,极尽铺叙、渲染之能事,将萤的光亮美丽形容得淋漓尽致。它似夜空灿烂的火花、云层划动的流星、晶莹剔透的隋珠、鲜艳明丽的花朵、闪烁于流沙的黄金。这一连串异常美好光亮的事物(喻体),连珠炮般呈现于读者面前,确实令人眼花缭乱。“情以物迁,辞以情发”,萤作为一种意象,在作者心目中已经高度理想化,凝聚了他赞美的情致。凭心而论,萤的光彩和美丽都不及那些喻体,运用这些比喻是夸张的写法。如此行文,与铺张夸饰的特点有关,更主要的是“辞以情发”,萤为作者所钟爱的对象,因而显得格外可爱动人。对萤光亮的描述,是全篇写得精彩俊拔的部分。辞彩丰赡而不凝滞;比喻虽多,但因句式富于变化,并无堆砌之嫌。在写光亮的同时,萤的姿态之美,也能予人颇深印象。它飘飘颎颎,从容不迫;忽飞忽止,无往不适,多少含有魏晋名士的处世风度和审美趣味。

接着,笔锋自然转向描述萤内在的超殊之处,这便是它饮露宿叶的生活习性和“在阴益荣”的品格。萤在作者笔下简直就是那种不慕荣利、节操峻洁的高士写照。它所求甚微,食不过旷野之清露,宿不过垂柯之一叶,因此它心志淡远,与世无争,不会像一些贪食的鸟兽,陷入猎人布置的网罗之中。陶渊明《感士不遇赋》视官场为畏途,隐逸高遁则能避祸远害。萤的习性正是达人品格的象征。更值得注意的是,作者有意设置了一个风雨交加、晦暗深沉的典型环境,写万物黯然失色,对比出萤火熠耀闪光的身姿,岂不超殊奇丽?真可谓万物皆昏我独明。这种品格,正如作者所言“犹贤哲之处时,时昏昧而道明”,处浊世而不污,自是高尚的贤哲之士。后面一连串比喻,既是对萤高尚卓异品格的概括,又是作者所抒发的由衷赞慕之情。对萤火品格的礼赞,是全赋体物写志的点睛之笔。王夫之对咏物之作提出“即物达情”的标准。萤火作为歌咏对象,同时又是作者主观情致的载体,在它身上寄托了作者的处世态度和价值观念。从描写角度而言,重笔刻画萤夜间发光的特性,铺张扬厉、优美生动,“即物”可谓曲尽其妙,栩栩如生。由描写形貌自然引申到描写其内在习性和品格,其中又融注了作者的情致,没有丝毫牵强附加之嫌。全文以形象展示,又步步不离光亮熠耀的特性,“达情”可谓水到渠成,工巧之至。

潘岳赞美萤的高士风度,似乎以此自励,事实并非如此。《晋书》本传说他“性轻躁,趋世利”,做不到与世无争和时昏道明,最终落入官场高张的网罗之中,遭到族诛的惨祸,成为权利斗争的牺牲品。前人对潘岳言不由衷已颇多讥议,《秋兴》《闲居》固不待言,《萤火》亦是典型例子。如果撇开这点不论,本赋刻画萤的形象,却具有深刻的社会涵义,是士人们在恐怖政治高压下,希求保全性命、洁身自好的心态折射。无独有偶,潘岳同代人傅咸也有一篇《萤火赋》,表彰它“进不竞于天光兮,退在晦而能明”,其旨趣与潘赋相同。

结尾两句,申明作文之意,收束全文。以“羡”字与开篇的“嘉”字首尾呼应,上下勾连,结构缜密谨严。细揣之下,“嘉”和“羡”皆有赞美之意,而微有不同,“羡”还有仰慕、欲以模范之意。作者历数萤诸多超殊之处,油然而生敬仰之情,并以之自励,这个“羡”字恰到好处。可见“嘉”、“羡”二字难以移易,炼字颇见功力。

咏物之作,如果仅仅刻画外在形貌惟妙惟肖,纤毫毕现,那么不能算成功作品。优秀的咏物之作应该是体物得神,形神兼备。描写对象的形貌生动逼真,同时其特性又是导向作者抒情言志的媒介——情志既是对象特性的升华,又应是特性的自然引申。从读者的角度而言,通过作品能感受对象内在的精神面貌和作者的情感寄托,从而以小见大,见微知著,得到某种启迪,或获取一种新鲜感受。本篇中的萤作为一种意象,已然与乱世中的高士形象融为一体,不仅抒发了作者的向往之情,也在一定程度上表现了当时士人们的价值取向和典型心态。

本篇初步表现出辞赋与骈文合流的趋势,说它是谐韵的骈文,并不为过。赋中句式基本上两两相对,铢两悉称,又多用四、六句。与建安作者相比,骈偶化趋势更为明显了。

(王德保)

# 秋　兴　赋并序

潘　岳

晋十有四年①,余春秋三十有二,始见二毛②。以太尉掾兼虎贲中郎将③,寓直于散骑之省④。高阁连云,阳景罕曜,珥蝉冕而袭纨绮之士⑤,此焉游处。仆野人也,偃息不过茅屋茂林之下，谈话不过农夫田父之客，摄官承乏[6]。猥厕朝列[7]，夙兴晏寝，匪遑底宁[8]，譬犹池鱼笼鸟，有江湖山薮之思，于是染翰操纸，慨然而赋。于时秋也，故以“秋兴”命篇。其辞曰：

四时忽其代序兮[9]，万物纷以回薄[10]。览花莳之时育兮，察盛衰之所托。感冬索而春敷兮[11]，嗟夏茂而秋落。虽末士之荣悴兮[12]，伊人情之美恶。善乎宋玉之言曰：“悲哉秋之为气也！萧瑟兮，草木摇落而变衰；憭慄兮，若在远行；登山临水兮，送将归[13]。”夫送归怀慕徒之恋兮，远行有羁旅之愤。临川感流以叹逝兮[14]，登山怀远而悼近[15]。彼四感之疚心兮[16]，遭一涂而难忍。嗟秋日之可哀兮，谅无愁而不尽。

野有归燕，隰有翔隼。游氛朝兴，槁叶夕殒。于是迺屏轻箑[17]，释纤絺[18]，藉莞蒻[19]，御袷衣[20]。庭树槭以洒落兮[21]，劲风戾而吹帷。蝉嘒嘒而寒吟兮[22]，雁飘飘而南飞。天晃朗以弥高兮[23]，日悠阳而浸微[24]。何微阳之短晷[25]，觉凉夜之方永。月曈胧以含光兮[26]，露凄清以凝冷。熠耀粲于阶闼兮[27]，蟋蟀鸣乎轩屏[28]。听离鸿之晨吟兮，望流火之余景[29]。宵耿介而不寐兮，独展转于华省[30]。

悟时岁之遒尽兮[31]，慨俛首而自省。斑鬓髟以承弁兮[32]，素发飒以垂领[33]。仰群儁之逸轨兮[34]，攀云汉以游骋。登春台之熙熙兮[35]，珥金貂之炯炯[36]。苟趣舍之殊涂兮[37]，庸讵识其躁静[38]。闻至人之休风兮[39]，齐天地于一指[40]。彼知安而忘危兮，故出生而入死。行投趾于容迹兮，殆不践而获底。阙侧足以及泉兮，虽猴猨而不履[41]。龟祀骨于宗祧兮，思反身于绿水[42]。且敛衽以归来兮[43]，忽投绂以高厉[44]。耕东皋之沃壤兮，输黍稷之余税。泉涌湍于石间兮，菊扬芳于崖澨[45]。澡秋水之涓涓兮，玩游鯈之潎潎[46]。逍遥乎山川之阿，放旷乎人间之世。优哉游哉[47]，聊以卒岁。

## 注释

① 晋十有四年：指西晋王朝建立后的第十四年，即晋武帝咸宁四年（278）。

② 二毛：头发斑白。

③ 太尉掾（yuàn）：掾，本为佐助之义，后通指副官佐吏。虎贲（bēn）中郎将：皇宫中卫戍部队的将领。

④ “寓直于”句谓夜间在散骑省值班。

⑤ 阳景：阳光。珥蝉冕：珥，插。汉代侍中、中常侍冠旁插貂尾、蝉翼为饰。

⑥ 摄官承乏：旧时在任官吏常用的谦词，指所任职位一时无适当人选，暂由自己充数。

⑦ 猥：谦词，犹“辱”。厕：置身。

⑧ 匪：通“非”。遑：闲暇。厎（zhǐ）：致，得以。

⑨ 代序：轮替。代，更代。序，次序。

⑩ 回薄：犹言往返不停地激荡。回，反。薄，逼，迫。

⑪ 春敷：万物生机勃发。敷，布，施。

⑫ 末士：士大夫中官低位卑者，多用于自谦。荣悴：犹言盛衰。

⑬ 悲哉……送将归：语出宋玉《九辩》。

⑭ “临川”句：《论语·子罕》：“子在川上曰：‘逝者如斯夫！不舍昼夜。’”

⑮ 登山怀远而悼近：此句指齐景公登牛山。典出《晏子春秋·内篇谏上第一》。

⑯ 慼：忧愁，悲伤。

⑰ 迺：通“乃”。屏（bǐng）：通“摒”，除去，弃。箑（shà）：扇子。

⑱ 絺（chī）：细葛布。

⑲ 藉（jiè）：坐卧其上。莞（guān）：植物名，俗名“席子草”，亦指莞草编的席子。蒻（ruò）：蒻席的简称。

⑳ 袷衣：即夹衣，双层无絮之衣。袷，通“夹”。

㉑ 槭（sè）：树枝光秃之貌。

㉒ 嘒嘒：蝉鸣声。

㉓ 晃朗：天空明净之貌。

㉔ 悠阳：夕阳西下。浸：渐渐。

㉕ 晷（guǐ）：日影，引申为时光。

㉖ 曈昽（tónglóng）：欲明之貌。

㉗ 熠耀（yìyào）：指萤火虫。阒：小门。

㉘ 屏：当门的小墙。

㉙ 流火：流，向下行。火，星名。每年

夏历五月黄昏时，此星出现在南方，方向最正，位置最高。六月以后即偏西向下行。

㉚ 华省：指作者夜间值班的散骑省。

㉛ 遒：迫近。

㉜ 髟(biāo)：长发下垂之貌。弁：古代贵族的一种帽子。

㉝ 飒：飘动。

㉞ 逸轨：仕途得意。逸，超迈。轨，行动所留下的痕迹。

㉟ 春台：指美好的游观之处。

㊱ 金貂：金珰和貂尾，汉代侍中、中常侍冠上的两种装饰物，后亦用以比喻高官厚禄。炯：即"炯"，光明，明亮。

㊲ 趣(qū)舍：进取或退止。趣，趋向。

㊳ 庸讵：表示反问，有"难道""哪里"之意。

㊴ 至人：古代指对人生意蕴有着透彻了悟的人。休风：美善的风操。休，美善。此处有安闲自得、浩然大宁之意。

㊵ "齐天地"句：语出《庄子·齐物论》。

㊶ "行投趾"四句：见《文选》李善注。趾：脚。容迹：仅能容足之地。厎：止，引致，达到。

㊷ "龟祀骨"二句：典出《庄子·秋水》。祧(tiāo)：此处泛称祖庙。

㊸ 敛衽：整一整衣襟。

㊹ 绂：绶，系印的丝带。高厉：高蹈、隐居之意。

㊺ 澨(shì)：水涯。

㊻ 鲦(tiáo，又读 yóu)：鱼名。潎(pì)潎：鱼游之貌。

㊼ 优哉游哉：闲暇自得之貌。

## 鉴赏

潘岳少时，即有"总角辩慧，摛藻清艳"(《文选·藉田赋》李善注引)之誉。晋武帝泰始二年(265)，时方弱冠，便怀着"颉颃将相，高揖王侯"(潘尼《赠司空掾安仁》诗)的志向登上仕途，但因年少名高，招致忌恨，竟滞官不迁达十年之久。咸宁四年(278)，32 岁时被召为太尉掾，仍不免沉沦下僚，心中十分苦闷。名重一时的《秋兴赋》即作于此时。

在赋前的小序中，作者简要交代了写作的背景和意图。正文部分，借描写秋景抒发了自己对周旋官场、滞官不迁的愁怀，表达了摆脱尘世羁绊的幻想，写得情景交融，意境高远，别具一种清丽的风韵，成为作者最受人称道的名篇。

第一段，作者引宋玉《九辩》中悲秋的名句，说明因秋而愁乃人之常情。一旦秋风萧瑟，便会使送归者有思慕之恋，远行者有羁旅之愤，登山举目，牵引出思古幽情，临岸观水，则感叹逝者如斯；宇宙无穷，人生短暂,草木摇落,人何以堪?

在人情之常有的秋思秋怨已渲染得十分浓郁的基础上,作者在第二段又以更为细腻的笔触,抓住秋季的特征,从声音、色彩、光感等方面,描绘了当下所见的凄清秋景。其中"何微阳之短晷,觉凉夜之方永"二句,构成了从白昼到夜晚的过渡,层次清晰,承转自然;同时亦暗中点出了自己对于昼短夜长、时节变易的敏锐感触。此段虽为写景,但景中却可见出人物的神态和情感的波澜。"听离鸿之晨吟兮,望流火之余景,宵耿介而不寐兮,独展转于华省"几句,通过听觉、视觉和辗转不寐的动作的描写,告诉人们,凄清的秋景已勾起作者心中的无限感慨,可谓全段写景文字中的点睛之笔,景物与情思赖此打成一片,为下文正面抒情言志做了极好的铺垫。

第三段,作者写了三层意思。从"悟时岁之遒尽兮"到"庸讵识其躁静"为第一层。夏去秋来,引起年华易逝的感伤,朝中同僚因攀龙附凤而显赫,更反衬出自己的寒怆。读着这些充满忧愁的句子,觉得作者似乎有许多牢骚不平需要倾诉。然而他却笔锋一转,说自己和他们取舍不同,在立身处世上有着"静"与"躁"的区别,这哪里是人们所知道的呢?《老子·二十六章》:"重为轻根,静为躁君。……轻则失根,躁则失君。"作者于此特拈出"躁""静"二字,说明自己当效法有道之士,执本处常,以稳重宁静为要,不为仕途穷达所动。从"至人之休风兮"到"思反身于绿水"为第二层。作者指出,欲保持稳重宁静的情绪,当效法"至人"身上所特有的安闲自得、浩然大宁的优美风度,像庄子那样,以"齐天地于一指"的态度看待人生,不去斤斤计较仕途穷通显达的差异。否则,在官场上你争我夺,若是失败了,将会祸及自身,即便成功了,也等于给自己的心灵套上一层枷锁。作者以庄子笔下的神龟为喻,说明自己的人生态度:与其死而留骨为贵,不如生而曳尾涂中,以求得内在的自由。从"且敛衽以归来兮"到篇末为第三层,正面表述自己已摆脱尘世羁绊的幻想,归隐田园,躬耕东皋,以清泉芳菊为伴,"逍遥乎山川之阿,放旷乎人间之世,优哉游哉,聊以卒岁"。

全文的情感以悲秋感怀而始,以宁静自得而终,向人们展示了内心的一段变化。

就题材和内容而言,此赋并不新鲜。此前有宋玉的《九辩》写悲秋,张衡的《归田赋》写归隐。它的引人思考的独特之处就在于,它所表达的情感与作者本人其后的所作所为并不一致。历史上的潘岳,不是一个淡于名利之士,他依附于当时权倾朝野的贾氏家族,最后亦因其失败而招致杀身灭门之祸,成了贾氏集团在政治角逐中的殉葬品。文学创作中的这种言行不一的现象,该如何认识呢?

我们知道,作者生活的时代,统治阶级内部的派系斗争正日趋激烈,文人若想求得仕途上和文学上的发展,几乎找不到正常的途径,因而不得不依附于某一权贵,不能不卷入派系斗争的漩涡。当时依附于贾氏门下的文人甚多,其中知名的有二十四人,号“二十四友”,像写过歌咏隐逸诗篇的陆机、左思等都名列其中,不独潘岳为然。在官场的激烈倾轧中,潘岳们承受着紧张的精神压力,往往会在思想上倾慕自然,幻想着摆脱人世的羁绊,寻找某种精神上的安慰和超脱;而一旦境遇好转,便又可能忘记这一切,感情的倾向随之从冲淡转向世俗。这类归隐田园的文字,往往是在情绪郁闷之际作为心理上的一种补偿而写下的。林语堂先生在《中国人》一书中曾说过下面一段话,对我们当不无启发:“对田园生活的崇尚渲染了整个中国文化,今天的官员和学者谈及‘归田’,总认为它是上策,是生活的所有可能性中最为风雅、最为老练之举。这种时尚如此之风靡,以至于即使是最为穷凶极恶的政客也要假装自己具有李白那样的浪漫本性。事实上,我觉得他可能也真会有(着重号为笔者所加)这样的感情,因为他毕竟是中国人。作为一个中国人,他知道生活的价值。每当深夜,他推窗凝望满天星斗之时,幼时学过的诗句便会涌上心头:‘终日昏昏醉梦间,忽闻春尽强登山。因过竹院逢僧话,又得浮生半日闲。’对他来说,这是一种祈祷。”因此,潘岳之写作《秋兴赋》和被称作“千古高情”的《闲居赋》,也就是不难理解的了。

作为一个文学家,潘岳有着一定的成就。以此赋而论,写景细腻生动,而不失于繁芜;辞藻绚丽明净,亦不伤于雕琢;行文自然流畅,毫无艰涩勉强之处;用典也较浅近,不给人以深奥晦涩之感,最足以代表潘赋的风格面貌,显示了他作为太康文学的代表人物的地位。后人对此赋多有推崇称道之语,可见乃实属有据,不为虚美。

(叶　华)

# 哀永逝文

潘　岳

启夕兮宵兴[①],悲绝绪兮莫承[②]。俄龙輀兮门侧[③],

嗟俟时兮将升[4]。嫂侄兮慞惶[5]，慈姑兮垂矜[6]。闻鸣鸡兮戒朝[7]，咸惊号兮抚膺[8]。逝日长兮生年浅，忧患众兮欢乐尠[9]。彼遥思兮离居[10]，叹河广兮宋远[11]。今奈何兮一举[12]，邈终天兮不返[13]。尽余哀兮祖之晨[14]，扬明燎兮援灵輴[15]。彻房帷兮席庭筵[16]，举酹觞兮告永迁[17]。凄切兮增欷[18]，俯仰兮挥泪。想孤魂兮眷旧宇[19]，视倏忽兮若仿佛[20]。徒仿佛兮在虑[21]，靡耳目兮一遇[22]。停驾兮淹留[23]，徘徊兮故处[24]。周求兮何获[25]，引身兮当去[26]。去华辇兮初迈[27]，马回首兮旋旆[28]。风泠泠兮入帷[29]，云霏霏兮承盖[30]。鸟俯翼兮忘林，鱼仰沫兮失濑[31]。怅怅兮迟迟，遵吉路兮凶归。思其人兮已灭，览余迹兮未夷[32]。昔同途兮今异世，忆旧欢兮增新悲。谓原隰兮无畔，谓川流兮无岸[33]。望山兮寥廓[34]，临水兮浩汗[35]。视天日兮苍茫，面邑里兮萧散[36]。匪外物兮或改[37]，固欢哀兮情换[38]。嗟潜隧兮既敞[39]，将送形兮长往[40]。委兰房兮繁华[41]，袭穷泉兮朽壤[42]。中慕叫兮擗摽[43]，之子降兮宅兆[44]。抚灵榇兮诀幽房[45]，棺冥冥兮埏窈窈[46]，户阖兮灯灭[47]，夜何时兮复晓。归返哭兮殡宫[48]，声有止兮哀无终。是乎非乎何皇[49]，趣一遇兮目中[50]。既遇目兮无兆[51]，曾寤寐兮弗梦[52]。既顾瞻兮家道[53]，长寄心兮尔躬[54]。重曰：已矣！此盖新哀之情然耳[55]。渠怀之其几何[56]？庶无愧于庄子[57]。

## 注释

① 启夕：将殡葬死者的前夜。宵兴：天不亮起床。

② 绝绪：极度的哀伤。莫承：难以承受。

③ 俄：不久。龙輀（ér）：饰有龙纹的丧车。

④ 俟(sì):等待。升:登上。
⑤ 憧惶:彷徨迟疑。
⑥ 矜(jīn):哀怜。
⑦ 戒:通“诫”。诫朝:告知天将亮。
⑧ 咸:都。抚膺:抚胸而悲。
⑨ 尠(xiǎn):少。
⑩ 离居:指作者与亡妻分居两地(阳间和阴间)。
⑪ 河广:黄河宽。宋远:宋国远。
⑫ 一举:指搬运棺柩。
⑬ 邈:远。
⑭ 祖:古代饯行的隆重仪式,即先祭路神,然后再设筵送行。此指送灵柩的仪式。
⑮ 燎:古人用以照明的火炬、蜡烛之类。扬明燎:举起火炬。援:拉,拽。輴(chūn):载棺柩的丧车。
⑯ 彻:撤去,拆除。房帷:房中的帷幕、窗帘。席庭筵:指在庭中为死者祖饯。
⑰ 酹(lèi):把酒洒在地上表示祭奠。觞:古代酒具。告:告慰。永迁:永远离去的人(指亡妻)。
⑱ 欷(xī):哭泣时哽咽。
⑲ 眷:眷恋。旧宇:亡妻的故居。
⑳ 倏(shū)忽:疾速。
㉑ 徒:空。仿佛在虑:那一瞬间仿佛看见妻子的错觉只是内心的思虑所致。
㉒ 靡:不,没有。
㉓ 停驾:指灵车尚未启动。淹留:迟缓,停留。
㉔ 徘徊兮故处:在亡妻故居徘徊。
㉕ 周求:遍求,在故居各处环顾。何获:没有得到什么。
㉖ 引身:避身。当去:要走了。
㉗ 辇(niǎn):用人拉挽的车。华辇:指装饰得很华丽的灵车。初迈:刚刚启动。
㉘ 旆:旗,指灵幡。旋旆:风吹动灵幡。
㉙ 泠(líng)泠:清凉的样子。
㉚ 霏(fēi)霏:云盛之状。承盖:压着灵车的顶部。
㉛ 濑(lài):急流的浅水。
㉜ 夷:灭。
㉝ 原:原野。隰(xí):低湿的洼地。畔(pàn):边,田界。川流:河流。
㉞ 寥廓:空阔,高远。
㉟ 浩汗:汗通“瀚”。
㊱ 面:面对,看。邑里:城邑或村落。萧散:萧条。
㊲ 匪:非。外物兮或改:外界景物有什么变化。
㊳ 固:本来,缘故。
㊴ 潜隧:隐蔽的墓道。
㊵ 形:形体,指死者。长往:永久地住进墓道中。
㊶ 委:抛弃。兰房:妻子的闺房。繁华:形容兰房华丽舒适。
㊷ 袭:掩埋,掩盖。穷泉:深泉,地下。朽壤:腐烂的泥土。
㊸ 中:内心。慕:依恋,思念。擗(pì)摽:拊心捶胸。
㊹ 之子:伊人,指亡妻。降:指下葬。宅兆:一作“宅垗”,葬地。
㊺ 榇(chèn):棺材。诀:诀别。幽房:死者的住室,即墓道。
㊻ 埏(yán):墓道。窈(yǎo)窈:幽暗。

㊼ 户阖:关上门。
㊽ 殡宫:古代临时停柩之所。
㊾ 是乎非乎:是不是亡灵前来。何皇:不论,不深究。皇,通“遑”,闲暇。
㊿ 趣:希望,企求。
51 “既遇”句:意为没有一点能与亡灵相见的征兆。
52 寤寐:日夜。寤:醒来。寐:睡时。
53 顾瞻家道:要操心家务。
54 躬:体。
55 已矣:算了吧!
56 渠:通“讵(jù)”,难道。
57 庶:副词,表示可能或希望。

## 鉴赏

《哀永逝文》是潘岳哀悼亡妻杨氏的作品之一,其余还有《悼亡诗三首》和《悼亡赋》一篇,均为哀悼亡妻所作。虽然这几篇作品的艺术形式不尽相同,但都抒写了作者因爱妻去世而产生的强烈哀痛,表现了真挚、深厚的伉俪之情。《哀永逝文》在内容上与其余几篇悼妻之作有明显差异,它既不是追忆亡妻之生平进行纪念,也不是描写人去室空、物是人非的感受,而是集中地描写作者在出殡之日极度悲恸与绝望的感情,从中反映出作者对妻子的深切悼念。

作品从送殡之日的拂晓写起,逐层描写了作者与其亲属们为死者举哀、饯别、送葬、下葬及下葬后作者回到灵堂中哭祭的情景,不仅详尽地叙述了这一天的殡葬活动,而且把眼前的情景与作者自己在悲恸绝望中所产生的幻觉、想象融为一体,写得非常自然朴素、入情入理,没有多少夸张、做作的文字,故真切感人,为哀词之上品,不仅令此前的汉武帝刘彻所作《李夫人赋》黯然失色,而且后来的悼亡之作也鲜有能与之媲美者。

作者用平淡的开头将读者领进一种肃穆、悲哀的气氛中。此时作者所想到的是,妻子从此与自己分居两地,而阴间与阳世的距离又是那么遥远,其间的阻隔是不可逾越的。她一去永不复返了,而她短短的一生是充满了忧患、缺少欢乐的,这种缺憾也永远无法弥补了……这种思想感情,差不多每一个刚失去亲人的人都会自然而然产生的,所以很能引起读者的共鸣。

接着,作者描述了为亡妻饯别时的情景。当作者一边流泪、抽噎,一边把酒洒在地上祭奠时,他想到爱妻的亡灵也会与自己惜别的心情一样,眷恋着与自己共同生活多年的故居不忍离去吧!于是他眼前便出现了这样的幻影:妻子孤独地在家中悄悄徘徊,留恋地瞻顾着她所熟悉的每一个角落,神情悲哀,默默无语……但作者想看清楚一些时，幻影又消失了，但他不相信自己会看错，仍然想象亡灵在故居游荡，直到她把各处看遍了才无可奈何地登上灵车准备离开。

作者精神恍惚地走在出殡队伍的前列，只看到灵车在阴云冷风中缓缓前进，只觉得四周的景色满目凄凉、一片混沌，无论山川河流，还是平原村落，都已不是往日那样赏心悦目，好像突然变成了另一个灰暗的世界。这时作者又忽然有片刻的清醒，想到："这大概是由于我的心情今非昔比才会对同样的景物有不同的感受吧？"

当作者来到墓地，目睹那幽暗的墓道就要吞噬黑沉沉的棺柩时，他不可想象他那住惯了温暖闺房的娇妻怎能被冰冷的朽壤所掩埋，永远住进黑暗寂寞的另一个世界中。所以他扑在棺柩上失声痛哭不已，那捶胸顿足的悲恸几乎使他失去理智。读者可以想象，作者一定是在亲属们的百般劝阻和拉扯下，才没有跳进墓坑与妻子同往的。

当作者回到家中，送葬的亲属们早已星散，他一人来到亡妻的灵堂，再次在灵位前哭祭永别了的爱妻，直到声嘶力竭有泪无声之时，哀痛之情仍然有增无减。他是那样地渴望妻子的幻影能够再现一次，无论是真魂还是假影，让自己再看上一眼爱妻的音容笑貌，夫妻在没有他人在场的情况下单独诀别，将会给自己伤痛的心灵以多么大的安慰啊！可是，始终连一点微小的征兆也没有出现，非但凝目而视一无所见，即使在睡梦中也未能见到爱侣的倩影。难道自己将被这无穷尽的思念永远煎熬下去么？但愿自己能像庄子一样达观，妻子去世了还能"鼓盆而歌"。

从这篇作品中，我们不仅能体会到作者对妻子的深厚感情，而且也能体会出潘岳那独有的明净流畅之文风。虽然潘岳也像西晋的大多数作家一样讲求文辞的华美绮丽，但他不像陆机等人那样主要在字句锤炼和排比上下功夫，而是特别注意情景的鲜明生动和气势的疏朗变化，因此他的作品尤其是其哀诔文字多能给人以清新之感。《哀永逝文》是一篇骚体赋，它既不以奇字难典取胜，也不靠堆砌华丽辞藻，全文中除了"鸟俯翼兮忘林，鱼仰沫兮失濑"二句稍事雕饰之外，其余描写全都在情理之中。既注意了层次的清晰，描写又细腻真切，所以很符合常人的思想感情，又有雅俗共赏的基调，故能深切感人，焕发出独特的艺术魅力。

潘岳是个著名的美男子。"掷果盈车"的成语即指他。后世常借"潘郎"来称呼妇女所爱慕的男子，也常以"潘安之貌"来称誉男子貌美。但潘岳在对待男女关系方面却并不仗恃貌美而朝三暮四，相反，他一生与妻子伉俪情深，至死不移。我们从他的悼亡作品中可以知道他与妻是如何青梅竹马、两小无猜以及他们那铭心刻骨的爱情。潘岳不仅爱自己的妻子,而且对妻子的亲属也有着深厚的感情。他的《怀旧赋》即是为怀念和哀悼其岳父杨肇、其妻兄杨谭父子所作的。而他的《寡妇赋》又是为同情年轻守寡的妻妹所作。以上作品都写得凄凉哀婉,真情洋溢。在作者所处的时代中,妇女的地位不高,男人们(特别是上层社会的男子)往往视女性为玩物,随意玩弄和抛弃,而像潘岳这样忠于爱情的品行,还是值得称道的。虽然他的政治品德并不高尚,但我们不能因此而对他一概否定。

(任　重)

# 三　都　赋(节选)并序

左　思

盖诗有六义焉①，其二曰赋。扬雄曰：“诗人之赋丽以则。”班固曰：“赋者，古诗之流也。”先王采焉以观土风。见“绿竹猗猗”，则知卫地淇澳之产②；见“在其版屋”，则知秦野西戎之宅③。故能居然而辨八方。然相如赋《上林》而引“卢橘夏熟”，扬雄赋《甘泉》而陈“玉树青葱”，班固赋《西都》而叹以出比目④，张衡赋《西京》而述以游海若⑤。假称珍怪，以为润色，若斯之类，匪啻于兹⑥。考之果木，则生非其壤；校之神物，则出非其所。于辞则易为藻饰，于义则虚而无征。且夫玉卮无当⑦，虽宝非用；侈言无验，虽丽非经。而论者莫不诋讦其研精⑧，作者大氐举为宪章⑨。积习生常，有自来矣。

余既思摹《二京》而赋《三都》⑩，其山川城邑则稽之地图，其鸟兽草木则验之方志；风谣歌舞，各附其俗；魁梧长者，莫非其旧⑪。何则？发言为诗者，咏其所志也；升高能赋者，颂其所见也。美物者贵依其本，赞事者宜本其实。匪本匪实，览者奚信？且夫任土作贡⑫，《虞书》所著；辨物居方⑬，《周易》所慎。聊举其一隅，摄其体统⑭，归诸诂训焉⑮。

**注释**

①诗有六义：《毛诗序》：“诗有六义　　焉：一曰风，二曰赋，三曰比，四曰

兴,五曰雅,六曰颂。"

② 绿竹猗(yī)猗:《诗经·淇澳》诗句。猗猗:茂美。淇澳:淇水深曲之处。

③ 在其版屋:《诗经·小戎》诗句。版:以两板相夹置土筑墙。

④ 比目:比目鱼。

⑤ 海若:海神。

⑥ 匪啻(chì):不止。

⑦ 卮(zhī):酒杯。无当:无底。

⑧ 诋讦:斥责。

⑨ 大氐(dǐ):大抵,大都。宪章:典型规范。

⑩《二京》:张衡所作《西京赋》《东京赋》。

⑪ "魁梧"二句:所举大人物无一不是本地原有的。

⑫ 任土作贡:《尚书·禹贡》语句,意思是随其土地所产而定贡赋的品种和数量。

⑬ 辨物居方:各种物产应该各归所宜之地,语出《易经》"君子以慎辨物居方"。

⑭ 摄其体统:抓住它的大纲节目。

⑮ 诂训:故训,古人的言语。

有西蜀公子者,言于东吴王孙曰:盖闻天以日月为纲,地以四海为纪。九土星分,万国错跱①。崤、函有帝皇之宅,河、洛为王者之里②。吾子岂亦曾闻蜀都之事欤?请为左右扬搉而陈之③:

夫蜀都者,盖兆基于上世④,开国于中古。廓灵关以为门,包玉垒而为宇⑤。带二江之双流,抗峨眉之重阻⑥。水陆所凑,兼六合而交会焉⑦;丰蔚所盛,茂八区而菴蔼焉⑧。

于前则跨躡犍、牂,枕輢交趾⑨。经途所亘⑩,五千余里。山阜相属⑪,含溪怀谷。岗峦纠纷,触石吐云。郁纷缊以翠微⑫,崛巍巍以峨峨。干青霄而秀出,舒丹气而为霞。龙池㵐瀑渍其隈,漏江伏流溃其阿⑬。汩若汤谷之扬涛,沛若蒙汜之涌波⑭。于是乎邛竹缘岭⑮,菌桂临崖。旁挺龙目⑯,侧生荔枝。布绿叶之萋萋,结朱实之离离⑰。迎隆冬而不凋,常晔晔以猗猗⑱。孔、翠群翔⑲,犀、象竞驰。白雉朝雊⑳,猩猩夜啼。金马骋光而绝景，碧鸡倏忽而曜仪[21]。火井沉荧于幽泉，高爓飞煽于天垂[22]。其间则有琥珀丹青，江珠瑕英[23]。金沙银砾，符采彪炳，晖丽灼烁[24]。

于后则却背华容[25]，北指昆仑。缘以剑阁，阻以石门[26]。流汉汤汤[27]，惊浪雷奔，望之天回，即之云昏。水物殊品，鳞介异族；或藏蛟螭，或隐碧玉。嘉鱼出于丙穴，良木攒于褒谷[28]。其树则有木兰梫桂，杞櫹椅桐，棕枒楔枞。楩楠幽蔼于谷底，松柏蓊郁于山峰[29]。擢修干，竦长条。扇飞云，拂轻霄。羲和假道于峻岐，阳乌回翼乎高标[30]。巢居栖翔，聿兼邓林[31]。穴宅奇兽，窠宿异禽。熊罴咆其阳，雕鹗鴥其阴[32]。猿狖腾希而竞捷[33]，虎豹长啸而永吟。

于东则左绵巴中，百濮所充[34]。外负铜梁于宕渠，内函要害于膏腴[35]。其中则有巴菽、巴戟，灵寿桃枝[36]；樊以蒩圃[37]，滨以盐池。蝴蛦山栖[38]，鼋龟水处。潜龙蟠于沮泽，应鸣鼓而兴雨[39]。丹沙赩炽出其坂，蜜房郁毓被其阜[40]。山图采而得道，赤斧服而不朽[41]。若乃刚悍生其方，风谣尚其武；奋之则賨旅，玩之则渝舞[42]；锐气剽于中叶，蹻容世于乐府[43]。

于西则右挟岷山[44]，涌渎发川。陪以白狼[45]，夷歌成章。坰野草昧，林麓黝倏[46]。交让所植，蹲鸱所伏[47]。百药灌丛，寒卉冬馥。异类众伙，于何不育？其中则有青珠黄环，碧砮芒消[48]。或丰绿荑[49]，或蕃丹椒。麋芜布濩于中阿，风连莚蔓于兰皋[50]。红葩紫饰，柯叶渐苞[51]。敷蕊葳蕤[52]，落英飘飖。神农是尝，卢、跗是料[53]。芳追气邪，味蠲疠痟[54]。

其封域之内，则有原隰坟衍[55]，通望弥博。演以潜沫，浸以绵雒[56]。沟洫脉散，疆里绮错[57]。黍稷油油，粳稻莫莫[58]。指渠口以为云门，洒滮池而为陆泽[59]；虽星毕之滂沱[60]，尚未齐其膏液。

尔乃邑居隐赈[61]，夹江傍山。栋宇相望，桑梓接连[62]。家有盐泉之井，户有橘柚之园。其园则有林檎枇杷，橙柿梬楟[63]。榹桃函列[64]，梅李罗生。百果甲宅[65]，异色同荣。朱樱春熟，素柰夏成[66]。若乃大火流[67]，凉风厉；白露凝，微霜结。紫梨津润，樼栗罅发[68]；蒲陶乱溃[69]，若榴竞裂。甘至自零[70]，芬芳酷烈。其圃则有蒟蒻茱萸[71]，瓜畴芋区。甘蔗辛姜，阳蓲阴敷[72]。日往菲微，月来扶疏[73]。任土所丽[74]，众献而储。

其沃瀛则有攒蒋丛蒲，绿菱红莲[75]；杂以蕴藻，糅以蘋蘩。总茎柅柅，裛叶蓁蓁[76]。蕡实时味，王公羞焉[77]。其中则有鸿俦鹄侣，振鹭鹈鹕。晨凫旦至，候雁衔芦。木落南翔，冰泮北徂[78]。云飞水宿，哢吭清渠[79]。其深则有白鼋命鳖，玄獭上祭[80]。鳣鲔鳟鲂，鮷鳢鲨鲿，差鳞次色，锦质报章[81]。跃涛戏濑，中流相忘。

## 注释

① 九土：犹言九州。错跱：杂列。

② 崤、函：崤山、函谷关，此指关中，西周、秦、汉都建都于此。河、洛：黄河、洛水，此指中原，东周、东汉及晋皆于此建都。

③ 左右：敬称对方。扬摧：约略。

④ 兆基：始建基础。

⑤ 灵关：关名，在成都西南。玉垒：山名，在成都西北。

⑥ 二江：岷江上游由两条河流汇成，故称二江。抗：举起。

⑦ 六合：四方上下。

⑧ 丰蔚：指丰富的物产。八区：八方。蓊蔼：茂盛。

⑨ 于前：指蜀南地区。蹑：追踪。犍(qián)、牂(zāng)：犍为、牂柯。蜀

之郡名。交趾:汉朝南部边郡。

⑩ 亘(gèn):连绵。

⑪ 相属(zhǔ):相连。

⑫ 纷緼:烟气郁积之貌。

⑬ 龙池:池名。瀺(xuè)瀑:水沸涌。濆(pēn):喷涌。隈:隈与阿皆山之弯曲处。漏江:江名。

⑭ 汩、沛:水流迅急。汤谷、蒙汜:神话中日出入处。

⑮ 邛(qióng)竹:邛崃山之竹,实心而稀节。

⑯ 龙目:龙眼。

⑰ 离离:错落垂挂之貌。

⑱ 晔晔:光彩。

⑲ 孔翠:孔雀和翡翠鸟。

⑳ 雊(gòu):野鸡鸣叫。

㉑ 金马、碧鸡:西南传说中的神物。骋光绝景:奔驰速度如光,不留影子。曜仪:显示仪容。

㉒ 火井:蜀地盐井。荧:小火光。爓:同"焰"。天垂:天际。

㉓ 瑕英:一种美玉。

㉔ 砾(lì):粗沙。符采:珍宝的光彩。

㉕ 于后:指蜀北地区。却背:背抵。华容:水名。

㉖ 剑阁、石门:皆蜀道险要处。

㉗ 汤(shāng)汤:大水急流之貌。

㉘ 丙穴:地名。褒谷:川、陕交界处山谷。

㉙ 幽蔼:深密。蓊郁:茂盛。

㉚ 羲和:神话中太阳的御者。阳乌:神话中的三足神乌,代称太阳。

㉛ 聿(yù):发语词。邓林:神话中夸父逐日,弃杖化邓林,其广数千里。

㉜ 阳:山南面。鴥(yù):疾飞。

㉝ 狖(yòu):黑色长尾猿。腾希:空处纵跳。

㉞ 于东:指蜀东地区。百濮:巴中地区少数民族。

㉟ 铜梁:山名。宕渠:汉朝郡名。要害:险要地方。

㊱ 巴菽、巴戟:即巴豆和巴戟天,中药名。灵寿:木名。桃枝:竹类。

㊲ 樊:同"藩"。菹(zū)圃:草圃。

㊳ 蟞蛦(biēyí):山鸡一类野禽。

㊴ 鸣鼓:传说巴地某泽之龙,听见鼓声随即降雨。

㊵ 赩(xì)炽:深红如火。郁毓:盛多。

㊶ 山图、赤斧:传说中仙人。

㊷ 賨(cóng)旅:少数民族賨人的军队。渝舞:渝水之滨賨人的歌舞。

㊸ 中叶:指西汉极盛时代。蹻(jiǎo):武勇之貌,此处形容舞姿。世:世代保存。

㊹ 于西:指蜀西地区。

㊺ 白狼:少数民族,东汉时曾以其语作诗献给朝廷。

㊻ 坰野:郊野。草昧:草木深密。黝儵:幽暗。

㊼ 交让:木名。蹲鸱:大芋。

㊽ 青珠黄环:药用矿物。碧砮:石类,可作箭头。芒消:中药芒硝。

㊾ 绿荑:辛夷。

㊿ 蘪芜:靡芜,香草。布濩:分布。风连:黄连。

51 渐苞:丛茂。

52 葳蕤(wēiruí):枝叶扶疏下垂之状。

53 卢跗:传说中的名医扁鹊和俞跗。

料：制药。
54 追：驱。气邪：邪气。蠲(juān)：除。疠：传染病。痟：消渴病。
55 原：平原。隰(xí)：低湿地。坟：水边高地。衍：低平地。
56 演：水潜流于地下。潜沫绵雒：四条水名。
57 疆里：田畴。
58 油油、莫莫：形容禾黍茂盛。
59 渠口：都江堰。滮(biāo)池：古代关中之池，此指蜀地水利工程。
60 星毕滂沱：传说月亮轨道临近毕星便降大雨。
61 隐赈：充实繁荣之貌。
62 桑梓：乡村。
63 樗(yǐng)：软枣。梈(tíng)：山梨。
64 榹(sī)桃：山桃。
65 甲宅：同“甲坼”，指开花。
66 柰(nài)：果名。
67 大火流：心星下行，秋季到。
68 榛(zhēn)：同“榛”。罅发：开裂。
69 蒲陶：葡萄。
70 自零：自落。
71 蒟蒻(jǔ ruò)：芋类，又名鬼芋。
72 阳蓲(xū)：阳光照耀。阴敷：布满阴荫。
73 菲微：草木茂盛。扶疏：枝条散布。
74 丽：附属。
75 瀛：沼泽。蒋蒲菱莲：与下文蕴藻蘋蘩皆水生植物。
76 总：聚。柅(ní)柅：盛之貌。裛(yì)：缠绕。蓁蓁：盛之貌。
77 蕡(fén)实：繁盛硕大的果实。羞：进食。
78 泮(pàn)：融解。
79 哢(lòng)吭：鸟鸣。
80 玄獭(tǎ)：食鱼兽，贪食，常捕鱼陈列水边如献祭。
81 差(cī)：参差不齐。次：依次排列。报章：织物花纹。

于是乎金城石郭，兼匝中区[1]。既丽且崇，实号成都。辟二九之通门，画方轨之广途[2]。营新宫于爽垲，拟承明而起庐[3]。结阳城之延阁[4]，飞观榭乎云中。开高轩以临山，列绮窗而瞰江。内则议殿爵堂，武义虎威，宣化之闼，崇礼之闱[5]。华阙双邈[6]，重门洞开，金铺交映，玉题相晖[7]。外则轨躅八达，里閈对出[8]。比屋连甍，千庑万室。亦有甲第，当衢向术[9]。坛宇显敞，高门纳驷。庭扣钟磬，堂抚琴瑟。匪葛匪姜，畴能是恤[10]？

亚以少城，接乎其西[11]，市廛所会[12]，万商之渊。

列隧百重，罗肆巨千[13]。贿货山积，纤丽星繁。都人士女，袨服靓妆[14]。贾贸墆鬻[15]，舛错纵横。异物崛诡[16]，奇于八方。布有橦华，面有桄榔[17]；邛杖传节于大夏之邑[18]，蒟酱流味于番禺之乡。舆辇杂沓，冠带混并。累毂迭迹，叛衍相倾[19]。喧哗鼎沸，则哤聒宇宙[20]；嚣尘张天，则埃壒曜灵[21]。阛阓之里[22]，伎巧之家，百室离房，机杼相和。贝锦斐成[23]，濯色江波。黄润比筒，籝金所过[24]。

侈侈隆富，卓、郑埒名[25]。公擅山川，货殖私庭。藏镪巨万，鈲摫兼呈[26]。亦以财雄，翕习边城[27]。三蜀之豪[28]，时来时往。养交都邑，结俦附党。剧谈戏论，扼腕抵掌。出则连骑，归从百两[29]。若其旧俗，终冬始春，吉日良辰，置酒高堂，以御嘉宾[30]。金罍中坐，肴槅四陈[31]。觞以清醥[32]，鲜以紫鳞。羽爵执竞[33]，丝竹乃发。巴姬弹弦，汉女击节。起《西音》于促柱，歌《江上》之飉厉[34]。纡长袖而屡舞，翩跹跹以裔裔[35]。合樽促席，引满相罚[36]。乐饮今夕，一醉累月。

若夫王孙之属，郤公之伦[37]，从禽于外，巷无居人。并乘骥子，俱服鱼文[38]。玄黄异校[39]，结驷缤纷。西逾金堤，东越玉津[40]。朔别期晦[41]，匪日匪旬。蹴蹈蒙茏，涉躐寥廓[42]。鹰犬倏眒，罻罗络幕[43]。毛群陆离，羽族纷泊[44]。翕响挥霍，中网林薄[45]。屠麖麋，剪旄麈[46]；带文蛇，跨雕虎。志未骋，时欲晚；追轻翼，赴绝远。出彭门之阙，驰九折之坂[47]；经三峡之峥嵘，蹑五屼之蹇浐[48]。戟食铁之兽，射噬毒之鹿[49]；皛貙氓于葽草[50]，弹言鸟于森木。拔象齿，戾犀角[51]；鸟铩翮，兽废足。

殆而朅来相与，第如滇池，集于江洲[52]。试水客，舣轻舟[53]；娉江婓[54]，与神游。罨翡翠，钓鰋鲉[55]；下高鹄，出潜虬。吹洞箫，发櫂讴；感鲟鱼，动阳侯[56]。腾波沸涌，珠贝泛浮，若云汉含星，而光耀洪流。将飨獠者，张帟幕，会平原[57]；酌清酤，割芳鲜。饮御酣，宾旅旋，车马雷骇，轰轰阗阗，若风流雨散，漫乎数百里间。斯盖宅土之所安乐[58]，观听之所踊跃也。焉独三川，为世朝市[59]？

若乃卓荦奇谲，倜傥罔已[60]。一经神怪，一纬人理[61]。远则岷山之精，上为井络[62]。天帝运期而会昌，景福肸飨而兴作[63]。碧出苌弘之血，鸟生杜宇之魄。妄变化而非常，羌见伟于畴昔[64]。近则江汉炳灵，世载其英[65]。蔚若相如，皭若君平[66]。王褒韡晔而秀发[67]，扬雄含章而挺生。幽思绚《道德》，摛藻掞天庭[68]。考四海而为俊，当中叶而擅名。是故游谈者以为誉，造作者以为程也[69]。

至乎临谷为塞，因山为障。峻岨塍埒，长城豁险，吞若巨防[70]。一人守隘，万夫莫向。公孙跃马而称帝，刘宗下辇而自王[71]。由此言之，天下孰尚[72]？故虽兼诸夏之富有，犹未若兹都之无量也。

## 注释

① 匝：围绕。

② 二九：十八。方轨：车可并行。

③ 爽垲（kǎi）：地势高而土质干燥。承明：西汉长安宫内文人学士待诏处。

④ 阳城：城门之一。延阁：相连的建筑。

⑤ 武义虎威：与宣化、崇礼都是门名。闼、闱：宫内之门。

⑥ 邈：远。

⑦ 铺：门环衬片。题：门楣装饰。

⑧ 轨躅：道路。閈（hàn）：里巷的门。

⑨ 术：街道。

⑩ 葛:诸葛亮。姜:姜维。畴能是恤:何人还能过问此等住宅?
⑪ 少城:城内小城。西:西市。
⑫ 市廛:市街。
⑬ 隧:街道。巨千:数千。
⑭ 袨(xuàn)服:盛装。靓(jìng)妆:脂粉饰容。
⑮ 墆(dié):囤积。鬻(yù):卖。
⑯ 崛诡:奇怪。
⑰ 橦:木棉。桄榔:树名,树中赤粉可食。
⑱ 大夏:西域国名。
⑲ 叛衍相倾:连绵不断,相互推撞。
⑳ 哤(máng)聒:杂声。
㉑ 壒(ài):尘埃。此作遮蔽的意思。曜灵:太阳。
㉒ 阛阓(huánhuì):街巷。
㉓ 贝锦:锦名,织有贝形花纹。
㉔ 黄润:指筒中细布。籝(yíng):装金的箱。筒布珍贵,需以黄金交易。
㉕ 卓郑:汉初蜀地富豪卓氏、郑氏。埒(liè)名:齐名。
㉖ 镪(qiǎng):铜钱。鈚摫(pīguī):截木为器叫鈚,裁布作衣叫摫。
㉗ 翕习:盛之貌。
㉘ 三蜀:指蜀郡、广汉、犍为三郡。
㉙ 两:辆。
㉚ 御:款待。
㉛ 罍(léi):盛酒器。槅:通"核",指果子。
㉜ 醥(piǎo):清酒。
㉝ 羽爵:刻有羽纹的酒杯。
㉞ 西音、江上:乐曲名。飉(liáo)厉:歌声清越。
㉟ 裔裔:飞舞流利之貌。
㊱ 引满:斟满。
㊲ 王孙:卓王孙。郤公:蜀地豪侠之士。
㊳ 骥子:骏马之称。鱼文:盛箭袋。
㊴ 校:队。
㊵ 金堤、玉津:游猎之地。
㊶ 朔:月初一。晦:月底。
㊷ 蒙茏:草木茂密的样子。涉躐(liè):奔走。躐,同"猎"。
㊸ 倏眒(shēn):飞奔之貌。罻(wèi)罗络幕:布设罗网。
㊹ "毛群"二句:群兽分奔,众鸟飞扑。
㊺ 翕响挥霍:顷刻之间。林薄:森林草地间。
㊻ 麖(jīng)、麈(zhǔ):鹿类动物。旄:旄牛。
㊼ 彭门:地名,在岷山下。九折坂:地名,在邛崃山。
㊽ 五屼(wù):山名,在犍为南。蹇浐(chǎn):曲折崎岖。
㊾ 食铁:据说貊能食铁。噬毒:据说有鹿专食毒草。
㊿ 畾(pāi):拍,击杀。貙(chū)氓:一种怪兽。葽(yāo):草盛。
51 戾:截。
52 殆:通"逮",及。朅(qiè)来:忽来。第:且。如:赴。滇池:地处昆明。江洲:重庆。
53 试:作。舣:泊。
54 娉(pìn):访求。江婓:江妃,神名。
55 罨(yǎn):网捕。翡翠:一种水禽。鰋鲉(yǎnyóu):鱼类。
56 阳侯:水神。
57 獠(liáo)者:猎者。帟(yì):小帐。平原:平原君,此用《史记》"平原十日之游"句意。
58 宅土:居处。

⑲ 三川：古郡名，今洛阳一带。朝市：《战国策》："争名者于朝，争利者于市。今三川周室，天下之市朝也。"
⑳ 卓荦：特异。倜傥：卓异。罔：通"无"。
㉑ 经纬：依凭的意思。
㉒ 井络：井星，传说为岷山精灵所变。
㉓ 肸(xī)蚃：散布。
㉔ 羌：发语词。
㉕ 炳：显示，显现。载：传。
㉖ 蔚：文采丰盛。皭：疏净清高。君平：严遵，曾卖卜成都，著《道德指归论》。
㉗ 韡(wěi)晔：明盛之貌。
㉘ 绚：辉映。掞(yàn)：照耀。掞，同"焰"。
㉙ 程：典型。
㉚ 峻岨(jū)：险阻。塍埒(chéngliè)：堤防。吞：包含。
㉛ 公孙：公孙述，王莽时在蜀自立为帝。刘宗：刘备。
㉜ 孰尚：何处更强于此？

## 鉴赏

西晋杰出文学家左思(约250—306)，字太冲，齐国临淄(今山东淄博)人。他博学能文，官至秘书郎，后来齐王司马冏命他为记室督，辞疾不就。晚年迁居冀州，数岁病终。他出身寒微，不好交游，对当时门阀世族把持政权的现实极端不满，这在他的一些诗赋中有鲜明的反映。他的诗风格雄浑，语言遒劲，高出于当时其他诗人。原有诗五卷，已散佚，后人辑有《左太冲集》。今存诗14首，其中《咏史》八首最为著名。早年曾作《齐都赋》，全文已佚，仅存片断。完整留存的赋有《三都赋》和《白发赋》。《三都赋》包括《蜀都赋》、《吴都赋》、《魏都赋》三篇，这里选的是《蜀都赋》。

关于《三都赋》的创作，文学史上有不少佳话流传。据说，左思为了收集创作资料，特意移家洛阳，访问曾游蜀地熟悉岷邛的张载。他认为自己所见不够广博，便要求担任秘书郎，以便翻阅皇室图书。他在家中"门庭藩溷"处安放纸笔，偶得一句，随即写下。这样勤奋创作十年，《三都赋》成，从此他才震文坛，名重京师。起先，陆机初到洛阳，听到左思要赋三都，抚掌而笑，写信给陆云说："这里有个书呆子，要作什么《三都赋》，等他写成以后，拿来盖盖酒坛子吧！"他本想自作此赋，但左思赋成之后，他读了大为叹服，因而搁笔。当时名士宿儒纷纷为《三都赋》作注作序，而富豪之家也都争相传抄，一时之间，洛阳为之纸贵。

本来两汉时代已留下不少京都大赋，著名的有班固的《两都赋》和张衡的《二京赋》。左思仿汉人、赋三都，要使作品能够征服当代、流传后世，谈何容易！但事实证明，他获得了成功。《三都赋》比起《两都赋》《二京赋》，毫不逊色，它在不少方面都还有自己的艺术造诣。

《三都赋》的构思在继承《两都赋》、《二京赋》艺术的基础上，表现出强烈、鲜明的时代感，孕育了新的内涵。赋中虚构了三个人物，凭借人物的对话，铸造成连环式结构，使全文三大部分构成有机的整体，表现一个特定的主题。作品开头是西蜀公子介绍蜀都的情况，他从地理形势、风土物产，到城邑建置、人物习俗，尽情地夸耀了一番。谁知东吴王孙听了哈哈大笑，讥讽蜀地，大肆夸耀起吴都如何如何。最后，魏国先生扬眉举目，侃侃而谈。他批驳蜀吴二客的言论，阐明中土自古以来就是全国的政治中心。他把先秦时期卜偃预言魏地的兴隆、季札赞美魏国的歌谣与后来曹操的开国、曹丕的践祚联系起来，并且热情赞颂曹氏父子的武功文治及曹奂的"传业禅祚"，从而充分肯定魏晋的正统地位。夸说之中他针对蜀吴两地割据警告说："袭险为屏……无异螳螂之卫。"指出："剑阁虽嶛，凭之者蹶，非所以深根固蒂也。洞庭虽浚，负之者北，非所以爱人治国也。"他还没有说完，蜀吴二客已大为震动。他俩自责清狂，共同表示："日不双丽，世不两帝，天经地纬，理有大归。"赋以魏国先生的胜利告终。通观全文，三个人物的先后发言，实现了画面的转换，从而分别展示出蜀都益州（今四川成都）、吴都建业（今江苏南京）、魏都邺（今河南安阳北）三地的面貌。同时，由于人物一个压倒一个，画面一层胜似一层，结果是对蜀吴的夸耀都成为铺垫和映衬，极自然而又强有力地突出了魏都。因而，作品比较完美地实现了作者的创作意图，即借炫耀"魏都之卓荦"来颂扬晋室的"上德之至盛"，以此为灭蜀吞吴制造舆论。自汉末动乱、三国纷争以来，天下统一是人心所向，大势所趋，左思顺应历史潮流，为晋的统一鸣锣开道，在当时具有进步意义。因此，《三都赋》的构思行文、命题立意使它比前人的京都大赋有了更强的艺术生命力。

如同汉代作家为润色鸿业，怀着对所处时代环境肯定和欣赏的热情铺采摛文一样，左思怀着对大一统政治局面的憧憬和追求来创作《三都赋》。由于理想的激励，才学的支持，他包括宇宙，总览人物，纵横铺陈，肆意挥洒，全篇赋成，洋洋数千言。作品体制宏大，不让汉赋，而在描述领域、范围、对象的广度上甚至超过了汉赋。就看《蜀都赋》。它不只是叙写当时都邑的规模制度，而且追述了自古以来的诸多方面。凡是山岳、河流、森林、原野，动物、植物、水产、矿藏，农业、商业、手工业、纺织业，风光市容、习俗风情、珍奇怪异、神话传说以及突出的历史人物，统统成为它描述的对象，作品内容显得特别广博丰富。如此广博丰富的内容，又并非作者单凭想象，无中生有，或移花接木，东拼西凑所致，而是广泛采撷于客观实际，或谨慎征引于古籍记载，一般都有根有据，真实可信。正如他在序中所说："其山川城邑则稽之地图，其鸟兽草木则验之方志。风谣歌舞，各附其俗，魁梧长者，莫非其旧。"他反对汉代赋家的虚辞滥说、侈言无征，而自己创作时力求真实，不务夸饰。因此，《三都赋》在承继了汉赋以大为美、以富为美的审美尺度的同时，又体现了以真为美的审美理想，这使它在同类题材的大赋中独具面目，鲜明地表现出现实主义的艺术风格。

为了建构宏大的体制，表现丰富的内容，《三都赋》在谋篇布局、章法结构上继承了汉赋的"空间艺术"，采取纵叙与横列相结合的方法，一面前后推移，一面左右展开，作品因而层次事变，画面充实，同时脉络畅通，章法井然。还说《蜀都赋》。在叙写地势物产时，先总述地理环境，以"水陆所凑，兼六合而交会焉。丰蔚所盛，茂八区而菴蔼焉"夸赞其形势便利、物产丰盛，紧接着便"于前""于后""于东""于西"，分向纵笔，大力铺写，随后又以"其封域之内"一节拢括四方，补足上文。这一层次描述完成，作者再将镜头推近，展现城乡居地范围的情景。"其园则有""其圃则有""其沃瀛则有"——叙及沃瀛，又是"其中则有""其深则有"，赋中又如此铺展开去，似乎要使百般俱备，万物毕集。赋推进到城邑描写一层，先是铺陈中区内宫阙的庄严、宅第的富丽，然后把西市上商贾的活跃、货物的充盈渲染得淋漓尽致。及至人物描写，作者或是夸耀安逸富有之辈，叙其田猎，则笔骋千里；言其嬉游，则墨泼满湖。或是标榜俊秀雄豪一流，枚举之际，传说与现实联袂而至；罗列之下，学士与君王济济一堂。全篇犹如中国画里的一幅"散点透视"的横披长卷，整个布局呈现一种建筑美，它稳定而不滞重，对称而不呆板，均衡而不单调，给人以艺术的享受。

作为成功的语言的艺术，《三都赋》不但具有造型的美，而且具有娱悦人耳目的音乐美和辞藻美。它的语言以骈为主，骈散结合，句式长短相间，参差变化，在错落中显出均衡，在整齐中又显出跌宕。倘细心专注吟诵《蜀都赋》，则会觉其音韵和谐，节奏鲜明，在嘘吸疾徐、抑扬顿挫之间有一种美妙的乐感。至于它语词的丰富，文字的典雅，辞采的华美，那是显而易见的。这一方面，它与汉人大赋一脉相承。不过，《三都赋》语言巧丽而有质，富丽而不淫，不以繁花损枝，不因膏腴而害骨，所以，比起某些汉赋作品，它又略胜一筹。

除上述之外,《三都赋》在遣词造句方面还有不少经验值得借鉴。譬如《蜀都赋》中的"廓灵关以为门,包玉垒而为宇。带二江之双流,抗峨眉之重阻"。这几句描述、形容、比喻、对偶,精确、凝练、生动、形象,可谓翻新出奇,各尽其妙。其中"廓""包""带""抗"四字,熔力量和形象为一炉,尤见作者锤炼之功。又如赋中写道:"紫梨津润,樼栗罅发;蒲陶乱溃,若榴竞裂。"这是用白描手法再现深秋季节硕果累累的喜人景象,因为"津润""罅发""乱溃""竞裂"诸词准确地捕捉住描述对象的典型特征,所以笔墨极简,形象却极其鲜明,读后历历如在目前,直要教人唾津潜溢了。大量选用叠字、联绵词,也使作品语言增强了声韵美和表现力。如"禾穟油油,粳稻莫莫""布绿叶之萋萋,结朱实之离离",都因叠字的运用而显得清新活泼。又如以"翩跹跹以裔裔"描写舞姿,以"崛巍巍以峨峨"形容山势,都使形象可感,富有生气。其他像陆离、彪炳、菲微、扶苏之类联绵词的使用,也都增强了语言的感染力量。另外,成功的修辞,也为作品增添不少艺术光彩。像"跃涛戏濑,中流相忘"用拟人手法刻画游鱼,多么传神。像"羲和假道于峻岐,阳乌回翼乎高标"极言山势高峻,由于借助神话构成夸张,顿使语句精神飞动,韵味无穷。

总之,《三都赋》能使洛阳纸贵,绝非偶然。左思志高才雄,《三都赋》是他精心覃思的力作,是他进步的政治理想和杰出的文学才能的艺术结晶。《三都赋》内容与形式比较完美的结合,可以给予我们许多深刻的启迪。

(汪大白)

# 白发赋

左　思

星星白发,生于鬓垂[①]。虽非青蝇,秽我光仪[②]。策名观国[③],以此见疵。将拔将镊,好爵是縻[④]。

白发将拔,惄然自诉[⑤]:"禀命不幸,值君年暮。逼迫秋霜,生而皓素。始览明镜,惕然见恶[⑥]。朝生昼拔,何罪之故?子观桔柚,一皓一晔[⑦],贵其素华,匪尚绿叶。愿戢子之手[8]，摄子之镊[9]！”

咨尔白发：“观世之途，靡不追荣，贵华贱枯。赫赫阊阖[10]，蔼蔼紫庐[11]，弱冠来仕[12]，童髫献谟[13]。甘罗乘轸[14]，子奇剖符[15]。英英终贾[16]，高论云衢[17]。拔白就黑，此自在吾。”

白发临欲拔，瞋目号呼：“何我之冤？何子之误？甘罗自以辩惠见称，不以发黑而名著。贾生自以良才见异，不以乌鬓而后举。闻之先民，国用老成：二老归周[18]，周道肃清；四皓佐汉[19]，汉德光明。何必去我，然后要荣[20]？”

咨尔白发：“事各有以[21]。尔之所言，非不有理。曩贵耆耋[22]，今薄旧齿[23]。皤皤荣期[24]，皓首田里。虽有二毛[25]，河清难俟[26]。随时之变，见叹孔子[27]。”

发乃辞尽，誓以固穷[28]。昔临玉颜，今从飞蓬。发肤至昵，尚不克终。聊用拟辞，比之国风[29]。

## 注释

① 鬓垂：指鬓角，耳旁鬓发下垂处。

② 青蝇：苍蝇。光仪：光彩的仪容。

③ 策名：用简策命官授爵，此处即出仕之意。观国：观国事，指参政。

④ 爵：官爵。縻（mí）：牵系。《周易·中学》：“我有好爵，吾与尔縻之。”

⑤ 惄（nì）然：忧心忡忡的样子。

⑥ 惕然：忧愁恐惧的样子。见恶（wù）：被讨厌。

⑦ 皓：白色。晔（yè）：光。

⑧ 戢（jí）：停止。

⑨ 摄：收藏。

⑩ 阊阖（chāng hé）：皇宫的正门。

⑪ 蔼蔼：人多而有威仪的样子。紫庐：犹言紫宫，即皇宫。

⑫ 弱冠（guàn）：古代男子 20 岁行冠礼，故用以指男子 20 岁左右的年龄。

⑬ 童髫（tiáo）：童年。髫，古时小孩下垂的头发。谟（mó）：谋略。

⑭ 甘罗：战国时楚国下蔡（今安徽凤台）人，12 岁为秦相吕不韦家臣，自请出使赵国，说服赵王割五城给秦，因功任为上卿。乘轸：指乘车出使

赵国。

⑮ 子奇:汉时齐人,年 16 即奉齐王命治理阿地,阿大治。剖符:古代君王把符节剖分为二,与受命者各执其半,作为信证。

⑯ 终贾:西汉的终军和贾谊。

⑰ 云衢(qú):青云路,指仕途。

⑱ 二老:指伯夷和吕尚。

⑲ 四皓:秦末东园公、角(lù)里先生、绮里季、夏黄公隐于商山,年皆八十余,时称"商山四皓"。

⑳ 要(yāo):通"邀",求取。

㉑ 以:因由,缘故。

㉒ 曩(nǎng):以往。耆耋(qídié):古称六十岁为耆,八十岁为耋。

㉓ 旧齿:指老年人。

㉔ 荣期:荣启期,春秋时人,隐士。孔子游泰山,曾见他鹿裘带索,鼓琴而歌。

㉕ 二毛:头毛斑白,指老年人。

㉖ 河清难俟:相传黄河千年一清。比喻时久难待。

㉗ "随时"句:《周易·随(彖)》曰:"随时之义大矣哉。"相传《彖》是孔子所作,故云。

㉘ 固穷:安守贫困。

㉙ 国风:《诗经》的一部分,采自各地的民间歌谣。

## 鉴赏

左思是西晋杰出的文学家。他志高才雄,但是生不逢时。在他所生活的年代,政治局势每况愈下,门阀制度日趋森严。他出身寒微,又不喜交游,因而政治抱负得不到施展,仕途备受压抑。严峻冷酷的现实,决定着他一生思想上的发展变化。由他的诗歌《咏史》八首,我们可以读到他思想发展变化的三部曲:最初是"铅刀贵一割,梦想骋良图",精神乐观,积极用世;后来他认清了"世胄蹑高位,英俊沉下僚"的社会现实,极为不满,深感苦闷;最后,他决心"被褐出阊阖,高步追许由",与统治集团决裂,以表示反抗。《白发赋》显然是他处于第二阶段时写的作品,大概因为人至老年、位处卑贱,受到歧视故有感而作。作品假借怨恨白发、拔除白发来自我解嘲,并且讽刺时世,抒发了怀才不遇、仕途困窘的惆怅和愤懑。

《白发赋》利用对话来展开情节、构架全篇,这是对赋体创作传统艺术的继承。然而它既不像宋玉《风赋》那样假托于真实人物的对话,也不像司马相如《子虚》《上林》以虚构人物的对话作为结构形式,它近似于贾谊的《鵩鸟赋》,对话是在人与物之间进行。不过,贾谊笔下的鵩鸟"口不能言,请对以臆",

而本文的白发则能言善辩,同人一般。作者这样别出心裁,恐怕是接受了寓言艺术的启示。

《白发赋》颇具几分寓言故事的身姿风韵。赋写"我"打算拔去白发,以求官运亨通,不料在白发与"我"之间爆发一场论战。作品诙谐风趣而又发人深省。

全文共分六段。

第一段是故事的开端,叙写"我"与白发之间矛盾的由来。这一段乍看似乎文字简单,语调平淡,细加品味,其中不无曲折和波澜,句句能引人悬想。星星白发,生于鬓垂,这是老年来到的信号。下文将要抒写迟暮之感吧?不,"我"只是怨恨白发玷污了仪容。身为男子为何如此看重自己的容貌?原来我担心的是,没有光彩的仪容,便会失去加官晋级的机遇。这一段开门见山,紧扣题目,从白发上落笔,由"我"讲述白发对自己的威胁和拔除白发的打算。白发垂鬓,竟会妨碍做官,为了前程竟要拔除白发,作者故意以郑重其事的声态,申述着荒唐可笑的事理,作品因而生发一种幽默感和启示力,使读者在哑然失笑的同时激起某种思考。

第二段至第五段是一个完整的发言记录,生动地反映了白发与"我"的论辩与抗争。首先是将被拔除的白发悲切切地倾诉了自己的不幸和冤屈,苦苦哀求"我"手下留情。它的不幸确是与生俱来,从一开始它即被人厌恶。其实白色有何不好?对于橘柚,人们不正是轻其绿叶而重其白花吗?哎呀,你这白发!什么绿叶白花,那可是自然界,你不看看这人世间,谁不追求荣华富贵!尽管白发的诉说颇为感人,"我"却不以为然,无动于衷。"我"所关心的是仕途进退、宦海浮沉,"我"所理想的是"弱冠来仕"、少年得志。至于拔去白发,保全白发,这自然在于我,谁也别想阻拦。他所说的前几句道破了当时的世态人情,而后半部分,在对阊阖、紫庐的渲染上,在对甘罗、子奇、终军、贾谊的夸耀中,向往、羡慕之情溢于言表。总的来看,这番话有些似是而非。难怪白发高声呼号,怒目而视,奋起反驳。它指出甘罗、贾谊都是以贤能见称,并非因发黑得举,同时以二老归周、四皓佐汉为例,证明白发不妨碍人们身受重用,建功立业。白发的论证十分有力,却也不是无懈可击。它所谓"国用老成",只是"闻之先民",当今世界用人如何,它避而不提。于是"我"力辩古今不同的道理,随即以荣启期自比,大发牢骚。所谓"河清难俟",正是生不逢时之叹,矛头直指当时现实。末了还借孔夫子的感喟,深深地吐出一口闷气。这一回合,"我"把握主动,终于反败为胜,占了上风。

这几段是全文的主体部分,充分展开地描述"我"与白发的冲突。由于作者的巧妙安排,这场冲突具有很强的戏剧性,作品犹如摄录了一个精心编导的话剧小品,读来扣人心弦,兴味盎然。剧中两个角色白发和“我”,都被塑造得棱角分明,栩栩如生。剧中道白如“愿戢子之手,摄子之镊!”表现白发的哀求,“何我之冤!何子之误!”表现白发的号呼,无不口吻毕肖,神态活现。

最后一段写白发面对“我”所揭露的不合理现实,无言以对,只是发誓安守穷困。“誓以固穷”一句特别明显地回响着弦外之音。文章在交代了故事的结局之后,还就此略加评说。“昔临玉颜,今从飞蓬。发肤至昵,尚不克终。”寥寥数语,其悲凉之气已沁人肺腑,其中“今”与“昔”两相对照,“至”与“尚”前后呼应,流露了作者无限深沉、无限痛切的人生感慨。

全文看来,《白发赋》是依据时间的推移、情节的发展,按照顺叙结构来谋篇布局,但是叙事过程中,又包含着大量的议论,说理与叙事有机地结合在一起。正是通过叙事与说理的有机结合,作者心中的抑郁愤懑之情得以尽情地抒发。由于寓议论于叙事,融情理为一体,《白发赋》显得结构浑成,血肉丰满。

《白发赋》更为显著的特色是寓庄于谐,风趣活泼。本来,作者的创作意旨是在于宣泄满腹不平之气,但是,作品却没有直接作不平之鸣。它只是抓住白发垂鬓这小事一桩,借题发挥,大做文章。它借助艺术的想象,利用拟人的手法,虚构白发与人论争的奇幻情节,以幽默诙谐的语调,调侃讥讽,嬉笑怒骂,在轻松的笔墨中凝聚着沉重的情感,从活泼的形式下显示出严肃的主题。

总之,《白发赋》是一篇新颖别致、富有特色的抒情佳作。

(汪大白)

# 劝农赋

束 晳

惟百里之置吏，各区别而异曹①。考治民之贱职，美莫尚乎劝农。专一里之权，擅百家之势。及至青幡禁乎游惰②，田赋度乎顷亩。与夺在己，良薄决口③。受饶在于肥脯，得力在于美酒④。若场功毕，租输至，录社长，召闾师，条牒所领，注列名讳⑤。则鸡豚争下，壶榼横至⑥。遂乃定一以为十，拘五以为二。盖由热啖纡其腹，而杜康咥其胃⑦。

## 注释

① 曹:古时分科办事的官署。
② 青幡:青色的旗子。
③ 与夺:定夺,给予。决口:决定于随口所说。
④ 受饶、得力:皆指劝农吏受贿。
⑤ 场:打谷场。场功毕:指农事完毕。社长:一社之长,即村长。闾师:周官名,主征六乡赋贡之税者。条牒:公文,指户籍、纳税名册之类。领:掌管。名讳:姓名。
⑥ 榼(kē):古代盛酒(或贮水)的器具。此两句写劝农吏受贿情况。
⑦ 杜康:传说是最早造酒的人。此处指代酒。咥:通“窒”,塞满的意思。

## 鉴赏

束晳(?—300以后),西晋文学家。字广微,阳平元城(今河北大名)人。少游国学,博学多闻,详览载籍,文辞雅赡。后还乡里,察孝廉,举茂才,皆不就。不慕荣利。张华见而奇之,召为掾。转著作佐郎,迁博士,再迁尚书郎。赵王伦辅政,请为记室,辞疾罢归,教授门徒,年40卒。著有《三魏人士传》《七代通记》等,遇乱亡失。其余《五经通论》《发蒙记》《补亡诗》、文集数十篇,行于世。其赋作有《贫家赋》《读书赋》《近游赋》《劝农赋》《饼赋》等。

西晋赋作不少,其讽刺小赋和抒情赋作,更可观览。由于司马氏实行门阀制度,世家豪族集团专权,形成"上品无寒门,下品无世族","公门有公,卿门有卿"的政治局势。世风日下,名士维艰,谈玄之风盛行,佛道与儒学并行不悖。与此相应,一些文人墨客则为文作赋,以揭露、讽刺封建社会的贪官污吏和人情世态。其艺术上则是热讽而冷嘲,沉痛而谐谑,读之有啼笑皆非的感觉。这种讽刺之风对后世影响颇为深远,不仅对讽刺诗文而且对唐后讽赋的发展,都提供了可贵的经验。

束皙的《劝农赋》并非正面写劝导百姓努力耕作,积极生产,而是对劝农官吏专横跋扈、贪赃枉法和腐化堕落予以深刻揭露、进行讽刺揶揄。文章格调虽不甚高,但其揭露之深刻,嘲讽之尖利,则是难能可贵的。《晋书》本传评为"文颇鄙俗,时人薄之",是不甚公允的。

文章首先概括地指出,百里之内分区设置官曹,各种治民职司之中只有劝农官吏的差事最好,因为他们有权有势,可以独断专行,横霸乡里。接着便具体揭露他们对农民的残酷欺压。劝农官吏们打着禁止游闲怠惰之人的青色旗帜,对农民进行榨取,不论年景好坏、收成优劣、土地肥瘠、收获多少,全凭口说,关键在于是否供奉劝农官吏以美酒佳肴。

分摊租赋任务的多少,要看农民对劝农官吏们送礼和宴请的丰厚与否而后裁定。束皙所揭露和讽刺的劝农官吏,仅仅是"治民贱职"的小胥吏而已。至于大官僚和世家豪族的贪赃枉法,穷奢极欲,更是可以让人想象得到的了。这便是本文以小见大,以部分代全体写作方法的特点之所在。

(张宗舜　刘　锋)

# 钱 神 论

鲁 褒

有司空公子，富贵不齿[①]，盛服而游京邑，驻驾平市里[②]，顾见綦毋先生，班白而徒行[③]。公子曰："嘻，子年已长矣，徒行空手，将何之乎[④]？"先生曰："欲之贵人[⑤]。"公子曰："学《诗》乎？"曰："学矣。""学《礼》乎？"曰："学矣。""学《易》乎[⑥]？"曰："学矣。"公子曰："《诗》不云乎：币帛筐篚[⑦]，以将其厚意，然后忠臣嘉宾，得尽其心。《礼》不云乎：男贽玉帛禽鸟，女贽榛栗枣修[⑧]。《易》不云乎：随时之义大矣哉[⑨]！吾视子所以，观子所由[⑩]，岂随世哉？虽曰已学，吾必谓之未也。"先生曰："吾将以清谈为筐篚[⑪]，以机神为币帛[⑫]，所谓礼云礼云，玉帛云乎哉者已[⑬]。"公子拊髀大笑曰[⑭]："固哉子之云也[⑮]。既不知古，又不知今。当今之急，何用清谈！时易世变，古今异俗，富者荣贵，贫者贱辱。而子尚质，而子守实[⑯]。无异于遗剑刻船，胶柱调瑟[⑰]。贫不离于身，名誉不出乎家室，固其宜也。昔神农氏没[⑱]，黄帝、尧舜教民农桑[⑲]，以币帛为本[⑳]。上智先觉变通之[㉑]，乃掘铜山，俯视仰观，铸而为钱[㉒]。故使内方象地，外圆象天。大矣哉！钱之为体，有乾有坤[㉓]。内则其方，外则其圆。其积如山，其流如川。动静有时，行藏有节[㉔]。

市井便易[25]，不患耗折。难朽象寿，不匮象道[26]。故能长久，为世神宝。亲爱如兄，字曰‘孔方’[27]。失之则贫弱，得之则富强。无翼而飞，无足而走。解严毅之颜[28]，开难发之口。钱多者处前，钱少者居后。处前者为君长，在后者为臣仆。君长者丰衍而有余，臣仆者穷竭而不足。《诗》云：‘哿矣富人，哀哉茕独[29]。’岂是之谓乎！

钱之为言泉也[30]。百姓日用，其源不匮，无远不往，无深不至。京邑衣冠，疲劳讲肆[31]，厌闻清谈，对之睡寐，见我家兄，莫不惊视。钱之所佑，吉无不利，何必读书，然后富贵！昔吕公欣悦于空版，汉祖克之于赢二[32]；文君解布裳而被锦绣，相如乘高盖而解犊鼻[33]；官尊名显，皆钱所致。空版至虚，而况有实；赢二虽少，以至亲密。由是论之，可谓神物。无位而尊，无势而热，排朱门，入紫闼[34]。钱之所在，危可使安，死可使活。钱之所去，贵可使贱，生可使杀。是故忿争辩讼，非钱不胜；孤弱幽滞，非钱不拔[35]；怨仇嫌恨，非钱不解；令问笑谈[36]，非钱不发。

洛中朱衣，当途之士[37]，爱我家兄，皆无已已[38]。执我之手，抱我终始。不计优劣，不论年纪，宾客辐辏[39]，门常如市。谚云：‘钱无耳，可闇使[40]。’岂虚也哉？又曰：‘有钱可使鬼，而况于人乎？’子夏云[41]：‘死生有命，富贵在天’[42]。我以死生无命，富贵在钱。何以明之？钱能转祸为福，因败为成。危者得安，死者得生。性命长短，相禄贵贱，皆在乎钱，天何与焉[43]？天有所短，钱有所长。四时行焉[44]，百物生焉，钱不如天；达穷开塞[45]，振贫济乏，天不如钱。若臧武仲之智，卞庄子之勇，冉求之艺[46]，文之以礼乐，可以为成人矣[47]。今之成人者何必然！唯孔方而已。夫钱，穷者能使通达，富者能使温暖，贫者能使勇悍。故曰：'君无财则士不来，君无赏则士不往[48]。'谚曰：'官无中人[49]，不如归田'，虽有中人，而无家兄，何异无足而欲行，无翼而欲翔？使才如颜子，容如子张[50]，空手掉臂[51]，何所希望？不如早归，广修农商[52]，舟车上下[53]，役使孔方[54]，凡百君子，同尘和光[55]，上交下接，名誉益彰[56]。"

## 注释

① 司空公子：作者假托的人名。不齿：受人鄙视。

② 驻驾：停住马车。

③ 顾见：看见。綦(qí)毋先生：假托的人名。綦毋，复姓。班白：班，通"斑"，指头发斑白。徒行：空手而行。

④ 之：到，往。

⑤ 贵人：地位显贵的人。

⑥《诗》：《诗经》。《礼》：《周礼》《仪礼》《礼记》。《易》：《周易》。均为儒家经典。

⑦ 币：钱币，财物的统称。帛：丝织物的统称，古代曾作为钱币流通。筐、篚(fěi)：皆盛物的竹器。

⑧ 贽(zhì)：古代初次求见尊长时所送的礼物。玉帛：玉器和织物。禽鸟：泛指鸟类。榛、栗、枣：均为乔木果实，可食。修：干肉。

⑨ 随时：审时度势、随机应变。

⑩ 所以：行事，言谈举止。所由：经历，道路。语出《论语·为政》。

⑪ 清谈：空谈玄理的一种风气。

⑫ 机神：深奥的道理。

⑬ 礼云礼云，玉帛云乎哉：难道用玉帛作礼物才算尽了礼吗？语出《论语·阳货》。

⑭ 拊(fǔ)：击，拍。髀(bì)：股部，大腿。拊髀即以手拍大腿表示激动或感叹。

⑮ 固：固执，迂腐。

⑯ 尚：崇尚。质：质朴。实：诚实。

⑰ 遗剑刻船：一作"遗剑刻舡"，即成语"刻舟求剑"。胶柱调瑟：亦喻拘泥不知变通。

⑱ 神农氏：炎帝。

⑲ 黄帝、尧、舜：均为传说中的上古明君。

⑳ 本：根本。

㉑ 变通之：即把实物交换方式变为用货币购物方式。

㉒ 俯视仰视,铸而为钱:先观察天、地形状,因天圆地方,故铸钱成外圆内方之形。
㉓ 体:形体。乾、坤:乾指天,坤指地。
㉔ 行:货币流通。藏:货币贮藏。节:规则。
㉕ 便易:便于交易。
㉖ 象寿:象征长寿。匮:缺乏。象道:象征自然运行不息的规律。
㉗ 孔方:钱的戏称。
㉘ 解:解开,舒展。严毅:严肃。颜:脸色。
㉙ 哿(gě):又读“可”,表称许之词。茕(qióng)独:无依无靠的穷苦人。
㉚ 泉:古代钱的异称。因其流行如泉,故称。
㉛ 衣冠:指世族、士绅。讲肆:讲学之处。
㉜ 吕公:汉高祖刘邦之岳父,吕后之父。版:古人书写用的木片。此指名帖。克:同“刻”,铭记。赢二:多两个钱。赢,多。
㉝ 文君、相如:即卓文君与司马相如。
㉞ 闼(tà):内室小门。
㉟ 幽滞:幽禁。拔:解救。
㊱ 令问:奉承讨好的问候。
㊲ 洛:洛阳。朱衣:贵人。当途:当道,当权者。
㊳ 已已:止住,自制。
㊴ 辐:车轮上的辐条。宾客辐辏:宾客盈门。
㊵ 无耳:没有听觉。闇:通“暗”。
㊶ 子夏:孔子的弟子。
㊷ 死生有命,富贵在天:语见《论语·颜渊》。
㊸ 与:参与。
㊹ 四时行焉:四季的变化,日月的运行。
㊺ 达:通达,疏通。
㊻ 臧武仲:臧孙纥,春秋时鲁大夫。卞庄子:春秋时鲁国卞邑大夫。冉求:字子有,孔子的弟子。
㊼ 文之以礼乐:用礼乐加以修饰。成人:完美的人格。
㊽ 君:国君。
㊾ 中人:朝中有权势的近臣。
㊿ 颜子:颜回,孔子的弟子。子张:颛孙师,孔子的弟子。
51 掉臂:甩着胳膊走路。
52 广修农商:更多地从事农业生产和商业活动。
53 舟车上下:指扩大交往,多钻门路。
54 役使孔方:行贿。
55 尘:尘世。和:协调,和谐。同尘和光:随俗浮沉,敷衍苟且。
56 上交下接:同地位高和地位低的人都要交往。益:更加。彰:显扬。

## 鉴赏

鲁褒,字元道,南阳(今河南南阳)人。作品只有《钱神论》传世,但不甚完整,在《晋书》本传和《太平御览》中各保留了原文的一部分,经清代严可均合抄后编入《全上古三代秦汉三国六朝文》中,虽仍不完整,但原作的基本面貌已清晰可见。

晋惠帝时,朝政昏乱,社会动

荡,边患四起。统治阶级内部倾轧转剧,豪门世族利益集团形成,用封建门阀制度加重对人民的压迫和剥削。当时,官场腐败,道德沦丧,尔虞我诈,唯利是图。作者鲁褒,是个有气节的知识分子,他痛恨黑暗的社会现实,愤世嫉俗,隐姓埋名,终身不仕,并写了这篇著名的《钱神论》,对当时金钱统治一切的货币拜物教进行了揭露和鞭挞,为我们留下了一幅晋代“拜金图”。图中惟妙惟肖地描绘了社会众生相,使我们能够借以了解那个病态社会的时代特征。

《钱神论》不但在概括社会现实的深度和广度方面为此前的文学作品所不及,而且在讽刺艺术上也有重大发展。它所揭露和批判的“钱能通神”的现象,不唯切中时弊,而且在一千七百年后的当代世界上仍未失去其讽刺意义。所以说,《钱神论》应是魏晋时期文学作品中的佼佼者。

《钱神论》中虚构了两个典型人物,一个是年轻而富有的司空公子,一个是年老而贫穷的綦毋先生。作者借司空公子之口,用钱能通神的大段议论来教训綦毋先生,构成了本作品的主要情节和内容。

作者用冷嘲热讽的语言,对金钱的威力作了淋漓尽致的描述。他把社会生活的一切方面都归结到一个“钱”字上,使读者了解到“有钱就有一切”的丑恶现实。既然金钱左右着世态炎凉、人情冷暖、仕途穷达、荣辱贵贱、生死存亡,无怪人们对金钱趋之若鹜、爱之如兄了。这就把当时的“纲纪大坏、时之贪鄙”、豪强世族的贪赃枉法、奢侈成风辛辣地揭露无余,入木三分。

“随着商品流通的扩展,货币——财富的随时可用的绝对社会形式的权力也日益增大。”(马克思《资本论》第一卷)使良心、权力等一切的一切都成为可买卖的商品,就形成了整个社会的货币拜物教现象。作者正是出于对这种拜物教的不满才对它揭露和鞭挞的。但是,作者也并不否定钱币的流通作用,所以在文中某些地方,又显示了作者承认经济事实的冷静头脑。作者还认识了一些货币流通规律:“其积如山,其流如川。动静有时,行藏有节。”并歌颂货币的发明者是“上智先学”。

由于日益增大的货币权力和货币拜物教的冲击,长期统治我国思想界的儒学的虚伪性也越来越多地暴露出来。作者在《钱神论》中表现了对儒家的轻蔑态度。作为司空公子对立面的綦毋先生,熟读《诗》《礼》《易》,是个笃诚的儒家信徒,但却到老一事无成,只能低声下气地奔走权贵门下乞求一点好处。他的行为被司空公子尖锐地嘲讽了一番,批评其不懂得“时易世变,古今异俗”,而是泥古不化,死背儒家教条,因此他活该终生“贫不离于身,名誉不出乎家室”，即使去巴结贵人，也依然是“空手掉臂，何所希望?”所以奉劝他“不如早归，广修农商”，谋一点实际的生财之道。作者还批评了儒家的天命观，公然把“死生有命，富贵在天”的“至理名言”改为“死生无命，富贵在钱”，指出了儒家理论的荒谬。作者还诙谐地戏称铜钱为“孔方兄”，故意让它与儒学创始人孔圣人同姓，这样酣畅痛快的讽刺讥笑，真是对儒学的大不敬。

作者之所以嘲诮儒学，是与当时的历史条件分不开的。魏晋时期的黑暗现实，使人们对用“礼义廉耻”来粉饰太平的儒学已逐渐失去信仰，代之而起的是糅合着老、庄思想的、企图超脱现实的玄学的兴盛。此时的儒者们一方面奉行祖师爷孔、孟那套“君子罕言利”“舍生而取义”的教条，另一方面却不得不屈从于金钱社会的种种压力来解决实际生活的需要。他们那矛盾的言行和双重人格，成了被人们讥笑的对象，綦毋先生就是一个这样的典型形象。这个近乎丑角之形象的塑造，对后代文学作品影响很大，诸如《儒林外史》《孔乙己》等著作中都可以看到綦毋先生一类酸儒的形象。

《钱神论》之所以能写得深刻、生动、精彩，不仅得力于作者对于生活的深入细致的洞察力和高度的概括分析力，还得力于作者丰富的想象力。如想象货币的出现时间，是在尧、舜之后。又如想象货币外形象征天圆地方，所以能囊括万物，成为人类社会中最重要的东西。作者还想象钱币的流通规律是“其积如山，其流如川”，真是恰到好处。他还根据钱的外形，创造了“孔方兄”这一名词，后来得到了广泛的流传。这些想象表现出作者的聪明睿智和深邃的思想，令人赞叹。作者驾驭语言的能力很高超。全篇语言通俗易懂，明白如话，皆能发人深省。它一反汉魏以来辞赋堆砌辞藻的风尚，显得朴实而亲切。它很少用典，保持了行文的酣畅流利。仅见的几处用典又用得非常贴切。夸张和渲染，比喻和对比，都是讽刺艺术的灵魂，作者驾驭这些技巧，显得十分娴熟和得心应手。幽默感是一个讽刺作家所必备的。《钱神论》的文字中，不时流露出作者的这种气质。文中说反话的高招，显得非常诙谐。与莎士比亚的《雅典的泰门》有异曲同工之效，可以互相媲美。但我们不要忘记，鲁褒比莎士比亚生活的时代早1200多年，这个事实提醒我们进一步认识到《钱神论》的可贵，以更加珍视这份宝贵的文化遗产。

（任　重）

# 文　赋 并序

陆　机

余每观才士之所作[①]，窃有以得其用心[②]。夫其放言遣辞[③]，良多变矣[④]。妍蚩好恶[⑤]，可得而言。每自属文[⑥]，尤见其情[⑦]。恒患意不称物[⑧]，文不逮意[⑨]，盖非知之难，能之难也[⑩]。故作《文赋》以述先士之盛藻[⑪]，因论作文之利害所由[⑫]，他日殆可谓曲尽其妙[⑬]。至于操斧伐柯[⑭]，虽取则不远，若夫随手之变[⑮]，良难以辞逮。盖所能言者[⑯]，具于此云尔[⑰]。

伫中区以玄览[⑱]，颐情志于典坟[⑲]。遵四时以叹逝[⑳]，瞻万物而思纷[㉑]；悲落叶于劲秋[㉒]，喜柔条于芳春[㉓]。心懔懔以怀霜[㉔]，志眇眇而临云[㉕]；咏世德之骏烈[㉖]，诵先人之清芬[㉗]；游文章之林府[㉘]，嘉丽藻之彬彬[㉙]。慨投篇而援笔[㉚]，聊宣之乎斯文[㉛]。

其始也，皆收视反听[㉜]，耽思旁讯[㉝]，精骛八极[㉞]，心游万仞[㉟]。其致也[㊱]，情曈昽而弥鲜[㊲]，物昭晣而互进[㊳]，倾群言之沥液[㊴]，漱六艺之芳润[㊵]，浮天渊以安流[㊶]，濯下泉而潜浸[㊷]。于是沈辞怫悦[㊸]，若游鱼衔钩，而出重渊之深[㊹]；浮藻联翩[㊺]，若翰鸟缨缴[㊻]，而坠曾云之峻[㊼]。收百世之阙文[㊽]，采千载之遗韵[㊾]，谢朝华于已披[㊿]，启夕秀于未振[51]，观古今于须臾，抚四海于一瞬[52]。

然后选义按部[53]，考辞就班[54]，抱景者咸叩[55]，怀响者毕弹[56]。或因枝以振叶[57]，或沿波而讨源[58]，或本隐以之显[59]，或求易而得难[60]，或虎变而兽扰[61]，或龙见而鸟澜[62]，或妥帖而易施[63]，或岨峿而不安[64]。罄澄心以凝思[65]，眇众虑而为言[66]，笼天地于形内[67]，挫万物于笔端[68]。始踯躅于燥吻[69]，终流离于濡翰[70]，理扶质以立干[71]，文垂条而结繁[72]，信情貌之不差[73]，故每变而在颜；思涉乐其必笑[74]，方言哀而已叹。或操觚以率尔[75]，或含毫而邈然[76]。

伊兹事之可乐[77]，固圣贤之所钦，课虚无以责有[78]，叩寂寞而求音[79]，函绵邈于尺素[80]，吐滂沛乎寸心[81]。言恢之而弥广[82]，思按之而愈深[83]，播芳蕤之馥馥[84]，发青条之森森[85]，粲风飞而猋竖[86]，郁云起乎翰林[87]。

体有万殊[88]，物无一量[89]，纷纭挥霍[90]，形难为状[91]。辞程才以效伎[92]，意司契而为匠[93]。在有无而黾勉[94]，当浅深而不让[95]。虽离方而遁圆[96]，期穷形而尽相[97]。故夫夸目者尚奢[98]，惬心者贵当[99]，言穷者无隘[100]，论达者唯旷[101]。诗缘情而绮靡[102]，赋体物而浏亮[103]，碑披文以相质[104]，诔缠绵而凄怆[105]，铭博约而温润[106]，箴顿挫而清壮[107]，颂优游以彬蔚[108]，论精微而朗畅[109]，奏平彻以闲雅[110]，说炜晔而谲诳[111]。虽区分之在兹，亦禁邪而制放[112]。要辞达而理举[113]，故无取乎冗长[114]。

其为物也多姿[115]，其为体也屡迁[116]。其会意也尚巧[117]，其遣言也贵妍[118]。暨音声之迭代[119]，若五色之相宣[120]。虽逝止之无常[121]，固崎锜而难便[122]。苟达变而识次[123]，犹开流以纳泉[124]。如失机而后会[125]，恒操末以续颠[126]，谬玄黄之秩序[127]，故淟涊而不鲜[128]。

或仰偪于先条[129]，或俯侵于后章[130]。或辞害而理比[131]，或言顺而义妨[132]。离之则双美[133]，合之则两伤[134]。考殿最于锱铢[135]，定去留于毫芒[136]。苟铨衡之所裁[137]，固应绳其必当[138]。

或文繁理富，而意不指适[139]。极无两致[140]，尽不可益[141]。立片言而居要[142]，乃一篇之警策[143]。虽众辞之有条[144]，必待兹而效绩[145]。亮功多而累寡[146]，故取足而不易[147]。

或藻思绮合[148]，清丽芊眠[149]。炳若缛绣[150]，凄若繁弦[151]。必所拟之不殊[152]，乃闇合于曩篇[153]。虽杼轴于予怀[154]，怵他人之我先[155]。苟伤廉而愆义[156]，亦虽爱而必捐[157]。

或苕发颖竖[158]，离众绝致[159]。形不可逐[160]，响难为系[161]。块孤立而特峙[162]，非常音之所纬[163]。心牢落而无偶[164]，意徘徊而不能揥[165]。石韫玉而山晖[166]，水怀珠而川媚[167]。彼榛楛之勿剪[168]，亦蒙荣于集翠[169]。缀《下里》于《白雪》[170]，吾亦济夫所伟[171]。

或托言于短韵[172]，对穷迹而孤兴[173]。俯寂寞而无友[174]，仰寥廓而莫承[175]。譬偏弦之独张[176]，含清唱而靡应[177]。

或寄辞于瘁音[178]，言徒靡而弗华[179]。混妍蚩而成体[180]，累良质而为瑕[181]。象下管之偏疾[182]，故虽应而不和[183]。

或遗理以存异[184]，徒寻虚而逐微[185]。言寡情而鲜爱[186]，辞浮漂而不归[187]。犹弦么而徽急[188]，故虽和而不悲[189]。

或奔放以谐合[190]，务嘈囋而妖冶[191]。徒悦目而偶俗[192]，故声高而曲下[193]。寤《防露》与《桑间》[194]，又虽悲而不雅[195]。

或清虚以婉约[196]，每除烦而去滥[197]，阙大羹之遗味[198]，同朱弦之清汜[199]。虽一唱而三叹[200]，固既雅而不艳[201]。

若夫丰约之裁[202]，俯仰之形[203]，因宜适变[204]，曲有微情[205]。或言拙而喻巧[206]，或理朴而辞轻[207]，或袭故而弥新[208]，或沿浊而更清[209]，或览之而必察[210]，或研之而后精[211]。譬犹舞者赴节之投袂[212]，歌者应弦而遣声[213]。是盖轮扁所不得言[214]，亦非华说之所能精[215]。

普辞条与文律[216]，良余膺之所服[217]。练世情之常尤[218]，识前修之所淑[219]。虽濬发于巧心[220]，或受欰于拙目[221]。彼琼敷与玉藻[222]，若中原之有菽[223]。同橐籥之罔穷[224]，与天地乎并育。虽纷蔼于此世[225]，嗟不盈于予掬[226]。患挈瓶之屡空[227]，病昌言之难属[228]。故踸踔于短韵[229]，放庸音以足曲[230]。恒遗恨以终篇[231]，岂怀盈而自足[232]。惧蒙尘于叩缶[233]，顾取笑乎鸣玉[234]。

若夫应感之会[235]，通塞之纪[236]，来不可遏[237]，去不可止[238]。藏若景灭[239]，行犹响起[240]。方天机之骏利[241]，夫何纷而不理[242]。思风发于胸臆[243]，言泉流于唇齿[244]。纷葳蕤以馺遝[245]，唯毫素之所拟[246]。文徽徽以溢目[247]，音泠泠而盈耳[248]。及其六情底滞[249]，志往神留[250]，兀若枯木[251]，豁若涸流[252]，揽营魂以探赜[253]，顿精爽而自求[254]。理翳翳而愈伏[255]，思轧轧其若抽[256]。是故或竭情而多悔[257]，或率意而寡尤[258]。虽兹物之在我[259]，非余力之所勠[260]。故时抚空怀而自惋[261]，吾未识夫开塞之所由也[262]。

伊兹文之为用[263]，固众理之所因[264]。恢万里而无阂[265]，通亿载而为津[266]。俯贻则于来叶[267]，仰观象乎古人[268]。济文武于将坠[269]，宣风声于不泯[270]。涂无远而不弥[271]，理无微而弗纶[272]。配霑润于云雨[273]，象变化乎鬼神[274]。被金石而德广[275]，流管弦而日新[276]。

## 注释

① 才士：有才能、善写文章的人。

② 窃：私下。

③ 夫（fú）：发语词。放言遣辞：用词造句。放，置。遣，发。

④ 良：确实。

⑤ 妍蚩（yán chī）：美丑。

⑥ 属（zhǔ）文：作文。

⑦ 情：志向，意志。

⑧ 恒：常常。意：思想。称（chèn）：相符。

⑨ 逮（dǎi）：及。

⑩ 能：行。

⑪ 先士：前代优秀作家。盛藻：华美的文章。

⑫ 因：从而。

⑬ 殆：大概。

⑭ 操斧伐柯：拿着斧头砍木料做斧柄。

⑮ 若夫：至于。

⑯ 盖：大概。

⑰ 具：全部。

⑱ 中区：区中，宇宙之中。玄览：深刻地观察。玄，幽深。

⑲ 颐（yí）：养。典坟：即《三坟》《五典》。

⑳ 遵：顺着。四时：春夏秋冬。叹逝：感叹时间流逝。

㉑ 瞻：观察。思纷：思绪纷繁。

㉒ 劲秋：秋气肃杀，草木凋零，故称劲秋。劲，强有力。

㉓ 柔条：柔嫩的枝条。

㉔ 懔（lǐn）懔：威惧的样子。

㉕ 眇（miǎo）眇：高远的样子。临云：达到云端。

㉖ 世德：祖先的功德。骏：大。烈：功业。

㉗ 诵：咏。清芬：清美芬芳的品德。

㉘ 游：浏览。林府：指有很多书的府库。

㉙ 嘉：赞美。丽藻：华美的文章。彬彬：文质兼备的佳作。

㉚ 投篇：放下书本。援：取。

㉛ 宣：表达。

㉜ 收视反听：不视不听，聚精会神。

㉝ 耽（dān）思：深思。旁讯：广泛地探求。旁，通“傍”，广。

㉞ 精：精神。骛（wù）：驰骋。八极：八

方极远之处。

㉟ 万仞(rèn):喻极高之处。仞,古以八尺(一说七尺)为一仞。

㊱ 致:到。指文思到来。

㊲ 曈昽:(tónglóng):微明的样子。弥(mí):更加。鲜:明晰。

㊳ 物:物象。昭晰(xī):清楚。互进:互相涌进。

㊴ 群言:群书,指诸子百家等书。沥液:比喻精华。

㊵ 漱:含。六艺:指《易》《诗》《书》《礼》《乐》《春秋》六经。芳润:比喻文辞和内容的美好。

㊶ 天渊:天河。

㊷ 濯(zhuó):洗。潜浸:深处浸洗。

㊸ 沈辞:深藏难出的言辞。怫悦:形容吐辞艰涩的样子。

㊹ 重渊:深渊。

㊺ 浮藻:华美的文辞。

㊻ 翰鸟:高飞的鸟。缨:缠绕。缴(zhuó):系在箭上的丝绳。

㊼ 曾:通"层"。

㊽ 阙文:残缺的文字。阙,通"缺"。

㊾ 遗韵:遗留的作品。

㊿ 谢:抛去。朝华:早晨开的花。披:开。

51 夕秀:晚上开的花。振:开放。

52 抚:笼括。

53 选义:选择内容。按部:按部类安排。

54 考辞:考究文辞。就班:置于其所应处的位次。

55 抱景者:有光影的东西。景,同"影"。

56 怀响者:有声响的东西。

57 因枝以振叶:依枝布叶,由本及末。

58 沿波而讨源:沿流寻源,由末及本。

59 本隐以之显:从隐到显,逐步阐说。

60 求易而得难:求易反成艰难,层层深入。

61 虎变而兽扰:抓住主要的,次要的自会归附,像老虎一动而百兽驯服。变,动。扰,驯服。

62 龙见而鸟澜:谓立旨确立,无关的东西自然舍弃,像龙现而群鸟惊散。见,通"现"。澜,分散。

63 易施:容易表达。

64 岨峿(jǔyǔ):互相抵触。不安:不妥帖。

65 罄(qìng):尽。澄心:清静的心。

66 眇:通"妙",精微。

67 笼:包括。形:指文章。

68 挫:折取。

69 踯躅(zhí zhú):徘徊不进的样子。燥吻:焦燥的嘴唇。

70 流离:淋漓。濡:浸湿。翰:笔。

71 理:文章的思想内容。扶:扶持。质:根本。

72 文:文辞。条:枝条。结繁:结出繁多的花和果。

73 信:确实。情:内心。不差:不失,一致。

74 涉:进入。

75 操觚(gū):写作。觚,古人用来写字的木简。率尔:不经意的样子。

76 毫:笔端的毛。邈(miǎo)然:杳远的样子。

77 伊:发语词。

⑱ 课:试。
⑲ 寂寞:无声。
⑳ 函:含。绵邈:遥远。尺素:古时用来书写的生绢。
㉑ 滂沛:宏大。
㉒ 恢:扩大。弥:愈。
㉓ 按:探索。
㉔ 芳蕤(ruí):香花。馥(fù)馥:芬芳。
㉕ 森森:茂密的样子。
㉖ 猋(biāo):从下而上刮的旋风。
㉗ 郁:茂盛的样子。翰林:文坛。
㉘ 殊:区别。
㉙ 物:事物。量:度量。
㉚ 挥霍:变化迅速。
㉛ 状:描摹。
㉜ 程:显示。效:献。伎:技巧。
㉝ 司:主,掌握。契:规则。
㉞ 有无:实有和虚无。黾勉(mǐn miǎn):勉力。
㉟ 不让:不谦让。
㊱ 遁:避开。方、圆:指规矩。
㊲ 期:希望。相:象。
㊳ 夸目者:好夸张炫耀的人。尚奢:崇尚浮艳。
㊴ 惬(qiè)心者:要求描写恰切的人。贵当:重视精当。
⑩⓪ 言穷者:讲究穷形尽象的人。无隘:表达酣放。
⑩① 论达者:议论通达的人。唯旷:作品广阔、开朗。
⑩② 缘情:因情而生。
⑩③ 体物:铺陈事物。
⑩④ 披:披露。相:辅助。质:事实。
⑩⑤ 诔(lěi):悼念死者文章。凄怆:悲伤。
⑩⑥ 铭:刻在金器、石器上记功德的文字。
⑩⑦ 箴(zhēn):含有规诫之意的文章。
⑩⑧ 颂:颂扬功德的文字。优游:从容安详。彬蔚:文采丰盛的样子。
⑩⑨ 朗畅:明确畅达。
⑪⓪ 平彻:平正通达。
⑪① 说:论辩的文章。炜晔(wěiyè):光明灿烂的样子。谲(jué)诳:奇诡而有诱惑力。
⑪② 邪:淫邪。放:放肆。
⑪③ 辞达:文辞畅达。理举:道理站得住。
⑪④ 冗长:杂而长。
⑪⑤ 物:事物。
⑪⑥ 体:文章体式。
⑪⑦ 会意:会心。
⑪⑧ 遣言:用词。
⑪⑨ 迭代:互相更替。
⑫⓪ 相宣:相辉映。
⑫① 逝止:去留,指音声变化。
⑫② 崎锜(qí):不妥帖。便:相宜。
⑫③ 达变:通晓文辞变化。识次:知道次序。
⑫④ 开流:疏通流水。纳泉:引入泉源。
⑫⑤ 失机:失去时机。后会:错过际会。
⑫⑥ 恒:常。操末以续颠:拿末尾续开头。
⑫⑦ 玄黄:泛指颜色调配。玄,黑赤色。
⑫⑧ 淟涊(tiǎnniǎn):污浊。
⑫⑨ 仰偪:与前面抵触。偪,通"逼"。先条:文章的前段。
⑬⓪ 俯侵:与下侵犯。后章:后文。

⑬1 辞害：文辞有毛病。理比：文理顺当。比，顺。

⑬2 义：文意。

⑬3 离之：分开它。

⑬4 伤：妨害。

⑬5 殿最：考课的等差，最上者为最，最下者为殿。锱（zī）铢：古代重量单位。

⑬6 毫芒：毫毛的尖端。

⑬7 铨衡：衡量。

⑬8 绳：准绳。

⑬9 意：文意。适（dí）：中，恰如其分。

⑭0 极：中正。致：到达点。

⑭1 益：增加。

⑭2 居要：居于扼要之处。

⑭3 警策：涵义丰富深刻的词句。

⑭4 条：条理。

⑭5 兹：此。效：致。

⑭6 亮：实在是。累寡：累赘者少。

⑭7 取足：取一而足。

⑭8 绮合：像织锦那样美丽而密合。

⑭9 芊（qiān）眠：光彩美盛的样子。

⑮0 炳：光耀。

⑮1 凄：动人。繁弦：声调复杂的音乐。

⑮2 拟：撰写。殊：独特。

⑮3 闇：通"暗"。曩（nǎng）篇：前人的篇章。

⑮4 杼（zhù）轴：织布的工具。比喻组织文章。

⑮5 怵（chù）：恐。

⑮6 伤廉：有伤廉洁，指抄袭。愆（qiān）义：有损道义。

⑮7 捐：抛弃。

⑮8 苕（tiáo）：苇花。颖：禾穗。

⑮9 离众：与众不同。绝致：绝妙的风致。

⑯0 形：影子。

⑯1 响：声音。

⑯2 块：孤独。特峙（zhì）：突出。

⑯3 常音：平常的句子。纬：配合。

⑯4 牢落：心情寂寞无所系。

⑯5 揥（dì）：通"逖"，远。

⑯6 韫（yùn）：藏。晖：光辉。

⑯7 珠：珍珠。媚：美好。

⑯8 榛楛（zhēnhù）：丛生灌木，比喻庸音。

⑯9 蒙荣：蒙受光荣。集翠：翠鸟群集。

⑰0 下里：《下里巴人》，较低俗的音乐。白雪：《阳春白雪》，较高雅的音乐。

⑰1 济：增加。伟：奇美。

⑰2 短韵：短小文章。

⑰3 孤兴：孤单地发挥。

⑰4 寂寞：孤单。

⑰5 承：承接。

⑰6 偏弦：一侧的弦。

⑰7 靡：无。

⑰8 瘁（cuì）音：憔悴之音。

⑰9 靡：靡丽。

⑱0 混妍蚩：美丑相混。成体：组成文章。

⑱1 累：连累。良质：美好的内容。瑕：玉上的斑点，比喻缺点。

⑱2 下管：歌舞时在堂下吹奏的管乐。偏疾：过于快。

⑱3 应：与堂上相呼应。

⑱4 遗理：遗弃义理。存异：留下奇异的文辞。

⑱5 虚：虚饰。逐微：追求末节。

⑱⑥ 言:言辞。寡情:很少真情实感。鲜:少。

⑱⑦ 浮漂:虚浮不实。不归:没有归宿。

⑱⑧ 么(yāo):细小。徽:琴徽,琴上系弦的绳。

⑱⑨ 悲:感人。

⑲⓪ 谐合:迎合世俗。

⑲① 嘈囋:嘈杂。

⑲② 偶:迎合。

⑲③ 曲下:曲调低下。

⑲④ 寤:通"悟",明白。《防露》《桑间》:古曲名。古人认为都是淫曲。

⑲⑤ 雅:雅正。

⑲⑥ 清虚:清淡。婉约:质朴。

⑲⑦ 烦:繁多。滥:浮辞。

⑲⑧ 大羹:不调五味的肉汁。遗味:余味。

⑲⑨ 朱弦:琴声。清汜:形容古乐之质朴。

⑳⓪ 一唱而三叹:一人唱三人和。

⑳① 既:尽。

⑳② 丰约:文章的繁简。

⑳③ 俯仰:指上下安排。

⑳④ 因宜适变:因事制宜,适应变化。

⑳⑤ 微:奥妙。

⑳⑥ 喻巧:表达意义巧妙。

⑳⑦ 理朴:道理质朴。辞轻:言辞轻巧。

⑳⑧ 袭故:因袭旧的。

⑳⑨ 沿浊:因袭浊说。浊,污浊。更清:更加清新。

㉑⓪ 览:观。察:觉察。

㉑① 精:精妙。

㉑② 赴节:踏着拍节。投袂(mèi):挥动衣袖。

㉑③ 应弦:和着琴声。遣声:发声。

㉑④ 轮扁:春秋时齐国制造车轮的工匠,名扁。

㉑⑤ 华说:华美的言辞。精:阐明。

㉑⑥ 普:普遍,所有。辞条:即"文律",指文章的法则。

㉑⑦ 膺:心胸。服:牢记。

㉑⑧ 练:熟悉。常尤:通病。

㉑⑨ 前修:前世贤人。淑:赞美。

㉒⓪ 濬:深。

㉒① 蚩(chī):同"嗤",耻笑。拙目:眼光平庸的人。

㉒② 琼敷:琼花。琼,美玉。敷,花朵。

㉒③ 中原:原野之中。

㉒④ 橐籥(tuó yuè):古代冶铁时的鼓风工具。罔穷:无穷。

㉒⑤ 纷葳:繁多。

㉒⑥ 予:我。

㉒⑦ 挈(qiè)瓶:汲水的瓶。比喻知识浅薄。

㉒⑧ 病:苦于。昌言:美言。属(zhǔ):写作。

㉒⑨ 踸踔(chěnchuō):跛脚行路的样子。短韵:短文。

㉓⓪ 足曲:凑足一篇文章。

㉓① 终篇:写成一篇文章。

㉓② 盈:自满。

㉓③ 叩缶(fǒu):打击瓦器。

㉓④ 顾:反而。鸣玉:玉磬,古时一种玉制的乐器。

㉓⑤ 应感:灵感。会:时机。

㉓⑥ 通塞:文思的畅通与阻塞。纪:际会。

㉓⑦ 遏:阻挡。

㉓⑧ 止：阻止。
㉓⑨ 景：同“影”。
㉔⓪ 行：指文思涌来。
㉔① 天机：灵感。骏利：形容快、捷。
㉔② 纷：纷乱的文思。
㉔③ 思：文思。
㉔④ 言：言辞。
㉔⑤ 葳蕤(wēiruí)：繁盛的样子。馺遝(sà tà)：众多的样子。
㉔⑥ 毫：笔。素：生绢，用来书写。
㉔⑦ 徽徽：文采美盛的样子。溢目：充满眼前。
㉔⑧ 泠(líng)泠：形容声音清脆。
㉔⑨ 六情：喜、怒、哀、乐、好、恶六种情绪。底滞：停滞。
㉕⓪ 志往神留：心志走失，精神停滞。
㉕① 兀(wù)：呆立不动。
㉕② 豁(huò)：空虚。
㉕③ 揽：收聚。营魂：魂魄。赜(zé)：幽深玄妙。
㉕④ 顿：提起。精爽：精神。自求：独自寻求文思。
㉕⑤ 翳(yì)翳：被掩盖而阴暗的样子。
㉕⑥ 轧(yà)轧：难出的样子。
㉕⑦ 竭情：用尽心力作文。
㉕⑧ 尤：过失。
㉕⑨ 兹物：文章。
㉖⓪ 勠(lù)：尽力。
㉖① 惋：叹惜。
㉖② 开塞：文思的畅达与阻塞。
㉖③ 用：功用。
㉖④ 众理：万事万物的道理。
㉖⑤ 恢：扩大。阂：限。
㉖⑥ 津：渡口。
㉖⑦ 俯贻：向下留给。则：法度。来叶：后世。
㉖⑧ 仰：上。观象：取法。
㉖⑨ 济：救助。文武：周文王、周武王。指文、武之道，即儒家道统。
㉗⓪ 宣：宣扬。风声：风教。
㉗① 涂：路途。弥：包括。
㉗② 微：细微。纶：包容。
㉗③ 配：比得上。霑润：滋润。
㉗④ 象：好比。
㉗⑤ 被：刻。金石：指钟鼎和石碑。德广：德业广传。
㉗⑥ 流：流布。

## 鉴赏

陆机(261—303)，字士衡，吴郡吴县华亭(今上海松江区)人。其祖陆逊是三国时吴国的丞相，其父陆抗为大司马。他年轻时才能出众，文章超群。吴灭亡，他退居故乡，闭门勤学十年。公元289年，与弟陆云离乡到洛阳，会见太常张华，为张看重，称为“二俊”。曾官平原内史，世称陆平原。晋惠帝太安二年(303)，成都王司马颖和河间王司马颙起兵讨伐长沙王司马乂，任命他为后将军、河北大都督，兵败被谗，为司马颖所杀。他的文章以《辨亡论》《吊魏武帝文》《豪士赋序》

《文赋》等最有名。其诗歌追求辞藻的华丽,多拟古之作。他是西晋著名的文学家,与潘岳并称"潘陆",与其弟陆云并称"二陆",有《陆士衡集》。

陆机的《文赋》,是中国文学批评史上的重要论文。《文赋》的写作时代,杜甫《醉歌行》说:"陆机二十作《文赋》。"此说别无佐证,似不可信。今人逯钦立等人认为是陆机40岁以后之作,根据亦不足,但可供参考。

《文赋》是中国文学批评史上第一篇完整的创作论。这篇文章用赋的形式,对文学创作过程进行了比较详细的论述,还论述风格和文学创作的一些技巧问题。这是陆机对前人和自己创作经验的总结,是中国古代文学理论批评的又一新的发展。

《文赋》的主要内容是论述文学的创作过程。一开始是讲创作的准备:"颐情志于典坟",是说要学习古代典籍;"遵四时"等是说要观察一年四季的景物;"心懔懔"二句是说要心怀高洁。做好这三方面的准备工作,就可以进入创作过程。

进行文学创作,有一个艰苦的构思阶段。"其始也"一段,以生动的语言,对文学创作的构思过程作了生动细致的描写。在构思开始时,不看不听,深深思索,广泛探求,心神飞向极远的八方,遨游在万仞天空。在构思成熟的时候,要表达的思想感情由朦胧而越来越鲜明,物象清晰而纷至沓来。于是倾注诸子百家的精华,熔铸六经的文辞。想象有时好像在天池里安稳地漂流,有时如同在泉中洗濯浸泡。有时吐词艰涩,好像游鱼衔钩,从深渊中慢慢地提出水面;有时辞藻涌来,如同飞鸟中箭,从高高的云层中急遽地掉下来。收集百代的阙疑文字,采用千年遗留的韵文。抛开前人用滥的意和辞,就像抛弃已开过的花朵;采用前人未用过的意和辞,就如还未曾开放的花朵。片刻之间可以洞察古往今来,一眨眼的工夫能够观尽天下。在构思过程中,我们可以看到想象的巨大作用,无怪乎黑格尔说,作家"最杰出的艺术本领就是想象"(《美学》第一卷第357页)。

在文学创作过程中还有灵感问题。"若夫应感之会"一段就是论述这一问题。陆机对灵感的开塞来去描写得形象而又深刻,非深知其中甘苦的人是无法道出的。他认为灵感来的时候是挡不住的,去的时候是阻止不了的。藏起来如同影子消失,出现时好像声音响起。在灵感涌现时,没有什么纷乱的思绪是理不清的。文思发于心中如同疾风,文辞流于唇齿如同涌泉。丰富多彩的文思,你只要用纸笔去写好了。写出来的文章,文采妍美满目,音韵清脆悦耳。在灵感闭塞时,心志散去,精神滞留。呆呆地像枯死的树木,空空地如干涸的河流。虽然竭尽心力探索奥秘,提起精神去寻求。但是,文理不明更加隐伏,文思难出如同抽丝。有时竭尽心神反多悔恨,有时信笔写来倒少谬误。虽写文章在于我,然实非我力之所能及。所以我常抚空怀而自叹,弄不清文思开塞的根由。陆机对艺术构思过程中的灵感现象的描述是比较真实的客观的,作为灵感理论的开端,它对后世文学理论批评产生了深远的影响。

《文赋》主要是讨论艺术创作的构思问题,也谈到结构、剪裁、文体、风格、语言等问题。陆机在论述艺术构思之后,提出了结构问题。他以生动的比喻,描述了六种不同的结构方式。这只是举例说明问题,并不是说结构的方式只有这六种。陆机在讨论结构时,特别强调"理扶质以立干,文垂条而结繁"。这种以内容为主干,以文辞为枝条的思想,值得我们注意。一篇文章的好坏,和剪裁的关系极为密切。文章往往存在这样或那样的毛病,用剪裁的办法去掉毛病,就可以成为佳作。不然则为劣品,所谓"离之则双美,合之则两伤"。文章剪裁是一项细致的工作,陆机提出:"考殿最于锱铢,定去留于毫芒。"经过衡量,文章如仍有不当之处,就要根据法度,加以纠正,使之恰当。至于语言,陆机认为:第一,要讲究韵律。第二,要有警句。第三,要有独创性。此外,陆机关于风格和文体的论述,比较值得我们注意。

刘勰曾对《文赋》作了评论,他说:"昔陆氏《文赋》,号为曲尽,然泛论纤悉,而实体未该。"(《文心雕龙·总术》篇)又说:"陆《赋》巧而碎乱。"(《序志》篇)这是说,《文赋》的优点是"曲尽""巧",即详尽、巧妙。缺点是"泛论纤悉""碎乱""实体未该",即所论琐碎,杂乱,论述根本性问题不完备。所谓根本性问题,当指儒家思想。刘勰指出了《文赋》思想方面的不足,也表现出他自己的局限性。

(穆克宏)

# 吊魏武帝文并序

陆　机

元康八年,机始以台郎出补著作,游乎秘阁[①],而见魏武帝遗令,忾然叹息伤怀者久之。

客曰:"夫始终者,万物之大归[②];死生者,性命之区域[3]。是以临丧殡而后悲，睹陈根而绝哭[4]。今乃伤心百年之际，兴哀无情之地[5]，意者无乃知哀之可有，而未识情之可无乎？”

机答之曰：“夫日食由乎交分[6]，山崩起于朽壤，亦云数而已矣[7]。然百姓怪焉者，岂不以资高明之质，而不免卑浊之累[8]；居常安之势，而终婴倾离之患故乎[9]？夫以回天倒日之力，而不能振形骸之内[10]；济世夷难之智，而受困魏阙之下[11]。已而格乎上下者，藏于区区之木[12]；光于四表者，翳乎蕞尔之土[13]，雄心摧于弱情，壮图终于哀志，长算屈于短日，远迹顿于促路[14]。呜呼！岂特瞽史之异阙景[15]，黔黎之怪颓岸乎[16]？

“观其所以顾命冢嗣，贻谋四子[17]，经国之略既远，隆家之训亦弘。又云：‘吾在军中，持法是也。至小忿怒、大过失，不当效也。’善乎，达人之谠言矣[18]！持姬女而指季豹[19]，以示四子，曰：‘以累汝！’因泣下。伤哉！曩以天下自任，今以爱子托人。同乎尽者无余，而得乎亡者无存[20]。然而婉娈房闼之内，绸缪家人之务[21]，则几乎密与[22]？又曰：‘吾婕妤妓人，皆著铜爵台[23]。于台堂上施八尺床繐帐[24]，朝晡上脯糒之属[25]。月朝十五辄向帐作妓[26]。汝等时时登铜爵台望吾西陵墓田。’又云：‘余香可分与诸夫人。诸舍中无所为，学作履组卖也[27]。吾历官所得绶，皆著藏中[28]。吾余衣裘，可别为一藏。不能者，兄弟可共分之。’既而竟分焉。亡者可以勿求，存者可以勿违，求与违，不其两伤乎[29]？悲夫！爱有大而必失，恶有甚而必得[30]。智慧不能去其恶，威力不能全其爱。故前识所不用心，而圣人罕言焉[31]。若乃系情累于外物，留曲念于闺房[32]，亦贤俊之所宜废乎！”于是遂愤懑而献吊云尔。

接皇汉之末绪，值王途之多违[33]，伫重渊以育鳞，抚庆云而遐飞[34]。运神道以载德，乘灵风而扇威[35]，摧群雄而电击，举勍敌其如遗[36]。指八极以远略，必翦焉而后绥[37]，釐三才之缺典，启天地之禁闱[38]。举修纲之绝纪，纽大音之解徽[39]，扫云物以贞观，要万途而来归[40]。丕大德以宏覆[41]，援日月而齐晖，济元功于九有[42]，固举世之所推。

彼人事之大造，夫何往而不臻[43]，将覆篑于浚谷，挤为山乎九天[44]。苟理穷而性尽，岂长算之所研[45]，悟临川之有悲，固梁木其必颠[46]。当建安之三八，实大命之所艰[47]，虽光昭于曩载，将税驾于此年[48]。惟降神之绵邈，眇千载而远期[49]，信斯武之未丧，膺灵符而在兹[50]。虽龙飞于文昌，非王心之所怡[51]，愤西夏以鞠旅，溯秦川而举旗[52]。逾镐京而不豫[53]，临渭滨而有疑，冀翌日之云瘳，弥四旬而成灾[54]。咏归途以反旆，登崤渑而揭来[55]，次洛汭而大渐[56]，指六军曰念哉！

伊君王之赫奕，实终古之所难[57]，威先天而盖世，力荡海而拔山[58]。厄奚险而弗济[59]，敌何强而不残；每因祸以提福，亦践危而必安[60]。迄在兹而蒙昧，虑噤闭而无端[61]，委躯命以待难，痛没世而永言[62]。抚四子以深念，循肤体而颓叹[63]，迨营魄之未离，假余息乎音翰[64]。执姬女以嚬瘁，指季豹而漼焉[65]，气冲襟以呜咽，涕垂睫而汍澜[66]。违率土以靖寐，戢弥天乎一棺[67]。

咨宏度之峻邈，壮大业之允昌[68]，思居终而恤始，命临没而肇扬[69]。援贞吝以惎悔，虽在我而不臧[70]，惜内顾之缠绵，恨末命之微详[71]。纡广念于履组，尘清虑于余香[72]，结遗情之婉娈，何命促而意长[73]？陈法服于帷座，陪窈窕于玉房[74]，宣备物于虚器，发哀音于旧倡[75]。矫戚容以赴节，掩零泪而荐觞[76]，物无微而不存，体无惠而不亡[77]。庶圣灵之响像，想幽神之复光[78]。苟形声之翳没，虽音景其必藏[79]。徽清弦而独奏[80]，进脯糒而谁尝？悼繐帐之冥漠[81]，怨西陵之茫茫。登爵台而群悲，眝美目其何望[82]？既晞古以遗累，信简礼而薄葬[83]。彼裘绂于何有，贻尘谤于后王[84]。嗟大恋之所存[85]，故虽哲而不忘。览遗籍以慷慨，献兹文而凄伤！

## 注释

① 元康：晋惠帝司马衷的年号（290—306）。台郎：尚书郎。著作：著作郎。秘阁：帝王宫中收藏珍贵图书和档案的地方。
② 始终：复词偏义，指死亡。大归：最后的归宿。
③ 区域：界限。
④ 临丧殡：吊丧。陈根：坟墓上的宿草。
⑤ 百年：写此文与曹操死时相隔近百年。无情之地：指（秘阁）不应该是动感情的地方。
⑥ 交分：日、月交会与分离。
⑦ 数：自然运数。
⑧ 高明：日、月。卑浊：日蚀、月蚀。
⑨ 常安之势：指山。婴：遭逢。倾离之患：指山崩。
⑩ 振：救。形骸之内：指生命。
⑪ 魏阙：古代宫廷外的一种建筑物，后用来指代朝廷。
⑫ 格：至。上下：天地。区区之木：指棺柩。
⑬ 光：充塞。四表：四方之外。蕞尔之土：指坟墓。
⑭ 弱情：疾病。哀志：将死。长算：深谋远虑。远迹：远大业绩。短日、促路：短促的生命。
⑮ 瞽史：瞽是乐官，史是史官，这里特指史官。阙景：日蚀。
⑯ 黔黎：百姓。颓岸：山崩。
⑰ 冢嗣：长子。贻：遗留。
⑱ 达人：才能通达的人。谠言：善言，正言。
⑲ 姬女：妾生的女儿。季豹：曹豹。
⑳ “同乎尽者”二句：随着生命的结束，一切精神和知识都将不复存在了。
㉑ 婉娈：缠绵。房闼之内：闺房中的

事。绸缪:缠绵。

㉒ 几乎密与:近乎详密,暗嘲其儿女情长。

㉓ 婕妤:女官。妓人:歌舞伎。著:安置。铜爵台:即铜雀台。

㉔ 繐帐:用细密的布织成的灵堂的幔帐。

㉕ 朝晡:早晚。脯:干肉。糒(bèi):干饭。脯糒都是祭品。

㉖ 月朝十五:初一和十五。作妓:奏乐歌舞。

㉗ 诸舍中:指众妾。组:丝织的带子。

㉘ 藏:指橱柜一类存储物件的器具。

㉙ "亡者可以勿求"四句:据《文选》李善注:"求为吝而亏廉,违为贪而害义,故曰两伤。"

㉚ "爱有"二句:意即生命是人最爱的,但终究要失去;死亡是人所最恨的,却最终要到来。

㉛ 前识:有先见之明的人。圣人:指孔子。罕言:按上文意指孔子"罕言命"(见《论语·子罕》)。

㉜ "系情"二句:讥曹操的感情为官绶、衣裘、女色等外物所牵累。

㉝ 皇汉末绪:东汉末期。王途多违:国运多艰。

㉞ 伫:等待。抚:凭借。遐:高远。

㉟ "运神"二句:施行德义,发扬武威,有如神灵相助。

㊱ 举:攻取。勍敌:劲敌。如遗:形容很容易。

㊲ 八极:八方极远的地方。翦:剪除。绥:安抚。

㊳ 釐:整理。三才:天、地、人。缺典:残缺的典章。禁闱:闭塞的门。

㊴ 举:提起。修纲:国家大纲。绝纪:已断的纲纪。纽:结。大音:礼乐。解徽:乱了琴弦。

㊵ 云物:李善注:"喻群凶。"贞观:张铣注:"犹清平也。"要:使。

㊶ 丕:扩大。宏覆:普遍庇荫。

㊷ 济:成。元功:首功。九有:九州。说曹操功高盖世。

㊸ 大造:大的成功。臻:到达。

㊹ 篑:盛土的筐子。浚谷:深谷。挤:登,升高。

㊺ 理穷性尽:命终。研:谋虑。

㊻ 临川有悲:典见《礼记·檀弓》。梁木必颠:典出孔子唱"太山其颓乎!梁木其坏乎!"喻人生无常,必有一死。

㊼ 三八:指汉献帝建安二十四年(219)。大命所艰:病情严重,无法挽救。

㊽ 光昭:荣显。曩载:先前的岁月。税驾:卸马停车,指人要死了。

㊾ 降神:降生。绵邈:时代久远。眇:远。

㊿ 信:诚然。斯武:指曹操的霸业。膺:当。灵符:天命。

51 龙飞:喻帝王的兴起。文昌:星宿名。

52 西夏:指当时在西边的刘备蜀汉政权。鞠旅:誓师。溯:逆流而上。秦川:渭水。

53 逾:越。京镐:指代长安。不豫:帝王有病的代称。

54 翼:希望。瘳:病愈。弥四旬:满四十天。成灾:病重。

55 反旆:班师回朝。崤渑:崤山、渑池,在今洛阳西面。朅来:去来。

56 次:到。洛汭:洛阳。

㊼ 伊:发语词。赫奕:功劳显盛的样子。终古:久远。
㊽ 盖世、拔山:典见《史记·项羽本纪》。
㊾ 厄:困厄。
㊿ 禔福:福。践:履。
(61) 迄:至。在兹:临终之时。蒙昧:病重而迷糊不清。噤闭:开口不得。无端:无缘由。
(62) 委:听任。难、没世:都是指死。永言:长言。
(63) 抚、循:抚摩。颓叹:颓然叹息。
(64) 迨:趁。营魄:魂魄。假:凭借。音翰:口述笔录的遗令。
(65) 嚬:同"颦",皱眉。瘁:忧伤。澁:垂泪的样子。
(66) 睫:眼毛。汍澜:泪流满面的样子。
(67) 违:离开。率土:指代臣民。靖寐:安眠,指死去。戢:收敛。弥天:满天大(的志向)。
(68) 咨:叹息。宏度:宏伟气度。峻邈:高远。壮:惊叹。允:实在。昌:昌盛。
(69) 邮:顾念。始:身后事的开端。肇:开始。扬:发扬。
(70) 援:引。贞:正。吝:淳熙本作"咎",据六臣注本改,小毛病。碁悔:痛悔。不臧:不善。
(71) 内顾:对家事的顾虑。末命:遗命。微详:细微详密。
(72) 纡:萦绕。尘:遮蔽。
(73) 结:牵系。意长:情意缠绵。
(74) 法服:指曹操平生穿过的礼服。窈窕:指姬妾。玉房:精美的房子。
(75) 宣:摆设。备物:遗留下来的一切日用物品。虚器:虚设的器物。旧倡:歌舞艺人。
(76) 矫戚容:强颜为欢,不免于戚。矫,强。赴节:踩着节拍歌舞。荐觞:向灵帷进酒。
(77) "物无"二句:感叹物在人亡。
(78) 庶:希望。响像:音容笑貌。圣灵、幽神:指死者的在天之灵。光:显。
(79) "苟形"二句:影是随形的,音是应声的。
(80) 徽:调弦。
(81) 冥漠:渺茫。
(82) 眝:远视。
(83) 睎古:仰慕古风(薄葬)。遗累:免除繁累(厚葬之累)。信:尊奉。
(84) 绂:绶。尘谤:世人的非议。后王:后代的帝王。
(85) 大恋:超乎寻常的思念。

## 鉴赏

这篇著名的吊文是陆机于晋惠帝元康八年(298)写下的。全文由序和正文两部分组成。在文章里,陆机以他那深邃的文学家的目光,发怀古之幽思,见常人之所见,抒常人之所未发之感,对曹操的英雄本色作了细腻的刻画;通过对曹操临终前的工笔式的描绘,在读者面前展示出曹操丰富复杂的内心情感世界,较为成功地塑造了一个多重性格组合的人物形象。

序文部分,作者巧妙地有意让客人发难,这也是辞赋作家常用的手法。客人提出一个生命无常、人生易老的古老命题。生与死,本来不是自己可以选择的。茫茫人生,有多少身前显赫一时的英雄豪杰,死后不免一抔黄土加身,抛尸荒野孤冢。而作者在这里这样地兴哀、伤心,岂不是有点儿太多情了?客人的这番话,有意引发出作者的议论、感慨。于是作者便由这样一个生命命题出发,联系魏武帝的遗令,以极其深沉、细腻的笔调,对曹操进行一番生命历程的剖析。全文文笔精美,熔叙事、抒情、议论于一炉,体现出陆文观察深入、文思巧妙的特点。

历史上的曹操可谓一位风云人物。乱世出英雄,曹操凭着自己一身的雄豪恣肆的文韬武略,东征西讨,最后力克群雄,建立起曹魏政权,可以说是威武盖世了。作者运用了文学上夸张的艺术表现手法,活灵活现地刻画出曹氏的英雄形象,精炼地勾勒出曹操的威武神奇的风姿,自然而然地描绘出一组"志在千里"的英雄人物戎马倥偬的战争生涯图。作者在神化曹操形象的同时,始终没有忘记将他当作一个常人来看待,并没有把他当作神来对待。作为英雄的曹氏,有着非常的胆略和壮志,有勇武果断刚毅的一面,但并不缺少七情六欲,而且即便是圣人,也有"逝者如斯"的喟叹。当他面对死亡时,也难免潸然泪下,显得有些优柔寡断。结合全文的阅读,读者可以感受到,曹操是一位颇具儿女情怀的人物,他爱自己的子女,关心曹氏家业的兴衰。如此英雄人物,于弥留之际也禁不住"气冲襟以呜咽,涕垂睫而汍澜",虎目泪流,这是一股多么率真自然的情感流露啊!作者这种艺术处理人物形象的方法,给人以强烈的真实的感觉,把人物形象烘托得更加丰满动人。作者对他的这种系情外物,留恋闺房的举止虽不免进行了一番揶揄嘲讽,但难道说曹氏真的连"死去元知万事空"的常理都不晓得吗?不是的,他只是出于一种对生的眷念,出于对时代的慷慨进取精神和对人生哀伤的矛盾的思索。作者在"览遗籍以慷慨",在满怀凄怆、嘲讽之余,更多的也还是对生命的哲理思考,同时也寄托了自己对曹氏的满腔同情、对世事盛衰的感慨,也是作者自己"还不能毅然决然将他毁灭,还想借此暂时看看逝去的生活的余痕"(鲁迅《写在〈坟〉的后面》)的表现。总之,这篇吊文饱含着作者的思绪情感,以其感人至深的艺术魅力而成为千古传诵的美文。 (张龙泉)

# 江　　赋（节选）

郭　璞

咨五才之并用，实水德之灵长[1]。惟岷山之导江，初发源乎滥觞[2]。聿经始于洛沫，扰万川乎巴梁[3]。冲巫峡以迅激，跻江津而起涨[4]。极泓量而海运，状滔天以淼茫[5]。总括汉泗，兼包淮湘，并吞沅澧，汲引沮漳[6]。源二分于崌崃，流九派乎浔阳[7]。鼓洪涛于赤岸，沦余波乎柴桑[8]。纲络群流，商搉涓浍[9]。表神委于江都，混流宗而东会[10]。注五湖以漫漭，灌三江而潮沛[11]。滈汗六州之域，经营炎景之外[12]。所以作限于华裔，壮天地之崄介[13]。呼吸万里，吐纳灵潮[14]，自然往复，或夕或朝。激逸势以前驱[15]，乃鼓怒而作涛。峨嵋为泉阳之揭，玉垒作东别之标[16]。衡霍磊落以连镇，巫庐嵬崫而比峤[17]，协灵通气，渍薄相陶[18]。流风蒸雷，腾虹扬霄[19]。出信阳而长迈，淙大壑与沃焦[20]。

## 注释

① 咨：赞叹词。五才：亦称五行，金、木、水、火、土。水德：水性。灵长：意谓水性善美柔和、润滋万物，最为广远绵长。

② 岷山导江：岷山，在四川省松潘北。导江，疏导长江。滥觞：浮起酒杯，言其水势微弱。

③ 聿：句首语助词。经始：经由。洛：洛水。沫：沫水。扰：汇总。巴梁：巴郡梁州。

④ 跻：升越。

⑤ 极：尽。泓量：浩大深广的水势。海

运:像大海一样波涛汹涌腾翻。

⑥ 汉:汉水。泗:泗水。淮:淮河。湘:湘江。沅:沅水。澧:澧水。汲引:引水。沮:沮水。漳:漳水。

⑦ 岷崃(jūlái):均山名。

⑧ 赤岸:山名。沦:水波微弱。柴桑:地名,在今江西九江市西南。

⑨ 纲络:包容。商搉(què):统纳。涓浍:小水流。

⑩ 表神:神奇的水面。委:聚集。江都:地名,今江苏扬州一带。宗:尊崇。东会:向东流去,汇入大海。

⑪ 五湖:太湖的别名。一谓指太湖、丹阳湖、洞庭湖、青草湖和彭蠡湖。三江:指浙江、吴淞江、浦阴江。一谓指岷江、澧江、湘江。漰沛:波涛冲击声。

⑫ 滈(hào)汗:犹"浩瀚"。六州:指益、梁、荆、江、扬、徐六州。经营:周旋往来。炎景:炎热的南方。

⑬ 限:界限。华裔:华夏和蛮夷地区。裔,通"夷"。华夏,指中原地区。崄介:险恶的阻隔。

⑭ 灵潮:神奇的潮水。

⑮ 逸势:奔腾的水势。

⑯ 泉阳:长江的别名。揭:标志。玉垒:山名。东别:长江的别名。

⑰ 衡:衡山。霍:霍山。磊落:山势险峻崇高的样子。连镇:山岭连属不断的样子。镇,一方之主山。巫:巫山,在今重庆巫山。庐:庐山。嵬崫(wéijué):山势高大起伏的样子。比峤(qiáo):一样高大。峤,山尖而高。

⑱ 协:协和。协灵:指山间阴阳变化协调和谐,神奇莫测。通气:指山间气息相通。濆(pēn)薄:山川之气相互激荡。相陶:相互陶冶万物。

⑲ 流风:山川间激荡起的大风。蒸雷:升起雷鸣。霄:浮云。

⑳ 信阳:信陵(川、陕交界处)之南。长迈:长行,长驱。淙(cóng):灌注,流聚。大壑:大海。沃焦:山名,传说在东海之南三万里。

若乃巴东之峡,夏后疏凿①。绝岸万丈,壁立霞驳②。虎牙嵥竖以屹崒,荆门阙竦而磐礴③。圆渊九回以悬腾,湓流雷呴而电激④。骇浪暴洒,惊波飞薄⑤。迅澓增浇,涌湍叠跃⑥。砯岩鼓作,澌漼㶇濇⑦。㵿瀼濩淑,溃濩泧漷⑧。潏湟淴泱,潝润瀹瀹⑨。漩澴荥潜,溭灂漬瀑⑩。溭减泼涢,龙鳞结络⑪。碧沙遗濝而往来,巨石硉矶以前却⑫。潜演之所汩淈,奔流之所磢错⑬。厓隒为之泐嵃,碕岭为之喦崿⑭。幽礀积岨,岩硞嵓確⑮。

## 注释

① 巴东：古郡名，在今湖北。巴东之峡，即三峡。夏后：夏禹。

② 霞驳(bó)：形容山壁颜色如斑驳的赤霞。

③ 虎牙：山名，在今湖北。嵥竖：山峰突兀耸立的样子。屹崒(zú)：高峻的样子。荆门：山名，在今湖北宜都。阙竦：像宫阙一样耸立。磐礴：广大雄奇的样子。

④ 圆渊：峡间急流拍岸而形成的大漩涡。九回：江水旋转环流的样子。悬腾：波涛悬跃而腾起的样子。湓流：汹涌的急流。雷呴(hǒu)：雷鸣。呴，同"吼"。电激：电光闪烁。

⑤ 暴洒：突然散落。飞薄：飞腾激荡。

⑥ 迅澓(fù)：急驰的旋流。增浇：重叠旋流。增，通"层"。涌湍：奔腾的急流。叠跃：层层相叠而奔腾。

⑦砅：水石相击。澎湱(pēng huā)：浪涛相撞。鼓作：形容水激岩石的响声如鼓。㶁灂(xiào zhuó)：形容水浪相撞的声音。

⑧ 㶆濞(píngbèi)：水流相激声。澒溃(hōnghuài)：水势汹涌的样子。溃濩(huò)、泧漷(yuè kuò)：水势汹涌的样子。

⑨ 潏湟(juéhuáng)、㴶(hū)泱：皆形容水势疾速的状态。潝润(shù shǎn)、瀾瀹(shěnyuè)：皆形容水流迅疾的状态。

⑩ 漩澴(huán)、荥瀯(xíngyíng)、渨温(wēi lěi)、濆瀑：皆形容波浪汹涌回旋的状态。

⑪ 溭淢(zéyù)、浕涢(jìnyǔn)：皆形容波浪前后推逐的状态。龙鳞：江波发光，状如金龙之鳞。结络：波浪交结相连的样子。

⑫ 瀢沲(kuìtuó)：沙石随水流动的样子。碌矶(lùwù)：沙石随水转动的样子。前却：前后滚动。

⑬ 潜演：潜在地下的水流。汩淈(gǔ gǔ)：潜流涌出的状态。磢(chuǎng)错：水石相摩擦的样子。

⑭ 厓隒(yáyǎn)：崖岸。泐岭(lè yǎn)：急流冲击出的洞孔。碕(qí)岭：漫长的江边山岭。啚崿(è)：洞穴。

⑮ 岨：崄岨。岩硞(quèkè)、碧礭(luò què)：皆石撞击声。

……（上略）

尔乃域之以盘岩，豁之以洞壑[①]。疏之以沲汜，鼓之以朝夕[②]。川流之所归凑，云雾之所蒸液[③]。珍怪之所化产，傀奇之所窟宅[4]。纳隐沦之列真，挺异人乎精魄[5]。播灵润于千里，越岱宗之触石[6]。及其诡变儵怳，符祥非一[7]。动应无方，感事而出[8]。经纪天地，错综人术[9]。妙不可尽之于言，事不可穷之于笔[10]。

若乃岷精垂曜于东井，阳侯遁形乎大波[11]。奇相得道而宅神，乃协灵爽于湘娥[12]。骇黄龙之负舟，识伯禹之仰嗟[13]。壮荆飞之擒蛟，终成气乎太阿[14]。悍要离之图庆，在中流而推戈[15]。悲灵均之任石，叹渔父之櫂歌[16]。想周穆之济师，驱八骏于鼋鼍[17]。感交甫之丧佩，愍神使之婴罗[18]。焕大块之流行，混万尽于一科[19]。保不亏而永固，禀元气于灵和[20]。考川渎而妙观，实莫著于江河[21]。

## 注释

① 盘岩：盘曲的岸崖。豁：疏通。洞壑：指大海。

② 沲汜（tuósì）：江水支流。鼓：鼓动。朝夕：早潮夕汐。

③ 归凑：归并汇合。蒸液：蒸发起的灵液。

④ 化产：化育生产。傀奇：瑰伟奇异之物。窟宅：穴居。

⑤ 纳：容纳。隐沦：神人名。列真：众仙人。挺：超拔。精魄：精灵。

⑥ 灵润：江上蒸起的云雾。岱宗：泰山。触石：云雾触石，化而为雨。

⑦ 诡变：变化奇异无常。儵怳（shūhuǎng）：疾速。符祥：征兆，祥瑞。非一：各种各样。

⑧ 动应：应验，感应。无方：没有常规。感事：人与事之间的感应。

⑨ 经纪：运通。错综：交错综合。人术：人世间的一切事物。

⑩ 妙：玄妙的道理。事：情理。

⑪ 岷精：岷山之神。垂曜：放射光辉。东井：星宿名，二十八宿之一，即井宿。阳侯：波涛神。遁形：隐形。

⑫ 奇相：江神。宅神：住在江中而为神。协灵爽：和神明协合。灵爽，精气、神明。

⑬ 黄龙：传说中的神龙。负舟：翻船。伯禹：大禹。

⑭ 荆飞：春秋时楚国勇士，曾入江斩两蛟。成气：成就为神气。太阿：宝剑名。

⑮ 推戈：挥戈，这里戈指剑。传说要离

与庆忌战于江中。

⑯ 任石:怀石。櫂(zhào)歌:船歌。

⑰ 周穆:周穆王。济师:军队渡河。鼋鼍(yuántuó):大鳖、扬子鳄。

⑱ 交甫:郑交甫,传说人物。愍:哀怜。婴罗:陷入罗网。

⑲ 大块:大自然。流行:森罗万象的水流。混:混同。万尽:天下所有事物。科:坎,低洼之地。

⑳ 保:保持元气(天地万物形成的精气)。禀:承受。灵和:神妙协和之气。

㉑ 考:察。渎:河流。妙观:奇妙的景象。著:昭著。

## 鉴赏

郭璞(276—324),字景纯,河东闻喜(今山西闻喜)人。西晋末,避乱渡江,王导引为参军。晋元帝即位后,任著作郎,迁尚书郎。后任王敦的记室参军,因劝阻王敦谋逆,被害。

郭璞是晋室南渡前后著名学者和诗人,注释过《周易》《山海经》《尔雅》《楚辞》等古籍。他的诗赋"为中兴之冠"。今存诗二十多首,多为《游仙诗》。辞多慷慨,有较浓厚的抒情成分。在所存辞赋中,《巫咸山赋》《盐池赋》为写景之作,《流寓赋》和《登百尺楼赋》反映了"八王之乱"所造成的社会动荡,表现作者忧国忧时的悲愤心情。《江赋》是他的代表作,此外,还有《蚍蜉赋》《蜜蜂赋》等。《南郊赋》和《客傲》则只存片断。明张溥辑有《郭弘农集》2卷,收入《汉魏六朝百三家集》。今节录《江赋》,并析之赏之。

啊,长江!"你从雪山走来,春潮是你的丰采;你向东海奔去,惊涛是你的气概。"这首《长江之歌》已经响遍神州大地,唱出了人们对中华民族象征的长江的深情和热爱。然而,早在晋代,郭璞就用辞赋的形式,唱出了中国历史上第一支文采宏丽,气象壮阔的长江之歌——《江赋》。马积高《赋史》指出:"《文选》李善注引《晋中兴书》曰:'璞以中兴王宅江外,乃著《江赋》,述川渎之美。'则此赋又是有为而作,它在当时,对于稳定士大夫立国江东的信心,是有一定的积极作用的。"可见,郭璞的创作目的是明确的,那么,他又是怎样"述川渎之美"的呢?

一、既写江内,又写江外,写出长江的整体美,充实美。刘熙载《艺概》记载:"姚铉令夏竦为《水赋》,限以万字。竦作三千字。铉怒,不视,曰:'汝何不于水之前后左右广言之?'"郭璞深懂写江水的奥秘,写《江赋》正是"水之前后左右广言之"而写出长江的雄姿的。赋篇开端,文势突兀而起,排空而来,写出长江发源于岷山,千回百折地奔向大海。这是鸟瞰式的描绘,给读者以整体美。随后又以特写镜头,介绍了巫峡及浪涛的瑰奇,然后以“其下”“其旁”“其表”“其里”“其水物错怪”“其羽族”等形式分别描写了长江的鱼类、特产、矿物、鸟类,珍奇植物,渔业及有关历史传说等,内容丰富而又条理分明,铺张夸饰而又文理细密。因此,马积高《赋史》指出:“《江赋》规模宏阔,内容详赡,与木华《海赋》同为江海之巨制。《海赋》气势磅礴,《江赋》条理明畅,其形容处,时见精彩,在艺术上可谓旗鼓相当。”这里的条理明畅,内容详赡,正体现了孟子所说的“充实之为美”的充实美。

二、《江赋》所体现的艺术境界,既有雄奇之美,又有冲淡之美。刘熙载《艺概》指出:“赋取乎丽,而丽非奇不显,是故赋不厌奇。”而《江赋》的主要美学特征则是以雄奇而闻世的。赋的开篇,先抑后扬,江水发源于滥觞,然而正是这条涓涓小流,竟能“冲巫峡以迅激,跻江津而起涨”,“澋汗六州之域,经营炎景之外”。最后以磅礴气势奔向大海,这是何等的壮观。“巫峡”之景也以雄奇著称,这里“绝岸万丈,壁立霞驳”,形势险要,这里“骇浪暴洒,惊波飞薄,迅澓增浇,涌湍叠跃”,有着神奇的浪涛。此外还有奇珍异兽,神奇的传说,这些无不体现着雄奇之美。然而《江赋》还有另一番的美学特征,那就是冲淡之美。作者描绘江中渔民生活:“若乃宇宙澄寂,八风不翔。……傲自足于一呕,寻风波以穷年。”以动写静,在恬静融和的氛围中透露出渔家之乐,透露出作者对和平生活的向往。作者描绘江上鸟类生活:“千类万声,自相喧聒。……”作者以白描写法,描绘江上鸟儿自由而恬静的生活,有的自由地歌唱,有的在水边洗濯翅膀,有的在水中嬉戏,真是“自乐其乐而无风波之患”,写得何等真切传神。刘熙载说:“戴安道画《南都赋》,范宣叹为有益。知画中有赋,即可知赋中宜有画矣。”(《艺概》)我们也可以说,以上两段文字,堪称“赋中之画”了。方士庶说:“于天地之外,别构一种灵奇。”(《天慵庵笔记》)郭璞正是采用雄奇之美与冲淡之美相结合的原则,“于天地之外,别构一种灵奇”的艺术境界的。

三、自然本色与人工斧凿的对立。郭璞写《江赋》是遵循着自然本色的原则的,如写江中鱼类的生活,无不于自然之中透露出情趣。作者从鱼儿的自由和充满生命力的游动中写出长江的动态美、空间美和传神美。然而赋中同时确实存在着人工斧凿的痕迹,如喜用难字、古字,使行文艰深晦涩,夸张也有失实之处。

(丁　理　林祥征)

# 游天台山赋并序

孙　绰

天台山者，盖山岳之神秀者也[1]。涉海则有方丈、蓬莱[2]，登陆则有四明、天台[3]，皆玄圣之所游化，灵仙之所窟宅[4]。夫其峻极之状，嘉祥之美，穷山海之瑰富，尽人神之壮丽矣[5]。所以不列于五岳，阙载于常典者，岂不以所立冥奥，其路幽迥[6]？或倒景于重溟，或匿峰于千岭[7]；始经魑魅之途[8]，卒践无人之境；举世罕能登陟，王者莫由禋祀[9]，故事绝于常篇，名标于奇纪[10]。然图象之兴[11]，岂虚也哉！非夫遗世玩道，绝粒茹芝者，乌能轻举而宅之[12]？非夫远寄冥搜，笃信通神者，何肯遥想而存之[13]？余所以驰神运思，昼咏宵兴，俯仰之间[14]，若已再升者也。方解缨络，永托兹岭[15]。不任吟想之至，聊奋藻以散怀[16]。

太虚辽阔而无阂，运自然之妙有，融而为川渎，结而为山阜[17]。嗟台岳之所奇挺[18]，实神明之所扶持。荫牛宿以曜峰，托灵越以正基[19]。结根弥于华岱，直指高于九疑[20]。应配天于唐典，齐峻极于周诗[21]。

邈彼绝域，幽邃窈窕[22]。近智以守见而不之，之者以路绝而莫晓[23]。哂夏虫之疑冰，整轻翮而思矫[24]。理无隐而不彰，启二奇以示兆[25]：赤城霞起以建标，瀑布飞流以界道[26]。

睹灵验而遂徂[27]，忽乎吾之将行。仍羽人于丹丘，寻不死之福庭[28]。苟台岭之可攀，亦何羡于层城[29]？释域中之常恋，畅超然之高情[30]。被毛褐之森森，振金策之铃铃[31]。披荒榛之蒙茏，陟峭崿之峥嵘[32]。济楢溪而直进，落五界而迅征[33]。跨穹隆之悬磴，临万丈之绝冥[34]。践莓苔之滑石，搏壁立之翠屏[35]。揽樛木之长萝[36]，援葛藟之飞茎。虽一冒于垂堂，乃永存乎长生[37]。必契诚于幽昧[38]，履重崄而逾平。

既克隮于九折，路威夷而修通[39]。恣心目之寥朗[40]，任缓步之从容。藉萋萋之纤草，荫落落之长松[41]。觌翔鸾之裔裔，听鸣凤之嗈嗈[42]。过灵溪而一濯，疏烦想于心胸[43]。荡遗尘于旋流，发五盖之游蒙[44]。追羲、农之绝轨，蹑二老之玄踪[45]。

陟降信宿，迄于仙都[46]。双阙云竦以夹路[47]，琼台中天而悬居。朱阁玲珑于林间，玉堂阴映于高隅[48]。彤云斐亹以翼棂，皦日炯晃于绮疏[49]。八桂森挺以凌霜，五芝含秀而晨敷[50]。惠风伫芳于阳林，醴泉涌溜于阴渠[51]。建木灭景于千寻[52]，琪树璀璨而垂珠。王乔控鹤以冲天，应真飞锡以蹑虚[53]。骋神变之挥霍，忽出有而入无[54]。

于是游览既周[55]，体静心闲。害马已去[56]，世事都捐。投刃皆虚，目牛无全[57]。凝思幽岩，朗咏长川[58]。尔乃羲和亭午，游气高褰[59]。法鼓琅以振响[60]，众香馥以扬烟。肆觐天宗，爰集通仙[61]。挹以玄玉之膏，嗽以华池之泉[62]。散以象外之说，畅以无生之篇[63]。悟遣有之不尽，觉涉无之有间[64]。泯色空以合迹，忽即有而得玄[65]。释二名之同出，消一无于三幡[66]。恣语乐以终日，等寂默于不言[67]。浑万象以冥观，兀同体于自然[68]。

## 注释

① 天台山：在今浙江天台北。神秀：奇异秀丽。

② 方丈、蓬莱：传说中的海上仙山。

③ 四明：山名，在今浙江宁波西南。

④ 玄圣：道家所谓的至圣神人。游化：游历变化。窟宅：居住，盘踞。

⑤ 峻极：极其高峻。嘉祥：嘉美吉祥。瑰富：有很多珍贵物产。人神：指人间和仙界。

⑥ 常典：历代皆尊的典籍。阙：通“缺”。所立冥奥：所在之地幽深隐蔽。幽迥(jiǒng)：僻远难走。

⑦ 倒景：倒影。重溟：大海。

⑧ 魑魅(chīmèi)：鬼怪。

⑨ 陟(zhì)：登。禋(yīn)祀：祭祀。

⑩ 常篇：常典。奇纪：特殊的记载。

⑪ 图象：天台山的景象。兴：出现。

⑫ 遗世：脱离世俗。玩道：研习道术。绝粒：不吃粮食。茹芝：吃灵芝。

⑬ 远寄：将心志寄托于渺远的仙境。冥搜：访求幽冥之所。笃信通神：虔诚的信仰与神灵相通。遥想而存之：遥寄对仙山的思念。

⑭ 俯仰之间：一刹那，瞬间。

⑮ 方解缨络：正要摆脱世事的纠缠。缨络：本指珠玉缀成的妆饰物，引申为缠绕。

⑯ 奋藻：铺陈文辞。

⑰ 太虚：宇宙。阂(hé)：阻隔，阻碍。妙有：道家所谓无中生有之道。川渎(dú)：河流。阜(fù)：山丘。

⑱ 台岳：天台山。

⑲ 荫：遮蔽，庇护。牛宿：牵牛星座。托灵越：立身于灵秀的越国。正基：奠定根基。

⑳ 结根弥于华岱：根基盘结比华岱更深远。弥：远。华：华山。岱：泰山。直指：峰峦挺拔。九疑：九嶷山。

㉑ 应配天于唐典：根据唐尧的典章，天台山应当配天。配天，德配于天。

㉒ 邈(miǎo)：远。绝域：与人世隔绝之地。

㉓ 近智：智力短浅的人。守见：拘守成见。不之：不到。

㉔ 哂(shěn)：嘲笑。夏虫疑冰：夏季的小虫活不到冬天，不知道冰是什么。语出《庄子》。整：整理。翮(hé)：鸟羽。矫：飞。

㉕ 理无隐而不彰：无论多么深奥的道理都可以彰明。二奇：指下文的赤城、瀑布。

㉖ 赤城：天台山之峰。霞起：如腾起的云霞。建标：立物为标记。界道：划出一条界线。

㉗ 徂(cú)：往。

㉘ 仍：追随。羽人：仙人。丹丘：传说

中神仙居住处。福庭：福地，乐园。

㉙ 层城：传说中昆仑山上神仙居住处。

㉚ 释：抛弃。域中：尘世。

㉛ 被：穿。毛褐(hè)：粗糙的毛制衣服。金策：金饰手杖。铃铃：手杖触地之声。

㉜ 榛(zhēn)：丛木。蒙茏：茂盛。峭崿(è)：陡峭山崖。

㉝ 楢(yóu)溪：天台山一溪流。五界：天台山一地名。迅征：急速前进。

㉞ 穹隆：拱形。悬磴：高悬的石桥。绝冥：深渊。

㉟ 莓苔：石桥上的青苔。搏：用手抓住。

㊱ 樛(jiū)木：弯曲的树木。

㊲ 一冒：冒一次险。垂堂：堂檐下。永存乎长生：永葆长生之道。

㊳ 契诚：用诚心去投合。幽昧：道家深奥的玄理。

㊴ 克：能够。陟：登上。威夷：绵延曲折。修通：通畅无阻。

㊵ 寥朗：开阔。

㊶ 藉：坐在草地上。落落：孤高状。

㊷ 觌(dí)：见。裔裔：形容舞姿轻盈优美。嗈(yōng)嗈：和鸣声。

㊸ 灵溪：天台山中一溪流。烦想：世俗杂念。

㊹ 荡遗尘：扫荡遗留的俗念。发五盖之游蒙：揭开五盖的昏蒙。佛家以贪欲、瞋恚、睡眠、调戏、疑为五盖。游蒙：昏蒙愚昧。

㊺ 羲(xī)农：伏羲氏和神农氏。绝轨：高超的行迹。二老：老子和老莱子。玄踪：玄妙的踪迹。

㊻ 陟降信宿：登高走低过了一两夜。信，两夜。宿，一夜。

㊼ 双阙：天台山的双阙山。竦：通"耸"。

㊽ 阴映：闪着冷暗之光。高隅：高山的一角。

㊾ 斐亹(fěiwěi)：形容花纹复杂。翼：承接。棂(líng)：窗格。皦(jiǎo)日：明亮的太阳。炯晃：光辉灿烂。绮疏：饰有花纹的窗户。

㊿ 八桂：桂树林。森挺：茂盛挺拔。凌霜：傲立不怕霜雪侵犯。五芝：道家所说的五种灵芝。含秀：含苞。晨敷：在清晨开放。

(51) 伫芳：蕴藏着芬芳。阳林：山南的树林。涌溜：涌流。阴渠：山北的沟道。

(52) 建木：神话中的仙境之树。

(53) 王乔：仙人王子乔。控鹤：驾驭仙鹤。应真：佛教中的罗汉。飞锡：罗汉执锡杖飞行。蹑虚：腾空。

(54) 骋神变：施展着神奇的变化。挥霍：疾速。出有而入无：出入于虚无和真实之境。

(55) 周：遍。

(56) 害马已去：语出《庄子》，意谓除去害群之马。

(57) 投刃皆虚，目牛无全：典出《庄子》中"庖丁解牛"。

(58) 朗咏：放声高歌。

(59) 尔乃：于是。羲和：太阳。亭午：正午时分。高褰(qiān)：向高处散开。

(60) 法鼓：佛教说法时召集听众的鼓。

(61) 肆：遂，将要。觐(jìn)：朝见。天宗：最高的神。爰：于是。通仙：众神。

62 挹（yì）：用勺舀取。玄玉之膏：传说神仙所食的黑色玉膏。嗽：饮。华池：传说中昆仑山上的仙池。

63 散：宣讲。象外之说：超脱于物象之外的学说。无生之篇：佛经。

64 遣有之不尽：还没有将俗念排除干净。涉无之有间：对虚无境界的理解尚有差距。

65 泯色空以合迹：消灭色和空的界限，使二者合一。色，指人所感触到的一切事物的现象。空，指世界本质虚空。即有而得玄：从"有形"中认识到虚无的玄理。

66 二名：指"有"和"无"。三幡：佛教术语，指色、空、观。

67 恣语乐以终日：整日纵情谈论。等寂默于不言：与默默不语是相同的。

68 浑：混同。冥观：深入观察。兀（wù）：茫然。

## 鉴赏

作者孙绰（314—371），东晋文学家，字兴公，太原中都（今山西平遥）人。绰少时与兄弟渡江，家居会稽，喜山水。官至廷尉卿。绰博学善文，名冠江南，与许询同为东晋玄言诗的代表作家。因其诗充满玄学佛理，故枯燥无味。他的散文和赋较为著名。散文中以碑诔文为当世所推重；赋作多散佚。《遂初赋》已不存，《望海赋》亦残，惟《文选》所载《游天台山赋》为后世所称。

天台山在浙江东部，是仙霞岭山脉的东支。由于地处偏僻，故在古代鲜为人知，直到四世纪晋南渡后方渐为名胜，孙绰是最先著文赞颂它的人。这篇赋虽杂有不少玄言，但工于刻画山水，文字也清丽隽永，出色地描绘了天台山的神秀多姿，有很高的欣赏价值。它以山水为题材，采用雏形的游记形式的赋作，对当时和后世的游记、山水诗文都有很大影响。

赋文前面的小序，陈述了作者写这篇赋的缘由，并概括地介绍了天台山的美景。小序点明了这篇赋的题旨，表现了作者对天台山美景的神往和超脱尘世的愿望，是一篇精炼的叙事与抒情相结合的散文诗，一开头就能引人入胜。

赋文按照内容可以分为三段。从开头到"瀑布飞流以界道"为第一段。这段文字介绍了天台山的博大、高峻以及山口处的两大奇景。它首先写天台山处于灵秀越地，属于牵牛星座分野，这就无形中给这座山涂上了神话色彩。接着又说它的根基比华山、泰山还要深厚，高度超过了九嶷山，是一座足以"配天”、堪与中岳嵩山并称的“峻极”之山。最后用山口的赤城、飞瀑的特殊景象来突出天台山的“奇”,引出下文的进一步描绘。从“睹灵验”到“忽出有而入无”是第二段。这段按照作者进山的路线逐层描绘天台山的景色。作者从艰险的行程中体会到探险的乐趣,进一步引起了对于生与死这个奥秘问题的反思。这段中的动词如披、陟、济、落、跨、临、践、搏、揽、援等,都用得十分准确、恰到好处,使读者如临其境,深深地体会到攀登险道的艰难。过了险途,升入平坦的山路,在山的深处,洋溢着美妙和谐的气氛。这幽静高雅的环境,使作者自感已摆脱了尘世的束缚而进入超然的仙界。这里把写实和写意结合起来,通过丰富的想象和艺术的夸张,把天台山的宏大、神奇、缥缈的景色,描绘得出神入化。从中我们看到作者善用铺陈、渲染、烘托的技巧来写景和抒情,同时善于用景物来启发说理(那些作者苦心钻研的道佛理论),又以说理加深抒情的特殊手法。最后一段写作者游览后的诵经悟道,以及他想象中的朝见神仙的场面。虽然其中的玄理禅机难免令人费解,但作者致力描绘的一幅香烟缭绕、神人交错、物我同一、回归大自然怀抱的浪漫图画,还是笔触清晰、意境鲜明的。

《游天台山赋》所体现的消极出世思想和恬淡超脱的文风,都与作者所处的时代有直接联系。东晋是我国南北分裂的开始,这个时代动荡不安,充满了内乱外患。由于统治阶级内部倾轧加剧,使许多名士文人惨遭杀身之祸。士大夫阶层和一般知识分子都怀着强烈的忧惧感,所以他们的作品不仅继承了魏晋以来崇尚谈玄、回避现实的风气,而且还增加了一层佛教色彩——即超脱、恬淡的风格。

孙赋是这种风格的典型作品。孙绰本人既崇尚老庄哲学,又兼收佛教思想,他的作品中,山水与玄理、佛教哲学结合在一起,这与此前的游览之作相比,可谓又拓一境。他注重语言的平淡,赋中没有任何慷慨不平之音和讽世之意,但由于他富于才情、具备较高的文学素养,所以这篇赋虽然语意恬淡而文字却不枯燥无味,而是清丽雅炼,相当生动。不仅在写景状物方面颇具匠心,而且在杂糅佛老思想于情景时,也显得比较流畅自然。可以说,这篇赋虽重玄言而不废文采,因此它才能长期流传而受人称道。

至于作者的虚幻求仙思想,尽管它反映了当时士大夫的苦闷心情,是一种在逃避现实中求得自我解脱的表现,但毕竟是消极、低沉的,也是我们在欣赏本文时应引起注意的。

（任　重）

# 闲情赋并序

陶渊明

初[1]，张衡作《定情赋》[2]，蔡邕作《静情赋》[3]，检逸辞而宗澹泊[4]，始则荡以思虑，而终归闲正[5]；将以抑流宕之邪心[6]，谅有助于讽谏[7]。缀文之士[8]，奕代继作[9]，并因触类[10]，广其辞义。余园闾多暇[11]，复染翰为之[12]，虽文妙不足，庶不谬作者之意乎[13]！

夫何瑰逸之令姿[14]，独旷世以秀群[15]；表倾城之艳色[16]，期有德于传闻[17]。佩鸣玉以比洁[18]，齐幽兰以争芬[19]；淡柔情于俗内[20]，负雅志于高云[21]。悲晨曦之易夕[22]，感人生之长勤；同一尽于百年，何欢寡而愁殷[23]！褰朱帏而正坐[24]，泛清瑟以自欣[25]。送纤指之余好[26]，攘皓袖之缤纷[27]；瞬美目以流眄[28]，含言笑而不分。曲调将半，景落西轩[29]。悲商叩林[30]，白云依山。仰睇天路[31]，俯促鸣弦[32]。神仪妩媚[33]，举止详妍[34]。激清音以感余，愿接膝以交言[35]。欲自往以结誓，惧冒礼之为諐[36]；待凤鸟以致辞[37]，恐他人之我先。意惶惑而靡宁[38]，魂须臾而九迁[39]。

愿在衣而为领，承华首之余芳[40]；悲罗襟之宵离[41]，怨秋夜之未央[42]。愿在裳而为带[43]，束窈窕之纤身[44]；嗟温凉之异气[45]，或脱故而服新。愿在发而为泽[46]，刷玄鬓于颓肩[47]；悲佳人之屡沐[48]，从白水以枯煎。愿在眉而为黛[49]，随瞻视以闲扬；悲脂粉之尚鲜[50]，或取毁于华妆[51]。愿在莞而为席[52]，安弱体于三秋；悲文茵之代御[53]，方经年而见求。愿在丝而为履[54]，附素足以周旋[55]；悲行止之有节，空委弃于床前。愿在昼而为影，常依形而西东；悲高树之多荫，慨有时而不同。愿在夜而为烛，照玉容于两楹[56]；悲扶桑之舒光[57]，奄灭景而藏明[58]。愿在竹而为扇，含凄飙于柔握[59]；悲白露之晨零[60]，顾襟袖以缅邈[61]。愿在木而为桐，作膝上之鸣琴；悲乐极以哀来，终推我而辍音[62]。

考所愿而必违，徒契契以苦心[63]。拥劳情而罔诉[64]，步容与于南林[65]。栖木兰之遗露[66]，翳青松之余阴[67]；傥行行之有觌[68]，交欣惧于中襟[69]。竟寂寞而无见，独悁想以空寻[70]。

敛轻裾以复路[71]，瞻夕阳而流叹；步徙倚以忘趣[72]，色惨凄而矜颜[73]。叶燮燮以去条[74]，气凄凄而就寒；日负影以偕没[75]，月媚景于云端[76]。鸟凄声以孤归，兽索偶而不还[77]；悼当年之晚暮[78]，恨兹岁之欲殚[79]。思宵梦以从之，神飘飖而不安；若凭舟之失棹[80]，譬缘崖而无攀[81]。

于时毕昴盈轩[82]，北风凄凄，惘惘不寐[83]，众念徘徊。起摄带以伺晨[84]，繁霜粲于素阶[85]。鸡敛翅而未鸣，笛流远以清哀[86]；始妙密以闲和[87]，终寥亮而藏摧[88]。意夫人之在兹[89]，托行云以送怀。行云逝而无语，时奄冉而就过[90]；徒勤思以自悲[91]，终阻山而带河。迎清风以祛累[92]，寄弱志于归波[93]。尤《蔓草》之为会[94]，诵《邵南》之余歌[95]；坦万虑以存诚[96]，憩遥情于八遐[97]。

## 注释

① 初:当初。
② 张衡:字平子,东汉著名的科学家、思想家和文学家。《定情赋》写爱情,今已佚。
③ 蔡邕:字伯喈,东汉末年文学家。《静情赋》写爱情。
④ 检:约束。逸辞:放荡的言辞。澹泊:恬淡寡欲。
⑤ 闲正:典雅纯正。
⑥ 流宕:放荡。
⑦ 谅:料想。讽谏:婉言规劝。
⑧ 缀:连接,此指写作。
⑨ 奕代:一代接一代。奕:累。
⑩ 触类:连类相及。
⑪ 园:田园,指农事。间:住处,家中。
⑫ 染翰:以笔蘸墨。
⑬ 庶不:希望不。谬:违背。
⑭ 夫何:发语词。瑰逸:瑰奇飘逸。令:美。
⑮ 旷世:绝代,世所未有。秀群:秀美超群。
⑯ 表:显露。倾城:形容女子貌美。
⑰ 期:期望。
⑱ 鸣玉:美玉。
⑲ 齐:同。
⑳ 淡柔情于俗内:对于世俗感情淡薄。俗内,世俗之内。
㉑ 负:怀抱。
㉒ 夕:日斜。
㉓ 殷:盛多。
㉔ 褰(qiān):揭起。
㉕ 泛:弹奏。
㉖ 余好:袅袅不绝的瑟音。
㉗ 攘:捋,扬起。
㉘ 瞬:目光转动。
㉙ 景:同“影”,日影。
㉚ 悲商:悲凉的秋声。
㉛ 天路:天街,指天空。
㉜ 促:急促弹瑟。
㉝ 神仪:神态仪表。
㉞ 详妍:安详而美丽。
㉟ 接膝:促膝。
㊱ 冒礼:冒犯礼教。为諐(qiān):造成过错。諐,过错。
㊲ 凤鸟:指媒人。
㊳ 靡宁:不安宁。
㊴ 魂须臾而九迁:语出《九章·抽思》:“惟郢路之辽远兮,魂一夕而九逝。”
㊵ 华首:美丽的秀发。
㊶ 罗襟:罗衣。襟,衣。宵离:夜离,指女子夜间脱下罗衣。
㊷ 未央:未尽。
㊸ 裳:古代的裙子。
㊹ 窈窕:美好的样子。
㊺ 温凉之异气:气候变化。
㊻ 泽:涂润头发的油膏。
㊼ 玄鬓:黑色的鬓发。颓肩:下垂的肩。
㊽ 沐:洗头发。
㊾ 黛:青黑色的颜料。
㊿ 鲜:新。
51 或取毁于华妆:旧妆可能被新的华

妆代替。
52 莞(guān):一种可织席的草。
53 文茵:有花纹的皮褥。代御:替用。
54 履:鞋。
55 周旋:转动。
56 楹:厅堂前部的柱子。
57 扶桑:指太阳。舒光:发光。
58 奄灭:同"掩灭"。
59 凄飙(biāo):凉风。柔握:指柔软的手掌。
60 白露:露珠变白,意指凉秋。零:落。
61 缅邈:渺远,指离开。
62 辍(chuò):停止。
63 契契:愁苦的样子。
64 拥:怀。劳情:苦情。罔:无。
65 容与:漫步徘徊。
66 栖:停留。
67 翳:遮蔽。
68 傥:同"倘",倘若。行行:不停地前行。觌(dí):见,相见。
69 欣惧:欢欣与恐惧。中襟:指内心。
70 悁(yuān)想:忧思。
71 敛轻裾:整顿衣服。裾:衣袍的大襟。复路:往回走。
72 徙倚:徘徊,流连不去。趣:通"趋",小步快走,此指迈步。
73 矜颜:敛颜,没有笑容。
74 燮(xiè)燮:叶落声。
75 负:背负,带着。偕:同。
76 景:同"影"。
77 索偶:寻找自己的伴侣。
78 当年:壮年。
79 兹岁:这一年。殚(dān):尽。
80 棹:船桨。
81 缘崖:爬越山崖。
82 毕、昴(mǎo):皆星名。
83 悯(jiǒng)悯:耿耿。
84 摄带:束好衣带,指穿衣。伺晨:等待天亮。
85 粲:鲜艳、莹洁的样子。素阶:白霜覆盖着的台阶。
86 流远:从远处传来。
87 妙密:美妙细密。
88 藏:隐,含。摧:伤,哀。
89 夫人:那个人,指所思的女子。
90 奄冉:荏苒。就过:即将过去。
91 勤思:劳思,苦思。
92 祛(qū):除掉。
93 归波:回波。
94 尤:责备。
95《邵南》:即《诗经·召南》。
96 坦:平息。
97 憩(qì):休息。八遐(xiá):八方极远之地。

## 鉴赏

陶渊明(365—427),名潜,字元亮,又字渊明,世称靖节先生。浔阳柴桑(今江西九江西南)人,是晋末宋初的大诗人和文学家。据说,西晋大司马陶侃是他的曾祖父。他的祖父、父亲都曾做过太守、县令之类的地方官,母亲是当时名士孟嘉的女儿。陶渊明年轻时曾抱有为国建功立业的壮志,因他所处的时代极其黑暗,壮志始终未能实现。由于生活所迫,先后做过江州祭酒、镇军参军、建威参军、彭泽令等小官。终因政治黑暗、官场腐败,陶渊明不肯同流合污,于41岁时决计辞官归隐,从此不再出仕,一直过着躬耕隐居的贫困生活。陶渊明卒于刘裕篡晋后七年,因此《晋书》和《宋书》均有传。有《靖节先生集》,现存诗、文130余篇,清人陶澍有注。

陶渊明是个不慕荣利,傲视尘俗,脱略世故的人,作品多抒写自己的性格,在平淡中表现出生动的情趣。他的文章以质朴、醇厚、简练见长。诗自然朴素,韵味隽永,具有鲜明的特色和独特的风格。总之,陶渊明的作品代表了建安以后至盛唐以前的一个高峰,在文学史上有十分深远的影响。

《闲情赋》是《陶渊明集》中别具一格的作品,从中可以看到陶渊明为人的一个侧面。在封建礼教盛行的时代,一般人认为正人君子是不宜在作品中谈情说爱的,否则,便是一种轻薄的表现,有损于作者的形象。正是由于这样的原因,所以萧统才在《陶渊明集序》中说了这样一段话:"白璧微瑕者,惟在《闲情》一赋。扬雄所谓劝百而讽一者,卒无讽谏何必摇其笔端,惜哉,亡是可也。"清人方东树甚至说它是"轻薄淫亵,最误子弟"(《续昭昧詹言》)。苏轼不同意萧统的看法,认为《闲情赋》用的是"比兴"手法,是君子之作,斥萧统的评论为"小儿强作解事者"(《东坡题跋·题文选》)。清人刘光蕡的观点比苏轼更进一步,他说:"太史公谓'《国风》好色而不淫',以曰《离骚》,渊明此篇亦其意。身处乱世,甘于贫贱,宗国之覆既不忍见,而又无如之何,故抚为闲情。其所赋之词,以为学人之求道可也,以为忠臣之恋主可也,即以自悲身世,以思圣帝明王也亦无不可。"(《陶渊明闲情赋注》)这两种对立观点的焦点在于作品有无寄托。五四运动以后,传统的封建观念受到冲击,《闲情赋》关于爱情的描写,也受到了应有的重视。首先给《闲情赋》以正确评价的是鲁迅先生,他在《且介亭杂文二集·题未定草(六)》中,称它是思想大胆的敢于反封建礼教的爱情赋,在给日本人增田涉的信中称它是"坚实而有趣的作品"。虽然如此,但是作品究竟有无寄托的问题至今仍未解决,在当前的评论中亦然是仁者见仁,智者见智,莫衷一是。我们认为,这篇作品至今所以受到人们的喜爱,主要在于它以高超的艺术手法,描绘和歌颂了真挚纯洁的爱情,而不在它有无寄托。因此,这个问题暂且可以放在一边,而就它关于爱情的描写,分析一下它的思想和艺术价值。

赋的正文一开始,作者就以惊叹的语调,神奇的笔触,勾画出一位具有“倾城之艳色”的“旷世”佳人。这位佳人瑰奇飘逸，绝世超群，迎面走来，仿佛由天而降。佳人之美，不仅在于她惊人的艳姿，而更重要的在于她有美好的品德。这一段关于佳人外形与内心世界的描写非常成功，给读者留下极深的印象。特别是佳人奏瑟的场面，将人物的仪态动作和客观景物结合在一起描写，更显得情景逼真，形象生动鲜明，既刻画了人物的精神面貌，又写出了当时的环境气氛。

正是这样一位旷世秀群的难得佳人，引起作者深深的爱慕。他从瑟音感到佳人在向他传情，从而产生了与佳人促膝交言的愿望。他想前去向佳人明心结誓，但畏惧冒犯礼教造成过错，想等待凤鸟传语说合，又恐怕落在别人后面不能如愿。他心绪不宁，惶惑不安，神魂颠倒，须臾九迁。在无可如何的情况下，作者聚精会神，驰骋想象，一连设想出衣领、裙带、发油、眉黛、床席、鞋子、影子、蜡烛、扇子、鸣琴十种能与佳人接近的东西。作者情愿变成这些东西，以达到与佳人朝夕相依，永不分离的目的。但是作者每提出一种设想之后，立即又想到这种东西在时过境迁之后会遭到冷落和遗弃的下场，因而不得不在悲感和哀叹声中将这种设想加以否定。因为作者提出的每种设想都是以“愿”字领起，所以一般称之为“十愿”。“十愿”构思新颖奇特，意趣横生，妙不可言，表现了作者非凡的创造力和惊人的想象力，在古代辞赋中是极其少见的。在内容安排上，每“愿”之后，都有“一悲”，以所悲否定所愿。一“愿”一“悲”，环环相扣，波澜起伏，读来使人有回肠荡气之感。“十愿”接连运用排比的句式，铺叙渲染，文势自由奔放，感情淋漓尽致，仿佛一气呵成，使全篇达到高潮。

作者的“十愿”一一遭到破坏，满怀苦情无处倾诉，但是他并未绝望，仍然抱着侥幸的心理漫步南林，冀有所遇，欣喜与恐惧交织心头，最后还是杳无踪影。当希望完全破灭之后，他只好不再作无益的空寻，在回家的路上，他步履沉重，面色凄惨，心灰意冷，趣味索然。在这里作者巧妙地将主观感情的抒发与客观景物的描写结合起来。冉冉西沉的落日，燮燮离枝的枯叶，凄厉寒冷的秋风，徘徊云端的明月，悲鸣而归的孤鸟，索偶不还的独兽，这一切构成一幅凄清悲凉的画面，使作者更加感到愁肠满怀，感伤不已。他神志恍惚，脚步蹒跚，好像坐上没有桨的小舟，又像爬上无处攀援的山崖，在这里，作者主观的心境与客观的景物完全融合在一起了。

作者众念徘徊，夜不能寐，披衣伺晨，直到天亮。严峻的现实终于使他意识到，在封建礼教面前，他和佳人之间，如同阻山带河，要想相见，根本不可能如愿以偿，苦思冥想只是自寻烦恼。他清醒之后,幻想打消了,感情也由高处低落下来。他借清风以消除烦恼,把思念寄托给水波,表示不学《蔓草》中的非礼结合,而信守《召南》“发乎情,止乎礼义”的遗训。经过自宽自解,他万虑平息,思想也达观起来,而把自己保持的一片诚意,寄托于遥远的八方,赋文也就在这无可奈何的平息之中宣告结束。

综观全赋,以对佳人的高度赞美开始,以对佳人的极端思慕展开,以愿望不能实现而保持诚意结束。感情几经变化,文笔几经曲折,层层深入,波澜起伏,读来扣人心弦,动人肺腑。虽然作者在赋前的小序中肯定了张、蔡作品的写法和“有助于讽谏”的意义,在赋结束时表示要遵守《召南》的遗训,在思想体系上还未能摆脱封建礼教的制约和传统思想的束缚,但在具体描写上却未受此局限。作者对佳人的思慕是真诚热烈的,对爱情的歌颂是大胆的、淋漓尽致的,因此,总的看来,它的确是一篇难得的大胆地、坦率地歌颂爱情的作品。

在写法上,这篇赋也是很具特色的。首先他继承了前人同类赋的共同主题,而写出了新的思想、新的意境,使言情赋的思想境界上升到一个新高度。在谋篇构思和表现技巧方面,更是集思广益,博采众家之长,运用多种艺术手段,将变化多端的、复杂的思想感情组织成完美和谐的整体。关于佳人仪态的描写,虽有些模拟曹植的《洛神赋》,而形象却截然不同。关于“十愿”的设想,虽受到张衡《同声歌》等语句的启发,但作者却作了创造性的发展,而写出崭新的意境,使之成为著名的“十愿”。在写失望后的心情时,作者更是采用了传统的情景结合的写法,使情与景互相渗透,彼此融合,从而创造出一种感人至深的艺术境界。这些都充分表现了作者熟练的艺术技巧和创造能力。

(赵呈元)

# 归去来兮辞并序

陶渊明

余家贫,耕植不足以自给。幼稚盈室①,瓶无储粟②,生生所资③,未见其术④。亲故多劝余为长吏⑤,脱然有怀⑥,求之靡途⑦。会有四方之事⑧,诸侯以惠爱为德⑨;

家叔以余贫苦[10]，遂见用于小邑[11]。于时风波未静[12]，心惮远役[13]。彭泽去家百里[14]，公田之利[15]，足以为酒[16]，故便求之。及少日[17]，眷然有归欤之情[18]。何则？质性自然，非矫厉所得[19]；饥冻虽切，违己交病[20]。尝从人事[21]，皆口腹自役[22]；于是怅然慷慨[23]，深愧平生之志。犹望一稔[24]，当敛裳宵逝[25]。寻程氏妹丧于武昌[26]，情在骏奔[27]，自免去职。仲秋至冬[28]，在官八十余日。因事顺心[29]，命篇曰《归去来兮》[30]。乙巳岁十一月也[31]。

归去来兮，田园将芜胡不归[32]！既自以心为形役[33]，奚惆怅而独悲[34]？悟已往之不谏[35]，知来者之可追。实迷途其未远[36]，觉今是而昨非。舟遥遥以轻飏[37]，风飘飘而吹衣。问征夫以前路[38]，恨晨光之熹微[39]。

乃瞻衡宇，载欣载奔[40]。僮仆欢迎，稚子候门。三径就荒[41]，松菊犹存。携幼入室，有酒盈樽[42]。引壶觞以自酌[43]，眄庭柯以怡颜[44]。倚南窗以寄傲，审容膝之易安[45]。园日涉以成趣[46]，门虽设而常关。策扶老以流憩[47]，时矫首而遐观[48]。云无心以出岫[49]，鸟倦飞而知还。景翳翳以将入[50]，抚孤松而盘桓[51]。

归去来兮，请息交以绝游。世与我而相违，复驾言兮焉求[52]！悦亲戚之情话，乐琴书以消忧。农人告余以春及[53]，将有事于西畴[54]。或命巾车[55]，或棹孤舟[56]。既窈窕以寻壑[57]，亦崎岖而经丘[58]。木欣欣以向荣，泉涓涓而始流[59]。善万物之得时[60]，感吾生之行休[61]！

已矣乎[62]，寓形宇内复几时[63]！曷不委心任去留[64]，胡为乎遑遑欲何之[65]？富贵非吾愿，帝乡不可期[66]。怀良辰以孤往[67]，或植杖而耘耔[68]。登东皋以舒啸[69]，临清流而赋诗。聊乘化以归尽[70]，乐夫天命复奚疑[71]！

## 注释

① 幼稚：指孩子。
② 瓶：瓦瓮。
③ 生生所资：维持生活所依靠的。
④ 术：办法。
⑤ 长吏：县府中的县丞、县尉。
⑥ 脱然：轻悦舒适的样子。
⑦ 靡途：无路。
⑧ 会：恰巧，适逢。
⑨ 诸侯：指刺史之类的地方官。以惠爱为德：以爱惜人才为美德。
⑩ 家叔：叔父陶夔。
⑪ 小邑：小县。
⑫ 风波：军阀之间的战争。
⑬ 惮：怕。
⑭ 彭泽：县名。
⑮ 公田之利：公田收获的粮食。公田，收益归主管官吏的田。
⑯ 为酒：造酒。
⑰ 少日：不多几天。
⑱ 眷然：思恋的样子。归欤之情：回去的念头。
⑲ 矫厉：勉强自己去做。
⑳ 违己交病：违背自己的夙愿，身心都感到痛苦。
㉑ 尝从人事：曾经做官。
㉒ 口腹自役：为了嘴和肚子而役使自己。口腹，借指生活。
㉓ 慷慨：感情激动。
㉔ 犹望一稔(rěn)：还是希望能有一年收获。稔，庄稼成熟，代指一年。
㉕ 敛裳宵逝：收拾行装，连夜走掉。
㉖ 寻：不久。程氏妹：嫁给程姓的妹妹。
㉗ 骏奔：赶快去奔丧。
㉘ 仲秋：阴历八月。
㉙ 因事顺心：因为辞官的事顺遂自己的心意。
㉚ 命篇：给文章题一个篇名。归去来兮：即"回去吧！"来，语气词。兮，语气助词，相当于"啊"。
㉛ 乙巳岁：即晋安帝义熙元年(405)。
㉜ 芜：荒芜。
㉝ 以心为形役：让心为形体役使。
㉞ 奚：为什么。
㉟ 谏：止。
㊱ 迷途：误入迷途，指出仕。
㊲ 遥遥：船在水上漂流的样子。
㊳ 征夫：行人。
㊴ 熹微：微明。
㊵ 乃：才。瞻：望见。衡宇：横木为门的房屋。载：且。
㊶ 三径：院中的小路。
㊷ 樽：酒器。
㊸ 觞(shāng)：酒杯。
㊹ 眄(miǎn)：斜视。庭柯：庭院中的树木。
㊺ 审：深知。
㊻ 涉：走到。

㊼ 策:拄着。扶老:手杖的别名。流:步游或稍事休息。
㊽ 矫:举起。遐:远。
㊾ 岫(xiù):山穴。
㊿ 景:日光。翳翳:阴暗的样子。
51 盘桓:徘徊。
52 驾:驾车出去。言:助词。
53 及:到。
54 事:指耕种的事。
55 命:使,派。
56 棹:桨,此作动词。
57 窈窕:深远曲折的样子。
58 丘:指山路。
59 涓涓:水流细小的样子。
60 善:羡慕。
61 行休:将要结束。
62 已矣乎:算了吧。
63 寓形宇内:寄身于天地之间。
64 曷:何。委心:随心所欲。
65 遑遑:心神不安的样子。
66 帝乡:天帝居住的地方。
67 怀:想念。
68 植杖:把手杖插在田边。
69 啸:撮口发出长而响亮的声音。
70 乘化:顺应自然变化。
71 乐夫天命:乐天安命。

## 鉴赏

陶渊明在中国文学史上是一位颇带传奇色彩的人物,《归去来兮辞》是一篇在历代文人中有广泛影响的奇文。北宋的一代文宗欧阳修说:“晋无文章,惟陶渊明《归去来兮辞》而已。”这个说法虽然有些偏激,但也说明后人对这篇文章的推崇和它在文人心目中的地位。这篇文章所以受到后人的推崇和具有深远的影响,固然主要是由作品所表达的思想和高超的艺术技巧决定的,但和陶渊明的人品也不无一定的关系。沈约《宋书·陶潜传》里记有他辞去彭泽令的近因和写这篇文章的经过。《宋书·陶潜传》说:“郡遣督邮至县,吏白应束带见之。潜叹曰:‘我不能为五斗米折腰向乡里小人!’即日解印绶去职,赋归去来。”萧统的《陶渊明传》也有相同的记载。这个记载虽然和序里所说的他辞官的近因不同,但和他辞官的根本原因却是一致的。陶渊明所以毅然辞去彭泽县令的官职,正如他在本文小序中所说的:“质性自然,非矫厉所得;饥冻虽切,违己交病。”也就是说他在尔虞我诈、黑暗腐败的官场中感到很不自由,精神上很是痛苦,宁肯忍饥受冻,也不肯违背自己的夙愿与混浊的社会同流合污,所以决心弃官归隐。这篇《归去来兮辞》就是表明他决心与官场告别的宣言书。陶渊明辞去彭泽令回到农村以后,就亲自参加劳动,始终过着清贫简朴的生活,终生不复出仕,虽遇饥寒,也毫不动摇自己的志节。陶渊明这种辞去官职如弃敝屣的做法、真心热爱田园生活的感情、坚决不与混浊社会同流合污的态度，在一般士大夫都热衷于功名利禄的社会里，在你争我夺的黑暗官场中，的确是难能可贵的，也是十分罕见的。正是因为如此，他的辞官归隐才历来被传为美谈，他的人品才长期受到人们的尊重。读其文思其人，自然会感到分外亲切，这不能不说是本文深受读者欢迎的原因之一。

一篇好的文学作品，不光是因为它表现了真挚可贵的情操和高尚的生活志趣，还取决于它是怎样表达的，取决于作家能不能把自己感受过的东西，通过具体的描写再让读者重新感受一次。这篇文章在艺术上成功的关键，正在于它具体内容的可感性。作者用圆熟的艺术手法，行云流水般的语言，通过景物环境的烘托，具体行踪细节的描写，创造出一种恬然自得的意境，把自己的感受再现在读者面前，让读者有身临其境的感觉。作者感情的起伏，思想的变化，个性和志趣，都仿佛是可以捉摸的东西，因而使读者在感情上无形之中就引起了一种共鸣，这正是本文长期打动读者的地方。

这篇文章在内容的安排上也是次第井然的。辞前的小序先说明弃官的缘由和写作的经过，可以帮助读者更好地理解辞中的思想感情和生活志趣。辞的开端先写对过去求官失误的悔恨，弃官的决心和归途中的感受。作者经过自怨自遣之后，决心既定，便如释重负，身上顿时感到无比的轻松，欣喜之情油然而生，船似乎生起了翅膀，风也显得格外恬然。如马脱缰，如鸟出笼，如云离岫，如鱼入渊。接着作者用一个自然段的文字写归来之乐，有到家后的欣喜场面和庭园隐居生活的情景。作者不只对家人有特别深厚的感情，就是看到家中的一草一木也分外感到可亲，松菊、庭柯、南窗，无不使作者感到赏心悦目。正因为这样，简陋的小屋，荒芜的小园，也就成了他生活游憩的理想场所。他以游云为伙伴，以归鸟为知音，在安闲自得中送走时日。这一段文字有写景，有抒情，在安闲的隐居生活中表现了作者可贵的情操。后面的两段文字，一段写在优美的自然景色中参加耕作的乐趣，一段写乐天知命的人生态度。

陶渊明是怀着如释重负的快感返回农村的，他热爱农村优美的自然环境，也热爱在这个环境中的耕耘生活。他对官场是那样的厌恶，和农人相处得却是如此的融洽。在作者看来，大自然是那样地充满生机，那样地富有诗情画意。但是在作者的心地中并不是没有阴影的，眼前的自然景物使他感到由衷的喜悦，也使他产生一种迟暮之感。这个感情的变化引起作者对人生的思考，也产生了文章的波澜。周围的各种生物，欣欣向荣，一派生机，正在发育生长的季节，而自己在人生的征途中却无所作为，生命行将在无声无息中结束，这又怎能不引起作者的惆怅与悲戚。自然无穷，人生有限，这是永远无法解决的矛盾。既然这个矛盾无法解决，就不应该再为此而忧思，不应该再为此而增添无谓的烦恼。“已矣乎！寓形宇内复几时，曷不委心任去留？”“已矣乎！”这是作者经过思考而发出的一声长叹。这声长叹，表现了作者对人生无可奈何的心情，也表示他将不再为此而烦忧。既然人在天地间不能永存，就应该心地坦荡地听任自然的安排，得失去留，无须介意，遑遑终日，更是不必。作者决心顺应自然的变化，在自由安闲的隐居生活中走到生命的尽头，做一个乐天安命的人。“聊乘化以归尽，乐夫天命复奚疑！”这两句思想基调虽然有些消极，但也表现了作者不慕荣利，安于隐居生活的美好情操。文章以此作结，更显得意味隽永。

以上各自然段，每一段写一层意思，一层比一层深远，但又共同表现着作者不肯同流合污的高尚情操，崇尚自然的个性和追求田园生活的志趣。文章的每一段都有对人物活动和客观景物的描写，这些活动和景物构成一幅幅的画面，组成一个个的意境。通过这些画面和意境，作者将自己的思想感情和生活志趣很自然地传达给了读者。

本文是辞赋体，文中除少数语句外，大部分都是整齐的四字句与六字句，其中包括许多工整的对偶句，这些句子都非常精练，表现力很强，往往以极少的文字传达出丰富深刻的内容，创造出优美的意境。尽管作者在行文时经过了一番精心的字斟句酌，但是整个文章的语言却非常自然，简直如同脱口而出一样，毫无雕琢滞涩的感觉，可以看出作者驾驭语言方面的高超功力。

按照一般辞赋体的习惯，这篇文章是押韵的，如“归”“悲”“追”押一个韵，“奔”“门”“存”押一个韵等。随着内容的变换，造成抑扬顿挫的旋律，读起来铿锵有声，韵味无穷。

（赵呈元）

# 感士不遇赋

陶渊明

昔董仲舒作《士不遇赋》[①]，司马子长又为之[②]。余尝以三余之日[③]，讲习之暇，读其文，慨然惆怅。夫履信思顺[4]，生人之善行；抱朴守静，君子之笃素[5]。自真风告逝，大伪斯兴[6]，闾阎懈廉退之节[7]，市朝驱易进之心[8]。怀正志道之士，或潜玉于当年[9]；洁己清操之人，或没世以徒勤[10]。故夷皓有“安归”之叹[11]，三闾发“已矣”之哀[12]。悲夫！寓形百年[13]，而瞬息已尽；立行之难，而一城莫赏[14]。此古人所以染翰慷慨[15]，屡伸而不能已者也。夫导达意气，其惟文乎？抚卷踌躇，遂感而赋之。

咨大块之受气[16]，何斯人之独灵。禀神智以藏照[17]，秉三五而垂名[18]。或击壤以自欢[19]，或大济于苍生[20]。靡潜跃之非分[21]，常傲然以称情[22]。世流浪而遂徂[23]，物群分以相形[24]。密网裁而鱼骇[25]，宏罗制而鸟惊。彼达人之善觉[26]，乃逃禄而归耕[27]。山嶷嶷而怀影[28]，川汪汪而藏声[29]。望轩唐而永叹[30]，甘贫贱以辞荣。淳源汩以长分[31]，美恶作以异途。原百行之攸贵，莫为善之可娱[32]。奉上天之成命，师圣人之遗书[33]。发忠孝于君亲，生信义于乡闾[34]。推诚心而获显，不矫然而祈誉[35]。

嗟乎！雷同毁异[36]，物恶其上[37]。妙算者谓迷[38]，直道者云妄[39]。坦至公而无猜[40]，卒蒙耻以受谤[41]。虽怀琼而握兰[42]，徒芳洁而谁亮[43]。哀哉！士之不遇，已不在炎帝帝魁之世[44]。独祗修以自勤[45]，岂三省之或废[46]？庶进德以及时[47]，时既至而不惠[48]。无爰生之晤言，念张季之终蔽[49]；愍冯叟于郎署，赖魏守以纳计[50]。虽仅然于必知，亦苦心而旷岁[51]。审夫市之无虎，眩三夫之献说[52]。悼贾傅之秀朗，纡远辔于促界[53]。悲董相之渊致，屡乘危而幸济[54]。感哲人之无偶，泪淋浪以洒袂[55]。承前王之清诲，曰天道之无亲[56]。澄得一以作鉴[57]，恒辅善而佑仁。夷投老以长饥[58]，回早夭而又贫[59]。伤请车以备椁[60]，悲茹薇而殒身[61]。虽好学与行义，何死生之苦辛[62]。疑报德之若兹[63]，惧斯言之虚陈[64]。何旷世之无才[65]，罕无路之不涩[66]。伊古人之慷慨，病奇名之不立[67]。广结发以从政，不愧赏于万邑[68]。屈雄志于戚竖，竟尺土之莫及[69]。留诚信于身后，动众人之悲泣。商尽规以拯弊，言始顺而患入[70]。奚良辰之易倾，胡害胜其乃急[71]？

苍昊遐缅[72]，人事无已。有感有昧[73]，畴测其理[74]？宁固穷以济意[75]，不委曲而累己。既轩冕之非荣[76]，岂缊袍之为耻[77]？诚谬会以取拙[78]，且欣然而归止[79]。拥孤襟以毕岁[80]，谢良价于朝市[81]。

## 注释

① 董仲舒：西汉武帝时人。

② 司马子长：司马迁。

③ 三余：《三国志·魏书·王肃传》注引《魏略》载董遇曰：读书当以三余，即“冬者岁之余，夜者日之余，阴雨者时之余也”。

④ 履信：诺守信义。思顺：即讲求忠孝。

⑤ 抱朴：保持淳朴。

⑥ 真风：淳朴的风俗。大伪：指人世上的大奸大诈。

⑦ 闾阎：乡里。廉退：廉洁退让。

⑧ 市朝：市场与朝廷，泛指名利之地。易进：徼幸升官发财。

⑨ 潜玉：藏玉，指隐居不仕。

⑩ 徒勤：白白辛勤。

⑪ 夷皓：指周初的伯夷和汉初的商山四皓。

⑫ 三闾：指屈原。

⑬ 寓形：指托身世上。

⑭ 立行：指建立功业。一城莫赏：指一点封地也没有。赐土封侯谓之“城赏”。

⑮ 染翰：浸湿笔。

⑯ 大块：大地，大自然。

⑰ 藏照：蕴藏智慧。

⑱ 三五：指三才（天、地、人）和五常（仁、义、礼、智、信）。

⑲ 击壤:相传尧时,有八九十岁的老人击壤而歌。击壤,古代的一种游戏。壤,小木块,一头宽,一头狭。一块置于地,人于远处以手中的一块投击之,以中与不中决胜负。
⑳ 苍生:百姓。
㉑ 靡:无。潜跃:退隐和出仕。
㉒ 傲然:高傲自足之貌。称情:称心如意。
㉓ 徂(cú):逝去。
㉔ 物群分:物以群分。物,指人。
㉕ 密网:和下句的"宏罗",都比喻封建时代的严刑峻法。
㉖ 达人:通达而有见识的人。善觉:容易觉悟。
㉗ 逃禄:辞官。
㉘ 嶷(nì)嶷:山峰高峻特立之貌。
㉙ 汪汪:大水深广之貌。
㉚ 轩唐:轩,轩辕氏,即黄帝;唐,陶唐氏,即帝尧。
㉛ 淳源:清淳的水源。汩:水急流。
㉜ 百行:泛指种种行事。攸:所。
㉝ 遗书:指圣贤的典籍。
㉞ 乡闾:乡里,民间。
㉟ 矫然:矫然造作。祈誉:追求名誉。
㊱ 雷同:随声附和。毁异:诽谤异己。
㊲ 物恶其上:人们嫉妒胜过自己者。
㊳ 妙算:计划深远神妙。
㊴ 直道:正直之道。
㊵ 坦:坦率真诚。
㊶ 卒:终于。
㊷ 怀琼握兰:表示志洁而行芳。
㊸ 亮:谅解,相信。
㊹ 炎帝、帝魁:传说中的上古帝王。
㊺ 祗(qí)修:敬修。
㊻ 三省:多次自我反省。语出《论语·学而》:"吾日三省吾身:为人谋而不忠乎?与朋友交而不信乎?传不习乎?"
㊼ 庶:希冀。进德:增进品德修养。
㊽ 不惠:不能顺随时机。
㊾ 爰生:指汉代的爰盎。晤言:当面交谈。张季:汉代的张释之。
㊿ 愍(mǐn):哀怜。冯叟:指汉代的冯唐。魏守:云中太守魏尚。
51 旷岁:荒废了岁月。
52 "市之无虎"句:即典故"三人成虎",见《韩非子·内储说上》。
53 贾傅:贾谊。促界:狭小的地区。
54 董相:董仲舒。渊致:旨趣精深。幸济:幸运地渡过艰险。
55 哲人:明达有才智的人。无偶:不遇。淋浪:泪流不止。袂:衣袖。
56 前王:先王。清诲:敬称别人的教诲。天道无亲:天道公正,没有偏私。
57 澄:清,指天。鉴:明镜。
58 夷:伯夷。投老:到老。
59 回:颜回。
60 椁(guǒ):外棺。
61 茹薇而殒身:指伯夷挖薇菜而食以致饿死之事。
62 好学:指颜渊。行义:指伯夷。
63 若兹:像这样。
64 斯言:这种话。
65 旷世:指时间久远。
66 涩:道路艰难。
67 病:忧虑。奇名:非常的声名。

⑱ 广：李广。结发：成童以后。从政：指从军征伐匈奴。

⑲ 戚竖：外戚小人。尺土之莫及：极少的封地也没有。

⑳ 商：指汉代的王商。尽规：尽力规划。

㉑ 害胜：谗害胜过自己的人。

㉒ 遐缅：遥远。

㉓ 感：感应。昧：无感应。

㉔ 畴：谁。

㉕ 固穷：固守贫困。

㉖ 轩冕：古时卿大夫的车服。

㉗ 缊(yùn)袍：旧棉衣，贫贱者所穿。

㉘ 会：体会。取拙：固守穷困。

㉙ 归止：归隐。止，句末语助词，无意。

㉚ 孤襟：孤独的情怀。毕岁：终年；终身。

㉛ 良价：善价，指高官厚禄。

## 鉴赏

怀才不遇是大多数封建文人的共同命运，也是文人作品中经常出现的主题。在封建社会里，许多才华出众，经纶满腹的人，难以逃脱潦倒终生，一事无成，甚至被迫害、被扼杀的结局。有感于此，所以董仲舒写了《士不遇赋》，继而司马迁又写了《悲士不遇赋》，陶渊明也颇有同感，写了这篇《感士不遇赋》。对于形成"士不遇"状况的原因，陶渊明在赋中作了真实而具体的描绘。他还以古喻今，引用古代许多才华出众，道德高尚的人遭受谗害和埋没的事例，来发泄自己的怨恨和不满。当时的政治制度，是以曹魏"九品中正制"为主要内容的门阀制度，不是选贤任能，而是凭借出身高贵，或通过其他歪门邪道，得以封官晋爵，所以很多寒门出身的文人得不到重用。这种门阀制度更是阻碍贤能之士得以效力的围墙。陶渊明的这篇赋是对当时黑暗和残酷的社会现实的控诉书，也是对扼杀人才的门阀制度的一份愤怒的谴责书，语气强烈，感情愤激，是鲁迅先生所说的"金刚怒目"式的光辉篇章。

陶渊明比较清楚地认识到了当时政治的黑暗和残暴，深切地感到"大济于苍生"的宏愿是没法实现的，他无力改变这种现实，而又不愿同流合污，更惧于统治阶级残酷的"密网宏罗"，宁愿走"洁身自好"的隐居之路。他的隐居和选择"终南捷径"、仍然念念不忘官爵的人截然不同。他是在看透社会现实的情况下的一种经过深思熟虑的毅然而然的抉择。这也是他成为晋宋时代的"大隐"的原因吧。

有人认为，这篇赋作于刘宋义熙二年(406)，这时陶渊明四十二岁(一说作于永初三年〈422〉)。在上一年，即义熙元年，他做了八十天的彭泽令,就弃职返里了,并在这时写了《归去来兮辞》,又写了《归园田居》诗五首和这篇《感士不遇赋》。此赋继承、发扬了《楚辞》和建安辞赋“发愤抒情”的好传统,把他这种复杂的感情真实地倾泻了出来。可以说,《感士不遇赋》是一篇有着浓厚的抒情色彩的、感人至深的“言志篇”。

从艺术风格上看,这篇赋写得极为朴素自然,而又清新隽永,行文如行云流水,没有斧凿雕饰之痕。敖陶孙评论魏晋名家的风格特征时指出:“陶彭泽如绛云在霄,舒卷自如。”(《敖器之诗评》)陶渊明的赋也和他的诗一样,以朴素自然见长。而这种质朴中又含寓着华美,平淡中又深蕴着丰满。用苏轼的话说,就是“质而实绮,癯而实腴”(《与苏辙书》),既平淡而又华美,既率真而又深沉。表现在语言风格上,这篇赋则多用口语,语句显得平易近人。赋中巧妙地使用了一些对偶句和简短的短语,构成了一种长短参差、错落有致,音调铿锵有力的抒情节奏,使人读起来朗朗上口,听起来清脆悦耳,富有音乐的旋律和美感。

(徐传武)

# 感物赋并序

傅亮

余以暮秋之月，述职内禁[①]。夜清务隙[②]，游目艺苑。于时风霜初戒，蛰类尚繁[③]。飞蛾翔羽，翩翾满室[④]。赴轩幌、集明烛者，必以燋灭为度[⑤]。虽则微物，矜怀者久之[⑥]。退感庄生异鹊之事[⑦]，与彼同迷而忘反鉴之道，此先师所以鄙智，及齐客所以难目论也[⑧]。怅然有怀，感物兴思，遂赋之云尔。

在西城之暮晷，肃皇命于禁中[⑨]。聆蜻蛚于前庑[⑩]，鉴朗月于房栊。风萧瑟以陵幌，霜澧澧而被墉[⑪]。怜鸣蜩之应节，惜落景之怀东[⑫]。嗟劳人之萃感，何夕永而虑充[⑬]。眇今古以遐念，若循环之无终[⑭]。咏倚相之遗矩，希董生之方融[⑮]。钻光灯而散帙[⑯]，温圣哲之遗踪。坟素杳以难暨，九流纷其异封[⑰]。领三百于无邪，贯五千于有宗[⑱]。考旧闻于前史，访心迹于污隆[⑲]。岂夷阻之在运，将全丧之由躬[⑳]。游翰林之彪炳，嘉美手于良工[㉑]。辞存丽而去秽，旨既雅而能通[㉒]。虽源流之深浩，且扬榷而发蒙[㉓]。

习习飞蚋[㉔]，飘飘纤蝇。缘幌求隙，望爓思陵[㉕]。糜兰膏而无悔，赴朗烛而未惩[㉖]。瞻前轨之既覆[㉗]，忘改辙于后乘。匪微物之足悼，怅永念而捬膺[㉘]。彼人道之为贵，参二仪而比灵[㉙]。禀清旷以授气，修缘督而为经[30]。照安危于心术，镜纤兆于未形[31]。有徇末而舍本，或耽欲而忘生[32]。碎随侯于微爵[33]，捐所重而要轻。矧昆虫之所昧，在智士而犹婴[34]。悟雕陵于庄氏，几鉴浊而迷清[35]。仰前修之懿轨，知吾迹之未并[36]。虽宋元之外占，曷在予之克明[37]。岂知反之徒尔[38]，喟投翰以增情。

## 注释

①暮秋：晚秋。述职：任职。内禁：皇宫。

②务隙：政务之暇。

③戒：通“届”。蛰类：伏入土中冬眠的昆虫。

④翾翾（xuān）：小飞之貌。

⑤轩幌：高高的帷幕。燋灭：烧死。度：标准，限度。

⑥矜怀：怜悯。

⑦庄生异鹊之事：见《庄子·山木》。

⑧鄙智：蔑视智慧。“齐客”句：《史记·越王勾践世家》载：齐国使者见越王说：“今王知晋之失计，而不自知越之过，是目论也。”目论喻其见识短浅，若目见毫毛而不见其睫。难：责难，指责。

⑨西城：应作“西成”，秋季。暮晷（guǐ）：傍晚。肃皇命：恭敬奉行皇帝命令。禁中：皇宫。

⑩蜻（jīng）蛚：蟋蟀。庑（wǔ）：堂下周围的廊屋。

⑪陵幌：吹动帷帐。溰（yí）溰：霜浓。墉：高墙。

⑫蜩（tiáo）：蝉类昆虫。应节：适应节气。落景：落日。

⑬劳人：忧伤的人。萃感：感伤聚集。虑充：充满忧虑。

⑭眇：细看。无终：没有终止。

⑮倚相：春秋时楚国的左史。遗矩：遗留下的法度。董生：董仲舒。方融：正直而知时务。

⑯钻：剪。散帙：摊开书册。

⑰坟素：古代典籍。异封：异界，指学说各异。

⑱领：领悟。三百：指《诗经》。有宗：有一定的宗旨。

⑲污隆：指时事风俗的盛衰。

⑳夷阻：平安和险阻。运：时运，气数。全：得。由躬：在于自身。

㉑游：游目，浏览。翰林：文苑。彪炳：灿烂的文章。良工：技艺精工的匠人。

㉒旨：旨意。雅：正。

㉓扬榷：举其大要。发蒙：启发蒙昧。

㉔蜹：蚊类昆虫。

㉕爓（yàn）：火苗。

㉖ 糜:碎,烂。兰膏:灯油。惩:悔恨。
㉗ 覆:倾倒。
㉘ 拊膺:拍胸。
㉙ 人道:道德规范。参(sān):与二仪合为三。二仪:乾、坤即天、地。比灵:一样神妙、威灵。
㉚ 禀:承受。清旷:清明平旷而超世俗。气:元气。修缘督以为经:见《庄子·养生主》。缘,顺行。督,中道。经,常,常度。
㉛ 心术:思想和心计。镜:明察。纤兆:微细征兆。未形:未有显现出来的事物。
㉜ 徇:夺取。一曰通"殉",献身。本:本性,生命。耽:沉溺。
㉝ 隋侯:隋侯夜明珠。
㉞ 矧:况且。婴:触犯,缠绕。
㉟ "悟雕陵"两句:见《庄子·山木》。
㊱ 前修:前贤。懿轨:美好行为。并:符合。
㊲ 宋元之外占:宋元王得神龟,用以占卜。克明:能明白。
㊳ 知反之:语出《论语》。

## 鉴赏

傅亮(374—426),字季友,晋宋之际著名政治家,文学家。祖籍北地灵州(今宁夏灵武)。晋末历任员外散骑侍郎,中书黄门侍郎等职。入宋后入直中书省。宋武帝刘裕临死时,他与徐羡之、谢晦等人并受顾命,辅佐少帝。元嘉元年(424),与徐、谢等废少帝,迎文帝,控制军国大权。宋文帝刘义隆不能容忍他们擅行废立、独揽军政,即位不久即把他们下令处置。徐羡之畏罪自杀,傅亮被处死,谢晦虽曾在江陵反抗,终兵败被擒而斩首。

《南史·傅亮传》说他"博涉经史,尤善文辞"。今存傅亮所著,多为诏命、册文、书表之作,颇具气势和文彩。《艺文类聚》录其赋作五篇,多残缺。惟"本传"所载《感物赋》完整地保留了下来。

据赋文所述内容,此赋应作于宋永初三年(422)季秋。此时,宋武帝刘裕已死,是年五月少帝刘义符继位。宋少帝是个胡闹的小皇帝,游戏终日,不亲政事,由司空徐羡之、中书令傅亮、领军将军谢晦辅政。此时,内部矛盾甚多,国势亦极危机。傅亮"内怀忧惧,直宿禁中,睹夜蛾赴烛",因而感怀作赋"以寄意"。可见,傅亮是针对国政世事有所感而作的。它不是一篇咏物作品,而是借物兴情的抒情之作。

序文清楚地说明了作赋的因由及所要表达的主要思想。赋正文第一层由禁中秋夜的凄清而驰骋"遐想",联想到古代圣贤的遗训和有关治乱的历史教训,从而引出了"岂夷阻之在运,将全丧之由躬”的结论,暗切时事,抒发了他对刘宋王朝命运和前途的忧虑。第二层由飞蛾赴烛起兴,联想到人事,提出了“照安危于心术,镜纤兆于未形”“修缘督而为经”的处世立命的哲学思想,并感叹“矧昆虫之所昧,在智士而犹婴”的世俗。最后以极含蓄的语言,对危殆即起的王朝现实,表示了感伤、焦虑而又知危难退的复杂心情。

那么,这篇赋作从审美的角度上说,又有什么特色呢?

一、独特的感受,深刻的主题。高尔基谈到什么是艺术家时说:“艺术家是这样的一个人,他善于提炼自己个人的主观印象,从中找出具有普遍意义的客观东西。他并且善于用自己的形式表达自己的观念。”这就说明,独特的艺术感受对艺术家是至关重要的,找到它就是艺术家,失掉它就失掉艺术家。而《感物赋》的美学特点正是表现在独特的感受上。在古代,以飞蛾或飞虫扑火为题材的文学作品是很多的。以赋而论,其前有东晋末年支昙谛《赴火蛾赋》,其后有唐陈仲师《灯蛾赋》,唐范鸣鹤《灯蛾赋》,明区大相《草虫报灯赋》等,但这些赋作只停留在“明哲保身,不慕名利”这个层次上。而身居禁中,掌握重权的傅亮,却从“集明烛必以燋灭为度”的飞蛾身上,感受到自己身世之可危,从而发出身陷泥潭,不能自拔的悲叹。这种独特的心境,是封建时代官场险恶在他心中的投影,具有普遍的意义。《感物赋》所展示的独特心境真切地反映了旧时代士大夫的悲剧心态,具有时代的典型性,因此是很容易引起后人的共鸣的。

二、展示心灵深处的矛盾运动,形成冲击和震撼人们灵魂的冲击波。马积高《赋史》指出:《感物赋》反映了“许多处于乱世的封建士大夫的共同悲剧”。那么,作者又是怎样表现这一心灵的悲剧的呢?根据矛盾的学说,人的内心世界充满着矛盾的运动,人的自身总要进行新与旧,感情与理智,正确与错误等等的斗争,如果不去揭示其内心冲突,不去揭示精神世界的复杂性,形象就往往苍白无力,不真实可信。因此,苏作家阿·托尔斯泰说:“只有当这种针锋相对的矛盾在一个虚构人物身上冲突起来,才可以把悲剧的幕布揭开。”体现悲剧精神的《感物赋》正是依靠这种艺术手段而揭开幕布的。

在《感物赋》里,首先展示的是宁静的秋夜与动荡不安的灵魂的矛盾,抒情主人公的感情世界就在这一动一静的矛盾中展开。随后由飞蛾扑火引起了“修缘督而为经”和“耽欲而忘生”的矛盾,这是世人常见的矛盾,正是这种矛盾成为内驱力而使作者走上了官场。最后展示的是身居官场顶峰时最为激烈也最为隐秘的内心冲突,即身处高位应该急流勇退但又不能自拔的矛盾。

在这对矛盾中存在着两个“自我”的互相撞击,一个是身居高位的“自我”,一个是极想挣脱官场这一牢笼返归自然的“自我”,这两个“自我”的相互撞击出现了多样感情的复合,挣扎罗网的热切愿望和挣脱不掉的悲哀与恐惧。从而使感情的矛盾处于激流之中。这种以动态形式表现出来的感情矛盾形成了一种极强的冲击波,震撼着人们的灵魂。

(林祥征　丁　理)

# 悲 人 道

谢 晦

悲人道兮，悲人道之实难，哀人道之多险，伤人道之寡安。

懿华宗之冠胄[①]，固清流而远源。树文德于庭户，立操学于衡门[②]。应积善之余祐[③]，当履福之所延[④]。何小子之凶放[⑤]，实招祸而作愆[⑥]。

值革变之大运[⑦]，遭一顾于圣皇[⑧]。参谋猷于创物[⑨]，赞帝制于宏纲[⑩]。出治戎于禁卫[⑪]，入关言于帷房。分河山之珪组[⑫]，继文武之龟章[⑬]。禀顾命于西殿，受遗寄于御床。伊懦劣其无节[⑭]，实怀此而不忘。荷隆遇于先主，欲报之于后王。忧托付之无效，惧愧言于存亡。谓继体其嗣业[⑮]，能增辉于前光。居遏密之未几[⑯]，越礼度而湎荒[⑰]。普天壤而殒气[⑱]，必社稷之沦丧。矧吾侪之体国[⑲]，实启处而匪遑[⑳]。藉亿兆之一志[㉑]，固昏极而明彰。谅主尊而民晏[㉒]，信卜祚之无疆[㉓]。国既危而重构，家已衰而载昌[㉔]。获扶颠而休否[㉕]，冀世道之方康[㉖]。

朝褒功以疏爵[㉗]，祇命服于西蕃[㉘]。奏箫管之嘈嘈，拥朱旄之赫煌[㉙]。临八方以作镇[㉚]，响文武之桓桓[㉛]。厉薄弱以为政[㉜]，实忘食于日旰[㉝]。岂申甫之敢慕[㉞]，庶惟宋之屏翰[㉟]。甫逾历其三稔[㊱]，实周回其未再。岂有虑于内□，□□□其云裁[37]。痛夹辅之二宰[38]，并加辟而靡贷[39]。哀弱息之从祸[40]，悲发中而心痗[41]。

伊荆汉之良彦[42]，逮文武之子民[43]，见忠贞而弗亮，睹理屈而莫申，皆义概而同愤，咸荷戈而竞臻。浮舳舻之弈弈[44]，陈车骑之辚辚[45]。观人和与师整，谓兹兵其谁陈[46]？庶亡魂之雪怨[47]，反泾渭于彝伦[48]。齐轻舟于江曲，殄锐敌其皆湮[49]；勒陆徒于白水[50]，寇兀反于只轮。气有捷而益壮[51]，威既肃而弥振。嗟时哉之不与[52]，迕风雨以逾旬。我谋战而不克[53]，彼继奔其蹑尘[54]。乏智勇之奇正[55]，忽孟明而是遵[56]。苟成败其有数，岂怨天而尤人[57]。恨矢石之未竭，遂摧师而覆陈[58]。诚得丧之所遭[59]，固当之其无吝[60]。痛同怀之弱子[61]，横遭罹之殃衅[62]。智未穷而事倾，力未极而莫振。誓同尽于锋镝，我怯劣而愆信[63]。愍弟侄之何辜[64]，实吾咎之所婴[65]。谓九夷其可处，思致免以全生。嗟性命之难遂，乃窘绁于边亭[66]。亦何忤于天地，备艰危而是丁[67]。

我闻之于昔诰[68]，功弥高而身蹙。霍芒刺而幸免，卒倾宗而灭族[69]。周叹贵于狱吏，终下蕃而靡鞠[70]。虽明德之大贤，亦不免于残戮。怀今惮而忍人[71]，忘向惠而莫复。绩无赏而震主，将何方以自牧[72]？非砀石之圜照，孰违祸以取福[73]？著殷鉴于自古，岂独叹于季叔[74]。能安亲而扬名，谅见称于先哲，保归全而终孝[75]，伤在余而皆缺。辱历世之平素，忽盛满而倾灭。惟忝尝与洒扫[76]，痛一朝而永绝。问其谁而为之，实孤人之险戾[77]。罪有逾于丘山[78]，虽百死其何雪。

羁角偃兮衡闾[79]，亲朋交兮平义[80]，虽履尚兮不一[81]，隆分好兮情寄[82]。俱惮耕兮从禄，睹世道兮艰诐[83]。规志局兮功名[84]，每谓之兮为易。今定谥兮阖棺[85]，惭明智兮昔议。虽待尽兮为耻，嗟厚颜兮靡置。长揖兮数子，谢尔兮明智。百龄兮浮促，终焉兮斟克。卧尽兮斧斤，理命兮同得。世安彼兮非此，岂晓分兮辨惑。御庄生之达言，请承风以为则[86]。

## 注释

① 懿：美。华宗：荣显的宗族。冠胄：尊贵的后代。

② 操学：志节学问。衡门：横木为门，喻陋屋。

③ 余祐：先祖神明的祐助。

④ 履福：践受福禄。延：长。

⑤ 小子：自称谦词。凶放：凶暴放肆。

⑥ 愆：罪过。

⑦ 值：逢。革变：指刘裕代晋之变革。大运：大变动时期。

⑧ 遭：遇。圣皇：指刘裕。

⑨ 谋猷：计谋。创物：谓建立国家。

⑩ 赞：辅佐。宏纲：宏伟的方略。

⑪ 出治戎：晦入宋寻转领军将军、散骑常侍，入值殿省，总统宿卫。

⑫ 珪组：玉绶。此句言分掌国家大政。

⑬ 龟章：上雕龟形的印章。

⑭ 伊：句首发语词。

⑮ 继体：犹言嗣位。嗣业：继承大业。

⑯ 遏密：原指皇帝死后停止举乐。语出《尚书·舜典》。后指皇帝之死。

⑰ 湎荒：沉迷荒怠。

⑱ 天壤：天地。

⑲ 矧：何况。体国：治理规划国家。

⑳ 启处：安处，起居。匪遑：无暇。

㉑ 藉：借。

㉒ 谅：确实。与下句“信”义同。晏：安定。

㉓ 卜祚：赐予福祚。

㉔ 载：通“再”。

㉕ 扶颠：扶持危局。

㉖ 康：安。

㉗ 疏爵：分爵。

㉘ 祗（zhī）：恭敬。西蕃：指荆州。

㉙ 朱旄：竿顶用红色旄牛尾为饰的旗。

㉚ 此句指：废少帝后，晦作荆州刺史，行都督荆、湘等七州诸军事。

㉛ 响：通“向”，向住。桓桓：威武。

㉜ 厉：振奋。

㉝ 日旰（gàn）：日已晚。

㉞ 申甫：周代申伯和仲山甫，宣王贤佐。

㉟ 屏翰：国家重臣。

㊱ 逾历：经历。

㊲ 此句不详。

㊳ 夹辅二宰：指居京秉政的徐羡之、傅亮。

㊴ 辟：诛杀。靡贷：不宽免。

㊵ 弱息：弱子。晦之子与徐羡之等同时被诛。

㊶ 心痗(mèi)：心痛而病。

㊷ 良彦：贤良俊才。

㊸ 逮：及，与。

㊹ 舳舻(zhú lú)：指船尾和船头，泛称船只。弈弈：高大盛美。

㊺ 陈：同"阵"，布列。辚辚：众车声。

㊻ 兹：此。

㊼ 庶：庶几，希望。

㊽ 彝伦：天地人之常道，伦常。

㊾ 殄(tiǎn)：灭绝。

㊿ 勒：部勒，统率。

51 有捷：有捷胜。

52 不与：不助。

53 克：制胜。

54 蹑尘：步其后尘。

55 奇正：古时用兵，以对阵交锋为正，设计邀截袭击为奇。

56 孟明：春秋时秦将百里孟明视。

57 尤：罪。

58 覆陈：覆灭战阵。

59 丧：死亡。

60 吝：惜。

61 同怀：兄弟。

62 遭罹：遭受。

63 愆信：失信。

64 愍(mǐn)：哀怜。

65 婴：通"撄"，触犯，遭遇。

66 窘绁：困迫被缚。边亭：边境之宿驿。

67 丁：当，碰上。

68 诰：垂示的教导。

69 "霍芒刺"二句：事见《汉书·霍光传》。

70 "周叹贵"二句：事见《史记·绛侯周勃世家》。陆机《汉高祖功臣颂》，谓周勃"勋耀上代，身终下藩"。鞫：通"鞠"。靡鞠，不审讯。

71 忍：残害。

72 自牧：自治。

73 上句不详。违祸：避祸。

74 季叔：犹言季世。

75 归全：谓全而归之。

76 烝尝：泛指祭祀。烝为冬祭，尝为秋祭。

77 孤人：孑处曰孤，王侯特称。

78 逾：超过。

79 羁角：儿童发髻，男称角，女称羁。借指儿童。衡闾：简陋的街巷。

80 平义：商量讨论。

81 履尚：崇尚。

82 分好：情分交好。情寄：信任和寄托。

83 艰诐(bì)：偏颇，邪僻。

84 志局：志向和度量。

85 定谥(shì)：古人死后，按生前事迹评定褒贬，给予称号。

86 承风：接受教导。

## 鉴赏

谢晦(390—426),字宣明,为晋宋之际著名政治家兼文人。晋末,任参军、主簿等微职,为刘裕爱赏。刘裕篡晋后,为右卫将军,寻加侍中,迁中领军,转领军将军,散骑常侍。刘裕临终,与徐羡之、傅亮为顾命大臣。后加中书令辅政少帝,又与徐、傅等废之。迎立文帝前,帝虑移权他人,遽授晦荆州刺史,拥兵上游。文帝即位三年杀徐、傅,发兵收晦。晦遂举兵反,兵败被杀,年37岁。谢晦"涉猎文义,博赡多通"。其赋今唯存《悲人道》一篇,见于《宋书》本传。其绝命诗"功遂侔昔人,保退无智力。既涉太行险,斯路信难陟。"与此篇情致相一。

此篇哀感人情世道,发悲于赋,是历述身世的自传体骈赋,于兵败被执押京师的途中所作。作者自知与文帝构怨日深,在劫难逃,悲发于衷,也无复顾忌,恨望之情,畅抒于辞,难以遏止。开篇即以"悲人道兮"的哀号领起,继以"悲人道之实难""多险""寡安"三个排句,倾泻而出,悲呼哀伤,一唱三叹,饱含"鸟之将死,其鸣也哀"的痛楚,是为其悲剧性自传的序曲。

人穷反本,"疾痛惨怛,未尝不呼父母"。谢晦出身望族,祖父谢朗"善言玄理,文义艳发"。朗叔父谢安,华贵于东晋;父谢重"明秀有才名"(俱见《晋史》其传)。故有"华宗冠胄""清流远源"的追溯。不过至其父仕宦低落,因用"衡门"之辞。在他看来,门荫余祐,应该福禄无限,而今却将处鼎镬,因之愤愤然以"何小子之凶放,实招祸因作愆"陡然煞住。正说反说,怨情显露,与篇首数语一脉相通。是为自传的前奏曲。

以下三段接叙所历,是全文主体,是悲于人道的实际内容,可视为自传三部曲。谢晦身逢晋宋易代之际,忠心刘裕,得遇知赏,因以创物建国,赞助帝制自命,而有"分河山之珪组,继文武之龟章"矜恃之语。刘裕病危,晦与徐、傅并侍医药。对自以为荣的光辉历史,他行文走笔,酣畅淋漓,扬扬自得之意流溢其间,意在昌明无辜被诛之由。以上是为自传第一步曲——发迹史。晦等辅政的少帝刘义符,耽于玩乐,闹得顾命大臣也想废除他。为了挟制朝廷,求得自全,徐、傅集团授晦荆州刺史。"箫管嘈嘈"到"文武桓桓"四句,就是对出镇西蕃的炫耀,语气傲然自得。好景不长,又不能不使他委实的"悲发中而心痗"了。此为自传的第二部曲——升沉史。君臣嫌恨的政治漩涡,把他推上举兵反抗的浪颠。接着是自传第三部曲——败亡史。

晦之悲剧,从客观上看,是所扶持的文帝造成的;从主观上讲,尽管他挟制朝廷,但也有被王权左右的一面。借王权攀了上去,又让王权摔了下来,是处于乱世臣子常见的遭遇。此其一。其二,这一幕政治斫杀的闹剧在魏晋南北朝的舞台上是久演不衰的,而在当时的诗文辞赋里并不多见,因而这篇自传赋就具有了一定的历史意义和客观价值。

篇末两段,为自传尾声。霍光废昌邑王立汉宣帝,周勃诛诸吕立文帝,名盖当世,而或灭族,或下狱。皆因功高震主,不能自全。谢晦用此为比,自认为有功于宋,指责文帝"怀今惮而忍人,忘向惠而莫复",骂他把昔日迎立之功忘得干净。君恨如此,藩将何以自守;嫌怒既深,谁能避祸取福。愤慨诛戮功臣的历史悲剧又一次重现,而安亲扬名,归全终孝,统统都化为乌有而辱平素之志。末段则痛定思痛,心情归入平息,是面临死亡的自我安慰曲,是唱给自己的挽歌。这时,他想起了总角时代的友谊,青年时代亲友的不同志尚,以及入仕后进退不同的认识。今日阖棺定论,方觉昔之功名易得的想法为错,回顾先前次兄谢瞻的裁让:"吾家以素退为业,汝遂势倾朝野,此岂门户福邪?"(《南史·谢瞻传》)感其明智,悔之无及,唯长揖而已。

这篇"自传",虽不乏文过饰非之语,但大体近实。作为槛车囚犯的临终之言,通篇一气,酣畅尽致。以悲叹呼号发起,而以息叹止哀结束,哀叹、议论不择地而出,以情势为准。主体骈偶,起势发越、末尾语气平缓,一变而为骚体格。特别是融情感于叙论,抑扬转折,曲尽情意。全文格局有《离骚》前半篇写实的影子,而措辞用语,则全由己出。熔铸经史,出入子集,自然妥帖,"博赡多通"诚非虚言。即以自述性的赋看,赋史所存不多,因之,此赋自有引人注意的地方。

(魏耕原)

# 雪　赋

谢惠连

岁将暮，时既昏，寒风积，愁云繁。梁王不悦，游于兔园[1]。乃置旨酒，命宾友，召邹生，延枚叟[2]；相如末至，居客之右[3]。俄而微霰零[4]，密雪下，王乃歌《北风》于卫诗，咏《南山》于周雅[5]。授简于司马大夫[6]，曰："抽子秘思，骋子妍辞，侔色揣称，为寡人赋之[7]。"

相如于是避席而起，逡巡而揖[8]，曰："臣闻雪宫建于东国[9]，雪山峙于西域[10]；岐昌发咏于来思[11]，姬满申歌于黄竹[12]；曹风以麻衣比色[13]，楚谣以幽兰俪曲[14]；盈尺则呈瑞于丰年[15]，袤丈则表沴于阴德[16]。雪之时义远矣哉！

"请言其始：若乃玄律穷，严气升[17]，焦溪涸[18]，汤谷凝，火井灭[19]，温泉冰，沸潭无涌，炎风不兴，北户墐扉[20]，裸壤垂缯[21]，于是河海生云，朔漠飞沙[22]，连氛累霭，掩日韬霞[23]。霰淅沥而先集，雪纷糅而遂多[24]。其为状也，散漫交错，氛氲萧索[25]；蔼蔼浮浮[26]，瀌瀌奕奕[27]；联翩飞洒，徘徊委积。始缘甍而冒栋[28]，终开帘而入隙；初便娟于墀庑[29]，末萦盈于帷席[30]。既因方而为珪[31]，亦遇圆而成璧[32]。眄隰则万顷同缟[33]，瞻山则千岩俱白。于是台如重璧，逵似连璐[34]；庭列瑶阶[35]，林挺琼树；皓鹤夺鲜[36]，白鹇失素；纨袖惭冶，玉颜掩姱[37]。

“若乃积素未亏[38]，白日朝鲜，烂兮若烛龙衔耀照昆山[39]；尔其流滴垂冰，缘霤承隅，灿兮若冯夷剖蚌列明珠[40]。至夫缤纷繁骛之貌，皓旰皦洁之仪[41]，回散萦积之势，飞聚凝曜之奇，固展转而无穷，嗟难得而备知。

“若乃申娱玩之无已[42]，夜幽静而多怀，风触楹而转响，月承幌而通晖[43]。酌湘吴之醇酎，御狐貉之兼衣[44]；对庭鹍之双舞[45]，瞻云雁之孤飞。践霜雪之交积，怜枝叶之相违。驰遥思于千里，愿接手而同归[46]。”

邹阳闻之，懑然心服[47]，有怀妍唱，敬接末曲[48]。于是乃作而赋积雪之歌。歌曰：“携佳人兮披重幄，援绮衾兮坐芳缛；燎熏炉兮炳明烛，酌桂酒兮扬清曲。”又续而为白雪之歌。歌曰：“曲既扬兮酒既陈，朱颜酡兮思自亲[49]。愿低帷以昵枕，念解珮而褫绅[50]。怨年岁之易暮，伤后会之无因。君宁见阶上之白雪，岂鲜耀于阳春？”

歌卒，王乃寻绎吟玩[51]，抚览扼腕[52]，顾谓枚叔[53]，起而为乱[54]。乱曰：“白羽虽白，质以轻兮；白玉虽白，空守贞兮[55]；未若兹雪，因时兴灭。玄阴凝不昧其洁，太阳曜不固其节[56]。节岂我名，洁岂我贞？凭云升降，从风飘零；值物赋象，任地班形[57]；素因遇立[58]，污随染成；纵心皓然，何虑何营[59]！”

## 注释

① 梁王：西汉梁孝王刘武。

② 旨酒：美酒。邹生：邹阳。枚叟：枚乘。

③ 相如：司马相如。曾客游梁，与邹阳、枚乘等同为梁孝王门客。右：首座。

④ 俄而：一会儿。霰（xiàn）：小雪粒。零：零落。

⑤《北风》：指《诗经·国风·邶风》篇名。《南山》：指《诗经·小雅·信南山》。

⑥ 简：竹简。

⑦ 抽：引。秘思：深藏的文思。妍辞：妍丽的辞句。侔（móu）：等同。

⑧ 避席：离开座位。逡巡：迟疑退逊。揖：拱手为礼。

⑨ 雪宫：战国时齐国行宫名。东国：指齐国。

⑩ 雪山：指天山。

⑪ 岐：山名，亦地名，在今陕西岐山东北。昌：周文王姬昌。来思：见《诗经·小雅·采薇》。

⑫ 姬满：周穆王。黄竹：古诗名。

⑬ 曹风：指《诗经·曹风·蜉蝣》篇。麻衣：此诗中有“蜉蝣掘阅，麻衣如雪”句。

⑭ 楚谣：楚辞。幽兰：琴曲名。

⑮ 呈瑞：呈现出吉祥的征兆。

⑯ 袤（mào）：长，深。沴（lì）：灾害。阴德：晴天为阳，雨雪为阴。大雪成灾表示阴盛阳衰。

⑰ 律：音律。严气：冬日严寒之气。

⑱ 焦溪：泉水名。

⑲ 火井：天然气之井。

⑳ 北户：北门。墐：用泥涂抹。扉：门扇。

㉑ 裸壤：古代传说中的裸国，该国人赤裸不穿衣物。垂缯（zēng）：穿缯帛等丝织衣物。

㉒ 朔漠：北方沙漠。

㉓ 氛：雾气。韬（tāo）：掩藏。

㉔ 纷糅：杂乱的样子。

㉕ 氛氲（yūn）：云气浓盛。

㉖ 蔼：通“霭”，云气。蔼蔼，密集。浮浮：飘浮。

㉗ 瀌（biāo）瀌奕奕：盛大之貌。

㉘ 缘甍（méng）：沿着屋脊。冒栋：覆盖着梁柱。

㉙ 便（pián）娟：轻盈回旋。墀（chí）：台阶。庑（wǔ）：廊屋。

㉚ 帷席：帐幕床铺。

㉛ 因：依，就。珪（guī）：方玉。

㉜ 璧（bì）：圆形玉器。

㉝ 眄（miǎn）：斜视。隰（xí）：低地。缟（gǎo）：素绢。

㉞ 逵：大路。璐（lù）：美玉。

㉟ 瑶阶：玉阶。

㊱ 皓鹤：白鹤。鲜：明洁。

㊲ 纨（wán）：白色细绢。指着素美女。冶：艳丽。娉（kuā）：美好。

㊳ 积素：积雪。亏：毁坏，减损。此指融化。

㊴ 烛龙衔耀照昆山：古代神话中，烛龙（人面蛇身的神龙）口衔火烛，照亮

了西北没有阳光的地方。昆山:传说中产玉石的山。

㊵ 霤(liù):屋檐。冯(píng)夷:古代神话中的黄河水神。

㊶ 缤纷繁骛:千变万化的景象。皓旰(hàn):明亮。

㊷ 申:延续,一再。

㊸ 幌:布幌。

㊹ 湘吴之醇酎(zhòu):湘、吴两地所产美酒。兼衣:指多层衣服。

㊺ 鹍:鹍鸡。

㊻ 接手:携手。

㊼ 懑(mèn)然:惭愧。

㊽ 怀:构思。

㊾ 酡(tuó):因饮酒而脸红。

㊿ 褫(chǐ):解下。绅:衣带。

51 寻绎:反复推求。

52 扼腕:以手握腕。

53 枚叔:枚乘,字叔。

54 乱:乐曲的末章。

55 贞:坚贞。

56 玄阴:月亮。昧:掩藏。节:志节。

57 值:遇。赋:给予。象:形状。班:等同。

58 遇:所遇之物。立:成。

59 营:谋求。

## 鉴赏

谢惠连(397—433),南朝宋文学家,陈郡阳夏(今河南太康)人。幼聪敏,十岁能文,深得其族兄谢灵运赏识。宋文帝时为彭城王刘义康法曹参军,世称“谢法曹”。谢惠连一生不得意,去世时年仅37岁。在文学方面颇有造诣,与谢灵运并称“大小谢”。其作常表现其政治上的失意,隐含对现实的不满。其原集已散佚,明人辑有《谢法曹集》。以写抒情赋见长,其辞赋现存有《雪赋》《甘赋》《橘赋》《鸂鶒赋》《白鹭赋》等,其中以《雪赋》最为著名。

《雪赋》继承了楚赋设主客问答的形式,假托西汉梁孝王兔园赏雪,招来了枚乘、邹阳、司马相如三人一起咏雪。三人各逞才思,竭力铺陈典故,刻画雪景。全赋以司马相如的赋雪为主体,先叙述雪的产生,然后描写雪景之美,瑰丽奇绝,极尽妙化之工。其次以邹阳的“积雪之歌”和“白雪之歌”来表现年岁易暮、须及时行乐的思想。最后用枚乘的“乱词”来抒发一种虚无恬淡的处世哲学。

文中的梁孝王、邹阳、枚乘、司马相如等人都是真实的历史人物,但他们凑在一起赏雪赋诗的故事却纯系虚构,是一种“假前人立言”的艺术手法,但作者把这种手法运用得恰到好处,能给予读者身临其境的真切感受。

《雪赋》继承发展了前人的优秀传统,开创了抒情小赋的新领域,是一篇具有承前启后意义的传世之作。《雪赋》继宋玉《风赋》之后,在艺术构思和描写方法上有发展。它不只是客观地描摹景物,而是从人对景物的感受上去写。因此,其笔下的景物是联系着某种思想和感情的审美对象,这在艺术地反映自然方面是很大的进步,由此促进了六朝小赋从体物向抒情为主的转变。

从正面写景来说,《雪赋》绝少因袭依傍前人之作,而是“自铸伟辞”、独辟蹊径,用清丽华美的词语,逼真传神地描绘了雪景之美。一般来说,描写风花雪月的作品很容易出现空泛、纤细的弊病,特别是在文风绮靡的六朝,此类形式主义的作品更为常见。而《雪赋》却能不落窠臼,写雪景不仅能曲尽其妙,而且笔力遒劲,气势磅礴,全篇赋文以“高丽见奇”(沈约《宋书》语)。作者以开阔的视野,丰富的想象,生动的比喻,把雪景描摹得有声有色、有动有静、有虚有实、有远有近,情景交融,给人以充实的艺术美的享受,而没有空泛无物之感觉。

《雪赋》不仅避开了赋体的通病,而且充分发挥了这种文学体裁的长处。这篇千字小赋,直接或间接用典有20余处,涉及天文地理、神仙古人,东西南北,无所不包。只因这些典故与文章内容配合默契、相得益彰,所以不仅没有拼凑堆砌之弊,反而显示了作者的知识渊博、才华横溢、功底深厚、匠心独运,令读者透过“雪”幕,把古今中外、日月山川、飞禽走兽、烟霞美女……万事万物尽收眼底,不仅充分领略到文章的鱼龙变化奥妙无穷之功,而且留下了让想象自由驰骋的余地。其他如在运用夸张、排比、对偶、渲染、烘托等方面,作者也无不精雕细刻,工笔近物,流畅自然,清丽可喜,“脱尽前人秾重之气”(《文选》孙批)而琅琅可诵。

作者的构思很精当。文章的发端简洁挺拔,然后又从写景状物巧妙地过渡到抒情、说理方面来。在对雪的各种情态尽情描绘之后,作者不露斧痕地把视线转向人物在雪景中饮宴行乐以及思念远方亲友的情绪方面,充分表达了人对自然景观的感受。最后,用“乱”词对全篇主旨作了精炼的概括,来表现作者的思想倾向和人生观。

《雪赋》虽然成功地表达了作者的内心世界,但就其思想性来说,却是缺乏深度的。它仍然表现出六朝文人普遍具有的消极遁世、虚无主义的思想倾向,并没有什么新的内容。这一点,早为许多学者所指出。不过,我们应该看到,六朝文人处于社会黑暗、政治险恶的动乱时代,他们的前途暗淡,理想破灭,大都怀才不遇,思想十分苦闷。因此他们逃避现实,寄情于山水,并且很容易接受“和光同尘”、委运任命的老庄思想,产生否定一切的逆反心理。他们佯狂玩世、听天由命、明哲保身。这种处世态度往往反映在他们的作品之中，我们今天来读魏晋南北朝时代的文学作品，常能从中嗅出那个时代的气息。《雪赋》的作者生于那个时代，自然也带着时代的烙印，其作品不免表现出当时知识分子的悲剧性格。所以，《雪赋》那画龙点睛的末句“纵心皓然，何虑何营”，表面上是一种超脱达观、心胸开阔的豪言壮语，然而我们仍然能够从中玩味出作者那种对命运无可奈何的苦涩心情和虚无缥缈的消极成分。

（任　重）

# 芜城赋

鲍照

瀰迤平原[1]，南驰苍梧涨海，北走紫塞雁门[2]。柂以漕渠，轴以昆岗[3]。重江复关之隩[4]，四会五达之庄。当昔全盛之时，车挂轊[5]，人驾肩[6]，廛闬扑地，歌吹沸天[7]。孳货盐田[8]，铲利铜山。才力雄富，士马精妍[9]。故能侈秦法，佚周令，划崇墉，刳浚洫，图修世以休命[10]。是以板筑雉堞之殷，井干烽橹之勤，格高五岳，袤广三坟，崒若断岸，矗似长云[11]。制磁石以御冲，糊赪壤以飞文[12]。观基扃之固护[13]，将万祀而一君。出入三代[14]，五百余载，竟瓜剖而豆分。

泽葵依井[15]，荒葛罥涂。坛罗虺蜮，阶斗麏鼯[16]。木魅山鬼[17]，野鼠城狐。风嗥雨啸，昏见晨趋[18]。饥鹰厉吻[19]，寒鸱吓雏。伏虣藏虎，乳血飧肤[20]。崩榛塞路，峥嵘古馗[21]。白杨早落，塞草前衰[22]。棱棱霜气[23]，蔌蔌风威。孤蓬自振[24]，惊沙坐飞。灌莽杳而无际，丛薄纷其相依[25]。通池既已夷，峻隅又以颓[26]。直视千里外，唯见起黄埃。凝思寂听，心伤已摧。

若夫藻扃黼帐[27]，歌堂舞阁之基，琁渊碧树[28]，弋林钓渚之馆，吴蔡齐秦之声，鱼龙爵马之玩[29]，皆薰歇烬灭，光沉响绝[30]。东都妙姬，南国丽人，蕙心纨质[31]，玉貌绛唇，莫不埋魂幽石，委骨穷尘[32]，岂忆同舆之愉乐，离宫之苦辛哉[33]？

天道如何[34]，吞恨者多，抽琴命操[35]，为芜城之歌。歌曰：边风急兮城上寒，井径灭兮丘陇残[36]。千龄兮万代，共尽兮何言。

## 注释

① 濔迆(mǐyǐ)：相连渐平的样子。
② 苍梧：郡名。涨海：古海名。紫塞：指长城。雁门：郡名。
③ 柂(duò)：引，导。漕渠：漕河，古名邗(hán)沟，即今江苏扬州至淮安的一段运河。昆岗：又名阜岗、昆仑岗、广陵岗。
④ 重江：众多的水道。复关：指广陵有内外二城，犹如有两道关口。隩(yù)：深曲。
⑤ 车挂轊(wèi)：车轴相碰。轊，车轴的末端。
⑥ 人驾肩：人肩相摩。
⑦ 廛(chán)：居民区。闬(hàn)：里门。扑地：遍地。歌吹：指唱歌吹奏的音乐之声。
⑧ 孳(zī)：滋生。
⑨ 妍：美。
⑩ 侈秦法：超出秦代法制。佚周令：超过周朝法令。
⑪ 板筑：在两块木板中间填土夯实。井干：指建楼时构筑的脚手架。崒(zú)若断岸：高峻如同陡峭的河岸。
⑫ 赪(chēng)壤：赤色的土。
⑬ 基：城基。扃：门闩。
⑭ 三代：汉、魏、晋。
⑮ 泽葵：青苔。
⑯ 坛：此指庭堂。虺(huǐ)：毒蛇。蜮(yù)：短狐。麏鼯(jūnwú)：麏似鹿而小，鼯是一种大飞鼠，昼伏夜出。
⑰ 木魅：木石的精怪。
⑱ 趋：奔走。
⑲ 厉吻：磨嘴。
⑳ 虣：古“暴”字，白虎。乳血飧肤：以血为乳，以肉为晚餐。
㉑ 馗：大路。
㉒ 塞草：泛指城垣上的草。
㉓ 棱棱：严寒的样子。
㉔ 自振：自动振起。
㉕ 丛薄：草木丛杂处。
㉖ 峻隅：城上角楼。
㉗ 藻扃：彩绘的门户。黼(fǔ)帐：绣花帐。
㉘ 璇渊：玉池。
㉙ 吴蔡齐秦之声：泛指各地区的音乐。鱼龙爵马之玩：指各种精彩的技艺游戏。
㉚ 光沉：光华淹没。
㉛ 蕙心：内心芳洁如兰蕙。
㉜ 委：弃。
㉝ 离宫：皇帝临时居住的行宫。
㉞ 天道：命运。
㉟ 抽琴命操：取琴作曲。
㊱ 井径：田间小路。

## 鉴赏

鲍照(414？—466)，字明远，本居上党(今山西长治一带)，后移居东海(今江苏涟水)。家世贫寒，以诗为临川王刘义庆所赏识，用为其国侍郎。孝武帝即位后，迁升太学博士，兼中书舍人。历任秣陵、永嘉县令，最后为临海王刘子顼的参军，故世称鲍参军。宋明帝刘彧泰始二年(466)，临海王子顼谋反赐死，照在江陵为乱兵所杀。他出身寒微，政治地位低下，备受士族压抑，因而在诗文中强烈表现出贫贱士人世途艰难的悲愤。其诗今存二百首左右，多为五言古诗，其中以《拟行路难十八首》最有名，其他“歌行”诗，亦为后代所传诵。今存辞赋十篇，《芜城赋》及其他咏物小赋，在中国辞赋发展史中具有重要的地位。其骈体文《登大雷岸与妹书》，亦脍炙人口。他是继陶渊明之后南朝刘宋文坛上最有成就的诗人和文学家，是汉魏迄于六朝中能够继承汉乐府优秀传统和建安风骨的不可多得的作家。今有《鲍参军集》传世。

鲍照的《芜城赋》，历来被视为六朝骈赋的佳作，最为脍炙人口。此赋约写于宋孝武帝大明三年、四年(459—460)之间。

《芜城赋》的写作背景，是作者有感于广陵(今江苏扬州)的荒芜残破而作。宋文帝元嘉二十七年(450)冬十二月，北魏太武帝南犯，兵至瓜步(在今江苏南京)，广陵太守刘怀之烧城，率兵渡江，广陵遭到一次破坏。事隔不到十年，竟陵王刘诞于大明三年四月据广陵谋反。同年七月，沈庆之平定了这次谋反，入城之后，大肆屠杀，诛杀男丁三千余人，以妇女充作军饷，广陵又遭到一次浩劫，几乎变成一片废墟。鲍照客游江北时，目睹了荒凉不堪的广陵，遂有所感而作此赋。

此赋可分三段，从首句至“竟瓜剖而豆分”为第一段。此段用铺张手法极力描写昔日广陵的形胜及其繁华富庶。广陵地势平坦，南北接连极远，又为重重复复的江河关口所环绕，水陆交通四通八达，自古为形胜之地。昔日繁盛之时，街市熙熙攘攘，肩摩毂击；人烟密集，歌吹沸天。又有盐田铜山之利，人才杰出，兵精马强，故能超出周秦建造城池的法令制度，建高城，挖深池，既有防兵设施，又把城市装扮得十分美丽。原想图兴万世基业，哪知只经过三代五百余年，就土崩瓦解了。

从“泽葵依井”到“心伤已摧”为第二段。在这一段开头，作者将笔一摇，由昔日的繁华转写今日的萧条。作者用一个个特写镜头，来展现芜城的衰飒之景。你看，那昔日人口最多的井边、道旁，如今却长满青苔、蔓草。坛堂庭阶，变成毒蛇、猛禽、鬼怪的活动场所。这些怪物，嗥叫于风雨之夕，出没于晨昏之时。饥饿的老鹰在磨牙厉吻捕食吓唬小鸟。猛虎藏伏着，在伺机寻找血肉之食。荆棘塞途，木落草衰，霜风凄紧，满日苍凉。孤蓬拔地而起，惊沙无故而飞。荒草一望无际，草木相杂，纷披相依。城倒池平，到处是断井颓垣。极目远望，只见尘土飞扬；寂然凝思，不觉潸然泪下。这就是战争洗劫后的广陵啊！

赋的最后一段，由自然景物和城市的萧条而转写人事的变迁，同时寄托作者的感慨。昔日的歌堂舞榭、玉树琼花、渔猎的宫馆、四方的音乐，各种各样的游戏技艺，现在都灰飞烟灭了。不管是东都的妖丽，还是南国的佳人，都“埋魂幽石，委骨穷尘”了。她们现在既无得宠之乐，也无失宠之忧，一切都被埋葬了。昔日的歌舞升平与风月繁华，如今已成过眼云烟。最后在一曲悲歌中结束了全篇。

应当指出，作者抒发的华屋山丘，人生无常的感慨含有消极因素，调子也比较低沉。但他指出统治者幻想的“将万祀而一君”，最终不免要化为泡影，落了个“瓜剖而豆分”的下场，这是符合历史辩证法的。作者在赋中，对被屠杀的人民表示深切的同情，在客观上批判了竟陵王刘诞的肇乱和宋武帝、沈庆之之流的夷戮无辜者，揭露了他们的罪恶。

《芜城赋》之所以脍炙人口，众口交誉，与它的高超的艺术性是分不开的。赋的主要部分用对比方法，将广陵昔日的繁盛与今日的萧条进行对照描写，为了使对比鲜明，在写昔日与今日的广陵方面均作了艺术的夸张。他写昔日之盛，正是为了突出今日之衰。第一段描写是为第二段作铺垫，用古文家的话说，这叫“蓄势”。“从盛时极力说入，总为‘芜’字张本，如此方有势有力。”（许梿《六朝文絜·芜城赋》眉批）

作者在写昔日之盛与今日之衰的对比中，用艺术夸张的手法，制造出浓烈的气氛。如写广陵繁盛时的“廛闬扑地，歌吹沸天”“格高五岳，袤广三坟，崒若断岸，矗似长云，制磁石以御冲，糊赪壤以飞文”等等，都是语含夸张的。至于写今日的衰飒，像“坛罗虺蜮，阶斗麏鼯。木魅山鬼，野鼠城狐……伏虣藏虎，乳血飧肤”等艺术描写，并非实景，有些东西是不存在的，作者所以这样写，旨在渲染荒凉可怖的气氛，以增加今昔的对比度，让人读之惊心动魄，收到了很好的艺术效果，姚鼐评此赋说：“驱迈苍凉之气，惊心动魄之辞，皆赋家之绝境。”（《古文辞类纂·鲍明远芜城赋》）林纾总结此赋的艺术手法说：“入手言广陵形胜及其繁富，后乃写其凋敝衰飒之形，俯仰苍茫，满目悲凉之状，溢于纸上，

真足以惊心动魄矣。”(《古文辞类纂选本·芜城赋》评语)

《芜城赋》在语言的提炼上,于浓郁中乃见奇峭,就赋体而论,它属于骈赋,对偶句很多,以四六对句为主,但不呆板,有变化,虽讲求骈俪而不失之纤巧细弱,在这一点上,它与齐梁骈赋有很大的不同。在段与段之间,往往用一两句话进行兜转,转折的跨度很大,显得非常遒劲。如一、二段之间的“观基扃之固护,将万祀而一君”两句下,陡然跌落到“出入三代,五百余载,竟瓜剖而豆分”。其转折是大起大落的,使文章显得有波澜。又如二段、三段之间的“若夫藻扃黼帐,歌堂舞阁之基,璇渊碧树,弋林钓渚之馆,吴蔡齐秦之声,鱼龙爵马之玩,皆薰歇烬灭,光沉响绝”,前后文转折的跨度也很大。

“天道如何”以下,是赋的收尾部分,“抽琴命操,为芜城之歌”,《芜城赋》的题字,至此揭出。歌辞的感慨,颇耐人寻味。许梿说:“收局感慨淋漓,每读一过,令人辄唤奈何。”(《六朝文絜》)“千龄兮万代,共尽兮何言”,言外有无穷的悲慨,把芜城的华屋山丘的巨变,以及对由盛及衰的感怆,表现得余味无穷。

(刘文忠)

# 飞　蛾　赋

鲍　照

仙鼠伺闇①,飞蛾候明。均灵舛化②,诡欲齐生③。观齐生而欲诡,各会性以凭方④。凌燋烟之浮景⑤,赴熙焰之明光⑥。拔身幽草下⑦,毕命在此堂。本轻死以邀得⑧,虽糜烂其何伤?岂学山南之文豹,避云雾而岩藏⑨。

## 注释

① 仙鼠:蝙蝠。

② 舛化:不同的变化。

③ 诡:异。

④ 会性:适应本性。凭方:施展技艺。

⑤ 凌:凌逼。浮景:升腾的光影。

⑥ 赴:奔赴,往。熙焰:明亮的光焰。

⑦ 拔身幽草下：从幽草下飞出。幽，深，幽深。

⑧ 邀：招引。

⑨ 文豹：豹皮有文彩，故谓。

## 鉴赏

鲍照是一位才华横溢，卓然不群的杰出诗人和辞赋家。但由于出身寒微，受到当时门阀制度的压抑，终生不得志。他曾在《拟行路难》诗中写道："自古圣贤尽贫贱，何况我辈孤且直。"寒门知识分子怀才不遇的苦闷，仕途的艰辛，以及社会现象的不合理，鲍照是有着深切体会和认识的。他在慨叹险衅日生的政治局面给寒门士人带来不幸的同时，更看到了黑暗的政治局面与严酷的文化专制，使得寒门士人随时都有被弃和被杀的可能。目睹他们临深履薄的处境，看到不少文学家屏息累足，依阿俯仰以求全身的社会现实，在重重的压力面前，鲍照始终没有与那浊溷不堪的社会同流合污，也始终没有放弃自己的理想与个性。这些，在他的作品中都曾有过强烈的反映。在此情况下，这篇《飞蛾赋》便鲜明地反映了作者的思想与个性。

"飞蛾投火，自取灭亡"，历来为明哲保身者所警戒。而鲍照在这篇小赋中却反其意。他认为"仙鼠伺闇，飞蛾候明"，各有自己的特性。"均灵舛化，诡欲齐生"。世上万物，由于天赋不同，其性灵各异，变化不同。"观齐生而欲诡，各会性以凭方"，它们各凭自己天赋的技能，以显示不同的特性。飞蛾为了追求光明，凌燋烟、趁浮景，"拔身幽草下"，投入熙焰中。本置生死于度外，虽烈火焚身，堂上毕命，亦毫不畏惧。岂能学南山之文豹，为了保全性命，深藏于山岩云雾之中？

作者对事物的看法，不同于流俗。他歌颂飞蛾为寻求光明而奋不顾身"凌燋烟，赴熙焰"、糜烂以死的壮烈牺牲的献身精神，同时也指出山岩隐居，藏身保命的文豹之不足学。在这篇小赋中，作者咏物抒怀，夹叙夹议，以锤炼精工的语言，烘染出自己在生活中的切身感受。从飞蛾候明的特性，抒写自己的人生态度，爆发出顽强不屈的精神。形成了这篇小赋的突出特色。

反衬的艺术手法，增强了这篇小赋的形象性和感染力。作者先以仙鼠"伺闇"，来反衬飞蛾"候明"，从而说明生物之间的不同特性。再以深山保命的文豹，反衬"虽糜烂其何伤"的飞蛾。突出表现了飞蛾勇于献身的精神。通过反衬，显示作者的褒与贬，加强了全文的说服力。

奔放的感情，新奇的想象，为这

篇小赋增添了瑰丽的浪漫主义色彩。那璀璨的光焰,诱人的“浮景”,就是招致飞蛾为之献身的魅力。从而展现了飞蛾栩栩如生的、有感情、有活力、有鲜明个性的艺术形象,点染了这篇小赋的抒情特色。

这篇《飞蛾赋》,笔力挺拔,命意新奇,语言洗练,颇有气势,表现了鲍照咏物小赋的风格特色。

(惠淇源)

# 月　　赋

谢　庄

陈王初丧应、刘[①]，端忧多暇[②]。绿苔生阁，芳尘凝榭。悄焉疚怀，不怡中夜。乃清兰路，肃桂苑，腾吹寒山[③]，弭盖秋阪[④]。临浚壑而怨遥，登崇岫而伤远[⑤]。于时斜汉左界，北陆南躔[⑥]，白露暧空[⑦]，素月流天。沉吟齐章[⑧]，殷勤陈篇。抽毫进牍，以命仲宣[⑨]。

仲宣跪而称曰：臣东鄙幽介[⑩]，长自丘樊[⑪]，昧道懵学[⑫]，孤奉明恩[⑬]。臣闻沉潜既义[⑭]，高明既经[⑮]，日以阳德，月以阴灵[⑯]。擅扶光于东沼[⑰]，嗣若英于西冥。引玄免于帝台[⑱]，集素娥于后庭。朒朓警阙[⑲]，朏魄示冲[⑳]。顺辰通烛[㉑]，从星泽风。增华台室，扬采轩宫。委照而吴业昌，沦精而汉道融[㉒]。

若夫气霁地表[㉓]，云敛天末，洞庭始波，木叶微脱。菊散芳于山椒[㉔]，雁流哀于江濑[㉕]；升清质之悠悠，降澄辉之蔼蔼。列宿掩缛[㉖]，长河韬映；柔祇雪凝[㉗]，圆灵水镜；连观霜缟[㉘]，周除冰净。君王乃厌晨欢，乐宵宴；收妙舞，弛清县[㉙]；去烛房，即月殿；芳酒登，鸣琴荐[㉚]。

若乃凉夜自凄，风篁成韵[㉛]。亲懿莫从[㉜]，羁孤递进。聆皋禽之夕闻，听朔管之秋引[㉝]。于是弦桐练响㉞，音容选和。徘徊《房露》，惆怅《阳阿》㉟。声林虚籁，沦池灭波㊱。情纡轸其何托？愬皓月而长歌㊲。

歌曰："美人迈兮音尘阙㊳，隔千里兮共明月；临风叹兮将焉歇？川路长兮不可越！"歌响未终，余景就毕㊴；满堂变容，回遑如失㊵。又称歌曰："月既没兮露欲晞㊶，岁方晏兮无与归；佳期可以还，微霜沾人衣！"

陈王曰："善！"乃命执事，献寿羞璧㊷。敬佩玉音，复之无斁㊸。

## 注释

① 陈王：曹植。应、刘：应玚、刘桢。
② 端忧：闲居忧闷。
③ 腾吹寒山：到寒山上奏乐。
④ 弭：停。盖：车盖。
⑤ 浚（jùn）壑：深谷。崇岫：高山。怨遥、伤远：均谓怀念远人。
⑥ 汉：银河。北陆：星名。
⑦ 暧：充满。
⑧ 齐章：指《诗经·齐风·东方之日》。
⑨ 仲宣：王粲。
⑩ 东鄙：东方边远的地方。
⑪ 丘樊：山林田园。
⑫ 昧道懵（méng）学：昧于道而懵于学。
⑬ 孤奉：白白地承奉。孤，同"辜"。明恩：明主的恩命。
⑭ 沉潜：地。
⑮ 高明：天。
⑯ "日以阳德"二句：古人认为日属阳。
⑰ 扶光：扶桑之光，指太阳。
⑱ 玄兔：玉兔。
⑲ 朒（nǜ）：上弦月。朓（tiǎo）：下弦月。
⑳ 朏（fěi）：新月发出的微弱月光。
㉑ 辰：时辰。
㉒ 委、沦：向下投放。照、精：月光。
㉓ 霁：雨过天晴。
㉔ 山椒：山顶。
㉕ 濑（lài）：浅水滩。
㉖ 列宿：众多的星宿。
㉗ 祇（qí）：地神。
㉘ 连观（guàn）：连接的宫观楼台。
㉙ 清县：清妙的音乐。县，通"悬"。
㉚ 荐：进献。
㉛ 篁：竹林。

㉜ 亲懿:至亲好友。

㉝ 秋引:秋天肃杀凄凉的曲调。

㉞ 练:选择。

㉟《房露》《阳阿》:均系古曲名。

㊱ 籁:泛指一般音响。沦池:荡漾着微波的池水。

㊲ 纡轸(yūzhěn):纡曲隐痛之心情。愬(sù):面向。

㊳ 音尘:信息。

㊴ 余景就毕:月将落。

㊵ 回遑:彷徨惘然。

㊶ 晞:干。

㊷ 执事:管事者。寿:古代以财物赐赠人谓“寿”。羞:进献。璧:圆形玉器。

㊸ 斁(yì):厌烦。

## 鉴赏

谢庄(421—466),字希逸,南朝宋时的文学家,陈郡阳夏(今河南太康)人。出身世族,明帝时官至中书令,加金紫光禄大夫。幼聪慧,据《宋书》载,七岁能文,一生作品甚多。政治上要求收复失地、反对与北魏议和,主张不限门阀广泛任用人才等。他的诗文辞赋格调飘逸,文笔清丽,但内容比较狭窄。原有集二十卷,已散佚,明人辑有《谢光禄集》。今存辞赋有《月赋》《曲池赋》《赤鹦鹉赋》《舞马赋》等,其中以《月赋》最为有名。

《月赋》与谢惠连的《雪赋》有明显的承继关系。谢庄这篇赋在结构、手法上有不少地方直接效法《雪赋》。大凡摹仿之作,都很难写出新意,甚至容易失之鄙陋,致有“东施效颦”之讥,而谢庄这篇仿作却写出了自己的特色,艺术上颇有独到之处,在写景和抒情方面,可谓后来居上,所以能成为传世名篇。

在结构上,《月赋》与《雪赋》一样,采取了“假主客以为辞”的手法,借用了曹植、应玚、刘桢、王粲等真实人物,虚构了一段故事,引发出假托王粲所作的咏月之赋。《月赋》的高明之处在于:它所虚构的这段故事十分曲折动人。《月赋》的开头的优点是:利用故事情节,把人物安排在特定的环境之中,创造出一种特殊的气氛,为全篇的凄清基调作了很好的铺垫。忧伤的人物加上肃杀的深秋和寂寞的月夜,俨然一幅情景交融的水墨画,把读者领进了幽静伤感的意境之中。

“臣闻”以下是文章的主体部分,是集中描写月景和抒发作者情感的。月亮是自然界中最能激发人们的想象、牵动人们情思的一种景观,古往今来,月亮与文学有着不解之缘,多少骚人墨客,着力于描绘和赞美月亮,写下了无数的篇章。然而,要真正表现好月亮的美丽和它的神秘、静谧的意境,却也并非易事。在历代咏月的名作中,谢庄的《月赋》是影响最大的一篇,它描写月亮,不像《雪赋》那样正面描写,而是极少直接写月。它大量运用侧面描写的手法,对月色之美进行烘托,着重表现人物对月的感受。这样写,艺术效果就更为强烈了。

《月赋》的写月,目的还在于抒情。虽然前半篇在叙事和写景的字里行间已经洋溢着许多"情",但作者还觉不够,下面又直接转入写人、写情。最后,用陈王对王粲赋月的褒美来结束全文,既使文章前后照应,又显示出全文层次分明、收尾利索干净的特点。本篇构思精巧,行文流利酣畅,格调飘逸潇洒,语汇优美整齐,抒情状物别开生面,确是一篇不可多得的佳作。它得到了很高的评价,如清人孙月峰在说它"只写月夜之情,非为赋月也"。"赋至此自居逸品","固远出《雪赋》上"。邵子湘说:"此赋与小谢略同,更为轻倩,略无形似语。"所以《月赋》的创作方法和艺术特点,至今仍值得我们学习借鉴。

《月赋》在艺术上虽然也有某些不尽人意之处,就《月赋》的思想性而言,它缺乏深刻的社会意义,但它较好地反映了那个时代部分上层人物的心态。

(任　重)

# 愍衰草赋

沈　约

愍衰草，衰草无容色①。憔悴荒径中，寒荄不可识②。昔时兮春日，昔日兮春风。衔华兮佩实③，垂绿兮散红。岩陬兮海岸④，冰多兮霰积。布绵密于寒皋⑤，吐纤疏于危石。雕芳卉之九衢⑥，陨灵茅之三脊。风急崤道难⑦，秋至客衣单。既伤檐下菊，复悲池上兰，飘落逐风尽，方知岁早寒。流萤暗明烛，雁声断裁续⑧。霜夺茎上紫，风销叶中绿。秋鸿兮疏引，寒乌兮聚飞⑨。径荒寒草合，草长荒径微。园庭渐芜没，霜露日沾衣。

## 注释

① 愍(mǐn)：哀怜。无容色：失去了苍翠之色。
② 憔悴：困顿萎靡。寒荄(gāi)：枯根。
③ 华：同“花”。
④ 岩陬(zōu)：山崖下。
⑤ 寒皋：荒凉的沼泽地带。
⑥ 雕：通“凋”，凋落，衰败。九衢：草茎的分枝交错。
⑦ 崤(xiáo)道难：崤道峻险难行。
⑧ 裁：通“才”。
⑨ “秋鸿”句：鸿雁断断续续地鸣叫。寒乌：即寒鸦。

## 鉴赏

沈约(441—513)，字休文，吴兴武康(今浙江德清)人。他历仕宋、齐、梁三朝，是齐梁文坛的领袖。他和谢朓等人所开创的“永明体”是比较自由的古体诗向格律严整的近体诗变化的一个重要的过渡阶段。

他提出了诗歌创作的“四声八病”说,为五言律诗的正式形成开辟了通途,而且影响到骈体文,促使作者更加注意音节的铿锵优美。他的诗文数量极多,据《梁书·沈约传》记载共有一百卷。沈约的赋今存11篇,多为节录。《梁书·沈约传》所载的《郊居赋》是他赋作中唯一的长篇,为他入梁以后所作,其命意颇仿谢灵运的《山居》,洋洋洒洒,以矫情掩盖牢骚。相比之下,不如他的《愍衰草赋》《丽人赋》有特色。

此赋前半部分,先写衰草憔悴荒径,令人哀怜。继写昔日芳草衔华佩实、垂绿散红,在岩陬、海岸、寒皋、危石到处滋长,表现出旺盛的生命力,而转眼月迁季易、天气寒冷,就连九衢的芳卉、三脊的灵茅也纷纷枯萎了。这虽然只写草的今昔变化,却寓有人生何独不然之意。在赋的后半部分,他更驰骋联想。总观全篇,作者成功地运用了李仲蒙所说的“索物以托情”,“触物以起情”(见《致李叔易》,《斐然集》卷十八)的比兴手法,隐晦曲折地表现了他晚年凄苦忧伤的心情。

这篇赋是由诗改写而成的。它在语句形式上糅合骚体句式、骈赋句式与五言诗句,试图打破各种抒情文体的界限,在赋的形式上是一个创造。全赋辞语清浅,形象如画,含义耐人思索。它为以后的小赋创作提供了有益的经验。

(方永耀)

# 恨　赋

江　淹

试望平原，蔓草萦骨，拱木敛魂[1]。人生到此，天道宁论[2]？于是仆本恨人[3]，心惊不已，直念古者，伏恨而死。

至如秦帝按剑，诸侯西驰，削平天下，同文共规[4]。华山为城，紫渊为池[5]。雄图既溢，武力未毕[6]，方架鼋鼍以为梁，巡海右以送日[7]。一旦魂断，宫车晚出[8]！

若乃赵王既虏，迁于房陵[9]，薄暮心动，昧旦神兴[10]。别艳姬与美女，丧金舆及玉乘[11]。置酒欲饮，悲来填膺[12]。千秋万岁，为怨难胜[13]！

至如李君降北[14]，名辱身冤。拔剑击柱，吊影惭魂[15]；情往上郡，心留雁门[16]。裂帛系书[17]，誓还汉恩。朝露溘至，握手何言[18]！

若夫明妃去时，仰天太息，紫台稍远[19]，关山无极。摇风忽起，白日西匿，陇雁少飞，代云寡色[20]。望君王兮何期？终芜绝兮异域[21]！

至乃敬通见抵[22]，罢归田里，闭关却扫，塞门不仕；左对孺人，顾弄稚子，脱略公卿，跌宕文史[23]。赍志没地，长怀无已[24]！

乃夫中散下狱[25]，神气激扬，浊醪夕引，素琴晨张。秋日萧索，浮云无光。郁青霞之奇意，入修夜之不旸[26]！

或有孤臣危涕，孽子坠心，迁客海上，流戍陇阴[27]。此人但闻悲风汩起，血下沾衿[28]；亦复含酸茹叹，销落湮沉[29]！

若乃骑叠迹，车屯轨[30]；黄尘匝地，歌吹四起[31]。无不烟断火绝，闭骨泉里[32]！

已矣哉！春草暮兮秋风惊，秋风罢兮春草生。绮罗毕兮池馆尽，琴瑟灭兮丘垄平[33]。自古皆有死，莫不饮恨而吞声！

## 注释

① 蔓草：蔓生的野草。萦（yíng）：缠绕。骨：指荒原中的尸骨。拱木：墓边的树木。

② 天道：自然规律。

③ 恨人：失意抱恨之人。

④ 秦帝：秦始皇嬴政。同文共规：《史记·秦始皇本纪》："一法度衡石丈尺，车同轨，书同文字。"

⑤ 紫渊：水名，在今山西吕梁。

⑥ 武力未毕：勇武和兵力仍有余。

⑦ 方：尚且。鼋鼍（yuántuó）：鳖和扬子鳄。海右：海的西边。送日：观看日落。

⑧ 魂断：死去。宫车晚出：对皇帝去世的讳称，即"宫车晏驾"。

⑨ 赵王：战国时赵国末君赵王迁。迁：流放。房陵：古县名，在今湖北房县。

⑩ 心动：心神不安。昧旦：黎明。神兴：醒来。

⑪ 金舆、玉乘：镶金缀玉、装饰华丽的车子。

⑫ 膺：胸。

⑬ 千秋万岁：帝王的有生之年。

⑭ 李君：汉将李陵。北：指匈奴。

⑮ 拔剑击柱，吊影惭魂：指李陵降北后悔恨、痛苦的样子。

⑯ 上郡、雁门：边塞郡名。

⑰ 裂帛系书：从衣服上割下一块布帛用来写信。

⑱ 朝露溘至：人生像朝露一样短暂。溘（kè），忽然。

⑲ 明妃：王昭君。紫台：紫宫，汉代帝王居处。

⑳ 摇风：疾风。白日：太阳。陇：甘肃一带。代：在今河北蔚县一带。

㉑ 芜绝:埋没。

㉒ 敬通:东汉冯衍,字敬通。见抵:被压制、排挤。

㉓ 孺人:妻子。脱略:轻慢。

㉔ 赍(jī)志:怀抱大志。没地:埋葬在地下。长怀:深深地含恨。

㉕ 中散:指嵇康。

㉖ 郁:郁积。青霞之奇意:言其志高。修夜:长夜。不旸(yáng):不明。

㉗ 孤臣:遭疏斥放逐之臣。孽子:庶子。迁客:贬谪迁徙者。流戍:流放戍边者。海上、陇阴:均泛指荒凉边远之地。

㉘ 汩(yù):急,迅速。血下:谓泪尽继之以泣血。衿:同"襟"。

㉙ 含酸茹叹:饱含辛酸,饮恨吞声。销落湮沉:喻死亡。

㉚ "若乃骑"句:言车马之盛。

㉛ 匝(zā)地:遍地。

㉜ 烟断火绝:喻人死。闭骨泉里:尸体埋在地下。

㉝ 池馆:临水的馆舍。丘垄:坟墓。

## 鉴赏

江淹(444—505),字文通,济阳考城(今河南兰考)人,历仕宋、齐、梁三个朝代,为当时著名的文学家。他出身庶族,家世寒微,祖父和父亲官位都不高。他"自以孤贱,厉志笃学",六岁能诗。早年不得志,后官运亨通,投奔梁武帝萧衍后,官至金紫光禄大夫,拜醴陵侯。

江淹的文学作品,大多写成于宋、齐时期,入梁以后,基本再没有作品问世,人谓"江郎才尽"。其实,考察他的生平可看出,他在仕途坎坷、遭受打击时,心潮起伏,感慨万千,便写出许多富有真情实感的精彩篇章。官居高位、养尊处优之时,便不再需要靠文才来取得统治者的重用,同时他也失去了昔日对社会黑暗的深切感受,当然也就写不出好作品来了(也有人推测江淹晚年患了智力障碍性疾病)。

江淹著作甚丰,原有集三十卷,已散佚,今存明翻宋本《江文通集》,共保存诗一百余首,赋近40篇。其诗善模拟,少独创。其赋以抒情小赋见长,而《恨赋》《别赋》尤为著名。二赋辞采华美,慷慨悲凉,接近鲍照文风而更加苍劲、含蓄,较之谢惠连、谢庄、沈约等人的清丽风格,又别是一番情趣。

《恨赋》《别赋》分别集中了人世间各种不同的生死之恨和离愁别绪而组织成篇。这种把某一特定感情作为贯穿全文线索的赋作虽然不是江淹首创(魏晋时,孙楚有《笑赋》,陆机有《别赋》),但却在江淹手中发展到完美的境界,以致后世的许多拟作(包括大诗人李白的诗)均比《恨赋》《别赋》逊色。

《恨赋》的艺术特色,首先在于题材的新颖别致。抒情本是文学的重要功能,而“恨”又是人类很普通的情感。反映这种情感的各类文学作品虽然比比皆是,然而,杂集众多的人物、事件来着力表现“恨”的题材,却是别开生面、独树一帜的。其次,《恨赋》的结构严密、条理分明。因题材特殊,就要求作品的结构、层次安排合理,否则很容易失之散漫杂乱。《恨赋》很巧妙地解决了这个问题。它用“试望平原”等句开头,引出“直念古者,伏恨而死”的主题。以恨极处着笔,一开始就紧扣读者心弦。然后,它又列举了秦始皇、李陵、王昭君、嵇康等六位历史名人,对他们的不同命运和不幸结局一一作了特写;紧接着又泛写了孤臣、孽子、迁客、流戍等各类人的含恨而死;最后用“已矣哉!……自古皆有死,莫不饮恨而吞声”来总结全文。把各色人等的死一律归结到“恨”字上来,使结尾与开篇相呼应。这种紧扣主题、层层推进、首尾照应、一气呵成的写法,既使得全文结构紧凑、浑然一体,又使文章语势如急流奔泻,酣畅淋漓。

《恨赋》篇幅不长,构思精巧,内容丰富多彩。由于人生短促,所有的人都面临着死亡的结局,免不了都会有生死之恨。但作者所赋的不是一般的生离死别之恨,而是那些“不称其情”而死的人所怀有的深切的恨。不同的人所具有的人生遗憾各不相同,所以他们各自的“恨”也互不一样。赋中所描写的六个人物,各有自己恨的内容。

作者在铺陈上述人物的“伏恨而死”时,贯注了自己的全部感情。南朝时,政权更迭频繁,局势动荡不安,处于权力斗争漩涡边缘的知识分子们,地位沉浮不定,穷达荣辱和生死祸福皆变幻莫测,故文人中失意抱恨者居多。对此,作者有着亲身的经历,《恨赋》即是一篇有感而发的作品。它饱沾着下层知识分子的血泪,借咏史来发泄对黑暗现实的愤懑不平,有如一曲慷慨悲歌,激起读者的思想共鸣,因而此赋得以广泛传诵。

《恨赋》的语言简洁遒劲,语意含蓄,余味深长。它多采用四言句,二二节奏,加之排偶形式,显示了声调铿锵、疏宕错落的音乐美,特别适合于表现激昂奔放的感情。作品不堆砌生僻的典故,而是引征人们所熟悉的人物、故事,使读者倍感亲切,从而增强了作品感人的艺术效果。在铺采摛文、辞句清新工丽方面,均显示了作者的大家手笔。其文词之美,是鲍照以后的南朝作家中无人可与比拟的。前人评价江淹、鲍照之赋为“金声玉润”,又说江淹的《恨赋》“自为杰作绝思”,足见《恨赋》的艺术成就是早就为世人公认的。

不过,我们对于《恨赋》的思想性却不能予以过高的评价。虽然它从侧面反映了当时的黑暗现实,有一定的社会意义,但是它的主调是低沉的。它列举了各种“伏恨而死”的例子,而最后都归结为生死无常、人在命运面前无能为力,给读者一种消极的影响。同时,还有一种不分具体情况、对一切死有遗恨者都怀同情的倾向,包括那些因死去而不再能安享荣华富贵的人物竟也在被同情之列。这种生死观主要是从个人的角度出发的,而未能站得更高一些来对待生与死的问题。

(任　重)

# 别　　赋

江　淹

黯然销魂者[1],唯别而已矣!况秦、吴兮绝国[2],复燕、宋兮千里。或春苔兮始生,乍秋风兮暂起[3]。是以行子肠断[4],百感凄恻。风萧萧而异响,云漫漫而奇色。舟凝滞于水滨,车逶迟于山侧[5];棹容与而讵前[6]?马寒鸣而不息。掩金觞而谁御?横玉柱而沾轼[7]。居人愁卧,怳若有亡[8]。日下壁而沉彩[9],月上轩而飞光;见红兰之受露,望清楸之离霜[10];巡曾楹而空掩[11],抚锦幕而虚凉。知离梦之踯躅[12],意别魂之飞扬。

故别虽一绪,事乃万族[13]:

至若龙马银鞍,朱轩绣轴,帐饮东都,送客金谷[14]。琴羽张兮箫鼓陈,燕、赵歌兮伤美人;珠与玉兮艳暮秋,罗与绮兮娇上春[15]。惊驷马之仰秣[16],耸渊鱼之赤鳞。造分手而衔涕[17],感寂寞而伤神。

乃有剑客惭恩[18],少年报士,韩国赵厕,吴宫燕市[19];割慈忍爱,离邦去里,沥泣共诀,抆血相视[20]。驱征马而不顾[21],见行尘之时起。方衔感于一剑,非买价于泉里[22]。金石震而色变,骨肉悲而心死[23]。

或乃边郡未和，负羽从军[24]；辽水无极，雁山参云[25]。闺中风暖，陌上草薰[26]。日出天而耀景，露下地而腾文[27]；镜朱尘之照烂，袭青气之烟煴[28]。攀桃李兮不忍别，送爱子兮沾罗裙。

至如一赴绝国，讵相见期[29]？视乔木兮故里，决北梁兮永辞。左右兮魂动，亲宾兮泪滋。可班荆兮赠恨[30]，唯樽酒兮叙悲。值秋雁兮飞日，当白露兮下时。怨复怨兮远山曲，去复去兮长河湄[31]。

又若君居淄右，妾家河阳[32]，同琼珮之晨照，共金炉之夕香[33]。君结绶兮千里，惜瑶草之徒芳[34]。惭幽闺之琴瑟，晦高台之流黄[35]。春宫閟此青苔色[36]，秋帐含兹明月光。夏簟清兮昼不暮，冬釭凝兮夜何长[37]！织锦曲兮泣已尽[38]，回文诗兮影独伤。

傥有华阴上士，服食还山[39]，术既妙而犹学，道已寂而未传。守丹灶而不顾，炼金鼎而方坚[40]。驾鹤上汉，骖鸾腾天[41]，暂游万里，少别千年[42]。惟世间兮重别，谢主人兮依然[43]。

下有芍药之诗[44]，佳人之歌，桑中卫女，上宫陈娥[45]。春草碧色，春水渌波，送君南浦[46]，伤如之何！至乃秋露如珠，秋月如珪[47]，明月白露，光阴往来。与子之别，思心徘徊。

是以别方不定，别理千名[48]，有别必怨，有怨必盈[49]；使人意夺神骇[50]，心折骨惊。虽渊、云之墨妙，严、乐之笔精[51]；金闺之诸彦，兰台之群英[52]；赋有凌云之称，辩有雕龙之声[53]，谁能摹暂离之状[54]，写永诀之情者乎！

## 注释

① 黯然：沮丧、惨苦之貌。
② 绝国：交通隔绝之国。
③ 乍：忽然。
④ 行子：旅行在外的人。
⑤ 凝滞：停留不进。逶迟：行进缓慢。
⑥ 棹（zhào）：船桨，代指船。容与：迟缓不前的样子。
⑦ 掩：盖。金觞（shāng）：金酒杯。御：进，用。横：横放。
⑧ 居人：留在家中者。亡：丢失。
⑨ 壁：墙壁。彩：阳光。
⑩ 离：通“罹（lí）”，遭受。
⑪ 巡：边走边看。曾：一作“层”，高大。楹：厅柱。
⑫ 踯躅（zhí zhú）：徘徊不前的样子。
⑬ 一绪：一样的情绪。族：类。
⑭ 龙马：骏马。帐饮：设帐饯别。金谷：地名，在今河南洛阳。
⑮ 羽：五音之一。一说，鸟羽制成的舞具。上春：初春。
⑯ 仰秣（mò）：马吃草而昂首。驷（sì）马：四匹马驾一车。
⑰ 造：到。
⑱ 惭恩：因未能报恩而惭愧。
⑲ 韩国赵厕，吴宫燕市：指春秋战国时侠客代人报仇的四件事。均见《史记·刺客列传》。
⑳ 慈：双亲。抆（wěn）：擦拭。血：血泪。
㉑ 不顾：不回头看。
㉒ 衔感：衔恩感德。一剑：凭一把剑替知遇报仇。买价：换取美名。泉里：黄泉之下。
㉓ 金石震：钟磬一类乐器发出响声。心死：哀痛至极点。
㉔ 边郡未和：两国交战。负羽：带上箭出发。
㉕ 无极：极为遥远。雁山：雁门山。
㉖ 陌上：野外。薰（xūn）：花的香气。
㉗ 耀景：发出光辉。腾文：跳跃、闪动着光彩。
㉘ 镜：照。朱尘：红尘。袭：“花香袭人”之袭，薰染。青气：草木之气，此指春日暖气。烟熅（yūn）：即“氤氲”，气浓郁之貌。
㉙ 绝国：极远之国。讵：何。
㉚ 班：铺。荆：灌木枝条。赠恨：互相陈说离恨。
㉛ 曲：山坳。湄：岸边。
㉜ 淄右：淄水西边。河阳：黄河北边。
㉝ 琼珮：玉珮，一种饰物。金炉：燃烧香料的铜炉。
㉞ 结绶：做官。瑶草：香草。
㉟ 惭：愧对。流黄：黄色绢，此指帷幕。
㊱ 春宫：一作“春闺”，指女子住处。閟（bì）：闭门。
㊲ 簟（diàn）：竹席。釭（gāng）：灯。
㊳ 织锦曲：在锦上写了回文诗。
㊴ 华阴：华山。上士：得道之人。还山：成仙。
㊵ 丹灶：炼丹之灶。不顾：不顾念人世。方坚：炼丹意志愈坚。

㊶ 上汉:升天。汉,银河。骖(cān)鸾:乘凤。

㊷ 暂游万里,少别千年:道家认为万里是短暂之游,千年是短期之别。

㊸ 惟:只因。重别:重视离别。谢:告辞。主人:世人。依然:依恋之貌。

㊹ 芍药之诗:即《诗经·郑风·溱洧》。此指男子思慕女子的情歌。

㊺ 桑中、上宫:男女幽会之处。卫、陈:皆春秋时国名。

㊻ 渌(lù):清澈。南浦:送别之处。浦,水边。

㊼ 珪:玉器。

㊽ 别方不定:离别的具体情况不一。别理:离别的原因、情理。

㊾ 盈:满,多。

㊿ 意夺神骇:失魂落魄。

51 渊:指北周王褒,字子渊。云:汉扬雄,字子云。严、乐:汉严安和徐乐。

52 金闺:长安金马门。彦:有才学之士。兰台:汉代宫中藏书及讨论学术之处。

53 赋:司马相如《大人赋》。凌云:见《史记·司马相如列传》。雕龙:喻文辞华丽。

54 摹:描摹。

## 鉴赏

《别赋》是《恨赋》的姊妹篇,均为江淹代表作。在艺术上,它比《恨赋》更成熟,更脍炙人口。两赋均表现人世间生离死别的情感。我国古代对生离看得比死别更重,认为它是人世间最大的痛苦。我国传统重视亲人团聚、五世同堂的天伦之乐,除了万不得已,人们是不愿背井离乡、骨肉离散的。《别赋》就是通过铺排描写各种类型人物离别的感受,集中表现"黯然销魂者,唯别而已矣"这一主题,突出离别给人造成的痛苦,引起人们的感情共鸣。

《别赋》善于描摹各类人物不同的离恨别愁,表现了作者对各类人物的细微观察和对生活的深刻体验,能准确地把握各类人物心理,反映广阔的社会生活场景。笔触多姿多彩,形象生动逼真,无异是当时社会的风情画。几段特写,在描写上既表现了离别所引起的共同性的悲苦之情,又写出了各种类型人物独有的感情特色。如写富贵者的别离,通过铺排他们离别时的豪华场面,显示出了一种华贵高雅的气派。尽管别者都是显赫人物,但在与至亲好友分别时,也一反平日之威严面目,不免含泪挥别、黯然伤神。

赋中写古代剑客的任侠别,是全文中最为悲壮慷慨的一段文字。由于我国古代士人执着于"士为知己者死"的品格,所以他们为报答知遇之恩而替人复仇,竟不惜牺牲自己的生命而去作刺客。我们这个重人伦、尚孝道的民族，在不得已而扔下年迈的双亲和妻子儿女去赴死时，那种痛彻肺腑的悲伤，几乎是难以描述的。作品用“沥泣共诀、抆血相视”这样凝练的语言来描摹这种场面，真是入木三分，促人泪下。而“驱征马而不顾，见行尘之时起”又把刺客们强咽悲痛、义无反顾地去献身于自己那生死相托或关系到国家存亡的壮举、去履行“舍生而取义”的道德标准时的崇高精神表现得淋漓尽致，字里行间充满了作者对侠客们这种壮别的同情与颂扬，十分感人。

作品在描绘夫妻及恋人的离别时，笔调一转而变得语意缠绵、哀婉清丽。无论是游子思妇，还是热恋男女，那种铭心刻骨、一日三秋的相思之情都跃然纸上，细腻而真切。作者善于捕捉优美的自然景色，利用旖旎的春花秋月，来点染环境气氛，突出那种四季相思的惆怅孤寂或暂离短别的难分难舍。像“春草碧色，春水渌波，送君南浦，伤如之何！”这样自然流畅、情景交融的辞句，是那样地韵味深长而受到读者由衷的喜爱。作者还善于运用对比的手法，让幸福甜蜜的爱情生活与悲伤痛苦的离情别绪形成强烈反差，借以突出无可奈何的分离给相爱的人们所带来的感情折磨与摧残。男女之情爱这千古的文学主题，在这里被作者信手拈来，驾驭自如地用在表现离别之愁的作品中，就更增强了感染力。

文中对于游仙别的一段描述，别具一格。本来游仙之人是看破红尘才出家的，他们远离闹市，遁入深山，一心修道，不问世事，功名利禄、生离死别等七情六欲已不再能烦扰彼辈。然而作品却引用了一个《列仙传》的典故，通过仙人王子乔依依不舍地与亲人告别一事，说明连神仙也免不了重离别之如此，更何况凡夫俗子呢！由此更加突现出离愁别恨是世间人之常情。

文中还写了征夫别、远行别等，无一不是形象逼真、哀婉动人，充分表现了作者深邃的艺术眼光和不凡的笔底功力，因此才能把各种不同的事物和情感表现得合情合理，真切感人。

《别赋》之所以能给读者以高度的审美享受，还在于它的语言特别优美。魏晋以来，辞赋更趋形式华美，不仅讲究文辞的对仗工整，还特别注意音韵的抑扬顿挫。《别赋》正是一篇典型的骈俪化抒情小赋。它大量运用双句对偶、骈四俪六的句法结构。特别可贵的是，作者在用典和藻饰时，掺进了一些富于诗意的白描，并把民歌中的咏史与代言融进辞赋之中。这样，就在当时文坛尚浮华雕琢的绮靡文风中，保持了纯朴自然、清新壮丽的独特风格。

《别赋》作者善于汲取前人优秀作品的营养，并在此基础上发展创造了自己的风格。如在作品结构上,作者显然受了西汉枚乘《七发》的影响。《恨》《别》二赋,都采用了七段式布局,以便于展开铺叙和排比。《别赋》的语言风格,继承了《诗经》和《楚辞》的某些特点。虽然在继承发展前人成果方面,江淹并非独领风骚者,但正是江淹、鲍照等一批南朝作家,在继承前人成果的基础上创造出新的风格,推进了辞赋的发展,共同完成了辞赋由汉代古赋向抒情骈体赋的转换过程,使辞赋从宫廷文学走上社会,变汉赋那种凝重板滞的铺排为使人耳目一新的抒情咏物小赋。正由于此,江淹在我国文学史上才跻身于承前启后、颇有贡献的作家之列。

(任　重)

# 江上之山赋

江　淹

渊潾渍溶兮,楚水而吴江[1]。刻划崤岸兮,山云而碧峰[2]。挂青萝兮万仞[3],竖丹石兮百重。百重兮岩崿,如斫兮如削[4]。峣嶷兮尖出[5],岩崒兮穴凿。波潮兮吐纳,嵁崖兮积沓[6]。鰅鳙兮赤尾,鼋鼍兮匼匝[7]。见红草之交生,眺碧树之四合。草自然而千花,树无情而百色。

嗟世道之异兹[8],牵忧患兮来逼。怀炉炭于片景[9],抱丝绪于一息。每意远而生短[10],恒轮平而路仄。信悬天兮窈昧[11],岂系命于才力?既群龙之咸疑[12],焉众状之所极?俗逐事而变化,心应物而回旋。既欻翕以未悟,亦纬繣而已迁[13]。伊人寿兮几何[14]?譬流星之殒天。怅日暮兮吾有念,临江上之断山[15]。虽不敏而无操,愿从兰芳兮与玉坚[16]。

乱曰:折芙蓉兮蔽日[17],冀以荡夫忧心。不共爱此气质,何独嗟乎景沈[18]!

## 注释

① 渊:深而打旋的水。潾:水清。澒(hòng)溶:水深广之貌。楚水、吴江均指长江。

② 崷崒(qiúzú):山岩高峻。山云:山高入云。

③ 仞:八尺。

④ 崿(è):山崖。斫(zhuó):砍。

⑤ 峣嶷(yáonì):高高耸立。

⑥ 嵁(kān)崖:高深险峻的山崖。沓:众多,重叠。

⑦ 匼匝(kēzā):环绕。

⑧ 兹:此。

⑨ 炉炭:形容忧心如焚。

⑩ 意:意志。

⑪ 信:确实。窈(yǎo)昧:幽暗。

⑫ 群龙:《周易》中乾卦大都用龙的形态来判断人事吉凶。

⑬ 欻翕(xūxī):突然。纬繣(wěihuà):固执。

⑭ 伊:发语词,无义。人寿几何:语出《左传·襄公八年》:"俟河之清,人寿几何?"意为人生短暂。

⑮ 断山:断崖之山。

⑯ 操:节操。从:追随。

⑰ 芙蓉:荷花。

⑱ 气质:风骨。景沈:日落,引申为暮年。

## 鉴赏

《江上之山赋》乃骚体小赋,言志之作,抒写了作者在世路艰难中欲自保其节的意愿。

"江上之山"不详具体所指。赋文可分两段。第一段纯粹写景,即描述作者游山时的所见所闻。作者以遒劲简洁之笔,向读者展示了一幅如画的美景和一种耐人寻味的意象,使人读之如临其境,流连忘返。第二段的开头,用了一句"嗟世道之异兹,牵忧患兮来逼",笔锋一转,一下子把读者从那神话般的世界拉回到现实生活中来。下面,便整段地抒发自己的感慨。这种转折,显得干净利落,不失大家手笔。其感叹共分三层意思:首先是感叹人生的短暂,就像流星从天空中一闪而过,往往来不及实现理想抱负,生命就已终结。再是感叹世事变幻莫测,世路艰难坎坷,人们无法掌握自己的命运和前途。最后一层,是表达自己的苦衷和心愿。其苦衷是:外界环境变化太快,迫使自己改变初衷而违心地、被动地去适应环境。其心愿是:即使自己被人视为"不敏而无操",也要在乱世中洁身自好,让自己的品行像兰花一般芬芳、白玉一样坚硬、荷花一样出污泥而不染。想到这些,作者似乎忧心稍舒,感受到了一种旷达超脱的轻松。

《江上之山赋》的抒情和言志,都是作者发自内心的真情实感,不仅非常沉痛,也充满了悲怆憾恨之情。本篇与作者其他赋作保持了风格的一致,那就是苍劲、含蓄、慷慨悲凉,于精心雕琢之中呈现出自然隽秀,抒情色彩浓厚,意境幽远。它为我们进一步研究江淹的思想和艺术,提供了重要依据。

江淹是一位多产的作家,他的辞赋今存24篇,又有骚体文15篇。在同时代的作家中,他的作品最多。由于他的《恨赋》和《别赋》独领风骚,成为一时之隽,因此人们长期以来对他的骚体赋便不大注意。直到明清之际,王船山(王夫之)才给这些骚体赋以极高的评价。王船山的《楚辞通释》对汉代以来的拟骚之作几乎删落殆尽,却选录了江淹的五篇赋作。江淹的骚体赋都有蕴藉含蓄的特点,在同时代的作品中能够独树一帜。《江上之山赋》在其诸多骚体赋中,又具有一定的代表性。唐代张锐的《江上愁心赋》就是效法此赋而作的。

(任　重)

# 北山移文[1]

孔稚珪

钟山之英，草堂之灵[2]，驰烟驿路，勒移山庭[3]。

夫以耿介拔俗之标[4]，潇洒出尘之想，度白雪以方洁，干青云而直上[5]，吾方知之矣[6]。若其亭亭物表，皎皎霞外[7]，芥千金而不眄，屣万乘其如脱[8]，闻凤吹于洛浦[9]，值薪歌于延濑[10]，固亦有焉[11]。岂期终始参差，苍黄翻覆[12]，泪翟子之悲，恸朱公之哭[13]，乍回迹以心染[14]，或先贞而后黩，何其谬哉！呜呼！尚生不存，仲氏既往[15]，山阿寂寥[16]，千载谁赏？

世有周子[17]，隽俗之士[18]，既文既博，亦玄亦史。然而学遁东鲁，习隐南郭[19]；偶吹草堂，滥巾北岳[20]；诱我松桂，欺我云壑。虽假容于江皋[21]，乃缨情于好爵。

其始至也，将欲排巢父，拉许由[22]，傲百氏[23]，蔑王侯，风情张日，霜气横秋[24]。或叹幽人长往[25]，或怨王孙不游。谈空空于释部，覈玄玄于道流[26]。务光何足比，涓子不能俦[27]。

及其鸣驺入谷，鹤书赴陇[28]，形驰魄散，志变神动[29]。尔乃眉轩席次[30]，袂耸筵上，焚芰制而裂荷衣，抗尘容而走俗状[31]。风云凄其带愤，石泉咽而下怆。望林峦而有失，顾草木而如丧。

至其纽金章，绾墨绶[32]，跨属城之雄，冠百里之首[33]。张英风于海甸[34]，驰妙誉于浙右。道帙长殡，法筵久埋[35]。敲扑喧嚣犯其虑[36]，牒诉倥偬装其怀。琴歌既断，酒赋无续。常绸缪于结课，每纷纶于折狱[37]。笼张、赵于往图，架卓、鲁于前录[38]。希踪三辅豪[39]，驰声九州牧。

使我高霞孤映，明月独举，青松落荫，白云谁侣[40]？涧户摧绝无与归[41]，石径荒凉徒延伫。至于还飙入幕，写雾出楹[42]，蕙帐空兮夜鹤怨[43]，山人去兮晓猿惊。昔闻投簪逸海岸[44]，今见解兰缚尘缨。

于是南岳献嘲，北垄腾笑，列壑争讥，攒峰竦诮[45]。慨游子之我欺，悲无人以赴吊[46]。故其林惭无尽，涧愧不歇，秋桂遣风，春萝罢月[47]。骋西山之逸议，驰东皋之素谒[48]。

今又促装下邑[49]，浪栧上京，虽情投于魏阙，或假步于山扃[50]。岂可使芳杜厚颜，薜荔蒙耻，碧岭再辱，丹崖重滓[51]，尘游躅于蕙路，污渌池以洗耳[52]。宜扃岫幌，掩云关，敛轻雾，藏鸣湍[53]，截来辕于谷口，杜妄辔于郊端[54]。于是丛条瞋胆[55]，叠颖怒魄。或飞柯以折轮[56]，乍低枝而扫迹，请回俗士驾，为君谢逋客[57]。

**注释**

① 北山：钟山，在今江苏南京。移文：古代文体，用于布告、命令、责难、声讨，相当于今之通告、通牒、照会之类。

② 英：精灵，山神。

③ 驿路：古代官用的大路。勒移：移文刻于石。山庭：山居者之庭院。

④ 标：仪表风度。

⑤ 方：比。干：凌驾。

⑥ 吾方知之矣：犹言“我是了解这种

人或事的”。

⑦ 物表:万物之上。皎皎:洁白明亮。霞外:烟霞之外。

⑧ 芥千金:视千金如同草芥。不眄(miǎn):不屑一顾。万乘:兵车万乘,指帝位。

⑨ 洛浦:洛水边。

⑩ 值薪歌于延濑:在长河之滨遇到采薪唱歌的仙人。

⑪ 固亦有焉:本来是有的。

⑫ 岂期:岂料。终始参差:前后不一致。苍黄翻覆:变化不定。

⑬ 翟子:墨翟。朱公:杨朱。

⑭ 回迹:避迹于山林。心染:内心染于功名。

⑮ 尚生、仲氏:后汉隐士尚长(子平)、仲长统。

⑯ 寂寥:空寂寥落。

⑰ 周子:移文所声讨的对象。

⑱ 隽俗:俊拔超俗。

⑲ 学遁东鲁:遁,逃避。东鲁,指颜阖。南郭:指南郭子綦。

⑳ 偶吹:滥竽充数。滥巾:滥带隐士的头巾。北岳:北山。

㉑ 假容:装出隐士的样子。

㉒ 排:排斥。拉:折辱。巢父、许由:唐尧时隐士。

㉓ 百氏:诸子百家。

㉔ 风情、霜气:风度气概。张日、横秋:傲气之盛。

㉕ 长往:长隐不返尘世。

㉖ 释部:佛经。覈(hé):考核。玄玄:道家语,指道的微妙深奥。道流:道家。

㉗ 务光、涓子:古代隐士。

㉘ 鸣驺:使者的车马。鹤书:诏书。

㉙ 形驰魄散,志变神动:模样改变、意志动摇。

㉚ 尔乃:于是。轩:高扬。

㉛ 焚芰(jì)制而裂荷衣:毁隐士服。尘容、俗状:世俗小人的面目。

㉜ 金章:铜印。墨绶:系印的黑色带子。

㉝ 百里:一县所辖之地。

㉞ 英风:英名。海甸:海边。

㉟ 道帙:道家书籍。长殡:永远埋葬。法筵:佛家讲席。

㊱ 敲扑喧嚣:拷讯犯人时的喧闹声。犯:烦扰。

㊲ 绸缪:纠缠。结课:考核官吏政绩。折狱:断案。

㊳ 笼:掩盖。张、赵:汉张敞、赵广汉。往图:指张、赵制定的严格的法令制度。架:通“驾”,超越。卓、鲁:汉卓茂、鲁恭。前录:历史记载。

㊴ 三辅:京兆尹、左冯翊、右扶风。豪:贤豪。

㊵ “使我”句:北山说的话。

㊶ 涧户:水涧和庐舍。无与归:无人再归来。

㊷ 还飙:旋风。写雾:吐雾。写,通“泻”。

㊸ 蕙帐:用蕙草制成的帐幔。

㊹ 投簪:弃官。

㊺ 攒(cuán):聚。

㊻ 悲无人以赴吊:因为没有人来安慰我而悲伤。

㊼ 秋桂遣风:秋桂因愧拒绝风吹。春

萝罢月:春萝因愧拒受月光的映照。
㊽ 西山:首阳山。素谒:贫士的言论。
㊾ 促装:急忙整装。
㊿ 山扃(jiōng):山门。
51 滓(zǐ):污染。
52 游躅:隐游人的足迹。渌池:清水池。
53 “宜扃”四句:应关闭帐幕,收敛轻雾,掩藏瀑布、泉水。
54 来辕、妄辔:指周颙的车马。
55 瞋胆:因恼怒而气破了肝胆。
56 折轮:折断车轮。
57 逋客:逃出山的人。

## 鉴赏

孔稚珪(447—501),字德璋,会稽山阴(今浙江绍兴)人。其祖父孔道隆、其父孔灵产均为当时知名人士。孔稚珪少年时便以学识渊博著名于乡邑,史书谓其“风韵清疏,好文咏”。身仕宋、齐两朝,曾为宋安成王车骑法曹参军、尚书殿中郎等官,入齐后曾为齐太祖记室参军,“与江淹对掌辞笔”,后屡官至太子詹事。为人旷达,不拘细节,喜爱饮酒赋文的隐逸生活。赋作除《北山移文》外,余皆未能流传下来,但却以一文著称于世,跻身于南朝名赋家之列。

《北山移文》是一篇讽刺性赋体文,文中揭露了那些“身居江海之上,心往魏阙之下”的名利之徒的虚伪面目。因本文指名把周颙作为讽刺对象,以致长期以来人们都以为周颙就是文中所描述的假隐士。但据今人研究,周颙是作者同时代人,其经历、趣味都与作者相近,并无先隐后宦的历史,所以本文可能是一种朋友间的戏谑文字。但无论作者是真讽刺周颙还是借题发挥,从文章所体现的犀利笔锋和真实感情来看,作者对于以隐居作为猎取功名富贵手段的市侩小人确实是深恶痛绝的。

根据本文所表述的内容,全文可分为四段。第一段,通过北山神灵之口,慨叹当时世上已没有古代那样的真隐士,而只有一些“终始参差,苍黄翻覆”“先贞而后黩”的假隐士。这就为下文揭发“周子”其人其事做了铺垫。第二段,描写“周子”在此山隐居时自命清高的情态。在这一段中,作者极尽夸张渲染之能事,来描绘“周子”的矫情和高傲狂妄。这样写的目的,意在反衬其变节后的庸俗卑劣的表现。第三段,写“周子”做官后的所作所为,与他昔日的自我标榜却截然相反,从而暴露其虚伪卑鄙的真面目。第四段,完全用拟人化的手法,让北山神灵和山石草木、流云飞湍出来评论和抗议假隐士的卑劣无耻。

这篇赋文,表面上似乎在极力鼓吹隐居之高尚,讥笑仕宦的尘浊,其实作者是故意站在“周子”过去隐居时的立场上,以其“傲百氏,蔑王侯”的自负态度来观察其居官后的行为,即所谓“以子之矛攻子之盾”而已,读者不至于认为作者真的会去攻击张、赵、卓、鲁等先贤吧?

作为一篇成功的讽刺作品,《北山移文》在艺术上确有它的独到之处。

首先,作品的构思新颖奇特。作者居然用了“檄移”这种严肃的文体来表现诙谐幽默的内容,真可谓是其独创之举。过去,这种文体无论用于军事讨伐、学术论争或通告照会,都是“义正辞严”的,而本文却把它用在讽刺挖苦上,并让神灵去声讨俗人。这种幽默,真是妙不可言。它赋于本文一种滑稽风趣的基调,并增强了讽刺效果。在运用拟人化手法方面,作者匠心独运,赋予山和草木川石以人格,让它们具有人的思想情感和节操,并把它们表现得那么幽静美丽、一尘不染,又是那么纯真高尚、爱憎分明。这一方面更反衬、突出了假隐士的人格卑污,另一方面又融进了诗情画意,使全文的格调飘逸秀美,富于抒情性。

夸张和对比是讽刺艺术的基本特征。本文在运用这两种手法时,非常灵活巧妙,堪称典范。在夸张方面,无论是对“周子”的学问以及他当隐士时的假清高,还是对他居官后的俗态,都用高度夸张的字句来描绘、来形容,字里行间充满了嘲讽的意味。如写其学问“既文既博,亦玄亦史”;写其自命清高“风清张日,霜气横秋”;写其居官“希踪三辅豪,驰声九州牧”等,都是在真实生活的基础上进行了夸张,非常富有讽刺效果。在对比方面,全文的段落之间,每段的句子之间,甚至在每句的遣词造句上,处处都体现了两种截然相反事物的对比。如第二段与第三段内容的对比,揭示了“周子”的“先贞而后黩”。又如官场的繁忙纷乱与山林的幽静寂寞的对比;“务光何足比,涓子不能俦”与“笼张赵于往图,架卓鲁于前录”的对比;“纽金章,绾墨绶”与“焚芰制”“裂荷衣”的对比;“昔闻”与“今见”的对比等,无不是以强烈的反差来突出主题。正是由于作者娴熟地驾驭了这两种基本手法,才使文章描写生动、笔锋犀利、嘲讽绝妙。

用典是辞赋的常用手法。本文在用典方面也非常圆熟贴切。全文不足一千字,用典近三十处,无论是明用还是暗用,作者都仿佛是信手拈来,运用自如,绝无生硬、堆砌之感,而却有言简意赅、凝练而传神之效。文章没有因用典太多而艰涩难懂,反而使语汇更加丰富多彩。

此外,《北山移文》在文字的凝练、用词的准确、虚字的使用得当、语言的精美等方面，也都显示出了高度的艺术技巧，因而历代为人称道。宋王安石非常欣赏“使我高霞孤映，明月独举……”等四句，认为写得“奇绝”；清许梿《六朝文絜》评道：“此六朝中极雕绘之作，炼格炼词，语语精辟，其妙处尤在数虚字旋转得法。”“造语精缛，却无一字拾人牙慧。”他认为“裂荷衣”等句瑰迈奇古，真是精绝。“纽金章”以下十句“说得何等烜赫，仍是可怜”。孙德谦《六朝丽指》、于光华《文选集评》等，都从不同角度指出了它的精彩所在。

汉末至西晋，出现了一些辛辣的讽刺辞赋。东晋以后，这种传统中断了。孔稚珪的《北山移文》问世，说明这一传统又得到了恢复。这篇赋体文，对后世的影响很大，宋人宋白的《三山移文》便是与它一脉相承的。还有其他一些咏物讽刺小赋，也不同程度地接受了它的影响。

《北山移文》在过于追求形式华美而导致内容空洞的六朝文风之下，能够保持自身的优美风格，把浪漫主义与现实内容联系起来，表现了这一阶段中历史和文学的时代特征，也是非常可贵的。

（任　重）

# 临楚江赋

谢 朓

爰自山南[①]，薄暮江潭。滔滔积水，袅袅霜岚[②]。忧与忧兮竟无际，客之行兮岁已严[③]。尔乃云沉西岫[④]，风荡中川。驰波郁素，骇浪浮天[⑤]。明沙宿莽[⑥]，石路相悬。于是雾隐行雁，霜眇虚林[⑦]；迢迢落景[⑧]，万里生阴。列攒笳兮极浦[⑨]，弭兰鹢兮江浔。奉玉樽之未暮[⑩]，餐胜赏之芳音。愿希光兮秋月[⑪]，承永照于遗簪。

## 注释

① 爰：语首助词。山南：指荆州。

② 霜岚：秋山雾气。

③ 严：肃杀。

④ 岫：峰峦。

⑤ 驰波：奔流着波浪。郁素：如素帛聚积。骇浪：大浪。

⑥ 明沙：浮出水面的沙滩。宿莽：草名。

⑦ 虚林：落叶林。

⑧ 落景：落日。

⑨ 攒笳：聚积丛生的荷茎。

⑩ 奉：举。

⑪ 希光：所企望仰仗的（别人的）光辉，俗曰“借光”。

## 鉴赏

谢朓（464—499），字玄晖，陈郡阳夏（今河南太康）人，南朝宋、齐时的著名诗人。因与晋、宋之际的著名山水诗人谢灵运同族，所以后人称之为“小谢”。他曾担任过宣城太守，后人又称之为“谢宣城”。

今有《谢宣城集》五卷传世。谢朓为“竟陵八友”之一。初任豫章王太尉行参军,后历任随王东中郎府,转王俭卫军东阁祭酒、太子舍人,随王镇西功曹,转文学。萧鸾辅政后,为骠骑咨议、领记室,掌霸府文笔、中书诏诰,后为中书郎、宣城太守。齐明帝建武四年(497),出为晋安王镇北咨议、南东海太守行南徐州事,迁尚书吏部郎。东昏侯时,始安王萧遥光谋反,朓不从,受诬下狱而死,年仅36岁。

谢朓少好学,文章清丽。诗歌的主要成就是发展了山水诗,具体实践了沈约所提出的新体诗的理论主张,短诗写得尤为出色,在永明诗人中,成就是最突出的。他的辞赋现存九篇,大都写得精工婉丽,其中以《临楚江赋》和《游后园赋》写得最好。

这篇赋就是他被召离开荆州、由长江准备乘船返回建康时所写的。这是一篇抒情小赋,只有一百多字,但字里行间却饱含着作者独特的美学追求。

首先,表现在作者以景语作情语,借山水景物的描写抒发他对仕途的忧惧和人生的苦闷心情。如:“尔乃云沉西岫……万里生阴。”这里的景色由近及远,由动及静,描绘了长江浩大壮阔而又惊险的气势和在秋气笼罩下落日后的阴冷气氛,与谢朓曾经描写过的“余霞散成绮,澄江静如练。喧鸟覆春洲,杂英满芳甸”(《晚登三山还望京邑》)的长江春景截然相反,这里的景色既是实景,又是作者感情的外物化。谢朓一生游宦于诸王官府之中,浮沉于政治旋涡之内,对官场的腐败及险恶有深切的体会,况且,这次江陵之行,正是遭受诬陷的结果。因此,借长江险恶的风浪抒发心中的不平是很自然的。这种以景语作情语的美学追求,还可在谢朓的诗中得到印证。如《之宣城郡出新林浦向板桥》中的“天际识归舟,云中辨江树”这样的写景名句,表面上是写建康附近长江一带水路的开阔气象,廓落壮美,但景中却包含着对建康的依恋之情。本来天际之舟是无法辨别去向的,然而作者就认定其为归向故乡的船,这就把感情表达出来了。所以,谢朓这种美学追求,可以说达到了情景交融、意在言外的境界。

其次,是《临楚江赋》的“圆美流转”。本来“圆美流转”是诗人的美学追求。歌德说:“诗人赋物,如水掬在手,自作圆球之形。”白居易说:“冰扣声声冷,珠排字字圆。”(《江楼夜吟元九律诗》)苏轼说:“中有清圆句,铜丸飞柘弹。”(《新渡寺席上次韵送欧阳叔弼》)苏辙说:“余少作文,要使心如旋床。大事大圆成,小事小圆转,每句如珠圆。”(苏籀《双溪集》附《栾城遗言》)然而,最早提出“圆美流转”的美学要求的正是谢朓,他说:“好诗圆美流转如弹丸。”(《南史·王筠传》载沈约引谢朓语)谢朓把这种美学追求运用到创作中。在《临楚江赋》中,首先表现在结构上。李浮依说:“谋篇布局之佳者,其情事线索皆作圆形。”《临楚江赋》开篇写离开荆州来到长江边上,然后抒写长江的景色及江边的游兴,最后面对江上的秋月,祝愿荆州的友人健康长寿,其思路正是来个正、反、合,表现了结构的圆美流转。其次体现在声律上。他把讲究平仄四声的永明声律运用到该篇的写作上,注意虚实对仗。句型以四六句为主而有所变化,使节奏毫无阻滞之感。在音韵方面,开篇用覃韵,中间换侵韵,最后又用覃韵,韵律上正好也是正、反、合,读来铿锵和谐,朗朗上口,如珠之圆,如玉之润。沈约曾写诗赞道:“吏部(谢朓当过尚书吏部郎)信才杰,文锋振奇响。调与金石谐,思逐风云上。”(《伤谢朓》)这个赞美,是正中肯綮的。

(林祥征)

# 吴 城 赋[1]

吴 均

古树荒烟，几千百年？云是吴王所筑，越王所迁[2]。东有铸剑残水，西有舞鹤故廛[3]。萦具区之广泽[4]，带姑苏之远山。仆本蓄怨，千悲亿恨。况复荆棘萧森，丛萝弥蔓[5]。亭梧百尺，皆历地而生枝；阶筠万丈，或至杪而无叶[6]。不见春荷夏槿[7]，唯闻秋蝉冬蝶。木魅晨走，山鬼夜惊[8]。不知九州四海，乃复有此吴城！

## 注释

① 吴城：春秋吴国都城，即今江苏苏州。

② 吴王：指阖闾。迁：变化。

③ 铸剑残水：吴国工匠铸剑处的遗址。舞鹤故廛（chán）：阖闾令人舞鹤的市区。

④ 具区：又名震泽，即今江苏太湖。

⑤ 丛萝：丛生的萝蘼（一种多年生蔓草）。

⑥ 亭梧：亭边的梧桐。阶筠（yún）：阶下的竹子。

⑦ 槿（jǐn）：木槿，一种落叶灌木。

⑧ “木魅”句：鲍照《芜城赋》：“木魅山鬼，野鼠城狐。风嗥雨啸，昏见晨趋。”

## 鉴赏

吴均（469—520），字叔庠，吴兴故鄣（今浙江安吉）人。出身寒微，性耿直，好学有俊才。梁武帝天监初，为吴兴郡主簿。天监六年（507）

被建安王萧伟引为记室。后又被任为奉朝请(皇帝侍从官,闲职)。他私撰《齐春秋》,因忠于史实,触怒梁武帝,因而受到焚书免职的惩罚。《梁书·吴均传》说他"文体清拔有古气",时人多相仿效,称为"吴均体"。他的写景小品文《与施从事书》《与朱元思书》《与顾章书》,皆文笔清丽,韵味隽永,最足显示其清拔的特色。诗今存140余首,多为友人赠答、赠别之作,语言明畅,风格清丽,特别善于刻画周围景物以渲染离愁别绪。其中部分诗篇,吐露了这位出身寒贱的诗人亟思奋发有为的心声,具有当时诗人少有的一种风云之气。他的赋作今存五篇,另有俳偕之作《檄江神责周穆王璧》《食移》《饼说》也是赋体。较出色的是抒情小赋《吴城赋》和《八公山赋》。《隋书·经籍志》录有《吴均集》二十卷,已佚。明人张溥辑有《吴朝请集》,收在《汉魏六朝百三家集》中。

南朝刘宋以后,出现了较多的景物抒情赋。其中吴均的《吴城赋》虽寥寥短章,却是颇具特色的。作者既没有泛泛地叙述吴王阖闾、夫差的霸业、失败的经过和原因,也没有铺写吴城昔日的繁华,而是通过描写自然景物,以显示它当前的荒凉景象,从中着重抒发了他的伤今情怀。

吴均是带着千悲亿恨创作《吴城赋》的。这千悲亿恨是他在社会生活的感受中形成的。这篇赋的主旨,是揭露萧梁时期经济凋敝、民不聊生的现实的。然而作者在赋中却压根儿不触及当时的社会生活,而只是描写"古树荒烟""荆棘""丛萝""亭梧""阶筠"等自然景物,这使人联想到杜甫的《春望》诗。《春望》中有"国破山河在,城春草木深"之句,司马光分析说:"山河在明无余物矣;草木深,明无人矣。"(司马光《续诗话》,《历代诗话》本)吴均这篇赋与《春望》一样,把自己的思想感情寄寓在物象之中而不直接明言,这正是用的南宋罗大经所说的"言在于此,而寄意于彼,玩味乃可识"(《诗兴》,《鹤林玉露》地集卷四)的比兴手法,就会使读者感受到含蓄不露、余味无穷之妙。

齐梁文坛盛行骈俪之风。《吴城赋》也是一篇骈赋,用了较多的对偶句。但也有一些直叙白描的散行句子。骈散相间,错落有致,既显得灵活自然,又增强了文章的节奏感。六朝的骈赋,往往堆砌典故,讲求词藻,吴均这篇赋却几乎不用典,而且文字简洁,没有浮艳气息。这和他的著名山水小品文《与朱元思书》一样,不落骈文俗套,而显示出清拔的风格特点。

(方永耀)

# 八公山赋[①]

吴 均

峻极之山，蓄圣表仙[②]。南参差而望越，北逦迤而怀燕[③]。尔其盘桓基固，含阳藏雾[④]。绝壁崄巇，层岩回互[⑤]。桂皎月而常团[⑥]，云望空而自布。袖以华阆，带以潜淮[⑦]。文星乱石，藻日流阶[⑧]。若夫神基巨镇，而卓荦荆河；箕风毕雨[⑨]，育岭生峨。高岑直兮蔽景，修坂出兮架天[⑩]。以近云而就日，若从汉而回山[⑪]。露泫叶而原净，花照矶而岫鲜[⑫]。促嶂万寻，平崖亿绝[⑬]。上被紫而烟生，旁带花而来雪[⑭]。维英王兮好仙[⑮]，会八公兮小山。驾飞龙兮翩翩，高驰翔兮冲天。

**注释**

① 八公山：山名。

② 峻极：高极。蓄圣表仙：圣哲隐居、神仙活动之地。

③ 参差(cēncī)：高低不齐。逦迤(lǐ yǐ)：犹迤逦，曲折连绵。怀：安抚。

④ 盘桓：形容山基盘结广大。含阳藏雾：怀阳光藏雾气。

⑤ 崄巇(xiǎnxī)：艰险崎岖。回互：回环交错。

⑥ 皎：洁白光亮。团：圆。

⑦ 华阆(láng)：华美的旷野。潜淮：深淮。

⑧ 文星：交错的星光。藻日：灿烂的阳光。

⑨ 巨镇：大山。卓荦(luò)：卓越出众。荆、河：指荆山与黄河之间。箕风毕雨：月亮经过箕星多风，经过毕星多雨。

⑩ 岑(cén)：小而高的山。景：太阳。修坂：漫长的斜坡。

⑪ 就：接近。汉：天河。

⑫ 泫(xuàn)：水滴下垂。矶：水边突出的岩石。岫(xiù)鲜：峰峦鲜明。

⑬ 促嶂：陡峭而似屏障的山峰。寻：古长度单位，八尺为寻。绝：横渡，跨越。

⑭ 被紫:覆盖着阳光。来:招致。 ⑮ 英王:汉淮南王刘安。

## 鉴赏

这是一篇描写八公山的小赋。作者不是就山写山,而是从山下、山中、山巅乃至中华大地的上空来仰观、细察、远望、俯瞰,因而既能从“卓荦荆河”“望越”“怀燕”和高岑蔽景、修坂架天的大处挥毫泼墨,渲染出广阔的空间境界,展现八公山雄伟高峻的气势;又能有选择地摄取“桂皎月”“露泫叶”“花照矶”和“上被紫而烟生,旁带花而来雪”诸景,缜密地点缀出山上不同层次、不同季节的绮丽风光。这样,八公山就显得分外峻巍,分外清净,分外奇丽,仿佛真是不食人间烟火的仙人活动之处,从而很自然地引向以叙写淮南王刘安与八公驾飞龙在此升天而作为赋的结尾。很自然,作者是从淮南王刘安与八公一起升天的传说故事中受到启发,并经过精心构思而创作这篇赋的。

全赋富有浪漫主义色彩。作者大胆地展开想象,以夸张、比喻极写八公山的高大峻险,却给人以真实之感。这是一篇骈赋,故对偶句较多,但毫不单调板滞。形式整齐而活泼,语言精练而清丽,音节自然和谐,因而颇有艺术感染力。值得指出的是,本篇写景用语着字颇具匠心,最成功之处是恰当地使用动词。如“文星乱石,藻日流阶”中用了“乱”和“流”,“露泫叶而原净,花照矶而岫鲜”中用了“泫”和“照”,都贴切入微地再现了自然景象,可与谢灵运、谢朓山水诗中的佳句比美。

(方永耀)

# 述 身 赋

李 谐

夫休咎相蹑，祸福相生。龟筮迷其兆[①]，圣达蔽其萌。览成败于前迹，料取舍于人情。咸争涂以走利，罕外己以逃名。连从车以载祸，多厩马以取刑。岂知夫一介独往，乃千乘所不能倾。伊薄躬之悔吝[②]，无性命之淑灵。借休庸于祖武[③]，仰余烈于家声[④]。徒从师以下学，乏游道于上京。洎方年之四五，实始筮之弱龄。爰释巾而从吏[⑤]，谬邀宠于时明。

彼圣治之赫赫，乃陋周而小汉[⑥]。帝文笃其成功，我武治其未乱[⑦]。掩四奥而同轨[⑧]，穆三辰而贞观[⑨]。威北畅而武戢，鼎南迁而文焕[⑩]。异人相趋于绛阙，鸿生接武于儒馆。总群雅而同归，果方员而殊贯。伊滥吹之所从[⑪]，初窃服于宰旅[⑫]。奉盛王之高义[⑬]，游兔园而容与[⑭]。缀鸿鹭之末行，连英髦之茂序。

及伯舅之西伐[⑮]，赫灵旗之东举。复奉役于前辕，仍执羁于后矩。迫玄冬之暮岁，历关山之遐阻。风激沙而破石，雪浮河而漫野。乐在志其无端，悲涉物而多绪。俄宫车之晏驾[⑯]，改乘辕而归予。

属推恩之在今，自旁枝而禔福[⑰]。既献□以命宗，叨微躬于侯服[⑱]。礼空文于觐飨，赋无征于汤沐[⑲]。思守位而非懈，每屏居而自肃。忽忝命于建礼[⑳]，游丹绮之重复。信兹选之为难，乃上应于列宿[21]。阳源犹且自免[22]，何称仲治与太叔[23]。余生性之萧散，本寓名而为仕。好不存于吏法，才实疏于政理。竟火烛之不事，徒博奕其贤已。窃自托于诸生，颇驰骋于文史。通人假其余论，士林察于辞理。乃妄涉于风流，遂饬辈于士子。且以自托[24]，□□□□。

虽迩傒尘滓，而赏许云霞。栖闲虚以筑馆，背城阙而为家。带二学之高宇[25]，远三市之狭邪[26]。事虽俭而未陋，制有度而不奢。山隐势于复石，水回流于激沙。树先春而动色，草迎岁而发花。座有清谈之客，门交好事之车。或林嬉于月夜，或水晏于景斜。肆雕章之腴旨，咀文艺之英华。羞绿芰与丹藕，荐朱李及甘瓜。虽惭洛水之名致，有类金谷之喧哗[27]。聊自足于所好，岂留连于或号。思炯戒而自反[28]，勖身名于所蹈[29]。奉哲后之渊猷，赞崇麾于华奥[30]。岂千乘之乏使，感一盼之相劳。竟不留于三月，因病满而休告。

彼东观之清华[31]，乃任隆于载笔。蔡一去而贻恨[32]，张再还而有述[33]。忽牵短而滥官，司惇史于藏室[34]。惭班子之烦丽[35]，微马生之简实[36]。复通籍而延宠[37]，陪帝局之华密。信仪凤之所栖，乃丝纶之自出[38]。历五载而徘徊，犹官命之不改。谢能飞于无翼，故同滞于有待。晚加秩于戎章[39]，乃□号之斯在。

属运道之将季，谅冠履之无碍。奄升御于鼎湖，忽流哀于四海[40]。昔汉命之中微，皇统于是三绝。暨孝昌之陵陂[41]，亦继世而祸结。将小雅之诗废，复三纲之道灭。思局蹐于时昏，独沉吟于运闭。遂退处于穷里，不外交于人世。及数反于中兴，驱时雄而电逝[42]。既籍取乱之权[43]，方乘转圜之势。俄隙开而守废，遂冠冕之毁裂[44]，彼膏原而涂野，嗟卫肝与嵇血[45]。

何今古之一揆，每治少而乱多。卢遁身于东掖[46]，荀窜迹于南罗[47]。时获逃于坡阜，仍窜宿于岩阿。首丘急于明发[48]，东路长其如何。遽登舟而鼓楫，乃沿洛而泛河。骛寸阴于不测，竞征鸟于归波。时所在而放命，连百万于山东[49]。何信都之巨猾[50]，若封豕与大风[51]。肆吞噬于觜距，咸邑烬而野空。径黎阳之寇聚[52]，迫崖垒之沨隆。师通川而鼎沸，矢交射于舟中。备百罗于兹日，谅陈蔡之非穷[53]。乘虎口而获济，陵阳侯而迅往[54]。得投息于濮阳，实陶卫之旧壤。望乡村而伫立，曾不遥于河广。闻虏马之夕嘶，见胡尘之昼上。

王略恢而庙胜[55]，车徒发而雷响。扇风师之猛气，张天毕之层网[56]。才一鼓而冰销，俄氛祲之廓荡[57]。昔蘧生之出奔[58]，睹亡征于乱政。及季子之来反[59]，乃君立而位定。伊吾人之蕞尔[60]，本无徯于衰盛。聊草茅而偃伏，且优游于辰庆。复推斥于宦流，延光华于玺命。甫闻内侍之忝，复奉优加之令[61]。何金紫之陆离，郁貂玉之相映。

时权定之云初，尚民心之易扰。何建武之明杰[62]，茂雄姿于天表[63]。忽灵命之有归，借亲均而争绍[64]。师出楚而飙发，旆陵江而云矫。辟阊阖之峥嵘，端冕旒于亿兆[65]。神驾逝以流越，翠华飙而缭绕[66]。苟命舛而数违，虽功深而祚夭。时难忽然已及，网罗周其四张[67]。非五三之亲昵，罕循节于汉阳。彼百僚之冠带，咸北面于西王[68]。矧恩疏而任远，固身存而义亡。及宸居之反正[69]，振天网于颓纲。甄大义以明罚，虚半列于周行[70]。乃褫带而来反[71]，驱下泽于故乡。

探宿志以内求，抚身途而自计。不诡遇以邀合，岂钓名以干世。独浩然而任己，同虚舟之不系。既未识其所以来，亦岂知其所以逝。于是得丧同遣，忘怀自深，遇物栖息，触地山林。虽因西浮之迹，何异东都之心。愿自托于鱼鸟，永得性于飞沉。庶保此以获没，不再罪于当今。

## 注释

① 龟筮：卜筮，古时用龟甲和筮草占卜吉凶。
② 薄躬：作者自指。
③ 休庸：美功盛绩。祖武：先人的遗迹。
④ 余烈：先人遗留的功业。
⑤ 释巾：解去头巾，指出仕。
⑥ 陋周小汉：远胜于周汉。
⑦ 帝文、我武：谓魏孝文帝和宣武帝两朝。
⑧ 四奥：四方边远可居之地。奥，通“隩”。
⑨ 三辰：日、月、星。贞观：澄清宇宙，恢宏正道。
⑩ 南迁：北魏都城由平城迁至洛阳。
⑪ 滥吹：虚在其位，名不副实。
⑫ 窃服于宰旅：作者自言任太尉参军之职。窃服，窃职，谦语。
⑬ 盛王：指高阳王元雍，元雍于正始四年(507)为太尉，延昌二年(513)以太尉进位太保。
⑭ 兔园：汉文帝子梁孝王刘武的园囿，后称梁园。此指魏孝文帝之子高阳王元雍门下。
⑮ 伯舅：指高肇，他是文昭皇太后之兄、宣武帝之舅。延昌三年(514)冬十一月，宣武帝命高肇为大将军、平西大都督，率兵西伐。同月，命元遥为征南将军、东道都督，镇遏梁楚，下句“灵旗东举”即言此。
⑯ 晏驾：延昌四年(515)正月宣武帝崩。孝明帝即位。
⑰ 旁枝：指北海王元颢，元颢与宣武帝同祖，故曰旁枝。李谐此时为北海王元颢抚军府司马。
⑱ “既献”句：“献”字下原本缺一字。侯服：李谐受父前爵彭城侯。
⑲ “礼空文”二句：意谓虽袭父爵，但并无封邑。
⑳ 忝命建礼：自言被任为尚书郎。
㉑ 上应列宿：《后汉书·明帝纪》载明帝言：“郎官上应列宿。”
㉒ 阳源：南朝宋袁淑的字。
㉓ 仲治：疑为“仲洽”。仲洽，晋挚虞

的字。太叔:晋太叔广。

㉔ 自托:此后原本缺四字。

㉕ 二学:国学、太学。

㉖ 三市:大市、朝市、夕市合称三市,此泛指闹市。

㉗ 金谷:晋人石崇于河南洛阳西北金谷涧所筑园子,世称金谷园。

㉘ 炯戒:明白的鉴戒。

㉙ 勖(xù):勉励。

㉚ 哲后:贤明的君主,此处似指实际操纵朝政的灵太后。华奥:犹言贵要。这两句或谓居中书侍郎之职。

㉛ 东观:汉代宫中藏书、著书处。

㉜ 蔡:东汉蔡邕,他曾任郎中,校书东观,拟续汉史,因后为议郎获罪流放而未遂。

㉝ 张:东汉张衡,他于顺帝初复为太史时,有人认为他离史职五年又回原职,不是进取之道,他便设以客问,作《应间》以见其志。

㉞ 司惇史:谓任史职,李谐由崔光引为著作郎。

㉟ 班子:班固,著有《汉书》。

㊱ 马生:司马迁,著有《史记》。

㊲ 通籍:谓记名于门籍,可入宫门。此指做官。

㊳ 丝纶:帝王诏书。

㊴ 加秩戎章:自言加辅国将军等职。

㊵ 鼎湖:传说黄帝乘龙飞升的地方,后用以指帝王之死。武泰元年(528)二月,灵太后杀死孝明帝。

㊶ 孝昌:孝明帝的年号。陵陂:衰颓。

㊷ "数反"二句:谓尔朱荣率兵入洛阳,拥立孝庄帝,事在武泰元年(528)四月。数反:运数逆反。

㊸ 籍:登记财物加以没收。籍取乱之权,指尔朱荣废了灵太后及其所立幼主。

㊹ "俄隙开"二句:谓尔朱荣有异志,杀公卿百官二千余人于淘渚(在河南孟州)。

㊺ 卫肝:春秋时卫国大夫弘演出使别国,此时卫懿公被翟人所杀,翟人食其肉而独留其肝。弘演归国,自杀,将卫懿公之肝纳己腹中。嵇血:晋嵇绍在战乱中保护惠帝,被杀时血溅帝衣。此处皆指被杀群臣。

㊻ 卢:东汉卢植,他反董卓,被免官,隐上谷。东掖:洛阳城门名。

㊼ 荀:东汉荀爽,避乱隐居十年,后被董卓征入朝中,欲遁不得。南罗:罗网,古诗:"南山有鸟,北山张罗。"

㊽ 首丘:向着故乡。

㊾ 山东:太行山以东地区。孝昌二年(526)葛荣反魏,武泰元年(528),葛荣所部数十万人号称百万,占有冀、定、瀛、沧、殷五州地方。

㊿ 信都:冀州治所,在今河北衡水。

51 封豕:大野猪。大风:传说中的凶禽。所指皆葛荣部众。

52 黎阳:黎阳郡,治所在今河南浚县。寇聚:武泰元年(528)七月,刘举于濮阳聚众反魏。

53 陈蔡之穷:孔子游陈蔡之间被人围困于野。

54 阳侯:水神。

55 王:尔朱荣,建义元年(528)四月封太原王。

㊻ 天毕:星宿名,形似长柄网。毕,长柄网。
㊼ "一鼓冰销"二句:建义元年(528)八月,尔朱荣大破葛荣军,擒葛荣。同月,刘举亦败。
㊽ 蘧生:春秋卫人蘧瑗,曾先后两次为避内乱从近关出走。
㊾ 季子:春秋吴公子季札,当他出使晋国归来,公子光已杀王僚,夺了王位。
㊿ 蕞(zuì)尔:小貌。
61 "甫闻"二句:自言被任命为金紫光禄大夫,加卫将军。
62 建武明杰:指元颢。建武是元颢的年号。
63 "天表"句:建义元年(528)四月,元颢等人附梁,梁以元颢为魏主。
64 争绍:梁武帝派兵护送元颢回洛阳争魏帝位。
65 "辟阊阖"二句:永安二年(529)四月,元颢进入洛阳,改元称帝。
66 "神驾"二句:谓孝庄帝逃离洛阳。
67 "时难"二句:指元颢的失败。永安二年(529)七月,元颢败走,随即被斩身亡。
68 北面西王:因孝庄帝当时逃在河北,故云。
69 宸居反正:孝庄帝还宫。
70 "明罚"二句:《魏书·孝庄帝纪》:"诏受元颢爵赏、阶级,悉追夺之。"
71 褫(chǐ)带:指自己受元颢所任给事黄门侍郎的职务被革除。

## 鉴赏

李谐(496—544),字虔和,顿丘(治所在今河南清丰)人。他袭父爵为彭城侯,自太尉参军,历尚书郎、徐州北海王颢抚军府司马,入为长兼中书侍郎,又由崔光引为著作郎,加辅国将军、相州大中正、光禄大夫,除金紫光禄大夫,加卫将军。元颢入洛阳,改元称帝,任他为给事黄门侍郎。元颢失败,他被除名。孝静帝初年,官散骑常侍,奉命使梁,使还除大司农转秘书监,病卒。他为人风流闲润,博学有才辩,当时才俊,咸相钦赏。据《隋书·志》载,李谐著有文集十卷,《魏书》"本传"录有所著《述身赋》全文。

《述身赋》是作者在元颢失败以后,自己被朝廷革职除名、放还老家的时候写的。类似于《我的前半生》《我走过的路》等自传性作品。它比较完整地追述了作者自弱龄入仕以来十六七年间的经历,抒写了极其复杂的思想感情。同时,为了述身明志,作者十分精心地刻画所处的社会现实环境,或隐或显、或曲或直地表达了对当时现实的感受和认识。所以作品相当真实地反映出当时尖锐复杂的社会矛盾,艺术地再现了北魏自宣武帝末年至孝庄帝时期国运的日益衰颓和社会的异常动乱,成为一幅生动的历史画卷,对于我们来说具有一定的认识价值。

全文以议论开篇,在对争名逐利的世相人情议论感慨之后,才叙起自己的出身与入仕。作者在遭遇仕途蹉跌之后,较为深切地体验了老子"祸兮福之所倚,福兮祸之所伏"的思想,并以此作为维持心理平衡的精神支柱。第二节热情地赞颂孝文、宣武两朝的文功武绩,极其自然地引出自己"窃服宰旅"的情况。一个被革职的弃臣如此追怀前朝,如此讴歌前朝人才归趋的盛况,不能不说是别有用意,耐人寻味。第三节紧接着叙写身居武职随军出征的经历。在直叙当中,作者成功地增添了白描的笔墨,"风激沙而破石,雪浮河而漫野"。状写悲凉之景,寄抒慷慨之志,颇为形象而凝练。

第四、五节先简笔提及"自旁枝而禔福""叨微躬于侯服",然后就"忝命建礼"而大书特书,淋漓尽致地表现了自己的才好志趣。这里既有志疏于政治的表白,又有才通于文史的自诩。更有"赏许云霞"一层,不惜笔墨地从容铺陈自己当时环境的恬淡宜人和情致的闲雅清高。作者自许甚高,历数所任官职,又不无自矜之意,但却极力表明自己在仕途而心慕云霞。这种功名进取与逍遥自适的思想矛盾,贯串全文,增加了主题厚度。

第六节追叙了担任史官而无所历意、徘徊五载的情况。文章第七节,简要概括地勾勒孝明帝被杀以后朝政的混乱状况,表述自己退避乡里、不交人世的态度。作为当时人,能够清醒地看到"孝昌之陵陂""继世而祸结",明确指出当时已是"运道之将季",这颇为不易。第八节承接上文,具体地记叙东逃返乡的途中所遇,从中展示出社会的剧烈动荡。文中细致真切的描述,使作者急急惶惶、忧心忡忡的举止神态跃然纸上,又使读者如身临邑烬野空之境,耳闻"师通川而鼎沸"之声,目睹"矢交射于舟中"之景。作者当然是以朝廷的立场看待葛荣、刘举等人的,但是此处的文笔的确富有艺术表现力。第九节写葛荣等人被灭,孝庄帝位略定,自己重回朝廷受命任职。"伊吾人之蕞尔,本无傒于衰盛。聊草茅而偃伏,且优游于辰庆。"数语颇带自嘲之意,与先前的自得口吻明显有别。

第十节以赞赏与同情的笔调叙述元颢入洛及其失败经过。叙及自己被褫革放回时,恐怕内心是有些悻悻然的,"甄大义以明罚,虚半列于周行"。看似语气平和,实际上与前文"总群雅而同归,果方员而殊贯"的赞扬对照一读,便不难听出那弦外的激愤之音。作品末节卒章显志。"探宿志以内求,抚身途而自计。不诡遇以邀合,岂钓名以干世。"这一认真的自我表白,正是述身为赋的主旨所在。“得丧同遣,忘怀自深。遇物栖息,触地山林。”作者决心以道家无为以任己、随遇而能安的态度立身处世,表示“愿自托于鱼鸟,永得性于飞沉”。文章的结尾,自然地照应了开头。

全文老老实实地以时间先后为序来追写作者的前半生,完全属于顺叙型结构。然而,它却能够寓秀于朴,拙中见巧,绝对避免了流水账式的呆板和单调。由于作者精心剪裁,巧妙安排,对于复杂的自身经历和丰赡的历史事实,或略而不提,或点到为止,或概括交代,或详尽陈述,使手中的笔行于所当行,止于不可不止,得心应手,恰到好处;而且作者依据述身明志的主旨所需,于叙事之中即兴抒情,铺陈之际相机议论,甚至在适当地方插入几笔白描,使叙述、描写、抒情与议论,互相辉映,灵活结合,浑然成为一体,因此,文章不但表现得有条不紊,沉着稳健,而且还显得疏密有致、纵横自如,读来很能给人以兴味与感染。

这篇赋尽管是作者处在特定的历史背景下和个人遭遇中写成,难免隐含着几分悲沉怨怅,但是总的格调仍然显得那么清俊健朗。赋中的内容比较丰厚充实,语言十分浅近质朴、简淡清新,用典较少,全文诵读起来,通脱自然,朗朗上口。较之于当时大量炫事增华、华靡奇巧的南朝骈赋,李谐的《述身赋》是具有显著的艺术特色的。

(汪大白)

# 剧　鼠　赋[1]

卢元明

跖实排虚[2]，巢居穴处。惟饮噬于山泽，悉潜决于林籞[3]。故寝庙有处[4]，茂草别所。矧乃微虫，乖群异侣[5]。干纪而进[6]，于情难许。《尔雅》所载，厥类多种[7]。详其容质[8]，并不足重。或处野而隔阴山[9]，或同穴而邻嶓冢[10]，或饮河以求饱腹[11]，或噏烟而游森耸[12]。然今者之所论，出于人家之壁孔。

**注释**

① 剧鼠：凶恶的老鼠。
② 跖(zhí)实：践地。排虚：掏洞。
③ 惟：发语词。饮噬：吃喝。籞(yù)：苑囿的墙垣、篱落。
④ 寝庙：古代宗庙中寝与庙的合称。寝，衣冠所藏之处。庙，接神之处。
⑤ 矧(shěn)：况且。乃：此，这些。乖：异，分离。
⑥ 干纪：触犯违背了道理和规定。
⑦《尔雅》：我国最早解释词义的专著。书中所列老鼠计有13种。
⑧ 详其容质：详，审察。容质，外貌与品质。
⑨ "或处野"句：指鼢(hé)鼠。
⑩ "或同穴"句：鵌(tū)鼠。嶓冢(bō zhǒng)，山名，在甘肃。
⑪ "或饮河"句：指鼹(yǎn)鼠。见《庄子·逍遥游》。
⑫ "或噏烟"句：指鼯(wú)鼠。

嗟乎在物[1]，最为可贱：毛骨莫充于玩赏，脂肉不登于俎膳[2]。故淮南轻举，遂呕肠而莫追[3]；东阿体拘，徒称仙而被谴[4]。其为状也，憯惔咀吁[5]，睢离睒睗[6]。须似麦穟半垂，眼如豆角中劈，耳类槐叶初生，尾若杯酒余沥[7]。乃有老者，羸髋疥癞[8]。偏多奸计，众中无敌；托社忌器，妙解自惜[9]。深藏厚闭，巧能推觅[10]。或寻绳而下[11]，或自地高掷[12]，登机缘柜[13]，荡扉动帟[14]。切切终朝，轰轰竟夕[15]。是以诗人为辞，寔云其硕[16]。盗干汤之珍俎[17]，倾留髲之香泽[18]，伤绣领之斜制，毁罗衣之重襞[19]。曹舒由是献规[20]，张汤为之被谪[21]。亦有闲居之士，倦游之客。绝庆吊以养真素，屏左右而寻《诗》《易》[22]。庭院肃清[23]，房栊虚寂[24]。尔乃群鼠乘间[25]，东西撺掷[26]。或壁隙见髭[27]，或户间出额；貌甚舒暇[28]，情无畏惕[29]。又领其党与[30]，欣欣奕奕[31]，欹覆箱奁[32]，腾践茵席[33]。共相侮慢[34]，特无宜适[35]。

讶天壤之含弘[36]，产此物其何益！

## 注释

① 嗟乎：叹词。

② “毛骨”二句：鼠类毛骨脂肉皆对人无益。

③ “故淮南”二句：淮南王成仙飞天的故事，鸡犬也吃了灵丹，唯独老鼠没有吃，故追不上鸡犬。见《神仙传》卷四。

④ “东阿”二句：东阿，即曹植，曾封东阿王。

⑤ 憯惔（cǎndàn）咀吁：细碎的咬物声。

⑥ 睢离睒（shǎn）睗（shì）：目光倏闪之貌。

⑦ 麦穟：麦穗。类：似。沥：滴。

⑧ 乃：语助词，无义。羸髋（léikuān）：瘦弱疲病的胯骨。

⑨ “托社”二句：见《韩非子·外储说上》。

⑩ 推觅：推测寻觅。

⑪ 寻：顺着溜。

⑫ 掷（zhì）：跳跃。

⑬ 缘：顺着爬。

⑭ 扉：门扇。帟（yì）：小帐幕。

⑮ 切切：声音轻微。竟：与“终”同。

⑯ 寔：即“实”。

⑰ “盗干汤”句：见《史记·酷吏列传·张汤传》。

⑱“倾留髡”句:见《史记·滑稽列传·淳于髡传》。
⑲ 绣领:领子刺绣的衣服。重襞(chóng bì):重叠,折叠。
⑳“曹舒”句:见《三国志·魏书》。
㉑ 谪:罚罪。
㉒ 真素:自然真率。
㉓ 肃清:清静不杂乱。
㉔ 房栊:房舍。
㉕ 尔乃:于是。
㉖ 撺掷:跳跃奔走。
㉗ 见(xiàn):现,露。髭:短须。
㉘ 舒暇:悠闲自在。
㉙ 情:情态。惕:警惕,戒惧。
㉚ 党与:党羽,同伙。
㉛ 弈弈:即奕奕,有精神的样子。
㉜ 攲(qī):倾斜。奁(lián):盛物之器。
㉝ 腾:跳跃。茵席:褥垫,褥子。
㉞ 侮慢:轻侮傲慢。
㉟ 特:但,只。
㊱ 含弘:无所不包。

## 鉴赏

卢元明,字幼章,生卒年不详。范阳涿(今河北涿州)人。北魏孝庄帝永安初(528),兼尚书令。孝武帝登祚,迁中书侍郎。东魏孝静帝天平中(534),兼吏部郎中,作为副使出使南朝梁,北还后拜尚书右丞,转散骑常侍。有集十七卷,《魏书》有传。元明文章以《幽居赋》与《剧鼠赋》较著名。《剧鼠赋》见于《初学记》卷二十九、《太平御览》卷九百十一、严可均辑《全后魏文》卷三十七。

这是一篇精致的咏物讽刺小赋。咏物小赋至西晋大盛,但由于当时赋风“以博识为贵”(见《颜氏家训·勉学篇》),加上玄学的影响,赋作多缺乏积极的寄托与深刻的象征意义。咏物赋衰变至六世纪,正当南朝的梁代咏物赋艳情化成为一时风尚的时候,曾经出使梁的卢元明继承正始赋家愤世嫉俗的批判精神,写下了这一咏物讽刺小赋中的珍品,这在赋史上是弥足珍贵的。赋的第一段,是总写鼠类。作者的所谓鼠,指包括蝙蝠在内的许多啮齿目动物,故叙鼠类的生活习性在措辞上颇有些差异。第二段入正题赋“剧鼠”,即《诗经》所谓硕鼠,今之所谓家鼠。元明此赋最为不同凡响之处,是在于对老鼠丑态惟妙惟肖的摹写。“麦穟豆角之喻,尤新鲜别致,为赋中所罕见。”(马积高《赋史》)留心观察过老鼠的读者,不能不叹服作者刻画形容的生动传神。第三段结束全文,简洁而又明快。既然小丑的丑态丑行已经铺写得淋漓尽致了,于是,作者叹出了第二口气,也是最后一叹:“嗟天壤之含弘,产此物其何益!”既此物之有害无益,创造万物的上苍何不灭绝此类畜牲?! 寥寥二语,作者的厌恶乃至愤恨之情,抒发得何其痛快淋漓!

《文心雕龙·诠赋》:“拟诸形容,则言务纤密;象其物宜,则理贵侧附。”又《赞》云:“写物图貌,蔚似雕画。”刘勰此语,正好可以用来说明此赋的总体特色。具体来说,此赋人事物象妙合无垠,“志”存乎物象的具体摹写之中,意蕴含蓄而丰富。刻画生动,比喻新鲜贴切,造语工稳,行文流畅。有人认为“稍泛”(肖物而不切人事谓之泛),恐未为确论。

末了,窃为老鼠鸣一“冤”:“似麦穟半垂”的鼠须制成的“鼠须笔”,向称笔中上品;在今天,老鼠虽然仍列“四害”之首,但其脂肉已渐登俎膳,那根“若杯酒之余沥”的尾巴,在医药上也有了元明所始料未及的妙用。

(李伯齐　潘新国)

# 穷 鸟 赋

何 逊

嗟穷鸟之小鸟①，意局促而驯扰②。声遇物而知哀③，翮排空而不矫④。望绝侣于霞夕⑤，听翔群于月晓⑥。既灭志于云霄，遂甘心于园沼。时复抢榆决至⑦，触案穷归⑧，若中气而自堕⑨，似惊弦之不飞⑩。同雉埘而共宿⑪，啄雁稗以争肥⑫。异海鸥之去就⑬，无青鸟之是非⑭。岂能瑞周德而丹羽⑮，感燕悲而素晖⑯。虽有知于理会⑰，终失悟于心机⑱。

## 注释

① 穷鸟：穷途之鸟。

② 驯扰：驯顺。扰，顺。

③ 哀：哀鸣。

④ 翮(hé)排空而不矫：展翅凌空却不能高举。

⑤ 绝侣：远飞的伴侣。

⑥ 翔群：飞翔的群鸟。

⑦ 抢榆决(xuè)至：撞着榆树，迅疾落下。

⑧ 触案穷归：意谓撞于地面，便无处可飞了。案，界，界限。

⑨ 中气(xì)：得到食物。中，得。气，即“饩”，食物。

⑩ 惊弦：惧怕猎人之箭。

⑪ 雉埘(shí)：野鸡窝。

⑫ 雁稗(bài)：雁食。

⑬ 海鸥之去就：见《列子·黄帝》。

⑭ 青鸟之是非：青鸟为神话故事中西王母的使者。见《艺文类聚》九一引《汉武故事》。

⑮ 瑞周德而丹羽：意即以周德为祥瑞，使自己的羽毛变成红色。

⑯ 感燕悲而素晖：意谓怎能因为燕国志士的悲壮行为所感，而使自己羽毛的光泽发白！燕悲，指荆轲刺秦王事。

⑰ 理会：与内心的想法相一致。 ⑱ 心机：谋虑。

## 鉴赏

何逊(466？—520？)，字仲言，东海郯(今山东郯城)人，南朝梁著名诗人。入梁，起家奉朝诣，历任王府记室，官至尚书水部郎，因世称“何记室”或“何水部”。其诗文由时人王僧孺整理为八卷，原本已佚，今所见较早刻本为明正德间张纮刊《何水部集》，明天启、崇祯间张燮编《七十二家集·何记室集》，以及明末张溥辑《汉魏百三家集·何记室集》。1979年中华书局有校本《何逊集》。1989年齐鲁书社印行李伯齐《何逊集校注》。

何逊一生，辗转藩邸，沉沦下僚，郁郁而终。然其文名著于当时，诗文传乎后世，在中国文学史上有相当的地位。他生乎骈俪之时，能摆脱填缀之习，在文风浮靡的梁陈诗坛，清机自引，独标真素，在诗歌艺术上继承和发扬了“二谢”山水诗，并因重视审音炼字、工偶精对，对近体诗的形成和发展有着不容忽视的影响，因而受到唐代大诗人杜甫的重视。他的赋体作品并不多，仅存《七台》《穷鸟赋》两篇。《七台》沿袭“七”体，颂扬梁统治者的功德，艺术上无可取之处。而《穷鸟赋》却别有深寄，情辞凄苦，为咏物寄怀的佳作。

鸟儿在古代诗文中，作为一种艺术形象，它所具有的美学意义因作品而异。正始时期的嵇康、阮籍，他们不满现实，便以焦朋(鹏)高飞、凤鸟远举来表达自己对超世俗理想的渴望和追求，而陶渊明，则以羁鸟、归鸟、孤鸟、倦鸟来喻指失去自由和倦游而归的自我形象。汉末赵壹的《穷鸟赋》则以鸟“思飞不得，欲鸣不可。举头畏触，摇足恐堕”的窘困处境和惊恐不安的心情，来讥刺和抨击当时正直人士动辄得咎的黑暗政治现实。何逊《穷鸟赋》与赵壹《穷鸟赋》一脉相承，但取意不同。

(李伯齐)

# 归魂赋并序

沈炯

古语称"收魂升极"[①]。《周易》有《归魂》卦[②]，屈原著《招魂》篇[③]，故知魂之可归，其日已久。余自长安反[④]，乃作《归魂赋》。其辞曰：

**注释**

① 收:返。极:天。

②《周易》句:"归魂"卦,今本《周易》无。

③《招魂》:《楚辞》篇名。

④ 长安:今陕西西安。

伊吾人之陋宗,资玄圣而云始[①]。肇邵阙之灵源,分昌发之世祀[②]。实闻之乎家记[③],又孚之于惇史[④]。亢宗贵而博古,四史成乎一身[⑤],怪日月之辽远[⑥],而承袭之相因[⑦]。岂少贱之能察,非末学之知津也[⑧]。

若夫风流退让,在秦作相;越江以东,惟戎及酆[⑨]。出忠出孝,且卿且公[⑩]。世历十五,爰逮余躬[⑪]。值天地之幅裂,遭日月之雾虹[⑫]。去父母之邦国,埋形影于胡戎[⑬]。绝君臣而辞胥宇,蹐厚地而跼苍穹[⑭]。抱北思之胡马,望南飞之夕鸿[⑮]。泣沾襟而杂露,悲微吟而带风。

昔休明之云始,余播弃于天地[⑯]。自太学而游承明,出书生而从下吏[⑰]。身豫封禅之官,名入南宫之记[⑱]。登玉墀之深眇,出金门之崇邃,受北狄之奉书,礼东夷之献使[19]。实不尝至屈膝逊言,以殊方降意[20]。

嗟五十之逾年,忽流离于凶忒[21]。值中军之失权,而大盗之移国[22]。何赤疹之四起[23],岂黄雾之云塞[24]。祈瘦弟于赤眉,乞老亲于剧贼。免伏质以解衣[25],遂窘身而就勒。既而天道祸淫,否终斯泰,灵圣奋发,风云飨会,扫欃枪之星,斩蚩尤之旆;余技逆而效从,遂妻诛而子害。虽分珪而祚土[26],讫长河之如带。肌肤之痛何泯[27],潜翳之悲无伏[28]。我国家之沸腾,我天下之匡复,我何辜于上玄[29]?我何负于邻睦?背盟书而我欺,图信神而我戮!

## 注释

① 伊:发语词。陋宗:自谦家族卑贱。宗,宗族。玄圣:指沈氏始祖。

② 肇:始创基业。邵阌(bì):邵原关,在今河南济源。昌:姬昌,即周文王。发:姬发,即周武王。

③ 家记:家族谱记。

④ 惇(dūn):惇厚之史,有德行老人的言行记录。

⑤ 亢宗:庇护宗族。此谓亢宗之子,指沈约(441—513)。

⑥ 日月:岁月。

⑦ 相因:相继。

⑧ 少贱:少时社会地位不高。末学:后学。知津:识途。

⑨ "若夫"四句:指其先祖沈逞至沈戎、沈酆。

⑩ 且:亦。

⑪ 逮:及。余躬:我本人。

⑫ 幅裂:如布幅之分裂。雰虹:日边云气。

⑬ 胡戎:此指魏。

⑭ 绝:隔绝。蹐(jī)厚地而跼(jú)苍穹:戒惧之状。

⑮ 抱:怀。夕鸿:晚间南飞的大雁。

⑯ 休明:美善光明。

⑰ 承明:承明庐,汉代承明殿之旁屋。从下吏:厕身于低级官吏。

⑱ 豫:参与。封禅:帝王在泰山祭告天地的大典。南宫:本南方列宿,指尚书省。

⑲ 玉墀:宫殿台阶。金门:金马门。

⑳ 逊言:低声下气。殊方:异域。

㉑ 凶忒(tè):凶逆奸恶。

㉒ 移国:篡国。

㉓ 赤疹:灾害不祥之气。

㉔ 黄雾之云塞:黄雾弥漫天地四方,古

以为天下大乱之兆。

㉕ 伏质:秦汉时死刑中的腰刑。

㉖ 分珪而祚土:分符、赐土。

㉗ 肌肤之痛:指妻子被害。

㉘ 潜翳:潜隐。伏:隐藏。

㉙ 上玄:上苍,上天。

彼孟冬之云季,总官司而就绁[1]。抚马首之西暮,随槛车而回辙[2]。履峩峩之层冰,面飀飀之岩雪[3]。去莫敖之所缢[4],过临江之轨折[5]。矧今古之悲凉,并攒心而沾袂[6]。渡狭石之欹危,跨清津之幽咽。鸟虚弓而自陨,猿号子而腹裂[7]。历沔汉之逶迤[8],及楚郡之参差[9]。望隆中之大宅[10],映岘首之沉碑[11]。既缧然而就鞅[12],非造次之能窥[13]。

至若高祖武皇帝之基天下也[14],岐周景亳之地,龟图雀书之秘[15],醒醉之歌味绝,让畔之田鳞次[16]。余既长于克民,觉何从而掩泗[17]。淯水兮深且清[18],宛水兮澄复明[19]。昔南阳之穰县[20],今百雉之都城[21]。我太宗之威武[22],遏宛淯而陈兵[23]。百万之虏,俄成鱼鳖;千仞之阜[24],倏成沧瀛[25]。虽德刑成于赦服,故蛮狄震乎雄名。乃寻淅而历商,遂经秦而至洛。觉高蹈之清远[26],具风云之倏烁。其山也则嶔岑嵲嵬[27],岩嵝婆陁[28]。或孤峰而秀聚,或逸出而横罗。千岁之木生岭表,百丈之石枕溪阿。其水则碎訇沛汩[29],或宽或疾[30]。系万濑而相奔,聚千流而同出。何武关之狭隘[31],而汉祖之英雄。山万里而仰云雨,水百仞而写蜿虹[32]。若一夫而守隘,岂万众之能攻。去青泥而喻白鹿[33],越渥水而到青门[34]。长卿之赋可想[35],邵平之迹不存[36]。咄嗟骊山之阜[37],惆怅灞陵之园[38]。文恭俭而无隙[39],嬴发握其何言[40]!访轵道之长组[41],舍蓝田之玙璠[42]。无故老之可讯,并膴膴之空原[43]。登未央之北阙[44],望长乐之基趾。伊太后之所居，筑旗亭而成市[45]。槐路郁以三条，方涂坦而九轨[46]。观阡陌之遗踪，实不乖乎前史[47]。傍直城而北转[48]，临横门而左趋[49]。南则董卓之坞[50]，北则苻坚所居[51]。即二贼之墟垒[52]，为彼主之庭除[53]。终南龍炭[54]，太一嵯峨[55]，九嵕堀起[56]，八垒连河[57]。汩泾泥之混浊；灌渭渚之清波[58]。指咸阳而长望，何赵李而经过[59]。息甘泉而避暑[60]，犹爽垲而清和[61]。尔乃背长夏，涉素秋，卧寒野，坐林陬[62]。霜微凝而侵骨[63]，树栽动而风遒[64]。思我亲戚之颜貌，寄梦寐而魂求。察故乡之安否，但望斗而观牛[65]。稚子夭于郑谷[66]，勉励愧乎延州[67]。闻爱妾之长叫，引寒风而入楸。何精灵以堪此[68]，乃纵酒以陶忧[69]。

## 注释

① 总：系。官司：百官。就绁：就缚。
② 回辙：背道而行。
③ 面飂飂之岩雪：迎着拂面而来的寒雪。
④ 莫敖之所缢：指梁都江陵。
⑤ 临江之轨折：指元帝被害处。
⑥ 攒心：积聚于心。攒(cuán)，聚。
⑦ 狭石：关隘。攲(qī)危：险峻。
⑧ 沔：沔水，汉水上游。汉：汉水。
⑨ 楚郡：秦灭楚所置郡。
⑩ 隆中之大宅：指诸葛亮故居。
⑪ 岘首之沉碑：晋大将军羊祜碑。
⑫ 缧然而就鞅：拘系在押。
⑬ 造次：仓促之间。
⑭ 高祖武皇帝：梁武帝萧衍(464—549)，南朝梁的开国皇帝。
⑮ 龟图雀书：神龟负文、神雀衔丹书。
⑯ 醒醉之歌味绝：野无遗贤，隐士皆出。让畔之田鳞次：政治圣明，民知谦让。
⑰ 掩泗：掩涕。
⑱ 淯水：淯河，今名双洎河。
⑲ 宛水：未详。
⑳ 南阳之穰县：古县名。
㉑ 百雉之都城：大城。
㉒ 太宗：梁简文帝萧纲。
㉓ 宛：宛邑，今河南南阳。
㉔ 阜：山陵。
㉕ 沧瀛：沧海。
㉖ 高蹈：远行。

㉗ 嵚(qīn)岑:高险。崒(zuì)嵬:高峻。
㉘ 岩嵝(sōu)婆陁:山岭逶迤曲折。
㉙ 碎訇淅汩:汹涌激荡。淅汩(jié gǔ):急流激荡。
㉚ 宽:缓。
㉛ 武关:古关隘。秦末,刘邦由此处入咸阳,为其灭羽兴汉奠定了基础。
㉜ 写蜿虹:言水飞流而下,阳光之下,犹如蜿蜒悬空的彩虹。写:同“泻”。
㉝ 青泥、白鹿:两地名。青泥,青泥城,即峣柳城,在今陕西蓝田境。白鹿:白鹿原,即霸上,在今陕西蓝田西,灞水流经原上。
㉞ 渥水:未详。青门:汉长安霸城门。《三辅黄图》卷一:“长安城东出南头第一门曰霸城门,民见门色青,名曰青城门,或曰青门。”
㉟ 长卿之赋:指司马相如《长门赋》。司马相如(前179—前117),字长卿,西汉文学家。汉武帝的陈皇后遭遗弃后,谪居长门宫,为使武帝回心转意,以黄金百斤求相如作《长门赋》。
㊱ 邵平之迹:邵平,广陵(今江苏扬州)人,秦时封东陵侯,秦亡为布衣,种瓜青门外。
㊲ 骊山之阜:秦始皇帝陵。
㊳ 灞陵之园:汉文帝陵。
㊴ 文恭俭而无隙:文帝谦恭俭朴,他人无隙可乘。
㊵ 嬴:嬴政。
㊶ 轵(zhǐ)道:亭名。组:玺绶。
㊷ 蓝田之玙璠:蓝田美玉。
㊸ 膴(wǔ)膴:膏腴,肥沃。
㊹ 未央:与下文“长乐”,均为汉宫殿名。
㊺ 旗亭:市楼。
㊻ “槐路”二句:汉长安八街九陌(见《三辅黄图》卷二引《三辅旧事》)。
㊼ 乖:违背。
㊽ 直城:长安直城门。
㊾ 横(guāng)门:又名武朔门或光门,为长安北城门。
㊿ 董卓之坞:郿(méi)坞。
51 苻坚:十六国时前秦皇帝。
52 二贼:董卓、苻坚。
53 庭:庭院。除:阶。
54 终南:山名。
55 太一:山名。
56 九嵕(zōng):山名。
57 八垒连河:疑指关中八水交错相连。
58 泾、渭:泾水和渭水。
59 赵李:汉成帝皇后赵飞燕、汉武帝宠妃李夫人。
60 甘泉:秦、汉宫名。
61 爽垲(kǎi):明亮干燥。垲,干燥。
62 林陬:山林角落。
63 侵骨:刺骨。
64 风遒:风急。
65 望斗而观牛:斗、牛皆星名。
66 稚子:小儿子。郑谷:汉郑子真隐居处。
67 延州:今陕西延安。
68 堪:承受。
69 陶忧:排遣忧愁。

至诚可以感鬼，秉信可以祈天。何精殒而魄散，忽魂归而气旋。解龙骖而见送，走邮驿于亭传①。出向来之太道，反初入之山川。受绕朝之赠策②，报李陵之别篇③。泪未悲而自堕，语未咽而无宣。于时和风四起，具物初荣④。草极野而舒翠⑤，花分丛而落英⑥。鱼则潜波涣濯⑦，鸟则应岭俱鸣⑧。随六合之开朗⑨，与风云而自轻。其所涉也，州则二雍三荆⑩，昌欢江并，唐安淅洛，巴郢云平。其水则淮江汉洧⑪，随浩汙澧⑫，潦浐瀰河，泾渭相乱。或浮深而揭浅⑬，或凌波而沿岸。每日夕而靡依，常一步而三叹。蛮蜑之与荆吴⑭，玄狄之与羌胡⑮，言语之所不通，嗜欲之所不同，莫不叠足敛手，低眉曲躬。岂论生平与意气，止望首丘于南风⑯。悲城邑之毁撤，熹风水之渺扬⑰。既尽地而谒帝⑱，乃怀橘而升堂⑲。何神仙之足学，此即云衣而虹裳也。

**注释**

① 龙骖：骖马之美称。亭传：驿站。

② 绕朝之赠策：晋人士会因事奔秦，为秦所用。后士会欲返晋，秦大夫绕朝赠之以策。见《左传·文公十三年》。

③ 李陵之别篇：指《文选》载李陵三首《别诗》。

④ 具物初荣：万物复苏。

⑤ 草极野而舒翠：草遍野而展现翠碧之色。

⑥ 落英：初生之花。

⑦ 潜波涣濯：鱼儿潜入水底，尽情嬉游。

⑧ 应岭俱鸣：鸟儿在山间鸣啭，回声相应。

⑨ 六合：天地四方。

⑩ 二雍三荆：汉魏置雍州，治所在今陕西西安。东晋侨置于襄阳（今湖北襄阳），故称“二雍”。后魏置荆州于穰县（今河南邓州），置南荆州

于安昌(今河南确山)、置东荆州于泌阳(今河南泌阳),故称“三荆”。

⑪ 淮江汉洧:淮水(淮河)、长江、汉水(汉江)、洧水。

⑫ 汙:在今河北临漳西南。澧:在今河南中部。

⑬ 浮深而揭浅:水深则乘船渡过,水浅则撩衣而涉。

⑭ 蛮蜑(dàn):泛称楚人为荆蛮,称吴地水上居民为蜑人或蜑户。

⑮ 玄狄:魏国贵族的族属。

⑯ 止:只。

⑰ 憙:借作“喜”。

⑱ 尽地:谓行途的终点。

⑲ 怀橘而升堂:拜见老母。典出《三国志·吴书·陆绩传》。

## 鉴赏

沈炯(502—560),字礼明,一作初明,吴兴武康(今浙江德清)人,仕梁为尚书左民侍郎,出为吴令。侯景乱后,元帝授给事黄门侍郎,领尚书左丞,特封原乡侯。魏克荆州,被虏,甚受礼遇,授仪同三司。因顾念老母,表请东归。于绍泰二年(556)归梁,任司农卿,迁御史中丞。入陈,加散骑常侍,卒赠侍中,谥恭子。《隋书·经籍志》收录其诗文集二十卷,已佚,今存诗18首,文18篇,明人辑有《沈侍中集》。

沈炯是由梁入陈的著名文学家,工诗善文,而以赋称,陈初与徐陵、江总等并著闻于世,侯景乱后所作诗文,多写其悯时伤乱、思亲念家的情怀,感情凄楚痛切,尤为后人所称。《归魂赋》写其在梁末丧乱中被虏西去,以及由魏东归的一段经历,是其代表作品。

赋谓《归魂》,盖借取《楚辞》中屈原《招魂》“魂兮归来,反故居些”之意。作者在返回自己魂系梦绕的故国后,忆述了在梁末丧乱中被虏西去和自魏东归的一段经历。

所谓“魂”者,古人认为是能离开人的躯体而存在的一种精神。人死而魂在;人可死于异乡、异国,而其精魂却要回归故乡、故国,即屈原所谓“鸟飞反故乡兮,狐死必首丘”(《哀郢》)。这是一种宝贵的民族精神。这在民族斗争尖锐的梁陈之际,尤为可贵。沈炯在梁末,身历亡国丧家之痛,羁身北朝而得放东归,痛定思痛,以悲以喜,是现实,犹疑梦幻。其事动人,其情感人。

魂系故国的深厚民族感情,是本赋的主线;魂去、魂归两部分,是本赋的主体。赋首写“魂”本在故国。因为这里有着世代祖先,有着自己尽心尽职的故国。他叙家世,述仕宦,绝非只是炫耀。正因为如此,所以他人去异国,而“魂”系江南。当他被虏西去,所经一山一水,一景一地,都唤起他对故国强大时的回忆;武关遗迹、长安旧址,都使他对本民族光荣历史的追慕而不胜今昔之感,表现出对故国无限眷念之情。最后写东归,借景渲染,表现出无限欢悦之情。这篇赋在结构上,与前人的纪行赋,如班彪的《北征赋》、潘岳的《西征赋》虽有某些相似之处,但却有很大不同。它减少了一些铺陈,而增强了抒情气氛。写被虏西去一节,仿佛有屈原《哀郢》的影子,其感情也有某些相通之处。即使怀古凭吊部分,如到长安之后的一段叙写,亦与一般纪行赋引古垂戒者不同,溢荡在字里行间的是深厚强烈的民族感情。因此,这是一篇由纪行赋衍化而来的抒情赋。

《归魂赋》的主体部分,是忆述西去、东归的两段经历。亡国丧家、被虏西去,作者以“清津幽咽”、“乌虚弓自陨”和“猿号子腹裂”之景,写其心情的悲凉和痛苦;被放东归,即将回到魂一夕而九逝的故国,他所见沿途景物都令人振奋、欢悦:“于时和风四起,具物初荣。草极野而舒翠,花分丛而落英。鱼则潜波涣濯,鸟则应岭俱鸣。随六合之开朗,与风云而自轻。”春风四起,草长花开,鱼跃鸟鸣,所有景物都染上开朗、轻松、愉悦的色彩,与西去之悲苦形成鲜明对比。可见,借景写情,是本赋的一个突出特点。

汉魏之际,自然山水景物,从怡情悦性而进入诗文,逐渐成为独立的审美对象,反映了人们审美意识的发展。曹丕的《济川赋》《登台赋》已露端倪,至东晋刘宋之后,景物抒情赋更得到长足发展。《归魂》一赋,在叙事抒情中,借助景物描写,显示了梁陈之际赋体文学发展的某些轨迹。就此一点,《归魂赋》亦值得一读。

(李伯齐)

# 悔　赋

萧　纲

夫机难预知，知机者上智[①]。智以运己[②]，迷己者庸夫。故《易》曰[③]：吉凶悔吝，生乎动者也。又曰：悔吝者，忧虞之象也。《传》云[④]：九德不愆，作事无悔。是以郑国盗多，太叔之恨表[⑤]；卫风义失[⑥]，宣公之刺彰。无将咏兴[⑦]，垄事书作。季文再思而未可[⑧]，南容三复而不暇[⑨]。余以固陋之资[⑩]，慎履冰之诫，窃服楚王之对[⑪]，每征后稷之诗[⑫]，触类而长[⑬]。乃为赋曰：

默默不怡[⑭]，恍若有遗。四壁无寓，三阶寡趣[⑮]。月露澄晓，风柳悲暮。庭鹤双舞[⑯]，檐乌独赴。垫林宗之巾[⑰]，凭南郭之几。玄德之耗聊萦[⑱]，子安之啸时起。静思悔吝，铺究前史[⑲]。吊古伤今，惊忧叹圮[⑳]。成败之踪，得失之理，莫不关此，令终由乎谋始[㉑]。弃夸言于顿丘[㉒]，重前非于蘧子。迹夫履车之人，岂止一途而已[㉓]！

至如秦兼四海之尊，握天下之富，混一车书，鞭笞宇宙[㉔]。胡亥之寄已危[㉕]，万代之祀难构。阿衡失责成之所[㉖]，赵高秉栋梁之授。拒谏逞刑[㉗]，戮宰诛守。矜上林之戏马，嘉长杨之射兽[㉘]。嗫呫禁中之言[㉙]，欺侮山东之寇。及其祠祟泾水，作衅夷宫[㉚]，徒希与妻子伍，下愿与黔首同[㉛]。信殪绝于凶丑[㉜]，何前谋之不工！

至如下相项籍[33]，才气过人。拔山靡类[34]，扛鼎绝伦。声驾盛汉[35]，势压余秦。钜鹿有动天之卒[36]，辕门有屈膝之宾。既刓有功之印[37]，亦疑奇计之臣。唱鸡鸣于垓下[38]，泣悲歌于美人。抱乌江之独愧[39]，分汉骑之余身。

郭君失位[40]，徒驭而亡。尚悲残糗[41]，独饮余浆。枕畚空卧[42]，伏轼怀伤。魂飘原野，骨饵豺狼。

楚王刻鹤[44]，播徙南地，铙管徒鸣[45]，才人空置。岂辎车之足荣[46]，匪射猎之娱意。幽泉斯即[47]，白日何冀！

宁喜纳君[48]，恃功肆宠，卫侯厌黩[49]，忠臣愤勇，昏迷靡悟[50]，败不旋踵。

商君被执[51]，李斯赴收，身居关下，命厄秦囚[52]。追伤用法之弊，还思不谏之尤[53]。亦何解于今酷？终无追于昔谋[54]！

伯卓跋扈[55]，豺目为辅。弑君鸩子[56]，诛李害杜。鬻恩贩宠[57]，怨庶虐人。蔽朝政之聪察[58]，害上书之烈臣。荣暱子于阿尹[59]，肆贪浊之淫威。树奸党于宫禁，察人主之纤微[60]。卒其膏鈇润钺[61]，寘纆逢徽。

壮武英逸[62]，才为时出。陆离儒雅[63]，照烂文笔。江东启吞并之筹[64]，幽州著怀远之术[65]。运钟毁冕[66]，时属倾颠。铺鸣水阔[67]，日黑山迁。刘下之谋不决，忠良之戮已缠[68]。台耀之灾虽启，鵩鹈之赋徒然[69]。

士衡文杰[70]，绰有余裕。气含珠璧，情蕴云雾[71]。志关沈隐[72]，心耽进趣。倔兹猛众[73]，临此劲兵。抗言孟玖，肆此孤贞[74]。笺辞已切，墨幔徒荣[75]。形殒河上，心怀华亭[76]。

若夫杨恽狂言[77]，灌夫失志[78]，卒其殒命埋躯，伤形属吏[79]。

周君饮后[80]，裴子酣狂。靳固纪瞻之妾[81]，眠卧季伦之房。亦足以魂惊神爽，悔结嫌彰[82]。

已矣哉！波澜动兮昧前期[83]，庸夫蔽兮多自欺[84]。不远而复幸无嗤[85]，建功立德有常基。胸驰臆断多失之，前言往行可为师。

## 注释

① 机:机缘。上智:最聪明睿智者。

② 运:运用。

③《易》:《周易》。

④《传》:《春秋左氏传》。

⑤ 盗:盗贼,强盗。太叔:春秋时郑国大夫游吉。

⑥ 卫风:《诗经》国风中的卫国民歌。

⑦ 无将:《诗经·小雅·无将大车》。

⑧ 季文:鲁国大夫季孙行父。

⑨ 南容:孔子的学生南宫适,字子容。

⑩ 固陋之资:浅薄的学识。

⑪ 窃服:暗自佩服。

⑫ 征:用以证明。

⑬ 触类而长:犹"触类旁通"。

⑭ 怡:快乐,适意。

⑮ 寓:寄托。三阶:古式庭院中的东阶、西阶、侧阶。

⑯ 庭鹤:庭院内的画卷上所绘之鹤。

⑰ 林宗:后汉隐士郭泰的字。

⑱ 玄德:三国蜀刘备。珥(ěr):古人帽子上的毛饰。

⑲ 静思悔吝:认真思考世事成败之因。铺究前史:铺开书卷研究历史。

⑳ 惊忧叹圮:为古今的忧患而激动、感慨。圮(pǐ),毁绝。

㉑"令终"句:政令施行的后果,是从开始制定它时就产生了的。

㉒ 弃:抛弃。顿丘:诗句中的地名。典出《诗经·卫风·氓》。

㉓"迹夫"句:考察步行和乘车者的行迹。

㉔"至如"四句:秦始皇完成统一大业,盛极一时。

㉕ 胡亥:秦二世。

㉖ 阿衡:商代官名。

㉗ 拒谏逞刑:拒纳忠言,施以重刑。

㉘ 上林、长杨:皆宫名。

㉙ 嗫呫(nièchè):低声絮语。

㉚ 夷宫:望夷宫。

㉛ 黔首:百姓。

㉜ 殪(yì):死。丑:恶。
㉝ 下相:地名,项羽故乡。
㉞ 靡:无。
㉟ 驾:凌驾。
㊱ 钜鹿:今河北平乡。
㊲ 刓(wán):雕刻。
㊳ 垓(gāi)下:地名,在今安徽灵璧。
㊴ 乌江:水名,在今安徽和县。
㊵ 郭君:亦作郭公、虢君,春秋时诸侯。
㊶ 糗(qiǔ):炒熟的米、麦等谷物。
㊷ 畚(běn):用蒲草编织的盛物工具。
㊸ “魂飘”句:指郭君。
㊹ 楚王:楚灵王。
㊺ 铙(náo):金属乐器。
㊻ 辎(zī)车:有帷盖的车。
㊼ 幽泉:黄泉。
㊽ 宁喜:卫国大夫,字悼子。纳君:把流亡在外的国君接回复位。
㊾ 黩:滥用。
㊿ 靡悟:不醒悟。
51 商君:商鞅。
52 厄:困苦,灾难。
53 尤:过错。
54 “亦何解”二句:又怎能解脱今日之悲惨下场?
55 伯卓:东汉外戚梁冀。
56 弑君鸩子:指梁冀毒死质帝一事。
57 鬻(yù):卖。
58 蔽:遮蔽。
59 荣:显荣。阿尹:古代官职。
60 纤微:细小的事情。
61 鈇(fū):铡刀。
62 壮武:西晋张华。
63 陆离:色彩繁纷。
64 江东:东吴。启:开。
65 著怀远之术:指张华事。
66 运:命运。
67 铺:铺首,门上衔环的兽形底盘。
68 忠良之戮:张华被杀害。
69 鹪鹩之赋:张华《鹪鹩赋》。事见《晋书·张华传》。
70 士衡:西晋陆机。
71 气含珠璧,情蕴云雾:形容陆机文章感情深厚、气势不凡。
72 志:志趣。关:联。沈:通“沉”。
73 倔:通“崛”,高起、突出的意思。
74 抗言:高声说话。孟玖:司马颖之宦官。肆:古时处死后陈尸于市叫“肆”。孤贞:孤高的操守。
75 切:凄切。墨幔:黑色的车幔。
76 形殒河上:陆机死在黄河之北。心怀华亭:死时心中怀念故乡华亭(今属上海松江)。
77 杨恽:司马迁的外孙。
78 灌夫:汉武帝时为太仆。
79 伤形属吏:让手下的人都为他们伤心不已。
80 周君:周颉,字伯仁。
81 靳(jìn)固:吝惜。
82 魂惊:心惊。神爽:开心。嫌彰:使人厌恶。
83 波澜动:形容时间流逝。昧前期:使历史变得不清楚。
84 庸夫蔽:糊涂人不懂历史、不明事理。
85 不远而复:及时改正错误。

## 鉴赏

萧纲(503—551)即南朝梁简文帝,字世缵,南兰陵人。梁武帝萧衍第三子,昭明太子萧统之同母弟。萧纲一生爱好文学,博览群书,著作甚丰。梁代君主无一不重视、酷爱文学。《悔赋》师法江淹开创的、用某一种感情来贯串多种事件的写作方法,集中了各种各样值得悔恨、遗憾的事件,来突出一个“悔”字。这些事件并非生活中的小事情,而是历史上帝王将相的“成败之踪,得失之理”,主要是些昏君亡国、奸臣欺君、忠臣遭谗而蒙冤遇害的大事件,这都是些惊心动魄、令人扼腕、憾恨无穷的史实。作者追忆它们的目的是为了用历史的经验教训来指导自己的行动,使自己成为一个贤明有为的封建帝王。这种立意用心,可谓良苦;这样的命题,也是非常严肃的。因此这篇作品的思想意义绝非一般“怡情娱性”的作品所能比拟。根据赋中所流露出的对奸臣的痛恨和对国事的忧心来看,此赋可能写于武帝年已老耄、侯景之乱初露端倪之时。作为一个太子、皇位的继承人,萧纲能潜心研究历史、总结前人的成败得失、并为国家的命运忧虑,意欲作一个好皇帝而要求自己生活检点、谨言慎行、用人唯贤、虚心纳谏、避免主观臆断以造成失误等,都是难能可贵的,虽然他做皇帝后并没将这些付诸实践。

《悔赋》是一篇抒情赋。序言交待了写作动机,说明为了避免灾祸和悔恨,必须懂得事物发展变化的客观规律,严格遵循道德标准,凡事三思而行。赋文分作三段。第一段从“默默不怡”到“岂止一途而已”。描述作者为国事忧思冥想,认真研究历史,希望从中找出借鉴和教益,用来指导自己的言行。第二段从“至如……”到“悔结嫌彰”,是全文的主体部分。作者列举了大量史实,并对其历史事件和历史人物进行了描述和分析,同时表明了自己的爱憎褒贬,倾注了强烈的感情。第三段,是全赋尾声。作者在这里用了一首杂体诗来再次突出全文的主题思想。这种杂五、七言诗入赋的手法,是梁代辞赋的独创,后来被初唐四杰继承了去。

从全赋的内容来看,萧纲博学多闻、精通经史,有比较开明的政治思想和治理好国家的抱负,意在严肃认真地总结历史教训。他对历史功过的观点,大致是正确的,但个别地方也失之片面。

《悔赋》充满了沉重的历史感。在分析总结前人的失误和教训时,又从强烈的悲剧意识和危机感中进发出一种拼搏向上、力挽狂澜的气势,因而它不是悲观失望和消极颓废的。它用文艺形式来议论历代的政治、人事,就不像干巴巴的说教那样枯燥乏味,能使读者在阅读历史故事和进行文学欣赏的同时,得到启发和教益,并从中感受到作者的精神和人格。《悔赋》结构宏大而严谨,笔触遒劲,其风格是慷慨悲壮而风骨骏发的。这是继建安文学之后,南朝文坛中难得的好作品。

（任　重）

# 采 莲 赋

萧 绎

紫茎兮文波，红莲兮芰荷[①]。绿房兮翠盖，素实兮黄螺[②]。于时妖童媛女[③]，荡舟心许，鹢首徐回[④]，兼传羽杯[⑤]。棹将移而藻挂，船欲动而萍开。尔其纤腰束素，迁延顾步。夏始春余，叶嫩花初。恐沾裳而浅笑[⑥]，畏倾船而敛裾。故以水溅兰桡，芦侵罗袸[⑦]。菊泽未反，梧台回见[⑧]。荇湿沾衫[⑨]，菱长绕钏[⑩]。泛柏舟而容与[⑪]，歌采莲于江渚。歌曰："碧玉小家女[⑫]，来嫁汝南王。莲花乱脸色，荷叶杂衣香。因持荐君子，愿袭芙蓉裳。"

## 注释

① 芰荷：出水的荷花。
② 黄螺：莲子。
③ 妖童媛女：指穿着华丽的少男少女。
④ 鹢首：船首。
⑤ 羽杯：古代饮酒用的耳杯。
⑥ 浅笑：微笑。
⑦ 罗袸(jiàn)：丝织的卧席。
⑧ 梧台：古梧宫之台，故址在今山东临淄西北。
⑨ 荇：荇菜。
⑩ 菱：水生植物。
⑪容与：徘徊。
⑫ 碧玉：《乐苑》："碧玉，汝南王妾名。"

## 鉴赏

萧绎(508—554)，字世诚，号金楼子，梁武帝第七子。初封为湘东王，侯景之乱平息后，即位于江陵，是为梁元帝。梁亡后为西魏所虏，被杀。著有《金楼子》《梁元帝集》。

梁朝是一个文化气息非常浓厚的朝代，从最高统治者到一般的贵族、官僚，莫不以舞文弄墨为能事。同样，萧绎也是一个深深染有文学癖的人。和当时的创作风尚、审美标准相联系，萧绎也自觉或不自觉地走着这样一条创作路径，即在内容上不越闺情、宫廷生活的藩篱、在艺术上不脱为艺术而艺术的习气。但任何事物都不是一成不变的，对那些深为时尚所影响的作家来说，当习惯的罗网较为松懈的时候，性灵的火花也会迸然而发。萧绎正是这样。在他沉醉于风花雪月、幽闺香阁的同时，一些清新隽永的小品也悄悄地诞生了。这篇《采莲赋》，就是其中的代表。

莲花清白高洁，出污泥而不染，不但体现了造化的力量，还折射着高尚的人格之光，因此，自古以来，就是骚人墨客歌咏的对象。但遗憾的是，在所有描写莲花的作品中，人们或沉醉于她那飘逸的风韵，或执着于她那哲理的蕴涵，而较少从人的动态方面去展现莲花的魅力，这篇《采莲赋》正好弥补了这个缺憾。

前四句为赋的第一层次。在这一层次中，作者全力着眼于对莲花的外形描写，而在外形描写中，又着重色彩的渲染，通过“紫”“红”“绿”“素”等鲜艳色调的搭配调和，活画出了一幅生动的莲花图。但作者对莲花的描写亦非无所用心的呈现，他的目的乃在于通过色彩的刺激，形成一种目荡神移的效果，从而为以下“妖童媛女”在莲间的游戏打下基础。从这个角度上说，这一部分确是文章的关键所在。

从“于时妖童媛女”到“歌采莲于江渚”为赋的第二层次。这一层次全写少男少女在莲花水草间游戏的情事。前二句“妖童媛女，荡舟心许”既是对上一层次逻辑上的承接，也是对以下情事的暗示。也只有这样，才不会使以上的描绘失去意义，才不会使以下的活动成为无源之水，无本之木。“鹢首徐回，兼传羽杯，棹将移而藻挂，船欲动而萍开”几句是写水中的活动，后两句尤为传神。它的妙处乃在于通过近景推出全景。这样，水藻丛生、浮萍遍布的水上烟景也就不难想象了。这也就避免了那种大而化之的毛病。“尔其纤腰束素，迁延顾步”，是对少女的刻画。正当读者把全部精力投入水景的欣赏时，突然化入这样一个特写镜头，虽然有些突兀，但却给整个画面增添了几许动人的春色，这如同蓝天上忽来白鹤，碧水上突现惊鸿，令人心旷神怡，甚至还使我们想起了《洛神赋》中凌波仙子的姿态。“浅笑”“敛裾”这些亦拘谨亦放肆的动作,充分刻画了春心萌动的少女在大好春光和朦胧情爱的召唤下天真烂漫的情态。不仅如此,从这里我们还可以看到作者另一番用心。“夏始春余,叶嫩花初”是对季节的交代,如果按照一般的处理方法,本应放在篇首,但作者却放在了文章的中间。这既在结构上打破了固有的陈式,同时在格调上也能和少女的情态相映成趣。这样,“夏始春余,叶嫩花初”,既成了季节上的点染,又成了少女的象征。这一层次的后六句:“菊泽未反,梧台回见,荇湿沾衫,菱长绕钏。泛柏舟而容与,歌采莲于江渚”,则是对水上景象的进一步展现。其中间二句尤为动人。我们可以想见,长长的水草沾湿了罗衣,蔓延的菱叶紧缠着手镯,这是多么富有水上情调的细节啊,何况,还伴随着少女那动听的歌声!

从“歌曰”到结尾,是第三层次,全为歌词组成。歌词所叙故事中的碧玉以小家女子身份下嫁汝南王,有人推测,此赋乃含有贫家女子欲与贵族子弟相悦之事。我们不能说这种分析没有道理,但在此过分执着于对作品故实的追寻,实在没有多少意义。因为从整个作品的情调看,作者根本无意叙述一个真实具体的故事。因此,与其说作者在这里通过歌词暗示什么,不如说他意在点缀着什么。

这篇作品只有150字,可谓短小精悍。文字流丽而不艰涩,内容充实而不卖弄典故,又可谓脱尽六朝赋人习气。它的确是一篇不可多得的佳作。

(郑训佐)

# 荡妇秋思赋

萧　绎

荡子之别十年，倡妇之居自怜[①]。登楼一望，唯见远树含烟[②]。平原如此，不知道路几千[③]？天与水兮相逼，山与云兮共色[④]。山则苍苍入汉，水则涓涓不测[⑤]，谁复堪见鸟飞？悲鸣只翼[⑥]！秋何月而不清？月何秋而不明？况乃倡楼荡妇，对此伤情[⑦]。于时露萎庭蕙[⑧]，霜封阶砌。坐视带长[⑨]，转看腰细。重以秋水文波[10]，秋云似罗。日黯黯而将暮，风骚骚而渡河[11]。

妾怨回文之锦[12]，君思出塞之歌[13]。相思相望，路远如何！鬓飘蓬而渐乱[14]，心怀愁而转叹。愁萦翠眉敛[15]，啼多红粉漫。已矣哉！秋风起兮秋叶飞，春花落兮春日晖[16]。春日迟迟犹可至，客子行行终不归。

## 注释

① 荡子：游荡在外的丈夫。倡妇：指曾为歌舞艺伎的妻子。
② 远树含烟：远处的树木烟雾迷茫。
③ “平原如此”句：平原辽阔，丈夫离几千里？
④ 相逼：相连。共色：一样的颜色。
⑤ 苍苍：深青色。汉：银河。不测：深到不可测量。
⑥ 堪见：忍看。只翼：孤单的一只鸟。
⑦ “况乃”句：况且荡子之妇，面对此景怎能不伤情！
⑧ 露萎庭蕙：露水使庭中蕙草枯萎。
⑨ 带长：人瘦，腰带显长。
⑩ 重以：再加上。
⑪ 黯：光线黯淡。骚骚：刮风声。
⑫ 回文之锦：苏蕙《璇机图》故事。
⑬ 出塞之歌：李延年作出塞乐府诗。
⑭ 飘蓬：飘动的样子。
⑮ 敛：皱眉。
⑯ “秋风”句：秋叶、落花喻青春流逝。

## 鉴赏

梁代的几位皇帝都喜爱文学并注意网罗文士。梁元帝萧绎是描绘艳情的高手，《荡妇秋思赋》即是此中代表之作。《荡妇秋思赋》写了一位原是妓女后又嫁人的妇女。她出嫁后，得不到丈夫的爱情，被撇在家中独守空房十载。她在凄凉的秋色中哀叹自己的命运，心情非常痛苦。全赋仅有一百余字，却写得缠绵悱恻、哀怨交集，不失为南朝抒情小赋中的佳品。作者并不凭借奇字、难字和生僻典故取胜，而是靠精巧的艺术构思、情景交融的笔法和层层推进的结构，把人物形象描绘得十分鲜明动人，把人物的情感写得十分细腻深切，赋文也非常娟丽、和谐、流畅和自然。梁王朝偏安江左，国势不振，所以宫廷文人的作品内容狭窄，局限于山水田园、闺房艳情和个人感情的圈子里，往往缺乏风骨，流于轻靡。但是在文艺形式和技巧方面，它们还是有贡献的。

这一时期,作家们对自然美和人本身的美的认识有了飞跃,写景抒情的赋作逐渐取代了叙事状物赋,形成了抒情小赋的空前繁荣的局面。特别是对女性神态、体形美的描写,表现了创作题材的拓宽和审美意识的深化。"永明体"诗歌的出现,也使赋作更加注意了声韵美。《荡妇秋思赋》便体现了这样的时代特点。作为一个封建帝王,萧绎是个残忍而又虚伪的家伙,但是作为文学家,他还是很有才能的。其兄萧纲(简文帝)说他"斯文未坠,必有英绝,领袖之者,非弟而谁?"足见对他的推许。他写艳情的技巧的确相当纯熟,赋比起曹丕的《艳歌行》来,思妇的情怀表现得更为细腻得体。文末"春日迟迟犹可至,客子行行终不归"一句,用春日可期、荡子之归不可期来结束全篇,就显得想象丰富、余味隽永,而且煞尾干净利落。

(任　重)

# 鸳鸯赋

徐陵

飞飞兮海滨①，去去兮迎春。炎皇之季女②，织素之佳人③，未若宋王之小史④，含情而死。忆少妇之生离⑤，恨新婚之无子⑥；既交颈于千年，亦相随于万里。山鸡映水那自得⑦，孤鸾照镜不成双⑧。天下真成长合会，无胜比翼两鸳鸯。观其哢吭浮沉⑨，轻躯瀺灂⑩。拂荇戏而波散⑪，排荷翻而水落⑫。特讶鸳鸯鸟，长情真可念。许处胜人多⑬，何时肯相厌？闻道鸳鸯一鸟名，教人如有逐春情⑭。不见临邛卓家女，只为琴中作许声⑮。

## 注释

① 海滨：湖畔。
② 炎皇之季女：精卫鸟。
③ 织素之佳人：翠鸟。
④ 宋王：宋康王，战国时宋国君主。小史：周代官名，此指韩凭。
⑤ 少妇：指韩凭之妻。
⑥ 新婚无子：韩凭夫妇新婚即被拆散，因而无子。
⑦ 山鸡：锦鸡。
⑧ 孤鸾：失偶的鸾鸟。
⑨ 哢吭（lònghánɡ）：鸟鸣。浮沉：叫声时高时低。
⑩ 瀺灂（chánzhuó）：出没之貌。
⑪ 拂：掠过。荇（xìnɡ）：荇菜。
⑫ 排：向两旁冲开。
⑬ 许处：此处。
⑭ 逐春情：追求爱恋之情。
⑮ 许：此。

## 鉴赏

徐陵(507—583),字孝穆,东海郯(在今山东郯城)人。历仕南朝梁、陈二代。徐陵是南朝梁宫体文学重要作家之一。自幼才华过人,八岁能属文,12 岁通《庄》《老》之义。既长,博涉史籍。诗文与庾信齐名,为当时所宗尚,号为“徐庾体”。《陈书》本传称他“每一文出手,好事者已传写成诵,遂被之华夷,家藏其本”。后经丧乱,作品多所散佚,后人辑有《徐孝穆集》六卷,并其所编《玉台新咏》十卷传世。其赋作流传至今日的,只有这篇《鸳鸯赋》。此赋写作时间已不可详,但据萧纲、萧绎(梁元帝)均有同题之作,可以推知大致是他任东宫学士时所写。

在这篇赋中,作者通过对鸳鸯的赞美,讴歌了人间的爱情,抒发了使天下成“长合会”的理想。

全赋大致可分四个层次。开首二句,作者运用类似写意的笔法,描绘出一幅明媚、生机盎然的图画。“海”和“春”二字构成了这幅图画的背景,呈现于读者面前的,是泓波如海的湖水和浩渺无涯的春色。作者又以“飞飞”、“去去”两个重叠的动词将鸳鸯的形象写入画卷之中,尤见其吟字造语之功。“飞”字叠用,使读者仿佛看到了鸳鸯翩翩振翼、相伴而飞的样子;“去”字叠用,则使读者目随而神移,由近及远,迎向无边的春光,油然涌起对美好生活的憧憬之情。

在“炎皇之季女”以下 12 句中,作者以衔石填海的精卫、羽毛如锦的翠鸟、映水起舞的山鸡和失偶孤处的鸾鸟作比衬,赞美了鸳鸯的雌雄相伴,不弃不离,表达了使天下成“长合会”的理想。作者还引出韩凭夫妇殉情化为鸳鸯的传说,又以“忆”“恨”二字点染,这就赋予鸳鸯的形象以深沉的感情和理想的色彩。

“观其哢吭浮沉”四句,又如一幅工笔画,细致地刻画了鸳鸯戏水的情景。它们时扬时抑地鸣叫着,轻盈的躯体出没于碧波之中;时而嬉戏着掠过荇菜,使平静的波纹荡漾四散;时而冲开荷丛,翻腾戏闹,溅起水珠,纷纷而落。一片清新愉悦的气氛,沁人肺腑。这段写景,与开首二句相比,其观赏的角度有别,表现手法也各有特色,因而产生的艺术效果也不同。开首二句意象寥廓,使人浮想驰骋;这一段则笔意细腻,使人低回流连。

紧承上文,作者由衷地赞叹了鸳鸯之“长情”,以“许处胜人多”一句,含蓄地表达了对人世间悲欢离合的感慨。最后,以司马相如和卓文君的故事作结,对鸳鸯这一爱情的使者进行了热烈的讴歌。

在表现手法上,这篇赋是通过写景和抒情的交互叠用来构成整个篇章的。作者写景时,能使感情融于其中,并蕴蓄而不发;抒情时,又不纯乎议论,而是结合着形象和传说、故事来进行,这就使作品达到了情景交融的境界,具有较强的艺术感染力。

(林开甲)

# 冬草赋

萧子晖

有闲居之蔓草，独幽隐而罗生[①]，对离披之苦节，反蕤葳而有情[②]。若夫火山灭焰，汤泉沸泻[③]；日悠扬而少色[④]，天阴霖而四下[⑤]。于时直木先摧[⑥]，曲蓬多陨[⑦]。众芳摧而萎绝，百卉飒而徂尽[⑧]。未若兹草[⑨]，凌霜自保[⑩]。挺秀色于冰涂[⑪]，厉贞心于寒道[⑫]。已矣哉，徒抚心其何益？但使万物之后凋，夫何独知于松柏！

## 注释

① 罗生：丛生。罗：分布。
② 离披：草木凋落。苦节：寒冷的季节。蕤葳（ruíwēi）：也作葳蕤，草木茂盛枝叶下垂。
③ 汤泉：温泉。
④ 悠扬：绵远。
⑤ 阴霖：洪霖，大雨。
⑥ 直木：高树。摧：凋零。
⑦ 曲蓬：小草。曲，细小。陨：凋落，枯死。
⑧ 飒（sà）：衰落。徂（cú）：徂落，凋谢。
⑨ 兹：此。
⑩ 凌：冒犯。凌霜：不屈于寒霜。
⑪ 涂：通“途”，道路。
⑫ 厉：振奋。贞心：坚强不屈之心。

## 鉴赏

萧子晖（生卒年不详），字景光，南兰陵（今江苏常州）人，南朝梁文学家，齐高帝孙。入梁，历任临安令、新繁令，卒于骠骑长史。史载，子晖少有文才，曾于重云殿听梁武帝讲《三慧经》，退而作《讲赋》上奏，甚受称赏。有集十一卷，已佚。今存赋两篇，其中《冬草赋》是齐梁小赋中较好的作品，录入《艺文类聚》。生平见于《梁书·萧子晖传》和《南史·豫章文献王嶷传》。

萧子晖由齐入梁，作为齐宗室，他失去了往日的荣耀，不免有些身世之感。据史载，他性格恬静，寡嗜少欲，由此推知，他可能是个不慕荣利、不甘苟合之人。《冬草赋》颂扬了经冬不凋的小草，或许别有所寄，然作为艺术形象，冬草的这种傲霜独秀的品格，岂不象征了出身微寒、违时抗俗而高洁自守这样一类士人？就此而言，作为一种典型，这篇赋在当时有着普遍的社会意义。

赋首二句勾勒了蔓草的形象。“闲居”“幽隐”，是说小草生于山野不为人们注意；“罗生”写蔓草的生态特点；“对离披之苦节，反葳蕤而有情”，是总括小草的品格，说它在花草凋零的寒冷季节，仍生长茂盛，令人仿佛看到一株株在冰天雪地里生机盎然地生长着的小草。“若夫”以下12句，集中笔墨，以铺张的手法，颂扬了小草的高尚品格。寒冷的降临，日光无色，云密天低，大雨沛然。大树被摧毁了，各种花草也都枯萎凋零了，只有它们——一株株小小的蔓草，凌霜独秀，倔强地显示出它巨大的生命力。最后，似为小草的不被认识鸣不平，并作了进一步的颂扬和赞美：松柏之后凋为众人所赞美，而这种委地生长的小草，与松柏有同样的品质，为什么不应受到人们同样的赞美？言外之意是说，不论什么人，地位高贵或微贱，只要他具有蔓草和松柏这样的高风亮节，都应该受到人们的尊敬和赞扬。

这是一篇咏物小赋。南朝咏物赋，多以琐细物品为题材，用品则以灯、烛、扇等，花木则以梅、芙蓉、松桐等，乐器则以笙、箜篌、筝等。均刻物象形，文字极为精巧，而内容空洞无物。不少咏物之作，不过是闲吟风月的文字游戏而已，只有少数咏物赋有所寄托，饶有情致。本篇咏物寄志，借颂扬蔓草经冬不枯的品格，以表达自己高尚的志趣，这在内容贫弱的南朝咏物赋中，也算是难能可贵的了。

（李伯齐　俞建民）

# 山兰赋

周弘让

爰有奇特之草[①]，产于空崖之地。仰鸟路而裁通[②]，视行踪而莫至[③]。挺自然之高介[④]，岂众情之服媚[⑤]？宁纫结之可求[⑥]，兆延伫之能洎[⑦]。禀造化之均育[⑧]，与卉木而齐致[⑨]。入坦道而销声[⑩]，屏山幽而静异[⑪]。独见识于琴台，窃逢知于绮季[⑫]。

## 注释

① 爰(yuán):发语词。
② 鸟路:仅能通过飞鸟的险绝山路。裁:通“才”,仅仅。
③ 行踪:行人的踪迹。
④ 高介:孤高,清高。
⑤ 服媚:顺从而巴结逢迎。
⑥ 纫结:把丝缕等物捻编成结。
⑦ 延伫(zhù):久立等待。洎(jì):及,到。
⑧ 造化:天地,大自然。
⑨ 卉木:草木。
⑩ 坦道:平坦的大路。
⑪ 屏:隐藏。
⑫ 绮季:即绮里季,汉初隐士,“商山四皓”之一。

## 鉴赏

周弘让,南朝梁陈时的文学家,汝南安城(今河南汝南)人,生卒年不详。博学多通,早年不得志,曾隐居在茅山之中,多次征召不就。梁元帝即位,任国子监祭酒,迁仁威将军。入陈,为太常卿。著有《续高士传》,文集九卷,后集十二卷,皆散佚。现仅存诗四首,文三篇,赋仅存此一篇。

这篇《山兰赋》赞颂的是山崖中的兰花,全篇紧紧扣住“奇特”二字着笔。它奇就奇在生于人迹“莫至”的空崖之地;奇就奇在它有着高尚的品格,“挺自然之高介”,不像其他草木一样“服媚”于他人;奇就奇在它能使美人纫结为佩,预兆着美好的愿望定能实现。它是大自然化育的结果。它甘愿寂寞,不求闻达,“入坦道而销声,屏山幽而静异”。它曾得到落拓中的圣人见赏,也曾在著名隐士那儿找到知己。

这篇山兰颂,其实也是一篇对像山兰一样高介狷洁之士的颂歌。作者曾隐居茅山,对隐士的生活有较深的体验,对隐士有着相当程度的同情和热爱,所以专门著《续高士传》,为隐士们树碑立传;又写了这篇《山兰赋》,为隐士们大唱赞歌。“入坦道而销声,屏山幽而静异”,从中可以看出作者对于世风尘俗的厌恶,而宁肯隐藏到幽静的深山之中,远离尘世。从“宁纫结之可求,兆延伫之能洎”中,可以看出这篇赋受《楚辞》的影响很深。屈原常以“秋兰”等自比,抒发自己不愿与世俗同流合污的美德,周弘让的这篇《山兰赋》,也是由此立意的。

这篇赋短小精悍,全赋不足一百字,却把山兰的高格写得真致有神,并借以抒发了作者的真情实感。清代的沈德潜在《古诗源》卷十四中评介周弘让的《留赠山中隐士》诗时说:“清真似陶诗一派,陈隋时得之大难。”把这个评语让给这篇《山兰赋》也是恰切的。全赋也是以清新、自然、真率见长,仅有末尾二句用典,其他语句都浅显易懂,自然流畅。但平淡中却含蕴着深情,质朴中却蕴藏着华美的内核,也像他赞扬的山兰一样:“挺自然之高介”,很耐人品味。整篇赋不像早期的赋那样文句长短参差不齐,而是皆以六字为句,虽较少变化,但读起来并不呆板。

(徐传武)

# 春　　赋

庾　信

宜春苑中春已归[1]，披香殿里作春衣[2]。新年鸟声千种啭，二月杨花满路飞。河阳一县并是花[3]，金谷从来满园树[4]。一丛香草足碍人，数尺游丝即横路。开上林而竞入[5]，拥河桥而争渡[6]。

出丽华之金屋[7]，下飞燕之兰宫[8]。钗朵多而讶重[9]，髻鬟高而畏风[10]。眉将柳而争绿，面共桃而竞红。影来池里，花落衫中。

苔始绿而藏鱼[11]，麦才青而覆雉[12]。吹箫弄玉之台[13]，鸣佩凌波之水[14]。移戚里而家富[15]，入新丰而酒美[16]。石榴聊泛[17]，蒲桃酦醅[18]。芙蓉玉碗[19]，莲子金杯。新芽竹笋，细核杨梅[20]。绿珠捧琴至[21]，文君送酒来[22]。

玉管初调，鸣弦暂抚，《阳春》《渌水》之曲[23]，对凤回鸾之舞[24]。更炙笙簧，还移筝柱[25]，月入歌扇[26]，花承节鼓[27]。协律都尉[28]，射雉中郎[29]，停车小苑，连骑长杨[30]。金鞍始被，柘弓新张[31]。拂尘看马埒[32]，分朋入射堂。马是天池之龙种[33]，带乃荆山之玉梁[34]。艳锦安天鹿，新绫织凤凰[35]。

三日曲水向河津[36]，日晚河边多解神。树下流杯客[37]，沙头渡水人。镂薄窄衫袖[38]，穿珠帖领巾[39]。百丈山头日欲斜，三晡未醉莫还家[40]。池中水影悬胜镜，屋里衣香不如花[41]。

## 注释

① 宜春花：宜春宫，秦之离宫。
② 披香殿：汉宫阙。
③ 河阳：地名，在今河南孟州。
④ 金谷：金谷园，晋石崇之别业，在今河南洛阳。
⑤ 上林：汉时苑名。
⑥ 河桥：晋名将杜预以孟津渡险，便起河桥。
⑦ 丽华：阴丽华。
⑧ 飞燕：赵飞燕，汉成帝之后。兰宫：赵飞燕居处。
⑨ 讶重：惊其重，不胜其重。
⑩ 畏风：髻鬟太高，经不住风吹。
⑪ 苔：水苔，青绿色。
⑫ 麦才青而覆雉：见《禽经》。
⑬ 弄玉：秦穆公之女。
⑭ 凌波：见曹植《洛神赋》。
⑮ 戚里：汉长安中地名。
⑯ 新丰：见《三辅旧事》。
⑰ 石榴：指美酒。
⑱ 蒲桃：指美酒。
⑲ “芙蓉”二句：见《朝野佥载》。
⑳ 杨梅：水果名。
㉑ 绿珠：石崇之妓。
㉒ 文君：卓文君。
㉓ 阳春：即《阳春白雪》。渌水：古曲名。
㉔ 对凤回鸾之舞：袁宏赋云：“舞回鸾以纡袖，睹佳人之玉仪。”
㉕ “更炙”二句：众乐齐奏，一片笙歌。
㉖ 月入歌扇：班婕妤诗：“裁为合欢扇，团圆似明月。”
㉗ 花承节鼓：《周礼》：“中春，击土鼓。”
㉘ 协律都尉：指汉李延年。
㉙ 射雉中郎：潘岳曾任虎贲中郎将，又作《射雉赋》。
㉚ 长杨：汉有长杨宫，宫中有长杨榭。
㉛ 柘弓：用柘树做成的弓。
㉜ 马埒(liè)：马射场。
㉝ 天池之龙种：语出《开山图》。
㉞ 荆山：在湖北，相传卞和得美玉于此。
㉟ “艳锦”二句：织成的锦缎上有天鹿和凤凰的图案。
㊱ “三日”句：见《续齐谐记》。
㊲ 流杯客：流觞游戏之人。
㊳ 镂薄：见《问礼俗》。
㊴ 穿珠贴领巾：束皙《近游赋》云：“戴穿领之疏巾。”
㊵ 三晡：傍晚时分。
㊶ “池中”二句：池塘春水犹如明镜，但室内的衣香却代替不了花气。

## 鉴赏

庾信(513—581),字子山,小字兰成,南阳新野(今属河南)人,是南北朝时期著名的诗人和文学家,其辞赋创作也具有很高的艺术成就。他是梁朝著名的宫体诗人庾肩吾的儿子,早年随父出入于梁王朝宫廷。与徐陵均写过艳丽的宫体诗赋,世称"徐庾体"。曾任通直散骑常侍、正员郎、东宫领直、右卫将军,封武康县侯,右散骑常侍。后来梁元帝派他出使西魏,恰值西魏攻陷了江陵,杀死了萧绎,他也因此留居在北方。因为他的才名,先后曾受到西魏和北周的特别赏识和重用,官至骠骑大将军、开府仪同三司,进爵义城县侯等等,故后人又称之为"庾开府"。他在北朝历仕二朝五帝,过了28个年头,直到隋开皇元年(581)才病死。在中国文学史上,庾信是一个承前启后的大作家。他既能集六朝文学之大成,又是唐代诗歌的先驱。由于他生活阅历的不同,前期作品多是一些宫体诗和艳丽的骈体赋文。后期创作,由于国破家亡,寄身异国,于是字里行间充满了无限的故国之恋、乡关之思和身世之感,内容丰富,思想深沉,艺术也更趋成熟。大诗人杜甫说:"庾信文章老更成,凌云健笔意纵横"(《戏为六绝句》),"庾信生平最萧瑟,暮年诗赋动江关"(《咏怀古迹》),就是说的这种情况。他的《庾子山集》十六卷今存,清人倪璠有注释,其中赋作15篇。

庾信的个人生活经历以梁王朝的覆灭为界限,分为前后两个不同的时期。前期,他作为梁王朝宫廷的文学侍从,写作的范围不外乎风花雪月、幽闺香阁,风格也流于轻绮靡艳,典雅精工。无疑,此时的庾信是一个充满贵族气的美文学家。这固然使他走上了一条"为艺术而艺术"的狭隘的创作道路,从而限制了他对作品思想内容的挖掘,但同时,我们也不能否认,思想内容的忽视在客观上也促进了他对形式美的把握。这样,一旦摆脱过分香软的环境,笔锋接触到人生的某个侧面,也能写出情调与形式极为和谐的作品。这篇《春赋》便代表了庾信前期作品的艺术风格。

春天是一个牵动情肠的季节,正因为如此,前人才对她倾注了绵绵不尽的情思,留下那么多同样牵人情肠的作品。尽管春天对人们的情感活动产生了如此巨大的影响,但人们的具体感应方式却大不相同。对一个生活的幸运者来说,它也许意味着郊外踏青、名园赏花……;对一个羁旅无归的游子来说,它却象征着登高远眺,两地相思……对一个仕途偃蹇者而言,青山绿水更会衬托出华发苍颜的悲哀!那么本文所表现的情调到底属于哪一种类型呢?显然,它属于前者。此时的庾信正当壮年,梁统治者的眷顾、超群的才华、同僚的羡慕,赋予了他一个良好的心境,对他来说,生活正如春天一样,充满了温暖的氤氲,而本篇正体现了这样一种心态。从中我们固然领略到了些许腻人的贵族气息,但同时也感到了春天如画的面影和作者在春天面前所表现出的真实的情感活动。

从文章所表现的内容和逻辑关系看,本文乃是写一次命俦啸侣的贵族春游活动。从"宜春苑中春已归"到"拥河桥而争渡"是文章的第一层次。一开始作者就在技巧上表现了非凡的匠心,即用七言起首。这种方法在赋作中可谓别具一格,这在庾信的同代文人和后辈文人中只有萧纲、萧绎、王勃、骆宾王等人尝试过。这种方法的好处在于,通过意象的排列,赋予扑朔迷离的春景以一定的层次感,通过韵律的协调变化在气氛上显得更加圆转浑融。显然,作者的用心没有白费,在"鸟声""杨花""香草""游丝"等标志着春天的意象中,我们很快便抓住了春天柔和缱绻的脉搏。尽管作者由于受习惯和时尚的影响,在文中运用了一些典故,但并不妨碍春景的呈现和我们对作者之心的理解。因为这些典故,除了本身所特有的蕴涵外,在形式上还和春天搭成了自然的联系,如"宜春苑""披香殿"等,即使撇开它们的蕴涵不谈,仅从字面所具有的色彩中,我们也不难感受到这些都是关于春天的故事。从这个角度而言,庾信对典故的把握,的确达到了如春光蓓蕾、寒塘雁迹,不着痕迹的境界了。

从"出丽华之金屋"到"新绫织凤凰"是文章的第二层次。如果说在上一层次中,作者对春景的渲染乃是为了展示春天的魅力,从而激起人们的游兴,那么到这一层次,便进入了春游阶段。春天是一个极富诗意的季节,也是一个释放欲望的季节,对贵族、文人来说,春天更是游目骋怀的大好时光。在"千里莺啼绿映红"(杜牧句)的春景中,既有贵妇人面桃花的倩影:"钗朵多而讶重,髻鬟高而畏风。眉将柳而争绿,面共桃而竞红";也有竭尽奢华的名士风流:"移戚里而家富,入新丰而酒美。石榴聊泛,蒲桃酦醅。芙蓉玉碗,莲子金杯。新芽竹笋,细核杨梅。绿珠捧琴至,文君送酒来。"既有撩人魂魄的歌舞燕乐:"玉管初调,鸣弦暂抚,《阳春》《渌水》之曲,对凤回鸾之舞。更炙笙簧,还移筝柱,月入歌扇,花承节鼓";也有豪迈潇洒的射猎游戏:"协律都尉,射雉中郎,停车小苑,连骑长杨,金鞍始被,柘弓新张。拂尘看马埒,分朋入射堂。"从以上的描述中，我们可以看到，作者不仅对春天别有会心，而且对春天和人们在心理上、生理上的联系也十分明了。正因为如此，他才能从视、听、味等不同的感觉去体验春天对人们的诱惑，他推出的画面才那样地富有感性，那样地令人沉醉。或许，我们还可以因此而非难他，因为这种描绘的确已超出了人们心理和理智所承受的能力，最终导致玩物丧志的倾向，但我们却不能轻视他，因为这同样是一个艺术家在大自然的感召下天才的迸发。

从"三日曲水向河津"到"屋里衣香不如花"是第三层次。从情节上看，这似乎是春游的尾声了。世间所有的事情都要遵循这样一种发展线索，即有高潮就有结局，有骚动就有宁静，有欢乐就有悲哀。在本文中，经受了春之诱惑和游乐颠簸的作者，也渐渐地趋于平静，一种乐极生悲之感悄然漫上心头："百丈山头日欲斜，三晡未醉莫还家。池中水影悬胜镜，屋里衣香不如花。"从中我们不但体会到了"对酒当歌，人生几何"的情味，还感受到了"愿君持酒劝夕阳，且向花内留晚照"的悲凉的期待，这种情绪上的突变，多少冷却了先前过分热烈的氛围，从而使作者的精神转向深沉。

（郑训佐）

# 荡子赋

庾信

荡子辛苦逐征行，直守长城千里城。陇水恒冰合，关山唯月明。况复空床起怨，倡妇生离，纱窗独掩，罗帐长垂，新筝不弄，长笛羞吹。常年桂苑，昔日兰闺，罗敷总发，弄玉初笄①，新歌《子夜》，旧舞《前溪》。别后关情无复情，奁前明镜不须明。合欢无信寄，回文织未成②。游尘满床不用拂，细草横阶随意生。

前日汉使著章台③，闻道夫婿定应回，手巾还欲燥，愁眉即剩开。逆想行人至，迎前含笑来。

## 注释

① 弄玉：见《列仙传》。初笄：古代女子十五岁称及笄。

② 合欢：此指合欢之人，即丈夫。回文：即回文诗。

③ 章台：战国秦宫内之台，台下有街，名章台街。

## 鉴赏

这篇赋是庾信前期的作品，风格与暮年诗赋迥然不同。庾信前期生活圈子比较狭小，前期赋多为咏物之作，如《灯赋》《镜赋》《对烛赋》《鸳鸯赋》等。从社会意义上着眼，这些作品并无多少可称道之处。但在艺术上，前期赋应给予一定的重视。它们颇能得体物赋形之妙，刻画物态比较细腻逼真。《荡子赋》因触及思妇与征夫的离别之苦，尚有一定的社会意义。

《荡子赋》是一篇思妇怀远之作。荡子即为所念之人。赋的开头四句，先交待荡子因远戍长城而离开家园，并设想丈夫戍边的苦寒寂寞之状。陇头呜咽的流水，常常因寒冷而冻结，只有明月陪伴着戍守长城的征人。"况复空床起怨"以下六句，从就征人方面设想，转笔写思妇自己的孤独难耐和心灰意懒。因丈夫不在家，自己独守空床，纱窗总是关着，罗帐总是垂着，懒得开窗，也懒得挂帐子，筝也不想弄，笛子也怕吹，生活也失去欢乐，总是心绪不佳。紧接着又插入一段回忆，写往日夫妻在一起时的欢乐。她与他住在华丽芬芳的"桂苑"与"兰闺"之中，自己梳着蓬松下坠的发髻，焕发着青春的光彩，像罗敷一样美丽，又善于吹箫品笛，像秦穆公之女弄玉那样才貌双全，又处在初及笄时的豆蔻年华，唱着歌咏爱情的《子夜歌》，应着《前溪》舞曲翩翩而起舞。想到这些，她浸沉在甜蜜的回忆中。但眼前的光景与昔日却大不相同，自从与丈夫分别之后，虽欲关情，却无法用其感情。妆奁前的明镜，因所爱已走，无心妆扮，虽然已经蒙上了灰尘，也懒得把它擦亮。"合欢无信寄"以下四句，又推出一层，写分别之后，丈夫音信全无，不曾有锦字寄来，而自己表示对丈夫深切思念的回文诗，也没有织成，彼此音讯杳然，内心有无限的惆怅，以至飞灰满床也不去打扫，阶前细草丛生，也懒得剪除，只好由它随意而生了。以上一大段，分四个层次，把思妇空虚无聊的种种情致写得惟妙惟肖。

"前日汉使著章台"以下一段，

陡然一转,在思妇孤独难耐之时,忽然获得丈夫即将归来的好消息,这个好消息是汉使回到章台以后带回来的。平日因想念丈夫,终日泪流满面,以至手巾常因拭泪而湿,这时手巾却见干了。平日愁眉不展,如今却眉开眼笑了。结尾两句,用虚拟的手法,想象丈夫已经到家,自己含笑迎接的情景,不觉心花怒放。

这篇抒情小赋,虽篇幅短小,在抒情上却是多层次的,将思妇感情的波澜,表现得细腻生动,一波三折。在语言上多用整齐的诗语入赋。四六对句较少,或四言、或五言、或七言,都是较为整齐的诗句。

另外一个艺术特点是:作者将诗的意境溶入赋中。通篇的意境明显地受到古诗“昔为倡家女,今为荡子妇。荡子行不归,空床难独守”的影响。作者把征夫写为荡子,把思妇写成倡妇,既有为文戏谑的一面,又流露出六朝诗赋的佻巧。

(刘文忠)

# 哀江南赋 并序

庾 信

粤以戊辰之年,建亥之月,大盗移国[①],金陵瓦解。余乃窜身荒谷,公私涂炭;华阳奔命,有去无归。中兴道销,穷于甲戌。三日哭于都亭,三年囚于别馆。天道周星,物极不反。

傅燮之但悲身世,无处求生;袁安之每念王室,自然流涕[②]。昔桓君山之志事,杜元凯之平生[③],并有著书,咸能自序。潘岳之文采,始述家风;陆机之辞赋,先陈世德。信年始二毛,即逢丧乱,藐是流离,至于暮齿。《燕歌》远别,悲不自胜;楚老相逢,泣将何及!畏南山之雨,忽践秦庭;让东海之滨,遂餐周粟。下亭漂泊,高桥羁旅。楚歌非取乐之方,鲁酒无忘忧之用。追为此赋,聊以记言,不无危苦之辞,惟以悲哀为主。

日暮途远,人间何世!将军一去,大树飘零;壮士不还,寒风萧瑟[④]。荆璧睨柱,受连城而见欺[⑤];载书横阶,捧珠盘而不定⑥。钟仪君子，入就南冠之囚⑦；季孙行人，留守西河之馆⑧。申包胥之顿地，碎之以首⑨；蔡威公之泪尽，加之以血⑩。钓台移柳⑪，非玉关之可望；华亭鹤唳⑫，岂河桥之可闻。

孙策以天下为三分，众才一旅；项籍用江东之子弟，人惟八千。遂乃分裂山河，宰割天下。岂有百万义师，一朝卷甲，芟夷斩伐，如草木焉？江淮无涯岸之阻，亭壁无藩篱之固。头会箕敛者⑬，合从谛交；锄耰棘矜者⑭，因利乘便。将非江表王气，终于三百年乎？

是知并吞六合，不免轵道之灾⑮；混一车书，无救平阳之祸。呜呼！山岳崩颓，既履危亡之运；春秋迭代，必有去故之悲。天意人事，可以凄怆伤心者矣！况复舟楫路穷，星汉非乘槎可上；风飙道阻，蓬莱无可到之期⑯。穷者欲达其言，劳者须歌其事。陆士衡闻而抚掌，是所甘心；张平子见而陋之，固其宜矣⑰。

## 注释

① 粤：语首助词。戊辰之年：梁太清二年戊辰（548）。建亥之月：农历十月。大盗移国：指侯景之乱。

② 傅燮：东汉人，字南容。袁安：东汉人。

③ 桓君山：东汉桓谭。杜元凯：西晋的杜预。

④ 此句用荆轲的典故。

⑤“荆璧”两句：见《史记》。

⑥“载书”二句：用《史记》关于毛遂的典故。

⑦“钟仪”二句：用《左传》所记楚人钟仪的典故。

⑧“季孙”二句：喻已被羁留长安。

⑨“申包胥”二句：楚大夫申包胥哭秦廷事。

⑩“蔡威公”二句：春秋时下蔡威公因国家将亡闭门长哭。

⑪ 移柳：杨柳。

⑫ 华亭：在今上海松江，为陆机的故园。

⑬ 头会箕敛者：指平民百姓和下层官吏。

⑭ 锄耰：耕田的农具。棘矜：戟和戈柄。

⑮ 轵道之灾：秦王子婴降于轵道

（今陕西咸阳）。

⑯“况复”二句：见晋张华《博物志》。

⑰“陆士衡”二句：见《世说新语》。

我之掌庾承周，以世功而为族；经邦佐汉，用论道而当官。禀嵩、华之玉石，润河、洛之波澜，居负洛而重世，邑临河而宴安。

逮永嘉之艰虞，始中原之乏主；民枕倚于墙壁，路交横于豺虎。值五马之南奔，逢三星之东聚[①]。彼凌江而建国，始播迁于吾祖。分南阳而赐田，裂东岳而胙土。诛茅宋玉之宅，穿径临江之府。

水木交运，山川崩竭，家有直道，人多全节。训子见于纯深，事君彰于义烈。新野有生祠之庙[②]，河南有胡书之碣。

况乃少微真人[③]，天山逸民，阶庭空谷，门巷蒲轮。移谈讲树[④]，就简书筠，降生世德，载诞贞臣。文词高于甲观，楷模盛于漳滨。嗟有道而无凤，叹非时而有麟。既奸回之奰逆，终不悦于仁人[⑤]。

王子滨洛之岁[⑥]，兰成射策之年；始含香于建礼，仍矫翼于崇贤[⑦]。游洊雷之讲肆[⑧]，齿明离之胄筵。既倾蠡而酌海，遂测管而窥天。方塘水白，钓渚池圆。侍戎韬于武帐，听雅曲于文弦。

乃解悬而通籍，遂崇文而会武。居笠毂而掌兵，出兰池而典午。论兵于江汉之君，拭玉于西河之主[⑨]。

**注释**

①“逮永嘉之艰虞”六句：指晋永嘉之乱，晋室南渡过江。

②新野：庾信是河南新野人。

③少微：星名。

④ 讲树：嵇康家有大柳树，康在树下与亲旧清谈讲论。

⑤ "嗟有"四句：写庾信之父庾肩吾。

⑥ 王子：周灵王太子晋。

⑦ 崇贤：东宫门名。

⑧ 游洊雷：语出《周易·震》。

⑨ 江汉之君：指湘东王萧绎。西河之主：指东魏之君。

于时朝野欢娱，池台钟鼓，里为冠盖，门成邹鲁。连茂苑于海陵，跨横塘于江浦。东门则鞭石成桥，南极则铸铜为柱。橘则园植万株，竹则家封千户。西赆浮玉，南琛没羽[1]。吴歈越吟，荆艳楚舞。草木之遇阳春，鱼龙之逢风雨。

五十年中，江表无事。王歙为和亲之侯，班超为定远之使。马武无预于甲兵，冯唐不论于将帅[2]。岂知山岳暗然，江湖潜沸。渔阳有闾左戍卒[3]，离石有将兵都尉。

天子方删诗书，定礼乐；设重云之讲，开士林之学。谈劫烬之灰飞，辨常星之夜落。地平鱼齿[4]，城危兽角。卧刁斗于荥阳，绊龙媒于平乐[5]。宰衡以干戈为儿戏，缙绅以清谈为庙略。乘渍水以胶船[6]，驭奔驹以朽索。小人则将及水火，君子则方成猿鹤[7]。敝箄不能救盐池之咸，阿胶不能止黄河之浊。

既而鲂鱼赪尾[8]，四郊多垒；殿狎江鸥，宫鸣野雉[9]；湛卢去国，艅艎失水；见被发于伊川，知百年而为戎矣！

彼奸逆之炽盛，久游魂而放命。大则有鲸有鲵，小则为枭为獍。负其牛羊之力，凶其水草之性。非玉烛之能调，岂璇玑之可正！

值天下之无为，尚有欲于羁縻。饮其琉璃之酒，赏其虎豹之皮。见胡柯于大夏[10]，识鸟卵于条枝。豺牙密厉，飑毒潜吹。轻九鼎而欲问，闻三川而遂窥。

## 注释

① 赆：纳贡财物。没羽：箭名。

② "王歙"四句：言南北通好，不修甲兵。

③ 渔阳戍卒：陈涉、吴广等。

④ 鱼齿：山名，在今河南宝丰。

⑤ 龙媒：八尺以上的骏马。平乐：平乐观。

⑥ 胶船：相传周昭王南征渡乘胶船，结果沉船。

⑦ "小人"二句：周穆王南征故事。

⑧ 鲂鱼赪(chēng)尾：语出《诗经·周南·汝坟》。

⑨ "殿狎"二句：殿上有水鸟狎戏，野鸡在宫中飞鸣。

⑩ 大夏：古西域国名。

始则王子召戎，奸臣介胄。既官政而离逖，遂师言而泄漏。望廷尉之逋囚，反淮南之穷寇[1]。出狄泉之苍鸟[2]，起横江之困兽。地则石鼓鸣山，天则金精动宿。北阙龙吟，东陵麟斗。

尔乃桀黠横扇，冯陵畿甸。拥狼望于黄图，填卢山于赤县[3]。青袍如草，白马如练。天子履端废朝，单于长围高宴。两观当戟，千门受箭。白虹贯日，苍鹰击殿。竟遭夏台之祸[4]，终视尧城之变。官守无奔问之人，干戚非平戎之战。陶侃空装米船[5]，顾荣虚摇羽扇。

将军死绥，路绝长围。烽随星落，书逐鸢飞。

遂乃韩分赵裂，鼓卧旗折；失群班马，迷轮乱辙；猛士婴城，谋臣卷舌。昆阳之战象走林[6]，常山之阵蛇奔穴。五郡则兄弟相悲，三州则父子离别。护军慷慨，忠能死节；三世为将，终于此灭。

济阳忠壮，身参末将；兄弟三人，义声俱唱。主辱臣死，名存身丧；狄人归元，三军凄怆。尚书多算，守备是长；云梯可拒，地道能防。有齐将之闭壁，无燕师之卧墙，大事去矣，人之云亡！

申子奋发，勇气咆勃，实总元戎，身先士卒。胄落鱼门，兵填马窟，屡犯通中，颇遭刮骨。功业夭枉，身名埋没。

或以隼翼鷃披[⑦]，虎威狐假；沾渍锋镝，脂膏原野。兵弱虏强，城孤气寡。闻鹤唳而心惊，听胡笳而泪下。拒神亭而亡戟[⑧]，临横江而弃马。崩于钜鹿之沙[⑨]，碎于长平之瓦。

于是桂林颠覆，长洲麋鹿；溃溃沸腾，茫茫墋黩；天地离阻，神人惨酷；晋、郑靡依，鲁、卫不睦；竞动天关，争回地轴。探雀鷇而未饱，待熊蹯而讵熟？乃有车侧郭门，筋悬庙屋。鬼同曹社之谋[⑩]，人有秦庭之哭。

**注释**

① “望廷尉”二句：“逋囚”即逃犯。
② 狄泉：在今河南洛阳。
③ 狼望、卢山：均匈奴地名。
④ 夏台：夏代监狱名。
⑤ 陶侃：晋人，曾任江夏太守。
⑥ 昆阳：在今河南叶县。
⑦ 隼翼鷃披：鷃雀披着鹰隼的翅膀。
⑧ 拒神亭：在今江西金坛。
⑨ 钜鹿：在今河北平乡。
⑩ “鬼同”句：春秋时曹为宋灭。

尔乃假刻玺于关塞，称使者之酬对；逢鄂坂之讥嫌，值彤门之征税。乘白马而不前，策青骡而转碍。吹落叶之扁舟，飘长风于上游。彼锯牙而钩爪，又循江而习流。排青龙之战舰，斗飞燕之船楼。张辽临于赤壁[1]，王濬下于巴丘。乍风惊而射火，或箭重而回舟。未辨声于黄盖[2]，已先沉于杜侯。落帆黄鹤之浦，藏船鹦鹉之洲。路已分于湘、汉，星犹看于斗、牛。

若乃阴陵失路，钓台斜趣。望赤壁而沾衣，舣乌江而不渡。雷池栅浦[3]，鹊陵焚戍。旅舍无烟，巢禽无树。谓荆、衡之杞梓，庶江、汉之可恃。淮海维扬，三千余里。过漂渚而寄食，托芦中而渡水。届于七泽，滨于十死。嗟天保之未定[4]，见殷忧之方始。本不达于危行，又无情于禄仕。谬掌卫于中军，滥尸丞于御史。

信生世等于龙门[5]，辞亲同于河洛；奉立身之遗训，受成书之顾托。昔三世而无惭，今七叶而始落。泣风雨于《梁山》，惟枯鱼之衔索[6]。入欹斜之小径，掩蓬、藋之荒扉，就汀洲之杜若，待芦苇之单衣。

## 注释

① 张辽：三国魏将。

② 黄盖：三国时吴将。

③ 雷池：在安徽望江南。栅浦：在水中构筑的防御工事。

④ 天保：语出《诗经·小雅·天保》。

⑤ 龙门：在今陕西韩城。代指司马迁。

⑥ 梁山：曾参《梁山操》。枯鱼衔索：用绳索串起来的干鱼。

于是西楚霸王，剑及繁阳；鏖兵金匮，校战玉堂。苍鹰、赤雀，铁轴、牙樯。沉白马而誓众，负黄龙而渡江[1]。海潮迎舰[2]，江萍送王。戎车屯于石城，戈船掩于淮、泗。诸侯则郑伯前驱，盟主则荀罃暮至[3]。剖巢熏穴，奔魑走魅。埋长狄于驹门，斩蚩尤于中翼[4]。燃腹为灯，饮头为器。直虹贯垒，长星属地。昔之虎踞龙盘，加以黄旗紫气，莫不随狐兔而窟穴，与风尘而殄瘁。

西瞻博望[5]，北临玄圃。月榭风台，池平树古。倚弓于玉女窗扉，系马于凤凰楼柱[6]。仁寿之镜徒悬[7]，茂陵之书空聚。

若夫立德立言，谟明寅亮；声超于系表，道高于河上[8]。更不遇于浮丘[9]，遂无言于师旷。以爱子而托人，知西陵而谁望[10]！非无北阙之兵[11]，犹有云台之仗。

司徒之表里经纶[12]，狐偃之惟王实勤。横雕戈而对霸主，执金鼓而问贼臣。平吴之功，壮于杜元凯；王室是赖，深于温太真。始则地名全节，终则山称枉人。南阳校书，去之已远[13]；上蔡逐猎，知之何晚[14]！

镇北之负誉矜前，风飙凛然[15]。水神遭箭，山灵见鞭[16]。是以蛰熊伤马，浮蛟没船[17]；才子并命，俱非百年。

## 注释

① “沉白马”二句：梁将誓师讨侯景，且有出师吉利的兆头。
② 海潮迎舰：指王僧辩乘潮入淮。
③ “诸侯”句：见《左传·昭公四年》。
④ “埋长狄”二句：喻侯景被杀。
⑤ 博望：博望山，在今安徽当涂。
⑥ “倚弓”二句：战争波及皇家宫苑，宫女窗前挂弓，宫殿殿柱上拴着马。
⑦ 仁寿：晋宫殿名。
⑧ 河上：河上公，西汉道学家。
⑨ 浮丘：古仙人名。
⑩ “以爱子”二句：台城陷落时，简文帝将幼子大圜送湘东王萧绎处抚养。
⑪ 北阙：宫殿北门。
⑫ 司徒：司徒王僧辩。
⑬ 南阳校书：用越大夫文种事。
⑭ 上蔡逐猎：用李斯事。
⑮ “镇北”二句：咏萧纶。
⑯ “水神”二句：见《史记·秦始皇本纪》。
⑰ “是以”二句：写萧纶出师不利。

中宗之夷凶靖乱，大雪冤耻。去代邸而承基，迁唐郊而纂祀[①]。反旧章于司隶，归余风于正始[②]。沉猜则方逞其欲，藏疾则自矜于己。天下之事没焉，诸侯之心摇矣！既而齐交北绝，秦患西起。况背关而怀楚，异端委而开吴[③]。驱绿林之散卒，拒骊山之叛徒[④]。营军梁溠，蒐乘巴渝[⑤]。问诸淫昏之鬼，求诸厌劾之符[⑥]。荆门遭廪延之戮，夏口滥逵泉之诛[⑦]。蔑因亲以教爱，忍和乐于弯弧[⑧]。既无谋于肉食，非所望于《论都》。未深思于五难，先自擅于二端。登阳城而避险，卧砥柱而求安。既言多于忌刻，实志勇而形残。但坐观于时变，本无情于急难。地惟黑子，城犹弹丸。其怨则黩，其盟则寒。岂冤禽之能塞海？非愚叟之可移山。况以沴气朝浮，妖精夜陨；赤乌则三朝夹日，苍云则七重围轸。亡吴之岁既穷，入郢之年斯尽。

周含郑怒，楚结秦冤[⑨]。有南风之不竞[⑩]，值西邻之责言，俄而梯冲乱舞，冀马云屯。俴秦车于畅毂[⑪]，沓汉鼓于雷门。下陈仓而连弩，渡临晋而横船[⑫]。

虽复楚有七泽，人称三户，箭不丽于六麋[⑬]，雷无惊于九虎。辞洞庭兮落木，去涔阳兮极浦。炽火兮焚旗，贞风兮害蛊[⑭]。乃使玉轴扬灰，龙文折柱[⑮]。下江余城，长林故营。徒思拑马之秣，未见烧牛之兵[⑯]。章曼枝以毂走[⑰]，宫之奇以族行。河无冰而马渡，关未晓而鸡鸣[⑱]。忠臣解骨，君子吞声。章华望祭之所，云梦伪游之地[⑲]。荒谷缢于莫敖，冶父囚于群帅[⑳]。硎谷折拉[㉑]，鹰鹯批攦。冤霜夏零，愤泉秋沸。城崩杞妇之哭，竹染湘妃之泪。

水毒秦泾，山高赵陉。十里五里，长亭短亭。饥随蛰燕，暗逐流萤。秦中水黑，关上泥青。

于时瓦解冰泮，风飞电散；浑然千里，淄渑一乱；雪暗如沙，冰横似岸。逢赴洛之陆机，见离家之王粲。莫不闻陇水而掩泣，向关山而长叹。

况复君在交河，妾在青波。石望夫而逾远，山望子而逾多。才人之忆代郡，公主之去清河㉒。栩阳亭有离别之赋，临江王有愁思之歌㉓。

别有飘飖武威，羁旅金微㉔。班超生而望返，温序死而思归㉕。李陵之双凫永去，苏武之一雁空飞。

## 注释

① “去代邸”二句：言元帝由湘东王而承帝业。

② “反旧章”二句：元帝即位后曾计划还旧都。

③ “况背关”二句：言元帝留恋江陵，不思迁都。

④ 绿林散卒：指侯景将领任约、谢答仁。骊山叛徒：指武陵王萧纪。

⑤ “营军”二句：指梁元帝架桥于溠河之上。

⑥ “问诸”二句：指梁元帝用迷信的方法降服萧纪。

⑦ “荆门”二句：写梁宗室子弟之间互相残杀。

⑧ “蔑因”二句：言萧绎（元帝）兄弟互相残杀。

⑨ “周含”二句：春秋时，周襄王怨怒郑国，欲以狄伐郑。

⑩ 南风不竞：见《左传·襄公八年》。

⑪ 俴（jiàn）：车箱比一般车浅的车。

⑫ “下陈仓”二句：喻西魏作战之巧诈。

⑬ 丽：附着。

⑭ “炽火”二句：见《左传·僖公十五年》。

⑮ 龙文：宝剑名。

⑯ “徒思”句：见《公羊传》。

⑰ 章曼枝：见《韩非子·说林下》。

⑱ “河无冰”二句：写梁朝诸臣，去之犹恐不速。

⑲ “章华”二句：言江陵之败，楚地横遭屠戮。

⑳ “荒谷”二句：言梁文官武将多被西魏所杀。

㉑ 硎谷：在今陕西临潼。

㉒ “才人”二句：写江陵败后，梁朝妇女的不幸遭遇。

㉓ “栩阳亭”二句：见《汉书·艺文志》。

㉔ 金微：在今新疆阿尔泰山。

㉕ “班超”二句：喻己之思乡之情。

若江陵之中否，乃金陵之祸始；虽借人之外力，实萧墙之内起。拨乱之主忽焉，中兴之宗不祀。伯兮叔兮，同见戮于犹子。荆山鹊飞而玉碎，隋岸蛇生而珠死。鬼火乱于平林，殇魂游于新市①。

梁故丰徙②，楚实秦亡；不有所废，其何以昌③？有妫之后，将育于姜④；输我神器⑤，居为让王。

天地之大德曰生，圣人之大宝曰位。用无赖之子弟⑥，举江东而全弃；惜天下之一家，遭东南之反气。以鹑首而赐秦⑦，天何为而此醉？

## 注释

① 鬼火：磷火。殇魂：鸟名。
② 梁故丰徙：应为"丰故梁徙"。
③ "不有"二句：语本《左传·僖公十年》。
④ "有妫"二句：语出《左传·庄公二十二年》。
⑤ 神器：指帝位。
⑥ 无赖之子弟：指陈霸先之流。
⑦ 鹑首：星名。

且夫天道回旋，生民预焉。余烈祖于西晋，始流播于东川；洎余身而七叶，又遭时而北迁。提挈老幼，关河累年；死生契阔，不可问天。况复零落将尽，灵光岿然①。

日穷于纪，岁将复始；逼迫危虑，端忧暮齿。践长乐之神皋，望宣平之贵里②。渭水贯于天门，骊山回于地市。幕府大将军之爱客，丞相平津侯之待士③。见钟鼎于金、张，闻弦歌于许、史④。岂知灞陵夜猎，犹是故时将军⑤；咸阳布衣，非独思归王子！

## 注释

① 灵光:汉宫殿名。
② 长乐:汉宫名。宣平:长安东门名。
③ “幕府”二句:言自己受到北周诸王的恩礼。
④ “见钟鼎”二句:写己之仕周,得与贵戚交游。
⑤ “岂知”二句:指汉李广事。

## 鉴赏

《哀江南赋》约写于周武帝宣政元年(578),这年庾信已66岁了,为暮年之作。赋全文3376字,赋前有528字的序,它是骈体赋的长篇巨制,具有史诗的规模和气魄。这是一篇划时代的杰作,在赋史上具有里程碑的意义。《序》是全赋的纲领和序曲,既概括了主题,也阐明了创作动机。“穷者欲达其言,劳者须歌其事”,“不无危苦之辞,惟以悲哀为主”。这几句话可视为《哀江南赋》的现实主义的创作纲领。序的内容虽然不免与赋有重复之处,但这并不影响序文本身就是一篇文字优美的骈文。

序文从太清二年(548)和承圣三年(554)的两次战乱写起,将自己的遭遇紧紧地和战乱结合起来。

《哀江南赋》的内容相当丰富和深厚,它是作者对梁朝兴亡的历史总结,赋中对梁武帝建国以后所出现过的一段太平景象有简单的艺术概括。“五十年中,江表无事”的描写,基本上是符合事实的。但是在表面的太平景象背后,又潜伏着危急的暗流。庾信在《赋》中,还艺术地再现了侯景之乱的过程和这种大乱的种种生动画面。一面鞭挞了贼臣侯景、萧正德之流,同时也热情地歌颂了在侯景之乱中为国献身的英雄们。台城陷落之后,梁武帝和简文帝均遇害,《赋》中对此表示了深沉的悼念。对于梁宗室子弟在国家危急之秋,不但不共同勠力王室、一心讨伐侯景,反而兄弟之间自相残杀,作者对此表示了极大的愤慨。对于梁元帝的自高自大、猜忌、狠毒,作者又进行了无情的批判。

《哀江南赋》反映的另一次战乱是承圣三年(554)的江陵之乱。西魏统治者攻陷江陵后,大肆屠杀,并将十万臣民俘获至长安。庾信十分沉痛地描绘了这次亡国惨祸,较真实地反映了十万俘虏的血泪生活。还指出造成这次惨祸的原因。

《哀江南赋》是自传体的史诗,

从史诗的角度说,作者把56年萧梁王朝兴衰的历程,用无数的画面和镜头,又借用大量的历史典故,艺术地概括在这篇骈体赋中。从自传体的赋作看,它几乎概括了庾信一生的经历。

《哀江南赋》自始至终贯串着一个鲜明的主题,这就是作者的"乡关之思",其感情是真挚的。它凝聚着作者对故国君臣与人民在金陵、江陵两次战乱中被祸的哀伤,概括了江陵陷落后十万俘虏的血泪生活,因此,这种"乡关之思"不仅属于作者个人所特有,而且是有一定的典型性和普遍意义的。

《哀江南赋》在结构上并不以时间先后为序,而是选取了多侧面、多层次的追叙笔法,用这种方法交织成波澜壮阔的历史画卷,它不断变换画面,不断摇换一组一组的镜头,所写事件纵横交错,回环往复。它将自身的遭际与国家的命运、将史诗与自传体的写法结合起来,十分突出地表现出自己的"乡关之思"与亡国之痛。在声律方面,宫商抑扬、声调和谐。在文采方面绣错绮交,形象生动,光色鲜艳。在用典上尤为突出,它大量使用典故,几乎是一句一典。他把一个个互不联系的典故,连成完整的意象,表现自己的身世之悲,这种艺术匠心,不能不令人赞叹。他的用典灵活多变,多数贴切,达到"援古证今,用人若己"(《文心雕龙·事类》篇)的境地。他的典故"汇彼多方,屡变屡出",在用典的技巧上,达到炉火纯青的程度。在语言上,《哀江南赋》大量使用四六对句,于对偶之中,又夹杂散体语言,克服了前期赋作以大量诗语入赋的倾向,形成骈散结合的流丽的文风,虽大量用典,但不觉得呆板堆垛,反而富有错综变化之美和音韵铿锵之美。

(刘文忠)

# 小 园 赋

庾 信

若夫一枝之上,巢父得安巢之所[①];一壶之中,壶公有容身之地。况乎管宁藜床,虽穿而可坐;嵇康锻灶,既暖而堪眠。岂必连闼洞房,南阳樊重之第;绿墀青琐,西汉王根之宅?余有数亩敝庐,寂寞人外,聊以拟伏腊,聊以避风霜。虽复晏婴近市,不求朝夕之利；潘岳面城，且适闲居之乐。况乃黄鹤戒露，非有意于轮轩，爰居避风，本无情于钟鼓[2]；陆机则兄弟同居，韩康则舅甥不别，蜗角蚊睫，又足相容者也？

尔乃窟室徘徊，聊同凿坯[3]，桐间露落，柳下风来。琴号珠柱，书名《玉杯》[4]，有棠梨而无馆，足酸枣而非台。犹得欹侧八九丈，纵横数十步，榆柳两三行，梨桃百余树。拨蒙密兮见窗，行欹斜兮得路，蝉有翳兮不惊，雉无罗兮何惧？草树混淆，枝格相交，山为篑覆，地有堂坳。藏狸并窟，乳鹊重巢，连珠细茵，长柄寒匏。可以疗饥，可以栖迟。敧区兮狭室，穿漏兮茅茨，檐直倚而妨帽，户平行而碍眉。坐帐无鹤[5]，支床有龟。鸟多闲暇，花随四时；心则历陵枯木[6]，发则睢阳乱丝。非夏日而可畏，异秋天而可悲。

一寸二寸之鱼，三竿两竿之竹，云气荫于丛蓍，金精养于秋菊。枣酸梨酢，桃榹李薁，落叶半床，狂花满屋。名为野人之家，是谓愚公之谷。试偃息于茂林，乃久羡于抽簪，虽有门而长闭，实无水而恒沉。三春负锄相识，五月披裘见寻。问葛洪之药性[7]，访京房之卜林。草无忘忧之意，花无长乐之心，鸟何事而逐酒，鱼何情而听琴[8]？

加以寒暑异令，乖违德性，崔骃以不乐损年[9]，吴质以长愁养病。镇宅神以薶石，厌山精而照镜[10]。屡动庄舄之吟，几行魏颗之命[11]。薄晚闲闺，老幼相携，蓬头王霸之子[12]，椎髻梁鸿之妻。燋麦两瓮，寒菜一畦。风骚骚而树急，天惨惨而云低，聚空仓而雀噪，惊懒妇而蝉嘶[13]。

昔草滥于吹嘘，藉《文言》之庆余[14]。门有通德，家承赐书。或陪玄武之观，时参凤凰之虚。观受厘于宣室，赋《长杨》于直庐[15]。

遂乃山崩川竭，冰碎瓦裂，大盗潜移，长离永灭[16]。摧直辔于三危[17]，碎平途于九折。荆轲有寒水之悲，苏武有秋风之别。关山则风月凄怆，陇水则肝肠断绝。龟言此地之寒[18]，鹤讶今年之雪。百龄兮倏忽，光华兮已晚。不雪雁门之踦[19]，先念鸿陆之远。非淮海兮可变，非金丹兮能转。不暴骨于龙门[20]，终低头于马坂。谅天造兮昧昧，嗟生民兮浑浑。

## 注释

① 巢父:尧时隐士。
② "黄鹤戒露"句:见周处《风土记》。
③ 凿坯:见《吕氏春秋·贵生》。
④ 玉杯:汉董仲舒《春秋繁露》中的一篇。
⑤ 坐帐无鹤:感叹无仙术。
⑥ 历陵枯木:见《宋书·五行志三》。
⑦ 葛洪:晋人。
⑧ "鸟何事"二句:见《庄子·至乐》。
⑨ 崔骃:东汉人。
⑩ "镇宅神"二句:见《淮南万毕术》。
⑪ 魏颗之命:见《左传·宣公十五年》。
⑫ 蓬头王霸之子:见《后汉书·列女传》。
⑬ "聚空仓"二句:语本汉苏伯玉《盘中诗》。
⑭ "藉《文言》"句:《易·坤·文言》:"积善人家,必有余庆。"
⑮ 玄武之观:玄武阙,汉宫殿名。凤凰之虚:汉代的凤凰殿。受厘:受神的福祐。宣室:汉未央宫的正室。直庐:三国魏建始殿门侧有直庐,供值夜者憩息。
⑯ 长离永灭:梁室子孙永无复兴之希望。
⑰ 三危:山名,在今甘肃敦煌。
⑱ 龟言此地之寒:见《水经注·渭水》。
⑲ 雁门之踦:见《汉书·段会宗传》。
⑳ 暴骨于龙门:见《三秦记》。

## 鉴赏

《小园赋》是庾信晚年之作。庾信在北朝虽位望通显,特别是在北周时期,其官位之高,有逾于南朝梁时。他曾任过司宪中大夫,并授骠骑大将军、开府仪同三司,进爵义城县侯。但他并非心安理得地做北朝的官。仕北的羞耻像铅块一样压在他的心头,像毒蛇一样啃啮着他的灵魂,“乡关之思”时刻盘桓脑际,纠缠着他的头脑。又加北朝的统治者内部倾轧十分剧烈,政治环境并不安定。这时老庄思想的影响对他产生了巨大的作用,他想隐居不仕,但现实的情况又不太可能,于是他幻想能有一个安静的栖身之所,过一种“知足常乐”、与世无争、任性自然的生活,《小园赋》便是这种理想寄托的产物。

赋的开头一段,作者便构造出一个仅足容身的小园,开头便用《庄子·逍遥游》。既然小鸟巢林,不过一枝,巢父可以以树为巢而寝其上,壶公在一壶之中足可容身,又何必营求高宅大院、楼台亭榭呢?紧接着又举出管宁和嵇康为例,反复申明文意。管宁、嵇康他们的容身之所不过是一张藜床,一具暖灶,当然不须像东汉南阳富商樊重那样,建造重堂高阁,也无须像西汉的贵戚王根那样,居处奢侈豪华。作者设想的住宅,不过是方宅数亩,旧屋几间,它要离开纷杂的尘寰,以求“寂寞人外”,只要能够勉强进行夏冬的祭祀,敝庐可避风霜之寒,也就够了。即使像晏子的住宅那样临近闹市,也不求朝夕得近市之利,最好像潘岳《闲居赋》所描写的那样,求得闲居之乐。庾信把自己设想的小园比作避风港。这样,他的“小园”,就变成了他理想中的天国。在这里,他不仅可以远祸自全,避开人世的风雨,而且可以享受天伦之乐。

《小园赋》是庾信后期赋作的佳构,他用汉代大赋的铺陈之法,精细地刻画小园景物,不过这个小园实际上并不存在。它只是庾信心造的泡影、理想的天国,其中的一切赋景,皆出于虚拟。他笔下的小园是那样的简朴、宁静、恬淡,又是那样的具体,简直有画工之妙。后半篇将乡关之思转为哀怨之辞,其内心的痛苦表现得相当深刻。后半篇看似与《小园赋》无关,实际上两者有密切的关系,正因为作者有坎坷的遭遇,他才乞灵于老、庄,企图在精神上求得解脱,幻想有一个躲避人世风雨的世外桃源。《小园赋》明显地受到陶渊明的影响,陶诗“敝庐何必广,取足蔽床席”(《移居二首》),为庾信《小园赋》所“取影”。陶诗《归园田居》所咏“方宅十余亩,草屋八九间。榆柳荫后檐,桃李罗堂前”等,是庾信构造设计小园所参考的蓝图。但陶、庾的思想和生活道路都是不相同的,陶渊明真的回到大自然中去,躬耕陇亩,成为千古隐逸诗人之宗,庾信不过是“心缠机务,而虚述人外”(《文心雕龙·情采》篇)。但《小园赋》并非是“为文造情”的产物,赋中表现的亡国之痛、乡关之思与屈仕魏、周的惭耻,贯串在后半篇之中,这些感情的流露是真实的。"虚述人外"与真实的感情交织在一起,正是该赋思想内容与艺术表现上的一大特色。

清人许琏对《小园赋》极为欣赏,并认为它是后人不可企及的佳作。他说:"骈语至兰成所谓采不滞骨,隽而弥絜,余子只蝇鸣蚓窍耳。"又说:"此赋前篇俱从小园落想,后半以乡关之思为哀怨之词。近人模拟是题,一味写景赋物,失之远已。"可以说没有庾信的遭遇,是写不出如此的《小园赋》的。在"蝉有翳兮不惊,雉无罗兮何惧"之下,突接"草树混淆,枝格相交"数句,许琏评曰:"突接得宕远之神。"这就是说,这种转折,有幽远跌宕的神韵,不平铺直叙。实际上这种突接,赋中还有多处。在"檐直倚而妨帽,户平行而碍眉"数句之上,许琏眉批曰:"极意修饰,而仍不黏滞,此境唯兰成独擅。"这其实是《小园赋》在语言提炼上的一大特色。它在语言上选声炼色,极意修饰,又大量用典,但语言却干净利落而又不板滞,字里行间有一种清新流丽之气,对偶也比较自然。如"一寸二寸之鱼,三竿两竿之竹"自然成对,颇近口语,许琏评此二句说:"二句乃叠股法,读之骚逸欲绝。"(以上引文均见《六朝文絜》)许琏的鉴赏,涉及篇章结构、句法、语言特色等诸多方面,虽言简意赅,却颇为精到。

(刘文忠)

# 伤　心　赋并序

庾　信

予五福无征[1],三灵有谴[2]。至于继体[3],多从夭折[4]。二男一女,并得胜衣[5],金陵丧乱[6],相守亡没[7]。羁旅关河[8],倏然白首[9];苗而不秀[10],频有所悲。一女成人,一长孙孩稚,奄然玄壤[11],何痛如之[12]!既伤即事[13],追悼前亡[14],唯觉伤心,遂以《伤心》为赋。若夫入室生光[15],非复企及;夹河为郡[16],前途逾远。婕妤有自伤之赋[17],扬雄有哀祭之文[18],王正长有北郭之悲[19],谢安石有东山之恨[20]:斯既然矣[21]。至若曹子建、王仲宣、傅长虞、应德琏、刘韬之母、任延之亲[22],书翰伤切[23],文辞哀痛,千悲万恨，何可胜言！龙门之桐[24]，其枝已折；卷施之草[25]，其心实伤。鸣呼哀哉！

赋曰：悲哉秋风，摇落变衰[26]；魂兮远矣，何去何依；望思无望，归来不归[27]。未达东门之意[28]，空惧西河之讥[29]。在昔金陵，天下丧乱，王室板荡[30]，生民涂炭[31]。兄弟则五郡分张[32]，父子则三州离散[33]。地鼎沸于袁曹，人豺狼于楚汉[34]。或有拥树罹灾[35]，藏衣遭难[36]，未设桑弧[37]，先空柘馆。人惟一丘[38]，亭遂千秋[39]；边韶永恨[40]，孙楚长愁[41]。张壮武之心疾[42]；羊南城之泪流[43]。痛斯传体[44]，寻兹世载[45]；天道斯慈[46]，人伦此爱[47]；膝下龙摧[48]，掌中珠碎[49]。芝在室而先枯，兰生庭而早刈[50]。命之修短，哀哉已满。鹤声孤绝，猿吟断肠[51]。嬴博之间[52]，路似新安[53]。藤缄槥椟[54]，桝掩虞棺[55]；不封不树，惟棘惟栾[56]。天惨惨而无色，云苍苍而正寒。况乃流寓秦川[57]，飘飖播迁[58]；从官非官，归田不田[59]。对玉关而羁旅[60]，坐长河而暮年[61]；已触目于万恨[62]，更伤心于九泉[63]。至如三虎二龙[64]，三珠两凤[65]，并有山泽之灵[66]，各入熊罴之梦[67]。望陇首而不归[68]，出都门而长送[69]，对宝碗而痛心[70]，抚《玄经》而流恸[71]。石华空服[72]，犀角虚篸[73]。风无少女，草不宜男[74]。乌毛徒覆，兽乳空含[75]。震为长男之宫，巽为长女之位[76]，在我生年，先凋此地[77]。人生几何，百忧俱至！二王奉佛[78]，二郗奉道[79]，必至有期，何能相保[80]！凄其零零，飒焉秋草[81]。去矣黎民[82]，哀哉仲仁[83]！冀羊祜之前识[84]，期张衡之后身[85]。一朝风烛，万古埃尘[86]。丘陵兮何忍[87]，能留兮几人！

## 注释

① 五福:《尚书·洪范》云:“五福,一曰寿,二曰富,三曰康宁,四曰攸好德,五曰考终命。”征:验。

② 三灵:天、地、人。

③ 继体:亲生骨肉。

④ 从:紧接着。

⑤ 胜衣:接近成年之义。

⑥ 此指太清二年侯景之乱。

⑦ 相守:淹留。

⑧ 关河:本指函谷关和黄河,这里指长安一带。

⑨ 倏然自首:忽然间白了头发。

⑩ “苗而”句:生而未能长成。

⑪ 奄然:忽然。玄壤:坟地。

⑫ 如之:感慨之辞。

⑬ 即事:指去梁即魏,淹留北方之事。

⑭ 前亡:指二男一女殁于金陵。

⑮ 入室生光:见《孝子传》。

⑯ 夹河为郡:见《汉书·杜周传》。

⑰ 婕妤:本是女官名,此指班婕妤。

⑱ 扬雄:西汉文学家。

⑲ 王正长:晋王赞,字正长。

⑳ 谢安石:东晋谢安,字安石。

㉑ 此句他本亦作“岂斯然矣”。

㉒ 曹子建:三国时曹植。王仲宣:汉末王粲。

㉓ 书翰:文章。

㉔ 龙门之桐:出于枚乘《七发》。

㉕ 卷施:草名。

㉖ 此句本于宋玉《九辩》。

㉗ 望思、归来:汉武帝念戾太子无辜被杀,便建思子宫,又筑归来、望思二台。

㉘ 东门之意:见《列子》。

㉙ 西河之讥:见《礼记·檀弓上》。

㉚ 王室板荡:天下动乱不安。

㉛ 生民涂炭:人民陷入灾难之中。

㉜ 五郡分张:梁武帝之子萧绎、萧纶、萧纪、萧续、萧绩曾分散在湘东、邵陵、武陵、庐陵、南康五郡。

㉝ 三州离散:侯景作乱,梁武帝困于建康,其时,萧绎任荆州刺史,萧纪任益州刺史,萧纶奔赴郢州,父子离散。

㉞ “地鼎沸”二句:是说,局势之动荡可以和袁(绍)曹(操)之争相比,人心之险恶则可以和楚(项羽)汉(刘邦)对峙时相比。

㉟ 拥树:小儿抱大人之颈,如拥树之状。

㊱ 藏衣:见《列女传》。

㊲ 桑弧:桑木制作的弓。

㊳ 丘:坟墓。

㊴ 千秋:亭名。

㊵ 边韶:东汉人。

㊶ 孙楚:晋太原人。

㊷ 张壮武:晋张华。

㊸ 羊南城:晋羊祜。

㊹ 传体:《艺文类聚》作“继体”。

㊺ 世载:世世代代。

㊻ 天道:老天的意志。

㊼ 人伦:父子、夫妇等关系。

㊽、㊾ 此二句喻子女夭亡。
㊿ 芝:灵芝。兰:香草。
51 鹤声孤绝:见崔豹《古今注》。猿吟断肠:见《世说新语》。
52 嬴、博:春秋时地名,在今山东泰安。
53 新安:在今河南渑池。
54 藤缄槥椟:蔓草萦系小棺。
55 梢掩虞棺:树枝遮着瓦棺。
56 “不封”二句:意思是:不起坟不种树,只有荆棘丛生。
57 秦川:长安一带。
58 播迁:经常迁移,没有定踪。
59 “从官”二句:做官不像做官,种田不像种田。
60 玉关:玉门关。
61 长河:黄河。
62 万恨:指由梁王朝覆灭所带来的愁恨。
63 九泉:葬身之所。
64 三虎二龙:指东汉贾彪三兄弟和许虔、许劭两兄弟。
65 三珠:未详。两凤:指崔陵兄弟俩。
66 山泽之灵:山泽的灵气。
67 熊罴之梦:生男之象征。
68 陇首:陇山,在今陕西陇县。
69 都门:此指江陵。
70 宝碗:见干宝《搜神记·崔少府墓》。
71 玄经:指西汉扬雄的《太玄》。
72 石华:海产品,可食。
73 篸:簪。
74 “风无”二句:这两句在暗示自己缺少儿女。
75 乌:此指慈乌,一种鸟。兽:此指羔羊。
76 震:八卦名。巽:八卦名。
77 先凋:长男长女都先作者而亡。
78 二王:一作“二何”。见《晋阳秋》。
79 二郗奉道:《中兴书》云:“郗愔及弟昙奉天师道。”
80 “必至”二句:到了生死之期,也不能相保。
81 “凄其”二句:人生之衰败,如秋草般凄零。
82 黎民:贾充之子。
83 仲仁:疑作仲雍。
84 羊祜之前识:见《晋书·羊祜传》。
85 张衡之后身:见《蔡邕别传》。
86 “一朝”二句:人生如风中之残烛、万古之尘埃,极易消逝。
87 丘陵:坟墓。

## 鉴赏

在文学史研究中,人们非常重视灾难对人格和文品的催发力量,用恩格斯的话说便是“愤怒出诗人”,用中国传统的语言表达,就是“病蚌成珠”。这种在灰烬中涅槃、从死亡中再生的例子真是举不胜举,而庾信正是这方面的代表。这个当年梁王朝宫廷的文学侍从,由于家族的庇荫和自身超群的才华,在少年时代就深受最高统治者的青睐。可正当他悠然于人间的乐园、唱着香艳的软语,忽然间淞滨鱼烂、海水群飞,不但自己由命运的宠儿一下子变成了上帝的弃子,甚至就连是他肉体和精神唯一依托的梁王朝也在顷刻间消失得无影无踪。环境的落差在精神上所造成的天堂与地狱的对立,产生了无穷的张力,它使庾信经历了一个从内到外的蜕变过程,于是,那个春风得意、备受宠信的达官贵人死了,一个满含幽怨、形销骨立的伤心人诞生了,那个轻佻放荡、肉感腻人的文学侍从死了,一个沉雄肃索、真气逼人的诗人诞生了。而所有这些都作为他人格和文品的转换过程,深深地铭刻在他后期的作品中。这篇《伤心赋》便蕴涵了以上的内容。此时的作者已是北周的宠臣,但仕途的得意并没有丝毫减轻他由国破家亡而带来的失重之感。相反,在堂皇的官服下偃卧着的竟是一颗忧郁的心,在僵硬的微笑中闪烁着的竟是一对哭泣的泪眼。这难怪当他回顾昔日的遭遇,尤其是子孙的夭亡,更于萧瑟中平添了几分伤感。正如题目所暗示的,这篇文章实际上是作者个人生活的一部伤心史。从中我们不但可以透视到作者自身的情感活动,还可以通过各条线索感受到历史脉搏的跳动,这也许正是庾信后期作品之所以被称为"史诗"的原因。

这篇作品由序和正文两部分组成,但它们的关系亦非如一般文章那么简单。在一般性的文章中,序文往往只起着介绍背景材料的作用,实际上是正文的附庸。在这篇文章中,序文固然也担负着解释写作意图的任务,但在更大的意义上和正文一样,具有抒情言怀的功能,甚至在写作方法上也是和正文一样,采用了赋的形式。因此,不管从哪个角度审视,本篇序文都是作品的一个重要组成部分,是我们了解作者思想、体察其艺术风貌不可缺少的环节。

从立意上看,本文首先注重的是对哀痛之情的抒发。我们须知,在古代中国,血缘关系历来就被视为最重要、最直接、其他任何东西都无法取代的人伦,有着无比神圣的意义,在这种情况下子孙自然把父祖看作肉体和精神的最亲密的凭附,而父祖则把子孙视为自己生命、意志、力量的一种延续,双方完全处在一种相辅相成、水乳交融的状态中。很显然,庾信在这篇作品中所表现的亲子之爱,固然有人类本能中那种面对死亡所产生的恻隐之心的诱因,但更多的却是传统的伦理观念在起作用。也正因为有这种意念的支配,才能生发出一种真实的、痛彻心脾的苍凉感与空虚感。也只有这样,我们才感受到,当作者回顾子孙夭亡这一惨痛的事实时,似乎不是在哀悼他人,而是在自哀,似乎不是在用语言描述一个个伤心的故事,而是在用生命经历一次死的过程。我们甚至还感受到,诗人眼中的风景也充满了死亡与感伤的色彩:"天惨惨而无色,云苍苍而正寒""凄其零零,飒焉秋草",这种艺术王国中所特有的天人感应的现象正好象征了作者在经历了死亡后荒寒寂寥,心如死灰的精神世界。

但人毕竟是社会性生物,人生的悲剧说到底就是社会的悲剧。作为一个心灵感受异常敏锐的文学家,庾信也就不自觉地把个人的遭遇和当时社会的苦难联系在一起,从而于个人的悲哀中透露出强烈的时代的回声,这在本篇中亦有深刻的表现。在作者看来,自己的悲剧只是梁王朝覆灭这个大悲剧中一个片段而已。和许多失去故国的游子一样,所有这些都来自于亡国的耻辱,来自于对家国的眷恋,对曾是梁王朝最高统治者的宠臣的作者来说,可能还多一份对故主的怜悯之心。这便形成了一种宿命般的力量,牢牢把后期的庾信的精神生命维系在那个早已灰飞烟灭的梁王朝空虚的躯体上。

所以,对于后期的庾信来说,失去子孙和失去故国实际上宣布了支撑他全部灵魂的两个世界的毁灭,即血缘的中断使他感到了自身消亡的悲哀,而梁王朝的覆灭则使他报国的愿望成了幻影,这对一个传统包袱很重的文化人来说,对一个曾在国家政治生活中充当过相当角色的自尊者来说,无疑是相当痛心的事情。所以,后期的庾信基本上处在一种无根的状态,一种无所依凭的孤独意识也就油然而生。在这种情况下,异国的宠爱,只能增添内心的耻辱,而表面的火热,只能衬托精神的苍凉,用其诗中的语言表达就是"其面虽可热,其心常自寒"。总之,在固有的世界面前,现实中的一切都失去了意义,结果只剩下虚无,正如文中所说:"一朝风烛,万古埃尘,丘陵兮何忍,能留兮几人!"为了摆脱空虚的煎熬,他只能靠回忆与自责打发现实的岁月。前者表现为乡关之思;后者则表现为忏悔意识。这在本文中虽无直接的流露,但从文章的底蕴中却是不难意会到的。如果读者再能看一看作者同期的其他作品,这种感觉则更明显。

从美学上看,这篇作品代表了庾信后期典型的风格,可谓苍凉悲壮,一字千钧,于落寞中透露了无比的力度,于耻辱中表现了强烈的自尊。这使我们想起了杜甫"庾信平生最萧瑟,暮年诗赋动江关"的评价。如果仔细追寻,我们就会发现,这种力度固然和作者的人格、情感的性质大有关系,但技巧的作用也是不容忽视的。譬如赋文的开头:"悲哉秋风,摇落变衰;魂兮远矣,何去何依;望思无望,归来不归。"作者以秋风衰草作为情感的发端,自然于萧瑟中饱含一种沉雄之气,从而使读者于荒漠中体会到了余热,于凋敝中感觉到了生命的萌发。而寓希望于无望,寄归来于不归,更于事实的反讽中透露了失落的悲哀,一种苍凉之气力透纸背。另外,典故的运用也在一定的程度上增加了文章的气势。当然,不容否认,由于受时代习气和文人劣根性的影响,在本文中,一些地方的确存在“掉书袋”的现象,即为了显示学识的渊博而运用典故,这多少妨碍了读者对文义的理解。但我们又不能不承认,文中大部分典故的运用还是相当精当的,它不但能激发于人们的求知欲,还组成了一连串强有力的典故群。它们如飘风疾雨,连蝉而下,形成了一股雄浑的气势,足以冲破读者心灵的堤防,使他们的情感亦如破闸之水汹涌而出,形成了一种悲哀苍凉的氛围。

(郑训佐)

# 观我生赋

颜之推

仰浮清之藐藐，俯沈奥之茫茫[1]。已生民而立教，乃司牧以分疆[2]。内诸夏而外夷狄，骤五帝而驰三王[3]。大道寝而日隐[4]，《小雅》摧以云亡。哀赵武之作孽，怪汉灵之不祥[5]。旄头玩其金鼎，典午失其珠囊[6]。瀍涧鞠成沙漠，神华泯为龙荒[7]。吾王所以东运，我祖于是南翔[8]。去琅邪之迁越，宅金陵之旧章[9]。作羽仪于新邑，树杞梓于水乡[10]。传清白而勿替[11]，守法度而不忘。逮微躬之九叶，颓世济之声芳[12]。问我辰之安在，钟厌恶于有梁[13]。养傅翼之飞兽，子贪心之野狼[14]。初召祸于绝域[15]，重发衅于萧墙。虽万里而作限，聊一苇而可航[16]。指金阙以长铩，向王路而蹶张[17]。勤王逾于十万，曾不解其搤吭[18]。嗟将相之骨鲠，皆屈体于犬羊[19]。武皇忽以厌世，白日黯而无光[20]。既飨国而五十[21]，何克终之弗康？嗣君听于巨猾，每凛然而负芒[22]。自东晋之违难[23]，寓礼乐于江湘。迄此几于三百，左衽浃于四方[24]。咏苦胡而永叹，吟微管而增伤[25]。世祖赫其斯怒，奋大义于沮漳[26]。授犀函与鹤膝，建飞云及艅艎[27]。北征兵于汉曲，南发餫于衡阳[28]。

## 注释

① 浮清:上天。藐藐:远大。沈奥:大地。

② “已生民”二句:意为上天既已降生众民,便为之设立君师进行教化,建官分土进行治理。

③ “内诸夏”二句:谓严格区分中国与外族的界限,经历了三皇五帝长短缓急各不相同的治理过程。

④ 寖:灭。

⑤ 赵武:战国时赵武灵王。汉灵:东汉灵帝。

⑥ 旄头:昴星。玩:玩弄。金鼎:王朝政权的象征。典午:司马的代称,指晋王朝。珠囊:天文中的五星。

⑦ 瀍涧:二水名,在今河南境内。神华:中华。龙荒:边远的外族地区。

⑧ 我祖:九世祖颜含。

⑨ 旧章:前代法度。

⑩ 作羽仪:为朝臣。新邑:初都金陵,故称新邑。杞梓:良木名。

⑪ 替:废,丧失。

⑫ 逮:及。九叶:九世。颓:败坏丧失。

⑬ 我辰:我所遇到的时代。钟:聚。有梁:梁朝。

⑭ 傅翼之飞兽、贪心之野狼:均指梁武帝子萧正德及侯景。

⑮ 绝域:远国。

⑯ 一苇可航:渡江极其容易。

⑰ 金阙:宫殿。长铩:兵器。蹶张:力弯强弩。

⑱ 勤王:以兵救王之难。搤吭:卡住咽喉。

⑲ 骨鲠:正直。犬羊:指侯景。

⑳ “武皇”二句:指梁武帝困死台城。

㉑ “既飨国”句:谓梁武帝在位四十八年。

㉒ 嗣君:指梁简文帝萧纲。巨猾:大恶人,指侯景。负芒:恐惧若芒刺在背。

㉓ 违难:避难。

㉔ “讫此”句:自东晋元帝至梁简文帝被弑,凡二百三十余年,所以说“几于三百”。浃:周遍,全部。

㉕ 微管:如果没有管仲。

㉖ 世祖:梁元帝。赫:大怒。沮漳:二水名,皆在当时的荆州。

㉗ 犀函:犀皮而作的铠甲。鹤膝:一种矛。飞云、艅艎:皆战船名。

㉘ 发餫:兴兵授食。

昔承华之宾帝,寔兄亡而弟及[1]。逮皇孙之失宠,叹扶车之不立[2]。间王道之多难,各私求于京邑。襄阳阻其铜符,长沙闭其玉粒[3]。遽自战于其地,岂大勋之暇集。子既损而侄攻,昆亦围而叔袭。褚乘城而宵下,杜倒戈而夜入[4]。行路弯弓而含笑，骨肉相诛而涕泣。周旦其犹病诸，孝武悔而焉及[5]。

**注释**

① 承华：承华门。寔：实。兄亡弟及：梁武帝太子萧统死，于是立其第三子萧纲为太子。

② 皇孙：指梁武帝的嫡长孙萧欢。扶车：或当作“扶苏”。

③ “襄阳”二句：指梁武帝太清三年侯景攻陷台城，萧绎遣周弘直督河东王萧誉粮食而誉不从的事。铜符：兵符。玉粒：粮食。

④ “遽自战”以下六句：见之推自注。

⑤ 周旦：周公旦。孝武：汉武帝。

方幕府之事殷[1]，谬见择于人群。未成冠而登仕，财解履以从军[2]。非社稷之能卫，□□□□□□。仅书记于阶闼，罕羽翼于风云[3]。

**注释**

① 幕府：军队出征张幕以居，将帅主之，故称幕府。

② 财：开始，刚刚。解履：出仕。之推自注：“时年十九，释褐湘东国右常侍，以军功加镇西墨曹参军。”

③ “仅书记”二句：意谓：我只能在门内阶前作一些文牍工作，没有机会腾达高显。

及荆王之定霸[1]，始仇耻而图雪。舟师次乎武昌，抚军镇于夏汭[2]。滥充选于多士，在参戎之盛列[3]。惭四白之调护，厕六友之谈说[4]。虽形就而心和，匪余怀之所说[5]。

繄深宫之生贵，矧垂堂与倚衡[6]。欲推心以厉物，树幼齿以先声[7]。忾敷求之不器，乃画地而取名[8]。仗御武于文吏，委军政于儒生。值白波之猝骇[9]，逢赤舌之烧城。王凝坐而对寇，向栩拱以临兵[10]。莫不变蝯而化鹄[11]，皆自取首以破脑。将睥睨于渚宫，先凭陵于地道[12]。懿永宁之龙蟠，奇护军之电扫[13]。犇虏快其余毒，缧囚膏乎野草[14]。幸先主之无劝，赖滕公之我保[15]。剟鬼录于岱宗[16]，招归魂于苍昊。荷性命之重赐，衔若人以终老[17]。

## 注释

① 荆王：湘东王萧绎，时为荆州刺史。定霸：奠定霸业。

② 夏汭：今汉口。

③ 多士：众多的人才。盛列：人才济济的行列。

④ 四白：商山四皓。厕：厕身于其间。六友：晋愍、怀帝立东宫，置六傅，称“太子六友”。

⑤ 匪：通“非”。说：通“悦”。

⑥ 繄：发语词。垂堂：临堂边。倚衡：倚楼栏。

⑦ 推心：以诚相待。厉物：砥砺世俗。幼齿：少年。先声：名声先布。

⑧ “忾敷”二句：遍求的人才不称其职，徒有虚名。

⑨ 白波：东汉末黄巾军中郭泰一部。

⑩ 王凝：王凝之，晋会稽内史。向栩：东汉人。

⑪ 蝯：同“猿”。鹄：同“鹤”。

⑫ 睥睨：向两边观望的样子。地道：指巴陵。

⑬ 永宁：永宁公王僧辩。电扫：形容其破敌之势如闪电。

⑭ 犇：同“奔”。快：肆意。缧囚：俘虏。

⑮ 先主：刘备。滕公：汉初夏侯婴。

⑯ 剟(duò)：削去。鬼录：死亡名单。

⑰ 若人：此人。

贼弃甲而来复，肆觜距之雕鸢[1]。积假履而弑帝，凭衣雾以上天[2]。用速灾于四月[3]，奚闻道之十年。就狄俘于旧壤，陷戎俗于来旋。慨《黍离》于清庙，怆《麦秀》于空廛[4]。鼖鼓卧而不考，景钟毁而莫悬[5]。野萧条以横骨，邑阒寂而无烟。畴百家之或在，覆五宗而翦焉[6]。独昭君之哀奏，唯翁主之悲弦[7]。经长干以掩抑，展白下以流连[8]。深燕雀之余思，感桑梓之遗虔[9]。得此心于尼甫，信兹言乎仲宣[10]。

**注释**

① 肆：逞。雕鸾：凶残之鸟。

② 假：借。履：所赐的土田封界。衣雾：喻平民身份。

③ 速：招致。

④ 黍离：《诗经》中的一篇。空廛：空空的田里。

⑤ 鼖（fén）鼓：军用大鼓。考：击。景钟：大钟。

⑥ 百家：诸大族姓。五宗：泛指皇族。翦：除，灭。

⑦ 昭君：王昭君。翁主：汉代曾遣宗室女江都翁主往嫁乌孙王。

⑧ 长干、白下：均金陵地名。

⑨ 遗虔：长久不没的恭敬之心。

⑩ 尼甫：同"尼父"，指孔子。仲宣：王粲。

逷西土之有众，资方叔以薄伐[1]。抚鸣剑而雷咤，振雄旗而云窣[2]。千里追其飞走，三载穷于巢窟。屠蚩尤于东郡，挂郅支于北阙[3]。吊幽魂之冤枉，扫园陵之芜没。殷道是以再兴，夏祀于焉不忽[4]。但遗恨于炎昆[5]，火延宫而累月。

**注释**

① 逷（tì）：远。西土：指荆州。方叔：周宣王的大臣。

② 雷咤：怒声如雷。云窣（sū）：危高如云。

③ 郅（zhì）支：汉匈奴单于。

④ 殷道再兴、夏祀不忽：以殷、夏为喻，谓梁朝复兴。

⑤ 炎昆：大火。

指余棹于两东，侍升坛之五让[1]。钦汉官之复睹，赴楚民之有望[2]。摄绛衣以奏言[3]，忝黄散于官谤。或校石渠之文[4]，时参柏梁之唱。顾甂瓯之不算[5]，濯波涛而无量。属潇湘之负罪，兼岷峨之自王[6]。伫既定以鸣鸾[7]，脩东都之大壮。惊北风之复起，惨南歌之不畅[8]。守金城之汤池，转绛宫之玉帐[9]。徒有道而师直，翻无名之不抗[10]。民百万而囚虏，书千两而烟炀。溥天之下，斯文尽丧[11]。怜婴孺之何辜，矜老疾之无状。夺诸怀而弃草，踣于涂而受掠。冤乘舆之残酷，轸人神之无状。载下车以黜丧，揜桐棺之藁葬。云无心以容与，风怀愤而憀恨。井伯饮牛于秦中，子卿牧羊于海上[12]。留钏之妻，人衔其断绝；击磬之子，家缠其悲怆[13]。

## 注释

① 两东：此指旧都。五让：古代禅帝位者，臣下屡劝进则屡让的形式。
② 汉官复睹：刘秀初入三辅，三辅人士欢喜说："不图今日复见汉官威仪。"楚民有望：指秦末项梁立楚怀王事。
③ 摄：兼职。绛衣：舍人官所服。
④ 石渠：汉代藏书秘阁。
⑤ 甂(biān)瓯：小器皿。
⑥ 岷峨：二山名。
⑦ 鸣鸾：代指车驾。
⑧ "惊北风"二句：喻指北方秦、魏来侵。
⑨ 金城、汤池：形容城池的坚固。绛宫、玉帐：古代阴阳家言兵法语。此二句喻指不敌。
⑩ 有道、师直：均指战争中代表正义的一方。翻：反。无名：无名之师。
⑪ "民百万"四句：见之推自注。
⑫ 井伯：春秋时虞国大夫。饮牛：当作"饭牛"，百里奚故事。子卿：苏武。
⑬ 留钏之妻：晋王达的妻子。击磬之子：见《吕氏春秋》。

小臣耻其独死，实有愧于胡颜[1]。牵痾疻而就路[2]，策驽蹇以入关。下无景而属蹈，上有寻而亟搴[3]。嗟飞蓬之日永，恨流梗之无还[4]。

**注释**

① 胡颜:没有脸面。

② 痾疻(kēzhǐ):病。

③ 景:同“影”。属:当作“屢”。屢蹈,多次踏入。有寻:形容山之高。亟搴:多次攀登。

④ 飞蓬:飞旋的蓬草。流梗:漂流的桃梗。

若乃五牛之旌、九龙之路[①],土圭测影、璇玑审度[②],或先圣之规模,乍前王之典故[③]。与神鼎而偕没,切仙弓之永慕[④]。

**注释**

① 五牛之旌:南朝的五牛旗。九龙之路:路通“辂”。

② 土圭测影:以土圭之法测土深、日影。璇玑:观测天文的仪器。

③ 乍:或。

④ 神鼎:帝王权位的象征。仙弓:传说黄帝乘龙上天,坠其弓。

尔其十六国之风教,七十代之州壤[①],接耳目而不通,咏图书而可想。何黎氓之匪昔,徒山川之犹曩。每结思于江湖,将取弊于罗网。聆代竹之哀怨,听出塞之嘹朗[②]。对皓月以增愁,临芳樽而无赏[③]。

**注释**

① 十六国之风教:谓《诗经》中十五国风加上鲁国的诗。七十代之州壤:谓历代封禅有七十余代之多。

② 代竹:北方音乐。出塞:出塞曲。

③ 无赏:无心赏味。

日太清之内衅，彼天齐而外侵[1]。始蹙国于淮浒[2]，遂压境于江浔。获仁厚之麟角，克俊秀之南金[3]。爰众旅而纳主，车五百以敻临[4]。返季子之观乐[5]，释钟仪之鼓琴。窃闻风而清耳，倾见日之归心。试拂蓍以贞筮，遇交泰之吉林[6]。譬欲秦而更楚，假南路于东寻。乘龙门之一曲[7]，厉砥柱之双岑。冰夷风薄而雷响，阳侯山载而谷沉[8]。侔挈龟以凭浚，类斩蛟而赴深[9]。昏扬舲于分陕，曙结缆于河阴。追风飙之逸气，从忠信以行吟[10]。

## 注释

① 日：往日，以前。太清：梁武帝的年号。内衅：内乱。天齐：北齐。
② 蹙国：国土缩小。
③ 麟角、南金：皆喻指梁国仁厚信诚的卓异人才。克：制。俊秀：卓异。
④ 车五百：形容其兵之盛。
⑤ 季子：春秋时吴国公子季札。
⑥ 吉林：众多吉象。
⑦ 龙门：地名，在今河南洛阳。
⑧ 冰夷：河神。阳侯：大波之神。
⑨ 侔：同。挈龟：当作“挈鼋”。见《晏子春秋》。浚：深水。斩蛟：晋周处故事。
⑩ “昏扬舲”四句：之推自注：“水路七百里，一夜而至。”

遭厄命而事旋，旧国从于采芑[1]。先废君而诛相，讫变朝而易市[2]。遂留滞于漳滨，私自怜其何已。谢黄鹄之回集，恧翠风之高峙[3]。曾微令思之对，空窃彦先之仕[4]。纂书盛化之旁，待诏崇文之里[5]。珥貂蝉而就列，执麾盖以入齿[6]。款一相之故人[7]，贺万乘之知己。祇夜语之见忌，宁怀璧之足恃[8]。谏谮言之矛戟，惕险情之山水[9]。由重裘以胜寒，用去薪而沸止。

**注释**

① 旧国:梁国。采芑:春秋时齐国田常收买民心的手段。齐人作歌《采芑》。

② "先废君"二句:陈霸先废梁,建立陈朝。

③ 黄鹄集、翠凤峙:祥瑞。恧(nǜ):惭愧。

④ 微:无。令思:晋人华谭。彦先:晋人顾荣。

⑤ "纂书"二句:指颜之推在北齐掌崇文馆修撰典籍。

⑥ 貂蝉:加于官冠表示品秩的装饰。麾盖:帝王仪仗。齿:列。

⑦ 款:款待,感激。一相:一宰相。

⑧ 祇:敬畏。夜语见忌:三国魏杜袭曾与曹操夜语,王粲忌之。宁:安于。

⑨ "谏谮言"二句:指当时之推蒙受礼遇,人多忌而谮言。

予武成之燕翼,遵春坊而原始[1]。唯骄奢之是修,亦佞臣之云使[2]。惜染丝之良质,惰琢玉之遗祉[3]。用夷吾而治臻,昵狄牙而乱起[4]。

**注释**

① 武成:齐武成帝。燕翼:辅佐。春坊:官署名。

② "唯骄奢"二句:武成帝奢侈,之推以为皆佞臣使然。

③ 惰:当作"堕",坏。祉:福,祥。

④ "用夷吾"二句:齐桓公用管仲(夷吾),则齐国太平;亲近佞臣狄牙,则国内便乱了。狄牙,以善烹调得宠于齐桓公。

诚怠荒于度政[1],惋驱除之神速。肇平阳之烂鱼[2],次太原之破竹。寔未改于弦望,遂□□□□□。及都□而升降,怀坟墓之沦覆。迷识主而状人,竟己栖而择木[3]。六马纷其颠沛,千官散于奔逐。无寒瓜以疗饥,靡秋萤而照宿[4]。仇敌起于舟中,胡越生于辇毂。壮安德之一战,邀文武之余福[5]。尸狼籍其如莽,血玄黄以成谷。天命纵不可再来,犹贤死庙而恸哭[6]。

**注释**

① 度政:当作“庶政”,各种政务。
② 烂鱼:从内部发生烂乱。
③ “迷识主”二句:此谓之推见齐非托身之地而欲择新主。
④ 寒瓜:生瓜。颠沛夜行,逐萤光而走。此皆喻齐主。
⑤ 邀文武之余福:谓凭祖宗余留的福泽得获小胜。
⑥ 死庙而恸哭:蜀后主刘禅将降,其子刘谌哭祖庙而后自杀。

乃诏余以典郡,据要路而问津①。斯呼航而济水②,郊乡导于善邻。不羞寄公之礼③,愿为式微之宾。忽成言而中悔,矫阴疏而阳亲。信谄谋于公主,竟受陷于奸臣④。曩九围以制命⑤,今八尺而由人。四七之期必尽,百六之数溘屯⑥。

**注释**

① “乃诏余”二句:之推打算奔向陈国。
② 呼航:战国时公孙龙弟子事。
③ 寄公:失地之君而寄寓他国者。
④ 奸臣:齐丞相高阿那肱。
⑤ 九围:九州。
⑥ 四七之期:当时有人占算北齐国祚适当二十八年而终。百六之数:《易》以百六岁有灾厄,故以百六之数称运尽之灾。溘:忽。屯:灾难。

予一生而三化,备荼苦而蓼辛①。鸟焚林而铩翮②,鱼夺水而暴鳞。嗟宇宙之辽旷,愧无所而容身。夫有过而自讼,始发曚于天真③。远绝圣而弃智,忘锁义以羁仁④。举世溺而欲拯,王道郁以求申。既衔石以填海,终荷戟以入榛⑤。亡寿陵之故步⑥,临大行以逡巡。向使潜于草茅之下,甘为畎亩之人,无读书而学剑,莫抵掌以膏身。委明珠而乐贱,辞白璧以安贫。

尧舜不能荣其素朴，桀纣无以汙其清尘。此穷何由而至，兹辱安所自臻？而今而后，不敢怨天而泣麟也[7]。

## 注释

① 三化：颜之推一生所遇三次大乱。荼：苦菜。蓼：辛菜。

② 铩翮：伤翼。

③ 自讼：自我反省检讨。发曚：由糊涂而变清醒。

④ 绝圣弃智：废绝贤圣、抛弃智慧。锁义羁仁：束缚仁义。

⑤ 荷戟入榛：扛着兵器以入榛莽。

⑥ 寿陵故步：寿陵余子邯郸学步。

⑦ 泣麟：谓伤时无道。

## 鉴赏

颜之推（约531—约590），字介，北齐著名文学家。祖籍琅琊临沂（今属山东）人，东晋以来世居金陵。梁湘东王萧绎镇荆州，他为其国右常侍，后随绎子萧方诸出镇郢州，为掌书记，侯景之乱，几乎被杀。侯景之乱平息后，萧绎称帝（梁元帝），任散骑常侍。西魏破江陵，被俘入长安，不久率妻子投奔北齐，官至黄门侍郎、平原太守，仕齐20年。北齐亡后入北周，为御史上士。隋文帝开皇中，太子召为学士，不久病逝。

颜之推的散文代表作是《颜氏家训》，影响较大，今人王利器有《颜氏家训集解》。其诗今存5首，王士禛在《古诗选》中认为是北魏、北齐间最优秀的作品。其赋除《观我生赋》外，还有《稽圣赋》残文。

《观我生赋》是一篇自叙性的作品。全赋共分12段：一，叙述颜氏家世及南迁金陵的原因；二，叙述侯景之乱，江湘一带沦为异族统治区；三，叙述侯景之乱以后，梁宗室内部矛盾和斗争；四，自叙未成年就在萧绎手下做事，后又随萧绎子方诸出镇郢州，掌书记，侯景陷郢州被俘，因救获免；五，叙述被俘送金陵，看到旧居的荒凉，侯景被斩；六，叙述侯景叛乱平息后，还江陵，任梁元帝散骑常侍；七，叙述亲睹西魏攻破江陵时的惨状；八，叙述被俘送长安及其故国之思；九，叙述投奔北齐时一路的艰险；十，叙述在北齐任职及所受的排挤；十一，叙述北齐后主的荒淫、权臣误国以及北齐的覆亡；十二，沉痛回忆一生事三朝的苦衷。

可见这是一篇以个人身世经历为线索，以历史事变为中心而描绘了"广阔历史画面的作品"（马积高

《赋史》)。它反映了我国历史上巨大而又频繁变乱中国家、民族和人民的不幸命运,具有普遍而深刻的典型性。后世多将此赋与庾信《哀江南赋》并称,是当之无愧的。

该赋的美学特征首先是表现了忧伤美。姚范跋《颜氏家训》时谈到《观我生赋》时说:"玩其辞,亦可悲矣。"是很准确的。然而不是所有的悲伤都有美的价值。美学家罗斯金说:"少女能为她失去爱情而歌唱,守财奴却不能为他失去的金钱而歌唱。"正是这个意思。这里的"永叹"和"增伤"是个人的,也是民族的。有着深厚的历史内容,有着对梁朝败亡的惋惜,有着对屈身事敌、甘做犬羊的民族败类的愤慨。悲伤中有高亢的气势,咏叹中有着"内诸夏而外夷狄"的民族大义。意大利美学家克罗齐说:"在诗人每一吟诵里,每一想象的创造中,蕴含着人类的命运,人类的希望。幻想、悲伤、困忧,蕴涵着在欢乐与苦难中不断流转不断迁化的现实的全部。"《观我生赋》的忧伤美正表现在这里。在当时的作家中,这样深刻地描绘了人民的不幸遭遇和苦难的实在不多,在辞赋中,除《哀江南赋》外,更为少见。这种惊心动魄而又真实的描写,没有亲身的经历,没有对国家、对民族的忧患意识是断断写不出来的。在第五段中对劫后金陵的描写也反映了南朝的时代悲剧。

《观我生赋》的忧伤美不仅表现在痛惜美的失落、美的断送、美的受难、美的毁灭上,而且还表现在以亲身感受探索造成美的受难,美的毁灭的各种原因。在第九段中,对北齐后主的荒淫、奸权的误国进行了深刻地揭露。

鲁迅先生谈什么是悲剧时指出:"悲剧将人生的有价值的东西毁灭给人看。"该赋的结尾一段近似忏悔的文字表面上很消极,其深层意思是对战乱和不合理社会的抗议,是对毁灭有价值的人生的时代的控诉。雪莱说:"倾诉最哀伤的思绪才是我们最甜美的歌。"我们可以说,《观我生赋》是一支具有悲剧意义的甜美的歌。

《观我生赋》的美学特征还表现在具有清远的艺术风格上。《北齐书》本传称该赋"文致清远",倪璠《注庾子山集题辞》中也说:"颜大夫著《观我生赋》,称其清致。"其表现是,文辞清新而又疏朗,气骨遒劲而富有韵味。

(林祥征)

# 道观内柏树赋 并序

魏 徵

玄坛内有柏树焉①，封植营护②，几乎二纪③；枝干扶疏④，不过数尺。笼于众草之中，覆乎丛棘之下。虽磊落节目⑤，不改本性，然而翳荟蒙笼⑥，莫能自伸达也。惜其不生高峰，临绝壑，笼日月，带云霞，而与夫拥肿之徒⑦，杂糅此地。此岂所谓方以类聚⑧，物以群分者哉！有感于怀，喟然而赋，其词曰：

览大钧之播化⑨，察草木之殊类。雨露清而并荣，霜雪霑而俱悴。唯丸丸之庭柏⑩，禀自然而醇粹⑪。涉青阳不增其华⑫，历玄英不减其翠⑬。原斯木之攸挺，植新甫之高岑⑭。干霄汉以上秀，绝无地而下临⑮。笼日月以散彩，俯云霞而结阴。迈千祀而逾茂⑯，秉四时而一心。

灵根再徙⑰，兹庭爰植。高节未彰，贞心谁识。既杂沓乎众草⑱，又芜没乎丛棘。匪王孙之见知⑲，志耿介其何极⑳。若乃春风起于蘋末，美景丽乎中原。水含苔于曲浦㉑，草铺露于平原。成蹊花乱㉒，幽谷莺喧。徒耿然而自抚㉓，谢桃李而无言㉔。

至于日穷于纪㉕，岁云暮止㉖。飘蓬乱惊，愁云叠起。冰凝无际，雪飞千里。顾众类之飒然㉗，郁亭亭而孤峙㉘。贵不移于本性，方有俪乎君子㉙。聊染翰以寄怀[30]，庶无亏于善始[31]。

## 注释

① 玄坛:道教的斋坛。
② 封植:栽培。营护:护理。
③ 纪:十二年。
④ 扶疏:繁茂。
⑤ 磊落节目:柏树多节,有体态,气格不凡。磊落:众多之貌。树木枝干交接之处为节,纹理纠结不顺的部分叫目。
⑥ 翳荟蒙笼:四字义近,指为杂草所遮掩。
⑦ 拥肿之徒:不成材的树木。拥肿:同"臃肿"。
⑧ 方以类聚:同类事物相聚一处。
⑨ 大钧:天,大自然。播化:播植培育、广生万物的意思。
⑩ 丸丸: 高大挺直的样子。
⑪ 醇粹:精纯不杂。
⑫ 青阳:春天。
⑬ 玄英:冬天。
⑭ 新甫:山名,在今山东。
⑮ 绝:跨越。无地: 极深沟堑。
⑯ 千祀: 千年。
⑰ 灵根:神根。
⑱ 杂沓:众多纷杂。
⑲ 王孙:王者的后代。
⑳ 耿介:正直。
㉑ 曲浦:弯曲的水边。
㉒ 成蹊花乱:踏春人多,花下成径,花叶零乱。
㉓ 耿然:光明正直。自抚:自爱。
㉔ 谢:退逊,不如。
㉕ 日穷于纪:十二月。
㉖ 岁云暮止:岁暮的意思,"云、止"均语助词。
㉗ 飒然:凋零之貌。
㉘ 郁:旺盛之貌。亭亭:挺直之貌。孤峙:特立。
㉙ 俪:并,比。
㉚ 染翰:书写。
㉛ 庶:表示希望的副词。

## 鉴赏

魏徵(580—643),字玄成,唐初杰出的政治家和历史学家。巨野下曲阳(今河北晋州西)人。少时孤贫落拓,出家为道士。隋末参加瓦岗起义军,后入唐,为太子李建成官属。太宗即位,擢为谏议大夫,累官至门下侍中,封郑国公。对贞观之治有巨大的贡献。著述有《隋书》的序论与《梁书》《陈书》《齐书》的总论,留传下来的还有若干首诗及一些政治性的散文。《道观内柏树赋》是他现存唯一的一篇赋。这篇赋的写作年代已不可考,据推测,大约是隋大业十三年(617)“从密来京师”后不久写的。理由有二:第一,玄坛离长安不远,是道家的斋坛。魏徵早年曾做过道士,所以初到长安,游历这个由隋炀帝亲自命名的道观的可能性很大。第二,他跟随李密以来,因出身孤贫,“久之未知名”(《新唐书》卷九六),壮志难酬,抑郁不乐,这和赋中描写的柏树形象很相近。

在中国文化史上,松柏很早就被赋予一种人文特性,成为一种高傲不屈的独立人格的象征。如果说《诗经》中“陟彼景山,松柏丸丸”“松桷有梴,旅楹有闲,寝成孔安”还仅是对作为自然树木的松柏的赞美的话,那么《论语》“岁寒,然后知松柏之后凋也”、《荀子》“柏经隆冬而不凋,蒙霜雪不变,可谓得其真矣”,就已经是对一种精神意志的赞颂。《礼记》“其在人也……如松柏之有心也……故贯四时不改柯易叶”,更是将松柏直接比况于人类。在文学作品中,写松柏最早最好的恐怕要数刘桢的《赠从弟》:“亭亭山上松,瑟瑟谷中风。风声一何盛,松枝一何劲。风霜正惨凄,终岁恒端正。岂不罹霜雪,松柏有本性。”全诗用比兴手法写出了有理想有抱负之士守志不阿的节操,表现了诗人“真骨凌霜,高风跨俗”的品格。左思《咏史》中写的“地势使之然,由来非一朝”的“涧底松”的形象,显然影响了魏徵的这篇《柏树赋》。就赋体而言,我们能见到最早的要数左思亡妹左棻的《松柏赋》,但这篇赋仅描述了松柏的形象,流露出作者的赞美之情。在情感之起落、意象之蕴藉方面都不能同魏徵相比。因此,魏徵《柏树赋》是第一篇生动地描绘了柏树的形象,并注入了一种顽强的生命意识的赋体作品。

文学,就我们的认识而言,是一种对生命意识的高度自觉。魏徵是怀着远大的志向参加瓦岗军的,但在李密军中及入唐之初,并未得到重用,他的心情无疑是愤愤不平的,然而他对自己的人生理想始终坚信不疑。赋中柏树的意象正反映了作者这样的心理历程,它是魏徵人格和抱负的写照。赋前有一段序,讲的是在玄坛内有棵长了二十多年的柏树,枝干瘦劲,高不过数尺,笼盖在杂草丛棘之中,艰难地生长着。他对此深感惋惜,如果这庭柏生于高峰绝壑之上,披戴着日月的光辉和云霞的艳丽,那该是另一番英姿了,于是就有了这篇赋。赋的正文可分三层意思:第一层写庭柏应该有的形象,第二层写庭柏的不幸遭遇和孤寂的心情,第三层歌颂庭柏在险恶环境中表现出来的精神和气度。

作者从对比写起,“览大钧之播化,察草木之殊类”,大自然孕育了万事万物,草木也有不同的类别。

眼前这棵高大挺直的庭柏,禀赋了大自然的精华。姹紫嫣红的春天,她不增加华丽;万木萧条的严冬,她也不减损青翠,依然保持着自己郁郁葱葱的本色。然而,作为柏树,她本来应具有的形象又不仅于此:“原斯木之攸挺,植新甫之高岑。”“原”是推原其始之义,这棵庭柏本来应是高大挺拔、立足于巍峨的山顶,“干霄汉以上秀,绝无地而下临。笼日月以散彩,俯云霞而结阴。迈千祀而逾茂,秉四时而一心。”向上,枝干直刺苍天;向下,高傲地俯瞰大地。她的密枝繁叶可以分散日月的光辉,也可以和云霞一起结成遮盖大地的阴翳。经历千年的风吹雨打更加茂盛,蒙受了严寒酷暑而贞心不移。这里,作者借助于想象,描写了庭柏生长所应得到的理想境界,既抒发了对庭柏超凡脱俗的品格的赞美,也深含了对它生而不得其地的惋叹。

第二层从“灵根再徙”到“谢桃李而无言”。“再徙”,是作者的思想感情对象化的结果,也就是说,庭柏再一次乘着作者想象的翅膀从“高岑”徙移到“兹庭”。“高节未彰,贞心谁识”,显然,作者已借助庭柏直接抒发他怀才不遇的感慨了。“既杂沓乎众草,又芜没乎丛棘。匪王孙之见知,志耿介其何极!”魏徵是一个有着强烈的功名事业心的人,所以他笔下的“庭柏”迫切渴求“王孙之见知”,热情呼唤耿介之志为世所用。“若乃春风起于蘋末……成蹊花乱,幽谷莺喧”,这是一幅色彩妍丽的仕女游春图。以其柔姿丽色炫耀一时的花花草草备受青睐,而醇粹无华的庭柏却独自忍受着冷落。“徒耿然而自抚,谢桃李而无言”,是庭柏的内心自白,她虽不免孤寂伤感,但决不附俗趋时;耿介自守,自甘寂寞!

冬天来临了,“飘蓬乱惊,愁云叠起。冰凝无际,雪飞千里”,作者用生动的语言,描绘出了阴云密布、寒风凛冽、冰天雪地的严冬景象。这是大自然的冬天,更是人类社会大动荡的象征。这时,万花千草凋零枯尽,只有庭柏依旧傲然挺立、郁郁葱葱。“孤峙”一词,写出了“庭柏”潇洒的风度、高傲的气质。“贵不移于本性,方有俪乎君子”,作者直接把庭柏比况成他理想中的仁人君子,充分表现了他对庭柏的倾慕之情,反映了魏徵对在大动荡的社会中能保持高洁情操的志同道合者的敬仰。最后两句“聊染翰以寄怀,庶无亏于善始”,是对庭柏的由衷期望和劝告,也是对自己的鞭策和勉励。魏徵的一生,始终没有改变他的初衷,他有胆有识,犯颜直谏,“帝虽怒甚,而徵神色自若”,善始善终地保持了自己的本性,实现了自己的预言。因此,《道观内柏树赋》是魏徵对生命的追求与生活的反省之整体的表白,它借柏树写出了对主体生命的存在价值和存在状态的感知。

魏徵是唐初有名的史论家，也是很有影响的文论家，他曾尖锐批评六朝以来争奇斗巧的文风，主张融合南北文学的“清绮”与“贞刚”，取长补短，创造文质彬彬的新文学。他在创作上实践着自己的理论。这篇《柏树赋》，就洗净了六朝的铅华脂粉，而别有一种淡雅的风韵，透露了初唐文风转变的信息。

（胡大浚　伏俊连）

# 游北山赋 并序

王　绩

吾周人也，本家于祁[①]。永嘉之际[②]，扈从江左[③]。地实儒素[④]，人多高烈[⑤]。穆公感建元之耻[⑥]，归于洛阳；同州悲永安之事[⑦]，退居河曲[⑧]。始则晋阳之开国[⑨]，终乃安康之受田[⑩]。坟垅寓居[⑪]，倏焉五叶[⑫]。桑榆成荫，俄将百年[⑬]。绩南山故情[⑭]，老而弥笃；东坡余业[⑮]，悠哉自宁。酒瓮多于步兵[⑯]，黍田广于彭泽[⑰]。皇甫谧之心事[⑱]，陇亩终焉；仲长统之规模[⑲]，园林幸足。独居南渚，时游北山[⑳]。聊度日以为娱，忽经年而忘返。西穷马谷，北达牛溪[㉑]。丘壑依然，风烟满目。孙登独坐[㉒]，对嵇阮而无言；王霸幽居[㉓]，与妻孥而共去。窗临水石，砌绕松篁[㉔]。类田园之去来，亦已久矣；望山林之故道，何其悠哉！诗者，志之所之[㉕]；赋者，诗之流也[㉖]。式抽短思，即为赋云。

## 注释

① 祁：地名，在今山西祁县。

② 永嘉：晋怀帝年号（307—312）。

③ 扈从：随从。江左：长江下游以东地区。

④ 儒素：儒者的品德操行。

⑤ 高烈：超脱世俗，坚贞刚强。

⑥ 穆公：王绩的高祖王虬，为晋阳穆公。建元：南朝齐太祖年号（479—482）。

⑦ 同州：同州刺史王彦，王绩的曾祖父。永安：北魏孝庄帝年号（528—530）。

⑧ 河曲：地名，在今山西忻州。

⑨ 晋阳：晋阳穆公王虬。

⑩ 安康：安康献公，王绩的祖父。

⑪ 坟垅：坟墓。

⑫ 五叶：五代。
⑬ 俄将：即将。
⑭ 南山故情：思乡之情。
⑮ 东坡余业：田园劳作。
⑯ 步兵：阮籍。
⑰ 彭泽：陶潜。
⑱ 皇甫谧：晋人。
⑲ 仲长统：东汉人。
⑳ 南渚：王绩住地以南的洲渚。北山：王绩住地以北的小山。
㉑ 马谷：王绩住地以西的山谷。牛溪：王绩住地以北的溪水。
㉒ 孙登：晋代的隐士。
㉓ 王霸：东汉广武人。
㉔ 松篁：松竹。
㉕"诗者"句：语本《尚书·尧典》："诗言志，歌永言。"
㉖"赋者"句，语本班固《两都赋·序》："赋者，古诗之流也。"

天道悠悠，人生若浮。古来贤圣，皆成去留。八眉四乳[①]，龙颜凤头。殷忧一世[②]，零落千秋。暂时南面，相将北游。玉殿金舆之大业，郊天祀地之洪休[③]。荣深责重，乐不供愁。何况数十年之将相，五百里之公侯。兢兢业业，长思长忧。昔怪燕昭与汉武[④]，今识图仙之有由[⑤]。人谁不愿？直是难求。闻鼎湖而欲信[⑥]，怪桥山之遽修[⑦]。玉台金阙，大海水之中流。瑶林碧树，昆仑山之上头，不得轻飞如石燕[⑧]，终是徒劳乘土牛[⑨]。已矣哉，世事自此而可见，又何为乎惘惘。弃卜筮而不占，余将纵心而长往。任物孤游，遗情直上。觉老释之言繁[⑩]，恨文宣之技痒[⑪]。彼事业之迁斥[⑫]，岂神明之宰掌。物无待而成章，生有资而必养。嗟大道之泯没[⑬]，见人情之委枉。《礼》费日于千仪[⑭]，《易》劳心于万象[⑮]。审机事之不息[⑯]，知浇源之浸长[⑰]。鸟何事而婴罗[⑱]，鱼何为而在网。生物诡隔，精灵惚恍。庄周三月而不朝[⑲]，瞿昙六年而遐想[⑳]。有是夫，况吾之不如先达乎[㉑]？请息交而自逸，聊习静而为娱。

## 注释

① 八眉:八字眉,一说八采眉。传说帝尧八眉。四乳:四个乳头。传说周文王四乳。

② 殷忧:深忧。

③ 郊天祀地:祭祀天地。洪休:大喜庆。

④ 燕昭:战国时燕昭王。汉武:西汉武帝。

⑤ 图仙:企图成仙。

⑥ 鼎湖:相传黄帝铸鼎于荆山之下,鼎成,有龙垂胡髯迎黄帝上天,后世因名其处曰“鼎湖”。

⑦ 桥山:山名,在陕西黄陵,上有黄帝墓。

⑧ 石燕:状如燕之石,出零陵。相传遇风雨即飞,雨止还化为石。

⑨ 土牛:泥土制的牛。

⑩ 老:老子。释:释迦牟尼。

⑪ 文宣:孔子。

⑫ 迁斥:贬废。

⑬ 泯没:灭亡。

⑭ 千仪:各种礼仪。

⑮ 万象:各种景象。

⑯ 机事:机巧之事。

⑰ 浇源:浮薄世风的来源。

⑱ 婴罗:被罗网缠住。

⑲ 庄周:即庄子。

⑳ 瞿昙:梵语音译,即释迦牟尼。

㉑ 先达:前辈通达之人。

遂披林樾[①],进陟岐岖[②],连峰杂起,复嶂环纡[③]。历丹危而寻绝径[④],攀翠险而觅修途[⑤]。耸飞情于霞道[⑥],振逸想于烟衢[⑦]。重林合沓以齐列[⑧],崩崖磊砢而相扶[⑨]。睹森沉于绝涧[⑩],视晃明于高嵎[⑪]。自谓抟风飙而出埃墙[⑫],邈若朝玄宫而谒紫都[⑬]。碧峦之下,清溪之曲,望隐隐而才通,听微微而不属。眷然引领[⑭],兹焉顿足[⑮]。步拥石而遭回[⑯],视横烟而断续。古藤曳紫,寒苔布绿。洞里窥书,岩边对局[⑰]。仿佛灵踪[⑱],依希仙躅[⑲]。灶何代而销金[⑳],杯何年而溜玉[㉑]。石室幽蔼[㉒],沙场照烛。松落落而风回,桂苍苍而露溽[㉓]。月未侧而先阴,霞方升而已旭[㉔]。喜方外之浩荡[25]，叹人间之窘束[26]。况乃幽谷藏真，傍无四邻。紫房半掩[27]，玄坛尚新[28]。逢阆风之逸客[29]，值蓬莱之故人[30]。忽据梧而策杖[31]，亦披裘而负薪。荷衣薜带，藜杖葛巾。出芝田而计亩[32]，入桃源而问津[33]。昆山若砺[34]，渤澥扬尘[35]。栽碧奈而何日[36]，种琼瓜而几春。自然诡异[37]，非徒隐沦[38]。

## 注释

① 樾(yuè)：树荫。
② 陟(zhì)：登，升。岐呕：崎岖，道路险阻不平。
③ 环纡：环绕屈曲。
④ 丹危：丹崖险境。
⑤ 翠险：草木丛生的险地。
⑥ 霞道：云霞缭绕之路。
⑦ 烟衢：烟雾弥漫之道。
⑧ 合沓：重叠。
⑨ 磊砢：石头累积之貌。
⑩ 森沉：郁深之貌。
⑪ 晃明：明朗之貌。嵎(yú)：山曲之处。
⑫ 抟(tuán)：盘旋。飙(biāo)：暴风。埃壒(ài)：尘土，尘世。
⑬ 玄宫：道观。紫都：皇宫。
⑭ 眷然：回视之貌。
⑮ 顿足：以脚跺地。
⑯ 邅(zhān)回：周旋不进。
⑰ 对局：下棋。
⑱ 灵踪：神灵的踪迹。
⑲ 仙躅(zhuó)：仙人的足迹。
⑳ 销金：熔金。
㉑ 溜玉：泻酒。
㉒ 幽蔼(ǎi)：幽暗之貌。
㉓ 溽(rù)：湿。
㉔ 旭：日出光明之貌。
㉕ 方外：世俗之外。
㉖ 窘束：困迫。
㉗ 紫房：道家称仙人的居室。
㉘ 玄坛：道教的斋坛。
㉙ 阆风：山名，相传在昆仑之巅，为仙人所居。逸客：神仙。
㉚ 蓬莱：山名，传说在海中，为仙人居处。
㉛ 据梧：依梧树而安息。
㉜ 芝田：相传仙人种仙草之处。
㉝ 桃源：陶渊明在《桃花源记》中虚构的与世隔绝的乐土。问津：问路。
㉞ 昆山：昆仑山。砺：磨石。
㉟ 渤澥：渤海。
㊱ 奈：通“柰”(nài)，果木名，也称沙果。
㊲ 诡异：奇特。
㊳ 隐沦：隐居。

乃有上元仙骨[①]，太清神手[②]，走电奔雷，耘空莳朽[③]。河间之业不齐贯[④]，淮南之术无虚受[⑤]。咒动南极[⑥]，符回北斗[⑦]。偓佺赠药[⑧]，麻姑送酒[⑨]。青龙就食于甲辰[⑩]，玄牛自拘于乙丑[⑪]。永怀世事，天长地久。顾瞻流俗，红颜白首。傥千岁之可营[⑫]，亦何为而自轻。昔时君子，曾闻上征，忽逢真客[⑬]，试问仙经。谈九华之易就[⑭]，叙三英之可成[⑮]。拭丹炉而调石髓[⑯]，裛翠釜而出金精[⑰]。珠流玉结，雪耀霜明。咸谓刀圭暂近[⑱]，足使云车下迎[⑲]。纷吾人之狭见，搅群疑而自拂。使捉足而咸安，亦何为乎此物？彼赤城与玄圃[⑳]，岂凭虚而构窟。但水月之非真[㉑]，譬声色之无佛。过矣，刘向吁嗟[㉒]，葛洪指期[㉓]。系影依方捕风，谁能离世，何处逃空？假使游八洞之金室[㉔]，坐三清之玉宫[㉕]。长怀企羡[㉖]，岂出樊笼[㉗]？徒劳海上，何事云中？昔日蒋元卿之三径[㉘]，陶渊明之五柳[㉙]，君平坐卜于市门[㉚]，子真躬耕于谷口[㉛]。或托闾闬[㉜]，或潜山薮。咸遂性而同乐，岂违方而别守？

## 注释

① 上元：上天。

② 太清：道家所谓“三清”之一，元气之清者。

③ 莳（shì）：栽种。

④ 河间：河间献王刘德。

⑤ 淮南：汉淮南王刘安。

⑥ 南极：南极老人星。

⑦ 北斗：北斗七星。

⑧ 偓佺：仙人名。

⑨ 麻姑：仙女名。

⑩ “青龙”句：生肖中的龙和地支中的辰相配。

⑪ “玄牛”句：生肖中的牛和地支中的丑相配。

⑫ 傥：假若。

⑬ 真客：真人，道家称所谓修真得道者。

⑭ 九华：山名，在今安徽青阳。

⑮ 三英:三德。
⑯ 丹炉:炼丹炉。石髓:石钟乳,可入药。
⑰ 裛(yì):用香熏烧。
⑱ 咸:皆。刀圭:本为用具,借指仙药。
⑲ 云车:神仙以云为车。
⑳ 赤城:道教传说中的山名,下有丹洞。玄圃:相传在昆仑山顶,为神仙居处。
㉑ 水月:水中月影,喻空无。
㉒ 刘向:西汉末人。
㉓ 葛洪:晋人,相传曾在罗浮山炼丹,丹成尸解。
㉔ 八洞:道家认为神仙所居住的洞府,有上八洞、下八洞之称。
㉕ 三清:玉清、上清、太清,道家传为神仙居住的仙境。
㉖ 企羡:仰慕。
㉗ 樊笼:牢笼。
㉘ 蒋元卿:西汉末蒋诩。
㉙ 五柳:陶渊明于宅旁植柳树五株,作《五柳先生传》以自况。
㉚ 君平:汉代的严君平。
㉛ 子真:汉代的梅福。
㉜ 闾闬(hàn):乡里。

余亦无求,斯焉独游。属天下之无事,遇山中之可留。聊将度日,忽已经秋。菊花两岸,松声一丘。不能役心而守道①,故将委运而乘流②。伊林间之虚受③,固樵隐之俱托。逢去老于中溪④,遇还童于绝壑。云峰龟甲而重聚⑤,霞岫龙鳞而结络⑥。水出浦而潺潺,雾含川而漠漠。是欣是赏,爰游爰豫⑦。结萝幌而迎宵⑧,敞茅轩而待曙⑨。尔其杂树相纠,长条交茹⑩。叶动猿来,花惊鸟去。起公子之殊赏,淡王孙之远虑。山水幽寻,风云露深。兰窗左辟,菌阁斜临⑪。石当阶而虎踞,泉映牖而龙吟。月照南浦,烟生北林。阅丘壑之新趣,纵江湖之旧心⑫。道集吾室,风吹我襟。松花百叶之醇酎⑬,凤翮龙唇之素瑟⑭。

**注释**

① 役心:养心。
② 委运:任凭命运的安排。

③ 伊：助词。
④ 去老：不老之人。
⑤ 云峰龟甲：云雾弥漫的山峰如乌龟壳。
⑥ 霞岫(xiù)：烟雾弥漫的山谷。
⑦ 豫：游乐。
⑧ 萝幌：藤萝编制的帷幔。
⑨ 茅轩：茅草房屋。
⑩ 交茹：谓交缠在一起。
⑪ 菌阁：竹阁。菌，同“箘”。
⑫ 江湖旧心：指游浪四方之心。
⑬ 醇酎(zhòu)：重酿之醇酒。
⑭ 翮(hé)：羽毛。

白牛溪里[1]，峰峦四峙。信兹山之奥域[2]，昔吾兄之所止[3]。许由避地[4]，张超成市[5]。察俗删诗，依经正史。康成负笈而相继[6]，根矩抠衣而未已[7]。组带青衿，锵锵儗儗，阶庭礼乐，生徒杞梓[8]。山似尼丘[9]，泉疑洙泗[10]。忽焉四散，于今二纪[11]。地犹如昨，人今已矣。念昔日之良游，忆当时之君子。佩兰荫竹，诛茅席芷[12]。树即环林[13]，门成阙里[14]。姚仲由之正色[15]，薛庄周之言理[16]。触石横肱[17]，逢流洗耳。取乐经籍，忘怀忧喜。时挟策而驱羊[18]，或投竿而钓鲤。何图一旦，邈成千纪[19]。木坏山颓[20]，舟移谷徙[21]。北冈之上，东岩之前，讲堂犹在，碑书宛然。想问道于中室，忆横经于下筵[22]。坛场草树，院宇风烟。昔文中之僻处[23]，谅遭时之丧乱。局逸步而须时，蓄奇声而待旦。旅人小吉[24]，明夷大难[25]。建功则鸣凤不闻[26]，修书则获麟为断[27]。惜矣吾兄，遭时不平，殁身之后，天下文明[28]。坐门人于廊庙，瘗夫子于佳城[29]。死而可作，何时复生！式瞻虚馆，载步前楹。眷眷长想，悠悠我情。俎豆衣冠之旧地[30]，金石丝竹之余声[31]。没而不朽，知何所营！

## 注释

① 白牛溪：即牛溪。
② 奥域：内地，腹地。
③ 兄：王绩兄王通。
④ 许由：尧时隐士。
⑤ 这句是说隐居无人之处，由于王通的生徒众多，蔚然而如集市。
⑥ 康成：东汉的郑玄，字康成。负笈：背着书箱游学。
⑦ 抠衣：提裳而行，以示敬意。
⑧ 杞梓：杞和梓两种优质木材，比喻优秀人才。
⑨ 尼丘：山名，在今山东曲阜东南，相传叔梁纥与颜氏女祷于尼丘生孔子。
⑩ 洙泗：二水名。
⑪ 纪：十二年为一纪。
⑫ 席芷：以芷草（有香味）为席。
⑬ 环林：指太学。
⑭ 阙里：地名，相传为孔子授徒之所。
⑮ 姚仲由：姚义，因其慷慨似仲由（子路），故称。
⑯ 薛庄周：薛收，因其妙于玄理，人们方之庄周。
⑰ 横肱：枕肱而卧。
⑱ 挟策：持鞭。
⑲ 邈：远。
⑳ 木坏山颓：喻哲人去世。
㉑ 舟移谷徙：山河变迁。
㉒ 横经：摆放经书。
㉓ 文中：王通门人谥其为“文中子”。
㉔ 旅：《周易》卦名。
㉕ 明夷：《周易》卦名。
㉖ 鸣凤：喻贤才得志。
㉗ 获麟：相传孔子作《春秋》，止笔于获麟之年。
㉘ 文明：文德辉耀。
㉙ 瘗（yì）：埋葬。佳城：坟墓。
㉚ 俎豆：礼器。衣冠：文明教化。
㉛ 金石丝竹：泛指各种音乐。

临故墟而掩抑①，指归途而叹惜。往往溪横，时时路塞。忽登崇岫②，依然旧识。地回心遥，山高视直。望烟火于桑梓③，辨沟塍于乡国④。斜临姑射之西⑤，正是汾河之北⑥。怅矣怀抱，悠哉川域。忆昔过庭⑦，童颜稚龄⑧，何赏不极，何游不经。弄春风于涧户，咏秋月于山扃⑨。北窗照雪⑩，南轩聚萤⑪。彩衣扇枕⑫，缁布问经⑬。何斯乐之易失，倏衔哀而茹恤⑭。天未悔过，遭家不秩[15]。子敬先亡，公明早卒[16]。余自此而浩荡[17]，又逢时之不仁。天地遂闭，云雷渐屯[18]。与沮溺而同趣[19]，共夷齐而隐身[20]。幸收元吉[21]，坐偶昌辰[22]，容北海之嘉遁[23]，许南山之不臣[24]。养拙辞官，含和保真[25]。岂若冯敬通之诽世[26]，赵元淑之尤人[27]。殷忧耻贱，憔悴伤贫。探井臼之无乐[28]，历山河而苦辛。岂如我家生事，都庐弃置，不念当归[29]，宁图远志[30]。坐青山而非隐，游碧潭而似喜。旧知山里绝氛埃[31]，登高日暮心悠哉。子平一去何时返[32]，仲叔长游遂不来[33]。

## 注释

① 掩抑：低沉。
② 崇岫：高山。
③ 桑梓：桑树和梓树，代指家园。
④ 塍（chéng）：田畦。
⑤ 姑射：山名，在今山西临汾。
⑥ 汾河：源出山西宁武，入黄河。
⑦ 过庭：定时问候其父亲。
⑧ 稚龄：幼龄。
⑨ 扃（jiōng）：门户。
⑩ 照雪：晋代的孙康曾映雪读书。
⑪ 聚萤：晋代的车胤曾集萤囊以读书。
⑫ 彩衣：幼年。扇枕：汉黄香、晋王延皆有夏扇枕、冬温席事，为事亲尽孝之典。
⑬ 缁布：古人始行冠礼，初加缁（黑）冠。
⑭ 茹恤：含忧。
⑮ 遭家不秩：家中遭受不幸。
⑯ “子敬”二句：是说家里人不幸早逝。
⑰ 浩荡：放肆纵恣、心无所主的样子。
⑱ 屯：艰难。
⑲ 沮溺：春秋时隐士长沮和桀溺。
⑳ 夷齐：商代末年的隐士伯夷、叔齐。
㉑ 元吉：大吉利。
㉒ 昌辰：昌隆兴盛之时。
㉓ 嘉遁：合乎正道的退隐。
㉔ 不臣：不以臣下之礼相待。
㉕ 保真：保全天真。
㉖ 冯敬通：东汉冯衍，字敬通，对时政不满。
㉗ 赵元淑：隋朝人。
㉘ 井臼：汲水舂米，喻操持家务。
㉙ 当归：药草名，借字面义为应当归去。
㉚ 远志：药草名，借字面义为志向远大。
㉛ 氛埃：尘世。
㉜ 子平：东汉人向长。
㉝ 仲叔：古隐士。

幽兰独夜之琴曲，桂树凌晨之酒杯。丘园散诞[1]，窟室徘徊。坐等枯木，心如死灰。亦有山羞野馔[2]，兰浆木麨[3]，杞叶煎羹，松根溜醥[4]。既采药而为食，谅随情而不矫。负锸春前[5]，腰镰岁杪[6]。草渐密而饶兽，树弥高而足鸟。地寂寞而森沉，路纵横而窈窕[7]。野亭鹤唳[8]，山梁雉鷕[9]。远游之所，幽栖之次[10]。或抱犊而新来[11]，乍闻鸡而始至[12]，藋畦一两[13]，茅斋数四[14]。山为险而无人，岭时平而有地。石菌抽叶[15]，金芝吐穗[16]，镜厌山精[17]，刀驱木魅[18]。泉绕砌而鱼跃，树横窗而鸟萃[19]。天网何宽，人生岂难！饮河知足，巢林必安。亦何荣于拾紫[20]，亦何羡于还丹[21]？

## 注释

① 丘园：丘墟园圃。
② 山羞野馔：山珍野味。
③ 麨（chǎo）：炒面。
④ 醥（piǎo）：清酒。
⑤ 锸（chā）：锹。
⑥ 镰：镰刀。
⑦ 窈窕：深邃之貌。
⑧ 唳：鸟鸣。
⑨ 鷕（yǎo）：雌雉鸣声。
⑩ 次：止宿之处。
⑪ 抱犊：山东枣庄北有抱犊崮，山顶宽而有水，相传有隐士抱犊垦种其上。此指归隐。
⑫ 闻鸡：听到鸡鸣。
⑬ 藋（diào）：灰菜。
⑭ 茅斋：茅舍。
⑮ 石菌：灵芝。
⑯ 金芝：仙草名。
⑰ 山精：山鬼。
⑱ 木魅：木怪。
⑲ 萃：聚集。
⑳ 拾紫：博取高官。
㉑ 还丹：道家以九转丹再炼成为“还丹”，谓服之白日升天成仙。

红藜促节之杖[1]，绿箨斑文之冠[2]。野餐二篚[3]，园蔬一盘。送阮籍而长啸[4]，得刘伶而甚欢[5]。晓入柴户[6]，暮归药栏。老莱地僻[7]，邹生谷寒[8]。杨柳则条垂锻沼，杏树则花飞坐坛。赋成鼓吹，诗如弹丸。携始醉之鸣鹤[9]，对新婚之伯鸾[10]。我有怀抱，萧然自保，古人则难与同归，纷吾则此焉将老。涧溪沼沚之蘋艾，丘陵坂险之桑枣。接果移棠，栽苗散稻，不藏无用之器，不爱非常之宝。抵玉惊禽[11]，挥金薙草[12]。接朋友于杯案，弄儿童于襁褓[13]。乐山泽之浮游，笑江潭之枯槁。戒非佞佛，斋非媚道，无誉无功，形骸自空[14]，坐成老圃[15]，居为下农。身与世而相弃，赏随山而不穷。披衣灶北，逐食墙东。傥白头四皓[16]，庞眉八公[17]，小童乘日，仙人驭风。乡老则杖头安鸟，邦君则车边画熊[18]。心期暗合，道术潜同，解来相访，愚公谷中[19]。

## 注释

① 促节：短节。

② 箨(tuò)：竹皮。

③ 簋(guǐ)：古代盛食物的器皿。

④ 阮籍：晋代竹林七贤之一。

⑤ 刘伶：晋代竹林七贤之一。

⑥ 柴户：柴门。

⑦ 老莱：老莱子，周时楚人。

⑧ 邹生：汉代的邹阳。

⑨ 鸣鹤：晋代荀隐。

⑩ 伯鸾：汉代梁鸿。

⑪ 抵玉：掷玉，扔玉。

⑫ 薙(tì)：除草。

⑬ 襁褓：背负小儿的背带和布兜。

⑭ 形骸：形体。

⑮ 老圃：老农。

⑯ 四皓：汉初有商山四皓，隐士。

⑰ 庞眉：眉毛花白。八公：汉淮南王刘安有苏非、李尚等八门客，魏晋以后又附会这八公为八神仙。

⑱ 邦君：地方长官。

⑲ 愚公谷：地名，在山东淄博。借指隐居之地。

## 鉴赏

王绩(585—644),字无功,自号东皋子,绛州龙门(今山西河津)人。隋炀帝时,举孝廉,授秘书省正字,不乐在朝,求为六合县丞,因嗜酒被劾,乃还故里。唐武德初,以原官待诏门下省。侍中陈书达闻其嗜酒,特准日给一斗,时称"斗酒学士"。贞观初,为太乐丞,后弃官还乡,隐居东皋。曾续兄王通之业撰《隋书》,未成而卒。他工诗善文,纵酒放诞,作品多以酒和隐逸生活为题材,其文以《游北山赋》《醉乡记》较著名。曾有集五卷,已散佚,后人辑有《东皋子集》三卷,清代的孙星衍又辑为《王无功文集》三卷,附补遗二卷。赋今存只此一篇,据《王无功文集·答冯子华书》,他还有《河渚赋》《独居赋》已佚。

这篇《游北山赋》是他在家乡东皋隐居时所作。赋中写到其兄晚年讲学之事,说:"忽焉四散,于今二纪。"其兄死于隋大业十三年(617),加"二纪"就是641年,离他去世也只有三四年的时间,所以这篇赋当是他晚年家居时所写。

这篇赋写了游北山时的见闻,描绘了北山的山水风景,回忆了其兄王通当年隐居此地讲学授徒的情况,回忆了自己幼年的读书生活以及家中的不幸遭遇,描述了他本人隐居的情趣,抒发了他看破红尘,愿隐居于世俗之外的思想。赋中流露出一种闲适颓放、消极厌世的情调,缺乏积极的理想。但他在赋中赞美阮籍、嵇康、陶渊明,嘲讽周孔礼教,表现出某种程度的对于社会的不满。他一再宣扬的隐居之路,也是对社会现实的一种消极形式的反抗。王绩本是个有抱负的人,但生活在隋唐易代之际,看到世事变化无常,帝王也不过"殷忧一世,零落千秋",将相公侯更是"兢兢业业,长惧长忧",所以就萌生了这种"望山林之故道,何其悠哉"的隐逸思想。

王绩的赋虽没用华丽的辞藻,却把山水风景描绘得自然真切。对其兄的怀念,写得感情真挚、深厚。写他隐居的环境,富有生活情趣,使人有置身画卷之中的感觉。他这种朴素自然的文风,有人说"洗尽六朝铅华",在唐初文坛甚为难得。另外,作者把写景和抒情融为一体,有相得益彰之效。如上边一段叙述了山水之美,鱼鸟之乐后,说:“天网何宽,人生岂难!饮河知足,巢林必安。亦何荣于拾紫,亦何羡于还丹?”以法网和“天网”相比,觉得擒捉鱼鸟的天网还要“宽”得多,对法网的不满何其显明。因此而产生了“饮河知足,巢林必安”,萌生了隐居之心,也就显得顺理成章了。所以也就不去以“拾紫”为荣,以“还丹”为羡了。整个赋的风格比较朴素自然,但也较为成功地运用了比喻、拟人、对比等修辞手法,语句也骈散结合,长短相间,使人读起来不感到沉闷板滞。

(徐传武)

# 狱中学骚体

卢照邻

夫何秋夜之无情兮[①]，皎皛悠悠而太长[②]。圜户杳其幽邃兮[③]，愁人披此严霜。见河汉之西落，闻鸿雁之南翔。山有桂兮桂有芳，心思君兮君不将[④]。忧与忧兮相积，欢与欢兮两忘[⑤]。风袅袅兮木纷纷[⑥]，凋绿叶兮吹白云。寸步千里兮不相闻，思公子兮日将曛[⑦]。林已暮兮鸟群飞，重门掩兮人径稀。万族皆有所托兮[⑧]，蹇独淹留而不归[⑨]。

## 注释

① 夫:发语词。
② 皎皛(xiǎo):皎洁,光明。
③ 圜(yuán)户:牢狱。杳:昏暗,深远。幽邃:幽深。
④ 将:相将,相与,相共。
⑤ 欢:古时女子对所爱男子的昵称。
⑥ 袅(niǎo)袅:微风吹拂之貌。木:树。
⑦ 曛:日暮,黄昏。
⑧ 万族:万物,万类。
⑨ 蹇(jiǎn):语助词。淹留:滞留。

## 鉴赏

卢照邻,字昇之,号幽忧子,唐幽州范阳(今北京大兴)人,生卒不详。曾任新都尉,后染风疾去官,隐居太白山,服丹中毒,手足残废,复移居阳翟具茨山下。终因不堪病痛折磨,自沉颍水而死。后人辑有《幽忧子集》。

卢照邻在“初唐四杰”中,遭遇

尤为凄凉坎坷,故其诗文多忧苦愤激之辞。他与骆宾王都以七言歌行见长,代表作《长安古意》运用赋笔,极力铺陈京城长安的声色繁华景象,并对统治阶级的骄奢荒淫生活予以冷峻的讽刺和揭露,闻一多称其对宫体诗“真有起死回生的力量”。(《宫体诗的自赎》)其赋今存14篇,在“四杰”中数量最多,但多直抒胸臆,意较浅露,成就不如王、骆。唯此篇有骚人之思,风韵独标。

这篇赋作于狱中,作者在《穷鱼赋》序言里曾约略谈到他因事下狱的经过:“余曾有横事被拘,为群小所使,将致之深议,友人救护得免。”赋中借鱼自况,刻画了自己当时那种任人垂钓的窘迫处境。此赋则没有具体陈说自己的遭际,而重在抒发其身陷囹圄的幽忧之思,是一篇以“写志”怀人为主的抒情小赋。赋中所思之人大约即后来救其出狱的友人。

全赋以狱中景物为背景,以“思”字为中心线索,可以分为三个层次。第一层是月夜即景,开始寥寥数笔,即勾勒出一副月白霜浓的清幽画面,以“秋夜之无情”衬托出斯人之独愁。河汉西落,可见其彻夜不眠;鸿雁南飞,不禁勾起离群之叹。“忧与忧兮相积,欢与欢兮两忘”二句,极概括地表现了那种对友人思念中夹杂着疑虑的痛苦矛盾心情。第二层写秋风落叶的枯萎衰败景象,暗示自己与友人被牢狱阻隔,咫尺天涯,音讯难通,只有在苦苦相思中迎来又一个难熬的漫漫长夜。第三层紧承上意,想象薄暮时分,群鸟返巢,人各归家,狱外人间的安宁温馨更加反衬出独处狱内、无所寄托的寥落悲哀。全篇结构自然,一气直下,因情写景,景中有人,情与景谐,意境完整。

题中标明“学骚体”,说明作者有意模仿楚骚。事实上,卢照邻常常借骚体形式表达其愤郁不平之情,如《明月引》《怀仙引》《释疾文三歌》等等都是。“骚”的实质是诗,由它派生出来的骚赋则介乎诗与散文之间。本篇既无“赋”的字样,又被收入《全唐诗》内,因此,按传统称其为骚赋固是,即把它看作骚体诗亦未尝不可,在这点上似不必过于拘执。变通一下说,是骚赋的体格,骚诗的灵魂。首先,在抒发诗人幽怨上,它与楚骚是一脉相通的。确实,卢照邻在这篇赋中,并没有像他在《长安古意》等歌行中那种铺张扬厉、铺采摛文的赋家作风,而只是比较单纯地抒情写景,着力揭示在风霜逼迫下一个“愁人”孤独伤感的内心世界。其次,在意境上它显然是从《九歌·湘君》《湘夫人》等篇化出,作者善于以诗人的敏感捕捉周围的景物变化,而又能将自然界的清秋景色与自己的拘囚处境相绾合,加以简洁的勾画,构成特定的诗意情境。再次,它借鉴了楚辞以男女关系象征君臣关系的手法,以“君”“欢”“公子”等比拟所思之友人,为赋平添了恋歌所有的那种哀怨凄婉气氛,显得含蓄悠长。最后,它在句法、韵调上完全模拟楚辞,以“兮”字贯穿句末或句中,也强化了赋的诗化色彩。总之,从整个赋的发展史来看,汉魏以后,基本上是以骈赋、律赋及文赋为主流,而这类亦诗亦骚的小赋就犹如凤毛麟角了。

(陈元锋)

# 荡子从军赋

骆宾王

胡兵十万起妖氛，汉骑三千扫阵云，隐隐地中鸣战鼓[①]，迢迢天上出将军。边沙远杂风尘气，塞草长垂霜露文。荡子辛苦十年行，回首关山万里情。远天横剑气，边地聚笳声[②]，铁骑朝常警[③]，铜焦夜不鸣[④]。抗左贤而列阵[⑤]，屯右校以疏营[⑥]。沧波积冻连蒲海[⑦]，白雪凝寒遍柳城[⑧]。若乃地分玄徼[⑨]，路指青波[⑩]，边城暖气从来少，关塞寒云本自多。严风凛凛将军树[⑪]，苦雾苍苍太史河[⑫]。既拔距而从军[⑬]，亦扬麾而挑战[⑭]。征旆凌沙漠[⑮]，戎衣犯霜霰[⑯]。楼船一举争沸腾[⑰]，烽火四连相隐见。戈文耿耿悬落星[⑱]，马足骎骎拥飞电[⑲]。终取俊而先鸣[⑳]，岂论功而后殿[㉑]。

征夫行乐践榆溪[㉒]，倡妇衔怨守空闺[㉓]。蘼芜旧曲终难赠[㉔]，芍药新诗岂易题[㉕]。池前怯对鸳鸯伴，庭际羞看桃李蹊[㉖]。花有情而独笑，鸟无事而恒啼[㉗]。见空陌之草积，知暗牖之尘栖[㉘]。荡子别来年月久，贱妾空房更难守。凤凰楼上罢吹箫[㉙]，鹦鹉杯中休劝酒[㉚]。闻道书来一雁飞，此时缄怨下鸣机[㉛]。裁鸳贴夜被[㉜]，薰麝染春衣[㉝]。屏风宛转莲花帐，窗月玲珑翡翠帏[㉞]。个日新妆始复罢[㉟]，只应含笑待君归。

## 注释

① 隐隐:象声词。

② 笳:一种似笛的管乐器,产于西域,又名“胡笳”。

③ 警:警备,警戒。

④ 焦:通“鐎”,即刁斗,行军用具,白天用以煮食,夜晚用以打更。

⑤ 抗:抗衡,对抗。左贤:汉代匈奴贵族封号,有左、右贤王。

⑥ 屯:驻扎。右校:军官名。疏营:在营垒前开掘通道以利驰驱冲杀。

⑦ 沧波:青绿色的水。蒲海:蒲昌海,又名盐泽,西域湖泊,即今新疆东南部的罗布泊。

⑧ 柳城:古县名,今辽宁朝阳。

⑨ 玄徼(jiào):北方边塞。徼,边界。北方色黑,故曰玄徼。

⑩ 青波:地名。

⑪ 将军树:东汉冯异为人谦卑,每逢诸将论功,他总是独自一人倚靠树下,军中号为“大树将军”。

⑫ 太史河:古代九河之一。

⑬ 拔距:古代比试腕力的一种活动,数人前后相抱持,并坐于地,一人用手拔取之。

⑭ 麾(huī):指挥作战的旗子。

⑮ 旆:旌旗。

⑯ 戎衣:战服。犯:冒着。霰(xiàn):小雪粒。

⑰ 楼船:高大的战船。

⑱ 戈文:玄戈星纹。

⑲ 骎(qīn)骎:马急驰之貌。拥:聚。

⑳ 取俊:俘获敌军中才能杰出者。先鸣:先锋,前驱。

㉑ 后殿:最后。

㉒ 践:足迹所至。榆溪:要塞名,亦称榆林塞。

㉓ 衔怨:含怨。

㉔ 蘼芜旧曲:汉代无名氏《古诗》:“上山采蘼芜,下山逢故夫。”此取相逢之意。蘼芜:香草名。

㉕ 芍药新诗:指《诗经·郑风·溱洧》。

㉖ 庭际:院落。桃李蹊:见《史记·李将军列传》。

㉗ 恒:常。

㉘ 暗:昏暗。牖(yǒu):窗户。尘栖:落满灰尘。

㉙ “凤凰”句:事见《列仙传》。

㉚ 鹦鹉杯:海螺盏。

㉛ 缄:止。鸣机:织机。

㉜ 裁鸳:裁成鸳鸯的式样。

㉝ 麝(shè):一种鹿科动物,又名香獐。

㉞ 玲珑:空明之貌。翡翠:绿色硬玉。

㉟ 个日:此日。

## 鉴赏

骆宾王,唐婺州义乌(今属浙江)人,生卒年不详。七岁能诗,号神童。高宗咸亨年间,以奉礼郎从军西域,自塞外还,宦游于蜀,一度又北赴幽燕。仪凤年间,官侍御史,因事被诬下狱,贬临海县丞。后随徐敬业起兵讨武后,兵败后不知所终,或说被杀,或说自杀,或说为灵隐寺僧。后人辑其诗文为《骆丞集》十卷。

骆宾王是初唐四杰之一,其作品大多叙写其生平坎坷遭遇和愤郁不平的心志。他的诗与卢照邻风格相近,以七言歌行最见功力,《帝京篇》当时已被称为"绝唱"。又善骈文,著名的《讨武曌檄》即出自他的手笔,据说武则天读后,竟惊讶而又惋惜地说:"宰相安得失此人!"(《新唐书·文艺传》)其赋今唯存《荡子从军赋》与《萤火赋》两篇。

宾王曾两度出塞,并以自己的实际感受写下了一系列慷慨悲壮的诗篇,这些诗成为盛唐边塞诗派的先声。《荡子从军赋》当为第一次出塞时所作。陈熙晋说:"咸亨元年,吐番入寇,罢安西四镇,以薛仁贵为逻娑大总管。适宾王以事见谪,从军西域。会仁贵兵败大非川,宾王久戍未归,作《荡子从军赋》以见意。"(《骆临海集笺注》附录《续补唐书骆侍御传》)其说大体可从。但我们认为,此赋所写并不局限于一时一地一事,而是在自己从军生活的基础上,辅以广阔的艺术想象,铺衍成篇。因此,为了说明此赋在立意、取材、体制、构思等方面的特点,仅仅考证本事是不够的,而必须从文学本体论方面使我们的分析更深化一步。

第一,在立意上,诗、赋异体而别趣。这从宾王同题作品的比较可以看出。在边塞诗中,他主要抒写了一心报国酬君、藐视艰苦、奋勇杀敌的英武气概和乐观精神,如《军中行路难同辛常伯作》:"行路难,行路难!誓令氛祲静皋兰,但使封侯龙頟贵,讵随中妇凤楼寒。"《从军中行路难》:"绛节朱旗分日羽,丹心白刃酬明主。但令一被君王知,谁惮三边征战苦。"充分表现了当时士人渴望立功塞外,扫除边患的共同情感。而在《荡子从军赋》中,既有上述诗中激昂高亢的情调,更有缠绵悱恻的笔致;既写了久战之苦,又写了相思之苦,而主旨则归于战后归来夫妇重逢的喜悦。这种描写的差异可能在于诗与赋体制上的不同特点。诗一般比较短小,讲求凝练集中,赋则可长可短,短可以抒情,长可以叙事,纵横铺陈,弹性较强，容量也大。再就赋本身而言，传统上就有“诗人之赋丽以则，辞人之赋丽以淫”（扬雄《吾子·法言》）的看法。但按照扬雄的观点，却很难划定宾王此赋的性质归属，因为它既多少与宫体诗或艳情诗有些瓜葛，又在绮丽中透露着严肃。这样把两种风格、两种意趣糅合在一起，正显示了诗人在立意上的独创性。

第二，在取材上，诗、赋异体而同源。此赋取材于汉末以来屡见不鲜的游子思妇、离别相思的题材，赋中的主人公是“荡子”和“倡妇”，也为前代诗文中所习见。如《古诗十九首》之二：“昔为倡家女。今为荡子妇。荡子行不归，空床难独守。”梁元帝《荡妇秋思赋》：“荡子之别十年，倡妇之居自怜。”在一般意义上，“荡子”即浪游不归的客子，“倡妇”是以歌舞为业的女妓。本文的“荡子”则是转战塞外的“征夫”，“倡妇”也即“思妇”，未必就是青楼女子。把单纯的男女相思同更广阔的边塞生活联系起来，是自魏晋以后诗赋中极为流行的主题。如曹植《杂诗》：“妾身守空闺，良人行从军。”薛道衡《昔昔盐》：“关山别荡子，风月守空闺。”庾信的《荡子赋》与宾王此赋有着更为直接的渊源关系。庾赋显然为骆赋所本，但庾赋极简短，且大部分篇幅是写闺情，基本与其前期宫体诗同一机杼，征戍之事不过是其中淡淡的陪衬之笔。而骆赋则展开描写了荡子从征的艰苦经历，再现了广袤雄奇的塞上风光，从而大大开拓了前代同类诗赋的题材领域。

第三，在体制上，骆赋属于一种与诗、赋相毗邻的特殊赋体。陈熙晋指出：此赋“借子山之赋体，摅定远之壮怀”（《骆临海集笺注》卷六），说明了其形式上对庾赋的继承关系。具体地说，它是来源于庾信在《春赋》《对烛赋》《荡子赋》等篇中所开创的赋体。这种赋体的基本特征是，以五、七言诗句为主干，间杂以四、六骈句，既不同于托体于楚辞的骚赋，也不同于攀附于骈文的俳赋，而是歌行古诗与骈俪文章的结合，因而既有歌行的奔放流畅，又有骈文的整齐工丽，显示了一种可歌可诵的韵律美和错综美。这表明，在赋的发展过程中，一方面受骈文的影响而形成骈赋，一方面因诗歌的作用而形成律赋，而庾、骆的这些并不算正规的赋恰是这两种赋体中间不可缺少的过渡形式。

第四，本赋在构思上，是以倒叙的手法贯穿两条平行的抒情线索。第一条线索写荡子从军，作品首先以敌我力量的悬殊对比（“十万”“三千”）和汉军以少胜多的必胜气概（“扫阵云”）起势，渲染战争的紧张激烈。在概括描述之后，以“荡子辛苦十年行，回首关山万里情”两句承上转下，引出荡子在即将解甲还乡之时，对十年军旅生涯充满激情的回顾。写战备气氛是：马不卸鞍，人不安枕,刁斗不击,部队时刻处于严密的警戒状态。写战场环境是:坚冰绵延,寒云紧缩,朔风吹撼树木,塞雾笼罩黄河。写战斗场面是:膂力过人的战士主动挑战,人人争先,兵刃寒光凛凛,与黎明的落星相辉映,马蹄飞奔,踏起串串火光,最后以战胜请功的自豪收束全段。第二条线索写思妇,实际上也是主人公在接到鱼雁传书之后,对多年来独居生活的倾诉和回忆。从“衔怨”“缄怨”到“含笑”,分三个过程细腻地展示出人物情感心理的变化。因“衔怨”乃至于嫉恨“征夫行乐”,大大淡化了战争的残酷气氛,似乎不合情理,其实正反衬出独守空闺的冷落寂寞,百无聊赖。因书来而“缄怨”,于是裁被薰衣,着意梳妆,至此,情不自禁,喜上眉梢,“含笑待君归”。对“荡子”的怨恨变成对“君”的想望,同时使荡子的归来有了照应,以不结结之,余味悠然。全文写两种人物、两种情感,而又以“荡子辛苦十年行”“征夫行乐践榆溪”“荡子别来年月久”“只应含笑待君归”等句穿插其中,使得两条线索、两幅画面既相互独立,又明接暗应、连绵不断,显得刚柔相济,摇曳多姿。

（陈元锋）

# 涧底寒松赋 并序

王　勃

岁八月壬子，旅游于蜀①。寻茅谿之涧②，深溪绝磴③，人迹罕到。爰有松焉④，冒霜停雪，苍然百丈⑤，虽崇柯俊颖⑥，不能逾其岸。呜呼斯松⑦，托非其所⑧，出群之器，何以别乎？盖物有殊类而合情⑨，士因感而兴成⑩，遂作赋曰：

惟松之植⑪，于涧之幽⑫。盘柯跨崄⑬，沓柢凭流⑭。寓天地兮何日？沾雨露兮几秋⑮？见时华之屡变⑯，知俗态之多浮⑰。故其磊落殊状⑱，森梢峻节⑲。紫叶吟风⑳，苍条振雪㉑。嗟英鉴之希遇㉒，保贞容之未缺㉓。攀翠崿而形疲㉔，指丹霄而望绝㉕。已矣哉㉖！盖用轻则资众㉗，器宏则施寡㉘。信栋梁之已成，非榱桷之相假㉙。徒志远而心屈㉚，遂才高而位下㉛。斯在物而有焉，余何为而悲者㉜！

**注释**

① 蜀：地名，在今四川。

② 茅谿：溪名。

③ 绝磴（dèng）：高而险的石阶。

④ 爰：于是。

⑤ 苍然：颜色深青。

⑥ 崇：高。俊：通“峻”。颖：锋芒。

⑦ 呜呼：感叹词。

⑧ 托非其所：依托在与它不相宜的地方。

⑨ 盖：大概。殊类而合情：不同类但情

理相通。

⑩ 士:读书人。

⑪ 惟:发语词。

⑫ 幽:幽深之处。

⑬ 盘柯:形状如盘的树枝。崄(xiǎn):险峻之处。

⑭ 沓:多而重叠。柢:树根。

⑮ 沾: 滋润。

⑯ 时华:时光。

⑰ 俗态:世俗情态。浮:飘浮。

⑱ 磊落:高大之貌。

⑲ 森梢:繁密的树梢。森,繁密之貌。峻节:高尚的节操。

⑳ 吟风:随风吟啸。

㉑ 振雪:在雪中抖动着。

㉒ 英鉴:明鉴。

㉓ 贞容:坚贞的仪容。

㉔ 翠崿(è):翠绿色的山崖。形疲:形体疲惫。

㉕ 丹霄:天空。望绝:绝望。

㉖ 已矣哉:犹"算了吧"。

㉗ 用轻:器物轻微。资众:使用得多。

㉘ 器宏:器物宏大。施寡:使用得少。

㉙ 榱桷(cuījué):椽(chuán)子。

㉚ 心屈:心志受到压抑。

㉛ 遂: 竟然。

㉜ 者:语气词,表反问。

## 鉴赏

王勃(650—675),字子安,绛州龙门(今山西河津)人,初唐四杰之一。少有才名,六岁能文,十岁能包综六经,作《滕王阁序》时才 14 岁。17 岁应举及第,拜朝散郎。沛王李贤慕其才,召为王府修撰。唐高宗总章二年(669)因为文戏檄英王鸡,触怒了唐高宗,被斥出沛王府。客剑南,三年后返长安,得友人助,出为虢州参军。由于恃才高傲,常为僚吏所嫉。有官奴曹达犯罪,王勃匿之,恐事泄,又杀之,因而依法当诛,会大赦,得免死而除名。其父王福畤亦因此由雍州司功参军迁为交趾令。高宗上元二年(675)冬,去南海交趾省父,不幸中途渡海溺死,年仅 26 岁。

王勃短短的一生中,写出了很多优秀的诗、文、辞赋和学术著作。在南朝齐梁浮华靡丽文风余习仍然笼罩着初唐文坛时,他有所探索、开拓和前进,初步显示出了初唐文学的独特风格。今存《王子安集》,载有辞赋 12 篇,以《春思赋》《采莲赋》《涧底寒松赋》最有名。依本赋序文所述,《涧底寒松赋》是他"客剑南"时期所作的。

松,是历代文学常常描写的题材。有的状其苍劲,有的美其高洁,有的写其挺拔,有的誉其顽强,皆多为借物喻义之作。王勃赋涧底之松,无论从题旨还是从意境上看,显然是受了西晋左思的《咏史》之二

“郁郁涧底松”的启发和影响。

作者在序文中交待了写作此赋的缘由。他由松思己，由己思松，触景生情，挥笔写出了这篇抒情小赋。作者写松，首先从“托非其所”着笔，逐渐突现这棵与他松“无以别”的“出群之器”。它在艰险的环境中生长、挣扎，当然和山顶之松、丘陵之松、平原之松的姿态、风格、精神，都是不相同的。作者虽只写了简洁的两句，但通过环境写松姿，通过松姿显松德，就给读者描绘出了一棵鲜明、生动的“涧底松”形象。接着，写松的古老年久。“已矣哉”以后，是作者借松而发的感慨。它句句说松，又像是句句说己，语义是双关的。结合王勃的身世、才能和遭遇，作者的言中之意，我们是不难理解的。这哪里是在写松？而是借松喻己啊！但真正要正面抒发自己的感受和感情的时候，他却只用了“斯在物而有焉，余何为而悲者”一句，戛然而止，又怎能不令人深思而回味呢！

赋文从头至尾，作者句句写松，又在句句抒写自己。他把“涧底寒松”作为自己的象征；又把自己的思想感情寄寓在“涧底寒松”上。松的处境风姿触发了他的情思，而他的思想感情又染化了松的形象，真是所谓松、我融而为一了。这比一般的“体物述志”自然又深化了一步、美化了一步。

全赋由“托非其所”生发，最后落脚到“才高而位下”上来。这既是贯串全赋情思的主线，又是全赋的主旨所在。作者从这个角度和观点来描绘“涧底寒松”，就使全赋从头到尾饱含感慨之情，字里行间充满磊磊不平之气。以这种感情和气势贯注全篇，也使全赋在流畅疏朗的行文中增强起伏荡漾的情调和意趣。这说明，作者是善于使用文字语言来写景抒情的。

王勃是一位年青有为的作家，既善于学习，又力求创新。这篇小赋，充分学习魏晋南北朝时期辞赋的特点和优点，又极力摆脱它靡丽浮艳的积习。它篇中也在“铺采”，但却清新质朴；也大量使用对偶句式，却另有刚劲挺拔之势。不矫揉、不造作、不浮艳、不靡丽，洗去魏晋南北朝辞赋中的铅华，在流畅遒劲之中呈现出它特有的风致。

（霍旭东　林开甲）

## 春　思　赋 并序

王　勃

咸亨二年①，余春秋二十有二，旅寓巴蜀②，浮游岁序[3]，殷忧明时[4]，坎壈圣代[5]。九陇县令河东柳太易[6]，英达君子也，仆从游焉[7]，高谈胸怀，颇泄愤懑。于时春也，风光依然。古人云：风景不殊，举目有山河之异[8]。不其悲乎！仆不才，耿介之士也[9]，窃禀宇宙独用之心[10]，受天地不平之气[11]。虽弱植一介[12]，穷途千里[13]，未尝下情于公侯[14]，屈色于流俗[15]。凛然以金石自匹[16]，犹不能忘情于春，则知春之所及远矣！春之所感深矣！此仆所以抚穷贱而惜光阴、怀功名而悲岁月也。岂徒幽宫狭路、陌上桑间而已哉[17]！屈平有言："目极千里伤春心[18]"，因作《春思赋》，庶几乎以极春之所至[19]，析心之去就云尔[20]。

## 注释

① 咸亨：唐高宗李治的年号。
② 巴蜀：古国名，皆在今四川。
③ 浮游：无事闲游。岁序：时令，岁月。
④ 殷：忧愁。明时：政治清明的时代。
⑤ 坎壈：失意。
⑥ 九陇：今四川彭州。柳太易：人名。
⑦ 仆：谦称自己。
⑧ "风景不殊"句：风景未变，感受不同。
⑨ 耿介：正直。
⑩ 禀：承受。宇宙独用之心：天地赋予自己的心性。
⑪ 不平之气：愤慨不满的气质。
⑫ 弱植：软弱无能，扶不起来。
⑬ 穷途：困窘。
⑭ 下情于公侯：巴结权贵。
⑮ 屈色：屈从。
⑯ 匹：比，配。
⑰ 幽宫：风景幽美之山林。陌上桑间：男女欢会。
⑱ 目极千里伤春心：屈原《招魂》之句。
⑲ 极：尽。
⑳ 去就：取舍，好恶。

若夫年临九域[1]，韶光四极[2]，解宇宙之严气[3]，起亭皋之春色[4]。况风景兮同序[5]，复江山之异国[6]，感大运之盈虚[7]，见长河之纡直[8]。蜀川风候隔秦川[9]，今年节物异常年[10]。霜前柳叶衔霜翠[11]，雪里梅花犯雪妍[12]。霜前雪里知春早，看柳看梅觉春好。思万里之佳期[13]，忆三秦之远道[14]。澹荡春色[15]，悠扬怀抱。野何树而无花？水何堤而无草？于是仆本浪人[16]，平生自沦[17]。怀书去洛，抱剑辞秦。惜良会之遒迈[18]，厌他乡之苦辛。忽逢边候改[19]，遥忆帝乡春[20]。

## 注释

① 九域:九州。
② 韶光:春光。
③ 严气:寒气。
④ 亭皋:亭,亭台;皋,水泽。
⑤ 序:季节。
⑥ 异国: 不同地区。
⑦ 大运:天地日月的运行。盈虚:满与空。
⑧ 纡(yū):曲折。长河:黄河。
⑨ 蜀川:四川。秦川:陕西。风候:时令和景物。
⑩ 节物:应时节的景物。
⑪ 衔:含。
⑫ 犯:触犯。
⑬ 佳期:美好的时光。
⑭ 三秦:关、陕一带。
⑮ 澹荡:荡漾。
⑯ 浪人:行踪不定之人。
⑰ 沦:沉沦,不得志。
⑱ 遒:迫近。
⑲ 边候:边远地区的气候。
⑳ 帝乡:帝王所在地。

帝乡迢递关河里[1]，神皋欲暮风烟起[2]。黄山半入上林园[3]，元灞斜分曲江水[4]。玉台金阙纷相望[5]，千门万户遥相似。昭阳殿里报春归[6]，未央台上看春晖[7]。水精却挂鸳鸯幔[8]，云母斜开翡翠帏[9]。兢道西园梅色浅[10]，争知北阙柳阴稀[11]。敛态调歌扇[12]，回身整舞衣。银蚕吐丝犹未暖[13]，金燕衔泥试学飞。妾本幽闺学歌舞[14]，宁知汉代多巡抚[15]？前年斋祭谒甘泉[16]，今岁笙箫祠后土[17]。桃花万骑喧长薄[18]，兰叶千旗照平浦[19]。见原野之秀芳，忆山河之邃古[20]。长安路狭绕长安[21]，公子春来不厌看。杏叶装金辔[22]，蒲萄镂玉鞍[23]。耸盖临平乐[24]，回笳出上兰[25]。上兰经鄠杜[26]，挥鞭日将暮。白马新临御沟道[27]，青牛近出章台路[28]。章台接建章[29]，垂柳复垂杨。草开驰马埒[30]，花满斗鸡场[31]。南邻少妇多妖婉，北里王孙住行幰[32]。乍怪前春节候迟，预道今年寒食晚[33]。伤紫陌之春度[34]，惜青楼之望远[35]。紫陌青楼照月华，珠帷黼帐七香车[36]。蛾眉画来应几样[37]，蝉鬓梳时半欲斜[38]。恨雕鞍之屈晓[39]，痛银箭之更赊[40]。行行避叶，步步看花。

## 注释

① 迢递：高高的样子。关河：函谷关、黄河。
② 神皋：代指西京。
③ 黄山：黄麓山，在今陕西兴平。上林：宫苑名。
④ 元灞：灞桥。曲江：曲江池。在长安。
⑤ 台：楼台。阙：城阙，宫阙。
⑥ 昭阳：长安宫殿名。
⑦ 未央：长安宫殿名。
⑧ 水精：以水晶装饰的床。鸳鸯幔：绣有鸳鸯的帐幔。
⑨ 云母：以云母石制的镜屏。翡翠帏：绿色帏帐。
⑩ 梅色浅：梅色鲜艳。
⑪ 柳阴稀：柳树刚发芽。
⑫ 敛态：调整姿势。
⑬ 银蚕：春蚕吐丝时身体呈半透明状。
⑭ 幽闺：深闺。
⑮ 巡抚：官名。
⑯ 甘泉：长安甘泉宫。
⑰ 笙箫：管乐器。祠：春祭。后土：土地神。
⑱ 薄：茂密的丛林。
⑲ 兰叶千旗：兰叶像千万面旗帜。平浦：水边的平地。
⑳ 邃古：远古。
㉑ 长安路狭：长安的狭窄街道。
㉒ 辔（pèi）：驾驭牲口所用的缰绳。
㉓ 蒲萄：葡萄。
㉔ 耸盖：高耸的车盖。平乐：长安郊区的平乐观。
㉕ 笳（jiā）：胡笳。上兰：汉宫观名。
㉖ 鄠（hù）：鄠县，在今陕西。杜：古国名，故址在今西安。
㉗ 御沟：流入宫内的河道。
㉘ 青牛：驾车之黑毛牛。

㉙ 建章：宫名。
㉚ 埒(liè)：界限或短墙。
㉛ 斗鸡场：唐代盛行斗鸡。
㉜ 幰(xiǎn)：车幔。行幰，指行进中的车子。
㉝ 寒食：节令名。
㉞ 紫陌：帝都的道路。此指长安的街道。
㉟ 青楼：原指显贵之府第，齐梁以后指娼家。
㊱ 珠帷：珠帘。黼(fǔ)帐：绣有斧形图案的帐帏。七香车：用多种香料涂饰的车。
㊲ 几样：描眉的不同样式。
㊳ 蝉鬓：一种发式。
㊴ 届晓：天将亮。
㊵ 银箭：有白羽的箭镞。赊(shē)：辽远。

因狂夫之荡子[1]，成贱妾之倡家[2]。狂夫去去无穷已[3]，贱妾春眠春未起[4]。自有兰闺数十重[5]，安知榆塞三千里[6]？榆塞连延玉关侧[7]，云间沈沈不可识[8]。葱山隐隐金河北[9]，雾里苍苍几重黤[10]，忽有驿骑出幽并[11]，传道春衣万里程[12]。龙沙春草遍[13]，瀚海春云生[14]。疏勒井泉寒尚竭[15]，燕山峰火夜应明[16]。闻道河源路远远[17]，谁教夫婿苦行行[18]？君行塞外多霜露[19]，为想春台起烟雾[20]。游丝空罥合欢枝[21]，落花自绕相思树。春望年年绝[22]，幽闺离绪切[23]。春色朝朝异，边庭羽书至[24]。都护新封万里侯[25]，将军稍定三边地[26]。长旆犹衔扫云色[27]，宝刀尚拥干星气[28]。昨夜祁连驿使还[29]，征夫犹在雁门关[30]。君度山川成白首，应知岁序歇红颜[31]。红颜一别成胡越[32]，夫婿连延限城阙[33]。羌笛横吹陇路风[34]，戎衣直照关山月[35]。春色徒盈望，春悲殊未歇。

## 注释

① 狂夫、荡子：外出的丈夫。
② 倡家：歌女。
③ 去去：一再远去。无穷已：没有尽头。
④ 春眠春未起：思夫成疾。

⑤ 兰闺数千重:住在深闺。
⑥ 榆塞:榆林塞。
⑦ 玉关:玉门关。
⑧ 沈沈:沉沉。
⑨ 葱山:葱岭。金河:水名,今名大黑河。
⑩ 黤(yù):颜色发黑。形容缥缈。
⑪ 驿骑:驿使。幽并:幽州和并州。
⑫ 春衣:给征夫所寄春衣。
⑬ 龙沙:古时指我国西部、西北部边远和沙漠地区。
⑭ 瀚海:沙漠。也泛指我国北方及西北少数民族地区。
⑮ 疎勒:疎同"疏"。疎勒,汉西域城国,故址在今新疆。
⑯ 燕山:山名。
⑰ 河源:河源郡,在今青海。
⑱ 行行:走了又走。
⑲ 塞外:长城以北。
⑳ 春台:美好的游观之处。
㉑ 游丝:某些昆虫所吐的丝。合欢:树名。
㉒ 春望年年绝:春季望夫归,以绝望告终。
㉓ 切:深切。
㉔ 边庭:边关。羽书:军事文书,插鸟羽以示紧急。
㉕ 都护:官名。
㉖ 三边:泛指边疆。
㉗ 犹衔扫云色:尚带着边关烟云之色。
㉘ 干:冲犯。星气:古代占星望气之术。
㉙ 祁连:祁连山。
㉚ 雁门关:关名。
㉛ 歇:消歇。
㉜ 胡越:胡地在北,越在南,比喻隔绝。
㉝ 限城阙:被阻隔在城阙外。
㉞ 陇路:甘肃一带的路。
㉟ 戎衣:军衣。关山:泛指关隘山川。

复闻天子幸关东[1],驰道烟尘万里红[2]。析羽摇初日[3],繁笳思晓风[4]。后骑犹分长乐馆[5],前旌已映洛阳宫[6]。洛阳宫城纷合沓[7],离房别殿花周匝[8]。河阳别舍抵长河[9],丹轮绀幰相经过[10]。戚里繁珠翠[11],中闺盛绮罗[12]。凤移金谷舞[13],莺引石城歌[14]。向夕天津洛桥暮[15],争驱紫燕黄牛度[16]。闲居伊水园[17],旧宅邙山路[18]。武子新布金钱埒[19],季伦欲碎珊瑚树[20]。复道西墉春雾寡[21],更值南京春望写[22]。入金市而乘羊[23],出铜街而试马[24]。叶抱露而争密,花牵风而乱下。锦障萦山[25],罗帏照野[26]。司空令尹之博物[27],二陆三张之文雅[28]。新年柏叶之樽[29],上巳兰英之斝[30]。春来并是春[31],何啻两违秦[32]。

## 注释

① 幸:天子出行。
② 驰道:古代的官道。
③ 析羽:指旗帜。
④ 繁笳:繁碎的笳声。
⑤ 后骑:队伍后面的人马。
⑥ 前旌:队伍前面的旌旗。
⑦ 纷:多。合沓:重叠。
⑧ 匝(zā):环绕。
⑨ 河阳:县名,在今河南。
⑩ 丹轮:红色的车轮。绀幰:紫色的车幔。
⑪ 戚里:指随行的皇亲国戚。
⑫ 中闺:闺中。
⑬ 金谷:地名。
⑭ 引:唱。石城:南京。
⑮ 向夕:从前,往昔。天津:银河。洛桥:洛水桥。
⑯ 紫燕:骏马名。黄牛度:渡口名。
⑰ 伊水:水名。
⑱ 邙山:在伊洛旁。
⑲ 武子:晋王济的字。金钱埒:以钱铺成的界沟。
⑳ 季伦:晋石崇的字。欲碎珊瑚树:事见《晋书·石崇传》。
㉑ 西墉:城西。
㉒ 南京:指洛阳城南。洛阳为唐之东京。春望写:写,同“泻”,春光流泻。
㉓ 金市:本洛阳街市名,泛指繁华街市。
㉔ 铜街:洛阳街市。
㉕ 锦障:华丽的帷障。
㉖ 罗帏:豪华的帷幕。
㉗ 博物:博识多知。
㉘ 二陆:陆机、陆云。三张:张华、张载、张翰。
㉙ 新年:一年之初。柏叶之樽:雕镂有柏叶纹的酒杯。
㉚ 上巳:指阴历三月上旬的巳日。兰英之斝(jiǎ):绘有兰花的酒具。斝:古代铜制酒器。
㉛ “春来”句:是说到处的春光都一样美。
㉜ 啻(chì):但,仅。两违秦:再次离开陕西(长安)。

忽逢江外客,复忆江南春。罗衣乘北渚[①],锦袖出东邻[②]。江边小妇无形迹[③],特怨狂夫事行役[④]。凤凰山上花无数[⑤],鹦鹉洲中草如积[⑥],春江澹容与[⑦],春期无处所。春水春鱼乐,春汀春雁举[⑧]。君道玉门关[⑨],何如金陵渚[⑩]!为问逐春人,年光几处新?何年春不至,何地不宜春[⑪]?亦有当春逢远客,亦有当春别故人。风物虽同候,悲欢各异伦[⑫]。

## 注释

① 罗衣:衣饰华丽。
② 锦袖:同“罗衣”。
③ 无形迹:没有伴侣同行。
④ 狂夫:外出的丈夫。事行役:从事须外出的差役。
⑤ 凤凰山:在今南京。
⑥ 鹦鹉洲:在今武汉。
⑦ 容与:荡漾不进之貌。
⑧ 举:起飞。
⑨ 玉门关:泛指辽远的边关。
⑩ 金陵:今南京。
⑪ 何地不宜春:什么地方不是春光宜人呢。
⑫ 异伦:不同类。

归去春山恣间放[1],蕙畹兰皋行可望[2]。何为悠悠坐惆怅?比来作客住临邛[3]。春风春日自相逢,石镜岩前花屡密[4],玉轮江上叶频浓[5]。高平坝岸三千里[6],少道梁山一万重[7]。自有春光煎别思,无劳春镜照愁容。盛年耿耿辞乡国[8],长路遥遥不可极。形随朗月骤东西,思逐浮云几南北。春蝶参差命俦侣[9],春莺绵蛮思羽翼[10]。余复何为此?方春长叹息。会当一举绝风尘[11],翠盖朱轩临上春[12]。朝升玉署调天纪[13],夕憩金闺奉帝纶[14]。长卿未达终希达[15],曲逆长贫岂剩贫[16]?年年送春应未尽,一旦逢春自有人。

## 注释

① 恣:自由地。间:通“闲”。
② 蕙畹(wǎn):长有香草的田野。兰皋:长着兰花的河岸。
③ 临邛:古县名,在今四川。
④ 石镜岩:如镜的山石。
⑤ 玉轮:月亮。
⑥ 坝:我国西南地区对平地的称呼。
⑦ 梁山:亦称剑门山或高梁山,在今四川。
⑧ 耿耿:刚直。
⑨ 命俦侣:召唤伴侣。
⑩ 绵蛮:文采美丽。思羽翼:需要

翅膀。
⑪ 绝风尘:告别流浪的生活。
⑫ 翠盖:用翠鸟羽毛装饰的车篷。朱轩:华丽的带篷车。上春:初春。
⑬ 玉署:指宫殿、官署及神仙居地。
⑭ 金闺:金马门的别称。奉帝纶:辅助皇帝治国。纶:理丝,引申为治理。
⑮ 未达:没有做官之时。
⑯ 曲逆:汉高祖丞相陈平,封曲逆侯。

## 鉴赏

王勃的《春思赋》作于唐高宗咸亨二年(671),时21岁。在这篇长达1500余字的抒情赋中,作者极力铺写了春天的艳丽景色和自己在春日的感受,表现了作者积极向上的政治抱负。

第一段写春季来临所带来的欣喜的心情。这种冬去春来、一片生机盎然的早春景色,使作者产生了一种希望和兴致,但转念而思,却顿生悲哀。美好的春色却是他乡之景,自己所怀念的京都长安,还远在千里之外。因此,使作者不由得"思万里之佳期,忆三秦之远道"。第二段,作者以饱满的激情,描写他所熟悉的、怀念的长安城。作者不是单纯地渲染春光,同时描写面对春光的人,因而用互相衬托的手法对长安的艳丽景色作了酣畅的铺叙,层层逼近地向读者展开了一幅"清明上河图"般的巨幅画卷,使人感到春天的长安美不胜收。这段文字,既流露了作者对初唐太平盛世的由衷赞美,也表现了他热爱故都、盼望重返长安有所作为的急切心情。第三段从写长安春光引出对长安普通妇女的描写。写妻子在家思念征夫的情景,对闺中思妇感情剖析、发掘得很深。作者之所以能轻松地把握这类描写对象,写出如此文情并茂的辞句,是与作者反扩张的思想分不开的。第四段描述皇帝和朝廷显贵们到洛阳游春的盛况。这一段,与描写长安景色的一段在格调上有显著的不同。作者描写长安时,表现出对初唐繁荣盛世的礼赞,而描写天子游洛的景象时,却流露了更多的讽刺意味。作为一个沉沦下僚、遭遇坎坷的知识分子,他对唐朝统治者的骄奢淫侈非常不满,因此用了这段貌似赞扬实寓贬义的文字,来揭露他们的腐化生活。这一段的花天酒地与上一段的凄苦悲凉,形成了强烈的对照,从而显示出讽刺意味。第五段描绘了秀丽的江南春光,进一步歌颂了祖国的锦绣河山。它不局限于一地,而是泛写江南各处的春水春鱼、春汀春雁、春花春草和游春少妇,从而表现了旖旎动人的江南之春。最后一段表现出他并不消极绝望,而依然对前途充满了乐观和进取的昂扬精神。

《春思赋》极力描绘和铺叙春色美景和社会各层面的人物面貌,最后归结到希望乘着春光建立功名,所以它总的格调是开朗的。虽然这篇赋写得十分华艳,也颇雕字琢句,但它不同于梁陈宫体诗和那些一味描写春色冶荡的艳情赋,而是在艳丽之中存有豪迈之气。它也不像南北朝赋那样充满时代的忧郁感,而是于失意的悲哀中焕发出建功立业的雄心壮志。因此,它显得情绪高昂、气势雄放。

作者生活的时代,正值唐王朝建立半个世纪以来的繁荣昌盛之时。不仅诗歌兴盛,辞赋也同样兴盛。作为初唐四杰之首的王勃,一贯高举文学改革的旗帜,提倡汉魏风骨,力求克服齐梁靡丽习气,增加清新质朴的色调和刚劲有力的气势。他的作品继承了魏晋以来的抒情传统,并更加注意语言的生动性和形象的鲜明性,纠正南北朝文学中出现的华而不实、情调低沉的缺点,而注入更多的社会内容。他继承和发展了梁人创造的“引诗入赋”的形式,在赋中大量运用五、七言诗句,《春思赋》就是以七言诗句为主体的,这种写法讲究音律和对仗,读起来朗朗上口,具有韵律美和节奏感。

当然,王勃的改革思想毕竟只有启蒙开导的性质,所以他本人也未能完全摆脱南朝余风,仍喜雕琢辞句、修饰辞藻,有时使文章艰涩难懂。作者虽然走了一条现实主义的创作道路,而且创作态度自觉、目的明确,但还不能完全摆脱封建文人的审美意识,所以在《春思赋》中对长安的青楼狭邪还持以欣赏态度。在揭露社会现实方面也不够深刻,常局限于怀才不遇、客愁乡思之中,没有跳出个人感情的圈子。作品反映的社会生活方面也不够广阔,这与作者生命短促生活经历不够丰富也是分不开的。

《春思赋》不失为一篇优秀作品。其文字优美、意境幽远、内容丰富、感情饱满激越,能给读者以美的享受,并使读者对当时的社会面貌有一定了解。作者的才华横溢、思想敏锐、积极用世、不阿权贵,也给读者留下较深的印象,我们也能从中领略初唐赋的风采。

(任　重)

# 蟾　蜍　赋

东方虬

观夫天地之道，转万物以自然[1]，鳞虫之众，有蟾蜍而可称焉[2]。鸟，吾知其择木；鱼，吾知其在泉。此皆婴刀俎以生患[3]，而我独沈冥而得全[4]。

尔其文章睆目[5]，锐头皤腹[6]，本无牙齿之用，宁惧鹰鹯之逐[7]。或处于泉，或渐于陆[8]，常不离乎跬步[9]，亦何择于栖宿。当夫流潦初溢，阴霖未晴，乘清秋之良夜，散响耳之繁声。澒洞雷殷[10]，混万籁而为一；喧豗鼓怒[11]，怛异类那惊[12]。既莫知其所止，故乃逢时则鸣。

观其忘机似智[13]，称善不伐[14]。进而无愧，耻鱼之曝鳃[15]；退亦能谋，笑龟之灼骨[16]。方将乐彼泥中与井底[17]。安能出乎河长与海阔。称其异则画地成川[18]，语其神则登天入月[19]。岂直洼坳之内[20]，而见其浮没？

意兹蟾蜍，匪陋攸居[21]。沼沚之毛[22]，恣涵泳之无斁[23]；蘋蘩之菜[24]，兼糗粮而有余[25]。方其鸣，孔公若闻于鼓吹[26]；当其怒，越子反驻乎乘舆[27]。彼龙蛇之蛰也，吾不知其所如。

## 注释

① 转万物:万物生生不息,运转无穷。
② 蟾蜍:癞蛤蟆。
③ 婴刀俎:受杀身之祸。婴,通“撄”,遭受。俎(zǔ):切肉的砧板。
④ 沈冥:隐晦,不露形迹。
⑤ 文章:花纹显明。睆(huǎn)目:目大而突出之貌。
⑥ 皤腹:大腹。
⑦ 鸇(zhān):猛禽。
⑧ 澌(qián):通“潜”,藏身。
⑨ 跬(kuǐ)步:半步,即今之一步。
⑩ 澒洞(hòngtóng):相连无际之貌。
⑪ 喧豗(huī):喧闹声。
⑫ 怛(dá):惊吓。那(nuó)惊:甚惊。那,多。
⑬ 忘机:无机诈之心,与世无争。
⑭ 称善:做善事。不伐:不自夸。
⑮ 曝鳃:《艺文类聚》:卷九六引《辛氏三秦记》:大鱼集龙门下数千,不得上,上者为龙,不上者曝鳃龙门。
⑯ 灼骨:烧灼龟甲以占卜。
⑰ “方将”句:见《庄子·秋水》。
⑱ 画地成川:语出张衡《西京赋》。
⑲ 登天入月:见《淮南子》。
⑳ 洼坳(wā ào):低凹积水之地。
㉑ 匪陋攸居:并非一定栖息在僻陋之地。攸,助词。
㉒ 沼:水池。沚:水中小洲。毛:小草。
㉓ 涵泳:潜行于其中。斁(yì):厌。
㉔ 蘩:白蒿。
㉕ 糗(qiǔ)粮:干粮。
㉖ 孔公:孔稚珪。
㉗ 越子:越王勾践。

## 鉴赏

东方虬,字与生卒均不详。武则天时曾为左史,与陈子昂有交情。诗存四首,赋存三篇。三篇赋均咏物之作,基本思想都是宣传老庄的处世哲学。《蚯蚓赋》赞扬蚯蚓。《尺蠖赋》赞扬尺蠖。三篇的文字都颇简朴,形象贴切,相比之下,《蟾蜍赋》最为生动。

《蟾蜍赋》可分为两层意思:第一层写蟾蜍顺其自然,沉冥得全。第二层写蟾蜍大智若愚,奇异非常。作者先从大自然万事万物生生不息、运转无穷的规律说开,然后具体指明蟾蜍,认为它最能顺应自然规律。与鸟鱼比较只有蟾蜍才能“独沈冥得全”。一个“独”字,强调了顺适自然的难能可贵。这就既回答了上文“蟾蜍可称”的问题,又引起下文对蟾蜍形象及行为的具体描述。一切都听其自然。这种不择地而生正是它无往而不生的伟力所在！它的行动是这样，它的鸣叫也是如此。清秋良夜的响耳繁声像雷鸣一样连绵不断，似乎把万事万物都融为一体，别的动物都被浑然一片的蛙鸣所惊恐。真是不鸣则已，一鸣惊人。“既莫知其所止，故乃逢时则鸣”，是对蟾蜍鸣声的进一步申论：既然无法知道它的鸣叫何时停止，也就无法推测它鸣叫的原因——其实，那是和大自然融为一体后的“逢时之鸣”，无为之鸣，超凡入圣之鸣。第二层在前层写蟾蜍沉冥不争、逢时则鸣的基础上，进一步发挥阐述“蟾蜍”的处世哲学。老子强调无为而有为，无用则大用，此层以小喻大，以浅语深，正寓有此意。“忘机似智，称善不伐”，是说蟾蜍没有机诈之心，与世无争，做好事不自夸，这是真正的智者。这里，作者显然是在推演老子“自见者不明，自是者不彰，自伐者无功，自矜者不长”的“不争之德”。接着又用了两个典故，反衬蟾蜍“进而无愧”“退亦能谋”那种进退自如、有所作为而又能全身远祸的圣者形象。至此，文章的思想掀起了一个波澜。东方虬并不是像庄子那样“身如枯木”“心如死灰”与世不争，而是有着老子那样欲废反兴、欲夺反与的进取之行。当然，蟾蜍的进取之乐，绝不是“出乎河长与海阔”的出人头地的世俗之乐，而是“乐彼泥中与井底”的精神之乐。所以作者运用了神话的传说，描写它“画地成川”“登天入月”的“神”与“异”，这种神异正是蟾蜍对自身的超脱，也是作者在蕴含哲理的审美领域超越世俗繁务的精神象征。

《蟾蜍赋》的基本思想是宣扬屈伸随时、安其性命，并蓄志待时、有所作为的。作为一种处世哲学，并不新鲜。借咏物来阐述某种思想，也是赋史上的传统。但是，东方虬写蟾蜍，从这种物之微末丑陋者身上发现了一个“美”的天地，寄托了作家美的思想，则颇有创新的意味。虽然从全篇的构思看来，是受了张华《鷦鹩赋》的影响，但形象与思想均自出机杼。状物而穷形尽相，说理而生动自然，笔力遒劲，气势强盛，节奏明快，行文简洁，质朴而有风骨。陈子昂《寄东方左史修竹篇序》，赞赏他的诗《咏孤桐》“骨气端翔，音情顿挫，光英朗练，有金石声”，此诗不传，而此赋确庶几近之。

（胡大浚　伏俊连）

# 登长城赋

徐彦伯

班孟坚辍编史阁[1]，掌记戎幕，坐燕皋之阳[2]，览秦城之作，喟然而叹曰：傅翼下鞲[3]，视人则媮[4]。鲸吞我宝鼎[5]，吞食我诸侯，鞭挞我上国[6]，动摇我中州。所以二世而陨，职此之由乎[7]！当其席卷之初[8]，攻必胜，战则克，因利乘便，追亡逐北[9]，自以为功勤三王，威慑万国[10]。重铁锧干戈于仁义[11]，轻诗书礼乐于残贼[12]。然后驰海若以为梁[13]，断阳纡以为薮[14]。犀象有形而采掇，珠玉无胫而奔走。朝则贪竖比肩[15]，野则庶人钳口。负关河千里之壮，言帝王一家之有。神告箓图[16]，亡秦者胡。实懵萧墙之孽[17]，滥行高阙之诛[18]。凿临洮之西徼，穿负海之东隅[19]。猛将虎视，焉存纲纪；谪戍勃兴，钩绳乱起[20]；连连坞壁，岌岌亭垒。飞刍而輓粟者十有二年[21]，堑山而堙谷者三千余里[22]；黔首之死亡无日，白骨之悲哀不已。犹欲张伯翳之绝胤[23]，驰撑犁之骄子[24]。曾不知失全者易倾，逆用者无成。陈涉以闾左奔亡之师[25]，项梁以全吴趫悍之兵[26]。梦骖征其败德[27]，斩蛇验其鸿名[28]。板筑未艾，君臣颠沛。六郡沙漠[29]，五原旌旆[30]。运历金火[31]，地分中外。因虐主之淫愎[32]，成后王之要害；则知作之者劳，而居之者泰。

岁次单阏[33]，我行穷发[34]。眇默鸡田[35]，幽阴马窟[36]。土色紫而关回[37]，川气黄而塞没。调噪鼓于海风，咽愁笳于陇月。试危坐以侧听，孰不消魂而断骨哉！况复日入青波，坚冰峨峨，危蓬陨蒂，森木静柯，群峰雪满，联岘霜多[38]。龙北卧而衔烛[39]，雁南飞以渡河。载驰载骤，彼亭之候[40]。唯见元洲无春[41]，阴壑罢昼。鸷隼争击，哀猱直透[42]，饥鹿夜呴，乳虎晨斗，蛰熊舐掌，寒龟缩壳。悲壮图之夭遏，悯劳生之艰遘。

昔者韩信猜叛[43]，李陵拘执[44]；望极燕台[45]，山横马邑[46]，战云愁聚，冲飚晦急[47]；莫不陵地脉以扣心[48]，望天街以陨泣[49]。亦有王昭直送[50]，蔡炎未还[51]；路尽南国，亭临北蛮；贮汉月于衣袖，裛胡霜于髻鬟；虽宠盈毡幄，而魂断萧关[52]。至若赵王迁逐[53]，马融幽放[54]；去家离土，逾沙历障；梦蟏蛸之户侧[55]，坐蠮螉之塞上[56]；桃李夕兮有所思，绮罗春兮遥相望；登毁垣以擗摽[57]，坐颓隅以惆怅。是以卫青开幕[58]，张辽辟土[59]，校尉嫖姚[60]，将军捕虏；薙垣铺障[61]，鉏亭伐鼓[62]；斩元于铁防之门，流血于金河之浦[63]；张虎牙以泄愤，纠蝟须以蓄怒[64]。及夫中郎殉节[65]，博望逾边[67]，取剑仆地[67]，寻河际天[68]；幽海上而万里，窜胡中而几年；银车游出[69]，玉节仍旋；南向国以乐只[70]，北违沙以莞然。

呜呼！长城之设，载逾九百，古往今来，肖然陈迹。穷海战士，孤亭戍客，登峻墉，陟穹石，嗟故里而不见，感殊方以陨魄者，亦何可胜道哉！嗟我羁沦，南庭苦辛[71]，长怀壮士，永慕忠臣。经百战之戎俗，对三边之鬼邻[72]。徐乐则燕北书生[73]，开伟词而谕汉；贾谊则洛阳才子[74]，飞雄论以过秦。岁峥嵘而将暮，实慷慨于穷尘[75]。

## 注释

① 班孟坚：东汉史学家班固，字孟坚。
② 燕阜：燕山，在今河北北部。
③ 下鞲：指鹰。
④ 媮(tōu)：狡黠，鄙薄。
⑤ 宝鼎：古传国之重器，代指国家、社稷。
⑥ 上国：帝室，此指东周王朝。
⑦ 职：副词，只是。
⑧ 席卷：指秦灭六国，统一天下。
⑨ 追亡逐北：语出贾谊《过秦论》。
⑩ 功勤三王，威慑万国：见《史记·秦始皇本纪》。
⑪ 铁锧：当作"鈇锧"，古代腰斩的刑具。
⑫ 残贼：《孟子·梁惠王》："贼(败坏)仁者谓之贼，贼义者谓之残。"
⑬ 海若：海神。
⑭ 阳纡：一名具圃，上古时代秦地的大泽，为九泽之一。薮(sǒu)：湖泽。
⑮ 贪竖：贪谗之小人。
⑯ 箓图：帝王自称天授符命之书。
⑰ 懵(měng)：无知之貌。萧墙：指内部。嬖：宠幸之人。
⑱ 高阙之诛：指诛杀边塞无辜之人。
⑲ "凿临"二句：《史记·匈奴列传》：秦筑长城，"起临洮至辽东万余里"。西徼(jiào)：西边。负海之东隅：即指辽东。
⑳ 钩绳乱起：指秦繁法严刑以钳制人民。
㉑ 飞刍輓粟：运输粮草。刍，草料。
㉒ 堑山堙谷：构筑长城的劳役。
㉓ 张：扩展，强盛。伯翳：嬴秦之先人。绝胤(yìn)：杰出的后代。
㉔ 撑犂：匈奴语谓天为撑犂。
㉕ 闾左：秦制，百姓贫弱者居闾里之左。
㉖ 趫(qiáo)悍：轻捷勇敢。
㉗ 梦骖：秦二世之梦。事见《秦始皇本纪》。
㉘ 斩蛇：刘邦斩蛇事，见《史记·高祖本纪》。
㉙ 六郡：指陇西、天水、安定、北地、上郡、西河。
㉚ 五原：秦郡名，其地在今包头。
㉛ 运历金火：古代以五行相生相克之说附会王朝更替的命运，认为秦为金德，汉为火德，火克金，故言。
㉜ 淫愎(bì)：极度刚愎，一意孤行。
㉝ 单阏(chányān)：十二地支中卯的别称。
㉞ 穷发：极荒远之地。
㉟ 眇默：遥远之貌。鸡田：塞北地名。
㊱ 马窟：陈琳有《饮马长城窟行》。
㊲ 土色紫：《古今注》："秦筑长城，土色皆紫，故曰紫塞。"

㊳ 联岘：山岭相连。
㊴ 龙北卧而衔烛：古代神话，北荒日照不到之地有神龙，视为昼，眠为夜，名谓烛龙。《淮南子·地形训》高诱注“龙衔烛以照太阴”。
㊵ 亭候：边境上守望的岗亭。
㊶ 元洲：传说中的仙境。
㊷ 猱（náo）：猴的一种。透：跳。
㊸ 韩信：西汉初杰出军事家。
㊹ 李陵：西汉大将。
㊺ 燕台：黄金台。
㊻ 马邑：秦县名，在今山西。
㊼ 冲飙：疾风。
㊽ 陵地脉：长城跨越大地。
㊾ 天街：星名。
㊿ 王昭直送：汉送王昭君入匈奴和亲。
51 蔡炎：蔡琰。
52 萧关：古关名，在今宁夏。
53 赵王迁逐：战国赵幽缪王迁七年（前229），秦兵攻赵，虏赵王迁。迁逐，流放。
54 马融幽放：见《后汉书·马融传》。
55 蟏蛸：长脚蛛。
56 蠮螉（yēwēng）：细腰蜂。
57 擗摽（pìbiào）：拊心悲伤。
58 卫青：西汉大将军。
59 张辽：三国时魏将。
60 嫖姚：勇猛轻捷。
61 薙（tì）：芟夷，平毁。
62 鉏，同“锄”。
63 元：首。铁门、金河：皆古代边塞地名。
64 纠：矫正。蝟须：刺猬身上的刺。
65 中郎：指苏武。
66 博望：指张骞。
67 取剑仆地：见《汉书·苏武传》。
68 寻河际天：此小说家附会张骞事。
69 银车：贾谊《新书·匈奴》：“匈奴之来者……将为银车五乘。”洊（jiàn）：一再。
70 向国：归国。只：语助词。
71 南庭：南匈奴的朝廷。
72 三边：东、西、北边陲。
73 徐乐：西汉人。
74 贾谊：西汉人。
75 穷尘：荒尘。

## 鉴赏

徐彦伯（？—714），名洪，字彦伯。兖州瑕丘（今山东兖州）人。少以文章擅名，结庐太行山下。高宗时，河北道安抚大使薛元超表荐之，对策擢第。任职蒲州（今山西永济）时，以文辞雅美，与李亘、韦嵩同誉为“河东三绝”。武则天撰《三教珠英》，录天下名士文辞，而彦伯、李峤居首。中宗、睿宗朝，累官工部侍郎，右散骑常侍，太子宾客，兼昭文馆学士。开元二年卒。彦伯文名著于当代，新旧《唐书》均录其文集二十卷，惜作品多已散佚。《全唐诗》仅录存诗30余首，《全唐文》录其赋三篇，而以《登长城赋》最为出色。从赋文“嗟我羁沦，南庭苦辛。长怀壮士,永慕忠臣。经百战之戎俗,对三边之鬼邻"的自述看来,可能是彦伯隐居太行尚未入仕的青年时代的作品,那时他当有塞北朔漠之游,因览秦城而有作。

《登长城赋》并非一般行旅登临、铺写长城形胜之作,而是一篇借长城以寄慨、吊古兴感的文章,作意在以史为鉴,言国家治乱、边塞安危为指归。因此全文虽然以登览长城为发端,假长城有关故实为线索,却以纵横恣肆的笔墨,将秦汉以来千年的史实构织成文,表现作者对历史兴亡的总体思考和把握。故显得视野开阔而中心比较突出,情词激越而意绪则较深沉。

全篇大体分为四个段落。

第一段一开头,便假借史臣班固之口吻,历数秦政之失,指出秦二世而亡的原因,然后就秦朝兴亡的历史展开具体的剖析。这段文字本由览秦城而引发,又落到秦筑长城而结束,可知赋述的中心其实在长城。作者既把修筑长城作为秦朝暴政的一部分,却又并未将它作为秦之主要过失和秦亡的主要原因看待,表现了对复杂历史问题的深刻见解。他在筑城问题上对亡秦的批评,只是集中在"虐主之淫愎"——骄横刚愎,过度使用民力,使"黔首之死亡无日,白骨之悲哀不已",造成"失全者易倾,逆用者无成"之势,因而加速了秦的灭亡。而对于长城作为一项伟大的防御工程,在保障中原王朝安全上所起的作用,毋宁说,他是给予充分肯定的。"因虐主之淫愎,成后王之要害;则知作之者劳,而居之者泰"四句,可以清楚表明这种态度:备受后人指斥以至被看作秦朝覆亡诱因的筑长城,竟成了屏藩后代王朝的要害;秦王的暴政,却为后人留下了一份宝贵的遗产!这难道是历史的讽刺?抑或是历史之不公?作者在这里为人们留下了一个值得思考的问题。赋中所抒发的这种深深感慨,是一种俯瞰历史的哲人式的感慨,他对秦筑长城功过的赋述所取的客观历史主义的态度,闪烁着辩证思想的光彩。

"观古今于须臾,抚四海于一瞬"(陆机《文赋》),这本是作家艺术构思的一大特点,尽管在表现方法上,随手之变,千秋各异。本篇在首段纵览秦筑长城的历史,以作者的感慨醒目地提挈前文之后,陡转文思,另阔新境,就寒冬岁暮登长城所见的风光景色,展开横向的铺写,绘制出一幅具有广阔历史背景和深刻情感内涵的塞北边城图。

赋的第三段,凭吊长城有关古人,正是紧紧围绕"壮图夭遏,劳生艰遘"这个中心展开的。韩信、李陵、明妃、蔡琰、赵王迁、马融,他们无不思亲怀友,望断乡关,面对古长城而痛愤感伤,寄托其离乡去国的惆怅情怀。这是"壮图夭遏,劳生艰遘"的一种表现。若卫青、张辽及众多勇武杰出的将领,他们奋战在长城线上,扬威泄愤,破敌建功,则是在艰劳中施展其壮图的另一类人。还有苏武、张骞,虽拘囚异域,历尽艰险,终能不辱使命,还归故国,其气节与辛劳,尤其值得后人凭吊、思念。这一段作者的文思,再一次由眼前长城无垠的辽阔空间向历史的长河跨越,他神游于万里长城、千载历史风云之上——视通万里,思接千载,较之一、二两段,达到浑涵汪茫的更高境界。有一种意见,认为这一段有堆叠冗散之弊,然而在我们看来,众多历史人物,在作者心中、眼前、笔下,纷纭涌现,几难自已,诚所谓"操觚以率尔"(《文赋》,指笔下迅捷,信手而成),不假绳削,不正暗示了作者的情思激荡、感慨深沉吗!

故此,在赋的末段,便以"呜呼"的感叹语领起,使这种感情的潜流喷薄而出,在径抒作者的感慨、点明作意中收结,显得水到渠成。"长城之役……亦何可胜道哉"11句,是叹古人,明承一、三段,暗扣第二段。"嗟我羁沦"以下六句,是自嗟沦落,回应二段,与一、三段吊古之意潜通。结尾六句,更将古今融为一体,借徐乐、贾谊之事以寄意,表明作者登长城以兴感的核心,就在"恤民安边",鲜明托出全文的主题。

总览全篇,具有以下几个特点:

一、文心与史论的巧妙融合。文学诚然不排斥议论,但是政论史论一类文章之不称为文学作品则是毫无疑义的。《登长城赋》的创作,虽如作者所自称,在于效徐乐之"开伟词而谕汉",步贾谊的"飞雄论以过秦",包含着向唐统治者提供历史鉴戒的目的,具有史论和政论的色彩;在表达方式上,总体说来也是议论多于描写,钩稽史事多于摛文状物。然而,它的全篇却都是作家触物兴感的主观情绪的自由抒发,而非社会历史的客观记叙与评论。它融议论于叙事,托史事以言情,展现了一位纵览古今、慷慨悲歌的抒情主人公形象。而在主人公的激情抒发中,有着对历史的清醒判断,它们又共同透视出初盛唐之际的时代精神、士大夫知识分子心态的某些重要方面,即安边恤民、扬国威于四裔这种时代社会的追求。实堪称为"诗情"与"史识"的水乳交融。

二、形散神聚的结构形式。本篇首段责秦政之失,次段写长城风光,三段凭吊历史人物,末段慷慨抒怀,似分散而各不相关。然全文以长城为明线勾连,以"悲壮图之夭遏,悯劳生之艰遭"——换言之即"安边恤民"的思想——为中心神思潜运,将各段紧联为一个整体。一、三段言史事以吊古,二、四段写眼前景、抒心中情落脚现实,把历史和现实结合起来,相互映衬,交错成文,显出开合纵横的气势。其结构技巧也是颇可效法的。

三、文质兼具的语言特点。本篇在体制上虽是六朝骈赋的继续，然而却脱尽了靡丽秾艳之习，独具刚劲质朴的气势。虽大体都是用骈俪语，但叙写浅切自然，而在情绪激越之处，则以散句振起，假变化的节奏传达情思，琢练而不呆板，显得挥洒自如。全篇凡18用韵，基本上按仄、平、仄、仄、平的顺序，依次更换；仄声韵中，也注意上、去、入声的更替换用。这样规则用韵，使声情协调，诵之更具铿锵抑扬之声韵美，这显然是受了近体诗和声律学说影响的结果。

（胡大浚　伏俊连）

# 丽色赋

富嘉谟

客有鸿盘京剧者[1]，财力雄倬[2]，志图丰茂[3]。绣毂生尘[4]，金羁照路[5]。清江可涉，绿淇始度[6]。拾蕊岁滋[7]，摘芳奇树。锦席夜陈[8]，苕华娇春[9]。瑶台吐镜[10]，翠楼初映[11]。俄而世姝即[12]，国容进[13]。疑自持兮动盼[14]，目烂烂兮昭振[15]。金为钗兮十二行[16]，锦为履兮五文章[17]；声珊珊兮佩明珰[18]，意洋洋兮若有亡[19]。蹁跹兮延伫[20]，招吾人兮曲房[21]。

凝釭吐辉兮明烛流注[22]，愿言始勤兮四坐相顾[23]。时峨峨而载笑[24]，唯见光气之交骛[25]。夜如何其夜迟迟[26]，美人至止兮皎素丝，秉明心兮无他期[27]；夜如何其夜已半，美人至止兮青玉案[28]，之死矢兮无凋换[29]。既而河汉欲倾[30]，琴瑟且鸣，余弄未尽[31]，清歌含韵[32]。歌曰：涉绿水兮采红莲，水漫漫兮花田田[33]。舟容与兮白日暮[34]，桂水浮兮不可度[35]。怜彩翠于幽渚[36]，怅妖妍于早露[37]。于是览物迁迹，徘徊不怿[38]。起哀情于碧湍[39]，指盛年于光隙[40]。击节浩叹[41]，解珮嘉客[42]。

是时也，扬雄始壮，相如未病[43]，复有邹枚[44]，藉藉荀令[45]。咸娱座客，嬉妙情[46]，洒豪翰[47]，动和声[48]。使夫燕姬赵女，卫艳陈娥[49]，东门相送[50]，上宫经过[51]。碧云合兮金闺暮[52]，红埃起兮彩骑多。价夺十城之美，声曼独立之歌[53]。况复坐弦酌而对瑶草[54]，当盛明而谓何[55]。

## 注释

① 鸿盘:飞鸿进于高位,比喻仕进。京剧:京都官场。
② 雄倬(zhuō):雄厚。
③ 志图:志向,爱好。
④ 绣毂:华丽的车子。
⑤ 金羁:饰金的马笼头。
⑥ 绿淇:同"渌淇",清澈的淇水。
⑦ 岁滋:花卉依岁时而生长。
⑧ 锦席:色泽华丽鲜艳的席子。
⑨ 苕华:即苕花,冰霄花。
⑩ 瑶台:美玉砌成的台榭。
⑪ 翠楼:翡翠装饰的楼阁。
⑫ 俄而:顷刻。世姝(shū):绝世佳人。
⑬ 国容:倾国的美人。
⑭ 疑自持:端庄矜持。动盼:转眸环视。
⑮ 烂烂:明亮。昭振:光彩闪烁。
⑯ 十二行:言其金钗首饰之多。
⑰ 五文章:色彩交错。
⑱ 珊珊:美玉相撞声。明珰:明月珠装缀的耳垂。
⑲ 亡:同"无"。
⑳ 延伫:久立等待。
㉑ 曲房:深邃幽隐的密室。
㉒ 凝釭(gāng):静静的灯炬。流注:蜡泪流淌。
㉓ 愿言:《诗经·二子乘舟》:"愿言思子"。
㉔ 峨峨:仪态端庄美丽。载:助词,无义。
㉕ 光气交骛:容光闪亮,香气飘散。
㉖ 迟迟:漫漫。
㉗ 秉明心:怀着纯洁的心胸。
㉘ 青玉案:贵重的食器。
㉙ 之死矢:至死不变。矢,同"誓"。
㉚ 河汉欲倾:银河斜倾,天将破晓。
㉛ 余弄:余音。弄,一段乐曲。
㉜ 韵:和谐美妙的声音。
㉝ 漫漫:宽阔。田田:花叶飘浮水上。
㉞ 容与:来回飘荡。
㉟ 桂水:水名,泛指江河。
㊱ 彩翠:光彩流溢的翡翠。幽渚:幽静的江中小洲。
㊲ 怅:失意。
㊳ 怿(yì):高兴。
㊴ 碧湍:碧波。
㊵ 光隙:光阴过隙。
㊶ 击节:击掌。浩叹:长叹。
㊷ 珮(pèi):衣带上的饰玉。
㊸ 相如:司马相如。
㊹ 邹枚:邹阳和枚乘。
㊺ 藉藉:名声很大。荀令:荀况。
㊻ 妙情:美妙的情思。
㊼ 洒豪翰:挥笔书写。豪,同"毫",毛笔。

㊽ 和声：和谐的声音。
㊾ 燕姬赵女，卫艳陈娥：燕、赵、卫、陈等地的美女。
㊿ 东门：郑国城东门。因《诗经·出其东门》，后遂泛指寻求情人之地。
51 上宫：陈国地名。因《诗经·桑中》，后泛指男女约会之地。
52 碧云：青云。金闺：华丽的闺房。
53 曼：长。独立：超群。
54 坐：坐对。弦酌：音乐美酒。瑶草：仙草。
55 盛明：昌盛而修明。

## 鉴赏

富嘉谟，雍州武功（今属陕西）人，生卒年不详，举进士，武后长安中官晋阳尉，中宗时为左台监察御史。《全唐诗》存其诗一首，《全唐文》载其赋一篇，表三篇。

《丽色赋》是一篇写艳情的赋，描写的是歌妓和才子骚客畅饮狂欢的情景，实际上反映了封建文人戏酒狎妓的生活。作品从富贵之子赶赴筵席写起。这是一个在京都官场上屡屡得志，又家财富厚的纨绔子弟。写他驱车驰骋，春风得意；跨越爱河，涉足情场；搜艳猎奇，寻花访柳……正是为那绝世美人的出场所作的适度的铺垫。笔锋一转，“世姝即，国容进”，在这种豪华灿烂的场景、柔和温馨的气氛中，美人亮相了。接下来便正面描写酣歌宴乐的情景，揭示丽人内心的风采神韵。赋家接着撇开了那些摹态极貌的庸俗浮浅的描写，只通过丽人的一曲清歌，深入一层揭示了她心灵的追求和对人生的思考。“舟容与兮白日暮”四句，表达的是对自己处境的无可奈何，以及由之而生发的孤独冷寂、自怜自艾、青春迟暮的哀愁。“览物迁迹”四句所昭示的正是这种颦笑卖欢的浑噩中人性的觉醒，预告着一个被病态社会所摧残、扭曲了的灵魂的新生！万物化迁，流光飞逝，人生短暂，不但引起她的击节浩叹，慷慨愤悱，更激起她的勇敢追求，以“解珮嘉客”的举动，向自己所属意的人奉献爱情。这不能不说是青春、生命之力的复苏，一位沉沦女性对人生价值与个人尊严的肯定与追求！作品正是通过这种心理矛盾的揭示，完成了对丽人形象的描写，对上层社会放纵淫靡生活投出冷峻的一瞥。

赋的最后一段，描写了一个狂欢极欲的场面。表面上看，这一场面是由丽人“解珮嘉客”的大胆举动，激发了众多宾客的豪情而引起，然而，这满座尽欢、嬉戏相悦、挥毫传情、对歌挑逗、肆无忌惮的情景，与丽人清醒的浩叹竟是如此的不协调，毋宁说，这只是用日日如是的昏聩来作对比,以昏聩的众人更衬托出这清醒的一个:贵胄子孙,才士骚客,无不疯狂地追逐丽色,而处于被追逐中的丽人,则自有其更纯真的心灵的追求!结尾几句,以泛咏之笔,将这种狂欢的生活,推之永久,意谓:在这清平时世,面对丽色美酒,弦乐清歌,不及时行乐又将何为?似赞似讽,戛然而止,留给人们以余味无穷的思索。

丽人或美人,本来是古代文学中早就描写了的对象,在赋中,也是自屈宋以来就写到了。屈宋以及傅毅、蔡邕、曹植、沈约等人赋中的美人,有神女,有良家妇女,有舞女。在赋家们笔下,她们体态轻盈、飘逸、绰约、多姿,容貌明丽、清朗、华艳、妖冶,而且春情荡漾、爱意缠绵。文学中这种对人体美的追求与欣赏,包含着肯定人性、赞美人性的内容,它是人类性爱不断文明化的产物,是人类把自己的性爱审美化的结果,自有其积极的方面,虽然其中也不同程度地存在着士大夫的颓废思想。富嘉谟此篇,则把笔触进一步深入到人物的内心,写出她欢乐、痛苦与追求的真实感情,揭示的是人性的进一步的升华。它有如初唐诗中的《长安古意》,所表现的“诚然不是一场美丽的热闹”,却是“颠狂中有战栗,堕落中有灵性”(闻一多《宫体诗的自赎》)!这是它的价值所在,也是初唐社会生活、时代精神的体现。

(胡大浚　伏俊连)

# 江上愁心赋赠赵侍郎

张 说

江上之峻山兮，郁崎嶬而不极[①]；云为峄兮烟为色[②]，欻变态兮心不识[③]。江上之深林兮，杳冥蒙而不已[④]；莺为花兮猿为子，纷荡漾兮情莫拟[⑤]。

夏云峻兮若山，秋水平兮若天，冬沙飞兮淅淅[⑥]，春草靡兮芊芊[⑦]。感四时之默运，知万化之潜迁[⑧]。

伴众鸟兮寒渚，望孤帆兮日边。虽欲贯愁肠于巧笔，纺离梦于哀弦；是心也，非模仿之所逮。将有言兮是然？将无言兮是然？

## 注释

① 郁：草木茂盛的样子。崎嶬：高峻陡险。
② 峄(yì)：山相连接。
③ 欻(xū)：忽然。
④ 杳：昏暗，深远。冥蒙：模糊不清。
⑤ 荡漾：飘荡起伏。拟：揣度。
⑥ 淅淅：飞沙声。
⑦ 靡：色彩明朗。
⑧ 万化：万物变化。

## 鉴赏

张说(667—730)，字道济，一字说之，洛阳人。武后永昌元年策贤良方正，说对第一。睿宗时为相。玄宗即位，拜中书令，封燕国公。张说善为文，尤长于碑文墓志。朝廷述作，多出其手，与许国公苏颋齐名，有“燕许大手笔”之称。其赋今存五篇，其中《江上愁心赋赠赵侍郎》为最佳。赵侍郎，指赵冬曦，定州鼓城（今河北晋州西）人，《新唐书》列入儒学传。对张说的这篇赋，他有和作，其中有“虽主人兮感会，蹇淹留兮潇湘”之句，则此赋是张说与姚崇不睦，于开元四年（716）出为岳州刺史时所作。张说对于玄宗之立是有功的，玄宗初年甚见信任，此时疏放在外，故愁绪万千，“愁心”当指此而言。

赋共分三小段。

赋一开始，先突出两个意象：峻山、深林。云峰高耸，烟霭缥缈，虚幻莫测，黄莺乱飞，猿猴长啸，松涛阵阵，山风咆哮。一切都显得那样神秘、离奇，而又那样和谐、自然。这一切，与作者的“愁心”是如此的不协调，故曰“心不识”“情莫拟”。作者有感于江上景物的生生不息、难以逆测，表达自己远谪中难以明言的伤感和愁绪，是侧写其愁。第二小段由江上景物推及对宇宙万物的思考。作者选择了春夏秋冬四季江上最有代表性的自然景物，来表现宇宙万物的变化不息。想要旷达超脱，却又摆脱不了痛苦的纠缠；想要解释周围发生的一切，而这一切更使他感到茫然；想要自我麻醉，但清醒的头脑却使他陷入更加痛苦的深渊。人生的探索、哲理的思考，感情的冲击，最后铸成的是销忧更添忧，欲自解而不能。所以第二小段是更深一层写愁。第三小段落到眼前，径写愁之所在。“伴众鸟兮寒渚，望孤帆兮日边”，写主人公的愁苦之状。这里虽没有出现愁苦的字样，但我们透过“伴”“望”这种孤寂的心理和冷漠的神情，可以感受他那痛楚焦灼的内心世界。最后几句“虽欲贯愁肠于巧笔，纺离梦于哀弦；是心也，非模仿之所逮。将有言兮是然？将无言兮是然？”是说自己的愁心既非笔墨所能表达，也非弦声所能传递，如此而已，还能说什么呢？“离梦”一词，又点明了题旨，全赋就在这种无可奈何的语气中结束了，我们也从中看到了主人公不断扩展和延伸的无限哀愁。

清人刘熙载在《艺概·赋概》中说：“赋中宜有画。”张说的《愁心赋》不独发扬了赋体长于写景状物的传统，表现出精湛的多方面的写作技巧，而且十分成功地融入了诗的抒情特点，构成了一幅渺茫而浓重、芊丽而凄清的愁心画。作者虽说他的愁心非巧笔所能传达，非哀弦所能吟奏，但赋中每一个意象、意象之间的变化、跳动无不为“愁心”服务，烘托出作者的“愁肠”和“离梦”。尤其是作者写景时将想象与写实、静态与动态结合起来，运用跳跃、通感、烘托、夸张等艺术手法,极深刻地抒发了人物的感情。将抒情主人公的孤独者形象放在高山巍峨、烟岚缭绕、深林冥蒙、猿猴哀鸣,江水清寒、孤帆悠悠这样一种苍茫、幽深的背景和氛围之中,显示出主人公无边的忧愁。这种写法,正表现了作者“崇雅黜浮”的文学主张。

(胡大浚　伏俊连)

# 荔枝赋 并序

张九龄

南海郡出荔枝焉[1]，每至季夏[2]，其实乃熟，状甚瑰诡[3]，味特甘滋，百果之中，无一可比。余往在西掖[4]，尝盛称之，诸公莫之知，固未之信。唯舍人彭城刘侯，弱年累迁[5]，经于南海，一闻斯谈，倍复嘉叹，以为甘美之极也。又谓龙眼凡果，而与荔枝齐名；魏文帝方引蒲桃及龙眼相比[6]。是时二方不通，传闻之大谬也。每相顾闲议，欲为赋述，而世务卒卒[7]，此志莫就。及理郡暇日[8]，追叙往心。夫物以不知而轻，味以无比而疑，远不可验，终然永屈；况士有未效之用，而身在无誉之间，苟无深知，与彼亦何以异也。因道扬其实[9]，遂作此赋。

果之美者，厥有荔枝。虽受气于震方[10]，实禀精于火离[11]。乃作酸于此裔[12]，爰负阳以从宜[13]。蒙休和之所播[14]，涉寒暑而匪亏[15]。下合围以擢本[16]，傍荫亩而抱规[17]。紫纹绀理[18]，黛叶缃枝[19]；蓊郁霮䨴[20]，环合棽丽[21]。如盖之张，如帷之垂；云烟沃若[22]，孔翠于斯[23]。灵根所盘，不高不卑，陋下泽之沮洳[24]，恶层崖之崄巇[25]。彼前志之或妄[26]，何侧生之见疵[27]！

尔其句芒在辰[28]，凯风入律[29]，肇气含滋[30]，芬敷谧溢[31]。绿穗靡靡[32]，青英苾苾[33]，不丰其华，但甘其实。如有意乎敦本[34]，故微文而妙质[35]。蒂药房而攒萃[36]，皮龙鳞以骈比；肤玉英而含津[37]，色江萍以吐日[38]。朱苞剖[39]，明珰出，炯然数寸，犹不可匹。未玉齿而殆销，虽琼浆而可轶[40]；彼众味之有五[41]，此甘滋之不一[42]。伊醇淑之无算[43]，非精言之能悉。闻者欢而竦企[44]，见者讶而惊佗[45]。心恚可以蠲忿[46]，口爽可以忘疾；且欲神于醴露，何比数于甘橘。援蒲桃而见拟，亦古人之深失！

若乃华轩洞开[47]，嘉宾四会，时当燠煜[48]，客或烦愦[49]，而斯果在焉，莫不心侈而体忲[50]。信雕盘之仙液[51]，实玳筵之绮缋[52]。有终食于累百，愈益气而理内，故无厌于所甘，虽不贪而必爱。沈李美而莫取，浮瓜甘而自退[53]。岂一座之所荣，冠四时而为最。

夫其贵可以荐宗庙，其珍可以羞王公[54]。亭十里而莫致，门九重兮曷通；山五峤兮白云[55]，江千里兮青枫。何斯美之独远，嗟尔命之不逢；每被销于凡口，罕获知于贵躬。柿何称乎梁侯，梨何幸乎张公[56]？亦因地之所遇，孰能辨乎其中哉！

## 注释

① 南海郡：治所番禺，即今广州。
② 季夏：夏季最后一个月。
③ 瑰诡：奇异。
④ 西掖：中书省。
⑤ 弱年：幼年。
⑥ 此句出自魏文帝曹丕语。
⑦ 卒(cù)卒：匆匆。
⑧ 理郡：做州郡长官。
⑨ 道扬：称道。
⑩ 震方：东方。
⑪ 火离：南方。
⑫ 作酸：树木结果。裔：边地。
⑬ 负阳：承受南方阳和之气。
⑭ 休和：安适和平。
⑮ 匪亏：不受损伤。
⑯ 合围：合抱。擢本：树干从根部拔地而起。
⑰ 抱规：环合如圆形。

⑱ 绀(gàn):绛青色。理:木质。

⑲ 黛:青黑色。缃:浅黄色。

⑳ 蓊(wěng)郁:茂盛。霮䨴(dàn duì):幽深。

㉑ 棽(shēn)丽:繁盛之貌。

㉒ 沃若:盛丽之貌。

㉓ 孔翠:孔雀、翠鸟。

㉔ 沮洳(jùrù):低湿。

㉕ 崄巇(xiǎn xī):险要高峻。

㉖ 前志:前代的记载。

㉗ 侧生:荔枝生于南国荒僻之地,不为人知,不见重于世。

㉘ 句(gōu)芒在辰:春天。句芒,木神。

㉙ 凯风入律:和风吹动。律,古代测定气候变化的仪器。

㉚ 肇气含滋:气候湿润。肇,开始。

㉛ 芬敷谧溢:芳香弥漫。谧,宁静。

㉜ 靡靡:相依倚之貌。

㉝ 苾(bì)苾:香气浓郁。

㉞ 敦本:重视根本。

㉟ 微文:少文采。

㊱ 药房:花蕊。攒(cuán)萃:聚集,丛生。

㊲ 玉英:玉之精华。津:润泽。

㊳ 吐日:映日。

㊴ 苞:果皮。

㊵ 琼浆:美酒。轶(yì):超越。

㊶ 五味:各种美味。

㊷ 不一:不专具一味。

㊸ 醇淑:精美。无算:无比。

㊹ 竦(sǒng)企:引领举足而望。

㊺ 惊忔(yì):惊讶至极。

㊻ 恚(huì):愤怒。蠲(juān)忿:息怒。

㊼ 华轩:华美的厅堂。

㊽ 燠煜(yùyù):炽热。

㊾ 烦愦:头昏头痛。

㊿ 心侈体忕:心情宽舒,身体安泰。

51 雕(diāo)盘:雕饰华美的餐具。

52 玳筵:盛宴。绮缋(huì):色彩艳丽的丝带。

53 沈李、浮瓜:语出曹丕《与吴质书》。

54 羞:同“馐”。

55 五峤(qiáo):五岭。

56 语出潘岳《闲居赋》。

## 鉴赏

张九龄(678—740),字子寿,一字博物,韶州曲江(今属广东)人,武后神功元年(697)进士。玄宗即位,擢右拾遗,迁中书舍人,出为洪州都督、桂州都督。后入朝,为中书侍郎,同平章事,进中书令。因反对李林甫、牛仙客入相事被谮,于开元二十四年(736)罢相,次年出任荆州长史,请还乡,卒。九龄是开元时期著名的贤相和重要诗人。为官刚正廉明,而风仪蕴藉,博学儒雅,为朝野所称颂。为相之后,选贤任能,大力推荐品德端正、才学出众的人,排抵奸佞小人。以李林甫入相和张九龄离朝为标志,开元盛世宣告结束。

张九龄的诗文主兴寄,讽谕时

政，思想深刻，言情抒怀，即景成咏，风格清新，含蓄雅健。张说赞其文“如轻缣素练，实济时用。”诚为初盛唐文学间的桥梁。他现存《荔枝赋》《白羽扇赋》两篇赋，都是兴寄之作。《荔枝赋》序指明了作此赋的意旨所在。从表层看，似乎不离于怀才不遇的传统主题。九龄出身岭南，无伐阅之望，他对玄宗自称为“荒陬孤生”，正是这种心理的表白。从这个意义上，说这篇赋包含着个人情愫的寄托，并不为过。但深一层看，此赋的意旨，也正是九龄在为官用人上所孜孜以求的，他对荔枝的咏叹，寄寓了对济世之才的赞美与追求，那么赋的意义，也就绝非个人出处得失所能局限，而是包含了关乎治国选才的普遍价值。从更广泛的历史背景说，唐王朝结束了中原士族对于国家政治数百年的垄断，广开科举，网罗下层士子以参政，使政治日新，国力日盛。故陈子昂以“西蜀野人”上书朝廷而打动了女主武则天；张九龄以遐荒寒素而见拔于玄宗，他们都是当时政治上最富活力的新生力量，也是冲击门阀政治的生力军。明丘濬《曲江集序》说：开元天宝以前，南士“未有以科第显者”“未有以词翰显者”“未有以相业显者”，三者皆以九龄为首。可知他对“物以不知而轻，味以无比而疑，远不可验，终然永屈”，该有何等深切的体验！如此，则《荔枝赋》的意旨，说到底正是初盛唐之际下层地主阶级知识分子，尤其是南方籍知识分子强烈的政治参与意识的曲折流露。他们感受着时代的潮流，对自己的材质之“美”有充分的自信，要求一展大才，以“荐宗庙”，“羞王公”，对朝廷寄予着极热切的期待。赋中所强烈跳动着的，不能不说是这样一种时代的脉搏。

“果之美者，厥有荔枝”，赋开门见山，一语点题，引出全篇。以下即从荔枝的来历、生长环境、状貌、情态等方面铺开描写。禀受了南方阳和之精气，有着热烈性情的荔枝，播植于太平之时，生长在温暖之地。它历寒暑而不受损伤的根本原因，就在于有如此优越的生存环境。张九龄给我们展现了荔枝的形象全貌。作者显然带有双关寓意，写荔枝，也是写人，写人的立足之处和生活态度。而这样不亢不卑、性灵独具的佳木，竟因侧生于遐荒之地，不仅不见知于人主，反因“前志”的错误记述而蒙受诽谤，这就不能不引起作者的深深感慨，而决意为之申述、道扬。荔枝为人们所喜爱，主要是由于它甘美的果实，因而第二段起，赋的重点便集中描写它的花和实。以上着重于对荔枝形、态、味、质的具体描述，用事实驳斥前人的偏见和错误。每段都先从正面展开铺写，最后两句用反语简练收结，放而不繁，纵而能收，正写反结，形成强烈对比。一弛一张，更显文意的跌宕，表现激情的起伏；赞美既无以复加,对古人的诘责也犀利有力。然而作者意犹未尽,故转换笔锋,由前文对荔枝写实性的赋述,进而向想象虚构的领域深化,展开文章的后一部分。第三段,作者为我们虚构了一次盛大的宴会。荔枝在这里再次显示了神奇的威力,再次经受了人类的礼赞。“岂一座之所荣,冠四时而为最”,是说荔枝不仅为满座贵宾所喜爱,即使在一年四季的水果中,也最高贵,最受人们欢迎。作者对荔枝甘美、珍贵的描写的确至矣、尽矣!

最后一层借荔枝生地僻远,抒发不遇的浩叹。本来,珍贵的荔枝可以献诸神灵、荐之庙堂,当然更可以作为王公贵人的嘉果,然而,“亭十里而莫致,门九重兮曷通!”十里一亭,而道途遥远险阻,君门九重,重重隔绝难通!五岭逶迤,高遏白云,江水千里,青枫茫茫,生长在五岭之南的荔枝,要进皇城、登君门,谈何容易!因而,只能发出“何斯美之独远,嗟尔命之不逢”的慨叹。这感慨,虽带有不平,但又无可奈何,所以,作者对荔枝销于凡口、而不获知于贵躬的遭遇,对平庸的柿梨受到公侯的宠幸,人世间的种种不平,只用“因地之所遇,孰能辨乎其中哉”作解、作结。表面看,作者对这种不平显得淡漠并未求深解,究其实,则包含着热烈的激情。“因地之所遇”本是前代文人反复写过的主题,如左思《咏史》:“郁郁涧底松,离离山上苗。”张九龄自己的诗中,也反复咏及此意,如《感遇》云:“运命唯所遇,循环不可寻。徒言树桃李,此木岂无阴?”《林亭寓言》云:“更怜篱下菊,无如松上萝。因依自有命,非是隔阳和。”这里谓“孰能辨乎其中哉”,正是一种不辨之辨,含蓄而有力地表现了作者对不合理的为官用人制度的义愤。这就扣紧了序中提出的作赋意旨,使整篇赋显得有肉而且有骨。

(胡大浚　伏俊连)

# 石　　赋

李　邕

代有远游子[1]，植杖大野[2]，周目层岩[3]，睹巨石而叹曰：兹盘礴也[4]，可用武而转乎？兹峭峙也[5]，可腾趠而登乎[6]？观其凌云插峰[7]，隐霄横嶂[8]，峻削标表[9]，汗漫仪状[10]，划镇地以周博[11]，崛戴天而雄壮[12]，默玄云之暮起[13]，艳丹霞之朝上[14]。若使矗布长城[15]，嶷联高壁[16]，遏西戎而分塞[17]，截东湖而度碛[18]，张九州之地险[19]，蹙四夷之天隔[20]；固可以眇绝骄子[21]，遐阻勍敌[22]，归华夏之甲士[23]，却边荒之羽檄[24]。别有列在王庭[25]，地当文砌[26]，疑贞琬之粉泽[27]，艳重锦之光丽。承听政之梁柱[28]，纳进贤之阶陛[29]。匪徒夹植桃李[30]，因芳茝蕙[31]，降神女之徜徉[32]，拂仙衣之容曳[33]。若乃苔藓剥落[34]，雨露淋漓[35]，冰碧藻曜[36]，绘画纷披[37]。不邀代之所贵[38]，不欲人之见知[39]，罔怀金而则异[40]，曷剖玉而方奇[41]。至若危堞孤援[42]，悬门御冲[43]，出阵摧鹤[44]，乘城起龙[45]。砲与矢而飞雨[46]，磁当途而列墉[47]，金鼓为之沮气[48]，戈矛为之辍锋[49]。借如奕秋沉思[50]，蜀相兴图[51]，秉节制以全胜[52]，纵劫杀以论都[53]。鄙宋缄之谬识[54]，嘉禹凿之神模[55]。落五星而多懵[56]，坐千人而不孤[57]，惟磨砻之所取[58]，任圆方之自殊[59]。支空留于织室[60]，编尚想于兵符[61]。乌何恨而填海[62]，山何言而望夫[63]。徒以贞者不黩[64]，坚者可久。卧如羊于山野，蹲似虎于林薮[65]，知作鼓之希声[66]，信为人之无偶[67]。梁架海以东注[68]，镇临江而南守[69]。庶投水而克成[70]，将补天而何有[71]？岂独砥砺利器[72]，盘踞真王[73]，镞来肃慎[74]，门通越裳[75]，屹特立以兴主[76]，驾能言以发祥[77]。迩开莲兮表华[78]，远倚剑兮疏梁[79]。保兹城而永固，结彼交而不忘。何止藏书入室[80]，勒篆离经[81]，翕湘川之飞燕[82]，伏昆池之骇鲸[83]。膏久服而颜驻[84]，碑一观而涕零[85]。岂如扣角匡坐[86]，且悲歌于白水；寻山小住[87]，止危途于翠屏而已哉[88]！

## 注释

① 代：即"世"。因避唐太宗李世民讳而作"代"。
② 植：树立。大野：广野。
③ 周目：遍看。
④ 盘礴：盘屈牢固之貌。
⑤ 峭峙：峻峭耸立。
⑥ 腾趠（chào）：腾越。
⑦ 凌云：高入云霄。
⑧ 嶂（zhàng）：屏障似的山峰。
⑨ 标表：梢末。
⑩ 汗漫：无边无际之貌。
⑪ 周博：宽广，宏大。
⑫ 戴天：顶天。
⑬ 玄云：黑云。
⑭ 赩（xì）：赤色。
⑮ 矗：耸立之貌。
⑯ 嶷（nì）：高峻之貌。
⑰ 遏：阻止。
⑱ 碛（qì）：浅水中的沙石。
⑲ 九州：中国。
⑳ 蹙（cù）：接近。
㉑ 眇：远。骄子：古代称北方的匈奴。
㉒ 勍（qíng）敌：强敌。
㉓ 华夏：中国。
㉔ 羽檄（xí）：羽书，指挑战书。
㉕ 王庭：帝王的宫殿。
㉖ 文砌：饰有花纹的石砌。
㉗ 琬（wǎn）：美玉。粉泽：化妆所用的粉黛脂泽。
㉘ 听政：处理政务。
㉙ 阶陛：殿庭的台阶。
㉚ 匪徒：不仅。
㉛ 茝（zhǐ）蕙：白芷和蕙兰，皆香草名。
㉜ 徜徉（cháng yáng）：徘徊。
㉝ 容曳：起伏。
㉞ 剥落：脱落。

㉟ 淋漓:沾湿。
㊱ 藻曜:文采。
㊲ 纷披:盛多之貌。
㊳ 代:世。
㊴ 见知:被人知赏。
㊵ 罔:不。怀金:怀揣金印。
㊶ 曷:何。剖玉:指卞和剖石为玉事。
㊷ 危堞(dié):高城。堞,城上如齿状的矮墙。
㊸ 御冲:防御敌人的冲击。
㊹ 摧鹤:指石子如鹤纷飞以摧杀敌人。
㊺ 起龙:如龙飞起。
㊻ 砲(pào):古代以机发石的战具。
㊼ 墉(yōng):城墙。
㊽ 金鼓:金钲和鼓,用以止军和进军。沮(jǔ)气:泄气。
㊾ 辍(chuò):停止。
㊿ 奕秋:传说中善下棋者。
51 蜀相:诸葛亮。
52 节制:节度法制,此指军律严整之师。
53 劫杀:围棋术语,劫争和吃子。都:美。
54 缄(jiān):封闭,闭藏。
55 “嘉禹”句:相传大禹治水,曾在山西河津西凿为龙门。
56 懵(měng):糊涂。
57 “坐千人”句:指禹凿之龙门而言。
58 磨砻(lóng):摩擦。
59 自殊:自别。
60 “支空”句:指石曾做织女的支机石。
61 兵符:兵书。
62 “乌何”句:精卫填海。
63 “山何”句:传说昔有贞妇,其夫从役,妇携子饯送北山,久望夫而化为立石。
64 黩(dú):蒙辱。
65 林薮(sǒu):山林水泽之间。
66 作鼓:相传周宣王时有石鼓,上刻史籀所作的纪功颂。
67 “信为”句:可以做成石人。
68 “梁架”句:可以做成石梁。
69 “镇临”句:可以临江而建为石城。
70 庶:希望。
71 补天:女娲炼五色石补天。
72 砥砺(dǐ lì):本指磨石,引申为磨砺。
73 盘据:盘结据守。真王:正式受封的王。
74 肃慎:古民族名。
75 越裳:古南海国名。
76 屹:高耸之貌。
77 能言:能言鸟,即鹦鹉。
78 迩(ěr):近。
79 疏梁:疏通的山梁。
80 藏书入室:古代藏图书档案之室曰“石室”。
81 勒篆:刻篆文于石。离经:分章断句。
82 翕(xī):聚合。
83 昆池:昆吾溪。
84 膏:驻颜膏。颜驻:容颜不衰老。
85 涕零:泪落。
86 扣角:敲打牛角。匡坐:正坐。
87 白水:水名。
88 翠屏:苍翠如屏之山。

## 鉴赏

李邕(678—747),字泰和,扬州江都(今江苏扬州)人,李善之子,李善注《文选》,李邕为之补益。武后末年,官左拾遗;中宗立,擢为秘书监。韦后乱政,因李邕与张柬之交好,出为南和令,贬富州司户参军。韦氏乱平后,召拜为左台殿中侍御史,迁户部员外郎,复贬舍城丞。玄宗即位,召为户部郎中。为姚崇所恶,左迁为括州司马,又起为陈州刺史。仇人诬告其贪赃枉法,他又被贬为遵化尉。后历任澧州司马、北海太守等,因称之为李北海。天宝六载,被李林甫、吉温等诬陷,杖杀而死。李邕历事武后、中宗、睿宗、玄宗四朝,皆以正直敢言为权奸所忌,故数起数落。他的文章、书法在当时颇有盛名,卢藏用曾说他"如干将莫邪,难与争锋,但虞伤缺耳",后果为奸人所害。李邕甚有"重义爱士"之名,当时著名诗人李白、高适、杜甫等皆尊之为文坛先辈。有《李北海集》,其赋今存五篇,以《石赋》《鹘赋》两篇为优。

这篇《石赋》,以"远游子"(当为自称)亲见巨石发感慨而起笔,写了这巨石的雄伟峻峭,紧接着从巨石的功用着眼,笔酣墨饱地从各个方面进行了铺陈:先写可以用石筑成长城高壁,可以阻挡强敌的侵略,又写可以建造王庭,以听政纳贤;还写了可以筑城墙,作砲矢冲锋御敌;还用众多有关石的典故,如精卫填海、女娲补天、望夫成石等,对石进行了吟咏。作者写的是石,抒的是情,表现的是自己像石一般的性格特征,可以说是一幅生动的自我写照,也借石抒发了他的磊落不平之气。南朝陈时的陈正见也写有《石赋》,从赋中的用典看,李邕很可能是读了陈作后的和作。但陈作似乎只是堆砌了一些有关于石的典故,缺乏生气,缺乏感情,而李作却不同,是从石的功用着眼,借石以抒情,把石写得生气勃勃。"贞者不黩,坚者可久",作者的品德和性格像他笔下的玉石一样永久不灭。

(柳　磊)

# 山　中　人

王　维

山寂寂兮无人，又苍苍兮多木。群龙兮满朝[1]，君何为兮空谷。文寡和兮思深，道难知兮行独。悦石上兮流泉，与松间兮草屋[2]。入云中兮养鸡，上山头兮抱犊[3]。神与枣兮如瓜，虎卖杏兮收谷[4]。愧不才兮妨贤，嫌既老兮贪禄[5]。誓解印兮相从，何詹尹兮可卜[6]！

## 注释

① 龙：杰出的人才。群龙，谓众多的贤臣。
② 与(yù)：称赞。
③ "入云"二句：养鸡、抱犊皆指隐居生活。
④ "神与"二句：隐士躬耕自足，生活优裕高雅。
⑤ "愧不"二句：自愧无才能，妨碍贤才进用；自恨年岁高，贪图官位俸禄。
⑥ "誓解"二句：辞官归隐，无可犹豫。

## 鉴赏

王维(701—761)，字摩诘，盛唐重要诗人，太原祁(今山西祁县)人。开元九年(721)中进士，做了小官，后为监察御史出使凉州。天宝十五载(756)为安禄山所俘，受伪职给事中。肃宗至德二载朝廷收复长安，授太子中允，加集贤学士，旋复官给事中。上元元年迁为尚书右丞，次年七月逝世，世称王右丞。其作品以清人赵殿成《王右丞集笺注》最为流行。王维诗作最大特点是极长于写景,诗情画意音乐美融为一体。王维一生始终处于仕进与退隐的矛盾之中。后来隐居于蓝田辋川别业。这里风光秀美,景致绝佳,在这里他写下了著名的《辋川集》20首。他在辋川别业居住的时间最久,度过了一生中最闲适快乐的时光。王维有很多隐友,因此他写了不少送或劝友人归隐的诗篇。《山中人》又名《送友人归山歌》,也是送友归隐之作。《山中人》共二篇,这里选的是第一篇。

本篇可分为三层。第一层,前八句。山中冷清岑寂,人迹罕至,只有树木郁郁葱葱,当今朝中"贤臣"济济,您却为何要去那深山空谷?前四句用设问引出下文,非常醒目,且使文章波澜开合,富于变化。后四句作出回答,友人才识超群,曲高和寡,耿介拔俗,特立独行,虽怀瑾握瑜而难为人知。且喜爱山水林泉、清丽幽静的自然美景,向往那园田草屋、松罗柳荫的高士生活。这是在说友人,也是在表白自己的心情。张九龄罢相之后,朝政黑暗日深,皇上昏庸,权奸专政,朝臣为容身保位,不敢直言。所谓"群龙满朝",正是说的这种局面。"群龙"主要指那些当政的权臣,与下文所谓"妨贤"之"贤"一样,都是讽刺之言。"群龙"充塞于朝,正是友人退隐的原因。寂寂空山,苍苍林木,那大自然的和谐静谧,深深地吸引着深受污浊的官场空气所苦的友人,使他决意归山隐遁,避世出尘。这一层将山林与官场作了对比,表现出友人归隐的政治背景和原因。第二层,"入云中"至"收谷",描绘隐者安闲宁静、怡然自乐的生活。在作者笔下,这位隐者躬亲稼穑,自给自足,就像前世高人那样。云中、山头、养鸡、抱犊、大枣、杏林,形象鲜明地表现了隐士的田园之乐,那么清新,那么高雅。实际上,这也是作者自身田园生活理想的写照。虽然他未必果真如陶渊明那样时常亲自下田劳动,但他归隐田园后毕竟会接触到田家农事,他从自己高人隐士的立场和角度对这种劳动生活进行观察和体验,从而构制出隐者田园生活的理想蓝图。第三层,最后四句,表明自己归隐山林的心迹。

总之,这篇作品反映了在不合理的现实中,正直有才而失意的士人的不平情绪和他们不肯与黑暗势力同流合污的情操以及对山林隐居、自由恬适生活情趣的向往,指明友人和作者自己的退隐与当时政治的昏暗有直接关系,这是本篇思想内容的一个特点。

苏轼说:"味摩诘之诗,诗中有画;观摩诘之画,画中有诗。"(《东坡题跋·书摩诘蓝田烟雨图》)王维不仅"诗名冠代",而且"画绝千古",他以其诗人兼画家的眼光观察生活,构思作品,从而使富有鲜明的诗情画意成为其诗歌艺术的基本特征。这篇作品重在抒情,而出神入化的景物描写也充分体现了其“诗中有画”的艺术本色。首先,作者创造出一个意境深远、高雅新奇的艺术画面。开头两句,从大处下笔,青山寂寂,林木苍苍,勾画出山林景观的总体轮廓。接着,后四句将一个避喧出尘、超然物外的高人放进画面。然后是近景描绘,石上流清泉,松间隐草庐,一派清新静雅的景象和气氛。值得注意的是,作者极好地运用了远近、动静、虚实相衬托的方法。远处青山林木,近处草屋流泉,交相映衬,和谐完美。山、木、泉、庐是实写,田园生活是虚写,从文中的鸡、犊、枣、杏,读者可以看到隐士经营的那片田园小天地,感受到隐士那闲逸潇洒的生活。王诗写静,往往静中有动,动以衬静,画面随人物之动而变换。

王维不仅精于诗画,而且精通音乐。他对自然音声与景物情调的关系体会甚深,深知环境描写中自然音声的作用和效果。他极善于利用音声,如鸟鸣、泉声等等,衬托环境的幽静。本篇即如此。深山寂寂无人,但闻泉流潺潺,声以明静,空谷增幽,真如画之有声。王诗读来极富音乐美,也与其精通音乐有很大关系。本文作者的思想情感是通过写景和直接抒情两种形式表达的。直接写情是为了充分地抒发不平之气,而以景寓情则极有效地表现了作者对闲适生活情趣的向往,并寄托着一种恬淡萧散的情怀。本篇用典自然贴切,形象生动,也是一个重要的艺术特点。

王维毕竟是个软弱的士大夫文人,他厌恶官场,但不能完全跳出官场,他立志退隐,而其退隐是不彻底的。篇末旦旦誓言口气坚决,但结合他的生平看,就觉得它有些苍白无力了。

(庄大钧)

# 大　鹏　赋[①]

李　白

南华老仙发天机于漆园[②]，吐峥嵘之高论。开浩荡之奇言，征至怪于齐谐[③]。谈北溟之有鱼[④]，吾不知其几千里，其名曰鲲[⑤]，化成大鹏，质凝胚浑[⑥]。脱鬐鬣于海岛[⑦]，张羽毛于天门。刷渤澥之春流[⑧]，晞扶桑之朝暾[⑨]。燀赫乎宇宙[⑩]，凭陵乎昆仑[⑪]。一鼓一舞，烟朦沙昏。五岳为之震荡，百川为之崩奔[⑫]。

尔乃蹶厚地[⑬]，揭太清。亘层霄[⑭]，突重溟[⑮]。激三千以崛起，向九万而迅征[⑯]。背業太山之崔嵬[⑰]，翼举长云之纵横。左回右旋，倏阴忽明[⑱]。历汗漫以夭矫[⑲]，羾阊阖之峥嵘[⑳]。簸鸿蒙[㉑]，扇雷霆。斗转而天动[㉒]，山摇而海倾。怒无所搏，雄无所征[㉓]，固可想象其势[㉔]，仿佛其形。

若乃足萦虹霓[㉕]，目耀日月。连轩沓拖[㉖]，挥霍翕忽[㉗]。喷气则六合生云[㉘]，洒毛则千里飞雪。邈彼北荒，将穷南图[㉙]。运逸翰以傍击[㉚]，鼓奔飙而长驱[㉛]。烛龙衔光以照物[㉜]，列缺施鞭而启途[㉝]。块视三山[㉞]，杯观五湖[㉟]。其动也神应，其行也道俱[㊱]。任公见之而罢钓[㊲]，有穷不敢以弯弧[㊳]。莫不投竿失镞[㊴]，仰之长吁。

尔其雄姿壮观，块轧河汉[㊵]。上摩苍苍[㊶]，下覆漫漫[42]。盘古开天而直视[43]，羲和倚日以旁叹[44]。缤纷乎八荒之间[45]，掩映乎四海之半。当胸臆之掩画[46]，若混茫之未判。忽腾覆以回转[47]，则霞廓而雾散。

然后六月一息，至于海湄[48]。欻翳景以横翥[49]，逆高天而下垂。憩乎泱漭之野[50]，入乎汪湟之池[51]。猛势所射，余风所吹。溟涨沸渭[52]，岩峦纷披[53]。天吴为之怵慄[54]，海若为之蹪踞[55]。巨鳌冠山而却走[56]，长鲸腾海而下驰。缩壳挫鬣[57]，莫之敢窥。吾亦不测其神怪之若此。盖乃造化之所为[58]。

岂比夫蓬莱之黄鹄，夸金衣与菊裳[59]。耻苍梧之玄凤[60]，耀綵质与锦章[61]。既服御于灵仙[62]，久驯扰于池隍[63]。精卫殷勤于衔木[64]，鶢鶋悲愁乎荐觞[65]。天鸡警晓于蟠桃[66]，踆乌晰耀于太阳[67]。不旷荡而纵适，何拘挛而守常[68]？未若兹鹏之逍遥，无厥类乎比方[69]。不矜大而暴猛[70]，每顺时而行藏[71]。参玄根以比寿[72]，饮元气以充肠[73]。戏旸谷而徘徊[74]，冯炎洲而抑扬[75]。

俄而希有鸟见谓之曰[76]：伟哉鹏乎，此之乐也。吾右翼掩乎西极，左翼蔽乎东荒[77]。跨蹑地络[78]，周旋天纲[79]。以恍惚为巢[80]，以虚无为场[81]。我呼尔游，尔同我翔。于是乎大鹏许之，欣然相随。此二禽已登于寥廓，而斥鷃之辈[82]，空见笑于藩篱。

## 注释

① 大鹏：典出《庄子·逍遥游》。

② 南华老仙：唐玄宗天宝元年诏封战国时庄周为南华真人。漆园：庄子曾为漆园吏。

③ 征：引。齐谐：书名。

④ 溟：海。

⑤ 鲲(kūn)：传说中的大鱼。

⑥ 胚浑：世界初成时漠然难辨的样子。

⑦ 鬐鬣(qíliè):鱼的脊鳍。
⑧ 渤澥(xiè):渤海的古称。
⑨ 晞(xī):晒。暾(tūn):初升的太阳。
⑩ 烊赫(chǎnhè):大而有光彩的样子。
⑪ 凭陵:压迫。
⑫ 崩奔:崩颓奔腾。
⑬ 尔乃:赋中常用的发端语词。
⑭ 亘(gèn):横贯。
⑮ 重溟:大海。
⑯ 迅征:疾速飞行。
⑰ 嶪(yè):高耸的样子。
⑱ 倏(shū):极快地。
⑲ 夭矫:屈伸。
⑳ 羾(gòng):飞到。
㉑ 鸿蒙:一片混沌气象。
㉒ 斗:北斗星。
㉓ 怒无所搏,雄无所争:没有对手。
㉔ 势:气度。
㉕ 萦(yíng):缠绕。
㉖ 连轩沓(tà)拖:连续飞行的样子。
㉗ 挥霍翕(xī)忽:飞动快速的样子。
㉘ 六合:上下四方。
㉙ 将穷南图:打算飞到南方。
㉚ 逸翰:美好的翅羽。
㉛ 奔飙(biāo):暴烈的风。
㉜ 烛龙:神话中人面蛇身的龙。
㉝ 列缺:闪电。
㉞ 块视:看去像土块。
㉟ 杯观:看去像杯里的水。
㊱ 道俱:和道在一起。
㊲ 任公:仙人名。
㊳ 有穷:古代国名。代指有穷国善射的后羿。弯弧:拉弓射箭。
㊴ 投竿失镞(zú):任公放下钓竿,后羿扔下弓箭。
㊵ 块轧(yǎngyà):弥漫。
㊶ 苍苍:指天。
㊷ 漫漫:指地。
㊸ 盘古:神话中开天辟地者。
㊹ 羲和:太阳神。
㊺ 八荒:八方荒远之地。
㊻ 掩画:暗中盘算。
㊼ 腾覆:上下翻飞。
㊽ 湄(méi):岸边。
㊾ 欻(xū):忽然。翳(yì)景:遮蔽了光亮。翥(zhù):飞。
㊿ 泱漭(yǎngmǎng):广阔无垠的样子。
51 汪湟(huáng):水势深广的样子。
52 溟涨沸渭:大海动荡不安。
53 纷披:纷扰杂乱的样子。
54 天吴:人面兽身的水神。
55 海若:海神。躨跜(kuíní):踌躇不安的样子。
56 冠山:头顶着山。
57 缩壳挫鬣:缩进龟壳,藏起鱼鳍。
58 造化:天地自然的创造化育。
59 "岂比"二句:岂能像蓬莱山的黄鹄一样徒夸金衣菊裳之美。
60 玄:同"炫",彩色。
61 綵:色彩。锦章:华美的纹理。
62 服御:接受役使。
63 池隍:护城河有水的称池,无水的称隍。
64 "精卫"句:即精卫填海故事。
65 "鶢鶋(yuánjū)"句:古代海鸟鶢鶋在鲁国东门外悲啼了三日,鲁侯为其设祭三天，鸟不食而死。

㊶ “天鸡”句：神话中桃都山上金鸡先鸣，天下鸡随之而鸣。

⑥⑦ 踆(dūn)乌：日中的三足鸟。

⑥⑧ 拘挛：拘束。

⑥⑨ 厥(jué)类：他这一类。

⑦⓪ 矜(jīn)大：骄傲自大。

⑦① 行藏：行动或停止。

⑦② 参：参究并同。玄根：庄老学派的“道”。

⑦③ 元气：最早的元气指“道”。

⑦④ 旸(yáng)谷：神话中日出之处。

⑦⑤ 冯：登。炎洲：南海中仙人居处。

⑦⑥ 希有鸟：想象中的神鸟。

⑦⑦ 西极、东荒：东西方极远的地方。

⑦⑧ 跨蹑(niè)：跨越践踏。地络：地的脉络。

⑦⑨ 天纲：天的纲维。

⑧⓪ 恍惚：似有若无。

⑧① 虚无：“道”的无形无象和宇宙的初始状态。

⑧② 斥鷃(yàn)：鷃雀。

## 鉴赏

李白(701—762)，字太白，号青莲居士，绵州彰明县(今四川江油)人。任供奉翰林。遭谗谤放归。因参加永王李璘的幕府获罪，长流夜郎，中途遇赦。晚年辗转流离，客死当涂(今属安徽)。李白是我国古代文学史上的伟大诗人。是继屈原之后浪漫主义诗歌的新高峰。李白的赋现存八篇，虽有摹拟前人的痕迹，但多能独创新意，自铸伟辞，表现出新鲜的意境，奔放的气势，具有很强的艺术感染力，是唐代赋史上的杰作。下面选的《大鹏赋》《悲清秋赋》《剑阁赋》，均为李赋代表作。

公元725年，25岁的李白“仗剑去国，辞亲远游”，在江陵逢司马承祯(字子微)游衡岳路过此地。这位受到唐王朝三代崇敬、80高龄的道教大师，与少年英俊、才气横溢的李白一见如故，称赞李白“有仙风道骨，可与神游八极之表”。李白受宠若惊，挥笔写下了《大鹏遇希有鸟赋》，以抒心志。过了些年，他觉得此赋不够理想，便记忆旧作，扩充新意，写成《大鹏赋》。

《大鹏赋》取材于《庄子·逍遥游》。《逍遥游》中的大鹏是一个博大的形象，但庄子的意思不在其大。庄子哲学认为事物无论大小，各有其天性。顺乎天性才合于“道”，这就是庄子的“大小之辩”。在这里，大鹏只代表大的一端，它和小的一端的菌、蟪蛄具有相同的意义，都是“齐物论”哲学思想的体现。李白的《大鹏赋》则完全摆脱了哲学上的说教，创造了一个辽阔无垠的艺术境界，塑造了一个博大雄奇的大鹏形象,展现了诗人的宽阔胸襟、远大抱负、豪迈气概和热爱自由的性格。

《大鹏赋》是以大鹏鸟在天地间的活动、与大自然的关系、与同类的纠葛来展开故事的。全文可分七个段落,有纵、横两条线索。第一段从开始到"百川为之崩奔",写大鹏初化;第二段从"尔乃"到"仿佛其形",写大鹏起飞;第三段从"若乃"到"仰之长吁",写大鹏升空;第四段从"尔其"到"则霞廓而雾散",写大鹏飞翔;第五段从"然后"到"盖乃造化之所为",写大鹏息落。这是一条纵线,写了大鹏由鱼类的鲲化成鸟类的鹏之后,沐天地之灵气,得日月之精华,鼓奔飙,举长翼,遨游于天宇之间,翻江海,撼山岳,驰骋于大地之上,以致使鳌鲸为之怵惕,神鬼为之惊叹。故事虽然波澜壮阔,狂放无羁,但脉络清晰,有条不紊。正是从整个故事中反映出作者的胸襟。文章的第六段从"岂比夫"到"冯炎洲而抑扬",写大鹏与众神鸟同类而殊趣;第七段从"俄而"到最后,写大鹏与希有鸟同调同飞。在赋中,李白正是通过纵横两条线索,展现了一个壮阔瑰丽、五彩缤纷的境界,从而表现出自己的理想和感情。

李白继承与发展了庄子美学。崇尚壮阔无限和纯任自然之美。在《大鹏赋》中,大鹏无处不在,无时不有,无所不能。这种无处不在、无时不有、无所不能的无限与自由之美,正是李白美学思想的体现。这样的无限和自由在现实生活中是不存在的,是一种想入非非。但在艺术世界里,它却能开出绚丽的鲜花。

从艺术风格看,《大鹏赋》清雄奔放,是浪漫主义的杰作。《大鹏赋》语言闳丽,却不艳薄,句式自由而朗畅,在李白"句字靡丽"的大赋中,也算是平易好懂的了。

(曲世川)

# 悲清秋赋

李　白

登九疑兮望清川①,见三湘之潺湲②。水流寒以归海,云横秋而蔽天③。余以鸟道计于故乡兮④,不知去荆吴之几千⑤。于时西阳半规⑥,映岛欲没,澄湖练明⑦,遥海上月。念佳期之浩荡⑧,渺怀燕而望越⑨。

荷花落兮江色秋，风袅袅兮夜悠悠[10]。临穷溟以有羡[11]，思钓鳌于沧洲[12]。无修竿以一举[13]，抚洪波而增忧。归去来兮人间不可以托些[14]，吾将采药于蓬丘[15]。

## 注释

① 九疑：即九嶷山，又名苍梧山。
② 三湘：湘水的总称。
③ 横秋：横贯秋天的长空。
④ 鸟道：《华阳国志》："惟上有飞鸟道耳。"
⑤ 荆吴：在今湖南、湖北、四川东南及长江中下游一带。
⑥ 西阳半规：太阳将沉没的样子。
⑦ 练：洁白的布帛。
⑧ 佳期：美好时刻。
⑨ 燕、越：均古国名。
⑩ 悠悠：长远深沉。
⑪ 穷溟：大海。
⑫ 沧洲：海中洲渚。
⑬ 修竿：长鱼竿。
⑭ 托：寄托。
⑮ 蓬丘：蓬莱仙山。

## 鉴赏

《悲清秋赋》写于李白被召入长安前。赋写了九疑山周围的秋景，抒发了怀才不遇的苦闷之情。它是由景物的转换、时间的推移、思绪的变化三条线交互推进的。

赋从登山开始。清秋季节，诗人登上九疑山，举目四望，一片秋色，随着目光的转移，展示了一个清秋的广大空间。随着夕阳西下，秋月升空，感情的潮水波澜起伏。待到秋风习习、清夜悠悠的时候，孤独惆怅的情怀便化作壮志难酬的忧思。诗人的忧思又逐渐变化为对人间丑恶的憎恨，对黑暗社会的厌恶，唱出了"归去来兮人间不可以托些，吾将采药于蓬丘"。到此，歌声也就戛然而止了。

《悲清秋赋》是一篇抒情赋，它融情于景，情景交融。古人说"景无情不发，情无景不生"（范晞文《对床夜话》）、"情景一合，自得妙语"（沈明臣《明诗评选》）。诗人在描写清秋景物的时候，处处渗透着"悲"。九疑山是大舜野死，娥皇、女英痛哭洒泪的地方，湘江水是屈原沉江的所在。诗人开头两句登九疑望三湘，就已经透出忧戚。水的寒冽、云的横空，再渲染出郁郁心境。接下来的夕阳、海月、落花、长夜,无不蕴涵着诗人廓落无着的情怀。诗人表现在赋中的这种感情,来自生活的孕育和激发。这时候,李白阅世还不深,“悲”也只是一种淡淡的忧伤,并没有像后来那么痛心疾首,所以能够通过冷冷秋景恰到好处地传达出来。等到他“抽刀断水水更流,举杯销愁愁更愁”(《宣州谢朓楼饯别校书叔云》)的时候,这样的秋景已无能为力,而必须“长空万里送秋雁,对此可以酣高楼”了。

《悲清秋赋》的意境是清幽、俊美的。李白喜用“清”字,诗赋中共用了220多次。这里以“清”饰“秋”表明了他对秋的特殊感受。清,就是清新秀美。赋中不止秋水蓝天是秀美的,秋云落花是秀美的,红日白月是秀美的,连袅袅秋风、悠悠长夜也是秀美的。总之一切视觉的、听觉的、感觉的、触觉的诸多意象,都是那么纯净而优美。

《悲清秋赋》清韵悠扬。如果说《大鹏赋》在大声疾呼,那么这里在浅吟低唱。李白赋承骚体、骈赋的情韵,加上散文的气势,句式多变,挥洒自如。如果说李白的赋像诗,那么这是最具诗情、诗意、诗韵的一篇。

(曲世川)

# 剑阁赋[1]

李 白

咸阳之南直望五千里[2],见云峰之崔嵬[3]。前有剑阁横断[4],倚青天而中开。上则松风萧飒瑟飓[5],有巴猿兮相哀[6]。旁则飞湍走壑[7],洒石喷阁[8],汹涌而惊雷。送佳人兮此去[9],复何时兮归来?望夫君兮安极[10],我沉吟兮叹息。视沧波之东注[11],悲白日之西匿[12]。鸿别燕兮秋声[13],云愁秦而暝色[14]。若明月出于剑阁兮,与君两乡对酒而相忆。

## 注释

① 剑阁:今四川剑阁北,又名剑门关。
② 咸阳:秦故都。
③ 云峰:云雾缭绕的山峰。
④ 横断:意外截断。
⑤ 瑟飓(yù):大风吹动的样子。
⑥ 巴猿:巴蜀之猿。
⑦ 湍(tuān):急流的水。
⑧ 洒石喷阁:冲刷着山石,喷洒着剑阁。
⑨ 佳人:美好而有才干的人。按《剑阁赋》题下云“送友人王炎入蜀”,“佳人”应指王炎。
⑩ 夫君:犹言“那人”。
⑪ 沧波:泛指江河。
⑫ 西匿(nì):隐藏于西方。
⑬ 燕:燕地。
⑭ 秦:关中地区。

## 鉴赏

开元十八年(730),李白第一次入长安,写下了“惊风雨”“泣鬼神”的千古名篇《蜀道难》。《蜀道难》写的是由秦入蜀的沿途风光,“峥嵘而崔嵬”的剑阁是它道上的一座雄关。如果说《蜀道难》是挥斥幽愤的话,《剑阁赋》或许真是“送友人王炎入蜀”的离别曲。不管二者有多大差别,有一点是可以肯定的,它们同是写于长安,相隔的时间不会太久。

《剑阁赋》是一篇咏剑阁而送别的抒情小赋,共19句、121字。它以极其简括的笔调,描写了剑阁高峻、险要的地理形势和万壑轰鸣的恐怖气氛,感叹光阴虚度、世路艰险,表达了对友人的深切关怀。赋的前九句写剑阁,绘形绘声,惊心动魄。后十句写送友人。主要篇幅写别后的思念之情。

《剑阁赋》意境开阔,赋中充分调动人们的视觉、听觉,用了“望”“见”“视”等字眼,展现出一个奇谲瑰丽的艺术空间和五光十色的意象。尤其赋中充分运用了听觉:松风的吼叫,巴猿的哀号,飞湍的喧闹,转石的雷鸣,组成了一曲雄壮豪迈的交响乐,渲染出异乎寻常的凶险气氛。

(曲世川)

# 登宜城故城赋[①]并序

萧颖士

丙申岁[②]，避地襄阳，见召掌节度书记，陪幕府源公赴江陵作。

升彼墟兮，遐眺荆江，迩瞩樊沔。颓沱以隐嶙[③]，欹缺而峨嵯[④]。野茫茫其靡极，何人户之单鲜。怅青春兮始交，又白日兮将晚。悲事事之艰阻，慨征途之未返。凭寒皋以尽目[⑤]，究林莽之深浅。烟回起于残燎，鸟群飞于绝巘。曾是感时而恋旧，孰不酸辛而僶俛也，矧乎宇县乖剌[⑥]，关河阻遏。去枌榆兮地表[⑦]，离骨肉兮天末[⑧]。涕横堕以若注，怀永痛其如割。悠悠苍天，不日不月，曷其有佸[⑨]？

抚艰勤之此土，偶四海而承平。方神武之君临[⑩]，尚未遑于戢兵[⑪]。警山戎之外虞，重燕代之专征。罄帑藏之实[⑫]，穷千里之精[⑬]。陆隘幽冀，水填沧溟[⑭]。其为盛也，入师长于庶僚，出董率于连城。冢妇降于王姬[⑮]，余子超乎正卿。睚眦则浃日诛夷[⑯]，樊附则累岁尊荣。玉帛车舆，钟鼓台亭，焕赫而铿锵[⑰]。三十年中，初不戒其满盈，终大都之偶国[⑱]，逸漏网之奔鲸。溃乱河淇，虔刘汴荥[⑲]。复东洛[⑳]，隳陕垌[㉑]。抗靡坚阵，守无完营。呼吸三旬，遂至乎上京。爟燧烛于王宫[㉒]，潼关为之昼扃[㉓]。既而将吏逋窜，烝民骇散[㉔]，崩腾郡邑，空阒闾闬[25]。荒凉我汝、颖，牢落我睢、涣[26]。传置载驰于商、邓[27]，兵符荐集于淮、汉[28]。彼邦畿之尹守，藩牧之垣翰，莫不光膺俊选，践履清贯。荣利溢乎姻族，繁华恣其侈玩。或拘囚就戮，或胥附从乱，曾莫愧其愚懦，又奚闻于殉难？甚乎！昔先王之经国，仗文武之二事。苟兹道之不坠，实经天而纬地。邦家可得而理，祸乱无从而至。今执事者反诸，而儒书是戏。蒐狩鲜备[29]，忠勇翳郁。浇风横肆[30]，荡然一变，而风雅殄瘁。故时平无直躬之吏，世难无死节之帅；其所由来者尚矣，不其哀哉！

变之始也，予旅寓于淇园[31]。初提契而南奔，崩坡滑台[32]，逼迸夷门[33]，亡车徒于鼎城[34]，摈图籍于轘辕[35]。背维嵩，遵汝坟[36]，回环乎郏叶[37]，飘泊乎穰宛[38]。嗟岁聿之云暮，结穷阴之涸沍。市萧条以罕人，盗充斥以盈路。微奔走之仆御，有啼呼之幼孺。川层冰而每涉，途积雪而犹步。昼兮夜兮，曾莫解于驰骛；惟寝与食，曷尝忘于恐惧。略南乡之左鄙，凌北津之劲渡[39]。伟夫岘首之为镇也[40]，峻隅百雉，危甍万井，森松篁之荟蔚，划鄽街以周整。前山萦依而秀拔，斜汉杳映以清回。粳稌蔗橘，杂荆衡之蓄；桑麻黍粟，侔冀魏之境。汉之盛也，移南国之冠盖；晋之哀也，为北门之捍屏。今方岳之仁明，惠久要于平生。幸羁旅而获宥，旋载笔于戎旌[41]。陪后车乎南纪[42]，俨四牡以专征。历陨墉而讯诸，乃楚鄢之遗城[43]。昔汉皇之标季[44]，间诸侯之释位。闻景升之是牧[45]，叹兴废于兹地。其后绥怀劲楚，抗衡强魏。雄九域以高视，为一方之所庇，亦谋猷所赖而致也。于时寇盗蜂聚，生民失土。贤虽避世，才亦择主。有卧龙之奇英[46]，视江汉而胥宇。遭刘后之侧席，韦畴咨于草莽[47]。若游鱼之在水，尚三顾而后语。其始也，亦将棱威汉沔，用武荆楚。俟时观衅[48]，终然义举。然后包并河、洛，荡涤陈、汝，迎帝配天，不失厥序。既中流之颠覆[49]，故宏算而乖阻。信云长之寡谋，亦天命之弗与。犹复廓邛、峨之险，奋賨、濮之旅，铺敦陇阺，震慑关辅。致中原之旰食[50]，振衰汉之遗绪，洸洸乎俾千祀而景慕[51]，宜其易名于忠武[52]，不其伟欤？方其躬耕汉渚[53]，独咏梁甫[54]。轻夫管乐[55]，莫之云许[56]。伊唱高而和寡，亦惆怅于前古。道不同不相为谋，斯之谓矣。荆云兮蔽亏，朔雁兮差池。云有回兮雁有归，嗟予行兮怆迟迟。谅穷愁兮莫谖，虽九酝兮奚施[57]。

## 注释

① 宜城故城：在今湖北宜城南。
② 丙申岁：唐玄宗天宝十五载，公元756年。
③ 颓沱：水下流之貌。
④ 巉嶑（zhànchǎn）：山高峻之貌。
⑤ 皋：岸，水边地。
⑥ 矧：况且，何况。
⑦ 枌榆：家乡。地表：遥远的外地。
⑧ 天末：天边。
⑨ 不日不月，曷其有佸：出自《诗经·君子于役》，意为分离的日子没有尽头，何时才能与亲人见面呢？
⑩ 神武：唐玄宗。
⑪ 戢兵：息兵。
⑫ 帑（tǎng）藏：国库。
⑬ 干甲之精：指精锐的军队。干、甲均为古代武装器械。
⑭ 陆隘幽冀，水镇沧溟：极言水陆物产之丰富。
⑮ 冢妇：嫡长子之妻。
⑯ 睚眦：怒目而视。浃日：古代以天干、地支相配记日，自甲至癸，十日为一周匝，称浃日。
⑰ 铿鍧：钟鼓相杂之声。
⑱ 偶国：辅佐朝廷。
⑲ 汴荥：古汴州、荥阳郡。汴州，今河南开封。荥阳，今河南荥阳。
⑳ 复：同“覆”。东洛：即今洛阳。

㉑ 陕垧:今河南三门峡、陕县地区。
㉒ 爟(guàn)燧:均为报警用烽火。
㉓ 扃:关闭。
㉔ 烝民:平民。
㉕ 空阒(qù):空荡无人。
㉖ 牢落:荒废。
㉗ 传置:驿站。商邓,均古地区名,在今河南商丘、郾城。
㉘ 兵符:古代军队发布命令的凭证。
㉙ 蒐(sōu)狩:武备。
㉚ 浇风:浮薄的社会风气。
㉛ 淇园:地名,在今河南淇县附近。
㉜ 滑台:古城名,在今河南滑县。
㉝ 夷门:河南开封别称。
㉞ 鼎城:洛阳。
㉟ 轘辕:山名,在今河南偃师。
㊱ 汝坟: 汝水岸边。
㊲ 郏、叶(shè):地名,均在今河南。
㊳ 穰、宛:地名,均在今河南。
㊴ 劲渡:险要的渡口。
㊵ 岘首:即岘山,在今湖北襄阳。镇:一方之主山曰镇。
㊶ 载笔:携带文具记录王事。
㊷ 后车:侍从者所乘的车。南纪:南方。
㊸ 隤墉:倒塌的墙壁。楚鄢:地名,在今湖北宜城。
㊹ 标季:末年。
㊺ 景升:刘表。
㊻ 卧龙:诸葛亮。
㊼ 畴咨:访问,访求。
㊽ 俟时观衅:等待时机。
㊾ 中流之颠覆:半途失败。
㊿ 旰食:因心忧事繁而延迟到晚上才吃饭。
51 洸洸:威武之貌。
52 忠武:诸葛亮的谥号。
53 汉渚:诸葛亮隐居之隆中。
54 梁甫:即《梁甫吟》。
55 管乐:管仲、乐毅。
56 莫之云许:时人不赞同他的说法。
57 九酝:美酒名。

## 鉴赏

萧颖士(约709—760),字茂挺,原籍兰陵(今山东苍山),后迁颍川(今河南许昌)。开元二十三年进士。在朝廷先后任秘书正字、集贤院校理、史馆待制;在地方先后任广陵参军、河南府参军、山南节度使书记、扬州功曹参军等。终身官位不高,但文名甚著。史称其四岁能属文,十岁补太学,读书过目成诵,与当时的李邕、李华、颜真卿、贾至、柳芳等人交游甚密。著有文集十卷,皆散佚。今辑存《萧茂挺文集》一卷,其赋今存11篇,《全唐诗》收诗一卷。萧颖士自称“平生属文,格不近俗,凡所拟议,必希古文”。被后世学者目为唐代古文运动的先驱者之一。他的赋在内容上或讥讽时事,或抒发感慨,有强烈的社会性;在形式上,骈散结合,自然流转,与初唐持重骈偶相较,颇著特色。

安史之乱发生之际,萧颖士由河南避乱于湖北襄阳,被当时荆州长史源洧聘为书记,赴江陵途中,经历史名城宜城故城,感慨作赋。《登宜城故城赋》面对动乱的现实,反思历史的是非,抒发个人的抱负,是一篇极富历史真实性的赋作。

安史之乱的爆发,动摇了李唐王朝的基业,使它从此一蹶不振。对于这样一个重大历史事件进行艺术的反思,是需要认真思考的。《登宜城故城赋》一开始,作者便选择了一个特殊的历史制高点,从而把安史之乱放在历史的广袤空间里进行多层次多角度的审视和反思,使赋作的主题既富于历史的严峻感,又富于现实的情绪感。"升彼墟兮",劈头入题。彼墟,就是宜城故城。宜城故城,古称都国,地近江陵,楚昭王与吴人战,败而入都,建都于此。自秦以后,江陵一带,常常演出变化兴衰的历史剧。萧颖士是一位十分关心历史命运的文人,他醉心于史书的著述,不仅出于史学的兴趣,更有关怀国事的抱负。他"涕横堕以若注,怀永痛其如割",不是单纯的文人伤感,而是带着政治家的严肃。因此,"悠悠苍天,不日不月,曷其有佸",就显得深邃而沉痛。

登高望远,以个人为中介,将历史与现实结合在一起,将客观和主观融为一体,为下文的展示作了艺术的铺垫。

《登宜城故城赋》的第二部分是对安史之乱进行实质性的审视和反思。面对现实,作者抒发个人的感慨和抱负是《登宜城故城赋》的第三部分。

萧颖士的《登宜城故城赋》以作者自身为中介,将眼前的现实和往昔的历史结合在一起,即地怀人,因人述事。借前人之事以抒作者自身之情,将历史的深邃和现实的严峻结合在一起,将社会的动乱和个人的遭遇结合在一起,叙事、议论、抒情或交错进行,或融为一体,变化有致。使读者读后,感慨系之。

(汤贵仁　陈伟军)

# 吊古战场文

李　华

浩浩乎[1]！平沙无垠[2]，敻不见人[3]。河水萦带[4]，群山纠纷[5]。黯兮惨悴[6]，风悲日曛[7]。蓬断草枯[8]，凛若霜晨[9]。飞鸟不下，兽铤亡群[10]。亭长告余曰[11]，“此古战场也。常覆三军[12]，往往鬼哭，天阴则闻。”伤心哉！秦欤？汉欤？将近代欤[13]？

吾闻夫齐魏徭戍[14]，荆韩召募[15]。万里奔走，连年暴露[16]。沙草晨牧[17]，河冰夜渡。地阔天长，不知归路。寄身锋刃[18]，腷臆谁诉[19]？秦汉而还[20]，多事四夷[21]。中州耗斁[22]，无世无之。古称戎夏[23]，不抗王师[24]。文教失宣[25]，武臣用奇[26]。奇兵有异于仁义，王道迂阔而莫为[27]。呜呼噫嘻！

吾想夫北风振漠[28]，胡兵伺便[29]。主将骄敌，期门受战[30]。野竖旄旗，川回组练[31]。法重心骇，威尊命贱[32]。利镞穿骨[33]，惊沙入面[34]。主客相搏[35]，山川震眩[36]。声析江河[37]，势崩雷电。至若穷阴凝闭[38]，凛冽海隅[39]；积雪没胫[40]，坚冰在须[41]。鸷鸟休巢[42]，征马踟蹰[43]；缯纩无温[44]，堕指裂肤。当此苦寒，天假强胡[45]；凭陵杀气[46]，以相剪屠[47]。径截辎重[48]，横攻士卒[49]；都尉新降[50]，将军覆没。尸填巨港之岸，血满长城之窟[51]。无贵无贱，同为枯骨，可胜言哉[52]！

鼓衰兮力尽，矢竭兮弦绝[53]。白刃交兮宝刀折，两军蹙兮生死决[54]。降矣哉？终身夷狄[55]！战矣哉？骨暴沙砾！鸟无声兮山寂寂，夜正长兮风淅淅[56]。魂魄结兮天沉沉，鬼神聚兮云幂幂[57]。日光寒兮草短[58]，月色苦兮霜白[59]。伤心惨目，有如是耶？

吾闻之，牧用赵卒[60]，大破林胡[61]，开地千里，遁逃匈奴[62]。汉倾天下[63]，财殚力痡[64]；任人而已，其在多乎？周逐猃狁[65]，北至太原，既城朔方[66]，全师而还。饮至策勋[67]，和乐且闲[68]；穆穆棣棣[69]，君臣之间。秦起长城，竟海为关[70]；荼毒生灵[71]，万里朱殷[72]。汉击匈奴，虽得阴山[73]；枕骸遍野[74]，功不补患[75]。

苍苍蒸民[76]，谁无父母？提携捧负[77]，畏其不寿[78]。谁无兄弟？如足如手；谁无夫妇？如宾如友。生也何恩？杀之何咎[79]？其存其殁，家莫闻知；人或有言，将信将疑。悁悁心目[80]，寝寐见之[81]。布奠倾觞[82]，哭望天涯。天地为愁，草木凄悲。吊祭不至，精魂何依？必有凶年[83]，人其流离。呜呼噫嘻！

时耶？命耶？从古如斯[84]。为之奈何？守在四夷[85]！

## 注释

① 浩浩：广阔无边的样子。
② 平沙：平旷的沙漠。垠(yín)：边际。
③ 敻(xiòng)：同“迥”，辽远。
④ 萦带：像带子一样弯曲缠绕。
⑤ 纠纷：参差交错。
⑥ 黯：昏暗。惨悴：凄惨。
⑦ 曛：昏黄。
⑧ 蓬：草名。
⑨ 凛：寒冷。
⑩ 铤：疾走。亡群：失群。
⑪ 亭长：秦汉时十里为一亭，亭设亭长，掌捕盗。
⑫ 覆：覆灭。
⑬ 近代：隋唐之际。

⑭ 齐、魏：战国时齐国、魏国。徭戍：征兵服徭役。
⑮ 荆：楚国。
⑯ 暴露：日晒露浸。
⑰ 晨牧：早上牧战马。
⑱ 寄身锋刃：寄身于枪林中。
⑲ 腷臆(bì yì)：内心忧愤郁结。
⑳ 秦汉而还：秦汉以来。
㉑ 四夷：对中原四周少数民族的蔑称。
㉒ 耗斁：财力乏竭。斁(dù)，败坏。
㉓ 戎夏：指四夷及中原地区人民。
㉔ 抗：对抗。
㉕ 文教：礼乐教化、典章制度。
㉖ 武臣：武将。奇：诡谲的手段。
㉗ 王道：仁政。
㉘ 振漠：吹振起沙漠。
㉙ 伺便：趁着方便的时机。
㉚ 期门：待敌军于营门之外。
㉛ 回：在平沙中来回奔驰。组练：两种战衣，此指军队。
㉜ 尊：高。
㉝ 镞：箭头。
㉞ 惊沙：狂风吹起的飞沙。入面：扑面，刺面。
㉟ 主客：我为主，敌为客。
㊱ 震眩(xuàn)：震荡昏乱。
㊲ 析：裂。
㊳ 穷阴：极阴，浓阴。凝闭：阴云密布、阴气凝聚的样子。
㊴ 凛冽：寒气逼人的样子。海隅：海角，指辽远地区。
㊵ 没胫：吞没小腿。
㊶ 坚冰在须：呼吸时喘出的气凝聚成硬冰挂结胡须上。
㊷ 鸷鸟：猛烈的大鸟。休巢：聚息在窠巢里。
㊸ 踟蹰：徘徊不前。
㊹ 缯：丝织品。纩(kuàng)：绵絮。
㊺ 假：借，借助。
㊻ 凭陵：凭借。杀气：肃杀之气。
㊼ 剪屠：截击冲杀。
㊽ 径截：肆意截击。
㊾ 横攻：肆意攻打。
㊿ 都尉：军官名。
51 窟：洞穴。
52 胜言：尽言，说完。
53 弦：弓弦。
54 蹙：迫近。
55 狄：北方的少数民族。
56 淅淅：萧瑟凄凉的风声。
57 幂(mì)幂：阴森森的样子。
58 草短：秋冬百草枯萎，故曰短。
59 苦：凄凉。
60 李牧：战国时赵将。
61 林胡：匈奴族的一部。
62 逃遁匈奴：使匈奴逃避败退。
63 倾：尽。
64 殚：尽。力：人力。痡(pū)：疲病。
65 猃狁：周代北方的少数民族。
66 城：屯聚。朔方：北方。
67 饮至：胜利凯旋，告祭于宗庙，宴饮庆贺。策勋：把功勋记录在史册上。
68 闲：安逸。
69 穆穆：天子仪态端庄和敬的样子。棣棣：臣子们仪态娴雅谦恭的样子。
70 竟：尽。
71 荼毒：残害。生灵：人民。
72 朱殷：赤黑色。

⑬ 阴山:山名。
⑭ 枕骸:尸骨相枕。
⑮ 患:损失。
⑯ 苍苍:众多。蒸民:众民。
⑰ 捧:举抱。负:背扛。
⑱ 寿:长命。
⑲ 咎:罪过。
⑳ 悁悁:忧愁的样子。
㉑ 寝寐:做梦。
㉒ 布奠:摆上祭品。倾觞:泼酒致祭。倾:倒。觞:酒杯。
㉓ 凶年:荒年。
㉔ 斯:此。
㉕ 守在四夷:四夷为帝王保卫疆土。

## 鉴赏

李华(约715—774),字遐叔,唐赞皇(今属河北)人。少年旷达,于唐玄宗开元二十三年第进士,官监察御史、右补阙。安禄山攻陷长安后,曾授官。安史之乱平后,被贬,后又任检校吏部员外郎。秉公执法,为权佞所嫉,去官隐居于山阳(今江苏淮安)。原有文集,后散佚,今《李遐叔文集》为后人所辑。擅古文,与萧颖士同驰名文坛,世称"萧李"。在唐初,六朝靡丽的文风依然盛行,他二人力排众议,极力主张恢复古文,实为韩柳古文运动的前驱。《新唐书·李华传》中说他"文辞绵丽,少宏杰气。颖士健爽自肆,时谓不及颖士,而华自疑过之,因作《吊古战场文》,极思研榷。已成,污为故书,杂置梵书之庋。它日,与颖士读之,称工。华问今谁可及,颖士曰:'君加精思,便能至矣。'华愕然而服"。

从文章的内容来看,李华对当时的社会现实,特别是统治阶级的连年开边征战是有深切感受的。他是反对战争的,但不是一味地反对,而是有他的具体政治主张。他认为,对于四境少数民族,应该行王道、施仁政、宣文教,采用睦邻政策,使夷夏和平相处、融为一体,以至达到"守在四夷"的目的,以消除残酷的战争。这是一种儒家思想的政治观和战争观,虽然有其局限性和简单化的弱点,但对当时广大人民来说,免受征战带来的种种痛苦,促进社会的平静和安定,还是有一定的积极意义的。

从内容和结构上看,此赋可以分五部分。

第一自然段,先后写古战场的凄凉情景。作者先不具体说明是什么处所,而是以深沉感叹的口气,运用了画龙点睛的表现方法。这样写,作者显然是经过严密的艺术构思和严格的安排与推敲的。作者先铺开场面,然后再浓笔描述,读者也就自然乐意接着读下文。第二自然段,写战国以来人民征战戍边的苦状,揭示出征战不息的原因。本来,作者是可以紧接上文的描述,来直接抒发他凭吊古战场的思想感情的,可是,他不“直来直往”,而是使笔触放开,进而把读者引回到战国、秦汉那样兵荒马乱、征战频仍的年代里,用以自答上文末尾自问的三个问题。第三、四两个自然段,是本文的第三部分,作者集中、生动、具体地描绘了当年征战的激烈、残酷和悲惨。如果说,上一部分还只是从纵的方面对战国以来的征战加以总追述,整个看来描述得还是比较简括和笼统,那么,这一部分作者则是从横的方面加以生动、具体的渲染和描绘了。他从“想”字上着笔,充分展开了联想和想象,把征战的激烈、残酷和悲惨的情景,逼真、深刻而精彩地描绘了出来。其中,想象、夸张、烘托、比拟等各种表现方法交互使用,字里行间充满着强烈而深厚的激情,淋漓尽致,活灵活现,使读者如闻如见,如临其境。第五自然段,作者又用“吾闻之”转托笔调和语气,再次追述战国以来边疆争战的情景。作者在具体描述时,以“汉”对比李牧,以“秦”、“汉”比西周,并在对比中自然地提出自己的观点,使人一点也不感到任何突然或生硬,这也是很高明的一种表现方法。最后一段,是作者对征战士卒及其家属亲人的同情和哀悼,从而反映出征战给人民带来的悲伤和痛苦。在这一部分里,作者从人伦的角度,一连提出了五个问题,并加以简要解释,提出了自己的政治主张“守在四夷”,点明了全文的主旨。

这篇辞赋之所以成为我国古代文学中的名篇,还在于它具有较高的艺术成就。全文紧紧围绕古战场行文,处处紧扣着“吊”字,叙事由隐而显,议论相间而出,抒情又融于叙事和说理之中。所以它处处动人,处处感人,使笔墨落到了实处。作者虽然反对六朝以来的靡丽文风,但却能成熟地运用六朝骈文中音律铿锵,对偶工整的特点来为自己的文体服务。我们诵读这篇赋作时,特别感到抑扬顿挫,铿锵有声,气脉流畅,跌宕起伏,节奏分明,韵味隽永,富有一种音乐美的享受。在具体的描述抒写中,时而夸张、想象,时而设喻、铺彩,时而设问、反诘,时而对仗、排比,各种艺术手段间错使用,分外增强了文章的生动性和感染力,从而博得了读者的喜爱和传诵。该文气势浑厚、雄健,但又隐寓着慷慨悲凉的情调;语言鲜明、生动、有力,但又凝聚着深沉、哀伤和质重的色彩。整个行文,畅如大江东去,通顺流丽,却又不时出现波折和起伏。系列的排比,工整的对偶和基本上四言诗体的句式,加强了它的感情色彩、文章气势和表达效果,但在关节之处加上设问、反诘、感叹、提语以及四六对偶句式,又使行文特别错落多致,具有阴阳抑扬的韵味。层次、部分之间是用"吾闻夫""吾想夫"串联起来的,最后自问自答地点出主旨,更有一笔千钧的气势,这些处理很像贾谊《过秦论》的结语方式。就是以上这些手法和特点,形成了本文的气势、音乐美和感染力。以后杜牧的《阿房宫赋》在很多地方就学习了李华的这种表现艺术。

(霍旭东)

# 雕　　赋

杜　甫

当九秋之凄清[1]，见一鹗之直上[2]。以雄材为己任，横杀气而独往[3]。梢梢劲翮[4]，肃肃逸响[5]。杳不可追[6]，俊无留赏。彼何乡之性命[7]，碎今日之指掌。伊鸷鸟之累百[8]，敢同年而争长。此雕之大略也[9]。

若乃虞人之所得也[10]，必以气禀冬冥[11]，阴乘甲子[12]，河海荡潏[13]，风云乱起，雪冱山阴[14]，冰缠树死，迷向背于八极[15]，绝飞走于万里[16]，朝无以充肠，夕违其所止[17]，颇愁呼而蹭蹬[18]，信求食而依倚[19]。用此时而椓杙[20]，待尤者而纲纪[21]，表狎羽而潜窥[22]，顺雄姿之所拟[23]。欻捷来于森木[24]，固先击于利觜[25]，解腾攫而竦神[26]，开网罗而有喜，献禽之课[27]，数备而已[28]。

及乎闽隶受之也[29]，则择其清质[30]，列在周垣[31]，挥拘挛之掣曳[32]，挫豪梗之飞翻[33]，识畋游之所使[34]，登马上而孤骞[35]。然后缀以珠饰，呈于至尊[36]，抟风枪累[37]，用壮旌门[38]。乘舆或幸别馆[39]，猎平原，寒芜空阔[40]，霜仗喧繁[41]。观其夹翠华而上下[42]，卷毛血之崩奔[43]，随意气而电落[44]，引尘沙而昼昏[45]，豁堵墙之荣观[46]，弃功效而不论，斯亦足重也。

至如千年孽狐[47]，三窟狡兔[48]，恃古冢之荆棘[49]，饱荒城之霜露，回惑我往来[50]，趑趄我场圃[51]。虽青骹带角[52]，白鼻如瓠[53]，蹙奔蹄而俯临[54]，飞迅翼以遐寓[55]，而料全于果[56]，见迫宁遽[57]，屡揽之而颖脱[58]，便有若于神助。是以哓哮其音[59]，飒爽其虑[60]，续下韝而缭绕[61]，尚投迹而容与[62]。奋威逐北[63]，施巧无据[64]，方蹉跎而就擒[65]，亦造次而难去[66]。一奇卒获[67]，百胜昭著[68]，宿昔多端[69]，萧条何处[70]，斯又足称也[71]。

尔其鸧鸹鸨鶂之伦[72]，莫益于物[73]，空生此身，联拳拾穗[74]，长大如人，肉多奚有[75]，味不足珍，轻鹰隼而自若[76]，托鸿鹄而为邻[77]。彼壮夫之慷慨，假强敌而逡巡[78]，拉先鸣之异者[79]，及将起而遄臻[80]，忽隔天路[81]，终辞水滨，宁掩群而尽取[82]，且快意而惊新，此又一时之俊也[83]。

夫其降精于金[84]，立骨如铁[85]，目通于脑，筋入于节[86]。架轩楹之上[87]，纯漆光芒；掣梁栋之间，寒风凛冽[88]。虽趾蹻千变[89]，林岭万穴，击丛薄之不开[90]，突杈枒而皆折[91]，又有触邪之义也[92]。

久而服勤[93]，是可吁畏[94]。必使乌攫之党[95]，罢钞盗而潜飞[96]；枭怪之群[97]，想英灵而遽坠[98]。岂比乎虚陈其力，叨窃其位[99]，等摩天而自安[100]，与枪榆而无事者矣[101]。

故其不见用也，则晨飞绝壑[102]，暮起长汀[103]，来虽自负，去若无形[104]。置巢巀嵲[105]，养子青冥[106]。倏尔年岁[107]，茫然阙廷[108]，莫试钩爪[109]，空回斗星。众雏倘割鲜于金殿[110]，此鸟已将老于岩扃[111]。

## 注释

① 九秋：秋天。
② 鹗：雕类，俗称鱼鹰。
③ 横：以威势相胁。
④ 梢梢：劲挺之貌。翮（hé）：羽茎，代指鸟翼。
⑤ 肃肃：象声词，此指鸟飞声。
⑥ 杳（yǎo）：深远之貌。
⑦ 彼：雕追杀的动物。
⑧ 鸷（zhì）鸟：猛禽。
⑨ 大略：大概。
⑩ 虞人：管山泽苑囿之官。
⑪ 冬冥：冬天。
⑫ 甲子：年岁，岁月。
⑬ 荡潏（yù）：水波涌起。
⑭ 沍（hù）：闭塞。沍阴，封冻阴闭之象。
⑮ 八极：八方极远之地。
⑯ 飞走：飞禽走兽。
⑰ 违：失。止：居。
⑱ 蹭蹬（cèng dèng）：失势。
⑲ 依倚：依靠。
⑳ 椓（zhuó）：击。杙（yì）：小木桩。
㉑ 尤者：雕。纲纪：网之大绳曰纲，小绳曰纪。
㉒ 表：标。潜窥：偷看。
㉓ 拟：向。
㉔ 欻（xū）：忽然。
㉕ 觜：同“嘴”。
㉖ 解：见。腾攫（jué）：腾跃而攫搏。
㉗ 课：按规定的数额和时间征收赋税。
㉘ 数备：以雕备异数而后已。
㉙ 闽隶：掌役畜养鸟的官。
㉚ 清质：清高之姿质。
㉛ 垣：墙。周垣指御苑。
㉜ 拘挛（luán）：拘束。掣曳（chèyè）：牵引。
㉝ 豪梗：翅膀。
㉞ 畋（tián）游：打猎。
㉟ 骞（qiān）：飞举。
㊱ 至尊：至高无上的地位。
㊲ 抟（tuán）：盘旋。枪累（léi）：篱笆。
㊳ 旄门：帝王出行所住的帷幕前之旗帜。
㊴ 乘舆：皇帝乘坐的车子。幸：皇帝亲临。别馆：别墅。
㊵ 寒芜：寒凉的荒地。
㊶ 霜仗：皇帝的仪仗。
㊷ 翠华：翠羽饰旗，为皇帝仪仗。
㊸ 崩奔：奔腾。
㊹ 电落：形容雕飞腾搏击之迅捷。
㊺ 尘沙昼昏：天昏地暗。
㊻ 荣观：壮观的景象。
㊼ 孽（niè）：邪恶。
㊽ 狡：狡猾。
㊾ 冢：高大的坟墓。
㊿ 回惑：内心迷乱。
51 趑趄（zījū）：行不进之貌。
52 骹（qiāo）：胫。
53 白鼻：指鹰。
54 蹙（cù）：急促。
55 遐（xiá）寓：寄身远地。
56 料：估计。

57 迫：近。宁：乃。
58 颖脱：典出《史记·平原君虞卿列传》。
59 哓(xiāo)哮：怒叫声。
60 飒爽：神采飞动。
61 韝(gōu)：革制臂衣。
62 投迹：投身。容与：迟疑不前。
63 逐北：追击败逃者。
64 施巧无据：无计可施。
65 蹉跎：失足，颠蹶。
66 造次：急遽，仓促。
67 一奇：一珍奇之物。
68 昭著：昭彰。
69 宿昔：往日，向来。
70 萧条：寂寥。
71 称：颂扬。
72 鸧鸹、鸨、鶂：皆鸟名。
73 “莫益”二句：鸧鸹之类凡鸟，于人无益，故云。
74 联拳：屈曲。
75 奚：何。
76 隼(sǔn)：猛禽。
77 鸿鹄(hú)：天鹅。
78 逡(qūn)巡：有所顾虑而徘徊不前。
79 拉：摧。
80 遄(chuán)：速。臻：至。
81 “忽隔”二句：凡鸟远遁以避其锋。
82 宁：岂。掩群：狩猎时围捕兽群。
83 俊：杰出。
84 降精：降生。金：秋天。
85 立骨如铁：爪刚似铁。
86 节：骨节相衔接之处。
87 轩楹：堂前廊柱。
88 凛冽：寒冷。
89 跐蹻：举足。
90 丛薄：草木丛生的地方。
91 杈枒：树枝歧出。
92 触邪：辨触奸邪。
93 服勤：服侍勤劳。
94 吁：叹词。
95 乌攫(jué)之党：喻祸国殃民之徒。
96 钞盗：剽盗。
97 枭(xiāo)：鸟名。
98 英灵：雕。
99 叨窃其位：不出力而窃据其位。
100 摩天：位高。
101 枪榆而无事者：喻庸碌之徒。
102 壑(hè)：山谷。
103 汀：水边平地。
104 “来虽”二句：言雕志向之高洁。
105 巀嵲(jiénìè)：山高峻。
106 青冥：青天。
107 倏尔：忽然。
108 阙：廷，朝廷。
109 莫试：未试。
110 众雏：喻仕宦者。割鲜：新杀之畜禽。
111 岩扃：岩扉。

## 鉴赏

杜甫(712—770)，字子美，河南巩县人。晋代名将杜预十三代孙，唐著名诗人杜审言之孙。玄宗开元二十三年(735),举进士不第,漫游齐赵等地。天宝三载,在洛阳与大诗人李白相识,一见如故,结为忘年交。为实现“致君尧舜上,再使风俗淳”的政治抱负,不得不干谒于权贵之门,过着“朝扣富儿门,暮随肥马尘。残杯与冷炙,到处潜悲辛”的屈辱生活。安史之乱中,肃宗授其右拾遗。后因疏救房琯,被贬华州司功参军。不久弃官,流寓秦州、同谷,后至成都,开始了“漂泊西南天地间”的艰苦生涯。唐代宗大历五年(770)冬,衰病的诗人死在由长沙到岳阳途中的一条破船上。杜诗被誉为“诗史”。他是我国古代最伟大的现实主义诗人。

杜赋流传至今仅六篇,不为人所重视。其实,杜赋亦颇可观。他自许“赋料扬雄敌”“赋或似相如”。他作赋吸取汉赋与六朝骈赋之长,发展变化,谨严典赡,辞气壮伟,于骈丽繁富中饶有朴茂之致。正如清人仇兆鳌所指出的:“历代赋体……少陵廓清汉人之堆垛,开辟宋世之空灵,盖词意兼优,而虚实并运,是以超前轶后矣。”(《杜诗详注》卷二十四)

《雕赋》作于杜甫十年困守长安时期。当时他贫病交加,但仍不忘仕进。

这篇赋的最大特色,就是以浓墨重彩塑造了威猛刚毅、疾恶如仇的雕鸟的鲜明形象,使它的“英雄之姿”跃然纸上。赋作一开始就以先声夺人的艺术手法,在读者眼前展现出一幅惊心动魄的鸷雕搏击的奇丽画卷。杜甫是最善于假物以寓其志的。他的许多咏物诗,特别是那些咏鹰、鹘、雕的诗,都写得凌厉飞动,活跃着诗人的生命。《雕赋》更是如此。我们与其说他在咏雕,倒不如说是在自喻。作者塑造的鸷雕这一新的完美的具体个性化的艺术形象,是诗人理念的物化,又是诗人自己的化身,是诗人那种致君尧舜、疾恶如仇的性格特征的鲜明而深刻的艺术体现。故仇兆鳌评雕赋曰:“公三上赋而朝廷不用,故复托雕鸟以寄意。其一种慷慨激昂之气,虽百折而不回。全篇俱属比喻,有悲壮之音,无乞怜之态。三复遗文,亦当横秋气而厉风霜矣。”在盛唐诗人中,恐怕只有那“笔落惊风雨,诗成泣鬼神”的李白的《大鹏赋》,可以与杜甫的《雕赋》相媲美。太白以大鹏自比,子美以鸷雕自喻,这就是盛唐气象所赋予诗仙和诗圣的鲜明个性。

(张忠纲)

# 招北客文

岑参

蜀之先曰蚕丛兮[1]，纵其目以称王[2]。当周室陵颓兮[3]，乱无纪纲。洎乎杜宇从天而降[4]，鳖灵泝江而上[5]，相禅而帝[6]，据有南国之九世[7]。蜀本南夷人也，皆左其衽而椎其髻[8]。及通乎秦也，始于惠王之代[9]。五牛琢而秦女至，一蛇死而力士毙[10]。二江双注[11]，群山四蔽，其地卑湿，其风胜脆[12]。蛮貊杂处[13]，滇僰为邻[14]。地偏而两仪不正[15]，寒薄而四气不均[16]。花叶再荣，秋冬如春，暮夜多雨，朝旦多云。阳景罕开[17]，阴气恒昏，以暑以湿，为瘵为疠[18]。气浥热以中人[19]，吾知重腿之疾兮[20]，将婴尔身[21]。蜀之不可往，北客归去来兮！

其东则大江沄沄[22]，下绝地垠[23]，百谷相吞，出于荆门[24]。突怒吼划[25]，附于太白[26]；渤潏硼砰[27]，会于沧溟[28]。跳喷浩渺[29]，上溅飞鸟；蹙缩盘涡[30]，下旋鼋鼍[31]。三峡两壁[32]，乱峰如戟[33]，楂枒屹崒[34]，澒洞划拆[35]；高干天霓[36]，云外水积，尽日无光，其下黑窄。瞿塘无底[37]，浅处万尺，啼猿哀哀[38]，肠断过客。复有千岁老蛟，能变其身，好饮人血，化为妇人[39]，衒服靓妆[40]，游于水滨。五月之间，白帝之下[41]，洪涛塞峡，不见滟滪[42]，翻天蹙地，霆吼雷怒[43]。亦有行舟，突然而去，人未及顾，棹未及举，瞥见阳台，不辨云雨[44]，千里一歇，日未亭午[45]。须臾黑风暴起，拔树震山，石走沙飞，波腾浪翻，舟子失据[46]，摧樯折竿[47]，漩入九泉[48]，没而不还，支体縻散[49]，荡入石间，水族呀呀[50]，拨剌争餐[51]。蜀之东兮不可以往，北客归去来兮！

其西则高山万重，峻极属天。西有昆仑[52]，其峰相连，日月回环，碍于山巅[53]。峦崖盘嵚[54]，天壁敻绝[55]；阳和不入[56]，阴气固闭。千年增冰[57]，万谷积雪，溪寒地坼，谷冻石冽[58]；夏月草枯，春天木折[59]。苍烟凝兮黑雾结，人堕指兮马伤骨[60]。江水喷激[61]，回盘纡萦[62]；栈壁缘云[63]，钩连相撑。绳梁檿虚[64]，傍杳杳冥[65]，下不见底，空闻波声，过者矍然[66]，亡魂丧精。复引一索，其名为笮[67]，人悬半空，度彼绝壑，或如鸟兮或如玃[68]，倏往还来幸不落。或有豪猪千群[69]，突出深榛，努鬣射人[70]；寒熊孔硕[71]，登树自掷[72]，见人则擘[73]；巨麋如牛[74]，修角如剑；饿虎争肉，吼怒阚阚[75]。复有高崖坠石兮，声如雷之軯轰[76]；上敲下磕似火迸兮，满山流星[77]，涧溪忽兮倒流，林岸为之颓倾；碎腾狖与过鸟[78]，骇木魅兮山精[79]，飞石压人兮不可行。西有犬戎[80]，与此山通，行貌类人，言语不同。毡庐隆穹[81]，毳裘蒙茸[82]；啜酪啖肉[83]，持枪挟弓；依草及泉[84]，务战与攻；其声如犬，其聚如蜂[85]。中国之人兮或流落于其中，岂只掘鼠茹雪以取活[86]，终当铍其足而累其胸[87]。泣汉月于西海[88]，思故乡于北风[89]。蜀之西不可往，北客归去来兮！

其南则有邛崃之关[90]，天设险难，少有平地，连延长山；横亘泸江[91]，傍隔百蛮[92]。吁彼汉源[93]，上当漏天[94]，靡日不雨，四时霿然[95]，其人如鱼，爰处在泉[96]，终年霖霪[97]，时复日出，狺狺诸犬[98]，向天吠日[99]，人皆湿寝，偏死腰疾[100]。复有阳山之路[101]，毒瘴下凝[102]，白日无光，其气瞢瞢[103]；暑雨下湿，黄茅上蒸[104]，南方之人兮不敢过，岂只走兽踣兮飞鸟堕[105]。吾不知造化兮[106]，何致此方些[107]？蜀之南兮不可以居，北客归去来兮！

其北则有剑山巉巉[108]，天凿之门[109]，二壁谽谺[110]，高崖嶙峋[111]；上柱南斗[112]，傍镇于坤[113]，下有长道，北达于秦。秦地神州[114]，中有圣人，左右伊皋[115]，能致我君[116]。双阙峨峨[117]，上覆庆云[118]；千官锵锵[119]，朝于紫宸[120]；玉楼凤凰[121]，金殿麒麟[122]；布德垂泽，搜贤修文[123]；皇化欣欣[124]，煦然如春。蜀之北兮可以往，北客归去来兮！

## 注释

① 蚕丛：传说最早的蜀王。
② 纵其目：语出《华阳国志》。
③ 陵颓：陵替衰败。
④ 洎(jì)：及，到。
⑤ 鳖灵：见《蜀王本纪》。
⑥ 禅(shàn)：禅让，以帝位让人。
⑦ 九世：古以三十年为一世。
⑧ 左衽：衣襟向左开。椎髻：发髻梳成椎形。
⑨ 惠：秦惠王。
⑩ 五牛事：事见《蜀王本纪》。
⑪ 二江：郫江和流江。
⑫ 胜脆：轻薄。
⑬ 蛮貊(mò)：蛮夷。
⑭ 滇僰(bó)：皆西南夷名。
⑮ 两仪：指天地。不正：不在天地正中。
⑯ 四气不均：春、夏长，秋、冬短。
⑰ 阳景：日光。
⑱ 瘵(zhài)：疾病。疠：瘟疫。
⑲ 浥(yì)热：湿热。中：伤。
⑳ 重膇(zhuì)：足肿。
㉑ 婴：缠绕。
㉒ 沄(yún)沄：水流汹涌。
㉓ 地垠(yín)：地界。
㉔ 荆门：山名，在今湖北。

㉕ 突怒吼划：水波腾涌发出很大声音。
㉖ 太白：星名，即金星。
㉗ 渤潏（yù）：水腾涌。硼砰（péngpēng）：水声。
㉘ 沧溟：沧海。
㉙ 浩渺：水大之貌。
㉚ 蹙缩：收缩。
㉛ 鼋（yuán）：大鳖。鼍（tuó）：鳄鱼的一种，俗称猪婆龙。
㉜ 三峡：瞿塘峡、巫峡、西陵峡。
㉝ 戟：兵器。
㉞ 槎枒：树枝杈。屹崒（zú）：山高峻。
㉟ 澒（hòng）洞：广漠无边的样子。划拆：划开。
㊱ 干：犯。天霓：天上虹霓。
㊲ 瞿塘：瞿塘峡。
㊳ 啼猿：见《水经注·江水》。
㊴ 蛟变人事：见《述异记》。
㊵ 衒服：盛服。靓（jìng）妆：妇女脂粉之饰。
㊶ 白帝：白帝城。
㊷ 滟滪：滟滪堆。
㊸ 霆：疾雷。
㊹ 阳台、云雨：见宋玉《高唐赋》。
㊺ 亭午：正午。
㊻ 舟子：船工。
㊼ 樯：桅杆。
㊽ 九泉：深渊。
㊾ 糜散：碎散。
㊿ 呀呀：张口。
51 拨剌：鱼跃声。
52 昆仑：山名。
53 碍：阻碍。
54 盘嵚（qīn）：曲折高峻。
55 敻（xiòng）：高远。
56 阳和：春天的暖气。
57 增：通“层”。
58 冽：寒。
59 折：夭折。
60 堕指：冻掉手指。
61 江：岷江。
62 纡萦：盘旋曲折。
63 栈壁：架设栈道的崖壁。
64 绳梁：绳桥。嶪（yè）虚：高而凌虚。
65 杳冥：幽暗深远。
66 玃（jué）然：惊恐之貌。
67 笮（zuó）：竹索桥。
68 玃（jué）：大母猴。
69 豪猪：箭猪。
70 努鬣（liè）：突起身上的长毛。
71 孔硕：甚大。
72 自掷：从树上跳下。
73 擘（bò）：用爪分开。
74 麇：麇鹿。
75 阚（kàn）阚：虎叫声。
76 軯（pēng）轰：雷声。
77 流星：此指石头撞击迸出的火星。
78 狖（yòu）：猴之一种。
79 木魅：树木之妖。
80 犬戎：古族名。古戎人的一支，居我国西部。此指吐蕃。
81 毡庐：毡帐。
82 毳（cuì）裘：皮裘。毳，鸟兽的细毛。蒙茸：纷乱之貌。
83 啜（chuò）：饮。啖（dàn）：吃。
84 依草及泉：此言过着逐水草而居的游牧生活。
85 如蜂：言其多而杂乱。

⑱ 掘鼠雪茹：见《汉书·苏武传》。茹，食。
⑲ 铍(pī)：长矛。累：捆缚。
⑳ 西海：青海。
⑳ 北风：《古诗》“胡马依北风”，言思念故乡。

⑧6 掘鼠雪茹：见《汉书·苏武传》。茹，食。

⑧7 铍(pī)：长矛。累：捆缚。

⑧8 西海：青海。

⑧9 北风：《古诗》“胡马依北风”，言思念故乡。

⑨0 邛(qióng)崃：山名，在今四川。

⑨1 亘(gèn)：贯。泸江：泸水，即今四川。

⑨2 百蛮：泛称西南各少数民族。

⑨3 汉源：县名，今属四川。

⑨4 漏天：多雨。

⑨5 雱(pāng)然：雨盛。

⑨6 爰：乃。

⑨7 霖霪(yín)：久雨。

⑨8 犾(yín)犾：犬吠声。

⑨9 吠日：日出，蜀犬则对之乱叫。

⑩0 偏死：半身不遂。

⑩1 阳山：唐县名，在今四川。

⑩2 瘴：瘴气。

⑩3 瞢(méng)瞢：昏晦。

⑩4 黄茅：黄茅瘴。

⑩5 踣(bó)：仆倒。

⑩6 造化：创造化育之谓。指大自然。

⑩7 致：给予。些：语助词。

⑩8 剑山：在今四川。巉巉：高峻。

⑩9 天凿之门：指剑山隘路。

⑪0 谽谺(hānxiā)：山谷空旷而险峻。

⑪1 嶙峋：山石突兀、重叠。

⑪2 柱：支撑。南斗：星名。

⑪3 坤：地。

⑪4 神州：谓京都长安。

⑪5 伊皋：伊尹、皋陶。

⑪6 致君：使君主成为圣明的天子。

⑪7 双阙：皇宫前供瞭望的楼。

⑪8 庆云：祥云瑞气。

⑪9 锵(qiāng)锵：佩玉之撞击声。

⑫0 紫宸：宫殿名。

⑫1 凤凰：宫内楼阁常称凤楼。

⑫2 麒麟：宫殿前常列铸金麒麟。

⑫3 修文：治文。

⑫4 皇化：天子的德政和教化。

## 鉴赏

岑参(715—769)，江陵(今属湖北)人，天宝三载进士及第，授内率府兵曹参军。天宝中两次出塞，分别在安西、北庭节度幕府中任职。至德二载归朝任右补阙。大历元年赴蜀为西川节度使杜鸿渐僚属，后转嘉州刺史，秩满罢官后卒于蜀中。其边塞诗最为著名。有《岑嘉州集》，皆为诗。《文苑英华》载其赋两篇。此篇录自《文苑英华》，个别字句据《唐文粹》《全唐文》校改。

此篇《文苑英华》(卷三五八)题岑参作，《唐文粹》(卷三三)、《全唐文》(卷三八九)题作独孤及。闻一多《岑嘉州系年考证》定为岑作，认为即杜确所云之《招蜀客归》；题当以“招北客归”为正。杜确《岑嘉州诗集序》云：“无几使罢，寓居于蜀。时西川节度,因乱受职,本非朝旨。其部统之内,文武衣冠,附会阿谀,以求自结,皆曰:中原多故,剑外少康,可以庇躬,无暇向阙。公乃著《招蜀客归》一篇,申明逆顺之理,抑挫佞邪之计。"说明了此文写作之时代背景。闻氏即以此篇作于大历四年岑参客居成都时。

蜀中之乱发生于永泰元年。闰十月,剑南节度使郭英乂为检校西川兵马崔旰所杀,邛州柏茂林、泸州杨子琳、剑南李冒巎起兵讨旰,大历元年诏杜鸿渐为剑南西川节度使,以平蜀乱。杜于崔旰委曲求全,"州府事悉以委旰"(《通鉴》)。大历二年杜鸿渐入朝,朝廷遂以旰为西川节度使。三年崔旰入朝,杨子琳乘虚攻入成都,赖崔宁(即旰)妾任氏募兵击退。岑参是随杜鸿渐入川的,大历二年就任嘉州刺史;三年秩满因乱事无法出川,只好客居成都。此文便是在这种情况下写成的。不了解这个时代背景,就难以深刻体会作者反复呼吁"北客归去来兮"的心理状态,大历四年岑参决计出川,北归前突然染病,不久便于成都去世了,结果北归之愿成为终身遗恨。

此文分五部分。第一部分先从蜀国历史写起,意在说明这里乃蛮夷之乡;继言此地气候不正,人多疾病,蜀不可住。去哪里呢?第二部分便言蜀东为急江高峡、风狂浪险,去此方向会"摧樯折竿","没而不还",所以"蜀之东兮不可以往"。第三部分继言蜀西高山重叠、冰雪封积、野兽凶残,犬戎亦以汉人为敌,"蜀之西不可往"。第四部分又言蜀南暑雨毒瘴、白日无光,"南方之人"尚不敢过,北客安能去此?"蜀之南兮不可以居"。三个方向皆不可去,就只有北归一条路了。第五部分便言蜀北有道直通于秦,"秦地神州"正是皇帝居住的地方,那里一片祥瑞之气,况且皇帝正在"搜贤修文","蜀之北兮可以往,北客归去来兮"。

此篇流露着明显的对少数民族的严重歧视和对边远地区的特殊偏见,这是首先应当批判的。但我们不想在这方面多费笔墨,因为这不是作者不愿居蜀的真正原因。蜀中战乱频仍,使他感到朝不保夕,所以一心北归;蜀将跋扈,不遵朝旨,府吏只知阿谀自保,君臣义淡,所以厌居蜀地。作者极言向往朝廷之心,亦有申明大义之意在。嘉州刺史任满,他原打算当即出蜀,却为战乱所阻。他视蜀中为身不保道不正之地,所以在此文中把东、西、南皆写得那样可怕,去之连生命都不保,只有北归一条光明大道,便是这种心情的反映。李白《蜀道难》描写蜀道是"蜀道之难难于上青天"。同样的由秦入蜀之道,在岑参的笔下是"下有长道,北达于秦",却成了坦途。李白《蜀道难》作诗本意虽多歧说,但有一点是肯定的,即奉劝对方不要入蜀。为此目的,那蜀道就“难于上青天”了。而岑参是要出蜀,受此情绪支配,蜀道也就“易于履平地”了。一“入”一“出”,蜀道的难易便截然不同。王国维曾把诗人分为客观诗人和主观诗人两类,岑参与李白便都是这样的主观诗人。所以此文所描写各处方物态势实际皆是作者赋予了它们以情感的色彩,是作者身未归而心已归的表现。

赋离不开铺叙。郑玄说“赋之言铺”(《周礼·春官·大师》注);刘熙载说“叙物以言情谓之赋”(《艺概·赋概》)。岑参此作便具有赋的鲜明特色,其描写东方则是窄峡急流、狂涛险浪,入天之陡壁,不测之风云;描写西方则是气候之严寒,道路之险绝,野兽之凶猛,异族之乖戾;描写南方则是天气之阴湿,毒瘴之可怕,纵笔挥洒,淋漓尽致,令人惊心动魄,取得了极强的艺术效果。从写法上看,此文受《楚辞·招魂》影响为最大,《招魂》先言东南西北四方之不可止托,继言楚国宫室之美,招“魂兮归来”。岑参此作言三方之恶,东、西、南为绝境,只有北方一条生路,招北客归去。岑参是个想象力十分丰富的诗人,且有较长期的从军边塞的经历,见多了各种奇观异景。人们评其边塞诗语奇、意奇,此文同样具有这个特点。

(尹占华)

# 茶　赋

顾　况

稽天地之不平兮[①]，兰何为兮早秀？菊何为兮迟荣？皇天既孕此灵物兮，厚地复糅之而萌[②]。惜下国之偏多[③]，嗟上林之不生[④]。

至如罗玳筵、展瑶席，凝藻思、开灵液[⑤]，赐名臣、留上客；谷莺啭、宫女嚬[⑥]，泛浓华、漱芳津，出恒品、先众珍[⑦]。君门九重，圣寿万春。此茶上达于天子也。

滋饭蔬之精素[⑧]，攻肉食之膻腻；发当暑之清吟[⑨]，涤通宵之昏寐。杏树桃花之深洞，竹林草堂之古寺；乘槎海上来[⑩]，飞锡云中至[⑪]。此茶下被于幽人也[⑫]。

雅曰："不知我者，谓我何求[⑬]？"可怜翠涧阴，中有碧泉流。舒铁如金之鼎，越泥似玉之瓯[⑭]；轻烟细沫霭然浮，爽气淡烟风雨秋。梦里还钱[⑮]，怀中赠橘[⑯]，虽神秘而焉求？

**注释**

① 稽：考，计。又，通"乩"，意为卜问。

② 糅：混合。

③ 下国：此泛指南方。

④ 上林：苑名。

⑤ 开：除，释。灵液：酒。开灵液，意即解酒。

⑥ 嚬:同“颦”,皱眉。
⑦ 恒品:常有的物品。
⑧ 滋:增益。
⑨ 发:开启。
⑩ 乘槎:神话,见《博物志》。
⑪ 飞锡:僧人往来。
⑫ 幽人:隐者。
⑬ “不知”两句:见《诗经·王风·黍离》。
⑭ “舒铁”两句:分别指优质精美的煎茶和沏茶器皿。
⑮ 梦里还钱:事见《异苑》。
⑯ 怀中赠橘:事见《续搜神记》。

## 鉴赏

顾况(?—806?),字逋翁,苏州海盐(今属浙江)人。肃宗至德二年(757)进士,曾官著作郎。“能为歌诗,性诙谐,虽王公之贵与之交者,必戏侮之……”(《旧唐书·顾况传》)终因此被劾,贬饶州司户。晚年居茅山,自号华阳真逸。他关心民生疾苦,作诗注重“声教”,积极反映现实;敢于大胆尝试,富有创造精神,多用口语,不避俚俗,句法长短错杂,诗风平易流畅,为新乐府运动的先驱。原有集,今已佚,明人辑有《华阳集》。存赋三篇,除《茶赋》外,尚有《高祖受命造唐赋》和《莽墟赋》。

自《诗经》以还,“鸟兽草木”就多为文人所吟诵。咏物篇什,俯拾即是,难以计数,但写茶者却不多见。然而就茶的起源、流传,它的特性及其在文化生活中的作用和地位来看,却是不该被文学家们忽视的。中国是世界上产茶最早的国家,相传神农氏已开始制茶。最早的两部小学著作《尔雅》和《说文》对茶都有记载。《搜神记》和《世说新语》等书中都有关于茶的故事传说。大约到唐时,饮茶之风已经由南向北遍及全国,并产生了第一部系统论述茶的理论著作——陆羽的《茶经》。在中外文化交流史上,茶曾作为特殊的使者,沿着丝绸之路西进欧洲,又跨越大海东入日本,对世界文化做出过积极贡献。茶是一种特殊的饮料,对人类生活有重要价值。唐代裴汶《茶述》云:“茶……其性精清,其味浩洁,其用涤烦,其功致和,参百品而不混,越众饮而独高。”日本茶祖荣西禅师(1141—1215)《吃茶养生记》云:“茶者,养生之仙药也,延寿之妙术也。山谷生之,其地神灵也;人伦采之,其人长命也。”因此,自古以来它就受到人们的特殊钟爱。唐代杨华《膳夫经手录》云:“累日不食犹得,不得一日无茶也。”因此，可以毫不夸张地说，茶完全堪与另一珍贵饮料——酒相媲美。只不过两者的特性有所不同而已。或如陆羽所说：“蠲忧忿，饮之以酒；荡昏寐，饮之以茶。”(《茶经·饮》)两者各擅其美，互有所长。非常有趣的是，唐代还出现了不少比较茶酒的差别而且争论优劣高低的民间文学。如敦煌出土的唐人故事赋《茶酒论》。这篇作品采用拟人化的手法、诘难的方式表现茶与酒的互相争奇夸功。另外，布依族和藏族也流传有《茶和酒》《茶酒夸功》两篇寓言体民间文学，其内容与《茶酒论》相似。可见，茶和酒一样在我国人民的日常文化生活中占有相当特别而重要的地位。然而，令人遗憾的是古往今来咏酒之作多得似乎比饮酒之人尚多，而写茶之篇却又少得仿佛比不喝茶之人还少。唯其如此，顾况这篇以茶为素材的作品，自应受到我们的“另眼相看”。

顾况之前，仅见晋代杜育有篇《荈赋》。荈(chuǎn)，茶也。从内容看，杜文只是客观地铺叙茶的生长、采集和煮制。而顾况则不同，他主要是描写茶与社会生活的各种关系；与此同时，汲取六朝小赋的抒情特长，婉曲地抒发了自己隐逸山林、宁静淡泊的思想情感。这大概有两个原因。顾况一生仕途不顺，郁郁不得志，晚年归隐茅山(今江苏镇江附近)。而茅山自东汉以来就是一个道教中心，并且盛产茶叶。所以，很可能《茶赋》即作于此时此地。顾况自号华阳真逸，可见他的志趣自然是清静恬淡的，他把这样的感情色彩皴染到了作品上。此其一。其二，从描写对象看，由于茶具有前述特性，所以人们都把饮茶视为“俭素”，是所谓的“素业”(见《太平御览·茶》)。《封氏闻见录·饮茶》云：饮茶习俗由南到北的形成与学禅有直接关系。另外，著名的日本茶道也正是饮茶风俗的禅化。据此可以说，茶文化的精神实质就是宁静无为、清心淡泊。

此赋是短章小制，仅二百余言，但其艺术构思则颇具特色。层次清晰，结构完整。开篇赞叹造化孕育“灵物”；结尾曲传清静淡泊情怀。中间两层以对比方式分别铺陈茶的“上达天子”和“下被幽人”。而从内在联系看，这两层实为一宾一主，即“上达天子”是宾，“下被幽人”是主。前者是后者的反衬，后者才是作者的真正用心所在。作者以“幽人”自况，从而为下文抒情写志张本。

一般认为文赋肇始于晚唐杜牧(如《阿房宫赋》)，而成熟于北宋苏轼(如《赤壁赋》)。但是，我们发现《茶赋》这种作品已经具有文赋的雏形了。譬如，从句式、字数和押韵角度看，篇中至少有“此茶上达于天子也”“此茶下被于幽人也”和“虽神秘而焉求”诸句是典型的散文句子。后一句虽入韵,但就其与邻句的关系看,仍是单行只句,并且韵脚用字与前面重复。赋的体式有一个演变过程,有人把它描述为古赋—俳赋—律赋—文赋(见明代徐师曾《文体明辨》)。细加考察,我们看到一个有趣的现象,即文赋在某些方面是对古赋的复归,因为文赋的重要标志之一是骈散相间,而这也正是早期古赋的一个特点。文赋是受中唐散文界的复古即古文运动影响而出现的,顾况正是那一时期的人,他的创作受其影响当属自然。另外,前已提及,顾况在文学创作上是颇具创新精神的。因此,从赋史的角度看,可以说,《茶赋》这种作品远绍两汉古赋之遗范,后启唐宋文赋之先河,它是介于俳赋、律赋和文赋之间的过渡性作品。

(任之初)

# 云中古城赋

张　嵩

开元十有四年冬[①]，孟月张子出玉塞[②]，秉金钺[③]，抚循边心[④]。窥按穷发[⑤]，走汗漫之广漠[⑥]，陟峥嵘之高阙。徒观其风马哀鸣，霜鸿苦声，尘昏白日，云绕丹旌。虏障万里[⑦]，戍沙四平[⑧]。乘蒙恬之古筑[⑨]，得拓跋之遗城。

伊昔晋人失政，亡彼金镜[⑩]。海水朝飞，欃枪夕映[⑪]。鹅呈而二京继覆[⑫]，马渡而五胡交盛[⑬]。慨逐鹿而争雄[⑭]，空瞻乌而莫定[⑮]。

于是魏祖发大号，鼓洪炉[⑯]。天授宏略，神输秘图[⑰]，北清獯狁[⑱]，南振荆吴[⑲]。由是一太阴以建极[⑳]，则广莫而论都[㉑]。遂征板干[㉒]，庀徒卒[㉓]，铲嶕峣[㉔]，刬崛屼[㉕]，因方山以列榭[㉖]，按长城以为窟[㉗]。既云和而星繁，亦丘连而岳突。月观霞阁[㉘]，左社右鄽[㉙]，玄沼泓汯涌其后[㉚]，白楼巀嵲兴其前[㉛]。开士子之词馆，列先王之藉田[㉜]。灵台山立，璧水池圆。双阙万仞[㉝]，九衢四达[㉞]。羽旄林森[㉟]，堂殿胶葛[㊱]。当其士马精强，都畿浩穰[㊲]，始摧燕而灭夏[㊳]，终服宋而平梁[㊴]。故能出入百祀，联延七主。击鲁卫之诸侯，廓秦、齐之土宇[㊵]。礼兴乐盛，脩文辉武，讲六代之宪章，布三阳之风雨，亦云已矣哉？

俄而高祖受命[41]，崇儒重才。南巡主鼎之邑[42]，北去轩辕之台[43]。鹏抟海运[44]，凤举天迥[45]。嗤纥真之鸟死[46]，忆新野之花开[47]。自朝河洛[48]，地空沙漠。代祀推移，风云萧索温室树[49]，古瀛洲水涸[50]。城未哭而先崩[51]，梁无歌而自落[52]。魏家美人闻姓元[53]，新声巧妙今古传[54]。昔日流音遍华夏，可怜埋骨委山樊[55]。城阙摧残犹可惜，荒郊处处生荆棘。寒飙动地胡马嘶[56]，若个征夫不沾臆[57]。人生荣耀当及时，白发须臾乱如丝。君不见魏都行乐处，只今空有野风吹。乃载歌曰[58]：云中古城郁嵯峨[59]，塞上行吟麦秀歌[60]。感时伤古今如此，报主怀恩奈老何[61]？

## 注释

① 开元：唐玄宗年号。

② 孟月：孟冬之月。张子：作者自称。玉塞：玉门关。

③ 钺：古代兵器。

④ 抚循：抚慰。

⑤ 窥按：察巡。穷发：寸草不生的地方。

⑥ 汗漫：无边无际。

⑦ 虏障：边境险要处防御敌人的堡塞。

⑧ 戍：防守。平：平城（今山西大同）。

⑨ 蒙恬：秦代将军。

⑩ 金镜：铜镜。

⑪ 欃枪：彗星名。

⑫ 鹅：鹅阵，古代战阵名。呈：现。鹅呈，指战争。

⑬ 马渡："五马渡江"事。五马即五王，一马即司马睿。马，指五王皆姓司马。五胡：西晋政权灭亡后，匈奴、鲜卑、羯、氐、羌等北方五族先后建立十六国政权。故有"五胡十六国"之称。

⑭ 逐鹿：争夺天下。

⑮ 瞻乌：见《诗经·小雅·正月》。后以瞻乌喻乱世流离失所的百姓。

⑯ 鼓洪炉：克敌制胜，势如炉火燎毛。语本《三国志·魏书·王粲传附陈琳》。

⑰ 输：降。

⑱ 獯狁：又名猃狁，北方少数部族名。

⑲ 荆：楚。

⑳ 一：统一。太阴：太岁星的别名。极：准则，法则。

㉑ 广莫：同上文之"广漠"。论都：指北魏天兴元年，拓跋珪确定建都

平城。
㉒ 干:筑墙时立在两头之木。
㉓ 庀(bì):备。徒卒:服劳役者。
㉔ 嶕峣:山高耸之貌。
㉕ 剞(jī):刻刀。此处指刻削。崛屼:突起的荒山秃岭。
㉖ 因:顺山势。榭:在台上盖的高屋。
㉗ 按:依势。
㉘ 观(guàn):台榭。
㉙ 社:社庙。廛(chán):市场及民房。
㉚ 玄沼:黑水池。泓汯(hóng):水势回旋的样子。
㉛ 巃嵸:山高峻之貌。
㉜ 藉田:古时帝王于春耕前亲耕农田,以奉祀宗庙。
㉝ 仞:一仞八尺(一说七尺)。
㉞ 衢(qú):四通八达的道路。
㉟ 旄:竿顶用旄牛尾为饰的旗。
㊱ 胶葛:错杂之貌。
㊲ 都畿:王都所在地及其周围地区。浩穰:人口众多之兴旺景象。
㊳ 燕:北燕。夏:十六国之一。
㊴ 宋:南朝宋。梁:南朝梁。
㊵ 廓:廓清,肃清。
㊶ 高祖:指北魏孝文帝。受命:承天命,继位为君。
㊷ 主鼎之邑:即洛阳。
㊸ 轩辕:黄帝。
㊹ 鹏抟海运:喻北魏孝文帝迁都洛阳之举。
㊺ 迥:远。"凤举天迥"亦指迁都事。
㊻ 嗤:嗤笑。纥真:纥干山,在今山西大同。
㊼ 新野:县名,今属河南。
㊽ 自朝河洛:自从迁都洛阳。
㊾ 温室树:指平城故王宫。
㊿ 瀛洲:传说东海之中仙人所居之所。
51 "城未哭"句:本指春秋齐杞梁妻哭倒城墙事,借指平城衰败。
52 梁无歌:出《列子·汤问》。
53 "魏家"句:暗指鲜卑人变俗改姓。
54 "新声"句:胡地琵琶及乐曲流传中原。
55 委山樊:葬山旁。
56 胡马:北方胡地之马。
57 沾臆:流泪。
58 载歌:作歌。
59 郁嵯峨:高峻壮丽。云中古城:指云中郡(唐时治所在平城)的平城。
60 塞:边塞。麦秀歌:见《史记·宋微子世家》。
61 奈老:无奈年迈。

## 鉴赏

张嵩,生平事迹不详。或说即张孝嵩。《新唐书·艺文志》有《张孝嵩集》十卷,注云:"字仲山,南阳人,开元河东节度使,南阳郡公。"又《朝英集》注云:"开元张孝嵩出塞,张九龄、韩休……贺知章所撰送行。"这与本赋开首所述作者出塞的时间、职务正合。

本赋是篇登临怀古之作。作者于开元十四年奉命巡边。他登上云中风土尘烟的荒漠古城,遥想到昔日魏都的繁华,有感于沧桑之变,写下了这篇感时伤古之作。表达了作者渴望及时建功的壮志和垂暮无奈的悲痛心情。

本文共分四段。第一段从“开元十有四年冬”至“得拓跋之遗城”。交代作者登临云中古城的时间和背景。首段颇类序文,但又与序文有别。本段不仅仅是交代,也有作者的观感。“徒观其风马哀鸣,霜鸿苦声”是伤今,“乘蒙恬之古筑,得拓跋之遗城”是怀古。抚今追昔,过渡自然。

作者登临所见是“尘昏白日,云绕丹旌”,所闻是“风马哀鸣,霜鸿苦声”,一派萧瑟悲凉的景象。此时此刻,此情此景,怎能不让人追怀当年蒙恬大将军雄居四平,威镇边关的英姿丰采;又怎会忘记这儿曾是北魏繁华的都城?作者在第一段中设置了古今相连的纵线,并以此贯穿全篇。

第二段从“伊昔晋人失政”至“空瞻乌而莫定”。作者猛烈抨击晋人失政,二京沦陷,五马南渡,山河破碎,为下文北魏崛起,重整河山,建都平城张目。本文的重点是第三段,第二段只是一个过渡段,所以本段用笔简括。“慨逐鹿而争雄,空瞻乌而莫定”,既是承上,也是启下。

第三段从“于是魏祖发大号”至“亦云已矣哉”。作者热情洋溢地赞颂北魏拓跋营都平城的丰功伟业。“于是魏祖发大号,鼓洪炉。天授宏略,神输秘图,北清玁狁,南振荆吴。”作者运笔至此,文势陡起,激扬高亢。拓跋氏一匡天下之功受到了高度赞誉。公元398年,北魏道武帝拓跋珪决定建都平城,揭开了平城史上最辉煌的一页。“征板干,庀徒卒,铲嶕峣,剞崛屼”,一连串的短语排句,节奏急剧加快,如火急流星,似催征战鼓,活现了当年紧张繁忙、如火如荼的建设场面。“因方山以列榭,按长城以为窟,既云和而星繁,亦丘连而岳突”,历历如画,雄奇壮观。作者仿佛就是那总揽全局的设计师。其实作者又何尝有幸亲见古代的劳动场景,他是在胸中设计,在内心建造。虽然这一切纯系拟构,可是读者却觉得句句是真。作者是用真实情感换得读者的共鸣。

第四段从“俄而高祖受命”至结尾。作者体谅北魏迁都,痛惜平城衰败,抚今追昔,感慨万千。为了强化对汉人的统治,孝文帝决定由平城迁都洛邑。“嗤纥真之鸟死,忆新野之花开”,作者体谅魏帝的苦衷并且用“鹏抟海运,风举天迴”这种美好的字眼加以肯定。“自朝河洛,地空沙漠”,北魏南迁既是平城的不幸,也是鲜卑人的不幸。孝文帝禁止鲜卑人着胡服,死后也不得归葬故里,连姓也要改为汉姓。这是维持北魏政权的明智之举，也是鲜卑人的耻辱。文中对魏家美人的追怀和同情也正是基于这一点。“魏家美人闻姓元，新声巧妙今古传。”这不仅是表情达意的需要，也是谋篇布局的需要。作者不失时机地于中插入“今古”的字眼，不露痕迹地由怀古过渡到伤今。“人生荣耀当及时，白发须臾乱如丝”，这里有积极的追求，也有灰色的感叹。“君不见魏都行乐处，只今空有野风吹”。作者情不空发，紧紧扣住登临不放。本文首尾贯通，一气呵成，畅谈古今，挥洒自如，干净利落，没有拖泥带水之弊。

（刘国华）

# 裴将军剑舞赋 并序

乔　潭

元和秋七月，羽林裴公献戎捷于京师[1]。上御花萼楼[2]，大置酒；酒酣，诏将军舞剑，为天下壮观。遂赋之，其词曰：

将军以幽燕劲卒[3]，耀武穷发[4]；俘海夷[5]，虏山羯[6]。左执律[7]，右秉钺[8]；振旅阗阗[9]，献功于魏阙[10]。上享之[11]，则钟以捍簴[12]，鼓以灵鼍[13]；千伎度舞[14]，万人高歌；秦云动色，渭水跃波；有肉如山，有酒如河；君臣乐饮而一醉，夷夏薰薰而载和[15]。帝谓将军，拔剑起舞，以张皇师旅[16]，以烜赫戎虏[17]，节八音而行八风[18]，奋两阶之干羽[19]。

公于是乎贝胄朱綅而作色[20]，虎裘锦裼而攘臂[21]，抗棱威[22]，飘锐气。陆离乎武备[23]，婆娑乎文事[24]；合桑林之容以尽其意[25]，照莲花之彩以宣其利[26]。翕然鹰扬[27]，翼尔龙骧[28]。锋随指顾[29]，锷应徊翔[30]。取诸身而耸擢，上其手以激昂。纵横耀颖[31]，左右交光。观乎此剑之跃也，乍雄飞[32]，俄虎吼，摇辘轳，射牛斗[33]。空中悍慓[34]，不下将久。飙风落而雨来[35]，果惬心而应手。尔其陵厉清浮[36]，绚练敻绝[37]，青天兮可倚[38]，白云兮可决[39]。睹二龙之追飞[40]，见七星之明灭[41]；杂朱干之逸势[42]，应金奏之繁节[43]。至乃天轮宛转[44]，贯索回环[45]，光充融乎其外，气浑合乎其间。若涌雪涛，如飞云山；万夫为之雨汗[46]，八佾为之惭颜[47]。及乎度曲将终[48]，发机尤捷[49]。或连翩而七纵[50]，或瞬息而三接[51]；风生兮篟旆襜襜[52]，电走兮彤庭晔晔[53]。阴明变见[54]，灵怪离躐[55]。将鬼神之无所遁逃，岂蛮夷之不足震慑。

嗟夫，兰子之迭跃[56]，其技未雄；仲由之自卫[57]，其舞未工。岂若将军为百夫之特[58]，宝剑有千金之饰。奋紫髯之白刃[59]，发帝庭之光色；所以象大君之功，亦以宣忠臣之力。或歌曰："恍恍武臣[60]，耀雄剑兮清边尘，威戎夷兮率来宾[61]。焉用轻裾之伎女[62]，长袖之才人[63]。"天子穆然[64]，诏伶官[65]，斥郑卫[66]。选色者使觇乎军容[67]，教舞者俾观乎兵势[68]。激楚结风[69]，发扬蹈厉[70]。佥谓将军之剑舞[71]，古未之制[72]。

## 注释

① 羽林：皇帝的禁卫军。

② 花萼楼：在长安。

③ 幽燕：今河北北部及辽宁一带。

④ 穷发：北方不毛之地。

⑤ 海夷：古代东方沿海的民族。

⑥ 羯：古代北方民族。

⑦ 律：军法。

⑧ 钺：兵器。

⑨ 振旅：整顿部队。阗（tián）阗：象声词。

⑩ 魏阙：朝廷的代称。

⑪ 享：犒劳。

⑫ 捍簴（jù）：坚实的钟架。

⑬ 灵鼍（tuó）：神龟。

⑭ 度舞：有节奏地舞蹈。

⑮ 夷夏：夷，"海夷""山羯"；夏，中原汉民族。载和：和平。

⑯ 张皇：光大炫耀。

⑰ 烜赫：盛大的威势。

⑱ 节八音而行八风：语出《左传·隐公五年》。八音，用金、石、土、革、丝、木、匏、竹制成的乐器；八风，八方之风。

⑲ 奋两阶之干羽：见《尚书·大禹谟》。

⑳ 贝胄朱綅：语出《诗经·鲁颂·閟宫》。胄，头盔；綅（qīn），线。

㉑ 裼(xī):裘上复加的外衣。攘(rǎng)臂:捋袖伸臂,振奋激昂的样子。
㉒ 抗:高扬。棱威:威势。
㉓ 陆离:参差错综之貌。
㉔ 文事:礼乐制度等文治之事。
㉕ 桑林:乐曲名。容:法度,节奏。
㉖ 莲花:宝剑名。
㉗ 翕(xī)然鹰扬:收拢剑器,如鹰之欲飞。
㉘ 翼尔龙骧(xiāng):伸展剑器,如骏马飞驰。
㉙ 指顾:手指目视。
㉚ 锷:剑刃。徊翔:本鸟盘旋飞行。
㉛ 耀颖:剑光闪耀。颖,刀的锋芒。
㉜ 雄飞:《后汉书·赵兴传》:"大丈夫当雄飞,安能雌伏。"
㉝ 射牛斗:剑光直射天空。
㉞ 悍慓:轻捷勇猛。
㉟ 飙(biāo)风:暴风。
㊱ 陵厉:勇往直前,气势猛烈。
㊲ 绚练:疾速。敻(xiòng)绝:寥远。
㊳ 青天可倚:宋玉《大言赋》:"长剑耿耿倚天外。"
㊴ 白云可决:语出《庄子》。
㊵ 二龙:一双宝剑。
㊶ 七星:七星剑。
㊷ 朱干:红色大盾。逸势:超绝的气势。
㊸ 金奏:击钟奏乐。
㊹ 天轮:天的轮子。
㊺ 贯索:星宿名。
㊻ 雨汗:流汗,指惊心动魄。
㊼ 八佾(yì):古代天子专用的乐舞,纵横皆八人。
㊽ 度曲:按谱奏乐。
㊾ 发机:开始的时机。
㊿ 连翩:连续不断。七纵:多次跳起。
51 三:数度。
52 蒨旆(qiànpèi):绛色的旗帜。襜(chān)襜:迎风飘动。
53 彤庭:皇宫中庭。
54 变见:变化、显现。
55 离躝:逃跑。
56 兰子之迭跃:见《列子·说符》。迭跃,连续跳起。
57 仲由之自卫:仲由(子路)被杀于卫。
58 百夫之特:才过百人。特,杰出。
59 紫髯:紫色的胡须。
60 洸(guāng)洸:威武之貌。
61 率来宾:都来臣服。
62 轻裾:轻薄的衣服。
63 才人:宫廷女官。
64 穆然:严肃恭敬。
65 伶官:乐官。
66 郑卫:指郑卫淫荡的乐舞。
67 觇(chān):观看。
68 俾(bì):使。
69 激楚、结风:均古歌名,曲调高亢激越。
70 发扬蹈厉:舞蹈时动作威武有力。
71 佥:都。
72 制:舞式。

## 鉴赏

乔潭的生平事迹,知之甚少。《新唐书·元德秀传》中说他是梁人,师事元德秀。《唐摭言》中提到他是天宝十三载进士,为陆浑尉。他没有诗歌流传下来,《全唐文》载其赋七篇,记四篇。

《裴将军剑舞赋》中的裴将军当指裴旻,他善剑舞。《新唐书·文艺传》称"文宗时,诏以白诗歌、裴旻剑舞、张旭草书为'三绝'"。《文苑英华》载此赋首句作"后元年秋九月",《唐文粹》作"元和年秋八月",《全唐文》作"元和秋七月"。按唐无"后元年",裴旻是睿宗时人,非"元和"可知。"元和"疑是"延和"之误。裴旻在睿宗延和元年,"尝与幽州都督孙佺北伐"(《新唐书·文艺传》),但史载这次北伐,唐军大败,佺亦被杀,与赋中所记献捷事不合,或旻另有北伐事,亦未可知。

剑舞作为一项艺术活动,在我国由来已久,据《史记·项羽本纪》记载,鸿门宴上,项庄曾对项羽说:"军中无以为乐,请以剑舞。"但在文学作品中,这样酣畅淋漓地描写剑舞,纵横恣肆,铺采摛文,在乔潭之前,还未曾有过。

赋的正文可分为三部分,第一部分从开头到"奋两阶之干羽",写这次剑舞的背景;第二部分从"公于是乎贝胄朱綅而作色"到"岂蛮夷之不足震慑",集中笔墨写剑舞之精彩;第三部分借题发挥,抒写作者的感受。在这狂欢痛饮、高歌恣舞的盛大场面中,裴将军受诏挥剑上台。这样浩大的背景,这样热烈的气氛,是为写剑舞准备蓄势的,为下文描写剑术之精湛,起到了很好的烘托作用。结尾几句,借皇帝之语:命将军舞剑,以宣扬朝廷的武功文德,风化天下。鲜明点出裴将军剑舞的意义价值,与后两部分的描写相照应,成为统领全篇思想的线索。

第二部分可以分作三层来欣赏,第一层到"左右交光",写舞剑的人。第二层到"八佾为之惭颜",写剑。第三层人剑合写。第一层,作者把裴将军随心而腾跃、应手而高扬的、潇洒自如的剑术,描绘得肖如目前,尤其是"鹰扬""龙骧"两个比喻,形神兼备,用典而不露痕迹,产生了一个比表层的形象描绘更为丰富并有着想象余地的舞剑奇境。第二层撇开人,将目光集中到凌空飞舞的剑,似乎只见剑,不见人,但这寒光闪烁、风生虎吼的剑,正表现了裴将军献捷时那踌躇满志的精神风采。作者绘声绘色,穷态极形,赋予精湛的剑术以奇辞异彩,构成寻绎无际的艺术境界。尤其是作者融神话传说、想象幻想与眼前所见为一体,在宝剑从人间到天上的纵横驰骋中,获得一个超越舞剑本身的审美空间。这就把精湛剑术的发人遐思溢于笔端;又把剑舞对人们心灵的洗礼冲击形于言外。舞剑的奇观被描写得如此神采飞动,使人如临其境,心骇神悸,的确不凡。接着,“万夫为之雨汗,八佾为之惭颜”两句,通过观众的诚心倾服,从客观效果上衬托渲染了剑技之高超。第三层把目光落到将军身上,这是剑舞结束前的高潮时期,将军连翩七纵、瞬息三接。舞台上忽如红旗招展、彤庭生辉、热烈辉煌,忽而冷风飒飒、电闪雷鸣、灵怪奔窜。作者穷极想象,把剑技的各种情态,写得洪纤不漏、气吞大荒、生动可感,显示了其驾驭文字的非凡才力。

第三部分抒写作者观舞的感受,表达对裴将军之崇仰与歌颂。先用两个典故,一抑一扬,指明兰子之“技未雄”,子路之“舞未工”,鲜明衬托出将军之杰出过人。进而用作者的评述、观舞者之讴歌和天子的态度,层层深入揭示了将军剑舞所蕴涵的深刻意义:既显示了国家的威势,又能表达忠臣的诚心;可以“清边尘”“威戎夷”,使天下悦服归诚,实在是和“轻裾之伎女”“长袖之才人”的艺舞不能同日而语的!不但如此,它还深深感动了天子,足以使朝政日新:天子斥退了郑卫妖女,告诉朝官,选择的宫女应当有军人的气质,教演乐舞应当显示军队的气势。决心用高亢激越、壮烈威武的歌舞熏陶人心,以助世风!至此,裴将军剑舞所体现的精神内涵已经得到淋漓尽致的揭示,作者于是用观舞者一致的赞语:此舞亘古未有,干净利落地结束了这篇赋。

中国古代乐舞一体,“干戚羽旄谓之乐”(《礼记·乐记》),而且中国文化特别重视乐舞的政治教化作用,所谓“礼乐刑政,其极一也,所以同民心而出治道也”(同上)。乔潭此赋在主旨的深化方面,也未越此窠臼,它揭示的裴将军剑舞的精神指向,就在于对整个社会的民情风俗以至国家的安危治乱的巨大作用。就写作技巧上讲,此赋的精彩处在写舞剑一段,它笔路疏放,驰墨不羁,有许多铿锵有声的句子,也不乏缤纷绚烂的辞藻。作者通过精巧的构思和丰富的想象,形神兼具,将舞剑的千姿百态连缀成文,写得纵横开阖,波澜迭起,的确给人以奇观满目、剑风盈耳的美感。

（胡大浚　伏俊连）

# 拔河赋

薛 胜

皇帝大夸胡人以八方平泰，百戏繁会[①]。令壮士千人，分为二队。名拔河于内，实耀武于外。伊有司兮昼尔于麻，宵尔于纫[②]。成巨索兮高轮囷[③]，大合拱兮长千尺。尔其东西之首也[④]，派别脉分以挂人胸腋[⑤]；各引而向以牵乎强敌。载立长旌，居中作程[⑥]，苟过差于所志，知胜负之攸平[⑦]。

于是勇士毕登，嚣声振腾；大魁离立，麾之以肱[⑧]。初拗怒而强项，卒畏威而伏膺[⑨]。皆陈力而就列，同拔茅之相仍[⑩]。瞋目赑屃[⑪]，壮心凭陵[⑫]。执金吾袒紫衣以亲鼓[⑬]，仗柱史持白简以监绳[⑭]。败无隐恶，强无蔽能[⑮]。咸若吞敌于胸中，惨莫蛩芥[⑯]；又似拔山于肘后，匪劳凌兢[⑰]。然后一鼓作气，再鼓作力，三鼓兮其绳则直。小不东兮大不东[⑱]，允执厥中[⑲]。鼍鼓逢逢[⑳]，士力无穷。身挺拔而不动，衣帘襜以从风[㉑]。斗甚城危，急逾国蹙[㉒]。履陷地而灭趾，汗流珠而可掬。阴血作而颜若渥丹[㉓]；胀脉偾而体如瘿木[㉔]。可以挥落日而横天阃[㉕]，触不周而动地轴[㉖]。孰云遇敌迁延，相持蓄缩而已[㉗]。左兮莫往，右兮莫来。秦皇鞭石而东向，屹不可推[㉘]；巨灵蹋山而西峙，嶷乎难摧[㉙]。绳摞仆而将断，犹匍匐而不回[㉚]。大夫以上停眙而忘食[31]，将军已下虓阚而成雷[32]。千人抃，万人咍[33]；呀奔走，坌尘埃[34]。超拔山兮力不竭，信大国之壮观哉[35]！嗟夫虚声奚为[36]，决胜在场；实勇奚为，交争乃伤。彼壮士之始至，信其锋之莫当；洎标纷以校力[37]，突绳度而就强[38]。懦绝倒而臆仰[39]，壮乘势而头抢[40]。纷纵横以披靡[41]，齐拔刺而陆梁[42]。

天子启玉齿以璀璨，散金钱而莹煌[43]。胜者皆曰“予王之爪牙，承王之宠光”[44]，将曰“拔百城以贾勇[45]，岂乃牵一队而为刚[46]”。于是匈奴失筋[47]，再拜称觞[48]。曰“君雄若此，臣国其亡[49]”。

## 注释

① 平泰：太平。百戏：古代乐舞杂技表演的总称。

② 伊：彼。有司：官吏。尔：助词，无义。于麻：绩麻。纫：将两缕捻成单绳。

③ 轮囷：盘曲。

④ 尔：此。

⑤ 派别脉分：巨索两端又分出许多小绳索。

⑥ 作程：为界。

⑦ 过差：过，有所超过。差，有所不及。志：标志。攸平：确定。

⑧ 大魁：首领。离立：并立。麾：指挥。肱：胳膊。

⑨ 强项：性格刚强而不肯低首下人。伏膺：同“服膺”，衷心信服。

⑩ 陈力，施展才力。拔茅：拔河拔茅草。相仍：相互连接。仍，跟随。

⑪ 赑屃(bì xì)：猛壮有力之貌。

⑫ 凭陵：侵凌，进逼。

⑬ 执金吾：掌管京师治安的长官。

⑭ 仗柱史：侍御史。白简：弹劾之章。

⑮ “败无”二句：裁判者公正无偏袒。

⑯ 憯：通“憯”，曾、乃。虿(chài)芥：梗塞的东西。

⑰ 匪劳：不用，不必。凌兢：恐惧战栗。

⑱ “小不”句：绳两端拉直。

⑲ 允：用以。厥：其。中：直正不偏。

⑳ 鼍(tuó)鼓：鼍皮蒙的鼓。鼓声逢(péng)逢然像鼍鸣。

㉑ 帟襜：轻扬飘动。

㉒ 甚：超过。国：都城。蹙(cù)：紧迫。

㉓ 阴血：体内之血。渥丹：润泽的朱砂。形容面色红润。

㉔ 胀脉：鼓起的筋脉。偾(fèn)：激

动。瘿木:外部隆起如瘤的树。

㉕ 挥落日:典出《淮南子·览冥》,喻人力胜天。天阃(kǔn):天门。

㉖ 触不周:典出《淮南子·天文》,喻力大无穷。

㉗ 蓄缩:退缩。

㉘ 秦皇鞭石:喻坚定如石,不可动摇。

㉙ 巨灵:擘开华山的河神。

㉚ 擈仆:擈(pò),掷击,投落。仆,向前倾跌。意谓绳将断裂堕地。不回:不逃避。

㉛ 停眙(chì):凝视。

㉜ 虓阚:虓(xiāo),虎吼;阚(hǎn),虎怒之貌。

㉝ 抃(biàn):鼓掌。咍(hāi):笑。

㉞ 呀(xiā):张口。坌(bèn):尘污飞扬。

㉟ 信:的确。

㊱ 虚声:观众所发之声。

㊲ 洎(jì):及。纷:旗帜的飘带。校(jiào):较量。

㊳ 突:冲撞。绳度:绳的一定长度。就强:倒向强方。

㊴ 臆仰:挺着胸。臆,胸骨。

㊵ 壮:力量大的一方。头抢:以头触地。抢(qiāng),触、撞。

㊶ 披靡:草木随风倒伏。

㊷ 拔剌:象声词。陆梁:跳跃。

㊸ 莹煌:晶莹光亮。

㊹ 爪牙:得力之臣,供驱使之人。宠光:恩宠荣耀。

㊺ 贾勇:有多余的勇力可出售。

㊻ 刚:强大。

㊼ 失箸:饮食时受惊掉了筷子。

㊽ 称觞:举杯祝酒。

㊾ 臣国:为臣之国。

## 鉴赏

薛胜,唐河东人,曾进士及第,约生活在玄宗开元、天宝年间,生平事迹不详。现存《拔河赋》一篇,入《文苑英华》。

拔河之戏,相传起源于战国,称钩强、牵钩、拖钩等,原是讲习武艺、教练战术的一种军事体育活动。到唐代,延衍成为一种较力的游戏,始称拔河,在中宗、玄宗时期尤为盛行。中宗、玄宗曾多次在宫廷、梨园之内主持过拔河比赛。拔河之戏原有两层意义:一是"欲练英雄志",二是"预期年岁稔"。玄宗开元、天宝年间,号称盛世,王土辽阔,物阜民富,玄宗又是积极尚武开边,力图威慑四夷的一代天子,因此,他竟组织了一次千人拔河大赛,招请外邦使者观光,其用意不在用祈丰年,而是炫耀武力于中外。当时有河东进士薛胜,观后即兴,写下这篇气势不让千人拔河的名赋。

全赋三段,分叙赛前、赛中、赛后。第一段扼要点明这次大赛的意义目的,述及大赛的准备和赛规。

百戏纷呈,歌舞升平,也许是太平盛世的最一般表现方式,拔河表演虽属百戏,但以此向外族异邦夸示强大,欲使其臣服,实在是很戏剧化的夸张做法,也只有雄心勃勃的玄宗会这样想、这样做。作者从拔河之绳的编结制作下笔,即从表演的“道具”下笔,开首就造成夺人之先声,你看这绳:盘起来高大无朋,量起来粗达一围,长逾百丈,更令人抚膺咋舌的是巨绳两端分编的小索,林林总总数十上百根,要经得起千百力士的牵引拔拽,想必也是存韧粗实非凡,无怪要有司监督、工匠们夜以继日地制作了。勇士尚未出场,长旌为记,巨绳赫然,一场激烈壮观的好戏就要开始了!

第二段描写比赛的全过程,是全篇的重点、精彩部分。作者顺序道来,层次井然,在层次中又时有高潮迭起。第一层写竞争双方的最初角力。作者把力士们自负自信、睥睨一切的心理、神态点画得惟妙惟肖。毕竟指挥者的威信足以服众,毕竟这些骁勇不驯的力士懂得团结合力的至关重要,他们很快陈力就列,个个双目圆睁,如虎似罴,一而再、再而三的鼓声,激发着不断高涨的士气,也擂击着观众紧张激奋的心。力量聚集了,巨绳拉直了,第二层很快进入较力的胶着、相持阶段。在动与静的对峙中层现着力与力的较量。文章突出描绘双方相持不动时,蕴藏在这不动中的深厚、巨大的爆发力,这种爆发力正在千百勇士的筋脉肌肉中奔突膨胀,正在千百勇士的脚趾手臂上聚积增长,如山之巍峨,石之坚固,不可摧颓。除此还有拂衣的风在动,流淌的汗珠在动,局势扣人心弦,决胜一触即发。描写场内勇士的同时,作者还顾及到场外的观看者,无数鼓掌加油的,无数情急呐喊的,尘土飞扬,嘈喧如雷,寥寥几笔,游刃有余,就把场内的沉着镇定与场外的白热化喧腾融为一体,使其互为映衬,为最后的“爆发”,最后的分晓蓄足了气势。第三层是决战时刻的描写。经过几番拉锯似的来往回合,一方是就强披靡,一方是乘势奋力,一瞬间,五百力士齐声仆倒于地,五百力士齐声跳跃欢呼,胜负了然,高潮落幕。

第三段叙天子颁赏。胜方的两句壮语既体现了勇士们按捺不住的冲天豪气,也未尝不是天子君临天下,雄视八极的得意之情的流露。匈奴使者的两句话则照应开篇“皇帝大夸胡人”,尽管着墨不多,却丝丝入扣,“君雄若此,臣国其亡”——以夸张的赞语交代了这场戏剧化游戏的夸张效果,主宾二家,其神情语气相映成趣。

薛胜此赋一作,人争传诵。《旧唐书·薛存诚传》(存诚,薛胜之子。)评曰:“词致浏亮,为时所称。”这篇作品也确实当得起这一美誉。首先它以形象胜。这里的形象描写不是细腻纤密的工笔,而是类似丹青手的肖像速描,于人物的某个动作、某件道具,甚至一瞬间的某种表情传神写意。像执金吾半袒的紫衣,侍御史手持的白简,把这些平时正襟危坐的达官们在紧张竞争境地的忘形情态描摹得纤毫毕现。无论士卒、天子、文官、武将,稍许勾勒,便各呈其容,各具其神,使人如临其境,如睹其人,甚至唤起读者跃跃然为其呐喊、扼腕、欢呼的情绪。

其次它以文字的简洁胜。这与文章的气势有关,气盛则言宜,气顺则言畅。写这样一场规模浩大的竞赛,文气与整个竞赛场上的气氛十分相像,犹如乐曲雄壮有力的进行速度,略无梗碍。且篇幅不长,却面面俱到,下字准确形象,有时一字千钧,如挂人胸腋之"挂"字,本意为绳索挟在竞赛者的胸腋之下,用"挂"字,突出了力士如山般的沉着力量,结实粗大的绳只是"挂"于胸腋而已。一般来说,赋者,"铺采摛文"也,汉赋的雍容典雅、六朝赋的都丽浮艳,虽是一代成就,但"繁华损枝,膏腴害骨",辞藻过则为疵病。此赋或骈散相间,或设为问答,不存意于雕琢铺陈,层次丰富,描写却省净明快,加之音节铿锵,画面活泼,真是痛快文字,欢乐文字。所谓"盛唐气象",体此赋大概可以略见一斑了。

(段晓华)

# 祭田横墓文

韩　愈

贞元十一年九月[①]，愈如东京[②]，道出田横墓下[③]，感横义高能得士[④]，因取酒以祭，为文而吊之，其辞曰：

事有旷百世而相感者[⑤]，余不自知其何心；非今世之所稀，孰为使余歔欷而不可禁！余即博观乎天下[⑥]，曷有庶几乎夫子之所为[⑦]？死者不复生，嗟余此生其从谁；当秦氏之败乱[⑧]，得一士而可王[⑨]；何五百人之扰扰[⑩]，而不能脱夫子于剑铓[⑪]？抑所宝之非贤[⑫]，亦天命之有常[⑬]？昔阙里之多士[⑭]，孔圣亦云其遑遑[⑮]；苟余行之不迷，虽颠沛其何伤[⑯]！自古死者非一，夫子至今有耿光[⑰]；跪陈辞而荐酒[⑱]，魂仿佛而来享。

## 注释

① 贞元：唐德宗年号。
② 东京：东都洛阳。
③ 田横墓：在今河南偃师境内。
④ 能得士：田横自杀后，其随从二客“皆自到”，其余留在海岛上的五百人，“闻田横死，亦皆自杀”。司马迁评曰：“于是乃知田横兄弟能得士也。”
⑤ 旷：明白。
⑥ 博观：放眼看遍。
⑦ 庶几乎：大致接近。
⑧ 秦氏之败乱：指秦二世及孺子婴时。
⑨ 王（wàng）：为王。
⑩ 五百人：见《史记·田儋列传》。扰扰：众多之貌。
⑪ 铓（máng）：刀剑的尖端。
⑫ 所宝：所重视的人。非贤：不是贤者。
⑬ 常：规律。

⑭ 阙里：春秋时孔子住地。故名。
⑮ 遑遑：匆忙不安定的样子。
⑯ 颠沛：倒仆，指生活坎坷乃至不幸遭遇。
⑰ 耿：明，光彩照人。
⑱ 荐：进献，通常用于祭祀。

## 鉴赏

韩愈(768—824)，字退之，河内南阳(今河南孟州)人，郡望为昌黎，每自称昌黎韩愈。宋时追封为昌黎伯。三岁孤，养于从兄韩会。不久韩会卒，赖嫂郑氏抚养成人。他自幼好学，自知读书，日记数千言，弱冠就尽通六经百家之学。贞元八年(792)中进士，先后任宣武、宁武节度使判官、国子监博士、监察御史、刑部侍郎等。贞元十九年(803)，上书请免徭役赋税，又极论宫市之弊，得罪贬阳山(今广东阳山)令。元和元年(806)权知国子博士，改比部郎中、史馆修撰，累官至太子右庶子，再迁刑部侍郎。元和十四年(819)，因谏止迎佛骨，被贬潮州，再迁袁州刺史。穆宗时，召为国子祭酒，再迁京兆尹、兵部和吏部侍郎。卒赠礼部尚书，谥号“文”，故世称韩文公，又称韩昌黎。

韩愈政治上反对藩镇割据，思想上尊儒排佛。文学上力反六朝以来的骈偶文风，与柳宗元同为古文运动的倡导者。其散文在继承先秦两汉古文的基础上，加以创新和发展，气势雄健，为历代所宗；其诗力求奇险，以文入诗，虽有其不足，但风格独具，对宋诗乃至近代均有影响。他在中国文学史上的地位是十分重要的，历代公认他是唐宋八大家之首，是公允的。有《昌黎先生集》传世。

本文作于贞元十一年，其时韩愈28岁。本文的写作背景大体是：韩愈早年抱负甚大，然而仕途坎坷，做官无非“推官”“巡官”“宾佐”等，这就使得韩愈郁悒难安；特别贞元八年(是年韩愈中进士)后至本文写作时，他的个人命运又迭遭打击。

“感横义高能得士”，是本文的核心。韩愈在文首特别强调了像田横那种“能得士”的人是“今世之所稀”，经过他“博观乎天下”，竟然没有发现一个近似田横那样的“能得士”的人，这是促使他道祭田横并且“歔欷而不可禁”的主要原因。毫无疑问，这是韩愈结合自己的身世，对当时社会现实发出的谴责：他“试宏词科不售”，不是因为他没有真才实学，而是由于主考无“识士”的慧眼；三次上书宰相，如石沉大海，使自己难施宏图，那些宰相们在“得士”方面与田横是不能比拟的。从来“士为知己者死”，就像田横的五百“士”能随同田横生死不渝那样；而作者既然遇不到田横那样的慧眼独具者，于是自然发出了“嗟余此生其从谁”的慨叹。这是本文的一个主要方面。

令韩愈感到困惑的是：嬴秦末造，变乱纷呈，豪俊并起，得一士而可王，为什么像田横那种得士五百并决心与之同命的人，竟不能摆脱自杀的悲惨结局呢？请注意，韩愈在这里提出了“得士”的另一方面的问题：“士”固然需要“识士者”去“得”，而“识士者”所得的又需要是有真才实学的“士”，只有两者俱备，才能相得益彰；田横固然“能得士”，而最后的结局却不仅未“王”，而且最终不能摆脱自杀厄运，这只能有两个原因——或者是“所宝之非贤”，或者是“天命之有常”了。不能说韩愈不信天命，以“文起八代之衰”自命的韩愈不可能不打上“敬鬼神而远之”(《论语》)的孔夫子的烙印；而与此同时，韩愈又明确提出了田横在“得士”方面的“所宝之非贤”，这实际是从另一方面提出了一个紧密结合自己身世的社会问题：田横所宝非贤，固然是个悲剧；自己有真才实学，而不为人所识，又何尝不是一个时代的悲剧呢！这实际是韩愈对当时社会现实发出的又一谴责。

总计全文，序文 7 句，37 个字(不计标点，下同)；正文 22 句，151 个字。一共 29 句，188 个字，而包含了那么丰富的内容，的确是名副其实的短小精悍，言简意赅，虽受韵文制约而组织严密完整，虽几经跌宕起伏而结构紧凑，论证充分，气势磅礴，属于韩愈的代表作。《唐才子传》卷五说韩愈“英伟间生，才名冠世……独济狂澜，词彩灿烂。齐梁绮艳，毫发都捐。有冠冕佩玉之气，宫商金石之音。为一代文宗，使颓纲复振”，虽不无溢美——就人论人，韩愈只是一个封建正统“仁义道德”的传人，属于卫道者的行列；而就文论文，韩愈确乎是一代文宗，这是没有问题的。

(刘长桂)

## 送　穷　文①

韩　愈

元和六年正月乙丑晦②，主人使奴星结柳作车③，缚草为船[4]，载糗舆粻[5]，牛系轭下[6]，引帆上樯[7]，三揖穷鬼而告之曰："闻子行有日矣，鄙人不敢问所涂[8]，窃具船与车[9]，备载糗粻，日吉时良，利行四方，子饭一盂[10]，子啜一觞[11]，携朋絜俦[12]，去故就新[13]，驾尘彍风[14]，与电争先，子无底滞之尤[15]，我有资送之恩[16]，子等有意于行乎？"

屏息潜听[17]，如闻音声，若啸若啼，砉欻嘎嘤[18]。毛发尽竖，竦肩缩颈，疑有而无，久乃可明。若有言者曰："吾与子居，四十年余。子在孩提，吾不子愚[19]，子学子耕，求官与名，惟子是从，不变于初。门神户灵[20]，我叱我呵[21]，包羞诡随[22]，志不在他。子迁南荒[23]，热烁湿蒸[24]，我非其乡[25]，百鬼欺陵，太学四年[26]，朝齑暮盐[27]，惟我保汝，人皆汝嫌。自初及终，未始背汝[28]，心无异谋，口绝行语[29]，于何听闻，云我当去？是必夫子信谗，有间于予也[30]。我鬼非人，安用车船？鼻嗅臭香[31]，糗粻可捐[32]。单独一身，谁为朋俦？子苟备知，可数已不[33]？子能尽言，可谓圣智，情状既露，敢不回避？"

主人应之曰："子以吾为真不知也耶？子之朋俦，非六非四[34]，在十去五[35]，满七除二[36]，各有主张，私立名字，捩手覆羹[37]，转喉触讳[38]，凡所以使吾面目可憎、语言无味者，皆子之志也，其名曰'智穷'：矫矫亢亢[39]，恶圆喜方[40]，羞为奸欺，不忍害伤；其次名曰'学穷'：傲数与名[41]，摘抉杳微[42]，高挹群言[43]，执神之机[44]；又其次曰'文穷'：不专一能，怪怪奇奇，不可时施[45]，只以自嬉[46]；又其次曰'命穷'：影与形殊，面丑心妍[47]，利居众后，责在人先；又其次曰'交穷'：磨肌戛骨[48]，吐出心肝[49]，企足以待[50]，寘我仇冤[51]。凡此五鬼，为吾五患。饥我寒我，兴讹造讪[52]，能使我迷，人莫能间[53]，朝悔其行[54]，暮已复然[55]，蝇营狗苟[56]，驱去复还。"

言未毕，五鬼相与张眼吐舌，跳踉偃仆[57]，抵掌顿脚[58]，失笑相顾。徐谓主人曰[59]："子知我名，凡我所为[60]，驱我令去，小黠大痴[61]。人生一世，其久几何？吾立子名，百世不磨[62]。小人君子，其心不同，惟乖于时[63]，乃与天通[64]。携持琬琰[65]，易一羊皮[66]，饫于肥甘[67]，慕彼糠糜[68]。天下知子，谁过于予[69]？虽遭斥逐，不忍子疏，谓予不信，请质《诗》《书》[70]。"

主人于是垂头丧气，上手称谢[71]，烧车与船，延之上座[72]。

## 注释

① 送穷：送走穷神。

② 元和：唐宪宗年号。

③ 主人：韩愈自指。星：奴仆之名。结柳作车：用柳条编结个车子。

④ 缚：扎结。

⑤ 糗(qiǔ)：一种干粮。粻(zhāng)：食粮。

⑥ 牛系轭(è)下：牛车已驾好。

⑦ 引：牵引。

⑧ 涂：通"途"。

⑨ 具：准备。

⑩ 子饭一盂：即饭子一盂(饭)。

⑪ 啜(chuò)：饮。

⑫ 携、挈(qiè)：带领。朋、俦(chóu)：朋友，同伴。

⑬ 去故就新：离开老地方到新地方去。

⑭ 驾尘彍(guō)风：驾车快行扬起尘土，似驾尘雾而行。

⑮ 底滞：停止，滞留。尤：怨恨。

⑯ 资送之恩：资助送行的恩惠情义。

⑰ 潜听：暗暗细听。

⑱ 砉欻(xūxū)：象声词。窸窣声。嘎(yōu)嘤：杂乱的声音。

⑲ 吾不子愚：我不以为你无知。

⑳ 户灵：守门户的神灵。

㉑ 我叱(chì)我呵(hē)：即叱我呵我。

㉒ 包羞：忍受羞辱。诡随：曲意随从。

㉓ 子迁南荒：指韩愈被贬谪为阳山令

之事。迁:迁谪。

㉔ 热烁(shuò):酷热伤人。烁,同“铄”,消熔。湿蒸:湿气蒸腾。

㉕ 我非其乡:我不是那地方本乡本土的鬼。

㉖ 太学四年:韩愈任国子博士的四年。

㉗ 朝齑(jī)暮盐:饮食简陋,生活清苦。

㉘ 未始:未曾。

㉙ 口绝行语:口中决无要走的话。

㉚ 间:离间。

㉛ 鼻嗅臭香:用鼻子闻食物的气味。

㉜ 捐:弃。

㉝ 已不(fǒu):已,同“以”,又同“与”;不同“否”。已不,即以否,与否。

㉞㉟㊱三句变换方式,举出一个“五”字来。这是可数出来的穷鬼数。

㊲ 捩(liè)手覆羹:捩手,扭转手;覆羹,把羹汤碗打翻了。

㊳ 转喉触讳:说鬼在作祟,一张口就触犯了别人。

㊴ 矫矫:刚强方正的样子。亢(kàng)亢:刚直、高尚的样子。

㊵ 恶(wù)圆喜方:圆,圆滑;方,方正,刚直。

㊶ 数:术数,历数。名:名物,指有关典章制度一类的学问。

㊷ 摘抉:摘取和抉择。杳(yǎo)微:深远微妙的道理。

㊸ 挹(yì):酌取,摄取。

㊹ 执神之机:执,掌握;神,事物变化玄妙之理;机,机枢,关键。

㊺ 不可时施:不可能于当时施用。

㊻ 只以自嬉:只供自娱自乐。

㊼ 妍(yán):美丽,美好。

㊽ 磨肌戛(jiá)骨:形容肌疲骨酸,尽力为人辛劳。磨,同“摩”,抚摩。戛,轻轻地叩击。

㊾ 吐出心肝:对朋友诚意至极。

㊿ 企足:踮起脚后跟,引申为盼望。

51 寘(zhì):放置。

52 讹:谣言。讪(shàn):毁谤。

53 人莫能间:别人不能把穷鬼从身边离间出去。

54 朝悔其行:早上后悔自己与穷鬼分离不开的行为。

55 暮已复然:到晚上又恢复(自己所悔的)那个老样子。

56 蝇营狗苟:穷鬼们附缠于人贪浊无耻的样子。

57 跳踉(liáng):跳跃。偃:仰面跌倒。仆:俯身跌倒。

58 抵掌:抵,据童第德《韩集校诠》案语,当作“扺”(zhǐ)。抵掌:击掌,拍手。

59 徐:通“俱”,一起。

60 “子知我名”二句:你知道了我们(五鬼)的名字,和我们的一切所作所为。

61 小黠(xiá)大痴:有些小聪明,其实是大傻子。

62 “吾立子名”二句:我们(穷鬼)使你树立起声名,经历百世也不会磨灭。

63 乖于时:背离于时世。

64 乃与天通:符合天意。

65 琬琰(wǎnyǎn):皆美玉。

66 易:交易。

67 饫(yù):饱食。

⑱ 糠糜:用糠粃煮熬成的稀粥。

⑲ "天下知子"二句:天下了解你的人,有谁会超过我?

⑳ 质:问。

㉑ 上手:举起手。

㉒ 延:请。

## 鉴赏

偶读中唐诗人姚合的诗《晦日送穷三首》,觉得正好拈来作赏析韩愈《送穷文》的引子。

送穷,是唐时的民俗,在正月月底(晦日)举行。姚诗三首其一曰:"年年到此日,沥酒拜街中。万户千门看,无人不送穷。"则不光穷汉想送穷除贫,官民人等,千家万户,都兴致勃勃地齐来动手参与这项活动。韩愈在元和六年时44岁,正任河南令,想来他也是不乐意传说中的那个"穷子"(高辛氏的一个怪儿子,他生性不喜欢吃好的,穿好的)总淹留在自己身边,所以,派他的仆人星,按当时习俗,编织柳条以为车,扎结草把以为船,装上上路行旅用的干粮,并且套好了车轭,挂上风帆,将送行前的一切准备工作都安排得停停当当。于是,主人韩愈礼数周全地上前三揖穷鬼,致辞说:近来听说你们要远行,已有一段日子了,鄙人不敢打听你们要走哪条路线,也不知水陆两路,怎么选择,怎么走法,只好私下里备妥了船和车,装足了炒米粉、炒麦面等路粮,准备择个"利于出行"的吉日,以好酒好饭饯别你们一番。你们带领一帮朋友同伴离开此地去新的地方,祝愿你们一路顺风,飞速前行,那你们就不会再有老是滞留在像我这样穷人家的埋怨了,我也算有了一份资助你们远行的情谊,你们有意于马上就出发吗?

《送穷文》的第一段,在结构上说,是一问。从一问到得到一答的过程,正是韩愈妙笔生花之处,描写得细腻生动。先是待答者屏息住呼吸,凝神倾听,生怕漏掉任何一丝丝细微的回音,后来,从无到有,似乎有点声响,忽然远远地出现若"啸"若"啼"(这两种富含感情色彩)的鬼叫声,这是否发自地底冥府的呢?在这里,作者表现艺术技巧所在,是着力于细写听者的反应和感受。("毛发尽竖,竦肩缩颈,疑有而无,久乃可明。")那种人鬼对话的特殊氛围立刻得到了强化,有了非常的效果,文学手法同于他写音乐的名诗《听颖师弹琴》。

穷鬼对第一问的答词,等于写了韩愈40余年来的简历。在他生活的每一历史阶段,这些老家人似的穷鬼,同主人间的感情联系都非常亲密,是再通达人情也不过了:你

(韩愈)在孩提时,幼稚无知,我(穷鬼)不以为你愚笨不晓事。你开始读书、学耕、赴考求官求名位,我不变初衷,总是忠实地随从于你。任凭门神户灵呵叱、羞辱,我也决无二心。特别是当你迁谪阳山,经历磨难困厄时,我也作了他乡的客鬼,受尽当地土著百鬼的欺凌,我们共了患难。你回朝在太学过了四年简朴清苦的生活,别人都嫌弃你的时候,只有我在守护你。自始至终,在行运上我从未背弃过你,心中也绝对没有另谋出路的打算,口中也没有讲过要出走的话,你从什么地方听说我想离开你?必定是有人离间你我了。何况,退一步说,即便要走,那我们鬼非人类,又怎么用得着什么车啊船的呢?我们只消闻一闻食物的气味就已经是享用了,又何必备什么路上吃的干粮呢?并且,我单独一人,又有什么朋友同伙需要结伴而行呢?你如果知道(我同伙)情况的话,可不可以向我一一数说出来?你如果说得清楚,就是无所不晓的智士,那么我实际的情状暴露无遗了,又怎么敢不躲避开你呢?这段不肯离去的答词,层次清晰,衔接紧凑,言情说事,在在有理,满纸何见半点鬼相,直是一个忠厚可亲的老家人形象,耿耿然捧出一掬赤诚,几乎可以催人泪下。

第三大段文章是主人的辩驳词,也是全篇的第二问:你以为我真的无所知晓吗?嗨!一清二楚,你们这一伙的数目,不是四也不是六,满十之数去个五,满七之数去个二,总之,五员大将各有各的主张,还自己给自己起了名字。你们在暗中牵制我,使我一动手端羹汤就会打翻汤碗,一开腔说话就会触犯别人的忌讳。凡是可以使我面目可憎、语言无味的,就都成了你们的意愿。接着,一一摆出五个穷鬼的名字,历数它们各自的特点和(对我)为患的情状。这段正话反说的诙诡妙文,被清代文学家储欣一语道破天机:“实自誉也,与《进学解》同。”而近代文学家林纾批点《进学解》时说的:“文不过一问一答,而啼笑横生,庄谐间作,文心之狡狯,叹观止矣!”又正好可以移用于此。且看作者“狡狯”的“文心”,如何显现在五名特具创造性的穷鬼身上:第一名,叫“智穷”:刚强而高尚正直,厌恶世故圆滑,喜欢为人方方正正,耻于奸诈欺骗,不忍心伤害别人;第二名,叫“学穷”:轻视考究术数、历数和典章名物这等有形迹可求的小技,致力于研究阐发微妙的玄理,高瞻远瞩地摄取百家学说的精华,掌握事物变化神秘的机杼;第三名,叫“文穷”:不是只专长文学技能的某一方面,而把文章写得奇怪特别,富于创造和变化,不能适用于当时的现实,只好作为笔墨游戏用来自娱;第四名,叫“命穷”:影子与身形不一致,面目丑陋而心灵美好,有利可图的事先人后己,应该承担责任的事争在人前;第五名,叫"交穷":自己累得筋骨酸疼,尽力为人辛苦忙碌,至诚地能为朋友掏出心肺肝胆,奉献一切,对别人有所期待和盼望,得到的则是把我当作仇敌来对待。清代沈德潜论古代作家创作"性情面目,人人各具",论及韩愈,就标举出"世不我容"四个字。《送穷文》中刻意描述的这五位鬼物的上上品格,岂能见容于当世。言鬼即言人。明明韩愈是按自我鉴定的本人形象在画五鬼。下文拐了个弯子来感叹,说这五鬼是我的五个祸患,使我饥寒穷困,引起人们给我编造谣言和坏话。感叹之后,对这些冤家朋友还应该有一段新的表态,这里表白的此时此刻的作者心态,深含顿挫之致。

鬼们没等听完这一席话,纷纷起来发表己见,这就构成了全篇的第四部分——第二答。穷鬼们对主人的数落,失笑不已,它们那种有几分出格的惊狂表情和活跃神态,只用了四句话来描摹,却给读者留下难以忘怀的印象。宋代的马永卿曾自述:"仆少时在高邮学读《送穷文》,至'五鬼相与张眼吐舌,跳踉偃仆,抵掌顿脚,失笑相顾',仆不觉大笑。时同舍王抃彦法问曰:'何矧(笑至甚为矧)?'仆曰:'岂退之真见鬼乎?'彦法曰:'此乃髑髅之深頞蹙頞,盖想当然耳。'"(《懒真子》卷二)并且,在30年后又读韩文,这番奇文共欣赏的记忆再度浮现眼前,使他"抚卷惊叹者久之"。文中穷鬼们最后的答词,更是令人惊叹高论:你知道我们的名字和作为,还要来驱赶我们离开,这真是小处聪明,大处痴傻,人生一世,又有多长时间?是我们这帮穷鬼使你建立了声名,经历百世也不会磨灭。这段议论的中心"立名"问题,历代文人都是非常关注的,韩愈自不例外。宋代罗大经在《鹤林玉露》卷六中就断定:"余观韩退之《送穷文》,历述穷鬼之害,至末乃云:'吾立子名,百世不磨。'是到底却得穷鬼力。"韩愈大概也是自觉群鬼知音,言之在理。所以才有了全文喜剧性的结尾段:

主人垂头丧气,向穷鬼举手称谢,烧掉扎好的车和船,把老友们请回来让于上座。这就又可以接着读一读姚合《晦日送穷三首》的其二和其三:

"送穷穷不去,相泥欲何为?
今日官家宅,淹留又几时!"
"古人皆恨别,此别恨消魂。
只是空相送,年年不出门。"

至于本篇在形式上的模拟、承继扬雄《逐贫赋》,北宋有黄庭坚作过比较:"《送穷文》盖出于扬子云《逐贫赋》,制度始终极相似。而《逐贫赋》文类俳,至退之亦谐戏,而语稍庄,文采过《逐贫》矣。"认为在"拟前人文章"中,属"文章之美也"。(《山谷题跋》卷四)后来评者众多,叶梦得的分析是:"唯有韩退之……杰然知古作者之意。古今文辞,变态已极,虽源流不免有所从来,终不肯屋下架屋……《送穷文》即《逐贫赋》也,小有出入,便成一家。”(《避暑录话》卷上)南宋王楙叙述“作文祖述”,还举过“《送穷文》虽祖《逐贫赋》,然亦与王延寿《梦赋》相类,疑亦出此”。(《野客丛谈》卷三)明代杨慎《升庵诗话》卷四记载唐人余知古早就在《与欧阳生论文书》里指明韩文学古的篇目,其中当然包括本篇。

唐宋时对《送穷文》的仿作,亦可略举如下:洪迈《容斋续笔》卷十五记载:“唐宣宗时,有文士王振,自称‘紫逻山人’,有《送穷辞》一篇,引韩吏部为说,其文意亦工。”晚唐段成式,亦有《送穷文》,姚铉编《唐文粹》时只录了段文而没选韩文,有人还打抱不平。(见宋·张淏《云谷杂记》卷三)至于宋代青年文学家王令自叹生来“拘前迫后,失险堕深。举头碍天,伸足无地”的《送穷文》,更具体对穷鬼们讲道:“在昔有唐,贤曰韩公。立尔名字,俾传无穷。”只要世上文人的命运和穷鬼脱离不开,韩愈的《送穷文》,就必然余音不绝。

(罗　青)

# 进　学　解

韩　愈

国子先生晨入太学①,招诸生立馆下②,诲之曰:“业精于勤③,荒于嬉;行成于思④,毁于随。方今圣贤相逢⑤,治具毕张⑥,拔去凶邪⑦,登崇俊良⑧。占小善者率以录⑨,名一艺者无不庸⑩。爬罗剔抉⑪,刮垢磨光⑫。盖有幸而获选⑬,孰云多而不扬⑭?诸生业患不能精,无患有司之不明⑮;行患不能成,无患有司之不公。”

言未既⑯,有笑于列者曰⑰:“先生欺余哉⑱!弟子事先生于兹有年矣⑲。先生口不绝吟于六艺之文⑳,手不停披于百家之编㉑;记事者必提其要㉒,纂言者必钩其玄[23]；贪多务得，细大不捐[24]；焚膏油以继晷[25]，恒兀兀以穷年[26]：先生之业，可谓勤矣！觝排异端[27]，攘斥佛老[28]；补苴罅漏[29]，张皇幽眇[30]，寻坠绪之茫茫[31]，独旁搜而远绍[32]；障百川而东之[33]，回狂澜于既倒[34]：先生之于儒，可谓有劳矣！沉浸醲郁，含英咀华[35]；作为文章，其书满家[36]；上规姚姒[37]，浑浑无涯[38]。周诰殷盘[39]，佶屈聱牙[40]；《春秋》谨严[41]，左氏浮夸[42]，《易》奇而法[43]，《诗》正而葩[44]；下逮《庄》《骚》[45]，太史所录[46]，子云相如[47]，同工异曲[48]：先生之于文，可谓闳其中而肆其外矣[49]！少始知学，勇于敢为[50]；长通于方[51]，左右具宜：先生之于为人，可谓成矣[52]！然而公不见信于人[53]，私不见助于友[54]；跋前踬后[55]，动辄得咎[56]！暂为御史[57]，遂窜南夷[58]；三年博士[59]，冗不见治[60]；命与仇谋[61]，取败几时[62]；冬暖而儿号寒，年丰而妻啼饥！头童齿豁[63]，竟死何裨[64]？不知虑此，而反教人为[65]！”

先生曰：“吁！子来前！夫大木为杗[66]，细木为桷[67]，欂栌侏儒[68]，椳闑扂楔[69]，各得其宜，施以成室者，匠氏之功也[70]。玉札丹砂[71]，赤箭青芝[72]，牛溲马勃[73]，败鼓之皮[74]，俱收并蓄[75]，待用无遗者，医师之良也。登明选公[76]，杂进巧拙[77]，纡余为妍[78]，卓荦为杰[79]，校短量长，惟器是适者[80]，宰相之方也。昔者孟轲好辩[81]，孔道以明[82]，辙环天下[83]，卒老于行[84]；荀卿守正[85]，大论是弘[86]，逃谗于楚，废死兰陵[87]。是二儒者，吐辞为经[88]，举足为法[89]，绝类离伦[90]，优入圣域[91]，其遇于世何如也[92]？今先生学虽勤而不繇其统[93]，言虽多而不要其中[94]，文虽奇而不济于用[95]，行虽修而不显于众，犹且月费俸钱，岁糜廪粟[96]，子不知耕，妇不知织，乘马从徒[97]，安坐而食，踵常途之役役[98]，窥陈编以盗窃[99]！然而圣主不加诛，宰臣不见斥，兹非其幸欤？动而得谤，名亦随之[100]；投闲置散，乃分之宜[101]，若夫商财贿之有无[102]，计班资之崇庳[103]，忘己量之所称[104]，指前人之瑕疵[105]，是所谓诘匠氏之不以杙为楹[106]，而訾医师以昌阳引年[107]，欲进其豨苓也[108]。

## 注释

① 太学：国子监。
② 诸生：国子监的学生。
③ 业：学业。
④ 行：德行。
⑤ 圣贤：圣君贤相。
⑥ 治具：法令。毕张：全部得以实施。
⑦ 拔去：除去。
⑧ 登崇：提拔，推崇。
⑨ 占：有。
⑩ 名一艺：有一技之长为人所知。
⑪ 爬：梳理。罗：搜罗。剔：区别；区分。
⑫ 刮垢磨光：去除污垢，研磨光洁。
⑬ 盖：发语词。
⑭ 多而不扬：才行多有却不被选拔。
⑮ 有司：设官分职，各有专司。
⑯ 既：尽，完。
⑰ 列：队列当中。
⑱ 余：我们。
⑲ 事先生于兹：从跟随先生学习到现在。
⑳ 绝吟：停止诵读。六艺：《诗经》《尚书》《易经》《礼记》《乐经》（已亡佚）和《春秋》。
㉑ 披：翻阅。百家：各学派。
㉒ 记事者：对于有关记事的著作。要：大纲。
㉓ 纂言者：对于有关立论的著作。
㉔ 捐：抛弃。
㉕ 膏油：灯烛。晷（guǐ）：日影。
㉖ 兀兀：勤奋劳苦的样子。
㉗ 觝（dǐ）排：抵制排除。
㉘ 佛老：佛教和道家。
㉙ 补苴（jū）：填补。罅（xià）：《说文》："裂也"。
㉚ 张：扩大。皇：通"煌"。
㉛ 坠绪：行将失传的学业。
㉜ 旁搜：从各方面搜求（证据）。绍：继承。
㉝ 东之：使它（百川，意谓各种学派）向东方流去。
㉞ 狂澜：谓来势凶猛的异端邪说。
㉟ 含、咀：含在口里咀嚼品味。英、华：均指历史典籍中的精华。

㊱ 其书满家：极言写作文章时参考书多。
㊲ 规：遵循。姚：虞舜的姓。姒：夏禹的姓。姚、姒用以指《尚书》中的《虞书》和《夏书》。
㊳ 浑浑：博大精深。
㊴ 周诰：《尚书》中的《大诰》《康诰》《酒诰》《召诰》《洛诰》等。殷盘：《尚书》中的《盘庚》上、中、下三篇。
㊵ 佶屈：文义艰深。聱(áo)牙：读着别扭。
㊶ 谨严：文辞简约。
㊷ 左氏：《左传》。浮夸：记事铺张夸大。
㊸ 奇：《周易》中八卦等变化奇妙。法：有法则。
㊹ 正：义理正大。葩：辞藻华美。
㊺ 逮：到。
㊻ 太史：司马迁。录：实录。
㊼ 子云：扬雄。
㊽ 同工异曲：文体不同，却同样美妙。
㊾ 闳(hóng)：宏大。肆：奔放，流畅。
㊿ 敢为：大胆实践。
51 方：学术；道理。
52 成：完备。
53 见信于人：被别人相信。
54 见助于友：为朋友所帮助。
55 跋前踬(zhì)后：进退两难。
56 咎：罪过。
57 暂：时间短。
58 南夷：阳山在今广东，故称。
59 三年：一作"三为"。
60 冗：闲散。见：同"现"。
61 命：命运。仇：仇敌。谋：合。
62 取：获，致。
63 头童：头顶光秃。
64 竟：终。裨：补益。
65 为：反问语气词。
66 宋(máng)：大梁。
67 桷(jué)：方的椽子。
68 欂栌(bólú)：柱上短木，即斗拱。侏儒：梁上的短柱。
69 椳(wēi)：门臼。闑(niè)：门中间的短柱。扂(diàn)：门闩。楔(xiē)：门框两侧用以固定门框的短木。
70 匠氏：负责设计的工匠。
71 72 玉札、丹砂、赤箭、青芝均贵重中药。
73 74 牛溲、马勃、败鼓皮均普通药材。
75 俱收并蓄：全部收集并同样贮存起来。
76 登明选公：选拔人才看得清楚，选得公正。
77 杂：一并。
78 纡余：委屈从容的样子。
79 卓荦(luò)：卓越出众。
80 惟器是适：恰当使用。
81 孟轲：孟子。
82 以：因而。
83 辙：轮迹。
84 老于行：老死于周游之中。
85 守正：恪守正道。
86 大论：大道理。
87 废死兰陵：见《史记·荀卿列传》。
88 吐辞：言论。经：经典。
89 法：法则。
90 绝类、离伦：超越同辈人。

⑨¹ 圣域:圣人的范围。
⑨² 遇:待遇。
⑨³ 繇:通"由"。
⑨⁴ 要:通"邀"。
⑨⁵ 奇:文章出色。
⑨⁶ 岁:名词用作状语。廪粟:国家仓库里的粮食。
⑨⁷ 从徒:使仆役跟随着。
⑨⁸ 踵:跟随。役役:疲乏。
⑨⁹ 陈编:古旧图书。
⑩⁰ 名亦随之:名声跟着被谤而受损。
⑩¹ 分(fèn):本分。
⑩² 若夫:至于。财贿:财货。
⑩³ 班资:品级排列资格。庳(bì):地势低洼。
⑩⁴ 己量:个人的分量。称:通"趁"。
⑩⁵ 瑕:玉石上的斑点。
⑩⁶ 杙(yì):小木桩。楹:大立柱。
⑩⁷ 昌阳:菖蒲。
⑩⁸ 豨(xī)苓:猪苓,药草名。利尿剂。

## 鉴赏

《进学解》写于元和七年(812),字面上讲学生进德修业的道理,实际在指责当时宰相不识贤愚,抒发满腹愤慨的心情。

作为一种文体来说,"解"的特点是通过骈散交错的语言来阐释一种道理。韩愈共写过四篇"解":《获麟解》《通解》《择言解》,还有《进学解》。《进学解》与之不同。其他三篇是议论文,而《进学解》是赋。首先,从文章的组织结构上看,《获麟解》是直接从"获麟"这件事解说"麟"是不是吉祥物的;《通解》是直接解说"古之言'通'者"与"今恒人之言'通'者"的不同的;《择言解》是直接解说说话不可"择而不慎"的,明显属于议论文。而《进学解》有故事情节:"国子先生"先向"诸生"训了一番话,于是"诸生"中有人从多方面对"国子先生"进行了反驳,末了"国子先生"有针对性地从各方面阐述道理,作了进一步的"辩解",酷似《七发》等汉赋的结构。其次,从语言上来说,其他三篇全部使用散文语言,而《进学解》却骈散错杂,而又以韵文为主,符合赋的语言特征。最后,《周礼·大师》郑注:"赋之言铺,直铺陈今之政教善恶";《毛诗·关雎序》正义:"赋者,铺陈今之政教善恶,其言通正变,兼美刺",这些都是其他三篇所无,而为《进学解》通篇贯串。下面作具体分析。

一,《进学解》是"直铺陈今之政教善恶"的正面文章。如国子先生亦即作者开头所直陈:"方今圣贤相逢,治具毕张,拔去凶邪,登崇俊良。占小善者率以录,名一艺者无不庸。"这是讲当时社会君臣相得,上下团结;法令齐全而且得以贯彻实施,是凶邪,不仅要"拔"(罢免),而且要"去"(赶走),是俊良,不仅要"登"(提拔),而且要"崇"(表扬),哪怕有一点善行、一技之长,都将得到录用,不埋没任何人才。先生教导诸生:"业患不能精,无患有司之不明;行患不能成,无患有司之不公。"完全可以这样说,韩愈在这一段话里,对当时的社会现实是持肯定态度的,尽管他自己仕途上很不得意,但他面对自己的学生并没有丝毫流露。"心气和平"是本文的基调,"诸生业患不能精,无患有司之不明,行患不能成,无患有司之不公"是本文的总纲。二,《毛诗序》所谓"兼美刺",亦即班固在《汉书·司马相如传赞》中引扬雄语"劝百而讽一",不妨说这也就是赋的基本特征之一。《进学解》的这一点在第二部分"诸生"答"国子先生"的一段话中。三,第三部分才是真正的"解"。针对"诸生"的责难,先生从以下几方面进行了精辟的解说:客观存在着长与短、贵与贱、公与私、明与昧的差异,关键在于一位能工巧匠必能让长材短材"各得其宜,施以成室",一位高明医师对各种药材必能"俱收并蓄,待用无遗",一位好宰相必能网罗各种各样的人才,"校短量长,惟器是适"。就人才而言,"业"必"精","行"必"成",这是首要的,但不遇圣君贤相,就很难期用于世。先生"学虽勤","言虽多","文虽奇","行虽修",而又各有不足。

《进学解》是历代传诵名文。评述者甚多,以清代学者所评为最详尽。下面略引几则有代表性的,用作赏析的借鉴。(一)何焯《义门读书记》谓:"有轻视肆志之意。然怨而不怒,亦无愧词。"(二)过珙《〈古文评注〉评语》谓:"设为问答,意若自责,却反自誉。其叙失意处,正是其得意处。"(三)蔡铸《蔡氏古文评注补正全集》谓:"体格是从《客难》《解嘲》《答宾戏》得来。而此文扬人抑己,尤胜前作。公文不以雕饰为工,而此篇极修辞之妙,尤具排山倒海之势。至篇中用韵语,亦步子云之后,更为可诵云。"

(刘长桂)

# 由鹿赋①并序

吕温

贞元己卯岁②，予南出襄樊之间③，遇野人絷鹿而至者④。问之，答曰："此为由鹿，由此鹿以诱致群鹿也⑤。"备言其状⑥，且曰："此鹿每有所致，辄鸣嗥⑦，不饮食者累日⑧。"予喟然叹曰⑨："麌之即鹿也⑩，必以其类致之⑪。人之即人也⑫，亦必以其友致之。实繁有徒⑬，从古然矣⑭！"嗟乎⑮！鹿无情而犹知痛伤⑯，人之与谋实安残酷者⑰，彼何人斯⑱，彼何人斯！物微感深⑲，遂作赋曰⑳：

鹿之生兮，亦秉亭毒㉑。备齿角以无竞㉒，循性情而自牧㉓。姑有昧于行止㉔，尚焉知乎倚伏㉕。舍而崇林㉖，轻游近麓㉗。偶巧网之生致㉘，蒙主人之全育㉙。饮以渫井㉚，饲于芳庭㉛。寝卧荃柔，腾倚兰馨㉜。露往霜来，日安月宁。虽矫性之非乐㉝，终感恩而不惊㉞。曾不知养非玩物㉟，用有深意。命曰由鹿㊱，俾陷其类㊲。

凉秋八月，爽景清气㊳。羁致山阿㊴，縻于蹊隧㊵。设伏以待，翳丛而伺㊶。同气相求，诱之孔易㊷。将必慕侣㊸，岂云贪饵？呦呦和鸣，麌麌狎至㊹。彼泯虑于猜信㊺，此无情于诚伪㊻。孰是仓促㊼，祸生所忽㊽。毒镝欻以星贯㊾，潜机划其电发㊿。或洞胸而达腋[51]，或折足而碎骨。望林峦兮非远[52]，顾町疃兮未灭[53]。风嗥泽而北至，日掩山而西没。走骇侣于岩烟[54]，叫饥麛于涧月[55]。苟行路之闻者[56]，孰不心摧而思绝[57]？

相尔由矣[58]，野心而仁[59]。望纯束兮惊惋[60]，顾获车兮逡巡[61]。视鼎中之消烂[62]，观机上之剖分[63]。忽哀鸣以感类，若沉痛之在身。虽复处之密迩[64]，享以丰珍[65]，比槛猿之骇跃[66]，同海鸟之愁辛[67]。敢择音而后死[68]，思走险其何因？痛无知以相陷，含怨毒而莫伸[69]。

客有感而言曰："物诚有诸[70]，人亦宜乎[71]？摭事或比[72]，原心则殊[73]，借如淮阴构祸[74]，冤在神理[75]。通说且拒[76]，豨谋宁起[77]？堂堂萧公，实曰知己[78]，给致钟室[79]，胡宁忍此[80]？吕禄之难[81]，谁非汉臣，交则不义，卖亦不仁。彼美郦生，既为交亲[82]，诱袭军印，岂无他人[83]？"於戏[84]！微兽伤类，如不自容。忍人卖友[85]，而享其功，天交道兮坠义风[86]，曾麑鹿之不若，何仁信之可宗[87]？已焉哉[88]！谅此世之茫茫[89]，吾未见其始终[90]。

## 注释

① 由鹿：用以诱引其野鹿之鹿。由：诱。

② 贞元：唐德宗的年号。

③ 南出：南行经过。

④ 野人：猎户。絷（zhì）：羁系。

⑤ 致：招来。

⑥ 备言：详细介绍。

⑦ 辄：就。嗥（háo）：大声呼叫。

⑧ 累日：连续多日。

⑨ 喟（kuì）然：叹息的样子。

⑩ 虞：猎人。

⑪ 其类：鹿的同类。

⑫ 即：使他前来（就范）。

⑬ "实繁"句：大量地存在着这类人。

⑭ 然：这样。

⑮ 嗟（jiē）：叹词。

⑯ "鹿无情"句：即下文"野心而仁"的意思。

⑰“实安”句：残酷不仁而心安理得。
⑱斯：虚词。
⑲微：小。
⑳遂：于是。
㉑秉：秉性。亭毒：自然养成。此指鹿先天平和淳厚的本性。
㉒备：具备。
㉓循：顺。自牧：自己寻草吃，自养。
㉔姑：且，暂时。行止：前进（还是）停止。
㉕倚（yǐ）伏：靠着什么或藏起来。
㉖舍：住。
㉗近麓（lù）：山脚附近。
㉘巧网：精心设置的罗网。
㉙蒙：接受。全：成全，不杀害。
㉚渫（xiè）井：清洁的井水。
㉛芳庭：长有青草的院落。
㉜荃（quán）柔：柔软的香草。腾：跳。
㉝矫性：改变了原来的习性。
㉞终：到底。
㉟曾：竟然。
㊱命：取名。
㊲俾：使。陷：诱捕。
㊳爽景：明亮的阳光。
㊴羁：拴系。山阿：山丘。
㊵縻（mí）：系住。蹊（xī）：小路。隧：坑道。
㊶“设伏”二句：指猎人。翳（yì）：遮蔽。
㊷同气：同类。孔：甚，很。
㊸慕侣：追求伙伴。
㊹麌（yǔ）麌：群鹿聚集的样子。狎（xiá）至：尽情戏玩。
㊺泯虑：无意。信：相信。
㊻此：由鹿。
㊼孰是：哪料到这样。
㊽忽：不知不觉。
㊾镝（dí）：箭头。欻（hū）：忽然。星贯：像流星穿过。
㊿潜机：暗藏的机关。划：象声词。
51 或：有的。洞：穿透。
52 峦（luán）：小山。
53 町疃（tiǎntuǎn）：鹿践踏的地方。
54 走骇侣：鹿群中受惊脱险的拼命逃跑。
55 麛（mí）：小鹿。
56 苟：如果。
57 孰：随。心摧：极度痛心。思绝：深思。
58 相：细看。
59 野心而仁：禽兽之心还有仁德。
60 纯束：绳索。
61 逡（qūn）巡：徘徊不前。
62 鼎：大锅。
63 机：案板。
64 处：住，安置。密迩（ěr）：近，与猎人更亲近的地方。
65 享：招待。丰珍：丰盛的美味。
66 比：似。槛：关在笼中。
67 “同海鸟”句：见《庄子·至乐》。
68 音：同“窨”。
69 毒：恨。
70 诸：之。
71 宜：应当（这样）。
72 摭（zhí）：取。比：同。
73 原：推究。
74 借如：假如。淮阴：韩信。
75 “冤在”句：指韩信。

⑯ 通:蒯通。
⑰ 豨:陈豨。
⑱ 堂堂:方正、光明正大。萧公:萧何。
⑲ 绐(dài):欺骗。
⑳ 宁:能。
㉑ 吕禄:吕后的侄子吕禄。
㉒ 彼:指吕禄。美:与……友好。
㉓ 诱袭:诱使。
㉔ 於戏(wūhū):叹词。
㉕ 忍:残忍。
㉖ 交道:交友之道。义风:仁义的风操。
㉗ 宗:尊奉。
㉘ 已焉哉:算了吧。
㉙ 谅:相信。茫茫:混杂不清,没个定准。
㉚ 始终:指道理、条理、原则。

## 鉴赏

吕温(772—811),字和叔,一字化光,河东(今山西永济)人。贞元十四年进士及第,复中博学宏词科,授秘书省校书郎。因与王叔文、韦执谊友善,贞元末,再迁为左拾遗。贞元二十年六月,秘书监张荐为吐蕃吊祭使,吕温以工部郎中副之,出使吐蕃,并转为侍御史。他本是二王革新集团的成员,因为王叔文、王伾、柳宗元进行革新期间,他不在朝内,所以在"二王八司马事件"中未受到牵连。今传《吕和叔文集》(一作《吕衡州集》)十卷,内录赋作四篇。其他三篇皆为律体,惟《由鹿赋》为古体。

所谓"由鹿",就是经过猎人驯养、用来诱引捕捉其他野鹿的一种引鹿。根据本赋序文所述,作者在"南出襄樊之间"时偶然见到这种由鹿,因而心中产生了无限感慨,想到在现实生活中"人之即人也,亦必以其友致之"的问题,于是写此赋。在历代辞赋写作中,他第一次把所谓"卖友"问题纳入写作主题,因而受到了后代人们的重视。

全赋由五段组成。第一段是全赋的序文,说明了此赋写作的因由缘起,明确地点出了本赋的主题思想所在。一只微不足道的由鹿,使作者引起了深沉的感叹和思考,可见这篇赋作是有其较强的现实性和针对性的。

第二段至第五段是赋的正文。在第二段里,作者说明,由鹿的本性原是单纯的、平和的、与世无争的,它的"由"的作用,完全是猎人后天驯育的结果。它原来无知无虑,顺应自然,逍遥自在。因驯养它的本性慢慢改变了,在同类中的作用也改变了,完全变成陷害自己同类的帮凶了。经过这样的描述,由鹿的特点、形象,就生动、具体地呈现在读者的面前,并使人产生了谅解之情。第三段是写猎人利用由鹿为引鹿而诱捕其他野鹿的情况。由鹿这时也“无情于诚伪”,依然一无所知,没料想自己做了猎人的帮凶,成了自己同类的敌人。可怜那些被诱上当的野鹿,仓促之间,遭到了残酷的捕获和伤害。第三段,作者完全采取了拟人化的手法,代由鹿抒情,说明由鹿“野心而仁”的特点,以衬托现实生活中“卖友”者的“野而不仁”。作者把由鹿写得非常具有人性,看到自己的同类因自己诱引而被捕,内心极为悲痛,以至要摆脱这种被豢养、被利用的处境,内心是充满着无限的伤痛和内疚的。作者的描述,是真切的,感情是深沉的,这种代物抒情,把由鹿人情化的表现方法,实在是本赋的精妙之笔。最后一段,作者以物喻人,由猎人的狩猎活动联想到现实人生。

全篇赋文,结构严谨,层次清晰,描述也极为细致、生动。它没有魏晋以来辞赋的那种浮丽委靡的弱点,也没有某些辞赋铺采摛文、大肆铺排夸饰的毛病,文风是颇为自然朴实的。特别全赋重点是在写由鹿,真切、具体,符合由鹿的特点和身份,大有柳宗元辞赋拟人于物的手法和风格,更体现出作者较高的写作技巧和水平。全赋表面上是在写鹿,实际上步步为了写人,最后由由鹿诱引同类而联系到人的“卖友”,过渡得也非常自然贴切,因而也就能够艺术地达到了自己的写作目的。

(霍旭东　朱正义)

# 瓶　　赋

柳宗元

昔有智人，善学鸱夷[1]，鸱夷蒙鸿[2]，罍罃相追[3]。谄诱吉士[4]，喜悦依随。开喙倒腹，斟酌更持。味不苦口，昏至莫知。颓然纵傲，与乱为期。视白成黑，颠倒妍媸。己虽自售，人或以危。败众亡国，流连不归。谁主斯罪？鸱夷之为。

不如为瓶[5]，居井之眉[6]。钩深挹洁，淡泊是师。和齐五味[7]，宁除渴饥。不甘不坏，久而莫遗。清白可鉴，终不媚私。利泽广大，孰能去之？绠绝身破[8]，何足怨咨！功成事遂，复于土泥。归根返初，无虑无思。何必巧曲，徼觊一时[9]。子无我愚，我智如斯。

## 注释

① 鸱夷：皮袋，用以盛酒。
② 蒙鸿：庞大。
③ 罍（léi）、罃（yīng）：皆古代似壶的盛酒器。
④ 吉士：善良的人。
⑤ 瓶：古时的汲水器。
⑥ 眉：井边。
⑦ 和齐：调和。
⑧ 绠：系瓶的井绳。身，指瓶。
⑨ 徼觊（jiǎojì）：侥幸追求。

## 鉴赏

柳宗元（773—819），字子厚，河东（今山西永济）人，唐代著名的思想家和文学家。贞元九年（793）进士及第。王叔文、王伾等进行政治改革，柳宗元被擢为礼部员外郎。积极推行革新活动。后因遭到藩镇、宦官及朝臣反对，唐顺宗因病禅位，唐宪宗在革新反对派的拥立下继位，进行不到半年的“永贞革新”随之惨败。王叔文被贬，旋赐死；王伾被贬，不久亦死于贬所；其他革新成员柳宗元、刘禹锡、韦执谊等八人，皆外贬为远州司马，史称“二王八司马事件”。柳宗元贬为永州(今湖南永州)司马，困辱愁苦，愤激万端，一居十年，直到元和十年(815)才得改为柳州刺史，四年后死于柳州，世称柳柳州，有《柳河东集》传世。

柳宗元不仅是著名的散文家，被后人誉为“唐宋八大家”之一，而且是一位成就卓著的辞赋家。他的诗文共有六百多篇，大部分写于永州。今存赋十二篇，骚体文九篇、对答八篇，共有辞赋作品三十篇左右。在辞赋发展史上，他开创了新的一页，起了承先启后的巨大作用。

本文虽题曰《瓶赋》，而实则所赋并不止是瓶。它先以几乎一半的篇幅写鸱夷，后半方及于瓶。作者之意大抵是借助于二者的相互衬托、映照，以期更充分地表现主题。

无论是赋鸱夷还是赋瓶，大概说来，作者都不过分着意于刘勰所谓“拟诸形容，则言务纤密”，而是更侧重于“象其物宜，则理贵侧附”(《文心雕龙·诠赋》)，即寄托情理于物象。对物象的描写，亦不拘泥于其本身，比如他由鸱夷而及于酒，由瓶而及于水，运思用笔，绝不呆滞，而极为灵动。

扬雄《酒箴》云：“鸱夷滑稽，腹大如壶。尽日盛酒，人复借酤。尝为国器，托于属车。出入两宫，经营公家。由是言之，酒何过乎？”本篇首二句，“昔有智人，善学鸱夷”，其意所指即此。但这“智人”“善学”之意，作者写完这两句，即暂置一旁，留待文末去照应，以下即跳过一层，去赋鸱夷了。

虽曰赋鸱夷，但真正的体物之言，实在不过“蒙鸿”两个字。下边写它常与樽罍相伴，去“谄诱吉士”，去讨他们欢喜，诱他们斟酌，始而赏其醇美，终而至于昏醉，以至纵诞狂傲，言行乱常，颠倒黑白美丑。甚而流连忘返，“败众亡国”，导致惊人的严重后果。“谁主斯罪？鸱夷之为”，至此，作者对首二句的是非可否之意，已呼之欲出，但他却不去点明它。

后半赋瓶，亦略物态而重神情，更有实写，有虚拟象征。“居井之眉”，可见其常处身危地，已伏下“绠绝身破”之意。“钩深挹洁，淡泊是师”，谓其常与井水做伴，崇尚淡泊。“清白可鉴，终不媚私”，又写其所汲井水，清白照人，明辨妍媸，绝不因媚私而颠倒。“和齐”四句，则实写水之利人。“利泽广大，孰能去之”二句，总承上意而结束之。以下，又回到瓶本身，笔触另辟一境，文意更深一层。“绠绝身破”，即扬雄《酒箴》中“身提黄泉，骨肉为泥”二句意。即使井索断绝，瓶身破碎，复归于土泥，因为它已尽到了自己的职责，完成了自己的使命，因而它既无忧虑，亦无愁思。此又应前“淡泊是师”。唯其崇尚淡泊，故自不必以“巧曲”的手段，以求侥幸于一时。“子无我愚，我智如斯”，至此方应首二句作结。弃鸱夷而师瓶，自智者观之，自不免失之于愚，但作者表示：我的聪明才智只能达到这个地步，幸勿以愚为讥。语气看似谦下，实极执着而倔强。

柳宗元在《答周君巢饵药久寿书》中说：“苟守先圣之道，由大中以出，虽万受摈弃，不更乎其内，大都类往时京城西与丈人言者，愚不能改。亦欲丈人固往时所执，推而大之，不为方士所惑。仕虽未达，无忘生人之患。”这篇体物写志的《瓶赋》所表现的也正是这种坚守其道，九死未悔，不旁思外慕的精神。这是一种多么可贵的品格啊！

这篇《瓶赋》似为扬雄《酒箴》而发，然扬雄原作欲和光同尘之意，实亦牢骚语，所以晁无咎说：“宗元复正论以反之，以谓宁为瓶之洁以病己，无为鸱夷之旨以愚人，盖更相明，亦犹雄为《反骚》，非反也，合也。”（见中华书局《柳宗元集》卷二题下所引）所见原是不错的。

（高海夫）

# 牛　　赋

柳宗元

若知牛乎①？牛之为物②，魁形巨首③。垂耳抱角④，毛革疏厚⑤。牟然而鸣⑥，黄钟满脰⑦。抵触隆曦⑧，日耕百亩。往来修直⑨，植乃禾黍⑩。自种自敛，服箱以走⑪。输入官仓，己不适口⑫。富穷饱饥⑬，功用不有⑭。陷泥蹶块⑮，常在草野。人不惭愧⑯，利满天下。皮角见用⑰，肩尻莫保⑱。或穿缄縢⑲，或实俎豆⑳。由是观之，物无逾者㉑。

不如羸驴㉒，服逐驽马㉓。曲意随势㉔，不择处所。不耕不驾，藿菽自与㉕。腾踏康壮㉖，出入轻举㉗。喜则齐鼻[28]，怒则奋踯[29]。当道长鸣，闻者惊辟[30]。善识门户[31]，终身不惕[32]。

牛虽有功，于己何益！命有好丑[33]，非若能力[34]。慎勿怨尤[35]，以受多福[36]。

## 注释

① 若：你。
② 为物：作为一种动物。
③ 魁形巨首：魁梧的身躯，巨大的头颅。
④ 抱角：两角弯曲相抱。
⑤ 毛革疏厚：毛疏皮厚。
⑥ 牟：同“哞”。
⑦ 黄钟满脰：像黄钟的声音一样充满于颈喉。脰（dòu）：脖颈。
⑧ 抵触：冒犯。隆曦：烈日。
⑨ 修：长。
⑩ 植：种植。乃：你的。
⑪ 敛：收获。箱：同“厢”。
⑫ 舒口：可口的食物。
⑬ 富穷饱饥：使穷困的人富裕，使饥饿的人吃饱。
⑭ 功用：功劳。有：要。
⑮ 陷泥蹶块：陷入泥淖，跌倒在地上。蹶（jué）：跌倒。
⑯ 人不惭愧：人们对牛的精神不感羞愧。
⑰ 见：被。
⑱ 尻（kāo）：屁股。肩尻，指全身骨肉。保：保全。
⑲ 缄縢（jiānténg）：绳子。
⑳ 实：装满。俎豆：古代祭祀时用装祭品的两种器具。
㉑ 逾：超过。
㉒ 羸（léi）驴：瘦驴。
㉓ 服：习惯。逐：追随。
㉔ 曲意：尽意。
㉕ 藿：豆叶。菽：大豆。自与：自然有供食用。
㉖ 腾踏：奔跑。
㉗ 轻举：举动轻率随便。
㉘ 齐鼻：扬鼻相对而嗅。
㉙ 奋踯（zhí）：使劲蹬蹄。
㉚ 长鸣：大叫。惊辟：惊慌躲避。
㉛ 识：辨别。
㉜ 惕：恐惧，戒惧。
㉝ 好丑：犹言“好坏”。
㉞ 若：你。
㉟ 尤：恨。
㊱ 多福：大福，洪福。

## 鉴赏

这是一篇咏物短赋。在对牛与驴的对比鲜明的描述中,托物喻志,表达了作者愤世嫉俗的思想感情。写牛,是采取的直接描述的方式。文章一开始,起势突兀,劈头提问:“若知牛乎?”用以引起读者的注意,领起下文,犹如说书人使用的惊堂木。下面,接着就有层次地描述牛的形象。作者先写牛的外形,再写牛的声音,再写牛的辛勤劳动和巨大的贡献,最后写牛的悲惨结局。一层深一层,有条不紊地从外形写到精神。一个勤苦一生,“利满天下”而“功用不有”“人不惭愧”、下场悲惨的巨牛形象,真实而生动地描述了出来。

写驴,是采取与巨牛鲜明对照的手法来进行描述的。作者首先用“不如”两字与上文联贯起来,说明是从比较的角度叙写的。接着点明所要写的是“羸驴”,不是所有的驴子。于是,夸张、想象、喜怒笑骂,一起使用起来,用极力渲染的手法活画出了“羸驴”的形象。这种驴,只会“服逐驽马”,为良马以至同类所不齿,但由于它善于“曲意随势,不择处所”,所以尽管它“不耕不驾”,却照样“藿菽自与”。平时,神气活现地奔跑在康庄大道上,轻率、随便,洋洋自得。高兴时,仰鼻喷响,发怒时,奋力蹬踔,一派得意忘形的神气。“当道长鸣”时,“闻者惊辟”,那就更神气了。这样的劣货不仅受不到正义的制裁,反而因为它“善识门户”,讨得某些权势者的喜爱和支持,所以能够有恃无恐,“终身不惕”!

面对这种不平,作者最后极为愤激和感慨:“牛虽有功,于己何益!”并以同情和安慰的口气说:“命有好丑,非若能力”,只有“慎勿怨尤,以受多福”,一切委于“命运”!说出这样的反话,作者内心的悲愤是溢于言表的。

由以上分析可以看出,作者写牛、写驴,显然不是单纯的写牛、写驴,而是有所寄托、有所比拟,用以托物喻志的。作者生活在中唐时期,当时宦官专政,藩镇割据,唐王朝内外矛盾激烈,中央政权岌岌可危。柳宗元长期在京师任职,官职虽然不大,但社会的黑暗,政治的腐败,他还是能够耳闻目睹的。后来,他参加了以王叔文为首的政治革新集团,积极从事各项政治革新,结果遭到以宦官、藩镇为代表的没落权贵的反对,革新夭折,身遭谪贬之祸,反动势力重新上台,在唐宪宗的庇护下扬扬得意。可见,作者写牛、写驴,是确有比拟和暗寓的。

在社会黑暗、政治腐败的时代里,往往是好人受气、遭灾,坏人掌权、得意。黑白颠倒,是非不分,在封建社会制度中,几乎是普遍现象。牛不正是那些忠诚正直、勤奋为国为民做事的人们的形象化身吗?可是,偏偏大多没有好结果。相反,“羸驴”,不学无术,无才无德,为人们所不齿,只是由于善会趋炎附势、投机取巧和谄媚钻营,结果在某些人或某种势力的支持下,不劳有功,无功有禄,受到重用,处处得意,以至飞黄腾达,不可一世!在某种情况下,也无怪人们愤慨地说出“命有好丑,非若能力”的话了!作者能够揭露出这种社会黑暗和腐朽,并把批判的锋芒暗暗指向封建统治阶级,是有胆识的,也是有社会意义的!

不过应该指出,由于作者出于比拟、暗寓或拟人化的目的和手法,是把“羸驴”的形象予以夸张和虚构了。现实生活中的驴子和黄牛一样,也是辛苦服役终生的,而并不“曲意随势”、巴结逢迎和谄媚。只有在特殊情况下,人们才使用“蠢驴”这个词,正和有时也使用“笨牛”这个词一样。柳宗元笔下的“羸驴”当然也属于这种“特殊”。

《牛赋》这篇小赋,写得短小精巧,为人称颂,根本原因就在于他“托物寓志”,提出了社会现实生活中带有普遍性的问题。自屈原的《橘颂》问世以来,历经两汉魏晋南北朝,在辞人赋手的笔下,咏物赋确实出现了不少。但总检以往篇什,我们发现大多数赋篇所吟咏的对象,不是宫室陈设玩物,就是日常使用的器具,再就是风花雪月、山水禽兽。像这样以牛,特别是以牛的精神作为正面歌颂的对象,并进一步提出深刻而尖锐的社会问题的,还是不多见的。《牛赋》的出现,不仅使咏物赋的写作拓展了题材,而且也深化了它的写作主题。从这个角度上来说,是可贵的。

全赋的表现形式,完全采用了“诗体”。语言质朴、通畅、凝重,感情深沉、激愤、强烈,极具感染力。它以设问开头,又以反语结束,前后照应,发人深省。“命有好丑,非若能力”,虽带有消极的情怀,而实为感愤之词,反而令人深省。

(霍旭东)

# 骂尸虫文 并序

柳宗元

有道士言:“人皆有尸虫三①,处腹中,伺人隐微失误,辄籍记。日庚申,幸其人之昏睡,出谗于帝以求飨。

以是人多谪过、疾疠、夭死。”柳子特不信，曰：“吾闻聪明正直者为神[2]。帝、神之尤者[3]，其为聪明正直宜大也，安有下比阴秽小虫[4]，纵其狙诡[5]，延其变诈[6]，以害于物，而又悦之以飨？其为不宜也殊甚。吾意斯虫若果为是，则帝必将怒而戮之，投于下土，以殄其类，俾夫人咸得安其性命而苛慝不作[7]，然后为帝也。”余既处卑，不得质之于帝，而嫉斯虫之说，为文而骂之。

来，尸虫！汝曷不自形其形？阴幽诡侧而寓乎人[8]，以贼厥灵[9]！膏肓是处兮，不择秽卑；潜窥默听兮，导人为非；冥持札牍兮，摇动祸机[10]；卑陬拳缩兮[11]，宅体险微[12]！以曲为形，以邪为质；以仁为凶，以僭为吉[13]，以淫谀谄诬为族类，以中正和平为罪疾；以通行直遂为颠蹶[14]，以逆施反斗为安佚[15]，谮上谩下，恒其心术。妒人之能，幸人之失。利当伺睡，旁睨窃出，走谗于帝，遽入自屈，幂然无声[16]，其意乃毕。求味己口，胡人之恤！彼修蛔恙心[17]，短蛲穴胃[18]，外搜疥疠，下索瘘痔，侵人肌肤，为己得味。世皆祸之，则惟汝类。良医刮杀[19]，聚毒攻饵[20]，旋死无余，乃行正气。

汝虽巧能，未必为利。帝之聪明，宜好正直，宁悬嘉飨，答汝谗慝？叱付九关[21]，贻虎豹食。下民舞蹈，荷帝之力。是则宜然，何利之得？速收汝之生，速灭汝之精。蓐收震怒[22]，将敕雷霆，击汝酆都[23]，糜烂纵横。俟帝之命，乃施于刑。群邪殄夷，大道显明；害气永革，厚人之生。岂不圣且神欤！

祝曰[24]：尸虫逐，祸无所伏，下民百禄[25]。惟帝之功，以受景福[26]。尸虫诛，祸无所庐[27]，下民其苏[28]。惟帝之德，万福来符[29]。臣拜稽首，敢告于玄都[30]。

## 注释

① 尸虫三：道教称人的脑、胸、腹为三尸，有三种虫子可使三尸得病，谓三虫。
② "聪明"句：见《左传》庄公三十二年。
③ 尤：最优异。
④ 比：勾结。
⑤ 狙（jū）诡：奸诈狡猾。
⑥ 延：助长。
⑦ 苛慝（tè）：繁多的灾难。
⑧ 阴幽诡侧：暗暗潜藏。
⑨ 贼：害。厥灵：指人的性命。
⑩ 祸机：致祸的枢机。
⑪ 卑陬（zōu）：惭愧不安。
⑫ 宅体：置身。
⑬ 僭（jiàn）：不安分，过分。
⑭ 通行（háng）直遂：通衢直道。颠蹶：跌倒。
⑮ 逆施反斗：倒行背叛。
⑯ 幂（mì）然：遮掩得很严密。
⑰ 修蛔：长蛔虫。恙：伤害。
⑱ 穴：穿洞。
⑲ 刮杀：消灭。
⑳ 聚毒：配制毒剂。攻饵：作为攻治尸虫的药物。
㉑ 九关：指天门。古代神话说天门有九重，皆有虎豹看守。
㉒ 蓐（rù）收：古代神话中管刑罚的神。
㉓ 酆都：古人迷信中以为阴司所在地。
㉔ 祝：祝告，祈祷。
㉕ 百禄：多福。
㉖ 景：大。
㉗ 庐：居，藏。
㉘ 其苏：将得救。
㉙ 符：合聚。
㉚ 玄都：指天帝的居处。

## 鉴赏

永贞革新失败，柳宗元被贬永州，他在给友人的一封信中谈到他当时的处境时说："饰智求仕者，更詈仆以悦仇人之心，日为新奇，务相悦可，自以速援引之路，而仆辈坐益困辱，万罪横生，不知其端。"（《与萧翰林俛书》）看来，他是很吃过一些类似尸虫一类人物的苦头的。因而，道士的一番不经之谈，遂使他慷慨难平，浮想联翩，终于借此荒诞无稽之物，成此新颖别致之赋，以极端轻蔑、憎恶的感情，揭露、嘲弄了那般"尸虫"们丑恶的灵魂、卑劣的伎俩，并巧妙地把他讽斥的矛头，刺向

"天帝"——人间的最高统治者。我们说柳宗元的辞赋在继承已往传统的基础上,又有所发展与创造,表现艺术愈益丰富,战斗作用更见加强,此篇即一显例。

题上的"骂"字,用得似熟而新,又带有浓烈的感情色彩。全赋即紧扣此"骂"字写来。而它又不是通过第三者叙写的口吻,寓斥责之意于其中,而是当面数说痛骂,情绪显得尤为激愤。

"来,尸虫!"全文就是以这样的口气开始的。首段,先斥其隐形潜身,专门"潜窥默听"人的些小过失,把人引向不幸的境地;其次,"以曲为形,以邪为质",又揭露了它本性邪曲,因而如下面一系列排比句所铺陈描写的那样,在它那里,一切是非曲直、真假善恶全都是颠倒了的。那么,它所默记的人的过失就未必真是过失了;再次,又斥其对下诬陷、对上欺诳、妒能幸失的行为又是那样的鬼祟诡秘,唯图损人而利己;再次,又斥其凡为人害之"修蛔""短蛲"等,皆其族类,相与朋比为奸;最后一层是诅咒语,希望良医施术,尽灭此丑类,扶持正气。总之,首段之痛斥尸虫,层层深入,可谓淋漓尽致。

序文的后半,对"出谗于帝以求飨"之说,提出了自己的怀疑:作为聪明正直之尤者的天帝,岂能下比此小虫,助其为虐?相反地,倒是应该"怒而戮之",使下民皆能安其性命。能如此,才"然后为帝也"。赋的第二段,即与此意相应。其憎恶痛斥尸虫之意虽承上而一以贯之,然作者之意,已不仅止于此。他已触及天帝之包庇纵容,只是措词命笔特为婉曲而已。"汝虽巧能,未必为利",说"未必",自然是不敢完全肯定,"为利"的可能还是有的。下边说"宜好正直",应该是喜好正直的;"宁悬嘉飨",岂能赏赐美好的酒食,"是则宜然,何利之得?"下场应该是这样,能够得到什么好处呢?也全是本诸情理的推断,依据自己认识的设想。以下警告尸虫之语,希望尽殄之情,最后结以"岂不圣且神欤"一句,所表现的也仍是自己善良的愿望、美好的理想。然而愿望也好,理想也罢,终归还不是事实。天帝"纵其狙诡,延其变诈,以害于物,而又悦之以飨"之事,他既"不得质之于帝",则仍是一个疑团,是一个不可知之数。这里,语气虽只是怀疑,但讽斥、抨击之意已微寓其中,是其所骂已不仅限于尸虫了,尽管其语气之曲直隐显有区别、有变化,而这正是作者之巧于为文处。最后一段"告于玄都"的祝愿祈祷之词,希望尽除尸虫,使人们得救获益,同时,"惟帝之功""惟帝之德",希望天帝建此功德,造福下民。祝祷、希望,固可见尸虫仍在肆虐,天帝之不那么"聪明正直",其意也不难得之于言外。

(高海夫)

# 哀溺文并序

柳宗元

永之氓咸善游[①]。一日，水暴甚，有五六氓乘小船绝湘水[②]。中济[③]，船破，皆游。其一氓尽力而不能寻常[④]。其侣曰："汝善游最也，今何后为[⑤]？"曰："吾腰千钱[⑥]，重，是以后。"曰："何不去之[⑦]？"不应[⑧]，摇其首。有顷，益怠[⑨]。已济者立岸上，呼且号曰[⑩]："汝愚之甚、蔽之甚[⑪]！身且死，何以货为[⑫]？"又摇其首，遂溺死。吾哀之。且若是，得不有大货之溺大氓者乎[⑬]？于是作《哀溺》。

吾哀溺者之死货兮[⑭]，惟大氓之为忧。世涛鼓以风涌兮[⑮]，浩滉荡而无舟。不让禄以辞富兮，又旁窥而诡求[⑯]。手足乱而无如兮[⑰]，负重逾乎崇丘。既浮颐而灭膂兮，不忍释利而离尤[⑱]。呼号者之莫救兮，愈摇首以沉流。发披鬤以舞澜兮，魂怅怅而焉游[⑲]？龟鼋互进以争食兮[⑳]，鱼鲔族而为羞。始贪赢以啬厚兮，终负祸而怀仇[㉑]。前既没而后不知惩兮，更揽取而无时休[㉒]。哀兹氓之蔽愚兮，反贼己而从仇[㉓]。不量多以自谏兮，姑指幸者而为谋[㉔]。夫人固灵于鸟鱼兮，胡昧罻而蒙钩[㉕]？大者死大兮，小者死小[㉖]。善游虽最兮，卒以道夭[㉗]。与害偕行兮[㉘]，以死自绕。推今而鉴古兮，鲜克以保其生[㉙]。衣宝焚纣兮[㉚]，专利灭荣。豺狼死而犹饿兮，牛腹尸而不盈[㉛]。民既貿貿而无知兮[㉜]，故与彼咸谥为氓。死者不足哀兮，冀中人之为余再更[㉝]。噫！

## 注释

① 永:永州,今属湖南。氓:老百姓。
② 绝:横渡。
③ 中济:渡到中流。
④ 寻常:八尺为寻,两寻为常。
⑤ 何后为:犹言“何以为后”。
⑥ 腰:作动词,腰缠。
⑦ 去:丢掉。
⑧ 应:回答。
⑨ 怠:疲惫。
⑩ 呼且号:喊叫、大声吆喝。
⑪ 愚之甚:太愚蠢了。蔽:受蒙蔽。
⑫ 货:金钱。
⑬ 得不有:能不有。大货:大钱财。大氓:更愚蠢的人。
⑭ 死货:为金钱而死。
⑮ 涛鼓:波涛振荡。
⑯ 让:推让。诡求:采取不正当的手段追求。
⑰ 无如:不知往哪里去。
⑱ 颐(yí):下巴。脊:脊梁骨。离尤:遭到灾祸。
⑲ 披鬤(xiāng):头发蓬乱的样子。伥(chāng)伥:迷茫无所适从的样子。
⑳ 互进:竞进。
㉑ 啬厚:吝惜厚富。祸、仇:皆指财货。
㉒ 揽取:采取。
㉓ 贼己:害自己。从仇:跟从敌人。仇,指财货。
㉔ 量:衡量。多:严重。谋:谋划。
㉕ 固:本来。罻(wèi):捕鸟网。昧罻,看不到鸟网。蒙钩:看不清钓鱼钩。
㉖ 大、小:前大指大愚蠢的人,后大指大的财货。小,亦如上意。
㉗ 道:泅水的本领、技术。
㉘ 偕行:并行。
㉙ 鲜克:很少能够。
㉚ 衣宝焚纣:见《史记·殷本纪》。
㉛ 尸:死。不盈:不满。
㉜ 貿(mào)貿:愚昧无知的样子。
㉝ 中人:一般人。再更:再加改变。

## 鉴赏

这是一篇讽刺性的抒情赋。从所记述的故事来看,应该是在永州写出的。赋文前的序文,作者编织了一个生动的小故事。也可能实有其事,也可能是作者的虚构,从故事到人物,从记述到描写,都那么鲜明、具体、活灵活现,简直像一篇“小小说”。这个被淹死的“氓”,钱迷心窍,爱钱超过爱命,死到临头还执迷不悟,最后终因金钱的拖累而被淹死,实在可悲而又可怜。可是从另一方面说,他在紧急的关头,分不清主要、次要,依然恋钱不舍,又有些死得活该。可柳宗元对待此事,却另有感触、联想和想象,他在"哀之"的同时,马上想到"得不有大货之溺大氓者乎?"从被淹死的"氓"想到正在被淹的"大氓",从永州一件具体的生活事件想到整个社会现实,于是,感慨万端,挥笔写出了这篇骚体赋。可见,"得不有"一句是理解他这篇辞赋的关键,也是作者由"序文"过渡到赋文的桥梁。林纾在《柳文研究法》中说:"《哀溺文》与《蝜蝂传》同一命意。然柳州每于一篇言之中,必有一句最有力量、最透辟者镇之。……'序'之结尾即曰:'得不有大货之溺大氓者乎!'语极沉重,有关系。"他的体会是不错的。

赋文重点要抒写的,不是"永之氓",而是"大氓"。开头说,"吾哀溺者之死货兮",照应了序文,是承上,"惟大氓之为忧",表明了自己的笔触所向,是启下。"惟"字的运用,更加强调和突现了自己的写作意图。以后,作者就以象征的手法,充分运用联想、想象和夸张,淋漓尽致地描绘"大氓"的表现、处境及即将出现的悲惨结局。

因为"永之氓"溺死于湘水,作者就进一步把"大氓"的活动场所比喻为波浪涛天的大海。他们在像大海一样激烈、翻滚的现实生活中,贪婪追求,你争我夺,嗜财成性,贪得无厌,不仅不激流勇退,反而窥探各种机会,采取各种手段。其次,作者以"永之氓"被溺时的情景为例,进一步表现"大氓"的危险处境及即将出现的悲惨结局。俗语说,越有吃的人越馋,越有钱的人越贪。一点不假,贪婪成性、求索不已的人,往往是不能看到危险、接受教训而释利排尤的。不言而喻,作者所说的"大氓",就是暗指那些巧取豪夺、嗜财如命、追求不已的封建社会上层人物,如大地主、大官僚、大奸商、大贵族等。他们残酷地剥削压榨人民,盘剥重敛,广聚财富而又贪得无厌,最后总要受到人民反抗浪潮的冲击,以至葬身于人海之中。作者以极其沉重而又轻蔑的笔调对他们进行了深刻而辛辣的揭露和讽刺。这是有广泛的社会意义的。即使在今天,由于某些"大氓"的子孙还在繁衍,作者的揭露、讽刺,也还没有失去它的现实意义。赋文的最后一段,是作者对人们的劝勉和希望。

应该指出,作者在序文中说到他看到"永之氓"的溺死曾经说"吾哀之",赋文的结尾却又说"死者不足哀兮",似乎前后互相矛盾。实际这是从一件事实的两个方面、两个角度上来说的。

封建社会,官场、上层都把它当作名利之场,吏道更成为"市道"。作者由永州一个"小氓"之溺想象到整个社会上的"大氓"之溺,其认识是深刻的,是有重大意义的。结合他的《蝜蝂传》来看,说明柳宗元对这种社会现象是深恶痛绝的。因此他哀怜“永之氓”的时候讽刺“大氓”,其思想感情也是很复杂的。我们要善于从中分析、体会,才能理解这篇辞赋的思想境界。

(霍旭东)

# 囚 山 赋

柳宗元

楚越之郊环万山兮[1],势腾踊夫波涛。纷对回合仰伏以离迾兮[2],若重墉之相褒[3]。争生角逐上轶旁出兮[4],其下坼裂而为壕[5]。欣下颓以就顺兮[6],曾不亩平而又高[7]。沓云雨而渍厚土兮[8],蒸郁勃其腥臊[9]。阳不舒以拥隔兮[10],群阴冱而为曹[11]。侧耕危获苟以食兮[12],哀斯民之增劳[13]。攒林麓以为丛棘兮[14],虎豹咆㘎代狴牢之吠嗥[15]。胡井眢以管视兮[16],穷坎险其焉逃[17]?顾幽昧之罪加兮[18],虽圣犹病夫嗷嗷[19]。匪兕吾为柙兮[20],匪豕吾为牢[21]。积十年莫吾省者兮[22],增蔽吾以蓬蒿[23]。圣日以理兮[24],贤日以进[25],谁使吾山之囚吾兮滔滔[26]!

**注释**

① 楚越之郊:指永州。

② 对:对峙。回合:环绕。仰伏:起伏不平。离迾(liè):遮拦隔绝。

③ 重墉(chóngyōng):重叠的城墙。褒:通“抱”。

④ 上轶:向上超越。

⑤ 坼(chè)裂:分裂。壕:壕沟。

⑥ 下颓:向下坠落。就:趋向。

⑦ 曾(zēng):竟然。不亩平:平地不过一亩。

⑧ 沓:纷乱。渍(zì):淹泡。

⑨ 蒸:热气上升。

⑩ 阳:阳气。舒:舒畅。拥隔:阻塞。

⑪ 群阴:众多阴暗的东西。冱(hù):闭寒,极为寒冷。为曹:聚在一起。

⑫ 侧耕:在山旁耕种。危获:在高而危

险的山地上收获。危,高峻。苟:苟且。

⑬ 增劳:多受劳苦。

⑭ 攒(cuán):聚集。林麓:林木和山麓。丛棘:指牢狱。

⑮ 咆㘎(hǎn):怒吼。狴(bì)牢:监牢。

⑯ 胡:何,为什么。井眢(yuān):眢,当作"殒"。(《柳宗元集》详注:"眢,又作殒。")井殒,即掉进井里。管:喻井,言视野狭小。井殒管视,犹"坐井观天"。

⑰ 穷:历尽。坎险:艰险。焉逃:逃往哪里。

⑱ 顾:念。幽昧:昏暗不明,大概是指朝廷。罪加:罪过加于己身。

⑲ 圣:圣贤之人。犹:仍然。病:困辱。嗷(áo)嗷:众声嘈杂,此指众人的谗言。

⑳ 匪:非。兕(sì):犀牛。为(wéi):被。柙:关野兽的木笼,这里用作动词,指关进笼子。

㉑ 豕:猪。牢:养牲畜的栏圈,也用如动词,指关入圈中。

㉒ 积十年:柳宗元于永贞元年(805)贬谪永州,至元和九年(814),历时十年。莫吾省(xǐng)者:没有了解我的人。省,了解。

㉓ 增:加,进一步。蔽:埋没。蓬蒿:野草。

㉔ 圣:应作"世",避唐太宗李世民之讳而改。日以理:日益安定。理,治。

㉕ 日以进:日益升迁。

㉖ 滔滔:水流貌,这里指时光长久。

## 鉴赏

这是一篇抒情赋。据赋文所说"积十年莫吾省者兮"推算,当为唐宪宗元和九年(814)所作。

自永贞元年(805)永贞革新失败后,柳宗元贬谪永州,到写此赋时,已经十个年头了。唐王朝虽然先后多次大赦,而他却始终没有"量移"的消息。在这漫长的岁月里,他多遭不幸,议谤四起,身体多病,有志难伸,忧郁愁闷,心情是极为悲愤痛苦的。一般人认为他"罪状最甚",不与来往;更有甚者,你嗔我咬、落井下石,致使他也感到"万罪横生,不知其端",动辄得咎,诚惶诚恐,以至无所适从了。《囚山赋》就是在这种心情下写出的。

从全赋所描述的内容来看,作者共写了三层意思。首先,作者捕捉住了永州周围群山的某些特征,加以浓墨重彩地描绘和渲染,为以后进一步抒发主题旨意铺垫。其次,紧就"势"字生发,叠用许多状态词,再细写群山的各种姿势。其次,作者在以上描述的基础上,紧扣了题目的"囚"字。宋人晁补之曾把此赋编入他所编辑的《变骚》中,并且评论说:“仁者乐山,自昔达人有以朝市为樊笼者矣,未闻以山林为樊笼也。宗元谪南海久,厌山林不可得而出,怀朝市不可得而复,丘壑草木之可爱者,皆陷井也,故赋《囚山》。”基本上说出了柳宗元“以幽独为狴牢”“以山林为樊笼”的原因和心情。最后几句,作者的感情更加愤慨激越。身居“积十年莫吾省”的“囚山”里,他已忍无可忍,于是质问:“谁使吾山之囚吾兮滔滔?”“谁?”当然是暗指唐宪宗,暗指以宦官、藩镇为代表的封建保守权贵。因而所谓“圣日以理”“贤日以进”,也不过是他表面上的奉承话罢了。

由以上分析,我们可以看出:所谓“囚山”,不过是以写山为衬托,更巧妙地抒发自己横遭摧残迫害后忧愤哀怨的心情罢了。对周围群山越写得幽险和封闭,便越能反映出他贬谪生活的寂苦和忧愤,其艺术构思和表现,是颇费匠心的。

(霍旭东　林开甲)

# 山阳城赋[1]并序

刘禹锡

山阳故城，遗址数雉[2]。四百之运，终于此墟。裔孙作赋[3]，盖闵汉也[4]。词曰：

我止行车，陨涕于山阳之墟。是何苍莽与惨悴，春陵之气焉如[5]？踣昌运于四百[6]，辞至尊而伍匹夫。有利器而倒持兮，曾何铓刃之足舒[7]。懿王迹之肇基[8]，暨坤维之再敷[9]。邈汜阳与鄗上[10]，恍蛇变而龙摅[11]。痛人亡而事替[12]，终此地焉忽诸[13]！

嗟乎！积是为治，积非成虐[14]。文景之欲，处身以约，播其德牙[15]，迄武乃获[16]。桓灵之欲，纵心于昏，爇其妖焰[17]，逮献而焚[18]。彼伊周不世兮[19]，奸雄乘衅而腾振[20]。物象濯以易位[21]，被虚号而阳尊[22]。终世殚而事去[23]，胡窃揖让以为文[24]？

呜呼！维神器之至重兮[25]，盖如山之不骞[26]。使人得譬乎逐鹿[27]，固健步者所先，谅人事之云尔[28]，孰云"当涂"之兆也自天[29]？

乱曰：久矣莫可追！升彼墟兮噫嘻[30]！躅遗武兮[31]，贻后王之元龟[32]。

## 注释

① 山阳城:在今河南修武。汉献帝刘协被废后,封山阳公,居此。
② 雉:城墙长三丈高一丈为一雉。
③ 裔孙:世系较远的后代。
④ 闵:通“悯”。
⑤ 舂陵:汉南阳白水乡,后改舂陵县,为刘秀起兵处。
⑥ 踣(bó):跌倒。
⑦ 曾何:怎么能够。
⑧ 懿:美好。肇基:开创帝业。
⑨ 暨坤维之再敷:到再造国家。
⑩ 邈:遥远。汜阳:汜水之阳。鄗(hào)上:地名,在今河北柏乡境。
⑪ 恍:依稀。蛇变:指刘邦大泽斩蛇事。龙摅(shū):飞龙上天。
⑫ 替:更换。
⑬ 忽:迅速。
⑭ 虐:灾祸。
⑮ 德牙:善政的种子。牙,通“芽”。
⑯ 武:汉武帝。
⑰ 爇(ruò):烧。妖焰:隐隐燃烧的火。
⑱ 逮:及。献:汉献帝刘协。
⑲ 伊:伊尹。周:周公姬旦。不世:不世出,并非代代都有。
⑳ 衅:破绽。腾振:跳得很高。
㉑ 物象:事物形貌。
㉒ 被虚号而阳尊:皇室徒拥尊号。
㉓ 世殚而事去:帝位丧失。
㉔ 文:文饰。
㉕ 神器:帝位。
㉖ 骞:亏,损。
㉗ 逐鹿:群雄并起,争夺天下。
㉘ 谅人事之云尔:都不过取决于人事罢了。谅,委实。
㉙ “当涂”之兆:东汉末年政治预言“代汉者当涂高”。“涂”,通“途”。当路而高,指皇宫前魏阙。曹操时封魏王,指魏将代汉。
㉚ 噫嘻:叹息声。
㉛ 躅:踏着。遗武:前人足迹。
㉜ 元龟:大龟。

## 鉴赏

刘禹锡(772—842),字梦得,洛阳人。大历七年(772)生于江南。少时求学于著名诗论家释皎然,聪明好学,获“孺子可教”之赞。22岁登进士第,又登宏词科。应淮南节度使杜佑征辟,充掌书记。调补渭南县主簿,迁监察御史。积极参与王叔文变法,为屯田员外郎,判度支盐铁案,与宰相杜佑共同主持国家财政,并参与重大问题的谋议,一时有“二王刘柳”之称。变法失败后,贬朗州司马。十年后召回,又因玄都观诗案再贬连州等。大和二年(828),回京为主客郎中,迁集贤殿学士,出为苏州刺史等。返回洛阳,为太子宾客,分司东都,故后人称他为刘宾客。会昌二年(842)卒,享年71岁。刘禹锡是中唐著名诗人,诗歌包括讽刺诗、咏史诗和向民歌学习的乐府小诗等。诗风豪放逸丽,清新自然。其中民歌体诗质朴明快,在中唐诗坛独树一帜。刘禹锡散文成就也较突出。有赋11篇,题材广泛,立意较高,思想通脱。行文多议论和作者的政治家气质相关。有《刘宾客文集》三十卷,外集十卷。

刘禹锡所处的中唐时期,藩镇割据,朋党相争,宦官专权,造成严重的政治危机。尤为令人痛心疾首的,是皇帝昏庸和麻木不仁,日以荒淫纵欲为事,以致朝廷纲纪大坏,国势日颓。士大夫阶层中一批关心国家命运的人物,忧心如焚。他们有的廷争切谏,有的婉转讽谕。刘禹锡在对前朝历史严肃深沉的反思中,努力探索造成这种危局的基本原因。他一方面在政治生活中作积极的努力,另一方面借助于辞赋这种篇幅较长、容量较大、有鲜明讽谕特征的文体,通过借汉说唐的做法,从总结汉王朝兴衰盛替规律出发,给当代帝王提供经邦治国的历史借鉴。《山阳城赋》就是这样一篇作品。

山阳城离刘禹锡的家乡洛阳不远。汉献帝刘协禅位给曹丕后,被封为山阳公,居住于此。到中唐时代,山阳故城只剩下一片废墟。序称:“裔孙作赋,盖闵汉也。”“闵汉”为本篇立意之所在。

正文共四段。第一段主要是“闵”汉朝四百年基业毁于一朝。第二段主要是“闵”汉朝为奸雄所乘。他认为一个朝代的兴亡总是要经历一个渐变的过程。汉朝的灭亡,表面上是奸雄窃国篡政,实际上是帝王自身“纵心于昏”所致。第三段主要“闵”世人不察汉朝灭亡的原因。汉朝究竟为什么会灭亡的?传统的说法总是归于天意。汉末流行的谶语说:“代汉者当涂高”,好像一切都是由天命安排好的。作者不同意这种说法。他以简练精警的语言推出全文的中心论点:“谅人事之云尔,孰云‘当涂’之兆也自天?”决定国家兴亡盛衰的关键是在人事而不在天命。第四段主要是“闵”汉朝的灭亡已不可挽回,只能把惨痛的教训留给后人。在这里,作者实际上是向当朝统治者提出了委婉而严肃的忠告,具有鲜明的讽谏意义。

在艺术方面,本赋有两个特色。一是借古说今。二是对比。本赋基本上是采取对比行文的方式来写的。一为盛衰的对比,这在正文的第一段表现得十分明显。二为“积是为治”与“积非成虐”的对比。正文第二段以文景、桓灵为两极,从君主的立身处世设比，来说明“谅人事之云尔”的深刻道理。触目惊心的史实，足以给任何一位后代帝王以雷鸣电击般的强烈震撼，启发他们从前代的世运变迁中吸取教训。为了加强对比效果，作者十分注意材料的典型性和形象性。其次，作者遣词用语精当传神。另外，句意的贯通与曲折，句式的斟酌与变化，语气的扬抑与错综，都使文章开卷舒合，起伏顿挫，贴切传神地表达出作者深邃的思想内蕴。

（王庆生　吴汝煜）

# 砥　石　赋 并序

刘禹锡

南方气泄而雨淫①，地慝而伤物②。媪神噫湿③，渝色坏味④，虽金之坚，亦失其恒性⑤。始余有佩刀甚良，至是涩不可拔⑥，剖其室乃出⑦。溯阳眇视⑧，傅刃蒙脊⑨，鳞然如痏痂⑩，如黑子⑪，如青蝇之恶⑫。锐气中锢⑬，犹人被病然⑭。

客有闻焉，袖密石以遗余⑮。沃之草腴⑯，杂以鸟膏⑰，切劘上下⑱，真质焯见⑲，踌躇四顾⑳，逌尔谢客㉑：“微子之贻㉒，几丧吾宝。”客曰：“吾闻诸梅福曰㉓：‘爵禄者，天下之砥石也。高皇帝所以砺世磨钝㉔。有是耶㉕！’”余退感其言㉖，作《砥石赋》。

我有利金兮㉗，以利为佩㉘。遭土卑而慝作兮㉙，雄铓为之潜晦㉚。如景昏而蚀既兮㉛，与肌漆而为疠㉜。顾秋蓬之不可剸兮㉝，尚可游于髋髀之外㉞？

利物蒙蔽，材人惆怅㉟。俾百汰之至精㊱，蟠一检而多恙㊲。岂害气之独然兮㊳，将久不试而然㊴。彼屠者之刃兮，猎者之鋋㊵，不灌不淬兮㊶，揉错衔铅㊷。

日鼓月挥兮[43]，封腴击鲜[44]，睆燿㸌以耀芒[45]，蓊淫夷而腾膻[46]。岂不涉暑而蒙沴兮[47]？鼎用之而成妍[48]。

有客自东，遗余越砥[49]。圭形石质[50]，苍色腻理[51]，划其鳞皴[52]，滑以滫瀡[53]。如衣浣垢[54]，如鼎出否[55]。雾尽披天[56]，萍开见水[57]。拭寒焰以破眦[58]，击清音而振耳。故态复还，宝心再起[59]。既赋形而终用[60]，一蒙垢焉何耻[61]？感利钝之有时兮，寄雄心于瞪视[62]。

嗟呼[63]！石以砥焉，化钝为利；法以砥焉，化愚为智。武王得之[64]，商俗以厚[65]；高帝得之[66]，杰才以凑[67]，得既有自，失岂无因[68]？汉氏以还[69]，三光景分[70]。随道阔狭[71]，用之得人。五百余年，唐风始振；悬此大砥，以砻兆民[72]。播生在天[73]，成器在君[74]。天为物天[75]，君为人天[76]。安有执砺世之具[77]，而患乎无贤欤[78]！

## 注释

① 气泄:湿气蒸发。雨淫:雨量过多。
② 慝(tè):阴湿。
③ 媪神:地神。噫湿:吐出湿气。
④ 渝色坏味:使器物变色,食品坏味。
⑤ 恒性:本性。
⑥ 至是:到了这里。涩:不光滑。
⑦ 室:刀鞘。
⑧ 溯阳:迎着阳光。眇视:眯着眼睛细看。
⑨ 傅:通“附”,附着。
⑩ 鳞然:像鱼鳞一样。痏痂(wěi jiā):疮痂。
⑪ 黑子:黑痣。
⑫ 恶:粪便。
⑬ 锐气:刀的锋芒。中锢:被封闭在里面。
⑭ 被(pī)病:生病。
⑮ 密石:纹理细密的石头。遗(wèi):赠送。
⑯ 沃:浇。草腴:草汁。
⑰ 乌膏:能够防止刀剑生锈。
⑱ 切劘(mó):磨。
⑲ 焯(zhuō)见:显现。
⑳ 踌躇(chóu chú):得意的样子。
㉑ 逌(yóu)尔:喜笑颜开的样子。
㉒ 微:没有。
㉓ 梅福:西汉人。
㉔ 高皇帝:汉高祖刘邦。

㉕ 有是耶：是这样吗？
㉖ 退：事后。感：感慨。
㉗ 利金：锋利的器具。
㉘ 以：因为。
㉙ 土卑：地势低下。匽作：湿气发作。
㉚ 雄铓：锐利的锋芒。
㉛ 景：日光。
㉜ 疠：癞病。
㉝ 秋篷：秋天枯干了的蓬蒿。刜（fú）：砍。
㉞ 游：刀刃自由挥动。髋髀（kuān bì）：胯骨。
㉟ 惆怅：失意。
㊱ 俾（bǐ）：使。百汰：经过千锤百炼。
㊲ 蟠（pán）：屈曲不能伸。一检：一旦收藏起来。
㊳ 害气：湿气。
㊴ 将：抑或。
㊵ 鋋（yán）：小矛。
㊶ 灌：炼铸。淬（cuì）：淬火。
㊷ 揉错：掺有杂质。
㊸ 鼓：鼓动。
㊹ 刲（kuī）：割。腴：肥肉。鲜：活的禽类。
㊺ 睆（huàn）：光亮。爥爥（huòhuò）：光闪闪的样子。
㊻ 蓊（wěng）：茂盛。淫夷：大量屠杀。
㊼ 蒙沴（lì）：蒙受恶气。
㊽ 鼎：方，正在。
㊾ 越砥：越地出产的磨石。
㊿ 圭（guī）：上圆下方的玉器。
51 腻理：细致的纹理。
52 刬（chǎn）：除去。鳞皴（cūn）：鳞状的皱纹。
53 滑：浸洗。滫瀡（xiūsuǐ）：泔水。
54 浣（huàn）：洗。
55 鼎：煮食物的器具。否（pǐ）：脏物。
56 披：露。
57 见（xiàn）：同“现”。
58 寒焰：寒光。破眦（zì）：耀眼，刺目。
59 宝心：宝刀欲试锋芒的雄心。
60 赋形：给予形状。
61 蒙垢：蒙受污垢。
62 瞪视：注视。
63 嗟呼：叹息声。
64 武王：周武王姬发。
65 商俗：商代的遗俗。
66 高帝：刘邦。
67 凑：聚集。
68 得、失：得、失天下。
69 汉氏：汉朝。
70 三光：日、月、星，比喻魏、蜀、吴三国。
71 道：法治。
72 砻（lóng）：磨，引申为治理。兆民：亿万人民。
73 播：滋生。生：生物。
74 成器：培养成有用的人才。
75 物天：万物的主宰。
76 人天：百姓的主宰。
77 执：掌握。砺世之具：治理天下的工具，指法治。
78 患：担心。

## 鉴赏

砥石,就是磨刀石。作者借宝刀受潮生锈,后经过磨砺而锋芒再现这样一个简单的比喻,阐明了“法以砥焉,化愚为智”的法治观点,同时也抒发了自己被贬的愤懑心情以及渴望重新施展政治抱负的雄心壮志。全赋短小精悍,形式活泼,语言朴实。

赋前小序用一则寓言式的小故事,引出了作赋的动机:砥石可以磨刀,爵禄就是砥石,可以治国,自己虽被贬朗州,但法制观念不变。小序语言平实而形象,凝练而细腻,并且善于抓住事物的变化,在对比中突出主题。

赋正文可分三段。

第一段借对宝刀所遭受侵蚀的描述以及对宝刀所遭受侵蚀原因的进一步探索,揭露了唐朝中期以后“土卑而慝作”的恶劣政治气候,控诉了腐朽势力对人才的摧残,表达了自己改革失败遭贬后无法施展政治抱负的愤懑之情。第二段借写宝刀的雄芒再现,抒发自己渴望重新施展政治抱负的战斗豪情。第三段是《砥石赋》的核心,也是此赋的真意所在。作者在详细地描述了雄芒再现的宝刀的基础上,由此及彼,顺水推舟,提出了“法以砥焉,化愚为智”的法制观点,并进一步用历史事实,证明了以法治国的重要性。然而作者之所谓法又是什么呢?纵观历史,我们不难发现,那就是以法收夺宦官的军权,以法制裁藩镇的跋扈,以法打击贪官污吏,以法废除弊政,以法选拔人才。作者认为首要的问题在于以法选拔人才,因为这是以法治国的关键。因此在序言中作者就借西汉人梅福之口,提出了“爵禄者,天下之砥石也”的观点。在本段中作者又进一步用历史事实强调了加强法制与得人的关系。作者的用意在于提醒宪宗:要想使大唐中兴,就必须大胆地起用贤人杰才,而要起用贤人杰才,就必须拿起法制这块大砥。然而中唐以后,法制废弛,宦官专权,奸佞当道,皇帝徒有虚名,革新派遭排挤受打击。因此,作者最后不无愤怒地写道:“安有执砺世之具,而患乎无贤欤!”全赋戛然而止,语气铿然,掷地有声。可以说是对软弱无能的宪宗的质问。同时也表现了作者渴望重新被起用的迫切心情。

《砥石赋》的最大特点,就是托物言志。作者借宝刀受潮生锈,经过磨砺而锋芒再现的描述,寓深刻抽象的哲理于浅显的形象比喻当中,阐明了自己的政治观点,极容易被人所接受。其次是利用对比,在对比中突出主题。在语言的运用上平实而不乏华丽,细腻而不失凝练,表现了作者极深的语言功底。

(许建章)

# 秋　声　赋 并序

刘禹锡

相国中山公赋《秋声》[1],以属天官太常伯[2]。唱和俱绝[3],然皆得时行道之余兴[4],犹有光阴之叹[5],况伊郁老病者乎[6]?吟之斐然[7],以寄孤愤[8]。

碧天如水兮,窅窅悠悠[9];百虫迎暮兮,万叶吟秋[10]。欲辞林而萧飒[11],潜命侣以啁啾[12]。送将归兮临水[13],非吾土兮登楼[14]。晚枝多露蝉之思[15],夕蔓起寒螀之愁[16]。

至若松竹含韵[17],梧楸早脱。惊绮疏之晓吹[18],堕碧砌之凉月。念塞外之征行,顾闺中之骚屑[19]。夜蛩鸣兮机杼促[20],朔雁叫兮音书绝[21]。远杵续兮何泠泠[22],虚窗静兮空切切[23]。如吟如啸,非竹非丝[24]。合自然之宫徵[25],动终岁之别离。

废井苔冷,荒园露滋[26]。草苍苍兮人寂寂,树槭槭兮虫咿咿[27]。则有安石风流[28],巨源多可[29],平六符而佐主[30],施九流而自我[31]。犹复感阴虫之鸣轩[32],叹凉叶之初堕[33]。异宋玉之悲伤,觉潘郎之幺幺[34]。

嗟乎[35]!骥伏枥而已老[36],鹰在鞲而有情[37]。聆朔风而心动[38],眄天籁而神惊[39]。力将痑兮足受绁[40],犹奋迅于秋声[41]!

## 注释

① 相国：宰相。中山公：指李德裕。
② 属（zhǔ）：嘱托，指唱和诗赋。天官：吏部。太常伯：吏部尚书。
③ 绝：绝妙。
④ 得时行道：恰逢皇帝贤明之时，能实现自己的政治主张。
⑤ 光阴之叹：感叹时光流逝。
⑥ 伊郁：抑郁。
⑦ 斐然：有文采的样子。
⑧ 孤愤：不同一般的愤慨。
⑨ 窅（yǎo）窅：深远的样子。
⑩ 吟秋：在秋风中鸣叫。
⑪ 辞林：树叶飘落。
⑫ 潜：暗中。命侣：召唤伴侣。啁啾（zhōujiū）：虫鸣声。
⑬ "送将"句：见宋玉《九辩》。
⑭ "非吾土"句：见汉王粲《登楼赋》。
⑮ 露蝉：带露的知了。
⑯ 起：产生。螿（jiāng）：蝉属，体青。
⑰ 至若：至于。
⑱ 绮（qǐ）疏：刻有花纹的窗子。
⑲ 顾：回头看。骚屑：烦闷。
⑳ 蛩（qióng）：蟋蟀。机杼（zhù）：织布的梭。促：急促。
㉑ 朔雁：北雁。
㉒ 泠（líng）泠：清凉、冷清的样子。
㉓ 切切：低泣声。
㉔ 竹：管乐器，如笛、箫等。丝：弦乐器，如瑟、琴等。
㉕ 宫徵（zhǐ）：此指音律。
㉖ 滋：多。
㉗ 槭（sè）槭：风吹树叶声。
㉘ 安石：东晋谢安，字安石。
㉙ 巨源：西晋山涛的字。多可：多称美而少贬责。
㉚ 平六符：古代迷信认为，北斗星下的六颗星保持齐平，表明君臣和谐，否则要出乱子。
㉛ 九流：指先秦儒、墨、道、名、法、农、阴阳、纵横、杂等九个学派。自我：自己掌握。
㉜ 阴虫：躲在僻处的秋虫。
㉝ 凉叶：秋叶。
㉞ 潘郎：西晋潘岳。幺么（yāomó）：渺小。
㉟ 嗟乎：叹息声。
㊱ 骥（jì）：千里马。枥（lì）：马槽。
㊲ 韝（gōu）：革制臂衣，打猎时用来停止猎鹰。
㊳ 聆：听。
㊴ 眄（miǎn）：斜视。
㊵ 瘆（tān）：疲乏。绁（xiè）：拴。
㊶ 奋迅：精神振奋，行动迅速。

## 鉴赏

从战国时宋玉写《九辩》起，悲秋已成为诗赋的传统内容之一。这类诗赋多写秋天的萧飒凄凉，充满人生无常的没落感伤情调，刘禹锡这篇《秋声赋》一反历史上悲秋的老调，唱出了慷慨激昂的壮歌，在同类赋作中显然高出一筹。

本赋作于刘禹锡去世的前一年(841)，地点在洛阳。刘禹锡一生屡遭贬斥，历尽坎坷。永贞元年(805)因参加王叔文领导的政治革新运动失败，被贬为朗州司马。此后辗转于巴山楚水之间，前后达20多年之久。宝历二年(826)被朝廷召回，做分司闲官。其后虽曾入朝为郎，但不久便出为苏州刺史。到了晚年，朝廷只是给他加了一些虚衔，而健康状况却每况愈下。一生所怀匡济天下的理想，眼见付之东流，抚今追昔，孤愤难平。恰在此时，他听到了一个盼望已久的好消息：李德裕被唐武宗起用为宰相了。刘禹锡和李德裕是好朋友，他们政治见解基本相同，都主张削平藩镇，抑制宦官，打击少数民族贵族的侵扰。如今，几经起落的李德裕终于可以施展自己的抱负了。这便是赋序中所谓的“得时行道”。他看到，在李德裕与吏部尚书王起的唱和之作《秋声赋》中，仍有“光阴之叹”，想到自己“伊郁老病”的境况，岂能无动于衷！于是便很有感触地写了这篇《秋声赋》，意在“寄孤愤”，即表达自己怀才不遇的悲愤。

全赋可分四段。第一段总写秋之肃杀、凄凉，而寓己之离群索居的孤独迟暮之感。“碧天如水兮，窅窅悠悠。”作者一开头便颇带感情地为我们勾勒出了一幅秋天的寥廓苍凉的图景：碧天如水，渺茫无边。取景阔大，令人感到宇宙的无穷，个人的渺小。接下来分写秋叶、秋虫：萧条衰飒的秋风吹落枯黄的败叶，发出凄清之音；各种秋虫对着黄昏，呼朋引类，做着悲哀的呻吟，似乎预感到生命将要完结。“以我观物，故物皆著我之色彩。”(王国维《人间词话》)这里，“百虫”“万叶”这些衰秋特有的自然物象，已折射进作者那种迟暮之悲。“送将归兮临水，非吾土兮登楼。”化用宋玉《九辩》“憭栗兮若在远行，登山临水兮送将归”和王粲《登楼赋》“虽信美而非吾土兮，曾何足以少留”等句意，说明自己也有宋玉的别离之悲和王粲的异乡之愁，其实这正是作者离群索居的孤独之感的进一步表露。李德裕此时入居相位，虽“发已皓白”(李德裕《秋声赋》),但毕竟可以实施自己的政治抱负了。而自己一生屡遭斥逐,坎廪廓落,一至于今,年老体弱,废弃闲居,要同老朋友一同回朝刷新政治再也不可能了!“晚枝多露蝉之思,夕蔓起寒螿之愁”,作者睹物伤情,痛感自己无异于那为露水所浸而不能奋飞的秋蝉和蛰伏在偏僻一隅,为自己生命就要告终而悲吟的寒螿。作者的迟暮之感是沉重的。

作者在表述这样情感的时候,并不是絮絮叨叨地向读者直言申诉,而是借助于秋空、秋叶、秋虫等一系列的物象,具体地显现出来的。这种“托物言志”的手腕用得很高明。

第二段是作者离群索居的情感更深层次的表达。青松、翠竹在秋风中风韵不变,而梧桐和楸树早已落叶飘尽。在这凄凉的背景上,作者从清早破晓秋风振动窗格,秋夜的月色平铺台阶,联想到征夫思妇的月夜苦怀。文势生动、自然。夜深人静,只有蟋蟀苦啼不已,思妇正在为出征在外的丈夫赶做棉衣,显得十分憔悴。作者对思妇的孤苦、无聊寄寓了深切的同情。借思妇怀人来抒发人生、理想之悲,这是中国古典诗赋的传统手法。这里作者通过移情作用把自己理想不能实现的迟暮之感渗透进思妇怀念丈夫的凄苦的意象(“机杼促”“空切切”)中,如水着盐,了无痕迹。

第三段写自己面对眼前的荒园废井,吟诵李德裕、王起的唱和之作《秋声赋》而产生的感慨。李德裕在文宗和武宗朝两任宰相。史称其在任相期间,“料敌制胜,襟灵独断,如由基(古代神箭手养由基)命中,罔有虚发。”(《旧唐书·李德裕传》)确像东晋谢安那样,应付裕如,风流倜傥。王起在知贡举,考进士时,颇有晋初山涛的风度,很能选拔有真才实学的人。作者对他们的政治才干是很欣赏的。眼下国家正是用人之际,宦官专权,朋党争斗,藩镇作乱,民不聊生。刘禹锡希望李、王能振作精神,捐弃迟暮之感,锐意于进取,扭转唐王朝目前的这种危机局面。因此针对他们作品中的“草木阴虫,皆有秋声”(李德裕《秋声赋》)一类的感叹,提出了要“异宋玉之悲伤,觉潘郎之幺么”这样一种积极的见解。西晋潘岳的《秋兴赋》抒发了“人生安乐,孰知其他”的享乐思想,作者认为实在非常渺小,更不足观。行文至此,笔势稍转,为下文写骥、鹰的“奋迅于秋声”作了铺垫。

第四段礼赞老马、雄鹰,抒写自己的壮怀。老马虽然力量衰竭,但聆听那强劲的秋风,便冥想驰骋疆场,雄鹰站在臂套上,虽然受到束缚,但看到那辽阔的秋空,也渴望搏击长空。作者用“心动”“神惊”两个主谓词组,状它们不安于目前的处境,要“奋迅于秋声”的神态,宛然如见。这里,作者以老马、雄鹰自比,表达自己那种不屈服于命运的压力、昂扬向上的精神,兼寓勖勉李德裕、王起之意。

我们前文已说过,作者写这篇赋,意在“寄孤愤”。刘禹锡不是那种一遭打击便萎靡不振的人。他的人生态度是积极进取的。早年参加永贞革新,被贬蛮荒。遇赦回朝,他丝毫没有向迫害他的权贵妥协,而是勇敢地写诗讥刺他们,虽再度获谴,也傲骨不改。所以曾经写出“种桃道士归何处,前度刘郎今又来”(《再游玄都观绝句》)那样比以前更为辛辣的诗句。无论是晚年与白居易的唱和之作,还是与裴度的唱和之作,从中都可看出诗人是倔强的。因此,本赋尽管也写了萧瑟的秋天、悲凉的情怀,但主要是抒发他自己“老骥伏枥,志在千里”的志节和对统治阶级扼杀人才,阻碍他实现宏远抱负的愤慨,悲而能壮,卓尔不群,故其基调是昂扬奋发的。《文心雕龙·风骨篇》云:“捶字坚而难移,结响凝而不滞,此风骨之力也。”移作本赋的评价,可谓贴切。

(范明道　吴汝煜)

# 赋　赋

白居易

赋者，古诗之流也[1]。始草创于荀宋[2]，渐恢张于贾马[3]，冰生乎水[4]，初变本于《典》《坟》[5]；青出于蓝[6]，复增华于《风》《雅》[7]。而后谐四声[8]，祛八病[9]，信斯文之美者[10]。我国家恐文道寖衰[11]，颂声凌迟[12]，乃举多士[13]，命有司[14]；酌遗风于三代[15]，明变雅于一时[16]。全取其名[17]，则号之为赋；杂用其体[18]，亦不出乎诗。四始尽在[19]，六义无遗[20]。是谓艺文之儆策[21]，述作之元龟[22]。观夫义类错综[23]，词采舒布[24]，文谐宫律[25]，言中章句[26]。华而不艳，美而有度[27]。雅音浏亮[28]，必先物体以成章[29]；逸思飘飖[30]，不独登高而能赋[31]。其工者，究笔精[32]，穷指趣[33]，何惭《两京》于班固[34]？其妙者，抽秘思[35]，骋妍词[36]，岂谢《三都》于左思[37]？掩黄绢之丽藻[38]，吐白凤之奇姿[39]；振金声于寰海[40]，增纸价于京师[41]。则《长杨》《羽猎》之徒胡为比也[42]，《景福》《灵光》之作未足多之[43]。所谓立意为先，能文为主；炳如缋素[44]，铿若钟鼓[45]。郁郁哉[46]，溢目之黼黻[47]；洋洋乎[48]，盈耳之韶頀[49]。信可以凌砾风骚[50]，超轶今古者也[51]。今吾君网罗六艺[52]，淘汰九流[53]；微才无忽，片善是求[54]。况赋者，《雅》之列，《颂》之俦[55]，可以润色鸿业[56]，可以发挥皇猷[57]。客有自谓握灵蛇之珠者[58]，岂可弃之而不收？

## 注释

① 班固《两都赋序》:“赋者,古诗之流也。”
② 荀宋:荀况、宋玉。
③ 恢张:恢宏张大。贾马:贾谊与司马相如。
④ 冰生乎水:《荀子·劝学》:“冰,水为之,而寒于水。”
⑤《典》《坟》:《三坟》《五典》,古书名。
⑥ 青出于蓝:《荀子·劝学》:“青,取之于蓝,而青于蓝。”蓝,草名。
⑦《风》《雅》:《诗经》类别。
⑧ 四声:汉语字音的四种声调。
⑨ 祛(qū):除去。八病:诗声律上的八种毛病,名目为平头、上尾、蜂腰、鹤膝、大韵、小韵、旁纽、正纽,其说起源于沈约,见魏庆之《诗人玉屑》篇十一。
⑩ 信:的确。
⑪ 国家:此谓皇帝。文道:作文之道。寝衰:止息衰弊。
⑫ 颂声:太平歌颂之声。凌迟:败坏。
⑬ 多士:众多士子。
⑭ 有司:官员。
⑮ 遗风:遗存的风尚。三代:夏、商、周三代。
⑯ 变雅:《大雅·民劳》以下、《小雅·六月》以下为变雅。变与正相对。
⑰ 全取其名:保留取用诗六义中的名号。
⑱ 杂用其体:杂用六义的其他体类如风、比、颂等。
⑲ 四始:《毛诗序》以风、大雅、小雅、颂为王道兴衰之所由始,谓之四始。
⑳ 六义:《毛诗序》:“诗有六义,一曰风,二曰赋,三曰比,四曰兴,五曰雅,六曰颂。”
㉑ 儆(jǐng)策:精要奥妙之处。
㉒ 元龟:大龟,引申为可作借鉴的事。
㉓ 义类:道理与事例。
㉔ 词采:词语及文采。
㉕ 宫律:音律。宫为五音之一。
㉖ 章句:章节句读。
㉗ 度:法度。
㉘ 雅音:高雅之音。浏亮:清楚明朗。
㉙ 体物:体察事物。
㉚ 逸思:神奇脱俗的情思。飘飖:飘扬。
㉛ 登高能赋:语出《汉书·艺文志》。
㉜ 笔精:文章之精妙。
㉝ 指趣:旨意。
㉞《两京》:班固《两都赋》,描写西都长安和东都洛阳。
㉟ 秘思:神奇之思。
㊱ 妍词:美丽的辞藻。
㊲《三都》:左思《三都赋》,分别描写蜀都成都、吴都苏州、魏都邺城。
㊳ 黄绢:色丝。见《世说新语·捷悟》。
㊴ 白凤:见《西京杂记》卷二。
㊵ 金声:声名广大。
㊶ 纸价:《晋书·左思传》言左思《三都赋》成,豪贵之家竞相传写,洛阳为

之纸贵。

㊷《长杨》《羽猎》:赋名,扬雄作,描写天子畋猎。

㊸《景福》《灵光》:东汉王延寿所作《鲁灵光殿赋》及魏何晏所作《景福殿赋》。

㊹ 炳:显明。缋(huì)素:缋是彩色的毛织物,素为白色织物。

㊺ 铿:象声词,象响亮之声。

㊻ 郁郁:文采盛之貌。

㊼ 溢目:满目。黼黻(fǔfú):礼服上绣绘的花纹。此指华美的藻饰。

㊽ 洋洋:美盛。

㊾ 盈耳:充耳。韶頀(hù):古代乐曲名。

㊿ 凌砾:干犯。风骚:诗经和楚辞。《诗经》有《国风》,楚辞有《离骚》。

51 超轶(yì):超越。

52 六艺:儒家六经,即诗、书、礼、乐、易、春秋。

53 九流:泛称除儒家以外的各学术流派。

54 片善:小善。

55 俦:伴侣。

56 润色:使事物有文采。鸿业:大业,指王业。

57 皇猷:帝王的谋划。

58 灵蛇之珠:曹植《与杨德祖书》:"人人自谓握灵蛇之珠。"喻有奇才。灵蛇珠即蛇报隋侯之珠,事见《淮南子·览冥》注。

## 鉴赏

白居易(772—846),字乐天,祖籍太原,贞元中进士及第,先后任校书郎、盩厔尉、翰林学士、左拾遗、左赞善大夫。因上书言事贬江州司马,移忠州刺史。又为主客郎中知制诰、中书舍人及杭州、苏州刺史等。晚年以太子宾客及太子少傅分司东都。官终刑部尚书。白氏为中唐著名诗人,主张"文章合为时而著,歌诗合为事而作"(《与元九书》),是新乐府理论的主要倡导者。其诗善于叙述,语言浅易,文章亦流畅清朗。诗文存《白氏长庆集》71卷,前37卷为诗,余为文,其中赋占一卷,共13篇。今人为之拾遗补阙编为外集,卷上为诗,卷下为文,见中华书局《白居易集》。

这是一篇律赋,即试体赋。唐代科举考试,试诗赋各一,诗五言六韵,韵字母由试官规定。赋之押韵亦有限定,一般为八韵,亦有四、五、六、七韵的,通常出一句古语作为韵字;字数也有限制,一般不超过四百字。清李调元说:"唐人赋韵,有云次用韵的,始依次递用,否则任以己意行之。晚唐作者,取音节之谐畅,往往以一平一仄相间而出。宋人则篇篇顺叙,鲜有颠倒错综者矣。"

(《赋话》卷二)又说:“唐时律赋,字有定限,鲜有过四百者。”(同上卷四)白氏此赋便以“赋者古诗之流”为韵,押韵次序为者、诗、赋、之、古、流,未按原语依次递用,但平仄相间。白居易贞元十五年于宣州应乡试,试《窗中列远岫》诗,以中字为韵,《射中正鹄赋》,以“诸侯立诚众士知训”为韵。取为贡士。贞元十六年于长安省试,试《玉水记方流》诗,流字韵,《性习相近远赋》,以“君子之所慎焉”为韵,且限次用、三百五十字以上。及第。白居易为应书判拔萃科,曾拟作百道判,为应才识兼茂明于体用科,又拟作《策林》七十五篇。所以此《赋赋》大概是为应科考而作的习作。

此赋分三部分。第一部分到“述作之元龟”,共用两韵,先叙赋体由来,再叙朝廷科举试赋之意义。第二部分到“超轶今古者也”,为本篇主体,共用三韵,论述了赋体的特点、赋的审美价值以及作赋的要点,层次的递进与韵的变换相一致。第三部分到结尾,用一韵,叙述了赋对于收罗人才、有助朝政的重要意义,收束全篇。陆机《文赋》以赋体论文,此以赋体论赋;但《文赋》为骈赋,此为律赋,前者单纯阐述理论思想,此尚有力争及第的目的在内。为完成这双重任务,其构思安排便显得十分重要。我们就来看看作者构思之匠心吧。先言赋体由来以切题,再言考赋的意义,其中暗含赞美朝廷之意。为了能被录取,自然要说点好听的。第二部分正面论述,文字虽极精简,却已把赋之特征、价值及写作要点概括无遗。这里值得注意的是,白氏论赋并不仅仅着眼于词采声律,更推崇的是“指趣”“秘思”,并明确提出作赋“立意为先,能文为主”。虽不离刘勰“文虽新而有质,色虽糅而有本,此立赋之大体”(《文心雕龙·诠赋》)之论,思想内容却是放在首位的,这与白氏整个文学思想完全一致。最后一部分意在说明:能作赋也是人才,何况赋还可以润饰朝政、帮助帝王出谋划策呢!既然如此,善作赋的“我”怎能“弃之而不收”?是希望录取自己的委婉之言,表达得恰到好处。须知这是参加科考的目的,当然要点到,但又不能过于显露,否则就弄巧成拙了。白氏后来大量创作讽谕诗以“救济人病,裨补时阙”(《与元九书》),也实践了他以诗文帮助帝王治理天下的初衷。

此赋音韵谐和,对偶工切,形式精美。然又诚如此赋所云:“华而不艳,美而有度”,严整而又极流畅自然。能在严格的规范限制中写成如此作品,足见作者驱遣语言文字之深厚功力。苏轼云“出新意于法度之中”,“游刃有余,运斤成风”(《虔州崇庆禅院新经藏记》),诚哉此文!

(尹占华)

# 寒 松 赋

李 绅

松之生也，于岩之侧①。流俗不顾②，匠人未识。无地势以衒容③，有天机而作色④。徒观其贞枝肃矗⑤，直干芊眠⑥。倚层峦则捎云蔽景⑦，据幽涧则蓄雾藏烟⑧。穹石盘薄而埋根⑨，凡经几载，古藤联缘而抱节⑩，莫记何年。

于是白露零⑪，凉风至。林野惨栗⑫，山原愁悴⑬。彼众尽于玄黄⑭，斯独茂于苍翠⑮。然后知落落高劲⑯，亭亭孤绝⑰。其为质也，不易叶而改柯⑱；其为心也，甘冒霜而停雪⑲。叶幽人之雅趣⑳，明君子之奇节㉑。

若乃确乎不拔㉒，物莫与隆㉓。阴阳不能变其性㉔，雨露所以资其丰㉕。擢影后凋㉖，一千年而作盖；流形入梦㉗，十八载而为公。不学春开之桃李，秋落之梧桐。

乱曰㉘：负栋梁兮时不知㉙，冒霜雪兮空自奇。谅可用而不用㉚，固斯焉而取斯㉛。

**注释**

① 岩：山崖。

② 流俗：世俗。

③ 衒容：炫耀姿容。

④ 天机：天性，天赋的灵性。作色：造成苍翠之色。

⑤ 贞枝：正枝，主干。肃矗：肃然直立。

⑥ 芊眠:光色鲜明。
⑦ 层峦:重叠的山峰。
⑧ 幽涧:幽深的山涧。
⑨ 穹(qióng)石:大石。盘薄:盘踞牢固。
⑩ 联缘:缠绕。节:指枝干交接处。
⑪ 零:下雨。此指降露。
⑫ 惨栗:极寒。栗,通“冽”。
⑬ 愁悴:忧愁憔悴。
⑭ 彼:指草木。玄黄:疾病。
⑮ 斯:这。
⑯ 落落:高超不凡。
⑰ 孤绝:高耸突出。
⑱ 易叶改柯:改变枝叶。
⑲ 冒霜停雪:松树不畏严寒。
⑳ 叶(xié):通“协”,符合。
㉑ 明:表明,显示。奇节:特殊的节操。
㉒ 确乎不拔:坚固不可拔除。
㉓ 隆:盛。
㉔ 性:天性。
㉕ 丰:繁荣茂盛。
㉖ 擢影:耸起的影子。
㉗ 流形:松树的形体。
㉘ 乱:乐曲末章或辞赋篇末总括全篇要旨的段落叫“乱”。
㉙ 负栋梁:身负栋梁之材。
㉚ 谅:诚,实。
㉛ 固:本来。斯焉而取斯:化用《论语·公冶长》“斯焉取斯”句,但句式、句意不同。

## 鉴赏

李绅(772—846),中唐诗人,字公垂,江苏无锡人。元和元年进士。曾因触怒叛乱藩镇李锜,险遭杀害。穆宗时召为翰林学士,与李德裕、元稹同在禁署,时称“三俊”。后为牛党李逢吉所排,贬端州司马。武宗时官至中书侍郎同平章事,出为淮南节度使。与元稹、白居易交游甚密,为新乐府运动中的重要诗人。今存赋二篇。

这是一篇寒松的礼赞。不叫松而叫“寒松”,说明它所处地势的冷僻。由此,我们可以联想到左思的《咏史》诗其二(郁郁涧底松)、王勃的《涧底寒松赋》,都是以松寄怀的咏物杰作。由寒松联想到寒士,从寒松的“负栋梁”而不为时所知为世所用,隐喻寒士的虽怀瑾握瑜而沉沦下僚的遭遇,从而抒发深沉的感慨。这就是作者创作本赋的思路。

赋篇可分为四段:第一段写松树默默地生长在偏僻的山崖旁边,世俗之人不屑一顾。木匠者未予赏识。它所处的地势是那样偏僻卑下,无法炫耀自己的姿容,但天性造成它的苍翠之色。看它主干笔直高耸,倚着层叠的山峦直指蓝天,拂掠云彩,遮蔽日光。这一段是静态描写,而且运用了烘托的手法,把松树高耸挺拔的气势和葱茏茂盛的身姿作了生动的描绘。“贞枝肃矗”、“直干芊眠”是正面描写,“捎云蔽景”“蓄雾藏烟”“穹石埋根”“古藤抱节”则是侧面烘托。烘托的手法在古典诗词创作中俯拾即是。第二段是说,秋风萧瑟,白露降临,原野惨淡,草木凋零,唯有寒松依然苍翠欲滴,巍然挺立,不肯易叶改柯,敢于冒霜停雪,显示了君子的奇节,附和了隐士的雅趣。第三段写松树坚固不拔,万物不能与之比隆。岁月不能改变它的天性,雨露滋润了它的繁荣。看它耸起的身影,张开的树冠犹如偃盖,使人想起孔子的名言和丁固梦松的典故。不学迎春开花的桃李,也不学逢秋落叶的梧桐。这一段可以看作是对上段的补充,进一步赞美松树的四季常青和“确乎不拔”。和上段一样,作者运用了对比的手法。最后一段是尾声。说寒松身禀栋梁之才而不为时所知,敢于冒霜停雪而徒然绝俗自奇。实可施于大厦而不为人所用,因绝俗自奇而不为世所用。这一段实际上是总括以上三段的内容。

（王春庭）

# 华 山 赋

杨敬之

“岳之初成，二仪气凝其间[①]，小积焉为丘，大积焉为山。山之大者曰岳，其数五，余尸其一焉[②]。岳之尊，烛日月[③]，居乾坤，诸山并驰[④]，附丽其根[⑤]。浑浑河流[⑥]，从禹以来[⑦]，自北而奔。姑射九嵕[⑧]，荆巫梁岷[⑨]，道之云远兮徒遥而宾。

“岳之形，物类无仪[⑩]。其上无齐，其傍无依，举之千仞不为崇，抑之千仞不为卑。天雨初霁[⑪]，三峰相差[⑫]，虹霓出其中，来饮河湄[⑬]。特立无朋，似乎贤人守位，北面而为臣。望之如云，就之如天，仰不见其颠。肃阿芊芊[⑭]，蟠五百里，当诸侯田。

“岳之作，鬼神反覆，蛟龙不敢伏。若岁大旱，鞭之朴之，走之驰之，甘雨烂漫，百川东逝，千里而散，噫气蹶然[⑮]，怒乎幽岩，渐于人间[⑯]，其声浏浏[⑰]。

“岳之殊巧，说不可穷，见于中天：峷峷而掌[⑱]，峨峨而莲[⑲]；起者似人，伏者似兽；坳者似池，洼者似臼[⑳]；歙者似弁[㉑]，呀者似口[㉒]；突者似距[㉓]，翼者似抱。文乎文，质乎质，动乎动，息乎息，鸣乎鸣，默乎默。上上下下，千品万类，似是而非，似非而是。

“其乃缮人事[㉔]，吾焉得毕议。今作帝耳目，相其聪明，下瞩九州，在宥群生[㉕]。初太易时[㉖]，其人俞俞[㉗]。其主人者，始乎容成[㉘]，卒乎神农[㉙]。中间数十君，姓氏可称。其徒以饮食为事，未有仁义。时哉时哉，又何足莅！是后敬乎天，成乎人者，必辟其心，假其神，与之龄，降其人。故轩辕有盛德[30]，蚩尤为贼[31]。生物不遂，帝乃用力。大事不可独治，降以后牧[32]。三人有心，烈火就扑。其子之子，其孙之孙，咸明且仁，虽德之衰，物其所宜。由夏以降[33]，汤发仁以王[34]，癸受暴以亡[35]。甲戌钊诵[36]，不敢有加，唯道其常[37]，享国遂长。天事著矣，莫见乎高而谓乎茫茫。余受帝命，亿有万岁，而不敢迨遑。”

臣赞之曰：“若此古矣，祖矣，大矣，广矣，富矣，庶矣，骇矣，怖矣！上古之事，粗知之矣，而神之言又闻之矣。然起居于上，宫室于上，如此之久矣，其所见何如也?”曰：“见若咫尺，田千亩矣。见若环堵，城千雉矣。见若杯水，池百里矣。见若蚁垤[38]，台九层矣。醯鸡往来[39]，周东西矣。蠛蠓纷纷[40]，秦速亡矣。蜂窠联联，起阿房矣[41]。俄而复然[42]，立建章矣。小星奕奕[43]，焚咸阳矣。累累茧栗，祖龙藏矣[44]。其下千载，改更兴坏，悲愁辛苦，循其上矣。”

臣又问曰：“古有封禅[45]，今读书者云得其传，云失其传，语言纷纶，于神何如也?”曰：“若知之乎？闻圣人抚天下，哀天下，既信于天下，则因山岳而质于天，不敢多物。若秦政、汉彻[46]，则率海内以奉祭祀，图福其身。故庙祠相望，坛墠迤逦[47]。盛气臭，夸金玉，取薪以燔，积灰如封[48]。天下怠矣，然犹慊慊不足[49]。秦由是薤[50]，汉由是弱。明天子得贤者在位，能者在职，庙堂之上，垂衣裳而已。其于封禅，存可也，亡可也。”

**注释**

① 二仪：阴阳。

② 余尸其一：我主持五岳中的一岳。

余,华山神自称。尸,主持。
③ 烛:照耀。
④ 诸山并驰:群山似龙腾虎跃,各自奔驰。
⑤ 附丽:附着,依附。
⑥ 浑浑河流:黄河。
⑦ 禹:古代治水英雄。
⑧ 姑射(yè):山名。九嵕(zōng):山名。
⑨ 荆、巫、梁、岷:皆山名。
⑩ 仪:匹配。
⑪ 霁:雨止,天晴。、
⑫ 三峰:华山东峰、西峰、南峰。
⑬ 河湄:水边。
⑭ 肃阿芊芊:山势险峻,山色碧绿。
⑮ 噫(yī)气:呼气,嘘气。蹶(guì)然:疾起的样子。
⑯ 渐:徐徐渗入,浸润。
⑰ 浏浏:犹溜溜,顺行无阻的样子。
⑱ 挲挲:抚摸的样子。而:如。
⑲ 峨峨:高峻的样子。
⑳ 臼:用以舂东西的器具。
㉑ 弁:用手搏斗。
㉒ 呀(xiā):张口的样子。
㉓ 距:拒,抗拒。
㉔ 缮:善,善于。
㉕ 在宥:宽恕。赞美帝王仁政。
㉖ 太易:原始混沌状态。
㉗ 俞俞:同"愉愉",从容自得的样子。
㉘ 容成:传说是黄帝的大臣,最早发明历法。后来道家附会为仙人,说是黄帝、老子的老师。
㉙ 神农:传说是农业、医药等发明者。
㉚ 轩辕:即黄帝。
㉛ 蚩尤:为东方九黎族首领。
㉜ 后牧:后,君主;牧,古时治民之官。
㉝ 夏:夏朝。
㉞ 汤发:商汤和姬发。
㉟ 癸受:桀和纣。
㊱ 甲戊钊诵:甲,太甲,商汤的嫡长孙;戊,太戊,商朝国王;钊,周康王姬钊,周成王之子;诵,周成王姬诵;文王之孙,武王之子。
㊲ 道:以为道。常:常规。
㊳ 蚁垤:蚁穴之外隆起的小土堆。
㊴ 醯(xī)鸡:小虫名。
㊵ 蠛蠓:小虫名。
㊶ 阿房:秦宫殿名。
㊷ "俄而"两句:似应和"累累茧栗,祖龙藏矣"两句交换位置。建章:汉宫殿名。
㊸ "小星"两句:指项羽火烧阿房宫之事。
㊹ 祖龙:秦始皇嬴政。
㊺ 封禅:帝王祭天地的典礼。
㊻ 秦政:秦始皇嬴政。汉彻:汉武帝刘彻。
㊼ 坛墠:祭祀场所。
㊽ 封:冢,堆。
㊾ 慊慊:心不满足的样子。
㊿ 薙(tì):剃除,除掉。

## 鉴赏

本赋作者杨敬之,字茂孝,虢州弘农(今河南灵宝)人。生卒年月不详。元和二年进士及第,为右卫胄曹参军。累迁屯田郎中、户部郎中。坐李宗闵党,贬连州刺史。文宗时,为国子祭酒,不久兼任太常少卿。后转大理卿,检校工部尚书,兼祭酒。作《华山赋》,以示韩愈,受到称赏,士林一时传布。李德裕爱玩不释。柳宗元曾高度评价他为当世“希屈(屈原)、马(司马相如)者之一”。(《与杨凭书》)

《华山赋》是写山岳的名篇,很富特色。全赋通过对话展开描述议论。首先从几个侧面描绘西岳华山的形貌姿态。通过对比,以见华岳之尊。作者根据本赋主旨需要,采用由古至今、从面至点的方法,对华岳的雄伟和变化多姿作综合简括的描写,适可而止,简洁而生动。这样写,有《子虚赋》《上林赋》的宏伟气魄,却避免了它们结构的板滞。华山是名岳,其上既有自然景观,又有人工胜迹,可以描绘的非常之多,但是,作者却未像司马相如写《子虚赋》《上林赋》那样,将实有的、虚构的花卉草木鸟兽虫鱼等都按山上山下东西南北等方位铺陈堆砌,而是在综合简括地描绘华岳雄伟、多姿之后,笔锋一转,别开一面,去写华岳所见人世的情形。华岳古老雄伟,久阅人世,了解华夏的历史变化,深谙人类历史的经验教训。它从人类智窦未开、自然无为时期开始观察,直观察到人类现状,了解人类历史的全过程。这些历史的经验教训,在作者看来,就弥足珍贵,说服力强。这部分文字是作者借华岳之口总结王朝兴亡的教训。就华山角度而言,又是通过侧面描写,状华岳之高大,写华岳之永恒,与上部分殊途而同归,异曲而同工,相得而益彰,相辅而相成。其中形容华岳从高处俯视人间之状一段文字,特别精彩,或从空间着想,状华山之高大,或从时间着想,示华岳之永恒,其想象之精妙,为过去文学作品尤其赋中所罕见。作者又善于用散文的排比句写出,尤使本赋生色。上文写华岳多姿也是一段排比。这两段排比表现了作者的独创性。

尤其可贵的是,赋虽颂岳,却重在人事,以封禅“存可也,亡可也”作结。作者认为,“既信于天下,则因山岳而质于天”可存可亡。以“抚天下”“哀天下”为目的封禅“存可也”;秦皇、汉武的耗费天下之财,而目的又在“图福其身”的封禅,则“亡可也”。“明天子”所注意者只是“得贤者在位,能者在职,庙堂之上,垂衣裳而已”。这与柳宗元的《贞符》大致同意,作者这种关心天下“悲愁辛苦”的心怀,对待封禅的态度在当时是很可贵的。

(李景明　程　远)

# 牡　丹　赋

舒元舆

圆元瑞精[1]，有星而景[2]，有云而卿[3]；其光下垂，遇物流形，草木得之，发为红英[4]；英之甚红，钟乎牡丹，拔类迈伦，国香欺兰[5]。我研物情，次第而观。

暮春气极，绿苞如珠，清露宵偃，韶光晓驱[6]。动荡支节，如解凝结；百脉融畅[7]，气不可遏；兀然盛怒，如将愤泄。淑色披开，照曜酷烈；美肤腻体，万状皆绝。赤者如日，白者如月，淡者如赭[8]，殷者如血。向者如迎，背者如诀[9]；坼者如语[10]，含者如咽[11]；俯者如愁，仰者如悦；袅者如舞[12]，侧者如跌[13]；亚者如醉[14]，曲者如折；密者如织，疏者如缺；鲜者如濯，惨者如别。

初胧胧而上下，次鲜鲜而重叠。锦衾相覆，绣帐连接；晴笼昼薰，宿露宵裛[15]。或灼灼腾秀[16]，或亭亭露奇[17]；或飐然如招[18]，或俨然如思；或带风如吟，或泣露如悲；或垂然如缒[19]，或烂然如披[20]；或迎日拥砌[21]，或照影临池；或山鸡已驯，或威凤将飞。其态万万，胡可立辨；不窥天府[22]，孰得而见。

乍疑孙武[23]，来此教战[24]，其战为何，摇摇纤柯，玉栏风满，流霞成波。历阶重台，万朵千窠，西子南威[25]，洛神湘娥[26]，或倚或扶，朱颜已酡，角衔红釭，争韡翠娥。灼灼夭夭，逶逶迤迤，汉宫三千[27]，艳列星河[28]。我见其少，孰云其多。

弄彩呈妍，压景骈肩[29]，席发银烛[30]，炉升绛烟[31]。洞府真人[32]，会于群仙。晶荧往来，金釭列钱[33]。凝睇相看，曾不晤言。未及行雨，先惊旱莲[34]。

公室侯家，列之如麻。咳唾万金，买如繁华。遑恤终日，一言相夸。列幄庭中[35]，步障开霞[36]。曲庑重梁[37]，松篁交加[38]。如贮深闺，似隔窗纱。仿佛息妫[39]，依稀馆娃[40]。我来睹之，如乘仙槎[41]。脉脉不语，迟迟日斜。九衢游人[42]，骏马香车。有酒如渑[43]，万坐笙歌。一醉是竞，孰知其他。

我案花品，此花第一。脱落群类，独占春日；其大盈尺，其香满室。叶如翠羽，拥抱比栉。蕊如金屑，妆饰淑质。玫瑰羞死，芍药自失；夭桃敛迹，秾李惭出；踯躅宵溃[44]，木兰潜逸；朱槿灰心，紫微屈膝。皆让其先，敢怀愤嫉。焕乎美乎，后土之产物也，使其花之如此而伟乎？何前代寂寞而不闻，今则昌然而大来？曷草木之命，亦有时而塞，亦有时而开？吾欲问汝，曷为而生哉！汝且不言，徒留玩以徘徊。

## 注释

① 圆元：天。精：日月的光辉。
② 有星而景：即景星。
③ 有云而卿：即卿云。
④ 红英：红花。
⑤ 国香：兰花的别称。
⑥ 韶光：春光。
⑦ 百脉：牡丹的脉络。
⑧ 赭：赭色。
⑨ 诀：告别。
⑩ 坼：开。
⑪ 咽：哽咽。
⑫ 袅：摇动的样子。
⑬ 侧：倾斜。
⑭ 亚：与“桠”同。

⑮ 裛:与“浥”通。
⑯ 灼灼:花开放得十分茂盛。
⑰ 亭亭:孤独挺直的样子。
⑱ 飐然:风吹动摇曳的样子。
⑲ 缒:用绳子系着垂下的样子。
⑳ 烂然:色泽鲜美而众多。披:散乱披盖的样子。
㉑ 砌:石阶。
㉒ 天府:富庶繁华的地方。
㉓ 孙武:春秋时军事家。
㉔ 教战:即指孙武训练宫中美女之事。
㉕ 南威:春秋时晋国美女。
㉖ 洛神:曹植《洛神赋》中所写的洛水女神。
㉗ 汉宫:汉宫宫女。
㉘ 星河:银河。
㉙ 压景骈肩:形容人数很多。
㉚ 席:座席。
㉛ 绛烟:深红色的烟雾。
㉜ 洞府:神仙居住的地方。
㉝ 金釭:墙壁上用金为装饰的横带状图案。
㉞ 旱莲:又称旱莲草。
㉟ 幄:帷幄,布幕。
㊱ 步障:出游时所设置的屏风。
㊲ 庑:廊屋。
㊳ 松篁:松树竹林。
㊴ 息妫:春秋时息侯之夫人。
㊵ 馆娃:即馆娃宫。
㊶ 仙槎:仙人所乘之舟筏。
㊷ 九衢:大街。
㊸ 渑(shéng):渑水。
㊹ 踯躅(zhí zhú):杜鹃花。

## 鉴赏

舒元舆(789—835),中晚唐之交重要人物之一,颇有文学才华和政治才干。元和八年(813)中进士,官职逐步升迁,担任了御史中丞兼刑部侍郎等。李训、郑注当政时,任同中书门下平章事(宰相)之职。中晚唐时,宦官专政,当时仇士良等权势显赫。唐文宗不甘受制于宦官,授命李训、郑注谋诛宦官头子仇士良等人。舒元舆参与其事。但由于行事不周密,被仇士良察觉,发生了“甘露之变”,舒元舆被宦官杀害。舒元舆今只存诗六首,文十七篇。这篇《牡丹赋》在当时就受到人们的赞誉。他死后,唐文宗在欣赏牡丹时,凭栏吟诵这篇《牡丹赋》,非常思念舒元舆,潸然泪下。可见这篇赋在当时影响是很大的。

牡丹花,大概比较迟才进入我国人民的欣赏视野,一般认为隋朝才开始种植牡丹,到了唐代才为人们所激赏。所以诗文中吟咏牡丹的作品,到唐时才开始出现。大概开元末年裴士淹的《白牡丹》诗要算是最早的了,稍后岑参、白居易、刘禹锡、李商隐等都有吟咏牡丹的诗歌。而就“赋”这种文体而言，舒元舆这篇是最早的一篇。舒元舆充分发挥了赋这种文体的特长，反复铺陈，对牡丹花给予了淋漓尽致的描写，给予了热情的赞颂，是唐代咏物小赋的名篇。

这篇赋一开头就不同凡响，作者从天上日月的光华写起。他驰骋丰富的想象：日月的光华照临大地，光华被草木吸收，就形成花朵；而最美最红的花瓣钟情于牡丹，这样，就使得牡丹出类拔萃，成为最美丽的花。兰花，一向被认为是“国香”，现在牡丹却远远超过了它。经过作者丰富想象的渲染，牡丹就以不同寻常的丽质天姿出现在读者面前。加上景星、祥瑞的卿云的烘托，构成了一幅概略的然而诗意浓郁的境界，作为下文描绘牡丹的背景。

文章首先对牡丹开放的情景进行铺陈。作者先用两个短句，写花蕾的静态。花开前的静谧，和下文写牡丹开放时的“动”形成鲜明的艺术对比，而从静到动，作者仅用了一个“驱”字作过渡，简洁巧妙，显出作者在布局上细针密缝的功夫。牡丹开放情景的描写，是用影视创作中的“慢镜头”手法完成的。在“慢镜头”展开时，又融进了情感，用拟人化的手法，使得读者有鲜明的形象感。

进入正面描写时，先用四句概述牡丹初绽之美，“美肤腻体，万状皆绝”。这是第一印象，就像印象派画家那样，作者把牡丹初绽时直接感受到的印象，简洁地表现出来。紧接着，写初绽时的“万状”。首写颜色，深红、洁白、赭黄、殷红，再用太阳、月亮、鲜血、赭石等客观存在的事物作比喻，使读者更具体地感受到牡丹色泽缤纷的景象。然后写初绽时的形态，这里作者也是用一连串的比喻把牡丹花写得千姿百态，疏密相间，错落有致。连同上一层写色彩，就构成了一幅色泽鲜艳、仪态万千的牡丹图。作者运用精雕细刻的手法，构置的是一幅工笔花卉画，读后使人如感似触。

牡丹花盛开了，作者着力铺陈花的繁茂。在作者笔下，我们看到牡丹如同锦绣一般，拥簇在石阶旁，铺在水池边，重重叠叠，鲜艳无比。有连片的，也有在连片之中高标奇秀的，有在风中摇摆如向游人招手的，有庄严肃立好像在沉思的，有在风中摆动如人在行吟的，也有的花瓣上露珠晶莹如在流泪含悲，有的像美丽温驯的锦鸡，有的又像奋翅欲飞的彩凤……这里也写牡丹的千姿百态，但突出的是盛开的盛况，所以读之没有重复的感觉。为了加强读者的动态感，作者又用拟人化手法，反复铺陈。在铺陈中驰骋其丰富的想象力，运用华丽丰缛的辞藻，构置了艳丽无比的花的海洋，令人目不暇接，惊叹不已！

写牡丹花之繁、之盛后，便转向写观赏游人之盛况。先用“洞府真人,会于群仙”总写,把“弄彩呈妍,压景骈肩”的热闹情景写得栩栩如生。然后写公侯家赏牡丹花的靡费情景。他们不惜耗费千万金,养牡丹花于家室之中。有帷幕、屏风回廊、松林竹丛为辉映,仿佛金屋藏娇,又像楚宫藏息夫人,吴国馆娃宫藏西施一般。这些比喻把公侯人家供养牡丹之豪奢境况,渲染得令人咋舌。这对于公侯人家是有批判意味蕴涵其中的。但,这不是这篇赋的目的,应该说这是赋体文的惯例。这篇文章的主题在最后一段。

最后一段是作者的议论,通过议论点出全篇主旨。作者首先肯定牡丹花是众花之冠。花大而香,叶像碧翠的羽毛,花蕊好像撒上一层金屑。这是本文对牡丹花的直接描绘,以此归结上文对牡丹花的铺陈。紧接着通过对比突出“此花第一”的结论,作者举出一连串人们喜欢的花:玫瑰、芍药、桃、李、杜鹃、木兰、朱槿、紫薇等与牡丹对比,认为这些花都远比不上牡丹,他用“羞死”“自失”“敛迹”“惭出”“宵溃”“潜逸”“灰心”“屈膝”等辞语,描写这些花与牡丹对比时自愧不如的心态以衬托牡丹之美,以树起它是花中之冠的地位。然而,这也不是目的。如果文章写到这里结束,那就最多是一篇辞藻华丽的“牡丹颂”而已。作者在确立了牡丹“第一”的地位之后,提出了一个启人深思的问题:既然牡丹花是天下第一,为什么唐代以前寂寂无闻,而在唐代这么昌盛繁茂,受到人们的赞赏?这一问,使整篇文章带有深沉的哲理色彩。以反问作答,使哲理色彩更浓郁了。

(梁超然)

# 大孤山赋

李德裕

余剖符淮甸①，道出蠡泽②。属江天清霁，千里无波。点大孤于中流，升旭日于匡阜。不因佐官，岂遂斯游？谢康乐尤好山水，尝居此地，意阙词赋，其故何哉？彼孤屿乱流，非可俦匹。因为小赋，以寄友朋。

川渎巉道，人心所恶。必有穹石，御其横骛。势莫壮于滟滪，气莫雄于砥柱。惟大孤之角立，掩二山而磔竖。高标九派之冲③，以捍百川之注。眈若虎视，蚴如龙据④。靡摇巨浪⑤，神明之所扶；不倚群山，上元之所固⑥。必迤逦而何多？信嶷然而有数。念前世之独立，知君子之难遇。如介石者袁杨，制横流者李杜。观其侧秀灵草，旁挺奇树。宁忧梓匠之斤，岂有樵人之路。想江妃之乍游⑦，疑水仙之或驻。嗟瀛洲与方丈，盖仿佛如烟雾。据神鳌而覩𪊲，逐风涛而沿溯⑧。未若根连坤轴⑨，终古而长存。迹寄夜川，负之而不去。虽愚叟之复生⑩，焉能移其咫步。

**注释**

① 符：古代凭信，帝王和大臣分剖各执其一。淮甸：指安徽一带。

② 蠡泽：鄱阳湖。

③ 高标九派：在江西、湖北等长江流域内是最高的山峰。

④ 蚴：龙行之貌。

⑤ 靡摇:起伏。
⑥ 上元:天。
⑦ 江妃:女仙名。
⑧ 沿溯:顺流而下曰沿,逆流而上曰溯。
⑨ 坤轴:地轴。
⑩ 愚叟:愚公。

## 鉴赏

李德裕(787—849),字文饶,赵郡(今河北赞皇)人,晚唐著名的政治家和文学家,元和宰相李吉甫之子。少年有志于学,善为文章。以父荫补校书郎,官至宰相。与牛僧孺、李宗闵有政见分歧,各成党派。李德裕是“李党”的核心人物。无论在朝廷还是在地方,为官干练,分析精当,判断准确,善于处理政务,亦多所建树。他于作文,主张“辞不出于风雅,思不越于《离骚》”。常常从社会政治的角度看人生,他的赋作或抒发历史的感慨,或抒发官僚知识分子的情志,雍雅平和。在艺术上,李德裕主张“文之为物,自然灵气。恍惚而来,不思而至”,崇尚自然、平淡、古朴的风格。他的诗作数量不多。有《李文饶集》传世,现存赋30余篇。

大和九年(835),人诬李德裕“图为不轨”,由浙西观察使改为宾客分司,未行,又因对文宗的“寒暑得疾”“全无忧戚”,再贬为袁州(今江西宜春)刺史。开成元年(836),文宗经过“甘露之变”后,深感孤立无援,遂缓和与李德裕的关系,改李袁州刺史为滁州(今安徽滁州)刺史。赴任途中,经鄱阳湖口大孤山,感慨联翩,借大孤山形势以抒情志。

大孤山位于江西鄱阳湖入长江处附近,亦名鞋山。江湖相属,天水苍苍,山砥中流,形势壮观。作者借山写志,志如山坚,表达了政治家坚定不移的品格。

文前小序,交代作赋的有关背景。

“川渎巇道,人心所恶”,以议论开头,巇,危险之意。因为长江瞿塘峡中有滟滪堆,黄河中有砥柱山。“惟大孤之角立,掩二山而磔竖。”前六句是开场的锣鼓,这两句才是主角登场。全文的主题将从“角立”和“磔竖”展开,所以下文以八句来作具体描述。角立和磔竖都是山势峭拔挺立的意思。这峭拔挺立之中,暗含着坚定强劲的意蕴。当然,意蕴必须通过意象才能展示,才能使读者深入领会。“高标九派之冲,以捍百川之注”,是说大孤山身处众流交汇之地而不动摇,捍百川之注而不乱;“眈若虎视,蚴如龙据”,前者见其刚强,后者见其灵活,形柔而性刚，内刚而外柔，刚柔相济，相得益彰；不被巨浪动摇，似乎是神明在扶助；不倚群山而特立，似乎是上天给以它坚定。坚定性是政治家的美好品格。李德裕此时正处在党争的逆境之中，这大孤山显示的意蕴，也许就是自我形象的写照。

为了进一步展示大孤山角立礁竖的意蕴，由自然景况，转向人文历史。“必迤逦而何多？信巉然而有数”是过渡性的转折。迤逦是指山形绵延。大孤山置身于鄱阳湖中，四面皆水，自然不具备迤逦之姿。作者着意于巉然特立的意蕴，所以强调巉然独立似乎是一种命运。这一转，带出了东汉四位名人：袁安、杨震、李固、杜乔。作者的内心精神世界和大孤山自然景观的意蕴融为一体，给客观事物涂上主观情志的色彩，产生了强烈的抒情韵味。使大孤山从自然进入社会，从静态进入动态，从物象进入情志。紧接着，作者从六句正面描述，将大孤山推上感情的顶峰。需要指出的是，本赋的开头和结尾都用陪衬法，开头以滟滪、砥柱陪衬，结尾以瀛洲、方丈陪衬，一实一虚，遥相呼应，不仅使结构严谨完整，而且变化多姿，别具情采。

（汤贵仁　陈伟军）

# 项王亭赋 并序

李德裕

丙辰岁孟夏，余息驾乌江[①]，晨登荒亭，旷然远览，因睹太尉清河公刻石，美项氏之材，叹其屈于天命。且曰：“汉祖困厄之时，生计非萧、张所出[②]。”余以为不然矣。自古聪明神武之主，未尝不应天顺人，以定大业。项氏纵火咸阳，失秦中之固；迁主炎裔，伤义士之心，违天违人，霸业隳矣[③]。汉皆反是，故能成功；据秦遗业，东制区夏[④]；数败于外，常有关中；为旧主缟素，以义动天下，虽项氏犹存，而王业基矣。若乃蠖屈鸿门，龙潜天汉，始降志于一人，终申威于四海，则萧、张之计，不亦远乎！余尝论之：汉祖犹龙，项氏如虎；龙虽困而其变不测，虎虽雄而其力易摧，一神一鸷，宜乎敻绝[5]。然舣舟不渡，留骓报德[6]，亦可谓知命矣。自汤、武以干戈创业[7]，后之英雄，莫高项氏。感其伏剑此地，因作赋以吊之[8]。

登彼高原，徘徊始曙。尚识舣舟之崖，焉知系马之树？望牛渚以怅然，叹乌江之不渡。想山川之未改，嗟斯人之何遽[9]？思项氏之入关，按秦图而割据。恃八千之剽疾[10]，弃百二之险固。咸阳不留，王业已去，将衣锦于旧国，遂扬旌而东顾。虽未至于阴陵，谁不知其失路？耻沐猴之丑诋，乃烹韩而泄怒[11]。谓天命之可欺，何霸王之不悟！

嗟乎！楚声既合，汉围已布[12]；歌既阕而甚悲[13]，酒盈樽而不御[14]。当其盛也，天下侯伯自我而宰制；及其衰也，帐中美人寄命而无处。季数遁而不亡，羽一败而终仆。岂非独任于威力，不由于智虑？

追昔四隤之下[15]，风烟将暮，大咤雷奋，重瞳电注[16]，叱汉千骑，如猎狐兔。谢亭长而依然，愧父兄兮不渡；既伏剑而已矣，彼群帅兮犹惧[17]；虽霸业之无成，亦终古而独步。周视陈迹[18]，缅然如素[19]。听乔木之悲风[20]，感高秋之零露[21]。因献吊于兹亭，庶神灵之可遇[22]。

## 注释

① 息驾：停车。

② 萧：萧何。张：张良。

③ 隳(huī)：毁。

④制：控制。区夏：区域，华夏。

⑤ 敻(xiòng)绝：犹迥绝。

⑥ 舣舟：泊船。骓：乌骓省称，马名。

项羽失败,逃至和州乌江,留乌骓赠亭长,自刎身亡。
⑦ 汤:商汤王。武:周武王。
⑧ 吊:吊念悲伤。
⑨ 斯人:项羽。遽:疾速,短暂。
⑩ 剽疾:勇敢快捷。
⑪ 烹韩:据《史记·项羽本纪》,项羽得咸阳,烹韩生。
⑫ 楚声既合,汉围已布:即垓下之战。
⑬ 阕:终了。
⑭ 御:举,饮。
⑮ 隤:败。
⑯ 重瞳:眼中双瞳仁。
⑰ 彼:指刘邦。
⑱ 周视:环视。
⑲ 缅然:悠久的样子。
⑳ 乔木:高树。
㉑ 感高秋之零露:借以言伤感。
㉒ 庶:庶几。

## 鉴赏

开成元年丙辰(836)春夏之交,李德裕由袁州(今江西宜春)刺史改滁州(今属安徽)刺史,途经鄱阳湖、长江,至和州(今安徽和县)弃舟登岸,游乌江项王亭,作此赋。

赋前小序,说明作赋的因由和主旨。秦末天下动乱,导致刘项相争,最终项败刘胜。历来对刘、项的评价不同。李德裕着意肯定萧何、张良在刘邦建国过程中的作用,大约他已知道前一年的“甘露之变”。不过,李德裕的思想感情表达得比较含蕴。李德裕“望牛渚以怅然,叹乌江之不渡”,显然是以项羽只任威力而不崇尚智力的行为和刘邦当年“蠖屈鸿门,龙潜天汉”的做法形成鲜明的对照。感慨由此而产生,议论因此而开展。

(汤贵仁)

# 观兵部马射赋[①]

元　稹

大司马以驰射而选才，众君子皆注目而观艺。至张侯之所，乃执弓而誓，誓曰："今皇帝制羽舞以敷文德，择材官而奋武卫[②]，兼以超乘者为雄，不唯中鹄者得祭[③]。用先才捷，志亦和平[④]。以多马为能，故以马为试，以得鹿为美，故以鹿为正。岂独武人之利，实唯君子之争。"射者皆曰："诺，虽五善之未习[⑤]，庶一举而有成。"

于是马逸骙骙，士勇伾伾[⑥]，蓄锐气，候歌诗。初听采蘋之章[⑦]，共调白羽；次逞穿杨之妙，忽纵青丝[⑧]。旁瞻突过，咸惧发迟。冀骥足之展矣，翻猿臂而射之。挥弓电掣，激矢风追。方当耦象，决裂丽龟[⑨]。砉尔摧班[⑩]，示偏工于小者，安然飞鞚，故无忧于殆而。信候蹄之不爽，则舍拔之无遗[⑪]。故司射举旌以效胜曰[⑫]："尔能克备，我爵可期。贾余勇者，宜乘破竹之势，善量力者，当引负薪之辞[⑬]。"由是靡不争先，莫肯为后，皆曰措杯于肘，十得其九[⑭]，忝明试者，亦何尝而不有。破的之术，万不失一，凡献艺者，岂自疑于无必。冲冠发怒，扬鞭气逸，引满雷砰，腾凌飙疾。皆穷百中之妙，尽由一札而出。乃知来者之艺，盖亦前人之匹。若此则蹲甲壮基，扬觯观孔，信一场之独擅，终六辔之未总。岂比乎浮云迴度，开月影而弯环；骤雨横飞，挟星精而摇动。

虽当至理，不忘庸功[15]。天子垂衣，俨鹓行于北阙[16]，夏官司马，阅骑从于南宫。贡士之程[17]，职思其举。会款塞五方之俗，观校埒百夫之御，得隽为雄，唯能是举[18]。星郎草奏，上献拱辰之防，天骄解颜，喜见射雕之侣[19]。客独顾之而笑曰："此盖有司之拔萃，固非吾君之右汝[20]。我有笔阵与词锋，可以偃干戈而息戎旅。"司文者闻之而惊曰："尔其自砺于尔躬，吾将献尔于王所。"

## 注释

①《全唐文》原文题下有"以'艺成而动,举必有功'为韵"。

② 羽舞:周代制定的六种祭祀舞蹈之一。材官:这里泛指武职。

③ 超乘(shèng):跃上战车。中鹄:射中靶心。

④ "用先"二句:意谓所用者先挑才干杰出的。

⑤ 五善:《易经》《诗经》《尚书》《礼记》《春秋》五经。

⑥ 骙(kuí)骙:马强壮之貌。伾(pī)伾:有力。

⑦ 采蘋:《诗经·召南》篇名。

⑧ 穿杨:形容善射。丝:此指马韁绳。

⑨ 耦象:箭靶。龟:龟甲。

⑩ 砉(xū 又 huā):皮骨相离声。班:通斑,老虎,代指箭靶。

⑪ "信候蹄"二句:马跑得有节奏,发箭才会无所遗漏。

⑫ 效胜:取胜。

⑬ 负薪之辞:谦退的话。

⑭ 措柸(bēi)于肘:柸,饮食器,同"杯"。安放食器于肘上,形容稳准。

⑮ 至理:至高的准则。庸功:功劳。

⑯ 垂衣:垂衣拱手,古形容太平无事,无为而治。俨:整肃。鹓行:同"鸳行",朝官的行列。

⑰ 贡士:古代向最高统治者荐举人员的制度。

⑱ 款塞:叩塞门,谓外族求通中国。校埒(liè):即校场、教场。得隽:唐时科场用语,指考中、录取。隽,才智出众的人。

⑲ 星郎:郎官的美称。天骄:强盛的边地民族。

⑳ 右:古以右为尊。

## 鉴赏

元稹(779—831),字微之,洛阳人。早年明经及第,元和初与白居易同考中制科,做谏官。因与宦官等恶势力斗争,失败被贬为江陵士曹参军,移通州司马。后与宦官妥协,于唐穆宗长庆二年(822)拜相。又出为同州刺史,转越州刺史兼浙东观察使。唐文宗时任武昌节度使,太和五年卒于任上。元稹与白居易在当时诗坛齐名,世称"元白"。他是新乐府运动的倡导人之一,其诗浅切精警,其艳诗又有华美的一面,对新乐府运动的形成及现实主义诗歌的兴盛,都有积极的影响。元稹的作品主要见于《元氏长庆集》。

这是一篇以观驰射为题材的赋文。第一段借兵部司马与比武者的对话,点出"择材官而奋武卫"的马射之旨。第二段详写马射比赛的情形。第三段略述武举选才结果,并衬出以文胜武的自诩。全文词采华丽,气氛浓烈,又一气呵成,时序分明,既有汉大赋铺张扬厉之风,又有魏晋以来小赋的精警优美之长,显示出作者晓畅华美的文风和驾驭语言的功底。

此文最大的特点在于渲染和衬托。第二段四六句所形容,皆一驰一射,详察动作的迅疾稳准,则人物的勇武和技艺不凡就跃然纸上。继司射的激砺之词后,是驰射高潮的状写,作者采用风云星月的喻词,把驰射场面夸饰得有声有色,蔚为壮观,从而补足了上文的气氛。如此铺排,皆为反衬文末文能胜武的自视。结尾武事的大段铺排后,突发反讽,冷语不尽,使文章平添了一番情趣。

(卢燕平)

# 太阿如秋水赋

贾 悚

黯然若秋水者[1]，楚王有太阿之锋[2]。穷其原，则三尺成状[3]；窥其底，如百尺无踪[4]。可以照魑魅，鉴形容。涵空而表里泓澄[5]，讵私毫发[6]；腾气而风云惨澹[7]，如隐蛟龙。原其极[8]，良冶之功[9]，出洪炉之里。薛烛增骇，风胡愕视[10]。千里万里之斜汉，耿耿方侔[11]；八月九月之洞庭，沉沉相似[12]。深浅难测，精光不死[13]。磨越砥[14]，疑穿石之泉；淬葛溪[15]，如贯河之水[16]。气晶荧而不息，质莹彻而难比。流影耀金精之上[17]，涯涘皆空[18]；凉飙鸣玉匣之中[19]，波涛不起。韬映无匿[20]，埃尘不居。澄晓峡[21]，黯清渠[22]。俯视则孤光溢目[23]，横窥而一带澄虚[24]。旁临挟刃之徒，疑开别派[25]；近映腰金之士，似跃游鱼[26]。比练之流奚匹[27]，容舟之所宁如[28]？其文也流而无极[29]，其清也掬之不得[30]。短长如任器之状[31]，荡漾有盈科之则[32]。似无云之溪涧，径挺其形[33]；如落木之江湖，深沉其色[34]。龙泉非偶，巨阙难俦[35]。莲影如植[36]，龟文若游[37]。星缀明珠，孰辨怀珠之浦[38]；环分圆月，终疑映月之流[39]。洎乎霜露冷[40]，天地秋，繇是剽劾敌[41]，决冤仇[42]。故得名溢古今，声流远迩[43]。解晋郑于纷若[44]，扫欃枪于嘒彼[45]。予一智刃于胸中，其精如此[46]。

## 注释

① 黯然:光泽深沉。
② 楚王:指楚昭王。太阿(ē):古宝剑名。
③ "穷其"二句:言推究宝剑原来的形状,那么只有三尺长。
④ "窥其"二句:言总看剑身,其光泽就如百尺秋水,难窥其底。
⑤ 涵空:言剑色如秋水映着天空。涵:包容。泓澄:澄澈。
⑥ 讵私毫发:细小的毛发也不能隐藏其中。讵,岂。私,隐。
⑦ 腾气:剑光闪耀。风云惨澹:形容深沉的光泽笼罩着剑身。
⑧ 原其极:考究其由来。
⑨ 良冶:指欧冶子和干将。
⑩ 薛烛、风胡:春秋时善于鉴赏宝剑的人。
⑪ 斜汉:银河。侔(móu):相等。
⑫ "八月"二句:言剑色深沉,与八、九月间的洞庭湖水相似。
⑬ 精光:精华光彩。死:灭。
⑭ 越:越国。
⑮ 葛溪:水名。淬:淬火。
⑯ 贯:注入。
⑰ 流影:指剑的光泽。金精:铁之精英。
⑱ 涯涘皆空:无边无际。
⑲ 凉飙:凉风,喻剑。玉匣:剑鞘。
⑳ 韬映无匿:剑鞘之光无所隐匿,言剑在鞘中,光耀犹照于外。韬,剑鞘。映,光耀。
㉑ 澄晓峡:剑光澄清如晨晓的峡谷。
㉒ 黯清渠:剑光深沉如清澈的渠水。
㉓ 孤光:一道剑光。
㉔ 澄虚:澄澈空明。
㉕ "旁临"二句:言旁临挟剑的人们,太阿之剑与众剑相比,好像开出另一水流。
㉖ "近映"二句:太阿之剑好像是跃出于波涛之上的游鱼。腰金,古代朝官的腰带。金,指金印或金鱼袋。
㉗ 比练之流:像绢丝一样的流水。
㉘ 容舟之所:指流水。
㉙ 文:光彩。
㉚ 清:清澄的光泽。掬:双手捧取。
㉛ 任器:用具。
㉜ "荡漾"句:见《孟子·离娄下》。
㉝ "似无"二句:将剑从鞘中拔出,犹如没有云霭笼罩的溪涧一样清澄。
㉞ "如落"二句:剑色深沉,如同树木落叶时节的江湖之水。
㉟ 龙泉、巨阙:古宝剑名。
㊱ 莲影如植:剑上所雕刻的荷花图形,仿佛植立在秋水之上。
㊲ 龟文若游:剑上所镂龟背的文理,好像游动于秋水之中。
㊳ "星缀"二句:剑上所饰明珠如星斗连缀。
㊴ 环:剑环。
㊵ 洎(jì):到。
㊶ 繇(yóu):是,于是。剽:攻击。勍(qíng)敌:强敌。

㊷ 决:断,斩杀。冤仇:仇敌。
㊸ 迩:近。
㊹ “解晋”句:事见《越绝书》。
㊺ 欃(chán):彗星。
㊻ 精:精美,精妙。

## 鉴赏

贾悚(?—835),字子美,河南人。进士擢第后,又登制策甲科,四迁至考功员外郎。唐穆宗时曾与白居易同为考策官,后为常州刺史。唐文宗时,先后为太常少卿、中书舍人、礼部侍郎。太和八年,迁为京兆尹兼御史大夫,九年,检校礼部尚书,拜中书侍郎、同中书门下平章事。是年甘露事变,被左神策军中尉仇士良杀死。他文思敏捷,辞藻华美,现存律赋九篇。

《太阿如秋水赋》是一篇有名的律赋。律赋是从骈赋衍变而来的,唐王朝的科举考试,又促进了它的发展。《文苑英华》所收唐赋近千篇,三分之二以上是律赋。它在体制上,有许多限制,但是有创造性的作家,却能善于利用这些限制,或者摆脱约束,写出许多优秀的作品。本篇就是其中之一。

这篇赋是专写宝剑的。但它不写宝剑的锋利,也不着重去写宝剑的制作与铸造材料或铸造工艺的精良,而正如题目所揭示的那样,它通过描绘宝剑深沉晶莹如秋水般的光泽,来表现它的精美和珍贵。唐代以来,赋宝剑的作品很多,但单从这一角度来写的,贾悚此赋还是比较突出的。

清人王岂孙《读赋卮言》中说:“赋最重发端。”李调元的《赋话》中也说:“唐人试赋,极重破题。”本文一开头说,“黯然若秋水者,楚王有太阿之锋”,就简明、突出地点明了题意,并且指明他所描绘的宝剑,是著名的楚昭王的太阿宝剑。下面,承题转接,“穷其原,则三尺成状,窥其底,如百尺无踪。可以照魑魅,鉴形容。”总写宝剑光泽的澄澈、莹洁,像无底的秋水一样,可以“照魑魅,鉴形容”。再接着,就具体描绘宝剑如何澄澈、晶莹了。一般来说,单独描绘宝剑的光泽是比较困难的。但是,由于作者善于想象、夸张和类比,因而在赋文中,接连使用了许多生动、形象而具体的比喻,从各个角度加以描绘和烘托,使宝剑的光泽惟妙惟肖地呈现在我们面前。

总观全赋行文,它自始至终紧扣题意,集中描绘太阿宝剑光泽如秋水的特点,从各个方面、各个角度加以形容、比喻和描述,使语言文字也如宝剑一样极其精彩和优美。其中,“穷其原,……如隐蛟龙”“千里万里之斜汉,……波涛不起”“俯视则孤光溢目,……容舟之所宁如”等语句,对偶精工、排比优美、想象奇异、刻画真切入微,真可以说到了炉火纯青的地步,给我们描绘出一个个美的艺术境界,给人以美的艺术享受。这种把宝剑诗化、美化的艺术表现,充分反映了作者细致的观察能力、丰富的想象能力和高超的艺术表现能力。

这是一篇严格的律赋。律赋的韵脚是有一定限制和规定的。本篇以“如彼秋水容色”六字为韵,通篇的韵脚都是分别以这六字为韵相押的。但它不是依次使用这六个字,而是错落相间的。赋文一开头的韵脚是“容”字,与它相协的是“锋”“踪”“龙”,在《广韵》中属于上平声“三钟部”。赋文的第二韵用的是“水”字,与它相协的是“里”“视”“似”“死”“比”等,在《广韵》中分别属于上声的“五旨”和“六止”,而“旨”“止”两韵是可以同用的。赋文的第三韵是“如”字,与它相协的是“居”“渠”“虚”“鱼”等,在《广韵》中同属于上平声“九鱼”韵。第四个韵脚是“色”,和它相协的是“得”“则”,同属《广韵》入声二十四职部。第五个韵脚是“秋”,和它相协的是“俦”“游”“流”“仇”,同属于《广韵》下平声十八尤部。最后一韵是“彼”,和它相协的是“迩”“此”,同属《广韵》上声四纸部。找出它的韵脚和韵部。我们就会看出,作者使用韵脚,不是句句相押,而是参差错落,间句相协,从而使赋文具有起伏顿挫、速缓扬抑的音乐之美。这样的赋,当然容易受到主持科举的试官们所赞赏,我们读起来也甚感朗朗上口、饶有韵味。单从文辞上说,这篇赋优美精妙,倩丽峭拔,但又不失典雅,值得我们认真体味。

(霍旭东　林开甲)

# 阿房宫赋

杜 牧

六王毕[1]，四海一[2]，蜀山兀[3]，阿房出[4]。覆压三百余里[5]，隔离天日[6]。骊山北构而西折，直走咸阳[7]。二川溶溶[8]，流入宫墙。五步一楼，十步一阁；廊腰缦回[9]，檐牙高啄[10]，各抱地势[11]，钩心斗角[12]。盘盘焉[13]，囷囷焉[14]，蜂房水涡[15]，矗不知其几千万落[16]。长桥卧波[17]，未云何龙[18]？复道行空[19]，不霁何虹[20]？高低冥迷[21]，不知西东。歌台暖响，春光融融[22]；舞殿冷袖，风雨凄凄[23]。一日之内，一宫之间，而气候不齐。

妃嫔媵嫱[24]，王子皇孙[25]，辞楼下殿[26]，辇来于秦[27]。朝歌夜弦，为秦宫人。明星荧荧[28]，开妆镜也；绿云扰扰[29]，梳晓鬟也[30]；渭流涨腻[31]，弃脂水也[32]；烟斜雾横，焚椒兰也[33]；雷霆乍惊[34]，宫车过也；辘辘远听[35]，杳不知其所之也[36]。一肌一容，尽态极妍[37]；缦立远视[38]，而望幸焉[39]。有不见者，三十六年[40]。

燕赵之收藏[41]，韩魏之经营，齐楚之精英，几世几年，剽掠其人[42]，倚叠如山[43]。一旦不能有，输来其间[44]。鼎铛玉石[45]，金块珠砾[46]，弃掷逦迤[47]，秦人视之[48]，亦不甚惜。

嗟乎[49]！一人之心[50]，千万人之心也。秦爱纷奢[51]，人亦念其家。奈何取之尽锱铢[52]，用之如泥沙？使负栋之柱[53]，多于南亩之农夫[54]；架梁之椽[55]，多于机上之工女[56]，钉头磷磷[57]，多于在庾之粟粒[58]；瓦缝参差[59]，多于周身之帛缕；直栏横槛[60]，多于九土之城郭[61]；管弦呕哑[62]，多于市人之言语。使天下之人，不敢言而敢怒，独夫之心[63]，日益骄固[64]。戍卒叫[65]，函谷举[66]，楚人一炬[67]，可怜焦土[68]！

呜呼！灭六国者六国也，非秦也；族秦者[69]，秦也，非天下也。嗟夫[70]！使六国各爱其人，则足以拒秦；使秦复爱六国之人，则递三世可至万世而为君[71]，谁得而族灭也？秦人不暇自哀[72]，而后人哀之；后人哀之而不鉴之[73]，亦使后人而复哀后人也。

## 注释

① 六王毕：六国为秦所灭。六王，韩、赵、魏、齐、楚、燕六国之君。毕，结束。

② 四海一：全中国统一。

③ 蜀山兀（wù）：蜀地山上的树木因建阿房宫而被砍光。

④ 出：出现，指建成。

⑤ 覆压：掩盖。

⑥ 隔离天日：把天日都遮蔽了。

⑦ 骊山：在今陕西西安。构：架屋。走：走向。咸阳：秦京城，在今陕西咸阳。

⑧ 二川：渭水和樊川。溶溶：水流动的样子。

⑨ 廊腰缦回：长长的走廊像丝绸那样地回环曲折。

⑩ 檐牙高啄：屋檐突起，像鸟嘴在高空啄食。

⑪ 各抱地势：各自占着不同的地势。

⑫ 钩心斗角：楼阁各部向着屋心，像钩一样连接；屋角彼此相向，像兵戈一样相斗。

⑬ 盘盘焉：回环曲折的样子。

⑭ 囷（jūn）囷焉：回旋的样子。

⑮ 蜂房水涡：楼阁像蜂房那样密集，像水涡那样回旋。

⑯ 矗（chù）：高耸的样子。落：人聚居的地方。

⑰ 长桥：渭水上建有长桥。

⑱ 未云何龙：龙形容长桥。

⑲ 复道：楼阁间通道。

⑳ 霁（jì）：雨过天晴。虹：状复道。

㉑ 冥迷：分辨不清。

㉒ 融融：和乐的样子。

㉓ 凄凄：寒凉的样子。

㉔ 妃嫔媵嫱：国主的妻妾宫女。
㉕ 王子皇孙：六国王侯的女儿和孙女。
㉖ 辞楼下殿：离开六国的宫殿。
㉗ 辇（niǎn）来于秦：乘着辇车来到秦国。
㉘ 明星荧（yíng）荧：形容妆镜之多。
㉙ 绿云：宫女头发黑润柔密。
㉚ 鬟：环形发髻。
㉛ 渭流涨腻：渭水涨起一层油腻。
㉜ 脂水：有胭脂香粉的洗脸水。
㉝ 椒兰：两种含有芳香的植物。
㉞ 乍惊：突然受惊。
㉟ 辘辘：车声。
㊱ 杳：深远。
㊲ 妍：美。
㊳ 缦立：久立。
㊴ 幸：皇帝到某处。
㊵ 三十六年：秦始皇在位共三十六年。
㊶ 收藏：和下文的"经营""精英"都指金玉珍宝。
㊷ 剽掠：抢劫。
㊸ 倚叠：堆积。
㊹ 其：指阿房宫。
㊺ 鼎铛（chēng）玉石：把宝鼎看作铁锅，把美玉看作石头。
㊻ 金块珠砾（lì）：把黄金看作土块，把珍珠看作碎石。
㊼ 逦迤（lǐ yǐ）：接连不断。
㊽ 之：指代珍宝。
㊾ 嗟呼：叹词。
㊿ 心：指想生活得好的心。
51 纷奢：纷华奢侈。
52 锱铢：重量单位。
53 使：致使。
54 南亩：泛指农田。
55 椽（chuán）：架在屋梁上的木条。
56 机：织布机。
57 磷磷：水中石头露出的样子。
58 庾（yǔ）：粮仓。
59 参差：长短高低不齐。
60 栏：栏杆。
61 九土：九州。
62 呕哑：形容杂乱的乐声。
63 独夫：失去人心的暴君。
64 骄固：骄傲顽固。
65 戍卒叫：指陈胜、吴广起义。
66 函谷举：指刘邦攻入函谷关。举：攻克。
67 楚人一炬：楚人放一把火。
68 可怜焦土：可惜阿房宫化为一片焦土。
69 族秦：使秦灭族。
70 嗟夫：叹词。
71 递：传递。
72 不暇：来不及。
73 鉴之：以之为鉴。鉴，铜镜。

## 鉴赏

杜牧（803—852），字牧之，京兆万年（今陕西西安）人。唐文宗大和二年（828）考中进士，又举贤良方正科。曾任江西团练使判官、淮南节度使掌书记。后历任黄州、池州、睦州等州刺史,唐武宗会昌年间迁中书舍人。著有《樊川集》,存赋三篇。

杜牧生活在晚唐,正是唐代社会走向衰败的时期,阶级矛盾和社会各种矛盾都很尖锐。他是著名史学家杜佑之孙,好读书,善属文,为晚唐著名诗人之一。他的诗有一部分是慨叹时世和讥刺当时统治集团的,以情致豪迈见长,人称“小杜”,以别于盛唐时期的杜甫。

阿房宫是秦朝有名的宫殿,杜牧的《阿房宫赋》是一篇难得的千古妙文。阿房宫的故址在今陕西西安西南阿房村。关于本文写作的目的,作者在《上知己文章启》中曾说:“宝历(825—826)大起宫室,广声色,故作《阿房宫》。”可见写这篇赋是与他经邦济世的政治抱负分不开的。作者的用意和文章的主旨,在当时的历史条件下无疑是有进步意义的。但是这篇赋之所以能够激动人心,长期脍炙人口,历来为读者所喜爱,其主要原因并不在于它在当时所起到的讽谏作用和思想立意的进步性,而在于它艺术描绘的精湛和艺术形象的生动鲜明,这一点又是和作者深厚的艺术修养和高超的艺术手法分不开的。

阿房宫的出现是秦王朝盛极一时的产物,也是秦始皇追求荒淫奢侈生活的具体表现。因此,怎样写出阿房宫产生的时代背景,通过对阿房宫的具体描写,揭示出秦始皇穷奢极欲的罪行和导致秦王朝灭亡的原因,就成为这篇赋艺术上能否成功的关键。这篇赋一开始就气势非凡。作者以高度精练的艺术手法,连用四个三字句来写阿房宫产生的时代背景。这四句是全文的总冒,起势突兀,前后相承。接下来一气呵成,扣题很紧。文章写出阿房宫出现的背景以后,接着就对阿房宫进行描写。概括的写法之后,又用铺叙渲染的手法,对阿房宫的形象作具体描绘,第一段写的仅限于阿房宫本身。第二、三自然段转向写宫女和珍宝。上面几段写宫室,写宫女,写珍宝,已经把阿房宫的宏伟豪华写得淋漓尽致,下面一段结合抒情写秦统治者的骄奢淫逸,终于引起了天怒人怨,导致了秦王朝的灭亡。作者首先从人情相近这一点上,对秦始皇的只顾个人享乐,不顾百姓死活提出指责,接着再用具体的事实对他挥金如土的罪行加以控诉。赋的最后一段,在具体描写充分揭露的基础上,抒发感慨,发表议论,点明作赋的本意。赋中的议论容易写得枯燥,缺乏韵味,令人不能卒读。这一段议论却写得波澜起伏,意味隽永,情文并茂,使人爱不释手。

总观全赋,内容层次井然,结

构绵密紧凑,行文波澜起伏,气势奔放,有如一气呵成。在写法上描写和议论相统一,描写极尽其态,议论精湛深远,抒情寓描写与议论之中,做到了情文并茂。

(赵呈元)

# 晚晴赋 并序

杜牧

秋日晚晴,樊川子目于郊园[1],见大者小者,有状类者[2],故书赋云:

雨晴秋容新沐兮,忻绕园而细履[3]。面平池之清空兮,紫阁青横,远来照水。如高堂之上,见罗幕兮,垂乎镜里。木势党伍兮[4],行者如迎,偃者如醉[5],高者如达,低者如跂[6]。松数十株,切切交风[7]。如冠剑大臣[8],国有急难,庭立而议[9]。竹林外裹兮,十万丈夫,甲刃摐摐[10],密阵而环侍。岂负军令之不敢嚣兮[11],何意气之严毅[12]。

复引舟于深湾,忽八九之红芰[13],姹然如妇[14],敛然如女[15]。堕蕊黦颜[16],似见放弃[17]。白鹭潜来兮,邈风标之公子[18],窥此美人兮,如慕悦其容媚[19]。杂花参差于岸侧兮[20],绛绿黄紫,格顽色贱兮[21],或妾或婢。闲草甚多,丛者束兮,靡者杳兮[22]。仰风猎日[23],如立如笑兮。千千万万之状容兮,不可得而状也[24]。

若予者则为何如[25]?倒冠落佩兮[26],与世阔疏[27]。敖敖休休兮[28],真徇其愚而隐居者乎[29]!

## 注释

① 樊川子:杜牧有别墅在故乡樊川,故如此自称。

② 状类:谓郊园中的景物类似其他物体。

③ 忻(xīn):同“欣”。

④ 党伍:分类成队。

⑤ 偃:卧倒。

⑥ 跂:垂足而坐。

⑦ 切切:风声萧瑟。

⑧ 冠剑大臣:戴冠佩剑的大臣。

⑨ 庭立:站立在朝廷之上。

⑩ 甲刃:披甲胄,持兵器。纵(chuāng)纵:纷错。

⑪ 负:忧虑。嚣(xiāo):喧哗,吵闹。

⑫ 严毅:严肃而坚强。

⑬ 芰(jì):菱。

⑭ 姹(chà)然:艳丽之貌。

⑮ 敛然:恭敬严肃之貌。

⑯ 堕蕊(ruǐ):落花。黦(yuè)颜:黄黑色的容颜。

⑰ 放弃:放逐舍弃。

⑱ 风标:有风度。

⑲ 慕悦:欢喜爱慕。

⑳ 参差:错杂,高低不齐。

㉑ 格顽:桀骜愚顽。

㉒ 靡者:指分散的草。

㉓ 仰风猎日:谓承受风气,追求日光。

㉔ 状:形容。

㉕ 予:我。

㉖ 倒冠落佩:指去官隐居。冠佩是官场正服的打扮。

㉗ 阔疏:疏远,远离。

㉘ 敖敖:嘈杂声。休休:安闲之貌。

㉙ 徇:顺从。

## 鉴赏

这篇赋分两大部分,前面一大部分是全赋的重点所在。这部分又分为两段,第一段写秋日雨后郊园的晚晴之景,主要写了郊园里的清空紫阁,树木竹林,第二段写晚晴后引舟于深湾所见,有红芰白鹭,有杂花闲草。这一部分写得绚烂多姿,美好可爱。第二大部分,笔锋一转,却用冷色调抒发了自己的感想和愿望:希望倒冠落佩,辞官归隐,与世阔疏。这与上面的写景,初看似乎毫不干系,细细想来,实际恰恰是对上文写景的深化。故园的景物太美好迷人了,太让人留恋而不忍离去了,使人愿整日与之为伴,使人愿辞官弃禄来这里隐居。这一小段似乎是题外的话,但却像“心香一瓣”,而灵光独存,使景中有情,言中有志。这些话还暗示着官场是黑暗污浊的,蕴含着自己对仕途的愤懑。

杜牧是个忧国忧民、立志用世之士，但却一生际遇坎坷，仕途不顺。从这赋中仔细品味，他这些遭遇和因之而产生的不满情绪就可以绰约而见。杜牧主张“凡文以意为主，以气为辅，以辞采章句为之兵卫”“以意全胜者，辞愈朴而文愈高；意不胜者，辞愈华而文愈鄙”（《答庄充书》）。从这篇以写景为主的赋中，也可看出他注意“立意”的苦心。刘熙载在《艺概·赋概》中说：“赋欲不朽，全在意胜。”这也是杜牧的赋作历经千古而不衰的原因之一吧。

杜牧注重“意胜”，也并不轻视“辞采章句”。他在这篇赋中也很注意词语文句的使用和安排。他使用了明朗清新的语句，流畅而又铿锵有力的语言，长句和短句相间，骈散结合，节奏上的抑扬顿挫，写得精练含蓄，文采飞扬，使人觉得有一气呵成之感。杜牧在《献诗启》中还说：“某苦心为诗，本求高绝，不务奇丽，不涉习俗”，他的赋作也是这样下了“苦心”的，不重复别人用过的陈腔旧调，不走别人走惯了的蹊径通途，力求创造出与众不同的“高绝”水平。有人说他的诗文“雄姿英发”，而又“一往情深”，感时抚事，寄兴遥深，在晚唐轻浅华靡的诗风中，另辟出一种新境界。他这篇小赋，就是他另辟新境界的繁花中奇丽的一朵。

（徐传武）

# 虱　　赋

李商隐

亦气而孕①，亦卵而成②。晨鹥露鹄（鹤）③，不如其生④。汝职唯啮⑤，而不善啮：回臭而多⑥，跖香而绝⑦。

## 注释

① 气：中国古哲学概念。指极微物质，是构成宇宙万物的本原。
② 卵：虫卵。
③ 鹥（yī）：凫之一种。
④ 不如其生：意思是鹥鹄都不如虱生成的进化程度高。
⑤ 汝：你，指虱。职：职责，职业。啮（niè）：咬。
⑥ 回：孔子的弟子颜回。
⑦ 跖（zhí）：即盗跖，春秋末期人。

## 鉴赏

李商隐（813？—858），晚唐诗人。字义山，号玉谿生，怀州河内（今河南沁阳）人。开成二年（837）进士，授秘书省校书郎，补弘农尉。幼时为令狐楚赏识，随学骈文，后王茂元镇河阳，辟为掌书记，且以女妻之。在牛李党争中，令狐楚与王茂元分属牛、李两党，楚子绹以为他变节背恩，在王茂元死后，令狐绹及其同党长期执朝政，故李商隐受到压抑和排挤，终生困顿失意，多在外藩手下为幕僚。柳仲郢为东川、剑南节度使，辟为判官、检校工部员外郎。李商隐与杜牧齐名，皆为晚唐重要诗人，赋存不多，却在唐赋中均占有重要地位。他长于律、绝，亦工骈文，善为讽刺小赋。据《新唐书·艺文志》载，他原有赋一卷，现仅存《虱》《蝎》两篇完整小赋。著作有《李义山诗集》《樊南文集》及《补集》传世，清冯浩《玉谿生诗笺注》本颇为详备。

赋至有唐，业经三变。讽刺之风，颇为强劲，抨击时弊，更为激烈。体制所趋，则有长短两个极端。而李商隐的《虱赋》仅仅八句32字，却叙写得十分完整，堪称短赋表率。

时代混乱，遭遇坎坷，形成诗人愤世嫉俗的思想感情，其诗虽时有消极感伤情绪流露，而其赋则一扫悒郁情怀，独与柳宗元讽刺之赋一脉相承。由于李商隐自幼天资聪颖，才思敏锐，善于广泛而多方面地学习前人，遂形成自己的独特风格。他的赋作不仅构思缜密，而且想象丰富，讽刺辛辣。虱，通称"虱子"。常寄生在不清洁的人和牛、羊、猪等哺乳动物的体表，吸食血液，并能传染斑疹伤寒和回归热等疾病，是人皆厌恶的丑陋害虫。诗人李商隐正是抓住虱子的特点，以揶揄的笔调加以叙写，诗人越是突现虱子的尊贵优越，其铺垫就越为坚实，所寓讽刺就越显辛辣，而诗人的感情就越加强烈。这便是平叙对比的作用，平叙而不平，对比甚鲜明。

但是，文章的高峰却在后四句。人们可以从中体味到诗人的辛辣讽刺，尖刻嘲弄和强烈愤懑。虱子的职责既然是专门咬人，照常理而言，就应该去咬那些肉肥血富之人，才堪称技精业熟，可是它却爱咬因贫困而肉瘦血乏之人，说明它并不善于咬人，岂可谓之称职？颜回是孔子的高足，孔门弟子们的典范，孔子曾热情地赞扬他："贤哉，回也！一箪食，一瓢饮，在陋巷，人不堪其忧，回也不改其乐。贤哉，回也！"（《论语·雍也》）颜回安贫乐道，虽贤却贫。贫则缺衣少食。久不更衣就会有霉气汗臭，虱子倒在此处大量繁殖；食而不足何能血肉丰满？这更是虱子不该选择的对象。相反，盗跖衣食富裕，身强体壮，血多肉丰，芳香四溢，正是虱子生养休息的良宅佳处，但是它竟然绝迹而不敢去咬。专咬穷人，怎么能算是"善啮"？至此，诗人的冷嘲热讽和憎恶之情已达于极点，溢于言表。

人们不难推想，诗人李商隐岂是单纯为虱子这一害人虫画像？而是在着力刻画、剖析社会上的"虱性人"，那些专吸穷人膏血却不敢稍碰显贵们的卑劣奸宄，这种心术龌龊之人都具有茹柔吐刚、欺软怕硬、见羊是狼、见狼成羊的性格，而平时却又偏偏装出一派绅士的潇洒风度，俨然是位高雅的正人君子。正如宋王应麟在《困学记闻》中所说："李义山赋怪物，言佞魖、谗䰰、贪魃，曲尽小人之情状，魑魅之夏鼎也。"

《虱赋》不仅讽刺辛辣，抒发了诗人满腹不平之气，体现了渴望消灭人间丑类的美学理想，而且形式也颇为特殊，仅只四言八句，精练淳厚。以如此短小的艺术形式，却用了衬映对比的写法，写出一篇思想完整而深长的赋，若无深厚的生活基础和高超的艺术修养,则绝难胜任。齐、梁时期,曾有“赋体”短什,颇似俳文之“连珠”,其篇幅与《虱赋》不相上下。而“赋体”并非赋,是练习为文制赋技术的。李商隐却能写出思想艺术堪称上乘的佳品,确是难能可贵的,这正是诗人的创造,亦为赋体的新发展。

（张宗舜）

# 蝎　赋

李商隐

夜风索索①,缘隙凭壁。弗声弗鸣,潜此毒螫②。厥虎不翅,厥牛不齿③。尔兮何功?既角而尾④。

## 注释

① 索索:风声。
② 螫(shì):蜂蝎等尾部刺人的毒针。
③ “厥虎不翅”一句:见《汉书·董仲舒传》。此处化用,谓有利齿的虎没有翅和角,有角的牛却没有利齿。厥:助词,无义。
④ 角:蝎子头前端下方的两钳。尾:蝎子狭长如尾的后腹,其末端有毒针。

## 鉴赏

这是一首咏物赋,借写蝎子来讥刺阴毒伤人的小人。它们是黑暗中的动物,常在冷风飕飕的夜晚出来活动,善于在墙壁的隙缝里钻营,它们无声无息,使人难以防备,暗中却用毒针来害人。后面四句用了向苍天发问的写法,苍天对于生物“分予”不同的特长:给老虎以利齿,就不给它翅膀;给牛以锐角,就不再给它利齿。而蝎子为什么前有双钳,后有毒尾呢?这双钳和毒尾是天生而就的,所以发问蝎子有何功劳而得两种“利器”?表面是问蝎,实质是问天。阴毒的小人能够在暗中残害好人,一定是取得了在位者的信任和支持,赋予了他毒害好人的权力,所以作者才提出了“尔兮何功?既角而尾”的反问。

这篇赋短小精悍,全篇总共才32字。自古短赋,以三国魏时孙谌的《果然赋》为最短，只有 18 字，其次就是这篇《蝎赋》和上篇《虱赋》了。这篇赋凝练得很，前面仅有 16 个字，就抓住了蝎子的特征，着语不多，但却冲虚入妙，节短而韵长，余味曲包。后面 16 个字却换了个角度，由写"蝎毒"而写到蝎何以如此残毒，使文意更上一层楼。晚清时的浦铣在《复小斋赋话》中说："咏物题要切，然亦不可太着迹。"李商隐这篇《蝎赋》可以说既写得"切"，扣紧了蝎子的特点，又写得洒脱，由蝎子的这些特点生发出去，挖掘出更深一层的"寓意"。

崔珏在《哭李商隐》诗中说："虚负凌云万丈才，一生襟抱未曾开。"他这"襟抱未开"的原因之一，就是由于蝎子般狠毒的小人暗中作梗，这些"虱蝎"也是蛀蚀国家健康肌体的"蠹虫"。李商隐对它们愤恨万分，所以专门写了《蝎赋》和《虱赋》对它们进行鞭挞。清代的刘熙载在《艺概·赋概》中说："赋必有关著自己痛痒处。"李商隐的《蝎赋》写的就是深关自己病痒的事，与无病呻吟者毫不相同，所以每个字每句话都像从肺腑中流出，非常感人，而又无雕琢之迹。

（徐传武）

# 桃花赋并序

皮日休

余尝慕宋广平之为相[①]，贞姿劲质，刚态毅状。疑其铁肠石心，不解吐婉媚辞。然睹其文而有《梅花赋》。清便富艳，得南朝徐庾体[②]，殊不类其为人也。后苏相公味道得而称之[③]，广平之名遂振。呜呼！以广平之才，未为是赋，则苏公果暇知其人哉？将广平困于穷，厄于踬[④]，然强为是文耶？日休于文，尚矣。状花卉，体风物，非有所讽，辄抑而不发。因感广平之所作，复为《桃花赋》。其辞曰：

伊祁氏之作春也[⑤]，有艳外之艳，华中之华，众木不得，融为桃花。厥花伊何，其美实多。儓隶众芳[⑥]，缘饰阳和[⑦]。开破嫩萼，压低柔柯。其色则不淡不深，若素练轻茜[⑧]，玉颜半酡[⑨]。若夫美景妍时，春含晓滋，密如不干，繁若无枝。妦妦婉婉[⑩]，夭夭怡怡[⑪]。或俛者若想，或闲者如痴。或向者若步，或倚者如疲。或温馨而可薰[⑫]，或婑媠而莫持[⑬]。或幽柔而旁午，或扯冶而倒披[⑭]。或翘矣如望，或凝然若思。或奕偞而作态[⑮]，或窈窕而骋姿[⑯]。日将明兮似喜，天将惨兮若悲。近榆钱兮妆翠靥，映杨柳兮颦愁眉。轻红拖裳，动则袅香，宛若郑姬[⑰]，初见吴王[⑱]。夜景皎洁，哄然秀发，又若嫦娥[⑲]，欲奔明月。蝶散蜂寂，当闺脉脉，又若妲己[20]，未闻裂帛[21]。或开故楚，艳艳春曙，又若息妫[22]，含情不语。或临金塘，或交绮井，又若西子[23]，浣丝见影。玉露厌浥，妖红坠湿，又若骊姬[24]，将谮而泣。或在水滨，或临江浦，又若神女，见郑交甫[25]。或临广筵，或当高会，又若韩娥[26]，将歌敛态。微动轻风，婆娑暖红，又若飞燕[27]，舞于掌中。半沾斜吹，或动或止，又若文姬[28]，将赋而思。丰茸旖旎[29]，互交递倚，又若丽华[30]，侍宴初醉。狂风猛雨，一阵红去，又若褒姒[31]，初随戎虏。满地春色，阶前砌侧，又若戚姬[32]，死于鞠域[33]。

花品之中，此花最异。以众为繁，以多见鄙。自是物情，非关春意。若氏族之斥素流[34]，品秩之卑寒士[35]。他目则目，他耳则耳。或以怪而称珍，或以疏而见贵。或有实而花乖，或有花而实悴。其花可以畅君之心目，其实可以充君之口腹。匪乎兹花，他则碌碌。我将修花品，以此花为第一，惧俗情之横议。我曰不然，为之则已。我目吾目，我耳吾耳。妍蚩决于心，取舍断于志，岂于草木之品独然？信为国兮如此！

## 注释

① 宋广平：即宋璟（663—737）。

② 徐庾体：南朝梁徐陵父子、庾信父子的诗风、文风。

③ 苏味道（648—705）：唐代文学家。

④ 踬：绊倒。

⑤ 伊祁氏：亦作伊耆，古帝名。

⑥ 僵隶：奴隶。

⑦ 缘饰：文饰。

⑧ 茜：草名。

⑨ 酡：饮酒脸红。

⑩ 姅姅：茂盛的样子。婉婉：和顺或宛转屈伸的样子。

⑪ 夭夭：美而盛的样子。

⑫ 馫（nún）：香气。

⑬ 婑媠（wǒtuǒ）：美好。

⑭ 扯冶：吐艳。

⑮ 奕偞(xiè):美好。
⑯ 窈窕:美好,妖冶。
⑰ 郑姬:疑即楚怀王后郑袖。
⑱ 吴王:疑为"楚王"之误。
⑲ 嫦娥:神话人物。
⑳ 妲己:商纣王妃。
㉑ 未闻裂帛:没有笑容。
㉒ 息妫:春秋时息侯的夫人,妫姓。
㉓ 西子:西施。
㉔ 骊姬:亦作"丽姬"。春秋时骊戎(今山西晋城西南)女,晋献公宠妃。
㉕ 郑交甫:神话人物。
㉖ 韩娥:古善歌人。
㉗ 飞燕:西汉成帝皇后。
㉘ 文姬:蔡琰。
㉙ 旖旎:柔美的样子。
㉚ 丽华:东汉光武帝皇后阴丽华。
㉛ 褒姒:周幽王宠妃。
㉜ 戚姬:即汉高祖刘邦之妾戚夫人,赵王如意之母。
㉝ 鞠域:窟室。
㉞ 氏族:即"世族""士族"。素流:普通氏族或人。
㉟ 品秩:官阶,军级。

## 鉴赏

皮日休(834? —883?),字袭美,又字逸少,唐襄阳竟陵(今属湖北)人。咸通八年进士及第,曾任苏州刺史崔璞军事判官,常与陆龟蒙唱和,时称"皮陆"。后入朝廷任著作郎、国子(太常)博士等职。广明元年(880)出为毗陵副史。时黄巢起义于浙江,日休入其军。传说黄巢入长安,任他为翰林学士。中和二年,黄巢兵败,退出长安,他下落不明。著《皮子文薮》。存赋 15 篇。

本赋序文说:宋璟为人刚毅,似铁石心肠,但亦写《梅花赋》,吐婉媚之辞,才使人对他有了全面了解。作者有感于此,因作《桃花赋》。序文表明,《桃花赋》不同于日休此前诗文,此赋既扬往昔诗文之长,又避其短,注重"婉媚",即艺术性,属著意而为的精粹之作。

皮日休是关心国事民瘼的诗人,笔锋犀利的杂文作家,其赋亦"非有所讽,辄抑而不发",针对现实弊端而作,慷慨激昂,痛快淋漓。但是,由于主观与客观的原因,其作品义愤多于剖析,有恣意排诋,近于"骂世"之嫌,虽有鲜明的进步思想倾向,却影响其文学成就。而本赋则如序所示,思想性、艺术性都较高,二者达到了较好的统一,属上乘之作。

赋分为两部分。前一部分对桃花进行生动传神的描绘,为后面抒情议论提供坚实基础。后一部分是抒情议论。这是描绘桃花的用意所在:意义的升华。这部分同上部分一样,劈头一句点明:花品之中,此花最异。不仅表达了作者的看法,也表现了作者强烈的感情。这突来之句,却使人无突兀之感,因为有前一部分对桃花的精彩描绘,蓄积了人们对桃花的感情,所以感到的是水到渠成,应有之义,非此不可。但是,尽管此花“可以畅君之心目”,“其实可以充君之口腹”,即桃花可以给人以精神、物质的双重享受,可人们却以其花繁众、常见而被世人鄙视,就像“氏族之斥素流,品秩之卑寒士”一样。对此作者非常愤慨,决意抗争,表示以自己的耳目心志即见闻想法为标准,在将修的《花品》之中,把桃花列为花中第一,即使遭到“俗情之横议”,也在所不惜,“为之则已”。“岂于草木之品独然?信为国兮如此!”作品以此二句作结,扩大了《桃花赋》的思想意义,表现了作者强烈的主体意识和关心国政民瘼的精神以及对门阀制度的愤慨。《桃花赋》描写与议论有机结合,相得益彰,增强了文章的思想性,提高了艺术水平。

对创作《桃花赋》的意图,作者有简单明了的说明:“悯寒士道壅,作《桃花赋》。”(《文薮·自序》)也就是说本文的主旨是揭露门阀制度的不合理。揭露门阀制度的诗文,从门阀制度形成时期便已出现。但是,此前不满于门阀制度者,大抵抒其愤懑而已,只有柳宗元《铁炉步志》以轻蔑的态度视之。这固然与当时门阀制度已趋于崩溃有关,但也是他们的思想高于前人之处。

本赋是作者着意而作的“婉媚”之作,从描写与议论的有机结合、形象描绘的生动传神、词汇的丰富、句式的整齐等方面看,成就都较高,但最突出的艺术成就与特点,还是创造性地把桃花放在不同背景下加以形容描绘。自从《诗经》唱出“桃之夭夭,灼灼其华”以来,桃花在历代诗文中均被描绘歌颂。不过,此前多综合描写而极少分态描绘,更不用说把桃花在不同时空环境下的神韵情态加以动态描绘了。即使放宽些看,综览此前描写各种花卉的诗文赋,也无人做到这一点。如舒元舆《牡丹赋》,仅就御苑中的牡丹花群作综合与分别的描绘为止。《桃花赋》却独具匠心地描绘了桃花在各种环境背景下的情态神韵。从时间角度看,生动描写了桃花在晨、暮、夜、早春、暮春等不同时间的情态;从空间角度看,对桃花在金塘、绮井、水滨、江浦、广筵、高会、阶前、砌侧等空间环境的不同神态加以精妙描绘。每种环境的神态,都以历史人物的行为比拟,言简意丰,耐人寻味。各种环境的神态,都以基本相同的整齐句式排比出来,对比鲜明,相映生辉,整齐而有气势,表现了作者丰富的想象力、敏锐的观察力、高超的联想力、深厚的语言功力,以及作者对赋这一文学样式的娴熟应用。联系上文,先概括描述,后分别进行静态描写,这一层则属于动态描绘,有总有分,有静有动,总分结合,动静结合,曲尽桃花之妙。这些精妙描绘,又非为描写而描写,而是紧紧围绕本赋的主题思想展开,为主题思想服务,描绘越精妙,主题思想就越显明突出。兼思想性、艺术性而论,《桃花赋》实为皮氏文赋之最精粹者,在赋史上也是有独特造诣之作。

(李景明)

# 蚕 赋 并序

陆龟蒙

荀卿子有《蚕赋》[①]，杨泉亦为之[②]，皆言蚕有功于世，不斥其祸于民也。余激而赋之，极言其不可，能无意乎！诗人“硕鼠”之刺[③]，于是乎在。

古民之衣，或羽或皮[④]；无得无丧，其游熙熙[⑤]。艺麻缉纻[⑥]，官初喜窥[⑦]；十夺四五，民心乃离[⑧]。逮蚕之生[⑨]，茧厚丝美；机杼经纬，龙鸾葩卉[⑩]。官涎益馋[⑪]，尽取后已。呜呼！既豢而烹[⑫]，蚕实病此[⑬]；伐桑灭蚕，民不冻死。

## 注释

① 荀卿子(约前313—前238):战国的思想家、教育家荀况,字卿。

② 杨泉:魏晋之际哲学家,字德渊。

③ 硕鼠:《诗经·魏风》中有《硕鼠》篇。

④ 羽、皮:鸟羽毛和野兽皮。

⑤ 熙熙:和乐之貌。

⑥ 艺麻缉纻:种麻而后析麻成缕以便织布。

⑦ 窥:暗中察看。

⑧ 离:离散。

⑨ 逮:到,及。

⑩ 龙鸾葩卉:龙凤花草的图案。

⑪ 涎:口水。

⑫ 豢:养。烹:煮,谓煮水缫丝。

⑬ 病:害,不满。

## 鉴赏

陆龟蒙(? —881?),字鲁望,吴郡长洲(今江苏苏州)人。曾举进士,不第。初曾漫游江浙一带,后隐居松江甫里,自号江湖散人、天随子、甫里先生。工诗文,与皮日休齐名且友善,人称“皮陆”。皮、陆之作,对唐末社会的黑暗和统治者的腐朽均有所揭露和讽刺,其小品文,多愤世嫉俗之词。这在晚唐骈俪盛行,文风衰落的时代里,表现得尤显突出,确是“一塌糊涂的泥塘里的光采和锋芒”(鲁迅《南腔北调集·小品文的危机》)。但陆甘心隐退,不若皮用世心切,因而皮关心世务之作较多,陆表现隐居及其情致之作颇富,其赋亦然。皮之文风,矜才使气,陆则多寄意平淡之中。赋体之别尤甚,皮宗古文家之文赋,陆则乐为骈体。著有《笠泽丛书》四卷、补遗一卷,其《甫里先生集》十九卷中,有赋16篇,辞及赋体文七篇,凡23篇。在晚唐作家中,可谓存赋较多者。

陆龟蒙的赋作,以咏物寄意的讽刺小赋为最精彩,《蚕赋》即其主要代表。赋蚕之作,当非陆始,而斥蚕之害,则肇自龟蒙。赋序明言,荀卿、杨泉之赋,皆颂蚕功,“不斥其祸于民”。而诗人陆龟蒙何以如此激愤,“极言其不可”?其意何在?

一般而论,蚕吐丝,有利于人类,功莫大焉。“春蚕到死丝方尽”(李商隐《无题》),称颂蚕的一生多奉献。蚕何止献丝,蛹可食,矢入药,蛹油可供工业之用。即使病死的僵蚕,也是医治中风、失音等病症的良药。但诗人陆龟蒙是“特殊而言”,不称蚕的功劳和奉献精神,斥责其“祸于民”,似有耸人听闻之嫌。可若细研其赋,其说亦不无道理。

诗人立足于现实,仰观乎历史,遂发现人类的进化,生产的发展,反而给人民带来灾害,这大概就是劳动的“异化”吧。远古先民,不知劳作,生活简朴,衣鸟羽,披兽皮,护身御寒。他们过着集体生活,群居杂处,或采集野果草根充饥,或跋涉渔猎共同享用,其他则无所得,亦无所失。他们四处漫游,无忧无虑,不知官吏为何物,和谐安乐,何其自由!随着社会的前进,生产也逐步发展,人民学会了绩麻织布。而官家臣吏,胸怀贪心,开始喜欢暗中探视,摸清底细。倚仗权势,大肆剥夺,十得四五,供其挥霍。于是人民怀恨,心思离散。及至树桑养蚕,人民日夜操劳,辛苦备尝,终于取得丰收,茧子厚重,丝线柔美;而后织成锦缎,刺绣出各种生动的龙凤花草图样,人民的智慧得以发挥,精湛的技艺得以体现。可是面对如此美好的绸缎,那些贪官污吏则垂涎三尺,愈加眼红,营私枉法,必欲全部攫为己有才能停止,方可罢手。由此可知,诗人通过生产发展三阶段的鲜明对比,真切地说明了劳动人民的悲惨命运,深刻地揭露了贪官污吏残暴凶狠的丑恶嘴脸。历史事实表明,生产愈是发展,人民受到的剥削就愈加残酷,贪官污吏的欲壑就愈加难平。赋文叙事虽较清淡,寓意却颇深远,无甚华丽辞藻,却不乏形象语言。

末尾四句,是诗人在叙写"蚕祸于民"的基础上所发的感慨,是诗人激愤感情的升华。既豢养它,缫丝时又烹煮它,蚕实在不满这种做法和待遇,而且丝绸都被贪得无厌的官吏尽数掠去,人民劳苦所获竟不得享用,岂如砍去桑树,把蚕毁掉！蚕桑俱毁,人民不会冻死,也免得枉受贪官污吏们的糟践残害。

通观全文,好像诗人在宣扬老庄的复归自然思想,主张世人退回到原始状态。然而静心思之,则实为诗人极端激愤之词,正如《尚书·汤誓》中所云:"时日曷丧,予及女偕亡!"不如此极言,则不足以达意;不如此极言,则不足以尽情。名是蚕祸,实为人殃。因为对于文艺作品,应"不以文害辞,不以辞害志,以意逆志,是为得之"(《孟子·万章上》)。

诗人之所以能写出如此哀怨而又激愤之辞,其主要原因大抵在于他隐居农村,"有田数百亩",但"田苦下,雨潦则与江通,故常苦饥"(《新唐书·陆龟蒙传》),他也经常参加田间劳作,对农民情况多所了解,故能写出如此沉痛的控诉之词。

此赋名为《蚕赋》,却并非像荀子写蚕本身的生活习性、特点和奉献,亦非如杨泉赞美"蚕之为物,功巨大而弘优"(《蚕赋》),而实是写人民在不同时期的遭遇。"呜呼"以下,则为诗人感情激愤的总爆发,亦是对社会黑暗和官吏腐败的无情斥责与辛辣嘲弄。

(张宗舜)

## 后虱赋 并序

陆龟蒙

余读玉谿生《虱赋》[①],有就颜避跖之叹[②],似未知虱。作《后虱赋》以矫之[③]。

衣缁守白[④],发华守黑;不为物迁[⑤],是有常德。小人趋时,必变颜色;弃瘠逐腴[⑥],乃虱之贼。

## 注释

① 玉谿生：晚唐诗人李商隐的别号。《虱赋》：为李商隐《樊南文集》中仅存的两篇讽刺小赋之一，写“专职”啮人的虱子。
② 就颜避跖：就：接近，追逐；颜，颜回；跖，盗跖。
③ 矫：矫正。
④ 衣缁（zī）：穿黑色衣服。
⑤ 物：外物，外境，身外的环境。
⑥ 瘠：身体瘦弱。腴（yú）：（人）肥胖。

## 鉴赏

陆龟蒙为晚唐杂文能手，他的讽刺杂文文体多样化，其中咏物小赋也写得意蕴沉实，情思沛然，独具一格，几乎可以说使小赋传统的审美功能有所变更。这篇《后虱赋》就是一篇翻案奇文，立论异乎寻常，表述果毅有力，篇幅虽短，但结构完整，通体散发出一种异样的华彩，耐人寻味。

写作本赋的起因，在短序中说得很清楚：作者读过李商隐的《虱赋》，对讽虱的做法有些不以为然，想要同他商讨。《后虱赋》也就是写在《虱赋》之后（已相隔几十年）的读后感。那么作者怎么会如此敏感而奇怪地注视“就颜避跖”之叹，并自认为是虱子的“知”者的呢？李商隐依据的是现实生活中最常见的景象：穷人身上虱子多。他以孔门弟子中著名的贫士颜回作为穷者的代表，他们瘦瘠，血少，身上又脏又臭，你们（虱们）却欣欣然趋附不已。而对体肥，血多，身裹薰香衣服的那些富贵人（以盗跖为代表），你们倒反而绝迹不前。你们有失吸血的天职，完全搞颠倒了判断和选择的标准，认错了进攻目标。这岂不是显而易见的“不善啮”！这篇《虱赋》是兴寄深远，饶有趣味的精彩之作。陆龟蒙读《虱赋》，则有他自己思考的侧重点，他着眼于对可称之谓“虱性”的那种抽象范畴的新挖掘。他要同李商隐商榷的一大题目就是：虱之性（如何论定和如何评价）。认为如果仅仅作出论断，说虱子不过是“不善啮”——哪怕是以讽刺性的反语定论，也还是颇有欠缺的。那是因为对虱子这种精灵小虫没有作全面的观察，所以难以达到深“知”的程度。陆龟蒙之所以能矫正前贤，就是基于他的新开掘冲破了思维方法上的传统樊篱。他蛮有自信地站在不同于李商隐的新角度（甚至可以说是对立的角度），以超乎寻常的哲人的锐利眼光,来扫视种种虱之性的具体表现,搜求虱中哪怕是微弱的那些亮斑,竟然发掘到众虱所具有的“常”(也即“守常”,能有恒地保持住行为表现的常态,包括精神面貌的本相本色)这一德性。于是紧抓不松手,顺势加以发挥,夸赞虱子在附着于穿黑衣服的人时,能不变己色,仍“守白”,体现了“常”之德;在附着于花白头发的人时,亦不变己色,仍“守黑”,还是体现“常”之德。它们决不随生活环境的变迁而力求适应周围的色调,以至于不断涂饰保护色,成为一种可鄙的变色虫。与“有常德”的虱们相对照,倒是人世间有那么一帮因“趋时”的需要而“必变颜色”的小人,从德行的表现来做比较,反差很大,显然远远不及虱子,真是应该痛加鞭挞,方可解恨。作者在这里对此等虱子和此等“小人”的爱憎态度,可谓泾渭分明,毫不含糊。《后虱赋》的后半篇,结构上也同于《虱赋》夹叙夹议,先叙“趋时小人”在变色劣行上的丑恶表演,继之对这种行径的规律和本质作了结语,写得层次分明,平中出奇。就以啮人吮血这一点来说,本来已是害人虫的害人罪状,如今还要专门追逐贫瘠之人,贪吸他们可怜巴巴的一点活命之本,自然更是造孽。陆龟蒙如果笔力不济,写到后半篇仍在继续泛论虱之罪,那就成不了奇文。奇就奇在他在不知不觉间已经巧妙地离开了虱界而专论人事了。世间有这样的人:他们对“瘠”和“腴”挑拣,并不像李商隐所讽的那样见“香而绝”,而是奉行“弃瘠逐腴”的行动准则,害人也有害人经!他们原本就属虱子的,是吸血鬼,吸血时专拣肥对象进攻,把一个人的血抽吸干瘪了,就丢弃一旁,再觅新肥,重新咬啮,如此作为,即便在虱群中,也应判作“虱之贼”,更何况两脚害人虫还混杂在人类之中。作者对虱中之贼“弃瘠逐腴”行径所作的无情揭露,自然更能使人群中形形色色的风吹两边倒者、投机钻营者、贪得无厌者、阴阳假面人、人格分裂症患者……在实有“常”德的虱子面前,羞得无地可以自容。这就是颂虱的《后虱赋》的力量之所在。

日常多见的苍蝇、蚊子、叩头虫、跳蚤、臭虫和我们赏读的上述二赋中的主角,先先后后都曾进入过历代赋家写作的领域。我们且不管它们如何取得成为审美对象的身份,也不去探寻古代各美学学派对它们有什么禁忌,退一步来说,这批写虫的咏物赋,即便被当作韵文格式的动物故事,因寓意比较深刻,读来兴趣盎然,读者不是也可以欣然接受的吗?上述两篇写虱小赋,竟都认认真真地讨论了虱性种种。李商隐或陆龟蒙,自可各执一端,随意挥写,锋芒指向,有所不同。我们都能够认可。有趣的是,到了明末,上距陆龟蒙生活的年代约七百多年了，常熟有位老于诸生的顾大韶，再次以虱为题，续写了一篇长篇的《又后虱赋》。在前半篇大段斥虱之后，忽然摇身一变，竟在长赋末段幻化为虱，以第一人称作起自辩词来："号物万数，惟天并育。蠢动含灵，谁非眷属。身命布施，千圣轨躅，嗟君之量，何其褊促！我食无谷，我啜无菽。天赐我餐，惟血也独。我首无角，我喙无啄。微咂君肌，何遽为酷？君何不广，请观朝局：闻诸商君，吾友有六。皆赐天爵，皆赋天禄。荣妻任子，亢宗润族。吸民之髓，蒙主之目。偾事无刑，废职无辱。嬉游毕龄，考终就木。我羡我友，飞而择肉，我罪伊何？太仓一粟！君欲我诛，盍速何狱？"这里把矛头指向贪吸民脂民膏的统治阶级，对这批国家蠹虫进行了猛烈的抨击，读来大快人心。其中继承李、陆二位前贤同题赋作影响之处，也依稀可寻。顾大韶借题发挥，以虱攻"（六）虱"，自己已将生活中的丑恶事物，在一定范围内升华为艺术世界中的审美对象。

（罗　青）

# 后雪赋

罗隐

邹生阅相如之词[①]，呀然解颐曰[②]：“善则善矣，犹有所遗。”梁王属酒盈卮[③]：“惟生少思，苟有独见，吾当考之。”生曰：“若夫莹净之姿，轻明之质，风雅交证，方圆兼出，臣万分之中，无相如之言。所见者藩混枪吹[④]，腐败撇空，雪不敛片，飘飘在中。污秽所宗，马牛所避，下下高高，雪为之积。至若涨盐池之水，屹铜山之颠，触类而生，不可殚言。臣所以恶其不择地而下，然后浼洁白之性焉。”梁王咏叹斯久，撤去樽酒。相如竦然，再拜稽首：“若臣所为，适彰孤陋。敬服斯文，请事良友。”

## 注释

① 邹生：西汉文学家邹阳（前206—前129）。相如：司马相如（前179—前118）。

② 解颐：开颜欢笑。

③ 梁王：汉文帝次子刘武。

④ 藩混：藩，篱笆；混，即“溷”，厕所。枪：冲撞。

## 鉴赏

罗隐（833—909），本名横，字昭谏，新登（今浙江杭州）人。少时即负盛名。但因其讨论时政、讥刺公卿，数考进士不中，遂改名为“隐”。

一度为衡阳主簿。晚年投吴越王钱镠,历任钱塘令、节度判官、著作佐郎等官。著诗集十四卷、甲乙集三卷、外集一卷,清人辑为《罗昭谏集》,另有杂文集《谗书》及诗集《江东甲乙集》单行。鲁迅谓《谗书》"几乎全部是抗争和愤激之谈"。

罗隐以前,以雪为题材的诗文赋已经很多。《诗经》中已有"北风其凉,雨雪其雱""雨雪瀌瀌,见晛曰消"等描写雪的诗句。其后以雪为描写对象的诗歌层出不穷,大量涌现,仅《文苑英华·诗·天部四》所录就有"咏雪"诗33首,"对雪"诗17首,"喜雪"诗7首(其中有罗隐作品)。在描写雪的诗人中还出现了谢道韫等"咏絮才"(《世说新语》《晋书·列女传》均有记载)。至于像晋庾肃之、羊孚、南朝梁沈约等人所著《雪赞》之类的文,更"沉沉夥矣"。以雪为题材的赋,也已经有很多,如晋孙楚、李颙、南朝宋谢惠连、北周刘璠等人都曾写《雪赋》。前人这许多诗、文、赋,写雪的形状颜色,写雪的形成作用,写雪的性质神韵,写雪造成的不同情观,或溢赞美之义,或抒愤懑情怀,涉及雪本身以及有关的许多方面,取得了很高的成就。文学创作是创造性活动,艺术作品是创造的结晶。发现新题材的开创固不容易,但利用许多前人写过的题材、歌咏过的景物而别出心裁、另立新意同样非常困难。相传李太白游黄鹤楼,见有崔颢题诗其上,而自己不能锦上添花或别出新意,于是不再题诗。锦上添花,另辟蹊径,谈何容易!弄不好,便成为狗尾续貂,贻笑他人。罗隐这位富有才华的文学家,却以其独到的观察与思考,别开生面,创造性地写出不同于前人的《后雪赋》。

《后雪赋》是写雪的短篇小赋,很像个精彩的戏剧选段,在思想内容和艺术风格上都有异于前人的独到之处。

因为对于雪所具有的"莹净之姿""轻明之质""洁白之性",前人歌咏描绘的甚多,人们已达成共识,作者对此也无异议,所以《后雪赋》从"邹生阅相如之词,呀然解颐"开始写起。这样既可节省文字,也免得文章枝蔓,影响突出主题。《后雪赋》有意扫除过去赋雪的陈套,注入讽刺的内容。赋借邹生之口,表达对雪"不择地而下,然后浼洁白之性"的不满;借相如之口表达作者这样的观点:只看到、描绘雪的"莹净""轻明""洁白",看不到雪的另一面,是"适彰孤陋"。作为翻案文章,小赋告诉人们:对人、事、物以至世界,不要都看得那么美丽、洁白,还要看到另一面,并且应该描写、揭露。此赋不仅是对高雅文人的一种讽刺,也是作者文艺观点的宣言,是一篇文艺化的文学论文。

罗隐之赋,不矜才,不使气,在平淡中显示讽刺的锋芒,语言上无骈俪之习气,质朴自然。本赋同样表现出这些特点。与其他赋相比较,本赋也自有其特点。二百多字的短赋,写三个人物的言语、动作以至表情,写了梁王态度的变化,完成翻案,表达了丰富的思想内容。这不能不认为得力于作者对题材的剪裁和组织之妙。至于短赋而有戏剧性,更是值得称道的特色。

(李景明　刘　锋)

# 诗　　赋

司空图

知非诗诗，未为奇奇。研昏练爽[①]，戛魄凄肌[②]。神而不知，知而难状：挥之八垠[③]，卷之万象。河浑沇清[④]，放恣纵横，涛怒霆蹴[⑤]，掀鳌倒鲸。镵空擢壁[⑥]，琤冰掷戟。鼓煦呵春[⑦]，霞溶露滴。邻女自嬉[⑧]，补袖而舞，色丝屡空，续以麻絇[⑨]。鼠革丁丁[⑩]，焮之则穴[⑪]；蚁聚汲汲[⑫]，积而成垤[⑬]。上有日星，下有风雅[⑭]，历詃自是[⑮]，非吾心也。

## 注释

① 昏爽：早晚。
② 戛（jiá）：戛击，敲击。
③ 八垠（yín）：八方极远的地方。
④ 沇（yǎn）：水名。
⑤ 蹴：踢。
⑥ 镵（chán）空：刺空。指高山。擢：提升。此指爬山。
⑦ 煦（xù）：温暖。
⑧ 嬉：戏。
⑨ 麻絇（qú）：麻织品。
⑩ 丁丁：象声词。
⑪ 焮（xīn）：烧。
⑫ 汲汲：急急的意思。
⑬ 垤（dié）：蚂蚁做窝时堆在穴口的小土堆。
⑭ 风雅：指《诗经》。
⑮ 詃（juǎn）：诱。

## 鉴赏

司空图（837—908），字表圣，河中虞乡（今山西永济）人。唐咸通末举进士，历任礼部员外郎、知制诰、中书舍人。黄巢起义爆发后，他隐居中条山王官谷。朱温代唐，他不食而死。著有《司空表圣文集》。唐代诗歌繁荣，群星丽天，他的成就并不突出，但对古典诗歌理论的发展却做出了杰出贡献，为大理论家。

司空图的论诗代表作有《二十四诗品》，以及《与李生论诗书》《与极浦书》《与王驾评诗书》等。《诗赋》是与《诗品》同类性质的论诗之作，用抒情小赋的形式写成。用形象的比喻来表达。《诗品》是从鉴赏角度揭示诗歌意境的美，而《诗赋》则从创作角度揭示诗歌审美意境的构思过程。

赋的开头四句是全篇的总纲。对于诗歌的鉴赏来说，把诗作为诗而知诗之是非，认识到诗歌的审美特性而据之以衡量诗作，区别高下优劣，相对地说是比较容易的，但未经创作实践，没有亲身构思的甘苦体验，仍然没有"奇"诗之"奇"，认识和掌握诗的全部奥秘，知其然而不知其所以然。这一段正表现出他苦心孤诣、孜孜以求的创作精神。第二段四句写诗歌构思中创造性的想象活动。诗人的想象力不受时间、空间的限制，是以"挥之八垠，卷之万象"而尽量驰骋。他所谓"自神"，实际上已说明诗人自有神来之笔，也就是灵感的诞生是建立在艰苦构思的基础上的。第三段紧承上文，具体描述构思过程中诗人驰骋想象而终于获得诗境的情状。第四段八句是描述诗境既得，落实到文字语言的情状。末段总结全赋，在历叙诗之奇、诗之难的构思体验之后，表明自己努力的方向与作诗的态度。天文以日月星辰为最美，人文以风雅为最美，因而作诗应以《诗经》中的诗篇作为学习的范本。司空图努力以赴的是写出思想内容与艺术形式高度统一的诗篇。把"讽谕"放在首位，足见他对诗歌思想内容的重视，不过他重点在探讨诗的审美特性，以致对思想内容的论述不多，同时又曾对元稹白居易的诗有所不满，所以人们往往以他为纯艺术论者。"历詃自是，非吾心也"，末两句表明决不受旁门左道的诱引而自以为是，显示了诗人以风雅为师的信念。

《诗赋》论诗，不作理论阐释，纯粹以形象的语言表达自身的感受，作为艺术作品来欣赏的价值，也许更超过理论著作的意义。赋中以艺术形象寄寓了司空图的诗论的见解，虽然以意逆志，细加寻绎，可以见出赋中旨意，但仍不免有雾中看花之感。然而由于形象的鲜明生动，情感的抑扬唱叹，使人得意于言表象外，更有一种美的享受。在结构上,全赋以四言句组成,每四句换韵,自成一段。各段之间并不是互不相属的平列关系,而是首句标目,上下衔接,层层推进,卒章言志的整体。句式骈散结合,而骈句中既有当句对,又有隔句对,富于变化。全赋虽全部用四言写成,却无板滞之弊,文气畅达,流走自然,它在内容与形式上都是值得一读的佳作。

(吴　戈)

# 江南春赋

王　棨

丽日迟迟[1]，江南春兮春已归。分中元之节候[2]，为下国之芳菲[3]。烟幂历以堪悲[4]，六朝故地[5]；景葱龙而正媚[6]，二月晴晖。谁谓建业气偏[7]，句吴地僻[8]？年来而和煦先遍，寒少而萌芽易坼[9]。诚知青律[10]，吹南北以无殊；争奈洪流，亘东西而是隔，当使兰泽先暖[11]，蘋洲早晴[12]，薄雾轻笼于钟阜[13]，和风微扇于台城[14]。有地皆秀，无枝不荣。远客堪迷，朱雀之航头柳色[15]；离人莫听，乌衣之巷里莺声[16]。于时衡岳雁过[17]，吴宫燕至。高低兮梅岭残白，逦迤兮枫林列翠。几多嫩绿，犹开玉树之庭[18]；无限飘红，竞落金莲之地[19]。别有鸥屿残照，渔家晚烟；潮浪渡口，芦笋沙边。野葳蕤而绣合[20]，山明媚以屏连。蝶影争飞，昔日吴娃之径[21]；杨花乱扑，当年桃叶之船[22]。物盛一隅，芳连千里。斗暄妍于两岸[23]，恨风霜于积水。幂幂而云低茂苑[24]，谢客吟多[25]；萋萋而草夹秦淮[26]，王孙思起[27]。或有惜嘉节，纵良游，兰桡锦缆以盈水，舞袖歌声而满楼。谁见其晓色东皋[28]，处处农人之苦；夕阳南陌[29]，家家蚕妇之愁？悲夫！艳逸无穷[30]，欢娱有极。齐东昏醉之而失位[31]，陈后主迷之而丧国[32]。今日并为天下春，无江南兮江北。

## 注释

① 迟迟:和舒的样子。
② 中元:《乐动声仪》:“中元者,人气也。”
③ 下国:指人间。
④ 烟:烟霭。幂(mì)历:覆盖。
⑤ 六朝:吴、东晋、宋、齐、梁、陈。
⑥ 葱龙:当作“葱茏”。
⑦ 建业:今南京。
⑧ 句吴:即吴国。“句”,一作“勾”,发声词头,无义。
⑨ 坼(chè):裂开。
⑩ 青律:春天的节气。
⑪ 兰泽:生长兰草的沼泽。
⑫ 蘋洲:生长蘋的水洲。
⑬ 钟阜:钟山。
⑭ 台城:故址在今南京。
⑮ 朱雀:朱雀桥,在南京秦淮河上。
⑯ 乌衣巷:在今南京。
⑰ 衡岳:五岳之一,在湖南衡山。
⑱ 玉树之庭:陈后主陈叔宝作艳曲《玉树后庭花》。
⑲ 金莲之地:齐东昏侯萧宝卷凿金为莲花。
⑳ 葳蕤(wēiruí):草木枝叶繁盛。
㉑ 吴娃:吴地一美女名。
㉒ 桃叶:晋王献之的爱妾。
㉓ 暄妍(xuānyán):天气晴和,景物鲜媚。
㉔ 幂幂:深浓的样子。
㉕ 谢客:谢灵运,小字客儿。
㉖ 秦淮:秦淮河。
㉗ 王孙思起:此句连同上句,系化用淮南小山《招隐士》:“王孙游兮不归,春草生兮萋萋。”
㉘ “谁见”二句:暗用王绩《野望》诗意:“东皋薄暮望,徙倚欲何依。……牧人驱犊返,猎马带禽归。”
㉙ “夕阳”二句:暗用汉乐府《陌上桑》诗意:“罗敷善蚕桑,采桑城南隅。”
㉚ 艳逸:指纵情声色的逸乐。
㉛ 齐东昏:即萧宝卷,字智藏,南朝齐皇帝。
㉜ 陈后主:陈叔宝,南朝陈皇帝。

## 鉴赏

王棨,唐代文学家,字辅之,福清(今属福建)人。懿宗咸通三年(862)进士。杜宣猷镇山南,请为团练巡官。李骘为江西观察使,辟为团练判官。后调大理司直,除太常博士,迁水部郎中。黄巢起义后,不知所终。长于律赋,其《麟角集》,载其应试律赋45篇,并省试诗21篇。

《江南春赋》是他众多律赋中

写得较好的一篇。作品虽以“江南春”命名,所写却并不局于江南的自然春色,作者的笔既伸向历史,又落到现实。对历史与现实的描写,不作空言高论,而是时时紧扣“江南春”三字,从而使此赋既有开阔的思想艺术视野,又是一篇“江南春赋”。

具体的描写有三个层次,先写自然春光,着重表现“景葱龙而正媚”一面;继而发思古之幽情,将伤悼历史与春色描写结合起来。着重写出六朝故地“堪悲”的一面,最后将批判的锋芒指向贫富对立、苦乐不均的现实。第一层次的写法是由春天的气象——和煦的春阳、吹遍南北的春风,写到春天的物候——草木萌芽,香兰、蘋草生长;从泛写春到建业,到具体描画钟山、台城的春光。由远而近,由一般到具体,令人鲜明地感到正扑面而来的越来越明丽动人的春天的景象。作为这一层次的结束,作者以“有地皆秀,无枝不荣”来概括和赞美江南的春色,“有”“无”对举,反复强调,愈见得江南无处不是春了。

在第二层次中,作者是在空间上展开的同时织入历史上的人物事件,是在渲染春光的同时暗写对历史的评价与慨叹。手法上既有历史与现状的暗中对比,又有以乐景写哀情的强烈映衬。感情淡而浓,表现拙而巧。既有思想深度,又有艺术容量。常常是越品咂越有滋味,是全篇中最富于情韵的部分。

第三层次落到对现实的批判上。作者以历史上失位的昏王与丧国的昏君作例证,以史寓教,针对史事抒情,寄托了对人民疾苦的关心、对荒淫误国的昏君的贬斥、对当世有力的讽谕,表现了作者处于末世社会的无限哀愤。赋的最后二句“今日并为天下春,无江南兮江北”,以天下皆春作结,回应开头,表颂扬之意,乃为赋之常见写法。

前人说“赋者,铺也”(《文心雕龙·诠赋》),又认为“赋家之心,包括宇宙,总览人物”(《西京杂记》卷二)。究竟怎样通过“铺”的手段以表现“赋家之心”呢?旧有所谓叙列二法:列者,一左一右,横义也;叙者,一先一后,竖义也。这篇赋即以此法铺叙。作者描绘的虽是金陵春色,却在无限广阔的空间中延伸,从朱雀航头,到庾岭梅雪,由衡岳归雁,到吴宫飞燕,全都摄入这幅春的长卷之中。同时又从纵的角度回溯,从晋朝王、谢家的豪华宅第乌衣巷,到步步生莲的南齐宫苑,从当年吴娃款步的花间小径,到王献之送爱妾桃叶的渡口,将历史长河中失落的几多胜迹韵事,一一编织其中。但铺写的目的并不在于字句的侈丽闳衍,而是为了“体物写志”(《文心雕龙·诠赋》),尤其是“写志”,即抒情写意。此赋之值得肯定,就在于作者在放笔挥写过程中,时时不忘意在“写志”,故能层层剥进,步步深入，愈铺排而愈见光彩。

律赋多用四六或六四句，篇幅不大，文辞清丽，骈偶处，语取蔚茂，隔句相对，属对工整。如“烟幂历以堪悲，六朝故地；景葱龙而正媚，二月晴晖。”“诚知青律，吹南北以无殊；争奈洪流，亘东西而是隔。”“远客堪迷，朱雀之航头柳色；离人莫听，乌衣之巷里莺声。”此外尚有四字、六字、七字等对偶排句，长短句对举，单双句穿插，极尽开合抑扬之变。刘勰在《文心雕龙·诠赋》中说：“情以物兴，故义必明雅；物以情观，故词必巧丽。”此赋义既明雅，词又巧丽，且又富于情韵，故为不朽之作。

（陈志明　谢丹月）

# 大明宫赋

孙　樵

孙樵齿贡士名[1]，旅见大明宫前庭[2]，仰眙俛骇[3]，阴意灵怪[4]。暮归魄动，中宵而梦，梦彼大明宫神，前有云，且曰："太宗皇帝，缭瀛启居[5]，廓穹起庐[6]，圜然而划[7]，隆然而赫[8]，孰窬孰隟[9]，永求帝宅。帝诏吾司其宫[10]，与日月终。翼圣护艰[11]，十有六君[12]；荡妖斩氛[13]，孰知吾勤！吾当庐陵锡武[14]，庙祏御主[15]，吾则协二毗辅[16]，左右提护[17]；义甲愤徒，起帝仆周[18]。吾则械二黠维[19]，俾即其诛[20]。胡猘饱腯[21]，踣肌齰骨[22]；惊血溅阙[23]，仰吠白日；二圣各辙[24]，大麓北挈[25]。吾则激髯孽悖节[26]，俾济逆杀翼[27]，两杰愤烈[28]，俾克齗灭[29]。蓟枭妖狂[30]，突集五堂[31]；纵啄怒吞，大驾惊奔。吾则励阴刀剪其翼[32]，俾不得逃明殛[33]。三革蚀黑[34]，孰匪吾力。吾见若正声在悬[35]，诤舌在轩[36]；辍黈延谏[37]，刓襟沃善[38]；赏必正名[39]，怒必正刑[40]；当狱撤腥[41]，当稼吞螟[42]，吾则入渎革浊[43]，入囿肉角[44]；旬泽暮溥[45]，斗谷视土[46]。吾见若奸声在堂，谀舌在旁；窒聪怫讽[47]，正斥邪宠[48]；嘉赏失节，怒罚失杀；夺农而徭[49]，厚征而凋[50]，吾则反耀而彗[51]，反泽而沴[52]；荡坤而坼[53]，裂乾而石[54]。然吾留帝宫中二百年，昔亦日月，今亦日月，往孰为设，今孰为缺[55]？籍民其凋[56]，有野而蒿[57]；籍甲其虚[58]，有垒而墟[59]。西垣何缩[60]，匹马不牧；北垣何蹙[61]，孤垒不粒[62]。”

言未及阕[63]，樵迎斩其舌[64]，且曰：“余闻宰获其哲[65]，得是赫烈[66]，老魅迹结[67]，尔曾何伐[68]？宰获其慝[69]，得是昏蚀[70]，魅怪横惑，尔曾何力？今者日白风清，忠简盈庭[71]，阖南俟霈[72]？阖北俟霁[73]？矧帝城阗阗[74]，何赖穷边[75]？帑廪如封[76]，何赖疲农？禁甲饱狞[77]，尚何用天下兵[78]？神曾何知，孰愧往时？”

神不能对，退而笑曰：“孙樵谁欺乎？欺古乎？欺今乎？吁[79]！”

## 注释

① 齿：列名。贡士：唐代科举取士，经州县考试合格者称贡士。

② 大明宫：在长安。

③ 眙（chì）：惊视。俛：低头。

④ 阴意：暗想。灵怪：指神灵。

⑤ 缭瀛：绕池。

⑥ 廓穹：架设屋顶。

⑦ 圜（huán）然：周环规划。

⑧ 隆然：高大突现之貌。

⑨ 窬（yú）：门边窗洞。隟：同“隙”，此谓道路。

⑩ “帝诏”句：本句下自注：“太宗创立大明宫，后高宗增修，遂移仗焉。下帝谓上帝。”

⑪ 翼圣护艰：翼护圣艰，保护圣主于艰难之中。

⑫ 十有六君：自唐高祖至唐宣宗时共历16位君主。

⑬ 荡妖斩氛：荡除妖氛。

⑭ 庐陵锡武：自注：“天后即真，天下号周，废中宗为庐陵王，赐姓武氏。”锡，赐。

⑮ 庙祏（shí）：藏宗庙神主石函之室。彻主：换主。

⑯ 毗辅：佐辅。

⑰ 提护：提防护卫。

⑱ 起帝仆周：自注：“五王兴，辇帝出东宫，斩贼迎仙殿，迫后归政。天后惊默还卧，明日革周复唐。”

⑲ 械：束缚。黠（xiá）：狡诈。

⑳ 俾：使。

㉑ 猘（zhì）：疯狗。腯（tú）：肥猪。

㉒ 踣（bó）：扑。齰（zé）：咬。

㉓ 阙：皇帝所居。

㉔ 二圣：指玄宗、肃宗。

㉕ 挈（qiè）：率领。

㉖ 髯孽：自注："谓庆绪也。"
㉗ 济逆：帮助叛军。
㉘ 两杰：指汾阳王郭子仪、临淮王李光弼。
㉙ 斮(zhuó)：斩。
㉚ 蓟枭：自注："谓朱泚也。"
㉛ 五堂：帝王宣明政教之处。
㉜ 刀剪其翼：剪其羽翼。
㉝ 殛(jí)：杀。
㉞ 革：变。
㉟ 正声：正直的言论。
㊱ 诤舌：规劝之人。
㊲ 辍：停用。黈(tǒu)：即黈纩。古代君主以黄绵为丸，用丝悬之于冕，垂两耳旁，以示不妄听。
㊳ 刳(kū)：剖开。沃：浇。
㊴ 正名：辨正名实。
㊵ 正刑：正当刑罚。
㊶ 当狱撤腥：《通鉴》："行刑之日，尚食勿进酒肉，内教坊及太常不举乐。"
㊷ 螟(míng)：庄稼害虫。
㊸ 渎：河流。
㊹ 囿(yòu)：养禽兽的园地。肉角：麒麟。
㊺ 旬泽暮溥：自注："太平十日一雨，雨必以夜。"溥，通"敷"，分布。
㊻ 斗谷视土：自注："开元中斗米五文钱。"
㊼ 佛：当作"拂"，背逆。
㊽ 正斥邪宠：正人被斥，奸邪受宠。
㊾ 徭：徭役。
㊿ 征：征收赋税。凋：凋敝。
51 彗：彗星。
52 沴(lì)：灾害。
53 坤：地。坼(chè)：裂开。
54 乾：天。
55 "往孰"二句：日月为谁而设？因谁而缺？
56 籍民：在籍之民。
57 有野而蒿：田地长满蒿草。
58 籍甲：在编之兵。
59 垒：军事营垒。
60 西垣：西部疆界。
61 蹙：窘迫。
62 不粒：没有粮食。
63 阕：完。
64 斩：截断。
65 宰：宰辅。
66 赫烈：光亮。
67 迹结：迹绝。
68 伐：功劳。
69 慝：邪恶。
70 昏蚀：昏暗不明。
71 忠简：忠贞诚实之士。
72 阖(hé)：通"盍"，语助词。
73 霁(jì)：雨止。
74 矧(shěn)：况。阗(tián)阗：盛大。
75 穷边：荒远的边境。
76 帑(tǎng)廪：国库。如封：封藏如故。
77 禁甲：军兵。犷：勇猛。
78 "尚何"句：何必再征召天下人为兵？
79 吁：语助词。

## 鉴赏

孙樵(生卒年未详),字可之(晁公武《郡斋读书志》作隐之),关东人,大中九年(855)进士及第。官中书舍人。黄巢起义军入长安,随僖宗奔岐陇,迁职方郎中。有文集十卷,其中赋三篇。他作文主张尚奇,说:“古今所谓文者,辞必高然后为奇,意必深然后为工”(《与友人论文书》);称自己“尝得为文真诀于来无择,来无择得之于皇甫持正,皇甫持正得之于韩吏部退之(《与王霖秀才书》)”,可见他是中唐古文运动的重要承继者。然其文章并不怪奇晦涩,而是坦顺质实。

此篇据四部丛刊本《孙樵集》,个别字句据宋蜀刻本《孙可之集》及《全唐文》校改。由本文“孙樵齿贡士名,旅见大明宫前庭”之句观之,当作于大中九年于京师应进士试时。题为《大明宫赋》,实际上和一般宫苑赋截然不同,他根本不去描写宫殿池苑本身之建筑、景物,而是假借宫神与作者的对话,叙述了大明宫自创建以来发生于宫城之内的三次重大政治变故,指明今日更是田荒民凋、边蹙境缩,局势动荡不安,大唐之盛一去不返,是一曲吊古伤今的挽歌。

大中朝宦官仍然把持朝政,唐宣宗根据个人好恶残酷打击李德裕一派,朝政日益腐败,藩镇割据也依然如故。由于连年的战争,民众困苦不堪,已是农民大起义爆发的前夕。大中十三年浙东即爆发裘甫领导的起义,以后庞勋、王仙芝、黄巢起义相继爆发。作者敏锐地感觉到危机在即,即迫切希望皇帝任贤延谏,以图挽救唐王朝江河日下的趋势,又流露着面对倾颓之势无可奈何的感叹。

但是作者这一思想感情的表达颇隐约含蓄。作者先借宫神之口提出:仆周复唐、禄山叛灭、朱泚败亡是神灵之力,是神不断地以天象灾变等为开明政治现示祥瑞,为昏暗君主现示警戒。今日之民弊军虚、边危地失的局面是怎样造成的呢?但“作者”却未让宫神继续说下去,便打断并批驳了他的治乱皆因神力的说法,指出治乱系于人而不系于神;又说当今形势大好,风调雨顺,财丰兵强,边地之失何足挂意!结果这些话又遭到宫神的嘲讽。文章至此结束。这样的构思与写法便使作者本人的真实思想意图交织在神与人的论辩之中,宫神自伐其功,诚然不足为训,但他的话并非全错,唐朝统治之危机四伏时人有目共睹、显而易见。“作者”批驳神力之说义正辞严,亦足以使神腼颜流汗,然为今天子所唱之颂歌却是十足的虚伪与荒谬,其遭到宫神的抑谕嘲弄是必然的结果。可以说,作者还是提出了一个挽救衰败之势的建议,即任用贤哲,广开言路。

(尹占华)

# 燕子赋

无名氏

仲春二月，双燕翱翔，欲造宅舍，夫妻平章[①]。东西步度[②]，南北占详[③]，但避将军太岁[④]，自然得福无殃。取高头之规，垒泥作窟；上攀梁栋，藉草为床。安不虑危，不巢于翠幕，卜胜而处，遂托虹梁[⑤]。铺置才了，暂住堤塘[⑥]。

乃有黄雀，头脑峻削，倚街傍巷，为强凌弱。睹燕不在，入来挍掠[⑦]。见他宅舍鲜净，便即穴白占着[⑧]。妇儿男女，共为欢乐，自夸楼猡[⑨]："得伊造作[⑩]，'耕田人打兔，蹠履人吃臛[⑪]'，古语分明，果然不错。硬努拳头[⑫]，偏脱胳膊[⑬]，燕若入来，把棒撩脚。伊且单身独手，嗖我阿莽蘖斫[⑭]，更被唇口嗫嚅[⑮]，与你到头尿却[⑯]。"

言语未定，燕子即回，踏地叫唤。雀儿出来，不问好恶，拔拳即搓。左推右耸，剜耳掴腮；儿捻脚拽，妇下口齺[⑰]。燕子被打，可笑尸骸[⑱]，头不能举，眼不能开。夫妻相对，气咽声哀："不曾触犯豹尾[⑲]，缘没横罗鸟灾[⑳]？"遂往凤凰边下牒分析。

"燕子单贫，造得一宅，乃被雀儿强夺，仍自更著恐吓，云：'明敕括客，标入正格[㉑]；阿你逋逃落藉[㉒]，不曾见你膺王役，终遣官人棒脊[㉓]，流向儋、崖、象、白[24]。’云：‘野鹊是我表丈人，鸫鸠是我家伯[25]，州县长官，瓜萝亲戚[26]。是你下牒言我[27]，恐你到头无益。火急离我门前，少时终须吃掴！’燕子不忿，以理从索，遂被撮头拖拽[28]，捉衣扯擘[29]，撩乱尊拳[30]，交横秃剔[31]，父子数人，共相敲击。燕子被打，伤毛坠翮，起止不能，命垂朝夕。伏乞检验，见有青赤[32]，不胜冤屈，请王科责[33]。”凤凰云：“燕子下牒，辞理恳切；雀儿豪横，不可称说。终须两家，对面分雪，但知臧否[34]，然可断决。”专差鸲鹩往捉。

鸲鹩奉命，不敢久停，半走半骤，疾如奔星。行至门外，良久立听，正闻雀儿，窟里语声。雀儿云：“吾昨夜梦恶，今朝眼瞤[35]，若不私斗，尅被官嗔[36]。比来徭役[37]，征已应频；多是燕子，下牒申论。”约束男女：“必莫开门，有人觅我，道向东村。”鸲鹩隔门遥唤：“阿你莫漫辄藏[38]，向来闻你所说[39]，急出共我平章。何为夺他宅舍，仍更打他损伤？凤凰令遣追捉，身作还自抵当，入孔亦不得脱，任你百种思量。”雀儿怕怖，悚惧恐惶，浑家大小，亦总惊忙。遂出跪拜鸲鹩，唤作大郎二郎：“使人远来冲热[40]，且向窟里逐凉。卒客无卒主人[41]，暂坐撩治家常[42]。”鸲鹩曰：“者汉大痴[43]，好不自知，恰见宽纵，苟图过时。饭食浪道[44]，我亦不饥，火急须去，恐王怪迟。”雀儿已愁，贵在淹留，迁延不去，望得脱头[45]。干言强语[46]，千祈万求：“通融放到明日，还有些些束脩[47]。”鸲鹩恶发，把腰即搦[48]。雀儿烦恼，两眉不皱[49]，撩胆擒去，须臾到州。

凤凰遥见，问是阿谁，便即低头跪拜，口称：“百姓雀儿，被燕谤夺宅，昨日奉王帖追[50]，匍匐奔走，不敢来迟。燕子文牒，并是虚辞，眯目上下[51]，请王对推。”凤凰云：“这贼无赖，眼脑妒害[52]，何由可奈！胥是捉我支配[53]。将出脊背，拔却左腿，揭却脑盖。”雀儿被吓胆碎，口口唯称死罪，请唤燕子来对。

燕子忽硉出头[54]，曲躬分疏：“雀儿夺宅，今见安居，所被伤损，亦不加诸[55]，目验取实[56]，何得称虚？”雀儿自隐欺负[57]，面孔终是攒沅[58]，请乞设誓，口舌多端：“若实夺燕子宅舍，即愿一代贫寒。朝逢鹰夺，暮逢鸱算[59]；行即着网，坐即被弹；经营不进，居处不安；日埋一口，浑家不残[60]。”呪虽百种作了，凤凰要自难谩[61]。燕子曰：“人急烧香，狗急蓦墙[62]。只如你疔疮病癞，埋却你尸腔[63]。总是转关作呪[64]，图拟诳惑大王。”凤凰大嗔，状后即判：“雀儿之罪，不得称算，推问根由，仍生拒捍，责情且决五下[65]，枷项禁身推断。”

燕子唱快，喜慰不已：“夺我宅舍，捉我巴毁[66]，将作你吉达到头[67]，何期天还报你！如今及阿莽次第[68]，五下乃是调子[69]。”

于时鹳鸽在傍，乃是雀儿昆季[70]，颇有急难之情，不离左右看待。既见燕子唱快，便即向前填置[71]：“家兄触忤明公，下走实增厚愧[72]。窃闻狐死兔悲，恶伤其类；四海尽为兄弟，何况更同臭味。今日自能论竞，任他官府处理，死雀不就上更弹[73]，何须逐后骂詈？”

妇闻雀儿被杖，不觉精神沮丧，但知捶胸拍臆，拔头忆想阿莽[74]，两步并作一步，走向狱中看去。正见雀儿卧地，面色恰似坌土[75]，脊上缝个服子[76]，仿佛欲高尺五。既见雀儿困顿，眼中泪下如雨。口里便灌小便，疮上还贴故纸。当时髒髒劝谏[77]："拗捩不相用语[78]，无事破锣啾唧[79]，果见论官理府，更被枷禁不休，于身有阿没好处？乃是自招祸祟，不得怨他作祖[80]。"雀儿打硬，犹自落荒谩语："男儿丈夫，事有错误，脊被揎破，更何怕惧！生不一回，死不两度。俗语云：宁值十狼九虎，莫逢痴儿一怒。如今会遭夜莽赤推[81]，总是者黑厮儿作祖。吾今在狱，宁死不辱。汝可早去，唤取鸓鸽[82]，他家头尖，凭伊觅曲[83]，咬啮势要[84]，教向凤凰边遮嘱[85]。但知免更吃杖，与他邪磨一束[86]。"

雀儿被禁数日，求守狱子脱枷。狱子再三不肯，雀儿美语相遮："官不容针，私可容车。叩头与脱，幸到晚衙[87]，不须苦死相邀勒[88]，送饭人来定有钗。"狱子曰："汝今未得清雪，所以流在黄沙[89]。我且忝为主吏，岂受资贿相遮！万一入王耳目，碎即恰似油麻。乍可从君懊恼[90]，不得遣我脱枷。"雀儿叹曰："古者三公厄于狱卒[91]，吾乃今朝自见。唯须口中念佛，心中发愿：若得官事解散，验写《多心经》一卷。"遂乃嗢喻本典[92]，徒少问辩："曹司上下，说公白健[93]，今日之下，乞与些些方便；还有纸笔当直[94]，莫言空手冷面。"本典曰："你欲放钝[95]，为当退鞕[96]？夺他宅舍，不解卑逊，却事凶粗，打他见困。你是王法罪人，凤凰命我责问。明日早起过案，必是更着一顿，杖十已过关天[97]，去死不过半寸。但办脊背祇承[98]，何用密啖相髒[99]！"

雀儿被吓，更害气咽，把得问头[100]，特地更闷。

问："燕子造舍，拟自存活，何得粗豪，辄敢强夺？仰答！"

"但雀儿明明脑子[101]，教被老乌趁急，走不择险，逢孔即入，暂投燕舍，免被拘执。实缘避难，事有急疾，亦非强夺，愿王体悉。"

又问："既称避难，何得恐吓，仍更踬打[102]，使令坠翮，国有常刑，合笞决一百，有何别理，以自明白，仰答！"

"但雀儿只缘脑子避难，暂时留连燕舍，既见空闲，暂歇解卸。燕子到来，即欲向前辞谢。不悉事由，望风恶骂[103]，父子团头[104]，牵及上下。忿不思难，便即相打。燕子既称坠翮，雀儿今亦跛胯，两家损处，彼此相亚[105]。若欲确论坐舍[106]，请乞酬其宅价。今欲据法科绳[107]，实即不敢咋呀[108]，见有上柱国勋，请与收赎罪价。"

又问："夺宅恐吓，罪不可容，既有高勋，先于何处立功？仰答！"

"但雀儿去贞观十九年[109]，大将军征讨辽东[110]，雀儿投募充傔[111]，当时配入先锋。身不骑马，手不弯弓，口衔艾火[112]，送着上风，高丽遂灭，因此立功。一例蒙上柱国，见有勋告数通[113]。必其欲得磨勘[114]，请检《山海经》中。"

凤凰判云："雀儿剔秃[115]，强夺燕屋，推问根由，元无臣伏。既有上柱国勋收赎，不可久留在狱，宜即释放，勿烦案牍。"

雀儿得出，喜不自胜，遂唤燕子："且饮二升。比来触忤，请公哀矜。从今以后，别解祇承[116]。人前并地，莫更仍仍[117]。”

燕雀既和，行至邻并[118]。乃有一多事鸿鹤，借问二子：“比来争竞，雀儿不能退静[119]。开眼尿床[120]，违他格令。赖值凤凰恩泽，放你一生草命[121]。可中鹞子搦得[122]，百年当时了竟[123]。”遂骂燕子：“你甚顽嚣，些些小事，何得纷纭[124]！直欲危他性命，作得如许不仁。两个都无所识，宜吾不与同群。”

燕雀同词而对曰：“何其凤凰不嗔，乃被多事鸿鹤责数[125]！你亦未能断事，到头没多词句，必其倚有高才，请乞立题诗赋。”

鸿鹤好心，却被讥刺，乃兴一诗，以呈二子：“鸿鹤宿心有远志，燕雀由来故不知，一朝自到青云上，三岁飞鸣当此时。”燕雀同词而对曰：“大鹏信图南，鹪鹩巢一枝。逍遥各自得，何在二虫知。”

## 注释

① 平章：商量。
② 步度：行步计量（距离、吉凶）。
③ 占详：测断吉凶。
④ 将军：即五道将军，入宅不祥。太岁：星名，所在处忌动土。
⑤ 虹梁：房梁。
⑥ 堤塘：堤岸。
⑦ 挍掠：抄掠。
⑧ 穴白：乘机，钻空子。
⑨ 楼罗：能干。
⑩ 伊：他（的）。造作：建造的房子。
⑪ 蹠：同“跖”，踏，穿着。履：鞋。臛（huò）：肉羹。
⑫ 努：挺伸。
⑬ 偏脱：脱去一只衣袖。
⑭ 喽：够。阿莽：怎么。孽（niè）斫：击杀。
⑮ 更被：再加。
⑯ 到头尿却：从头到脚撒尿。
⑰ 齸（zhāi）：咬。
⑱ 尸骸：丑模样。
⑲ 豹尾：代指权贵。
⑳ 缘没：为何。罗：通“罹”，遭遇。
㉑ 标入正格：载入正式法令之中。
㉒ 阿：词缀，无义。逋（bū）：逃亡。落藉：取消户籍。

㉓ 棒脊:杖脊之刑。
㉔ 儋、崖、象、白:儋州、崖州、象州、白州,是唐代流放犯人的边远去处。
㉕ 鸜(qú):八哥。
㉖ 瓜萝:喻远亲近戚的攀附关系。
㉗ 是:语助词,无义。言:控告。
㉘ 撮头:揪头发。
㉙ 扯擘:撕裂。
㉚ 尊拳:拳头。
㉛ 秃剔:踢打。
㉜ 青赤:青紫色伤痕。
㉝ 科责:判罪责罚。
㉞ 臧否(pǐ):是非。
㉟ 眼瞤(shùn):眼跳。
㊱ 尅:必定。
㊲ 比来:近来。
㊳ 漫:徒然。
㊴ 向来:适才。
㊵ 冲热:冒热。
㊶ “卒客”句:只有仓促的客人,没有仓促的主人。
㊷ 撩治家常:准备便饭。
㊸ 者:同“这”。
㊹ 浪:徒劳。
㊺ 脱头:脱身。
㊻ 干言强语:横言硬语。
㊼ 束脩:礼物。
㊽ 搊(zǒu):揪。
㊾ 不:语助词,无义。
㊿ 帖:书面命令。
51 眯目:蒙蔽。上下:对凤凰的敬称。
52 眼脑:眼睛。妒害:嫉妒。
53 胥:都,全。捉:把。支配:捉弄。
54 忽硉(lù):象声词,形容急促。
55 加诸:乱说。
56 目验:亲眼看。
57 自隐:自忖。欺负:欺骗。
58 攒沅(yuán):奸猾。
59 鸱:一种猛禽。算:算计,谋害。
60 浑家:全家。残:剩。
61 要自:却是。谩:通“瞒”。
62 蓦:越。
63 尸腔:尸体。
64 转关:耍手段。
65 责情:按理。
66 巴毁:击伤。
67 将作:以为。
68 次第:状况。
69 调子:调训。
70 昆季:兄弟。
71 填置:责备。
72 下走:自称谦词。
73 “死雀”句:打落水狗。
74 拨头:披头散发。阿莽:指过去的事。
75 坌(bèn)土:尘土。
76 服子:肿块。
77 髝髝:力谏。
78 拗捩:倔强不从。
79 啾唧:吵闹之声。
80 作祖:欺负。
81 会遭:遭逢。夜莽:这么。赤推:毒打。
82 鸜鹆(qúyù):八哥。
83 觅曲:找门路。
84 咬啮:恳求。
85 遮嘱:请托。
86 邪磨:指行贿之物。

⑧⑦ 晚衙:晚上见官时。
⑧⑧ 邀勒:阻挡。
⑧⑨ 黄沙:监狱。
⑨⓪ 乍可:宁可。
⑨① 三公:指大官。
⑨② 嗢唅:说着烦厌的话。本典:主事狱吏。
⑨③ 白健:精明能干。
⑨④ 纸笔:指钱财。
⑨⑤ 放钝:装傻。
⑨⑥ 为当:还是。退颗(hùn):安分退让。
⑨⑦ 关天:由天。
⑨⑧ 祇承:承受。
⑨⑨ 密咇(bì):多言。
⑩⓪ 问头:问题。
⑩① 脑子:眼睛。
⑩② 踬打:踢打。
⑩③ 望风:凭空,无端。
⑩④ 团头:乡里头目。
⑩⑤ 相亚:不相上下。
⑩⑥ 坐舍:霸占宅舍。
⑩⑦ 科绳:依法处分。
⑩⑧ 咋呀:违拗。
⑩⑨ 去:在。
⑪⓪ 大将军:指薛仁贵。
⑪① 傔(qiàn):侍卫,承差。
⑪② 艾火:火攻时引火的火种。
⑪③ 勋告:授勋的凭照。通:份,张。
⑪④ 磨勘:检验。
⑪⑤ 剔秃:强横。
⑪⑥ 别解:懂得。祇承:侍奉。
⑪⑦ 仍仍:喋喋不休。
⑪⑧ 邻并:邻居。
⑪⑨ 退静:安分,退让。
⑫⓪ 开眼尿床:寻衅,捣乱。
⑫① 草命:性命的贱称。
⑫② 可中:假使。搦:抓住。
⑫③ 百年:指性命。
⑫④ 纷纭:争论不休。
⑫⑤ 责数:责备。

## 鉴赏

唐俗赋是指清季发现于敦煌石室的赋体文,其作者除《茶酒论》署名外,其余皆不可考,大概都是民间文士所作。

俗赋是传统辞赋通俗化的产物,直接受杂赋、故事赋影响,突破了传统骈丽堆陈、文冗体繁的缺点,体现着俗文学的特色:大量采用当时的民间口语、俚语,近乎白话的语体,以及散多骈少的句法等,是辞赋由雅而俗的一种变体。

俗赋对前代赋体也有所继承:如铺采摛文、状物叙事、对话行文(如《燕子赋》《晏子赋》继承了《卜居》《七发》)、寓言笔调(如《燕子赋》有着曹植《鹞雀赋》的影子)、文句整齐有韵等都是。在唐代都市文化、市民审美心理等因素的制约引导下,俗赋透视了市民的生活面貌。而完整曲折的故事情节、鲜明的人物个性如《燕子赋》《韩朋赋》者,更是前所未见的。

唐俗赋现存的有《燕子赋》二种、《晏子赋》《韩朋赋》《茶酒论》《齖䶗新妇文》等,见于《敦煌变文集》;其原始写卷藏于英国伦敦大英博物馆、法国巴黎国家图书馆、中国北京国家图书馆。

这篇《燕子赋》,故事相当完整,另有同名而内容大体相同的五言体一篇;从传本之多可见这个故事在当时定是家喻户晓的了。此赋采用了民间文学所惯常使用的寓言体式,手法与《诗经·豳风·鸱鸮》、曹植《鹞雀赋》等是一脉相承的。

就总的性质而言,这是一篇幽默的小品赋,与古代白话短篇小说相当近似,而它的有韵整齐,行文跌宕等形式美,更是小说所不及的。赋文所叙,以现实生活为基础,生活气息浓厚,作者借冷嘲热讽、嬉笑怒骂的喜剧笔调,批判了社会的不合理现象,概括地反映了各阶层人民的生活、个性和意愿。

赋文所反映的历史背景是可考的。唐初行府兵制及租庸调制,致令大批农民外徙以避徭役;至玄宗开元九年(721),制定"括户"之法,出现了赋文中所叙的豪强霸占民房的情况,争讼不休。《燕子赋》就是这个背景下的产物。对于种种不合理的现象,平民百姓敢怒而不敢言,往往只好借寓言手法托讽,这是一种间接的控诉。作品所叙,是活生生的现实生活,倾注着百姓的愤慨与愿望。

在两千来字的篇幅中,所反映的生活情景是颇为概括而全面的。土豪劣绅的强占民房,任意伤人,目无法纪;民间司法机构的诉讼制度、审讯情形;唐代的刑法制度、监狱情况;社会上贪污舞弊、请托徇私的败坏风气,体现了我国传统的人治精神。这可从雀儿巴结捕头、行贿狱吏中见之。试想,若是风习廉净,雀儿也不会如此说干就干。另外,从雀儿的"口中念佛,心中发愿""验写《多心经》一卷"等举止,可窥见那种笼罩着当时整个社会的佛教气氛。民俗方面,也见之一二,如建屋的"步度""占详""避将军太岁",治创要灌小便、贴故纸等。这些都由几个生动的典型形象自然带出。篇中这一幅幅经作者精心描绘的丰富生活图画,可谓是唐代社会的众生相。

赋文里所刻画的人物形象,个个有血有肉,均有着个性化的特点和鲜明的代表性,角色无一多余累赘。

几个形象之中,刻画得最成功的是黄雀儿。他的强暴横蛮、恃势凌人、狡黠善辩,伴随着情节的发展而显示出不同的面貌;也可以说,雀儿的性格,带动了情节的曲折发展。燕子所代表的是处于被动地位、饱受欺压的平民百姓。他所力争的是小市民本身的权益。他一向安贫乐道,从不得罪权贵,可是到头来新建的房子却被强占,自己被毒打一顿,“横罹鸟灾”。从他身上,体现了平民的人微权轻的地位。凤凰是司法权力的象征,受理此案时,公正不阿,在他的英明判决下,“燕子唱快”“雀儿被杖”,各得其所。奉行公事的捕快鸲鹆、狱子,多事的鸿鹤、鹡鸰等形象,各自代表所属阶层的人民,各有特色,落笔也轻重得宜,个个形象活现。在赋文的这个鸟类社会中,凤凰的威严,雀儿的猥琐狡诈、燕子的勤劳安分、鸿鹤的大志不群……都基本上符合他们所代表的阶层的属性。

赋文的结构,具有现代意义上小说的必要条件。它以燕子筑巢为序幕,为事件的发生发展做好了场景、事由的准备。雀儿夺巢殴燕,使事件由发生发展而迅速进入高潮。赋文的发展与高潮是并行的,后浪推着前浪,步步引人入胜。铺排不冗不沓,精练紧密。最后采用了传统的大团圆结局,还有尾声(鸿鹤相讥)。总的来看,全赋是一个喜剧的布局。故事完整,结构严密,安排是相当成功的。

情节的曲折,节奏的明快,也是赋文的成功之处。本篇内容写的虽然是平凡不过的题材,但读来却不觉琐碎无聊,反而平中见奇。由此也可以看出作者剪裁的巧妙和典型化概括化的功力。从燕子建屋安顿,至黄雀强占,转折的角度是很大的;继而燕子归来被打,使赋文迅速进入高潮。情节的进展可谓简捷明快。从燕子告状,凤凰遣吏捕雀,到燕雀对簿一段,也写得简洁有力,不拖不杂。雀儿的分辩、巴结、行贿,以及两次审讯情景,作者都作了重点描述,突出渲染了雀儿的鄙陋狡狯。如狱中一节,除探监的细节外,还写到雀儿的企图行贿、与狱子的纠缠,使人担心他的企图得逞。至于堂前精彩的答辩,更是令人赞叹不已。燕雀和好后,作者又使鸿鹤出场毁骂,互相讥刺,使结尾毫无板滞之感。情节的曲折,处处扣人心弦,节奏的明爽,又使全赋有条不紊。

赋文的语言风格,有着时代性通俗化的特点。白话行文,毫不古奥;在用语上,与民间口头语相当接近,例如“阿莽”“缘没”“穴白”“楼猡”“阿你”等。这些语词,都是当时市民所惯用的,是“雅文学”所不取的。为了文意的生动真实,作者更不避粗话,尤其在对话中,如“尿却”“鸟灾”“开眼尿床”等。此外,文中也不时引用当时流行的俗谚,如“耕田人打兔,蹠履人吃臛”“卒客无卒主人”“死雀不就上弹”等。这些语言材料,造就了赋文独特的语言风格——俚俗而生活气息浓厚。俚谚入辞,对话结构,早期的辞赋早已有之,但像本篇的浅白俚俗,不避鄙俗,恐怕是前无古人的了。此外,赋文语言的锋利泼辣,对人物形象的丰满、情节的波澜起伏，也有着不可或缺的作用。

在行文造语上，赋文以四言为主，辞章节奏显得轻快，有助于情节的紧凑行进。尤其首段，加以所用入声促韵，写燕雀之争，更添精彩，推波助澜而又密不容间。全文用韵，毫不拘谨，换韵多次，韵律自由之中见舒促，有助于行文中节拍的调处。篇中句式并不仅仅宥于四言，也间杂着六言，是为“四六”传统；但作者并不泥古，文中多有杂言散句的运用，尤其在第二次审问一节，骈散间杂，凤凰问句，四言为主，显得庄严有力，气势逼人，雀儿答话，散句为主，文辞堆砌而唠叨，从而把雀儿一副故弄玄虚、惺惺作态的嘴脸清晰地活现出来。此外，对话的精妙、刻薄，使人物各自的特性发挥得淋漓尽致，与叙述语言形成有机整体，带引着情节的起伏发展。

（陈伟强）

# 晏　子　赋

无名氏

昔者齐晏子使于梁国为使[1]。梁王问左右曰：“其人形容何似？”左右对曰：“使者晏子，极其丑陋，面目青黑，且唇不附齿，发不附耳，腰不附踝，既貌观瞻，不成人也。”

梁王见晏子，遂唤从小门而入。

梁王问曰：“卿是何人，从吾狗门而入？”晏子对王曰：“王若置造人家之门，即从人门而入；君是狗家，即从狗门而入，有何耻乎？”

梁王曰：“齐国无人，遣卿来也？”晏子对曰：“齐国大臣七十二相[2]，并是聪明智惠，故使向智量之国去；臣最无智，遣使无智国来也。”

梁王曰：“不道卿无智，何以短小？”晏子对王曰：“梧桐树虽大里空虚，井水虽深里无鱼，五尺大蛇怯蜘蛛，三寸车辖制车轮[3]。得长何益，得短何嫌?”

梁王曰：“不道卿短小，何以黑色?”晏子对王曰：“黑者天地之性也。黑羊之肉，岂可不食?黑牛驾车，岂可无力?黑狗趁兔[4]，岂可不得?黑鸡长鸣，岂可无则[5]?鸿鹤虽白，长在野田；丧车虽白，恒载死人。漆虽黑向其前[6]，墨挺虽黑在王边。采桑椹黑者先尝。方知此言，见白何益!”

又晏子对王曰[7]：“剑虽三尺，能定四方；麒麟虽小，圣君瑞应；箭虽小，杀猛虎；小鎚能鸣大鼓。方知此言，见大何益!”

梁王问曰：“不道卿短小，卿先祖是谁?”晏子对王曰：“体有于丧生于事，粳粮稻米出于粪土，健儿论功[8]，佇儿说苦[9]，今臣共其王言，何劳问其先祖!”

王乃问晏子曰：“汝知天地之纲纪，阴阳之本性，何者为公?何者为母?何者为左?何者为右?何者为夫?何者为妇?何者为表?何者为里?风从何处出?雨从何处来?霜从何处下?露从何处生?天地相去几千万里?何者是君子?何者是小人?”晏子对王曰：“九九八十一，天地之纲纪；八九七十二，阴阳之本性。天为公，地为母，日为夫，月为妇，南为表，北为里，东为左，西为右，风出高山，雨出江海，霜出青天，露出百草。天地相去万万九千九百九十里。富贵是君子，贫者是小人。出语不穷，是名君子也。”

**注释**

① 晏子：晏婴(？—前500)，字平仲，　　春秋时齐国大夫。

② 七十二相:言卿相之多。
③ 车辖:装在车轴末端的挡铁。
④ 趁:追赶。
⑤ 则:法则。
⑥ 向:通“享”。
⑦ 按照文意,此段错简,位置应与上段对调,在“得短何嫌”之后。
⑧ 健儿:指军中勇壮士卒。
⑨ 伫儿:弱劣者。

## 鉴赏

这是一篇俗赋,作者已不可考。本文的故事,始见于《晏子春秋》,原来的记载是晏子使楚,其中只有“从狗门入”“齐无人耶”两问。本文不仅把使楚改成使梁,把晏子写得“极其丑陋”,而且增加了对话的内容,对晏子的聪明机警作了夸张的描写。这一来,就使故事更富于戏剧性,主题更加突出,人物更加生动,褒贬也更加分明了。

对话的成功,是赋文人物生动的关键。情节是人物性格丰满的手段。本文的情节,主要由对话构成,两个人物借各自的言辞去丰富、充实自己的形象。梁王是个鄙陋不堪的统治者,具有盛气凌人、不可一世的虚妄、卑劣的品质。从才智、身形、肤色以至先祖家世的发问中可以看出,梁王已是不顾一切,只图达到折辱眼中这个短小使者的目的,满足他那种夜郎自大的心理。前面一攻一破的对话,已使梁王鄙陋无聊、德孤才寡、欺人太甚却又自讨没趣的丑陋面目无所遁形,末段的长篇对话更清晰地显现了他的死要面子、无理取闹的顽劣性格。

梁王一无是处显露的同时,也就是晏子这个正面形象的逐步提升。晏子所代表的是春秋战国时期以辩难见长的杰出的外交官。在文中,他不仅保住了齐国的体面,也使自己免于受辱。他的答问,不卑不亢,不慌不忙,对无聊的取笑还以幽默而辛辣的驳诘。舌战之中,履险如夷,每能反客为主,甚至压倒对方。精彩的辩难,显出了晏子的临危不乱、学识渊博、思路纵横颖捷、对答如流水行云的优越才能。

高度集中、密不容间是本文结构上的特色,而对比的运用,也收到了很好的效果。文中几个回合的斗争场面,层峦叠巘,峰回路转。最后以晏子滔滔雄辩作结,戛然而止,余音绕梁,引人深思。与前文对照,晏子外貌的“不成人也”和才能的超尘拔俗,就更加突出了。这篇赋在行文造语上,也颇具心思,如晏子的答话,无不气势迫人,而且针对性强,多四言句。梁王问一,晏子答十,势若排山倒海,使梁王无从招架。梁王话短,晏子语长,一个呆若木鸡,一个口若悬河,对比鲜明。全文并没有出现舌剑唇枪的局面,才之高低,理之曲直,已一目了然。此外,铺采摛文,也颇工丽。赋中有工整的对仗,也夹有层层推进的排比,气吞万里。文章开头,全用散体,而中间和末段的答问,纯是骈体,行文跌宕,对偶甚工,自然流畅,节奏感强。至于语言风格,有俗赋的一贯本色——口语化,但俚俗则远不如《燕子赋》,这是作者为吻合篇中人物上层阶级身份的有意安排。

本文反映了春秋战国列国间尔虞我诈的外交关系,而作者的立场是清晰可见的:是一种可贵的民主思想,这种思想,通过晏子的答话带出。如论才不以美丑黑白,表现了平等观念;对梁王以家世祖籍相讥的还击,更明显体现了他的不问出身、唯才是用的思想。这是对等级观念的一种大胆对抗。对于尸位素餐、不学无术、妄自尊大的统治阶级,无疑是一种辛辣的讽刺。赋文对于传统君权神授的不平等而又根深蒂固的观念,作出了抨击,“健儿论功,佇儿说苦”二句,正是平等思想的先声,这种识见是清醒而可贵的。

(陈伟强)

# 吊税人场文并序

王禹偁

峡口镇多暴虎[1]，路人遇而罹害者[2]，十有一二焉。行役者目其地曰："税人场"。言虎之搏人，犹官之税人。因为文以吊之。其辞曰：

虎之生兮，亦禀亭毒[3]。文彩蔚以锦烂[4]，睛眸赫其电烛[5]。爪利锋起，牙张雪矗[6]。岩乎尔，游溪乎尔。育匪隐雾以泽毛[7]，惟咥叉而嗜肉[8]。豺伴貙邻，林潜草伏。啸生习习之风[9]。

视转眈眈之目，始有霜径晨征，阴村暮宿尔，必搏以疗饥，啗而充腹。骨委沟壑，血膏林麓。恨魄长往，悲魂不复。旅人无东海之勇[10]，嫠妇起太山之哭[11]。至使贾说商谈，飞川走陆。职彼兽之攸暴[12]，示斯场之所酷。骑者为之鞭蹄[13]，车者为之膏轴[14]。铍者谓之发刃[15]，弧者谓之挟镞[16]。来之者有备，过之者在速。鲜不魄骇魂惊而神翻思复者哉！

於戏[17]！虎之搏人也，止于充肠；官之税人也，几于败俗[18]。则有泉涌鹿台之钱[19]，山积巨桥之粟[20]。周幽、厉之不恤[21]，汉桓、灵之肆欲[22]，是皆收太半以充国用[23]。三夷而祸族[24]，牙以五刑[25]，爪以三木[26]。搏之以吏，咥之在狱[27]。马不得而驰其蹄，车不得而走其毂[28]。铍在匣以谁引？矢在弦而莫属。斯场也大于六合[29]，斯虎也害于比屋[30]。虽有黄公之力，莫得而戮；虽有卞庄之戟[31]，岂得而逐。

必在乎立道德而为戟为刃。张仁慈而为穽为机[32]，俾尔兽之驯扰[33]，见我场之坦夷，乃芟凶薙恶[34]，除浇涤漓[35]。帝道以之荡荡[36]，人心以之熙熙[37]。自然来驺虞之仁兽[38]，返淳风兮庶几[39]。

## 注释

① 峡口镇：一说在河南淅川，一说在广西桂林。

② 罹害：遭遇凶害。

③ 亦禀亭毒：也是大自然化育而成。

④ 蔚以锦烂：鲜艳有光泽。

⑤ 赫其电烛：火红色就像闪电似的烛光。

⑥ 牙张雪矗：雪白的牙伸出来，直立着。

⑦ 育匪隐雾以泽毛：在隐约雾气中洗刷身上的毛，培育其光彩。

⑧ 咥(dié)：咬。

⑨ 习习：微风轻轻地吹。

⑩ 东海之勇：典出晋葛洪《西京杂记》。相传东海黄公能制伏蛇、虎。

⑪ 嫠妇起太山之哭：典出《礼记》。泰山下一妇人为避苛政而甘受虎害。

⑫ 职彼兽之攸暴：都知道这个野兽的危险和凶暴。

⑬ 鞭蹄：即赶马疾走。

⑭ 膏轴：以油膏润滑车轴。

⑮ 铍(pī)：两刃刀或长矛。

⑯ 弧(hú)：弯弓。镞(zú)：箭头。

⑰ 於戏(wū hū)：呜呼。

⑱ 败俗：败坏道德礼俗。

⑲ 鹿台之钱：鹿台，在今河南淇县，殷纣王贮财宝之府库。

⑳ 巨桥之粟：巨桥在今河北曲周，殷纣王储粮之仓库。

㉑ 周幽、厉之不恤：幽王、厉王不体恤国事、民命。

㉒ 汉桓、灵之肆欲：桓帝、灵帝任用宦官，恣意妄为。

㉓ 太半：大半。

㉔ 三夷而祸族：夷灭父族、母族、妻族。

㉕ 牙以五刑：被官府施五种刑罚。牙，通“衙”。

㉖ 三木：古代时枷在犯人颈、手、足三处的刑具。

㉗ 咥(xì)：《集韵》：“或作歂(chù)。”《广韵》：“歂，诃也。”《正韵》：“诃，谴也。”

㉘ 毂(gǔ)：围绕车轴支撑车辐的圆木。

㉙ 六合：天地四方合称六合。亦指天下。

㉚ 比屋：比居，每家。

㉛ 卞庄：卞庄子，名严。春秋鲁国卞邑

大夫。

㉜ 穽:阱。机:弩箭上的发动机关。

㉝ 驯扰:驯服。

㉞ 芟(shān)凶薙(tì)恶:斩除凶恶。芟、薙均除草之意。

㉟ 除浇涤漓:清除浮薄习俗。浇、漓:风俗浮薄。

㊱ 帝道之荡荡:帝王治理国家的道路平坦而宽。

㊲ 熙熙:和乐。

㊳ 驺虞:祥瑞之兽,即麒麟。

㊴ 庶几:将近,差不多。

## 鉴赏

王禹偁(954—1001),字元之,济州巨野(今山东巨野)人。宋太宗太平兴国八年(983)进士。曾官右拾遗、知制诰、翰林学士等职。刚直不阿,直言敢谏。太宗、真宗时,几次上疏,建议裁减冗员,体恤人民,巩固边防,注意节俭。但屡遭贬谪,终因"直笔写史",而被贬官黄州,死于蕲县任上。王禹偁是宋代最早要求兴利除弊的政治家,也是北宋文坛最早反对浮艳华靡文风的文学家。在政治上他主张儒家的仁政爱民,以礼治天下;文学上则提倡传道明心。在创作上他"诗法李、杜,文宗韩、柳"。他的诗文大都清新自然、平易流畅。而且托讽寄怀,表述理想,针砭时弊。是北宋开风气的文学家。主要著述有《小畜集》《小畜外集》等。

本文选自《小畜外集》卷八。是一篇揭露宋朝繁重赋税徭役给人民造成严重灾难的政治谲谏文章。宋代自从建国起,就一直是一个积贫积弱的国家。赋税繁重,不仅沿袭了唐代的"两税制",还有"人丁税"等名目繁多的苛捐杂税和变相租税。王禹偁出身于贫寒的农家,长期出任地方官,比较了解人民的疾苦和社会的种种弊端。对上层统治阶级的奢侈浮华也比较熟悉。为了达到批判和规劝的目的,作者首先精心设置了一段序言。序文中的"税人场""虎之搏人,犹官之税人"是全文的主旨所在,也是写作本文的缘由。第一段抓住主要特征,写出了虎的可威可怕。第二段以较多的文字和铺叙的方法,极力描写老虎伤人所造成的悲惨场景和恐怖气氛。第三段是全篇重点。由写虎转到写人。儒家主张仁政反对苛政,以礼治天下。这一切,王禹偁是一向奉行的。最后一段,提出了作者的劝谏主张。税人场这样的大,武力又解决不了。怎么办呢?文章认为:必须立道德作为治理"税人场"的武器,申仁慈作为制服"税人场"这个老虎的陷阱和弩机。然后再除掉那些和杂草一样的凶官恶吏,革除浮薄不正的社会风气。这样就能使君王的治国大道更加广阔，老百姓也就和顺安乐了。那种厌恶坏风气喜欢正气的仁义之兽(驺虞)，也就自然喜欢这个地方而跑来了，淳厚朴实的社会风气，也就会再一次发扬起来。

本文在艺术表现手法上很有特色，首先它主旨明确，结构缜密。其次是反复运用了对比衬托的手法，主要采用了正衬法。第三个艺术特点是：以他人之口行揭露之实，以曲笔而达真意。这在赋体文学中，又称之为“谲谏”。就是劝谏时，不直言其过失，隐约其言，以使自悟。此文虽属骈体，但行文间或附以散句，做到了骈散结合，错落有致，简明凝练，铿锵有声，这也是该文的一个特色。

(李奎烈)

# 诅掠剩神文 并序

王禹偁

予邻有右族[1]，藏镪巨万[2]，每月哉生明之二日[3]，旦必觞醪豆胾以祭于庭[4]，具纸蚨绘骏以焚之[5]，烟气坌勃翳于乎舍[6]。询其所祀，则曰：“阴君命神掠民之羡财[7]，籍数于冥府[8]，备人之没，将得用矣。”吁！予尝稽祀典无是说[9]，此仅出巫觋之言尔[10]。神乘是邪[11]？遂为文云：

气之结也[12]，清其臣浊其民[13]；气之散也，愚尔鬼，贤尔神[14]。生则上辅君而下活人，没则咎乎淫而祉乎仁[15]。苟反是者[16]，不臣之臣，不神之神[17]。夫何可云：民不足，神弗能福。民有余，神奚掠诸[18]？

彼羡者豪，珠仓璧敖[19]，贷十偿百，刳脂剔膏[20]。渴反弗饮[21]，池然渌醪[22]；饥亲弗食，岳然芳肴[23]。红葩碧卉[24]，宅尝不毛[25]；罗云縠雪[26]，手尝不缲[27]。非豪之羡，乃民之羡。神果掠之，适为神劳。

彼羡者贵，附权挟位。饮冻夺寒[28]，装妖覆女[29]。

刮饥偷饥，餍仆饫隶[30]。朱丹垩门[31]，且壮且丽。刍粟盈厩[32]，孰种孰艺[33]！非贵之羡，亦民之羡。神苟掠之，只取神愧。

贤者其辱，不足如足。宅环其堵[34]，门横其木，居有藜床[35]，出无绣毂[36]。衣乎败绨[37]，膳乎脱粟。耕而后食，不惭乎丰年之谷；学而后仕，不愧乎有道之禄。唯谷唯禄，是必享祖宗而养亲族，乌敢私蓄[38]。神何掠哉？神何掠哉？神岂肆虐[39]？

贵有所与？神岂受赂？若然则逸者处逸[40]，苦者罹苦[41]。孰曰天之道，有余损而不足补哉？夫其不知豪之羡、贵之羡，皆民之羡也。神奚忍取？

神虽戾[42]，天又不念：天之民，神之主。苟害其主，神将安处[43]？神何掠哉？神何掠哉？

## 注释

①右族：有声望的大族。

②镪：钱串。

③哉生明：新月始出。哉，始。

④觞（shāng）：盛酒器。醪（láo）：浊酒。豆：古代食器。胾（zì）：大块的肉。

⑤蚨（fú）：青蚨。迷信者传说，青蚨涂血，可以引钱使归。骏：骏马。

⑥坌（bèn）：尘埃。勃：扬起。翳（yì）：遮蔽。舍：房舍。

⑦阴君：主管阴间的君王。羡：剩余。

⑧籍：登记。冥府：阴间府库。

⑨稽：查考。是说：此种说法。

⑩巫觋（xí）：巫人。男巫称为觋，女巫称为巫。

⑪乘：欺凌。

⑫气：阴阳学者认为元气是生命之源、万物之本。结：凝结。

⑬清其臣浊其民：阴阳学者认为气分清、浊两类。人禀气而生，禀清气者居上位为臣，禀浊气者居下位为民。

⑭“愚尔”两句：阴阳学者认为气结则人生，气散则人亡。人死后，愚者化为鬼，贤者化为神。

⑮没：死亡。咎：灾祸。祉（zhǐ）：福。

⑯反是：不是这样。

⑰“不臣”两句：没有禀清气的却成为臣，不是贤者死后却成了神。

⑱ 奚：何以。诸："之乎"的合音。
⑲ 敖："敖仓"的省称。本为秦代在河南敖山上所建仓库，后世泛指大型仓库。
⑳ 刳(kū)：挖空。
㉑ 饮(yìn)：以饮料给人饮。
㉒ 渌："渌酒"的省称。即清酒。
㉓ 岳然芳肴：美味佳肴堆积如山。
㉔ 葩：鲜花。卉：草。
㉕ 尝：竟然。不毛：寸草不生。
㉖ 縠：原文"雪"字前缺一字，一本作"縠"，一本作"凝"。现补为"縠"。
㉗ 缫(sāo)：抽理蚕丝。
㉘ 饮：食。
㉙ 装：打扮。妖：妖艳的女子。覆：盖。
㉚ 餍：饱足。饫：饱足。隶：差役。
㉛ 塈(jì)：涂漆。
㉜ 刍(chú)：喂牲口的草。厩：关牲口的地方。
㉝ 艺：种植。
㉞ 堵：土墙。
㉟ 藜床：质量粗劣的以藜茎制作的床。
㊱ 绣毂(gǔ)：装饰华美的车。
㊲ 绨：丝织品。
㊳ 乌：何。
㊴ 肆虐：任意残害。
㊵ 若然：果真如此。逸者：怀才不遇的隐者。
㊶ 罹(lí)：遭遇不幸的事。
㊷ 戾：贪暴。
㊸ 处：居。

## 鉴赏

《诅掠剩神文》是一篇批判富人贪戾、暴露现实黑暗、破除巫觋迷信、歌颂贤者志趣的好文章，体现了作者关心民生疾苦、以民为本的思想。本文以议论为赋，一反状物、抒情之传统写法，别具一格，不失为一种有益的开拓。

本文涉及的天、神、民三者之间的关系是首先必须弄清楚的，这是正确理解全文的关键所在。中国古代的神不具有西方至上神的含义，这种神没有主宰人世的权力。早在春秋时代的周太史嚚就说过："吾闻之：国将兴，听于民；将亡，听于神。"中国古代哲人大都承认有神在，却不是神本主义者。春秋时代的宋国大夫司马子鱼也说过："民，神之主也。"本文也说："天之民，神之主。"有的思想家称此为"人文主义"，其实不一定妥当。与西方的人文主义所不同的是，在中国古代哲人的理论体系中除神人关系外，还有一层天人关系。人可以不听命于神，却要受制于天。孔子说过："获罪于天，无所祷也"，说的就是这种道理。孔子有三畏："畏天命、畏大人、畏圣人之言"。在天命观的理论体系中，人文主义岂有存身之处。中国古代哲人心目中的天是自然，是气，是至高无上的道而不是人格化的上帝。

这种理论虽然比不上人文主义却比巫觋迷信进步得多。王禹偁也是把天之道奉为最高准则的,自然不能和西方文艺复兴时代人文主义思想家争一日之长,但能破除巫觋迷信还是有意义的。

在序文中,作者向读者介绍了一豪门之家,生不忘聚敛,死不忘积财,家藏万贯而不知足。不知从什么地方听了巫觋传言,就相信“阴君命神掠民之羡财”的谎话,每月初三,新月当空,便具酒备肉,焚纸祭神。搞得乌烟瘴气,邻里不宁。见之觉其愚蠢可笑,思之觉其贪戾可憎。作者是不相信巫觋迷信的,免不了要感慨万千,于是写了这篇著名的《诅掠剩神文》。

正文部分包含三个层次:

第一层从“气之结也”至“神奚掠诸?”讲了两个理论问题:一是天(气)、神、民三者之间的关系。作者特别强调了民与神的界限,从根本上否定了巫觋迷信。二是通过臣与民、神与鬼的对比,说明神不会做违背神性的事。这是从道德的角度,对巫觋之言提出质疑。第二层从“彼羡者豪”起,笔墨陡转。作者通过豪者、贵者、贤者三者对比,把批判的锋芒直指贪得无厌,欺压穷人的豪者、贵者。这一层次的三个自然段是本文的精华所在,也是作者泼墨最浓之处。“彼羡者豪”“彼羡者贵”,两段全用四言句铺写。“贷十偿百,刳脂剔膏”是揭露;“饥亲弗食,岳然芳肴”是讥刺;“饮冻夺寒,装妖覆女”是控诉;“刍粟盈厩,孰种孰艺”是诘责。字字如刀,笔笔如箭,一针见血,痛快淋漓。待写到贤者处世态度时,语调就大不相同了,“耕而后食,不惭乎丰年之谷;学而后仕,不愧乎有道之禄”,字里行间充满着自豪感。这三个自然段收尾的语言也是精心推敲的。“神果掠之,适为神劳”,语气是平缓的,态度是温和的;“神苟掠之,只取神愧”,语气仍然是平静的,但态度却是严肃的;“神何掠哉?神何掠哉?神岂肆虐?”语气则是激动的,态度也是严厉的了。第三层用天道观加以总结。天道之一是损有余以补不足。这是《周易》的理论,作者借来证明自己的观点,“豪之羡、贵之羡,皆民之羡也。神奚忍取”,把第二层次所揭露的问题提到天道观的高度加以确认。即使退一步说,神可能是贪戾的——这又是第一层次所提出的疑问——但天道中还包括对神限制的内容:民,神之主也。这是《左传》里出现过的话,神若害主便是害自己,神岂肯为之?这又是从利害关系的角度做深一层的分析了。如果第二层次的批判是情感性的,那么第三层次的批判便是理论性的;如果说第一层次只是提出问题,第三层次便是解决问题、总结全文了,这样,通篇便显得前呼后应,意脉贯通,层次井然,结构严谨。

(刘国华)

# 祭战马文并序

路 振

咸平中[1]，契丹犯高阳关[2]，执大将康保裔[3]，略河朔而去[4]。天子幸魏[5]，特遣将王荣以五千骑追之[6]。荣无将才，但能走马，以驰射为事。受命恇怯，数日不敢行，伺贼渡河而后发。贼有剽淄齐者[7]，数千骑尚屯泥沽[8]，荣不欲见敌，遂以其骑略界河南岸而还[9]。昼夜急驰，马不秣而道毙者十有四五，天子悯之，遣使收瘗焉。因作祭文曰：

房驷之精[10]，降为骊骍[11]。饮泉呀风，流沙激霆。虎脊孤耸，龙媒骜狞[12]。丹髦晓霞，的颡秋星[13]。苐方著幹[14]，宜乘旋膺。巉胪角起，方背珠明。

尔其绝塞草荒，八月陨霜。毛缩蹄研[15]，筋舒脉张。兽恶恐噬，虬狞欲骧[16]。喷沙散沫，千里飞雪。圉人负绁[17]，武士索铁。前遮后突，雷动地裂。忽挽一而制百，终伏掛而授绁[18]。戎官劬劬，岁入券书。蹄躈累累，通乎鬼区[19]。名驹大駃[20]，衔尾入塞。劳其酋长，节以驵侩[21]。蜀锦吴缯，积如丘陵。马归于我也重，币入于彼也轻。于是络黄金之羁，浴天池之波。鼓鬣云衢，弄影星河。或踶而啮[22]，或嗅而吪[23]。原蚕申禁[24]，驵骏何多。帝念神物，来经远道，阅之于内殿，养之于外阜。饮以玉池，秣之瑶草。

穷冬虏尘，入我河漘。羽书宵飞，龙驭北巡[25]。选仗下之名马，属阃外之武臣[26]。雕戈电烛[27]，禁旅星陈。授以长策，帅以全军。壮士怒兮山可擘，猛马哮兮虎可咋。何嚄唶之无勇[28]，反迁延而避敌。冰霜凄凄，介甲而驰[29]。不饮不秣，载渴载饥。骏马馁死，行人嗟咨。委天骨于衢路，返星精于云雾。报主恩之无及，齐戎力而何误。生刍致祭，弊帷成礼。瘗于崇冈，全尔具体。马如有神，知帝之仁。呜呼！

## 注释

① 咸平：宋真宗年号(998—1003)。

② 契丹：中国古代北方少数民族之一。高阳关：在今河北高阳。

③ 康保裔：河南洛阳人。

④ 略：劫掠。

⑤ 魏：魏州。

⑥ 王荣：定州人，善射。

⑦ 淄齐：淄州和齐州。

⑧ 泥沽：泥沽寨。

⑨ 界河：宋疏浚、开拓边地河道，西起沉远泊，东至泥沽海口，屈曲九百里。

⑩ 房驷：房星。

⑪ 骊骍：黑马和红马。

⑫ 龙媒：骏马。

⑬ 的颡：白额。

⑭ 茀方：两胁有旋毛。

⑮ 研：磨。

⑯ 虬：古代传说中的一种龙。驤：马奔跑的样子。

⑰ 圉(yǔ)人：牧马人。纼(zhèn)：拴牲口的绳。

⑱ 挝(zhuā)：打，敲打。绁(xiè)：绳索。

⑲ 鬼区：荒远之地。

⑳ 騚：马尾结。

㉑ 驵(zǎng)侩：马贩子。

㉒ 踶(dì)：踢。

㉓ 吪(é)：行动。

㉔ 原蚕：一年二度作茧之蚕也。

㉕ 龙驭：皇帝的车驾。

㉖ 阃(kǔn)外：指国门以外。

㉗ 雕戈：刻镂之戈。

㉘ 嚄唶(huò zé)：形容气势盛。

㉙ 介甲：铠甲。

## 鉴赏

路振(957—1014),字子发,永州祁阳(今属湖南)人。幼颖悟,五岁通《孝经》《论语》。淳化中进士,擢置甲科,通判邠州,大中祥符初迁太常博士、左司谏,擢知制诰。知滨州期间曾引滨州军民坚守城池而击退契丹军。文辞温丽,屡奏赋颂,为名辈所称。所作赋尤为典赡,太宗甚嘉之。长吟咏,多警句。大中祥符七年(1014)卒,终年51岁。有集二十卷。

这是一篇赋体祭文,又是一篇优美的抒情诗。它采用叙事、抒情、议论相结合的方式,在哀悼战马的同时,抒写了作者深切、悲壮的爱国之情,气格遒上,意多劝诫,具有现实性,且具悲壮美。此文笔酣墨饱,于叙事、抒情外,又加以议论,这是本文的一个特点。文之前,作者以一段小序概括了本文写作的缘起。

以文为赋,这是本文在艺术上的特点。在两汉时期,辞赋家们往往以赋为文。贾谊的《吊屈原赋》、汉武帝刘彻的《悼李夫人赋》,从文体方面说都是赋,实际上是两篇优美的祭文,故清姚鼐《古文辞类纂》把它们列入哀祭一类。而路振的《祭战马文》则相反,名义上是"文",实际上是"赋",所以如此,不仅仅在于他的句式是四、六,而以四字句为主,在语言形式上是赋,更主要的还在于它的精神实质。元代祝尧《古赋辨体》卷八讲到宋代古赋时说:"宋之古赋,往往以文为体。"又说:"欲求赋体于古者,必先求之于情,则不刊之言自然于胸中流出;辞不求工而自工,又何假于俳?无邪之思自然于笔下发之,理不求当而自当,又何假于文?胸中有成思,笔下无费辞。以乐而赋,则读者跃然而喜;以怨而赋,则读者愀然以吁;以怒而赋,则令人欲按剑而起;以哀而赋,则令人欲掩袂以泣。动荡乎天机,感发于人心,而兼出风比兴雅颂之义焉,然后得赋体之正,而合赋之本义。"这篇祭文"盖名则文,而义则赋也"(同上)。这个论断是很深刻的。

(薛祥生　丁纪闽)

# 松江秋泛赋[1]

叶清臣

泽国秋晴[2]，天高水平。遥山晚碧[3]，别浦寒清[4]。循游具区之野[5]，纵泛吴松之澨[6]。东瞰沧海[7]，西瞻洞庭[8]。槁叶微下[9]，斜阳半明。樵风归兮自朝暮[10]，汐留满兮谁送迎[11]。浩霜空兮一色，横雾色兮千名[12]。于是积潦未收[13]，长江无际[14]。澄澜方倾[15]，扁舟独诣[16]。社桔初黄，汀葭余翠[17]。惊鹭朋飞[18]，别鹄孤唳[19]。听渔榱之递响[20]，闻牧笛之长吹。既览物以放怀[21]，亦思人而结欷[22]。

若夫敌寇初平，霸图方盛[23]。均忧待济，同安则病。鱼贪饵而登钩[24]，鹿走险而忘命。一旦辞禄[25]，扬舲高泳[26]，功崇不居[27]，名存斯令[28]。达识先明[29]，孤风孰竞[30]。又若金耀不融[31]，洛尘其蒙[32]。宗城寡扞[33]，王国争雄。拂衣客右[34]，振棹江东[35]。拖翠纶乎波上[36]，脍蝉翼兮柈中[37]。傥即时之有适[38]，遑我后之为恫[39]。至如著书笠泽[40]，端居甫里[41]，两桨汀洲[42]，片帆烟水[43]。夕醉酒垆[44]，朝盘鱼市。浮游尘外之物[45]，啸傲人间之世[46]。富词客之多才，剧骚人之清思[47]。缅三子之芳徽[48]，谅随时之有宜。非才高见弃于荣路[49]，乃道大不容于祸机[50]。申屠临河而蹈壅[51]，伯夷登山而食薇[52]。皆有谓而然尔，岂得已而用之？

别有执简仙瀛[53]，持荷帝柱[54]。晨韬史氏之笔[55]，暮握使臣之斧[56]。登览有澄清之心[57]，临遣动光华之赋[58]。荷从欲之流慈[59]，慰远游之以惧。肇提封之所履[60]，属方割之此忧[61]。将浚疏于汇川[62]，其拯济乎珍畴[63]。转白鹤之新渚[64]，据青龙之上游。濯埃垢于缁袂[65]，刮病膜乎昏眸[66]。左引任公之钓[67]，右援仲由之桴[68]。思勤官而裕民[69]，乃善利之远猷[70]。彼全身以远害[71]，盖孔臧于自谋[72]。鲜鳞在俎[73]，真茶满瓯[74]。少回俗士之驾[75]，亦未可为兹江之羞[76]。

## 注释

① 松江：吴淞江。泛：泛舟。

② 泽国：水乡。

③ 遥山：远山。

④ 别浦：河流入江海之处称浦，也叫“别浦”。

⑤ 具区：即今太湖。

⑥ 吴松：吴淞江。澪（líng）：弯曲的流水。

⑦ 瞰（kàn）：俯视。沧海：大海。

⑧ 瞻：远望。洞庭：湖名。

⑨ 槁叶：枯叶。

⑩ 樵风：语出南朝宋孔灵符《会稽记》。后因以樵风指顺风。

⑪ 汐：晚潮。

⑫ 霁（jì）色：天晴后的景色。千名：形容多种多样。

⑬ 积潦（lǎo）：雨后存积的大水。

⑭ 无际：无边。

⑮ 澄澜：清澈的波浪。

⑯ 扁舟：小船。诣：前往。

⑰ 汀葭：水边上生长的芦苇。

⑱ 朋飞：并飞。

⑲ 唳（lì）：鸟鸣。

⑳ 渔榔（láng）：渔人在船舷上敲击以驱鱼入网的长棒。

㉑ 放怀：放宽胸怀。

㉒ 结欷（xī）：叹息抽咽。

㉓ 霸图：称霸者的雄图。

㉔ 登钩：鱼被钓住。

㉕ 辞禄：辞官。

㉖ 舲（líng）：有窗的小船。

㉗ 功崇：功高。

㉘ 令：美好。

㉙ 达识：通达事理。

㉚ 孤风：崇高特立的风貌。竞：胜。

㉛ 金耀不融：当作“金跃不融”。语出《庄子·大宗师》。不顺从自然造化必致不祥。

㉜ 洛尘其蒙:比喻帝王流亡或失位,遭受垢辱。
㉝ 宗城:语本《诗经·大雅·板》。因以宗子封国,藩屏王室若城,称“宗城”。扞(hàn),同“捍”。
㉞ 拂衣:归隐。
㉟ 振棹:划船漫游。
㊱ 拖翠纶:垂钓。
㊲ 柈:同“盘”。
㊳ 傥:假若。
㊴ 遑(huáng):怎能。
㊵ 笠泽:水名,即松江。
㊶ 甫里:在今江苏苏州。
㊷ 汀洲:水中小块陆地。
㊸ 片帆:孤舟。烟水:江湖。
㊹ 酒垆:卖酒安置酒瓮的土台。
㊺ 浮游:漫游。尘外:世外。
㊻ 啸傲:逍遥自在,放旷不受拘束。
㊼ 剧:增加。骚人:诗人。
㊽ 三子:范蠡、张翰、陆龟蒙。芳徽:美好的德行。
㊾ 荣路:做官的门路。
㊿ 祸机:致祸的机关。
51 申屠:东汉人申屠蟠。
52 伯夷:商代孤竹君之子。
53 仙瀛:传说中瀛洲上的仙人。
54 帝柱:大臣。
55 韬:隐藏。韬笔:搁笔。
56 使臣:受命出使的人。
57 登览:当作“登揽”。东汉范滂事。
58 光华:光彩明丽。
59 荷:担负。
60 肇(zhào):开始。
61 方割:到处为害。
62 浚(jùn)疏:疏通河道。
63 拯济:救济。珍畴:良田。
64 渚:水中小块陆地。
65 濯:洗涤。埃垢:灰尘污垢。缁袂:黑色的衣袖。
66 膜:眼中的角膜。昏眸:昏花的眼珠。
67 任公:任公子,古代传说中善于捕鱼的人。见《庄子·外物篇》。
68 仲由:孔子的弟子子路。桴:以竹木编成的小船。
69 裕民:富民。
70 远猷:远谋。
71 彼:指范蠡、张翰、陆龟蒙。全身:保全自身。
72 孔藏:深藏。自谋:为自己着想。
73 鲜鳞:指活鱼。俎(zǔ):砧板,案板。
74 瓯(ōu):茶盅。
75 俗士:世俗中人。
76 兹江:此江,指松江。

## 鉴赏

叶清臣(1000—1049),字道卿,苏州长洲(在今江苏苏州)人。北宋仁宗天圣年间进士。幼聪敏,好学善为文。任两浙转运副使时,主持疏通盘龙汇、沪渎港,民赖其利;在永兴军时,疏通三白渠,灌溉田地六千多顷。叶清臣遇事敢行,直言无忌,奏对无所屈。曾为翰林学士、三司权使、河阳知州,卒后赠左谏议大夫。曾有文集一百六十卷,赋仅存此篇。

从这篇赋的最末一段可以看出,这篇赋当作于作者任两浙转运使时的某年秋天。作者泛舟松江之上,先写了所见所闻,主要是写景;紧接着因“览物”而“放怀”,又写了所思所感,抒发了自己的情怀。第一段前面四句概述水乡的天空、山水,接着细述了泛舟松江时的见闻。虽是秋天之景,但和历来悲秋立意不同,写得一派生机,斑斓如画。即使是写的“槁叶”“斜阳”“惊鹭”“孤鹄”,也不令人觉得伤感,而是使人心旷神怡,如置身画卷之中,而忘不思返。第二段即写因泛江而“思人”。泛舟松江之上,自然容易想起和松江一带有关的人物故事。这里主要写了三位古人:春秋时代帮助越王以成“霸图”,功成身退的范蠡;西晋末年为大司马东曹掾的张翰,因见政事混乱,为避祸而急欲归乡,乃托辞思故乡菰菜、莼羹、鲈鱼脍,辞官归吴;晚唐诗人陆龟蒙隐居松江甫里,多所论著,好游江湖之间,朝廷以高士召,不至。作者对他们进行缅怀,寄予了高度的同情。第三段则是自抒胸臆。作者在政治上很想有一番作为。和避世隐居、全身远害的范蠡、张翰、陆龟蒙等前贤相比照,他既对前贤的行为表示同情和理解,对他们的崇高人格表示怀念和敬重,但也颇以自己能“思勤官而裕民,乃善利之远猷”而自负。可见他的思想境界还是颇高的。赋的最后说,像我这样做官的人,和范、张、陆相比,自然是“俗士”,但在此少停,也不至于算是这松江的羞辱吧?不卑不亢,极耐人品味。

这篇赋结构比较单纯,没有太多的变化,但写景、叙事、抒情都很自然流畅,明快清新,没有雕琢之痕,写景和抒情虽然截然分为两大部分,但衔接得很自然。语言铿锵有力,节奏抑扬顿挫,韵散相间,长短参差的句式也很富有音乐美。马积高先生对此赋评价颇高,他说:“在北宋写游览的赋中,除前后《赤壁赋》外,此篇应是首屈一指的”(见《赋史》第九章第三节),我们不能因为作者非著名文人而忽视了他的这篇富有特色的赋作。

(徐传武)

# 针口鱼赋

梅尧臣

有鱼针喙形甚小[①],常乘春波来不少。人竞取之,一掬不重乎铢杪[②]。其为针也,颖不能刺肌肤[③],目不能穿丝缕[④]。上不足以附医而愈疾[⑤],下不足以因工而进补[⑥]。以口得名,终亲技女[⑦];大非脍材[⑧],唯便鲊卤[⑨]。烹之则易烂,贮之则易腐。嗟玉色之可爱,聊用实乎雕俎[⑩]。过此以往,未知其所处[⑪]。

## 注释

① 喙(huì):口,嘴。
② 一掬:一捧。铢杪:形容极其轻微。
③ 颖:针锋,针尖。刺肌肤:用作针刺治疗疾病。
④ 目:针孔,针眼。
⑤ 附医:依附于医生。
⑥ 因工:凭借女工。
⑦ 技女:女工。
⑧ 脍材:做脍炙的材料。脍,细切的鱼、肉。
⑨ 鲊卤(zhǎ lǔ):盐腌鱼。
⑩ 实:装满。雕俎:刻有花纹的礼器。
⑪ 所处:用处。

## 鉴赏

梅尧臣(1002—1060),字圣俞,宣州宣城(今属安徽)人,世称宛陵先生。他很早就有诗名,却屡试不中,直至50岁才由大臣推荐,经仁宗面试,赐同进士出身。50岁以前历任主簿、县令、监盐税官、节度使判官等地方小官,后来才历任为太常博士、国子监直讲、屯田员外郎、都官员外郎等较高的职务。欧阳修说他作诗“其初喜为清丽、闲肆、平淡,久则涵演深远,间亦琢刻以出怪巧,然气完力余,益老以劲”(《梅圣俞墓志铭》)。他是北宋诗文革新运动的一位比较杰出的诗人。曾注过《孙子》,撰有《唐载》,参加过《新唐书》的编写,今存《宛陵集》。

梅尧臣存赋19篇。绝大部分都以咏物为题,如《麈尾》《鱼琴》《凌霄花》《矮石榴树子》《灵乌》《红鹦鹉》《鸤鸠》《哀鹧鸪》等,但他往往采取托物寄兴的方法,或讽世,或自警,有时也寄寓一些人生之慨。就反映社会生活的广度而言,在北宋赋家中,梅尧臣当推第一。篇章也往往短小精悍,意到言止,不蔓不枝,时有独出机杼之作。语多瘦硬,且常质直,这样容易造成一种挺拔刚健、盘空出奇的风格,但也易流入浅露率直、缺少情蕴的毛病。

这篇《针口鱼赋》是他众多的赋作中最耐人寻味、刻画也最工妙的一篇。同他的很多赋作一样,这篇采用的也是托物寄意的手法,于形象刻画之中隐含着讥讽,但讥讽的对象又不明白地说出,因而更显得含蓄而富于情趣。

作品一开头就点出鱼的特征,它“针喙形甚小”。别看它“小”,可是它常常是乘着“春波”而来,颇有春风得意马蹄轻的气派。接着便用夸张的手法,极写针口鱼之得意,也极写它体格之轻微。“人竞取之”,是它所以得势之由,“一掬不重乎铢杪”,点出它其实微不足道,可笑可怜。再接着作者还从它“针”的特点展开比喻,比得极为机巧。这种鱼,说它像针,但针有好多种,有医生为人治病疗疾的银针,也有女工用来缝补衣服的缝衣针,它像哪一种针呢?它哪种针都有点像,可又哪种针都不像,它像的只是针之形,而没有银针和缝衣针的功用,只是似是而非罢了。尽管如此,它还能“以口得名”,结果也竟因此而能为女人所爱重,可见世俗重虚名不重实际如此。“大非脍材”以下几句,作者进一步强调它的无用,“烹之则易烂,贮之则易腐”,简直不值一文。它之所以能获得人们的青睐,其实也并不是人们不知道它无用,而只是取它外形的可爱,才勉强用它充个玩物罢了。至此我们才隐隐懂得:作者所以写“针口鱼”,主要是借它以讥刺那些借利口以自取宠,靠虚名以博人怜的浅薄谗口之徒。然而赋的行章走笔,又处处扣住鱼的特征,使人觉得作者并非有意讥刺,只不过妙趣偶得罢了。

(李生龙)

# 秋 声 赋

欧阳修

欧阳子方夜读书[1]，闻有声自西南来者，悚然而听之[2]，曰："异哉!"初淅沥以萧飒[3]，忽奔腾而砰湃[4]，如波涛夜惊，风雨骤至。其触于物也，鏦鏦铮铮[5]，金铁皆鸣；又如赴敌之兵，衔枚疾走[6]，不闻号令，但闻人马之行声。余谓童子[7]："此何声也？汝出视之[8]。"童子曰："星月皎洁，明河在天[9]，四无人声，声在树间。"

余曰："噫嘻[10]，悲哉[11]！此秋声也，胡为而来哉[12]？盖夫秋之为状也[13]：其色惨淡[14]，烟霏云敛[15]；其容清明，天高日晶[16]；其气栗冽[17]，砭人肌骨[18]；其意萧条[19]，山川寂寥[20]。故其为声也，凄凄切切，呼号愤发。丰草绿缛而争茂[21]，佳木葱茏而可悦[22]；草拂之而色变[23]，木遭之而叶脱；其所以摧败零落者[24]，乃其一气之余烈[25]。夫秋，刑官也[26]，于时为阴[27]；又兵象也[28]，于行用金[29]。是谓天地之义气[30]，常以肃杀而为心。天之于物，春生秋实[31]。故其在乐也[32]，商声主西方之音，夷则为七月之律。商，伤也[33]，物既老而悲伤；夷，戮也[34]，物过盛而当杀。

"嗟乎！草木无情，有时飘零。人为动物，惟物之灵[35]。百忧感其心[36]，万事劳其形[37]，有动于中[38]，必摇其精[39]。而况思其力之所不及，忧其智之所不能，宜其渥然丹者为槁木[40]，黟然黑者为星星[41]。奈何以非金石之质[42]，欲与草木而争荣[43]？念谁为之戕贼[44]，亦何恨乎秋声[45]！”

童子莫对[46]，垂头而睡。但闻四壁虫声唧唧[47]，如助余之叹息。

## 注释

① 欧阳子：作者自称。

② 悚(sǒng)然：吃惊的样子。

③ 淅沥(xīlì)：象声词，形容雪、雨、风等的声音。这里形容风声。萧飒(sà)：风吹树木所发出的声音。

④ 砰湃(pēngpài)：同“澎湃”，波涛冲激声。

⑤ 鏦(cōng)鏦铮(zhēng)铮：金属相击声。

⑥ 衔枚：古时行军兵士口中衔枚，以防喧哗。枚，形状像筷子。

⑦ 童子：少年男仆。

⑧ 之：代秋声。

⑨ 明河：明亮的银河。

⑩ 噫嘻：感叹声。

⑪ 悲哉：宋玉《九辩》：“悲哉！秋之为气也。”

⑫ 胡为：为何。

⑬ 为状：呈现出来的样子。

⑭ 惨淡：阴暗无色，景象凄凉。

⑮ 烟霏云敛：烟飞云收。烟，烟雾。

⑯ 日晶：阳光灿烂。

⑰ 栗冽：寒冷。

⑱ 砭(biān)：治病用的石针。

⑲ 萧条：凋零。

⑳ 寂寥：静寂空旷。

㉑ 丰草绿缛(rù)：茂密的草碧绿繁茂。

㉒ 葱茏(lóng)：草木繁盛。

㉓ 拂：吹拂。

㉔ 摧败零落：摧折，凋落。

㉕ 一气：秋气。

㉖ 刑官：周代设六官，以司寇为秋官，掌刑狱。唐武后以刑部为秋官。

㉗ 于时为阴：时，时令，即四季。春夏为阳，秋冬为阴。

㉘ 兵象：用兵的象征。

㉙ 于行用金：古人以金、木、水、火、土五行配四时，秋属金。

㉚ 义气：秋、冬为天地之义气。

㉛ 实：动词，结果实。

㉜ 乐：音乐。

㉝ 商，伤也：商音是悲伤的声音。

㉞ 夷，戮也：夷就是杀戮的意思。

㉟ 灵：灵性。

㊱ 感：触动。

㊲ 形：形体。

㊳ 中:内心。
㊴ 摇:撼动。精:人的精神、元气。
㊵ 渥(wò)然:润泽的样子。
㊶ 黟(yī)然:黑。星星:鬓发花白。
㊷ 质:人的肉体。
㊸ 荣:繁盛。
㊸ 戕(qiāng)贼:摧残。
㊺ 何:何必。
㊻ 莫对:不回答。
㊼ 唧唧:虫鸣声。

## 鉴赏

欧阳修(1007—1072),字永叔,号醉翁,晚年又号六一居士,庐陵(今江西永丰)人。宋仁宗天圣八年进士。早年支持范仲淹的“庆历新政”,因而屡遭贬谪,做过多年地方官。后回朝任职,累官至枢密副使、参知政事。卒谥文忠,有《欧阳文忠公集》传世。

欧阳修是北宋诗文革新运动的领袖人物,又是一位有着多方面文学才能的作家。他在散文、诗、词、史传等方面,都取得了杰出的成就,而以散文的成就最高,为“唐宋八大家”之一。他的赋,流传下来不过十篇,最脍炙人口的就是《秋声赋》。

日本铃木虎雄在他所著的《赋史大要》中,对欧阳修在中国赋史上的地位评论说:“自律赋除去排偶、限韵二拘束”“成文赋开山之功”。这话有一定道理。汉代大赋,铺排扬厉,雕缋满眼。至六朝骈赋,唐宋律赋,崇尚骈偶,讲究格律,虽对偶工整,整饬有法,但往往堆砌辞藻,滥用典故,过于雕琢,失之板滞。到欧阳修,采用散文笔法作赋,骈散结合,参以议论,融抒情、写景、叙事、说理为一体,为赋的创作开辟了一个新局面。而《秋声赋》就是这类文赋的代表作。

《秋声赋》可以说是一件精致完美的艺术品。欧阳修这位艺术巨匠在雕琢这件艺术品时,充分调动了种种有效的艺术手段,可谓匠心独运,异彩纷呈。这篇赋的特色之一,就是层次分明,结构谨严,处处注意了过渡照应。文章一开头,即以先声夺人的手法把读者的注意力一下子调动起来,引人入胜,使人惊醒。接着,作者即以生动的笔墨,运用一系列有声有色的比喻,对无形的秋声作了形象而逼真的描绘。

赋体的演变,由古而骈而律,“宋参议论成章,又变为文赋。”(仇兆鳌语)而首开风气的欧阳修,在《秋声赋》中,即景抒情,借景议论,把叙事、写景、抒情和说理融为一体,使整篇赋带上了思辨的色彩。

在《秋声赋》中,作者着意刻画和渲染的是自然的秋天和人生的秋天,而这二者和谐地融合为一个肃杀深邃的意境。为了描绘和突现这一意境,作者运用了多样化的艺术表现手法。除了上面讲到的,主要的还有:一,虚实相生的手法。无形的秋声是虚,而“草拂之而色变,木遭之而叶脱”是实;秋为“天地之义气,常以肃杀而为心”是虚,而“秋之为状”是实,其色、其容、其气、其意,都是可以看得见、感觉得到的;人之由盛而衰是虚,而“渥然丹者为槁木,黟然黑者为星星”是实。这样虚实并举,虚实相生,可以收到相得益彰的艺术效果。二,运用形象化的比喻。秋声是无形的,看不见,摸不着,而作者却用波涛夜惊、风雨骤至、衔枚疾走的赴敌之兵等生动比喻,把它物象化了。夜起波涛,汹涌澎湃,听来分外清晰;风雨交加,骤然而至,使人格外惊心动魄;而“如赴敌之兵,衔枚疾走,不闻号令,但闻人马之行声”,则表现了秋声的肃杀森严。这三个比喻,生动而又逼真地表现了秋声的声、势、威,从而把无形的秋声具体化、形象化了,增强了文章的感染力。三,文字精美,语言畅达,充满诗情画意。句式长短参差,错落有致,最短的一句一个字,最长的九个字,加之许多感叹词的插用,就使文章读来抑扬顿挫,声情并茂,回环往复,一唱三叹,使人沉浸在对秋夜秋声和人生的凄寂而严峻的审美思考之中。

(张忠纲)

# 拙　赋

周敦颐

或谓予曰[①]："人谓子拙[②]。"予曰："巧，窃所耻也[③]，且患世多巧也[④]。"喜而赋之：

巧者言，拙者默；巧者劳[⑤]，拙者逸；巧者贼，拙者德[⑥]；巧者凶[⑦]，拙者吉。呜呼！天下拙，刑政彻[⑧]；上安下顺[⑨]，风清弊绝[⑩]。

## 注释

① 或:有人。
② 子:对人的敬称。
③ 窃:私下,自谦之词。
④ 患:忧虑。
⑤ 劳:烦劳,指煞费心机而劳苦的人。
⑥ 贼:伤害他人。德:加惠于人。
⑦ 凶:与"吉"相对,不吉利,遭遇祸患。
⑧ 刑政:刑罚政令。彻:通达。
⑨ 上:指身居高位的统治者。安:得到安宁。下:指臣民。顺:顺从。
⑩ 风:风气,世俗。弊:弊端。

## 鉴赏

周敦颐(1017—1073),字茂叔,湖南道州(今湖南道县)人,宋代著名的理学家。在这篇赋中,他抒写了自己耻"巧"而喜"拙"的怀抱,并规诫世人乐守"拙"道,以致太平。

"巧"和"拙",就字面看,指聪明和笨拙,但这里却别有寓意,实际是作为两类处世态度的代称。所谓"巧者",指能说会道,煞费心机,动辄伤害他人的人,因而处境凶险、易遭祸患;所谓"拙者",则指沉默寡言,清静安逸,于人有益无损的人,因而处境安全、生活得太太平平。作者认为，假如人人守“拙”而处，则必然会出现“上安下顺、风清弊绝”的政治局面，达到天下太平。可见作者所褒扬的“拙”道，乃是清静寡欲、安分守己的修身之道，这大概与他所提倡的“主静”而“无欲”，以达到至诚至善之境界的思想是相通的。

这篇赋既以言理为宗旨，又是出自一位理学家之手，但并不是通篇论列枯燥无味的道德教义，而是基于对现实生活的观察和感受，在质朴而洗练的语言中寓含着处世的哲理。作者只以“言”与“默”、“劳”与“逸”、“贼”与“德”、“凶”与“吉”八个词，构成鲜明对比，便写出了“巧者”和“拙者”两类人物不同的处世态度和命运，读来平淡如水却又蕴蓄深致，颇类格言，这是此赋艺术上的一个特色。

（林开甲）

# 石姥赋

文同

上嵒崟之飞泉兮[①]，披荟蘙之榛莽[②]。骭倦尻而膺喘兮[③]，穷其巅于绝岨[④]。爰有石而跂跂兮[⑤]，旁无他而相伍[⑥]。色黤黕而骨劲省兮[⑦]，具支节而带文缕[⑧]。其远睨之若人兮，迫犹疑其蹲虎[⑨]。里俗神而甚恭兮[⑩]，号相尊其曰姥[⑪]。谓遽亟而丐贶兮[⑫]，缘其求而下予[⑬]。

忽旱阳赫而上爇兮[⑭]，飞光流而燎土[⑮]。燀多稼以巨甗兮[⑯]，烹群命于硕鬴[⑰]。走群灵而莫答兮[⑱]，后率归而此愬[⑲]。役稚耄在竭蹶兮[⑳]，来号呶而䀛謼[㉑]。会诸力以掀揭兮[㉒]，使转移其常处[㉓]。灵欻然而见景怪兮[㉔]，众外愕而中怖[㉕]，滃堀堁而下发兮[㉖]，郁黯叆而上布[㉗]。憯砰礚而中作兮[㉘]，漭滂沱而四注[㉙]。回极炽而施大润兮[㉚]，曾不暇乎旋步[㉛]。已复还其故立兮[㉜]，各再拜而引去。问其端而何从兮[㉝]，年皆失其几许[㉞]。吾闻怀泽之与符阳兮[㉟]，亦有石为"牛鼓"[㊱]。彼民衅而击之兮[㊲]，常以旱而取雨。宛其于尔为类兮[㊳]，彼又载于国谱[㊴]。

噫！惟皇之大职兮[㊵]，系阴阳之煦妪[㊶]。奚磊砢之顽质兮[㊷]，辄矫权而自主[㊸]。事岂无于适然兮[㊹]，而惑者概从而为语[㊺]。皇忽寤而震恚兮[㊻]，列罪目而尔数[㊼]。

诃星士以施楛兮[48]，敕雷将而挥斧[49]。赫电火而灰尔兮[50]，鼓箕风而荡汝[51]。阒大空而泮散兮[52]，一摩刓其处所[53]。俾愚黎之偭正兮[54]，识惟皇之覆露[55]。皇未寤而民尚惑兮[56]，徒吾髀之长拊[57]。

## 注释

① 嶜(qín)崟(yín)之飞泉：高山上的瀑布。嶜崟，高峻幽深之貌。

② 披荟蘙(yì)之榛莽：劈开茂盛的榛荆丛林。

③ 骭(gàn)倦尻(jū)而膺喘：小腿疲劳而气喘吁吁。

④ 岨(jū)：独兀无邻之高峰。

⑤ 爰：语助词。跂(qí)跂：虫爬行的样子。

⑥ 伍：伴。

⑦ 色黤黕(yǎndǎn)而骨劲省：颜色青黑而骨力构造很差。

⑧ 具支节而带文缕：上面带有缕缕的花纹和支节。

⑨ 迫：逼近。

⑩ 里俗神而甚恭：乡间里俗把它神化，对它甚为恭敬。

⑪ 号相尊其曰姥(mǔ)：大家都尊称它为老妇人。姥，老妇。

⑫ 遽亟而丐贶(kuàng)：有窘迫急需做的事而乞求赐福。

⑬ 缘其求而下予：按其请求而赐予。

⑭ 忽旱阳赫而上爇(ruò)：忽逢天大旱，太阳红如火烧。爇，烧。

⑮ 飞光流而燎土：太阳光像火流一样烧烤大地。

⑯ 燀(chǎn)多稼以巨甗(yǎn)：燀，炊；甗，古炊器，青铜或陶制。

⑰ 烹群命于硕鬴(fǔ)：在大的锅里烹煮众生灵。

⑱ 走群灵而莫答：奔走于众神灵乞求降雨而都没有答允。

⑲ 后率归而此愬：后来都到此地来乞诉。愬，同“诉”。

⑳ 役稚耄而竭蹶(jué)：役使小孩和老人至力尽而晕厥。蹶，摔倒。

㉑ 来号呶(háonáo)而嘂謼(jiào hū)：招来众人呼号喧闹，高声呼叫。号呶，高声喧叫没完没了。嘂謼，即“叫呼”。

㉒ 会诸力以掀揭：集众人之力把它掀起来。

㉓ 使转移其常处：转移它平时所处的位置。

㉔ 灵歘(xū)然而见景怪：忽然显了灵而出现了怪现象。歘然，忽然。

㉕ 众外愕而中怖：众人外面显出惊愕的样子而心中恐惧。

㉖ 滃(wěng):云气涌起。堀堁(jué kè):尘土扬起。

㉗ 郁黯(àn)叆而上布:郁结的浓云布满天空。

㉘ 憺(dàn)砰礚(pēngkē)而中作:里面发出叫人惧怕的砰礚轰隆之声。

㉙ 漭(mǎng)滂沱而四注:茫无边际的滂沱大雨向四下流注。

㉚ 回极炽而施大润:使极热的土地灌足水。

㉛ 曾不暇乎旋步:来不及叫人回步。

㉜ 已复还其故立:事毕又还复它原来立的地方。

㉝ 问其端而何从:问这事是从什么时候开始的。

㉞ 年皆失其几许:不知道有多少年了。

㉟ 怀泽:地名,在今广西贵港。符阳:地名,在今四川通江。

㊱ 亦有石为"牛鼓":也有一块叫作"牛鼓"的石头。

㊲ 衅而击之:用牺牲的血涂抹而后敲击它。

㊳ 宛其于尔为类:跟你宛如一类。

㊴ 国谱:史书。

㊵ 惟皇之大职:天神的最大天职。惟,语气助词。皇,大神,主神。

㊶ 系阴阳之煦(xù)妪(yù):以温暖抚育天地阴阳。

㊷ 奚磊砢(kē)之顽质:为何有许多愚顽的东西。磊砢,众多。

㊸ 辄矫权而自主:每每假托皇权而行其事。

㊹ 事岂无于适然:事岂不是出于巧合吗?

㊺ 惑者概从而为语:不明白的人都跟着如此说。

㊻ 震恚(huì):发怒。

㊼ 列罪目而尔数:数列你的罪状。

㊽ 星士:替人占算命运的术士。棓(bàng):棍棒。

㊾ 敕(chì)雷将而挥斧:命令雷公挥斧劈砍。

㊿ 赫电火而灰尔:用通红的电火把你烧成灰烬。

51 鼓箕风而荡汝:再鼓风箕把你扬尽。

52 阒(qù):寂静。泮散:分散。

53 一摩刓(wán)其处所:一下磨刻掉它的处所。

54 俾愚黎之偭(miǎn)正:使愚昧的百姓归向正道。

55 识惟皇之覆露:所知道的惟有天神的荫庇之恩。

56 皇未寤而民尚惑:天神还没醒悟而群众尚在迷惑之中。

57 徒吾髀(bì)之长拊(fǔ):我们只好拍腿叹息了。

## 鉴赏

文同(1018—1079),北宋画家与诗人。字与可,号笑笑先生,又称锦江道人、石室先生。因卒于湖州任上,故人称文湖州。梓州永泰(今四川盐亭)人。仁宗皇祐进士,历官太常博士、集贤校理,邛州、洋州(今陕西洋县)等知州。元丰初出知湖州,未到任而卒。《宋史》本传说他善诗、文、书、画。篆、隶、行、草、飞白都佳,尤长于墨竹,也写山水。苏轼“胸有成竹”之说传出于文同之口。他与苏为中表兄弟,相知极深。苏轼《文与可画筼筜谷偃竹记》与《跋文与可墨竹》及《文与可画墨竹屏风赞》等文中,都赞扬了文同的墨竹技法高妙。其中提到他的所谓“病态创作”的说法,可看出与可很强调作家主观思想的重要性。

这是一篇骚体赋,借传说中的石姥曾显灵愚黎,降雨救旱,呵斥了“矫权而自主”,假皇权以惑众的奸佞。并表达了作者涤荡邪恶的强烈愿望。

全赋可分三大部分。第一部分是写攀登上山后看到的石姥的形象。它具有支节,像虫子一样蜷伏在那里;它黤黕而骨省,像个无人相伴的老妇;它浑身有文缕,又像只蹲虎。作者利用石姥的三个特征,联系三种动物形象,这是石姥的具体样子,可以说是实写。但也是作者的有意安排,它象征了权诈之人的多面孔的伪饰行为,又可以说是虚写。作者一开始就给人预示出:这种人有小爬虫的伪变,有老巫婆的诡诈,有恶虎的凶狠。这样,文章一开始就把石姥的乔模样呈露在读者面前,也为后面“皇未寤而民尚惑”指出原因。第二部分作者以铺张的手法先写了大旱之年的景象。虽极力描写了石姥作法,但最后却用了一个“年皆失其几许”,点出其事的乔做性和迷信色彩。为后文希望天皇震恚,列数尔罪做了铺垫。第三部分先以“惟皇之大职”开始,说明天神的大恩无私于黎庶,而石姥兴妖惑众,天神晓知了一定会对他们重重治罪。于是作者以极其愤激的感情写天皇如何对他们治罪,读之叫人何等痛快!然而这却是作者的想象之词,而不是实有之事。作者希望天神能够醒悟,对这种矫权者治罪,使黎庶面向正道,心向皇恩,摒弃邪恶。但希望只是希望,事实是“皇未寤而民尚惑”,作者只有拍腿长叹而已。赋的最后两句含义深远,耐人深思,它道出了这样一个事实:奸邪小人所以作恶行凶,肆无忌惮,就是由于最高统治者受到他们的蒙晦,视奸为忠,视邪为正,以至于寐昧终生所造成的。有的人认为,赋中石姥暗示王安石,表现了作者对王安石变法的仇视。有无此意,事实证明不足,不敢妄断。

(黄广华　颜景琴)

# 思　归　赋

王安石

蹇吾南兮安之[1]？莽吾北兮亲之思[2]。朝吾舟兮水波，暮吾马兮山阿[3]。亡济兮维夷[4]，夫孰驱兮亡巇[5]？风翛翛兮来去[6]，日翳翳兮溟濛之雨[7]。万物纷披萧索兮[8]，岁逶迤其今暮[9]。吾感不知夫涂兮[10]，徘徊彷徨以反顾[11]。盍归兮[12]，盍去兮，独何为乎此旅[13]？

## 注释

① 蹇(jiǎn):行路难。
② 莽:无际之貌。
③ 山阿:山脚。
④ 亡:同“无”。维:语气词。夷:夷由,犹豫,迟疑。
⑤ 孰:谁。巇(xī):险。
⑥ 翛(xiāo)翛:象声词,风声。
⑦ 翳(yì)翳:深晦不明。溟濛:模糊不清。溟濛雨,犹言毛毛细雨。
⑧ 纷披:散乱。
⑨ 逶迤:连续不断。
⑩ 涂:同“途”。
⑪ 徘徊、彷徨:俱有往返回旋、犹豫不定意。反顾:回头看。
⑫ 盍(hé):何不。
⑬ 旅:羁旅。

## 鉴赏

王安石(1021—1086),字介甫,晚号半山,抚州临川(今属江西)人。宋仁宗庆历二年(1042)进士。是年签书淮南判官,开始步入仕途。历任地方官。嘉祐三年(1058)自常州移提点江东刑狱,上仁宗皇帝万言书,提出变法主张,要求改变宋朝“积贫积弱”的局面。神宗熙宁二年(1069)任参知政事。次年任宰相,依靠神宗,锐意实行变法。后因保守派强烈反对,于熙宁七年被迫辞相,次年再相,九年再辞,退居江宁。封舒国公,后改封荆,故世称荆公。元祐元年(1086),哲宗继位,保守派执政,尽废新法,王安石忧愤而死。著有《王荆公集》等。王安石是著名诗人、散文家。他的诗独成一格,创立了"半山体"。散文雄健峭拔,为"唐宋八大家"之一。他的赋流传下来的不过三四篇,几乎都是篇幅短小的古赋。《思归赋》只有 89 个字,是此类赋中最短小的了。

这篇赋大概作于王安石任职淮南通判时。淮南是宋朝东南重要的一"路",治所在扬州。当时韩琦知扬州,安石是他的幕僚。安石好读书,"每读书至达旦,略假寐,日已高,急上府,多不及盥漱。魏公(即韩琦)见荆公少年,疑夜饮放逸。一日,从容谓荆公曰:'君少年,毋废书,不可自弃!'荆公不答,退而言曰:'韩公非知我者。'"(《宋名臣言行录》后集卷一)则不被重用可知。王安石 19 岁死父,居丧三年,22 岁方成进士。时祖母年高,需人赡养。庆历三年三月,他曾请假回家探视祖母,又到舅家,见诸外弟。初涉官场,不被信任,对于年轻的王安石来说,思想自然是复杂而矛盾的。为了"钓取薄禄欢庭闱",他不得不远离亲友而追求功名,但每当想起年迈的祖母,不禁涕泪纵横,每当想起家乡的迷人景色,不禁"归心动荡不可抑"。这篇赋所反映的就是这种复杂而矛盾的思乡之情。一开头两句:"蹇吾南兮安之?莽吾北兮亲之思。"就表现了作者那种无所适从、怅然若失的心境和无尽的铭心刻骨的思亲之情。接下四句即写他仕途奔波、来去匆匆的情景。一种混迹官场忐忑不安的情绪氛围,更引起他对亲人和故乡的无限思念。面对岁暮萧条凄凉的景象,作者不禁发出深沉的疑问:何不归家侍亲,享受天伦之乐,为什么偏偏要羁旅在外呢?

为了更突出地表现思归的怅惘情绪,作者在艺术表现上可谓煞费苦心。在时间节令上,他选择的是岁暮。寒风萧萧,冬日翳翳,细雨濛濛,万物凋零,景象萧瑟凄凉。这种环境气氛的渲染,恰切地表现了作者那种在出仕与归隐两者之间徘徊犹豫、彷徨不定的复杂心理状态。为了更形象地表现这种环境和心态,作者连续选用了"翛翛""翳翳"等叠词,和"溟濛""逶迤""徘徊""彷徨"等双声叠韵词,声情摇曳,缠绵悱恻,更增加了文章的艺术感染力。

(张忠纲)

# 怀 归 赋

沈 括

归休乎，嗟生亦劳兮，岁常九行而一息，四方已莫不异兮，欲终往而安即？披荆榛以孤骛，涉大途之梗塞。投孱颜以坌入①，孰为晏眠而朝食。謦欬一山而百折兮②，况千里之绵邈③。高浪鳞卷而电划兮，近不保乎咫尺。嗟乎，子乘此而安之兮，托扶摇以寸翮。吾一念子之往兮，意久兀硉而屹栗④。彼夫人之圣哲，宁有欲乎颠踬？摩冥冥之无穷，抽万世之潜默。虽皎中而自信，亦终壈坎而莫觌⑤。来之不可与谋兮，果去亦庸何伤。既振辔而大驱兮，盍倡佯其所适⑥。期无羡于古人兮，苟亦善吾之令德。终旷荡之可骧兮⑦，信幽履之不惑。

## 注释

① 孱颜：同“巉岩”，高峻之貌。坌入：并入。
② 謦欬（qǐngkài）：咳嗽或谈笑。
③ 绵邈：悠远。
④ 兀硉：同“兀臬”，不安之貌。屹栗：恐惧不安。
⑤ 壈坎：同“坎壈”，遭遇不顺。觌：见，看到。
⑥ 倡佯：徜徉，安闲自在地行走。
⑦ 旷荡：空阔无边。骧：奔驰。

## 鉴赏

沈括（1031—1095），字存中，北宋著名科学家，杭州人。嘉祐进士，神宗时参加王安石变法运动。曾出使辽国,后知延州,抵御西夏。元丰五年(1082)以徐禧失陷永乐城,连累坐贬。他生活在一个外多边患、内有党争的时代,而平生志趣在科学撰述。晚年卜居润州,筑梦溪园著书立说,成就斐然,有《梦溪笔谈》二十六卷、《补笔谈》三卷、《续笔谈》一卷传世。

《怀归赋》全赋大致可分三段。从"归休乎"到"近不保乎咫尺"为一段,写世途艰险,发劳生此嗟,是"怀归"的原因。这里作者撇开了具体叙事和直接的抒情,采用象征的手法,刻画出一幅"行路难"的图画。"嗟生亦劳兮,岁常九行而一息",开篇就突出了一个四季奔波、有劳无逸的行路人形象。然后就驰骋笔墨写道途的艰辛。展现了行者孤身穿行荆榛、克服路障、进入高峻的深山,起早贪黑地赶路。紧接着是作者的叹息:连謦欬之声可闻的一山中,尚且云栈萦纡、千回百折,何况千里漫长的行程呢。以上皆写山行,忽又如临江海,白浪如山、鳞次栉比、来势如雷电之不及掩耳,更是随时可遭灭顶之灾:"高浪鳞卷而电划兮,近不保乎咫尺。"以上描写,笔墨是简洁的,而气氛是浓烈的,收到了惊心动魄的效果。

于是,第二段(从"嗟乎"到"果去亦庸何伤")在上段酝酿气氛的基础上展开议论抒情。这里出现了第二人称("子"),仿佛在和谁对话和争辩似的,其实是从自身中超脱出来,以"旁观者清"的口吻自释,反映了一种思想斗争。这种手法,在辞赋中是常见的。"嗟乎,子乘此而安之兮"的一问,使人联想到"嗟尔远道之人胡为乎来哉"(李白《蜀道难》)的名句,是一种期期以为不可的语气。路本险,天本高,而行人凭借什么呢——"托扶摇以寸翮",短羽参差而搏击长空,那还有不颠陨的吗?故"吾一念子之往兮,意久兀硉而屹栗","兀硉""屹栗"本形容山的危险,此引申为心中的惴栗不安。于是作者抉隐出"明哲保身"一义以劝免。"摩冥冥之无穷,抽万世之潜默"二句稍费解,或指其人旁搜远绍,德业有成。但并不一定就能通行于时:"虽皎中而自信,亦终壈坎而莫觌。"后句即韩愈所谓"跋前踬后,动辄得咎"。既然如此,归去何妨!这里"不可与谋"的是谁,作者只泛泛言之,但除了当局以外,还有谁呢!这里已由纯象征写法转而稍露本相。

最后六句是第三段,写归意已决后舒畅的心情。"振辔大驱"是指驾车归来,大有"识迷途其未远,觉今是而昨非"(陶潜《归去来辞》)的轻松感,为什么不这样自由自在呢("盍倡佯其所适")?应该这样自由自在。这样不但可以全身,还可以善德。真是一通百通,这一段一扫第一段的波涛,而竟归坦途,其关键就在于"幽履"(急流勇退,归隐)方针的不误啊——“终旷荡之可骧兮,信幽履之不惑”。

沈括此赋的篇幅短小,但具动荡开合之势。原因在铺陈、描绘、议论、抒情的紧密结合,气氛烘托也很用力。第一段象征性境界的塑造,生动形象,便使后来的议论抒情不显得空洞;末段忽展现康庄大道振辔直驱的情景,与前面“行路难”的景象形成对比,有“铲尽崎岖大道平”之感。尽得“不止不行”“不塞不流”之妙。这是一篇思想性与艺术性结合得较好的小赋。

(周啸天)

# 山 中 词

王 令

山中兮何游，登彼山兮乐夫高。弃吾马以取步，降吾车兮足两屦[①]。石当道兮行旁，木碍上兮下俯。曾蹈险之非艰，聊凭高而下顾。何所视之乃牛，而独见之如鼠！彼侏侏者出其下兮[②]，曾其身之非伛[③]。“吁嗟徂兮”[④]，离娄之死则已古[⑤]，不较其为短长兮，何独计其高下。

山之高兮崔嵬[⑥]，山之路兮百折而千回，趋前行而就挽，笑顾后使推之。彼游者谁兮，何以子之车来？

## 注释

① 屦(jù)：鞋子。

② 侏(zhū)侏者：侏儒。

③ 伛(yǔ)：曲背，驼背。

④ “吁嗟徂(cú)兮”：《史记·伯夷列传》：“吁嗟徂兮，命之衰矣！”吁嗟，感叹词。徂，通“殂”，死。

⑤ 离娄：《慎子》《庄子》作“离朱”，相传为黄帝时人，视力特别好，能于百步之外看见秋毫之末。

⑥ 崔嵬(wéi)：高耸之貌。

## 鉴赏

王令(1032—1059)，初字钟美，后改字逢原，北宋广陵(今江苏扬州)人。五岁时父母相继去世，由叔祖父王乙抚养长大；17 岁离开王乙，自谋衣食。他不仅有卓越的才华，高尚的品格，而且有远大的抱负。王安石认为王令是“浩乎沛然，非安石之所能及”(《与王逢原书》),和“可以任世之重而有功于天下”(《王逢原墓志铭》)的奇才。但是,在当时的年代里,王令除在高邮军当过几个月的学官外,一生只能靠讲学授徒糊口,过着非常贫困的生活。年仅28岁,就因病死去。著有《王令集》。其中有赋四篇和未题为赋的骚体数篇。

王令的诗有深刻的社会内容,以风格雄劲豪放、想象丰富著称。他的赋作或托物言志,如《藏芝赋》《竹赋》等,或直抒胸臆,如《言归赋》《我思古人答焦千之伯强》等,均有雄劲的气势。

《山中词》二章,写于嘉祐元年(1056)秋。这一年,25岁的王令,原在天长县聚徒讲学,秋天迁居润州(今江苏镇江)。而润州当时的学者不甚高明,他深感遗憾。于是借登山所见,侧面表达作者“蛟龙不是池中物,燕雀焉知陇上嗟”(《秋日感愤二首》)的“素心”,并嘲讽当时庸俗的世态。第二章写作者居高临下,俯视山麓的一些游山者,把他们同前一章的登山者做一对比。严肃的登山者“乐夫高”,依靠自己的力量,奋力攀登,履险如夷,因而登上了顶峰,享受着“凭高下顾”的乐趣,是强者;嘻嘻哈哈的游山者,面对崔嵬的高山和山间百折千回的羊肠小道,每走一步都要仰仗他人“前挽”和“后推”的力量,多么可怜!他们怎能登上顶峰呢?结句“彼游者谁兮,何以子之车来?”又与前一章“弃吾马以取步,降吾车兮足两屦”,形成鲜明的对照,发人深省。

(向叙典)

# 前赤壁赋

苏　轼

壬戌之秋[1]，七月既望[2]，苏子与客泛舟游于赤壁之下[3]。清风徐来，水波不兴[4]。举酒属客[5]，诵明月之诗[6]，歌窈窕之章。少焉[7]，月出于东山之上，徘徊于斗牛之间[8]。白露横江[9]，水光接天。纵一苇之所如[10]，凌万顷之茫然[11]。浩浩乎如冯虚御风[12]，而不知其所止；飘飘乎如遗世独立[13]，羽化而登仙[14]。

于是饮酒乐甚，扣舷而歌之[15]。歌曰："桂棹兮兰桨[16]，击空明兮溯流光[17]。渺渺兮予怀[18]，望美人兮天一方[19]。"客有吹洞箫者[20]，倚歌而和之[21]。其声呜呜然，如怨如慕，如泣如诉，余音袅袅[22]，不绝如缕，舞幽壑之潜蛟[23]，泣孤舟之嫠妇[24]。

苏子愀然[25]，正襟危坐而问客曰[26]："何为其然也?"

客曰："'月明星稀[27]，乌鹊南飞'，此非曹孟德之诗乎？西望夏口[28]，东望武昌[29]，山川相缪[30]，郁乎苍苍[31]，此非孟德之困于周郎者乎[32]？方其破荆州，下江陵[33]，顺流而东也，舳舻千里[34]，旌旗蔽空，酾酒临江[35]，横槊赋诗[36]，固一世之雄也，而今安在哉！况吾与子渔樵于江渚之上[37]，侣鱼虾而友麋鹿[38]，驾一叶之扁舟[39]，举匏樽以相属[40]，寄蜉蝣于天地[41]，渺沧海之一粟[42]。哀我生之须臾[43]，羡长江之无穷。挟飞仙以遨游[44]，抱明月而长终[45]，知不可乎骤得，托遗响于悲风。”

苏子曰：“客亦知夫水与月乎？逝者如斯，而未尝往也[46]；盈虚者如彼[47]，而卒莫消长也[48]。盖将自其变者而观之[49]，则天地曾不能以一瞬[50]；自其不变者而观之，则物与我皆无尽也，而又何羡乎[51]？且夫天地之间[52]，物各有主，苟非吾之所有，虽一毫而莫取。惟江上之清风，与山间之明月，耳得之而为声，目遇之而成色；取之无禁[53]，用之不竭，是造物者之无尽藏也[54]，而吾与子之所共适[55]。”

客喜而笑，洗盏更酌，肴核既尽[56]，杯盘狼籍[57]。相与枕藉乎舟中[58]，不知东方之既白[59]。

## 注释

① 壬戌：宋神宗元丰五年(1082)。

② 七月既望：七月十六日。望，阴历十五日；既望，已经过了望日，即十六日。

③ 苏子：苏轼自称。

④ 兴：起。

⑤ 属(zhǔ)：酌，斟酒给人喝。

⑥ 明月之诗：《诗经·陈风·月出》。

⑦ 少焉：不多一会儿。

⑧ 斗牛：南斗星和牵牛星。

⑨ 白露：月光下的水汽。横：充溢。

⑩ 纵：放任，任凭。一苇：小船。如：往。

⑪ 凌：渡，越过。

⑫ 冯虚御风：凌空驾风。冯，通凭。虚，太虚，天空。

⑬ 遗世：离开人世。

⑭ 羽化：成仙。

⑮ 扣：敲。舷：船边。

⑯ 桂棹(zhào)兰桨：形容划船工具的精美。

⑰ 溯：逆流而行。

⑱ 渺渺兮予怀：我的心思念着远方。

⑲ 美人：所思慕的人。

⑳ 客：据清人赵翼《陔余丛考》卷二十四说，客即杨世昌，杨为绵竹道士。

㉑ 倚歌：按照歌曲的声调和节拍。

㉒ 袅袅：声音婉转悠扬。

㉓ 幽壑:深涧。
㉔ 嫠(lí)妇:寡妇。
㉕ 愀(qiǎo)然:忧愁的样子。
㉖ 正襟:整好衣襟。危坐:端坐。
㉗ “月明”二句:曹操《短歌行》诗句。
㉘ 夏口:今汉口。
㉙ 武昌:今湖北鄂州。
㉚ 缪(liáo):通“缭”。
㉛ 郁:繁盛的样子。苍苍:深青色。
㉜ 困于周郎:被周瑜所困。
㉝ 下:攻克。
㉞ 舳舻(zhú lú):指战船。
㉟ 酾(shī):斟酒。
㊱ 槊(shuò):长矛。赋诗:诵诗。
㊲ 子:你。
㊳ 侣鱼虾友麋鹿:与鱼虾做伴,与麋鹿做朋友。
㊴ 扁(piān)舟:小船。
㊵ 匏(páo)樽:匏(葫芦)实做成的酒器。
㊶ 蜉蝣:昆虫名。
㊷ 渺沧海之一粟:渺小得像大海里的一粒米。
㊸ 须臾:片刻。
㊹ 挟:带。遨:游。
㊺ 长终:永远的意思。
㊻ 逝者如斯:流去的像这江水。未尝往也:实际上是不曾流去。
㊼ 盈虚者如彼:时圆时缺的像那月亮。
㊽ 卒:到底。
㊾ 盖将:大概。
㊿ 曾:乃,简直。一瞬:一眨眼。
51 羡:指上文“羡长江之无穷”。
52 且夫:句首语助词。
53 无禁:没有人禁止。
54 无尽藏:佛家语,这里指无穷无尽的宝藏。
55 适:舒适。
56 肴核:荤菜和果品。
57 狼籍:同“狼藉”,纵横散乱。
58 枕藉:纵横相枕而卧。
59 既:已经。

## 鉴赏

苏轼(1037—1101),字子瞻,号东坡居士,眉州眉山(今属四川)人。宋仁宗嘉祐元年(1056)随父苏洵由蜀至京,次年与弟苏辙同时进士及第,受主考官欧阳修的赏识。神宗熙宁年间,因不同意王安石推行新法,自请出为杭州通判,后改知密州、徐州、湖州,贬黄州。哲宗赵煦即位,起用旧党,被召入京,历任礼部郎中、起居舍人、中书舍人、翰林学士等职。由于不同意完全废除新法,自请出知杭州、颍州。后新党再度执政,被贬惠州、儋州。宋徽宗赵佶即位,被赦北还,次年死于常州。有《东坡全集》传世。苏轼在政治上是一个悲剧。他关心国计民生,希望改良,但思想倾向保守,政治上属于旧党。他既反对王安石推行新法,又反对旧党全部否定新法的做法,故为新旧两党所不容,在激烈的党争中,形成政治上的长期失意。在处理政务方面,苏轼有一定的才能,在任地方官时,曾做了一些有利于生产和人民生活的事情,成绩比较显著。苏轼的思想很复杂,儒释道各家的思想都有,而以儒家的思想为主。积极进取和达观放任,在苏轼身上是同时存在的,这对他的文学创作有深刻的影响。苏轼具有多方面文学才能,在创作上既能继承前人的成果,又有创造革新的精神,诗、词、散文、赋都有很高的成就,是北宋中叶以后文坛上的领袖,对当时的诗文革新运动有较大影响。散文方面,苏轼是"唐宋八大家"之一,与欧阳修齐名;诗开一代风气,对后世有深远影响;词开创了豪放派的风格,在词史上有重要地位;赋各体俱备,独具特色。苏轼的作品题材广阔,语言清新俊美,艺术手法多样。行文纵横奔放,姿态横生,挥洒自如,而又不失规矩法度。

《前赤壁赋》是苏文名篇,也是中国赋史和文学史上少有的佳作。苏轼于宋神宗元丰二年(1079),因作诗讽刺新法,被逮捕入狱,贬官黄州(今湖北黄冈)团练副使,不得签署公事,不能擅离贬所,实际上处于被监视的地位。这是他仕途上转入逆境的开始,也是他政治上最失意苦闷的一个时期,同时又是他创作上丰收的季节。江汉一带壮丽的山川,历史上龙争虎斗的英雄业绩,激起他创作上的热情,从而写出《赤壁赋》等名作。《赤壁赋》作于元丰五年(1082)。为了区别于《后赤壁赋》,所以一般又称《前赤壁赋》。江汉一带名赤壁的地方有几处,著名者有二:一在长江南岸,今湖北赤壁境内,一般认为吴将周瑜在此大破曹军;一在今黄冈城外,名赤鼻矶,俗呼鼻为弼(壁),故后人往往也传为赤壁。它借泛舟赤壁的描写,反映了作者贬官后思想感情上存在的矛盾和旷达乐观的精神,同时也曲折含蓄地表达了作者内心的不平和苦闷。

这篇散文赋之所以长期受到人们的赞赏并具有经久不衰的艺术魅力,就是因为作者善于将自己的主观感受渗透到一系列的客观描写之中,从而将不同的客观景物组成一个完整的画面,创造出一个优美动人的艺术境界,生动形象地再现了当年月夜泛舟赤壁的情景,使人读后有身临其境的感觉。这一点又是和作者精湛的艺术构思,独具匠心的组织安排和精粹形象的艺术描绘分不开的。

这篇赋粗粗看去,似乎漫不经心,信笔挥洒而成,实则匠心独运,艺术上的构思非常缜密。它在结构上最突出的特点,就是以人物的主观感受和心情的变化为线索,将不同的景色与意境贯串起来,连缀成一个主体。在整个泛舟过程中,作者的感情共有三次大的起伏，即由乐而悲，由悲而喜。

在表现手法上，作者非常注意写景、抒情、说理三者在篇中的有机结合。赋的上半部分，主要是写景抒情，情因景生，情景交融。下半部分，主要是由情入理，理因情起，情理相彰。关于情景的组合，主要是抓住有特征性的感人至深的景物，与人物感情的变化结合起来进行描写，使写景抒情互相渗透，从而收到情景交融的艺术效果。关于由情入理的处理，主要是由抒发感情到发诸议论。作品通过对历史人物的凭吊，联想到人生的短暂和自己的渺小，由悲感而引起对宇宙、对人生的探讨。作者先借客人的议论，抒发了人生短暂的悲伤，曲折地表达了宿志难伸、年华易逝的郁闷心情。然后以水的流逝、月的盈虚为例，阐明了变与不变的道理，抒发了旷达乐观的情怀，使自己从悲境中得到解脱。因为文章由情入理时转换得非常自然，有水到渠成之势，故而收到了情文并茂、情理相彰的艺术效果。

本文是一篇散文赋，也是继六朝骈赋和唐代律赋之后，发展起来的新体散文赋中最优秀的作品。它既突破了传统赋的表现手法、章法结构和语言格式，又保留了旧赋的对话手法、押韵与对偶等特点。按照赋体的要求，本文很注意用韵，全文共换了12次韵。为了读起来音韵铿锵，有节奏感，文章在抒情、写景、叙事时，多用有韵的节奏明快的排比对偶句。如“月出于东山之上，徘徊于斗牛之间。白露横江，水光接天。纵一苇之所如，凌万顷之茫然。浩浩乎如冯虚御风，而不其所止；飘飘乎如遗世独立，羽化而登仙”。为了写景抒情更加运用自如，使文章显得活泼灵巧，作者在文章的衔接与过渡处又多用散文。如客人凭吊曹操的一段话就是用散文句法写的。韵文与散文的结合，语句有长有短，灵活多样，形成一种行文流畅而又跌宕多姿的艺术风格。

在运用传统的对话手法方面，本文也有自己的特点，首先它使人觉得，主客都是真实的存在而不是虚幻的假设。这样主客间发生的一场辩论也就使人深信不疑，觉得它是真实的存在，从而具有强烈的感人力量，与子虚、乌有之类的艺术效果大不相同。作品中的主客对话，虽然是诗人的自我独白，是作者思想矛盾的两个方面，但它并不是借对话搞简单的思想图解，而是写来有血有肉，饱和着思想感情，故能给人以生动形象、深刻感人的印象，收到了特殊的艺术效果。

这篇赋具有鲜明的个性。它从开始到结束，一气贯注而下，一笔到底，始终不懈，如万斛泉源，滔滔不断，一日千里，无窘顿困竭之状；信笔挥洒，随物赋形，无艰难劳苦之态。充分表现了苏文平易自然、流走奔放的特点。这篇赋不只代表了苏轼的文风,更重要的是它形象地反映了苏轼旷达的作风。苏轼喜欢老庄,酷爱自由,作风随便,不执着于某种学说,人称坡仙。他有远大的政治抱负,希望建立一番功业,政治上失意,使他陷入苦闷,旷达的胸襟,又使他对逆境处之泰然。他喜欢在作品中探求人生的奥秘,常因人生无常而陷入苦闷,又常借助老庄思想从苦闷中解脱出来。赋中写泛舟江上之乐,飘飘欲仙的精神境界,主客对人生对宇宙的看法,对清风明月的描写与赞赏,无不反映着苏轼的性格特征。客人的悲感,主人的达观,只有苏轼才具有,也只有苏轼才能写得出来。这篇美妙动人的作品,即使不署苏轼的名字,也很难与别人的作品相混淆,这也正是这篇作品备受欢迎的重要因素。

(赵呈元)

# 后赤壁赋

苏　轼

是岁十月之望[1],步自雪堂[2],将归于临皋[3]。二客从予,过黄泥之坂[4]。霜露既降,木叶尽脱,人影在地,仰见明月。顾而乐之,行歌相答[5]。

已而叹曰[6]:“有客无酒,有酒无肴;月白风清,如此良夜何[7]?”客曰:“今者薄暮[8],举网得鱼,巨口细鳞,状似松江之鲈[9]。顾安所得酒乎[10]?”归而谋诸妇[11]。妇曰:“我有斗酒[12],藏之久矣。以待子不时之需[13]。”

于是携酒与鱼,复游于赤壁之下。江流有声,断岸千尺,山高月小,水落石出。曾日月之几何[14],而江山不可复识矣。予乃摄衣而上[15],履巉岩[16],披蒙茸[17],踞虎豹[18],登虬龙[19],攀栖鹘之危巢[20],俯冯夷之幽宫[21]。盖二客不能从焉。划然长啸[22],草木震动,山鸣谷应，风起水涌。予亦悄然而悲[23]，肃然而恐，凛乎其不可留也[24]。反而登舟[25]，放乎中流[26]，听其所止而休焉[27]。时夜将半，四顾寂寥。适有孤鹤[28]，横江东来，翅如车轮，玄裳缟衣[29]，戛然长鸣[30]，掠予舟而西也。

须臾客去[31]，予亦就睡。梦一道士，羽衣蹁跹[32]，过临皋之下，揖予而言曰[33]："赤壁之游乐乎？"问其姓名，俯而不答。呜呼噫嘻[34]！我知之矣。畴昔之夜[35]，飞鸣而过我者，非子也耶？道士顾笑[36]，予亦惊寤[37]。开户视之，不见其处。

## 注释

① 是岁：这一年。
② 雪堂：苏轼黄州新居。雪天建成，又画雪景于四壁，故名。
③ 临皋：亭名。
④ 黄泥之坂：黄冈东面山坡。坂，斜坡。
⑤ 行歌相答：边走边唱，互相酬答。
⑥ 已而：过了一会儿。
⑦ 如此良夜何：怎样对待这个美好的夜晚呢？
⑧ 薄暮：傍晚。
⑨ 松江之鲈：松江四鳃鲈是鲈鱼佳品。
⑩ 顾：但。
⑪ 谋诸妇：谋之于妻子。
⑫ 斗：古代酒器。
⑬ 不时之需：意外的需要。
⑭ 曾日月之几何：才过了几天啊。
⑮ 摄衣：撩起衣襟。
⑯ 履巉（chán）岩：踏着险峻的山岩。
⑰ 披蒙茸（róng）：拨开纷乱的杂草。蒙茸：草木繁盛的样子。
⑱ 踞虎豹：蹲坐在像虎豹一样的山石上。
⑲ 登虬（qiú）龙：攀着像虬龙一样弯曲的枝干。虬龙，古代传说中有两只角的小龙。
⑳ 鹘（hú）：猛禽。危巢：筑在高处的巢。
㉑ 冯（píng）夷：水神。
㉒ 划然：长啸的声音。
㉓ 悄然：忧愁、沉默的样子。
㉔ 凛乎：恐惧的样子。
㉕ 反：同"返"。
㉖ 放乎中流：放船到江心。
㉗ 听：听任。
㉘ 适：正好。
㉙ 玄裳缟衣：黑色的下服，白色的上衣。

㉚ 戛(jiá)然:高亢响亮之声。
㉛ 须臾:片刻。
㉜ 蹁跹:飘然轻快的样子。
㉝ 揖予:向我拱手施礼。
㉞ 呜呼噫嘻:感叹词。
㉟ 畴昔:从前。畴:句首语气助词,无义。
㊱ 顾:回头看。
㊲ 寤:睡醒。

## 鉴赏

《后赤壁赋》虽然与《前赤壁赋》同一题材、同一文体,但却写出了不同的意境、不同的情趣和不同的感情色彩,表现了独自具有的艺术特点。作者前一次游赤壁是初秋七月,后一次游赤壁是在同年初冬十月,前后两次相隔虽只有三个月,但却已是一样风月,两种境界。前赋字字秋色,本篇句句冬景;前篇主要活动在舟中,本篇主要活动在岸上;前篇主要谈玄说理,本篇侧重叙事写景;前篇描绘了一个宁静清爽的境界,借景喻理,表达了作者旷达乐观的精神;本篇着意渲染了一种寥落幽峭的气氛。通过见闻与梦境,寄托了作者超尘绝世的奇想。元朝文学家虞集评这篇文章说:"陆士衡云:'赋体物而浏亮。'坡公《前赤壁赋》已曲尽其妙,后赋尤精。于体物如'山高月小,水落石出',皆天然句法。末用道士化鹤之事,尤出人意表。"这段评论虽然不完全恰当,但足可以说明后人对本文的重视。

文章一开始就和《前赤壁赋》不同,它没有直接从游赤壁落笔,而是先从初冬月夜的景色和归途踏月之乐写起。这一段作者因谋求美酒佳肴与客人和妻子的对话,既写得富有生活气息,又使人觉得情趣横生,同时也增加了文章的曲折性和幽默感。美酒佳肴既已齐备,又有如此"月白风清"的良夜,作者的游兴也随之而起,由此过渡到赤壁之游,在行文方面,可以说既自然又妥帖。不仅如此,以上的记叙和描写,还表达了作者旷达的胸怀和乐观的精神。

《前赤壁赋》记游直接从泛舟写起,所以全是江面风物,本篇记游先从江岸写起,所以出现在读者面前的另是一番景色。文章最后关于梦境的记叙,可以说是赤壁之游的延续。梦中的道士即掠舟而过的孤鹤,也可以说掠舟而过的孤鹤系梦中道士所化。作品通过道士"赤壁之游乐乎?"和作者"畴昔之夜,飞鸣而过我者,非子也耶"的互相询问,把梦境和现实交织起来写,亦真亦幻,似有似无,迷离恍惚,使作品带上更多的虚无缥缈的色彩。苏轼贬官黄州,常借老庄思想来排解胸中的苦闷,也常和道士们交游来往,畅谈宇宙人生的奥秘。他虽不相信能成神仙,但却常有脱离尘世的奇想。最后关于梦境的记叙,正是他企图超尘绝俗思想的曲折反映,以此收束全文,既呼应了上文关于孤鹤的描写,也给读者一些虚幻的悬想。

总观全赋,写景状物,确有独到之处,立意构思,亦能出人意表,在艺术上虽没有达到前赋的高度,却仍不愧为文学中的名篇。

(赵呈元)

# 黠 鼠 赋

苏 轼

苏子夜坐,有鼠方啮①,拊床而止之②,既止复作。使童子烛之③,有橐中空④。嘐嘐聱聱⑤,声在橐中。曰:“嘻!此鼠之见闭而不得去者也。”发而视之⑥,寂无所有,举烛而索⑦,中有死鼠。童子惊曰:“是方啮也⑧,而遽死耶⑨?向为何声⑩,岂其鬼耶⑪?”覆而出之⑫,堕地乃走⑬,虽有敏者⑭,莫措其手⑮。

苏子叹曰:“异哉⑯!是鼠之黠也⑰。闭于橐中,橐坚而不可穴也⑱。故不啮而啮,以声致人⑲;不死而死⑳,以形求脱也㉑。吾闻有生㉒,莫智于人㉓。扰龙伐蛟㉔,登龟狩麟㉕,役万物而君之㉖,卒见使于一鼠;堕此虫之计中㉗,惊脱兔于处女㉘,乌在其为智也㉙。”

坐而假寐㉚,私念其故㉛。若有告余者曰㉜:“汝惟多学而识之㉝,望道而未见也。不一于汝㉞,而二于物㉟,故一鼠之啮而为之变化也。人能碎千金之璧,不能无失声于破釜;能搏猛虎,不能无变色于蜂虿㊱:此不一之患也㊲。言出于汝,而忘之耶?”余俯而笑㊳,

仰而觉。使童子执笔，记余之作。

## 注释

① 方啮(niè):正在咬。
② 拊(fǔ):击,拍。
③ 烛之:用灯烛照看鼠咬的地方。
④ 橐(tuó):袋子。
⑤ 嘐(xiāo)嘐聱(áo)聱:均象声词,状鼠咬声。
⑥ 发:打开。
⑦ 索:寻找。
⑧ 方:刚才。
⑨ 遽(jù):急,骤然。
⑩ 向:从前。
⑪ 岂:难道。
⑫ 覆:翻,颠倒。
⑬ 堕地乃走:落到地上就逃跑了。堕:落下。
⑭ 虽:即使。敏者:敏捷的人。
⑮ 莫措其手:措手不及。
⑯ 异哉:不同于寻常啊!
⑰ 黠(xiá):聪慧,狡猾。
⑱ 不可穴:不能穿开一个洞口。
⑲ 致:招引,引来。
⑳ 不死而死:装死。
㉑ 以形求脱:用死的假象来骗人,求得逃脱。
㉒ 有生:有生命的东西。
㉓ 莫智于人:没有比人更聪明的了。
㉔ 扰龙伐蛟:驯龙擒蛟。
㉕ 登龟狩麟:得龟取麟。
㉖ 役万物而君之:人能役使万物并且做万物的主宰。
㉗ 此虫:黠鼠。
㉘ 脱兔:逃走的兔子。
㉙ 乌:何。
㉚ 假寐:和衣而睡。
㉛ 私:独自。
㉜ 若:好像。
㉝ 汝:你。惟:只。识:通“志”。
㉞ 不一于汝:你用心不专一。
㉟ 二于物:被外物分心。
㊱ 虿(chài):蝎子一类的毒虫。
㊲ 不一:不专一。
㊳ 俯:低头。

## 鉴赏

这是一篇用杂文笔法写成的寓言式的咏物小赋,也是苏轼赋中颇具特色的一篇。用赋体咏物说理,容易流于浮浅,枯燥乏味。苏轼的这篇小赋却写得生动活泼,幽默风趣,寓意深刻,别具一格,令人爱读。

赋的首段写黠鼠装死骗人从而逃脱的过程,本身就是一篇首尾完整、简明扼要、生动活泼的记叙短文。黠鼠装死骗人不过是生活中遇到的一个极其细微的事件,作者却由此生发开去,从而写出一篇理趣横生的妙文,并从中总结出“不一于汝,而二于物”的带普遍性的教训,这正是作者的高明之处。然而高明若作者,机敏若童子,竟然受骗于一鼠,这又怎能不引起作者深深地感慨呢!黠鼠装死逃脱,使作者感到惊异,惊异之余,才明白了事情的真相,认识到事物的本质。从而联想到人是万物之灵,比任何生物都聪明得多。人可以驯龙擒蛟,捉龟获麟,役使万物并且做万物的主宰。然而一只小小的老鼠,略施骗术,竟使能主宰万物的人陷入圈套,眼睁睁地看着他逃脱而束手无策。从这一点上来看,人又怎能算是最聪明的呢?聪明才智高于任何生物的人,竟然落入一只老鼠的计策之中,这其中的奥妙何在呢。这一点难道不应该引起人们的深思吗?

但是作者并没有将作品的寓意和要阐明的道理马上直接地说出,而是通过“坐而假寐,私念其故”的情节,以记叙梦境的方式自然委婉地表述出来。这样写,不但使议论显得自然,增加了理意的情趣,而且使作品显得曲折生动,读者易于接受。作者首先指出,自己虽然多学了一些东西并且记住了一些知识,但是离掌握“道”的真谛与奥妙还差得很远。自己所以被黠鼠所骗,是由于自己用心不能专一,而被外物分心。也正是因为如此,所以黠鼠才能够逞其计,用咬嚼的办法来引诱自己,用装死的办法来蒙骗自己,然后从自己的手中逃跑。接着作者指出,人在用心专一的时候,能砸碎价值千金的玉璧而不动声色,在心思分散的时候,打破一只不值钱的铁锅却禁不住要失声惊叫;精神专一,能和猛虎搏斗,思想分散,蜂蝎袭来不免要吓得脸上变色。这些都是用心不专一而产生的弊病。由此可见,成功来自专心致志,漏洞出自麻痹大意,这也正是作品所要说明的主旨。作者的这些议论,虽然是由黠鼠事件引出来的,但它却是作者对人情作过长期细心观察的结果。作者所举事例虽然不多,但读者从中却可悟出更多的道理,总结出更多的经验教训来,作品的思想意义和艺术价值也正在于此。

(赵呈元)

# 毁璧[1]

黄庭坚

夫人黄氏，先大夫之长女[2]。生重瞳子，眉目如画，玉雪可念。其为女工皆妙绝人。幼少能自珍重，常欲炼形仙去。先大夫弃诸孤早、太夫人[3]为家世谭替，持孤女托，以夫人归（一作：食贫故望以恩意以居）南康洪民师。民师之母文成县君，李氏太夫人母弟也[4]，治春秋甚文，有权治如士大夫。夫人归洪氏，非先大夫意，怏怏逼之而后行。为洪氏生四男子，曰朋、刍、炎、羽，年二十五而卒。民师亦孝谨喜读书，登进士第，为石州司户参军，奔父丧客死。文成君闻夫人初不愿行，心少之，故夫人归则得罪（一作：初夫人雅不欲归于洪氏，故归而姑莫爱，至于毁辱之，人情有所不能堪，夫人事之顺焉）。及舅与夫皆葬，夫人不得藏骨于其域，焚而投诸江。是时，朋、刍、炎、羽未成人也。其卒以熙宁庚戌，其举而弃之元丰甲子某月，夫人没后十有四年。太夫人始知不得葬，哭之不成声曰：使是子安归乎（一作：夫人生则归非其意，没则不免水火）！其兄弟无以自解说（一作：任其罪）念夫人建洪氏之庙南康庐山之下，故刻石于庐山，筑亭以麻之，仿佛其平生而安之。

毁璧兮殒珠[5]，执手者兮问过[6]。爱憎兮万世一轨[7]，居物之忌兮固常以好为祸[8]。羞桃茢兮饭汝[9]，有席兮不嫔汝坐[10]。归来兮逍遥，采芝英兮御饿[11]。

淑善兮清明，阳春兮玉冰，畸于世兮天脱其缨[12]。爱骨人兮生冥冥[13]，弃汝阳侯兮遇汝曾不如生[14]。未可以去兮殆而其雏婴[15]，众雏羽翼兮故巢倾。归来兮逍遥，西江浪波兮何时平？

山涔涔兮猿鹤同社[16]，瀑垂天兮雷霆在下。云月为昼兮风雨为夜，得意山川兮不可绘画。寂寥无朋兮去道如咫，彼幽坎兮可谢[17]。归来兮逍遥，增胶兮不聊此暇[18]。

## 注释

①《毁璧》赋载《山谷外集》卷十一，无序。《毁璧序》见于《山谷别集》卷三，今据而增补。
② 先大夫：黄庭坚之父。
③ 太夫人：黄庭坚之母。
④ 母弟：同母之弟。文成县君为李氏太夫人女弟，即黄庭坚之姨母。
⑤ 毁璧：美玉毁坏。殒珠：珍珠坠灭。
⑥ 执手者：关系亲密的人。问过：问候，探问。
⑦ 一轨：同一法则。
⑧ 居物之忌：事物所忌惮的。
⑨ 羞：进献食品。桃茢（liè）：桃枝编的扫帚。
⑩ 嫔：已死妻子的美称。坐：同“座”，座位，名分。
⑪ 芝英：传说中的瑞草。
⑫ 畸：特异。缨：捆绑人的绳索。
⑬ 骨人：佛家语，指所绘的枯骨图。
⑭ 阳侯：古代传说中的波神。遇：待，对待。
⑮ 雏婴：幼小的孩子。
⑯ 猿鹤：人死后所化成的异物。
⑰ 幽坎：葬埋死者之穴。谢：谢辞，告别。
⑱ “增胶”句：朱熹注：“卒章疑有脱字。”据《毁璧序》，黄氏兄弟为黄氏女刻石筑亭，记载其生平，告慰安置其亡灵。

## 鉴赏

黄庭坚（1045—1105），字鲁直，号山谷道人，又号涪翁，洪州分宁（今江西修水）人。英宗治平四年（1067）进士。元祐元年（1086）被召进京，任秘书省校书郎，为《神宗实录》检讨官。第二年迁著作佐郎，加集贤校理。《实录》修成,升为中书舍人。哲宗亲政后出知宣州、鄂州。后因修《神宗实录》时有诋新法语得罪,贬涪州别驾、黔州安置,后又贬到戎州。徽宗即位后一度得知太平州,次年除名,送宜州羁管,死于宜州。黄庭坚具有多方面才能。书法与苏轼、米芾、蔡襄并称宋代四大书法家。散文、古赋学西汉,法度严谨。尤长于诗,是江西诗派的创始人;与苏轼并称“苏黄”。因与张耒、秦观、晁补之同游苏轼之门,被时人称为“苏门四学士”。今传《山谷集》(内、外、别集)六十四卷,其中有赋十二篇,辞七篇。

朱熹在《楚辞后语》中曾说:“庭坚以能诗致大名,而尤以楚辞自喜。然以其有意于奇也泰甚,故论者以为不诗若也。独此篇(指《毁璧》)为其女弟而作,盖归而失爱于其姑,死而犹不免于水火,故其词极悲哀。而不暇于为作,乃为贤于它语云。”此论高屋建瓴,总评山谷赋及《毁璧》,切中肯綮。《毁璧》赋与山谷其他诗赋喜作硬语、生新语、争奇求异的特点不同,是一篇因情而作,以情动人的佳作。

黄庭坚的大妹妹从小就灵慧可爱。但她因为对不如意婚姻表示了一点自己的意愿而遭到了不幸,可悲可叹。她的婆母亦是姨母,黄庭坚曾敬畏地称这位姨母:“治春秋甚文,有权治如士大夫”(《毁璧序》);“洪氏四甥,其治经皆承祖母文城君讲授。文城贤智能立洪氏门户,如士大夫”(《洪氏四甥字序》)。姨母威仪如此,家法之严可以想见。儿女婚嫁顺从父母之命、媒妁之言在她乃为天经地义,一旦知悉外甥女竟不肯嫁到她家做儿媳,除了感情和自尊心受损以外,主要的恐怕还有对外甥女离经叛道的厌忿。所以黄氏女过门之后,虽然为洪氏生养了四个儿子,而且事事恭顺,仍然生时受尽毁辱,死后连骨殖都不许葬入洪氏祖茔,表达了洪氏家族对这位女子最严厉的惩罚。死后入土为安,平静安息,对生不如意的人们来说,未尝不是一种精神的慰藉。但秀慧如黄氏女,青春夭折,死后连灵魂都被婆家逐出家门,任其成为孤魂野鬼,飘荡无所归依。如此命运,可能是当时女子中最为可怕、悲惨的了!作为她的手足兄弟,能不哀动于衷吗?

这篇赋从结构上可分三个层次。开始至“归来兮逍遥,采芝英兮御饿”是第一段;“淑善兮清明”至“西江浪兮何时平”为第二段;余者为第三段。赋的第一段开宗明义提出“毁璧兮殒珠”,就将作者的痛惜之情和盘托出。接着推而广之,从世事不公“常以好为祸”的高度,来申诉妹妹的遭遇,代妹呼冤。黄氏女太灵慧太美好了,她有了自己的情感追求,有了自己的意愿,结果反而像对邪恶一样被驱逐,连正常的人妻人母之位都不得享用。如果她愚钝丑陋、麻木顺从,可能倒能得享天年吧?第二段从赞美妹妹的性情品质入题。她是那样贤淑善良、温和纯洁,呼应着前文的"璧""珠"之称。世间既嫌其特异,死去未尝不是一种解脱。但死后"弃汝阳侯",待之还不如生时,这是令人多么悲愤,其实她真不该那么早逝去,幼子们还都像雏鸟一样羽翼未丰,失母犹如覆巢。第三段描绘自己为妹妹营造的安息地,以此来呼唤、告慰妹妹的游魂。庐山风景秀丽,终年湿润,猿鹤同宿一舍;飞瀑从天而下,瀑声如雷在深涧中轰响。月白风清之夜是幽魂们的白昼,凄风疾雨之时是阴间的黑夜。这里山川壮美,真是安息的适宜之地。赋的每一段都以"归来兮逍遥"作结,像主旋律一样反复出现,似若亲人挚爱亲切的招魂呼唤。一唱三叹,不仅音调回旋顿挫,悦耳美听,而且表达了作者对妹妹盘郁于心的、深切的悼念和怜爱。

此赋通篇无艰涩辞藻,无生僻大典。作者像通常为亲人招魂的人那样,悲痛中不择词语,絮絮而诉,思路跳跃,不加规矩。他反复叨念妹妹的不幸遭遇,第一段说到"羞桃菊兮饭汝,有席兮不嫔汝坐",第二段又说"弃汝阳侯兮遇汝曾不如生",反映出作者耿耿于怀的哀怨。他时而叙说妹妹的美好,"淑善兮清明,阳春兮玉冰";时而又想到妹妹是抛下幼子而死,顾念她亲子之情该是如何难以割舍,又是多么无可奈何;最后又想到妹妹在另一个世界里"寂寥无朋"。虽然叙述似乎杂乱无秩,但作者对妹妹的同情与惋惜贯穿始终,纲领全赋。再配以"归来兮逍遥"的声声呼唤,读来令人潸然泪下。

虽然此赋无意修饰,"不暇于为作",而且哀而不怒,但作者直抒其情,字里行间仍然充满感人的魅力。通过作者的哀诉,读者眼前能浮现出一位娟好贞静而略有个性的女子形象,她如璧温润,似珠晶莹,以至于在作者想象中,她用以御饿的一定是芝英!一句"畸于世兮"揭示了黄氏女不幸的根源。与世人不同,故为世所不容。她对家长安排的婚姻表示了不满,在逼迫下才"怏怏"出嫁。就因为这一点反抗,被婆婆及世人视作大逆不道,永远失却了婆婆的欢心,也失去了兄弟们为她辩护、替她出面争权利的可能。就为了这一点反抗,她不仅付出了声誉作代价,还终于牺牲了爱情、青春和生命!礼教对于妇女的残害是多么严酷!"西江浪波兮何时平",不平静的波涛,正如人那冤屈不平的内心。黄氏女与《孔雀东南飞》中的刘兰芝、《钗头凤》悲剧中的唐琬一样,都是被封建礼教活活吞噬的典型。这样的女子在漫长的封建社会里不知有多少,但文学作品反映出来的不多。此赋之前,《孔雀东南飞》、曹丕《出妇赋》算得著名之作。黄庭坚这篇《毁璧》赋承续其后,虽然不若古诗隽永,但与前者遥相呼应,为压在最底层的姐妹们发出了一声虽然微弱但却充满感情的呼喊。

(杨　燕)

# 黄楼赋并序

秦观

太守苏公守彭城之明年[①]，既治河决之变[②]，民以更生。又因修缮其城，作黄楼于东门之上。以为水受制于土，而土之色黄，故取名焉。楼成，使其客高邮秦观赋之。其词曰：

惟黄楼之瑰玮兮，冠雉堞之左方[③]。挟光晷以横出兮[④]，干云气而上征。既要眇以有度兮[⑤]，又洞达而无旁[⑥]。斥丹雘而不御兮[⑦]，爰取法乎中央[⑧]。列千山而环峙兮，交二水而旁奔[⑨]；冈陵奋其攫挐兮[⑩]，谿谷效其吐吞[⑪]。览形势之四塞兮，识诸雄之所存[⑫]。意天作以遗公兮，慰平生之忧勤。

緊大河之初决兮[⑬]，狂流漫而稽天[⑭]。御扶摇以东下兮[⑮]，纷万马而争前。象罔出而侮人兮[⑯]，螭蜃过而垂涎[⑰]。微精诚之所贯兮[⑱]，几孤墉之不全[⑲]。偷朝夕以昧远兮[⑳]，固前识之所羞。虑异日之或然兮，复压之以兹楼。时不可以骤得兮，姑从容而浮游[㉑]。傥登临之信美兮[㉒]，又何必乎故丘！觞酒醪以为寿兮[㉓]，旅殽核以为仪[㉔]；俨云髻以侍侧兮[㉕]，笑言乐而忘时。发哀弹与豪吹兮[㉖]，飞鸟起而参差。怅所思之迟暮兮，缀明月而成词。

噫变故之相诡兮，遒传马之更驰[27]。昔何负而遑遽兮[28]，今何暇而遨嬉！岂造物之莫诏兮[29]，惟元元之自贻[30]？将苦逸之有数兮，畴工拙之能为[31]？韪哲人之知其故兮[32]，蹈夷险而皆宜。视蚊虻之过前兮，曾不介乎心思[33]。正余冠之崔巍兮，服余佩之焜煌[34]。从公于斯楼兮，聊徘徊以徜徉。

## 注释

① 苏公：苏轼。彭城：徐州（今属江苏）。

② 河决之变：曹村黄河大堤决口，淹四十五个州县、三十万顷良田，徐州城下水深二丈八尺。

③ 雉堞：城墙上矮墙。左方：东方。

④ 光晷（guǐ）：日光。

⑤ 要眇：即“要妙”，美好之貌。

⑥ 洞达：通达。

⑦ 丹雘（huò）：指好的彩色。御：用。

⑧ 爰：乃。

⑨ 二水：黄河和泗水。

⑩ 攫拏（jué ná）：夺取。

⑪ 效：贡献。

⑫ 诸雄：秦汉之际建都于彭城的楚怀王和项羽等人。

⑬ 繄（yī）：犹“惟”。

⑭ 稽：至。

⑮ 扶摇：急剧盘旋而上的暴风。

⑯ 象罔：亦作“罔象”，水怪。

⑰ 螭（chī）：蛟龙之属。蜃（shèn）：大蛤。

⑱ 微：无。贯：通。

⑲ 墉：城墙。

⑳ 偷：苟且。昧远：前景不明。

㉑ 浮游：漫游。

㉒ 傥（tǎng）：倘或。信：确实。

㉓ 醪（láo）：浊酒。

㉔ 旅：陈列。殽核：蔬菜和水果。

㉕ 俨：恭敬庄重。髾（shāo）：发梢，此指女子。

㉖ 弹：琴瑟之类弦乐器。吹：笙、竽之类管乐器。

㉗ 遒（qiú）：强劲。传（zhuàn）马：驿站所备的车马。

㉘ 负：重负，指昔日治理河决之变。遑遽：同“惶遽”，惊惧慌张。

㉙ 造物：天。诏：告，多用于上告下。

㉚ 元元：众民。贻：赠送。

㉛ 畴：同“筹”，算计。

㉜ 韪（wěi）：是，对。哲人：才能识见超越寻常的人。

㉝ 曾（zēng）：乃，竟。介：介意。

㉞ 焜煌：光明。

## 鉴赏

秦观(1049—1100),字太虚,后改字少游,号淮海居士,高邮(今属江苏)人。与黄庭坚、晁补之、张耒号称“苏门四学士”。宋神宗元丰八年(1085)进士及第,在地方上任小官。哲宗元祐中,苏轼荐于朝,官至国史院编修。绍圣初,坐元祐党籍,贬为杭州通判,后又多次谪徙。徽宗即位,赦还,死于藤州(今广西藤县)。所著有《淮海集》四十卷。秦观是北宋杰出词人之一,词风婉约,称名当世。其诗、文、赋亦有佳作。他曾说:“吾少时用意作赋,习惯已成,……不畏磨难,然自以华弱为愧。”(《师友谈记》)可看出其赋的风格特点。

秦观举进士入仕途时已经37岁了。青年时代,他的生活道路是坎坷的,然他却早有文名,其才学曾多次受到当代文宗苏轼的激赏。他对于苏轼,更是十分敬仰。神宗熙宁十年(1077)四月,苏轼知徐州。七月十七日黄河决口,苏轼亲率军民大力防守抢险,终于平息了水患。这一年,秦观曾到徐州拜访苏轼。次年(元丰元年),苏轼在徐州城东门造楼,垩以黄土,名曰“黄楼”,取土实胜水之意,以纪念抗洪事,并防洪水再至。在“黄楼新成壁未干”的重阳佳节,苏轼携名士30余人,登临黄楼,亲写《九日黄楼作》诗追叙当日水灾。是时,秦观可能就在座中。稍后,作《黄楼赋》以寄,歌颂苏轼防治洪泛的业绩。

赋前有小序,主要交待此赋的缘起及以黄楼名篇的原因,用笔极为省净。

赋的正文可分为三段。首段自开头至“慰平生之忧勤”,写黄楼的形势。开篇紧扣题目,直点“黄楼”二字,说它建在东城门上,规模奇伟卓异,先给人一个总体印象。接着,就其横挟光晷、上干云气的气势,要眇有度、洞达无旁的建制,以及不御丹雘、法乎中央的特征等几个方面,加以具体描述,让一座宏伟壮美的百尺高楼,巍然耸立在读者眼前。这里,作者是就黄楼本身着墨,下面是从整个徐州城的形势和历史落笔,以之映衬黄楼。“列千山而环峙兮”,六句话,就为黄楼布置了一个天地四方、古往今来的大背景,使它一点也不感到突兀,一点也不感到孤单。苏轼读罢此赋所写谢诗中说:“黄楼高十丈,下建五丈旗。楚山以为城,泗水以为池。”正是对黄楼依山傍水、身处要冲的形势的形象化的描写,可与此段对照来读。还请注意“诸雄”二字。作者之所以在写自然形势之时突然插入人事,是有运斤之巧的。他是想以此收束对黄楼以至徐州形势的描写,总结此一地区历史上的风云人物，并开启下文正面赞美苏轼之端，诚为一石三鸟。“意天作以遗公兮，慰平生之忧勤”，则进一步明确地把黄楼与苏轼联系起来，具有承上启下的作用。

自“繄大河之初决兮”至“缀明月而成词”为第二段，主要写黄楼的背景以及楼成之后的清闲风雅的生活，两者形成苦与逸的鲜明对比。作者由大河初决写起。其水势之急，险情之大，危害之甚，只用数语道出，读之却心折骨惊，目迷身寒。而苏轼治水之功，亦仅用“精诚所贯”几字概括之，省去许多笔墨。作者在写清建造黄楼的原因之后，宕开笔锋，转而写黄楼主人登临宴饮的清雅生活。作者认为，人们在经历劫难之后，应该抓住时机，从容浮游，享受一下人生乐趣中的另一面。同天斗，同地斗，同自然灾害斗，这是苦中之乐；酣饮美酒，放怀歌吟，这是逸中之趣。这种善处苦逸的思想境界是旷达的，也是难得的。苏轼的可贵处，正在于善处苦逸，所以作者在写足苏轼的苦中之乐之后，便放笔写其逸中之趣。不过，他并未把苏轼写成一个一味贪图享乐而忘乎所以的人。从“故丘”“忘时”“迟暮”等词语来看，文中是有意触及了苏轼的生活际遇问题的。这种际遇，秦观耳闻目睹，所以在登临黄楼之时，便为苏轼想到。然文中只轻轻一挑，即戛然而止，既不冲淡天灾过后黄楼宴饮的欢快气氛，又言及人事，赋予作品一定的现实意义，其用笔之审慎巧妙，可以说是“行于所当行”“止于所不可止”。

自“噫变故之相诡兮”以下为第三段。上面，作者把苏轼善处苦逸的情事写得神完气足之后，便直接发抒感慨，对苏轼加以赞美。文中先用“相诡”形容变故的不可揣测，用传马更驰形容时间的流逝。尽管变故相诡，然苏轼迎而拒之，化而解之，足见其非凡的才智；尽管传马更驰，然苏轼不忘建楼镇水，见其远见卓识。再将昔之“负而遑遽”和今之“暇而遨嬉”作今昔对比，更显出苏轼的哲人本色。作者认为，这种善处苦逸的思想境界，是老天赐给的，是百姓赠送的，并且苦逸有定数，非人力所能更改。只不过作为哲人，既能凭其精诚取得苦中之乐，又能从容浮游享受逸中之趣罢了，换言之，就是“蹈夷险而皆宜。”同时，作为哲人在蚊虻过前之时，是不把它们看在眼里放在心上的。显然，这里的蚊虻，就不只是指自然界的种种灾害，也包括人世上排挤打击苏轼的琐屑小人在内，实为“新法”而发。这就关合了前面谈及的人事问题。“正余冠之崔巍兮，服余佩之焜煌”，是对苏轼的高度赞扬和衷心勉励。最后作者又把笔收回到“楼”字上，造成首尾一贯的艺术效果。

苏辙有一篇与秦观《黄楼赋》

同题之作,由序中“登黄楼览观山川,吊水之遗迹”,可知也是想表彰苏轼治水建楼之功的。赋中说:“吊古人之既逝,闵河决于畴昔。知变化之无在,付杯酒以终日。”宣扬的是一种达人知命及时行乐的思想,格调不高。尽管赋中对苏轼守徐时遭遇水患的情景和登楼所见风光的描写,也颇为生动形象,但其境界毕竟平庸,特别是用大段篇幅去怀古,更属蛇足。秦观之赋,既不取怀古览胜,亦不取凭吊水之遗迹,更不去宣扬及时行乐之想,而是选取“苦逸有数,善而处之”这一命题,从苦和逸两个方面去表现,用极简练的笔墨,赞美了苏轼哲人的思想境界。两相比较,命意造言之高下,判而明之。马积高先生《赋史》谈到秦观《黄楼赋》时说:“这对苏轼不免有点吹嘘过分,但苏轼如不能比较镇静地处理好徐州的水灾问题,是不可能在事后兴建黄楼过清闲的风雅生活的。作者从善处苦逸的角度赞扬他,是不为无据,且巧于立言的。”巧于立言,大概正是此赋最主要的特色。前已提及,苏轼读了秦观《黄楼赋》后,曾作谢诗大加激赏,称秦赋“雄辞杂今古,中有屈宋姿”。清人李调元《雨村赋话》引《宋史·秦观传》云:观“见苏轼于徐,为赋《黄楼》,轼以为有屈宋才”。此“屈宋才”“屈宋姿”,除赋中流露的磊落正大之气之外,或许也包括“巧于立言”在内吧!

(姜葆夫　李善奎)

# 参　　赋

米　芾

武帝既祠太一，受釐颁胙[1]，意得气泰，神怡志豫，阅符合瑞[2]，至于向暮[3]，于是升通天之台，揽泬寥之路[4]，睹三星联影，晻然当户[5]，顾侍臣曰："是何星也?"侍臣枚皋进曰[6]："参星也。"帝曰："是何主?"对曰："是主民。"帝曰："可闻其晻欤?"皋曰："臣之浅学，俳侪优队[7]，捷语翩言，奉欢承话，称道盛德，受况甚大[8]。此大对也[9]，臣不敢。"帝曰："先生无辞。"皋乃跽而进曰[10]："自周衰道丧，百里一王[11]，嗜欲加僭[12]，民财用伤[13]。贪如硕鼠，堕号鹈梁。匪鸢匪鲔，或潜或翔。至于暴秦，袭冕而狼[14]。赵郊坑肉，魏野封疮。粤岭山断，辽海城长[15]。骊丘虚地[16]，阿房绣墙[17]。则是星也，晻晻而无光。"

帝曰："亦尝有明乎?"曰："有。古有治君，曰尧与禹，敬时命官，以民为主，民之乐生，鼓腹歌舞。次逮成汤，视民如伤，一夫不获，如己纳隍[18]。周之文、武，迄于成、康，道德化洽，礼义兴行，刑措不用，至于百龄。则是星也，亦常炜烨而晶莹。"

帝曰："宜乎自此不复有光矣。"曰："有。昔秦箓不究[19]，上天悔亡。乃命高祖，匹夫奋张。一洗世乱，惠绥四方。化其奸宄，约从三章[20]。乃我文、景[21]，恭俭惇朴。隐恤赈周，德泽甚渥。太仓积红腐之粟，司农朽不较之索。则是星亦尝烨烨而灼灼。今陛下承累圣之休光，翕五福于仰戴[22]。坐明堂神明之会[23]，据建章珍陆之海[24]。臣万国，朝四裔。名王系于祁连[25]，宛马来于天外[26]。致赤雁驳麃之异物[27]，获宝鼎芝房之珍怪[28]。名在百王之上游，德并五帝之左界。而乃晻晻而无光。臣皋所以堙郁而未快[29]，逡巡而不对也[30]。古训有言曰：'民犹水也，可以载舟，可以覆舟。'言未及休，命盖陈钩[31]。寝不得寐，三起问筹。翌旦坐明光殿，封富民侯。"

## 注释

① 受釐(xī)颁胙：将祭祀的肉分赐给臣下。

② 阅符合瑞：占卜时卦象吉祥。

③ 向暮：傍晚。

④ 泬寥：空旷清朗。

⑤ 晻然：灰暗，不明亮。

⑥ 枚皋：西汉辞赋家。

⑦ 俳侪优队：和俳优同类。

⑧ 受贶：受的恩赐。贶：通"贶"，赐与。

⑨ 大对：很重大的问题。特指对皇帝问题的对答。

⑩ 跽：长跪。

⑪ 百里一王：指天下割据，小国众多。

⑫ 加僭：僭号称王。

⑬ 用伤：被伤害。

⑭ 冕：帽子。

⑮ 辽海城长：秦始皇统一六国后修筑长城一事。

⑯ 骊丘虚地：秦始皇尝在骊山修筑大型墓穴。

⑰ 阿房绣墙：指秦始皇建阿房宫一事。

⑱ 隍：无水的城池。

⑲ 秦箓不究：箓，天神策命。究，穷。句谓秦运不久长。

⑳ 约从三章：指刘邦入秦后约法三章一事。

㉑ 文景：汉文帝、汉景帝。

㉒ 五福：寿、富、康宁、攸好德、考终命。

㉓ 明堂：皇帝宣明政教的地方。

㉔ 建章珍陆：皆宫殿名。

㉕ 系：缚，臣服之意。

㉖ 宛马：大宛产的汗血马，品种优良。

㉗ 赤雁驳麃：皆珍禽异兽。

㉘ 宝鼎芝房：皆珍奇宝物。

㉙ 堙郁：抑郁。

㉚ 逡巡:踏步不前。

㉛ 陈钩:钩陈,星名。

## 鉴赏

米芾(1051—1107),字元章,号鹿门居士,又称海岳外史、襄阳漫士,人称米南宫。原籍山西太原,后移居湖北襄阳。因母亲在宫廷服务而进入仕途,历任雍丘知县、书画博士、礼部员外郎诸职。为人怪癖狂放。与人书信,写至"芾再拜"时,即置笔整服,两拜而后已,故人呼为"米颠"。米芾善书法,为北宋苏黄米蔡四大家之一,其笔意沉着飞翥,颇有王羲之法度。精画图,山水人物,自成一家,摹前人作品,至以假乱真。米芾为文奇险,不蹈袭前人窠臼。米芾的赋作在思想上能捕捉敏感而深刻的社会问题,体制精悍而豪气贯达,时见机杼自出之妙。有《宝晋英光集》传世。

参,读 shēn,为天上的星宿。《参赋》借夜空的星座来寄托人世的情思,表达了中国古代知识分子特殊的思维方式,值得玩味。

中国赋作常见的构思特点是托物言志,有如诗歌中的咏物诗,常见的谋篇布局是就物展开铺陈描写,在客观的形状、性质、功能的展示过程中,寄寓作者的情志。米芾的《参赋》则一反常态,虽托星言志,而关于参星本身却绝少描绘,仅就参星的寓意尽情发挥,展开历史的联想与评说,匠心独运。

漫长的封建社会,其社会结构是人身依附,皇帝则是人身依附的制高点;其社会特点是个人独裁,皇帝正是出政令的始发点,举凡军国大事、生杀予夺直至刑赏诸事皆决断于皇帝一人。限制皇帝权力的恶性发展,成了政治权力圈中有识之士的注意热点,神道设教、天人相应的学说,是这种努力的标志。秦皇汉武,率皆宗尚神仙,虽不无荒唐之处,但毕竟包含着合理的因素,本文的主旨,认定参星明暗和人间政治动乱相关,正是基于这个历史背景,不应简单地斥之为迷信和荒唐。

赋的开头,通过汉武帝祀神祇、观天象,以秦为喻,说参星暗淡无光。汉代初年,掀起了一股不大不小的总结秦失败教训的风潮,从陆贾到司马迁,无不如此。这个思潮,自然也影响着辞赋家枚皋。本赋以汉武帝祠祀天帝太一始,将汉武帝的位置放在天帝之下,给这位雄才大略的人物一点精神压力,为下文的谏诤和劝诫制造了气氛。但是,刘彻毕竟是雄才大略的人物,所以,他在从容不迫地祭祀天神太一后,"受釐颁胙"。釐和胙,都是祭神供品——肉,受和颁是两个动作,在受肉和赐肉之间,显示着他“意得气泰,神怡志豫”的帝王风度。这是欲抑先扬,给文思的发展造成变化有致的波澜。但这又不是本文的重点,于是,赶紧用“阅符合瑞”的祭祀动作带过,由“向暮”而引出“三星”。三星就是参星。面对空旷的夜色,拈出三星联影的正题。

枚皋是西汉著名文学家枚乘之子,好诙谐,善辞赋,才思敏捷,敢于批评讽谏。他和汉武帝的对话,以参星“主民”为基点,以参星明暗为因由,以历史盛衰为材料,进行特殊的劝谏。这一部分有两大特点:一是从结构说,于枚皋自身,采取和汉武帝相反的描述,欲扬先抑。这不仅符合两人的政治身份,而且在艺术上互相映衬,变化多姿。二是在内容上以周代末年的乱和秦统一的治并列,在“乱”和“治”两种社会形态下来分析人民的灾难,说明“主民”之参星呈现晻晻不明的理由,发出历史的信息,暗示现实的警告。

有暗则有明,第二部分以古之尧禹和周之文武为例,说参星之明。在结构上造成明暗变化的轨迹,在文思上推进一步,导出“以民为主”的正面题旨。这种“民本”思想和我们今天讲的“人本位观念”是本质不同的两个概念。前者是以君君臣臣人身依附的人格不平等为基础的封建观念,后者是以人格平等为依据的民主思想。但在封建社会中,仁君比暴君好,仁政比暴政强,中国知识分子长期向往的是仁君仁政,枚皋如此,米芾亦如此。

第三部分,以刘彻的心理变化和汉代帝王的政绩为依据,切入汉武帝的现实,引入北宋的社会,启人深思。

(汤贵仁　陈伟军)

# 江头秋风辞

晁补之

洛阳客，后车结驷传烛食[①]，人生富贵不易得。江头秋风旦夕起，胡为翩翩洛阳陌？洛阳陌，吹尘埃；江头树，安在哉！秋风起，菱花开[②]，鲈鱼肥[③]，归去来[④]。

## 注释

① 后车：副车，侍从之车。结驷：四匹马并辔驾一车。传烛食：传烛赐食。寒食节前后三日不生火，只吃现成的冷食。皇帝有时破例赐火给他喜爱的臣子，以表示恩宠。

② 菱花：菱角花。

③ 鲈鱼肥：暗用张翰避祸归隐的典故。见《世说新语》。

④ 归去来：陶渊明辞彭泽县令归隐后所作的《归去来辞》中的成句，归去之意。来，语气词。

## 鉴赏

晁补之(1053—1110)，字无咎，济州巨野(今山东巨野)人，“幼豪迈，英爽不群，七岁能属文，日诵千言”(张耒《晁无咎墓志铭》)。元丰二年(1079)进士及第。曾任著作佐郎、礼部郎中兼国史编修、实录检讨官与扬州、湖州等地地方官。宋哲宗绍圣元年(1094)，因受党争牵连而被贬官。宋徽宗赵佶即位，曾一度回京任吏部郎中。崇宁初年，蔡京专权，晁补之被打成“元祐奸党”，再次遭到贬黜。他在金乡县东皋修归来园一座，“其居室庐园圃，悉取渊明《归去来辞》以名之”(同上)，自号归来子。大观三年(1109)，出党籍，后知泗州，于大观四年死于任所。有《鸡肋集》传世。

晁补之诗、词、文均有颇深的造诣。诗以俊逸为人所称道;词风豪迈,接近苏轼;苏轼“称其文博辩隽伟,绝人远甚”(《宋史·晁补之传》);尤精于骚学,惜所编集的《续楚辞》《变离骚》二书均佚,仅存序各一篇。赋多为抒情言志之作,《求志赋》《北渚亭赋》《江头秋风辞》等堪为代表作。

《江头秋风辞》当写于宋徽宗建中靖国元年与崇宁元年之间,即公元1101至1102年间。1100年,24岁的宋哲宗赵煦死后,围绕着是否立18岁的端王赵佶为皇帝,新旧党进行了激烈的争论。尽管次年赵佶当了皇帝(徽宗),但矛盾并未解决。正是在这种形势下,晁补之被“召为著作郎。俄迁尚书吏部员外郎,除哲宗实录院检讨官,改礼部郎中,又改神宗国史编修官。公皆以非才,辞避再三,不允;又力请外官,复留以为吏部郎中”(张耒《晁无咎墓志铭》)。统治阶级内部的争权夺利,互相倾轧,愈演愈烈。晁补之厌恶这种现实,不愿再卷进这种漩涡中去,渴望归隐田园,避祸全身。在这篇赋里可以说是艺术形象地表现了他的这种思想情感。

“洛阳客,后车结驷传烛食,人生富贵不易得。”洛阳是东汉时的国都。宋都汴京,洛阳是陪都。这里极力刻画洛阳客的富贵显赫。辞赋多用事,以适应其典雅的要求。“后车结驷”,极言其富。孔子最富有的弟子子贡,结驷连骑,束帛之币以享聘诸侯,所到之处,国君无一不分庭与之抗礼。孔子之名也因此布扬于天下。“传烛食”,极言其贵。在封建社会里,得到皇帝的恩宠,是世俗人们心目中人生的最大荣幸。寒食节能得到天子传烛赐食的,只能是皇帝的宠臣,唐代韩翃《寒食》诗:“日暮汉宫传蜡烛,轻烟飞入五侯家。”东汉桓帝刘志同一日封宦官单超等五人为侯,世称五侯。韩翃借汉指唐,讽刺当时宦官专权,朝政日乱。晁补之化用这个典故,在极言其贵的同时,显然富有讽刺宋代新旧党争中政治腐败、社会黑暗之意。“人生富贵不易得”一句,“富”字紧承“后车结驷”,“贵”字紧承“传烛食”,衔接紧密,前后连贯。从字面上看似乎有赞叹羡慕之情,其实却暗含讽刺轻鄙之意。晁补之是苏门学士之一,同苏轼一样,深受儒道两家思想的熏陶。孔子认为“不义而富且贵,于我如浮云”(《论语·述而》)。汉代负有时望的清高士大夫,极其鄙视通过不正当的途径而获得富贵的人,自称“清流”,而把一些品格卑污诸如宦官之流视为“黑浊”。庄子则以神龟自况,宁曳尾于泥泞之中,而不愿“巾笥而藏之庙堂之上”(《庄子·秋水》)。鄙视厌弃之情,而以赞叹羡慕之词句出之,充分显示了作者驾驭语言的卓越艺术才能。

“江头秋风旦夕起，胡为翩翩洛阳陌？”金风萧瑟，燕雁南飞，草木摇落，游子思归。作者巧妙地用形容欣喜自得样子的“翩翩”一词，上与“胡为”相连，下接“洛阳陌”，以反诘的语气，表达出一种迫切的辞官归隐之情：他怎么还能欣喜自得地漫步于洛阳街头！紧接着用连珠格的修辞手法，写下四个节奏短促的三字句：“洛阳陌，吹尘埃；江头树，安在哉！”既渲染了一种紧迫的气氛，又造成了一唱三叹，回环往复的艺术效果。秋天到来，尘埃被风卷起，江头大树都隐没在漫天风沙中，洛阳决不可久留。这与其说是因秋风起而思归去，不如说是预感到朝廷里新旧党争，旦夕即将爆发，京城又会笼罩在一派乌烟瘴气、黑暗混乱之中，身家性命难保，必须赶快辞官退隐，离开洛阳。这里是借洛阳指汴京。作者匠心独运，把自然气候与政治气候融而为一，语义双关，以增强艺术感染力和表现力。

“秋风起，菱花开，鲈鱼肥，归去来。”尽管晁补之具有“性刚且果敢，勇于为义”（张耒《晁无咎墓志铭》）的品德，但由于他仕途坎坷的经历，回首绍圣年间被贬黜的情景，不免心有余悸，不寒而栗。而今再次面对新旧党争的现实，“儒冠误身”“功名浪语”（《摸鱼儿·东皋寓居》）的愤慨和无可奈何的心情，便油然而生。在此情形下，自然就会想起张翰见机归隐、避祸全身的故事，当然也就更加向往陶潜辞官躬耕，过“采菊东篱下，悠然见南山”的生活。这种思想情感完全融化在“秋风”“菱花”“鲈鱼肥”的画面里，并鲜明地表现出来。

在封建社会里的士大夫阶层中，“达则兼济天下，穷则独善其身”的思想未必毫无积极意义，因此，苛责晁补之软弱消极，无视具体的历史环境，也未必是恰当的。更何况在归来园，“其讲学至老不废”（张耒《晁无咎墓志铭》）呢。

（向叙典）

# 鸣 鸡 赋

张 耒

先生闲居学道，昧旦而兴[①]。家畜一鸡，司晨而鸣。畜之既久，语默有程。意气武毅，被服鲜明。峨峨朱冠，丹颈元膺[②]，苍距矫攫[③]，秀尾翘腾。奉职有恪[④]，徐步我庭。啄粟饮水，孔肃靡争[⑤]。山川苍苍，风霰宵凝。黯幽窗之沉沉，恍余梦之初惊。万里一寂，钟鼓无声。闻振衣之腷膊[⑥]，忽孤奏而泠泠[⑦]。委更筹之离乱[⑧]，和城角之凄清。应云外之鸣鸿，吊山巅之落星。歌三终而复寂[⑨]，夜五分而既更[⑩]。万户皆作，车驱马行。先生杖履而出[⑪]，观大明之东生[⑫]。

## 注释

① 昧旦:天色将明而未明的时候。

② 元膺:大胸。元,一作“玄”。

③ 距:鸡爪。矫:强。攫(jué):禽鸟用爪疾取。

④ 恪(kè):谨慎,恭敬。

⑤ 孔:甚。肃:威。

⑥ 腷(bì)膊:象声词。禽鸟鼓翼的声音。

⑦ 泠(líng)泠:形容声音清越。

⑧ 更筹:古代夜间报更的竹签。

⑨ 三终:古乐章以奏诗一篇为一终,每次奏乐共三终。这里指鸡鸣三遍。

⑩ 既更:尽更,天将明。

⑪ 杖履:扶杖漫步。古礼五十岁以上的老人可以扶杖。

⑫ 大明:日月。这里指日,太阳。

## 鉴赏

张耒(1054—1114),字文潜,自号柯山。楚州淮阴(今江苏淮安)人。“幼颖异,十三岁能为文,十七岁时作《函关赋》已传人口”,苏轼称其文汪洋冲淡,“有一唱三叹之声”(《宋史·张耒传》)。宋神宗熙宁间进士及第,由主簿、县尉,官至起居舍人。在新旧党争中,一再被贬黜,“其穷愁困苦,有不可胜言者。”(《柯山集·投知己书》)1102年,他为苏轼之死,举哀行服,因而又被贬房州别驾,安置黄州,五年才得自便,居陈州。虽然如此,但其豪情壮志,却至老不衰。

他的诗能较深刻地揭露当时的社会矛盾,反映人民的疾苦。风格平易舒坦,不尚雕饰。正如晁补之所说:“君诗容易不著意,忽似春风开百花。”(《鸡肋集·题文潜诗册后》)赋也是如此。其《柯山集》卷一、卷二有赋篇,卷五《古乐府歌辞》收赋11篇,共43篇。有的赋颇有激切之情,如《友山》《哀伯牙赋》等;有的赋则较平和,如《逐蛇》《斋居赋》《登高》等。其上乘之作,是昂扬着一种积极向上精神的抒情小赋,《鸣鸡赋》是其中最好的一篇。

《鸣鸡赋》写于宋徽宗大观四年(1110)前后,这时张耒闲居陈州,士人多从他学习。他借赋鸣鸡,抒写“业无高卑志当坚,男儿有求安得闲”的情怀,表现了一种“烈士暮年,壮心不已”的昂扬奋进精神。

“先生闲居学道,昧旦而兴。”开头这两句,看来似乎平淡无奇,其实内容极其丰富。张耒有“男儿当封侯,宁为老书生”(《送胡考甫》)的抱负,痛恨恶人逞暴肆虐的现实,憎恶互相倾轧的腐败世态,同情过着牛马不如的生活的劳动者。想同大败曹操于赤壁的孙权那样去抵御外侮,干一番轰轰烈烈的事业。可是严酷的现实却使他在新旧党争中一再被贬斥,壮志难伸,最后落得个闲居陈州、无事可干的结局。在张耒的不少诗文中表现出一种闲适恬静的情趣,这只是表面现象。其实他的内心是极其愤慨的。“闲居”而心不闲,“昧旦”已不能寐,非“兴”不可。这么丰富复杂的内容,却以简练含蓄而又平易的“闲居学道,昧旦而兴”八字表现出来,不是“笔力绝健”(《宋史·张耒传》),是不能达到这种高度的。“家畜一鸡”以下十四句,是一幅老雄鸡的写生画。老雄鸡经过长期的培养,具有良好的品德,语言不多,却遵守一定的规章,“司晨而鸣”。它不仅有华美夺目的羽毛，而且有勇武刚毅的意志和气概！头上是高高的鲜红鸡冠，颈上是赤红的羽毛，胸脯阔大，距爪强劲有力，美丽的尾毛高高翘起；忠实地奉行职责，举止从容不迫，威严庄重，却只吃小米饮凉水而与世无争。这只老雄鸡被刻画得神似毕肖、栩栩如生，俨然是一副长者的神态，这正是作者在《送婿陈景初》一诗中所说的“乃翁风节老弥坚”的风貌的传神写照。由于作者是托物言志，因此，这 14 句所描写的与其说是一只老雄鸡，毋宁说是张耒的自画像。

“山川苍苍”以下六句，似乎是写老雄鸡“司晨而鸣”前的情景：山川笼罩在黑暗之中，天气严寒，周围一派死寂，万籁无声。但一句“恍余梦之初惊”，于静中见动，增添了活气，大有“众人皆醉我独醒”的意味。这不仅仅是写当时的实情实景，也不仅仅是与“闲居学道，昧旦而兴”暗中呼应，更是作者在表现他“闲居”处境险恶和黑暗的同时，发抒“昧旦”前欲“兴”而未“兴”时，那种孤独寂寞不安而怀有希望的复杂心情：黑夜该熬到头了，黎明还会远吗？起来，迎接黎明。

“闻振衣之腷膊……，夜五分而既更。”写鸡鸣三遍，夜尽昼来的过程。听到雄鸡鼓翼的腷腷膊膊的声音之后，继之而来的是“奉职有恪”“司晨而鸣”的老雄鸡单独地奏起了第一乐章，声音是那么清脆激越，划破黑夜，响彻寒空。夜将尽，一根又一根的报更的竹签杂乱地堆聚在阶石上。这乐章与城头上司掌昏晓的凄清的画角声彼此唱和，又与云外的天鹅鸣叫声遥相呼应，真像是为山顶坠落的星星在唱挽歌。“语默有程”的雄鸡，乐奏三遍之后就沉寂下来了，五更已尽，天色将明。这八句，把叙事、写景、抒情三者巧妙地融化在一起，通过“孤奏”“凄清”“歌三终而复寂，夜五分而既更”这些词句，把作者一步一步地昂奋起来的情感表现出来。他所憎恶的黑夜，终于过去了，他所喜爱的黎明，终于到来了，多么高兴啊！

“万户皆作，车驱马行。”看，寒夜业已过去，光明已经降临，千家万户的人们都动作起来了，车在飞驶，马在奔腾，“万里一寂，钟鼓无声”的情景已随着黑夜一同消逝，到处是热热闹闹，人欢马叫，到处是一派生机勃勃的景象，到处是熙熙攘攘、毂击肩摩以迎接黎明的人们。虽然这仅仅是阳光普照的白天的序幕，但是，作者兴奋得再也不能在家里待下去了。

“先生杖履出门，观大明之东生。”作者扶杖漫步出门，呼吸着清晨新鲜的空气，观赏一轮朝日从东方冉冉升起。全赋至此，戛然而止。太阳喷薄欲出，光芒四射，朝霞似锦的景象，留给读者去想象；

先生欢欣的心情，留给读者去体会！生气勃勃、光明璀璨的境界，也留给读者去创造。这种结语，确有余音绕梁之妙。

这篇赋，从立意构思上讲，既不是祖逖、刘琨闻荒鸡啼鸣而起舞的故事的引申，也不是李贺“雄鸡一声天下白”(《致酒行》)意境的简单重复。作者是在托物言志，借景抒情；言“平生壮节终难变”(《平生》)之志，抒“梧桐真不甘衰谢，数叶迎风尚有声”(《夜坐》)之情。因此，《鸣鸡赋》是张耒匠心独运的创作。如果说后来南宋辛弃疾的《清平乐·独宿博山王氏庵》中，“布被秋霄梦觉，眼前万里江山”的境界，受了张耒《鸣鸡赋》的启发，则是不无道理的。

(向叙典)

# 雨望赋

张　耒

谈海天之苍茫，观骤雨之滂霈[①]。飘风击而云奔，旷万里而一蔽，卒然如百万之卒，赴敌骤战兮，车旗崩腾而矢石乱至也[②]。已而余飘既定，盛怒已泄。云逐逐而散归[③]，纵横委乎天末[④]；又如战胜之兵，整旗就队，徐驱而回归兮，杳然惟见夫川平而野阔。夫云霞风月之容，雷雨电雹之变，非巧力所能为，盖人间之绝观。必也登雄楼杰阁之峥嵘，凭高山巨海之空旷，彻除耳目之障蔽，而后能穷极变化之奇状。嗟我居之卑湫兮[⑤]，束观听于寻丈[⑥]。顾所欲之莫得兮，徒临风而惆怅。

## 注释

① 霶霈(pāngpèi)：亦作“滂霈”，雨盛之貌。

② 崩腾：动荡，纷乱。

③ 逐逐：前进不止之貌。

④ 委:堆集。

⑤ 卑湫(jiǎo):低下。

⑥ 寻丈:古代八尺至一丈的长度。寻:八尺。

## 鉴赏

这篇赋条理清晰,脉络分明,前一部分抒情写景,后一部分议论抒情。乍一看,“思想单纯”,“无所指斥”,写“观骤雨之霶霈”,发发议论,抒发感慨而已。其实是内容丰富、感慨良深、构思精巧而又颇难鉴赏的一篇奇赋。

题为《雨望赋》,本应赋雨,但全赋28句中,写雨的仅有“飘风击而云奔”以下五句,奇之一也!用百万之卒的一场遭遇战来描写暴风骤雨,用战士凯旋形容风停雨霁的景色,奇之二也;把“云霞风月之容,雷雨电雹之变”等自然现象,断定为“人间之绝观”,是社会现象,奇之三也;认为唯有登高临远,并“彻除耳目之障蔽”,对这种“人间之绝观”,才能“穷极变化之奇状”,奇之四也;结语:“嗟我居之卑湫兮,束观听于寻丈。顾所欲之莫得兮,徒临风而惆怅。”似乎与题无关,奇之五也。

鉴赏作品有时像探险。我国古代所谓“诗无达诂”,就透露了这种意思。鲁迅指出:“我总以为倘要论文,最好是顾及全篇,并顾及作者的全人,以及他所处的社会状态,这才较为确凿。”(《且介亭杂文二集·“题未定草”七》)鉴赏这篇赋,也必须通观全文,联系张耒的生平和思想,以及北宋末期的新旧党争,才可能比较确切,符合实际。

“雨望”的“望”字的确用得奇,奇就奇在它不是一般的“远望”“盼望”“观望”意义上的“望”,而是怨恨意义的“望”。所谓《雨望赋》,就是《雨怨赋》,怨恨暴风骤雨。怨望之情,贯穿于全赋之中。鉴赏这篇奇赋的关键,就是要牢牢把握住这个“望”字。为什么张耒怨恨暴风骤雨呢?

张耒自幼聪慧,13岁就能写一手好文章,17岁所作的《函关赋》(今佚),已名传众耳。弱冠而仕,由主簿、县尉、县丞、秘书丞,步步高升,少年得志,官做到起居舍人,出交贤俊,入侍帝王,并以直龙图阁学士的身份出知润州。正在他青云直上、飞黄腾达之时,新旧党争再次出现高潮,一场政治上的暴风骤雨铺天盖地而来。宋哲宗绍圣元年(1094),新党对旧党进行大规模的报复,苏轼被株连,遭贬黜,自不待说,苏门学士黄庭坚、秦观、晁补之、张耒、陈师道等,也一一被贬黜。在张耒看来,那时确乎是“飘风击而云奔,旷万里而一蔽。卒然如百万之卒,赴敌骤战兮,车旗崩腾而矢石乱至也”。旋风大作,乌云滚滚,一派黑暗混乱可怖的景象。作者晚年在“观骤雨之雱霈”时,联想到那场断送他仕进前程的政治风暴,并用战争中的遭遇战作比喻来描写它,用“旷万里而一蔽”“车旗崩腾”“矢石乱至”这些词语来形容自己的感受,表露他对那场暴风雨的怨恨之情,不仅是巧妙而富有表现力的,而且是十分自然与合乎情理的。

1100年,宋徽宗即位,大赦天下,社会矛盾表面上有所缓和,然而新旧党争则处于又一个高潮的前夜。闲居学道的张耒相信《老子》所说:“飘风不终朝,骤雨不终日”,回想起来那是一个“余飘既定,盛怒已泄”的时期。绍圣初被贬黜而风流云散的苏门学士,又一一起用回京,“又如战胜之兵,整旗就队,徐驱而回归兮,杳然惟见夫川平而野阔”。张耒回京后,位列九卿之一的太常少卿,职掌礼乐宗庙社稷事宜。那时在他的面前又展现出了一派光风霁月、川平野阔的前程。这种跃然纸上的得胜回朝的欣喜欢乐之情,正是对飘风骤雨的怨恨的一种折射。然而好景不长,张耒在京城待不下去,数月之后,出知颍州。作者受知于苏轼,他少年时游学陈州,苏轼称他的文章“汪洋冲淡,有一唱三叹之声”,因而名重一时。张耒对苏轼极敬仰,称苏轼“傲睨雄暴,轻视忧患,高视千古,气盖一世,当与孔北海并驱”(《书东坡先生赠孙君刚说后》)。他在知颍州任内,听到苏轼逝世的消息,悲痛不已,为苏轼举哀行服,这本是正常的无可非议的事,不料言官竟奏劾他徇私背公。真是欲加之罪,何患无辞!一波未平,一波又起。新旧党争进一步激化,蔡京爬上了相位,一场更大的飘风骤雨爆发了。蔡京把文彦博、司马光、苏轼以及苏门学士等一百余人打成“元祐奸党”,刻石端礼门于前,刊之州县于后,三苏与苏门学士的著作被销毁,张耒被革职安置黄州,五年后才能自便去陈州闲居。“更老心犹壮”的张耒,“观骤雨之雱霈”,回首往事,对飘风骤雨能不怨恨吗?

张耒知识渊博,“自三代以来,圣贤骚人之述作,与夫秦汉而降,文章词辩,诗赋歌谣,下至雕虫绣绘,小章碎句……靡不毕观”(《投知己书》),又善属文,“身之所历,耳目之所闻见,著于当世而可知,与夫考于前古而有得者,无一不发之于文字”(同上)。面对新旧党争中风云变幻,宦海浮沉的现实,感慨万端的张耒写这篇《雨望赋》,借“谈海天之苍茫,观骤雨之雱霈”,来议论新旧党争的变化莫测,是必然的。“夫云霞风月之容,雷雨电雹之变,非巧力所能为,盖人间之绝观。”所谓“人间之绝观”,即人世间的奇特现象。作者把自己对一会儿雨暴风狂,一会儿川平野阔,一会儿雷鸣电闪,一会儿霁月光风,这种变化无常的社会现实的微词,巧妙地寓于“人间之绝观”一语之中,真是用心良苦。

更加巧妙之处还在后面。作者鉴于自己坎坷的经历和动辄得咎的处境,以及苏轼乌台诗案的教训,不能直接指斥群小当道,昏庸无能的皇帝无力审察和驾驭这种“人间之绝观”,但又如骨梗喉,不得不吐;明说不能,不说不快。于是,作者匠心独运,有所指斥而又闪烁其词地说:“必也登雄楼杰阁之峥嵘,凭高山巨海之空旷,彻除耳目之障蔽,而后能穷极变化之奇状。”这种闪烁其词,竟是用“必也”这种斩钉截铁的肯定语气表现出来的。细心的读者从中是不难体会到,具备“登雄楼杰阁”“凭高山巨海”“彻除耳目之障蔽”的条件,除了最高统治者之外,还有谁呢?

最精彩的是意味深长的结语:“嗟我居之卑湫兮,束观听于寻丈。顾所欲之莫得兮,徒临风而惆怅。”这是什么样的世道!具备“登雄楼杰阁”“凭高山巨海”条件的人,却无能审察和驾驭“人间之绝观”,去治国安邦;作者虽有治国安邦的才和志,对驭相、择将、广才、用民等,也颇有研究,但一再被贬斥,处于卑湫的境地,囿于寻丈的视听,客观条件不允许自己去施展才能,实现自己的理想,只得在“临风而惆怅”中消磨时光。这不是一种消极情绪,而是愤激之词,与他在第一次被贬黜后所说“冷官自有贫中乐,敢向朱门肉食夸”(《官舍岁暮感怀书事五首》)的精神,完全一致。这是当时有识有志之士的悲剧。

这篇赋在艺术上的最大特色,就是借写“云霞风月之容,雷雨电雹之变”,来表现作者在亲身经历的新旧党争中的感受,抒发自己的情怀,并议论朝政,比喻贴切,描写生动,笔力雄健而富有表现力。自然气象与政治风云,在本赋中完全融合在一起。它与范仲淹被贬斥时所写的《岳阳楼记》那种“先天下之忧而忧,后天下之乐而乐”的思想境界相比,虽然略逊一筹,但是,借写自然气象来抒情言志、议论朝政,则是完全一致的。

(向叙典)

# 飓风赋

苏过

仲秋之夕，客有叩门指云物而告予曰："海氛甚恶，非祲非祥[1]，断霓饮海而北指[2]，赤云夹日而南翔，此飓风之渐也[3]，子盍备之[4]！"语未卒，庭户肃然，槁叶簌簌[5]，惊鸟疾呼，怖兽辟易[6]，忽野马之决骤[7]，矫退飞之六鹢[8]，袭土囊而暴怒[9]，掠众窍之叱吸[10]。予乃入室而坐，敛衽变色[11]。客曰："未也，此飓风之先驱尔。"少焉，排户破牖[12]，陨瓦擗屋[13]，礧击巨石[14]，揉拔乔木，势翻渤澥[15]，响振坤轴[16]。疑屏翳之赫怒[17]，执阳侯而将戮[18]；鼓千尺之涛澜，襄百仞之陵谷[19]；吞泥沙于一卷，落崩崖于再触；列万马而并骛[20]，溃千车而争逐。虎豹詟骇[21]，鲸鲲奔蹙[22]。类巨鹿之战[23]，殷声呼而动地[24]；似昆阳之役[25]，举百万于一覆。予亦为之股栗毛耸[26]，索气侧足[27]。夜拊榻而九徙[28]，昼命龟而三卜[29]。盖三日而后息也。父老来唁[30]，酒浆罗列，劳来僮仆，惧定而悦。理草木之既偃[31]，葺轩槛之已折[32]；补茅屋之罅漏[33]，塞墙垣之颓缺。已而，山林寂然，水波不兴，动者自止，鸣者自停。湛天宇之苍苍，流孤月之荧荧。忽悟且叹，莫知所营。呜呼！小大出于相形[34]，忧喜因于所遇。昔之飘然者，若为巨邪？吹万不同[35]，果足怖邪？蚁之缘也，嘘则坠；蚋之集也[36]，呵则举。夫嘘呵曾不能以振物，而施之二虫则甚惧。鹏水击而三千[37]，抟扶摇而九万。彼视吾之惴栗[38]，亦尔汝之相莞[39]。均大块之噫气[40]，奚巨细之足辨？陋耳目之不广，为外物之所变。且夫万象起灭，众怪耀炫[41]。求仿佛于过耳，视空中之飞电，则向之所谓可惧者，实邪？虚邪？惜吾知之晚也。

## 注释

① 祲(jìn)：阴阳相侵之云气。
② 霓：虹的一种。
③ 飓风：台风。
④ 盍：何不。
⑤ 簌(sù)簌：风声疾劲。
⑥ 辟易：惊退。
⑦ 决骤：快速。
⑧ 矫：高举。鹢：水鸟。
⑨ 土囊：洞穴。
⑩ 窍：孔穴。
⑪ 敛衽：拉起衣襟。
⑫ 牖：窗户。
⑬ 陨：坏。擗：剖。
⑭ 礧(léi)：通"擂"，撞击。
⑮ 渤澥：渤海。
⑯ 坤轴：大地的中心。
⑰ 屏翳：风神。
⑱ 阳侯：水神。
⑲ 襄：冲。
⑳ 骛：疾速行进，驰骋。
㉑ 詟(zhé)骇：恐惧。
㉒ 奔蹙：局促不安地奔跑。
㉓ 巨鹿之战：公元前207年项羽在巨鹿与秦军激战，胜。
㉔ 殷声：大声。
㉕ 昆阳之役：刘秀与王莽军决战于昆阳，刘胜。
㉖ 股栗毛耸：两腿发颤，毛发竖起。
㉗ 索气侧足：形容因畏惧而气息不调，不敢正立。
㉘ "夜拊"句：夜间辗转，不能入睡。
㉙ "昼命"句：白天用龟甲占卜测吉凶。
㉚ 唁：慰问。
㉛ 偃：倒。
㉜ 葺：修复。
㉝ 罅(xià)漏：漏洞。
㉞ 相形：互相衬托显现。
㉟ 吹万：风吹万窍，指元气吹煦生养万物。
㊱ 蚋(ruì)：昆虫，蚊类害虫。
㊲ "鹏水"二句：见《庄子·逍遥游》。
㊳ 惴栗：因恐惧而颤。
㊴ 相莞(wǎn)：彼此微笑。
㊵ 噫(ài)气：呼气。
㊶ 耀炫：光怪陆离。

## 鉴赏

苏过(1072—1123),字叔党,自号斜川居士,苏轼次子。大有乃父遗风,文采风流,为时所赏,人称小坡。从其《斜川集》中的《飓风赋》,我们便不难看到他在风格上与其父的承接关系。也许正因为这一点,所以有人堂而皇之地将该篇列在苏轼的名下。

从自然现象中去寻求天人感应的轨迹,去挖掘深刻的哲理空间,这是我们民族长期形成的一个文学传统,所谓草木零落,美人迟暮,秋风乍起,文士哀吟,就说明了这一现象。即以"风"这一题材为例,就不乏这方面的佳作。早在战国末年,大辞赋家宋玉就以《风赋》著名,他的"大王之风"与"庶人之风"犹响于耳。与宋玉相同的是,本文作者也是以"风"为题材,也是意在于现象界之外,另辟一个深邃的理念的堂奥。所不同者是,和宋玉相比,苏过的思想更敏锐,对人生的触动也更深切,以至我们不能不产生"青出于蓝"的感觉。

既然作者描述的对象是为人所共惧的"飓风",那么,对恐怖气氛的渲染也就成了很自然的事情了。本文的一开始就弥漫着一股不祥之气,可以看出作者不愧是一个工于发端的圣手,这个开端的确有着巨大的功能和无穷的魅力,它不但为此后对飓风的具体描述作了逻辑上的铺垫,同时也给读者在感觉上造成了一种萧瑟之气,从而为进入以下更残酷的场面提供了一个恰当的起点。而这无疑受到了宋玉的启示。与宋赋相比,虽然文字不同,情感色彩也不一样,但在方法上却有着直接的血缘关系,都是企图通过对气氛的渲染,起到笼罩全篇的作用,不同的是一放旷,一肃杀,一简略,一具体。这种"得鱼忘筌""得意忘言"的境界,恰好说明了苏过不是一个亦步亦趋、毫无艺术个性的平庸之辈,他虽有所汲取,这种汲取只是对整体神韵的一种把握;虽有所因依,这种因依只是自身艺术生命的一个凭借。

如果我们再看看以下的描述,这种感觉便会更加明显:"语未卒,……客曰:'未也,此飓风之先驱尔。'"从一开始的"飓风之渐"到现在的"飓风之先驱",显然经历了一个程度的变化,从行文的气势我们便能把握到这两个阶段在质感上的不同。如果用"山雨欲来风满楼"形容前一种境界的话,那么此时此刻,已是山雨潇潇了。但正如"客"之所云,这仅仅是飓风的开始,它的狂暴、残酷和巨大的摧毁力还在后面:“少焉,排户破牖,……昼命龟而三卜。”读到这里,我们本已肃杀的心灵,又如同添上了一叠更沉重的砝码,开始振荡、战栗,随着飓风的所向披靡,我们不能不感觉到自身的脆弱,一种不能把握自己,完全受制于外力的悲哀漫延开来。这样,作者的恐惧与哀叹也就自然契合了我们的心境,成了我们情绪的一部分,他的哀叹就不仅仅是一个个体在大自然的威慑力面前表现的自卑,更是含有普遍意义的群体的悲哀,他对上帝的求助,也不仅仅是愚昧的象征,而是人作为客体在灾难面前流露的下意识的痛苦的呼唤。同样,我们在这里再一次看到了宋玉的影子。《风赋》写道:“侵淫溪谷,……梢杀林莽。”显然,这里的类似乃是同一情境中艺术灵犀的偶然相通,同一寻觅中审美目光的不期而遇,也正因为如此,作者才能图难于易,于最棘手处表现出潇洒的风致,为大于细,于最隐僻处展露了文字的辉煌。这具体落实在本段中,首先体现为气象的沉雄,而这直接得力于喻象的选择。文中的喻象无一不是残酷、恐怖、巨大和力量的象征,“千尺”“百仞”“万马”“千车”“虎豹”“鲸鲲”“巨鹿之战”“昆阳之役”等词句就是它们的载体,而“破”“揉”“翻”“戮”等动词的运用更从不同的角度把飓风的破坏与灾难性表现得淋漓尽致。宋作虽也不乏气势,但他的气势大多是依靠直接的描述体现出来的,因此显得枯燥质实,缺乏层次感。这固然和时代的艺术氛围有极大的关系,但作者自身的体察也是不容忽视的。其次是句式的流动圆转。一般说来,赋在文字上表现为整饬有余而变化不足。那些以渲染宏大场面为能事的作品更是如此,《风赋》对“风”的描述便基本上用四言句式,虽然典雅厚重,但却难免板滞。本文在这方面有着独具的匠心,从总体上看,四、五、六句或错杂运用,自有一股凹凸不平之气,从局部看,则两两相对,不乏圆转流利之势,这样,便造成了变化中有平衡,平衡中有变化的特征。

从“父老来唁”到结尾是对风后情形的叙述及作者的感叹。与上一段相比,这里在气氛上已由肃杀进入了平静,笔致上也由狂放不羁,转为清新淡远,反映了一个经历了灾难和痛苦的零余者劫后的心情。又因为这种灾难超出了一般人的承受力,所以平静中仍含有几份寂寥,如“天宇之苍苍”,清新中仍潜伏着几丝哀愁,如“孤月之荧荧”。但作者毕竟是一位有着深刻思想和强大理性的智者,因此他最终还是走出了现象界,进入了哲理的王国。作者写道:“小大出于相形,……奚巨细之足辨?”从这里我们不难看出道家存在哲学的闪光,尤其是庄子“齐物论”的影响。庄子曾说过:“以道观之,物无贵贱”,万物之所以有大小,是因为人类“以差观之”,之所以分有无,是因为“以功观之”。这样,作者也就不可避免地承袭了庄子的“变”之观,正如文章结尾写道:“且夫万象起灭,众怪耀炫,求仿佛于过耳,视空中之飞电,则向之所谓可惧者,实邪?虚邪?惜吾知之晚也。”在庄子看来,万物是以“形”相禅,而“形”又是虚幻不定的:“万物皆种也,以不同形相禅,始卒若环,莫得其伦。”实际上在苏氏家庭文学传统中,道家哲学始终是其人生观不可忽视的一个组成部分。苏轼就曾在《前赤壁赋》中发表过类似的见解:“盖将自其变者而观之,……而吾与子之所共适。”所不同者是苏过虽然在思路上深受其父的影响,但气魄没有其父那样恢宏,体验也没有那么深刻。

(郑训佐)

# 江上愁心赋

李　纲

我归自南兮，涉千里之长江。兰舟桂楫兮，泛烟水之汤汤[①]。波平风软兮，若枕席之徜徉。忽长飙之暴作兮，巨浪骇以腾骧[②]。声殷殷以雷动兮，涛渺渺以云翔。天地駇以回薄兮[③]，峰峦岌以低昂[④]。舟人惴栗而不敢进兮，依浦溆而深藏[⑤]。纷雨雪之交集兮，知极阴之变阳。俄云雾之廓清兮，升杲日于东方。望列岫之参差兮[⑥]，辨远树之微茫。横中流而吊古兮，凭此江以为阻。不修德而恃险兮，咸奔亡而系虏。彼六朝之三百年兮，竞江山之谁主？历隋唐而混一兮，迄五季而割据。惟真人之龙翔兮，削僭乱而奠区宇[⑦]。漠然但见山高而水清兮，垂二百年不复识旗帜而闻金鼓。巨盗乘间以窃发兮，意欲窥东南而负固。烦王师之出征兮，戈甲照于江渚。举太山以压卵兮[⑧]，何孤雏与腐鼠[⑨]。顾生灵之不幸兮，一时困於豺虎。吾家亦避寇而远适兮，方旅泊于异土。念亲年之已高兮，嗟幼稚之谁抚。幸归程之不远兮，怅风涛之龃龉。方吊往而伤今兮，独抑郁其谁语。惟江上之愁心兮，结长悲于万古。

## 注释

① 汤(shāng)汤:水流大而急。

② 腾骧(xiāng):江水奔腾翻涌,势如狂奔之马。骧,马奔跑。

③ 馺(sà):马行迅疾。

④ 岌(jí):山高。

⑤ 浦溆:水边,河水入海处。

⑥ 列岫(xiù):群山。

⑦ 僭(jiàn):超越本分。奠:安宁,稳定。

⑧ 太山压卵:即泰山压卵。典出《后汉书·广陵王荆传》。

⑨ 孤雏腐鼠:比喻微不足道的人或物。

## 鉴赏

李纲(1083—1140),字伯纪,邵武(今属福建)人,自其祖父始居无锡。政和二年(1112)进士,累官至太常少卿。钦宗时授兵部侍郎,尚书右丞。南渡后拜尚书右仆射兼中书侍郎,为御史弹劾,罢相。晚年曾做湖广宣抚使知潭州,后改江西安抚制置大使兼知洪州,谥号忠定。深于文学,备具武略,为两宋之交著名的相才。一生著述甚丰,有《梁溪集》一百二十卷,包括诗文赋奏议等。存赋四卷。《四库全书总目提要》说:"即以其诗文而言,亦雄深雅健,磊落光明,非寻常文士所及。……赋格,置于唐人之中,可以乱真矣。"这篇赋从文中"归自南""避寇"等描述来看,大约是早年之作。文中通过他江上所见所感,抒发他对依江恃险统治兴衰的感慨之情和对宋王朝内忧外患的忧虑与担心之情,以及由于世路风波而引发的无限愁怀。

全文抒写吊古伤今的愁怀。写江上愁心之前先交代自己的行程,述行兼写景,以引出文章的抒情之境。文章开头在叙事中描绘了一个宁静的境界,给人留下联想类比的契机。长江风平浪静,令人心旷神怡,但这美好的境界却被突然而来的暴风雨所打破。这段描写借鉴了大赋善于夸饰烘托的手法,突出了暴风雨的暴戾险恶之状。作者是紧紧抓住与风暴发生连锁反应的几件事物来写的。如果说文章开头描绘的宁静之境象征一种美的境界,那么这里的暴风雨场景则是一种邪恶势力的化身。于是作者触景生情,由自然联想到社会、联想到人生,终于发生了"怅风涛之龃龉"的慨叹。这不仅是对长江风雨无常的慨叹,更是对世途风波无常的慨叹。李纲政和二年中进士,积官监察御史兼殿中侍御史。他有文韬武略,怀有振兴宋室江山的雄伟抱负,关注现实,不断上书言事,以此忤权贵,降官。但他的用世志意和忠诚并没有减弱。他入仕不久便几经迁谪,对仕途坎坷多难有切身体验,因而对自然、社会、人生的风风雨雨十分敏感,所以江上的暴风使他想到世途的风雨之险,而感慨世途多艰、风涛龃龉。

“纷雨雪之交集兮,知极阴之变阳”为一过渡句。“雨雪交集”概括了前面暴风雨大作的描写,“极阴之变阳”既是说自然界“狂风不终朝,骤雨不终日”的运行变化规律,又是由这一规律引出下面宁静的境界,以抒发江上吊古之情。暴风雨过去,大江在脚下展示了辽阔浩渺的胸怀,像历史的证人,容纳着千古兴亡的故事。于是善感的作者心潮起伏,百感交集,“横中流而吊古”。面对地势险要的长江出于他对军事政治的敏感,自然联想到依江恃险、不修德政的六朝统治,但他没有去一一历数那些治乱兴亡的具体史实,只用了“彼六朝之三百年兮,竞江山之谁主”一个反问,概括了六朝三百年统治者频繁的改朝易主的历史,批判了他们凭江为阻,只重地利,不求人和,置人民死活于不顾,只知贪图享乐的错误做法,概括了他们“奔亡而系虏”的可悲结局。“历隋唐而混一兮,迄五季而割据。”一句带过隋唐五代,由吊古转而伤今。

这篇赋借江南阴云多变,长江风涛无常的特点,因情造境,寄寓自己对政治风云变幻无常造成的人生多艰、仕途坎坷的慨叹和体验,于怀古伤今中把家愁与国难联系起来,抒发了忧国忧民而无人理解的苦闷、迷惘、惆怅的情怀。全文采用楚辞唱叹体式,语意贯畅,呈散文化特点,却富有气势。抒情基调是愁而不怨,悲而不哀,显示出李纲高瞻远瞩、高度自信的胸襟与气魄。写江上愁心也具有长江般浩大的气势。此赋冲破了六朝抒情小赋描摹物象、罗列典故、表情婉转、词采华美的程式,在叙事写景的铺垫以后,依思绪的自然流动直接议论抒情,感情真挚,凝结着作者深沉的理性思索和切身的情感体验,体现了他高度的政治敏感。

(阎福玲)

# 南征赋

李 纲

承嘉惠以南征兮[①]，动去国之离愁。远故园而回首兮，惊岁华之再秋。览庐阜之环秀兮[②]，俯大江之东流。登黄鹤而遐瞩兮，发孤照之寸眸[③]。吞云梦于胸中兮，怀浙河于醉里[④]。怅离群而索居兮，寄相思于一水。佩兰芷之芬芳兮，狎樵渔于汝尔。终系羁而未释兮，类蹩者之念起[⑤]。荷天恩之宽大兮，犹坐靡于廪食。驰精爽于淮渍兮[⑥]，飞梦魂于漠北。怅曷日而归休兮，遂东山之钓弋[⑦]，老苒苒而将至兮，岂佳时之再得。尝承教于君子兮，窃希风于古人。慨抚卷而击节兮，如意气之相亲。每终篇而自喜兮，觉诗成之有神。惟深藏而密寄兮，惧夫妒者之瞋顾。戎马之崩腾兮[⑧]，方四郊之多事。临洞庭而伤怀兮，望九疑而增思。乱湘流而适澧兮[⑨]，灵均岂其前身。续离骚而赋远游兮，愿承芳于后尘。与日月而争光兮，庶此道之弥新。

## 注释

① 嘉惠：对他人所给予恩惠的敬称。

② 庐阜：庐山。

③ 孤照：一线之光。寸眸：眼睛。

④ 浙河：今钱塘江上游。

⑤ 蹩者之念：似指仕途不得意便生用心为仁义之念。

⑥ 精爽：精神，心思。

⑦ 东山钓弋：指谢安。东山在今浙江绍兴。

⑧ 崩腾：动荡。

⑨ 乱：横渡。澧：澧水。

## 鉴赏

这篇《南征赋》是与仲辅的赠答之作,仲辅系何人不详。作者在绍兴初曾罢职居鄂州,次年除观文殿学士、湖广宣抚使兼知谭州。作者离朝,是因为政见不合高宗的心意,受到黄潜善、汪伯彦等人的排挤。一般认为本赋系这次遭贬时所作。文章抒发了被贬去国,离群索居的苦闷情怀,表达了壮志难酬,欲独善其身的志愿。如果说《江上愁心赋》抒发的是吊古伤今的感伤之情,那么《南征赋》则是抒发的伤时叹老、弃置不用的苦闷之情。艺术上,《江上愁心赋》因情造境,借境抒情,而此篇则是依身世变迁、思绪流动直抒其苦闷情怀。这篇赋表达了他处逆境而修身,以屈原精神自勉的愿望与信念。李纲为官"以英哲全德勉人主,以修政攘夷为己任"(《宋史纪事本末》卷六十),不恤祸患,竭忠尽智,却被奸佞所陷,一贬再贬,从而引起思想上的矛盾与斗争。一方面他想退隐江湖,洁身自好,另一方面又时刻眷恋朝廷,忧心国事。这种思想上的矛盾,造成他内心的深沉痛苦。在写法上完全摆脱了过去一些写征行之作的老套,对一般的古迹略而不提,只提到与自己遭遇相同的屈原。这不但在艺术处理上别开生面,而且使全赋的语言显得流畅自然,无艰涩之感。赋文在抒情时不用典故,只运用"惊""怀""怅""慨""惧""愿"等富于感情色彩的动词,直接抒情,再配以"览""俯""登""发""吞""佩""临""望""乱""续"等富有动作性的动词加以刻画,使抒情主人公的形象十分鲜明。由于赋的语言流畅自然,再加上骚体"兮"字的唱叹,使全文既有一气贯下的气势,又显得舒缓婉转,情感往复回环,酣畅浓烈。

(阎福玲)

# 打　马　赋

李清照

岁令云徂[①]，卢或可呼[②]；千金一掷[③]，百万十都[④]。樽俎具陈[⑤]，已行揖让之礼[⑥]；主宾既醉，不有博弈者乎[⑦]？打马爰兴，樗蒲遂废[⑧]，实小道之上流[⑨]，乃深闺之雅戏。齐驱骥騄[⑩]，疑穆王万里之行；间列玄黄[⑪]，类杨氏五家之队[⑫]。珊珊佩响[⑬]，方惊玉镫之敲[⑭]；落落星罗[⑮]，忽见连钱之碎[⑯]。若乃吴江枫冷[⑰]，胡山叶飞[⑱]，玉门关闭[⑲]，沙苑草肥[⑳]，临波不渡，似惜障泥[㉑]。或出入用奇，有类昆阳之战[㉒]；或优游仗义[㉓]，正如涿鹿之师[㉔]。或闻望久高[㉕]，脱复庾郎之失[㉖]；或声名素昧，便同痴叔之奇[㉗]。亦有缓缓而归[㉘]，昂昂而出[㉙]，鸟道惊驰[㉚]，蚁封安步[㉛]。崎岖峻阪[㉜]，未遇王良[㉝]；局促盐车[㉞]，难逢造父[㉟]。且夫丘陵云远，白云在天[㊱]，心存恋豆[㊲]，志在著鞭[㊳]。止蹄黄叶，何异金钱？用五十六采之间[㊴]，行九十一路之内[㊵]。明以赏罚，覈其殿最[㊶]。运指麾于方寸之中[㊷]，决胜负于几微之外[㊸]。且好胜者，人之常情；游艺者，士之末技。说梅止渴[㊹]，稍苏奔竞之心；画饼充饥[㊺]，少谢腾骧之志[㊻]。将图实效，故临难而不回；欲报厚恩，故知机而先退[㊼]。或衔枚缓进[㊽]，已逾关塞之艰[㊾]；或贾勇争先[㊿]，莫悟阱堑之坠[51]。皆由不知止足[52]，自贻尤悔[53]！

况为之不已，事实见于正经[54]；用之以诚，义必合于天德。故绕床大叫，五木皆卢[55]；沥酒一呼，六子尽赤[56]。平生不负，遂成剑阁之师[57]；别墅未输，已破淮淝之贼[58]。今日岂无元子[59]，明时不乏安石。又何必陶长沙博局之投[60]，正当师袁彦道布帽之掷也[61]。

乱曰：佛狸定见卯年死[62]，贵贱纷纷尚流徙，满眼骅骝杂騄耳[63]，时危安得真致此？木兰横戈好女子[64]，老矣不复志千里，但愿相将过淮水。

## 注释

①岁令云徂：一年将尽。

②卢：古代樗蒲戏，一掷五子皆黑称卢，为头彩。

③千金一掷：以千金作一掷的赌注。

④百万十都：不详。

⑤樽俎：盛酒和肉的器皿。

⑥揖让之礼：宾主相见的礼节。

⑦博：局戏，用六箸十二棋。弈：围棋。

⑧樗(chū)蒲：古代的一种博戏。

⑨小道：儒家称礼乐政教以外的学说、技艺为小道。

⑩骥騄：即赤骥、騄耳，均良马名。

⑪玄：黑色。

⑫杨氏五家之队：见《唐书·杨贵妃传》。

⑬珊珊：形容玉佩相击的声音。

⑭镫：马鞍两旁的脚踏。

⑮落落：分明的样子。星罗：像天上星的布列。

⑯连钱：马身上斑驳的毛色。

⑰吴江枫冷：唐崔信明诗："枫落吴江冷。"

⑱胡山：胡地的山。

⑲玉门关闭：见《汉书·李广利传》。

⑳沙苑：唐宋时放牧之地，在陕西大荔。

㉑障泥：马鞯。

㉒昆阳之战：刘秀破王莽军的大战。

㉓优游：悠闲。

㉔涿鹿之师：见《史记·五帝本纪》。

㉕闻望：声誉名望。

㉖庾郎之失：当指庾翼盘马堕地的故事。

㉗痴叔之奇："痴叔"指晋王湛。事见《晋书·王湛传》。

㉘缓缓而归：苏轼《陌上花三首引》"陌上花开，可缓缓归矣。"

㉙昂昂：气概轩昂的样子。

㉚ 鸟道：只有飞鸟可度的险峻山路。
㉛ 蚁封：蚁穴外隆起的小土堆。
㉜ 阪：山坡。
㉝ 王良：春秋时晋国善御者。
㉞ 局促：拘束。
㉟ 造父：古代善御者。
㊱ "且夫"二句：见《穆天子传》卷三。
㊲ 恋豆：无远志。
㊳ 著鞭：见《晋书·刘琨传》。
㊴ 五十六采：据《打马图经·采色例》，打马共五十六采。
㊵ 九十一路：打马有图，上有九十一路。
㊶ 覈：同"核"。殿最：古代考核政绩或军功，上等的称"最"，下等的称"殿"。引申为高低上下之意。
㊷ 方寸：指心。
㊸ 几微：先兆。
㊹ 说梅止渴：见《世说新语·假谲》。
㊺ 画饼充饥：见《三国志·魏书·卢毓传》。
㊻ 腾骧：飞跃。
㊼ "欲报"二句：可能暗用晋文公退避三舍事。
㊽ 衔枚：枚，形状如箸，两端有带，可系于颈上。行军衔于口，防止喧哗。
㊾ 关塞之艰：《打马图》上有函谷关，叠成十马，方可过关。
㊿ 贾（gǔ）：出售。
51 阱堑：陷坑。
52 不知止足：不知足。
53 自贻尤悔：自取其咎。
54 正经：儒家的代表著作。
55 "故绕"二句：见《晋书·刘毅传》。
56 "沥酒"二句：见《新五代史·吴世家》。
57 剑阁之师：当指桓温平蜀之事。
58 "别墅"二句：指谢安大破苻坚的故事。
59 元子：指桓温。
60 陶长沙博局之投：见《晋书·陶侃传》。
61 袁彦道布帽之掷：袁彦道，即袁耽。事见《世说新语》。
62 佛狸定见卯年死：语出《宋书·臧质传》。
63 骅骝、騄耳：均良马名。
64 木兰：女英雄花木兰。

## 鉴赏

李清照（1084—1151？），号易安居士，济南人。其父李格非是著名学者、散文家。丈夫赵明诚是金石学家，曾任莱州、淄州太守。她婚前与婚后，都生活在一个文艺、学术空气很浓的家庭里。金兵南侵，在逃难途中，丈夫病死，图籍散失，只身漂泊江南，晚年过着极为孤苦的生活。李清照诗文俱佳，以词成名。创作上囿于传统观念，认为诗应言志，词应写情，主张"词别是一家"。她的诗谈论古今，抨击时事，表现出鲜明的爱国思想和意气豪迈、胸襟开朗的一面。词多写生活感受所引起的情思。有今人所辑《李清照集》。赋仅存《打马赋》,是南渡后所作。

《打马赋》不仅在李清照现存的几篇文章中别具一格,在宋人的赋作中也别具风采。打马是一种类似樗蒲的博戏,李清照在原有的基础上把它加以改良,使之成为一种更为流行的闺房雅戏。这种博戏明代和清初还在流行,后来逐渐失传。打马是一种博戏,可以说是一种极不足道的题材。李清照不仅把它当作一场战斗来写,而且用它来表现崇高的爱国思想,这就使作品具有了特殊的意义,而成为赋中的上品。

李清照天资聪慧,性情喜博,各种博戏无所不好,甚至达到废寝忘食的境地。她认为博戏在于争先,争先之道在于专精,专精则无所不妙。南渡之后,李清照到处漂泊,博具散尽,很少再从事博戏。绍兴四年她避乱金华,有了一个安定的环境,便对打马这种闺房游戏加以改良,使之更适合于玩赏,并著有《打马图经》一卷,卷前有序,序后有赋,即《打马赋》。关于这篇赋的写作背景,她在《打马图经序》中曾有所交待:“今年冬十月朔,闻淮上警报,江浙之人,自东走西,自南走北,居山林者谋入城市,居城市者谋入山林,旁午络绎,莫不失所!易安居士亦自临安溯流,涉严滩之险,抵金华,卜居陈氏第。乍释舟楫,而见轩窗,意颇适然!更长烛明,奈此良夜何?于是博弈之事讲矣。”“今年”即绍兴四年(1134)。这年十月金及伪齐的军队渡淮南犯,江浙骚动,人们到处逃难,李清照也由富春江乘船到金华避难。这次金兵出动的时间虽然很短,前后只有三个月,但它给人们留下的印象是很深的。饱经忧患的李清照到金华以后,虽然有了一个相对安定的环境,但对国家的时事却是无法忘怀的。

赋的开头,先点出打马的节令与意义。岁末人闲,正是呼朋唤友博弈消遣的大好时机,何况打马是“小道之上流”“深闺之雅戏”呢?闲暇无事,更不妨赏玩一番。接着作者调动各种艺术手段,运用大量的与马有关的生活与典故,对棋盘上马的交错变化作了具体的描绘。随着作者笔锋的转动,棋盘上的各色名马顿时活动起来,千姿百态,变化万端,不可名状。作者所以爱好打马,正是为了寻求精神上的寄托,姑且把对现实的希望寄托在棋盘之上,使跳动不已的雄心,稍微得到一点慰藉。正因为打马有这样的作用,所以才在棋盘之上演出了一幕幕精彩动人的场面。但知足常乐,适可而止,争胜心切,不知止足,反而会造成过错,自贻悔恨。博弈如此,人生也是这样。知有所戒,用心精诚,才能达到至胜至妙的境界,出现“绕床大叫,五木皆卢;沥酒一呼,六子尽赤”的奇迹。赋写到这里,打马出现的各种情景,几乎形容殆尽,作者就势将对时事的希望托出，使赋文再次形成一个波澜："平生不负，逐成剑阁之师；别墅未输，已破淮淝之贼。"这里作者连用了桓温平蜀和谢安破敌的两个典故，来表明自己的希望，作者所以举桓温与谢安，是因为桓、谢所生活的东晋时代与南宋的偏安局面有相似之处。桓温除平蜀之外，还曾率师北伐，收复了一些失地；谢安面对前秦苻坚南犯的百万之众，镇静自若，毫无惧色，终于以少胜多，为国家建立了殊勋。他们都为巩固东晋政权起了柱石的作用。相比之下，南宋统治集团畏敌如虎，每当金人大举入侵时，只知道躲避逃跑，毫无破敌良策，致使广大人民流离失所，国无宁日，岂不令人失望。"今日岂无元子，明时不乏安石。"这和作者刚南渡后所说的"南渡衣冠少王导，北来消息欠刘琨"，心情已大不相同，由那时的愤激之语，一变而为希冀之词。她期望朝廷能够重用桓温和谢安一类的人物，出奇制胜，获得与平蜀和淝水之战一样的胜利。桓温和谢安不仅是国家的重臣，而且是博弈场上的能手。既然博弈无害于大事，又何必像陶侃那样将博具投之于江，而不学袁彦道将布帽投地而尽情一掷呢？赋的正文到此结束，真是快人快语，自然妙合，韵味无穷，表现了作者豪迈不羁的性格。

赋末的乱辞，有总结全文之意，作者借总括全文之机，再次将自己的爱国感情显豁地表现出来。木兰横戈从军，尽到捍卫祖国的责任，堪称巾帼英雄，何等令人仰慕！然而现在自己已经年老，再没有过去那种志在千里的雄心了。只希望能随着北伐的队伍，渡过淮水，重返家园。这样的结语多么深沉动人。

总观全赋，字字说打马，句句谈博戏，然而字里行间又无不渗透着作者深厚的爱国感情。作者谈古论今，说南道北，缓急交错，从容不迫，意之所到，兴之所至，笔亦随之，做到了思想与艺术的统一。的确不愧为赋中的名篇，谈博戏的妙文。

（赵呈元）

# 觉心画山水赋①

陈与义

天宁堂中②，黄面老禅③，四海无人④，碧眼视天⑤。有一居士⑥，山泽之仙⑦；结三生之习气，口不停乎说山⑧。聊寄答于一笑，夜乃梦乎其间⑨：重岩复岭，亏蔽吐吞⑩，纷应接其未了⑪，万云忽兮归屯⑫；乱晦明于俄顷⑬，存十二之峰峦⑭。有木偃蹇⑮，樵斤所难⑯，饱千霜与百霆兮⑰，根不动而意安，澹山椒之落日⑱，送万古以无言。彼飞鸟其何知，方相急而破烟⑲。须臾变灭⑳，所见惟壁。有木上座㉑，梦中侍侧。问上座以何见㉒，口不能于啧啧㉓。岂彼口之真无，悟前境之非实。管城子在旁㉔，代对以臆㉕。忽风雨之骤过，恍向来之所历。此其画耶？则草木禽鸟皆似相识；抑犹梦耶？则已见囿于笔墨之迹矣㉖。居士再至，问以此故。复寄答于一笑㉗，持画疾去。

## 注释

① 觉心：字虚静，嘉州人。

② 天宁堂：汝州天宁寺。

③ 老禅：老禅师。

④ 四海无人：目空四海。

⑤ 碧眼：对觉心的称誉之词。

⑥ 居士：陈氏自称。

⑦ 山泽之仙：神山之仙客。

⑧ “结三”两句：言陈氏钟爱山水之深情。

⑨ 自此句以下写梦中见画。

⑩ 吐吞：指云岚掩映其间。

⑪ 此句于“纷”字处作一顿。

⑫ 屯：积聚。
⑬ 俄顷：顷刻。
⑭ 十二峰：形容群山高峻。
⑮ 偃蹇：大树高耸、虬屈的样子。
⑯ 斤：斧。
⑰ 饱：作动词，饱经之意。
⑱ 山椒：山顶。
⑲ 破烟：鸟冲烟云而飞。
⑳ 灭：明灭。
㉑ 木上座：僧人随身携带的竹杖。
㉒ 问上座：向竹杖询问。
㉓ 啧(zé)啧：象声词。
㉔ 管城子：笔。见韩愈《毛颖传》。
㉕ 臆：揣测。
㉖ 见囿：被限制。
㉗ 答：答者觉心。

## 鉴赏

陈与义(1090—1138)，字去非，号简斋，洛阳人。北宋徽宗时，任太学博士、符宝郎等。靖康之难后南奔，历任资政殿学士、左大中大夫、湖州知州、吏部侍郎等职，官累至参知政事。著作有《简斋集》存世。其赋作今存不多，《玉延赋》《觉心画山水赋》以精美、新奇见称于世。

南宋时期，民族矛盾和阶级矛盾都非常尖锐。民族的苦难，国家的倾败与屈辱，人民的痛苦和流徙，曾使他写出了充满爱国激情的诗章。《觉心画山水赋》，白敦仁先生的《陈与义年谱》系于北宋徽宗宣和四年(1122)，陈氏居忧汝州时作。这时，陈与义尚未经历过国破家亡的播迁。这篇赋的内容，只是对一幅山水画的欣赏所得。方回论诗于江西诗派有“一祖三宗”之说，陈与义即三宗之一。陈氏文章，思力沈挚，风格遒上，能见人所未尝见，言人所未尝言，别开生面，卓然不群，曾被钱锺书先生推许为北宋南宋之交的最杰出的诗人。这篇《觉心画山水赋》和他的诗一样，变幻迷离，落笔奇瑰，亦真亦幻，能把读者引入一个幽绝、奇绝的艺术境界，堪称赋中奇品、妙品。

赋是我国文学体裁中一种独特的式样，它属于韵文的范畴而又应用了散文的表现手法。尤其是唐宋以降兴起的文赋，已冲破了俳赋的藩篱，使作者有了更多的运用语言的手段；亦骈亦散，似整齐而又畸零，夭矫变化无方，令读者如行山阴道上，众美纷陈，目不暇接。陈与义的这篇《觉心画山水赋》，正是这样的典型。根据此赋之韵脚安排与其内容的结构，我们可以把这篇小赋分为四个部分。第一部分自开头至“夜乃梦乎其间”。这一段用下平一先的禅、天、仙和上平十五删的山、间为韵，韵音委婉。它起手即以超凡脱俗、亦仙亦佛的形象,展现于读者之前。寥寥数笔,勾勒成一种妙奇、微茫的境界,作为赋的开头,已能够引人入胜了。

第二部分从"重岩复岭"起,止于"方相急而破烟"。作者笔底表现的是梦中奇幻的山水,亦是画中诡丽的山水。张彦远论山水画云:"山水之变始于吴。"吴道子的山水画,人称"怪石崩滩,若可扪酌",但是吴氏的山水画无传世者,我们已经无从了解其细节了。然而南宗山水画的鼻祖王摩诘的作品尚可得见,其特征是减轻了线的钩斫而加重了水墨的渲染。在形的描绘之外,更追求神的表现。一如石涛所谓:"山川,脱胎于予也。"我们懂得了唐宋以降中国山水画变化的这一根本特征,然后方可以读陈与义的这一段文字。适应于这梦中的,也是画中的奇幻、诡丽的景象。这一段文章的韵脚安排,也是奇诡的。开头以十三元的吞、屯起韵,都是隔句相叶,接下去"乱晦明于俄顷"的"顷"字为下平八庚,与十三元音相似而不相同,但它可以作为宽韵。不相同而又相似,不当叶韵之句而叶以宽韵,读者读至此处,口吻之间自然而然地产生一种突兀变幻的感觉。声入心通,使我们于朦胧之中看到了烟云变幻、峰峦起伏、翠色逼人、充满仙灵之气的动态山水。接下去"存十二之峰峦"句当韵。但是它既不与十三元相叶,也不与八庚相叶,而以十四寒的峦、难、安与十三元的言,下平一先的烟,另外组成一组韵脚。"峦"字一韵承上而启下,写的是峰峦,实际上是为了突出下面古木的形象。这千年老树,经历了千百风霜雷火,安然处之;每天迎来东方的旭日,送走西天的落霞,无言默默,静观万古。那匆匆逐鹜的飞鸟又怎能理解它于万一呢!有人说这古木"寄托着作者那种傲然挺立于人世的坚强性格"。虽不为无见,但是作者这里写的是梦境,也是画境,其中包含着对作画者觉心的理解。所以这株古木,既是作赋者的形象,也是作画者的形象。

第三部分自"须臾变灭"至"则已见囿于笔墨之迹矣"。这一部分作者特别安排了一组入声韵,十二锡的壁、历,十三职的侧、识、臆,十一陌的啧、迹和入四质的实字组合成为一组韵脚,重浊、沉凝而见压抑之韵味,与前面的平声韵形成了鲜明的对照。从音理上说,入声如击土、木、窗,给人的感受是低抑的、凝重的。作者为什么要在突出古木的形象之后,突然转为这样一片低抑的声情呢?那就是主观世界与客观现实相撞击时发出的痛楚的呻吟了。尽管你碧眼禅师可以目空四大,尽管你山泽之仙可以寄情山水,在画面上表现你理想的典型,在诗篇中讴歌你理想的境界,然而总免不了还要食人间烟火的。所以那凝想中的翠微,那理念中的古木,须臾之间,明灭变幻,若有若无,而遮断视线的一堵墙壁却实实在在地挡在那里。然而人总是执着于生活的,那些被艺术家、诗人所追求的东西是有还是无,是虚还是实?梦中的老树不能回答。“管城子”虽答以臆测,却是艺术家在创作实践中获得的真实而又明确的体验。我们可以借石涛的一段关于艺术创作与欣赏的理论,来解说陈与义的这段文字。石涛在讲“尊受”时说:“画受墨,墨受笔,笔受腕,腕受心。如天之造生,地之造成,此其所以受也。然贵乎人能尊,得其受而不尊,自弃也;得其画而不化,自缚也。”我们借用石涛的理论来剖析,则作画者觉心是“得其受”而能“尊”之的;观画者陈与义则是“得其画”而能“化”之的。缘此才给我们留下了这一段若有若无、亦实亦虚的妙文。

最后一段以去声七遇的“故”字和去声六御的“去”字为韵。使这篇短赋的结尾结得飘逸、摇曳,卓然不群。从音理上说,古人形容去声曰:“去声分明哀远道。”用这种清逸、哀远的韵音来渲染成此赋的摇曳、清远的结尾,格外表现出作者襟抱的清超。本来,设为问答,是“赋”这种文学体裁的特征之一。但是,如上文所分析的,由于历史的局限,这位居士所提出的问题是无法解答的。现在,“答于一笑”,回答了吗?没有。而“持画疾去”才是真正的回答。这个回答是什么意思,就请读者自己去品味吧。

(孟祥鲁)

# 哀马赋并序

刘子翚

叛军继踵入闽[①]，驱窃战骑[②]，过山岭，悉多殒败[③]，余感之，作《哀马赋》。

嗟哉！何闽山之险绝乎[④]！方井陉而旷赵[⑤]，视剑阁而夷蜀[⑥]。峻岭标树[⑦]，横峦挂瀑，岧峣嵂屼[⑧]，萦纡阻复[⑨]。势将平而骤起，涂稍顺而仍曲[⑩]。穴壁寄栈[⑪]，沿崖转躅[⑫]，昼倚石以传飧[⑬]，暮扪萝而假宿[⑭]。非恋土之邦人[⑮]，嗟此来而何欲！

栖危走险，禽疲兽伏，堕峻木之升猱[⑯]，碍层霄之飞鹄。矧万马之南奔[⑰]，列长镳而竞逐[⑱]，讶四达之通逵[⑲]，忽丝连而线属。抢攘迫塞[⑳]，互相挤触，前颠后升，平坑翳渎[㉑]，衔哀结愤而从徂卒萎者十几五六焉[㉒]。幸而生者皆垂头顾影，低摧局促[㉓]，鹿骇麏惊[㉔]，鸱蹲猬缩[㉕]。脊伶俜而卦露[㉖]，尾焦萧而帚秃[㉗]，鼻咯干埃[㉘]，肺伤芒谷[㉙]。望长坂而悲嘶[㉚]，想清波而浮浴。癣痒疮烦[㉛]，揩墙摅木[㉜]。集彼蚊蝇，纷纭缘扑，竞咂秽而吞腥[㉝]，肆唇刀而饮镞[㉞]。忽振体而惊飞[㉟]，去来遥而旋复[㊱]。慰己贪惏[㊲]，忘余楚毒[㊳]，当附骥而乞怜[㊴]，知汝曹之碌碌[㊵]。困甚隤陁[㊶]，忧同觳觫[㊷]。驾盐车则蹑迹于黔中之步[㊸]，售屠肆则比价于辽东之肉[㊹]。

悲夫！吾闻之，秦赵亘野[㊺]，燕齐迥陆[㊻]，数骑风驰[47]，万夫鳞蹙[48]。旝影动兮锋已交[49]，鼓声酣兮战方熟。莫不虎态龙姿，云鬃电目[50]，负甲士之千钧[51]，望沙河而一蹴[52]。既却锐以摧坚[53]，咸蹂都而践国[54]。盖时清则龟龙麟凤呈祥表瑞、献图负箓[55]。俾之排难济艰[56]，虽获千角而网万翎[57]，曾不及夫一骥之足。

噫，今日治邪乱邪？胡弃兹而弗畜[58]？彼踶啮悖性[59]，驽骀共族[60]，渴饮天河之浪，饥耗太仓之粟[61]。徒鞲饰文绣[62]，辔摇金玉[63]，偶备数于六闲[64]，气骄矜而动俗[65]。责致远之奇功，必舆倾而载覆[66]。事既失而惩忿[67]，亦何劳于鞭扑[68]！悼汗血之云亡[69]，捐百躯而安赎[70]！舟临川而坠楫，车向涂而裂轴[71]。激壮士之兴嗟[72]，诚可悲而可哭。夫子曰："伤人乎？"不问马[73]。余何眷眷于此哉[74]？恐国威之未振，骄虏之南牧也[75]！

## 注释

① 继踵：接二连三地到来。

② 驱窃：驱赶、偷窃。战骑：战马。

③ 殒败：死伤。

④ 闽山：在福建闽侯。

⑤ 方井陉而旷赵：就好比过了井陉关就觉得赵地十分平旷了。

⑥ 视剑阁而夷蜀：就好比过了剑门关就觉得蜀地平夷了。

⑦ 标树：高高耸立。

⑧ 岧峣嵂屼（tiáoyáolǜwù）：高耸、高峻的样子。

⑨ 萦纡阻复：曲折回环，十分险阻。

⑩ 涂：通"途"，道路。

⑪ 穴壁寄栈（zhàn）：在悬崖绝壁上凿孔支架木桩，铺上木板，成窄路通行。

⑫ 转躅（zhuó）：转足。躅，足迹。

⑬ 传飧：传递食物。

⑭ 扪萝：抚扶着藤萝。假宿：临时性的借宿。

⑮ 恋土之邦人：留恋故土的本地人。

⑯ 升猱（náo）：攀在高树上的猴子。

⑰ 矧（shěn）：况。

⑱ 列长镳（biāo）而竞逐：排着长长的队伍竞相奔逐。镳，马嚼子。

⑲ 通逵：四通八达的道路。

⑳ 抢攘（chéngrǎng）：纷乱。迫塞：逼挤阻塞。

㉑ 平坑翳（yì）渎：填平了土坑，遮掩了

沟渎。翳,遮蔽。
㉒ 丛徂(cú)萃萎:成群地倒下死去。十几五六:差不多十分之五六。
㉓ 低摧局促:萎靡不振,举足不前。
㉔ 麏(jūn):獐子。
㉕ 鸱(chī)蹲猬缩:像猫头鹰一样蹲着,像刺猬一样蜷缩起来。
㉖ 伶俜(líng pīng):孤独的样子。卦露:好像卦露出卦体。
㉗ 焦萧:焦黄稀疏,短而秃的样子。
㉘ 鼻咯(kǎ)干埃:鼻孔因沾染了干燥的埃土而咯血。
㉙ 肺伤芒谷:肺部像被谷芒刺伤了一样。
㉚ 长坂:长长的山坡。
㉛ 烦:痛。
㉜ 揩:摩擦。摅(shū):撕。
㉝ 咂(zā):用嘴唇吸。
㉞ 肆:放肆。
㉟ 振体:摇动马体。
㊱ 旋复:不久即返回。
㊲ 贪惏:同"贪婪"。
㊳ 楚毒:痛苦。
㊴ 附骥:附在马尾巴上。
㊵ 汝曹:你们。曹,辈。
㊶ 隤隳(tuíhuī):病。
㊷ 忧同觳觫:见《孟子·梁惠王上》。觳觫(húsù),牛临死时恐惧战栗的样子。
㊸ 盐车:运盐的车。
㊹ 辽东之肉:指猪肉。
㊺ 亘野:连绵不断的原野。
㊻ 迥陆:延伸遥远的陆地。
㊼ 风驰:像风一样飞驰。
㊽ 鳞蹙:像鳞甲一样收缩。
㊾ 旝(kuài):旌旗的一种。
㊿ 云鬃(zōng)电目:颈毛如云,目光如电。
51 甲士:战士。
52 "望沙"句:即使是沙河这样难行的路,好马也一蹴而过。
53 却锐以摧坚:打退手执利兵的甲士,摧毁坚固的营垒。
54 "咸蹂"句:连敌国的国都也都要蹂躏、践踏。
55 献图负箓(lù):《周易·系辞》:"河出图,洛出书,圣人则之。"
56 "俾之"句:使龟龙麟凤来救时济世。
57 千角、万翎:指上文的龙、麟、凤等。
58 畜:养。
59 踶啮(dìniè):踢踏撕咬。
60 驽骀(nútái):劣马。
61 太仓:京城储粮食的大仓。
62 鞯(jiān):衬托马鞍的坐垫。
63 辔摇金玉:马嚼口上挂满了金玉做的装饰物。
64 备数:充数。六闲:古代宫廷中养马的地方。
65 动俗:行为低俗。
66 载覆:翻车,意同"舆倾"。
67 惩愆(qiān):惩处罪咎。
68 鞭扑:鞭打。
69 汗血:汗血马,古代大宛国所产的一种骏马。
70 赎:换取。
71 向涂:奔上道路。
72 兴嗟:发感慨。

⑬“夫子”三句:《论语·乡党》:“厩焚,子退朝,曰:‘伤人乎?’不问马。”

⑭眷眷:执着不舍的样子。

⑮南牧:南侵。

## 鉴赏

刘子翚(1101—1147),字彦冲,崇安(今福建武夷山)人。以父荫为承务郎,后改任兴化军通判。不久,以体弱不堪吏职为由,辞归武夷山。以主管冲佑观名义,隐居讲学于屏山下,自号“病翁”,学者称“屏山先生”。他是个理学家,著名理学家朱熹便是他的学生。有《屏山集》。《四库简明目录》说“其文论事论理,皆曲折明畅,无语录俚词。古诗风格高秀,不袭陈因,近体则派近江西,亦复波峭”。集中存《闻药杵》《溽暑》《哀马》三篇赋作。

此赋序中说“叛军继踵入闽”事,见作者《送张当世序》:“庚戌(宋高宗建炎四年,公元1130年),张侯(即张当世)来守莆田,余佐郡事,后两月至。时逸寇杨勍犯闽,官军缀之,鏖演山下,声摇四境。已而回源盗作。辛亥(宋高宗绍兴元年,公元1131年),其徒益炽。……壬子(绍兴二年,公元1132年)春,灵旗大伐,冲逐荡拓,寇乃平。又一月,天子召侯为郎,余亦及瓜焉。”据此,此赋当作于宋高宗绍兴二年前后,作者通判兴化军时。

这篇赋虽与叛军杨勍入寇福建的事有关,但作者并没有正面表现叛军骚扰的始末,而是从侧面选取了被驱窃的战马作为描写对象。文中极写这些驽马在险峻的闵山中“丛徂萃萎”“垂头顾影”的狼狈相,进一步联想“汗血之云亡”,从而讥讽朝廷不畜良将,以致金兵南下,国威不振。靖康二年(公元1127年),金兵围汴京,刘子翚的父亲刘韐奉命出使金营,被扣留,不屈自杀;也就在这一年,宋徽宗、钦宗父子被掳,北宋灭亡。作者亲睹了这一历史悲剧,因而他并不只把目光集中在杨勍劫马一事上,就事论事地展开议论,而是站在历史和现实的高度,指出根源乃在朝廷之积弱,国家之无人,所以不仅有杨勍之寇掠,而且有金人之南牧。显然,作品的命意是极深远,极有针对性的。从构思来说,它反孔夫子的问“伤人乎?不问马”之意而发挥之,以小喻大,言在此而意在彼,也是极巧妙、富于匠心的。

作品的最大特点是善于在具体生动的形象描写之中寄寓自己讽喻现实的主旨。例如写战马在闵山中奔驰徂萎的情景,作者就用了“讶”“衔哀结愤”“垂头顾影”“低摧局促”“悲嘶”“想”等词汇来形容,写那些战马平时养尊处优,毫无训练,只会在通衢大道上奔跑而不能适应突然在崎岖狭窄的石栈上挤撞的变化,于是十分惊讶,十分悲愤,有的含恨死去,幸存者也都威风扫地,望着遥远陡峻的山坂悲嘶,想到清水中一洗浑身污臭而不得,只得任凭苍蝇吮血,等待着按猪肉价在市场上出售。显然,这些马不是作者的同情对象,而是那些平时充位备数,尸位素餐,战时束手待毙的庸劣官吏的写照。作者对驽马固然十分鄙夷,不屑一顾,但对于只知吮血的苍蝇,痛恨却又甚于驽马了。这些家伙,只知搬弄唇刀舌剑,咂秽吞腥,附人骥尾,摇尾乞怜,只知抚慰自家贪婪之心,不知体谅他人捶楚钻心之痛,较之驽马,就又等而下之了。读到此处,读者一定会哑然失笑。作者表面上同情驽马,叱咄苍蝇,实际上随文讽刺,笔到意到,所谓信手拈来,涉然成趣而已。

曲折地讥刺,毕竟还不能解作者心头之恨,释读者胸中之疑。但又不能径直和盘端出,那样便索然寡味了。作者也很懂得这一点,所以下面他就把笔端宕开一步,写那些驰骋于秦、赵、燕、齐广阔战场的骏马,写它们的龙姿虎态、负重历险、所向披靡,以与劣马对比。骏马之重要不仅远胜驽马,而且较之龟龙凤麟这些只能点缀升平的所谓祥瑞更难得万分。写得这里,作者要表现什么样的主旨,也就昭然若揭了。

刘子翚虽是理学家,可他比较尊重文学本身的要求。他抒发情感、发表议论都能借助于具体可感的形象,而不借助于枯燥的语录。他内心充满激愤,却又要显露出几分幽默打趣,并不板起面孔。他注意文章气势,但又力图将这种气势藏贮于曲折跌宕之中,让读者在含英咀华之中领会到一段郁结之气,悲慨之情。

(李生龙)

# 民事堂赋 并序

王十朋

堂名"民事"，志天语也[1]。十朋备员越幕[2]，岁将期[3]，顾惟不才，瞢然无补[4]，日以败官旷职为忧[5]。所幸黄堂主人甚贤[6]，同僚皆士君子，朝夕讲论，无非民事之要者[7]。因为之赋，以志其一二云。

繄越幕有下僚兮[8]，名所寓曰民事之堂[9]。诵天语之丁宁兮[10]，衔圣恩而不敢忘[11]。啖民脂以饱妻子兮，犹雀鼠之偷太仓[12]。苟不民事之是思兮，又将奚逭虖天殃[13]。嗟会稽之大府兮，罹荐岁之凶荒[14]。飓风作于孟秋兮[15]，雨浸淫而异常。天吴怒而江涛沸溢兮[16]，飘庐舍而坏堤防。粢盛害而岁大侵兮，民饥踣而流亡[17]。射的黑而米斛千兮[18]，撷蓼花而为粮。痛濒海之蚩蚩兮[19]，葬江鱼之腹肠。

予尝告其故于前使君兮，请敷奏于岩廊[20]。顾幕中平日之辨兮，人乃靳其为狂[21]。会伯尊之传召兮，达民瘼于九重[22]。予殆有类于犨者兮，亦何恨夫言之不庸[23]。洪惟当宁之至仁兮，视赤子其如伤[24]。蠲常赋而救天灾兮，出内帑之所藏[25]。哀东州之无告兮，惠吾民以龚黄[26]。左公孝而右孟博兮，相与协赞其惟良[27]。先抚字而后催科兮[28]，正今日之所当。宽公私之积负兮，以俟虖岁之丰穰[29]。省讼牒之烦苛兮[30]，抑蠹政之豪强。节无用之浮费兮[31]，俾斯民之小康。兹政事之所急兮，敢不忠告虖黄堂。至若鉴湖利及九千顷兮[32]，日侵削而就荒。岁和买无虑十万缣兮[33]，曾无一钱之偿。榷酤之利半夺于有力兮[34]，财赋浸以荒凉。兼并之弊炽于大族兮[35]，编氓馁于糟糠。兹越中之巨害兮，故略言其大纲。

若夫民事之在天下兮，固不足以知其详。有一言以尽之兮，曰生之而不伤[36]。择守令兮去奸赃，慎弗扰兮如牧羊[37]。兹畎亩之惓惓兮，愿入告于天王[38]。

## 注释

① 志：记。天语：皇帝的诏谕。
② 幕：幕府。越：指绍兴府。
③ 期：满一年。
④ 瞢（méng）然：糊里糊涂的样子。
⑤ 败官旷职：荒忽职守。
⑥ 黄堂：知府的办事厅堂。
⑦ 要：要点。
⑧ 繄（yī）：发语词。
⑨ “名所”句：见《会稽志》。
⑩ 诵：背诵，称颂。丁宁：一作“叮咛”。
⑪ 衔（xián）：含，蒙受。
⑫ “啖民”句：见《容斋续笔》。
⑬ 逭（huàn）：逃避。虖：同“乎”。
⑭ 罹：遭遇。荐岁：连续两年。凶荒：自然灾害。
⑮ 飓风：海上的一种强烈风暴，兼有暴雨骤降。
⑯ 天吴：传说中的水神。
⑰ 粢盛：原为祭祀时放在祭皿中的谷物，此泛指田禾。侵：荒年。踣：跌倒。
⑱ 射的：山名，在绍兴。
⑲ 濒海：临海。蚩蚩：纷乱的样子。
⑳ 使君：州、府、郡长官的尊称。敷奏：陈述奏进。岩廊：朝廷。
㉑ 靳（jìn）：嘲笑，奚落。
㉒ 会：适巧碰上。伯尊：对府太守的尊称。九重：朝廷。
㉓ 殆：近于。辇者：了解情况而进忠言的人。庸：任用。
㉔ 洪惟：语气词。宁：门屏之间，专指皇帝。赤子：百姓。
㉕ 蠲（juān）：除去。常赋：每年定的租税。帑（tǎng）：国家收藏钱财的仓库。
㉖ 东州：指会稽一带。龚黄：西汉循吏黄霸、龚遂。

㉗ 公孝、孟博:皆东汉桓帝时人。
㉘ 抚字:抚育。摧科:催促租税。
㉙ 俟:待。穰:五谷丰熟。
㉚ 讼牒:诉讼文书。
㉛ 节:节制。
㉜ 鉴湖:即镜湖,在绍兴。
㉝ 和买:常赋之外的一种赋。
㉞ 榷酤:官方管制酒业取得利益的制度。
㉟ 炽:盛。
㊱ 生之而不伤:使人民很好地生活而不伤害他们。
㊲ 如牧羊:见《汉书·卜式传》。
㊳ 畎(quǎn)亩:田间,村野。惓惓:犹“拳拳”,恳切的样子。天王:皇帝。

## 鉴赏

王十朋(1112—1171),字龟龄,温州乐清(今属福建)人。绍兴二十七年(1157)进士及第,擢为第一,授绍兴府签判,累迁著作郎。宋孝宗时,历任饶、夔、湖、泉、台诸州知州、太子詹事等职,后以龙图阁学士致仕。著有《梅溪集》。

王十朋在宋史上素以切直敢谏著称,任地方官吏期间,关心民瘼,政绩甚著。赋作有三:《会稽风俗》《民事堂》《蓬莱阁》,合称《会稽三赋》,皆气势宏大,内容丰富。从其思想内容上说,《民事堂赋》更值得重视。

据本赋所述来看,此赋应作于绍兴二十八年(1158),也是他签判绍兴府的第二年。他抱着“志天语”“衔圣恩”的态度,从关心民瘼的观点出发,描述了绍兴地区由于自然灾害和豪强势力给人民带来的苦难生活,意欲通过地方长官施行、并通过地方长官向朝廷进奏他的施政意见,充分表现了他关心人民生活、同情人民疾苦、积极改革政治措施的思想和感情,在封建社会的官吏中,这是非常可贵的。

在序文里,作者首先点明题意,说明民事堂命名的来由及意义,交代了所赋的时间、地点、人事及主要内容。作者身为地方佐吏,能够“布上恩,恤民隐”,日以民事为务,就决定了本赋的思想内容是有积极意义的。正文可以分为四个部分。第一段直述自己签判绍兴的认识和态度。第二段作者集中描述了绍兴地区人民遭受自然灾害后的苦难生活。作者饱含感情地描绘了一幅悲惨的“苦难图”,充分表达了忧心如焚的心情。第三段是作者针对人民的苦难而提出的施政意见。惜民力、薄赋敛、抑豪强、治民产等主张,是他所要表达的中心内容,也是本赋的重心所在。第四段是本赋的结尾,是作者对自己所赋内容的总结和概括。

从全赋来看,作者以议论入赋,没有过多地铺叙和描绘,语言比较质朴和简明,但一股忠恳、激烈的情感却贯穿于全赋之始终。全赋使用下平十阳韵(吴棫《韵补》中“重”“庸”二字也列入“十阳”),一韵到底,更增强了感情的表达和文章的气势,这在辞赋写作中也是比较突出的。本赋的文采虽然显得不足,但思想内容和感情表达都极为集中、突出。

(杨 栋 孙金韬 丁 理)

# 朝山堂赋

晁公溯

吾行半天下兮，阅重岨乎西南之坤①。北有万夫莫开之剑关兮②，东有险过百牢之夔门③。外联六诏作屏兮④，中贯三巴而为垣⑤。梯磴钩连莫知其际兮⑥，俨差差岣岣远宛延⑦。相属而赴望兮⑧，高遮蔽乎日星。临以白帝之神秀兮⑨，诚众山之所尊。

有美一人肯顾此方兮⑩，谓柱下史之耳孙⑪。高四海以视营兮⑫，时树羽江渍⑬。屹三峡之镇其穹然兮⑭，翼山四面而骏奔⑮。启物色分留之秘兮⑯，欣所遇之毕陈⑰。择胜会以还缥缈之飞观兮⑱，廪老气九州之倾⑲。观万川犹知宗海兮⑳，虽九土莫得而堙㉑。见群峰之起伏绵延兮，至是而亦必有所臣矣㉒。奚兴感于此义兮㉓，蹇颜堂而正名㉔。

憎负固之非无意兮㉕，发有时或上冲乎冠巾㉖。惟汉中兴已受天命兮，而成家乃欲争帝而亡新㉗。吾直欲铲赤甲、白盐之迭嶂兮㉘，洗苍藤翠木之幽昏。恐此复其偶然兮绸缪牖户㉙，以逆消侮予之下民㉚。讙五更之鼓角兮声悲壮㉛，印残夜之山月兮楼空明㉜。谅身虽去国万里兮㉝，心未尝一日忘君。嗟乎！名堂之意高矣！为慨然而赋之，尚庶几起九原于东屯、瀼西之诗人也㉞。

## 注释

① “阅重”句：阅历过西南各地的重山险岨。岨同“阻”。坤，地。
② 剑关：剑门关。
③ 百牢：古关名。在陕西。夔（kuí）门：即瞿塘峡。
④ 六诏：唐代云南西部乌蛮六个部落的总称。
⑤ 三巴：东汉末益州牧刘璋分巴郡为永宁、固陵、巴三郡，后又改为巴东等三郡，称为三巴。相当于今四川嘉陵江和綦江流域以东的大部。
⑥梯磴（dèng）：山上的石阶。钩连：曲折相连。
⑦ 俨（yǎn）：庄重的样子。差差峋峋（cīcīxúnxún）：山参差不齐、重叠高耸的样子。
⑧ 相属赴望：形容山峰互相连属，如骏马奔驰相望。
⑨ 临：面对。白帝：白帝城。
⑩ 有美一人：语出《诗经·陈风·泽陂》。
⑪ 柱下史：指老子。耳孙：远代孙。
⑫ 视营：观察，经营。
⑬ 树羽江濆（fén）：在江边树起羽旗。
⑭ 屹：屹立。穹然：高大的样子。
⑮ 翼：船。这里指乘船。
⑯ 物色：各种各样的事物。分留：变化。
⑰ 毕陈：全部陈列在眼前。
⑱ 胜会：很高的兴致。
⑲ 老气：秋气。倾：全部。
⑳ 宗海：百川汇聚入海。
㉑ 九土：九州之土。堙（yīn）：填塞。
㉒ 臣：臣服，朝见。
㉓ 奚：为什么。
㉔ 蹇（jiǎn）：同“謇”，发语词。颜堂：给堂屋题匾。
㉕ 负固：依仗险固之地实行割据。
㉖ “发有”句：形容极度愤怒的神情。
㉗ 成家：东汉公孙述起兵成都，始自立为蜀王，继称帝，号成家。亡新：灭亡王莽新朝。
㉘ 赤甲、白盐：山名。在重庆奉节。
㉙ 绸缪（chóumóu）牖（yǒu）户：《诗经·豳风·鸱鸮》：“彻彼桑土，绸缪牖户。”郑笺：“绸缪，犹缠绵也。”牖，窗。
㉚ 逆消：抵消。
㉛ 讙：喧哗。
㉜ 空明：空虚，明彻。
㉝ 谅：诚信。
㉞ 九原：墓地。东屯、瀼（ràng）西之诗人：指杜甫。东屯在重庆奉节东，瀼西在奉节瀼水西岸，杜甫有自瀼西移居东屯诗。

## 鉴赏

晁公溯，字子西，巨野（今山东巨野）人。生卒年不详。主要仕历活动约在南宋高宗建炎至孝宗乾道间（1127—1165），曾任左迪功郎、知梁山军、梁山县尉、涪州军事判官、施州通判、眉州刺史、提刑等职。有《嵩山居士集》。存赋有《大暑》《屈原宅》《神女庙》《悯孤》《朝山堂》等。《四库提要》称其"文章劲气直达,颇有崟崎历落之致",以此称其赋,则《朝山堂赋》可以当之无愧,其余则稍嫌意浅而辞直。

《朝山堂赋》可能作于作者任眉州刺史时。朝山堂当是作者兴建的堂舍,堂址在白帝城上。这篇赋是他为新堂题匾、自述名堂之意而作。

首段以高屋建瓴、雄视四方的姿态写以白帝城为核心的蜀地地形。作者写剑阁、夔门,意在突出蜀地之"险";写六诏、三巴,意在突出蜀地之"固";写众山的蜿蜒相属,朝宗白帝,意在突出白帝之"尊",有此险固之地,又有白帝之尊,所以自古以来,就有豪强乘时割据,盘踞此地称帝称王。作者给新堂取名"朝山",固然是取万山朝宗白帝之义,但指归所在,并不是称颂历史上拥蜀自立的割据者,而是借众山朝宗白帝以喻四方臣服朝廷,天下归于一统。作者对割据是深恶痛绝的,因为割据会使天下兵戈不息,到头来还是人民遭殃。赋的末段,作者怀着满腔怒火谴责了历史上的割据者,也对南宋王朝偏安一隅、野心家蠢蠢欲动的时局表示了极度的忧虑。作品的立意是很能警醒人心、很有现实针对性的。

这篇赋气势很是遒劲。作者善于用纵放之笔写流走之情。他尽力从高处阔处着眼,而从深处远处落笔。如"有美一人"一段:作者写自家立足之高,放眼之阔,就着力于自家涉足之远,涵蕴之深。他不仅要写自家"高四海以视营""屹三峡之镇其穹然""择胜会还缥缈之飞观",还要写自家"时树羽江渍""翼山四面而骏奔""启物色分留之秘""廪老气九州之倾",处处扣住"我"与"自然"的兴会,让我进入自然的怀抱,让自然直达我的心胸。混然冥合,吞吐俱宜,眼前一片开阔之景,胸中一段豪放之情,也就挥洒得淋漓尽致了。又如"吾直欲铲赤甲、白盐之迭嶂兮"数句,也写得气盛辞蹙,理足情长。这些都显示了作者取景造境、驱遣才情的功力和匠心。

句式的运用也颇值得注意。作者有意使用长句,使之散文化,以谋求表达的自由,文气的顺畅;但又注意尽量使之整饬化,以形成铺排,强化表达的气势。多用长句往往容易造成文气萎弱之病,这篇反而借长句取势,可见运用之妙,只是存乎一心罢了。

(李生龙)

# 丰城剑赋①

陆　游

在晋太康②，观星者曰：夕有异气，见于牛斗之躔③。时方伐吴④，或曰：吴未可平，彼方得天。独张华之博识⑤，排是说之不然。迨孙皓之衔璧⑥，气益著而不骞⑦。于是雷焕附华之说曰：是宝剑之精，维太阿与龙泉。卒之斸获于丰城之狱⑧，变化于延平之川⑨。世皆以为是矣。千载之后，有陆子者，喟其永叹。夫占天知人，本以考验治忽⑩，卜运祚之促延⑪。彼区区之二剑，曾何与于上玄⑫？若吴亡而气犹见，其应晋之南迁⑬。有识已悲宗庙之丘墟⑭，与河洛之腥膻矣⑮。华不此之是惧，方饰智而怙权。呜呼！负重名，位大吏，俯仰群枉之间⑯，祸败不可以旋踵⑰，而顾自谓优游以穷年。夫九鼎不能保东周之存⑱，则二剑岂能救西晋之颠乎？使华开大公，进众贤。徙南风于长门⑲，投贾谧于羽渊⑳。则身名可以俱泰，家国可以两全。彼三尺者，尚何足捐乎？焕辈非所责，予将酹卮酒㉑，赋此以吊吾茂先也㉒。

**注释**

① 丰城剑：事见《晋书·张华传》。

② 太康：西晋武帝太康元年(280)。

③ 躔(chán)：日月星辰运行的轨迹。

④ 伐吴：晋武帝进兵伐吴末帝孙皓。

⑤ 张华(232—300)：西晋大臣，文学家。

⑥ 孙皓(242—283)：三国吴国末帝。衔璧：古者国君死，口含玉等，谓之饭含。

⑦ 骞(qiān)：亏损。

⑧ 斸(zhú)：掘取。

⑨ 延平之川：延平津。

⑩ 治忽:治理与忽怠。
⑪ 祚:福。
⑫ 上玄:上天。
⑬ "若吴亡"二句:指晋室南渡。
⑭ 宗庙:天子、诸侯祭祖先处。
⑮ 腥膻:指代西北民族。
⑯ 群枉:群邪。
⑰ 旋踵:退缩。
⑱ 九鼎:象征国家政权和传国之宝。
⑲ 长门:汉宫名。
⑳ 贾谧:晋人。
㉑ 酹:以酒洒地以示祭奠。
㉒ 茂先:张华字茂先。

## 鉴赏

陆游(1125—1210),字务观,自号放翁。越州山阴(今浙江绍兴)人。宋高宗绍兴二十三年(1153)初试取为第一,绍兴二十八年(1158)为福州宁德主簿,46岁入蜀,66岁退隐山阴。政治上,陆游主张抗金北伐,收复中原,一生写下了大量的爱国诗篇。艺术上,除擅长诗歌外,对于词、赋、铭、散文等均有很深的造诣。其主要著作有《剑南诗稿》《渭南文集》。

宋淳熙七年(1180)冬,陆游有丰城之行。丰城是历史上出过宝剑的地方,作者到此,很自然地想起这一传说,以及传说中主人公的命运。于抚今追昔之际,不由感慨良多。发而为文,便为《丰城剑赋》。

此赋可分为前后两个部分,以"世皆以为是矣"为界。前者记述张华、雷焕得丰城剑及死后失剑之事,后者则是作者的议论和感慨。

前一部分的叙述十分简略。主要围绕丰城剑故实中的主要人物张华来展开,着重描述了伐吴之前张华的博识、力排众议的胆略和气度,以及吴亡之后张华的气盛、傲态和忘乎所以。虽着墨不多,却十分集中,显得形象生动。对于丰城剑的来龙去脉,作者仅用一对偶句"劚获于丰城之狱,变化于延平之川"就作了交代。因后文议论的重点是张华,故于剑则略写。最后以"世皆以为是矣"总揽。这是全篇的论题,世皆以为是,作者却谓之不然,后面的议论由此而产生。丰城剑是古代的名剑,其上沾满了血与泪。张华又是与丰城剑有关联的悲剧性人物,虽权倾朝野、显赫一时,最终却未能逃脱杀身之祸,所佩宝剑也化而为龙,莫知所终。但这篇小赋既不渲染铺排丰城剑那传奇般的历史,也未对张华一掬同情之泪。陆游以他史学家的眼光、政治家的敏感,剖析了造成张华悲剧的深刻原因。作者在称赞张华伐吴博识的同时,便对其后来的目光短浅作了有力的否定。张华不注意考察治乱的根由,祸福的长短,却舍本而逐末,将注意力集中到两柄剑上。如果说上天确有兆示,那不正是应了西晋的灭亡吗?可惜张华未看到这一点。作者于是感叹道:“若吴亡而气犹见,其应晋之南迁。有识已悲宗庙之丘墟,与河洛之腥膻矣。”陆游在为西晋哀叹,不也正是为宋朝哀叹吗?晋不得已而南迁,宋又何尝不是如此?西晋的洛阳自然成了废墟,北宋汴京的繁华又何尝未变成过眼云烟呢。而今,长江以北的大片土地同样弥漫着异族的腥膻,其味似乎更浓更强烈。这正是作者的切肤之痛。撩开这层历史的薄纱,我们似乎可以触摸到陆游那颗爱国之心。

接下去,陆游对张华提出了尖锐的批评。指责他饰智怙权,亲小人,远君子,祸将临头,仍悠然自乐。这是对张华的批评,更是陆游对当朝的批评,宋朝的现实正是如此。于是作者敲起警钟,大声疾呼:“夫九鼎不能保东周之存,则二剑岂能救西晋之颠乎?”这有力的反诘,正透露出作者的忧愤和失望。最后,陆游为张华提出了一种假设,也是他为张华开的一个家国两全的方子。这就是开门纳贤,除去小人,振奋精神。而这个方子,也正寄托着陆游对当朝的希望和理想。然而,这种假设对于张华来说,自然是永远不能成为现实,即便对于宋朝,也只能给陆游留下永久的遗憾了。

古人为赋,大都有所寄托。这篇小赋,借谈剑以议政,以说古来论今,不以情长,而以气胜,通篇回荡着作者忧国忧时的悲愤之气。这首先表现在用韵上。赋虽是韵文,但一韵到底的赋却很少,汉赋自不必说,就是六朝的骈赋也不多见,至于宋代的文赋,一韵到底者更少。但这篇小赋却一韵到底,中间不换韵,气韵相连,通贯全篇,故而显得淋漓酣畅。其次,作者很擅长运用反诘句,如“彼区区之二剑,曾何与于上玄?”“夫九鼎不能保东周之存,则二剑岂能救西晋之颠乎?”“彼三尺者,尚何足捐乎?”语气强烈,具有极强的表现力。最后,此赋用语古朴凝练,不枝不蔓,结构紧凑,环环相扣,层层进递,一气呵成,故而显得集中和强烈。这些,都是值得我们注意和借鉴的。

(鲍　恒)

# 馆娃宫赋 并序

范成大

灵岩山寺，故吴馆娃宫也。山上下闲台别馆之迹，仿佛可考。余少长游焉，感遗事而赋之。

汹西山之南奔①，势郁嵂其巉空②；若大敌之在前，忽踞虎而跧龙③；半紫岩而砥平④，访馆娃之故宫。是为逸王之旧游⑤，有墟国之遗恫焉⑥。嗟乎汰哉⑦！愎贤胥之忠告⑧，巽阴嚭之诐说⑨；暗养虎之后患⑩，纵处女使兔脱⑪；迨尝胆之谋成⑫，骇疽囊之溃裂⑬。盖自有以贾祸⑭，非天为之孽。方其衔哀茹痛⑮，抆泪饮血⑯；俨拂士于前庭⑰，克三年而报越⑱；讫甘心而一快，夫何初志之英发！及其见栖于姑苏⑲，遽雌伏而大坏⑳！援宿恩而乞怜㉑，或赦图于臣罪㉒。当是之时，又何其惫也！韪祸福之无门㉓，曷今愚而昨贤㉔。后千载之嗤点㉕，莫不钟咎于婵娟㉖；固尤物之移人㉗，抑犹有可得而言。盖尝观于若人矣㉘，好大而欲速，厌常而弃旧。狃会稽之得意㉙，谓周鼎其唾手㉚；闯齐楚以朵颐㉛，睨陈蔡而骧首㉜。道甚远而疾驱，气已馁而犹斗。外未宁而内忧，东略之而西否㉝；阻关河以顿兵㉞，撤墙屋而致寇㉟。亟归视其四封㊱，蔑一夫之能守㊲。是犹螳螂之慕蝉，不知黄雀之议其后也㊳。然以蕞尔之旅㊴，衡行四方㊵；攻靡坚郛㊶，战无距行[42]；事便时利，如径乎无人之乡[43]。惜也未闻大道，宜其逸乐而志荒。次有台池，宿有嫔嫱[44]；左携修明[45]，右抚夷光；粲二八以前列[46]，咸绝世而浩倡[47]。嗟浣纱之彼姝[48]，乃独系于兴亡。荡龙舟之水嬉，撷香径之春芳[49]；载夕阳以俱还，秉游烛于夜长。滟金钟之千石[50]，仿酒池于旧商[51]；歌吴歈而楚舞[52]，荐万寿于君王[53]。怅星河之易翻[54]，嘉来日之未央[55]。铮铜壶之鸣悲[56]，烂急烽之森芒[57]；惨梧宫之生愁[58]，践桐梦之不祥。欻高陵与深谷[59]，委盛丽于苍茫[60]。所谓玉槛铜沟[61]，朱帘椒房，理镜之轩[62]，响屧之廊[63]，杳烟芜与露蔓[64]，纷日暮之牛羊。况捧心之百媚[65]，濯粉之余妆者哉[66]！今则云雨之巅，仙圣是宅[67]：砚沼莼浮[68]，琴台松崛；封古藓于井甃[69]，宿暗芳于洞穴；木鲸吼以清厉[70]，金磬隐其萧瑟[71]。彼方外之徒[72]，龟藏而蠖屈者[73]，又安知往古与来今？方枯禅而缚律[74]，翩鸿影之拂坐，见前山之衔石。

## 注释

① 汹：原为水腾涌之貌。这里形容山势跌宕，突兀而起。

② 郁嵂（lǜ）：高骏之貌。

③ 跧（quán）：跧伏，蜷伏。

④ 砥：平坦处。

⑤ 逸王：指吴王夫差。

⑥ 墟国之遗恫：事见《吴越春秋》。墟国，即指吴国宫廷化为一片丘墟；遗恫，指“墟国”的景象令人怵然心惊。

⑦ 汰：通“泰”，骄奢。

⑧ 愎贤胥之忠告：愎，任性执拗，一意孤行。贤胥，即伍子胥。

⑨ 巽：通“逊”。引申为听信。阴嚭（pǐ）：吴太宰伯嚭。

⑩ 暗：暗昧，愚昧无知。养虎之后患：指夫差不杀勾践。

⑪ 纵处女使兔脱：此句疑语本《孙子·九地》：“是故始如处女，敌人开户；动如脱兔，敌不及拒。”

⑫ 迨(dài):等到。尝胆之谋:指越王勾践被赦回国后,为复国而卧薪尝胆之事。

⑬ 骇疽(jū)囊之溃裂:吃惊地见到长在身上的脓包破裂。

⑭ 贾祸:自招祸患。

⑮ 衔哀茹痛:指前496年吴王阖闾为越王勾践打败受伤致死,夫差继位后发誓复仇之事。

⑯ 拉:拭去。

⑰ 俨:恭敬的样子。拂(bì)士:能直谏矫正君子过失的人。

⑱ 克:限定期限。

⑲ 见栖于姑苏:越军打进吴都,夫差逃到姑苏台上。见栖:被围。

⑳ 雌伏:退藏,无为。

㉑ 援宿恩而乞怜:夫差表示愿意投降。

㉒ 赦图于臣罪:愿为臣虏,请求宽赦。

㉓ 韪(wěi):是,对。

㉔ 曷:何以。

㉕ 嗤点:嗤笑、指点。

㉖ 钟:集中。婵娟:此指西施。

㉗ 尤物:原指特出的人物,后指美女。

㉘ 若人:此人,那人。

㉙ 狃会稽之得意:吴王战胜越后,以为天下无敌。狃(niǔ),习惯。

㉚ 周鼎其唾手:轻而易举地称霸天下。

㉛ 齐、楚:国名。朵颐:引申为贪得无厌,好大喜功。

㉜ 睨:窥伺。陈、蔡:国名。骧首:昂首。

㉝ 东略之而西否:向东攻城略地而西面的城市却落入敌手。

㉞ 顿:停留,止息。

㉟ 撤墙屋而致寇:拆墙屋致敌入侵。

㊱ 四封:四方疆界。

㊲ 蔑:无。

㊳ 螳螂之慕蝉,不知黄雀之议其后:即"螳螂捕蝉,黄雀在后"故事。

㊴ 蕞尔之旅:少量的军事力量。

㊵ 衡行:横行。

㊶ 靡:无。郛:城外面围着的大城。

㊷ 距行:正面阻挡。

㊸ 径:通"经"走过。

㊹ 次:止息,停留。嫔嫱(pín qiáng):宫内女官。

㊺ 修明:与下句的"夷光",均为越国美女。

㊻ 粲:光艳夺目。二八:16岁妙龄女郎。

㊼ 咸:都。绝世:冠出当代。浩倡:放声歌唱。

㊽ 姝(shū):美女。

㊾ 撷:采摘。

㊿ 滟(yàn):水波动。金钟:酒器。石:容量单位,十斗为石。

51 仿酒池于旧商:吴王终日沉湎于酒色之中,一如"以酒为池,悬肉为林"(《史记·殷本纪》)的旧日商朝的纣王。

52 吴歈(yú):吴歌。

53 荐:献。

54 "怅星"句:意为夜以继日地纵情逸乐犹嫌不足。

55 嘉:赞美。未央:无尽。

56 铮铜壶之鸣悲:滴漏记时的铜壶铮然作响,其声悲凄。

57 烂急烽之森芒:处处燃起明亮的报

警烽火,火光照耀。

58 “惨梧”二句:事见《吴越春秋·夫差内传》与《越绝书·外传记吴王占梦》。

59 欻(xū):忽然。高陵与深谷:指地面高低之间的变动。

60 委盛丽于苍茫:当年兴盛美好的人事物象,全都化为子虚乌有。委,委弃。

61 玉槛铜沟:语出王嘉《拾遗记》。

62 “朱帘”二句:见《拾遗记》。

63 响屧(xiè)之廊:响屧廊简称屧廊。屧,鞋子,木屐。

64 杳(yǎo):深远的样子。

65 捧心之百媚:指西施。

66 濯粉之余妆者:西施以外的其他妃嫔。

67 仙圣:仙人、圣人。

68 砚沼:在馆娃宫内。

69 甃(zhòu):井壁。

70 木鲸:即木鱼,佛家用的法器。

71 金磬(qìng):佛家用的法器。

72 方外之徒:佛教徒。方外,世俗之外。

73 龟藏:“龟藏六”的省说。龟遇危险,将首尾四足缩入甲壳中。见《阿含经》。蠖(huò)屈:见《易经·系辞下》。喻人不遇时,屈身退隐。

74 方:正当。枯禅:佛教徒称静坐参禅为枯禅。缚律:为佛门戒律所缚,此指僧人诵经。

## 鉴赏

范成大(1126—1193),南宋文学家。字致能,号石湖居士,吴郡(治今江苏苏州)人。宋高宗绍兴二十四年(1154)进士。曾出使金国,全节而归。历任中书舍人、四川制置使、参知政事。晚年因病退隐于苏州石湖。范成大是一位关心国事、勤于政务、同情人民苦难的士大夫,爱国精神与关心民生疾苦是他文学创作的一条主线。诗、词、文、赋皆所擅长,尤精于诗,与尤袤、杨万里、陆游齐名,号称南宋四大家。他的辞赋创作在当时享有盛名。代表作为《馆娃宫赋》。有《石湖居士诗集》《石湖词》。上海古籍出版社1981年校刊本《范石湖集》上下册是其诗词合集,后附清人沈钦韩集注三卷,中华书局1983年出有孔凡礼的《范成大佚著辑存》。

《馆娃宫赋》是范成大的早年之作。馆娃宫在春秋吴国的国都吴(今江苏苏州),相传为吴王夫差为越王勾践进献的越国美女西施所筑的宫室。《方言》说:“吴有馆娃之宫。”《吴郡图经说》:“馆娃宫在灵岩山,苏州城西二十里。”《吴都赋》李善注说:“吴俗好女为娃。”馆娃宫关系到吴国兴亡的一段历史,蕴含着惊心动魄的历史教训，因而后世文人在诗词歌赋中吟咏不绝。在范成大之前，唐代末年的黄滔已在所作《馆娃宫赋》中长声唱叹过“舞榭歌台，朝为宫而暮为沼；英风霸业，古人失而今人惊”。范成大身为吴人，馆娃宫又是他年轻时常游之地，作为一个关心国家命运的文学家，馆娃宫的历史教训自然会牵动他的思想感情。此赋名为吊古，实为讽今，是借吴王夫差信用奸佞、残害忠良、沉溺声色之事讽刺南宋的当权者，作品一经问世便广为传诵，也正是与此赋的现实针对性分不开的。

关于此赋的艺术特色，可以从以下几个方面加以考察。

首先，作者将描写、议论、抒情三者熔于一炉，相发相生，互相渗透。此赋虽名曰《馆娃宫赋》，然作者并未就事论事地将整副笔墨都施诸对巍峨堂皇的宫阙池台的雕镂上，而是由此化出，将有关的历史人物与事件有机地联系起来。其中有对吴越春秋的抚思，有对历史人物的评价，也有对人事物理消长的感慨，容量极大，议论卓荦，气势非凡。赋作在对旧宫遗迹、周围山势略作描绘交代后，马上切入正题，以“嗟乎汰哉”的沉重深刻的调子领起下文，富于浓郁的抒情色彩。接着，用了较多篇幅具体地分析议论吴王夫差昔日之所以成功，后来之所以败亡的原因所在。作者认为，前期吴王因有替父报仇、为国洗辱之志向，同时重用敢于犯颜直谏的正直之士，故能在短期内击败仇敌越国。而以后的吴王，一则不纳忠言，听信佞臣，二则养虎留患，丧失警惕，三则“好大而欲速，厌常而弃旧”，四则沉溺声色，追求享乐，故在不长时间内转盛为衰，直至国亡身灭。这样的分析应当说是比较公正全面的，表现了作者的远见卓识。此外，作者似也没有“女人亡国”的迂腐之见，虽然他也说到“尤物移人”，但从根本上来说，对于“后千载之嗤点，莫不钟咎于婵娟”的观点是持否定态度的。

作者在分析了吴王成败的原因之后，又用了较多的篇幅来描写馆娃宫以及吴王在宫中歌舞升平的逸乐场面，这自然是为了主题的需要而设置的。可以说，这里的场景烘托得越大，越热闹，则事件的悲剧意义就越强，也越能说明吴王之所以失败的内因。同时，这也显示出作者能放能收，纵横开阖的纯熟的写作技巧。赋作写到的人事很多，时空跨度极大，作者却能巧妙地将它们浓缩到一个可以感知的具体形象中去，这个形象就是馆娃宫。由于对馆娃宫的描写不是即景式的，而是带有极大的想象色彩，故而在描绘中也时见作者的见解和情愫充溢其间。这种感情虽不及前面“嗟乎汰哉”那般深沉强烈，但仍富于巨大的感染力量。篇末，作者面对着现实之景抒发其怅惘幽渺的情绪,描写与抒情水乳交融,合而为一。相比较而言,此赋前半部分多议论,史论性较强;后半部分重描写,更富于文学色彩。

其次,此赋在结构上跌宕起伏,摇曳生姿。赋由现实之景入手,继而转为对吴越历史的评议,复转为对现实之景的描写,前后呼应,浑然一体。这里,由于时间几度更易,反映在作品结构上,自然形成那种波澜起伏,错落有致的艺术特色。这是就总体而言。在具体分析历史人物方面,作者也多次采用回折的手法,使文章顺逆相间,富于新鲜感。这里的中心人物是吴王,作者对他的评价不是按一般的时间顺序来展开,而是将他置于吴越交战这样一个历史背景中来考察。赋的开头,作者先不叙"故宫"旧址如何荒芜凄清,而是直接感喟吴国当年由盛转衰,由衰而败的史实。这是由现实之景引发的对历史人物的结局的叹息,是一大回折。赋的中间部分,由历史结局上溯到整个历史过程,由对历史人物的追抚发展而为具体而微地分析其人,又是一次回折。作者在描绘吴王深居宫中,夜以继日地寻欢作乐的场面时,用力较深,而手法稍异。如果说前面两大段的描写顺序是先写结局再叙过程的话,那么这里对馆娃宫的描绘则恰好相反:先写兴盛之时的馆娃宫,再写亡国以后的景况。最后再由败落后的馆娃宫自然过渡到对"故宫"旧址的补叙上来,以照应赋之开头。结构上峰回路转,移步换景,显得多姿多彩。

最后,作者在写作过程中还多处运用对比手法以加强悲剧气氛。这是自鲍照《芜城赋》以来赋家在创作类似题材时最常用的技巧。在《馆娃宫赋》中,既有今与昔的对照(现时遗址的荒凉与昔日的豪华热闹),也有昔与昔的比较(当年吴王为父报仇时的英风豪气与国亡之际雌伏姑苏,最终的身败名裂):这些都是明比。赋中直接写越王勾践的地方寥寥无几,但在行文过程中,作者将他"隐"于文后,处处与吴王夫差相对照:一个卧薪尝胆,伺机中兴,另一个则"未闻大道""逸乐而志荒";一个含垢忍辱,由阶下之囚转而为胜国之君,另一个则"援宿恩而乞怜,或赦图于臣罪":这些则是暗比。由于对比的需要,作品描述的时间空间亦相应地多次变换。由此也使文章的包容量增大,所塑造的形象更加立体化了。

(陈志明　陈根明)

# 海 鳝 赋

杨万里

辛巳之秋[1]，牙斯寇边[2]：既饮马于大江[3]，欲断流而投鞭[4]。自江以北[5]，号百万以震扰；自江以南，无一人而寂然。牙斯抵掌而笑曰[6]："吾固知南风之不竞[7]，今其幕有乌而信焉[8]。"指天而言："吾其利涉大川乎[9]？"方将杖三尺以麾犬羊[10]，下一行以令腥膻[11]；掠木绵估客之艓[12]，登长年三老之船[13]；并进半济，其气已无江壖矣[14]。南望牛渚之矶[15]，屹峙七宝之山[16]；一帜特立，于彼山颠。牙斯大喜曰："此降幡也[17]。"贼众呼万岁而贺曰："我得天乎[18]！"言未既[19]，蒙冲两艘[20]，夹山之东西，突出于中流矣！其始也，自行自流，乍纵乍收；下载大屋，上横城楼[21]；缟于雪山[22]，轻于云球[23]；翕忽往来[24]，顷刻万周；有双垒之舞波[25]，无一人之操舟。贼众指而笑曰："此南人之喜幻，不木不竹，其诳我以楮先生之俦乎[26]？不然，神为之楫，鬼与之游乎？"笑未既，海鳝万艘[27]，相断突出而争雄矣！其迅如风，其飞如龙。俄有流星[28]，如万石钟；霣自苍穹[29]，坠于波中；复跃而起，直上半空；震为迅雷之隐磁[30]，散为重雾之冥濛[31]；人物咫尺而不相辨，贼众大骇而莫知其所从。于是海鳝交驰，搅西蹂东；江水皆沸，天色改容：冲飙为之扬沙[32]，秋日为之退红[33]。贼之舟楫，皆躏藉于海鳍之腹底[34]；吾之戈鋋矢石[35]，乱发如雨而横纵；马不必射，人不必攻；隐显出没，争入于阳侯之珠宫[36]。牙斯匹马而宵遁[37]，未几自毙于瓜步之棘丛。予尝行部而过其地[38]，闻之渔叟与樵童[39]；欲求牙斯败衄之处[40]，杳不见其遗踪[41]。但见倚天之绝壁，下临月外之千峰；草露为霜，荻花脱茸[42]；纷棹讴之悲壮[43]，杂之以新鬼旧鬼之哀恫[44]。因观蒙冲、海鳍于山趾之河汭[45]，再拜劳苦其战功[46]；惜其未封以下濑之壮侯[47]，册以伏波之武公。抑闻之曰[48]：在德不在险[49]，善始必善终[50]。吾国其勿恃此险，而以仁政为甲兵；以人材为河山，以民心为垣墉也乎[51]！

右采石战舰[52]：曰蒙冲，大而雄；曰海鳍，小而驶[53]，其上为城堞屋壁，皆垩之[54]。绍兴辛巳，逆亮至江北，掠民船，指麾其众欲济。我舟伏于七宝山后，令曰："旗举则出江！"先使一骑偃旗于山之颠[55]，伺其半济[56]，忽山上卓立一旗，舟师自山下河中两旁突出大江，人在舟中，踏车以行船[57]：但见船行如飞，而不见有人。虏以为纸船也。舟中忽发一霹雳炮：盖以纸为之，而实之以石灰硫黄；炮自空而下，落水中，硫黄得水而火作，自水跳出，其声如雷；纸裂而石灰散为烟雾，眯其人马之目，人物不相见。吾舟驰之，压贼舟，人马皆溺。遂大败之云。

## 注释

① 辛巳：宋高宗绍兴三十一年(1161)。

② 牙斯：西汉末匈奴王乌珠留若鞮单于，名囊知牙斯。此借指金主完颜亮。

③ 饮马于大江：金人南侵。

④ 断流而投鞭：见《晋书·苻坚载记》。

⑤ “自江”四句：用苻坚攻晋之事来比喻金国侵宋的形势。

⑥ 抵掌：同“抵(zhǐ)掌”，击掌。

⑦ 南风不竞：语出《左传·襄公十八年》。南风：南方的音乐。不竞：乐声低沉。比喻力弱气衰。

⑧ 其幕有乌：军营空虚。

⑨ 利涉：顺利渡过。大川：长江。

⑩ 杖：持。三尺：指剑。

⑪ 一行：军令。腥膻：指金军。

⑫ 估客：商人。艓：小船。

⑬ 长(zhǎng)年三老：船工。

⑭ 壖(ruán)：河边地。

⑮ 牛渚：山名，在安徽。即采石矶。

⑯ 屹峙(yì zhì)：山势直立高耸的样子。七宝之山：采石以北的宝积山。

⑰ 降(xiáng)幡：降旗。

⑱ 得天：得到上天佑助。

⑲ 既：尽。

⑳ 蒙冲：战船。

㉑ 上横城楼：楼轮。

㉒ 缟于雪山：船涂白色，形如雪山。

㉓ 云球：灯球。

㉔ 翕(xì)忽：倏忽。

㉕ 双垒：两大战船。

㉖ 诳：欺骗。楮先生：纸。见韩愈《毛颖传》。

㉗ 海鳝：小而迅捷的战舰。

㉘ 流星：霹雳炮。

㉙ 霣(yǔn)：通“陨”，坠落。

㉚ 隐訇(hóng)：大声。

㉛ 冥濛：模糊不清的样子。

㉜ 冲飙(biāo)：暴风。

㉝ 退红：失去光芒。

㉞ 躏藉：践踏。

㉟ 戈鋋：兵器。

㊱ 阳侯：波涛之神。

㊲ 匹马宵遁：败退时的狼狈相。

㊳ 行部：巡视各地部下。

㊴ 渔叟樵童：泛指民众。

㊵ 衄(nǜ)：损伤，挫败。

㊶ 杳：无影无声。

㊷ 茸(róng)：指荻花上细软的绒。

㊸ 棹讴：棹歌。

㊹ 恫：痛。

㊺ 汭(ruì)：水的弯曲处。

㊻ 劳苦：慰劳。

㊼ “惜其”二句：蒙冲、海鳝立有战功，应受封赏。下濑，汉将军名号。

㊽ 抑：表转折。

㊾ 在德不在险：语出《史记·孙子吴起列传》。

㊿ 善始必善终：从开头到结局都很好。

(51) 垣墉：城池。

(52) 从这句起为赋后的序文。

(53) 驶：车马快跑。

(54) 垩(è)：用白土涂饰。

(55) 骑(jì)：骑兵。

(56) 伺：侦候，探察。

(57) 踏车以行船：木制轮船，用人力踏动机轮。

## 鉴赏

杨万里(1124—1206),字廷秀,号诚斋,江西吉水(今属江西)人。宋高宗绍兴二十四年(1154)进士,历任太常博士、江东转运副使、宝谟阁直学士等职。后家居15年不出,以忧愤国事卒。

杨诗初学江西派,继学王安石与晚唐绝句。最后抛开所学,师法自然,因物感兴,信手成诗,不事雕琢,创造出空灵透脱、新鲜活泼、浏亮自然的“诚斋体”,对转变当时的诗风有一定的贡献。其赋排荡恣肆,颇有气势,风格与苏轼相近,但不及苏作自然。《浯溪赋》与《海鳝赋》是他的代表作。

《海鳝赋》是杨万里的名作,也是赋中唯一描写反侵略斗争的名篇。宋高宗绍兴三十一年(1161)金主完颜亮率军60万,号称百万,大举入侵,妄图一举灭宋,南宋政权上下震动。十一月完颜亮临江筑台,督师过江,防守采石矶的宋军统帅李显忠尚未到达,军心涣散,形势十分危急。代表朝廷犒军的虞允文,临危不惧,挺身而出,主动担负起指挥的重任。在全体将士的奋战下,大败金军,取得这次守卫战的光辉胜利。不久完颜亮被部下杀死,宋金间的战事也宣告结束。采石之战是一次有名的战役,也是南宋人引以为骄傲的一次战役,诗文中曾多次提到它。杨万里是一位有名的爱国诗人,对这次战役自然是不会忘记的。作者自称“予尝行部而过其地”,当是他在光宗绍熙间任江东转运副使,权总领江东军马钱粮时所作。虽然时过境迁,离采石矶之役已三十年,当年的战事已杳不见踪迹,但作者巡视来到其地,面对倚天的绝壁和滔滔的江水,仍然是胸怀激荡,情不能已,从而写下了这篇名作。宋代民族矛盾特别尖锐,宋人的诗文中充满反侵略斗争的内容,而用赋写这方面内容的却绝无仅有。这篇赋不仅以满腔的热情集中歌颂了采石矶抗金斗争的胜利,而且表示了对未来国事的关心,因此,它在文学史上与一般文人赋具有不同的思想意义。

赋用记叙的手法,首先写金人的南侵。起笔先交待清楚入侵的时间,接着具体描绘入侵时的情景和当时的严峻形势。作者运用浪漫主义的手法,巧妙地插入几句关于客观景物的描写,进一步突现了宋军的强大威力,烘托了战斗的紧张气氛。战役的描写,有声有色,声色俱佳,炫人之目,惊人之魄。在写法上极尽铺叙夸张之能事,有记事,有描写,有烘托,有渲染,层次清晰,画面鲜明,给人以可见可触的感觉。作者虽未曾亲临当年的战阵,但却艺术地再现了这次战役的情景,充分表现了作者的想象力和艺术才能。赋的最后一段写对战地的凭吊,以抒情和议论作结。作者因"行部"来到当年的战地,欲通过渔叟樵童寻求一下完颜亮惨败的旧址,但早已无影无踪。面前只有倚天的绝壁,月下的千峰,枯萎的草木,摇落的荻茸。阵阵悲壮的棹歌,仿佛夹杂着新鬼旧鬼的哀鸣。当年鼓波扬威的蒙冲、海鳝,默默地沉睡在山脚水弯之内。作者面对此情此景,不免心潮起伏,感慨万千。三十年过去了,南北政权亦然对峙,宋朝的国势不但没有振兴,反而日趋衰微,长江天险又怎能保住南宋的长期偏安呢?想到此,作者不禁写道:"抑闻之曰:在德不在险,善始必善终。吾国其勿恃此险,而以仁政为甲兵,以人材为河山,以民心为垣墉也乎!"这一段议论,表现了作者对国事的关心,也表现了作者对南宋改良政治的期望。赋文以此作结,更显得用意深长。

赋后的序文,主要介绍这次战役的情况,说明有关的问题,可以帮助读者掌握和理解赋的内容,也不是可有可无之笔。

这篇赋用的散文写法,它在写作上的一个突出特点,就是以叙述为主。用赋体叙事很难,叙述战争就更难。这篇赋仅仅用了几百个字就将采石矶这一重大战役的轮廓和激烈场面展现出来,并且把金主完颜亮的骄横狂妄和宋军的神出鬼没写得淋漓尽致。这篇赋在叙事方面之所以特别成功,主要在于作者在叙述过程中善于抓住事物的本质和典型细节加以描绘。这篇赋在写法上的另一特点,就是运用了因物见人的写法。采石矶抗金斗争的胜利,主要是由于宋军将士的英勇和虞允文指挥的得当,战船海鳝的坚利只是一个次要方面。但作者却没有从正面描写虞允文怎样指挥和宋军将士如何英勇,而是集中写了蒙冲、海鳝的神出鬼没、纵横驰骋和金兵的惨败。作者所以这样写,固然与凭吊战场时眼前的实景有关,但更重要的还是因为写蒙冲、海鳝的神出鬼没,更有利于显示宋军指挥的神妙莫测,写海鳝的纵横交驰,更有利于表现宋军的英勇。作者这样处理,不但节省了大量笔墨,而且将整个的战事写得有声有色,收到了事半功倍的效果。

(赵呈元)

# 感春赋

朱 熹

触世途之幽险兮，揽余辔其安之？慨埋轮而縶马兮，指故山以为期。仰皇鉴之昭明兮，眷余衷其犹未替。抑重巽于既申兮[①]，徇耕野之初志。自余之既还归兮，毕藏英而发春。潜林庐以静处兮，阒蓬户其无人[②]。披尘编以三复兮，悟往哲之明训。嗒掩卷以忘言兮，纳遐情于方寸[③]。朝吾屣履而歌商兮，夕又赓之以清琴[④]。夫何千载之遥遥兮，乃独有会于余心。忽嘤鸣其悦豫兮，仰庭柯之葱蒨。悼芳月之既徂兮[⑤]，思美人而不见。彼美人之修嫭兮[⑥]，超独处乎明光。结丹霞以为绶兮，佩明月而为珰。怅佳辰之不可再兮，怀德音之不可忘。乐吾之乐兮，诚不可以终极。忧子之忧兮，孰知吾心之永伤？

**注释**

① 重巽：诏命。见《周易·巽·彖》。申：同“伸”。

② 阒(qù)：阒寂，没有声音。

③ 方寸：心中。

④ 赓：继续。

⑤ 徂(cú)：往，到。

⑥ 嫭(hù)：美好。

## 鉴赏

朱熹(1130—1200),字元晦,一字仲晦,号晦庵,徽州婺源(今属江西)人。南宋著名哲学家、教育家。绍兴十八年(1148)进士,孝宗时,为枢密院编修官,提举常平,后知台州,提点江西刑狱公事,屡为秘阁修撰;光宗时曾知漳州、潭州;宁宗时为焕章阁待制、侍讲。卒于庆元六年(1200),谥曰文。他一生著述,除注释古籍外,有《晦庵先生朱文公文集》百卷行世。文学上,他发展了理学家重道轻文的主张,而自身文学修养也较高。词文都有成就。存赋三篇,抒情言志,在南宋赋中亦有影响。他幼颖悟,有求道之志,一生致力于圣贤之道的发微阐释,而对仕宦之路则抱以淡漠的态度。他性情刚直,直言敢谏,其做官为学多有得罪,庆元二年(1196)在党争中被诬十罪,落职。这篇赋大约就作于此时,抒发他春日归乡后,潜心学术、修身养性、洁身自好的乐观情怀,同时也表达了他面对春光而感青春华年已逝、理想追求落空的伤叹之情。

朱熹罢官还乡,远离官场,其轻松快乐的心境犹如大自然历经了秋冬的磨难、迎来了美好春天一般,然而自然界的春天于周而复始的移易变迁中重现了,人的青春岁月却一去不复返了。于是他仰视庭中那葱郁茂盛的树林,聆听上面莺雀愉悦安乐的嘤嘤鸣唱时,便引发出一种时光流逝、青春难再的悲哀与惆怅。春已归来,一切富有生命活力的美好事物重新充满生机,而自己却是芳月已去,追求落空。“思美人而不见”,指自己的理想不得实现。从曹植的《洛神赋》到李商隐的无题诗,以美人写美好的理想,象征所追求的境界,几乎形成一个经久不衰的传统。朱熹也以美人来写自己追求的境界,这是一种光伟俊洁人格的化身,她修长美丽,超然独立,光洁照人,以红霞为绶带,明月做鸣珰,净洁美好的装饰更显得她高洁脱俗。如此美好的追求志意,在世途蹉跎中竟化成泡影,于是“思美人而不见”的悲哀,“佳辰之不再”的惆怅,使他陷入深深伤痛之中,而这种伤痛又有谁理解呢?所以结句“孰知吾心之永伤”又引出一层没有知音、孤独寂寞的痛苦伤感之情,写得饱满酣畅。

(阎福玲)

# 石菖蒲赋并序

王　炎

予书室中有石菖蒲一本①，郁然畅茂②。盖资水石之清幽③，以遂其性④。此物医经所论⑤，可以延年，可以成仙。第人取而食之⑥，蒲丧其生矣。然则为人养生者，非蒲之愿也。因读北山翁集，有石菖蒲赋一篇，三折四复，词既妙丽而兴托高远，乃拾其遗论而赋之曰：

老石嶙峋⑦，金铁贞兮⑧；浮云所根⑨，气潜蒸兮。下漱洌泉⑩，玉锵鸣兮⑪；蹙节盘屈⑫，托以生兮。附坚涵润⑬，密如积兮⑭；四时青青，不改色兮。烈日凝冰，无能厄兮⑮；潜蓄幽馨⑯，如有德兮⑰。后土富媪⑱，载品汇兮⑲；其秀其英⑳，拔类萃兮㉑。虬髯者松㉒，负劲气兮㉓；惟竹虚心㉔，古君子兮；兰有国香㉕，侪高士兮㉖；梅也如玉，胜静女兮㉗；得土则繁，否则悴兮㉘。独根于石，孰如蒲之精粹兮㉙！有荇有藻㉚，产涟漪兮㉛，可荐可馐㉜，播声《诗》兮㉝；亦有芙蓉㉞，美芳池兮，红衣素裳，美且都兮㉟，下视其本㊱，着污泥兮。洁静不污，孰如蒲之清癯兮㊲！

来自涧谷，入吾室兮。凿石潴水㊳，保蓊郁兮㊴。零露霄泫㊵，珠的皪兮㊶；甘雨时濯，缁尘涤兮㊷。中心爱之，久无斁兮㊸。方士者流，言可餐兮㊹。养心益髓㊺，将引年兮㊻。一寸九节，可登仙兮。帝经君箓㊼，其言然兮，予乃献疑，进末议兮[48]：彭聃最寿[49]，终亦逝兮；乔松飞升[50]，今安在兮？屑而饵之[51]，蒲何罪兮！毁璞雕刻[52]，玉不幸兮；枯骨抱易[53]，龟陨命兮；破为牺樽[54]，木失性兮。彼美维蒲，吾良朋兮。前有韦编[55]，后《黄庭》兮[56]，全真育和[57]，共欣荣兮，优游卒岁，淡然其忘情兮[58]！

## 注释

① 石菖蒲：植物名，可供观赏及药用。一本：一丛。
② 畅茂：茂盛。
③ 资：凭借。
④ 遂其性：成就它的本性。
⑤ 医经：医药方面的典籍。
⑥ 第：只是。
⑦ 嶙峋：石头突兀高耸。
⑧ 贞：坚硬。
⑨ 所根：所产生之处。
⑩ 漱(shù)：洗。冽泉：清冷的泉水。
⑪ 玉锵鸣：像玉石一样发出铿锵悦耳的声音。
⑫ 蹙(cù)节盘屈：指石菖蒲的茎节密集而屈曲。
⑬ 附坚涵润：附着于坚石，涵养于润湿的水中。
⑭ 积：积聚。
⑮ 厄：为难，损害。
⑯ 潜蓄幽馨：暗暗地蓄积着幽香。
⑰ 有德：品德淳厚的君子。
⑱ 后土：大地。富媪(ǎo)：地神。引伸为富庶。
⑲ 品汇：各种各样的事物。
⑳ 秀、英：都是花。
㉑ 拔类萃：出类拔萃。
㉒ 髯虬(rán qiú)：卷曲的胡须。
㉓ 负劲气：蕴含着刚劲之气。
㉔ 虚心：空心。
㉕ 国香：在一国之内被认为最香。
㉖ 侪(chái)：类，类似。
㉗ 静女：文静闲雅的女子。
㉘ 悴：憔悴，枯萎。
㉙ 精粹：精洁纯粹。
㉚ 荇(xìng)：荇菜，多年生草本植物。藻：水草名。
㉛ 涟漪：指水。
㉜ 荐、馐：进献。
㉝ 播声《诗》：名声在《诗》中得到传扬。
㉞ 芙蓉：荷花。
㉟ 都(dū)：雍容闲雅。
㊱ 本：根茎。
㊲ 清癯(qú)：形体清瘦而风度飘逸。
㊳ 潴(zhū)水：蓄水。
㊴ 蓊(wěng)郁：茂盛。

㊵ 泫(xuàn):水滴滴落。
㊶ 的(dì)皪(lì):鲜明的样子。
㊷ 缁(zī)尘:尘污。
㊸ 斁(yì):厌弃。
㊹ 餐:吃。
㊺ 髓:骨髓。
㊻ 引年:延长寿命。
㊼ 帝经:《黄帝内经》一类的医学书籍。君箓(lù):道教的典籍。
㊽ 末议:微不足道的议论。
㊾ 彭聃:彭祖和老聃。
㊿ 乔松:王子乔和赤松子。
51 饵:食。
52 璞:没有经过加工雕琢的玉。
53 枯骨抱易:是"易抱枯骨"的倒文。易,古代卜易的筮史。抱,奉持。枯骨,指龟壳。
54 牺樽:牺牛形的酒樽。
55 韦编:古代典籍。韦,加工过的熟皮。古代用竹简写字,然后用韦皮编联起来,称为韦编。
56《黄庭》:道教经典《黄庭经》。
57 全真育和:保全自然的本性,培养内心的冲和之气。
58 忘情:指抛弃世俗之情。

## 鉴赏

王炎(1137—1218),字晦叔,婺源(今属江西)人,与朱熹同乡,交谊很深。宋孝宗乾道五年进士,历任潭州教授、知湖州、军器少监等职。有《双溪文集》。存赋有《喜雨》《夏日郊行》《林霏》《水西风光》《中隐》《竹》《雉》《石菖蒲》等。大率皆短篇,咏物抒情,虽意多平淡浅露,但文辞简洁。以《石菖蒲赋》为佳。

赋序中说"读北山翁集,有石菖蒲赋一篇,三折四复",《北山翁集》,即《北山集》,为南宋初郑刚中所撰,北山是郑刚中的号。刚中,金华人,登绍兴进士甲科,初为秦桧所荐,但并不阿附秦桧,累官四川宣抚副使,治蜀颇有方略,后桧怒其不听节度,贬为濠州团练副使。集中存赋一卷,无《石菖蒲赋》。但检其诗,则卷二十一、二十二都有咏石菖蒲的作品。前者为古风,后者为七律,两篇皆写一物,实如一篇。古人诗赋概念往往区分不严,如沈约《愍衰草》,《沈休文集》既收入赋类,又收入《八咏诗》中;李白《鸣皋歌》,《李太白集》编入诗,朱熹《楚辞集注》也当作辞赋收入,即其例。从王炎这篇赋同郑刚中的两首诗的内容看,他指的可能是卷二十一的那篇古风。

赋的前半部分重在突出石菖蒲的德性。它与老石为伴,以洌泉为食,因而能涵养成一种坚贞高洁的品质。为了突出这种品性之美,作者先从正面描写它的四时青青，不以寒暑易节、不向烈日寒冰屈服的特质。接着，又将它与松、竹、兰、梅、荇藻、莲花等一一进行对比，指出这些虽然各擅一长，但都比不上石菖蒲的“精粹”“清癯”。在这里，石菖蒲已被高度人格化了，而这种人格，又正是作者理想人格的化身。就表现方法而言，这里用的也是赋家常用的托物言志方法，但写得跌宕有致，有“三折四复”之妙。且善于将比喻、拟人、对偶、衬托等修辞手法灵活地加以运用，也可称“词既妙丽而兴托高远”了。

后一部分全以议论出之。作者由对石菖蒲之爱转向对方士以菖蒲养生引年谬误的批判，再转向对神仙不死之说的怀疑，转向对破坏自然本性的否定，最后才揭出以恬淡自然、与万物和谐共处的主旨。这段虽然辞旨直露，然表达几经曲折，层层深入，读来也觉深厚有味，非单薄肤廓者所能比。

（李生龙）

# 乳 床 赋

梁安世

吴中以水为乡[①]，岭南以石为州。厥惟桂林，岩穹穴幽，玲珑嵯峨，磊落雕锼[②]。虽縻绳而篝火[③]，窘粮绝而道修[④]。石有脉其何来？泉春夏而渗流，积久而凝，附赘垂疣[⑤]。或举斯钟，或振斯裘；或莲斯葩，或笋斯抽；或胡而龙，或脊而牛；或象之嗅，或鼋之浮；或麟其角，或马其驺；或跃而鱼，或攀而猴；或粲金星，或罗珍羞[⑥]；或肺而支，或臂而瘤；或釜之隆，或囊之投；或溜而塍[⑦]，或叠而丘；或凿圭窦[⑧]，或层岑楼[⑨]；或贾犀贝[⑩]，或农锄耰，或士冠缨，或兵兜鍪；或下上而相续，或中阙而未周。稽《本草》之乳床[⑪]，特精粗之不侔耳[⑫]。抑尝以岁而计之，十万年而盈寸，度寻丈之积累[⑬]，岁合逾于千万[⑭]。肇开辟而距今，邈春秋其几换。蜡屐之士[⑮]，倏来亟散[⑯]；讶泉乳之能坚，若朝菌之暮旦[⑰]。孰知顽矿，天理密运，自立于岱[⑱]，能言于晋[⑲]，望夫而化[⑳]，陨星而镇[㉑]；生公谈妙而点头[㉒]，初平叱羊而争进[㉓]。凡如剑如佩，如绅如弁，如拱而侍，如坐而盼。既具人之形体，盖阅世而独见[㉔]。吾将灰心槁质，居颜畔岸[㉕]，兀坐嵌岩之侧，观融液之流转，自分及丈[㉖]，十百而羡[㉗]，高低联属[㉘]，柱擎台建。小留侯济北之遇[㉙]，玩蓬莱六鳌之抃[㉚]。俾磨崖刻画之子孙[㉛]，当语之以老人大父之贵贱。虽盖倾而舆穿，戴一姓之奄甸[32]。侊谓瘴乡之不可久居[33]，夫岂知处夷险而其志不变者耶？

## 注释

① 吴中:江浙一带。
② 雕锼:刻镂。
③ 縻绳:系上绳子。
④ 窘:窘迫。道修:道路漫长。
⑤ 附赘垂疣:石钟乳如赘疣一样。
⑥ 珍羞:珍馐。
⑦ 塍(chéng):田陇。
⑧ 圭窦:圭形小门。
⑨ 岑楼:高楼。
⑩ 贾(gǔ):商人。
⑪ 本草:《神农本草经》《本草别录》《本草图经》等著作。乳床:石钟乳。
⑫ 侔:相等。
⑬ 寻:八尺。
⑭ 合:应该。
⑮ 蜡屐:涂蜡的木屐。
⑯ 倏、亟:急速。
⑰ 朝菌:朝生暮死的菌。
⑱ 自立于岱:石钟乳生于泰山。
⑲ 能言于晋:见《左传·昭公八年》。
⑳ 望夫而化:据民间传说,有妇望夫化为石。
㉑ 陨星而镇:见《左传·僖公十六年》。
㉒ 生公:梁僧竺道生。
㉓ 初平:黄初平,仙人。
㉔ 独见:《临桂县志》作“默见”。
㉕ 居颜:《临桂县志》作“孱颜”。高峻貌。
㉖ 分:十分为一寸。
㉗ 羡:有余。
㉘ 联属:连缀。
㉙ 小留侯济北之遇:见《史记·留侯世家》。小:以……为小。
㉚ 蓬莱六鳌:见《列子·汤问篇》。
㉛ 磨崖刻画:指在山崖上刻镂。
㉜ 奄甸:奄有并安定之。
㉝ 瘴乡:指岭南。

## 鉴赏

梁安世,字次张,括苍(今浙江丽水)人,生卒年不详。与张孝祥为忘年友,有《远堂集》。曾为广西提点刑狱。

《乳床赋》具体描绘了弹子岩石钟乳景观,这是整个七星山奇景的一个缩影。不过这篇赋不只是纯粹的写景,它寄寓着作者怀才不遇的思想,使这篇赋的意义更深了一层。就写作线索而言,是由写石到写石与人,再写到人,也就是由景到景与情,再到情,以石景发端,以人情收束,把人与石、景与情熔为一炉。描摹不同形态的钟乳石时,连用二十八个“或”字句,观察之细致,想象之丰富,手法之灵巧,在一般写景之作中还不多见。

(张新科)

# 独 醒 赋

刘 过

有贵介公子[1]，生王、谢家[2]，冰玉其身[3]，委身糟丘[4]，度越醉乡。一日，谓刘子曰[5]：“曲糵之盛[6]，弃土相似，酿海为酒，他人视之，以为酒耳。吾门如市，吾心如水。独不见吾厅事之南[7]，盖亦吾之胸次哉[8]！矮屋数间，琴书罢陈。日出内其有余闲，散疲薾于一伸[9]。摩挲手植之竹[10]，枝叶蔚然其色青[11]。此非管库之主人乎[12]？其实超众人而独醒。”

刘子曰：“公子不饮，何有于醉？醉犹不知，醒为何谓？若我者，盖尝从事于此矣。少而桑蓬[13]，有志四方。东上会稽[14]，南窥衡湘[15]，西登岷峨之巅[16]，北游烂漫乎荆襄[17]。悠悠风尘[18]，随举子以自鸣[19]。上皇帝之书，客诸侯之门。发《鸿宝》之秘藏[20]，瑰乎雄辞而伟文[21]。得不逾于一言[22]，放之如万马之骏奔[23]。半生江湖，流落龃龉[24]。追前修兮不逮[25]，途益远而日暮。始寄于酒以自适，终能酕醄而涉其趣[26]。操卮执瓢[27]，拍浮酒船。痛饮而谈《离骚》[28]，白眼仰卧而看天[29]。虽然，此特其大凡尔[30]。有时坠车，眼花落井[31]。颠倒乎衣裳[32]，弁峨侧而不整[33]。每事尽废，违昏而莫省[34]。人犹曰：是其酩酊者然也[35]。至于起舞捋须[36]，不逊骂坐[37]，芥视天下之士[38]，以二豪为螟蛉与蜾蠃[39]，兆谤稔怒[40]，或贾奇祸[41]。矧又欲多酗我耶[42]？今者不然，我非故吾。觉昨非其未远[43]，扫习气于一除[44]。厌饮杯酒，与瓶罂而日疏[45]。清明宛在其躬[46]，泰宇定而室虚[47]。譬犹醯酸出鸡[48]，莲生淤泥[49]，粪壤积而菌芝[50]，疾驱于通道大都而去其蒺藜[51]。当是时也，岂不甚奇矣哉！夫以易为乐者[52]，出于险；以常为乐者，本于变。是故汩没于是非者[53]，始知真是；出入于善恶者，始认真善。今公子富贵出于襁褓[54]，诗书起于门阀[55]，颉颃六馆[56]，世袭科甲，游戏官箴[57]，严以自律。所谓不颣之珠[58]，无瑕之璧[59]，又何用判醒醉于二物[60]？”

公子闻而笑曰：“夫无伦者醉之语[61]，有味者醒之说。先生舌虽澜翻而言有条理[62]，胸次磊落而论不讹杂[63]。子固以我为未知醒之境界，我亦以子为强为醉之分别。”

于是取酒对酌，清夜深沉[64]。拨活火兮再红[65]，烛花灿兮荧荧[66]。澹乎相对而忘言[67]，不知其孰为醉[68]，孰为醒。

## 注释

① 贵介：尊贵。
② 王谢：世家大族的代称。
③ 冰玉：清白润洁。
④ 糟丘：积酒糟成丘。比喻沉溺于酒。
⑤ 刘子：作者自谓。
⑥ 曲糵（qūniè）：酒母。
⑦ 厅事：厅堂，堂屋。
⑧ 胸次：胸怀。
⑨ 疲薾（nǐ）：困极之貌。
⑩ 摩挲（suō）：抚摸。
⑪ 蔚然：茂盛之貌。
⑫ 管库：掌管库藏。
⑬ 桑蓬：桑弧蓬矢。
⑭ 会稽：山名，在今浙江。
⑮ 衡湘：衡山与湘水。
⑯ 岷峨：峨眉山。

⑰ 荆襄:湖北襄阳。烂漫:分散。
⑱ 悠悠:遥远,长久。
⑲ 举子:被荐举应试的士子。
⑳ 鸿宝:道术书名。
㉑ 瑰(guī):奇伟。
㉒ 逾(yú):越过。
㉓ 骏奔:急速奔走。
㉔ 龃龉(jǔyǔ):牙齿参差不齐。
㉕ 前修:前代的贤人。不逮(dài):不及。
㉖ 酕醄(máotáo):大醉。
㉗ 卮(zhī):酒器。
㉘ 离骚:《楚辞》篇名。旧解作离愁,亦有解作牢骚的。
㉙ 白眼:鄙薄厌恶。
㉚ 大凡:大概。
㉛ 眼花落井:见杜甫《饮中八仙歌》。
㉜ 颠倒衣裳:语出《诗经·齐风·东方未明》。
㉝ 弁(biàn)峨:弁,冠名。峨,高耸。
㉞ 违昏莫省:不能昏定晨省。
㉟ 酩酊:大醉。
㊱ 捋(lǚ):用手顺着抹过去,使物体顺溜或干净。
㊲ 不逊:不恭敬。
㊳ 芥视:轻视。
㊴ 螟蛉(mínglíng):一种绿色小虫。蜾蠃(guǒluǒ):一种青黑色的寄生蜂。
㊵ 兆:预兆。
㊶ 贾(gǔ):招致。
㊷ 矧(shěn):况。酌:饮酒。
㊸ 昨非:“实迷途其未远,觉今是而昨非。”
㊹ 习气:习惯。
㊺ 瓶、罂(yīng):酒器。
㊻ 清明:神志清静明朗。
㊼ 泰宇定:心能虚静,则真理自生。
㊽ 醯(xī):醋。
㊾ 莲生淤泥:见周敦颐《爱莲说》。
㊿ 菌、芝:菌类植物。
51 大都:大的都邑。蒺藜:草名。
52 易:平坦。
53 汩(gǔ)没:沉没。
54 襁褓(qiǎng bǎo):背负婴儿的背带和布兜。
55 门阀:世家门第。
56 颉颃(xié háng):不相上下。六馆:唐代国子监下设六馆:国子学、太学、四门、律学、书学、算学。科甲:科举。
57 官箴:对官吏的劝诫。
58 颣(lèi):缺陷,毛病。
59 瑕(xiá):玉的斑点,缺点。璧:圆形中心有孔的玉器。
60 判:区别。
61 无伦:无条理。
62 澜翻:言辞滔滔不绝。
63 讹杂:谬误杂乱。
64 “清夜”句:杜甫《醉时歌》:“清夜沉沉动春酌。”
65 活火:余火。
66 荧荧(yíng):烛光闪烁。
67 澹(dàn):恬静,淡泊。
68 孰:谁。

## 鉴赏

刘过(1154—1206),字改之,自号龙洲道人,吉州太和(今江西泰和)人。终身未仕,一生布衣,流落江湖,曾漫游今江西、湖南、湖北、四川、安徽、江苏、浙江一带,尝从陆游、辛弃疾、陈亮等人游,晚年寓居昆山(今属江苏)而殁。为人尚气节,主抗金,所作诗词,风格豪放,是著名的辛派词人。有《龙洲集》《龙洲词》传世。

赋作传世者只有《独醒赋》。此赋借主客问答的形式,以酒为喻,现身说法,阐述了醒与醉的辩证关系,表达了作者对现实和人生的看法。刘过嗜酒豪饮,狂放不羁,当时颇负盛名。赋中的贵族子弟以冰玉之身委身糟丘之间,沉溺醉乡,却自诩“吾门如市,吾心如水”,依然过着悠然自得、从容闲适的生活,自以为清醒得很,清高得很。而作者却以自己的亲身体验,个中甘苦,指出贵介公子的幼稚肤浅。贵介公子对作者醉酒独醒的“三境界说”,虽未表示完全赞同,但却不能不承认“先生舌虽澜翻而言有条理,胸次磊落而论不讹杂”。于是二人又取酒对酌,开怀畅饮,及至相对忘言,而不知其孰为醉,孰为醒。“饮与不饮无不可,醉醒醒醉同一区”(《寄竹隐先生孙应时》),作者最终还是跳不出现实的束缚。这篇赋,明显地受到苏轼《前赤壁赋》的影响。虽算不得是上乘之作,但却与《前赤壁赋》一样,体现了宋文议论化的特点,议论纵横而不板滞,描写生动而富形象,融哲理与诗情为一体,颇耐人寻味。

(张忠纲)

# 诘猫赋

刘克庄

余苦鼠暴兮语之所亲，或致狸奴兮稍异其伦[1]。甚俊黠兮尤服驯[2]，既咆哮而威兮亦斓班而文[3]。余乏精识兮以貌而取之，阅壹历兮差良辰[4]。栖以丹槛兮藉以华裀[5]，饭以香粳兮侑以鮈鳞[6]。谓子苍辈之闻风兮退避而逡巡[7]，犹鳄惮愈而徙海兮盗惧会而奔秦[8]。始俘禽其一二兮气稍振[9]，意薙狝其族类兮愤乃伸[10]。俄伤饱而恋暖兮复嗜寝而达晨[11]，信半质之难矫兮况驴技之已陈[12]。彼瞷尔兮柔而仁[13]，汝视彼兮狎不嗔[14]。久遗毒于一室兮寖旁及于四邻，尔尚施施而厚颜兮嘿嘿而容身[15]。余架无完衣兮桉无完书[16]，大穿穴于墙壁兮小覆翻于槃杅[17]。闯荐庙之鱼菽兮伺享宾之牢蔬[18]，将大嚼而后快兮宁垂涎于馂余[19]。彼蝶栩栩于栏槛兮雀啾啾于庭除[20]，嗅残花啄弃粒兮哀所营之区区[21]。尔睥睨而袭取兮之二虫又奚辜[22]？余甚怜雪衣女兮置诸座隅[23]，譬之能言之流兮绝代之姝[24]。尔一旦窃发兮掩其不虞[25]，使果入朝而入宫兮其不忮害也夫[26]！嗟尔以捕为职兮狞面目而雄牙须[27]，于所当捕兮卵翼之勤渠[28]，于所不当捕兮踊跃而殴除[29]。余欲诛之兮不胜诛[30]，尔犹有知兮亟改图[31]，否则，世岂无含蝉之种兮任执鼠之责欤[32]！

## 注释

① 或:有人。致:送。狸奴:猫的别称。
② 俊黠(xiá):俊美聪敏。
③ 咆哮:大声怒吼。斓班:同“斓斑”,亦作“斑斓”。
④ 良辰:好时辰。
⑤ 槛(jiàn):栅栏。藉:坐卧其上。华裀:华丽的坐褥。
⑥ 粳(jīng):不黏的稻。侑(yòu):助,佐助。絇(qú)鳞:用网打的鱼。
⑦ 子苍:疑为鼠的别称。
⑧ 愈:韩愈,曾作《祭鳄鱼文》。会:春秋时晋大夫士会,为晋国执政,使晋国之盗皆逃于秦。
⑨ 禽:同“擒”。
⑩ 薙狝(tìxiǎn):剪除杀戮。
⑪ 俄:一会儿。嗜寝:贪睡。
⑫ 半:疑为“羊”之讹。陈:施展。
⑬ 瞷(jiàn):窥视。
⑭ 狎(xiá):亲昵。
⑮ 施(yí)施:喜悦自得。嘿(mò)嘿:沉默。
⑯ 桉:同“案”,指书桌。
⑰ 槃:通“盘”。杅:通“盂”。盛物的器皿。
⑱ 荐庙:祭祀时进献的供品。牢:祭祀用的牺牲。
⑲ 馂(jùn)余:食余。
⑳ 栩栩:欢畅。庭除:庭前阶下。
㉑ 区区:少。
㉒ 睥睨(pìnì):斜视。之二虫:指蝶与雀。
㉓ 雪衣女:白鹦鹉的别称。
㉔ 姝(shū):美女。
㉕ 窃发:暗地发现。
㉖ 忮(zhì):嫉妒。
㉗ 狞:凶恶。
㉘ 卵翼:养育,庇护。勤渠:殷勤。
㉙ 殴除:驱逐。
㉚ 诛:责备。
㉛ 亟(jí):赶快。
㉜ 含蝉:猫之别名。

## 鉴赏

刘克庄(1187—1269),初名灼,字潜夫,号后村居士。宋兴化军莆田县(今属福建)人。23岁时以荫入仕。理宗淳祐间,赐同进士出身。因其直言敢谏,指斥朝政,仕途屡遭波折,几次罢官,长期摈弃不用。以龙图阁学士致仕。一生著作甚丰,有《后村先生大全集》一百九十六卷行世。刘克庄的文学成就是多方面的,诗、文、词创作皆足可观。他是南宋江湖派成就最高的诗人,又是著名的辛派词人,当时影响很大,友人林希逸说他“言诗者宗焉,言文者宗焉,言四六者宗焉”。他的诗,现存的约有4500首,词250余首,而赋流传下来的却不过十来篇,多为咏物之作。

在历代赋作中,写蚊、蝇、虱、鼠者颇多,都是讨伐这些丑类的。苏轼的《黠鼠赋》,别具一格,是专写老鼠的狡猾的。而写猫的却不多。猫、鼠是对立的,鞭挞鼠类,理应歌颂猫才是,而刘克庄的《诘猫赋》却又别具一格,是专斥猫的渎职的。作者巧妙地运用欲抑先扬的手法,痛快淋漓地揭露了所养家猫色厉内荏的本质和丑态。捕鼠是猫的天职,而《诘猫赋》的中心就是痛斥猫的渎职。作者运用对比的手法,有力地揭露了猫的昏聩和残忍。鼠是猫的天敌,理应捕杀剪除。而结果呢?鼠望着猫,是那么温柔而仁慈,猫看着鼠,是那么亲昵而和蔼,它们彼此谅解,温情脉脉,相处得是何等融洽呵!猫对鼠是这样体贴备至,而对那些可爱的小动物呢?却是残酷无情,嗜杀成性。美丑不分,善恶颠倒,两相对照,极为鲜明地暴露了猫那种认敌为友、残暴狰狞的丑恶面目。好用典是刘克庄的一大特点,也是这篇赋的一个特点。如作者为夸张地表现猫的雄威,在一句之中连用了有关韩愈和士会的两个典故。这两个典故极为形象而逼真地渲染了猫的威风,从而使人对猫寄予极大的希望,以为它的到来,必将使作恶多端的鼠类面临灭顶之灾。而后面所写的,却是猫的羊质虎皮与黔驴技穷,不禁使人大失所望。这种期望与现实的巨大反差,有力地增强了文章的艺术效果。这篇赋语言生动形象,诙谐有趣,既有幽默的揶揄,又有辛辣的讽刺,真可谓嬉笑怒骂皆成文章。

(张忠纲)

# 烘蚤赋

洪咨夔

麦送爽寒①，梅迎溽阴②，羸肌老干③，败絮故衾。睡蛇甫蟠④，跳蚤倏临⑤，无蜂虿材⑥，有豺虎心。孕羹之隩⑦，宅第之岑⑧。质眇于粟⑨，嘴饿也镡⑩。其来施施⑪，其进骎骎⑫。假托茵凭⑬，陵躐衽襟⑭。躁跃如舞，潜行似喑⑮。左发右应，前却后侵。螫其股锥⑯，惕其毡针⑰。据蒺刺刺，负芒森森。龟息正清⑱，挠不可禁。蝶梦方栩⑲，搅不可任。爬搔空疲，摸索曷寻⑳。抚床以兴㉑，子规夜吟。赤脚张灯，苍头炽煁㉒。絮衾压篝㉓，烈于釜鬵㉔。初而蠕动，如商望参㉕；少焉纷纶㉖，如发聚簪。或壮或稺㉗，或纁或黔㉘；或尾而丁㉙，或腹而壬㉚。龙跳虎掷，疑闻呜咽。星流电激，惊逃沸浔㉛。力穷势屈，骈搏旅擒㉜。祈父爪牙㉝，凯平绿林㉞。蠢尔蕞尔㉟，虱为赏音㊱。虱养大体，尚知酌斟㊲。尔繁有徒，喋血憯深㊳。予其火攻，难腥斧砧。老妻在旁，一笑振衿。谓彼族赤㊴，可为世箴㊵。逢笋气张，见瓜影沉㊶，至极必衰，理无古今（俗谚谓蚤笋簭来瓜皮去）。

**注释**

① "麦送"句：指初夏麦熟时，寒气渐消，气候清凉爽快。

② "梅迎"句：指南方四五月间，梅子黄熟时，水润土溽，蒸郁成雨的气

候。溽:闷热潮湿。

③ 羸肌老干:瘦弱衰老的身躯。

④ 睡蛇:形容干瘦老人弓腰弯腿,睡姿如蛇。

⑤ 倏(shū):疾速。

⑥ 蜂虿(chài):蜂与蝎,毒虫的泛称。

⑦ 藁:禾秆。隩(yù):深奥处。

⑧ 岑:高处。

⑨ 眇(miǎo):通“渺”,微小。

⑩ 镡(xín):似剑而稍小的一种兵器。

⑪ 施施:慢慢而行的样子。

⑫ 骎骎:疾速而进的样子。

⑬ 茵凭:褥垫。

⑭ 陵躐(liè):欺侮践踏。衽襟:衣襟。

⑮ 喑(yīn):哑。

⑯ 螫(shì):恼怒。股锥:(毒虫的)尾针。

⑰ 惕(shāng):伤痛。

⑱ 龟息:道家语,谓呼吸调息如龟,可以不饮不食而长生。

⑲ 蝶梦:见《庄子·齐物论》。

⑳ 曷(hé):何。

㉑ 兴:起身。

㉒ 苍头:奴仆。炽煁(chén):点燃炉灶。

㉓ 篝:熏笼,笼架。

㉔ 釜鬵(fǔ xīn):泛指釜甑等炊具。

㉕ 如商望参:比喻彼此不见面。商、参,星名。

㉖ 纷纶:众多,忙乱。

㉗ 穉:同“稚”。

㉘ 纁(xūn):浅红色。黔:黑色。

㉙ 丁:象形字,形容跳蚤尾巴弯翘如丁字。

㉚ 壬:象形字,形容跳蚤腹大如妊。

㉛ 沸浔:沸腾。

㉜ 骈搏:相搏,合抱。旅擒:全部捉获。

㉝ 祈父爪牙:指掌兵之人。祈父,官名。

㉞ 凯平:战胜,平定。绿林:强盗。

㉟ 蠢尔:虫蠕动的样子。蕞(zuì)尔:小的样子。

㊱ 赏音:知音。

㊲ 酌斟:处事知考虑,有分寸。

㊳ 憯(cǎn)深:深之甚也。“憯”,通“惨”。

㊴ 族赤:整个家族被诛灭干净。

㊵ 箴:规谏,告诫。

㊶ “逢笋”两句:即作者自注“俗谚谓蚤笋箨来瓜皮去”之意。

## 鉴赏

洪咨夔(1176—1236),字舜俞,于潜(今浙江杭州)人。嘉泰二年(1202)进士及第,历官如皋主簿、成都通判等。任监察御史时劾罢枢密使薛极,朝纲大振,咨夔亦以立朝骨鲠见称。官至刑部尚书,翰林学士、知制诰,加端明殿大学士。卒谥忠文。有《平斋文集》三十二卷传世。收赋四篇,各具风采,尤以《烘蚤赋》最为有味。

《烘蚤赋》为借物讽世之作,全文几乎一气呵成,浑然一体,写得生动酣畅而又意味深长。

小小跳蚤,“质眇于粟”。但作者以小见大,由浅喻深,做出了一篇妙文。赋从跳蚤活动的季节、环境入题。破题处扣应着结束处的“逢笋气张,见瓜影沉”,强调了跳蚤活动的阶段性,为全文主题思想“至极必衰,理无古今”张本。从“睡蛇甫蟠,跳蚤倏临”开始,文章立即切入对跳蚤猖獗活动的描述。先述跳蚤的藏身之处,次写跳蚤的形态、习性,再写跳蚤的行动特征,归于跳蚤对睡者骚扰之可恶可恨。它渴血似镡,侵陵衽襟,它悄悄而来,狠狠而刺,它跳跃灵活,螫人不歇……作者将跳蚤体小性狠、放肆狡黠、猖狂阴险、善躲藏、难捕捉等等特性,描摹刻画,如层层剥笋,依次揭示于读者眼前。自“赤脚张灯,苍头炽煁”始,文章转入对烘蚤的描述。跳蚤如此缺德可恶,睡者决心以牙还牙,有效制止它肆无忌惮的攻击。他索性点灯起床,指挥仆人点燃一盆炉火,将“败絮故衾”烘在篝笼之上,火攻跳蚤。底下一大段文字,铺叙跳蚤被烘以后的种种形态。“蠢尔蕞尔”以下为作者议论。

赋中作者的自我形象颇有深意。他自称“羸肌老干”,不过为一羸弱老者。他求一夕安眠而不可得,刚要入睡就遭受跳蚤袭击。忍耐之中,如据蒺刺,如负芒针,爬搔抓挠,疲惫不堪。容忍再三,终于不堪骚扰之苦,抚床兴起,愤而反击。他燃灶烘蚤,一举族灭,彻底解决问题。一旦决策灭蚤,他一扫衰弱老态,显露出明智、果决本色,英爽矍铄,毫不犹豫,毫不手软,令人肃然起敬。直至“祈父爪牙,凯平绿林”,他大功告成,含笑无语,好整以暇,神清气淡,默许老妻笑贺语箴,一个胸有韬略、举重若轻的形象跃然纸上,栩栩如生。中国士大夫的道德修养,体现着中国的文化特色。他们讲究自身品行端方、克己宽厚,又崇尚道义重气节,性格特征是外圆内方。平时端正温文而临事果决肃杀,节义乃现。赋中睡者那种疾恶如仇、除恶务尽的性格作风,是现实生活中作者自我的反照,也体现了中国封建社会一些正直耿介士大夫的精神风采。跳蚤,在此赋中也不仅仅是一种可恶的害虫,它已成为狠毒、放肆、贪酷不知收敛形象的典型。自然界中有这种害物,人类生活中也自有损人利己、卑鄙无耻的小人。作者对之深恶痛绝、誓不两立、族灭而后快的态度,也不单单针对跳蚤而已,矛头所指已对着所有那一类害物(包括人)。赋结尾作者提出“至极必衰,理无古今”“可为世箴”,具有相当的辩证意识。“至极必衰”正是如今常说的“物极必反”之意。此为真理,放之古今而皆准。跳蚤猖獗一时,气焰嚣张,不可一世。结果呢?物极必反,作恶多端自取灭亡,落了个受烘族灭的可耻下场。跳蚤的下场,具有深刻的寓意。常言道,善有善报,恶有恶报;不是不报,时候未到;时刻一到,一切都报。任何罪恶势力多行不义必自毙。不管他表面上有多么凶暴强大,终究难逃覆灭的命运。作者借跳蚤说法,为世人诫箴,结尾意归冷峻辛辣,其旨之深沉严肃,已非一般游戏文章之所及。

此赋艺术风格亦颇具特色。它全洗汉赋那种腴词云构、夸丽风骇的虚华,文笔洗练,语言拙朴,文风沉着而从容。通观全赋,有铺叙之细腻生动,无铺陈之堆砌夸张,酣畅而不臃肿,细致而不烦琐。全文一气呵成又层次分明,前呼后应,针线严密。赋中形象鲜明生动,无论睡者还是跳蚤,都呼之欲出,如在目前。就是“老妻”形象,简单一笔勾勒,亦神形毕现,令人过目难忘,显示了作者刻画形象的深厚功力。赋的结尾点到即收、戛然而止,含蓄老辣而又精警醒人,余韵不绝,耐人寻味。诗赋自唐以还常以小物讽世,且辞约旨深。例如晚唐陆龟蒙之《后虱赋》,讽喻深刻而全赋不过32字。此类赋到宋人手中就常常仅存体物之文而失规讽之旨。但这篇赋体物既畅,讽谏亦深,称得咏物讽刺小赋中之佳作。

(杨　燕)

# 岩蔓聚奇赋

王 寂

伊合抱之岩藤[1]，迹其生之有渐[2]。挺标末其不凡[3]，啇世用而尤赡[4]。裁挝马之短箠[5]，绾维舟之长缆[6]；斲滇池飞电之杖[7]，组湘浦含风之簟[8]。独高节之拥肿[9]，外累累然中歉[10]。顾匠石之数过[11]，不侧目而一觇[12]。

有好事者[13]，非常风鉴[14]。破长桥之蛟卵[15]，剖巴山之猿嗛[16]。其混然而天成[17]，微斧凿之可验[18]。彼甆石虽洁而近乎俗[19]，金玉虽珍而几于僭[20]。当樽俎之胜处[21]，惟瘿君之独占[22]。惜流落于市井[23]，为时人之所厌。幸淇泉之赏音[24]，辍酒直而见念[25]。不然，则灰爨下之桐[26]，而失酆城之剑[27]。

老人既归，而谋诸妇曰[28]："我以酒隐[29]，处身纯俭[30]，欣此物以有托[31]，了吾生而无憾[32]。"于是拨春瓮之嘈嘈[33]，漉乳泓之湛湛[34]，挹彼注兹[35]，十分潋滟[36]。追颜子之瓢饮[37]，陋管氏之反坫[38]。咀嚼石蟹之霜螯[39]，狼籍荷盘之菱芡[40]。少焉既夕[41]，风清天淡，舞月影兮徘徊[42]，吸露华兮泛滟[43]，已而先生径醉也[44]。宫锦淋漓[45]，角巾欹垫[46]。卷河汉于一酌[47]，尽江湖于一蘸[48]；洗战国之蛮触[49]，吊古今之时暂[50]。陶陶乎释身世之羁缚[51]，浩浩乎谢功名之机陷[52]。然后神游八表兮[53]，其将以蹑冥鸿之背[54]，而探骊龙之颔也[55]。

## 注释

① 伊:句首语气词,无实义。岩藤:生长在岩石上的藤蔓。

② 迹:推究,考察。生:生长。有:词头,无实义。渐:渐进,逐步发展。

③ 挺:挺拔,突出。标末:两词同义,均为“树梢”,这里指藤的顶端。

④ 商:估量。世用:世俗的用途。赡(shàn):充足,多样。

⑤ 裁:剪裁,截成。挝(zhuā):敲,打。箠(chuí):鞭子。

⑥ 绾(wǎn):盘结。维:系,连接。

⑦ 斲(zhuó):砍,削。滇(diān)池:湖名,在云南昆明西南。飞电:闪电,古人因形状的相似,常称手杖为“飞电”。

⑧ 组:编织。湘浦:湘江水滨。含风之簟(diàn):指十分凉快的竹席。古时湘簟名闻遐迩。

⑨ 节:植物分枝长叶的地方。拥(yōng)肿:即“臃肿”,形容物体隆起、肥大的样子。这句说,在藤蔓分枝的部位,长着一个特别肥大、臃肿的瘿疣。

⑩ 累累:重叠堆积的样子。中:内部,里面。歉:这里是“空”的意思。

⑪ 顾:副词,相当于“而”。匠石:姓石的匠人。《庄子·徐无鬼》曰:“郢人垩慢其鼻端,若蝇翼,使匠石斲之。匠石运斤成风,听而斲之,尽垩而鼻不伤。”这里泛指手艺很高的匠人。数过:多次经过。

⑫ 侧目:斜着眼看。觇(chān):窥视。

⑬ 好(hào)事:喜欢多事。

⑭ 风鉴:卓越的见识。

⑮ 长桥:桥名,在江苏宜兴,晋时周处斩蛟于此,故又名蛟桥。《晋书·周处传》:“长桥下有蛟食人为害,处入水斩之。”

⑯ 巴山:泛指四川境内的山。猿嗛(qiǎn):猿颊内所藏的食物,亦可指猿的颊囊。这里是后一意义。以上两句说,“好事者”把像蛟卵和猿嗛一样圆形的藤瘿取下,加工成盛酒的杯子。

⑰ 混然:浑然。天成:天生而成。

⑱微:无,没有。斧凿:用工具刻意加工。验:验证。这里说,藤瘿杯浑然天成,看不出斧凿加工的痕迹。

⑲ 甆石:瓷器。甆,同“瓷”。

⑳ 几:接近。僭(jiàn):超越本分,过分。

㉑ 当:占有。樽俎(zǔ):泛指酒器。胜:美好。

㉒ 瘿(yīng):树木外部隆起如瘤之处。君:对藤瘿的拟人化尊称。

㉓ 市井:民间贸易市场。

㉔ 幸:幸亏。淇泉:两条河的名称,在河南境内。赏音:知音。

㉕ 辍(chuò):中止,废止。酒直:买酒的钱。直通“值”。念:惦记,眷念。这句说,作者很喜欢这个藤瘿杯,便用买酒的钱购下了它。

㉖ 灰:使动用法,使……成为灰烬。爨(cuàn)下之桐:《后汉书·蔡邕传》:“吴人有烧桐以爨者,邕闻火烈之声,知其良木,因请而裁为琴,果有美音,而其尾犹焦,故时人名曰焦尾琴焉。”这里比喻幸免于难的良材。爨,灶。

㉗ 酆(fēng)城之剑:指晋初张华在酆城(今江西丰城)掘得的龙泉、太阿宝剑。(参见《晋书·张华传》)

㉘ 老人:作者自指。谋:商量。诸:“之于”的合音。妇:作者妻子。

㉙ 以酒隐:借饮酒来忘却现实,寄托遗世之情。

㉚ 纯:通“淳”,质朴。

㉛ 托:寄托。

㉜ 了:终。

㉝ 拨:弹拨。春瓮:装着春酒的瓮。嘈嘈:弹拨陶瓮发出的声音。

㉞ 漉(lù):过滤。乳泓(hóng):牛羊的乳汁。泓,清澈的样子。湛湛(zhàn):厚重的样子。

㉟ 挹(yì):舀,把液体盛出来。彼:指酒和奶。兹:指藤瘿杯。按:奶酒是当时北方常饮的。

㊱ 潋(liàn)滟(yàn):液体满溢的样子。

㊲ 颜子:颜回,孔子的得意门生。瓢饮:指饮食简素。《论语·雍也》:“贤哉回也!一箪食,一瓢饮,在陋巷,人不堪其忧,回也不改其乐。贤哉回也!”这句说,要效法颜回的简朴生活。

㊳ 陋:鄙薄。管氏:管子,春秋时齐国的贤相,名夷吾,字仲。反坫(diàn):反爵之坫。坫即放置酒杯的土台,在两楹之间。互相敬酒之后,把空爵反置于坫上。为周代诸侯宴会之礼仪。《论语·八佾》:“邦君为两君之好,有反坫;管氏亦有反坫。”这里主要指官场的繁琐礼仪。

㊴ 石蟹:产于溪涧石穴之中的蟹,壳坚色赤。螯(áo):蟹的第一对脚,像钳子,食之味美而脆。

㊵ 狼籍:散乱不整的样子,亦作“狼藉”。这里作动词用。荷盘:莲蓬。菱:菱角。芡(qiàn):水生植物,又名鸡头,其种子可食用或入药。

㊶ 少焉:不久。夕:傍晚。

㊷ 徘徊:往返回旋的样子。这句说,起舞于月下,影子往返回旋。

㊸ 露:露水。华:同“花”。泛滟:漂浮游荡。

㊹ 已而:随即。先生:作者自称。径:即,就。

㊺ 宫锦:宫中特制的锦缎。这里指衣服。淋漓:沾湿的样子。

㊻ 角巾:方巾,古代隐士的冠饰。欹(qī):倾斜。垫:下陷。

㊼ 河汉:黄河与汉水。酌(zhuó):斟酒。

㊽ 醮(zhàn):酒斟满,用指甲醮之,以示畅饮。

㊾ 洗:消去。蛮触:《庄子·则阳篇》中假设的两个小国的名称,其中曰:“有国于蜗之左角者,曰蛮氏;国于蜗之右角者,曰触氏。争地而战,伏尸数万,逐北旬有五日而后反。”这

里指战国时诸侯混战的纷扰。

㊿ 吊:感怀。暂:短暂。

51 陶(yáo)陶:和乐的样子。释:解除。羁(jī)缚:羁绊束缚。

52 浩浩:旷远的样子。谢:辞别,摆脱。机陷:设有简易制动装置的捕兽陷阱,这里比喻陷人受害的圈套。

53 神游:精神或梦魂往游。八表:八方之外,指极远的地方。

54 蹑(niè):踩,登上。冥鸿:高飞的鸿雁。

55 探:摸取。骊(lí)龙:黑色的龙。颔(hàn):下巴颏。传说骊龙颔下有宝珠。

## 鉴赏

王寂(1128—1194),金代文学家,字元老,蓟州玉田(今河北玉田)人。海陵王天德三年(1151)进士,历任太原祁县县令、通州刺史、中都副留守、中都路转运使等职。卒谥文肃。王寂工于诗文,《四库全书总目》指出:"寂诗境清刻镵露,有戛戛独造之风;古文亦博大疏畅,在大定、明昌间卓然不愧为作者。"他的诗文对与其同时而稍晚的王若虚、李俊民有一定影响。著有《拙轩集》等。

《岩蔓聚奇赋》由三个部分组成。

第一部分开头四句描写岩藤合抱缠绕、挺拔于山岩之上的不凡姿态;接下来四句交代藤蔓的用途:可为鞭、为缆、为杖、为箪;最后四句则点出作品着重刻画的对象——一个长在藤蔓分枝处的、外肿内空的瘿疣,以及它不为匠人所重视的落寞。在这里,作者显然汲取了王褒《洞箫赋》、马融《长笛赋》等汉代咏物名赋的手法,由远及近,层层逼近,渐次推出主要的吟咏对象。

第二部分写藤瘿杯的制成和作者对它的喜爱赞美。有"好事者",以非凡的洞察力,根据其"外累累然中歉"的特点,顺其自然,因材施技,将藤瘿制成了一件浑然天成、无斧凿痕迹的工艺品。对于这个独特的"藤瘿杯",作者给予了高度的评价;与之相比,瓷器近乎俗,金玉几于僭,樽俎之美,全由它独占了;只有那天下闻名的焦尾琴和龙泉、太阿宝剑方可与之媲美。于是,作者用沽酒的钱买下了它,以免其流落于市井而遭俗人的白眼。

第三部分是借饮酒抒发作者遗世之情。他携杯以归,欣感精神有所寄托,可了其"酒隐"的心愿,乃斟酒"藤瘿杯"中,咀嚼脆香的蟹螯,狼藉新鲜的菱芡,从中体悟到颜回陋巷瓢饮的自在,管仲反坫繁礼的拘束。傍晚,酒到酣处,不禁起舞月下,餐饮露华。衣服湿,方巾倾,全然一副醉态,但这是何等的惬意和爽快啊！那天地之悠远,古今之纷争、身世之羁缚、功名之机陷全消解在这一醉之中,精神亦因此而摆脱了尘世的烦恼,漫游于八荒之外,获得了彻底自由。这一部分的描写十分精彩,其抒情之洒脱、笔调之纵恣,如万斛泉涌,不择地而出,几近于苏东坡的《前赤壁赋》。

《岩蔓聚奇赋》的道家情调和出世隐逸思想是非常明显的。首先,作者赞美"藤瘿杯",是因为它生于山岩,禀天地自然之气;浑然天成,淳朴无斧凿之嫌。与制作精细的瓷器、珍贵华丽的金玉相较,它自有一种不俗不僭、卓尔不群的内在神韵。于是作者斟以农家自酿的春酒,以石蟹、菱芡等自然之物为佳肴,效颜回瓢饮简朴之风,向往一种神游八表、逍遥物外的自由境界。从中不难看出作者对"自然之性"的肯定和崇尚自然、反对雕饰的审美追求。王寂诗中多有闲适情趣,但由于他在户部侍郎任上曾贬谪南疆,故后期作品也常表现出去国怀乡、遁世归隐的情绪。此赋中,作者想通过"酒隐"的方式,忘却天地古今,忘却身世功名,忘却人生的一切烦恼,正是他厌恶官场、保朴守拙的出世思想的反映。然而,人生之苦劫难逃,借酒消愁愁更愁,透过那狂歌夜舞的潇洒、衣湿帽倾的醉态,我们不是分明能听到作者那陷入尘网而不可自拔的无奈叹息,以及精神与肉体相分裂的痛苦呻吟吗?

《岩蔓聚奇赋》艺术上最突出的特点可用一个"奇"字来说明。从自然现象看,光滑的藤蔓上长出一个臃肿不堪的瘿疣,显然是一种非正常的状态,这是吟咏对象本身的奇;对于如此畸物,匠者不顾,时人讨厌,而作者却慧眼独具,倍加赞赏,视为非凡珍品,这是欣赏主体的奇;历来赋家,大抵铺写京都宫苑、春花秋月、鸟兽草木等,作者有意不袭前人,另辟蹊径,偏要咏颂这看着不顺眼、摸着不称意,不能给人以美感的藤瘿,这是表现角度的奇。更为可贵的是,作者抓住藤瘿承天地之精气、颀自然之化育的特点,赋予它以不假雕饰、不俗不僭的独特气质,并借以表现自己鄙薄流俗、卓立不群的品格和对摆脱世务束缚的自由生活的向往,这是立意的奇。

对于新奇独特的对象比司空见惯的对象更为注意,乃是人类的一种反应本能和心理趋向,因而从屈子的《离骚》"奇文郁起",到曹植的"骨气奇高",到韩愈的峭拔奇诡,李长吉的"奇而不正",诚斋的"时出奇峭"。古来有成就的诗人无不在求新出奇上下功夫。王寂的《岩蔓聚奇赋》便继承了这一传统,在立意、表现角度等方面刻意求新,显示出此赋在艺术表现上的独特风格。

(郭建勋)

# 秋 望 赋

元好问

步裴回而徙倚[①]，放吾目乎高明[②]。极天宇之空旷，阅岁律之峥嵘[③]。于时积雨收霖，景气肃清。秋风萧条，万籁俱鸣[④]。菊鲜鲜而散花，雁杳杳而遗声。下木叶于庭皋[⑤]，动砧杵于芜城[⑥]。穹林早寒[⑦]，阴崖昼冥[⑧]。浓淡霏拂，绕白纡青[⑨]。纷丛薄之相依[⑩]，浩霜露之已盈[⑪]。送苍苍之落日，山川郁其不平[⑫]。

瞻彼轘辕[⑬]，西走汉京。虎踞龙盘[⑭]，王伯所凭[⑮]。云烟惨其动色，草木起而为兵[⑯]。望崧少之霞景[⑰]，渺浮丘之独征[⑱]。汗漫之不可与期[⑲]，竟老我而何成[⑳]！挹清风于箕颍[㉑]，高巢由之遗名[㉒]。悟出处之有道[㉓]，非一理之能并[㉔]。緊南山之石田[㉕]，维景略之所耕[㉖]。老螭盘盘[㉗]，空谷沦精[㉘]。非云雷之一举，将草木之偕零[㉙]。太行截天[㉚]，大河东倾[㉛]。邈神州于西北[㉜]，恍风景于新亭[㉝]。念世故之方殷[㉞]，心寂寞而潜惊[㉟]。激商声于寥廓[㊱]，慨涕泗之缘缨[㊲]。

吁咄哉[㊳]！事变于已穷[㊴]，气生乎所激[㊵]。豫州之士，复于慷慨击楫之誓[㊶]；西域之侯，起于穷悴佣书之笔[㊷]。谅生世之有为[㊸]，宁白首而坐食[㊹]！且夫飞鸟而恋故乡，嫠妇而忧公室[㊺]。岂有夷坟墓而剪桑梓，视若越肥而秦瘠[㊻]？天人不可以偏废[㊼]，日月不可以坐失。

然则时之所感也，非无候虫之悲[48]。至于整六翮而睨层霄[49]，亦庶几乎鸷禽之一击[50]。

## 注释

① 裴回:即徘徊。徙倚:流连不去。
② 高明:高敞的处所。此指天空。
③ 岁律:岁时,季节。
④ 万籁俱鸣:各种声音都鸣响起来。此指秋声。
⑤ 木叶:树叶。庭皋:堂前高地。
⑥ 砧:捶衣用的石头垫子。杵:捶衣用的木棒。芜城:荒芜的城市。
⑦ 穹林:幽深的树林。
⑧ 阴崖:背阴的山崖。
⑨ 绕白纡青:指天空中的云彩就像缠绕着白色的、系着青色的东西一样。纡,系结。
⑩ 丛薄:丛生的草木。
⑪ 浩:盛。盈:充积。
⑫ 郁:繁盛的样子。
⑬ 轘辕:山名。轘辕在今河南洛阳偃师东南,为古之险要地。
⑭ 虎踞龙盘:形容地势险要,喻帝王之宅。
⑮ 王伯:多写作王霸。春秋时,周天子是诸侯国的共主,称为王;强有力的诸侯纠合各国,尊王室、御外侮,称为霸。
⑯ 草木起而为兵:即“草木皆兵”。详见《晋书·苻坚传》。
⑰ 崧少:崧指嵩山。崧通“嵩”。少指少室山,为嵩山之西峰,在河南登封境内。
⑱ 浮丘:即浮丘子,神仙名。传说他与容成子同为古代仙人,曾骑鹤游嵩山。
⑲ 汗漫:漫无边际,时间久远。
⑳ 老我:等老了自己。
㉑ 挹(yì):捧取。箕颍:箕山、颍水。相传尧时隐士许由住在箕山之下,颍水之滨。
㉒ 巢:巢父,尧时隐士。
㉓ 出处:指出仕和退隐。
㉔ 一理:一概而论。
㉕ 繄:句首语气词。南山:终南山。石田:不可耕之田。
㉖ 景略:王猛,字景略,山东人,曾隐居华阴山,怀佐世之志,后成为苻坚谋主。
㉗ 螭:古代传说中龙的一种。盘盘:蜷曲的样子。
㉘ 沦精:隐藏光芒。
㉙ “非云”两句:是说像王猛那样的人,如不被起用出仕,也会同草木一起凋零于空谷荒山之中。云雷一举,指被起用出仕。
㉚ 太行:太行山。
㉛ 大河:黄河。
㉜ 邈:远。神州:中国。此指被蒙古国占领的金国故地。
㉝ 恍:迷离恍惚。新亭:古迹名。故址

在南京东南,依山建造,为游览胜地。据《世说新语》载:东晋初,过江诸人常来新亭宴饮,周颚中座叹曰:“风景不殊,举目有山河之异。”众人皆相视流泪。

㉞ 世故:世事变故,战乱。殷:众多。

㉟ 潜惊:暗暗吃惊。

㊱ 商声:古五声中金音,声凄厉,与肃杀秋气相应,故以商声代秋声。

㊲ 涕泗缘缨:泪水浸湿了冠带。涕泗:偏义词,眼泪。缘:沿着。缨:系在颔下的冠带。

㊳ 吁咄(xū duō)哉:叹词,表深重感叹。

㊴ 事变于已穷:事物发展到了极点就要向反面变化。穷,极点。

㊵ 气:精神气质。

㊶ 击楫之誓:东晋将领祖逖为豫州刺史时,率师北伐,渡至中流,击楫誓曰:“不能清中原而复济者,有如大江!”

㊷ “西域”两句:典出《后汉书·班超传》。西域之侯指东汉名将班超,他曾为官府抄书而谋生,后投笔从戎,因开拓西域有功,被封为西域都护,定远侯。佣书,被雇佣抄书。

㊸ 谅:料想。生世:人生在世。

㊹ 白首:白头到老。

㊺ 嫠妇而忧公室:寡妇为国家担忧。据《左传·昭公二十四年》:“嫠不恤其纬,而忧宗周之陨,为将及焉。”意为寡妇不忧织布的纬线少,而忧愁宗周之陨,会祸及自己,表示平民有忘私忧国之心。

㊻ 越肥而秦瘠:指与自己无关的事。

㊼ 天人:指天意与人事。

㊽ 候虫之悲:指蟋蟀一类昆虫,一到秋天就发出悲哀的叫声。

㊾ 六翮(hé):健羽。睨:斜视。

㊿ 庶几:差不多。

## 鉴赏

该赋选自《历代赋汇》卷十二。作者元好问(1190—1257)字裕之,号遗山,太原忻州秀容(今山西忻县)人。为北魏拓跋氏后裔。“生长云朔……天禀多豪迈英杰之气。”青年时期的元好问渴望为国家建功立业,并为实现自己的抱负做了准备。但元军的入侵折断了他理想的翅膀。故乡沦落,兄长为蒙古人杀死,自己只好流落异乡河南三乡镇,后又徙居嵩山脚下,并在此过了八年“半隐居”生活。此时,他一方面对元军充满复仇心理,一方面对黑暗现实不满,产生消极的退隐念头。金宣宗兴定五年(1221)他中了进士。后历任镇平、内乡、南阳县令,尚书都省掾等职。金亡后不仕,致力于金代史料的搜集。并编纂了金诗总集《中州集》。元好问的诗文在金元之际颇负盛名。他曾致力于古典诗歌理论的研究,主张诗歌要刚健豪放、自然天成。他的诗歌就实践了自己的理论,感情真挚,风格刚健,语言平易畅达,其内容则多伤时感事之作,反映了国破家亡的痛苦和人民的灾难,暴露了金末的黑暗统治和蒙古统治者的残暴罪行。其诗赋文章收在《遗山集》中。

本赋由铺陈秋景、因景兴感、由感及情从而直抒胸怀三段组成,感情层次清楚,表达逐次加强,表现了作者难以抑制的情怀。赋文第一段铺陈秋景、景中寓情。首先,作者以蘸满浓情的笔触,选择秋天特有景物,勾画出一幅境界高远、色彩各异的秋景图。给人一种沉郁而又向上的感情。"步裴回而徙倚,放吾目乎高明"二句就点明作者喜爱秋景、流连忘返,极目远望秋空的情趣。表现出作者非见秋生悲的颓废之辈,并为下文张本。由于作者"放目""高明",故六合金色皆收眼中。由目及耳,动静谐一,形成了一幅美好的霜秋画面。"极天宇之空旷,阅岁律之峥嵘"等句道尽了深秋的特点——天高气爽、一望无际。特别是在秋雨刚刚停下,天气转晴之际,而出现的"景气肃清"的特有景象。"肃清"将深秋的气氛形容殆尽,肃杀清冷,一派新寒。由于秋风萧瑟,致使"万籁俱鸣"。在这种情况下,多少封建文人触景伤情、望秋流泪。但作者却绝无此情,在他笔下出现的是奋发景象。菊花不以深秋为意,她"鲜鲜而散花"。"鲜鲜"二字状出她的勃勃生机,"散"字画出她的不畏严寒的怒放丰姿。确实给人一种清新向上之感。还有那飞向天边的大雁,留下它不辞劳苦而远征的叫声。秋临人间,人们又是如何呢?树叶纷纷落于庭院,荒芜的城镇上传出"动砧杵"的声音,人们要整治冬衣御寒了。深秋到来,秋寒又是其突出特点,"穹林早寒"写秋天的早晨是寒冷的,"阴崖昼冥"写白日靠北的山崖是阴暗的。天空中的云彩轻轻拂过,浓淡相间,"绕白纡青",没有火红鲜艳的色彩,给人以清冷之感。早晨,杂乱丛生的树木已结下厚厚的霜雪。这是"穹林早寒"的注脚,也是深秋的标志。下午到来,太阳落到苍茫不平的山川之中。真是秋意盎然。本段极写秋景,这种肃杀的景象既是大自然的写照,也是金朝黑暗统治特别是元军入侵后残酷现实的写照。肃杀气氛中有勃然向上、傲霜怒放的秋菊,元军蹂躏下的沦陷区同样有着不屈不挠的猛士与入侵者抗争。

赋文的第二段写自己看到祖国大好河山及由此联想到的历史人物,抒发了自己不甘心隐居沉沦的感情,使赋文的主题又向前推进一步。"瞻彼轘辕,西走汉京"二句,引起对人事沧桑、朝代兴替的感慨。轘辕山"虎踞龙盘",地势险要,成为要创立王伯之业人的必争之地。每次战后,山上飘动着惨淡的云烟,使其景色不断变化,山上草木望之亦如兵士。又看少室山的霞景,想起浮丘子在此修炼,一人成仙远行了。但"汗漫之不可与期",自己不会成仙,等老了也没用。由仙人作者又想到了箕山之下、颍水之滨的高士巢父和许由,他们令人敬仰,留下了美名。神仙和隐士处在太平之世,作者对他们表示敬仰。但在当时,国破家亡,自己功名未就,实际内心里没有修仙、隐居的意愿,故赋文说"悟出处之有道,非一理之能并"。此句一转,引出王景略在"南山之石田"隐居一事。他像蜷曲在山谷中的龙一样,如果不是苻坚起用的话,也将同草木一样凋零。但王猛还是出仕了,为社会的安定发展起了作用。作者又想到了截天的太行山,东倾的黄河和神州大地。祖国山河无限壮美,但沦入敌手,无人收复。这就自然而然联想东晋新亭对泣的故事,历史上的清谈之辈只有哭泣而已。"念世故之方殷"——战乱正多,这使自己的寂寞之心暗暗吃惊。终于要离开崧少,收拾旧山河了。最后赋文又回到秋声上,辽阔的天空,秋声激荡。作者由此联想到国土沦丧,国仇家恨涌上心头,慨然而"涕泗之缘缨"了。这种爱国主义的感情,读者已为之掩泣。

赋文最后一段引用历史故事,直接抒发自己的情怀。"吁咄哉"三字迸发出无限慨叹,也是承上启下之句。"事变于已穷,气生乎所激"带有哲理性的两句,表示自己随着形势的发展,要从隐居中出来参与收复国土的战斗了。作者连举出三个历史人物及事迹:一是东晋祖逖江中击水,明志收复中原;二是班超投笔从戎,报效国家,封侯边塞;三是春秋时代某寡妇不为自己所织的布纬少担忧而替国家忧愁的事。实际上是表示了自己要像他们一样先国后己的决心。"谅生世之有为,宁白首而坐食",作者相信自己的力量,同时又从反面肯定了自己的社会责任:哪里有自己的祖坟被铲平,宅边桑树被砍净还看作与自己无关的呢?从而突出了自己的决心。"天人不可以偏废,日月不可以坐失"两句,则表达了作者强调人事对国家的作用和对收复失地机不可失的急切心情。赋文最后作者以譬喻的手法指明自己对时局的感慨如同昆虫到了秋天发出的悲鸣一样。以至于由此而奋起像鸷鸟一样搏击长空——挽救危亡、杀上战场。

从上可以看出,作者在严峻形势下是一步紧似一步地抒发自己的豪迈情怀的。由于作者善于选择表现秋天同时又最能反映自己感情的景色,善于选取最能表达其思想感情的历史故事,善于选用最能表达自己情绪的词句,故赋文感情真挚、风格刚健,历来为人们称颂。

(梁宗奎　刘　锋)

# 驯 鹿 赋

李俊民

有足而跂，有角而枝。处山而适，食野而肥。一旦为雉兔者所获，遂见縶于藩篱[①]。不缠而缚，不械而羁[②]。睹常如崖异[③]，履平如险巇[④]。野哉之性，何异夫由也之见仲尼[⑤]。

郑人之梦，郑人之疑[⑥]。秦人之指，秦人之欺[⑦]。逐母而归，未能如西巴之麑[⑧]。与犬而嬉，慎勿效临江之麋[⑨]。鹿兮鹿兮，汝生我依，我恩汝知。不见夫人之子食其肉而寝其皮。

## 注释

① 见縶：被系绊。
② 械：桎梏，用作动词。
③ 崖异：不寻常。
④ 险巇（xī）：险阻崎岖。
⑤ 野哉：《论语》："子曰：'野哉由也！'"由：仲由，字子路，孔子的学生，性爽直勇敢。仲尼：孔子的字。
⑥ 郑人之梦：郑国樵夫击毙一鹿，藏于一处，忘其所在，便以为是梦。旁人得之，其妻又以为丈夫是梦中得鹿。后樵夫与得鹿者争讼于官，法官也弄不清谁真谁梦，只得把鹿分给两人。而国君却又认为法官是梦里分鹿。故事见于《列子·周穆王》。
⑦ 秦人之指：《史记·秦始皇本纪》载：赵高为了试探群臣，持鹿献于二世，曰："马也。"问左右，有人默不作声，有人说是马以阿顺赵高，凡直言鹿者，赵高都暗加陷害。
⑧ 西巴之麑（ní）：汉刘向《说苑·贵德》："孟孙猎得麑，使秦西巴持归。其母随而鸣，秦西巴不忍，纵而与之。"
⑨ 临江之麋：临江人养一麋，使与狗

戏,狗怕主人,不敢伤麋。时日久了,麋以为狗真是朋友,一日出门,想与外面群狗游戏,结果被咬死吃掉了。故事见于《柳河东集·三戒》。

## 鉴赏

李俊民(1176—1260),字用章,泽州晋城(今属山西)人。少习二程理学。金章宗承安五年(1200)以经义举进士第一,应奉翰林文字。未久即弃官,教授乡里。金南渡后,他隐于嵩山,又徙怀州,隐居西山,自号鹤鸣道人。元世祖忽必烈曾经以安车相召,他仍乞还山,终不出仕。死后,赐谥庄靖。他诗文兼长,著有《庄靖集》十卷。集中于入元之后只书甲子,颇多幽愤之音。其诗风清新奇崛,文格冲淡和平。

《驯鹿赋》是他的一个佳篇,构思新巧,意蕴深长。

赋的开篇只是将鹿的跂足和枝角,以特写镜头推出,但由于突出了鹿的形体特征,读者脑中却自然出现鹿的整体形象,艺术上达到以少胜多的效果。随着镜头的拉远,读者视野展开,鹿的山野生活情景呈现在眼前。你看那山鹿,奔跑于旷野之上,徜徉于密林之中,渴饮山泉,饥餐野苹,安逸舒适,逍遥自在。这一幅恬美的画面中渗透着作者的主观情感,文中一个“适”字、一个“肥”字,就隐约流露了他的欣赏、赞美之情。

在完成必要的铺垫之后,作者以“一旦”二字使笔锋急转,忽将山野之鹿置于藩篱之中,然后以铺排的笔墨刻画山鹿此时此刻的举止神态。你看它不用绳索、不须桎梏,就被稳稳地束缚住了,何等柔弱驯服。它眼见常物,却惊骇万状,如睹怪异;脚踏坦途,竟战战兢兢,如履险地,神情简直使人怜悯。鹿既如此柔顺而且易惊,哪里谈得上什么野性!作者因由野性之失,而把山鹿陷藩篱比作子路见仲尼。这真是一个异常新颖而大胆的比喻,它幽默诙谐,别有一种滋味。

如果说赋的前段是指鹿描述,侧重写其性格之驯服,后段则是面鹿而谈,主要言其运途之险恶。这后一段首先是直截了当地否定“郑人之梦”和“秦人之指”,然后告诫山鹿,不可心存侥幸,而要谨防厄运。文中意思是:传说梦中得鹿,那全是郑国的人多疑,曾有鹿被郑国樵夫击毙,那是铁的事实,哪里是梦呢!而鹿不可能总像幸运的西巴之麑,追随母鹿脱险而归。指鹿为马,那是秦国赵高的欺骗,鹿终究不是马,鹿就是鹿,不要忘记自己的身份,千万不能像糊涂的临江之麋,去与凶恶的狗们嬉闹。这些话语重心长,如对故人言。作者此时情动于中,不可遏制,“鹿兮鹿兮,汝生我依,我恩汝知”。深沉的呼告,恳挚的剖白,可见他与鹿休戚与共,相依为命,情深义重,非同一般。赋的结尾出人意表而又合乎情理。“食肉寝皮”这一句道来异常冷峻,令人不寒而栗。作者意在用他人对鹿的残害作为强烈对比,反衬自己对鹿的深挚情谊,同时以此血淋淋的图画再次敲响警钟:鹿兮鹿兮,出处万万不可大意!

全文生动地刻画了鹿的形象,对鹿的处境和命运表示了极大的关注。

古代隐士因不满现实而遁迹山林,往往与麋鹿为伍,麋鹿便与隐士结下不解之缘。鹿冠、鹿裘甚至成为隐士特有的服饰。李俊民长期隐居山野,交游麋鹿,他在金亡之后,心中系念宗邦,更加慎于出处。所以这篇赋自然以鹿作为吟咏叙写的对象,借鹿喻人,咏物言志,抒写自己对当时动乱时世的深切的感伤和对士人出处问题的痛苦的思考。

咏物言志在诗歌中屡见不鲜,而这一类赋并不多见。历来咏物佳作的艺术底蕴在于,既贴切其物,又不滞于物。《驯鹿赋》颇有几分散文诗的韵味。它通篇扣题,句句写鹿,而又不是漠然客观地就鹿写鹿,它笔端饱蘸着情感,言下别有寓意,诚挚感人,耐人寻味,既具有鲜明的形象,又可见到哲理的闪光。譬如作者对山野中鹿的描述和对藩篱中鹿的刻画对照之下,不是可以给人某种暗示和启迪吗?

作为一篇小赋,《驯鹿赋》既不去竭力藻饰,也未曾大肆铺排。它的语言简古凝练,蕴涵丰富,表现力强。例如作品用“睹常如崖异,履平如险巇”两句来刻画藩篱中鹿的惶恐惊骇之状,笔墨简洁,却非常传神,因为能够调动人的经验,启发人的联想,所以它给人以很强的艺术感染。还有典故的运用,《驯鹿赋》也颇具特色。作者笔下典故,或采用正格,或取其变式,或袭用常意,或反其意而用之,翻腾变化,灵活自如。尤其是几个典故贯串起来,连绵而下,形式上相互辉映,意思上前后紧承,诵读之时,语调极其自然流畅,给人以珠圆玉润之感。

总之,《驯鹿赋》“格老而意新,辞经而旨远”(史秉直《庄靖集序》),的确值得玩味。

(汪大白)

# 怒　雨　赋

郝　经

蟾骨毕而膨脝[①]，箕侈口而馋吞[②]。帝恶贪兮赫怒[③]，气轩轩兮不平[④]。乃命箕伯[⑤]，召坎师[⑥]：转阴轴，翻阳机[⑦]，郁抑乎两仪[⑧]，蕴隆乎四维[⑨]，包并乎八荒[⑩]，充塞乎九围[⑪]，括一囊而大举[⑫]，疆万里以长吹。阵云移海而起，双霓贯斗而飞[⑬]。肃肃栗栗[⑭]，泬寥惨戚[⑮]。收两造之和气[⑯]，寒凛凛兮来逼。

忽六合之破碎[⑰]，迸金光于虚碧[⑱]。震来兮虩虩[⑲]，迅击兮霹雳。轰万乘之空车，陨千寻之绝壁。劲穿心而裂耳，讶踵入而顶出[⑳]。间剥啄之声落[㉑]，似沙石而还湿。忽抑绝而闭默，等万籁之喧寂[㉒]。骤江倾而河沛，瀽天瓢为一滴[㉓]。滔滔荡荡，漭漭泱泱[㉔]，千里一注。瞿塘峡上[㉕]，急浪惊湍，沕潏飞蟠[㉖]，从天而下，底柱山间[㉗]。纷秦坚之百万，避晋玄之五千[㉘]。怒夫差之水犀，既射潮而矢天[㉙]。少瑟缩而淅沥[㉚]，复涎滤以连泫[㉛]。蛟龙奋而不屈，走陆梁以高骞[㉜]。蚯蚓喑而不鸣[㉝]，蛙黾噎而不喧[㉞]。疑天地之嘉运，欲覆世而一湔[㉟]。罔两惊而转石，罔象喜而跳渊[㊱]。溢溷中之污秽[㊲]，没庭下之兰荃[㊳]。疑天地之衰运，复太古之茫然[㊴]。

稚子踣而不苏[㊵]，畏崩壤而坏垣[㊶]；老媪伏而不动，固局束以挛拳[42]。彼胸中兮何主，宜外物之变迁。羌独台兮草堂[43]，方偃蹇而高眠[44]。为揽衣而徐起[45]，正冠襟而待旃[46]。主之乎以忠信，彼胡为乎诐偏[47]！倏孤电之长扫[48]，贾馀勇而忽还[49]。星吐焰而耿耿[50]，月流波而娟娟[51]。于是抚床而下，击藜而歌之[52]。歌曰：尸居兮龙见，渊默兮雷殷[53]。彼自怒而为幻，我惟常而是允[54]。存而守之，一心而定；推而放之，四海而准[55]。又何怒之迁而喜之引也[56]！

## 注释

① “蟾骨”句：蟾，指月亮，传说月中有蟾蜍，故称。骨，同“汩（gǔ）”，弄乱。毕，星宿名，二十八宿之一。膨脝（péng hēng）：腹部膨胀变大的样子。《诗经·小雅·渐渐之石》：“月离于毕，俾滂沱矣。”古天文学说，月行经过毕星，就会下大雨。将雨之前，月亮四周会产生晕圈，好像人腹部膨大。

② “箕誃”句：箕，星宿名，二十八宿之一。月行经箕星就会刮大风。

③ 赫怒：盛怒。

④ 气轩轩：怒气很盛的样子。

⑤ 箕伯：风神。

⑥ 坎师：水神，雨神。

⑦ “转阴”两句：指发动阴阳二气。

⑧ “郁抑”句：指阴阳二气在天地之间郁结不畅。两仪，指天地。《周易·系辞》：“易有太极，是生两仪。”

⑨ 蕴隆：热气蒸闷。四维：东南西北四方。

⑩ 包并：包举，并吞。八荒：八方荒远之地。

⑪ 九围：九州。《诗经·商颂·长发》：“帝命式于九围。”疏：“谓九州为九围者，盖以九分天下，各为九处，规围然，故谓之九围也。”

⑫ 括：《周易·坤卦》：“括囊，无咎无誉。”虞翻注：“括，结也。”

⑬ 霓（ní）：副虹。雨后天空中与虹同时出现的彩色圆弧。贯斗：直贯斗宿。

⑭ 肃肃栗栗：阴湿寒冷。

⑮ 泬寥（xuè liáo）：旷荡空虚的样子。

⑯ 两造：争讼中的原告与被告双方。这里指阴阳二气。

⑰ 六合：天地四方称六合。

⑱ 虚碧：天空。

⑲ “震来”句：《周易·震卦》：“震来虩虩，笑言哑哑。”震为雷。虩（xì）虩，

恐惧的样子。
⑳ 踵：脚后跟。
㉑ 间：夹杂。剥啄：象声词，指雨滴声。
㉒ 等：等同，好比。
㉓ 瀽（jiǎn）：泼水。
㉔ 漭（mǎng）漭泱（yāng）泱：宽阔无边的样子。
㉕ 瞿塘峡：长江三峡之一。
㉖ 汨潏（mì yù）：泉水流动的样子。飞蟠：飞龙。
㉗ 底柱：同“砥柱”。砥柱山在黄河三门峡中流。这里形容瞿塘峡的瀑布像砥柱山一样挺拔，坚强有力。
㉘ 秦坚：前秦苻坚。晋玄：东晋谢玄。晋孝武帝太元八年（383 年）苻坚率军九十万，号称百万，南下攻晋，谢玄率兵八万拒敌，大败苻坚于淝水。五千，极言其少而精锐，以比喻雨势的集中而凶猛。
㉙ 夫差：春秋末吴国的国君。从下句看，当为五代时吴越国的国王钱镠。宋孙光宪《北梦琐言》载：钱镠修钱塘江海塘，怒潮汹涌，版筑不成。于是造竹箭三千，在迭雪楼命水犀军驾强弩五百以射潮，迫使潮头趋向西陵，才奠基而成塘。水犀，水军。矢天，射天。这两句也是比喻雨势密集凶猛。
㉚ 少：稍微。瑟缩：蜷缩而抖动的样子，形容雨势减弱。淅沥：雨声。
㉛ 涎漶（xián huàn）：水滴下垂的样子。连泫（xuàn）：水珠连续不断下滴。
㉜ 陆梁：跳跃，腾跃。骞（xiān）：飞腾的样子。
㉝ 喑（yīn）：哑。
㉞ 蛙黾（měng）：青蛙。
㉟ 湔（jiān）：洗涤。
㊱ 罔两、罔象：罔两即蝄蜽。《国语·鲁语下》：“木石之怪曰夔、蝄蜽，水之怪曰龙、罔象。”注：“蝄蜽，山精，好效人声而迷惑人也。”“罔象食人，一名沐肿。”
㊲ 溷（hùn）：通“圂”，厕所。
㊳ 荃（quán）：一种香草。
㊴ “复太”句：传说太古时洪水滔天，所以说“茫然”。
㊵ 踣（bó）：跌倒。苏：醒。
㊶ 垣（yuán）：矮墙。
㊷ 局束：行为拘谨的样子。挛拳：因害怕而蜷缩。
㊸ 羌：语词。
㊹ 偃蹇：高傲反俗。高眠：高枕而卧。
㊺ 揽衣：用手提持着衣服。
㊻ 正冠襟：把帽子、衣襟整理端正。待旃（dān）：待旦。旃，通旦。
㊼ 诐（bì）偏：不正，邪僻。
㊽ 倏（shū）：迅速，极快。
㊾ 贾馀勇：贾，卖。还有余勇可卖，即勇力过人之意。
㊿ 吐焰：吐出光焰。耿耿：光明的样子。
51 娟娟：美好的样子。
52 击藜：敲着藜杖。
53 “尸居”两句：《庄子·在宥》：“故君子苟能无解其五藏，无擢其聪明，尸居而龙见，渊默而雷声，神动而天随，从容无为，而万物炊累焉。”郭注：“出处默语，常无其心，而付之自然。”

㊹ 惟常而是允：惟允是常，允，保持。惟常，只是保持常态。惟，通“唯”。
㊺ “推而放之”二句：这句是说，不管到什么地方都始终保持常态。
㊻ 迁：贬谪，流放。引：荐举，升官。

## 鉴赏

郝经（1223—1275），字伯常，泽州陵川（今山西陵川）人。因受忽必烈信任，授官江淮荆湖南北等路宣抚副使。忽必烈即位后，任翰林学士，受命出使南宋，被贾似道扣留真州达十五六年之久，返归后次年即去世。他比较注重实学，著过《太极演》《玉衡贞观》等。有《陵川集》，集中存赋15篇。他是元好问的老师郝天挺之孙，又曾受教于元好问，故所作诗赋风格也相近。《四库提要》说“其文雅健雄深，无宋末肤廓之习；其诗亦神思深秀，天骨挺拔，与其师元好问可以雁行”。15篇赋中，又以《泰山》《冠军楼》《琼花》《秋风》《牡丹菊》《怒雨》等最能体现他为文雅健雄深，造语挺拔而有丰采的特点。

这篇赋本集题下注明写作时间为“己酉五月十三”。己酉为公元1249年。这年作者27岁。

全赋分两大部分，前半部分描绘怒雨，极笔墨之形容，把怒雨写得气势磅礴，惊心动魄。后半部分则写自己在这种险恶环境下独立不惧、视险如夷的勇健持重精神。全篇浑然一体，显示了作者体物表情的深厚功力。

作品一开头，就显出作者想象力的非凡。月亮、箕宿这些天象的变化被比作搜刮民脂民膏以自肥的贪官污吏，上帝憎恶他们，怒气冲冲地要兴师问罪，于是天地间才变得杀气腾腾、阴森可怖。这样一比，就比出了惊险，给读者造成了一种强烈的心理预感，一种悬念，也赋予了这种气象变化更深刻的社会生活内涵。接着作者就用“两仪”“四维”“八荒”“九围”“一囊”“万里”“两造”这样一些表极度空间的词，错综成文，铺张渲染，使这种暴雨将临前的气氛显得更加紧张，扣人心弦。

阴阳二气的郁抑、蕴隆、包并、充塞，长风之吹，阵云之移，毕竟还只是怒雨降临前的酝酿阶段，紧张中还透露出些许和缓。可是雷声一响，情势就不同了：你看，六合为之破碎，绝壁为之崩摧，这声音好似从人的脚底发生，一直往上穿透，钻穿了人们的心，震裂了人们的耳，又似乎从脑门破壳而去。雷声一过，并非接着就是怒雨，还需以细雨稀疏，死一般的沉寂作为前奏。然后才是骤雨瓢泼，铺天盖地，浩浩荡荡，江倾河溢，如铁骑奔驰，锋芒所向，锐不可当。骤雨既过，接着便是洪水滔滔，泥沙俱下，万怪齐出，世道简直为之一变。作者写暴雨之来，极有层次，疏密相间，缓急相生，动静相承，而又前波后浪，直贯而下，笔势越来越陡，却毫无委弱之病，实在难得。

末后以老妪、童稚的惊畏蛰伏，反衬出自己作为青年人的不同气概。写自家之勇，又非暴虎冯河的莽夫之勇，而是沉着、稳重，胸有成竹之勇，所谓“卒然临之而不惊，无故加之而不怒”、居心自然、用志深远的大勇。联系上文，读者即可想到，原来风雨之来，疾雷之惊，狂涛之鼓，都不过是为作者一段英雄飒爽、从容坚定之气而设，不过是作者个性、精神气质的反衬罢了。

历代以风、雨、雷、电等自然现象为题写赋的不少，发端各自不同，归趣也就异辙。然而一般的写法都是企图通过自然界之变以突出自己或喜、或悲、或忧、或惧、或翻然觉悟、或黯然志改的情感理智之变，所谓情随境迁，理因事得的便是。这篇则极写自然界之变，以突出自己之不喜不悲不忧不惧无所觉悟也无所动心的“不变”，这大概是它离群出类的特色吧。

（李生龙）

# 苦　寒　赋

刘　因

严气积，玄律穷[①]。北斗知春，回指于东[②]。

惟功成而不去，孰项冥之可容[③]。乃郁彼孽暴[④]，激彼威锋[⑤]。凝愁云而蔽日，怒寒风而搅空，夺阳春之生气，使天地阒然寂然[⑥]，如未判之鸿蒙[⑦]。于时，烛龙绝光[⑧]，荧惑失序[⑨]；阳乌断足[⑩]，火鸟缩翅[⑪]；毕方高飞而远翔[⑫]，痴牛毛寒而缩猬[⑬]。炎帝为之收威[⑭]，祝融为之屏气[⑮]；羲和倚日以潜身[⑯]，盘古开天而失视[⑰]；天吴死于朝阳之谷[⑱]，倏忽灭于海南之地[⑲]。若乃焦溪涸[⑳]，热海澄[㉑]，沸潭止[㉒]，温泉冰[㉓]，火井冻[㉔]，旸谷凝[㉕]。炎洲地冽[㉖]，裸壤毛缯[㉗]，荧台烟灭[㉘]，瘴水生凌[㉙]。而我生于此时，奚凛冽之可胜[㉚]！或有从军永诀，去国长违[㉛]。霜锋宝剑[㉜]，铁衬单衣[㉝]，积雪没胫[㉞]，悲风激怀；夜渡剑河[㉟]，晓上轮台[㊱]，阴山雪漫，翰海冰厚[㊲]。当此苦寒，十死者九。又若寒门久客[㊳]，贫闾故居[㊴]，不爨不烛[㊵]，无衣无襦[㊶]，鼻酸气失，堕指冽肤。火如红金，薪如桂枝[㊷]。儿号妻哭，痛尽伤悲；抱膝而苦，竟死何裨[㊸]！

噫嘻！呜呼！天欤？地欤？神欤[㊹]？彼项冥之不去，我生死其何辜[㊺]？呜呼！噫嘻！

盖尝闻之[㊻]：无寒不温[㊼]，无贞不元[㊽]，时之革化，由是而门[49]。嘘炎吹冷，元气所存[50]。贞极不元，寒极不温，乖序错命[51]，罪半东君[52]。于是易川牛马走，地上虮虱臣[53]。载拜东方发狂语[54]，唇冻舌涩难具陈。告我东君：胡甚不仁！嗟生类而欲尽，君奚为而不春[55]？匪我语汝，其孰汝亲[56]？匪君顾我，孰活我人？我藉汝力，汝假我神。挽天地之和气[57]，黜项冥于玄根[58]。汲东海之泥以接地轴，炼泰山之石以补天轮[59]。以广厦万间庇吾民之冻骨，以布裘千丈吊四海之冰魂。使飔飔赤子鼓舞于春风[60]，熙熙然乐其天真[61]。胡为驰纲维而退避[62]？独廉让而谦尊？我徒问汝[63]，汝且不言。于是乎乃归墐其户而葺其楹[64]，袭其被而重其衣，不尤乎神，不怨乎天，束手容足，以顺乎时之自然。

## 注释

①“严气”二句：冷气积满一定限度，严冬季节也就要结束了。玄律，严冬季节。

②北斗知春，回指于东：北斗星知春将临，斗柄回指东方。

③“惟功”二句：使命已经完成而还不肯离去，谁能容留这位冬神呢？顼(xū)冥，冬神。

④郁彼孽暴：集结其凶暴。

⑤激彼威锋：激发其威势。

⑥阒(qù)然：寂静。

⑦未判之鸿蒙：未开天辟地时的混沌世界。

⑧烛龙绝光：烛龙也没有了光亮。

⑨荧惑失序：火星失去它正常的运转程序。

⑩阳乌断足：日中大鸟断足不行。

⑪火鸟缩翅：衔火之鸟缩卷了翅膀。

⑫毕方：传说中的怪鸟。

⑬缩猬：像刺猬那样蜷缩。

⑭炎帝：传说中的司夏之神。

⑮祝融：高辛氏。死后为火神。

⑯羲和：神话中的御日者。

⑰盘古：神话中开天辟地者。

⑱天吴死于朝阳之谷：水神天吴死在朝阳之谷。

⑲倏忽：《庄子·应帝王》：“南海之帝为倏，北海之帝为忽。”

⑳焦溪涸(hé)：焦溪干涸。

㉑热海澄：热海变得澄清了。

㉒ 沸潭止:沸潭里的水停止滚沸。
㉓ 温泉冰:温泉结冰。
㉔ 火井冻:喷火之井口结冰。
㉕ 旸谷凝:旸谷冻结。旸谷,日出之处。
㉖ 炎洲地冽:炎洲之地寒冷。
㉗ 裸壤毛缯:平时裸体之地的人穿上了御寒之衣。
㉘ 荧台烟灭:荧火之台上烟火熄灭了。
㉙ 瘴水生凌:热带产瘴气地方的水结了冰。
㉚ 奚凛冽之可胜:怎么能受得了如此之寒冷。
㉛ 或有从军永诀,去国长违:有的从军永别,离开祖国,长久分离。
㉜ 霜锋宝剑:宝剑锋刃上生寒霜。
㉝ 铁衬单衣:单衣外面是铁冷的盔甲。
㉞ 胫:小腿。
㉟ 剑河:河名,即贵州之清水江。
㊱ 轮台:地名。在新疆。
㊲ 瀚海:地名。在今蒙古国布尔根省。
㊳ 寒门久客:贫寒之家久在外为客。
㊴ 贫闾故居:穷乡僻巷的旧房。
㊵ 不爨(cuàn)不烛:没灶没火,无火烧饭。
㊶ 襦:短袄。
㊷ 火如红金,薪如桂枝:极言柴火之贵重。
㊸ 裨:补益。
㊹ 天欤?地欤?神欤:怨天吗?怨地吗?怨神吗?
㊺ 彼顼冥之不去,我生死其何辜:那个冬神不离去,我生我死都要受怎样的罪?
㊻ 盖尝闻之:曾听说。
㊼ 无寒不温:没有寒尽而温暖不到的。
㊽ 无贞不元:没有终极而不复始的。
㊾ 时之革化,由是而门:时序之变革,由是而得之。
㊿ 元气:精神,生气。
51 乖序错命:违背程序,错乱常法。
52 东君:司春之神,也指日神。
53 易川牛马走,地上虮虱臣:河流改变了,靠河水生活的牛马也走开,像虮虱跟从地上的动物一样。
54 载:于是,开始。
55 生类而欲尽,君奚为而不春:既生出了万物就要使它尽量繁衍,你为什么不给它们适于生长的春天?
56 匪我语汝,其孰汝亲:如果不是我告诉你,谁还跟你亲近?
57 和气:和谐地构成宇宙之气。或即元和之气,产生和构成天地的原始物质。
58 黜顼冥于玄根:拔除冬神的本体。玄根,根性和本体。
59 地轴、天轮:古以为地动有轴,天行有轮。
60 飕飕赤子:受冻的子民百姓。赤子,婴孩。
61 天真:天然赋予的真性情,没有假饰。
62 胡为驰纲维而退避:为什么放松了维系天地四时运行规律的大法而退避不管呢?驰,疑为"弛",松弛;纲维,维系统治及正常秩序的法纪。
63 徒:白费。
64 墐(jìn):用泥堵塞。葺其楹:修缮撑房顶的柱子。

## 鉴赏

刘因(1249—1293),元初学者,文学家。容城(今河北徐水)人。初名骃,字梦骥。后改名因,字梦吉,号静修。研程朱之书,精经学,诗文亦为时人所重。元世祖至元十九年(1282)征召入朝为右赞善大夫,不久以母病辞归。至元二十八(1291)年再征为集贤学士,不就。卒谥文靖。刘因虽不是南宋人,又出仕元朝,但对宋朝一直系念不忘,这是一种民族传统文化思想感情的表现。他既重民族气节,认为"非如此则道不尊",但又肯定君臣大义,认为"此理事之必然"。所以他当了元朝的官,很快又辞掉。至元五年(1264),元伐宋,他作《渡江赋》,力陈宋不可伐。宋亡后,他写了不少咏物诗表现其悼念之情。对宋朝的奸臣、降臣、卖身投靠者,诗中表现出极大的痛恨。这篇赋也正是他这种思想感情的反映。

这是一篇具有政治和社会寓意的赋。作者通过对时令的毁与誉、盼与憎、张扬揭露与思恋和怨恨,表现了他的政治态度和社会理想,其爱憎之分明,倾向之昭著,是一览便知的。

赋的第一大部分(从头至"竟死何禅"),从各方面极力渲染了寒冬之威力、可怕及给人带来的灾难,这就扣紧了题目中的"苦"字。"苦"含有"极端""万分"的意思,是表程度的。作者把寒冬人格化、具体化,它的威风、暴行,都操纵在顼冥这个凶神的手中,这就使人的感受深切而具体。这里作者极尽夸张之能事,把个严冬凶神写得威力无边,狰狞可怕。最后叫出"彼顼冥之不去,我生死其何辜"!这是命运的哀叹,也是对恶势力的反抗与怒号。

下部分作者把笔锋一转,以或然的口气展开了哲学的论辩:寒尽而温来,终极而复始,这是事物变化的规律,也是作者自我做出的理性的安慰。然而现实是寒极不温,终极不始,大自然处在一种颠倒错乱状态之中。怨谁呢?怨这些受苦的臣民吗?不,大半还怨你东君无力,致使顼冥猖獗。作者最后说不怨天不尤人,可这里却又怨天尤人,这正表现了作者矛盾复杂的心情:既亲近东君,盼春天之到来,又怨恨其无力与恶势力斗争。这种对自然的复杂心理,正表现了作者对社会变革和宋元两朝的政治态度。

刘因虽不是宋人,但却系念宋朝。他曾劝阻元朝伐宋,在《桃源行》《书事》等诗中,对被俘不屈的宋臣表示敬意,在《白马篇》中称颂刺杀秦桧的施全,在《冯瀛王吟诗台》中讽刺了那些卖身求荣的贰臣，在《辋川图记》中指责王维的失节，在《读史》《观梅有感》《海南鸟》等诗中，表达了故国之思的感情。都表现了他忠于汉族统治王朝的传统思想。尤其《白沟》一诗，既总结了宋代的历史教训，又有怨恨其无能的表示："宝符藏山自可攻，儿孙谁是出群雄？幽燕不照中天月，丰沛空歌海内风。赵普元无四方志，澶渊堪笑百年功。白沟移向江淮去，止罪宣和恐未公。"这就与《苦寒赋》所表现出的情绪几乎完全一致。元统治者把大块良田变为牧场，实行残酷的种族统治，赋中项冥的种种乖戾罪行，不就是现实的写照吗？盼宋朝驱逐异族黑暗势力，而宋朝统治者又无能为力，叫臣民如何适从？此处也不无为其事元的行为辩护之嫌，但从感情上，对宋朝仍表示出强烈的爱恋和热切的企盼。最后表示"墐户""葺楹""束手容足以顺乎时之自然"，也正是刘因后来辞官归隐的写照，表现了一个知识分子无可奈何的心情。

（黄广华　颜景琴）

# 幽 怀 赋①

朱德润

肇姬封之邾裔兮②，老睢阳之曾孙③。历淮汉而届都兮④，瞻邦畿之无垠⑤。茂品物之化育兮⑥，醖六合而俱春⑦。揽太古之象教兮⑧，齐民风而俗淳⑨。何世隆兮，谓其时兮，欲穷而怢生兮⑩，宠专而势危。物情胶而谠论废兮⑪，异端行而政教亏⑫。礼度疏兮豪滑僭⑬，兼并盛兮良民饥⑭。饥寒迫兮廉耻丧，苞苴行兮仕禄卑⑮。淫祀盛兮正直塞⑯，游食多兮末技施⑰。我思古人兮邈其远⑱，而观所行兮或放或持⑲。尽大智兮弗机⑳，躬力行兮弗驰㉑，享尊荣兮弗荣，临患难兮弗欺㉒。苟余心之无慊㉓，虽众毁而何疑！岂矫世兮独立㉔，俟同心而可为。嗟盛年之不偶㉕，抚朱弦兮自悲㉖。傥效用之得所㉗，虽殁身其何辞！秋风兮木落，远道兮陆离㉘。耿幽怀之惓惓兮㉙，慕重华而致词㉚。顾皋夔之谟明兮㉛，历康衢而歌之㉜。

**注释**

① 幽怀：隐于内心的情怀。

② 肇：开始。姬：姓，为周朝宗室。邾：姓，出自高阳氏。周封曹挟于邾，因以为氏。后为楚所灭。邾既失国，子孙去邑为朱氏。裔：后代。

③ 睢阳：春秋宋地。后改为宋城。故城在今河南商丘南。唐张巡守此，以抗安禄山，屏蔽江淮。

④ 历：经过。届：至，到。都：京都。

⑤ 瞻：瞻仰。邦畿：古代泛指天子直属

的土地。无垠:无边,无际。

⑥ 茂:繁盛。化育:自然生成和长育万物。

⑦ 醖:调和,醖酿。六合:天地四方。亦指一年十二月中,季节相应的变化。俱:皆,都。

⑧ 太古:上古。象教:教化。

⑨ 淳:淳朴。指民风淳朴。

⑩ 忲(tài):奢侈。

⑪ 胶:本意粘着,引申为拘泥。谠论:正直之论。

⑫ 异端:古代儒家称其他持不同见解的学派为异端。后泛称不合正统为异端。政教:指刑赏与教化。亏:缺欠。

⑬ 豪滑:豪强不守法度。僭:超越本分。

⑭ 兼并:并吞。指侵吞土地。

⑮ 苞苴:以财物行贿。仕禄:官吏的俸给。

⑯ 淫祀:本指滥行祭祀,此处意为违法乱纪。

⑰ 游食:指不务农而食者。末技:古代以农为本,其他则为末技。

⑱ 邈:渺茫,久远。

⑲ 放:纵,放任。持:守,持重。

⑳ 大智:过人的聪明才能。机:机巧。有投机取巧之意。

㉑ 躬力行兮弗弛:言力行而不自我宣扬。

㉒ 弗欺:言不自昧其心。

㉓ 慊(qiàn):通"歉",觉得对不住人。

㉔ 矫世:本意矫正世俗,此处为故意违反常情,表示与众不同之意。

㉕ 盛年:壮年。偶:遇。

㉖ 朱弦:乐器上的红色丝弦。

㉗ 效用:效力致用。得所:得到适当的处所。

㉘ 陆离:参差错综。

㉙ 耿:心中想着不能忘怀。惓惓:恳切的样子。

㉚ 慕:思念,仰慕。重华:虞舜名。致:表达。

㉛ 顾:眷念。皋夔:传说中舜帝的两位大臣。皋陶掌刑狱之事。夔为舜之乐官。舜帝以天下治平,作歌归功于其臣皋陶等,有"股肱良哉,庶事康哉"之语。后世遂以康歌为称颂太平之词。

㉜ 历康衢而歌之:相传春秋时期,齐国人宁戚饭牛,叩车傍木而歌于康衢。其辞曰:"南山矸,白石烂,生不遭尧与舜禅。短布单衣适至骭,从昏饭牛薄夜半,长夜曼曼何时旦?"桓公与语,举以为大夫。康衢,四通八达的大路。

## 鉴赏

朱德润(1294—1365),字泽民,睢阳(今河南商丘)人,流寓吴中。元仁宗延祐末年,经赵孟頫推荐,授官翰林应奉,兼国史院编修。后又任镇东省儒学提举。至治年间,元英宗召见,受命作《雪猎赋》。后告病还乡。元朝至正年间,起用为江浙行中书省照磨官参军事,守杭、湖二郡。摄守长兴。工画山水人物,能诗文。著作有《存复斋集》及《存复斋续集》。

元朝后期,由于统治者穷奢极侈,豪强势要横行霸道,兼并土地,官府贪暴腐朽,人民生活陷入悲惨境地。在尖锐的阶级矛盾和残酷的民族压迫下,人民起义不断发生。作者身处当时社会,面对严酷的现实,写下了这篇颇露锋芒的《幽怀赋》。从赋中"嗟盛年之不偶,抚朱弦兮自悲",以及希得效用而身处"远道"来看,此赋当是作者在至治年间离朝之后,至正年间出仕之前所作。

这篇《幽怀赋》,继承了传统的艺术手法,在写作上颇有屈原《离骚》遗风。全篇以"自叙家世"发端,从上古时期政治清明,物产丰富,民俗淳朴,写到作者所处的社会现况。赋中"欲穷而怵生兮"至"游食多兮末技施"数语,所概括的社会现象,虽元代前期即已存在,而后期则更为严重。它可以说是元朝至正年间,农民大起义前夕的历史概况的集中反映。作者揭露这些现象,目的是在期望元朝统治者能够醒悟,并希望能有皋夔一样的人物出来挽救。还表白了自己"傥效用之得所,虽殁身其何辞"的政治抱负。但当时世风日下,民不聊生,元朝政权已面临崩溃。作者虽有匡世报国之志,也不过是一个封建士大夫的幻想,农民大起义的巨浪,终于推翻了元朝的黑暗统治,历史作了有力的证明。而这篇赋中所揭露的社会现象,反映的人民疾苦,却仍具有一定的现实意义和历史价值。

此赋在写作上的突出特点是托古抒怀。赋中没有细致的景物描写,用不着借景抒情。作者在世风日下的社会环境中,俯仰身世,无所寄寓,遂不觉与古代圣贤契合于千载之上。于是跨越现实,荡开文笔,利用"时间差",进行开合腾挪。运用"尺幅千里"的手法,将历史故事与社会现实连在一起。采取理想与现实结合,夸张与写实并用的手法,将历史人物理想化。列举古代圣贤重华、皋夔的"谟明",称颂"太古之象教",世风民俗之淳朴,以及古代社会的康乐。并抓住现实生活中"豪滑僭,兼并盛,良民饥,廉耻丧"的腐朽现象,今昔强烈对比,加深对社会的认识和揭露,从而抒写自己的幽幽心曲。

这篇《幽怀赋》,不借辞采炫人眼目。作者以简淡平实的语言,直抒胸臆。大胆揭出社会上"谠论废,异端行,政教亏,礼度疏",与"豪滑僭,兼并盛,良民饥,廉耻丧,苞苴行,仕禄卑,正直塞,游食多"等一系列不良现象。明确表示对黑暗政治造成这种不良现象的不满。倾诉自己的抱负和对国计民生的关怀。同时还从自身与世道的矛盾中,表现出不愿与浊世同流合污的处世态度。"抚朱弦兮自悲",直接表现出有志难伸的苦闷心绪。全赋写得质朴持重,文理清晰。赋中揭露时弊,颇有锋芒,具有鲜明的时代色彩。

(惠淇源)

# 画枯木赋

虞 集

夫谁画此枯树兮，临不食之散泉[①]。既偃蹇又啮食兮[②]，骨岸岸以弗妍[③]。想执笔以极思[④]，忽机释而神旋[⑤]。遗众壤于蹔有[⑥]，勒不毁之所全[⑦]。或垩去于斤运[⑧]，或石泐于溜穿[⑨]。湁无雨以如晦[⑩]，恍非规而能圆[⑪]。澹黝乎其既失[⑫]，旋苍然而在前[⑬]。命以物而不可，孰春秋而论年。

噫！吁嘻！被革以毛[⑭]，膏肤用丹[⑮]，眦为流眩[⑯]，颐常注涎[⑰]。独何为托寂寞于无意，而刻画其不传者耶？

## 注释

① 临不食之散泉：《周易·井卦》：“井渫不食，为我心恻。”意思是，淘干净了井，但没有人饮水，令人心痛。这里是化用其意。散泉，被弃置不用的泉水。

② 偃蹇（jiǎn）：高傲。啮食：《正字通·口部》：“啮，俗齧字。”这里用以比喻枯树枝干硬拔遒劲，如蛟龙啮骨鱼食血。

③ 骨岸岸：筋骨显露瘦劲的样子。妍：美。

④ 极思：竭尽思虑。

⑤ 忽机释而神旋：突然机巧之心消释而自然返归于出神入化的境界。旋，归。

⑥ 遗众壤于蹔有：抛弃那只能暂时生存的众多土壤。蹔（zàn），同“暂”。

⑦ 勒不毁之所全：画出那永远不会毁灭的精神。勒，勾勒。

⑧ 垩（è）去于斤运：《庄子·徐无鬼》：“庄子送葬，过惠子之墓。顾谓从者曰：‘郢人垩漫其鼻端，若蝇翼。

使匠石斫之,匠石运斤成风,听而斫之,尽垩而鼻不伤,郢人立不失容。"这里形容画技高超,用笔干净利落。垩,白土。斤,斧。

⑨ 石泐而溜穿:石泐(lè),石头按脉理而自然裂散。溜穿,石中之水穿穴流出。

⑩ 渰(yǎn):《诗经·小雅·大田》:"有渰萋萋,兴雨祁祁。"《毛传》:"渰,云兴貌。"晦:昏暗。

⑪ 恍:模糊不清。

⑫ 澹黝(yǒu):淡黑色。

⑬ 旋:不久,立即。苍然:深青的样子。

⑭ 被革以毛:使毛发披散在皮肤上。

⑮ 膏肤以丹:涂上红色使皮肤显得润泽。

⑯ 眦(zì)为流眩:眼睛为之流转。

⑰ 颐常注涎(xián):下巴常为之垂涎。

## 鉴赏

虞集(1272—1348),字伯生,祖籍成都,宋亡后移居临川崇仁(今江西崇仁)。因他的书房书邵雍诗,取名邵庵,所以人称邵庵先生。曾拜理学家吴澄为师。大德初至北京,因许衡举荐,授大都路儒学教授,后历任国子助教、博士监、太常博士、国史院编修、国子司业、秘书少监、翰林直学士兼国子祭酒、奎章阁侍书学士等职。文宗时朝廷修《经世大典》,为总裁官,成书后以目疾辞官归里,屡征不就,终于家。有《道园学古录》五十卷。诗歌风格典重质实,笔意老到,自称为"汉廷老吏",为元诗四大家之一。赋作风格近其诗。除本篇外,还有《别知赋》《古剑赋》《木斋赋》《东皋赋》等。

这是一篇题画赋。据开头"夫谁"句,可知所题之画为何人所作,大约在当时即不可知。中国画的特点是以写意为主,作者取材着笔,常常要在作品中突现自己的个性,特别是一些桀骜不驯的作者,还常常取形象十分怪异甚至丑陋不堪的事物入画,从丑中求美,怪中出奇。例如五代时的画师贯休、石恪即是如此。李廌的《德隅斋画品》说:"恪性不羁,滑稽玩世,故画笔豪放,出入绳检之外而不失其奇,所作形相或丑怪奇倔以示变。"这幅画以枯木为素材,大约也是出于类似贯休、石恪性格的画师所为,而虞集之所以为这幅画作赋,大约也是看出此画所抒写的与自己的人格暗合,才引为同调发而挥之的。

"临不食之散泉"句可谓言约而义丰。它告诉读者,这枯木是画在泉水旁边。"不食"一词出自《周易》"井渫不食,为我心恻",这话经常被那些怀才不遇者所引用,这里便有以泉水自喻的意思。读过《庄子》的人,还一定会从"散泉"联想到“散木”。“散木”就是“不材之木”“无所可用之木”,庄子说正因为它不材而又无所可用,所以能够终其天年。这当然是知识分子有才而不为当世所容的愤激之言。泉既然是“散泉”,那么这临泉而生的枯树自然也是“散木”了。进一步揣测,大约是虞集以宋臣子孙仕元,虽官位不低,但所建议的多未施行,等于空谈,才借此发这样的感慨吧?“既偃蹇又啮食兮,骨岸岸以弗妍”两句,“偃蹇”是将枯树比作反俗的高士,用的是拟人化手法。“啮食”则是拟物,它像蛟龙啮骨鱼食血,满口白骨巉巉,一副狰狞凶悍相,没有什么美感。这正是丑中求美、怪中出奇的手法。拟物的目的也在于拟人,只是拐了一道弯子罢了。“想执笔”两句是揣度作画者是否来了灵感,以引起下文遗貌取神的评论。“遗众壤”句点明枯树根部没有土;“勒不毁”句赞扬作者画出了枯树的神。“或垩去”句是说下笔干净利索;“或石泐”句是说用墨枯中有润。“滭无雨”句比喻画面背景如风雨欲来,环境险恶;“恍非规”句是说画笔出入绳墨之外又在绳墨之中。“澹黝”句是说墨色有时淡得看不见;“旋苍然”句是说淡到看不见处却气韵衔接,须臾间即转为浓墨,乃所谓“飞白”技法。“命以物”两句说枯树已形去神存,不复为枯树,其精神气质将永远充溢于宇宙之间。以上是从词句表面解读各句意思,若细加诠译,作者必然还有所寄托。例如“澹黝”两句,就颇似陆游《游山西村》的“山重水复疑无路,柳暗花明又一村”,世道多艰,人生莫测,这大概是作者的深意所在吧?

末尾一段,作者故意宕开一笔,问:画师啊,你要是画一幅美女图,画她那红润的皮肤上披着乌黑的头发,那一定会使鉴赏者眼波为之流转,涎水为之常流,你为什么偏偏无意中要寄托自己寂寞孤傲的身世和性格,刻画那难以言传的精神气质呢?这一问问得十分含蓄,但把原作的不求邀众赏,潇洒作顽仙的意图问出来了,而自己所追求的也正是这些。

这篇小赋在表现手法上最明显的特点就是大量地运用比喻。但由于原作不在,喻体是什么,理解起来就会有困难。这既是它的缺点,又是它的优点,因为它留给了读者很多再创造的余地,读者可以驰骋想象,从中挖掘出更丰富的内涵。

(李生龙)

# 些　马　赋

杨维桢

吁嗟骏乎，汝其縻没九渊。填于海鳍之空乎①？抑越景超光以返于房星之宫乎②？将升昆仑③，抑负瑞图化荥河之龙乎④？其将觐湘累以从其忠乎⑤？毋亦皓车白乘⑥，随革尸之愤⑦，忽往忽来于江中乎？又辞曰：灵奇俶傥生渥流⑧，肉鬃星尾文龙虬⑨，协图特出兮应世求。嗟我何幸兮逢沙丘，逝八极兮隘九州⑩，观阊阖兮历玉台以遨游⑪。忽泳水兮为龙为龟，重澜驰逐兮奴不善泅。盐车坎壈兮为骏愁⑫，逝一跃兮释累而离尤⑬。吁嗟龠沦兮蓄怪幽⑭：三角八尾兮狶鬣牛头⑮，岩牙嗯口兮嚼海舟⑯，嗟尔骏兮纷逢仇。骏不归来乎贻我忧，超越倒景兮乘云浮⑰，骏兮来归乎，江险不可以久留。

## 注释

① 海鳍(qiū)：传说中神化了的大鱼，长达几千里，居住在海底洞穴里，入洞时海水就涨潮，出洞时海水就退潮。

② 景：日光。房星：即房宿(xiù)，星官名，二十八宿之一。古人以为它是主车驾之天马，故又称“天驷”。宫：古人也称房星为“天府”，宫即指此。

③ 昆仑：传说是仙人所居之山。周穆王曾驾驭八匹骏马西上昆仑，与王母宴会。又据说汉武帝常设法等待天马来而乘之往昆仑。

④ 负瑞图：传说上古时有龙马从黄河

中出现，背负“河图”，伏羲氏据此而画成八卦。荥河：荥即荥泽，古时有名的水泽，与黄河中游相通，今已淤平。河即黄河。

⑤ 湘累：不因罪而死叫累。屈原遭谗被放逐后沉入湘水而死，所以后世用湘累代指屈原。

⑥ 皓车白乘：传说春秋时吴国大夫伍子胥死后，人们常见他乘白马素车站在钱塘浪潮之上。

⑦ 革尸之愤：伍子胥因力劝吴王夫差不可答应越王勾践的求和，并要求停止征伐齐国之役，而被疏远，又受到太宰嚭的谗言中伤。吴王赐剑命子胥自杀，并令用皮口袋盛其尸而投入江中。革，皮。

⑧ 渥流：指渥洼水，传说天马曾生于此，以龙为友。

⑨ 星：指彗星，俗称扫帚星，有长长的尾巴。文：花纹。虬（qiú）：古代传说中的一种龙。

⑩ 八极：最边远的地方。九州：传说中的上古行政区划，这里泛指全中国。

⑪ 阊（chāng）阖（hé）：传说中的天门。玉台：传说中天帝居住的地方。

⑫ 盐车：传说古时有一匹本可用作骑乘的千里马，却拉着盐车在太行山上吃力地爬坡，遍体汗流，善于发现良马的伯乐遇见后大哭，并解下来给其披上衣服，千里马便奋跃长鸣，声达于天。坎壈（lǎn）：困顿，不得志。

⑬ 逝：通“誓”。

⑭ 奫（yūn）沦：水势回旋。

⑮ 豨（xī）：同“猪”，指大野猪。鬣（liè）：硬毛。

⑯ 嚃（tā）：不咀嚼而吞咽。嚪（dàn）：同“啖”，吃。

⑰ 景（yǐng）：即“影”。

## 鉴赏

杨维桢（1296—1370），字廉夫，号铁崖、东维子、铁笛道人，元末明初诸暨（今属浙江）人。元泰定四年（1327）进士，任天台县尹。后官至建德路总管府推官、江西儒学提举。元末义军起，先后避居富春山、钱塘（今浙江杭州）。又因得罪朝中权贵而迁居松江（今上海松江）。明太祖洪武二年（1369），召他参加编纂礼乐典籍之事，未应。第二年强征进京，但仅纂定叙例即辞归，抵家而卒。“（杨）维帧诗名擅一时，号‘铁崖体’……张雨称其古乐府出入少陵、二李间，有旷世金石声。宋濂称其论撰，如睹商敦、周彝，云雷成文，而寒芒横逸。诗震荡陵厉，鬼设神施，尤号名家。”（《明史·杨维桢传》）清人朱彝尊也称其诗“奡兀自喜，不蹈袭前人”。这些赞誉，虽不无溢美之嫌，但说杨维桢的诗文作品雄逸怪丽，峻峭脱俗，奇辞异想，变化多端，在元明之际的文坛上能独树一帜，则大体是实。不过，他的作品有明显的良莠参差、大起大落之弊，正如《四库提要》所言：“其高者或突过古人，其下者亦多堕入魔趣，故文采照映一时，而弹射者亦复四起”。以致产生了过激之见：“柔曼倾衍，黛绿朱白，而狡狯幻化，奄焉以自媚，是狐而女妇”（王彝《王宗常集》卷三《文妖》）。

“力才富健”的杨维桢，还写下不少“卷舒风云、吐纳珠玉”的辞赋。无论从作品的数量或意义上讲，都是他一生创作生涯中的重要组成部分。在艺术形式上，杨赋短小精悍，具有笔力雄健、语言简洁的特色。在思想内容上更有其可贵的突出之点，就是现实针对性，即针对现实社会中的种种不合理性加以谴责和暴露。《些马赋》可为代表。

这篇赋的前面有较长而又带点寓言意味的序。据序文说：“杨子（维桢）至钱清之明年，旧乘马老而不任，遣奴钱塘市（买）壮马。奴得贾（买）胡马……主人赏其神骏，抖其风尘，命奴洗马西江之渍（河岸）。马临流振而嘶，嘶而踊，已而泳于中流，莫知所逝。奴告主人，主人蹢躅（徘徊）西江上，皇皇焉计无得而挽。则自咤曰：‘鹾（盐）官，贱役也。良骏，天骨也。驾天骨于贱役之地，使屈首丧气，若跛牂（母羊）累（捆绑）狗。宜骏之见水泳而去，主者不得有也。’”再据《明史》本传说：杨维桢任“钱清（在今浙江杭州萧山东）场盐司令，狷直忤物，十年不调”。可知是在场盐司令任上所作，虽为哀马，实是哀己。从史籍所载来看，中国封建时代知识分子的地位，在元朝最为低下，有“九儒十丐”之说。足可见出，它所发露的不仅是作者个人鸿志不展的苦闷，而且是当代众多怀才抱智之士的苦闷。因而它尽管是一篇自伤不遇的抒情小赋，却在一定程度上和范围内，艺术地表现了元朝社会的历史面貌。

全赋大体上分三层。先以骏马沉入深渊发端，展开丰富的想象力，引出一连串的奇特询问。那日奔千里、快如疾风的骏马没进深渊洪流中不见了。它会哪里去呢？后果怎样？这当然是读者所关心的。于是诗人抓住人们通常喜欢刨根寻底的心理特征，设以惊语，使众多读者的心绪与一己之情感融会交通，混为一体，从而被其如插翅般的奇想异思所牵动着与之同游共转。骏马该不会厕身海鳍之间去戏潮弄浪了吧？欲以阳光放射之迅疾返回本原之地天宫吗？是腾上昆仑仙山，还是化为背负祥瑞图籍的“荥河之龙”呢？或是见到屈原之灵后为其耿耿忠诚所感动而跟上走了？又难道会随着冤愤的神人伍子胥往来于钱塘江上驱令其涨潮退潮吗？以上是第一层，由骏马的沉渊而展开想象,推测其种种去向。联想奇异怪诞,富有浪漫气息,用语长短相间,错落有致。既似问人,又像问己,亦庄亦诙,情趣盎然。接下来展开骏马之所以要沉渊隐流的第二层描写。骏马有"灵奇"之性,属"龙虬"之类,本为"应世求"而出,要大施才力。但却不幸的是"逢沙丘"而"隘九州",没有英明的伯乐发现鞭策,没有宽阔的大道任凭驱驰。欲"观阊阖"既不得,要"历玉台"更无门。自然是被俗人所拘,俗事所缚,难免"盐车坎壈"了。真乃"骏愁"不堪而时不我遇,可叹可悲。因此,势必"泳水兮为龙为龟,重澜驰逐"。虽比不了陆上能四蹄生风地飞奔腾跃,却也可"释累"而自由自在。刘熙载说:"赋之为道,重象尤宜重兴"(《艺概》卷三《赋概》)。上面的抒写正体现出这一点。表面写马,实际写人,哀马悲人,浑然不觉。但是,这并不能使人们坦然释意。骏马的归宿果真在这里吗?前途就是这样的吗?还会不会有什么不测之险呢?于是顺理成章地过渡到第三层描写。由于志抑才屈而沉入"九渊"以求超脱,这既不是妙法,也非前途所在,因为改换新环境却不能摆脱依然如故之旧处境,且又增加了重重险恶。深水洪流中有"狶鬣牛头"而又长着三只角的狰狞可怖之怪物,且其牙齿如锋利的岩石似的,可随意吞嚼"海舟"一般的庞然大物,这当然会危及骏马的。那么,骏马一旦遇上便如"逢仇",难免遭遇厄运的降临,后果岂堪设想。至此,诗人不得不发出"江险不可以久留"的悲哀呼声,同时也表达了读者的怜惜之情。究竟该怎么办,两者皆茫然。起得突兀,收得干脆,全赋至此,戛然而结。正是这种迷茫困惑之感的产生,使全篇的主旨豁然明朗而凸显出来,从而悟得个中三昧。通过写马而写人,不仅深刻地反映出诗人彷徨瞻顾找不到出路的苦闷和忧郁,并进而从个人的感伤不遇中体现出一代有志之士的苦闷和忧郁,由个人及于社会,使主题意义在相当的范围内得以深化,暴露出元代社会的矛盾和危机。

这篇抒情小赋在艺术表现上也具有一定的特色。杂用长短不拘的散文句子和比较匀整的骚赋辞语,随文敷意,以情演词,不琢不华,简练质朴,既表达出沉挚的情感,又读来声调谐和,流转上口。善于运用铺张夸饰、淋漓酣畅的笔墨,进行层层深入的反复陈喻,使想象更臻丰富多彩,兴味丛生。写马却不对马作正面具体的形态描绘,而用一些有关天马、神马、龙马的传说故事作衬托,从而烘染勾勒出"神骏"之态,离形得似,形神俱出,既表现了马的神态,又颇具浪漫色彩。

(赵望秦)

# 伐寄生赋并序

刘 基

余山居[1]，树群木[2]，嘉果骈植[3]。人事错迕[4]，斤斧不修[5]。野鸟栖息，粪其上[6]，茁异类[7]，日夕滋长。旧本就悴[8]，余睹而悲之[9]。乃募趫健[10]，腰斧凿[11]，升其巅[12]，剶条剔根，聚其遗而燔之[13]。于是老干挺立，新荑濯如[14]。若疮疡脱身，大奸去国[15]。斧钺之时用大矣哉[16]！作《伐寄生赋》。

天生五材兮[17]，资土而成[18]。汝独何为兮[19]，附丽以生[20]。疣赘蛭嘬兮[21]，枝牵蔓萦[22]。瘠人以肥己兮，偷以长荣[23]。状似小人之窃据兮[24]，谓城社之可凭[25]。观其阴不庇物[26]，材匪中器[27]，华不羞于几筵[28]，实不谐于五味[29]。来乌鸟之哤聒，集虫豸以刺蚝[30]。果被之而实萎，卉蒙之而本悴[31]。坛杏无所容其芬芳[32]，甘棠何能成其蔽芾[33]。亶无庸而有害[34]，矧眶睫之可置[35]。

尔乃建修竿[36]，升木末[37]，运斤生风[38]，以剪以伐。脱缠牵于乔竦[39]，落纤蕤之骚屑[40]。剶蘚肤以除根，敩去毒而刮骨[41]。于是巨蠹既夷[42]，新荑载蕃[43]。迎春而碧叶云滃[44]，望秋而硕果星繁。信知斧钺之神用[45]，宁能裕蛊以生患也耶[46]？

嗟夫！农植嘉谷，恶草是芟[47]。物犹如此，人何以堪[48]？独不闻夫三桓竞爽，鲁君如寄[49]；田氏厚施，姜、陈易位[50]；大贾入秦，柏翳以亡[51]；园谋既售，芈代为黄[52]。蠹凭木以槁木，奸凭国以盗国[53]。鬼居肓而人殒[54]，枭寄巢而母食[55]。坚冰戒乎履霜[56]，羸豕防其蹢躅[57]。谅前辙之昭昭，何人心之自惑？故曰：非其种者[58]，锄而去之，信斯言之可则[59]。

## 注释

① 山居：住在山上。

② 树群木：种植很多树木。

③ 嘉果骈（pián）植：好的果树并排种植。

④ 错迕（wǔ）：错杂。

⑤ 斤斧不修：没有用斧头修剪。

⑥ 粪其上：在树上拉粪便。

⑦ 茁异类：肥壮了其他的杂草树木。

⑧ 旧本就悴：原来的果树近于枯萎。

⑨ 睹（dǔ）：看见。

⑩ 乃募趫（qiáo）健：招募趫健的人。

⑪ 腰斧凿：腰中带着斧凿。

⑫ 升其巅：爬上树顶。

⑬ 聚其遗而燔（fán）之：把剔落下的杂枝乱草集起来烧掉。

⑭ 新荑（tí）濯（zhuó）如：新枝芽光润鲜壮。

⑮ 大奸去国：奸臣离开国家政权。

⑯ 时用：切时，及时的用途。

⑰ 五材：《左传·襄公二十七年》："天生五材。"杜预注："金、木、水、火、土也。"此指自然生长的草木。

⑱ 资土而成：依赖土地生成。

⑲ 何为：为何。

⑳ 附丽：依附，凭靠。

㉑ 疣赘蛭（zhì）嘬（zuō）：疣瘤的多余累赘，水蛭的吸吮。

㉒ 枝牵蔓萦（yíng）：枝条牵扯，茎蔓缠绕。

㉓ 偷以长荣：偷取营养长久繁茂。

㉔ 窃据：盗窃占有。

㉕ 城社：城池，田社。

㉖ 阴不庇物：树阴不能遮蔽物体。

㉗ 材匪中器：质材不中器用。

㉘ 华不羞于几筵：花儿不能作好食品摆在桌筵席上。

㉙ 实不谐于五味：果实不合五味（酸、甜、苦、辣、咸）。

㉚ 来乌鸟之哤（máng）聒（guō），集虫豸以刺蚝（cì）：招来乌鸦之类的群鸟杂声喧聒，聚来一些小虫和毛虫。

㉛ 果被之而实萎，卉蒙之而本悴：果树被它盖着果实就枯萎，花草被它蒙住茎干就干枯。

㉜ 坛杏无所容其芬芳：有了它祭坛上的杏花便留不下芬芳的香气。

㉝ 甘棠何能成其蔽芾：有了它甘棠的幼芽也成长不起来。

㉞ 亶(dǎn):实在。庸:用。
㉟ 矧(shēn)眶睫之可置:怎么能容忍它在眼前。
㊱ 建修竿:竖起修长的竹竿。
㊲ 升木末:升高到树梢。
㊳ 运斤生风:运动斧头而带动风声。
㊴ 脱缠牵于乔竦(sǒng):解脱在高树上的缠绕。
㊵ 落纤蕤之骚屑:去掉细小下垂枝条上的寄生物的烦忧。
㊶ 敩去毒而刮骨:学习刮骨疗毒的办法去掉寄生物。敩,同“学”。
㊷ 巨蠹既夷:大害蠹虫既已消灭。
㊸ 新荑载蕃:新枝芽开始繁殖。
㊹ 碧叶云滃(wěng):绿的叶子如云一样蒸起。
㊺ 信知斧钺之神用:确实知道斧钺功用如神。
㊻ 裕蛊以生患:对寄生物宽容而产生祸患。
㊼ 芟(shān):去除。
㊽ 物犹如此,人何以堪:语本《世说新语·言语》。
㊾ 三桓竞爽,鲁君如寄:仲孙氏、叔孙氏、李孙氏三桓争胜获利,鲁国国君便如寄居之人不起作用了。
㊿ 田氏厚施,姜、陈易位:施厚恩于田氏,使齐国国君由姜氏换为陈姓。齐国原为姜姓国。公元前672年陈国内乱,陈厉公子陈完逃奔齐国,被桓公重用。后势力逐渐壮大,至田和遂夺取齐政权。陈完即田敬仲,田和为其后代。
51 大贾入秦,柏翳以亡:大商人进入秦国掌握了政权,嬴姓便灭亡了。
52 园谋既售,芈(mǐ)代为黄:李园的计谋得逞,楚国国君于是就以黄姓代替了芈氏。典出《史记·春申君列传》。
53 蠹凭木以槁木,奸凭国以盗国:害虫依靠着树木而使树木枯萎,奸佞把持大权而篡国。
54 鬼居肓而人殒:鬼气侵据了内脏深处人就要死亡。
55 枭寄巢而母食:枭鸟居于巢中母鸟便被其吃掉。
56 坚冰戒乎履霜:防止坚冰形成,要从踏霜开始。
57 羸豕防其蹢躅:瘦弱的小猪先防它不能走动。
58 非其种者:不是亲自种的。
59 信斯言之可则:这话确实可以效法。

## 鉴赏

刘基(1311—1375),字伯温,浙江青田人,元末进士。先治经学,曾任浙江儒学副提举等小官,后受排挤归故里。朱元璋起事后,受征召,间道谒金陵,陈时务十八策,深得器重。朱元璋之军政策略多为刘所建树,被朱称为“吾子房也”。为明开国功臣之一,官至御史丞兼太史令,封诚意伯。后被朱元璋毒害。

刘基是个诗文兼长的作家,又重视文学与时代、文学与作家情志的关系。他提倡怨刺(参见其《王原章诗集序》),又善于用生动的形象比喻,使作品增强感人的力量,如其《郁离子》中的寓言故事以及著名的《卖柑者言》《二鬼》诗等便是。这篇《伐寄生赋》也同样采用了形象比喻和神话手法。刘基以诗文见长,赋作不多。这篇赋基本仍是采用的古文形式。

这是一篇刺世疾邪、讨伐“瘠人肥己”“凭国盗国”的恶势力的檄文。作者刘基不仅是个文学家,而且还是著名的政治家,所以其对问题的认识,既有文学家的敏锐洞察力和疾恶如仇的精神,又有政治家的犀利眼光和杀伐果敢的态度。两者在这篇赋中得到充分的体现。

赋前的小序简单道出了作赋的缘起:果树寄栖了“异类”,使“旧本就悴”,就不得不大动斧钺,“剜条剔根”,尽铲除之。除了寄生物,于是“老干挺立,新荑濯如”,像恶疮得治,奸佞被除一样痛快。至此,作者乃道出了写这篇赋的真正目的——“奸凭国以盗国,鬼居肓而人殒”,必须把这些寄生于自然与社会上的异类“锄而去之”,人类才得安宁,社会才能发展。对于这样一个有关社会及政治问题的重大题材,既不宜直说其人其事,又不能泛泛地抽象议论,因为那样就会显得空泛无力,淡而寡味,不能打动读者的情感和引起人们的共鸣。作者正是以文学家的手笔,用生动形象的比喻抒写了其对社会政治问题的态度。

赋一开始,即以连珠投的之势历数所伐之物的罪端。它寄人以生,枝牵条系,如恶瘤伤体,水蛭吮血,瘠人肥己,损他人之滋养,苟自己之长生。而它带给人的却是:“其枝干不能荫物,其木材不能作器,其花果不合五味”,入不了筵席,倒招来恶鸟的喧嚣,毛虫的扰害,使有益的树木果毁花败,实百害而无一利。作者采用了指桑骂槐的手法,一气呵成,痛诋恶势力的劣迹、罪行,扒皮刨根,淋漓尽致。作者又把异类的这种劣迹罪行通过具体的物性特点显露在读者面前,显得具体、形象而能打动人心。这样可以起到如曹植在《画赞序》中说的“见三季暴主,莫不悲惋;见篡臣贼嗣,莫不切齿”画面的作用。读者看清了寄生恶类的丑恶面目,自然产生一种“新松恨不高千尺,恶竹应须斩万竿”(杜甫)的爱憎态度。作者及时抓住了读者的这一心理状态,把笔锋一转,痛快淋漓地对寄生进行诛伐。“运斤生风,以剪以伐”,“剜肤除根”,刮骨去毒,尽行燔烧,真如杜甫说的“安得壮士掷天外,使人不疑见本根”(《石笋行》),显出作者疾恶如仇、杀伐果敢的作风,写得何等利索、痛快!读之叫人解根。讨伐了寄生,出现一幅万象更新,万物繁昌的景象,令人读之莫不称快。所以,“信知斧钺之神用,宁能裕蛊以生患”的结论,也正道出了众人的心声,显得自然,叫人心服。

刘基写的是物,目的却在人事。“物犹如此,人何以堪”!恶竹须斩,坏人何留!窃据之小人,盗国之奸邪,必须“锄而去之”。为了加深这一基本思想,作者连用历史上奸邪篡国之事实,厉鬼恶鸟为患之祸端,使人识“前辙之昭昭”,免“人心之自惑”,真正体悟到除奸务尽之理,这是作此文之目的所在。

赋这种文体从形成之日起,铺张扬厉即为其主要特点,骚体赋、汉大赋都是如此。《伐寄生赋》也具备“体物写志”的特点,把情志通过具体之物象表达出来。但这篇赋并不铺张扬厉,除一开始的几句加了个“兮”字类似骚体外,基本属于传统的古文形式,浑厚朴实,简洁有力,体现了一个务实的政治家的风度,也与刘基整个文章的风格相一致。

(黄广华　颜景琴)

# 闲 田 赋[1]

王 翰

条山之阳[2]，黄河之傍，灌莽极目[3]，兽骇鸟翔。畎畛纵横以远际[4]，沟途陂陁以衍长[5]。经界宛其未改[6]，庐井已不可得而详[7]。问平高之耆老[8]，乃知古虞君之故邦[9]，及芮伯争而未决[10]，质成于文王者也[11]。呜呼！姬周之造迹[12]，自后稷之建邦[13]，公刘之启土[14]；古公著抚民之庸[15]，王季号勤王之祖[16]，至翼翼之文王[17]，得奔奏御侮之贤辅[18]，三天下而有二[19]，犹臣服商[20]，受而遵王之所也。伤汉儒之鄙陋[21]，议图谶以厚诬[22]；以虞芮质成而被化[23]，为周始称王而受符[24]。以区区之陋邦[25]，睹至德于须臾[26]。来四十国之臣妾[27]，如父召而子俞[28]。文王之受命，固定于虞芮之质成；若尊号改元[29]，斯盛德之所必无也[30]。呜呼，天有昭昭之明[31]，无谆谆之教[32]。视其命之去就[33]，在人心之恶好。苟处时而得中[34]，何必丹书朱雀而为符告也[35]。眺荒原之茫茫[36]，抚往事而增悼[37]。追淳风之不反[38]，伤衰世之末造[39]。诵《绵》诗而永叹[40]，为执笔以三叫[41]。

**注释**

① 闲田：古代本指未被封赐的土地，后也指无人耕种的荒废田地。《孔子家语·好生篇》载："虞、芮二国争田而讼，连年不决，乃相谓曰：'西伯

(即周文王)仁也,盍往质焉?'入其境则耕者让畔。……遂自相与而退,咸以所争之田为闲田也。"这篇赋所吟咏的就是这件事。

② 条山:即中条山,在今山西西南部。阳:山的南面称"阳"。

③ 灌莽:草木丛生的原野。极目:一望无际。

④ 甽(quǎn):田间的水沟。畛:当为"矰"(zēng),水田。

⑤ 陂陁(pō tuó):倾斜之貌。

⑥ 经界:土地的分界。宛:仿佛,好像。

⑦ 庐井:古代井田制,八家共一井,故称八家的庐舍为庐井。

⑧ 耆(qí)老:老人。《礼·曲礼上》:"六十曰耆。"

⑨ 虞(yú):古部落名,即有虞氏,居于蒲坂(今山西永济东南)。

⑩ 芮(ruì):古国名,在今山西芮城一带。

⑪ 质成:求人评定是非。文王:周文王。

⑫ 姬周:周人属姬姓,故称姬周。造迹:开始发迹。

⑬ 后稷:周部族的祖先,名弃,为舜农官,封于邰,号后稷,姓姬氏。

⑭ 公刘:相传为后稷的曾孙,居于邰而遭夏人之乱,迁其民邑于豳(bīn),今陕西彬州地。启土:开拓疆域。

⑮ 古公:即古公亶父,后稷第十二代孙,周文王的祖父,原居豳,因戎狄族侵逼,迁于岐山(在今陕西)下,使周族逐渐强盛。庸:功劳。

⑯ 王季:古公亶父之子,文王之父,名季历。勤王:为王事尽力。

⑰ 翼翼:恭敬之貌。

⑱ 奔奏:广为喻德宣誉之臣。御侮:抵御外侮、卫国安邦之臣。贤辅:指德才兼备的辅臣。

⑲ 三天下而有二:殷末,周族占据了天下的三分之二。

⑳ 臣服:称臣降服。

㉑ 鄙陋:庸俗浅薄。

㉒ 图谶(chèn):汉代宣扬符命占验的书。这里指汉儒宣扬的周代商的受命之征验。

㉓ 被化:指被感化。

㉔ 受符:受命为王。

㉕ 区区:狭小之貌。

㉖ 须臾:极言时间短暂。

㉗ 臣妾:臣子。"四十国之臣妾"事:《史记·周本纪》张守节正义:"二国相让后,诸侯归西伯者四十余国,咸尊西伯为王。"

㉘ 俞:是,应答之词。

㉙ 尊号改元:指称帝为王。

㉚ 盛德:盛大的德行。

㉛ 昭昭:明亮。

㉜ 谆谆:教导不倦之貌。

㉝ 去就:去留,进退。

㉞ 苟:假若。

㉟ 丹书:古代统治者托言天命,捏造的所谓天书,如河图、洛书之类,因用丹笔书,故也称"丹书"。符告:古代所谓天赐祥瑞与人君,以为受命的凭证。

㊱ 茫茫:旷远之貌。

㊲ 悼:伤感。

㊳ 淳风:敦厚朴实的风俗。

㊴ 衰世:世风颓败之时。末造:末世。

㊵《绵》诗:《诗经·大雅》中的篇名,着力记叙了周族先王开国的业绩。其中写到“虞、芮质厥成,文王蹶厥生”一事。

㊶ 三叫:再三感叹。

## 鉴赏

王翰(1344—?),字时举,禹州(今河南禹州)人。元末隐居在中条山。明初曾典教平陆,建文初(1399)为周王朱橚长史。周王素骄横有异志,王翰屡谏不纳,即断指佯狂而亡去。后起为翰林编修,不久谪为廉州教授。值羌族骚乱,死于乱中。著有《梁园寓稿》。

这篇《闲田赋》,以虞、芮二国争田而讼,本想请西伯裁断,入其境,见耕者让畔,于是相互退让,乃以相争之田为闲田一事为内容,重点叙述了周民族的发展史。后来所以周能代商而王,就是由于周族实行的是“德政”,周族取得了人心。所以虞、芮二国受到感化,而由争讼变为相互退让后,“诸侯归西伯者四十余国,咸尊西伯为王”。《史记·周本纪》也说:“诗人道西伯,盖受命之年称王而断虞、芮之讼”,《诗·大雅·绵》把这件事也郑重地写进周民族的发展史中,可见这件事对周民族的影响十分重大,它是周民族实行“盛德”的一个重要标志,也是能推翻殷商暴政的重要环节。所以这篇赋也以此为题,而加以发挥,并抒发自己的感慨。

作者认为,周能代商而王,“以虞芮质成而被化,为周始称王而受符”;而以汉儒等人认为周代商是天命,“议图谶以厚诬”,说汉儒搞的那套“图谶”把戏是“鄙陋”的;他还说,“视其命之去就,在人心之恶好。苟处时而得中,何必丹书朱雀而为符告也”。强调“人心”的向背,是能够“尊号改元”的重要标志。这是很有识见的。

马积高先生依据王翰《吊虞城赋》“予典教平陆,亲履故墟,彷徨不能去”,以及王翰在《游三门记》谓其在洪武十七年(1384)二月游三门,认为“此赋当作于洪武十七年前后”(详见《赋史》第十一章第一节)。我觉得王翰于元末曾隐居在中条山,而这赋一开始就写“条山之阳”,访问当地的耆老等,极可能此赋就写在元末作者隐居中条山时。作者在赋中曾说:“追淳风之不反,伤衰世之末造。”这与元末“衰世”很切合,如果是指明初,即使对明朝颇不满,也不会用“衰世之末造”之语。何况作者于元末隐居,于明初出仕,可见对新建的朱明王朝还是抱有希望的。诚如是,则作者所伤悼的则应是元末的世风。渴望能有人像周文王一样大行德政,取得人心,自然就能取元朝而代之的。不要管他什么"图谶""丹书"一类的符告好了。这种看法也是很有眼光的。可见,这篇《闲田赋》用笔并不"闲",他所谈论的是关系到军国大政的大事。他的这种看法,即使对于新建立的朱明王朝也是有借鉴意义的。

这篇赋从"极目"眺览"闲田"旧址发端,而写到虞、芮二国的争讼,进而写到文王的德政,略述了周民族的发展史,显得很自然,顺畅。而自己抒发的见解,与周文王的德政又十分切合,显得情景交融,浑然一体。最末"眺荒原之茫茫,抚往事而增悼",又和开头的"灌莽极目"相呼应。作者在这篇不长的赋中,感情的抒发还是颇为浓烈的。第一个"呜呼"以后,叙述了周民族的发展史,可见这种叙述也是饱蘸着感情的,是为了张扬周族的"盛德"而发的;第二个"呜呼"以后,抒发了自己对"天命"和"人心"的看法;最末的"抚往事而增悼""伤衰世之末造","诵《绵》诗而永叹,为执笔以三叫",更是愤慨之情的集中发泄。所以让人读起来很受感染,读者的感情也往往随之而激动和高涨。当然,作为文艺作品,它的语言则稍嫌质直了些,"颇类有韵之论文"(马积高《赋史》),这的确也是这篇赋的不足之处。

(徐传武)

# 吊茂陵文

方孝孺

祇明祀而言旋兮[①]，指槐里以西征[②]。停策憩于道旁兮，睹高丘之峥嵘。即故老而讯之兮，惟汉武皇之茂陵。整冠裳而疾趋兮，蹐遗庙以屏营[③]。凄风起于丛棘兮，鼪鼯啸于幽茔[④]。

慨雄心之靡托兮，悲曼志之无成[⑤]。惟君皇之御极兮，遘炎灵之方炽[⑥]。陋尧禹为未足遵兮[⑦]，卑祖武而弗肯继[⑧]。内瘠民以自殖兮，外震威乎遐裔[⑨]。骋车辙于八荒兮，候神人于海澨[⑩]。建千门与万户兮，殚土木之奢丽。希轩辕之腾化兮，永傲倪乎斯世[⑪]。何盛业之易隳兮，洪谟郁而难宣[⑫]。虽暂弱于戎胡兮，生民疲弊而不痊。奇祸机于巫蛊兮[⑬]，妃胤丁毒而衔冤。谅逞心于屠灭兮，抑天道之致然。辟土疆之宏廓兮，曾玄宫之莫固[⑭]。赫兵革之繁庶兮，委守卫于草露。城阙之崇敞兮，求断础而无所。后宫之韶冶兮，仅或传其冢墓。像祈连以旌武兮，想壮魄之已腐。

呜呼哀哉！形必有尽兮，孰不有亡。匪君皇之独然兮，尚奚为隐悯而回遑[⑮]。惟祈生之已甚兮，或妖诞而过望。谓长年而卒老死兮，斯足垂戒于昏荒。明固有所不达兮，智固有所短。伟才略之英迈兮，哲与愚其相半。赖表圣而黜邪兮，兼善悔而能断。虽人恫而财竭兮[⑯]，终克免乎危乱。悼往者之无知兮，尚来者之可谏[⑰]。感盛衰之相袭兮，仰昊天而永叹。

## 注释

① 祇:正是。明祀:神明之祀。言旋:返还。言:虚词,无实义。
② 槐里:古地名,今陕西兴平东南。
③ 踖(jí):轻步。屏营:惶恐的样子。
④ 鼪鼯(shēng wú):鼪即鼬,俗称黄鼠狼;鼯是形似蝙蝠的飞鼠,别名夷由。
⑤ 曼志:弘远的志向。
⑥ 遘:适逢。炎灵:汉王朝。
⑦ 陋:鄙薄,不尊重。
⑧ 卑:藐视。
⑨ 遐裔:遥远的异族。裔,边远民族。
⑩ 海澨:海滨。
⑪ 傲倪:目空一切的傲视。
⑫ 洪谟:宏伟的谋划。
⑬ 祸机:潜在的祸患。巫蛊:巫师以邪术加祸于人。
⑭ 玄宫:北方的宫殿。
⑮ 回遑:惘然,彷徨。
⑯ 恫:伤痛,恐惧。
⑰ 谏:挽救,补救。

## 鉴赏

方孝孺(1357—1402),字希直,一字希古,浙江海宁人。自幼精敏绝伦,名动乡里;20岁到京,从宋濂学。历事太祖、惠帝,学者称“正学先生”,惠帝时为侍讲学士,甚见倚重,曾主持《太祖实录》及多种重要典籍的编修工作。燕兵起,孝孺被执下狱,成祖召他起草登极诏书以收民心,他以正统观念严拒、痛斥,随即被杀,夷十族,株连八百多人,凡有藏他的文章的,罪至于死,惨酷至极。崇祯末年,追谥文正。

方孝孺是个典型的理学家,“学术醇正”而近迂腐,《明史》本传称他“恒以明王道、致太平为己任”,又力辟异端,“直以圣贤自任,一切世俗之事,皆不关怀,朋友以文辞相问者,必告之以道,谓文不足为也。”(《明儒学案》)然而,在他的创作之中,也不乏佳作,文章风格,“乃纵横豪放,颇出入于东坡、龙川之间……其毅然自命之气,发扬蹈厉,时露于笔墨之间。”(《四库全书总目》)他的创作,在当时已享盛誉,“传之天下,人人知爱诵之。”(《南濠诗话》)今存《逊志斋集》二十四卷。

茂陵者,西汉武帝之陵墓也;其地在今陕西兴平东南茂乡,至今二千余年,遗迹犹存。方孝孺这篇《吊茂陵文》,是以赋体形式,通过对一千五百多年前汉武陵墓的吊唁,发思古之幽情,抒胸中之慷慨。在这一点上,此文与怀古诗乃异曲同工,都是借凭吊古人,品评史迹,以表达对世事人生的见解。

全文分为三个部分。起首一段写赴茂陵即目所见。当见到峥嵘之高丘以后,从故老处得知,这便是汉武皇帝的茂陵,作者怀着尊敬的心情瞻仰遗迹,先是整理衣冠而快速前趋,步履轻捷,内心惶恐,因为前面是历史上一位赫赫有名的帝王的遗庙。然而,作者在这里所感受的是“凄风起于丛棘兮,鼪鼯啸于幽茔”,与开始“睹高丘之峥嵘”形成相反的对照。从远处看,茂陵度越千古,蔚为壮观,依然是高丘峥嵘,置身近处,只见荆棘丛生,鼠类出没,凄风骤起,一派荒凉景象。昔日之显赫与今日之荒凉的对比,定下全文基调,使读者顿时产生悲凉感,为后文的展开做了铺垫。

第二大段是从上文遗迹的荒凉中,引出对汉武帝这位历史人物的品评。“慨雄心之靡托兮,悲曼志之无成”,是对雄才大略的汉武帝的总评。何以见得雄心靡托、曼志无成呢?这就是不管这位帝王生前业绩·如何显耀、如何为后人所称颂,到头来也不过一场空虚,留下的只是一丘凄凉的荒冢。作者具体分析了雄心靡托、曼志无成的原因。这位帝王即位、君临天下时,汉朝正处于上升时期。但他不遵从尧禹的先王之道,亦不继承祖宗之成法。其具体表现是对内使百姓贫穷而增殖财富,对外则声威远震到遥远的疆域;他驱车驰骋于九州四海之外,还期望迎候神人于海滨。广建千门万户的宫室,大兴土木,极尽奢侈华丽之能事。由于他一意孤行,虽然希冀永垂不朽,但他帝王的盛业是那样易于颓萎,宏伟的谋略难以贯彻施行。尽管暂时使外族受挫,却令生灵涂炭,百姓疲病不堪。连后宫也祸机爆发,皇后、妃嫔因巫蛊遭毒害而含冤丧生。作者由此感叹道.这委实是逞心快意而自寻毁灭啊,然而也是天道使其遭致的必然结果。想当年,看现在,作者进一步从对比中深入分析:开边拓疆是那么广袤,又何曾固守不变,兵革是那样强大而众多,守卫之师已如同草露;城阙是那么雄伟而宽敞,至今还不知何处能找到它的颓垣断壁。当年后宫粉黛姣好妖冶,现在只有留下的坟墓……这一切都表明当年的武帝,在今人看来实在是雄心靡托、曼志无成。在第二大段里,作者对汉武帝的为人,是着意指出他不遵礼法、恣意妄为及其不良后果。

第三段是作者在对汉武帝作出历史评价之后的哲理性的思索,是从历史得到的教训。他首先提出一个“形必有尽兮,孰不有亡”的命题,认为一切有形之物,包括帝王及其宏业都不会永世长存。既然一切事物都有发生和消亡的过程,那么,君皇亦无例外,又何必为此而哀悯而怅惘。人的生命终归是有限的,不能过望追求,所谓长生不死只不过妖诳之言,昏聩之人才信以为真,实足以引为鉴戒。汉武帝的所作所为是不足为怪的,因为“明固有所不达兮,智固有所短”,完全十足的明智之哲人是不存在的。即使像汉武帝那样有伟大才略的英迈俊杰,也是“哲与愚其相半”。幸赖他还有表圣黜邪、善悔能断的明哲的一方面,虽然搞到民伤财竭的地步,总算避免了世道的混乱。作者最后哀悼往古之人未能明察;深感世运盛衰相袭相承,唯有对天长叹而已。

这篇短赋的最大特点是它不同于某些怀古诗文的虚应故事,而是面对武帝茂陵有感而发。方孝孺是明代饱学之士。据《明史》记载,明成祖将杀方孝孺之时,有人劝成祖说:“杀孝孺,天下读书种子绝矣。”可见其学识为时人所推重,正因为他饱读诗书,学识渊博,才能对历史人物和事件做出有别于前人的评价。他的这篇《吊茂陵文》正是有感于对历史的独到见识而写作的。历来史家多称颂汉武帝雄才大略、武功显赫的一面,方孝孺从儒家民本思想出发,在这位国力强盛的君王身上,着重指出其劳民伤财、骄奢愚昧的一面。由于武帝以摧残民众来满足其开边扩土的欲望,尽管能逞心恣意显耀一时,却不能勋业永存,流芳百世,只有茂陵秋草舞秋风,留下凄凉的影照。方孝孺并没有苛求古人,他从“汉武帝现象”中进行思考,提出人不可能长生不老,人不可能十足明智,人应在有生之年发挥明智的认识,以为来者借鉴补救。方孝孺从历史品评进入哲理思索,将天理人道、生死智愚、往来盛衰融为一体,深入形上之道的哲学境界,他也就从历史的王国走进了诗的王国。

(毛庆其)

# 黄河赋

薛瑄

吾观黄河之浑浑兮[1]，乃元气之萃烝[2]。浚洪源于西极兮[3]，注天派于沧瀛[4]。贯后土之庞博兮[5]，沓玄沟之晶明[6]。过积石而左转兮[7]，龙门牙而峻倾[8]。薄太华而东骛兮[9]，撼砥柱之峥嵘[10]。入大陆而北徙兮[11]，迷不辨夫九河之故形[12]。经两海而纪众流兮[13]，擅浮沉之濯灵[14]。览颓波而怀明德兮[15]，又何莫非姒氏所经营[16]？登昆仑而俯视兮[17]，固仿佛其初迹[18]。驭高风而骋望兮[19]，遂周游其曲直[20]。何末流之混浊兮[21]，始清澄而湜湜[22]？羌澹滟而徐趋兮[23]，势沄沄而自得[24]。触险石以斗暴兮[25]，诧雷轰而毂击[26]。天宇扩其沉漭兮[27]，渺上下之玄黄[28]。雾雨霪霪而滃集兮[29]，混邃古之洪荒[30]。微风荡拂而涣散兮[31]，天机组织其文章[32]。颓猋浩而汹涌兮[33]，百怪垂涎而簸扬[34]。腥云浊浪以荡汩兮[35]，恍忽颠倒夫舟航[36]。灵曜升而赫照兮[37]，乘正色于中央[38]；望舒在御而下临兮[39]，列宿涵泳其光芒[40]。

若乃震秉符以行令兮[41]，百谷淫淫其冻释[42]。山泽沮洳以上气兮[43]，增滉漾之洋溢[44]。鱼龙乘涛以变化兮[45]，杳莫测其所极[46]。祝融载节以南届兮[47]，雷雨奋达以霶霈[48]。演支流而股合兮[49]，百川奔而来会[50]。水轮囷而漂拔兮[51]，蔽云日而淘汰[52]。狂澜汹而啮岸兮[53]，块土焉塞夫冲溃[54]。霜戒严而木脱兮[55]，少昊执矩以司秋[56]。洲渚缅邈而石出兮[57]，始杀湍而安流[58]。霰雪纷其四集兮[59]，颛顼乘坎以奋神[60]。大块噫气而摩轧兮[61]，流澌下而龙鳞[62]。层冰横绝而山委兮[63]，河伯驱石以梁津[64]。羌险夷而明晦兮[65]，变朝暮于四时[66]。飙风起而冲木兮[67]，蟒怪骇其难推[68]。睹圆方之一气兮[69]，恒来往而密移[70]。昔尼父之叹逝兮[71]，跨百世而罕知[72]。顾川流之有本兮[73]，与终古以为期[74]。启龙图而玩六一兮[75]，悟主宰之所为。喟余心之未纯兮[76]，感道妙之如斯[77]。聊诵言以自明兮[78]，庶昼夜之靡亏[79]。

## 注释

① 浑浑:同“滚滚”。
② 元气:天地未分前混一之气。萃烝:聚结。
③ 浚(jùn)洪:大水。
④ 天派:天河的支流,指黄河。
⑤ 贯:贯穿。后土:大地。
⑥ 沓(tà):重叠,会合。玄沟:很深的山谷。
⑦ 积石:积石山。
⑧ 龙门:龙门山,相传为大禹开凿。
⑨ 太华:西岳华山。
⑩ 砥柱:三门山。
⑪ 入大陆:黄河流入大陆泽(古代著名内陆湖,故址在今河北巨鹿)。
⑫ 九河:见《尚书·禹贡》。
⑬ 两海:扎陵湖和鄂陵湖。纪:总领。
⑭ 擅:拥有,独揽。
⑮ 颓波:落下的浪头。
⑯ 姒(sì)氏:大禹。
⑰ 昆仑:昆仑山。
⑱ 初迹:发源处。
⑲ 骋望:极目远眺。
⑳ 其曲直:黄河直的、弯曲的河段。
㉑ 末流:下游。
㉒ 始:上游。湜(shí)湜:水清。
㉓ 羌(qiāng):发语词。澹(dàn):恬静。滟(yàn):水波荡漾之貌。
㉔ 沄(yún)沄:水流浩荡。
㉕ 斗暴:搏击。
㉖ 毂(gǔ):车轮当中的圆木。
㉗ 扩:广阔。沆漭(hàng mǎng):水波浩渺之貌。
㉘ 渺:无边无际。上下之玄黄:上下一片灰黄的颜色。
㉙ 霴霼(dàn):连绵的浓云。滃(wěng)集:云气聚集。

㉚ 混:混同。邃古:远古。洪荒:混沌蒙昧的状态。

㉛ 涣散:离散、不集中的样子。

㉜ 天机:造化之功。组织:编织。文章:错杂的色彩或花纹。

㉝ 颓猋:下落的疾流,即瀑布。

㉞ 百怪:各种怪兽。簸扬:播动扬去谷物中的粃糠。

㉟ 荡汩(gǔ):动荡不安的样子。

㊱ 颠倒舟航:颠覆船只。

㊲ 灵曜:太阳。赫:鲜明。

㊳ 正色:天空的苍苍之色。

㊴ 望舒:为月神驾车之神,代称月。

㊵ 列宿:群星。

㊶ 秉:执。

㊷ 百谷:所有的河谷。淫淫:流动之貌。

㊸ 沮洳:低湿之地。上气:蒸发着的湿热云气。

㊹ 滉瀁:水浮动之貌。

㊺ "鱼龙"句:黄河中水族动物变幻莫测。

㊻ 杳(yǎo):远。

㊼ 祝融:雷神。一说为火神。载节:带符节(使者凭证)出行。

㊽ 奋达:猛烈震动。霶霈(pāngpèi):大雨。

㊾ 演:长流。

㊿ "百川"句:众水汇入黄河。

51 水轮囷(qūn):水曲折回环之貌。漂拔:波浪起伏之貌。

52 蔽云日而淘汰:(浪头)遮天蔽日,一路冲刷着泥沙、滚滚而下。

53 啮(niè)岸:侵蚀河岸,使之缺口。

54 "块土"句:用土和石头怎能堵得住!

55 木脱:树木凋零。

56 少昊:黄帝之子,姓己名挚字青阳,又名金天氏。执矩:掌握规则法度。

57 缅邈:遥远之貌。

58 杀湍(tuān):使流速减弱。

59 霰(xiàn):小雪珠。

60 颛顼(zhuān xū):五帝之一。乘坎:凭借水。坎,八卦之一,象征水。

61 大块:大自然。噫气:气壅塞而忽通。摩轧:冲击。

62 澌:夹着冰块的流水。

63 山委:堆积如山。

64 河伯:河神。

65 羌:发语词。

66 "变朝暮"句:一年中每日每夜水势都在变化。

67 飙风:暴风。

68 怪骇:诧异。

69 圆方:指天地。一气:浑然一体。

70 密移:频繁地变动。

71 尼父:对孔子的尊称。

72 罕知:很少懂得。

73 川流之有本:河水有它的本源。

74 终古:永远。期:期限。

75 龙图:即河图。六一:指阴阳。

76 心:指思想认识。未纯:还不够精纯。

77 道妙:玄理的精妙。

78 聊诵言:姑且作这篇赋。

79 亏:减少。

## 鉴赏

薛瑄(1389—1464),字德温,号敬轩,河津(今属山西)人,明代学者、文学家。永乐二十年(1422)登进士第。性耿直,英宗正统中官大理寺少卿时,因忤太监王振,几乎被杀。天顺初(1457),迁礼部右侍郎兼翰林学士,知制诰,因不满于石亨等弄权,致仕,死谥文清。他是明代著名理学家,学宗程、朱,有"河东派"之称。理学家多不能诗赋,文章一般迂腐之气较重,而薛瑄却写了不少诗赋,比较注重形象的描写,文章也平正自然,腐气不多。《四库全书总目提要》说:"明代醇儒,瑄为第一,而其文章雅正,具有典型,绝不以俚词破格。"其作有《读书录》、《薛文清集》流传。集中收入五篇赋:《黄河赋》《虚庵赋》《雪赋》《自修赋》和《思本赋》。

这篇赋长仅六百字,但却包含了丰富的内容。它描绘了黄河的博大雄浑、气象万千,既歌颂了祖国的壮丽河山,又从黄河的不屈不挠、勇往直前、永逝不息之中总结出一种精神和哲理,并用以勉励自己昼夜自强不息。作者这种立意和境界,是很崇高的。

赋文开头便显示出了不凡的气势。作者用豪放的笔触纵情地描述黄河像天河般滚滚西来、横贯中国大地并直奔沧海而去的壮丽景观。作者深情地写道,黄河是天下最神奇的河,是世上最美丽的河,随着四季的变化,景象万千,美不胜收。从作者的描绘中,充分表现了他对祖国河山的热爱和作为一个黄河子孙的自豪,也激发了读者的共鸣。

作者并没有停留在单纯描摹自然景观的层次上。他对黄河绘声绘色的描写,不仅仅立足于热爱祖国的如画江山这一点上,还有更深远的寄寓。面对着博大浩瀚的黄河,作者首先联想到开凿河道、治理黄河的大禹,并缅怀其不朽功绩;又联想到利用河水为民造福的古帝颛顼,甚至还把河上的冰块想象成河神要为人们架桥。所有这些,都表现了作者愿学习先贤而有所作为、有所贡献的政治抱负。

黄河那雄浑壮丽的自然景观,使作者受到某种理性的启示。他在赋中说自己"感道妙之如斯",用现代语言来说,就是领悟到自然辩证法所包孕的生活哲理。他从宇宙气化的流行不息和黄河雄健豪放的气魄中,认识到宇宙的无限、历史的变迁、人的生命短促等深刻的道理。他引用了孔子感叹"逝者如斯夫"的话来表现自己对时光的珍惜,希望自己铭记这些道理,学习黄河的奋勇拼搏的精神,自强不息,以保持自己的道德节操永不亏损。

这篇《黄河赋》与此前的同类作品构思截然不同。它虽然用了较多的篇幅去描绘黄河的壮观和四时变化,但目的却在于借此表达一种深沉的哲理。作品熔状物、抒情、议论于一炉,把他所要表达的道理融化在对自然景观的描绘之中,给读者留下较大的想象空间,去体会作品的主题思想,从而避免了枯燥的说教。

作品的语言富于形象化,诗的韵味很浓。虽然也讲究炼字炼句,但语言尚不艰涩,雕琢的痕迹也不明显。例如它描写黄河水时,大量运用水偏旁的字作形容词,每个字却从不重复出现,表现出作者刻意追求文风的雅炼,讲求修辞的精美,而不堆砌奇字难典。因此,本篇行文流畅,自始至终一气呵成,给人一种整体之美。

赋中有关的议论,都是很自然地体现出的,使人不觉突兀。这些议论虽然讲的是哲理,但却不像某些作品那样崇尚玄言、深奥难懂,而是比较浅近平易,不废文采。在明代理学家的文学作品中,这样的文字是不多见的。在"台阁体"作品充斥文坛的时期,薛瑄这篇《黄河赋》无论在思想性还是艺术性方面,都是高出一筹的。

(任　重)

# 哀流民辞

吴　宽

嗟尔流民，何去其土而不顾也？莫不有室家，亦莫不有坟墓也。民曰有之，岂不知居此而安兮，适彼而无所附。奈遭岁之不易兮，迫死期于旦暮。幸吴楚之小康兮[1]，将呿口而待哺[2]。聊假息于涸辙兮[3]，冀升水之活鲋[4]。慨千百以为群兮，相携持而南下。朝揽采乎凫茨兮[5]，夕窜伏乎宿莽[6]。彷徨于河济之壖兮[7]，又乏舟楫之可渡。对洪波而长号兮，殆饿死而交仆。

嗟尔流民兮，一至此哉？尔其何辜兮，遘此天灾。纳之沟中兮，孰手而推？召此旱暵兮[8]，其有自来：将征敛之无艺兮[9]，夺私家之蓄积？将贡献之争尚兮[10]，拟正供而诛责？岂騋牝之畜养兮[11]，为军兴之未息？抑瓴甋之抟埴兮[12]，缘土功而重役？维有司之奔走兮[13]，曾赤子之不皇恤[14]，肆梼楚之强虣兮[15]，兼败官而贪墨[16]。有一于此兮，灾实召之！

嗟尔流民兮，愚尚有知。明圣如天兮，居高听卑。举弊事而悉改兮，行慎择乎有司。辟言路而无塞兮，来鳏寡之有辞[17]。今且蠲租兮已责[18]，劝分兮赈饥。宁汲黯之矫制兮[19]？遣富弼而拯危[20]。尔尚少须臾死兮，被汉诏之恩私[21]。

## 注释

① 吴楚:泛指今长江以南的江浙湖皖等地区。
② 呿(qū):张口。
③ 涸(hé):水干,枯竭。
④ 冀:希望。鲋:小鱼。古代有“涸鲋”的寓言。后比喻处境困难,急待援助。
⑤ 揽(lǎn):采摘。凫(fú):凫茈,即荸荠(bíqi),水生植物。茨:茨藻,水生植物。
⑥ 宿莽:冬季生长不枯的草。
⑦ 河济:黄河和古济水。壖(ruán):河边地。
⑧ 暵(hàn):干旱。
⑨ 无艺:无限度。
⑩ 尚:超过。
⑪ 騋(lái):马高七尺以上的称作騋。牝(pìn):雌性动物。
⑫ 瓴甋(língdì):砖。抟(tuán)埴(zhí):用粘土做成陶器的坯子。
⑬ 有司:古代设官分职,各有专司,因称官吏为“有司”。
⑭ 皇:通“遑”,闲暇。
⑮ 虣(bào):通“暴”,暴虐。
⑯ 贪墨:贪图财利。
⑰ 鳏(guān)寡:老而无妻叫鳏,无夫叫寡。
⑱ 蠲(juān):通“捐”,除去,减免。
⑲ 汲黯:西汉濮阳人。汉武帝曾委派他为使者,往河内视察居民住宅被烧毁的情况。他发现那里有数万遭灾的饥民,父子相食,于是假托皇帝名义打开当地的官仓,发放了救济粮。
⑳ 富弼:北宋洛阳人。他在任京东路(今山东一带)安抚使时,河朔(今山东北部及河北一带)发生了严重水灾,饥民流散乞食,便利用自己辖区的粮钱做救济,使50多万流民得以生存。
㉑ 汉:汉朝,这里借指明朝廷。

## 鉴赏

吴宽(1436—1504),字原博,号匏庵,明长洲(今江苏苏州)人。青少年时即以能诗文出名。宪宗成化八年(1472)进士第一,授翰林编修之职。孝宗即位,迁为左庶子,参与《宪宗实录》的撰写,又进职少詹事兼侍读学士。弘治八年(1495),升任吏部右侍郎,此后屡有改迁。至弘治十六年(1503),进升为礼部尚书,并有入阁为相的声望。吴宽为人持重,行事高洁,“于书无不读,诗文有典则,兼工书法。”(《明史·吴宽传》)李东阳评其诗:"酿郁深厚,自成一家。"(《麓堂诗话》)朱承爵亦云:"诗格尚浑厚,琢句沉著,用事果切,无漫然嘲风弄月之语。"(《存余堂诗话》)而王世贞却评其文:"如茅舍竹篱,粗堪坐起,别无伟丽之观。"(《艺苑卮言》)均不免见仁见智,略显偏颇。《四库提要》认为:"(吴)宽学有根柢,为当时馆阁巨手……诗文亦和平恬雅,有鸣鸾佩玉之风。"则似公允近实。总之,吴宽的作品虽具有一定的个性特色,但大体上仍未摆脱"台阁体"风气的影响,内容多是酬唱士大夫道德理想及其日常生活,艺术风格和平淡雅。

《哀流民辞》是一篇矫然特出的具有历史意义和认识价值的辞赋之作。据赋序说:"成化十六年九月不雨,至于今年五月,北方高亢,旱干尤甚。野无麦苗,赤地亘数千里,流民就食者相枕道上。"知其作于明宪宗成化年间。另据《明史·宪宗纪》云:成化十六年,"免两畿、湖广、河南、山东、云南被灾税粮"。十七年,"久旱风霾"。二十年,"陕西、山西大旱饥,人相食"。《明史·五行志》云:"(成化)十五年,京畿大旱,顺德、凤阳、徐州、济南、河南、湖广皆旱。十八年,两京、湖广、河南、陕西府十五,州二,旱。山西大旱。十九年,复旱。"由这些记载来印证,可见此赋不仅艺术地反映了当时旱灾频仍及现实生活的苦难,而且具有很高的历史真实性。

全赋分为三段,每段各具中心内容。第一段以问答开始,描写旱灾给人们带来的悲惨境遇。"何去其土而不顾也"?离乡背井,甘心流亡,毫无眷恋之情,何缘何故,"一至此哉"?是没有妻儿家室呢,还是没有祖居故园,非也,这些都有。难道是不知留居故土之安逸,浪去他乡之无靠吗?亦非也,这些全清楚。无可奈何啊!年岁不好,旱魃肆虐,五谷歉收,无以为食,朝不保夕,随时饿毙。迫不得已,流离颠沛而乞食他方,希冀万一而苟延生命。赋文一开始,就展现出这样一幅悲惨的情景,揭示了流民们之所以要离乡背井、遗弃故土的原因,并为下文的展开,做了总的铺垫。接下来以比较生动、形象的笔墨,概括地描述了北方流民向南迁移时的惨状。"幸吴楚之小康兮,将呿口而待哺。聊假息于涸辙兮,冀升水之活鲋。"幸亏南国水乡尚属富庶,遂成为那些如小鸟之嗷嗷待哺、小鱼之急求杯水的饥民们的一线希望。于是成群结队,扶老携幼,蜂拥南下,白天掘食野菜,夜晚露宿草地。由于遭灾面广,受害人多,致使黄河、济水上的摆渡船只难以应付,一时不能渡过的流民,却又不得不以绝望的心情"彷徨"于河岸之上,"对洪波而长号兮,殆饿死而交仆",相继仆倒,饿殍遍地。这一段乃全赋的主体部分,故极尽渲染之力,其惨绝人寰的情形,实不忍卒读。第二段表述了遭天灾而不可抗御的种种原因,意在婉转讽喻。“尔其何辜兮,遘此天灾。纳之沟中兮,孰手而推?召此旱暵兮,其有自来”。横征暴敛,强取民资,献物纳贡,分外诛求,军蓄给养,耗费无度,土木兴建,徭役繁重,“有司”营禄,不及体恤,赃官污吏,贪得无厌,等等。这里虽仅针对流民现象而提出问题,未作正面揭露,但仍有言外之意,弦外之音。诚如刘熙载所说:“赋兼比兴,则以言内之实事,写言外之重旨……不然,赋物必此物,其为用也几何!”(《艺概》卷三《赋概》)“有一于此兮,灾实召之。”显见得言外之旨是黎民百姓确实遭受着苛政的压榨,而且不止一种。一之已甚,岂堪多端,再遇天灾,则焉能不倾家荡产,流离失所。那么,流民的出现,与其说是自然灾害造成的,毋宁说是人为的暴政所迫使。于是不知不觉地将天灾看作社会政治问题,政治不清明,施政有弊端,就会召来天灾人祸,自然而然地深化了辞赋的主题。诗人在这里既表示了对流民悲惨遭遇的哀切和同情,又表达了含蓄婉转的讽人之旨,起到批判苛暴政治的作用,充分显示出此赋的认识价值和历史价值。第三段归结于皇恩浩荡,“明圣如天”,“今且蠲租兮已责,劝分兮赈饥……被汉诏之恩私。”并寄希望于地方官员的为政清廉,革除弊端,“举弊事而悉改兮,行慎择乎有司……宁汲黯之矫制兮,遣富弼而拯危。”婉言慰藉,温语宽勉,最终收束到温柔敦厚的“诗教”上来。这与其和平淡雅的风格甚相符合,却不免庸音足曲,表现出浓厚的封建士大夫思想意识。

(赵望秦)

# 折 扇 赋

杨循吉

当溽暑之蒸郁[①]，咸浃背而汗流[②]。虽四海之遍尔，在江南而为尤[③]。况城郭之逼侧[④]，复尘土之飞浮。思清风以如渴，畏重絺而若仇[⑤]。于斯时也，吾无广堂大厦，高亭曲榭[⑥]，披襟尚阻[⑦]，散发未暇。兴维水镜之悬[⑧]，心系冰壶之挂[⑨]。荷阴点点而遥隔重湖，竹影萧萧而远违僧舍[⑩]。使吾局束乎放逸之怀[⑪]，偃蹇乎坌浊之状[⑫]。恨八溟而犹隘[⑬]，嗟六合其非旷[⑭]。于时则祛炎雅制[⑮]，却暑芳姿。昔日之班姬所咏[⑯]，往年之逸少曾持[⑰]。敛之不盈于把，圆也有中乎规[⑱]。出袂而轻飙自动[⑲]，拂膺而凉飔允宜[⑳]。观其皓茧裁容，素藤张面，洒金星以作饰，削牙钉而为键，紫檀楫楫而板吻无痕[㉑]，玄珠团团而蒂垂如旋。尔乃寒韵来欢[㉒]，炽威亡酷。偏宜掌握之携[㉓]，岂用僮奴之扑。兼邻座而飉飉[㉔]，及旁宾而籁籁[㉕]。快哉何爽，甚矣其乐！然而先生方且抚髀三叹[㉖]，仰屋长吁：吾适于此，有热者乎？盖三边多重铠之甲士，而四野足赤背之农夫也。

**注释**

① 溽(rù)暑:又湿又热,盛夏气候。蒸郁:热气蒸腾聚结。

② 咸:全。

③ 尤:特甚。

④ 逼侧:狭窄。
⑤ 絺(chī):细葛布,此指身上穿的衣服。
⑥ 榭(xiè):建在高土台上的木屋。
⑦ 披襟:敞开衣襟。
⑧ 兴:兴致。维:系。水镜:指月亮。
⑨ 冰壶:盛冰的玉壶。以上两句说,这时我心中系念的,全在于月轮东升,冰壶能给带来点凉爽之趣。
⑩ 违:离。
⑪ 局束:拘束。放逸:豪放不羁。
⑫ 偃蹇(jiǎn):疲顿。坌(bèn)浊:污浊。
⑬ 八溟:指海。
⑭ 六合:指天地四方。
⑮ 祛:除去。
⑯ 班姬:即班婕妤,西汉女文学家,名不详,成帝时被选入宫,婕妤为妃嫔称号。写有《团扇诗》,亦名《怨歌行》。
⑰ 逸少:东晋王羲之,字逸少,曾官右军将军,人称王右军,著名书法家。《晋书》本传载:王羲之居蕺山时,见一老妇持卖六角竹扇,买者甚少。王见之,取扇各书五字。老妇初叹息,王因谓之曰:"但言是王右军书,以求百钱邪。"老妇如言,人竞买之。
⑱ 中:符合。规:圆规。
⑲ 袂(mèi):衣袖。飙(biāo):此指风。
⑳ 膺(yīng):胸。飔(sī):凉风。允宜:得当。
㉑ 楫楫:聚合。
㉒ 寒韵:指凉风。
㉓ 偏宜:正可以。
㉔ 飀(liú)飀:形容风之阴凉。
㉕ 簌簌:风声劲疾貌。
㉖ 髀(bì):大腿。

## 鉴赏

杨循吉(1458—1546),字君谦(一作君卿),吴县(今江苏苏州)人。明宪宗成化二十年(1484)进士,授礼部主事。多病,年31致仕归。结庐支硎山下,以读书著述为事。武宗时,曾召赋《打虎曲》,不授官,待如伶优。以为辱,辞归。晚年落寞,益坚癖自好。其诗文自定为《松筹堂集》,另有杂著十余种。

扇子在我国有悠久的历史,作为引风逐暑的实用扇,在先秦时期就有了。王子年《拾遗记》记载周昭王时,"聚丹鹊毛羽为扇",使二侍女摇动,"轻风四散,冷然自凉"。稍后又有了手持扇,其用料、彩绘、样式都有很多不同。发展到现在,更是名目繁多,纷然杂呈。考诸文学作品,在汉代已有咏扇者。羽扇、竹扇、纨扇、九华扇、画扇、团扇或称合欢扇等等,都成为文学作品描写的对象。大概自唐代始，出现了折扇。明人方以智《物理小识》云："撧扇（折扇）则唐人已有矣！"不过当时是我国东邻朝鲜、日本的贡品，只在宫中留用。到了宋代，随着对外经济、文化的交流，折扇渐渐多了起来，苏东坡曾谈到折扇的形制："高丽白松扇，展之广尺余，合之止两指许。"（转引自陆深《春风堂随笔》）进入明代，折扇盛行，社会上已普遍使用，也开始产生出咏折扇的文学作品。杨循吉的《折扇赋》当是文学史上第一篇咏折扇的赋作。此赋既非像过去的咏物赋那样，根据所咏之物的特点有所寄托，亦非只对折扇本身作样式、功用等方面的铺采摛文，即所谓"体物"，而是别出机杼，自铸新词。

赋以写天之炎热开篇。溽暑蒸郁、浃背汗流是泛写；"虽"字作转折之笔，揭示"遍"和"尤"的矛盾关系，突出了一个"尤"字，"况"字以下两句再递进一层。这就对炎热天气，从季节、气候、范围、程度几方面作了直接的渲染，接着"思清风"两句，又从人的感觉方面，作了间接的说明。"于斯时也"以下，则进入写个人为炎热所苦的情状。不过，作者并未用正面之笔来写，而是曲笔传神，写自己的生活处境，以此来加以衬托。作者写此赋的时候，可能是在致仕之后，他那种"坚癖自好"的个性使他看淡了仕途，而以隐逸为乐。在炎热的包围之中，这种隐逸的生活处境，使他既不可能像"广堂大厦，高亭曲榭"中的达官贵人那样，条件优越，舒适畅美，也不可能像三边甲士和四野农夫那样，无享受条件而苦不可耐。他只是感到天地狭小，束缚了自己的放逸之怀，被困于污浊的氛围之中。如何改变这种状况呢？他很自然地想到了引风祛炎的扇子。这是全赋的第一层。通过泛写、特写、进一层写和间接衬托等手法，把天气的炎热写得赫赫融融、咄咄逼人，让人好似难以逃遁，为下面写折扇作了必要而巧妙的铺垫。

从"于时则祛炎雅制"到"玄珠团团而蒂垂如旋"为第二层，专写折扇本身。在写法上，作者并不直接点明"折扇"二字，而是先给它一个美妙的代称——"祛炎雅制，却暑芳姿"，然后即紧紧扣住"雅制"和"芳姿"用笔。"班姬所咏"，"逸少曾持"，不能不谓之"雅"，"皓茧裁容""素藤张面"，金星作饰，牙钉为键，紫檀骨，玄珠坠，不能不谓之"芳"。这样一种既"雅"且"芳"的折扇，本身就给人一种愉悦亲切之感，更何况出入怀袖，凉风微微呢？写到这里，一把高雅、美好的折扇就仿佛握在手中，轻飙凉飔仿佛吹遍全身，甚而沁入心田，前面渲染的不尽暑热亦仿佛一扫而光。

最后第三层，即直接写摇动折扇的效果及自身感受。称凉风为"寒韵"，视暑热以"炽威"，寒韵用

“欢”字比状,炽威用“酷”字形容,见出作者的好恶之情和自得之意。于是,便以亲自掌握为“偏宜”,而不再用僮仆代扑了。观其影响,兼及邻座旁宾,用来享受这凉爽快意。此种情景,使得作者不由发出“快哉何爽,甚矣其乐”的赞叹。赋写到这里,本来可以收束了,可是作者意犹未尽。他用“然而”轻轻一转,使主题得到进一步升华。由一己之热而推想到三边“重铠之甲士”和四野“赤背之农夫”,很有点杜子美、白乐天的遗风。杜诗《茅屋为秋风所破歌》发出“安得广厦千万间,大庇天下寒士俱欢颜”的希求。自己的茅屋破了,却宁愿受冻而死,来换取天下“寒士”的温暖,其精神是崇高的。白诗《新制布裘》云:“安得万里裘,盖裹周四垠。稳暖皆如我,天下无寒人。”设想别人也像自己一样稳暖,亦属可贵。这两位诗人把愿望的着眼点放在了人们最基本的物质生活方面,是值得肯定的。循吉此赋,则脱胎换骨,把着眼点放在精神生活方面的快意上,也有可取之处。

前已提及,咏扇的文学作品大概始自东汉。班婕妤的《团扇》诗是其最早者。诗云:“新裂齐纨素,鲜洁如霜雪。裁为合欢扇,团团似明月。出入君怀袖,动摇微风发。常恐秋节至,凉飙夺炎热。弃捐箧笥中,思情中道绝。”《汉书·外戚传》谓婕妤为赵飞燕所谗失宠,遂求供养太后于长信宫。诗盖为此而作。正如钟嵘《诗品》所说:“《团扇》短章,辞旨清越,怨深文绮。”其后的咏扇之作,大多不过就班诗之“怨”加以发挥,特别是赋,更是少有翻出新意者。唐代张九龄写有《白羽扇赋》,表明了“苟效用之得所,虽杀身而何忘。肃肃鸟羽,穆如微风。纵秋气之移夺,终感恩于箧中”的情感,反用班诗之意,可谓善于立言。元代赵孟𫖯写有《纨扇赋》,亦不以婕妤中道之怨为然,而强调了“行藏任道,俟时安之”的观点,也颇为出色。然而,他们都不过是就扇的本身命意,以体物为妙,最多是给予某种寄托,读来仍给人一种格调不高的感觉。循吉之赋一反常调,突破旧套,跳出了对扇本身作过多的铺排敷陈的框子,只用寥寥几笔带过,而侧重去写己之苦热,然后推己及人,想到重铠之甲士和赤背之农夫,发出忧人之叹。这样写,其主旨就不全在体物,亦不全在寄托,而是借咏物发抒感慨,触及实际生活,其立意较张、赵之作又高出一着。

(姜葆夫　李善奎)

# 布赋并序

徐献忠

邑人以布缕为业[1]，农甿之困[2]，借以稍济。然其为生甚疲苦，非若他郡邑蚕缫枲苎之业[3]，力少利倍者可同语也。然天下所共衣被，而详其衷者甚寡[4]，于是核其事，告诸观风者作《布赋》[5]。

客有至吴下邑[6]，览织妇之布素，歆卉物之流泽[7]，收岛夷之末计[8]，启闺房之长息[9]。乃喟然而叹曰[10]："美哉布也！是固一匹，可以愧盗心不得千金之偿约者欤[11]？何赍者之逐逐[12]，而拾者之堇堇也[13]？"下邑之士曰："罗纨绣文[14]，素绨锦绫[15]，长裙交袆[16]，流景飞晶[17]。此居者之所扬辉[18]，而观者之所凝睇也[19]。子不是慕而慕[20]。诸贫民之业，亦有说乎？"客曰："布通贵贱之服，不择温凉，而适其为制也。疏陋缣缯[21]，密殊绢縠[22]，有氍毹之毛毳[23]，齐缟素之洁白[24]，贱靡绮之浮华[25]，伤贝锦之徒饰[26]，孺夫匹妇可济其乏缺[27]，通都大邑与千乘之富相埒[28]，岂虚言哉！"

曰："子何不伤其劳而徒羡其美[29]，不稽其私而徒夸其会[30]，子亦欲闻其劳且病乎？若乃铁木相轧[31]，手挽足压。且餧且扐[32]，出絮吐核。张弓挂弦，弦急声噎。牵条络车[33]，呷哑错杂[34]。借光于膏[35]，继夜于日。心急忘寐，力疲歌发。衾簟空寒[36]，漏水寂溢[37]。妇子喧阗[38]，老稚毕力[39]。”客曰：“若是劳乎[40]？”曰：“未也[41]。釐妇卷袖[42]，妖姬解珮[43]，含秋入机[44]，凝寒弄杼[45]，流苏绾综[46]，一伏一起。踏蹑相次[47]，上下不已。缕断苦接，梭涩恐腻[48]。手习槛匡[49]，声扬宫徵[50]。长夜凄然，得尺望咫[51]。寒鸡喔喔[52]，解轴趋市。方是时也，母闻谤而不暇投杼[53]，妻迎夫而帖然坐起[54]。”客曰：“若是劳乎？”曰：“未也。织妇抱冻龟手不顾[55]，匹夫怀饥奔走长路。持莽莽者以入市[56]，恐精粗之不中数。饰粉傅脂，护持风露[57]，摩肩臂以授人[58]，腾口说而售我[59]，思得金之如攫[60]，媚贾师以如父[61]。幸而入选，如脱重负，坐守风檐[62]，平明返顾[63]。”客曰：“若是劳乎？”曰：“未也。妇辞机而望远，子牵裳而诉饥。先洁釜而待米[64]，旋汲水而候炊。语少待以相慰，既久伫而始归[65]。夫婴婴以捐涕[66]，云攘攘者在途[67]。索子钱而不释[68]，并布母以如飞[69]。夫狼攫虎啖[70]，肉寒骨解，无一语之抗声，犹三呼而称怪。握两手以授之，拂空拳而吞咳[71]。虽卒岁之靡从[72]，完小信而不怠[73]。是岂但一妇织而衣十人，殆所谓一室肥而众俱瘠者也[74]。”

客曰：“若是病乎？”曰：“未也。海上之民，土薄水浅，其恶易遘[75]。枵腹者未知其税驾[76]，鹑衣者徒羡夫长袖[77]。夫广储丰积，出自农夫之耕；一丝寸缕，皆从匹妇之手。然而茧丝告成，置蚕不问[78]；耕犁召丰，于牛何有[79]？是固天下之同风，惟江南为丛薮[80]。晦钟之他税从[81]，升涂泥之末路[82]，计斗是以手不停机[83]，而终岁无衣穷年，仡仡而不赡其口[84]。”客曰：“何言之过也。沧海变迁，化为陵陆。禹土涂泥[85]，荫注滦渌[86]。禾黍芃芃[87]，满家弥谷[88]。贫携白堕[89]，富树华屋[90]。婚媾靡靡[91]，徒侣簇簇[92]。顾今日之江南，殆海内之乐国，虽有布缕之征，亦岂加于谷粟[93]？何徒抱杞人之忧[94]，损名都之望乎[95]？”曰：“否否[96]，不然。恒岁之运[97]，水毁木饥[98]，消长相代[99]，前建后除[100]。阳九阴七[101]，听命皇祇[102]。今昔庚申[103]，火仇冯夷[104]，亢令烁金[105]，天汉飞灰[106]。槁土沃焦[107]，赤地坼龟[108]。既葵藜之莫采[109]，亦木棉之变衰。枝无垂菝[110]，絮罕葳蕤[111]。倾筐脱负[112]，采掇支离[113]。寡夫拥肿[114]，哲妇鸱夷[115]。里胥蹀躞[116]，督邮喧豗[117]。无尺寸之可缝，况纲运之崔巍[118]。匪凶岁之取盈[119]，仰国计之在兹[120]。当是时也，虽使星婺献技[121]，火鼠脱鬣[122]，罄大夏之全产[123]，省公仪之百室[124]，偪阳不悬于城雉[125]，匡庐借练于飞瀑[126]，亦何以应之？”

客曰：“嗟哉[127]！下邑之民若是病乎？”曰：“未也。工以习胜，巧自技生。伤末路之靡淫[128]，变素朴为华英。始力作以助农，终絣丽以耀名[129]。竞良工之巧思，幻化国之神能[130]。于是飘絮若篷，刻缕若髟[131]，积岁成匹，累纤敌绒[132]。广倍乎东海之二尺，衺齐乎别渚之五虹[133]。凿以团凤，绕以飞龙，缀金章以错缘[134]，变腥草之鲜红。烂太霞之朝采[135]，奇景乌之晶莹[136]。袨已浮乎龙水[137]，绡何羡乎蛟宫[138]！盖其技巧始于渡海之黄妪[139]，彰闻出自恋阙之巨公[140]。忘万家之膏腴[141]，邀一日之欢悰[142]。传观内近，遂入公宫[143]。一匹遂抵于千缗[144]，联筐始达于重瞳[145]。民已穷而益偪[146]，霜既结而冰从。呜呼嗟乎！蒟酱竹杖[147]，天马蒲萄[148]，通西国而开越嶲[149]，穷异诡而驰臆胸[150]，启皇武之远略[151]，罪臣骞之作俑[152]。朝槿不思其暮落[153]，寒灰尚恋夫冬烘[154]。竟残桃之取戾[155]，何献曝之耿衷[156]。方今圣主龙飞[157]，问民疾苦，诸非著令，改不暖坐[158]。首蠲兹役[159]，恤我陨仆[160]。尚衣之绨绣有章[161]，进御之浮靡不取[162]。免徭征之巨累，思息肩而就卧[163]。虽红纱之纲运尚存，而貂珰之督课稍妥[164]。"

客乃瞿然作而言曰[165]："甚哉[166]！鄙人不知民之病苦若是也[167]。九月授衣[168]，犹以为晚，终岁作劳，祁寒不免[169]。吾又何敢袖手以向人，徒负暄而思暖[170]？"

## 注释

① 邑人：指作者徐献忠同邑的人。
② 农甿(méng)：农民，田民。
③ 蚕缫(sāo)：煮茧抽丝。枲(xǐ)：不结子的大麻。苎(zhù)：苎麻。
④ 衷：内心。
⑤ 观风：观察风俗得失。
⑥ 吴下：泛指吴地。下，用于名词后表示处所。
⑦ 歆(xīn)：羡慕。卉物：指布上的花卉。
⑧ 岛夷：海岛的居民。
⑨ 闺房：内室，泛指女子的居室。
⑩ 喟(kuì)然：叹气之貌。
⑪ "是固"二句是说一匹布可以值千金。
⑫ 赍(jī)：把东西送人。逐逐：急于得利貌。
⑬ 堇(jǐn)堇：仅仅，不多之貌。
⑭ 绣文：绣织的图案花纹。
⑮ 绨(tí)：质地粗厚、平滑而有光泽的丝织品。绫：薄而有彩文的丝织品。
⑯ 袆(huī)：蔽膝。
⑰ 流景飞晶：形容布的华丽光彩。
⑱ 扬辉：传播其光辉。
⑲ 凝睇(dì)：聚精会神地观看。
⑳ 子：尊称对方。
㉑ 缣(jiān)：细绢。缯(zēng)：帛。
㉒ 縠(hú)：有皱纹的纱。
㉓ 氍毹(qúyú)：毛或毛麻混织的毛布。毳(cuì)：细毛。
㉔ 缟(gǎo)素：细白的生绢。
㉕ 靡绮：细绢。绮，素地织纹起花的丝织品。
㉖ 贝锦：编成贝形花纹的锦缎。
㉗ 孺夫匹妇：平民男女，泛指普通老百姓。
㉘ 通都大邑：四通八达的大城市。千乘(shèng)：兵车千辆。古以一车四马为一乘。埒(liè)：同等。
㉙ 伤：忧思，悲伤。

㉚ 稽:考核。私:隐秘。
㉛ 以下数句写弹棉花的辛劳情景。
㉜ 餧(wèi):指向弹棉机中喂送棉花。扐(lè):勒。
㉝ 络车:出棉絮的机子。
㉞ 咿(yī)哑:杂乱的响声。
㉟ 膏:点灯用的脂膏。
㊱ 衾簟(qīndiàn ):被子和睡席。
㊲ 漏水:古代计时的漏刻。
㊳ 喧阗(tián):喧哗。
㊴ 老稚(zhì):老幼。
㊵ 若是劳乎:就这样辛劳吗?
㊶ 未也:不止这一些,还未说完呢。
㊷ 釐(lí)妇:寡妇。
㊸ 妖姬:美女。解珮:指解下玉佩而弄机杼纺织。
㊹ 含秋:含愁。
㊺ 弄杼:指纺织。
㊻ 流苏:指流苏髻,一种发髻名。绾综:盘发为髻。
㊼ 踏蹑:指踩踏机子使运转。
㊽ 涩:不滑利。
㊾ 槛匡:指织机的栏杆框架。
㊿ 宫徵(zhǐ):代指音乐。宫商角徵羽为五音。
51 咫(zhǐ):古称八寸为咫。
52 喔喔:鸡啼声。
53 投杼:指停下机杼。
54 帖然:顺从之貌。
55 冻龟(jūn)手:手因寒冷而坼裂。
56 莽莽:长远无际之貌。
57 护持:保护维持。
58 摩肩臂:形容市上人拥挤之状。
59 腾口说:谓极力宣扬自己的货物。
60 攫(jué):抓取。
61 贾师:商人。
62 风檐:露风的屋檐之下。
63 平明:拂晓。
64 洁釜(fǔ):刷锅。
65 久伫:久等。
66 捐涕:指流泪。
67 攘攘:众多,丰盛。
68 子钱:出借取息之钱,利息。
69 布母:指卖布的本钱。
70 狼攫虎啖:如虎狼抢夺吞食一般。
71 吞咳:吞咽。
72 卒岁:终年。
73 小信:小事情上的诚信。
74 瘵(zhài):病。
75 遘(gòu):遭遇。
76 枵(xiāo)腹:饿肚子。税(tuō)驾:犹“停车”,指休息。税,通“脱”。
77 鹑衣:指衣服破旧褴褛。
78 “然而”二句是说吐丝成茧以后,蚕没人过问。
79 “耕犁”二句:是说牛耕种获得丰收,但却什么也得不到。
80 丛薮(sǒu):聚集之处。
81 晦:“亩”的本字。钟:聚集。
82 末路:比喻穷困潦倒的境地。
83 计斗:交税时计数粮谷的斗数。
84 仡(jié)仡:勤苦之貌。仡,通“劼”。赡(shàn):养活,赡养。
85 禹土:大禹治水,划别九州,因称中国为“禹土”。涂泥:湿润的泥土。
86 荫(yìn):庇护。渫:水涌起特立貌。
87 芃(péng)芃:庄稼茂密之貌。
88 弥谷:布满了山谷。
89 白堕:北魏刘白堕,善酿酒,因称美酒为“白堕”。
90 华屋:华丽的房屋。
91 靡靡:富丽、华美之貌。

㊽ 徒侣:泛指人众。簇(cù)簇:丛聚。
⑨③ "虽有"二句,是说布缕虽然征税,但不会比农田税更多。
⑨④ 杞人之忧:《列子·天瑞》载,杞国有人忧天地崩坠。这里指没有根据的忧虑。
⑨⑤ 名都:著名的都城。
⑨⑥ 否否:连连表示否定。
⑨⑦ 恒岁:指长久的岁月。
⑨⑧ 水毁木饥:按五行说,遇水运则毁,逢木运则饥。
⑨⑨ 消长:一消一长,互相更替。
⑩⓪ 前建后除:占卜迷信者认为时日有建、除、满、平、定等十二辰神,与十二地支相配以定日辰的吉凶。
⑩① 阳九阴七:术数家以 4617 岁为一元,初入元 106 岁,内有旱灾九年,谓之"阳九",水灾九年,谓之"阴九",其余尚有阳七、阴七、阳三、阴三等。此表示旱灾和水灾不断。
⑩② 皇祇:天神与地神。
⑩③ 庚申:指明弘治十三年(1500)。
⑩④ 冯夷:河神名。
⑩⑤ 亢令:指时令大旱。烁金:熔金,形容天极热。
⑩⑥ 天汉:银河。
⑩⑦ 槁土:土地干枯。沃焦:传说中东海南部的一座大山,"水灌之而不已"。这里极言天旱,连沃焦的土地都干枯了。
⑩⑧ 赤地:指旱灾造成的五谷不生的土地。坼(chè)龟:指田地龟裂。
⑩⑨ 葵藜:野菜。
⑪⓪ 垂茇(bá):繁密之貌。
⑪① 葳蕤(wēi ruí):草木茂盛枝叶下垂貌。
⑪② 倾筐:空筐。
⑪③ 支离:稀少之貌。
⑪④ 拥肿:因食糠菜而肿肥。
⑪⑤ 哲妇:多谋虑的妇人。鸱(chī)夷:谓消瘦如皮囊。
⑪⑥ 里胥:乡吏。蹀躞(dié xiè):小步行走。
⑪⑦ 督邮:官名,为郡守佐吏。喧豗(huī):哄闹声。
⑪⑧ 纲运:转运大宗货物时分批启运,每批编立字号,以便稽查,谓之纲运。这里指转运的大宗作为税收的布匹等。崔巍:高耸之貌。
⑪⑨ 匪:非。凶岁:灾荒年月。
⑫⓪ 国计:国家的经济。
⑫① 星婺:星名,主织。
⑫② 火鼠:传说中谓用其毛可织火浣布的老鼠。鬣(liè):指鼠的毛。
⑫③ 罄(qìng):尽,空。
⑫④ 公仪:官家的礼仪。
⑫⑤ 偪(fù)阳:春秋时国名。在今山东枣庄南。城雉:城上短墙。
⑫⑥ 匡庐:庐山。练:绢帛。
⑫⑦ 嗟哉:感叹之词。
⑫⑧ 靡淫:奢费。
⑫⑨ 繴(bì)丽:指丝帛美丽。
⑬⓪ 幻化:变化。
⑬① 髟(biāo):长发下垂貌。
⑬② 敌绒:可与绒毛相匹敌。
⑬③ 袤(mào):横长。别渚:指银河。为牛女分别之处,故称。
⑬④ 缀:点缀。错:以金银嵌饰。
⑬⑤ 太霞:高空的云霞。
⑬⑥ 景乌:指太阳。因古代传说日中有三足乌。
⑬⑦ 袨(xuàn):盛服。龙水:传说中有

龙的江河。
⑬⑧ 蛟宫:传说中的蛟人所居之室。
⑬⑨ 黄妪:指善于纺织的黄道婆。
⑭⓪ 恋阙:依恋宫阙。指身在外而念念不忘于君。
⑭① 膏腴:肥沃的土地。
⑭② 欢悰(cóng):欢欣。
⑭③ 公宫:皇宫。
⑭④ 缗(mín):成串的钱。
⑭⑤ 重瞳:指皇帝。
⑭⑥ 偪:同"逼"。
⑭⑦ 蒟(jǔ)酱:用蒟子做成的酱。竹杖:即"邛杖",邛竹节长心实,利于作杖。
⑭⑧ 天马:汉武帝通西域,得大宛汗血马,名之为"天马"。蒲萄:即葡萄,亦从西域传入。
⑭⑨ 西国:指西域等地。越嶲(xī):地名,故城在今四川西昌。
⑮⓪ 异诡:奇异诡珍之物。
⑮① 皇武:指汉武帝。
⑮② 臣骞:指奉命出使西域的张骞。作俑:创始。
⑮③ 朝槿(jǐn):即木槿,花朝开暮落,比喻事物的短暂。
⑮④ 冬烘:冬暖。
⑮⑤ 竟残桃:指"二桃杀三士"一事。取戾(lì):获罪。
⑮⑥ 献曝(pù):谓向君主贡献取暖的日光。耿衷:忠心耿耿。
⑮⑦ 圣主:尊称帝王。龙飞:即帝位。
⑮⑧ 改不暖坐:谓更改非常迅速。
⑮⑨ 蠲(juān):通"捐"。免除,减免。兹役:指征收纺织的赋税。
⑯⓪ 恤(xù):怜悯。陨仆:指垂亡的百姓。
⑯① 尚衣:官名,掌管帝王衣服。绨(chī)绣:绣有彩纹的细葛。
⑯② 进御:呈送给帝王。浮靡:侈奢浮华。
⑯③ 息肩:卸去徭役负担。
⑯④ 貂珰:汉代中常侍冠上的两种饰物,后用以指宦官。督课:督责。
⑯⑤ 瞿然:惊视之貌。
⑯⑥ 甚哉:这么过分。
⑯⑦ 鄙人:自谦称。
⑯⑧ 九月授衣:古代九月制备冬衣。语出《诗经·豳风·七月》:"七月流火,九月授衣。"
⑯⑨ 祁寒:严寒。
⑰⓪ 负暄:曝背取暖。暄,同"煊"。《列子·杨朱》:"负日之暄,人莫知者。"

## 鉴赏

徐献忠(1469—1545),明松江华亭(在今上海)人。字伯臣,号长谷。嘉靖四年(1525)举人,官奉化令,有政绩,不久即弃官寓居吴兴,与何良俊、董宜阳、张之象皆以文章气节著名,时称"四贤"。及卒,门人私谥曰"贞宪先生"。著作有《长谷集》《吴兴掌故集》《乐府原》《六朝声偶》《金石文》等。

徐献忠的这篇《布赋》和以往的一般咏物赋的写法有一个明显的不同,以往的咏物赋多扣着所咏物的特点来吟咏讽诵,寄托情怀,这篇赋却未对布的本身进行正面的描写,而主要是紧紧围绕着织工的辛劳、困苦进行详尽地铺陈渲染。前面一大部分主要是写织工的辛劳,后一大部分主要是写织工的困苦,紧紧围绕着“其劳且病”着笔。先写织工日夜相继,心急力疲地弹棉,妇子老幼,全力以赴。又写他们劳累和寒冷地纺织,缕断苦接,梭涩恐腻,长夜凄然,尚且得尺望咫,然后又写男人们到集市上出售布匹,冒风露,怀饥渴,坐守风檐,平明始返。织工全家仰望卖布后能得一饱,谁知又被高利贷者囊括净尽,劳者不食,织者不衣。织工们织出精美的布匹,不但对自己无益,反而因“恋阙”的大臣彰闻于朝廷,使得宫廷派征此布,弄得织户更是霜上加冰,疲于奔命。由于新皇帝即位(“今圣主龙飞”),减免了织户的徭役,作者在赋末加上了一条“光明的尾巴”,也不过是杯水车薪,无济于事。作者这样写也不影响这篇赋的价值,作者借“客人”的口说:“甚哉!鄙人不知民之病苦若是也。”“客人”明白了,读者自然也会明白的。

这篇赋有较高的思想性。作者在序中说织户们“为生甚疲苦”,“然天下所共衣被,而详其衷者甚寡”,官府更不详其衷,或者是有意不顾生民的死活,横征暴敛,所以作者要让观察风俗得失的人了解这种情况,以便上达视听。作者借“下邑之士”的口,表现了自己鲜明的爱憎,对劳苦困艰的织工们表达了极大的同情,对造成这种不合理现象的统治者表现了极大的愤慨。“是岂但一妇织而衣十人,殆所谓一室肥而众俱瘵者也”,这种过度的征敛,使得即使天神献技,飞瀑为布,也无以应之,话说得多么沉痛啊。作者能“歌生民病”,为劳苦百姓大声疾呼、诉苦诉愤,这也是很难得的。这也就是这篇赋有较高的价值之所在。

在艺术上,此赋颇有特色。除了前面提到的作者未对布的本身进行正面描写之外,还运用了主客问答的形式。这种形式,虽非什么创造,在赋形成的初期就已多用,但作者在赋中运用得却较好。以“客人”为未详织工苦衷者的代表,很有代表性,以“下邑之士”为深知织工病苦的人,能把情况描述得比较细腻逼真,以主客问答的形式加强了文章的故事性,生动性,显得富有变化,客人最先对布的夸赞像个引子,很快通过“下邑之士”之口说客人不应“不伤其劳而徒羡其美”,下面则转入了详述织工的“其劳且病”,从客人对织户的了解上,是步步加深,客人对织户的感情上,也越来越厚,最后则惊奇而又自疚地表示过去不识民之“病苦若是也”,自己不敢再“袖手以向人”“徒负暄而思暖”。作者对织工的劳作和生活描绘得非常细腻、逼真、生动,如写织妇织作："流苏绾综，一伏一起。踏蹑相次，上下不已。"写男子赴市售布："摩肩臂以授人，腾口说而售我，思得金之如攫，媚贾师以如父。"写家人仰盼售布者归来："妇辞机而望远，子牵裳而诉饥。"都绘形绘声，使人如见如闻。可见作者对织户的生活是比较熟悉的，又为作此赋亲自"核其事"，所以才写得这样真实细腻。作者还较出色地运用了比喻、夸张、对比等多种修辞手法，使赋作生色不少。作者的感情色彩也很深厚，对织工深切的同情和怜悯、对高利贷者和官府的愤懑和不平，都写得很有感染力。有时也写得很含蓄，耐人品味。如写大旱之年，木棉无收，官吏还频频催逼，百姓已"无尺寸之可缝"，但征收的"纲运"仍十分"崔巍"，"匪凶岁之取盈，仰国计之在兹"，作者虽说不是"凶岁之取盈"，看看他的描绘，星神献技等尚不足应之，而又搜刮了这么多民脂民膏，非"凶岁之取盈"而何?!全赋既扣紧了织工"其劳且病"来写，而又层次分明，富有变化，说服力和感染力都较强。

赋中曾提到庚申年间的大旱，这年是明孝宗弘治十三年（1500年），作者32岁，他对当时的旱情当是非常了解的，可能有不少亲见亲闻。又写到"今圣主龙飞，问民疾苦"，因而减免了织户的徭役，这个"圣主"，可能就是明孝宗之后的明武宗，武宗于公元1506年即位。《明史·食货志》中曾记载了明孝宗初立时曾"停免苏杭嘉湖应天织造，其后复设"，但此事在"庚申年"前，所以这个"圣主"不会指明孝宗。而此后的明武宗、明世宗初年均未见有停止江南织造的记载，但在《明史·杨廷和传》中记载武宗已死，世宗未至的一个多月的时间里，杨廷和以武宗遗命革去了许多弊政，可能就包括罢征上供内廷的布匹，但据《明史·食货志》载，世宗即位不久，又恢复了江南织造。所以赋中提到的"圣主"可能就是指的明武宗。此赋可能因世宗恢复江南织造感而作之，诚如是，可能作于明世宗初年。明世宗于1521年即位，作者徐献忠这年53岁。过了"知天命"之年的徐献忠，对劳苦百姓的生活了解得更深了，于是饱蘸着感情，写下了这篇"知民命"的赋篇。

（徐传武）

# 惜梅赋

唐寅

县庭有梅株焉①，吾不知植于何时，荫一亩其疏疏②，香数里其披披③。侵小雪而更繁④，得陇月而益奇⑤。然生不得其地，俗物混其幽姿⑥！前胥吏之纷拏⑦，后囚系之嘤咿⑧。虽物性之自适⑨，揆人意而非宜⑩。既不得荐嘉实于商鼎⑪，效微劳于魏师⑫；又不得托孤根于竹间⑬，遂野性于水涯。怅驿使之未逢⑭，惊羌笛之频吹⑮。恐飘零之易及，虽清绝而安施⑯？客犹以为妨贤也⑰，而讽余以伐之⑱。嗟夫！吾闻幽兰之美瑞，乃以当户而见夷⑲，兹昔人所短⑳，顾仁者之不为㉑。吾迂数步之行㉒，而假以一席之地㉓，对寒艳而把酒㉔，嗅清香而赋诗可也！

## 注释

① 县庭：县衙堂前之地。

② 荫：遮蔽。疏疏：指梅影稀疏的样子。

③ 披披：香气飘浮的状态。

④ 侵：侵染，指落上。

⑤ 陇月：陇头之月。益奇：更加奇俏。

⑥ 俗物：鄙屑庸俗之人。混：扰乱。幽姿：指梅树幽静美好的身姿。

⑦ 胥吏：古时衙门中办理文书杂务的小吏。纷拏(rú)：纷乱的样子。

⑧ 囚系：囚徒。嘤咿：痛苦呻吟的声音。

⑨ 自适：自安。

⑩ 揆(kuí)：揣度。

⑪ 荐：献。嘉实：指梅子。商鼎：商代古鼎，这里当代指招待宾客的食具。

按《周礼》等记载,梅子可以供食待宾。

⑫ 微劳:微薄之力。魏师:魏国军队。此用曹操说梅止渴的典实。

⑬ 托孤根于竹间:指托身于朋友之间。古代有松竹梅为岁寒三友的说法。

⑭ 怅:惆怅。驿使之未逢:陆凯赠范晔诗云:“折花逢驿使,寄与陇头人。江南无所有,聊赠一枝春。”这里即用此意。

⑮ “惊羌笛”句:是说惊梅花已落。羌笛,三孔笛,笛曲有“落梅花”的名称,李白也有诗说:“黄鹤楼中吹玉笛,江城五月落梅花。”

⑯ 清绝:清雅绝伦。安施:何用。

⑰ 客:这是作者虚拟的一个人。妨贤:妨碍贤人的进路,指碍事。

⑱ 讽余:婉转地规劝我。

⑲ 当户见夷:因为正对门口而被除掉。夷,诛锄,削平。这里暗用刘备杀张裕的典故。据《三国志·蜀书》载:“先主将之(张裕),诸葛亮表请其罪。先主答曰:‘芬兰当门,不得不锄。’”

⑳ 昔人所短:是过去人所批评的。短,作动词用,以……为短,即批评过错。

㉑ 顾:是乃。

㉒ 迂:曲,绕行。

㉓ 假:同“借”,给予。一席之地:指很小一点地方。席,坐席。

㉔ 寒艳:梅花开放时纯洁艳丽的样子,这里即指梅花。

## 鉴赏

古往今来,文人墨客、迁客骚人关于梅花的作品何止成千上万!他们或赞其精神,或咏其品格,或传其风韵,或叹其零落,一朵梅花,引出了万缕情思。唐寅的这篇《惜梅赋》,从梅花处不得地的境遇出发,寄以深切的同情和顾惜,在众多有关梅花的作品中,也算是独标一格的了。

唐寅(1470—1523),字伯虎,又字子畏,别号六如居士、桃花庵主、逃禅仙吏等,江苏吴县人,是明代著名的画家、文学家。他与当时的沈周、文徵明、仇英合称为“明四家”,又与文徵明、祝枝山、徐祯卿切磋文艺,号为“吴中四才子”。他出身于商贾之家。幼年聪慧颖悟,29岁乡试第一,他的试卷被主考官目为“奇才”。在会试中,因为他人的舞弊行为而受到牵连,但他不屑自辩,因而被谪为吏。对于这样一位才气横溢的人来说,他不堪受此大辱,辞吏不就,归家以卖画为生,诗酒自娱,过着悠游放浪的生活。后宁王朱宸濠慕名招致,但唐寅察其有异志,乃佯狂而被放归。他以“江南第一风流才子”自任，日逐放浪形骸，54岁卒于家。他以高才而为诗文，能够冲破当时复古主义的樊篱而自出机杼，写出自己的真性情、真感受。这篇以梅为主题的小赋，就是一篇体现其文章风格的流畅、轻灵的抒情作品。

这篇赋题作“惜梅”，全文以梅为对象，围绕“惜”字，写出了梅的不幸。全文分为三层，它们互相贯通，淋漓尽致地抒写了作者的感情。

第一层，重点写出了梅的芳洁高雅，体现了作者的爱惜之意，也为后文作了铺垫和准备。文章开头第一句，就暗示出梅花生不得地的悲剧性命运。在人们眼中，梅应当是与山泉林石为伴，以孤傲芳洁的面目出现的。但这一株梅却是在县衙庭院之中。这里，是官场的缩影，是钩心斗角的场所，是恶势力横行之处，也是趋炎附势之徒麕集的地方。这与梅的品格是绝不相容的。正因为如此，梅之必受摧残就是无疑的。只此一句，便奠定了全文“惜”的根基。为写出这种感情，作品集中描写了梅树的雅洁芬芳。它枝条扶疏，香飘数里，尤其在雪后、月下，梅花更增添了几分繁盛和奇俏的幽姿。这不禁使人想起那些“疏影横斜水清浅，暗香浮动月黄昏”“雪似梅花，梅花似雪，似和不似都奇绝”的咏梅名句。这种俏姿奇态，是令人爱慕不已的。这样，一株素洁香艳的梅花形象就呈现在读者面前，自然牵起人们对它的命运的关心。

第二层从不同的角度，重点抒写了对梅的遭遇的痛惜之情。梅树的生不得地，前有胥吏、后有系囚的搅扰，这种鄙屑庸俗是与梅树的幽姿不相容的，此可痛惜者一也。虽然物性无语，表面看来似是随遇而安、自得其便的，但作者以人性测度，梅之不能适性是很显然的：它既不能献给人们嘉果的甘美，又不能任性自由，享受林间水湄的幽趣，是进亦不得，退亦不得，其悲苦可知。梅花之不能尽其性，此可痛惜者二也。梅花报春，是其生命的意义。“折花逢驿使，寄与陇头人。江南无所有，聊赠一枝春。”“俏也不争春，只把春来报”，而生于县庭的梅花，似乎连这一点也难以实现。那频频吹送的“落梅花”的笛声，直教人想到花叶飘零之时，纵有清姿绝伦，等到那时，还有何用？起码的生命的意义尚不能保障，此其可痛惜者三也。这三点，作者处处是写梅花，又处处是写人。梅花的悲剧性遭遇，也是那些怀瑾握玉、姿质高洁的人在当时社会中的遭遇。处于污浊的社会之中，他们既不能苟合取容，则必难以“达则兼济天下，穷则独善其身”。正因为充满了这样的人生感慨，因此，这一层浓重的抒情便具有了感染力，痛惜之情的表露也就相当强烈。

第三层直接抒写了作者惜梅的心意和态度。作者对于“客”所提出的“以为妨贤”而欲伐梅花的主张,以叙议结合的方法加以挞伐,从而表明自己的态度。幽兰的“当户而见夷”是仁者所不为的,那对于梅花,“吾迂数步之行,而假以一席之地”,就更是应当的,不但如此,作者还要“对寒艳而把酒,嗅清香而赋诗”,与梅花为伍而赏其风流。这种明确的态度,表明了作者对于戕害梅花者的愤慨,这种愤慨,也是愤世嫉俗的表现。作者是以一种针锋相对的态度对待社会的邪恶势力的。他把梅花视为自己的挚友,诗酒相娱,而有人却要把它除掉,这岂不令人痛恨!因此,作者惜梅的感情中夹杂着沉痛的感觉,这就把惜梅的心情在更深一层的意义上表现了出来。

综观全篇,作者以“惜”起,以“惜”结,文势起伏变化,而情绪亦或隐或显。篇幅虽然不长,而梅的形象、人的感情却鲜明而强烈,这该是作者表现真性情的一篇赋作。

(王培元)

# 太白楼赋[1]

王守仁

岁丙辰之孟冬兮[2]，泛扁舟予南征[3]。凌济川之惊涛兮[4]，览层构乎任城[5]。曰：

太白之故居兮[6]，俨高风之犹在[7]，蔡侯导余以从陟兮[8]，将放观乎四海[9]。木萧萧而乱下兮[10]，江浩浩而无穷[11]。鲸敖敖而涌海兮[12]，鹏翼翼而乘风[13]。月生辉于采石兮[14]，日留景于岳峰[15]。蔽长烟乎天姥兮[16]，渺匡庐之云松[17]。慨昔人之安在兮？吾将上下求索而不可蹇[18]。予虽非白之俦兮[19]，遇季真之知我[20]。羌后人之视今兮[21]，又乌知其不果[22]。

吁嗟！太白公奚为其居此兮[23]？余奚为其复来？倚穹霄之流盼兮[24]，固千载之一哀[25]。昔夏桀之颠覆兮[26]，尹退乎莘之野[27]。成汤之立贤兮[28]，乃登庸而伐夏[29]。谓鼎俎其要说兮[30]，维党人之挤诟[31]。曾圣哲之匡时兮[32]，夫焉前枉而直后[33]。当天宝之末代兮[34]，淫好色而信谗[35]。恶来、妹喜其猖獗兮[36]，众皆狐媚以贪婪[37]。判独毅而不顾兮[38]，爰命夫以仆妾之役[39]。宁直死以顑颔兮[40]，夫焉患得而局促[41]。开元之绍基兮[42]，亦遑遑其求理[43]。生逢时以就列兮[44]，固云台麟阁而容与[45]。

夫何漂泊于天涯兮[46]？登斯楼乎延伫[47]？信流俗之嫉妒兮[48]，自前世而固然。怀夫子之故都兮[49]，沛余涕之湲湲[50]。庙堂之偃蹇兮[51]，或非情之所好[52]。惟不合于斯世兮，恣沉酣而远眺[53]。进吾不遇武丁兮[54]，退吾将颜氏之箪瓢[55]。奚曲蘖其昏兮[56]，亦夫子之所逃。管仲之辅纠兮[57]，孔圣与其改行[58]。佐璘而失节兮[59]，始以见道之未明[60]。睹夜郎之有作兮[61]，横逸气以徘徊[62]。亦初心之无他兮[63]，故虽悔而弗摧。

吁嗟！其谁无过兮，抗直气之为难。轻万乘于褐夫兮[64]，固孟轲之所叹[65]。旷绝代而相感兮[66]，望天宇之漫漫[67]。去夫子其千祀兮[68]，世益隘以周容[69]。媒妇妾以驰骛兮[70]，又从而为之吮痈[71]。贤者化而改度兮[72]，竞规曲以为同[73]。

卒曰[74]：峄山青兮河流泻[75]，风飕飕兮澹平野[76]。凭高楼兮不见，舟楫纷兮楼之下。舟之人兮俨服[77]，亦有庶几夫子之踪者[78]。

## 注释

① 太白楼：在今山东济宁。
② 岁丙辰之孟冬：明孝宗弘治九年(1496)初冬。
③ 南征：南行。
④ 凌：渡。济川：即济水。
⑤ 览层构乎任城：游览任城的多层建筑。
⑥ 太白之故居：指任城。
⑦ 俨：庄严。
⑧ 蔡侯：疑指蔡炼。
⑨ 放观：放眼观望。
⑩ 萧萧：落叶声。
⑪ 浩浩：水盛大之貌。
⑫ 鲸敖敖而涌海兮：长大的鲸鱼随着奔腾的横流涌向大海。
⑬ 鹏翼翼而乘风：大鹏鸟乘风展翅腾空翱翔。
⑭ 采石：山名，又称牛渚山，在安徽马鞍山。
⑮ 岳峰：泰山。
⑯ 蔽长烟乎天姥兮：天姥山隐现于烟波云雾缭绕之中。
⑰ 渺匡庐之云松：庐山上的云松像波涛起伏似的苍翠邈远。
⑱ 蹇：停。
⑲ 俦：匹。

⑳ 季真：贺知章。
㉑ 羌后人之视今兮：后代的人看我今天这种情况。羌，句首语助词。
㉒ 又乌知其不果：又怎么知道还没有结果。
㉓ 奚为其居此：为什么住在这里。
㉔ 流盼：来回地转动着眼珠看着。
㉕ 千载：李白与王守仁相隔七八百年。
㉖ 昔夏桀之颠覆：从前夏代桀的灭亡。
㉗ 尹退乎莘之野：伊尹在从政前耕于莘野。
㉘ 立贤：能识贤人并予任用。
㉙ 登庸：选拔任用。
㉚ 鼎俎：均为盛装祭品或切割食物的工具。要：求。说(shuì)：游说。
㉛ 维党人之挤诟：只是那些乡党之人对他的排挤和诟骂。
㉜ 匡时：匡时救民。
㉝ 夫焉前枉而直后：《孟子·万章》："枉己而正人""辱己以正天下者"。
㉞ 天宝末代：唐天宝年间逐渐腐败，每况愈下。
㉟ 淫好色而信谗：指唐玄宗。
㊱ 恶来：商纣王的武臣。妹喜：夏桀的宠妃。
㊲ 狐媚以贪婪：谄言迷惑，贪得无厌。
㊳ 判独毅而不顾兮：（对此）独有判断，坚决而毫不顾惜。
㊴ 爰命夫以仆妾之役：于是就让他从事仆妾之类的贱事。
㊵ 顑颔(kǎnhàn)：受饥而面色枯槁。
㊶ 局促：窘迫不安。
㊷ 开元之绍基：即自从开元年间承继帝业。
㊸ 亦遑遑其求理：也曾经匆忙不懈地追求国家的治理。
㊹ 生逢时以就列：逢时机就入官场行列。
㊺ 固：本来。云台：汉代为表彰功臣而建的南宫云台。麟阁：麒麟阁。容与：从容安适。
㊻ 夫何漂泊于天涯：那为何还颠沛流离在这个天涯的角落里。
㊼ 延伫：久久伫立。
㊽ 流俗：流言蜚语。
㊾ 怀：来。故都：指任城。
㊿ 沛余涕之湲湲：很快我的眼泪止不住地往下淌。
51 庙堂之偃蹇：朝廷的宫室殿堂高耸宏大。
52 或非情之所好：或者不合于你性情爱好。
53 恣沉酣而远眺：恣意沉湎于尽情地饮酒，而向远处眺望。
54 武丁：商代高宗。
55 颜氏：颜回。《论语》："贤哉！回也。一箪食，一瓢饮，在陋巷。"
56 曲蘖：酒母。
57 管仲：辅齐公子纠、齐桓公。
58 改行：指删诗书、订礼乐、作春秋等。
59 佐璘而失节：指李白辅佐永王李璘。
60 始以见道之未明：开始认为李白为政之道主见不明智。
61 睹夜郎之有作：看到李白在夜郎的诗作。
62 横逸气以徘徊：充满超凡脱俗的豪气。
63 初心：李白入永王幕府的初衷。

㊹ 轻万乘于褐夫:语出《孟子·公孙丑》。

㊺ 固孟轲之所叹:指“民贵君轻”的思想。

㊻ 旷绝代而相感:旷绝一代再没有比这更感人的了。

㊼ 望天宇之漫漫:看着广袤的天空,没有边沿。

㊽ 千祀:千年。

㊾ 世益隘以周容:世道愈加狭隘,人情也越发苟合于世,以求容媚。

㊿ 媒妇妾以驰骛:媒婆小妾之流到处挑拨是非。

(71) 吮痈:吮疮舐痔。

(72) 化而改度:即化度。

(73) 规曲以为同:规正邪恶,树立正风。

(74) 卒曰:相当于乐曲最后一章“乱曰”。

(75) 峄山:山名,在山东邹城。

(76) 澹平野:安静平阔的原野。

(77) 俨服:庄重整齐的服饰。

(78) 庶几:差不多。

## 鉴赏

王守仁(1472—1528),字伯安,浙江余姚人。明孝宗弘治间进士,初任刑部、兵部清吏司主事。正德初年,宦官刘瑾专权,许多正直人士遭受迫害。王守仁为营救给事中戴铣等人,上疏抗争,触怒刘瑾。杖阙下,贬为贵州龙场驿丞。瑾诛,移庐陵知县,擢右佥都御史,巡抚南康赣州。后被封为新建伯,直至南京兵部尚书。他曾讲学于越州阳明洞,故称阳明先生。哲学上发展了陆九渊的心学,提出“致良知”主观唯心主义学说。文学上,在明代复古主义盛行时,他反对模拟,主张自抒胸臆。主要著述均收入《王文成公全书》。

本文选自《王文成公全书》卷十九。文章属于辞赋中览古一类。览古也是我国古代文学中传统主题。多数写法则是览古、写景、记胜、抒情。像唐代王勃的《滕王阁序》,宋代范仲淹的《岳阳楼记》、苏轼的《赤壁赋》。王守仁的《太白楼赋》写法则不尽相同。统观全文,很少写楼,更没有多少笔墨直接写太白楼的景致。文章的主要中心是触物生情,通过览古抒发对大诗人李白的敬慕以及自己的感受。这便是全文的主旨。

全文七百字,共分六段。开头一段,如同小序,交代了这次游览的时间、地点,交代了写作背景。

第二段劈头一句,“太白之故居兮,俨高风之犹在”。起笔直点主题。“俨高风之犹在”,这个“高风”,是这一段的出发点,也是全篇文章的重要思想,也就是作者所敬仰的李白的“高尚品格”。不过作者不是直接描写这个“高风”的，而是登上太白楼，随着视角“放观乎四海”，凭借想象、景物，以形象化的方法展现的。作者从三个方面生动形象地描写了李白的“高尚品格”。第二段的中心是追慕古人，感叹自己。

第三段紧承上段，层层递进。既然李白有那么高尚的品格和才华，又为什么住在这里呢？我又为什么再一次来呢？他倚着穹霄，不断地回想。

第四段主要是感叹李白的生不逢时，受奸人的排挤，更重要的是赞扬了李白不向权贵屈服的高贵品质。

第五段吊古伤今，提出了自己的理想。他提出的理想是：“贤者化而改度，竞规曲以为同。”他希望圣哲贤人，对世道施行教化，争着改变邪恶达到正直。当然这些理想也仅仅是改良主义的了。

最后一段是说实现了作者理想后，世界就会变得理想。

总观全文，其主要思想，是吊古叹今，表达自己的理想。当然他的理想是改良的，乌托邦式的，有局限的，不现实的。但在明代那样的情况下，敢于影射现实，这就有值得肯定的一面。另外，文章的表现方法也是值得学习的。首先，其突出特点，是融议论于记述之中，寓情思于写景之内。尤其借助形象化的手法，表现李白的高尚品格，写得生动、典型、准确。作者借古喻今，对李白的怀念，也是悲愤、沉痛、真挚的。其次，作品结构谨严、层层递进、首尾相合，语言骈丽精当，音韵铿锵，错落有致。这些都是值得充分肯定的。

（李奎烈）

# 疑　赋

李梦阳

下乾上坤[1]，高卑易矣；星辰在下，江河逆矣[2]。夭乔乔夭[3]，雉鸣求牡矣。鱼游于陆，冠苴履矣[4]。呜呼噫嘻！

当昼而夜，宵中日出[5]；我黑彼白，妇须男裼[6]。铅刀何铦，湛卢何钝[7]！丈则谓短，谓长者寸。凤鸣翩翩，群唾众愆[8]；鸺鹠胡德[9]？见之慕焉！呜呼噫嘻！

贞莹内精，谗嫉孔彰[10]；乖滑洪涩，名崇智成[11]。软诡歊敧[12]，驰骋爽达；歼良媚势[13]，光烂门阀。彼曰昧昧，人则攸知[14]。上帝板板[15]，鬼神邈而。昔之多士[16]，犹或畏疑；今之多士，觍肆罔怀[17]。呜呼噫嘻！

民殊者形[18]，厥心则一；威挤利啖[19]，曰伊我栗。血流于庭，酣酒归室[20]。友朋胥嬉，同声德色[21]。阱彼罔识，巧我攸极[22]。昔之执衡，视权如星[23]，今之执衡，维我重轻[24]。古道坦坦[25]，今眩东西；指辰谓暮[26]，目鸾谓鸡。邻牛茹虎[27]，冀虎德予。厉莫察阶[28]，倒靡究所。呜呼噫嘻！

盗跖横行，回宪则贫[29]；上官尊荣，原陨厥身[30]。直何以仇，佞何以亲[31]？或何以颠[32]，操何以振？飞何以屈[33]，桧何以伸？西子何恶，嫫母何姝[34]？乘黄瘠弱[35]，御者骀驽。舍彼灵明，溺任糊涂。皎皎者忌，怜彼浊污[36]；水清奚无鱼，而泥淖以成良畲[37]？

先生莫所自解[38]，诵曰："握粟出卜，其何能彀[39]？"于是出造巫咸叩焉[40]。巫咸曰："胡梯鹘突，而与世汩，受福揭揭[41]。渔者一旦获寻丈之鱼，见之者犹捩颈流涎[42]，思劫之也，而憾不渔屠[43]；而况怀千金之宝、抱径寸之珠[44]？吾诚不能筮，以决子之疑[45]。"

## 注释

① 乾、坤：《周易》的组卦原理，依阴阳配置，变化而成。

② 逆：倒流。

③ 夭乔、乔夭：象声词。

④ 苴履：麻鞋。

⑤ 宵中：夜间。

⑥ 须：胡须。裼（xī）：脱去上衣，露出身体。

⑦ 铦（xiān）：锋利。湛卢：宝剑名。

⑧ 愆：过错。

⑨ 鸺鹠（xiūliú）：猫头鹰。

⑩ 贞莹内精：高洁的人。孔：很。彰：鲜明。

⑪ 乖滑：乖张刁滑。淟涊（tiǎnniǎn）：污浊。名崇：名声高。智成：一切计谋都能获得成功。

⑫ 诡：疑为"脆"之误，弱。歊欹（xiāo qī）：气出倾斜，指行为不端。

⑬ 歼良：残害好人。

⑭ 曰：语助词。攸：乃，所。

⑮ 板板：邪僻。

⑯ 昔之多士：指殷商遗民。

⑰ 今之多士：指某些为乱作恶的人。罔怀：无所顾忌。

⑱ 殊形：形貌不同。

⑲ 威挤：用权势去排挤别人。利啖（dàn）：用利益引诱别人。

⑳ 酣酒：畅快饮酒。

㉑ 胥嬉：互相戏游。同声德色：都声称自己对别人有恩惠，并形于颜色。

㉒ 阱（jǐng）彼：设置陷阱坑害别人。罔识：别人尚不知道。巧我：设置种种利于自己的巧计。攸极：无所不至。

㉓ 执衡：掌秤的人。权：秤。星：秤星。

㉔ 维我重轻：该重该轻以我为准。

㉕ 道：道路，道德。

㉖ 辰：通"晨"。

㉗ 茹：吃。

㉘ 厉：灾祸。阶：来由。

㉙ 盗跖：春秋末期奴隶起义的领袖。回：颜回。宪：原宪。

㉚ 上官：楚国上官大夫靳尚。原：屈原。

㉛ 直：正直的人。佞：花言巧语的人。

㉜ 彧：荀彧，曹操的谋士。

㉝ 飞:岳飞。
㉞ 西子:西施。嫫母:著名的丑女,黄帝时人。
㉟ 乘黄:传说中的神马。
㊱ 皎皎者:洁白的东西。怜:爱。
㊲ 水清无鱼:语出《大戴礼·子张问入官》。泥淖(nào):烂泥沼。畬(yú):已垦种三年以上的熟田。
㊳ 先生:作者假托的人物。
㊴ 榖(gǔ):善良。
㊵ 造:到。巫咸:古代著名的神巫。
㊶ 胡梯鹘(hú)突:糊里糊涂。汩:水急流。揭揭:长远。
㊷ 捩(liè)颈:扭转脖颈注视。
㊸ 渔屠:把渔夫杀掉。
㊹ 径寸之珠:直径寸长之珠。
㊺ 决:解除。

## 鉴赏

李梦阳(1473—1530),字献吉,又字天赐,庆阳(今属甘肃)人,自号空同子。明代著名文学家,复古派"前七子"之一。弘治七年(1494)进士及第,曾任户部郎中。他为人正直,负气而不下人,故仕途屡遭挫折。弘治十八年(1505),因上书揭露外戚寿宁侯张鹤龄而下狱。不久,因与尚书韩文密谋铲除宦官刘瑾等"八虎",又谪山西布政司经历,旋又下狱。刘瑾败,得以起官,迁江西提学副使,又因忤逆总督陈金及淮王而下狱。晚年,因给宁王宸濠撰《阳春书院记》被捕,后削籍,不久去世。

在文学上,他和何景明等人主张"文必秦汉,诗必盛唐",反对当时华靡卑弱的"台阁体"文风;与宰相李东阳为首的"茶陵派"的文学主张也针锋相对。在当时影响很大。

在辞赋发展上,他曾提出"唐无赋""汉无骚"的观点(《潜虬山人记》),这是错误的。但从他的创作实践上看,他不是单纯模仿,而是有自己的发展和创造。特别是他正直敢言,能够大力抨击社会现实,说明他还是能够坚持现实主义创作传统的。著有《空同集》传世,有赋及赋体文40多篇。集前三卷为赋作,《疑赋》为其第一篇。

这篇赋可以说是一篇奇文,也是一篇妙文。说它"奇",就奇在它叙写出了自然界和社会现实中的种种奇怪现象;说它"妙",就妙在它开头突兀其来,最后才点出是一位"先生"看到的,而且"莫所自解"。因此,它通篇紧扣一个"疑"字,把一切可疑的奇怪现象一股脑儿写了出来,从中揭示出作者深广的忧愤激情。

全赋由六段组成,前四段每段之末都用"呜呼噫嘻"对所叙写的奇怪现象加以感叹和惊讶,使人感到作者的忧愤心情已不可遏止。总览全赋所叙写的内容,可以分为四个层次。

第一、二两段,都是一些使人疑虑的自然现象,或一些生活琐事。这些现象或琐事,在真正的自然界和现实生活中是不存在的。可见,作者不是在写实,而是在设喻。只要喻之切合事理,这些奇怪的、使人疑虑不解的现象,也就成为真实的了。

第三、四两段,作者的笔触,转向直接揭露现实。虽然从理性上讲,这些现象都是莫名其妙的"奇"事,也确实是客观存在的"怪"事。好人遭嫉,越是品德高洁的人,越要受到谗害和嫉恨。如果说,第三段的揭露还嫌比较笼统的话,那么第四段的叙写,就比较具体了。一些有权有势的人,互相勾结,又互相倾轧,表面一套,背后一套,争权夺利,居心险恶。

第五段,作者的笔触又从现实引向历史。历史上的盗跖与回宪、上官与屈原、曹操与荀彧、秦桧与岳飞等等,本来是是非分明、好坏清楚的,可是好人不得好报,也可谓历史上既奇且怪的"疑事"。因此,在那种黑白不分的社会里,以西施为丑,以嫫母为美,以水清为无鱼,以泥淖为良田,忌皎皎者,怜浊污者,也是不足为奇为怪的事情了。

由此可见,《疑赋》中所写的"疑",是作者对社会现实中是非颠倒、黑白不分的种种生活现象的"疑",也是对"疑"而不可自解以至无力解"疑"的"疑"。作者信手写来,"疑"而又"疑",文章之奇、行文之妙,也就在其中了。

从语言上来看,全赋除了最后一段,基本都是以四言为句,很像一篇四言诗。但它没有诗歌那么精炼和集中,段与段之间,也不乏重复内容的再现。行文上,各段有各段的重心,而且逐步深化,有罗列,有铺排,但不堆砌,不藻饰,语言活泼、自由。赋文中虽有使人略感生涩的语句,但整个赋文是清晰、畅朗、浅明的。其笔调有讽刺,有嘲笑,有抨击,有反诘,有感叹,而其内在的感情却又是极为严肃的、深沉的,揭示出"疑"的种种事例和表现,正反映出作者对现实生活的蔑视、抨击和否定。从这些方面说,它也是一篇奇文和妙文。作者是在句式的变化中来加强它声调音韵的美感和自由活脱的语言美的。其中,有叙述句,有说明句,有疑问句,有反诘句,有感叹句,有对偶句,等等;特别是双关语句的使用及最后一段参差不齐的散文句式中夹杂有一些四言句、骈俪句,都能增强全赋的生动性和感染力,说明作者是在有意调动各种句式来活泼自如地表达自己的思想感情的。这也应该是本赋奇、妙的表现吧!

(霍旭东)

# 述 征 赋

徐祯卿

岁大吕之季律①，予戒行于上都②。溯北风之憭栗③，掩霏雪以遐徂④。愁长路之不极，咏役车于周诗⑤。聊骋目以宣忧⑥，怆怀土而兴思。历维扬之故域，背大江之皇陂⑦。悲穷野之寥阒⑧，憩淮阴之城隅⑨。访王孙之遗迹，谒漂母于空祠⑩。哀智杰之有穷，亶民生之多罹⑪。惟往昔而顾念，心摇摇而夕悲⑫。逮明发而振檝⑬，遂慷慨以遐辞。

## 注释

① 大吕：古乐律十二律之一，与十二月相配，其为末律，故为农历十二月之别称。季：末。

② 戒行：犹言命驾。上都：京师，国都。此指北京。

③ 溯：顶着，冒着。憭栗：凄怆，悲伤。

④ 遐：远。徂：往，行。

⑤ 役车：行役之车，大车。周诗：此处似指《诗经·周南·卷耳》，其二、三、四章有“陟彼崔嵬，我马虺隤”“陟彼高冈，我马玄黄”“陟彼砠矣，我马瘏矣。我仆痡矣，云何吁矣”等描写行旅劳苦之句。

⑥ 宣：宣泄，抒发。

⑦ 大江：长江。皇：大。陂（bēi）：水边，岸。

⑧ 寥阒（qù）：寂静。

⑨ 淮阴：在今江苏。汉开国功臣韩信曾被封为淮阴侯。

⑩ 漂母：《史记·淮阴侯列传》记载，韩信于功业未就时尝受恩于漂母。

⑪ 亶（dàn）：通“瘅”，病也。此引申为哀痛。罹（lí）：遭受（苦难）。

⑫ 摇摇：心神不定。

⑬ 明发：黎明，平明。振檝：挥桨，启航。檝，同“楫”，桨。

## 鉴赏

徐祯卿(1479—1511),字昌谷,一字昌国,吴县(今江苏苏州)人。为诸生时已擅长诗歌,与同里才子唐寅友善,被推荐于前辈作家沈周、杨循吉等,从此扬名。《明史》本传称为“吴中诗人之冠”。但参加考试多次不中。弘治十八年(1505)中进士。因貌不扬,人太瘦,未被明孝宗特遣中使选入翰林院。授大理寺左寺副,因走失囚徒,降职为国子监博士。33 岁病死于北京,去世过早,未能尽展才华。初与唐寅、祝允明、文征明齐名,号“吴中四才子”,其诗熔炼精警,标格清妍。入京后与李梦阳、何景明等交游,受到影响,变诗风学汉魏盛唐,又成为前七子之一,声誉仅次于李、何居第三。诗论主情致,认为“情无定位,触感而兴”,与清初王士禛“神韵说”有相通之处。文学批评专著有《谈艺录》。传世诗文集《迪功集》为其自定。另有《迪功外集》《徐氏别稿》等集。

徐祯卿文不甚多,但都写得短小精悍,在钱谦益《列朝诗人小传》中深得好评:“词旨沉郁,遂闯晋宋之藩,凌躐曹魏,长宿警叹,号为文雄。”王世贞也称其“骚诔颂札,宛尔潘陆。”(《艺苑卮言》)并非过誉之词。

《述征》这篇行旅赋,初读看似简约,品味起来却深有含蕴,写得流转自然,感情丰厚。

起首点明上路季节,行旅方向。作者自家乡出发,顶着隆冬腊月的呼啸北风向北走,一开始就陷于大雪纷飞的困境之中,征途的那一端简直不敢推想其遥远无边。用背诵得滚熟的《诗经》中的诗句来表达心思,顺手即可拈来:比如《周南·卷耳》,又如《唐风·蟋蟀》的三章开头,用“蟋蟀在堂”兴起“岁聿其莫(暮)”“岁聿其逝”和“役车其休”,都是讲年终时节,万物百事当有一小结,连蟋蟀都要栖息在屋内了,可是征人在外,还要继续跋涉漫漫长路。赋作者岁暮述怀,想起这些咏役车的周诗来,是很自然的。接着叙写过长江后的见闻感受。他以比较明快的笔调作结:等明天黎明来到,我将起航前进,希望满怀慷慨之悲情远辞这里,继续踏上新的征程。

此赋的写作背景无考。从赋中表现的感慨之痛考察,当作于弘治末正德初,明中叶封建统治走向衰败,出现宦官专政的腐朽局面之时。官僚地主豪绅兼并土地严重,剥削压迫加重,百姓流离失所的情状,在与徐祯卿同时的李梦阳、何景明的赋中都有所反映。如李梦阳《疑赋》“血流于庭，酣酒归室”的揭露，就很深刻。在《寄儿赋》中谴责当时镇压江西农民起义的官军是“以暴除暴”，认识虽有局限，但也属非有胆识者不能言。而何景明的《东门赋》，对流民失业，无以为家的悲惨情景，表现得非常鲜明有力。徐祯卿生活在同一时期，面对同样的现实，不会熟视无睹或感而不发。虽然在这篇小赋中的有关表现，不及上举的李、何之赋写得深刻、具体，但情景融汇一片，意念的表达是十分含蓄蕴藉的。明显可见，手法上有所讲究，似乎与他的诗歌创作主张相类。这么多的悲、怆、愁、哀、忧，贯穿在他对征途所见的述写之中，自然表现出这篇行旅赋的特色。

自来述行之赋，从刘歆《遂初赋》、班彪《北征赋》、蔡邕《述行赋》，到潘岳《西征赋》、谢灵运《撰征赋》，多数为洋洋洒洒的鸿篇巨制，备述沿途所经过的名城古迹，并借以抒发作者的感慨。徐祯卿这篇赋，在结构上虽不脱窠臼，却比较注重剪裁。从吴县赴上都北京，可数的名胜古迹自是不少，作者却略去甚多，对名城扬州也只一笔带过，而泼浓墨于过淮阴的种种感想，写作的焦点集中在吊古伤今，将古之智杰之士与今之平民的命运对举，生发感叹，这就在同题材的赋作中呈现了新意，篇制也因而大大缩短了。称赞过徐祯卿“骚诔颂札，宛尔潘陆”的复古派后七子领袖王世贞，似乎有憾，但“惜微短耳”。短则短矣，但就《述征》看，于文于情，非但无伤，反而成了独特的长处，竟也可与不少长篇大赋争相辉映。

本篇立意虽不甚高，无非是一般稍具良知的文人常咏之题，境界也很有限，根本不够恢宏阔大。但自有特点可新人耳目，仍不失为一篇优秀的赋作。

（程远芬　罗　青）

# 东　门　赋

何景明

步出东门，四顾何有？敝冢培累[①]，连畛接亩[②]。有一男子，饥卧冢首[③]。傍有妇人[④]，悲挽其手。两人相语，似是夫妇。夫言告妇："今日何处。于此告别，各自分去。前有大家，可为尔主。径往投之，亦自得所。我不自存，实难活汝。"妇言谓夫："出言何绝！念我与君，少小结发。何言中路，弃捐决别[⑤]。毕身奉君[⑥]，不得有越。"夫闻妇言："此言诚难。三日无食，肠如朽菅。仰首鼓喙[⑦]，思得一餐。大命旦夕，何为迁延？即死从义，弗如两完[⑧]。"妇谓夫言："尔胡弗详？死葬同沟，生处两乡。饱为污人，饿为义殇。纵令生别，不如死将[⑨]。"夫愠视妻[⑩]："言乃执古。死生亦大，尔何良苦。死为王侯，不如生为奴虏。朱棺而葬，不如生处蓬户[⑪]。生尚有期，死即长腐。潜寐黄泉，美谥何补[⑫]？"夫妇辩说，踟蹰良久[⑬]。妇起执夫，悲啼掩口。夫揖辞妇，抆泪西走。十声呼之，不一回首。

**注释**

① 敝冢：残破的坟墓。培累(lěi)：堆积。

② 畛(zhěn)：田地里的小路。

③ 冢首：坟头。

④ 傍：通"旁"。

⑤ 弃捐：抛弃。决别：离别。决，通"诀"。

⑥ 毕身奉君：终生侍候您。君，指丈夫。

⑦ 鼓喙（huì）：动嘴。喙，嘴。

⑧ 两完：彼此都活下来。

⑨ 死将：死。将，助词，无义。

⑩ 愠（yùn）：怒。

⑪ 蓬户：编蓬为户，谓穷人的住屋。

⑫ 美谥（shì）：好听的称呼。

⑬ 踟蹰（chí chú）：来回走动。

## 鉴赏

何景明（1483—1521），明代文学家。字仲默，号大复山人，河南信阳人。明孝宗弘治十五年（1502）进士，官至陕西提学副使。为人耿介，不满于当时的黑暗政治，曾因反对宦官刘瑾而被免官。工诗文，为弘治“十才子”之一。与李梦阳同为复古派“前七子”的领袖，极力推崇秦汉散文、汉魏古诗以及盛唐近体诗，“天下语诗文，必并称何李”（《明史·何景明传》）。有《大复集》38 卷行世。

《东门赋》是一篇即景式的小赋。它叙述了一则发生在明代社会里的因饥饿而致使夫妻离异的悲惨、真实的故事。在此赋之前，我们读到过王粲的《七哀诗》，其中描写了一幕由于战乱而使母亲遗弃亲骨肉的触目惊心的惨剧。我们也读过杜甫的《新婚别》，其中精心塑造了一位深明大义的少妇形象，同时也控诉了战争将人世一对对新人拆散的罪行。它们所给予读者心灵的震撼都是十分巨大的。但在辞赋一体中，以现实主义的笔法展现亲人离散这一类人间悲剧的作品，却似凤毛麟角。何景明的这篇《东门赋》正好弥补了这方面的不足。

全赋整体结构极其平顺，绝无大起大落、回环曲折之处。其情节的展开完全按时间顺序进行。人物的活动也由开篇作者的“步出东门，四顾何有”？自然转到“饥卧冢首”之男子与“悲挽其手”之女子的言行上来。所写无非耳闻目睹之事。这里的环境是特定的：“敝冢培累，连畛接亩。”它给全赋的情节发展笼罩上一层灰暗的色调。城门以外，多长眠之地，本是正常的事。但数量之多到了“连畛接亩”的程度，却又不能不令人吃惊。社会黑暗，民不聊生，于此不难想见。在此背景上，作者接着便将人物推出，通过人物的对话塑造了一对既“饥”又“悲”的行将分手的夫妇。如果说对话以前部分是合写二人的话，那么对话部分则是具体地分写“夫”与“妇”了。而到了赋之最后部分，作者重又合写双方，使得作品前后呼应，有头有尾，结构顺畅。作品中人物的思想感情则是波澜起伏的，与平顺的结构正好形成鲜明的对照。这不仅可以从人物的对白中感到，而且也可以从人物的动作、表情等方面看出。作品开始时，男女主人公的情感尚未走向高潮，只是写到："有一男子，饥卧冢首。傍有妇人，悲挽其手。"而至赋末，则是："妇起执夫，悲啼掩口。夫揖辞妇，抆泪西走。十声呼之，不一回首。"人物的情感波涛已如长江大河，不可抑止。

此赋主要以对话来表现人物的性格，这是一望便知的。就人物而言，作品中并没有肖像描写，动作描写也寥寥无几。但通过对白，读者心中仍然会浮现出夫妇二人的形象。其中印象最深刻的自然是这位"妇人"。她十分真率，并且忠贞坚强，矢志不移，尽管其言行建筑在封建传统的伦理道德观念之上。饥饿本是人生一大痛苦事，但面对此，女主人公坦诚相告，即使饿死也不为非仁非义、寡廉鲜耻之事，所谓"饱为污人，饿为义殇。纵令生别，不如死将"，这是发自内心的铮铮铁语，读者的心不禁为之震动。故当这位妻子最终仍为其丈夫舍弃时，读者也就自然而然地同情起她来了。相比较而言，其丈夫则是另一类型的人物。他爱惜生命，讲求实际。"即死从义，弗如两完""潜寐黄泉，美谥何补"，他怀着强烈的求生欲望，敢于突破封建伦常的束缚："生尚有期，死即长腐。"他蠖屈于一时，对未来却仍然抱有希望。这是一个生活中的强者，封建伦常既不能将他征服，妻子的柔情软语也无法把他挽住，终于"十声呼之，不一回首"，他毅然决然地踏上了自己选定的道路。

此赋以四言句式为主(个别地方杂以六言)，实际上这是一首以"赋"为名的四言叙事诗。全篇多次换韵，而开头与末尾不仅情景相关，又押同一韵，更显得首尾圆合，富于情韵。此外，与人物的性格和身份相符合，此赋在语言上也力求朴素自然，许多地方浅显如口语。同其他以堆砌典故为能事，用词生涩古奥的辞赋相比较，也显得自具特色。

(陈志明　陈根民)

# 蚊　赋

杨　慎

有物于此：孕于丹鷆①，氏于白鸟②。育于朱陵③，殷于丰草④。翾翾以作状⑤，薨薨以成象⑥。昭昭以相避⑦，冥冥以相向⑧。阁阁椓椓⑨，据以为营。郁郁彬彬⑩，窃以为名⑪。霡霂眩雨⑫，丰隆混声⑬。贞女弃骼⑭，壮士挫精。公子不知，筮诸灵蓍⑮。灵蓍曰：计之喙⑯，嚼肤之利⑰。利在三宵，群嬉群嚣。醉血不醒⑱，疾毙于掌戟⑲。蓍颂喻寡⑳，征诸玉瓦㉑。玉瓦曰：仙鼠聚粮㉒，萑苇之乡㉓。伏鳖攸戕㉔，利距森张㉕。何彼皇皇㉖，不见肃霜㉗？瓦辞难读，讯诸射覆㉘。射覆大夫曰：烟火其屯㉙，灯烛其喜。焦螟以为巢㉚，蠛蠓以为使㉛。芸瓜而来㉜，零栗而逝㉝。秋风夕起，斯害也已。公子喻矣，是曰蚊理。

## 注释

① 鷆(tián)：《尔雅·释鸟》：鷆，蟁(蚊)母。郭璞注："似乌鸔而大，黄白杂文，鸣如鸽声。今江东呼为蚊母，又名吐蚊鸟。"

② 氏：此指族类。白鸟：蚊虫。

③ 陵：坟墓。

④ 殷：繁盛。

⑤ 翾(xuān)翾：小飞之貌。

⑥ 薨(hōng)薨：蚊虫齐飞的声音。

⑦ 昭昭：明亮。

⑧ 冥冥：黑暗。

⑨ 阁阁椓椓：文中似有"旮旯"意。

⑩ 郁郁彬彬：多文采之貌。

⑪ 名：名字。以上两句说，蚊子因自身

有很多花纹,就私下起了个“蚊”(“纹”的谐音)的名字。

⑫ 霡霂(mài mù):小雨。

⑬ 丰隆:传说中的雷公,此指雷声。

⑭ 贞女:旧指从一而终的女子。这句是说,贞女也不能避开蚊子的噆肤吸血,浑身无处不为其所制,故而也谈不上是贞女了。

⑮ 筮(shì):用蓍草占卦。蓍(shī):草名,古人用之占卦,因用为占卦的代称。

⑯ 喙(huì):嘴。

⑰ 噆(zǎn):叮咬。

⑱ 醉:沉迷,耽乐。醳(shì):通“释”,释放。

⑲ 掌戟:手掌。

⑳ 颂:卜兆的占词。

㉑ 玉瓦:玉即玉兆,瓦即瓦兆,都是古代的占卜方法。

㉒ 仙鼠:蝙蝠。昼伏夜出,以蚊虫为食。

㉓ 萑(huán)苇:两种芦类植物。

㉔ 攸:语助,无义。戕(qiāng):残害。

㉕ 距:鸡爪。此指鳖的脚。森张:肆意伸张。

㉖ 皇皇:匆忙急速之貌。

㉗ 肃霜:严霜,指深秋季节。

㉘ 讯:问。射覆:将物件藏在覆器之下,让人猜测,是古代近于占卜的一种游戏。这里即用作占卜。

㉙ 屯(zhūn):困难,此为受难。

㉚ 焦螟:古代传说中一种极小的虫。

㉛ 蠛蠓(mièměng):小虫名。

㉜ 芸瓜:指初夏季节。芸,通“耘”,锄草。

㉝ 零栗:指晚秋季节。零,落。栗,栗子,其树初夏开花,秋季果熟。

## 鉴赏

杨慎(1488—1559),字用修,号升庵,四川成都人。明武宗正德六年(1511)中状元,授翰林编修。世宗嘉靖初,充经筵讲官,三年,以“议大礼”忤世宗,被廷杖,谪戍云南永昌卫(今云南保山),老死于戍所。他是明代著名的学者、文学家,对经、史、诗、文、词曲、音韵、金石、书画,无所不通,对天文、地理、生物、医学亦有较深的造诣。其文学成就主要在散曲。《明史》本传说:“明世记诵之博,著作之富,推慎为第一。”他平生著作有四百余种,后人辑其重要者编为《升庵集》,另有散曲集《陶情乐府》。

提起蚊子,人们便会想到它那噆肤吸血的丑行、传播疾病的恶德,和它所造成的“妨农工于南亩,废女工于杼机”的危害。厌恶憎恨之情往往形之于色,见于言表,甚而付诸行动,以掌指扪之,以烟火薰之。古代文学作品中,就有以蚊子作为表现对象的。有的对其作直接描写，以见“肆惨毒于有生，乃飧肤以疗饥”的罪恶行径，如傅选的《蚊赋》；有的根据其吸血的特性而托物寄意，来讽刺结党营私的政敌，如刘禹锡的诗《聚蚊谣》；有的则有感于它们“恣饕餮于一时”，转眼即应手为齑，而生发出“造物忌过取”“利害其相将”的感慨，如钱薇的《蚊赋》。从各个侧面口诛笔伐，真使蚊子难以逃遁。

杨慎的《蚊赋》，命意又有不同。作者把重点放在蚊子的嗜血成性和如何对付它们的戕害上，借以鞭挞黑暗官场上那些吸血的害人虫。

《蚊赋》很短，仅二百字，分五层来写。

第一层，全面刻画蚊子的形象。其族类，由丹鵻所生，属于白鸟家族；其长育环境，在墓地上成长，借茂草丛繁盛；其生活习性，小飞不远，飞而有声，怕光明，喜黑暗；其营地，犄角旮旯，昏幽之处；其名字的由来，因自身花纹漂亮，就私下以“蚊”为名；其气焰声势，成群飞舞，状如淫雨，轰然作响，声若雷霆；其袭击对象和影响，不论男子女性，概而袭之，直使壮士精神恍惚，贞女殆失节操。这就使人们对蚊子的形象有了一个整体的认识，自会把它们打入丑类之列。

第二层，专写蚊子嚼肤吸血以之取利的特性。它们取利的计谋靠喙来实现，取利的手段在嚼肤，取利的最佳时间是夜晚，取利的组织形式是结党，取利之后的结局是喝血太多，难以飞动，而被人们用手掌击毙。观其手段，可谓残忍；观其罪行，可谓血债累累，擢发难数；观其下场，亦是罪有应得。这样写，就使读者对蚊子有了更深一层的认识，即由声音骚扰的表象，进入到对嚼肤吸血本性的内在的把握。赋中看起来是作客观的表述，实际上亦注入了作者的主观感情，显得较有感染力。

第三层，交待蚊子的生活季节，为后面写蚊子的自然灭亡作准备。作者用即此写彼之法，选了仙鼠、伏鳖两种动物，写它们以蚊为食，以此表现蚊子的生活时令。仙鼠为聚粮翻飞于萑苇丛中，捕捉蚊子；伏鳖为觅食舞爪于河塘之内，吞噬孑孓。无论是空中水中，还是成蚊幼子，都难以逃脱仙鼠和伏鳖的追杀。况且仙鼠伏鳖又是那样的紧张繁忙，大有除害务尽的气概。“何彼皇皇，不见肃霜？”原来深秋一到，蚊子就要死亡，故仙鼠伏鳖想在“肃霜”之前多多捕捉以积粮。需要注意，这里并没有直接点明蚊子的死亡问题，而只是间接地描写了它的生活季节，不过从字里行间，人们已经窥伺到蚊子的寿命是不会长久的。

第四层，写蚊子的寿限，并告诉人们对付蚊子的办法，以争取在其寿终正寝之前提前消灭之。“烟火其屯,灯烛其喜”,初读之下,会以为是照应前面“昭昭以相避,冥冥以相向”两句,写蚊子的生活习性,然细审之后,便觉得这是在教人们如何来对付蚊子。既然它喜燃灯烛之暗夜,畏烟火之薰燎,何不顺其习性,大张灯烛,以引“灯蛾”扑火,广施浓烟,窒息其顽劣生命?“焦螟”“蠛蠓”二句,进一步形容其微小并同样受制于他物,说明蚊子没有什么了不起,人们原可积极进攻,不应“我惟束手而待,望赤日之当空;冷眼而观,付白帝之司令”。(陈继儒《憎蚊赋》)如果一时不能彻底干净地除掉它们,那么就留待“秋风夕起”,让造物主来惩罚它们。“秋风夕起,斯害也已”,这同刘禹锡诗《聚蚊谣》的结语有些相似。刘诗在写完蚊子“喧腾鼓舞喜昏黑”的特性和嘈然作声,弄得“昧者不分聪者惑”,故意扰乱视听的罪恶之后,突发命中鹄的一箭:“清商一来秋日晓,羞尔微形饲丹鸟。”对那些为营私利而成群结党之辈投以轻蔑的一瞥。这里,作者用语尽管不如刘诗富有韵味,然亦能以简洁利落擅长。

赋的最后,“公子喻矣,是曰蚊理”。是全文的结语,可以看作第五层。表面看来,赋中几乎句句体物而未及缘情,然联系此赋的姊妹篇《后蚊赋》和作者迍邅的际遇,便会看到,此赋实为“人蝨”而发,是托物寄意之作。作者在其《后蚊赋》中对“人蝨”骂得极为痛快:“俶诡妍媸,宁有极兮?血国三千,彼货殖兮。曷云不惨,嚼有国兮。赤口烧城,烦言啧兮。积毁销骨,疮痏结兮。”作者并非无的放矢,他是亲眼目睹了当时社会官场上的种种丑态的,他的长流云南,使他不可能不憎恨那些“嚼有国”的魑魍小人。尽管此赋以轻松的笔调出之,然其中的郁勃不平之气是难以掩抑的。这无疑增强了作品本身的感情力度和思想意义。

此赋在谋篇和表达方面也较有特色。

其一,巧用隐语。刘勰《文心雕龙·谐隐》篇认为,荀子《蚕赋》用的是隐语,并指明这种隐语就是谜语。最后一句相当于谜底,其他各句相当于谜面。《蚊赋》在谋篇上与之略同,也是以“有物于此”发端,接着铺写谜面,最后以“是曰蚊理”结束,揭出谜底。但是作者又自出机杼,设计了一位不谙“蚊理”的公子出场,通过他的一个接一个的占卜,像剥笋似的层层展示谜面,又层层深入谜底,最后让谜底暴露无遗,启发了公子,自然也启发了读者。这又与《蚕赋》不尽相袭,更显出一种曲径通幽之趣。

其二,巧用叠字。作品中叠字用得好,往往使原来平淡的句子情趣横生,使所描写的对象形象鲜明。此赋有九处叠字。如“翾翾以作状,薨薨以成象”。“薨薨”显示了蚊子小飞不远,盘旋往复,等待时机下口噆肤的情状;“翾翾”显示了蚊子集群乱飞,轰然作响,挥之不去,乱人心神的嘈杂之音。如果改成“飞以作状,响以成象”,就远不如原来两句有情趣,有精神。再如“昭昭”和“冥冥”,不但写出光明与昏暗的样子,而且让人产生一种蚊子一见光亮即逃之夭夭、一遇黑暗即喧腾鼓舞的联想。这些叠字组成句子,有的还构成对偶或排比。“阁阁椓椓,据以为营。郁郁彬彬,窃以为名”,对仗工整,文笔生动。“翾翾以作状,薨薨以成象。昭昭以相避,冥冥以相向”,运用排比,描写蚊子的情态和习性,显得气氛浓郁,形象生动,加深了人们的印象。

整个看来,此赋的文字还是清新可诵的,特别是一些叠字的运用,更增添了赋的艺术效果。

(姜葆夫　李善奎)

# 孤雁赋并序

薛蕙

孤雁感物也。涡水上有孤雁[1]，随人家畜鹅鹜辈以取食。人或逐之，辄飞去。入左右洲渚间，然终不远也。予游城西，有野人指示，予心恻然伤焉。因作赋云：

遵长河之峻阪[2]，出城隅以西徂[3]。望鸿雁于河涘[4]，伫彷徨而独居。容貌憯以愁悴[5]，音凄怆而号呼。

伊斯鸟之嘉淑[6]，产异质于幽荒。体贞信之至性，动静一其有常。固羽族之殊特，众鸟孰可与比伉[7]？故其行不失时，止必择所，候暖北逝，先寒南下。既冒险而涉危，曾不恤夫勤苦[8]。

惟众鸟之多智，曰庇生之得宜。弗一遘于艰难[9]，羡暇豫之无期[10]。或巢山巅，或游海涯，奋首虹霓，濯翼天池[11]。托户牖之巍巍，下民莫得以或窥。足无虚跖，翼不勤飞，资饮啄于寻丈[12]，迁徙弗逾乎旬时。

何斯鸟之劬劳[13]，增荼毒其曷已[14]！将材质之不伦[15]，固天命之难俟[16]。瞻北都与南国，念室家之靡止[17]。道路夐以辽远[18]，间一岁而万里。

复有群侣中迷，雄雌死别，目骇魂惊，飞沉隔绝。始回遑而不进[19]，终踌躕而永诀。尔乃背云路[20]，下绪风[21]，依沮洳[22]，潜蒙茸[23]。捐燕越之故思，甘愁苦而终穷。虽六翮之尚在，欲北归其焉从？

于是沦形晦迹[24]，亡精失志，牢落远迁[25]，踯躅无寄。痛众雏之一隔，慕同类之难值[26]。伺晨凫而朝征[27]，逐驾鹅以宵寐[28]。岂卑湫之敢辞[29]，耻众目之猜忌。声未鸣而先绝，翅将举而复坠。呻吟幽僻，周旋林坰[30]。践旷野之严霜，食潢污之流萍[31]。延性命以苟存，非初心之所营[32]。遭志意之摧毁，中无故而或惊。况畏悸之丛至，迫末路之惸惸[33]。避矰缴而往来[34]，困鹰隼之纵横[35]。思逸乐之无遗，忧栗纷其相婴[36]。

若乃阳律毕谢[37]，阴气时作，天清日迥，草枯木落。明月出兮皎皎，野露皓以漠漠。恋南游于朱崖[38]，怀北栖乎玄朔[39]。魂魄竦而怵惕，顾形影之寂寞。吐哀响之嘹唳[40]，志激昂而将跃。动幽谷之虚籁[41]，停高门之晓柝[42]。闻之者怊怅而自怜[43]，见之者歔欷而不乐。

嗟斯禽之可哀，像羁旅而无朋[44]。因昆虫之同感，未若斯人之有情。泛游观而历兹，忽容与而不行[45]。咏鸿雁于周诗[46]，泣涕下而沾缨。览万物之参错，悟大化之合并[47]。相吉凶与忧喜，终同归于杳冥[48]。齐百虑于一致[49]，孰云天道之不平。

## 注释

① 涡（guō）水：淮河支流，在安徽西北部。

② 遵：沿着。峻阪：高坡。

③ 徂（cú）：往，行。

④ 涘（sì）：水边。

⑤ 憯（cǎn）：同“惨”，惨痛。

⑥ 嘉淑：美好。

⑦ 比伉（kàng）：犹比偶，谓同游。

⑧ 曾（zēng）：乃，竟。

⑨ 遘（gòu）：遭遇。

⑩ 暇豫：悠闲逸乐。

⑪ 濯（zhuó）：洗涤。天池：指海。

⑫ 资：供给。寻：八尺。

⑬ 劬（qú）劳：劳苦，劳累。

⑭ 荼毒:毒害,残害。曷:何。已:止。

⑮ 不伦:不类。

⑯ 俟:等待。

⑰ 靡:不。

⑱ 敻(xiòng):通“迥”,远。

⑲ 回遑:同“徊徨”,犹彷徨。

⑳ 云路:云间。

㉑ 绪风:残余的风。

㉒ 沮洳(jùrù):低湿之地。

㉓ 蒙茸:乱草。

㉔ 沦形晦迹:隐藏形迹。

㉕ 牢落:无所寄托。

㉖ 慕:思念。值:逢。

㉗ 凫:泛指野鸭。

㉘ 駕(jiā)鹅:野鹅。

㉙ 卑湫(qiū):低洼的水潭。

㉚ 林坰(jiōng):遥远的郊野。

㉛ 潢污:停聚不流的水。

㉜ 营:谋求。

㉝ 迫:逼近。惸(qióng)惸:孤独无依之貌。

㉞ 矰缴(zēngzhuó):猎取飞鸟的射具。矰,拴着丝绳的短箭。缴,系在箭上的丝绳。

㉟ 隼(sǔn):即鹘,一种凶猛的鸟。

㊱ 婴:缠绕。

㊲ 阳律:阳气。

㊳ 朱崖:即珠崖,古郡名,治所在今海南海口。此处泛指南方。

㊴ 玄朔:泛指北方。

㊵ 嘹唳(lì):形容声音响亮而漫长。

㊶ 虚籁:自然界的音响。

㊷ 柝(tuò):旧时巡夜者击以报更的器物,此指击柝声。

㊸ 怊(tiáo)怅:失意之貌。

㊹ 羈(jī)旅:亦作“羇旅”,作客他乡。

㊺ 容与:迟缓不前之貌。

㊻ 周诗:指《诗经·小雅·鸿雁》篇,《诗序》说是赞美周宣王能安集离散的“万民”,使得其所。

㊼ 大化:自然界的变化,亦指人生的变化。

㊽ 杳冥:极远之处,此指死后所居之所。

㊾ 齐:整治,集中。

## 鉴赏

薛蕙(1489—1541),字君采,亳州(今安徽亳州)人。明武宗正德九年(1514)进士,授刑部主事,谏武宗南巡,受杖夺俸,旋引疾归。后起官,改吏部考功郎中。世宗嘉靖初,以议大礼获罪下狱,寻复职。又遭谗,遂解仕归。学者重其学行,称西原先生。著有《考功集》十卷,又有《西原遗书》等。

雁是候鸟,冬日南飞,春天北返。它们的那种“长怀河朔路,缅与湘汉违”(颜延之《归鸿诗》)的绵绵乡思,那种“轩翥鼓翼,抗志万里”(成公绥《鸿雁赋》)的傲岸个性,那种“鸣则相和,行则接武,前不绝贯,后不越序”(羊祜《雁赋》)的贞信精神,那种“忽颓落而离群,旅朋惊而鸣逝”(曹植《离缴雁赋》)的失群之悲,常常成为我国古代文学作品中所表现的主题。薛蕙《孤雁赋》亦是一篇颇负盛名的咏雁之作,是借孤雁以寄托“羁旅而无朋”的愁思的。

薛蕙生活于明正德、嘉靖时期。这一时期的政治日渐败坏。皇帝昏庸无道,穷奢极欲。如武宗四出巡游,荒淫无耻。薛蕙因谏武宗南巡,受到杖责。世宗迷信道教,经年不朝。嘉靖初年,围绕其继统之事,朝廷掀起所谓“议大礼”的轩然大波,薛蕙亦卷入其中。对于“议大礼”的是非曲直,至今仍有争论,我们毋需管它。我们只需知道,薛蕙的数万言书奏,触怒了世宗,由此而遭下狱之祸。赦出后,又蒙冤诬。接二连三的打击,使这位骨鲠之士心怀郁结,解仕而归。气质和个性,使他在备受迫害之后,便痛感自身的孤危。于是见孤雁而感物寄情,原是事出有因的。赋前有序。首句即标其目,明其志,定下了全赋的基调。接着交待赋孤雁的缘由。序文叙写简洁而情韵流溢,并非干巴巴的说明文字。孤雁与鹅鹜同侪,随而取食,人逐而逝,又不能振翮远去的愁惨形象,写得栩栩如生。作者睹孤雁思自身,不由“恻然伤焉”,引出大段赋文。

正文可分为三个部分:前四个自然段为第一部分,第五、六、七自然段为第二部分,第八自然段即最后一段为第三部分。

第一部分主要赞美鸿雁的品质和美德。依照自然段分作四层来写。第一层写自己按照“野人指示”,出城而西,沿长河寻觅观望鸿雁。通过自己的耳闻目接,从彷徨的神情、愁惨憔悴的容貌、凄怆悲号的声音几个侧面,为孤雁绘制了一幅凄惶独居图。与前面序文部分互相发明,加深了人们对孤雁的哀怜之情,为下文对其品德的赞美,作了很好的导入。

大凡古代的文学作品对物的赞美,方法有二:一是直接的正面的赞美,二是反用他物形成对比。此赋融此二法于一体,在第二、三两层中,先写鸿雁固有的“异质”与“至性”,再将“庇生之得宜”的众鸟与之对比。对于鸿雁的“嘉淑”,在其他作家的诗赋作品亦有所咏。作者将这些零散的咏赞集中起来,在其赋中对雁作了总体的赞美。接着完成了对鸿雁形象的塑造,使其“殊特”的品质立体化。那么众鸟又是一种什么情形呢?“惟众鸟之多智,曰庇生之得宜。”这是对众鸟德行的典型概括。而所谓“多智”“得宜”,显然名褒实贬,明扬暗抑。通过对鸿雁的正面赞美和对众鸟的反面贬抑,更加肯定而突出了鸿雁的“殊特”的品质,进一步增强了作品的艺术感染力。那么,鸿雁为什么这样“劬劳”,来增加自己永无休止的痛苦呢？作者在第四层作了回答。“将材质之不伦，固天命之难俟。”原来是上天使鸿雁与众鸟具有不同的材质。将材质与天命联系起来，是对鸿雁更高层次的赞美。鸿雁遵照天命，瞻望前程，不辞道路辽远，不计岁月久长，时刻思念着家乡，翱翔于北都与南国之间，这是一种“殊特”的美德。

如果说第一部分写的是鸿雁在正常生活环境中的形象的话，那么第二部分，作者即掉转笔锋，写其在特殊遭遇下的处境。实际上，前面的诸多赞美都只是为这里写失群之苦作铺垫。作者是分三层展开描述的。第一层写刚刚离别的情形。第二层，对孤雁沦形晦迹的生活作了全方位的描述。孤雁精神上的怅然若失、无所寄托，众雏相隔、同类难逢的孤单落寞，与野鸭駕鹅为伍朝征宵寐的屈辱，不愿去低洼之地而又担心众目猜忌的羞耻，欲鸣无声而呻吟、将举忽坠而周旋的悲哀，践严霜食流萍的困苦等等，一一跃然纸上。孤雁之所以违背初衷，作出这种痛苦的选择，原在于保全性命，更何况在迫于末路、畏悸丛至之时，将会更加体会到生命存在的意义。第三层，作者即振笔写其心怀远志之举，将文心和盘托出。

第三部分是作者寄情思，抒感慨，亦即对赋序中的“恻然伤焉”作进一步的发挥。“嗟斯禽之可哀，像羁旅而无朋。因昆虫之同感，未若斯人之有情。”直接点明题旨，与序文首句呼应。作者在极力描绘孤雁失群的愁苦之后，托出自己的身世之悲，借物缘情，即物即人。那万千辛酸甘苦涌向心头，于是只好徘徊徜徉，对孤雁也不忍卒观了。

要之，薛蕙是一位“行己峻洁”的人。赋中泼墨淋漓，极力描绘孤雁失群之苦，以象征自身的“羁旅而无朋”，并非是一味诉苦，缺乏骨气。作者在第一部分即指出鸿雁与众鸟在品格上的不同。在第二部分又指出它“延性命以苟存，非初心之所营”“吐哀响之嘹唳，志激昂而将跃”，暗示其在“沦形晦迹”之时仍然心存远志，这正是作者思想性格的表现。赋末所说“齐百虑于一致，孰云天道之不平”的话，是正意反说、婉而多讽。

（姜葆夫　李善奎）

# 射病赋[1]

黄省曾

晋昭公懵然弗乐[2]，愦然有疾[3]，四境不理[4]，纡体累息[5]，偃之则烦[6]，振举寡力[7]。乃问简子[8]。简子不识。董安于进曰[9]："臣闻扁鹊者[10]，洞览中藏[11]，以生枯起死名天下[12]，何不召诸？"乃奉黄金万镒[13]，重锦百绮[14]，安车抗旍[15]，之渤海聘焉[16]。

扁鹊至晋，引之紫宫[17]，延于玉房[18]，搴帏缔察[19]，徐雅善详[20]，首诊脉候[21]，次审厥色[22]，逡逡循循[23]，愕然而告昭公曰："君王之病，臣固知之。然其成也非一症，积也非一日矣。臣请为君王历言之[24]，可乎？"昭公曰："唯唯。"[25]扁鹊再却再进而言曰[26]："今君王之病，乃有目睆不睹[27]，耳闭不闻，溃乎若坏[28]，汩乎罔停[29]，其名曰煎厥[30]；得之[31]：薰莸邪正[32]，淆浑黑白，嘉言谠谟[33]，孔贬以黜[34]，小大近丧，内奰中国[35]。复有蛲蚘赤弱[36]，其族云九[37]，盘贯滋大[38]，亡殒非久[39]，其名曰虫蚀[40]；得之：掊克在位[41]，蒸庶濡首[42]，土田钱刀[43]，强梁者阜[44]，民靡有黎[45]，谁与为守[46]？复有火逆销金[47]，郁其胸路[48]，上下关格[49]，食饮反吐[50]，其名曰痞膈[51]；得之：瘝困茕苦[52]，无以宣述，仁贤摈野[53]，莫展忠臆[54]，多我觏痻[55]，不雨天泽[56]。复有掉臂则掣[57]，兴股则挛[58]，左引右控[59]，拘瘆不安[60]，其名曰筋瘛[61]；得之：政如束湿[62]，科以箕敛[63]，深刑刻罚[64]，税及鸡犬，思彼乐郊[65]，水火庶远[66]。复有血气挥耗[67]，精神倦凋[68]，皮衍肉脱[69]，不能终朝[70]，其名曰风消[71]；得之：居无蓬牖[72]，耕无莽田[73]，民鲜乡着[74]，鸿雁播迁[75]，土崩势成，厥祸昭然。复有鳃鳃洞下[76]，嫚嫚善利[77]，一有所飧[78]，十有所去[79]，其名曰餐泄；得之：宫殿侈广，营役不休[80]，九府殚竭[81]，饩廪若流[82]，土木大淫[83]，繇子作雠[84]。复有洒然被风[85]，躯半不遂，肢弱掌战[86]，艰苦兴憩[87]，其名曰痿痺[88]；得之：外重内轻[89]，五大在边[90]，栽养犷悍[91]，姑息自先[92]，一旦除之，厥变孔延[93]。复有慌慌罔罔[94]，冉冉侵侵[95]，昵之私之[96]，逐舍不能，其名曰鬼疰[97]；得之：大佞若忠[98]，君倚股肱[99]，孚灌骨髓[100]，执枢掌衡[101]，万机繇之[102]，鲜有不倾。复有愤盈王满[103]，水气陵侮，区区之腹，扪焉若鼓[104]，其名曰膜胀[105]；得之：贪臣播虐[106]，豪门煽毒[107]，空夫包怒[108]，子妇吞哭[109]，极而溃泄，天地反覆。凡臣所言，果中君王之病否乎？”昭公曰：“寡人所苦，一如先生之言，天苟不弃寡人[110]，得从先生以治，南面有日矣[111]。”

扁鹊出谓董安于曰：“君王之病，非汤液酴酒之所及[112]，镵石案熨之可施[113]，必也征五臣于虞廷[114]，借九人于周室[115]，寄以调燮[116]，委之融和[117]，庶几其可瘥也[118]。若在扁鹊[119]，则陌巷之医尔，诚不能达晓君王之事[120]。”

## 注释

① 射：猜度，这里是诊断的意思。

② 晋昭公：名夷，春秋时晋国国君，公元前 531—前 526 年在位。憯(cǎn)然：忧伤的样子。弗：不。

③ 愦然：昏乱的样子。

④ 理：治理。

⑤ 纡体：身体拳曲。累息：呼吸困难。
⑥ 偃：仰卧。
⑦ 振举：起身，活动。
⑧ 简子：即赵简子，名鞅，为晋卿。
⑨ 董安于：晋赵氏家臣。
⑩ 扁鹊：战国时名医。
⑪ 洞览：透见。中藏（zàng）：内脏。传说扁鹊能隔墙见人，看病“尽见五脏症结”。（《史记·扁鹊仓公列传》）
⑫ 生枯起死：即起死回生。生，使复生，作动词用。
⑬ 奉：恭敬地捧着。镒：古代重量单位，二十两为一镒。
⑭ 重锦：厚重花缎。百绮：犹言百匹。
⑮ 安车：一匹马拉的小车，可以坐乘，较立乘安适，故曰安车。抗：高举。旍（jīng）：同“旌”。抗旌是表示尊重。
⑯ 之：往。渤海：扁鹊原为渤海郡郑人。
⑰ 引：领入。紫宫：星座名，古代用以称帝王宫廷。
⑱ 延：迎接。玉房：修饰华美的房屋。
⑲ 搴（qiān）：揭起。缔察：仔细察看。缔：通“谛”。
⑳ 徐雅：缓慢地。善详：详细地。
㉑ 脉候：脉搏、症候。
㉒ 审：细察。厥：其。色：脸色。
㉓ 逡（qūn）逡循循：迟疑徘徊，欲行又止。
㉔ 历言：逐一说明。
㉕ 唯（wěi）唯：应答声。
㉖ 再：第二次。却：退。
㉗ 目肮（huāng）：目不明。
㉘ 溃：烂。
㉙ 汩（gǔ）：乱。罔：无，不。
㉚ 煎厥：病名，指突然昏厥或手足僵冷等症。
㉛ 得之：得于。
㉜ 薰莸（xūn yóu）：薰，香草；莸，臭草。这里即混淆的意思。
㉝ 嘉言：善言。谠谟（dǎngmò）：正直的谋划。
㉞ 孔：很，大。贬黜：贬抑，贬损。以：连词，而。
㉟ “小大”二句：出自《诗经·大雅·荡》，意谓小者大者都近于丧亡，整个国家都感到怨怒。奰（bì），怒。
㊱ 蛲蚘（náohuí）：人体寄生虫，即蛲虫和蛔虫。蚘，今作“蛔”。
㊲ 族：种类。云：句中助词。
㊳ 盘贯：盘踞。滋：愈益，更加。
㊴ 殒：死亡。
㊵ 蚀：蛀蚀，啮咬。
㊶ 掊（póu）克：搜刮，聚敛。这里指搜刮民财的人。
㊷ 蒸庶：庶民，百姓。蒸，通“烝”，众多。濡首：指陷入困苦境地。
㊸ 土田：田地。钱刀：钱币。古钱形状似刀，故曰刀币，或钱刀。
㊹ 强梁：强横，强暴。阜（fù）：富，多。
㊺ 民靡有黎：见《诗经·大雅·桑柔》，指人民丧亡殆尽。靡，无。黎，众，多。
㊻ 谁与为守：谁做他们的守长？守，郡守、县令等地方官吏。
㊼ 火逆：火气上升。销金：熔化金属。

㊽ 郁:闭结,不通畅。胸路:犹言胸腔。
㊾ 关格:中医指阴阳失调之症。
㊿ 反吐:呕吐。
51 痞膈(gé):病名,指胸腹气闷结块的病。
52 瘝(guān):病。茕(qióng):孤独。
53 摈野:排斥不用。摈,排斥,弃绝。
54 忠臆:忠诚,忠心。
55 多我觏瘏(gòumín):出自《诗经·大雅·桑柔》,谓遭遇很多灾难。觏,遇见。瘏,病,灾难。
56 天泽:大自然的恩惠,这里比喻皇恩。
57 掉臂:摇动胳臂。掣(chè):拉,拽。
58 兴股:抬腿。股:大腿。挛(luán):蜷曲不能伸。
59 左引右控:形容东倒西歪站立不住的样子。
60 拘疹:因肌肉收缩而手足拘牵,不能自由伸展。
61 筋瘛(chì):病名,指筋脉痉挛。
62 束湿:捆扎湿物。湿物易束,用以比喻政令的严酷急切。
63 科:征收赋税。箕敛:苛敛民财。
64 深刑刻罚:刑罚严厉苛刻。
65 乐郊:安乐的地方。《诗经·魏风·硕鼠》:"逝将去女,适彼乐郊。"
66 庶:或许,差不多。
67 挥耗:亏损,消耗。
68 倦凋:疲倦,衰微。
69 皮衍:皮肤松弛。肉脱:消瘦。
70 终朝:一个早上。
71 风消:风寒病。
72 蓬牖(yǒu):用蓬草编窗,指简陋的住所。
73 莽田:荒地。
74 鲜:少。乡着(zhuó):犹言乡土,乡井。
75 播迁:流离迁移。
76 鳃(xǐ)鳃:忧惧。洞下:腹泻。
77 嬛嬛(yuān):美好。利:通"痢"。
78 飨:以酒食招待人。
79 去:指腹泻。
80 营役:劳役。
81 九府:国家府库。
82 饩廪(xì lǐn):粮食之类生活物资。
83 土木:营造建筑等工程。淫:过度。
84 繇子:指服徭役的人。繇,通"徭",劳役。作雠(chóu):仇恨。
85 洒(xiǎn)然:寒冷发抖的样子。被风:中风。
86 战:通"颤"。
87 兴憩(qì):作息。兴,起。憩,休息。
88 痿痺:病名,指肢体萎弱麻木,不能动作。
89 外重内轻:指外官势重,京官势轻。
90 五大在边:《左传》昭公十一年:"臣闻五大不在边。"孔颖达引贾逵、郑众说,以太子、母弟、贵宠公子、公孙、累世正卿为五大。边:边境。
91 犷悍:横暴猛悍。
92 姑息:纵容。
93 变:变乱。延:蔓延,扩大。
94 罔:通"惘",迷惑,看不清。
95 冉冉侵侵:渐进的样子。
96 昵(nì):亲近。私:偏爱。
97 鬼疰(zhù):病名,指中邪。
98 佞(nìng):善于以巧言取媚的人。

⑲ 倚:依赖。股肱(gōng):大腿和胳膊,比喻辅佐君王的大臣。

⑩ 孚:信用,信服。灌:深入。

⑩ 执枢掌衡:执掌大权。枢、衡,中枢要职。

⑩ 万机:帝王日常纷繁的政务。繇:通"由",自。

⑩ 王:通"旺"。满:通"懑"。

⑩ 扪:抚摸。

⑩ 瞋(chēn):胀起。

⑩ 播虐:施行暴政。

⑩ 煽毒:扇动恶毒。

⑩ 空夫:穷人。包怒:忍怒。

⑩ 子妇:媳妇。

⑩ 苟:假如。

⑩ 南面:古代以坐北朝南为尊,帝王在位称南面。有日:不久。

⑩ 汤液:汤药。醂:浓酒。

⑩ 镵(chán)石:古时治病用的石针。案熨:按摩与热敷。案,通"按"。

⑩ 征:征召,征聘。五臣:传说虞舜时的五个贤臣,禹、稷、契、皋陶、伯益。《论语·泰伯》:"舜有臣五人而天下治。"虞廷:虞舜的朝廷。

⑩ 九人:指周武王时的九个治国贤臣,周公、太公、召公、毕公、荣公、大颠、宏夭、散宜生、南宫括。

⑩ 寄:托付。调燮(xiè):调和元气,谐理阴阳,古代指宰相之职。

⑩ 委:委托。融和:融洽和谐,喻贤臣。

⑩ 瘥(chài):病愈。

⑩ 若:至于。

⑩ 诚:确实。

## 鉴赏

黄省曾,字勉之,明吴县(今江苏苏州)人,生卒不详。嘉靖十年(1531)举人。性旷达、放浪,博学多闻。曾学诗于前七子首领李梦阳,又曾从理学家王守仁游学。其赋大多讥刺时弊世风,辞意刻露,有晚唐人风格。著有《五岳山人集》。

《射病赋》是一篇寓言体的讽刺作品。赋中所写的扁鹊、晋昭公、赵简子等虽然是真实的历史人物,但并不属于同一时代。赵简子专国在春秋末年晋定、顷公之时而非昭公之世,且《史记·赵世家》及《扁鹊仓公列传》均记扁鹊为赵简子视病而非为昭公。但寓言本出于虚构,重要的不是寓体的真实性,而在于其寓意性,即可以借此喻彼,借远喻近,借古喻今,以小喻大。因此本文作者完全可以把不同时期的人和事捏合一处,加以艺术的改造,使之具有新意。

本赋借扁鹊为晋昭公诊病,历数人君的种种罪恶,实际上系针对明代中叶以后明王朝的种种积弊而发。明自弘治、正德以至嘉靖、万历期间,统治阶级日趋腐朽,政治极端黑暗,土地高度集中,赋役苛重,民不聊生,倭寇鞑靼交相侵扰,危机四伏。作者以晋昭公为依托,把声讨的矛头明确指向最高统治者——皇帝,从而直接揭示出社会各种矛盾的总根源。这也使作者不能不采取寓言这种比较隐蔽的形式,曲折地影射当今皇帝,避免文字狱的迫害。尽管如此,文章借扁鹊之口为专制君主所列数的九大病症,仍然可以在当时社会现实中得到确凿鲜明的印证。这些病症高度概括了明王朝面临的最严重最迫切的社会问题。一,"煎厥""痞膈""鬼疰"等症,集中揭露了朝政的昏暗腐败。据史载,明世宗朱厚熜 20 余年深居宫中,不见朝臣,全靠太监传达政令,这与"目眊不睹,耳闭不闻"的晋昭公何其相似乃尔!昏君临位,佞臣当道,黑白颠倒,贤愚不分。嘉靖时期,严嵩父子专权 20 多年,吞没军饷,国防废弛,残害贤良,卖官鬻爵,加剧了经济和政治危机。二,"虫蚀""筋瘛""风消""餐泄"诸症,深刻反映了明中叶尖锐激烈的阶级矛盾。大官僚、大贵族、大宦官等上层统治集团及豪强富贾,凭借特权,大量兼并土地,穷奢极欲,搜刮无度,赋役繁重,生灵涂炭,人民破家失业,流离四方。三,"痿痺"则反映了统治阶级内部藩王与中央之间的矛盾斗争。拥兵自重的贵族藩王敢于公然与朝廷对抗,对中央集权的巩固构成极大的威胁。

从以上内容来看,文章的意义绝不仅仅在于写出一朝一帝的罪恶事实,而在于更全面地暴露了封建专制制度下昏君庸主的痼疾,因而其批评是有一定广度的;其次,作者运用寓言的形式,以病为喻,不仅指出病症,而且进一步揭示出病因,展示其病害,使得这种批评又具有了一定的深度。作者严厉警告统治者,国无宁日,天怨人怒,必将导致政权的倾覆,"土崩势成,厥祸昭然""万机繇之,鲜有不倾""极而溃泄,天地反覆"。这绝不是危言耸听。但作者最后开列的救治药方也只能是走良相贤臣的开明政治道路,这对于几千年封建专制统治的不治顽症和昏聩君主来说,不过是一种天真的幻想罢了。

从体制上说,这篇赋假扁鹊诊九症以讽喻晋昭公,与枚乘《七发》设吴客说七事以启悟楚太子衣钵相承,实际是"七体"的变体。文章纵横铺排,意气发舒,穷形尽态,讽而不劝。在语言上,中间一大段说辞几乎全部用整齐的四言句式,有时还套用《诗经》成句,虽然较显板滞,但开头与结尾及转接处则施以散化的句子,又增加了一些变化。

(陈元锋)

# 登钓台赋

王世贞

己巳之秋，季月稍魄[1]，余所偕迈者，金华、括苍之伯[2]，指桐庐，下建德[3]。芊眠衣云[4]，婵娟绣壁[5]，飞湍激流，千丈缥碧[6]，澄渟皎镜[7]，下数白石[8]。

于是鸿蒙就冥[9]，鹢首忽辨[10]，桂轮少亏[11]，金波腾绚[12]。恍见一峰[13]，缥缈于空裔[14]，连冈浑沦而拱献[15]，森槮厌㢋[16]，岩阜回缅[17]。洪涛鼓兮木末，流泉激兮石间。中宫叶商[18]，拊节回环[19]。余所停憩[20]，二客解颜[21]。舟子指焉[22]，曰："此故严光先生滩也。"余乃野帻而楚服[23]，盘珊以前[24]。挹寒浆兮靡椒[25]，荐素琴兮无弦[26]。追夫一介之贱微[27]，灵诚感而烛天[28]。遂姓其州而貌其山者千五百年[29]！云台熸飙[30]，原陵芜烟[31]。富贵身尽[32]，声华代迁[33]，孰与先生，宇宙长鲜[34]！

呜呼吁嘻：彼夫赤真中晻[35]，紫闰未穷[36]，兵起东郡[37]，节殉二龚[38]。庶几君臣，如日丽空[39]，妖新截蜃[40]，白水兴龙[41]。籍非先生[42]，君德畴隆[43]？士行重伦，丘贲骤穹[44]，万岁千秋，穆如清风[45]。绁缨拱珪[46]，以匏余躬[47]。再拜而退，二客是从。

未既[48]，忽有歌声起于芦际，天眇铿厉[49]，林木尽沸[50]。其辞曰："沧浪之清，可以濯缨[51]；渭川钓利，桐江钓名[52]。役心成迹[53]，强性之情。孰与吾渔，无役无强[54]。纤阿为钩[55]，太虚为网[56]。冥志汾穆[57]，纵神滉朗[58]。”余异而迫之[59]，不见其处，飘若一缕，破东南雾而去。

## 注释

① 季月：四季之末月，这里指九月。魄：《论衡》：“月三曰魄，八曰弦，十五曰望。”月稍魄，指月初。

② 迈者：老年人。金华、括苍之伯：来自浙江金华、括苍两县的老者。

③ “指桐庐”两句：沿建德江而下，直指桐庐县。

④ 芊（qiān）眠：同“芊绵”，草木茂盛繁密的样子，这里指沿江两岸的山峰。衣云：覆盖着云气。

⑤ 婵娟：姿态美好。绣壁：指山崖秀丽如同锦绣。

⑥ 缥碧：青苍碧绿。

⑦ 澄渟（tíng）：澄清平静。皎镜：形容水的明洁。

⑧ 下数白石：水下白石历历可数。

⑨ 鸿蒙：这里指天地间。就冥：走向黑夜。

⑩ “鹢首”句：船头方向的天色在很快变化着。鹢首，《淮南子·本经》：“龙舟鹢首，浮吹以娱。”注：“鹢，大鸟也，画其象著船头，故曰鹢首。”辨，通“变”。

⑪ 桂轮：月亮。传说月中有桂树，故称。少亏：稍微亏缺。

⑫ 腾绚：腾跃闪烁着光彩。

⑬ 恍（huǎng）：忽然。

⑭ 缥缈：隐隐约约，若有若无的样子。空裔：天边。

⑮ “连冈”句：马融《长笛赋》：“运裹穿洼，冈连岭属。”洿洼即穿洼（wū àn），低曲不平的样子。连冈，山岭相接。拱献，很恭敬地呈献在眼前。

⑯ 森椮（shēn）：《长笛赋》：“林箫蔓荆，森椮柞朴。”注：“森椮，木长貌。”厌瘱（yānyì）：王褒《洞箫赋》：“其妙声则清静厌瘱。”注：“厌，安静貌。……瘱，深邃也。”

⑰ 回缅：曲折遥远。

⑱ 中（zhòng）宫叶（xié）商：符合音乐韵律。叶，相合。宫、商，古代五音之一。

⑲ 拊（fǔ）节：打拍子。

⑳ 停憩：停下来休息。

㉑ 解颜：开颜而笑。

㉒ 舟子：船夫。

㉓ 野帻（zé）：村野之人所戴的头巾。楚服：楚地的服饰。

㉔ 盘姗：走路缓慢而摇摆的样子。

㉕ 挹寒浆：舀上一些清冷的水。靡椒：

没有香椒。吴地人做茶,常将椒叶合在茶中共煮以为香,故云。

㉖ 荐:献上。

㉗ 追:追念。一介:一个。

㉘ 烛天:照亮天空。

㉙ "遂姓其州"句:严光所隐居的州古属严州,后人称他所居游之地为严陵山、严陵濑等等,所以这样说,

㉚ 云台:汉宫中高台名。烬飙(jìn biāo):灾祸后的残余被狂风所卷,形容极度破残荒凉。

㉛ 原陵:基地。芜烟:草木芜杂,笼罩着寒烟。

㉜ 身尽:寿命终结,身体也随之灭亡。

㉝ 声华:声誉,光耀。代迁:随着时代的变迁而改变。

㉞ 鲜(xiǎn):少。

㉟ 赤真中晻(àn):赤真,指刘氏政权。《史记·高祖本纪》说刘邦为赤帝子,所以说"赤真"。中晻,中途衰落。晻,同"暗"。

㊱ 紫闰:指王莽政权。《汉书·王莽传赞》:"紫色鼃声,余分闰位。"应劭注:"紫,间色;鼃,邪音也。"服虔注:"言莽不得正王之命,如岁月之余分为闰也。"未穷:方兴未艾。

㊲ "兵起"句:翟义为东郡太守,不满王莽代政,立东平王刘云的儿子刘信为天子,自号柱天大将军,起兵反莽,后兵败自杀。东郡,治所在今河南濮阳南,汉时辖今河南、山东部分地区。

㊳ "节殉"句:二龚,指龚胜、龚舍二人。两人都是楚人,互相友好,以名节著称,当时号为楚两龚。王莽执政,龚胜不满,归隐乡里,屡征不就,后绝食十四日而死。

㊴ 丽空:挂在空中。丽,附着。

㊵ 妖新:指王莽新朝,妖是对王氏政权的蔑称。截蜃:断绝祭祀,指覆亡。截,绝。蜃(shèn),祭器,漆尊。

㊶ "白水"句:指刘秀。刘秀生于南阳白乡,谶称白水真人。

㊷ 籍(jiè)非:如果没有。籍,通"藉",假使。

㊸ "君德"句:君主的德望靠谁来提高?畴,谁。隆,高。

㊹ "士行"两句:士大夫的操行重视君臣关系,所以隐居山林的人都纷纷出来做官,以至于山林立即罄尽无人了。贲(bēn),装饰,修饰。《尚书·汤诰》:"贲若草木。"所以这里用"丘贲"指山林。穹,尽。

㊺ "穆如"句:《诗经·大雅·烝民》:"吉甫作诵,穆如清风。"郑笺:"穆,和也。"

㊻ 缁缨拱珪:指做官。缨,系帽的带子。珪,做凭信用的玉,形状上圆下方。

㊼ "以匏"句:来使自己受到任用。匏(páo),即"瓢葫芦"。《论语·阳货》:"子曰:'吾岂匏瓜也哉?焉能系而不食?'"意为士人应当出仕就像葫芦瓜是供人吃的一样。

㊽ 未既:未尽。

㊾ 天眇:天边。眇,同"杪"。铿厉:铿锵扬厉。

㊿ 沸:水翻滚的样子,沸腾。

㉛ “沧浪”两句:《孟子·离娄上》:“有孺子歌曰:‘沧浪之水清兮,可以濯我缨;沧浪之水浊兮,可以濯我足。’”沧浪,青色。

㉜ “渭川”两句:渭川,渭水。姜尚垂钓渭滨,目的是为了求取官禄,所以说“钓利”。桐江,钱塘江经过桐庐一段的别称,指严光垂钓七里滩事。

㉝ “役心”句:役使自己的心神使自己落入世俗的形迹。

㉞ 无役:无“役心成迹”。无强:无“强性之情”。

㉟ 纤阿:古代神话中驾驭月亮运行的女神,这里指月亮。钩,钓鱼钩。

㊱ 太虚:天空。

㊲ 冥志:使自己的心志归于深远。沕(wù)穆:深微的样子。

㊳ 滉朗(huànglǎng):渺茫、深远的样子。

㊴ 迫:迫近。

## 鉴赏

王世贞(1526—1590),字元美,号凤洲,又号弇州山人。太仓(今江苏太仓)人。嘉靖二十六年(1547)进士,曾任刑部员外郎、刑部郎中诸职,最后至南京刑部尚书。他学问渊博,为人又正直而有节操。曾为因弹劾严嵩下狱的杨继盛代送汤药,后又代其妻草疏讼冤,因而得罪严嵩。嘉靖三十八年(1559),王世贞的父亲王忬因边事失误,严嵩因而构陷,被杀。张居正当国,他也不肯亲附。有《弇州山人四部稿》及《艺苑卮言》等。他是后七子的领袖,在明代诗坛影响极大。今存《土木赋》《玄岳太和山赋》《竹林七贤图赋》《二鹤赋》《老妇赋》《沉骚》《少歌》《哀梁有誉》等十六篇赋作。内容或讽喻时事,或讥刺权奸,或抒情言志,或哀悼朋友。不少赋作体物生动,杂用比兴,遣词造境圆熟而鲜明。

这篇赋作首句标明“己巳之秋”,当作于明穆宗隆庆三年(1569),这年王世贞44岁,任浙江右参政,因而有机会游览境内的严子陵钓鱼台。

严光是东汉人,曾与汉光武帝同学,才高名大,但汉光武帝即位以后,屡次征召他来做官,他都不肯应诏。隐居在七里滩,经常披着羊皮裘垂钓在富春江边。后来汉光武帝把他找来,亲自同他面谈,晚间两人同榻而卧,严光还把脚放到光武帝腹上。这段故事,在封建时代的士大夫看起来,意味是十分深长的。有人认为他不慕荣利以保全个性;有人认为他傲视王侯,节概高昂;也有人认为他这也不失为辅佐光武帝的一种方法,因为他帮助当时提高了廉洁、守节操的世风。大家见仁见智,总之是褒多贬少,目为佳话。故而以这为题材的诗文不少,赋作也不少。宋代朱翌、滕岑、徐梦莘、陈岩肖、范浚、程珌都写过《钓台赋》,从不同角度对严光进行了颂扬,表达了自己的钦慕之情。

这篇赋作也用了很多篇幅来凭吊严子陵。应该说,作者对严子陵是怀着十分虔诚的敬意的。他认为,富贵有时而尽,虚名随代而迁,而严子陵的高风亮节是宇宙长鲜,与世长存的。与严子陵同时的有起兵东郡最先反对王莽的翟义,有不肯屈节服事王莽情愿饿死的龚胜,但这些人都比不上严子陵,因为严子陵用他的蔑富贵、傲王侯作了光武帝的陪衬人,使他礼贤下士、求贤若渴的君德变得更为突出、崇高,从而也使别的隐士慕名出山,纷纷进入光武彀中,以致山林为之一空。这样,严子陵就无异于替光武帝作了招贤的广告,这功德真是伟大无量。

如果作者仅仅写到这里就打住,那它同以前的《钓台赋》相比,就未必见得有什么新意。然而,从"士行重伦"以下,作者的笔锋就已开始暗转了。他由严子陵想到了隐士的作用。像严子陵这样的人,也许他是出于真情隐而不仕,可隐居的目的是为了不求闻达,现在他通过归隐反而获得了更大、更永久的名声。这不等于沽名钓誉吗?严子陵获得了声名尚真的终生不仕,而那些借隐居以显荣名,借荣名以求官禄的可就多了。所以下面他要让芦苇荡中唱出一片"渭川钓利,桐江钓名"的歌声,对历史和现实中那些假隐士的真面目来一个一针见血的揭露。鲁迅曾经指出:"非隐士心目中的隐士,是声闻不彰,息影山林的人物。但这种人物,世间是不会知道的。一到挂上隐士的招牌,即使他并不'飞去飞来',也一定难免有些表白,张扬;或是他的帮闲们的开锣喝道——隐士家里也会有帮闲,说起来似乎不近情理,但一到招牌可以换饭的时候,那时立刻就有帮闲的,这叫作'啃招牌边'。"(《且介亭杂文二集·隐士》)这些话,对我们认识这篇赋作的深刻的社会意义是有启发的。

这篇赋的写景抒情在王世贞自己的诸多赋作中也最为成功。富春江一带自古以来就是有名的山水胜地,可供挥洒文藻的东西很多。但作者选择的是九月深秋初三、四黄昏月牙初现时的景物,着力写石壁之隽秀,烟云之笼罩,江水之澄渟,白石之晶莹,月波之腾绚,冈峦之回环,林涛之沉雄,流泉之激响,一切都充满诗的情韵,画的色彩,音乐的节奏。不仅如此,作者更着意的是夜幕降临时的缥缈朦胧恍惚不定的境界的渲染,诱发人们的悠悠情思,以与怀古的情调相协调。而充满诗情画意的自然景观也对所缅怀对象高洁的人格、不凡的节概起着有力的烘托作用,使人联想到人杰地灵。

最后一段可谓翻空出奇。登钓台本为怀古,怀古已毕,按常情已无话可说。然而作者让渔歌突然从天边的芦苇荡中升起,铿锵凌厉的歌声连树林都沸腾起来,接着又让渔人唱出“渭川钓利,桐江钓名”的歌词,把上文对隐士的凭吊和颂扬一笔钩倒,可谓把先扬后抑之法用到了出神入化的程度。最后写“余异而迫之,不见其处,飘若一缕,破东南雾而去”,用极含蓄的笔调写出真隐士行踪的隐秘莫测,以与假隐士的沽名钓誉形成鲜明的对比。文章戛然而止,读者掩卷沉思,妙境自臻。

王世贞曾主张“文必秦汉,诗必盛唐,大历以后书勿读”。又以为“六朝之文游,离实矣,……宋之文陋,离浮矣,愈下矣”。(《艺苑卮言》)这种复古主义观点,历来为批评家所非议。但是读他的这篇赋,似乎又觉得他自己未必就认真地贯彻过自己的主张。从写景造境而言,这篇赋倒颇得六朝山水描绘清新流丽之余绪;从谋篇布局,讲究意趣,翻空出奇来看,他又多得益于宋人。举例说,“恍见一峰”数句,是从宋人陈岩肖《钓台赋》“忽一峰之森然,郁苍苍而倚天”学来;而谋篇之法,与苏轼《赤壁赋》同;末尾“余异而迫之”数句,与《后赤壁赋》结尾何其相似乃尔。当然,此中更多的是王世贞个人的独造,如句式之参差自由,遣词造境之生动融贯,文势之跌宕有致,都不是模拟所能达到的。

(李生龙)

# 哀黄生赋并序

汤显祖

余友黄生，名栋，里人也[①]。年六十矣，貌寝[②]，孤贫。闻游者谈京都之富，冒涨而行[③]，止之不得[④]。至徐州，中暑，横舁过东平[⑤]，已不任视听矣。至京一日而瞑[⑥]。同旅人共瘗之关南[⑦]。余感其生时欢谑，抚垄酸涕。下第陆归[⑧]，不能致彼故乡[⑨]，先赋逝言[⑩]：

哀哉黄生，生年甚饮[⑪]，今日故人，醊君幽寝[⑫]。欲不吞声，嫌相嘲切[⑬]；欲不陈词，难相饮噎。生贫好书，仰人眉睫[⑭]。定本巾箱[⑮]，亡书别箧[⑯]。蠹迹难凭[⑰]，蝇头自写[⑱]。献笑虞初[⑲]，涉略苍雅[⑳]。目不知书，玉佩金车。读书如此，不及侏儒[㉑]。生故无子，求方服食。虽有闲情，曾无弱息[㉒]。不善为容，揭露喉齿[㉓]。掉臂而行[㉔]，槃跚步屣[㉕]。故无长志[㉖]，亦复短视[㉗]。忽慕豪华，来观帝里[㉘]。帝里云何，昔我经过。夏浸稽空[㉙]，江淮沭河[㉚]。涛翻雪岛[㉛]，漩转雷涡[㉜]。曲折骇顿，宁任风波[㉝]。渡江而驰，僦逐骡车[㉞]。焚轮疾堁[㉟]，牛马之余。中目凝齿，蒙颜变躯[㊱]。悬发有程[㊲]，不得徐驱。寒门暑路，铄石峨冰[㊳]。羊肠巇险[㊴]，騄耳摧凌[㊵]，公无渡河，余方泣歧[㊶]：“拔剑而去，不若哺糜[㊷]。”生时挥手，语谢朋友：“帝里豪华，谁非白首[㊸]。土风便习[㊹]，岂问妍丑。结驷难期[㊺]，蹈隙时有[46]”。余闻此言，重相止劝：“凡今之人，年轻力健，劲出如锤，巧入如线，动止如风，举舌如电；若鬼若神，潜形晦现，如瘵如蛔[47]，食复转变，承鬣嬉游[48]，侯鲭秽羡[49]。生无技姣，槃阿则便[50]。古人有言，贵不如贱。白首华京，非生侣俦[51]。号曰强起，名为宦游。年高始壮，漏尽何忧[52]。如生已矣，宜终首丘[53]。”“左思摘白[54]，扬云逐贫[55]。人皆有忆，我独无身[56]。”“虮肠蝇鬓[57]，鰋腹凫胫[58]。影必随形，力不敌命。河上邮亭[59]，别馆横经[60]。妻称牧犊[61]，子宁螟蛉[62]？希夷自供[63]，怪魅无逢[64]。”翻为浪士，忽翳云踪[65]。阴阳之食[66]，贫病之容，中暍徐邦[67]，游魂岱宗。裸致于京，不复省人。目直犹视，舌横难陈。一宿而冥[68]，同旅悲嗔。藁瘗都南[69]，时服周身。他乡是客，异鬼非邻。已迷生路，宁识归津[70]？千秋一寄，万里同尘。敻敻独冢[71]，遥遥族亲。魂飞渺茫，过鸟号翔。何当拍取[72]，还君故乡！

## 注释

① 里人：同乡之人。

② 貌寝：容貌丑陋。

③ 冒涨：犹“莽撞”。

④ 止之不得：劝阻不住。

⑤ 舁(yú)：共同抬东西。东平：地名，在今山东。

⑥ 瞑：闭目。

⑦ 瘗(yì)：掩埋。关南：京都城外南面。

⑧ 下第：劣等。陆归：即“归陆”，埋于土中。

⑨ 致：归还。

⑩ 逝：助词。

⑪ 饮：受屈抱恨，无由申诉。

⑫ 醊(zhuì)：祭奠。

⑬ 切：责备。

⑭ 仰人眉睫：犹“仰人鼻息”。

⑮ 定本：校订审定的书稿。

⑯ 亡：无。

⑰ 蠹：蛀虫。

⑱ 蝇头:细小的字。

⑲ 献笑:因欢悦而笑。虞初:西汉洛阳人。代指虞初所著之书《周说》。

⑳ 涉略:犹言"涉猎"。苍雅:《三苍》、《尔雅》等文字训诂的书。

㉑ "目不知书"四句:目不识丁者享荣华富贵;读书多者犹不及为人取笑的侏儒富裕。

㉒ 弱息:称自己的子女。

㉓ 揭:显露。

㉔ 掉臂:摇动手臂。

㉕ 槃跚:蹒跚。

㉖ 长志:大志。

㉗ 短视:短见。

㉘ 帝里:京都。

㉙ 夏浸:大水。夏,大。稽:至,到。

㉚ 江淮沭(shù)河:长江、淮河、沭河、黄河。

㉛ 雪:白色。

㉜ 漩转雷涡:漩涡飞转,声如雷鸣。

㉝ "曲折"二句:总括水路的艰辛。

㉞ 僦(jiù):租赁。

㉟ 焚轮:旋风,龙卷风。堁(kè):尘埃。

㊱ 中目:被尘土迷了眼。凝齿:尘土塞满了牙缝。蒙颜:满脸都是尘土。变躯:尘土极大,行人躯体似也变了样。

㊲ 悬:遥远。

㊳ 寒门:传说中北方极寒冷的地方。铄(shuò)石:指天气炎热,可以熔化石块。峨冰:高山峻岭上的冰雪。

㊴ 巇(xī):危险。

㊵ 騄(lù)耳:良马名。

㊶ 泣歧:见歧途而泣。

㊷ 糜:粥。

㊸ 白首:人老发白。

㊹ 土风:地方固有的风俗习惯。便习:熟悉,熟习。

㊺ 结驷:用四马并辔驾一车。

㊻ 蹈:踏。

㊼ 瘵(zhài):痨病,即肺结核。

㊽ 承鬣:乘马。承,通"乘"。鬣,兽类脖颈上的长毛。

㊾ 侯鲭:精美的肉食。鲭,碎鱼肉合煮的菜。

㊿ 槃阿:隐者乐居之处。

51 侣俦:伴侣。

52 漏尽:漏刻已尽。喻人的暮年。漏,古计时器。

53 首丘:代指故乡。

54 左思:晋代文学家。擿(tì)白:因头发变白而生忧。擿,忧。

55 扬云逐贫:扬雄有《逐贫赋》。

56 "人皆"二句:别人都有可回忆的东西,唯独我没有什么身份、地位。

57 虮肠蝇鬓:细肠青鬓。虮,虱之卵,喻细小。

58 鼹(yǎn)腹:形容细小的度量。鼹,田鼠。凫胫:比喻某种天性。

59 邮亭:驿馆。

60 别馆:客馆。横经:听讲时横陈经书。

61 牧犊:牧犊子,战国时齐人,年五十,无妻。

62 螟蛉:虫名。

63 希夷:虚寂微妙。无声曰希,无色曰夷。

64 魅(mèi):鬼怪。

㊿65 翳(yì):通“殪”,死。
66 阴阳:此言阴阳失调。
67 暍(yē):中暑。徐邦:徐州。
68 冥(míng):不明事理,此代指死。
69 藁瘞:草草埋葬。
70 “他乡”四句:相伴之鬼也不是生时旧邻,鬼魂也找不到归乡之路。
71 敻(xiòng)敻:辽远。
72 拍:徐朔方笺校《汤显祖诗文集》卷二十二:“拍,当作‘扫’。”扫(hú):发掘。

## 鉴赏

汤显祖(1550—1616),字义仍,号若士,又号海若,别署清远道人。江西临川人,明万历十一年(1583)进士。他少年颖悟,善属文,弱冠举于乡。自幼洁身自好,不攀缘附会。仕途中,直言敢谏,清正廉洁,因此被贬海南,不久量移浙江遂昌知县。三年后被劾免职,归乡家居。著有《玉茗堂集》等数种。汤显祖诗文词赋戏曲无一不工,尤以戏曲胜,所作《牡丹亭》《紫钗记》《邯郸记》与《南柯记》合称“临川四梦”,在明代传奇中占有重要地位。他的赋存于今者近30篇,不乏“辍斤恸于庄生,闻笛哀于向氏”(韩敬《玉茗堂全集序》)之作。其赋基本上有二体:一祖离骚,二研汉晋。前者多僻字险句;后者材智深美,洋洋洒洒,当然也不乏浮漫浅俚处。

《哀黄生赋》情真意笃,平易通顺,而又富有文采,为汤显祖赋中的佳作,这篇赋继承汉晋抒情小赋,感物造端,因事抒情。除序外,均为骈偶的四字句,铺张扬厉,尽抒其情。这篇赋以“哀”字命题,开篇以“哀”字起首,整篇赋以“哀”为中心。赋所哀的对象——黄生有六大不幸,即六哀:一哀貌寝;二哀年六十而无妻无子、孑然一身;三哀学富五车而贫穷;四哀胸无大志、不听劝止、一意孤行;五哀客死于京而草草入葬;六哀死后魂魄还不得返归故里而只是与异乡之鬼为邻。赋以对答、叙述、议论相间,充分揭示了社会的不公、黄生个人的性格悲剧以及作者本人的哀怨与愤懑。整篇赋看似朴实无华,实则辞采情理皆备,读来令人哀叹不已,在哀诔文中可以说是上乘之作。

赋序极简明扼要地介绍了黄生的生平概况。内容与立意统贯了赋全篇,可以说是整个赋篇内容方面的缩影。

赋开篇以“哀”字起,点题。“生年甚饮”虽只四字,但却是对黄生一生受屈抱恨的最集中的概括,也是作者对其不幸遭遇的无限感慨和哀叹。黄生的不幸是由他的性格悲剧和社会不公两方面的因素造成的。如果说与生俱来的容貌丑陋是他个人的天然不幸的话,那么在他学富五车后依然贫穷潦倒、为人不屑一顾则理应是社会的不公了。侏儒们虽然目不识丁,但可以因供人取笑而暂享物质上的富足。黄生在精神上聊可自慰,但经济物质上却拮据匮乏,与侏儒们截然相反,他们同属社会的底层。这里作者虽是不平黄生的遭遇,但也从侧面揭露了社会的不公平现象。如果说先天的貌寝和社会不公是个人难以改变的话,那么黄生胸无大志、对社会腐朽黑暗认识不清而又一意孤行则是造成他人生悲剧的最不可谅解的因素。黄生的忽慕豪华已不是少年人的幻想、浪漫与好奇,年六十已是耳顺之年,况且他又读书万卷,理应对现实有一个清醒、透彻的认识,但他却是一个书呆子,一个只会读书而不能学以致用的人。他天真、单纯地以为生活在天子脚下的人,是平等的,升官发财的机会虽然难得,但说不准也是可以碰上的。总之,侥幸、幻想、好奇与固执的心理是他的性格悲剧。作者在揭露社会不公的同时,也实事求是地展示了黄生不幸中的个人因素。尽管他的性格悲剧叫人"哀其不幸,怒其不争",但总的来说,他的好学、博学、贫穷、孑然一身和客死京都的不幸遭遇乃至他的幼稚、固执,都叫人同情、叫人怜悯、叫人产生无限的慨叹!另外,又叫人对当时那种不问学识多寡、唯富贵是亲的现象感到愤慨!

在这篇赋中,作者的议论、叙述、劝说占有相当篇幅。作者不但在劝说中表现出他的人情练达、洞悉世俗,同时在叙述、议论中表现出他对黄生的关切、同情以及对黑暗现实的愤怒。当然,作者的劝说也带有天命论的因素。他用命来劝止黄生入京当然是不可取的。这里面也包含着作者仕途的经验,尤其是仕途失意的心情。

这篇赋以哀怜黄生的不幸为主题,有叙述,有对答,也有议论,但主要不是通过议论展示主题,而是以叙述、对答展示黄生的悲剧和人生的艰辛。整篇赋三次概述黄生的客死他乡及草草入葬:一在赋序,二在开篇,三在结尾。作者巧妙地利用了叙述与对答来揭示主题,即将哀怜的主题隐伏在叙述对答中,这在抒情赋中是十分难得的。

汤显祖的赋虽不及戏曲和诗成就大,但也取得了很大程度上的成功。明人沈际飞评其赋:"以乐而赋,读者跃然喜;以愁而赋,读者愀然吁;以怒而赋,令人欲按剑而起;以哀而赋,令人欲掩袂而泣。"(《玉茗堂赋集题词》)联系他的其他赋篇,对照《哀黄生赋》,这一评价是恰如其分的。

(程远芬)

# 雪 竹 赋并序

吴应箕

偶过当涂[①]，为吴令君所留[②]，不得去。见邸舍阶前有竹一丛[③]，可玩[④]，而为雪所压覆地。予有感焉，遂为之赋。

嗟草木之多靡[⑤]，无此君之挺特[⑥]。虽寄生于荒阶，亦不扶而自直[⑦]。惟松柏之同心，历岁寒而征力[⑧]。泻琴瑟之清响，漾琅玕之碧色[⑨]。亭亭数竿[⑩]，若俟予来[⑪]。直造其下，不问谁栽。有友好我[⑫]，时遗酒醅[⑬]。谑浪笑傲[⑭]，对之轮杯。予誉此竹，举不可枚[⑮]：萧淡韵远，清苦思哀；出群高节，利物美材[⑯]。非风雨之异度[⑰]，无尘土之缠絯[⑱]。兴淇澳之足寓[⑲]，俨渭川之在隈[⑳]。

夫何寒风昼积，愁云夜繁，俄而雪下[㉑]，漉洒弥漫[㉒]。缘甍冒栋[㉓]，平墀塞阑[㉔]。千林变色，万物改观。晓起开户，竹亦摧残：体若拘系[㉕]，状如平摊。势类强抑[㉖]，意不肯安。叶摇摇而欲诉，枝拂拂而如抟[㉗]。然其伏而不屈，困而不折。非寻尺之较直枉[㉘]，聊衣裘之相袭裼[㉙]。鹤冲霄而铩羽[㉚]，骥千里而在枥[㉛]。魏征以倔僵而转媚妩[㉜]，姬圣处讥谗而怀忧惕[㉝]，汲黯抗揖于将军[㉞]，苏武秉旄于夷狄[㉟]，潜宁为米而折腰[㊱]？侃以习劳而运甓[㊲]。冀太阳之呈晖，听空庭之滴沥[㊳]。挟枝叶之扶疏[39]，表性姿之傥俶[40]。谅体骨之不柔[41]，何污下之可溺[42]？始吾致憾于霏霏[43]，卒焉咏《诗》之“籊籊”[44]。

## 注释

① 当涂：今安徽当涂。

② 吴令君：当涂知县吴韩起。令君：县令的尊称。

③ 邸(dǐ)舍：府第。

④ 可玩：值得欣赏。

⑤ 嗟(jiē)：感叹。靡(mǐ)：披靡，倒伏。

⑥ 挺特：挺拔出众。

⑦ 扶：扶植，扶持。

⑧ 征力：证明有生命力。

⑨ 琅玕(lánggān)：玉石，其色青碧。

⑩ 亭亭：耸立的样子。也指孤峻高洁的状态。

⑪ 俟(sì)：等待。

⑫ 好(hào)：喜爱，亲善。

⑬ 遗(wèi)：赠给。醅(pēi)：没过滤的酒。

⑭ 谑(xuè)浪：戏谑放荡。笑傲：调笑开心。

⑮ 举不可枚：即不可枚举。倒文以协韵。

⑯ 利物：于人有利之物。美材：良材。

⑰ 异度：改变志向。

⑱ 缠絯(chángāi)：缠绕，约束。这里指浸染。

⑲ 淇澳(qí'ào)：《诗经·卫风》篇名。也作“淇奥”。诗以咏竹起兴，歌颂某“君子”的美德，表达倾慕之情。寓：寄托。

⑳ 渭川：渭河平原。《史记·货殖列传》记载，汉人谓有渭川千亩竹，其人如千户侯等。“渭川千亩”与“淇奥绿竹”为咏竹常用典故。隈(wēi)：角落。

㉑ 俄而：忽然，顷刻。

㉒ 漉(lù)洒：莹润。

㉓ 缘：附着。甍(méng)：屋脊。冒：覆盖。栋：正梁。在屋内最高正中处，其外镇瓦叫甍。故这里甍栋并称，均指屋脊。

㉔ 墀(chí)：台阶。阑：栏杆。

㉕ 拘系：拘禁，捆绑。

㉖ 强抑：此指强按使人低头。

㉗ 抟(zhuàn)：一束，一捆。

㉘ 寻：八尺。直：伸直。枉：弯曲。

㉙ 袭裼(xíxī)：完全遮盖不使皮衣露出来，叫袭；外衣袒开，不完全遮盖住里面的皮衣叫裼。古代礼节隆重时以袭为敬，礼节不太隆重时以裼为敬。

㉚ 铩(shā)羽：羽毛脱落。

㉛ 骥(jì)：千里马。枥(lì)：马槽。

㉜ 魏征：唐太宗时名臣，直言敢谏。倔僵：固执，执拗，不屈服。媚妩(mèi

wǔ):亦作妩媚,姿态娇美。《新唐书·魏征传》:"太宗……曰:'人言魏征举动疏慢,我但见其妩媚耳。'"

㉝ 姬圣:周文王姬昌。作纣臣子时,被崇侯进谗言,囚于羑(yǒu)里,曾将伏羲八卦演变为六十四卦。后世尊为圣人。处讥谗(chán):被人攻击、说坏话。忧惕:忧虑,戒惧。《易·系辞》上说,《易》兴于文王,他作《易》时大概怀有忧患意识。

㉞ 汲黯(jí'àn):汉武帝时大臣,不畏权贵。《史记·汲郑列传》:"大将军(卫青)既益尊,姊为皇后,地位尊贵。然黯与亢礼。"抗揖:抗即亢礼之亢。揖,打拱。抗揖指行对等之礼,不下拜,仅拱手而已。

㉟ 苏武:汉武帝时出使匈奴,被留,不降。牧羊北海上,卧雪吞毡,持节不衰,十九年始归。秉:持。旄:节旄,使节所持的标记。夷狄:对匈奴等少数民族的贬称。

㊱ 潜:陶潜,即陶渊明,东晋诗人。曾作彭泽令,郡里派督邮到县,官吏告诉他应该装束整齐去拜见,他便慨叹说,"吾不能为五斗米折腰",弃官归隐。

㊲ 侃(kǎn):陶侃,东晋人,积功至荆州刺史,转任广州刺史,后封长沙郡公,都督八州军事。在军40余年,果毅善断。在广州时,每天运一百块砖至斋外,傍晚再运回斋内。人问他原因,他说:"吾方致力于中原,过尔优逸,恐不堪事。"甓(pì):砖。

㊳ 滴沥:水下滴的声音。

㊴ 扶疏:枝叶繁茂纷披。

㊵ 傥傥(tǎngtì):也作"俶傥""倜傥",风流不羁,卓异不凡。

㊶ 谅:推想。

㊷ 何:怎么。溺:沉溺。

㊸ 霏(fēi)霏:雪纷飞的样子。《诗经·采薇》有"雨雪霏霏",故借指雪。

㊹ 篧(tì)篧:竹长而锐。《诗经·卫风·竹竿》有"篧篧竹竿,以钓于淇"的句子。

## 鉴赏

吴应箕(1594—1645),字风之,后改字次尾,号楼山,明末贵池(今属安徽)人。著名复社领袖,曾联络复社诸人为《留都防乱公揭》声讨魏忠贤余党阮大铖。崇祯壬午(1642)中副榜贡生。1645年,南京被清兵攻陷,金声起兵抗清,他率众响应,兵败被俘,从容就义。应箕善今古文,自称"文章自韩欧苏没后几失其传,吾之文足以起而续之"。文章气节均为人推重。人称他"人文似陈龙川(亮),诗旨类屈正则(原),可以飞繁霜,泣鬼神"。侯方域认为,"明三百年,独养此士"。有《楼山堂集》等著作传世。《明史》有传。

崇祯辛巳(1641)年,吴应箕一度打算由贵池移家南京。夏天去南京,冬末返贵池。途经当涂时,为友人当涂知县吴韩起所留。如小序所说,写了这篇《雪竹赋》。

在中国传统文化中,竹子历来被作为崇高品德的象征,并有"君子比德于竹"的说法。白居易《养竹记》开头一节,就说得十分精彩:"竹似贤,何哉?竹本固,固以树德,君子见其本则思善建不拔者;竹性直,直以立身,君子见其性则思中立不倚者;竹心空,空以体道,君子见其心则思应用虚受者;竹节贞,贞以立志,君子见其节则思砥砺名行、夷险一致者。夫如是,故君子人多树之为庭实焉。"竹性又耐寒,与松、梅合称"岁寒三友",所以冬竹为人称道。

可能一住到官舍,爱竹的吴应箕就发现了这丛赏心悦目的竹子,并以一睹风采为快,所以一开篇就抒发了一种由衷的赞美、敬佩之情。起笔便感叹草木随风倒伏,没有竹子的挺拔耸立,强调了竹子形象的伟岸正直。又赞扬这丛竹虽然生长在荒凉的台阶下,却不要扶持而自然挺直,并如松柏一样生性耐寒,显示了顽强的生命力,突出了竹子禀性的坚强不屈。还欣赏竹子流泻出琴瑟般清悠的声音,闪耀着琅玕般青碧的光泽。赞叹它美丽动人的姿色风韵。让人读来至此,觉得这丛竹子不仅英挺俊逸,形神俱佳,而且可亲可近,可敬可爱。同时还会想起孔子"岁寒然后知松柏之后凋也"的赞叹,王子猷"何可一日无此君"的隽语,以及孟浩然"竹露滴清响"、刘禹锡"一茎炯炯琅玕色"的佳句。

如果说对竹子的这番称赞是远观静赏并诉诸直觉的话,那么,当作者感到竹子"若俟予来",怦然心动,"直造其下",饮酒乐甚的时候,就是近观豪赏并带有理性的思考了。他深情地咏叹竹子的风神韵致:其神态萧散淡雅,气韵悠远,如高人雅士;其情韵既含苦辛,又显哀怨,像一文不名而心忧天下之人;其风度是出类拔萃、高风亮节;其美德是良材多用,益世利人。不因风雨而变节,见其坚定;不被尘土所浸染,见其清高。作者面对丛竹,浮想联翩,简直感到足以寄托《诗》中"瞻彼淇澳,绿竹猗猗"那样的雅兴,又仿佛觉得"渭川千亩"的景象就出现在这荒僻的角落,自己成了富足的万户侯了。作者久看不厌、物我两忘的愉悦心情跃然纸上。

可惜,这丛可赏可叹、可敬可爱的竹子,竟为大雪所压。当作者"晓起开户",看到"竹亦摧残"时,其感慨之深,是可想而知的。他看到竹子身体像被拘押捆绑的囚犯,姿势几乎是躺倒在地上,看样子又好像被强按低头而内心却不服气。竹叶摇动,似要向人诉说什么;竹枝颤抖,又像要从被束成一捆的状态中挣扎出来。作者为我们刻画了一个备受摧残、忍辱负重但又不甘沉灭的形象。由于主要是运用拟人手法,又是以一种感同身受的心情去写,读来分外动人。

但是,作者并没有停留在对竹子的同情、怜悯上,而是进一步透过这种承受压力与苦难的外观,挖掘了雪竹所象征的精神力量——“伏而不屈,困而不折”。他认为竹子匍匐于地,并非在计算弯曲多少,伸直多少,只不过像皮裘之外加套外衣的人一样,有时全伏,有时微露,都照样鞠躬如也,表示敬意。两个流水关系的句子,用典灵活,情趣诙谐,而又恰切雪竹的形象特点,赞颂了雪竹不以雪压为意,傲然对之的气度。紧接着又用了两个比喻,表明挫折与不利仅是暂时的,像鹤虽铩羽而总会奋飞冲天,骥虽伏枥而总是志在千里一样,雪竹也会重新焕发它的英挺俊逸。至此,写雪竹也达到了形神兼备、气韵生动的效果,与雪前之竹其形其神既形成鲜明的对比,又有竹之为竹的内在一致。作者对竹之赞佩景仰之情,也上升到一个新的境界。

应该说,作者充分发挥了赋长于铺陈、体物写志的特点,对静竹、雪竹均已曲尽其形,妙传其神,并且借物言志,三致其意,达到了一定的艺术高度。可是,作者还不满足于传统的“比德于竹”的思想境界,一口气用了六个古人的故事,“寓德于竹”,赋予竹以新的形象和意义。这六个古人的故事既与雪竹有巧妙的形态关合,又有深刻的内涵联系,丝毫也不突兀、牵强。作者全力歌颂的是魏征的坚持真理、勇毅倔强;姬昌的身处逆境,心怀忧患;汲黯的不阿富贵,不畏强权;苏武的威武不屈,大节不亏;陶潜的不慕荣利、人格独立;陶侃的居安思危、志在有为。这些人都是中华民族历史上被肯定为楷模的人物,他们的高尚品格代表了中华民族的道德和精神。作者将这种道德精神集中融汇于雪竹形象之中,塑造了一个理想的象征,并从中汲引出一种激扬进取的人格力量。这个象征形象,既有深沉的历史内涵,又有鲜明的现实色彩与个性风格,在历代众多的咏竹、赋竹篇什中,是独特的,也可说是仅有的。这与吴应箕其人、其时有很大关系。《雪竹赋》写作之日,正当明王朝内外交急、风雨飘摇之时。那一年,李自成、张献忠领导的农民起义军,连破州县,杀福王、襄王,镇压农民起义的主帅杨嗣昌也畏罪自杀。关外清兵攻破锦州外城,洪承畴失利。王朝内部吏治腐败;魏忠贤余党仍有死灰复燃的可能,复社与之斗争激烈。吴应箕关心时局,喜谈国事,已被人称为“狂生”。他见大小臣僚庸庸碌碌,空据其位,周围才能低下之辈也轻取功名,自己报国无门,壮志难伸,于是更加怨愤激烈,以至招怨成仇。他又不甘沉沦,仍要力图进取。这种复杂的感情内涵就凭借雪竹的形象表达了出来。

作者在完成雪竹形象塑造之后,感情似乎得到了宣泄,行文基调也由明快转沉重之后,变为激昂。他希望太阳能放射出温暖的光辉,盼望能听到院子里冰消雪化的滴水声,能看到竹子重新扬起扶疏的枝叶并显出风流潇洒的姿态。他坚信竹子并非软骨头,绝不会沉溺于污下的处境。于是,他豁然开朗,觉得风雪也没什么不好,竹子经受一番洗礼,势必更加英挺俊逸,可敬可爱。他情不自禁地吟诵起《诗经》中的“籊籊竹竿,以钓于淇”的句子来。这里有希冀,有信心,有赞美,也有自勉。吴应箕第二年中了南都副榜,随后领导开展了与魏党余孽阮大铖的斗争。起兵抗清时,他兴奋地说:“吾有以自见矣!”并题诗于壁道:“韩亡子房奋,秦帝鲁连耻。”临终时,赋绝命诗“半世文章万世人”。抛开吴应箕的阶级立场不说,仅其勇于献身斗争的精神,也是可嘉的。而这种精神,我们可以从《雪竹赋》中找到端倪。雪竹的形象中,就有吴应箕其人的影子。

(纪健生)

# 枯 橘 赋

朱鹤龄

猗嘉树之葳蕤兮[①]，实挺生于南国。维骚人之颂厥美兮[②]，秉不迁之贞德[③]。奄枝干之离披兮[④]，抗园林而无色[⑤]。哀灵木之变衰兮，抚枯株而太息[⑥]。

尔其始也，连彩璇星[⑦]，根植瑶圃[⑧]。阴成绿叶，含耿介以凌霜[⑨]；萼吐素华，散芬芳而入户。佳人以是盘桓[⑩]，翠羽于焉翔舞[⑪]。迨夫清霜变律[⑫]，白露零庭[⑬]，实垂金而攒布[⑭]，蒂连理以宗生[⑮]。本自潇湘[⑯]，荐彤廷而包随[⑰]，锡贡非因羽翼[⑱]，登玉案而果以珍名；紫梨方其津润[⑲]，柘浆失其甘馨[⑳]，所以树重江陵[㉑]。每置官而呈瑞[㉒]，功标本草[㉓]，恒蠲疾以析酲者也[㉔]。无何气改穷阴，衰催急节[㉕]，干背日而凋伤，条随风而骚屑[㉖]。汉上苑之玉树既失青葱[㉗]，楚三闾之木兰俄成萎绝[㉘]。晨曦照耀，欲雕饰以无能；暮雨低垂，讶芳菲之顿辍[㉙]。

呜呼！半死嗟桐，先伐叹桂。昔日婆娑[㉚]，今朝憔悴。芗林改色[㉛]，谁看密叶之垂阴；嘉阴无存，共惜修柯之萎地[㉜]。曾不若樝梨涩口[㉝]，犹自遂其敷荣[㉞]；椒榝含辛[㉟]，反得矜其生意。观物理之凋换兮，固有盛而必衰。谁芳根之久植兮，谁溥露之长滋[㊱]？惧徙北而化枳兮，宁就槁而不辞。彼人事之迁流兮，纷荣枯其若斯。任大钧之回互兮[37]，何必泫然于攀枝[38]！

## 注释

① 猗(yī)：叹美之词。葳蕤(wēiruí)：草木茂盛枝叶下垂的样子。
② 骚人：指屈原。厥(jué)：其。
③ 不迁之贞德：不能迁移的贞操。屈原《橘颂》："受命不迁，生南国兮。"
④ 奄：忽。离披：分散的样子。
⑤ 抗：极。
⑥ 太息：叹息。
⑦ 连彩璇星：光彩相连犹如美玉般的星星。
⑧ 瑶圃：古人想象中的神仙居处。
⑨ 耿介：正直，光大。凌霜：被霜雪侵凌。
⑩ 盘桓：徘徊，逗留。这里是游赏的意思。
⑪ 翠羽：翠色的鸟羽，代指鸟。于焉：于是。
⑫ 迨夫清霜变律：等到那清爽改变了节令。
⑬ 零庭：降落到庭院。零，白露如雨一般落下。
⑭ 实垂金而攒(cuán)布：金色的果实密集地垂挂在树上。
⑮ 蒂连理：并蒂。宗生：同类繁生。
⑯ 潇湘：清深的湘水。又可解为潇水、湘水。
⑰ 荐：献，进。彤廷：皇宫。包：同"舱"。
⑱ 锡贡：进贡。羽翼：辅佐帝王的大臣。
⑲ 紫梨方其津润：紫梨可以比拟其润泽。紫梨，当指山楂。
⑳ 柘浆：甘蔗汁。
㉑ 江陵：今湖北偏南长江沿岸一带。
㉒ 呈瑞：呈现吉祥。
㉓ 功标本草：橘的功绩标写在本草(记载中药之书)上。
㉔ 蠲(juān)疾：去除疾病。析酲(chéng)：解醉。
㉕ 急节：急变的节令。
㉖ 骚屑：风声。
㉗ 上苑：皇家园林。
㉘ 三闾：官名，"三闾大夫"的简称。俄成萎绝：很快就枯萎了。
㉙ 顿辍(chuò)：顿时消失。
㉚ 婆娑(suō)：扶疏。
㉛ 芗林：宋代园林名，即向子諲宅。
㉜ 修柯之委地：长长的枝柯堆积在地上。
㉝ 樝(zhā)梨：山楂、酸梨之类。
㉞ 敷荣：开花。
㉟ 椒椴：花椒、茱萸。《尔雅·释木》："椒，椴。"郭璞注："椴似茱萸而小，赤色。"
㊱ 漙(tuán)露：露水多的样子。
㊲ 大钧：大自然。回互：回环交错。
㊳ 泫然：伤心流泪的样子。

## 鉴赏

朱鹤龄(1606—1683),字长孺,号愚庵,吴江(今江苏苏州)人。明末诸生。明亡后绝意仕进,隐居著述。曾与顾炎武等参加明遗民组织的惊隐诗社。长于笺疏之学,有《杜工部集辑注》《李义山诗笺注》行世。后听从顾炎武劝勉,致力于经学。所著《毛诗通义》等,能发明宋儒之传注所未及。他亦善诗文,其诗多眷怀故明、伤时感事,诗格略近香山,而时或参以幽忧之思,沉郁之致;文章多愤世嫉俗之作,且颇具见解。《愚庵小集》为其诗文汇集。

《枯橘赋》本屈原《橘颂》之意,抒写其兴衰荣枯之感。《橘颂》以对橘的歌颂,自况坚贞,是一篇托物寄兴之作。《枯橘赋》哀叹橘因"秉不迁之贞德",遂在北迁之后,遭受到风寒霜露的侵凌,由荣而枯,同样有其深沉的寄托。作品以主要篇幅描述了橘的荣枯过程:把本来生长在南国潇湘的橘迁移到北方江陵之后,在温暖的季节里,同样是"阴成绿叶""萼吐素华",引得佳人盘桓,翠羽翔舞;青霜白露,也结下累累的金色硕果。但未久,橘树"既失青葱""俄成萎绝"。即使"晨曦照耀"为之"雕饰"也不可能恢复它的生机。作者看到橘树"昔日婆娑,今朝憔悴"的严峻现实,感到无限惋惜。不仅自然界如此,"彼人事之迁流兮,纷荣枯其若斯!"这是对全文的总结,也是本篇的主旨所在。朱氏的结论和宗旨是从橘的今昔对比,以及橘的坚贞自守与樝梨、椒榝之类的随分从时,相互对比中表现出来的。同时,也来自他对"人事"的观察。朱鹤龄生活的时代,龙争虎斗,王朝兴替,大批朱明王朝的官僚政客和无行文人归降了清政权,变成"新贵"。那些富有民族气节的遗民旧臣、学者文人,或坚持抗清斗争,或遁迹归隐以示不与清廷合作。赋中"樝梨涩口,犹自遂其敷荣;椒榝含辛,反得矜其生意",而柑橘"惧徙北而化枳兮,宁就槁而不辞"正是这种社会现状的写照。面对这种社会现实,他只能徒唤奈何,也只以"任大钧之回互兮,何必泫然于攀枝"来安慰自己。

(韩进廉)

# 海　市　赋并序

黄宗羲

余登达蓬山望海，山僧四五人，皆言春夏之交，此地特多海市。各举所见，与图画传闻者绝异。盖传闻者，多言蜃气烛天[①]，影象见于空中，岂知附丽水面[②]，以呈谲诡[③]。言者不出云气仿佛，岂知五采历落[④]，刻露秋毫[⑤]。东坡在登州[⑥]，以岁晚得见为奇。然霜晓雾后，往往遇之，亦不必拘拘于春夏也。信耳信目，自有差等。山僧约明年三四月，来宿其舍，海神当不余弃。先次第其言而赋之。

己酉之冬[⑦]，观海达蓬。山僧四五，指点空蒙。曰："滨海之地不一，兹独当夫神宫也[⑧]。光怪发作，亦何人而不逢？但称登州之海市者，盖不免于瞽聋。"余曰："各言其状。"本源曰："其为城也，雉堞崔嵬[⑨]，丽谯韦晔[⑩]。三里七里，勾股可摄。于焉戎马，乘城蹀躞[⑪]。照白窈骊[⑫]，雨鬃风鬣[⑬]。俨烽火之告严[⑭]，危黑云之将压[⑮]。其为楼也，蹇产百尺[⑯]，成以鬼巧。绮窗朱琐，明星萦绕。神妃杂遝[⑰]，凭阑渺渺[⑱]。其语可闻，若在妆晓。有时而现为黄幄[⑲]，深檐婀娜，绣带悠扬。何采旄桂旗之尽屏[⑳]，兹特叠出以为章[㉑]？"汪道者曰："亦有单门聚落[㉒]，忽然而来。屋瓦参差，门户洞开。嗟朝烟之不起，岂井臼之生埃。固职方所不纪[㉓]，亦战争所不灾。"续宗曰："当旭日之初高，有霜钟之寓质。制宏万石[㉔]，音谐七律[㉕]。藏寂寞之元声[26]，虽满盈而不出。少焉变为城郭，中引长桥，值刺史之行部[27]，或中丞之入朝。鸣笳列驺[28]，夹毂喧嚣[29]。何珠宫贝阙[30]，而以卤簿宣骄[31]？其后幻为染肆[32]，绿沉红浅，罗绮缤纷。借霞天以为色，蒸香草而成文。彼蜀江之濯锦，信天人之攸分[33]。”补陀僧曰：“桔柚初黄，飒然风叶。览观大洋，涌起宝塔。四面勾栏[34]，七重鞺鞳[35]。华瞩风涛，光交目睫。遇其变现，状若鹦螺。琐碎末品，大越丘坡。闪尸之下[36]，湛然水波[37]。若夫海路壮阔，一山千里，虽人迹所不交，亦针经之能指[38]。尔乃帆席未挂，僧窗宴启[39]。忽焉丛岛逼塞，孤峰魁峙，疑异国之飞来，岂灵居之迁徙！当其电绝[40]，不烦蟛蜞[41]。名曰浮山[42]，海人习此。”

或曰：“此何理也？”余曰：“夫积块之间[43]，红尘机巧，菁华销铄[44]，犹且群羊飞鸟，野马磅礴。彼大海空灵[45]，神明郛廓[46]。百色妖露[47]，岂能牢落[48]。故其轩豁呈露者[49]，穷奇极变，而无有龃腭[50]。此固蛟龙之所不得专，天吴蜩像之所不能作[51]。况蜃之为物甚微，吐气更薄乎？南海谓之浮山，东海谓之海市，是乃方言之托也。”

## 注释

① 蜃气：即云气，古人认为海市是由蜃（大蛤）吐气形成的。

② 附丽：附着。

③ 谲（jué）诡：变化多端。

④ 历落：疏疏落落。

⑤ 刻露：形容显露清晰。

⑥ 东坡：指苏轼，号东坡。登州：今山东蓬莱。苏轼知登州，时仅五天，然见到海市蜃楼的奇迹，作《登州海市》诗。

⑦ 己酉：指清康熙八年（1669）。

⑧ 当：对着，向着。

⑨ 雉堞：城上排列如齿状的矮墙，作掩护用。

⑩ 丽谯:古时建筑在城门上用以瞭望的高楼,此泛指高楼。韦晔(wěi yè):光辉灿烂。

⑪ 乘(chéng):登。蹀躞(dié xiè):小步。

⑫ 骊(lí):纯黑色的马。

⑬ 鬣(liè):马颈上的长毛。

⑭ 俨:俨然,宛然。严:紧急。

⑮ 危:高。黑云:语义双关,既指浓云,又指敌军。

⑯ 蹇(jiǎn)产:曲折。

⑰ 杂遝(tà):众多杂乱之貌。

⑱ 渺渺:悠远,这里形容心思。

⑲ 幄(wò):篷帐。

⑳ 旄(máo):古时旗杆头上用旄牛尾作的装饰,因以指有这种装饰的旗。屏(píng):展开。

㉑ 章:文采。

㉒ 聚落:村落。

㉓ 职方:官名。《周礼》夏官所属有职方氏,掌管地图与四方的职贡。唐宋至明清皆于兵部设职方司。

㉔ 制:式样。宏:大。石:八音之一,指石制的磬。

㉕ 七律:犹七声,中国古代七声音阶中的七个音级,即宫、商、角、变徵、徵、羽和变宫。

㉖ 元:即玄,深沉静默,指钟声低沉。为避清圣祖玄烨讳,改“玄”作“元”。

㉗ 刺史:与下句中“中丞”,均为官名。行部:汉代制度,刺史常于每年八月间巡行所部,查核官吏治绩,称为行部。

㉘ 驺(zōu):驺从(zòng),古时显官出行时,前后侍从的骑卒。

㉙ 毂(gǔ):车轮中心的圆木,周围与车辐的一端相接,中有圆孔,用以插轴。后常以代称车轮,亦指车。

㉚ 珠宫贝阙:传说中的水神所居之处。

㉛ 卤簿:古代皇帝、后妃、王公、大臣出外时,在其前后的仪仗队。

㉜ 肆:作坊。

㉝ 攸:语助词,无义。

㉞ 勾栏:这里指栏杆。

㉟ 鞺鞳(tāngtà):亦作“镗鎝”,钟声,此指悬于宝塔檐间的风铃。

㊱ 闪尸:暂见之貌。

㊲ 湛然:清澈貌。

㊳ 针经:指罗盘等指示和测定方位的仪器。

㊴ 宴:通“晏”,晚。

㊵ 电绝:像闪电一样迅速消失。

㊶ 蝣晷(yóuguǐ):蜉蝣的影子。蜉蝣是一种朝生暮死的小虫,常在日落后大群飞舞。这句说,海市消失得连一点踪影都没有了。

㊷ 浮山:即海市。

㊸ 积块:自然界。

㊹ 菁华:同“精华”。

㊺ 空灵:通明清澈。

㊻ 郛廓:广大而不可把握。

㊼ 妖露:为妖而呈露,此指怪异。

㊽ 牢落:无所寄托。

㊾ 轩豁:开朗显露。

㊿ 龂腭(yín'è):牙床,形容物的根底,这里有束缚意。

51 天吴:古代传说中的水神。蝄像:传说中的水怪。

## 鉴赏

黄宗羲(1610—1695),字太冲,号南雷,人称梨洲先生,浙江余姚人。其父黄尊素为明末东林党人,被魏忠贤陷害。思宗崇祯初,为复父仇,只身赴京,以铁锥毙伤魏阉党羽许显纯、崔应元。后领导复社成员声讨阉党阮大铖,福王时被捕,几遭残杀。清兵南下,他招募义兵抵抗,兵败走归鲁王,被任为左副都御史。明亡后,隐居,著述讲学。清廷累征,坚辞不就。他是清初著名的学者和思想家。对天文、算术、乐律、经史百家以及释道之书,都有研究,史学上成就尤大。文学方面,强调诗文必须反映现实,表达真情实感。著有《宋元学案》《明儒学案》《明夷待访录》《南雷文案》等。今有《黄梨洲文集》《黄梨洲诗集》等。

这是一篇以海市为表现对象的文赋。采用的是汉大赋那种主客问答的框架,然而叙述铺写均极有裁节,做到长短适度,使全赋既符合"赋体物而浏亮"的特点,对海市恣意渲染,尽力形容,又绝无铺张扬厉、冗沓粗疏之弊,显示出自己的特色。

就现存的赋作来看,正文之前有序,滥觞于西汉初贾谊的《鵩鸟赋》。尔后,不少作者相仿效。然长短不一,短则一句两句,多则百字以上。此序144字,如独立的小散文。其意虽仍是贾赋那种交待缘由的旧套,然而行文中却包括几个层次,亦且井然有序。前几句紧扣题目,点出"海市"二字,一句一意。自"各举所见"至"刻露秋毫",是对图画传闻者的批驳。这篇序文好处有二:其一,层次清晰,有条不紊,款款写来,关合自然。读之,一点不感到迫促,不觉其冗长。其二,有叙述,有描写,有议论,然均贯串一个"情"字。"岂知"、"不必"等语,分明见出作者个人的态度。他曾说:"文以理为主,然而情不至,则亦理之郛廓耳。"此序正好体现了他的这种文学主张。

此赋描写,形神兼备。在我国古代文学作品中,提到海市的不算少,然而极力渲染铺排,将海市的具体形象和生动情态呈现给读者的并不多。苏东坡《登州海市》诗,被刻在蓬莱阁卧碑亭上,历来被看作咏海市的领唱,然诗中只有一句正面实写海市,即"重楼翠阜出霜晓",一句之中又仅只"重楼翠阜"四字及于海市,真是惜墨如金。此赋则泼墨淋漓,恣意挥洒,描绘了海市异彩纷呈的形象和变化迭出的态势,让读者得到了审美的快感。

一、多方位多角度的铺陈。朱熹说:“赋者,敷陈其事而直言之也。”(《诗集传》)敷陈即是铺陈。赋中大量地运用此法,从不同角度、不同方位,塑造了海市的千姿百态的形象。这种铺排描写,是借助本源等僧人的谈话来进行的。从其谈话中,我们先后看到了海市世界中的“城”“楼”“黄幄”“单门聚落”“城郭”“染肆”“宝塔”“丛岛”“孤峰”等逼真如绘的景观,获得了一个关于海市的清晰完整的印象。

作者从动与静、人与物、氛围的紧张与宁静、景观的崔嵬与绮巧、广大与细小、色彩之美妙以及海市与人间社会的比照等几个方面,用铺排描状之笔,写出了一个完整的、立体的、“摇荡浮世生万象”而又颇有人世味的海市世界,令人目不暇接,心旷神怡,不由萌生一种想亲眼目睹、乘槎一游的迫切欲望,收到了诗人不能措意、画工难以用笔的艺术效果。

二、丰富生动的想象。文艺创作离不开想象。运用想象,不仅可以“览万山于几席,置千春于瞬息”,而且可以给画面配上音响,让景观带上动感,做到既肖其形,又传其神。比如,赋中写到海市“为楼”的形象时,说:“神妃杂遝,凭阑渺渺。其语可闻,若在妆晓。”由神女的凭栏而望,想到她们在谈话,而且仿佛真的听到了她们的谈话,并由她们谈话的内容,猜想到她们正在从事早晨的梳妆。这种由景中人物想到说话之声,又由声音想到人的行为的想象,不仅使整幅图景如绘,而且把人写活了,由此整幅图景也活了,这就有了“神”。又如,赋中写到海市像“霜钟”时说:“制宏万石,音谐七律。藏寂寞之元声,虽满盈而不出。”既然是钟,就自然想到它有多大;既然是“霜钟”,就自然想到声音合不合七律。由此又可想到,这个“霜钟”,会发出一种什么样的声音,是高亢、激越,还是低沉、厚重?按照生活的实际,只有把钟敲响,你才能判断它的声音。可是作者展开了想象的翅膀,在没有敲钟之前,由它的形体就已经辨别出它的声音。他说这藏于其中的声音是“寂寞之元声”,并且是“满盈而不出”。这是一种通感现象,是由视角上霜钟庞大而又披霜的形态,描绘出听觉上的低沉的音响感受。实质上,也是一种想象。这种想象,不但使表现对象有了生气,而且给人以新奇精警之感。

三、议论观点鲜明。赋中对海市“为城”“为楼”……的描写,是建立在比喻的基础上的,是以比喻为前提的。其最后的议论,是在试图揭示海市的“庐山真面目”。作者用的是以宾拱主之法,是用“积块”开始的。他说:天地之间,红尘飞动,云气浮游,其间精华,倏忽多变,犹且幻化出群羊飞鸟、野马奔腾等各种景象,更何况是那空灵的大海?他认为,神明主宰着大海,海上的各种怪异不能没有寄托,总想一显身手。它们穷极变化,并将其幻景显现出来。这是蛟龙不能独专、天吴罔像无能为力的事情。“况蜃之为物甚微,吐气更薄乎?”海市是由小小的蜃吐出的薄薄的气形成的。这就是他的结论。

当然,作者的认识也是不科学的。但是,他能由尘世推及海市,由群体言及个别,从而得出结论,不枝不蔓,观点鲜明,能够自圆其说。并且,他写此赋的目的原不在于宣传自己的观点,而是向人们展示海市的具体形象,所以,其结论正确与否似可置之不论。我们只要能从赋中观赏到海市的异姿,领略到海市的风神,进而得到美的享受,也就够了。而在这方面,作者凭借其五色笔,确乎做到了。

(姜葆夫　李善奎)

# 粤江赋[1]

施闰章

壬辰暮春，奉使西粤。将下漓水[2]，泛苍梧[3]。时岭南甫定[4]，所在榛莽[5]。心悬万里，势异三江。行而不息，遂浮涨海[6]。爰抒情托翰[7]，以粤江命篇。事不期详，聊书即目。辞不竞侈，略纪荒隅。若曰：扬元虚之清波，鼓景纯之洪沫[8]。此则平子为之绝倒[9]，士龙需以覆瓿云尔[10]。

顿余辔兮桂岭[11]，鼓余枻兮漓江。维此流之湍沛[12]，实分源于沅湘[13]。凿灵渠而曲注[14]，汇猺洞以沆瀁[15]。岂天地之钟崇，抑河伯之流殃[16]。南连交趾[17]，北控汉阳[18]。西毗巫峡[19]，东浴扶桑[20]。神禹望渊而却步[21]，桑钦辍翰而彷徨[22]。险隘劣于容舠，猋激腾于飞矢。叠羊肠以为崖[23]，纷犬牙之错峙[24]。横矶截而若断[25]，积峡闭而还启[26]。瞻前后其不属[27]，洵眩目而骇耳[28]。于时青阳弭节[29]，朱明发轫[30]。瘴云酿厉，炎风煽愁。入舟若瓮，披絺胜裘[31]。虽涟漪而乐饥，曾不可以久留。聊翘首以遐瞩，托乘槎以写忧。

若夫夹岸层岩，诡形不若[32]。或上方而下圆，或踵锐而顶缩。此乍腾而旋倚，彼奋飞而中落。为杵臼之参差，为刀剑之岝嶺[33]。渺烟云之旖旎[34]，森虎豹之相搏。云窦窅其洪深[35]，洞门阒其廖廓[36]。亶魑魅之窟宇[37]，江妃之所磅礴[38]。若夫石壁百仞，的烁玲珑[39]。虫鸟绘绣[40]，风雨磨砻[41]。皎洁则玉屏失素，渥丹则晨霞夺红[42]。昐昐若须眉之刻画[43]，累累悬钟鼓之肃雍[44]。俯坠而成饮猿，仰跃而作飞熊。日曜珊瑚之圃，潭澄珠贝之宫。湛缥青与结绿，与云水相菁葱[45]。良绮丽而难忘，亦愀怆而动容[46]。尔乃急溆危滩[47]，星罗电逐。倍蒺藜之纠蔓[48]，驰地轴以反覆[49]。龙首乍昂，鳌背潜伏。雷劈声訇，黄牛吼瀑。贯舳舻于一线[50]，泞盘涡于千曲[51]。石硠硠而相厖[52]，水嗷嗷而自哭[53]。蝮蛇喷气以成雾[54]，鳄鱼张口以伺肉[55]。苟失路于秋毫[56]，将永逝而不复。其草木则郁金馥烈[57]，冶葛蔓延。果镂人面，树号钩缘。地罗锦灿，断续藤牵。枫人椰子[58]，筋竹木棉。桂缘冈以挺翠，榕抱石以连蜷[59]。问桄榔于密谷[60]，搴蒟蒌于崇山[61]。草吉利以祛毒，竹轮囷而为船[62]。上林绝种[63]，木草遗编[64]。其鸟兽则豺狼叠迹，兕犷交衢[65]。林潜犀象，原卧麢䴥[66]。猩猩踯躅[67]，狒狒笑呼。糖牛舐舌，飞虎餐肤[68]。锦鸡孔雀，倒挂提壶[69]。怜彩翰之鵕鸃[70]，憎南飞之鹧鸪。彼吉了与鹦䳇，岂言语之与人殊。何托体于岭表[71]，寄翩翾之微躯[72]。羡羽族之有口[73]，哀人生之郁纡。

尔其乘迅流之逸骇，命兰楫之骀荡[74]。语未终而岸移，瞬方迎而境往。驾飞廉而奔駃[75]，骖虬螭而惝恍[76]。至于缘矶升舫[77]，濡裳引缆。濑急篙摧，装倾水溅。舟人屈蠖而叫号[78]，若哀鸿之悲弹。方杲杲而日出[79]，郁炎炎以沸汤[80]。鼋负沙以出曝，鲛跳波而惊翔。忽淫淫而滂沛[81]，云惨惨以昼昏。木梗梗兮肌粟[82]，水澨澨兮山奔[83]。迷帆樯其失影，怅天地之何存。叹阴霁之回互，愆四序之寒暄[84]。访溪蛮兮岛夷，问江亭兮水驿。败瓦颓碑，梯崩径坼。或卉服而鸟言，亦巢山而栖石。渺乎若行蚁之上枯梨，悄兮若蜗牛之庐绝壁。于是有汉将南征，戈船竹舸。冯夷出斗[85]，鲛人并坐[86]。马饮流而骇毒，士解甲而就裸。驰羽檄而逡巡[87]，仰跕鸢之前堕[88]。亦有宦游使者，持节浮槎。感梦山灵，陨泪江花。悼燃犀之短照[89]，耿幽咽于哀笳。霓旌折于穷岛，鹢首沉于涨沙[90]。若乃鱼盐市贩之徒，珍怪远方之客[91]。采奇方于儋崖，剖明珠于海舶[92]。巴姑笑而婵媛[93]，猺户闻而踵索。忽抽刃以剽杀，各鸟散而狼藉[94]。至于迁客羁人，幽囚嫠妇，衔悲岭峤，寄愁林薮。影畏含沙之虫[95]，心系啼猿之树。朝露泫其寥萧[96]，夕月蔼其幽素。然青燐于宿莽[97]，吊冤魂之麕聚。或风嗥而雨啸，涕阑干以相顾[98]。抚单影之不双，嗟遇物之非故。邈中土之人兮[99]，夫何为乎此路！

忽收泪以自疚兮，将憔悴兮告谁。尼父发波臣之叹[100]，张骞犯织女之机。三闾吞恨于鱼腹[101]，伍胥流愤于鸱夷[102]。彼圣贤不忖乎死生，复何有于险巇[103]。龙负舟而按剑，蛟争璧而不迷。审至人之仿佛[104]，悟哀乐之是非。齐四海于勺水[105]，指十洲以为期[106]。

## 注释

① 粤江：珠江的旧称。在广东境内。上游有西江、北江、东江，三江汇合后称珠江，以广州附近江中有海珠石而得名。珠江汇聚广东、广西及云南、贵州南部诸水，至虎门注入南海。

② 漓水：即漓江。桂江上游。出自广西兴安境苗儿山，西南流至阳朔，自阳朔以下称桂江。汉武帝元鼎五年以归义越侯严为戈船将军，率师出

零陵，下漓水，即此。

③ 苍梧：县名。在广西东南。

④ 岭南：泛指五岭以南地区。甫：始。

⑤ 榛莽：杂乱丛生的草木。

⑥ 涨海：南海的别名。

⑦ 爰：于是。

⑧ 景纯：晋诗人郭璞字，曾作《江赋》。

⑨ 平子：东汉张衡，字平子。

⑩ 士龙：晋陆云之字。覆瓿(bù)：《汉书·扬雄传赞》："而钜鹿侯芭常从雄居，受其《太玄》《法言》焉。刘歆亦尝观之，谓雄曰：'空自苦！今学者有禄利，然尚不能明《易》，又如《玄》何？吾恐后人用覆酱瓿也。'"后因覆瓿作谦词，喻自己的著作价值不高，只能用盖酱罐。瓿，古代一种盛物器皿。

⑪ 桂岭：山名。在广东韶关西郊，又名桂山。桂水所出，其山多桂。

⑫ 澎(pēng)沛：水流声。

⑬ 沅湘：沅江和湘江。

⑭ 灵渠：沟渠名。在广西兴安西。

⑮ 沆漾(hàngyàng)：水深广。

⑯ 河伯：传说之河神。

⑰ 交趾：古地名。本指五岭以南一带的地方。汉置交趾郡，古代相传其地人卧时头外向，足在内相交，故称交趾。

⑱ 汉阳：县名。属湖北。

⑲ 巫峡：长江三峡之一。在湖北巴东西，与四川巫山接界，因巫山得名。

⑳ 扶桑：神木名，传说日出其下。

㉑ 神禹：即夏禹，夏后氏部落领袖，史称禹、大禹、戎禹。姒姓。鲧的儿子。古史相传禹继承鲧的治水事业，采用疏导的办法，历十三年，三过家门而不入，水患悉平。舜死，禹继任部落联盟领袖，都安邑，后东巡狩至会稽而卒。

㉒ 桑钦：汉河南人。字君长。从平陵涂恽受《古文尚书》《毛诗》。撰《水经》三卷。

㉓ 羊肠：喻指崎岖曲折的小径。

㉔ 犬牙：犬牙形状参差不齐，喻地形或地势交错。

㉕ 矶：水边石滩或突出的大石。

㉖ 峡：两山夹水处。

㉗ 属(zhǔ)：连接。

㉘ 洵：诚然，确实。

㉙ 青阳：指春天。弭(mǐ)节：驻车。弭，止。

㉚ 朱明：夏季。辀：古代向上弯曲的单辕。

㉛ 絺(chī)：细葛布。裘：皮衣。

㉜ 诡形：奇异的形状。

㉝ 岞崿(zuó'è)：同"岞崿"。山势高峻。

㉞ 旖旎(yǐnǐ)：轻盈柔顺的样子。

㉟ 窅(yǎo)：形容深远。

㊱ 廖廓：旷远，广阔。

㊲ 亶(dǎn)：诚然，实在。魑魅(chī mèi)：迷信传说称山神、鬼怪。

㊳ 江妃：传说中的仙女。妃，亦作"婓"。旧题汉刘向《列仙传》载，江妃二女，游于江汉之滨，遇郑交甫。仙女以佩珠相赠，交甫行数十步，佩珠与仙女皆不见。

㊴ 玲珑：空明。

㊵ 绘：彩绣。
㊶ 磨砻（lóng）：摩擦。
㊷ 渥丹：润泽之朱砂。形容脸色红润。
㊸ 盻（xì）盻：恨视之状。须眉：胡须与眉毛。刻画：细致描摹。
㊹ 累（lěi）累：连接成串。
㊺ 菁葱：菁茂。
㊻ 愀怆（qiǎochuàng）：忧伤。
㊼ 溆（xù）：水边。
㊽ 蒺藜：一种长刺的野生植物。
㊾ 地轴：古代传说大地有轴。后用来泛指大地。反覆：翻覆，倾动。
㊿ 舳舻（zhúlú）：舳，船后舵；舻，船头。泛称船只。
51 盘涡：水流回旋成涡。
52 硠（láng）硠：象声词。豗（huī）：水相击声。
53 噭（jiào）噭：悲哭声。
54 蝮蛇：头呈三角形，背灰褐色，有毒牙。
55 鳄鱼：一种凶恶的爬行动物，皮和鳞很坚硬，生活在热带和亚热带的河流湖泊中，捕食较小的动物。
56 秋毫：鸟兽在秋天新长的细毛，比喻微小的事物。
57 郁金：香草名。即郁金香。
58 枫人：枫木上所生像人形的瘿瘤。
59 连蜷：屈曲。
60 桄榔（guāngláng）：常绿乔木，产于热带。肉穗花序的汁液可制糖，茎髓可制淀粉。也叫砂糖椰子。
61 搴（qiān）：拔。
62 轮囷（qūn）：高大。
63 上林：苑名。秦旧苑。汉武帝扩建，周围至三百里，有离宫70所。苑中养禽兽，供皇帝春秋打猎。其地在今陕西西安。
64 本草：即《本草纲目》，明李时珍撰。
65 兕狖（sìyòu）：兕，雌性犀牛。狖，古书上说的一种猴。
66 麕鼯（jūnwú）：麕，古书上指獐子。鼯，鼯鼠。
67 踯躅（zhízhú）：徘徊。
68 飞虎：兽名。肉翅虎。
69 提壶：鸟名。
70 鵕鸃（jùnyí）：锦鸡。
71 岭表：指五岭以南之地，即岭南。
72 翩翾（piānxuān）：小飞的样子。
73 羽族：鸟类。有口：敢言善辩。
74 骀（dài）荡：放纵。
75 飞廉：风神。
76 虬螭（qiúchī）：虬，传说中的无角龙。螭，传说中无角的龙。惝恍（tǎnghuǎng）：恍惚，失意。
77 舫：有舱室的船。
78 屈蠖：一种昆虫。
79 杲（gǎo）杲：明亮。
80 炎炎：热气炽盛，灼热。
81 淫淫：流落不止。滂沛：形容水流广远，波澜壮阔。
82 榐（sōu）榐：榐即“艘”。
83 潨（cōng）潨：水流声。
84 四序：即四季。
85 冯夷：河神名。
86 鲛人：神话传说中居于海底的怪人。
87 羽檄：即羽书。逡巡（qūnxún）：有所顾虑而徘徊或不敢前进。
88 跕鸢（diēyuān）：言山岚瘴气之盛。

即使是鸾鸟亦将堕落，难以飞越。鸾，老鹰。

⑧⑨ 燃犀：传说晋温峤至牛渚矶，水底有音乐之声，水深不可测。人云下多怪物，峤乃燃犀角而照之，须臾见水族覆火，奇形异状。

⑨⑩ 鹢(yì)首：船头，也指船。

⑨① 珍怪：指珍贵或怪异的事物。

⑨② 明珠：珍珠。

⑨③ 婵媛：牵持不舍。

⑨④ 狼藉：散乱不整。

⑨⑤ 影畏含沙之虫：《诗经·小雅·何人斯》："为鬼为蜮，则不可得。"蜮又名射工、射影。相传居水中，听到人声，以气为矢，因激水，或含沙以射人，被射中的人皮肤发疮，中影者亦病。

⑨⑥ 泫：水珠下滴。

⑨⑦ 宿莽：经冬不枯的草。

⑨⑧ 阑干：纵横。

⑨⑨ 中土：中原。

⑩⑩ 尼父：指孔子(名丘，字仲尼)。父，同"甫"，古代对男子的美称。波臣：古人设想江海的水族亦有君臣，被统治的臣隶，称为波臣。

⑩① 三闾：屈原。楚怀王时屈原任三闾大夫。

⑩② 伍胥：伍子胥。鸱夷：革囊。

⑩③ 险巇(xī)：险阻崎岖。喻艰难。

⑩④ 至人：道德修养达到最高境界的人。

⑩⑤ 四海：古代以为中国四周皆有海，所以把中国叫作海内，外国叫作海外。四海，意同天下。

⑩⑥ 十洲：指祖洲、瀛洲、玄洲、炎洲、长洲、元洲、流洲、生洲、凤麟洲、聚窟洲。传说都在八方大海中，为神仙居住的地方。

## 鉴赏

施闰章(1618—1683)，清代诗人。字尚白，一字屺云，号愚山，又号蠖斋，晚号矩斋。宣城(今属安徽)人。祖父、父亲都是理学家。顺治六年(1649)进士，官江西布政司参议，分守湖西道，有政绩。康熙十八年(1679)授翰林院侍讲，与修《明史》。二十二年(1683)转侍读，不久病逝于京邸。施闰章以诗名噪清初，王士禛论康熙时诗人，将他与宋琬合称"南施北宋"。其古文学欧阳修、苏轼，质朴谨严，魏禧评论说"意静气朴"(《愚山先生集序》)，《清史稿》本传说他"文意朴而气静"。以辨析理学及论修史之作写得最为精致，不过内容平庸的传志序跋太多，不能与他的诗歌相提并论。著作有《学余堂文集》28 卷，《诗集》50 卷，《别集》4 卷，《遗集》6 卷。

据赋前小序可知，此文作于"壬辰暮春"，作者"奉使西粤。将下漓水,泛苍梧”之时。“时岭南甫定,所在榛莽。”眼前的荒凉景色触发了作者的创作兴会,于是“抒情托翰,以粤江命篇。事不期详,聊书即日,辞不竞侈,略纪荒隅”。全篇紧紧扣住“荒隅”二字,用铺张扬厉之笔,由景及人,层层渲染,写出了粤江一带荒僻的景象,抒发了作者寂寥忧伤的情怀。文章气势充沛,波澜壮阔,辞采富丽,形象飞动,精警动人。

开篇一节文字,作者首先介绍粤江源流分布的情况、滩险流急的景象和瘴云酿厉的气候。粤江“南连交趾,北控汉阳。西毗巫峡,东浴扶桑”,寥寥数语,写出粤江的源流分布之广阔。“连”“控”“毗”“浴”四个动词的连续运用,字字千钧,笔力极为雄健,增加了文章的气势美。接着,作者又用“神禹”六句,以夸饰的手法,写粤江流急滩险,令人望而却步、惊心动魄的可怕景象。其“瘴云”几句又通过作者对审美客体的主观感受,写出了粤江一带瘴气弥漫,天气酷热的恶劣气候。自然环境如此恶劣,作者情不自禁地发出了“不可以久留”的深沉感慨,只好“聊翘首以遐瞩,托乘槎以写忧”了。

接着,作者以铺张扬厉的笔墨,从五个角度来写粤江两岸的荒凉景象。其一是“夹岸层岩,诡形不若”,有的“上方而下圆”,有的“踵锐而顶缩”,有的“乍腾而旋倚”,有的“奋飞而中落”,有的“参差”如“杵臼”,有的“岝嶺”如“刀剑”,有的“旖旎”如“烟云”,有的“相搏”如“虎豹”。真是千姿百态,栩栩如生,一幅大自然所造就的百石图宛在目前。排比的句式和贴切的比喻,使文章气势磅礴,形象飞动。其二是“石壁百仞,的烁玲珑”。为了写石壁之绮丽,作者用了多种艺术表现手法。“皎洁则玉屏失素,渥丹则晨霞夺红”是烘托,“盻盻若须眉之刻画,累累悬钟鼓之肃雍。俯坠而成饮猿,仰跃而作飞熊”是比喻。“良绮丽而难忘,亦愀怆而动容”是议论。其三是“急溆危滩,星罗电逐”。作者抓住“急”“危”二字展开描写。其曲折如“蒺藜之纠蔓”,其威力可“驰地轴以反覆”。这里像有“龙首乍昂,鳌背潜伏”。并巧妙地将“雷劈黄牛”的传说和“雷劈黄牛”的滩名叠用在一起(作者曾在“雷劈声訇,黄牛吼瀑”二句下注曰:“雷劈黄牛并滩名。”),从而增加了粤江急溆危滩的神奇色彩。“一线”与“千曲”的比照,更写出了这里的滩险流急。再加上这里有喷气成雾的蝮蛇和张口伺肉的鳄鱼,更是险上加险了,因此作者发出了“苟失路于秋毫,将永逝而不复”的喟叹。其四是多种多样的“草木”。作者列举“郁金”“枫人”“椰子”“簕竹”“木棉”“桂”“榕”“桄榔”“蒟蒌”等十余种“上林绝种,本草遗编”的稀有草木,写出了这里“果锼人面，树号钩缘。地罗锦灿，断续藤牵”的草木茂盛、树林荫翳的景象。其五是形形色色的“鸟兽”。作者又铺排“豺”“狼”“兕”“狖”“犀”“象”“麢”“鼯”“猩猩”“狒狒”“糖牛”“飞虎”“锦鸡”“孔雀”“提壶”“鵕鸃”“鹧鸪”“吉了”“鹦鹉”等多种珍禽异兽，写出了这里野兽横行、禽鸟乱飞的荒凉可怕的景象。

在写足了粤江一带的荒僻之景后，作者又通过人的感受，来写粤江一带的荒凉。作者先是泛写来粤江一带的客子所看到的荒凉可怕的景象和心中所产生的悲凉之感，接着具体从四个方面加以铺叙。一是“汉将南征”，所遇到的是“冯夷出斗，鲛人并坐”。战马饮水而怕毒，战士耐不住炎热而解甲就裸。传递羽檄的信使逡巡而不敢前进，即使是鸢鸟也因山岚瘴气浓郁而将堕落于地，难以飞越。二是“宦游使者”，他们因山灵而感梦，见江花而落泪。为水下怪物而伤悼，因幽咽的哀笳声而心中惴惴不安。最后是旗折穷岛，葬身鱼腹。三是“鱼盐市贩之徒，珍怪远方之客”。他们为寻找“奇方”“明珠”而来，其结果是遭到当地人的剽杀，各鸟散而狼藉。四是“迁客羁人，幽囚嫠妇”。作者用沉重的笔调，抒写了迁客们或与思妇两地相思，长年不见，或客死在外而妻子成为寡妇的悲惨景象。

赋的最后，作者用孔子、张骞、屈原、伍子胥四人的典故，以“圣贤不忖乎死生，复何有于险巇”之语聊以自慰，说明一个人如果把生死置之度外，那么任何艰险也不足畏，从而振起了全篇。

（王少华）

# 田　夫　祷并序

尤　侗

辛巳秋七月[①]，大蝗食苗几尽，田夫持伤禾告。予曰："曷不杀之？"曰："神怒，祸且不测。"予曰："然则祷于神而后加诛焉，可乎？"曰："可。"遂代作文以献。

吁嗟惟神！听农诉苦：昔自芒种[②]，以至小暑[③]，两月不雨，赤地黄土。夫叹妇啼，或坐或卧。劳动尊官，奔走措大[④]。牛羊犬豕，祈祷皆过[⑤]。荷神之灵，亶降甘霖[⑥]。丁女插秧，丁男入城[⑦]，借钱数百，借米数升。典衣粜谷，贷金买犊。有饭无粥，有酒无肉，易子析骸[⑧]，炊桂食玉[⑨]。轧轧缫车，朝耕暮畲[⑩]，发黄面黑，山歌呕哑，祝苗祝秀，尔我称嘉。何来螟螣，及其蟊贼[⑪]，漫天蔽日，狼吞蚕食，风不能扫，雨不能溺。其母幸死，复生众子。大者食枝，小者食蕊。不是食禾，食我肠肺。近有佃户，掘地纵捕，举家疾病，因违天数[⑫]。巫觋降言[⑬]，杀蝗神怒。

吁嗟惟神！聪明正直，爱民何损？爱蝗何益？蝗饱欲死，神无余沥[⑭]；民饥欲死，神不血食[⑮]。今闻皇帝，不准荒疏[⑯]；县官亦云[⑰]，大熟无虑。秋雨既零[⑱]，将征租赋，豪吏下乡，恶仆登堂。稻不上场，粮欲入仓，一语不可，称扑催偿[⑲]。

苍天苍天！胡为凶年？旱魃不已[⑳]，继以蝗蝻。既空我室，又废我田。神亦有耳，神亦有目，目睹我劳，耳闻我哭。率兽食人[21]，贱民贵畜。何不赫怒？爰命田祖[22]：如虎逐豕，如猫捕鼠，驱之境外，无害禾黍。一日不驱，请俟三日。三日不驱，四五六七。七日不驱，神其无德。农将击鼓，或埋或劓，螽斯子孙[23]，投畀炎火[24]。先告后诛，神当许我，安知非福，岂敢畏祸。

吁嗟惟神！庶鉴民情[25]。有肴在俎[26]，有酒在樽[27]。再拜稽首[28]，惟民是听！

## 注释

① 辛巳：明崇祯十四年（1641）。

② 芒种：二十四节气之一。

③ 小暑：二十四节气之一。

④ 措大：亦作“醋大”，对穷知识分子的蔑称。

⑤ 牛羊犬豕，祈祷皆过：以牛羊犬豕祭祀，向神灵祷告，祈求免祸得福。

⑥ 亶（dǎn）：诚然。

⑦ 丁女插秧，丁男入城：成年的男人称丁男，成年的女人称丁女。

⑧ 易子析骸：彼此调换子女充食，析死人骨骸当柴烧。语出《史记·宋微子世家》。

⑨ 炊桂食玉：形容柴米价格昂贵，生活艰难。语出《战国策·楚三》。

⑩ 畬（shē）：烧草木灰做肥料。

⑪ 何来螟螣，及其蟊贼：螟、螣（téng）、蟊、贼，指四种吃农作物的害虫。

⑫ 天数：天命。

⑬ 巫觋（xí）：以下神弄鬼为职业者，女称巫，男称觋。

⑭ 余沥：酒的余滴，剩的酒底。

⑮ 血食：祭祀神灵用宰杀的牛羊犬豕等。

⑯ 不准荒疏：此方向上呈报灾荒，求减免赋税，朝廷不批准。

⑰ 县官：泛称官府。

⑱ 既零：雨已降落。

⑲ 称扑催偿：豪吏恶仆以拷打威胁催交租赋。

⑳ 旱魃：造成旱灾的鬼怪。

㉑ 率兽食人：驱使野兽吃人。语出《孟子·梁惠王上》。

㉒ 田祖：中国古代祭祀的农神。

㉓ 螽（zhōng）斯：蝗虫之类的昆虫。

㉔ 投畀（bì）：投之于。畀，给予。

㉕ 庶鉴：希望鉴察体谅。庶，希冀之词。

㉖ 肴（yáo）：煮熟的荤菜。俎（zǔ）：古

代祭祀盛祭品的器具。

㉗ 樽(zūn):古代盛酒器。

㉘ 稽首:跪拜礼,叩头到地,是九拜中最恭敬的礼。见《周礼·春官·大祝》。

## 鉴赏

尤侗(1618—1704),字同人,改展成,号悔庵、艮斋、西堂老人等。江苏长洲(今属苏州)人。明诸生。由明入清。清顺治年间以拔贡授永平府推官,因擅打旗丁罢职。康熙十八年(1679),举博学鸿词,授官翰林检讨,参与编《明史》,三年后辞归。有文集《西堂杂俎》及诗词集。又作传奇《钧天乐》及杂剧《读离骚》《吊琵琶》《桃花源》《黑白卫》《清平调》等,为清初著名戏剧家,入《清史列传·文苑传》。尤侗的《西堂杂俎》写于早年,多记明事,清朝乾隆年间曾列为禁书。《田夫祷》收于《西堂杂俎》一集卷七。

《田夫祷》为尤侗青年时期作品。时江南大旱后复遭蝗害,农民苦不堪言。文题"田夫祷",即代农民向神祈祷。写向神祈祷,或谓带有迷信色彩,然主题是祷神诛蝗,宣扬人力胜天。这就使作品具有进步意义。全文即围绕这一主题展开。

祷文开头向神诉苦,写旱灾蝗害相继给农民造成的苦难。接着向神提出,爱蝗祸民对神有害无益。忽笔锋一转,写官府催科、地主逼租。这里将自然灾害与官府、地主的残酷剥削联系起来,就更深一层地揭示了农民的苦难。进而呼吁苍天,质问神灵何故制造灾荒?指出不恤农民苦难,放纵蝗蝻吞食禾苗,就是"率兽食人,贱民贵畜"。最后再呼吁神灵鉴察民情,"惟民是听"。即要求神服从民的意志,杀蝗保禾。进一步强调人力可以胜天。从客观上看,此文揭示了明末农民起义的深刻原因:灾荒及统治者的残酷剥削,使农民活不下去了,所以起来造反。这是作品的认识价值。

从艺术上看,祷文以整齐的四言句式,变换押韵,节奏明快,读之朗朗上口。文词浅近自然,不用冷僻的典故。祷神的语气由缓和而强烈,文意表达便随之逐层深入。对神的祈祷,先是诉苦,进而质问,再则指责,最后要神服从人的意志。对神可谓大不恭敬。因此,虽名为祷神,实则讨神。而将向神祈祷写成讨神的檄文,也就是这篇作品的主要艺术特色。

(陆联星)

# 霜 赋

王夫之

庚子山身羁关陇[1]，神驰江介[2]，长夜修徂[3]，茕然忘寐[4]，起倚轩楹，孤心流睐[5]。于是晓风息，山明辉，初日未耀，零霜尚飞，怅然闵默，情逐霏微[6]。客有讯之者曰：子其能为此长言之乎？对曰：何为其不然也。如仆者，际暄和之令景[7]，揽芳草之芊眠[8]，犹移欢以作怨，将挈物以问天，奚待此哉，而后戛变羽之危弦耶[9]？夫化有所不可知，情有所不可期。贸迁荣悴[10]，曷其有涯。而当之者适与相遘，感之者潜与相移。然则履霜之刺[11]，未谐贞感[12]；繁霜之怨[13]，独有余悲。测清雰于邂逅[14]，端有竢于孤羁[15]。昔者峰云乍平，商风渐展[16]，柳带垂黄，荷衣坠茜，玄禽犹飞[17]，蜻蛚已怨[18]。旷辽窅以涵空[19]，涤虚清于遥甸[20]。先以凉飙[21]，申以玉露[22]，方珠颗之停匀，栖劲枝而圆素[23]。已怆意于苍蒹[24]，缅追怀夫芳树。胡玉琲之不坚[25]，遽趋新而舍故[26]。腾灵液之方升，早不谋其抟聚。气母袭之于希微[27]，金轮碾之而容豫[28]。尔乃裴回天臬[29]，依违萧散[30]，似止仍留，将合复判[31]。倚孅冶之娥孀[32]，聊夷犹于霄半[33]。蹇遗影而薄游[34]，匪宵光之可辨。于是明河坠[35]，斜月横，遥天一碧，霞绮收英。雁含凄以暗度，叶低坠而无声。忘知者之为谁[36]，独旖旎而回萦。宕幽情之蠲洁[37]，羌不炫夫瑶琼[38]。爰就苔衣，或依木杪[39]。岂蓄意以将迎，聊栖迟而来绍。眷井干于桐阴[40]，集征蓬于江表。长汀曼引以弥漫[41]，碧瓦平铺而危峭。迨于明星已烂[42]，微风不兴，迢遥万顷，极望晶莹。倒青旻而涵素[43]，漾浮采而莫扃[44]。皑容淡而愈远，凛气翕以如蒸，荣衰草以留艳，惜浅水之孤澄。欺浓华之积雪，惘戍削之曾冰[45]。于是长天益迥，烟水增寒。柏已凋而余紫，枫欲脱而弥丹。沙广衍以无际，芦孤飞而不还。良阒寂以森瑟[46]，极百昌之摧残。眺玉峰于俄顷，终销谢以无端。泣幽妻于故帷，怨迁客于乡关。畴有恩而可醒[47]，畴有梦而能安。当斯时也，仆将何以为心哉！墟烟微幂，坠月初沈[48]。光淫淫而眩目，寒恻恻以栖襟。送南飞之惊鹊，怀涔浦之青林[49]。形长留而罔托[50]，魂犹在而莫任。

客有为之歌曰：秋风徂兮三冬归，履轻霜兮授寒衣。惘江关之已远，聊淫裔而莫违[51]。

予申歌之曰：零露沣兮飞霜驶，盪纤弱兮散清泚[52]。亘天涯兮凄以迷，怊不识寒威之奚止[53]。

于是四座缄愍[54]，相倚长谣。负白日之不暄，念苍松之且凋。历千秋而寓愁兮，曾不如晨霜之易消。

## 注释

① 庾子山：名信，字子山。关陇：函谷关以西，陇山以东地区。

② 江介：江岸。

③ 徂：去。

④ 茕(qióng)然：忧愁孤独的样子。

⑤ 瞡(qì)：视，察。

⑥ 霏微：朦胧不明之貌。

⑦ 暄和：和暖。

⑧ 芊(qiān)眠：草木茂密繁盛。

⑨ 戛(jiá)：戛然，忽然停止。变羽之

危弦：羽，五音之一，其声高亢。曲高和寡，故曰“危弦”。

⑩ 贸：贸然。

⑪ 履霜之刺：《诗经·魏风·葛屦》：“纠纠葛屦，可以履霜。……维是褊心，是以为刺。”写编织女奴不甘受主人虐待，以此诗讽刺。

⑫ 未谐贞感：不合我实在的感想。贞，正，真正。

⑬ 繁霜之怨：《诗经·小雅·正月》：“正月繁霜，吾心忧伤。”

⑭ 雺：雾气。

⑮ 端：详审。竢：同“俟”，等待。孤羁：单身旅居外地。

⑯ 商风：秋风，西风。商，五音之一，其声凄厉，与秋天肃杀之气相应，故曰商秋。

⑰ 玄禽：燕子。因羽毛墨而曰玄。

⑱ 蜻蛚：蟋蟀。

⑲ 窅（yǎo）：深远。

⑳ 甸：都城之郊。

㉑ 飙（biāo）：暴风。

㉒ 申：通“伸”，延伸。玉露：指晶莹的露水。

㉓ 圆素：浑圆洁白。

㉔ 怆（chuàng）：悲伤。苍蒹：蒹，芦苇之类。

㉕ 琲（bèi）：成串的珠子。借指露珠。

㉖ 遽：匆忙。

㉗ 气母：元气。希微：同“熹微”，微明。

㉘ 金轮：太阳。容豫：即“容与”，从容自得。

㉙ 裴回：同“徘徊”，往返回旋。夭袅：从容自得。

㉚ 依违：反复，迟疑不决。

㉛ 判：离。

㉜ 孅冶：娇小美好。孅，同“纤”。娥嬿：美好。

㉝ 夷犹：同“夷由”，迟疑不前。霄半：云中。

㉞ 薄游：轻游。

㉟ 明河：天河。

㊱ 忘知者之为谁：忘了从前所依附的是什么。

㊲ 蠲（juān）洁：清洁。蠲，通“涓”。

㊳ 瑶琼：美玉。

㊴ 杪（miǎo）：树梢。

㊵ 井干：井口围栏。

㊶ 汀：水边平地。

㊷ 迨：等到。

㊸ 青旻（mín）：青天。

㊹ 扃（jiǒng）明亮。

㊺ 戌削：清瘦。曾冰：厚冰。曾，通“层”。

㊻ 阒（qù）：寂静。

㊼ 畴：畴昔，往昔。醳（yì）：醇香，甜美。

㊽ 沈：通“沉”。

㊾ 涔（cén）：积水。

㊿ 托：依托。

51 淫裔：行进。

52 盪：通“荡”。清泚：清澈。

53 怊（chāo）：悲愤。

54 慜：同“悯”。

## 鉴赏

王夫之(1619—1692),字而农,号姜斋,湖南衡阳人。明清之际杰出的哲学家、学者和有成就的文学家。自幼聪颖有异才。崇祯十五年(1642)中举。次年,农民起义军张献忠攻下衡州,广揽人才,王夫之躲匿南岳,旋明亡。顺治五年(1648)清兵入湘,他起兵抗击,败。他说:“与仇战者,败亦非辱。”他攀山越岭,到达南明桂王所在地广东肇庆,立志扶明抗清,被授行人司行人。虽职务低微,但直言敢谏,曾三次上疏劾奏热衷党争之徒,被记恨几乎遭杀。逃脱后,北去有抗战气氛的桂林,依瞿式耜,不久桂林陷落,瞿殉难。回故乡。为逃清王朝的搜捕,他于顺治十一年(1654)躲进常宁西南乡西庄源,变姓名为瑶人,“知事不可为,乃退而著书,窜伏穷山,四十余年,一岁数徙其处,故国之戚,生死不忘。”(《国朝先正事略》)后移居离故居两里多路的石船山,筑草堂,杜门不出,埋头著书授徒18年,成就甚众。学者称为船山先生。吴三桂叛清,于康熙十七年(1678)在衡州称帝号,其部下要王夫之写“劝进表”,王拒写,又逃入深山。平叛后湖南巡抚郑端馈粟帛请见,以疾辞。此后,多次拒绝地方官的征召。并一直抵制清廷的薙发令,还写过一篇《惜发赋》。

王夫之多闻博学,通天文、历数、舆地之学,尤精于经学、史学、哲学和佛学。能推陈出新,辟程朱“理在气先”、陆王“心学良知”之说;主张“天下唯器”“无其器则无其道”的“道器论”,以建立他的历史进化论,反对保守思想;主张物质性的“气”为宇宙万物本体的“理气论”,总结和发展了传统的唯物主义。在知行关系上,反对陆王“以知为行”的禅学家“知有是事便休”的观点,强调躬行实践。一生著述众多,重要者如《张子正蒙注》《周易外传》《思问录》《黄书》《噩梦》《老子衍》《庄子通》《读通鉴论》《诗广传》,往往对我国古代典籍作出别开生面的解释。可惜生前死后,默默无闻,沉埋二百年,至道光咸丰年间,后人始搜集其遗著,陆续刊行。汇刻成的《船山全集》,凡七十种,三百二十四卷。诗文亦自成一家,诗词以咏物之作最工。又作有《龙舟会》杂剧,搬演谢小娥杀盗报仇故事。

其文虽失佚较多,仅存编为《姜斋文集》十卷,但其中赋作不少,且格调多样。如《九昭》《章灵赋》《南岳赋》等近汉大赋,多铺张;如《祓禊赋》《惜余鬓赋》《刈草辞》等为骚赋,意境深,文辞美;如《练鹊赋》《孤鸿赋》《霜赋》《雪赋》等咏物赋，则为出色的骈赋律赋，艺术成就最高。

《霜赋》为作者70岁时作。作者设身处地地想象庾信晚年身仕敌国的抑郁情怀，通过庾信之口描绘了霜以及霜的前身——露的形成和各种情状，并抒写了自己"烈士暮年"的惆怅和"历千秋而寓愁兮，曾不如晨霜之易消"的郁闷愁绪。整篇赋由秋而冬、从露至霜，通过季节的变化，隐喻了岁月的变迁及王朝的兴替，寄寓了自己的感受。作者又以拟人的手法，赋万事万物以情感，并从各个侧面、各个角度对露与霜作了淋漓尽致的描绘。描绘细腻、真切，常人可意会而难言传的情态与形状，在作者却能娓娓道来，其情其状宛在目前，表现出作者深厚的文学功力。

此赋作于康熙二十七年(1688)，由于清初统治者采取了一系列的有利措施，农业、手工业和商业到此时均已恢复并得到发展；由于战争而陷入流离失所、困苦不堪的广大人民的生活，在很大程度上得以改善；各地抗清运动相继被扑灭，清统治者还对汉族地主、各族上层分子采取笼络措施，这一切都使得清朝统治日益稳固、反清复明已无指望。已届暮年的王夫之，早年曾积极参加抗清运动，从明桂王在广西一带抗击清军，到此时虽不甘于异族统治，但也只能是无可奈何而已，正如作者自题墓石所云："抱刘越石之孤愤，而命无从致。"虽归隐石船山以著述终其年，但亡国之痛一刻也未消止。每睹物思情，其耿耿之孤忠、怨结不能自已之情则随文而发。《霜赋》便是其中之一。

梁朝庾信因出使西魏被羁留长安，梁亡后他不得已又仕于西魏、北周。西魏、北周对他虽极优遇，但他身为亡国之臣日夜思怀故国家园，内心极为忧闷，写下了大量的深挚沉郁之作，杜甫评论他"庾信生平最萧瑟，暮年诗赋动江关"。作者有感于自己与庾信晚年情怀的一致，遂借庾信之口赋霜以抒情怀。

自楚赋设主客问答以来，赋家多取这种形式。楚赋写的都是屈原、宋玉的传闻，历史上虽真有其人，但故事多为传说。发展到汉大赋，则连人物也一并虚构，如子虚、乌有、亡是公等。南朝赋虽借用历史人物，而故事则纯属虚构，如谢惠连《雪赋》、谢庄《月赋》。至宋代，欧阳修、苏轼的散文赋仍设主客问答，但作者自己也跻身赋中。王夫之《霜赋》集前人之大成，既用主客问答、用历史人物虚拟故事，自己又厕身其中，以补庾信抒情之不足。这在历代主客问答赋中是一大创新，就好比古今中外人物同台演出，杂则杂矣，然既能曲尽其意，又使人耳目一新。

此赋开篇呈现在读者面前的便是晚年的庾信，他虽身仕敌国，但神系故国家园,忧心忡忡,夜不能寐。其实这正是作者的自画。先写露的形成,次写露的情态。作者突出了蜻蛚即蟋蟀对秋的怨恨,实乃自古以来文人对秋之怨。整篇赋虽曰赋霜,实则露赋霜赋合二为一,不过是着眼点在霜、感慨抒情亦在霜,尤其是在霜打之后万物的凋零上抒写情怀。作者在一片晶莹的霜景中感到自己就像留艳的衰草、欲脱的枫叶、将凋的苍松一样,生命即将结束了。想自己报国之志未酬,"形长留而罔托,魂犹在而莫任",故"怊不识寒威之奚止"。看到飞霜俄顷便消谢的无从寻觅,而自己的愁怀却千秋不散,"曾不如晨霜之易消",不禁又羡慕起晨霜的易消易逝了。

历代赋霜之作,成就最高的莫过此篇。它结构新颖,组织严密,角度新而全,有始有终,既摹写了自然景物,又将万物拟人化以抒写作者情怀。文笔轻柔、细腻,感情缠绵悱恻,一篇之中数致愁怀,难怪嵇文甫有"可谓离骚之嗣音"(《王船山诗文集·序》)之叹。

(程远芬)

# 丑女赋

汪 琬

姑胥之间[1]，具区之侧[2]，爰有丑女[3]，为状甚奇，举世少匹[4]。嫫母瘤后[5]，庶几仿佛[6]。广颐雄颡[7]，肥皮痴骨[8]，鼻齃口哆[9]，蛾浓頟突[10]。朱唇凝煤，素肌傅桼[11]，两眸昏昏，寡黑多白。腰细数围，足纤盈尺。立则痀偻[12]，行者倾仄[13]。含词将吐，秽气先袭[14]。虽极笔舌之形容，曾未殚其六七[15]。然且不蚕不馌[16]，不组不纠[17]。既陋且淫，不媒呈身[18]。袘修袂[19]，曳长巾，招摇里闾[20]，倚徙市门[21]。行步所及，群然骇焉。鸡飞拍拍，犬吠狺狺[22]，顾犹未喻其丑也[23]。而高自儗于妖冶之伦[24]，哂西施[25]，排夷光[26]，狎源文[27]，陵毛嫱[28]。遍挑少艾[29]，目许神扬[30]。如远如近，若迎若将[31]，俯影弄态[32]，其丑弥章[33]。行路畏之，褰衣不顾[34]，嘲诮并作[35]，笑哈交互[36]。年逾三十，孑然如故[37]，欲男不得，讫于迟暮[38]。

呜呼，噫嘻！此岂未笄之子[39]，寡居之妇，待聘而往、守贞而处者耶[40]？于是怊怅阳春[41]，旁皇中夜[42]。夜拥衾以长嗟[43]，或抚镜而微诉。既愁深而贮怨[44]，亦羡甚而萌妒。语曰：美女者恶女之仇，良有由也[45]。

## 注释

① 姑胥:姑苏。
② 具区:太湖的古称。
③ 爰:在那里。
④ 匹:匹敌,相当。
⑤ 嫫母、瘤后:古代传说中的丑妇。
⑥ 庶几仿佛:差不多相似。
⑦ 广颐雄颡(sǎng):宽阔的面颊,突出的额头。
⑧ 肥皮痴骨:外表肥胖,内心愚痴。
⑨ 齃(è):"鼻蹙齃"之意。口哆(chǐ):嘴巴很大。
⑩ 蛾:眉。頟:同"额"。
⑪ 傅桼:涂漆。桼,通"漆"。
⑫ 痀偻(gōulóu):脊背向前弯曲。
⑬ 倾仄:倾斜不稳。
⑭ 袭:侵袭。
⑮ 殚:竭尽。
⑯ 馌(yè):往田间送饭。
⑰ 不组不纠(xún):不做女工。
⑱ 呈身:以身相许。呈,献。
⑲ 袘(yì)修袂:拖着长袖子。
⑳ 里闾(lǘ):古代的居民组织。
㉑ 倚徙:低回。
㉒ 狺(yín)狺:狗吠声。
㉓ 喻:明白。
㉔ 自儗(nǐ):超越本分而僭居上位。妖冶之伦:艳丽的一类人。
㉕ 哂(shěn):讥笑。
㉖ 排:排斥。夷光:美女名。
㉗ 狎:轻侮。源文:美女名。
㉘ 陵毛嫱:凌驾于毛嫱(美女名)之上。
㉙ 遍挑少艾:到处挑逗年轻貌美的男子。
㉚ 目许神扬:以目相许,神情摇荡。
㉛ 将:送。
㉜ 俯影弄态:俯身对影,故作姿态。
㉝ 弥章:更加明显。
㉞ 褰(qiān)衣:撩起衣裳。
㉟ 嘲诮并作:嘲讽、讥诮一齐兴起。
㊱ 咍(hāi):嗤笑。
㊲ 孑然:孤单的样子。
㊳ 迟暮:年老。
㊴ 未笄之子:未成年的女子。笄(jī):古代盘头发用的簪子。
㊵ 守贞:守妇德而未嫁。
㊶ 怊怅(chāochàng):失意。
㊷ 旁皇:同"彷徨"。
㊸ 拥衾(qīn):抱着被子。
㊹ 贮怨:积怨。
㊺ 良有由:很有道理。

## 鉴赏

汪琬,字苕文,号钝庵,晚号钝翁,因晚年隐居尧峰山,故又称尧峰先生。长洲(今江苏苏州)人。顺治十三年(1655)进士,历任通政司、户部主事、刑部员外郎、刑部郎中等,曾参加撰修《明史》。后告假归隐。有《钝翁前后类稿》《续稿》,晚年又自定《尧峰文钞》50卷。他是清初著名的古文大家。《四库提要》说他“学术既深,轨辙复正,其言大抵原本六经……其气体浩瀚,疏通畅达,颇近南宋诸家;蹊径亦略不同。庐陵、南丰固未易言,要之接迹唐、归,无愧色也。”存赋两篇。《丑女赋》外,尚有《反招隐辞》,作于隐居尧峰后二年,为自述不仕之志的作品。

《丑女赋》开头即点明“姑胥之间,具区之侧”,无异于告诉读者,此文之作,乃在于自嘲。赋中极写丑女之丑,实为反语,意在突出“丑女”的偃蹇反俗,不为世俗所容;结尾点明“美女者恶女之仇”,则说明不仅是世俗容不得“丑女”,“丑女”也不能容忍世俗。这样就把自己的一片愤世嫉俗之情婉转地抒写出来了。汪琬为人比较狷介、耿直,加之性急躁,喜骂人,不能容人之过。为官时,他能不畏强暴,秉公执法,所以屡遭排挤,居官不能久;退居在家,有人拿所作诗文请教,他也经常当面指责其中瑕疵,不肯包涵放过。他与著名戏曲家尤侗同隐尧峰,尤侗为人平易,故来访者门庭若市,应接不暇;他家则门可罗雀,问者寥寥。如此性格,所以作如此赋篇。

以丑妇自嘲,明代徐祯卿也曾这样写过。汪琬的这篇赋可能在一定程度上受到徐赋的影响。不过徐祯卿的《丑女赋》中的丑女,形貌虽丑,内心却甚巧慧,品性亦甚勤劳,作者讥讽的是重形质而不重内美的卑陋世风。汪琬笔下的丑女则内外皆丑,无一可称道处。外丑复淫荡,矫揉造作,忸怩作态,却自以为胜过西施,超越毛嫱,对着一切人卖弄风骚,这德性也实在令人嗤之以鼻!这是一个外丑与内丑高度统一的独特形象。也正因为这一点,这篇赋才有它不能为徐祯卿的《丑女赋》所代替的价值;或者从某种意义上说,它才超越了徐祯卿的《丑女赋》。徐祯卿所用的表现方法乃是一种传统的方法。在《庄子》中,我们就可以找到好多形貌极丑而精神极美的形象。这类形象的意义在于引导人们重视内美,而这种美本身就蕴含在形象之中,只要人们转移一下审美角度就够了。汪琬笔下的这个丑女形象则不然,她内外皆丑,仅仅靠转移审美角度是无法发现美的。它需要人们反思:是不是自己的审美尺度本身就有问题?这样就把读者的审美兴趣引向了形象之外,使他们从更深更广的层次去寻找答案。经过反省和回味,人们就会把对这个形象的厌恶、反感、嫌弃之情转化为对那个美丑颠倒、是非混淆的黑暗混浊世道的愤慨,对丑女表示理解和同情,而这正是作者所要达到的目的。

这篇赋在表现手法上的突出特点是运用夸张。由于极度的夸张，才使所描绘对象给人以深刻的印象，也才能达到滑稽讽世的效果。除了辞赋常用的铺排外，作者还特别注意炼字。如“朱唇凝煤”“素肌傅黍”“腰细数围”“足纤盈尺”的“朱”“素”“细”“纤”，这些都是形容美女的词，现在用于丑女身上，就显得十分滑稽有味。又如“哂西施”以下六句分别用“哂”“排”“狎”“陵”“遍挑”“目许”等字眼，把丑女那种藐视一切的神态和卖弄造作、淫荡粗鄙的作风表现得形神毕肖。由于作者善于调动各种有效的表现手段围绕形象敷采施色，因而所描绘的形象就显得鲜明生动、具有独立的审美意义，而不仅仅是作者观念的传声筒。

（李生龙）

# 看奕轩赋[1]

陈维崧

若夫北垞静深[2]，南荣蹇嵯[3]，逶迤皂荚之桥[4]，窈窕辛夷之馆[5]。藤梢碍帽以难扶，橘刺牵衣而莫剪。庐同诸葛，门前之桑已猗猗[6]；家类王阳，墙外之枣何纂纂[7]。花名蠲忿以枝长[8]，竹号扫愁而节短[9]。何况宅区前后[10]，街距东西[11]。东方小妇[12]，孺仲贤妻[13]。壁带则银釭不异[14]，门楣则画戟偏齐[15]。多子之石榴对结[16]，相思之娇鸟双栖[17]。杨子幼种豆之余，缶筝互响[18]；陶渊明采菊之暇，枣栗纷携[19]。爰有韩家阿买[20]，李氏衮师[21]，或挽须以问，或绕膝而嬉[22]。胶东则五色之锦笺竞劈[23]，醴陵则一枝之花管分题[24]。洵可怀也[25]，于胥乐兮[26]！

既乃眺长洲之鹿苑[27]，惆怅绝多[28]；张廷尉之雀罗[29]，感怆不少[30]。田单之功名何在[31]，无意游齐；廉颇之慷慨犹存，还思用赵[32]。燕丹往矣，卖渐离为宋子家奴[33]；卓氏依然，杂司马于成都佣保[34]。鬼哀韩愈之穷[35]，天夺柳州之巧[36]。矧复三湘浪骇[37]，六诏烟迷[38]，田园烽火，乡关鼓鼙[39]。嗟巢幕而为燕[40]，叹触藩其类羝[41]。杜老则堂无鹅鸭[42]，於陵则井有蛴螬[43]。于是匙焉寡欢[44]，悄然不怿[45]。爰葺斯轩[46]，聊云看奕[47]。然而寂寂虚堂，寥寥短几[48]，既无坐隐之宾[49]，复鲜手谈之器[50]。潜窥而不见烂柯[51]，窃听而谁闻落子[52]。几同庄叟之寓言[53]，莫测醉翁之微意[54]。

鸣呼噫嘻[55]！我知其旨[56]：世一龙而一蛇[57]，运或流而或峙[58]。彼赌宣城太守者[59]，公岂其人；而观棋局于长安者[60]，古宁无是耶[61]？先生不应[62]，欠伸而起[63]。亟命传觞[64]，颓然醉矣[65]。

## 注释

① 奕(yì)：通"弈"，下围棋。轩：有窗槛的长廊或小室。

② 若夫：句首语气词，用以引起下文，有"至于说到……"之意。垞(chá)：小丘。

③ 荣：屋檐两端翘起的部分。蹇嵼(jiǎnchǎn)：屈曲之貌。

④ 逶迤(wēiyí)：弯曲而延伸之貌。皂荚：树名，一名鸡栖，其果实可去污垢。

⑤ 窈窕(yǎo tiǎo)：深远之貌。辛夷：香木名，一名木笔。

⑥ "庐同"二句：用诸葛亮事。《三国志·蜀书·诸葛亮传》："初，亮自表后主曰：'成都有桑八百株，薄田十五顷，子弟衣食自有余饶。'"庐，房屋。猗(yī)猗，美盛之貌。

⑦ "家类"二句：用西汉王吉事。王吉字子阳，少时居长安，东邻有大枣树，垂于吉庭院中，吉妇取枣给王吉吃。吉后知之，乃休其妇。东家闻之，欲伐其树，邻里共止之，因固请吉令其妇还。里中为之语曰："东家有树，王阳妇去；东家枣完，去妇复还。"(见《汉书·王吉传》)类，似。何，多么。纂(zuǎn)纂，通"攒攒"，集聚之貌。

⑧ 蠲(juān)忿：消除忿怒，指合欢花。

⑨ 扫愁：描画愁眉。节：竹节。

⑩ 区：区别。

⑪ 距：距离。

⑫ 东方小妇：西汉东方朔善言辞，诙谐滑稽，为武帝所爱幸。尝用所赐钱帛娶长安少妇，娶妇一年多即弃去重娶，人多呼为"狂人"。(见《史记·滑稽列传》)

⑬ 孺仲贤妻：东汉王霸，字孺仲。光武时连征不仕。与同郡令狐子伯为友。后子伯为楚相，其子功曹。子伯遣子奉书于霸，霸见令狐子容服甚光，举措有度，而己子蓬发历齿，未知礼仪，因有惭色，客去而久卧不起。妻曰："今子伯之贵，孰与君之高？君躬勤苦，子女安得不躬以养？既耕安得不黄头历齿？奈何忘宿志而惭儿女子乎？"霸乃笑，遂与其妻

终身隐遁。(见《后汉书·列女传》)陶渊明《与子俨等书》:"余尝感孺仲贤妻之言,败絮自拥,何惭儿子。"

⑭ 壁带:壁中横木,其露出部分,形状如带,故称。银釭(gāng):宫室壁带上的环状金属饰物。

⑮ 门楣:门框上的横木,借指门第。画戟:有彩画的戟。戟,古兵器名,古代宫门立戟,唐制三品以上官员亦得于私门立戟。因称显贵之家为"戟门"。偏齐:特别整齐。

⑯ 子:果实,双关"子孙"之"子"。结:结果。

⑰ 栖:鸟类停留、歇宿之称。

⑱ "杨子幼"二句:西汉杨恽字子幼,为司马迁外孙,封平通侯,因罪被废为庶人。致书友人孙会宗曰:"家本秦也,能为秦声。妇,赵女也,雅善鼓瑟。奴婢歌者数人,酒后耳热,仰天拊缶,而呼乌乌。其诗曰:'田彼南山,芜秽不治,一种顷豆,落而为萁。'"(见《汉书·杨恽传》)缶(fǒu):瓦制的打击乐器。筝:拨弦乐器。

⑲ "陶渊明"二句:东晋大诗人陶渊明辞官隐居,躬耕田园,以饮酒赏菊为乐。《饮酒》曰:"采菊东篱下,悠然见南山。"又《责子》曰:"通子垂九龄,但觅梨与栗。"携,拿着,带着。

⑳ 爰(yuán):乃,于是。韩家阿买:唐代韩愈之侄名阿买。

㉑ 李氏衮师:唐代李商隐之子名衮师。

㉒ "或挽"二句:皆形容小儿女依恋父母、娇痴活泼的情态。挽须:拉扯胡须。

㉓ "胶东"句:徐陵《玉台新咏序》:"五色花笺,河北、胶东之纸。"锦笺,犹"花笺",精致华美的信纸、诗笺。竞,竞相。劈,裁开,剪开。

㉔ "醴(lǐ)陵"句:南朝梁诗人江淹,少有文名,封醴陵侯。晚年才思减退。传说曾梦见郭璞向其索还五色笔,以后再也写不出好诗。后因以五色笔比喻出色的文才。花管,犹言五色彩笔。

㉕ 洵(xún):诚然,确实。怀:怀恋。

㉖ 于胥乐兮:语出《诗经·鲁颂·有駜》。于:语助词。胥(xū):皆,都。

㉗ 既乃:副词,表示不久。眺:远望。长洲之鹿苑:古苑名,即长洲苑,故址在今江苏苏州。

㉘ 惆怅:因失意而伤感。绝:极,最。

㉙ "张廷尉"句:《史记·汲郑列传赞》:"始翟公为廷尉,宾客阗(填)门;及废,门外可设雀罗。"后因以"门可罗雀"形容门庭冷落,以致可张网捕雀。

㉚ 感怆:有所感触而悲伤。

㉛ 田单:田单,战国时齐将。

㉜ 廉颇:战国时赵国良将。用赵:为赵国任用。

㉝ "燕丹"二句:燕丹,又称燕太子丹,战国末年燕王喜太子。渐离,即高渐离,战国时燕人,善击筑,与荆轲为友。轲刺秦王未遂,身死,渐离变姓名为人帮佣。后为秦王得之,熏瞎其目,仍使击筑。渐离乃以铅块

藏筑内,乘隙扑击秦王,不中被杀。往,去。宋子,地名,本为赵邑,故治在今河北赵县北十五里。

㉞ “卓氏”二句:卓氏,西汉临邛大富商卓王孙之女卓文君。司马,西汉著名辞赋家司马相如。事见《史记·司马相如列传》。杂,混杂。佣保,同“庸保”,雇工。

㉟ “鬼哀”句:鬼:指穷鬼,传说中使人贫穷的鬼。旧时迷信以正月晦日为送穷神日,唐代韩愈有《送穷文》。

㊱ “天夺”句:天,指天孙,即织女星。柳州,唐柳宗元曾任柳州刺史,世称柳柳州。旧时民间风俗,传说农历七月七日夜天上牛郎织女相会,妇女于当晚穿针,陈瓜果于庭中,向织女星乞求智巧,称为“乞巧”。柳宗元《乞巧文》:“彼诚大巧,臣拙无比。……天孙司巧,而穷臣若是,卒不余畀,独何酷欤?”借乞巧以讥讽时人之巧于逢迎谄媚,而慨叹己之拙于谋身。

㊲ 矧(shěn):何况,况且。复:又。三湘:湖南的湘潭、湘乡、湘阴,合称“三湘”,这里泛指湖南。

㊳ 六诏:唐时我国西南少数民族称王为“诏”。当时有越析诏、浪穹诏、邆赕诏、施浪诏、蒙嶲诏和蒙舍诏,合称“六诏”,其地在今云南及四川西南部。此泛指云南。

㊴ 乡关:家乡。鼓鼙(pí):大鼓和小鼓,古代军中常用的乐器,进攻时以激励战士,因借以指战事。

㊵ 嗟:叹。巢幕为燕:成语作“燕巢幕上”,比喻处境极其危险。巢,筑巢。幕,帐幕。

㊶ 触藩类羝(dī):成语作“羝羊触藩”。谓公羊角钩在篱笆上,进退不得。羝羊,公羊。藩,篱笆。

㊷ 杜老:指唐代诗人杜甫。杜甫《舍弟占归草堂检校聊示此诗》:“鹅鸭宜长数。”

㊸ 於(wū)陵:指战国时齐人陈仲子,因居于於陵,故号於陵子。蛴螬(qícáo):金龟子的幼虫。

㊹ 尟(xiǎn):少。

㊺ 悄然:忧愁之貌。怿(yì):喜悦。

㊻ 葺(qì):修治房屋。

㊼ 聊:暂且。云:曰,这里是命名的意思。

㊽ 几:小桌子,古人设于座侧,用以凭依身体。

㊾ 坐隐:下围棋。下句“手谈”义同。

㊿ 鲜:少。

51 潜窥:偷看。烂柯:传说晋王质入山伐木,见童子数人弈棋而歌,因置斧听之。童子送一物如枣核,含之不饥。不久,童子催归,质见斧柄已朽烂。既归,方知去家已数十年,亲旧殆尽。(见旧题南朝梁任昉撰《述异记》)柯,斧柄。

52 落子:着棋下子。

53 几:几乎。庄叟:指战国时庄周。叟,对老人的尊称。寓言:《庄子·寓言》:“寓言十九,重言十七。”谓其书多为有所寄托或比喻之言。

54 醉翁:宋代欧阳修任滁州太守,自号醉翁。微意:深意。

55 呜呼噫嘻:皆感叹词。

56 旨:意指,意思。

57 世:时代,社会。一龙一蛇:比喻或隐或显,随时变化。

58 运:命运。流:流动,指命运迁移变化。峙:耸立,指命运顺遂稳定。

59 彼:他,那人。赌宣城太守:南朝宋时,羊玄保善弈棋,棋品第三。宋文帝刘义隆与其下棋,以郡官赌胜负,羊玄保胜,得任宣城(今属安徽)太守。

60 观棋局于长安:杜甫《秋兴》诗:"闻道长安似弈棋,百年世事不胜悲。"谓长安政局多变,如同下棋,你争我夺,或得或失,反复无定。

61 宁:岂。是:此。

62 应:应答。

63 欠伸:疲倦时打呵欠和伸懒腰。

64 亟(jí):急,赶快。传觞(shāng):送酒。觞:古代盛酒器。

65 颓然:跌倒之貌。

## 鉴赏

陈维崧(1625—1682),字其年,号迦陵,清江苏宜兴人。其师陈子龙是南明抗清将领,父陈贞慧是复社重要成员,皆磊落有气节。维崧少负才名,30 岁后出游,颇为当时名流所赏。晚年举博学鸿词科,授检讨,纂修《明史》。他是清初著名词人和骈文家。所填词多达 1629 首,为古今词人中所罕见。尤工四六骈文,当时"群推领袖"。(毛先舒《迦陵文集序》)有《陈迦陵文集》《湖海楼诗集》《迦陵词》等,另有程师恭注《陈检讨四六》二十卷行世。

陈维崧由明入清,受东林、复社影响较深,性格又落拓不羁,故其辞赋皆有豪气。其赋多为骈赋,辞采典丽富赡,接近南朝徐(陵)庾(信)之风。除一些浮泛的应酬或即兴之辞外,颇不乏精警深刻、感慨沉郁的抒情之作,如此篇即是。

此赋据马积高先生推断(参见《赋史》),作于吴三桂叛清之时,即康熙十三年(1674)至十八年(1679)之间。吴三桂原为明将,镇守山海关。后勾引清兵入关,以镇压农民起义和执杀南明桂王受封为平西王,守云南。手握重兵,逐渐形成割据势力。康熙十二年(1673)清政府下令撤藩,三桂遂举兵叛乱,自称天下都招讨兵马大元帅,次年称周王,攻陷四川、湖南。康熙十七年(1678)在衡州称帝,不久病死。由其孙世璠继位,旋为清所灭。从赋中"三湘浪骇,六诏烟迷"等语看,马先生的说法是可信的。

本篇题为《看奕轩赋》,但中心不是咏轩,而是写人。那么看奕轩的主人究为何人?赋中没有点明。作者称其为"公"、"先生",可能是作者的一位前辈。又从咏田单、廉颇、燕丹诸事及其生活状况来看，当是一位原来颇有地位的明朝遗老。作者写这样一个历史人物，显然寓有深沉的感慨。

全赋可分三段。第一段写看奕轩主人隐居和园林生活的闲适情趣。写其生活环境是：独居深宅大院，流连于幽静的小桥曲径、花馆林廊，其中不乏佳树繁花。有藤梢碍帽、橘刺牵衣，物之多情可亲可爱；有桑葚、红枣、石榴，四时之果可赏可食；“花名蠲忿”“竹号扫愁”，则语含双关，巧妙地借花名暗示了主人公欲捐弃世事、忘却忧愤的心理状态。叙其家居生活是：有贤妻励志、两心相印、同甘共苦的伉俪之情，有娇子幼女、挽须绕膝、忘情嬉戏的天伦之乐，有拊筝击缶、裁纸赋诗的琴书之娱，一切都充满了愉悦欢爱，令作者情不自禁地赞叹道：“洵可怀也，于胥乐兮！”

第二段，用“既乃”二字，笔锋忽转，写主人公眺望古代遗迹长洲苑，不由浮想联翩，心情难以平静。这里有对历史盛衰的慨叹，有对世态炎凉的感怆。昔日抗清复明的仁人志士早已流散败亡，今日叛清作乱的降将藩王又能成什么气候？自己无力像田单那样，一举恢复故国江山，只有像廉颇一样，空存报国之心，表现了他对旧朝无限怀恋而又无可奈何的矛盾心情。况且自己的现实处境是困顿窘迫，拙于谋己，进退失据，甚至连生计身命都自顾不暇，还有什么心思去感旧怀古！于是乃修斯轩，命曰“看奕”，希望寄情博弈，聊为慰藉。至此，似乎文意已尽。但自“然而寂寂虚堂”以下，笔锋再折，境界又开。既无棋友，又无棋具，寂寂寥寥，轩同虚设，何云“看奕”？真如庄子之寓言，迷离惝恍，诡诞莫测。

最后一段，作者正面揭示主人以看奕名轩的真实用意。原来醉翁之意不在酒，此公之旨不在棋。他绝非羊玄保那种棋品高超能与帝王游戏赌郡的局中人，而是像杜甫那样头脑清醒冷眼旁观的局外人。君不见，历代王朝之兴亡更迭、此盛彼衰、沧海桑田，当权者之争权夺利、尔虞我诈、患得患失；古往今来，棋局、时局，倏忽翻覆，当局者迷，旁观者清，何其相似乃尔！作者一语道破看奕轩主人之苦心孤诣，别有寄托，正与其人默契暗合。但“先生”表面却不置可否，而自顾传杯递盏，顷刻间已颓然倾倒。至此，活现出一个饱经世故的前明遗老对命运淡泊处之、对政治冷眼相看的精神风貌，其中也曲折透露出作者本人的家国身世之感。

这篇赋写看奕轩主人，面目由隐到显，在文意上，由微到豁。前半部分以写景为主，极力表现看奕轩主人隐居生活的闲逸和心境的安适，气氛优美活泼。中间部分侧重写情，着力展示看奕轩主人激昂、忧患、痛苦、矛盾的心底波澜，情绪转为悲凉感伤。“尠焉寡欢，悄然不怿”与“洵可怀也，于胥乐兮”形成鲜明的对照。后半部分则偏于写意，着重揭示看奕轩主人置身局外的隐微意指，笔调又转为诙诡婉曲。而以“亟命传觞，颓然醉矣”结之，为全篇平添许多神韵。全赋用笔一折再折，境界忽转忽幻，极尽跌宕开阖之致。正如毛先舒评迦陵赋所云：“能于属词隶事之中，极其开合；不外细青媲白之法，自行跌宕。政如山阴楷书，而具龙跳虎卧之奇；杜陵排律，乃得歌行顿挫之致。”（《迦陵文集序》）

（陈元锋）

# 大 哀 赋并序

夏完淳

粤以乙酉之年，壬午之月，玉鼎再亏，金陵不复[①]。公私倾覆，天地崩离，托命牛衣，巢身蜗室。吊东幸之翠华，蒙尘轵道[②]；望北来之浴铁，饮马姑苏。申胥之七日依墙[③]，秦庭何在？墨允之三年采蕨，周粟难餐[④]。黄农虞夏，遐哉尚友之乡；南北东西，渺矣容身之所。在昔士衡有辩亡之文，孝穆有归梁之札，客儿饮恨于帝秦，子山伤心于哀乱[⑤]，咸悲家国，并见词章。余始成童，便膺多难；揭竿报国，束发从军；朱雀戈船，萧萧长往；黄龙战舰，茫茫不归；两镇丧师[⑥]，孤城溃版。三军鱼腹，云横歇浦之帆[⑦]；一水狼烟，风动秦房之火[⑧]。戎行星散，幕府飙离。长剑短衣，未识从军之乐；青磷蔓草，先悲行路之难。故国云亡，旧乡已破。先君绝命[⑨]，哭药房于九渊；慈母披缁，隔祇园于百里[⑩]。羁孤薄命，漂泊无家；万里风尘，志存复楚；三春壁垒，计失依刘；蜀市子规，千山俱哭；吴江精卫，一水群飞。泣海岛之田横[⑪]，尚无其地；葬平陵之翟义[⑫]，未有其人。天晦地冥，久同泉下；日暮途远，何意人间？鲁酒楚歌[⑬]，乌能为乐？吴歈越唱[⑭]，只令人悲。已矣何言？哀哉自悼。聊为兹赋，以舒郁怀。呜呼！黄旗紫盖，雪戟霜矛，何以南朝天子，竟投大将之戈[⑮]；北部单于，遂击降王之组。岂高庙之馨，十七世而傍移；孝陵之泽，三百年而中断乎？此天时人事，可以疾首痛心者矣。国屯家难，瞻草木而抚膺；岳圮辰倾，睹河山而失色。劳者言以达其情，穷人歌以志其事。追原祸始，几及千言。寄愁心于诗酒，阮籍穷途[16]；结豪士于屠箫，张良仓海[17]。后有作者，其重悲余志也夫。

## 注释

① 清顺治乙酉二年(1645)五月初八，清军进逼南京。初十夜，南明弘光帝出奔芜湖黄得功军。十四日清军至南京，明文武大臣多人出城迎降。二十二日明降清叛将刘良佐率兵追上弘光，黄得功战死，总兵田雄、马得功劫持弘光投降清军，南明弘光朝覆灭。

② 翠华：用翠羽饰于旗杆顶上的旗，为皇帝仪仗。轵道：亭名，在今陕西西安东北。

③ 申胥：申包胥。

④ 墨允：指墨胎允，即伯夷。与弟叔齐为孤竹君之子，相互让王位，结伴出逃。投周伯。周灭商后，二人耻食周粟，采薇首阳山，最后饿死。

⑤ 士衡：晋陆机之字。其《辩亡论》上下，内容主述吴国灭亡的缘由。孝穆：南朝陈徐陵之字。徐在梁朝时出使北魏被阻留不得归。北齐取代北魏后，他上书北齐尚书杨遵彦请归。归梁时受王僧辩拒阻，写《与王僧辩书》，即归梁之札。客儿：南朝宋谢灵运的小名。谢诗《临川被收》中有“韩亡子房奋，秦帝鲁连耻”句，表达了他对刘宋王朝的对抗之情。子山：北周庾信之字。庾信由梁出使西魏，屈仕敌国，虽居高官，但思念乡国之情极苦，《哀江南赋》是这种情感的集中流露。

⑥ 两镇丧师：顺治二年(1645)六月，江南军民为反抗清军暴行纷纷起义。其中明总兵吴志葵与黄蜚两支水师，为起义中的主力。八月初兵败松江，吴、黄被俘牺牲。

⑦ 歇浦之帆：歇浦，上海境内黄浦江的别称，亦称“黄歇浦”。相传为战国楚春申君黄歇所疏凿，故名。吴、黄水师联军在此为清军击溃。

⑧ 秦房之火：指项羽火烧秦宫阿房宫。借喻清军残暴的手段。

⑨ 先君绝命：完淳之父夏允彝于顺治二年九月十七日自沉于屋后松塘殉国。

⑩ 慈母披缁：完淳嫡母盛氏在国破家亡后遁入空门。披缁，穿黑色僧衣。祇园：祇树给孤独园之略称。是释迦牟尼在舍卫国说法时停居处。后用以泛指佛寺。

⑪ 田横：楚汉相争时为齐相国。国破后自立为齐王，率从属五百人逃往海岛。刘邦称帝后招降田横。横在前往洛阳之途羞为汉臣而自杀，岛中部属闻讯亦皆自杀。

⑫ 翟义：汉河内东郡太守。王莽篡位时，翟义举兵讨莽，立刘信为帝。后被莽击败，被害，夷灭三族。

⑬ 鲁酒楚歌：鲁酒，薄酒；楚歌，楚国民歌。

⑭ 吴歈(yú)越唱：指吴、越之地的歌曲。歈，歌。

⑮ "投大将之戈"句：俘弘光的刘良佐，在明被弘光加封广昌伯。

⑯ 阮籍穷途：《晋书·阮籍传》记：阮籍"时率意独驾，不由径路，车迹所穷，辄恸哭而反"。后常指无路可走的悲哀和痛苦。

⑰ 张良仓海：《史记·留侯世家》记：张良"尝学礼淮阳。东见仓海君。得力士，为铁椎重二十斤。秦皇帝东游，良与客狙击秦皇帝博浪沙中，误中副车"。

维昭代之代兴也。乘土德而绍王，丽旭日以承天，执帝柄而司命，聿岳镇而辰悬，扫旄头以静街，鞭角端以定边。穷邛笮，通浪玄，朔方大出，南交凯旋；崇文会武，东鲽西鹣。阅兵则法高司马，论都则赋雄孟坚；备礼乐于虎观，绝烽火于狼烟。法不更而泽久，兵不耀而威宣；俪唐虞而比德，尚殷周而卜年。不意瑶轮无长炯之期，玉历有中屯之会。天子端拱无为，塞聪而治。羽猎灰五柞之场，歌舞纳三灵之地，震筵分枯菀之形，泰阶起蜩螗之异。议论庙谟，干戈儿戏。有道咏瞻乌而长叹，索公指铜驼而下泪①。山未颓而黯然，海不波而潜沸②。然四极未亏，三伦不易③。草木寒于北街，星日耀于南极。闾左多游侠之徒，京华无憔悴之客。追单于虎帐不朝，匈奴渔阳直入，辽水无声，医闾惨色④；乌桓鲜卑之部，封豕长蛇之力，徙帐幕南，空群漠北。中行之背未笞，赵信之城再立。使我燕颔龙韬，霜戈雪戟，出榆塞而不还，坠犁天而长黑，翻添月窟之哀，长有阴山之哭。于是五帅不归，三城莫复，贼在背肩，寇侵肘腋。元子所以伤心，江统于焉太息。且也朝堂多水火之争，边徼有沙虫之戚⑤，未拜郭隗，先诛李牧⑥。熊罴夜而星沦，猿鹤秋而天覆,自蔽日之偕丛,卒终星而丧国。继以中常侍之窃政,大长秋之尸祝[7];圣娆定中禁之谋,节让起北宫之狱;顾厨祸酷于三君[8],累若权延于五鹿[9]。璇庭之璧月几沦,虞渊之曜灵不浴。孤臣饮恨于属镂,硕士含辛而囊木。况夫疆埸多事,边境传烽,恒落鱼门之胄,空夸马服之功;卫青未闻其破虏,魏绛不见其和戎。庸邀汗马,策卖庐龙。及夫星明少海,天浮大横。殷丁河亳之志,周宣江汉之风[10]。诛司隶之王甫,焚诬史之蔡邕。然兵由弱积,政以贿崇,敝箪不能止宣房之决,勺水不足息骊山之红。见伊川之披发,鸣天山而挂弓。笳鼓震于辽阳,旌旗明于塞上。问九鼎之重轻,窥三川之保障。嘶风则苜蓿千群,卧雪则騊駼万帐。定远非万里之侯,嫖姚无百战之将。登陴而鱼钥仓皇,入援而龙旂震荡。郅支绝献馘之期,介子断楼兰之望。卫丁零叛于东胶,毛修之亡于乐浪;虽无刁斗之将军,尚有纶巾之丞相。山鸣石鼓,宿动金精。三辅之蒺蓬春牧,诸陵之弓剑宵惊。降将云帆北渡,贤王宝马东征。方鸿雁集其安宅,鹙鹭奏其升平。列九宾而告庙,开八门而受宁。忽焉五斗米之教起,三里雾之术成[11]。秦晋蜂攘,豫楚蚁营,中横淝泗,南极湘荆。元帅给云台之仗,尚书开武库之兵,或墨衰以莅金革,或班剑以任鼓钲。卒之黄巾黑犊之屯聚,青袍白马之横行。王曰叔父,君之寡兄,或婴白刃,有结丹缨。赤社隳而青茅废,灵光颓而茂苑倾,式亏国族,深轸宸情。祭通侯于太牢束帛,戍王人于扬水流薪;帝子没而烟凝南浦,王孙陨而草遍空城;盗长陵之抔土,伤神州之陆沉;彼何人哉,哀哉至今。矧夫上谷为鼙鼓之场,北海无龙蛇之阵。李都尉部曲不归,陆平原风流顿尽。叹马陵之道穷，嗟龙城之宵遁。国门则画策万千，旌节则功勋尺寸。干城为矛戟之雠，酖毒是盐梅之分。恒见耻于少卿之书，非所望于钱神之论。圣人励玉衡而靡替，垂翠裘而独闷；便殿空谈，平台屡问。赐金罂则执政为贵人之牢，望山头则廷尉皆君子之吝。然主威虽上法武宣，臣德实远惭廉蔺。使臂逆而更难，养痈溃而莫吮。所以辽水东西，人多犯顺；大河南北，野咸饥馑。黑山藉以益繁，赤眉聚而愈迅[12]。遇王师如秋风之卷枯，下坚城若朝霜之悴菌。赤羽动而北驰，黄金鸣而西振。封函谷之一丸，据雍州之九郡。城郭胥沦，衣冠皆殒。犀兕有未赎之华元，丹青有不归之于禁。既度陕而叩关，复逾河而入晋。三千利犀之骑，十万迎风之刃。黄金台之蔓草空哀，白玉仗之青罘俱震。地坼天崩，海焦星陨。蚩尤之毒雾弥天，轩辕之鼎湖虚殡[13]。恨黄竹于千秋，悲苍梧于一瞬[14]。椒宫为血泪之湘君，鹤驾有呼魂之子晋[15]。吊望帝以何期，矢叩阍而难进。可怜泪雨之昭阳，更有风尘之长信。桐棺堕马鬣之封，柏路掩龙輀之輴。呜呼！当斯时也，四海惊飞，三灵恫震。溘灵飙而大招，吊五云而长恨。天上将军之铁马惊风，宣陵孝子之布衣扶榇。三百年玉历昼移，十六世金铺夜烬[16]。

## 注释

①“瞻乌”句：比喻乱世流离失所的人民。典出《诗经·小雅·正月》：“瞻乌爰止，于谁之屋。”“铜驼”句：比喻祸乱即将来临。典出《晋书·索靖传》：“靖有先识远量，知天下将乱，指洛阳宫门铜驼，叹曰：‘会见汝在荆棘中耳！’”

② 黯然：惨淡无光之貌。潜沸：暗涛。

③ 四极：四境，即国境。三伦：指君上、有司、近臣，各自的表率作用。

④ 医闾：即医元闾，山名。在今辽宁北镇西。传说舜封十二山，以此为幽

州之镇。

⑤ 沙虫：小人。典出《抱朴子》，述周穆王南征经久不归，一军将士中君子化为猿鹤，小人化作沙虫。

⑥ 郭隗：战国燕人。李牧：战国赵人。

⑦ 中常侍：秦汉时侍从皇帝的官吏，东汉时由宦官专任，传达诏令和文书。大长秋：汉置侍从皇后的官职，多由宦官担任。尸祝：代表鬼神受享祭和传告言辞的人。

⑧ “厨祸”句：喻东林党人遭残酷迫害。三君，指东汉之窦武、刘淑、陈蕃三人。

⑨ “五鹿”句：《汉书·佞幸传·石显》中记：五鹿充宗与牢梁、石显诸人结为党友，相互依附，彼此援引，皆得宠位。

⑩ 殷丁：商王武丁。周宣：指周厉王之子宣王。

⑪ 五斗米教：东汉顺帝时张陵所创的五斗米道。三里雾：借指道术。《后汉书·张楷传》记：张楷好道术，能作五里浓雾。关西人裴优亦能为三里雾，愿从楷学术，张楷避不见裴。

⑫ 黑山：东汉末张燕等领导的农民起义。聚集在今河南浚县西北的黑山。赤眉：西汉末年的农民起义军，奉刘盆子为帝，眉毛均涂成赤色，故称。

⑬ 毒雾弥天：用蚩尤与黄帝之战作大雾的典故。鼎湖虚殡：古代传说黄帝铸鼎于荆山下，鼎成，有龙垂髯迎黄帝上天，后世名该处为鼎湖。并用鼎湖为皇帝死亡之讳称。此指崇祯自尽之事。

⑭ “恨黄竹”句：典出《穆天子传》，记天子作诗三章以哀民曰：“我徂黄竹。”“悲苍梧”句：指舜帝葬苍梧（今广西东南）。

⑮ 椒宫：皇后所居宫殿，以椒和泥涂壁，取温香多子之义，后用以代称皇后。湘君：娥皇、女英。鹤驾：汉刘向《列仙传》记：王子乔为周灵王太子晋。随道士入山学道成仙，三十余年后，骑鹤在缑氏山头与家人见面。故后人亦称太子驾为鹤驾。

⑯ 玉历：原指正朔。引申为国运。金铺：原指门上用来衔环的铺首。后因常在咏宫殿的诗中引用，故借指皇宫。

……（上略）

黑山之月年年，青冢之花岁岁。室处有荼毒之淫，蛋发有髧髟之累[①]。于是竿木群兴，风云毕会，兴六月之师[②]，振九天之锐；横海伏波，戈船下濑，轨亡秦之陈胜，效安刘之翟义。诛殷通于戏下，斩甄阜于帐外。青雀烟腾，黄龙云迈；夸父有投杖之心，鲁阳无挽戈之计[③]，兵弱虏强，地柔人脆。伤心于王子白衣，绝望于将军蒲类。

田横之五百军人，项籍之八千子弟。平陵东而黄犊可卖，大泽左而乌骓不逝，天萧萧兮不明，日荒荒兮欲曀，伤两镇之未旋，痛孤城之已溃。闻楚歌则部曲萧条，听胡笳则征夫嘘唏。国殇怨而阴雨深，战鬼哭而愁飙厉。烟草依然，江湖如是，毅魄归来，灵风涕洒。至若江关不见，乡国何方？坑既酷于新安[④]，火复烈于咸阳；谷水无浮云之使，昆山非行雨之乡。姑苏烽火，槜李芜荒。草入语儿之馆，月明响屧之廊。美人则紫台黄土，英雄则白草青霜。风何为而惨惨，云何事而茫茫。礼魂兮春兰秋菊，吊古兮山高水长。悴琼枝而无色，零瑶草兮不芳。三秋桂冷，十里荷香。景光黯黯兮销魂，烟波漠漠兮断肠。夜不寐而耿耿，泪沾襟而浪浪。何日度莺花之月？何年归玳瑁之梁。燕巢枯柳，蝶舞空墙。垆头无小妇之酒，城东非少年之场。旧游零谢，独坐荒凉。归去则杜鹃啼月，力微则精卫填江。况夫国屯家难，先子云亡，访彭咸于药室，从墨允于首阳，留遗孤于庐垩，曾仗剑于戎行。济云帆之无路，匿土室而自伤。王章之牛衣空卧，马卿之犊鼻频穿。王尼之车长宿，范晔之廨空悬。任西华单衣见肘，孙叔敖馁鬼谁田？弱龄则海筹十六，短发则霜镜三千。唯我生之不辰，丁穷酷之苍天。若乃天南鼎定，浙右龙骞[⑤]，刘文叔南阳白水，越勾践采葛飞鸢。乾坤重照，日月双悬，湖中贾勇，内地争先。司马秉中军之钺，虞人麾上将之旃。三吴渔猎，七郡风烟，扁舟势疾，三鼓气坚。余乃飘摇泽国，踯躅行间。饮君亲之夙恨，郁家国之烦冤。短衣则东州亡命，长戟则西掖备员。既有志于免胄，岂无心于丧元[⑥]？伍大夫昭关马渡，张留侯沧海龙潜。纨绮非封侯之骨，渔樵当用武之年。千里之月明鼓角，五湖之春泛楼船。鱼龙蟠于甲帐，裘马壮于戈鋋。锦氍毹三军高宴，金叵罗诸将扣舷。既充下乘，敢托中涓[7]？草檄则远愧孔璋，入幕则深惭仲宣[8]。涛寒震泽，风厉由拳。秦帝之椎未中，楚王之墓不鞭。时无文范，人乏策权，龙衣逝矣，鱼服困焉。吴明彻之功名何在，秦武阳之拳勇堪怜。吴要离矛因风转，楚龚胜膏以明煎。高渐离之筑声往矣，徐夫人之匕首依然。亡楚之功不就，报韩之志谁传？兼以五马则寡君云梦，六龙则天王翟泉。三户亡秦之谶，九歌哀郢之篇。功成姬芈，名假苏燕，义公既劫，壮士不还[9]。王裒则蓼莪三废，夏馥则佣保十年。入林自愧夫介推，蹈海深惭于鲁连。管宁皂帽，箕子朝鲜。烟断营门之柳，霜凋幕府之莲。国亡家破，军败身全。招魂而湘江有泪，从军而蜀国无弦[10]。哀哉欲绝，已矣何言。

## 注释

①虿(chài)发：原指古代女子的一种发型。此借喻当时汉人的发式。髡彨(kūn'ér)：髡，古代剃发之刑。彨，颊须。此指清廷所下的薙发令。

② 兴六月之师：顺治二年(1645)六月，江南一带人民纷纷揭竿而起。夏完淳随父至明吴松总兵吴志葵军中，帮助运筹谋划，开创江南抗清斗争新局面。

③ 夸父：指《山海经》记夸父追赶太阳，因渴至死。鲁阳：指《淮南子》记鲁阳公以戈挥日，使快要落山的太阳向后退了三座星宿的位置。

④ 新安：县名。汉置。故城在今河南渑池东。项羽坑秦降卒20余万于新安城南。

⑤ 天南鼎定：指顺治二年(1645)闰六月十五日(一说二十七日)，明唐王朱聿键在福州即帝位，年号隆武。浙右龙骞：指顺治二年闰六月二十八日，明鲁王朱以海在浙江绍兴就监国位。

⑥ 免胄：原指古代军人脱下头盔的行礼方式。此指决死之心。丧元：牺牲生命。元，头颅。顺治三年(1646)春天，夏完淳与老师陈子龙、

岳父钱栴，歃血盟誓，共谋倡义。并上书鲁监国，鲁监国遥授完淳中书舍人之职。同年五年，完淳至受挫后整军再起的吴易军中，担任参谋职务，翊赞军事谋略。

⑦ 下乘：下等的劣马。喻庸劣的人才。中涓：秦汉时皇帝身边亲近的侍从官。

⑧ 孔璋：三国魏陈琳的字。仲宣：三国魏王粲的字。

⑨ 义公既劫，壮士不还：吴易军再起后，初战甚锐。旋败于清浙闽总督张存仁。

⑩ “招魂”两句：吴易军溃退嘉善时，完淳与大队失去联系。只身到李自成旧部控制地区荆湘一带，意图建立联系。

呜呼！余生于烈皇之朝，长于圣安之世[①]。佐威虏以于征，从长兴而再起[②]。追怀故君，何臧何否？言念旧臣，何功何罪？或旰食而宵衣，或坠簪而遗珥，或麦饭以自尝，或肉糜之堪耻。推本先朝，追原祸始。神祖之垂拱不朝，熹庙之委裘而理。罪莫炽于赵高，害莫深夫褒姒。唯屈釐之下狱，与朱浮之赐死，虽大臣之无刑，非圣人之得已。至于五世伦宗，三朝旧事，指触瑟为良规，目采芝为佞轨，使腥秽之北风，陷泥涂于南纪。殷深源之方略空空，王夷甫之风流尔尔[③]。若乃威虏偏裨，长兴文吏，原非将帅之才，未有公侯之器。兴怀鸿鹄之形，颇见龙蛇之志；日日胡床之卧，夜夜钧天之醉。既一战之未申，沦九死而靡悔。黄土一抔，丹青万禩。余草木门庭，旂常家世，家淑人黄鹄之悲，先文忠白虹之气。非无德曜之妻，尚有文姬之姊[④]。衣冠列于杜曲，姓氏通夫槐里。寄食无乡，望尘有地。范丹之甑长寒，卞彬之虱未弃[⑤]。达士穷途之悲，壮夫歧路之泪。载念簪缨，言怀邦国。恨欲言而声已吞，愁将诉而泪沾臆。何必雍门之琴，无假武陵之笛。日月如驰，亲朋不识，独剑空囊，三江浪迹。人容鼓吏之狂，世笑愚公之癖。混缁羽之高贤,结屠箫之豪客。三桑无再浴之期,一饭有千金之值。望旧乡而云影苍苍,吊故垒而风声恻恻。蒋诩之径不开,王猷之舟时出⑥。秋水迢遥,寒林萧瑟。野兽暮号,群鸦晚集。鹤唳霜惊,鸥眠月直。过耳伤神,仰天太息。山气兮江光,春阳兮秋色。嫖姚空旧筑之坛,郎将有先陪之戟。蛟龙非遇雨之期,鲲鹏无御风之力。韩王孙之城下,知己谁人?宋如意之堂前,伤心何极?下江但见夫绿林,圯桥未逢夫黄石⑦。此孤臣所以辍食而拊心,枕戈而于邑者也。

## 注释

① 烈皇:崇祯皇帝。圣安:指弘光皇帝。

② 威虏:指吴松总兵吴志葵。长兴:指吴昜,字日生,吴江人。弘光朝倾覆后,与同邑举人孙兆奎起兵抗清。鲁监国授其兵部侍郎,封长兴伯。

③ 殷深源:晋殷浩字深源。王夷甫:晋王衍之字。

④ 家淑人:指完淳之母。淑人,封建王朝命妇的封号。黄鹄之悲:《列女传》记陶婴夫死守义,作黄鹄歌。后以此喻守寡。先文忠:指完淳父亲夏允彝。夏允彝死后,隆武帝谥其文忠。白虹之气:《礼记·聘义》:"君子比德于玉焉……气如白虹。"后以此喻品德高尚。德曜之妻:完淳之妻钱秦篆。德曜是后汉梁鸿之妻孟光的字。后人常用她喻妻贤。文姬之姊:完淳之姊夏淑吉,是一位有才情长于诗作而又遭遇极苦的女子。完淳比她为文姬。

⑤ 范丹:东汉陈留人范丹。遭党锢之祸,遁逃在外卖卜为生,虽有时绝粒,但穷居自若。时有歌称:"甑中生尘范史云,釜中生鱼范莱芜。"卞彬:南齐济阴人,自号田居。才操不群,文多指刺。有《蚤虱赋》。

⑥ 蒋诩之径:西汉杜陵人蒋诩字元卿,因王莽专权,不愿附庸权贵,归乡里卧不出户。院中设三径,唯与羊仲、求仲往来。王猷:晋王徽之(字子猷)。

⑦ "下江"句:西汉末,新市人王匡等聚于绿林山中的起义军下江兵。"圯桥"句:指张良圯上遇老人黄石公事。

## 鉴赏

夏完淳(1631—1647),南明抗清志士、诗人。原名复,字存古,号小隐。松江华亭(今上海松江)人。14岁从父亲夏允彝起义抗清,允彝兵败自杀。完淳与老师陈子龙、岳父钱栴歃血倡义,受鲁监国封为中书舍人,参谋太湖吴易军事。易败,完淳为抗清奔走。被捕,在南京受讯时痛骂洪承畴。被害时神色自若、直立不跪,最后被断喉而死。自幼在父亲和老师的复古主义文学主张指导下进行学习,受汉魏六朝文学影响颇大。尤喜韵文,曾谓"有韵之文,自谓无敌;无韵之文,通达而已"。所作诗赋大多抒发政治抱负,特别是国变后的创作,更多反映其斗争经历。作品感情真挚纯朴,悲歌慷慨,开始形成一种深沉雄浑的艺术风格。传世作品数量甚多,现合编为《夏完淳集》。

《大哀赋》是夏完淳的力作,清代即被公认。编订夏完淳诗文集的何其伟曾说"《大哀》一赋留正气"。完淳的好友汪沄说"《大哀》一赋凌云气,永夜寒光射白虹"。清代学者朱彝尊认为《大哀赋》完全可以和庾信的《哀江南赋》匹敌,并认为完淳在为人为文两方面均前无古人。它是描写明代亡国哀史的长赋,作于清顺治三年(1646)。此赋对《哀江南赋》有所借鉴。其成就高于《哀江南赋》。两赋在创作意图上,有较大差别。庾信写《哀江南赋》时,除了明确表示"唯以悲哀为主"外,还表示它是一篇有韵的自传。因此,赋中虽生动地描绘了那个动荡非凡的社会,但更多的是反映自身所受的苦难。夏完淳却完全不同。他在赋的序文中明确表示为总结亡国的历史教训而作赋。

赋正文展示了诗人才华横溢的创作才能和他对一些历史事件的精到见解。全赋分两大部分。第一部分描写了明帝国北京政权和南京政权的覆灭经过和原因。(因赋文过长,第一部分为节录。)第一层点出了神宗亲政后的种种弊端和明帝国内忧外患局面形成的原因。诗人的揭示极为深刻。在这个滋生病毒的政权培育下,文臣武将全都成了争权夺利的小人。结果,即使是有所作为的中兴之君崇祯即位,也无济于事。因为整个政权已是"兵由弱积,政以贿崇"(崇通"终"),无法解决根本危机。诗人以忠于历史的态度,历数了政权在崇祯手中丢失的种种历史的和现实的原因。这里面既反映了前代君主的过失,又指出了崇祯本人应负的责任。第二层写南京政权的覆灭,笔调沉痛、鄙夷。

赋的第二部分既描写了铁蹄践踏下的人民的抗暴斗争,又反映了个人经历和家庭变故。虽然这些抗争一次一次失败,但诗人所要呈现给人们的印象,却是一种矢志不移的战斗精神,从而激励后死者为先烈未竟的事业而继续奋斗。

《大哀赋》是夏完淳创作生涯中的里程碑。他把长期受复古文学主张训练的文字手段,运用到反映现实的创作实践中来,使得作品扫除了僵化模仿的气息,成为一篇既有丰富内容,又有华丽优美文字的从内容到形式都相当完美的作品。整个作品洋溢着慷慨悲歌、壮怀激烈的爱国激情,表现了诗人雄壮、开朗的抒情风格,反映了诗人创作技巧上的日臻成熟。

(刘秉铮)

# 秋 雪 赋

吴兆骞

吴生既窜旅于龙山之下[1]，戚兮无悰[2]，悄兮多暇。抱孤迹于寒郊，眷羁心于秋野[3]。于是青女已届[4]，素商未阑[5]，熊环西蛰[6]，雁厉南翰[7]。玄冰溓而夜结[8]，玉露皓而朝漙[9]。尔乃眇懽绪[10]，怆忧端[11]，倚拂庐以凄目[12]，对服匿而流叹[13]。忆江皋之余暖[14]，怨边候之早寒[15]。

俄而九关欲黯[16]，千里无色；鱼云断山[17]，雁沙鸣碛[18]。天漾漭以将低[19]，日晻暧而如没[20]。沓埃霭于遥空[21]，积风威于广隰；霰瞥屑而稍飞[22]，雪翻飚而遥集。匝穷阴之窈郁[23]，起严气之氛氲[24]。乍连山以转雾，忽萦空以凭云。始媆娟以构霤[25]，遂杂沓而横氛[26]。混玉门兮并色[27]，覆金河兮莫分[28]。于是遥峰失紫[29]，衰林掩黛[30]，日冷金支[31]，云收罗带。杀虫响于阴崖[32]，冻波文于元濑[33]。薄凉驾兮增寒[34]，入迅商兮振籁[35]。凄兮瑟瑟，奕兮霏霏[36]。入帐凝华，娱鹤关之曙启[37]；停林结蕊，疑鸾朔之春归[38]。绵烟壑以含缟，合云海而通晖。迷征马之野牧，惨寒雕之夕飞。悲青桂之爽节[39]，歌黄竹之哀辞[40]。

既乃烛龙将暝[41]，城乌渐息[42]，山返樵歌，林归猎客。霾依夕而弥严[43]，雰横天而转急[44]。压土锉兮沉烟[45]，洒毡墙兮缘隙。飞六出而未成[46]，翻三袭而争积[47]。助红树之秋声[48]，韬绛河之夜色[49]。望已断兮还连，谓将开兮忽及。未晛柱而玉残[50]，似卷绡而珠泣[51]。冒莲衣兮坠红[52]，点芦花兮偕白。碛何远而非银，台何高而无璧。萧条兮墐户[53]，烂漫兮凝阶。金笳塞而叶脆[54]，铁衣照而鳞开[55]。逐边风兮响萧瑟，鉴汉月兮光徘徊[56]。叶乱声而竞下，雁孤影而遥来。眇平原之旷莽[57]，惟积雪之崔嵬[58]。

若乃氛昏半收，夜景遥廓[59]，风敛天霄，云澄海堮[60]。月抱晕以东垂[61]，河含星而西落[62]。荒鸡喔兮伺晨，霜禽嘹兮警漠[63]。凛凄霭之凝严[64]，镜澄晖之昭灼[65]。山千叠兮少人民，野万里兮无城郭。气憭栗兮侵衣[66]，色晃朗兮盈幕[67]。樽琉璃而不懽，揽褐衾而怨薄。笛吐哀以独吹，泪承睫以双落。乡梦远兮空归，边心愤兮交作[68]。候已昧于秋冬[69]，心何分于苦乐？抚秋朔之如斯[70]，知天施之未博[71]。

彼夫南国王孙之墅[72]，西京戚里之家[73]，梧承檐以稍下[74]，菊罗砌而初华[75]。幕曾轩以楚组[76]，代纤绤以吴纱[77]。爱秋飙之送爽，怜秋夜之方赊[78]。绮罗纷兮乐未已，箫鼓喧兮月欲斜。岂知江接乌龙[79]、城遥元菟[80]，飞雪嵯峨，曾冰回沍[81]，迁客之辛勤、塞垣之寒苦哉[82]！

悲来如何？摧心自多。援笳揽调[83]，为秋雪之歌。歌曰：

边风起兮朔雪飞，雁违塞兮度欲稀[84]。关山远兮谁与归？心怀乡兮空自知！龙沙雪色秋如此[85]，肠断高楼旧寄衣[86]。

## 注释

① 吴生:作者自指。窜旅:流放。作者自 27 岁被诬流放宁古塔,先后居住 23 年之久。

② 悰(cóng):欢乐。

③ 眷:恋。羁心:羁旅之心。

④ 青女:传说中司霜雪的女神。届:至。

⑤ 素商:秋天。古代以商音(五音之一)配秋,故名。阑:尽。

⑥ 熊环西蛰:指熊四处寻找蛰伏之处。环,绕。

⑦ 雁厉南翰:雁群振翼南飞。厉,疾飞之貌。

⑧ 溓(liǎn):水开始结冰。

⑨ 溥:甚多的样子。

⑩ 眇:微,少。懽:同“欢”。

⑪ 怆:悲伤。

⑫ 拂庐:本为唐时吐蕃贵人所居大帐幕,此指自己的居处。

⑬ 服匿:古代盛酒酪的器具,小口,大腹,方底。

⑭ 江皋:江边低地。

⑮ 边候:边境的气候。

⑯ 九关:九门,传说中天帝所居之处。

⑰ 鱼云:鱼鳞状的云。

⑱ 雁沙鸣碛:雁群在沙碛之处鸣叫。

⑲ 漾漭:广远貌。

⑳ 晻暧:昏黑的样子。

㉑ 瞀(mào):眩惑,视不明。埃霭:混有微尘的云气。

㉒ 霰:小雪粒。瞥屑:偶尔,忽而。

㉓ 穷阴:穷冬,冬季岁末之时。窈郁:幽深盛多的样子。

㉔ 严气:峻烈严酷之气,指严寒之气。氛氲:云气远布而盛大的样子。

㉕ 嫓(pián)娟:迂回曲折的样子。构霤(liù):交合连结屋霤。霤,屋檐。

㉖ 横氛:云气充满的样子。

㉗ 混:混一。

㉘ 金河:指黑河,因泥沙发黄色,故称,在今内蒙古境内。

㉙ 紫:山紫黑的颜色。

㉚ 黛:指树木青绿的颜色。

㉛ 金支:金枝,金制的装饰品。

㉜ 杀:灭。阴崖:山崖。

㉝ 波文:同“波纹”。元濑:同“玄濑”。濑,急流。

㉞ 薄:迫。凉驾:指秋季。传说羲和御日,故言驾。

㉟ 迅商:迅疾的秋风。籁:孔穴中发出的声音。

㊱ 奕:忧愁。霏霏:纷飞的样子。

㊲ 鹤关:门。

㊳ 鸾朔:不详。

㊴ 青桂爽节:桂树应在冬季开花,而此地积雪如花,似桂树生非其时。

㊵ 黄竹:古代逸诗,四言,三章,章七句。

㊶ 烛龙:神话传说中的神人名。

㊷ 城乌:城头的乌鸦。

㊸ 霾:阴霾,天空昏黑的状态。

㊹ 雺:雾气。横天:接天。

㊺ 锉:折伤,挫败。
㊻ 六出:雪花。
㊼ 三袭:重重叠叠,形容雪下得大。袭,衣上加衣,引申为重叠。
㊽ 红树:红叶。
㊾ 韬:掩藏。绛河:银河。
㊿ 睨柱:斜视梁柱。玉残:玉破。
51 卷绡:古代传说故事:东海有鲛人,水居如鱼,不废绩织,眼能泣珠。
52 冒:覆盖。莲衣:莲花。
53 墐(jìn)户:用泥土堵塞门户。
54 金笳:胡笳,一种吹管乐器。
55 鳞开:比喻雪光映照铁衣光闪闪的样子。
56 鉴:照。汉月:月亮。
57 眇:同"渺",辽远。旷莽:空阔无边。
58 崔嵬:高大的样子,指雪深。
59 遥廓:辽阔。
60 海堮:海际。堮,边际。
61 垂:低。
62 河:银河。
63 霜禽:秋天的禽鸟。漠:同"寞",寂静无声。
64 凛:严冷可畏。凄霭:凄冷严寒的云气。
65 澄晖:光辉。昭灼:明亮的样子。
66 憭栗:寒冷。
67 晃朗:光明闪亮的样子。
68 愤:悲愤。交作:一时俱起。交,俱。
69 候:物候。
70 秋朔:秋季的北方。
71 天施:上天的赐予。博:遍。
72 南国:南方。
73 西京:指京城。与上文"南国"互文见义。戚里之家:指贵戚显宦之家。
74 承:接。稍下:稍有落叶。
75 罗砌:环绕阶砌。初华:刚刚开花。
76 曾轩:曾通"层"。层轩,重轩,高轩。轩,有窗槛的廊室。楚组:楚地产的宽丝带。
77 纤绤(xì):细葛布。
78 怜:爱。赊:长。
79 乌龙:即黑龙江。
80 元菟:即"玄菟",古郡名,辖地包括今辽宁东部、吉林南部及朝鲜咸镜道。
81 曾冰:同"层冰"。回沍:层层冻结。
82 塞垣:边城。
83 笳:管乐器名。
84 违塞:离开边塞。
85 龙沙:古代本指西部、西北部边塞及沙漠地区,后泛指边塞地区。
86 高楼旧寄衣:本指家中的妻子。此或泛指故乡亲友。

## 鉴赏

《秋雪赋》是吴兆骞写于流放时期的抒情名赋。

吴兆骞(1631—1684),字汉槎,江苏苏州人。生于明末而活动于清初,是清初的著名作家,诗、赋、骈文都写得很好。少年时即有才名,吴梅村曾称赞他与彭师度、陈维崧为“江左三凤凰”。顺治十四年(1657)他26岁时参加江南乡试,发生了著名的“江南科场案”,他被诬考试中有舞弊行为,被流放到边远的宁古塔(今黑龙江宁安)。在此,他度过了漫长的23年,备极艰辛。后来,由于他的好友顾贞观向纳兰性德求情,他又上了《长白山赋》给康熙,才得以允准由宋德宜、徐乾学等人捐金赎归。归后,在纳兰家担任授读,不到三年即病死,年仅53岁。

长期的流放生活,使他对北国的山川风物有了很深切、很细致的体验。而他自己由于莫须有的罪名而被长期流放,所遭遇的不幸、对故乡的思念,使他胸中蕴积着一股抑郁不平之气。在这篇赋作中,他即通过对于北国秋雪的真切细致的描绘,抒发了一位才高名重而又备受磨难的士人的忧愤和思乡之情。胸中的牢落不平和悲凉之感充溢字里行间。

赋名“秋雪”,固然点明了所咏的主要对象,但作为生长在江苏的作家来说,秋雪是与故乡大不相同的物候变化。“忆江皋之余暖,怨边候之早寒”,明显的气候不同,极易引起思乡的情绪。同时,在人生的道路上,作者未曾通显即遭不幸,正像过早到来的严寒,摧折了原应繁茂的生物一样,使作者内心体味到一种悲凉。因此,“秋雪”就不仅止于它表面的含义,它融入了作者的身世之感和思乡之情。作者正是把这种内心之感与秋雪的景色结合起来,加以精细的描写,在强烈对比中迸发出感人的力量,形成这篇赋的基本特色。

“赋者,铺也”,“赋体物而浏亮”。作为赋体文学,体物的细致鲜明是当具的特色。但本文并不是作纯客观的描述,而是在细致真切的描述中融入了个人的感觉和体验,收到了体物达情两方面的效果。在对秋雪的描摹中,作者选择了三个不同时间、不同景色的特征,进行了有层次的描绘。开始是阴云密布,霰雪初飞的景色,详尽描写了由天低云暗到雪飞漫漫的过程。接着,作者描写暮色雪景。用形容、渲染、比喻以至直接描写,多方面刻画此时的雪景,细致而鲜明,形色兼具。接写第二天的早晨,这是一个雪过云收,寒气凝严的早晨。天寒人单,只有荒鸡、霜禽的啼声打破这死一般的静寂。作者在描写这些的同时,更强烈地抒写了自己心中痛苦的郁结。继之笔锋一转,以“南国王孙之墅,西京戚里之家”的生活情形,与塞垣迁客的处境加以对比。这些达官贵戚之家,此时此地,正享受着秋光的乐趣,秋色的娇姹。它与“飞雪嵯峨,曾冰回沍,迁客之辛勤,塞垣之寒苦”形成了鲜明的对照!这种对照,补充了上文写景抒情的情韵,更强烈地抒发了作者心中的愤懑不平。因之,作者以“悲来如何? 摧心自多”作结,把那种摧肝裂肺、肠断泪枯之痛,淋漓尽致地表达了出来。

统观整篇作品,它把强烈的抒情性与特定环境的描写结合在一起。写景是抒情的基础,抒情是写景的灵魂,情由景生,景因情活。雪景雪色,曾在古人笔下放出各异的情彩。雪景雪色,严酷逼人,是作者独特的体验和感受的结果,也是作者内心情感的外现。在这里,秋雪与人是合为一体了。因此全篇以情起,以情结,把感情气氛融入其中,使人处处感到作者思想情绪的跳跃,确实是抒情性极强的作品。而从语言表现上,作者不愧为骈文大家,句式整齐而不呆滞,语言高华而不浮泛,气势又开阔挺拔,给人以美的享受,同样也增加了感人的力量。

（王培元）

# 屋漏赋

蒲松龄

山居老屋，门以承尘。夏霖滴漏[1]，丁丁夜闻。将呼灯而移案，限重门之巨津[2]；及支枕而拥衾，任高卧而重茵[3]。忽忽焉发峨舸之舟[4]，蘧蘧焉泛鄱阳之浒[5]。密树浮窗，惊涛震橹。已而浪恬波平，匡庐在睹[6]；五老香炉[7]，蹲狮负虎。俄而箫管停声，回帆点鼓[8]；阗阗冬冬，盈耳可数。或数时而一鸣，或援桴而四五[9]。俨岑牟而单绞[10]，将屏立而箕服[11]。乍摊书而无言，倏操檛而欲怒[12]。倘处仲之所撞几[13]，而正平之所不取[14]。无何[15]，洒然惊觉[16]，乃山堂漏雨也。

异哉！岂主人之好游乎，乃梦不离乎南浦耶？于是崛起披衣，危坐假寐[17]，谯钟未发[18]，邻鸡犹睡。俄闻扣门，有客投刺[19]，或戴笠而蹑屩[20]，亦迭乘而累骑[21]。剥剥啄啄，举声四壁。将褦襶之杂沓[22]，噬凿坏而逃避；或故人之登床，方携壶而问字[23]？但闻马策间敲，或一或二，俄传鞭而弗前，聊掷瓦以相戏。怪候门之无词，久逡巡而不至[24]。已而绨帐梦回[25]，重闼深闭[26]，又屋漏之如麻，声淋漓而尽致也。

于是拂云启户，承盖曳屣[27]，但见东池之朱鳞[28]，游泳于西沼；南邻之碧树，低垂于北肆。笑伊庐之不宁，羌余梦之多悸[29]。爰呼童以洗爵，且陶陶而取醉[30]。

## 注释

① 夏霖:夏季的连绵大雨。
② 限重门之巨津:为如同层层门户的巨津所限。巨津,大渡口。
③ 重茵:厚褥。
④ 忽忽:形容时间过得很快。峨舸(gě)之舟:高大的船。
⑤ 蘧(jù)蘧:吃惊的样子。鄱阳之浒:鄱阳湖。浒,水边,这里同“湖”。
⑥ 匡庐:庐山。
⑦ 五老:五老峰,在庐山东南部。香炉:香炉峰,在庐山北部。
⑧ 回帆:回风。
⑨ 援桴(fú):拿着鼓槌敲鼓。
⑩ 俨岑牟而单绞(xiáo):俨然是穿戴岑牟单绞的鼓吏。岑牟,古代鼓角吏所戴的帽子。单绞,苍黄色单衣。
⑪ 箕服:弓箭手所着的服装。
⑫ 操檛(zhuā):拿起马鞭子。
⑬ 处仲:人名。一为晋人王瑚。一为晋人王敦。
⑭ 正平:汉末祢衡。
⑮ 无何:不久。
⑯ 洒然:诧异的样子。
⑰ 危坐假寐:端坐着打盹儿。
⑱ 谯钟:谯楼上的钟。
⑲ 投刺:递名片请谒见。
⑳ 蹑屩(nièjuē):踏着草鞋。
㉑ 迭乘:二人乘坐一匹马。累骑:意同“迭乘”。
㉒ 褦襶:衣服粗重宽大,不合身,不合时。
㉓ 携壶而问字:提着酒壶来请教学问。
㉔ 逡巡:欲进不进,迟疑不决的样子。
㉕ 绨(tí)帐:丝织的帐幔。
㉖ 重闼(tà)深闭:紧闭院中小门。
㉗ 承盖曳屣(xǐ):支起伞盖,拉上鞋子。
㉘ 鳞:鱼的代称。
㉙ 羌:无义,句首助词。一说犹“乃”。
㉚ 陶陶:快乐的样子。

## 鉴赏

蒲松龄(1640—1715),字留仙,一字剑臣,别号柳泉居士,世称聊斋先生,山东淄川满井庄(今淄博蒲家庄)人。屡试不售。30 岁时迫于家贫,应聘为江苏宝应知县孙蕙幕僚,年余即归。后至乡宦家为塾师,得博览古书秘籍。70 岁始成贡生,五年后去世。一生潦倒,过着“数卷残书,半窗寒烛,冷落荒斋里”的清贫生活。他以毕生精力所著的《聊斋志异》是中国古代文言短篇小说的高峰。此外,有诗千余首,以及散文、戏文、俚曲等。后人将其著作辑为《蒲松龄集》行世。

蒲松龄在《与诸弟侄书》中论述文章作法时说:“盖意乘间则巧,笔翻空则奇,局逆振则险,词旁搜则畅。虽古今名作如林,亦断无攻坚摭实,硬铺直写,而其文得佳者。”这篇赋正是用了这种“避实击虚”的写法,而显得“巧”“奇”“险”“畅”。赋题为“屋漏”,但除了在两场梦幻中几句简括的交代外,其大量篇幅用在铺写幻觉梦境上,没有从正面“攻坚摭实”“硬铺直写”。

幻觉梦境是与人的内心活动紧密相关的,是人在下意识的精神状态中,对生活经历的认识,也是人的思想、感情、愿望、顾虑等的一种折光反映。因此,描绘幻觉梦境是一种特殊的心理描写。第一场梦为拥衾高卧重茵所做。这是“夏霖滴漏,丁丁夜闻”的情景在梦境中的幻化。第二场梦是在“谯钟未发,邻鸡犹睡”之际,披衣危坐假寐时所做。

乍看,作者似乎不是写屋漏。细细品味,又觉得处处是在写屋漏,是借用虚幻的梦境描写真实的存在。这样写,避免了行文的板滞,而显得幽默诙谐,趣味盎然。这样写,并不是为了省力,相反,“谈真则易,说梦为难”(李渔《闲情偶寄·词曲部·结构第一》),难在梦是虚幻的,抽象的。蒲松龄在这篇赋中变虚幻为逼真,变抽象为具体,因而写得真切动人。他既考虑到特定的生活环境,又考虑到梦境的虚无缥缈,而且在梦境中寄寓着特殊的心理活动。这样写,虚虚实实,真真假假,虚中见实,假中见真,就更富有审美趣味。这篇赋能使读者虚中见实,假中见真,还在于它有以事实为依据的情节因素。他是按时间顺序安排组织材料的。这种直线结构,线索单纯明晰,思路自然流畅,与梦境中纷至沓来的众多形象相映成趣。

(韩进廉)

# 秋 兰 赋

袁 枚

秋林空兮百草逝，若有香兮林中至。既萧曼以袭裾①，复氤氲而绕鼻②。虽脉脉兮遥闻，觉熏熏然独异。予心讶焉，是乃芳兰。开非其时，宁不知寒？于焉步兰陔③、循兰池，披条数萼④，凝目寻之。

果然兰言，称某在斯⑤。业经半谢⑥，尚挺全枝。啼露眼以有待，喜采者之来迟。苟不因风而枨触⑦，虽幽人其犹未知。于是舁之萧斋⑧，置之明窗。朝焉与对，夕焉与双。虑其霜厚叶薄，党孤香瘦⑨；风影外逼⑩，寒心内疚⑪。乃复玉几安置，金屏掩覆。虽出入之余闲，必褰帘而三嗅⑫。谁知朵止七花，开竟百日。晚景后凋，含章贞吉⑬。露以冷而未晞⑭，茎以劲而难折；瓣以敛而寿永⑮，香以淡而味逸⑯。商飙为之损威⑰，凉月为之增色。留一穗之灵长⑱，慰半生之萧瑟。予不觉神心布覆⑲，深情容与⑳。析佩表洁㉑，浴汤孤处㉒。倚空谷以流思㉓，静风琴而不语㉔。

歌曰：秋雁回空，秋江停波。兰独不然，芬芳弥多。秋兮秋兮，将如兰何！

**注释**

① 萧曼：高远的样子。袭裾（jū）：扑袭衣袖。

② 氤氲（yīnyūn）：香气浮动的样子。

③ 于焉步兰陔（gāi）：于是就走到生着

兰花的田埂。

④ 披条数萼:拨开枝条寻数花叶。

⑤ 称某在斯:声言我在这里。

⑥ 业经半谢;已经凋谢将半。

⑦ 枨(chéng)触:感触。

⑧ 舁(yú):抬。萧斋:寂静的书房。

⑨ 党孤香瘦:枝茎孤单,香气轻微。党,亲族,朋辈,此指花枝。瘦,瘠薄。

⑩ 风影外逼:风寒与光影逼迫于外。

⑪ 寒心:寒气侵心。

⑫ 褰帘:揭起竹帘。

⑬ 含章贞吉:文彩包孕于内而坚贞洁美。

⑭ 以:已。晞(xī):干燥,此指枯干。

⑮ 瓣以敛而寿永:花瓣已经缩敛而犹开未落。

⑯ 香以淡而味逸:香气已经淡微而香味却没有散失。

⑰ 商飙(biāo):秋风。

⑱ 灵长:绵延长久。

⑲ 神心布覆:心神不定。布,展开;覆,转回。

⑳ 容与:迟缓不前的样子。

㉑ 析佩表洁:解下佩带表示高洁。

㉒ 浴汤孤处:到清水中洗浴而幽居。

㉓ 流思:流目长思。

㉔ 静风琴:风琴静。风琴,风声。

## 鉴赏

袁枚(1716—1798),字子才,号简斋,又号随园老人。浙江钱塘(今浙江杭州)人。聪慧早熟,12岁即中秀才,乾隆十四年(1739)进士,选庶吉士。后历任溧水、江浦、沭阳、江宁等地知县。33岁即辞官,于江宁(今江苏南京)小仓山购置花园,称随园,在此过了五十多年游乐生活。所著诗文颇多,有《小仓山房诗文集》《随园诗话》等。赋作有《山问》《青山招主人赋》《秋兰赋》《坐观垂钓赋》《笑赋》等。以抒写优游闲适之生活情趣为主,然笔墨之间,亦常有揶揄世态、鄙薄尘俗之意。袁枚论诗,主张独抒性灵,反对格调、神韵、肌理诸说,形式也力主自由活泼,不拘一格,所作赋也大致体现了这样的主张。

《秋兰赋》是袁枚借赞美秋兰独芳百卉,傲寒不凋,表现他做人的清高品格。

赋先写秋兰的被发现。秋兰的被发现,既不是以其花色艳丽惹人注目,也不是蜂戏蝶舞的引导,而是在秋林空廓,百草枯萎之际,一股幽香"既萧曼以袭裾,复氤氲而绕鼻",在于其傲寒不凋、馨芳怡人的特异品格。接着,作者从三个方面对秋兰的品格加以赞美:一,秋兰甘愿洁身自好,隐居幽处。它在深秋中,"业经半谢,尚挺全枝",如果不是风的吹送使人触气闻香,即使幽居的隐者也不会得知。但是,它又"啼露眼以有待,喜采者之来迟",

虽然孤芳傲世,还是愿意以香气怡人。这是袁枚出世与入世相互矛盾着的人生观的自然流露。二,作者对秋兰的珍惜与赏爱。早晨与之为伴,晚上与之为侣,表现出作者对芳洁的生活态度的垂怜,以及对清高的处世态度的欣赏。三,秋兰的美好品质及其对作者的熏染和启示。秋兰,“晚景后凋,含章贞吉”,能经受风霜的考验,不显露自己的华彩;秋兰,“露以冷而未晞,茎以劲而难折”,愈到晚景愈显得风清特异;秋兰,“瓣以敛而寿永,香以淡而味逸”,从敛缩的花瓣中透出的清淡香味能比较长久地留在人间。秋兰的这些品格,使他感动,使他遐想。在袁枚看来,人生于世,应该以秋兰为楷模,要有兰花般的品格。

最后以诗歌的形式总结全文,这是赋常见的结尾形式。他纵情歌唱:大雁在秋天飞回南方,江水在秋天不泛波浪。独有兰花傲寒不凋,独有兰花在霜露中愈益芬芳。秋气肃杀,能把秋兰怎样!

在这篇赋中,袁枚把秋兰人格化,并赋予秋兰以美好的品格加以讴歌,正是袁枚其人的自我标榜。袁枚是清乾隆时代的才子,曾以才学高雅、风流倜傥而名噪一时。但是,由于他那放任的个性和飘逸的才气为时人所嫉,始终未能发达,做了几任七品芝麻官便引疾归隐。袁枚对当时社会的黑暗、官场的污浊,以及官吏们的蝇营狗苟是不满的。但是,他不是直面现实,力矫时弊,而是采取洁身自好、超尘脱俗的态度。这就是他歌颂秋兰隐居幽处、凌寒不凋、馨芳怡人的原因所在。

(韩进廉)

# 哀盐船文

汪 中

乾隆三十五年十二月乙卯，仪征盐船火[1]。坏船百有三十，焚及溺死者千有四百。是时盐纲皆直达[2]，东自泰州[3]，西极于汉阳[4]，转运半天下焉。惟仪征绾其口[5]。列樯蔽空，束江而立，望之隐若城郭。一夕并命[6]，郁为枯腊[7]，烈烈厄运[8]，可不悲耶！

于时，玄冥告成[9]，万物休息，穷阴涸凝[10]，寒威懔栗，黑眚拔来[11]，阳光西匿。群饱方嬉，歌咢宴食[12]。死气交缠，视面惟墨[13]。夜漏始下[14]，惊飙勃发[15]，万窍怒号[16]，地脉荡决[17]。大声发于空廓，而水波山立。于斯时也，有火作焉。摩木自生[18]，星星如血，炎光一灼，百舫尽赤。青烟睒睒[19]，熛若沃雪[20]。蒸云气以为霞，炙阴崖而焦爇[21]。始连楫以下碇[22]，乃焚如以俱没[23]。跳踯火中，明见毛发，痛謈田田[24]，狂呼气竭。转侧张皇，生涂未绝[25]。倏阳焰之腾高[26]，鼓腥风而一吷[27]。洎埃雾之重开[28]，遂声销而形灭。齐千命于一瞬[29]，指人世以长诀。发冤气之焄蒿[30]，合游氛而障日。行当午而迷方[31]，扬沙砾之嫖疾[32]。衣缯败絮[33]，墨查炭屑[34]，浮江而下，至于海不绝。

亦有没者善游[35]，操舟若神。死丧之威[36]，从井有仁[37]。旋入雷渊[38]，并为波臣[39]。又或择音无门[40]，投身急濑[41]，知蹈水之必濡[42]，犹入险而思济。挟惊浪以雷奔[43]，势若阶而终坠[44]。逃灼烂之须臾，乃同归乎死地。积哀怨于灵台[45]，乘精爽而为厉[46]。出寒流以浃辰[47]，目睊睊而犹视[48]，知天属之来抚[49]，憖流血以盈眦[50]。诉强死之悲心，口不言而以意[51]。若其焚剥支离[52]，漫漶莫别[53]，圜者如圈[54]，破者如玦[55]。积埃填窍[56]，攦指失节[57]。嗟狸首之残形[58]，聚谁何而同穴[59]！收然灰之一抔[60]，辨焚馀之白骨。

鸣呼哀哉！且夫众生乘化[61]，是云天常[62]，妻孥环之，绝气寝床。以死卫上[63]，用登明堂[64]。离而不惩[65]，祀为国殇[66]。兹也无名，又非其命[67]。天乎何辜，罹此冤横？游魂不归，居人心绝[68]。麦饭壶浆，临江鸣咽。日坠天昏，凄凄鬼语。守哭屯邅[69]，心期冥遇[70]。惟血嗣之相依[71]，尚腾哀而属路[72]，或举族之沉波，终狐祥而无主[73]。悲夫！丛冢有坎[74]，泰厉有祀[75]。强饮强食[76]，冯其气类[77]。尚群游之乐，而无为妖祟[78]。

人逢其凶也耶？天降其酷也耶？夫何为而至于此极哉！

## 注释

① 仪征：在今江苏。

② 盐纲：结伙同行专运食盐的船队。

③ 泰州：县名，在今江苏。

④ 汉阳：县名，在今湖北。

⑤ 绾（wǎn）其口：联络、扼制它们的口岸。

⑥ 并命：同时丧失性命。

⑦ 郁：腐臭。腊：干肉。

⑧ 烈烈：惨烈。

⑨ 玄冥：古代水神名。告成：告终。

⑩ 穷阴：极其阴暗。涸凝：水气干涸而凝结。

⑪ 眚（shěng）：本指目上生翳，引申作黑色云雾。拔：突然。

⑫ 咢（è）：只击鼓，不歌唱。

⑬ 墨：晦色。

⑭ 漏:古时的计时器。
⑮ 飙(biāo):暴风。
⑯ 窍:孔穴。
⑰ 地脉:江河。
⑱ 摩木:木与木相摩擦。
⑲ 睒(shǎn)睒:焰光闪烁。
⑳ 熛(biāo):飞火。沃雪:用滚水浇雪。
㉑ 焦爇(ruò):焦灼焚烧。
㉒ 楫(jí):划船的桨。碇:锚。
㉓ 如:动词词尾,无实义。
㉔ 謈(bó):因痛而呼喊。田田:形容声音洪亮。
㉕ 涂:通"途"。
㉖ 倏:疾。阳焰:火苗。
㉗ 鼓腥风:腥气吹来。吷(xuè):象声,形容微细声响。
㉘ 洎(jì):到了……的时候。
㉙ 齐:一同(消灭)。
㉚ 焄(xūn)蒿:祭祀时祭品的气味散发出来。焄,气味。蒿,蒸发。
㉛ 方:方向。
㉜ 嫖疾:轻捷速疾。
㉝ 缯:丝织品。絮:棉花。
㉞ 墨查:焦黑的木头。查,通"楂"。
㉟ 没者:游水的人。
㊱ 威:威胁。
㊲ 从井:跟从入险,企图救人。仁:通"人"。
㊳ 雷渊:雷神所居的深渊。
㊴ 波臣:水族中的臣仆。
㊵ 择音:找到荫蔽处。音,通"荫"。
㊶ 急濑:急流。
㊷ 濡:沾湿。
㊸ 挟惊浪:被大浪所冲卷。雷奔:迅疾漂流。
㊹ 隮(jī):登上(浪尖)。
㊺ 灵台:内心。
㊻ 精爽:魂魄。厉:厉鬼。
㊼ 出:打捞出。浃辰:十二天。
㊽ 睊(juàn)睊:侧视。
㊾ 天属:至亲骨肉。
㊿ 憖(yìn):伤痛。眦:眼眶。
51 意:情意。
52 焚剥:焚烧。
53 漫漶:模糊不清。
54 圜:圆。圈:蜷曲。
55 破者:被烧得肢体破损的人。玦:缺口的玉环。
56 窍:七窍。
57 欐(lì):断。节:骨节。
58 嗟:感叹词。狸首:山狸子头,指尸体残缺。
59 谁何:什么,哪个。
60 然灰:燃毁的骨灰。然,通"燃"。
61 众生乘化:世人顺应自然变化(死去)。
62 天常:自然法则。
63 上:国君。
64 明堂:策勋序德的祠庙。
65 离:身首分离。惩:屈服。
66 国殇:为国牺牲的烈士。
67 非其命:指无功无名地死去。
68 居人:家中亲人。
69 屯邅(zhūnzhān):徘徊不去。
70 冥:阴间。
71 血嗣:骨肉。
72 腾哀:高声哀哭。属路:直连于道。
73 狐祥:孤伤。无主:无人祭祀。

⑭ 丛冢:乱葬岗。坎:墓穴。
⑮ 泰厉:死而无后嗣者。
⑯ 强:勉强,尽量。
⑰ 气类:气味相投者。
⑱ 祟:灾祸。

## 鉴赏

汪中(1745—1794),字容甫,江苏江都人。幼年丧父,贫寒而力学;在帮助书商卖书之余,得以博览群书。20岁应举,以诗文誉满扬州府;但此后仕途多舛,又得了怔忡病,34岁为贡生后,以幕僚生涯终其一生。汪中于经史百家、文字训诂等学皆有成就;文学上,擅诗而尤工骈文。其作冲击着当时大行其道的桐城古文,打破其形式主义、复古主义、专为宣传理学教化服务的不良风习,而宗于思想解放、追求纯美的汉魏诸家。作品贯串自我形象、个性。汪中为人孤高伉直,作品也率性而行、凄丽哀婉、坦诚直率,感情色彩强烈。行文骈散兼用,音节遒亮;风格自然淡雅,用字精当而又不尚文辞雕饰。汪中的创作,标志着沉寂已久的骈文的复兴,在他启导之下,骈文一度勃兴。在清代辞赋发展史上,汪中占着至要的地位。

《哀盐船文》是汪中的代表作。作品记述了发生于乾隆三十五年(1770;或谓次年,待考)的一次盐船火灾。作者当时正在扬州探望母亲,“目击异灾,迫于其所不忍,而饰之以文藻”(《哀盐船文序》,下同),文中以深邃感情,“闵死者之无辜而吁嗟噫歆”。由于作者有少年苦寒经历,加上“好深湛之思”,故写来感情丰沛,血泪交加。

文章首段,交代了这次灾难的时间、地点。此段是全文的缩影,有史笔的味道。第二段是全文的骨干部分。开头与前文相接,细画灾前的景况,使人不期然感到一种不祥之兆。作者已预设逃生无门的一个死局,为灾祸提供了必要条件。环境的渲染,几笔挥来,已使人感到大灾难正压迫而来。接着重笔写火灾。继而以白描写灾后之惨景。作者在此段极力渲染了天气、火灾、船民挣扎情状,声色俱备,动感十足,其色彩是斑驳的。行文有速度感、猛烈感和萧索感,节奏由奔突而至于平缓。从天气、风、水、火、烟、船至于人死,自大而小、远而近,末写“冤气焄蒿”“至海不绝”,又自近而远,层层有序,事件始末,清楚了当。文字简练有力,四言为主,全段押入声韵,读来声促韵疾,跌宕有致,使火灾的压迫,死伤的惨烈,更具震撼力,令人痛心疾首。

第三段,作者转用一组特写镜

头，是前段的补笔。首先，选取了两种罹难者的典型加以刻画：一种是水性娴熟的“没者”，试图舍身救人，却自身难保；作者是持赞颂态度的。另一种是“知蹈水之必濡”的人，在无可选择之下，只好“入险而思济”，冀求死里逃生；但能暂时逃过火烧，随即被恶浪吞噬了。两种典型的“同归乎死地”，说明了船民的生望全无，“齐千命于一瞬”。船民逃生时的张皇、惨叫全可想见，作者简洁而细致地把面临死神的心理状态勾勒出来。接着是十二天以后的一幅图景，用的是想象手法，写了尸体的“活动”。尸体的目光侧视、眼眶满布血痕。此段所写罹难者生前死后，由极动到极静，凄凉情景与前文欢宴比对，这惨剧就更加惨烈了。

末段是主观抒情。作者拿“天常”之死、“国殇”与“非其命”的罹难者相比，从而深致哀婉情思。这里也概括了两种死者：一种是有亲人的。亲人的号哭，死者的凄凄鬼语，阴阳异路，何等可哀！另一种是全家溺死的，变成了无主孤魂，灭宗绝嗣，何等惨痛！两种典型，无非为倾吐哀悯情怀。作者继与冤魂对语，致以衷心祝愿。这种想象手法，当然以鬼神迷信思想为基础，但从而也可感受到作者的莫大哀矜。最后，作者感于“异灾”，发出了深沉的呼喊，把冤情诉诸苍天，一面埋怨天灾，哀叹时命；一面又提出“何为而至于此极”的疑问：船民为着活计，奔命遇灾，祸源是否单单在于“天意”？是否也在于统治阶级的压迫？所以是隐含着批判意味的。

综览全篇，率以四六行文，韵脚调配，按文意所需而数度换韵（如次段全押入声），安排得舒促有度，契合文意，使全文节奏变化，令人不觉板滞，也不以韵律伤文。结构、层次，井然有序，各段各有侧重，叙事宏细兼备，抒情尽致，以形象、活动打动读者。全文气氛阴冷，大火一段，给人一种灾难性的炙热感，末后回复阴冷，加上真挚抒情，更加凄冷阴深。色彩上，大率灰黑一片（包括情与景），次段以死神之光照亮，一派通红，烈焰横江，漫天彻地，色彩浓烈，藉以藻饰“异灾”；而火后归于灰黑。这种灰黑，已不单是天色，而是整个的悲剧画面，黯淡无光，令人神伤。全文首尾，贯一“哀”字，一片伤情凄楚，倾注了作者无限的悲悼，无怪乎杭世骏称为“惊心动魄，一字千金”。

（陈伟强）

# 七　招并序

洪亮吉

昔宋玉赋《大招》[1]，枚乘著《七发》，予读而善之，因合其体仿焉。

空同主人游于元冥之乡[2]，寐而失其魂，其友愚公忧之，招于旷野，三日不得，踉跄而归[3]。谋宾朋，询臧获[4]，乃得主人生平所嗜好，意志所溺惑[5]，十失一二，犹得八七，爰升墟而招之。

曰："今子冥焉莫焉忘焉忽焉[6]，如游尾闾而失足[7]，登昆仑而陨巅[8]。将招苍童[9]，下白雀[10]，寻神气于高下，访音响于寥廓[11]。闻子昔者凌飞涛[12]，上削玉[13]，东经长淮，北未及于王屋[14]。探奇不已，思毕命于岳渎[15]。计子所未至，乃尚有六：今将与子升中天，历太行，道密高，眺南衡，由雷琼，瞰外洋，遵登莱而岸劳成[16]。山则岧岧峣峣[17]，云气四塞，泉奔如江海，龙啸若霹雳，惊麏衔不死之草[18]，毛女蕴长生之术[19]，黄金之丹可成，而灵药可乞[20]。水则茫茫混混，色夺绛紫[21]，天若一丸，鱼长百里，当月午而潮定[22]，见天中之霞起。惊志乍收[23]，醨酒未已[24]，南风拂之，行千里者不知其几。若此者，黄华失其奇[25]，台荡夺其秀[26]，嗤太白之雪岭[27]，哂匡庐之云岫[28]。云梦七泽，坳堂而可方[29]；巨区万顷[30]，一瓯而俨受[31]。此亦跨凌

古今[32]，横绝宇宙，魂如归来，急以此请。”呼声未绝，而百步之外，微若有影。(略)[33]

曰：“今与子搜史氏之编，采经生之籍[34]，溯周秦而上之，逮唐宋之陈迹。行车如雷动，止舍若山积[35]。则涉子问字之亭[36]，访子藏书之宅，江蓠盈数亩[37]，蠹鱼长一尺[38]。仆纵欲敷苍摛黄，道白剖黑[39]，穷古今之至蕴[40]，而不足扩子之高识。若夫今天子文治之昌也，弁冕千祀[41]，涵濡百载[42]，征奇编于六合[43]，挺秘阁于大内[44]。皇皇焉，首首焉[45]，隆古所不克津逮[46]。繙披万集[47]，甄录百辈[48]。惟江左之绝学[49]，则庶几乎惠、戴[50]。戴则生入华省[51]，惠则书登秘帙[52]。九经盘盘[53]，古义是出，汉儒之诂，《周易》是述。戴则《句股割圜》，以之经天，《水经》《水地》，以纬地理，诂字则扬雄之书，校经则戴德之记[54]。若此者子之所见，所不见者，尚以百计。吴门之江，沉冥蜀庄，舍蝌蚪而无字，降柯欘而不详。出则邻犬吠影，入则饥乌竞粮，越六十年，《尚书》著录[55]。成一家之言，高二尺之牍[56]。汲古之士，则踵门求观[57]；徇华之俦[58]，流汗而不卒读。学士金石，碑惟五千[59]。奏开石渠，厥志伟焉[60]。知古则堇浦[61]，知今则茶山[62]。虮虱一床，甫沈酣乎论著[63]；戈甲满侧，乃敷陈而万言[64]。艺苑则词林丈人邵[65]、郑[66]、蒋[67]、程[68]，诗则元祐以上[69]，文则正始之声[70]，莫不著集百卷，流传万编[71]。不朽之事[72]，昭昭可言[73]。”语毕四视，五步之外，来如轻云，虽不即至，然若有慕云[74]。

曰：“今赓子《伐木》之篇[75]，征子平生之识[76]，耆儒硕彦[77]，齿发近百[78]。多闻在前，英俊侍侧。则有谈飞四座，采暎一室[79]。钱塘则雄奇万端[80]，铅山则锋锷百出[81]，谈神则气王[82]，语鬼则志慑[83]。随园则方冬敷花[84]，三径则未秋零叶[85]。又复孙郎好辩[86]，汪叟力敌。明经老莱之考[87]，州倅熊耳之说[88]，言未及吐，颈已发赤。若夫秋林万声，清涧五色，来钱生之寓斋[89]，坐汪子于舫侧[90]，清谈忘倦，妙绪络绎[91]，荣悴不经其怀[92]，是非不关于臆[93]。赵蒋覃覃，乐陈先世[94]；温温邵管，善语故事[95]。六合之外，谈浸淫于八荒[96]；大父而上[97]，溯渊源及百代。项孔则推占星辰[98]，钱许则剖析姓氏[99]。寒暑杂出，兴居不佳，进黄生之绮语，杂蒋子之诙谐[100]。快意所及，不经于怀，幽忧可倏愈，沉痾亦立差[101]。”于是一室之内，光入若电，魂来有声，咫尺莫辨。

曰：“今当返子中河之桥，觅子委巷之居[102]。危楼则北肈[103]，土墙则中虚[104]，淫霖奔乎寝榻[105]，酷日炙其庭间[106]。吾子则蓬松披发[107]，十岁不足，六、七有余，读书则善忘[108]，识字则易毕，被笞逃塾[109]，眼泪没鼻，声与百舌竞蛮[110]，字与蚯蚓争拙[111]。泥人满前，虁鼓旁列[112]，邻童里女，奔入满侧。疥虫盈手[113]，色尽丑黑，唇焦口缺，足又病躄[114]。相与积东堂之砖，以象太山[115]；决北沟之流，以状溟涬[116]。裁枯枝为林，剪木叶作筏。回皇一室[117]，已入复出，摩挲鸡栅[118]，薰炙鼠穴。母姊溺爱，不复呼喝。口目正倦，羹熟呼食，食竟即卧[119]，颠倒错失。呼声如虎，不知枕母之左膝。”词尚未竟，魂已倏合，体肉既动，唇吻开阖。亲朋毕贺，杂踏一室[120]。昔飘飘焉如云之出山，今离离焉若胶之粘漆[121]。娇儿十一，粗识典籍，陈词俚鄙：“愿长者寿彭大夫之八百。”[122]

## 注释

①《大招》:当作《招魂》。

② 空同主人:与下文的"愚公"皆假托的人物。空同,山名。元冥之乡:玄远幽深的地方。元,即玄,因避康熙帝玄烨讳改。

③ 踉跄(liàngqiàng):走路不稳的样子。

④ 臧获:奴婢。

⑤ 溺惑:沉溺迷恋。

⑥ 冥焉莫焉忘焉忽焉:精神迷茫恍惚的样子。

⑦ 尾闾:传说中海水所归之处。

⑧ 陨巅:从山顶坠落下来。

⑨ 苍童:即苍龙。

⑩ 白雀:即"白鹤"。

⑪ 寥廓:旷远的地方。

⑫ 凌飞涛:原注:"主人江行,上自大别,下抵海门,钱塘、富春,亦频历焉。"

⑬ 上削玉:原注:"主人以壬寅(乾隆四十七年,公元1782年)七月游华山,往返三日。"

⑭"东经"两句:原注:"壬辰、癸巳(乾隆三十七、三十八年,公元1772、1773年)两岁皆道长淮抵凤、泗,辛丑岁(乾隆四十六年,公元1781年)自都门至大梁,欲游王屋不果。"

⑮ 岳渎:山河。

⑯ 嵩高:崇高。这里指嵩山。雷琼:雷州、琼崖。登莱:登州、莱州。劳成:劳山、成山。

⑰ 岧岧峣峣(tiáotiáoyáoyáo):高峻的样子。

⑱ 麏(jūn):獐。

⑲ 毛女:古代传说中身体生毛的仙女。见刘向《列女传》。

⑳ 灵药:长生不死之药。

㉑ 色夺绛紫:水色由深红变为紫色。

㉒ 月午:半夜。

㉓ 惊志:受惊的心。

㉔ 酾(shī)酒:斟酒。

㉕ 黄华:黄山、九华山。

㉖ 台荡:天台山、雁荡山。

㉗ 太白:太白山。

㉘ 匡庐:庐山。

㉙"云梦七泽"二句:云梦泽虽然广阔,比起四海来只不过是堂屋地上的一个小洼罢了。

㉚ 巨区:太湖的古称。

㉛"一瓯"句:好像用一个酒盅就可以装下。

㉜ 跨凌:超越。

㉝ 以下省略四段,凡1515字。

㉞ 经生:研究经术的学者。

㉟ 山积:堆积如山。

㊱ 问字之亭:不详此亭在何处。

㊲ 江蓠:蘼芜,一种香草。

㊳ 蠹鱼:也叫"衣鱼",蛀虫。

㊴ 敷苍摛(chī)黄,道白剖黑:说长道短,挑剔毛病。敷,铺陈。摛,舒展。

㊵ 至蕴:最深的内涵。

㊶ 弁冕:礼帽。

㊷ 涵濡:涵润浸濡。

㊸ 征奇编:征集天下有特色的著作。

㊹ 大内:皇宫的总称。

㊺ 皇皇焉:美盛的样子。首首焉:突出的样子。

㊻ “隆古”句:远古以来所不能问津、不能达到的。

㊼ 繙:同“翻”。

㊽ 甄录:选择录用。百辈:百批。

㊾ 江左:长江以东的地区。绝学:失传的学问。

㊿ 惠、戴:惠栋、戴震二人均系当时的著名经学家。

(51) 华省:职务亲贵的官署。

(52) 秘帙:罕见之书。

(53) 盘盘:曲折回环,幽深。

(54) “汉儒之诂”等八句:原注:“主人不及见惠征君定宇。至戴吉士震,则于广坐中一面,不及请益也。所见二家之书,惠则《九经古义》《周易述》《易汉学》《易例》《左传补注》诸种。戴则《大戴礼校正》《句股割圜》《水经注》《水地记》及校扬雄《方言》数书,余皆不及见。”

(55) “吴门之江”等八句:原注:“吴江布衣声,为《尚书》之学六十年,近始以小篆手写刊木焉。是章于师友存者不敢著录,恐涉标榜。惟布衣年近七十,知者甚希,故著之以明绝学。”沉冥蜀庄,像西汉人严君平(蜀人,本姓庄,后人以东汉明帝讳改为严)那样地位不显,隐居治学。蝌蚪,古文字。柯欘,斧柄。这里指刊刻出书。

(56) 牍:木简。

(57) 汲古之士:喜欢钻研古籍的人。踵门:登门。

(58) 徇华之俦:好尚文辞华丽的一类人。

(59) “学士”两句:原注:“大兴朱学士筠,收贮金石至五千种,未及编校而卒。”

(60) “奏开石渠”两句:原注:“学士官安徽学使时,曾请刊石经及请校《永乐大典》。”石渠,石渠阁,在汉未央宫,汉宣帝曾在此与诸儒讲论五经同异。泛指藏石经之处。

(61) “知古”句:原注:“杭编修世骏。”杭世骏,字大宗,号堇浦,浙江仁和人,乾隆时为编修,学识广博,是著名学者。

(62) “知今”句:原注:“钱文敏维城。”钱维城,字幼安,武进人。乾隆十年(1745)进士第一,累官至刑部左侍郎。谥文敏,有《茶山集》。

(63) 甫:才。

(64) “戈甲”两句:原注:“文敏《平古州苗香要》,奏事至数十。”

(65) 邵:原注:“常熟邵编修齐焘。”邵齐焘,字荀慈,工骈文。

(66) 郑:原注:“秀水郑赞善虎文。”郑虎文,字炳也,秀水人,官至左赞善。

(67) 蒋:原注:“铅山蒋编修士铨。”蒋士铨,铅山人,乾隆二十二年进士,官编修,兼工诗文及南北戏曲。

(68) 程:原注:“歙程校理晋芳。”程晋芳,歙县人。以吏部员外郎为《四库全书》纂修官,后改编修,好藏书,工诗文。
⑲ 元祐:宋哲宗年号(1086—1093)。
⑳ 正始:三国魏齐王曹芳年号(240—249)。
㉑ “莫不”两句:原注:“钱文敏《茶山集》、杭编修《道古堂集》、邵编修《玉芝堂集》、郑赞善《诚斋集》、蒋编修《清容集》、程校理《勉行堂集》皆几及百卷。”
㉒ 不朽之事:指著述。
㉓ 昭昭:明白。
㉔ 慕:向往。
㉕ 赓(gēng):继续。
㉖ 征:召集。
㉗ 耆儒:年老博学的儒者。硕彦:大才子。
㉘ 齿发:年龄。
㉙ 暎:同“映”。
㉚ “钱塘”句:原注:“袁吉士枚。”袁枚,字子才,钱塘人。
㉛ 铅山:原注:“郎编修士铨。”
㉜ 王:同“旺”,盛旺。
㉝ 志慑:心中害怕。
㉞ 随园:袁枚曾作园于江宁小仓山下,名为随园。方冬敷花:刚进入冬天就花开满园,比喻早负才名。
㉟ 三径:隐士所走的路。
㊱ 孙郎:孙星衍。
㊲ “明经”句:原注:“汪明经中著书千余言,证《道德经》为老莱子作,非柱下史老子。”汪中,字容甫。
㊳ “州倅”句:原注:“钱州倅坫与孙明经同客西安,辩熊耳山所在,数十日不决。今辩草存二人箧中。”州倅,州里的副官。
㊴ “来钱生”句:原注:“同里钱大令维乔。”钱维乔,乾隆举人,知鄞县。善诗文。
㊵ “坐汪子”句:原注:“仪征汪学正端光。”汪端光,字剑潭,乾隆举人,官广西镇安知府,工诗词。
㊶ “妙绪”句:富于机趣的妙语思绪源源不断。
㊷ 荣悴不经其怀:不把尊荣与穷悴放在心上。
㊸ 臆:胸臆。
㊹ “赵蒋”两句:原注:“主人及见赵大令彪诏,暨大令再从孙舍人怀玉,凡四世皆善陈先生旧事。侍御蒋先生和宁,暨弟明经蘅,皆主人舅氏,从受学者。”赵:指赵彪诏等。蒋:指蒋和宁、蒋蘅。覃覃(tántán),绵长久远的样子。
㊺ “温温”两句:原注:“余姚邵校理晋涵,同里管给谏幹珍,民部世铭。”温温,柔和的样子。
㊻ 浸淫:浸渍。
㊼ 大父:祖父。
㊽ 项孔:项森、孔布衣。
㊾ 钱许:钱人麟、许方亨。
⑩⓪ “进黄生”两句:原注:“黄县丞景仁,蒋上舍青耀。”黄生,黄景仁,字仲则。蒋,蒋青耀。
⑩① 差(chài):通“瘥”,病除。
⑩② “觅子”句:原注:“主人旧居在中河桥侧委巷中。”
⑩③ 犨(chōu):突出。
⑩④ 中虚:里面空虚。
⑩⑤ 淫霖:久雨。

⑯ 炙：烧烤。
⑰ 蓬松：毛发披散纷乱的样子。
⑱ 善忘：容易忘记。
⑲ "被笞"句：遭了先生鞭打后就逃学。塾，私塾。
⑩ 百舌：鸟名，即反舌。因南方多卷舌喉音，故以泛称南方民族。
⑪ "字与蚯蚓"句：字歪，比蚯蚓还拙笨。
⑫ 鼗（táo）鼓：小鼓，俗称拨浪鼓。
⑬ "疥虫"句：指满手发痒，如同生了疥癣病。
⑭ 病躄（bì）：脚痛而且跛。
⑮ 以象太山：用以象征泰山。象，效法，模拟。
⑯ 溟涬：大海。涬，同"渤"。
⑰ 回皇：徘徊。
⑱ "摩挲"句：搬弄鸡圈。
⑲ 食竟：吃完饭。
⑳ 杂踏：同"杂沓"，众多纷乱的样子。
㉑ 离离焉：懒散松软的样子。
㉒ "愿长者"句：希望老年人长寿如活了八百岁的彭祖。

## 鉴赏

洪亮吉（1746—1809），字稚存，一字君直，号北江。阳湖（今属江苏常州）人。乾隆五十五年（1790）进士，授翰林院编修，充国史馆纂修官。嘉庆四年，充实录馆纂修官。因上疏指斥时政，激怒嘉庆帝，交军机大臣与刑部会审，劾大不敬，当斩，后改为遣戍伊犁。次年赦归。从此自号更生居士，不再出仕，以游览、著述、讲学终于家。有《洪北江诗文集》。洪亮吉工于骈文与诗，骈文以清新瑰丽见长，诗则"奇思独运，远出常情，五古歌行，杰立一世"。（《吴会英才集》）存赋有《七招》《伤知己》《过旧居》《拟小言》等。《伤知己》为追念邵齐焘、朱筠、黄景仁等几十人而作；《过旧居》为怀念童年时代的生活而作，都写得情真意切，娓娓动人。

《七招》是把枚乘《七发》与宋玉《招魂》两种体式熔冶为一体，从七个方面加以铺排，但重在表现个人的情趣和追求。这样它就发挥了传统七体大赋多角度多层次描摹事物的长处，也吸收了《招魂》体的婉转述意、怊怅寄情的特点，从而从体式上开出了新面。全赋一首一尾，全用散体，支出问答框架，中间七段铺陈，展开描写、抽绎情思。这里选录了首尾及正文第一、五、六、七四段。

第一段为追述青年时代的游历生活。这中间概括了作者十年间的游踪所至。从"今将与子升中天"以下的内容看，作者似乎还有更宏伟的漫游计划，而且似乎有把游历名山大川与寻求长生之术结合起来的倾向。这也是封建社会知识分子追求个性自由、追求自我永恒的一种常有的想法,例如嵇康、李白就都有过追求长生的浪漫举动。不过,这些对学者兼诗人的洪亮吉来说,只是一种埋藏在心灵深处的隐隐约约的想法罢了,未必见得就去实行,因为他毕竟不是一个天性浪漫、倜傥不羁的人。

第二段铺陈各种地方特产,有和阗之玉、昌化之石、永昌之金、合浦之珠,还有各种出土的古董,进口的钟表、鼻烟;第三段铺陈南北曲艺表演,北则有枞阳、襄阳、秦腔,南则有弋阳、海盐、昆曲,轻歌曼舞,急管繁弦;第三段还铺陈食物之丰,有河汴之麦、秦中之稷、三吴之秫、北江之稻、大荔之羊、江山之豕,还有诸般名菜、名酒,山珍海味,玉盘珍馐;第四段铺陈歌楼妓院,歌女们倚欢卖笑,荡子们缱绻忘归,山盟海誓,花朝月夕。这四段写的都是当时一般有一定家资的士大夫们的生活享受,它们对自幼清贫寒素的洪亮吉来说虽有某些吸引力,但毕竟是他所不愿追求的。所以他或"魂如豕脱,飘风拂之,入东壁而没",或"魂惘惘而不失,邻鸡一声,影若冰释",或"魂若有鼻,依于屋楹,欲即不即",或"魂兮归来,隔秋花而不前,抱轻烟而徘徊",表现出一种依违两可、若即若离的态度。

第五、六段都是铺陈当时学术和文学创作之盛。这对于作为学者兼诗人的洪亮吉来说,自然是非常向往、津津乐道的。前段历数惠栋、戴震、江声、朱筠、杭世骏、钱维城、邵齐焘、郑虎文、蒋士铨、程晋芳诸名流时,作者的笔端是极带感情的;后段历数袁枚等当时耆儒硕彦,特别突出于同乡诸名流,简直充满自豪感。从这段我们可以看到他对当时的学术创作情况是何等的了如指掌,同当时的学术界、创作界交往是何等的密切频繁。他熟悉他们的生活方式、嗜好特长、个性风习、平居掌故,娓娓道来,如数家珍。由此我们也可以了解到当时很多学者文人的生活风尚乃至细节,看到当时学术研究和文学创作的繁荣兴旺景象。

第七段简直是翻空出奇。作者把笔锋一转,使自己的思绪回到了天真烂漫的童年时代。这里作者以极诙谐的笔调写出了自己童年的顽皮、幼稚和率真可笑,读来使人感到轻松、愉悦。但嬉笑之余,我们仔细一考究,又似乎其中有深意存焉:童年时代的生活,作者在很多诗文中都曾提及,《过旧居赋》《南楼忆旧诗》40首则专门写此。据《南楼忆旧诗序》说,他写这些有两个目的,一是"寄鱼鸟之思",一是抒"今昔之感"。"鱼鸟之思"乃是借鱼鸟深居高飞隐喻官场之险,所以用童稚之真率自然与之对照,表达一种迷途知返、回归童心之意。"今昔之感”也就是自家的身世之感。洪亮吉六岁丧父,因家贫,随母亲寄居外祖父家。外祖父家也并不丰裕,还要常靠舅舅到外地教馆以补贴家用。母亲蒋氏则常纺织到深夜,洪亮吉也跟着在机旁读书到深夜。《忆旧》其八说:“寒夜窗隙雨凄凄,长短灯檠焰欲迷。分半纺丝分半读,与娘同听五更鸡。”推原作者这《七招》末段之意,大约也是与“寄鱼鸟之思”“今昔之感”有关吧?

这篇赋虽多用铺排,但与堆砌辞藻、罗列典故者不同,它所选用的材料,绝大部分来自当时的现实生活,因而具有多方面的认识价值;它的描写,也多从现实生活中来,因而具体真切,使人有如临其境、如见其人之感;它的语言则是素雅中显出清丽,句式也比较富于变化,且善于化静态的铺陈为动态的渲染,从而避免了汉以来大赋所常见的板滞、静止之弊,具有较高的欣赏价值。

(李生龙)

# 黄 山 赋并序

张惠言

余既作《游黄山赋》[1]，或恨其阙略[2]，非昔者居方物、别图经、沐浴崇障、群类庶聚之意也[3]，乃复捃采梗概以赋之[4]：

丹阳之南[5]，蛮障之中[6]，有黟山焉[7]，是曰“三天子之都”[8]。上络斗纪[9]，下楼衡巫[10]。外则率山崔嵬[11]，于近作嶂[12]；陪以大鏞[13]，属以匡庐[14]。庐江出其西[15]，浙江出其东[16]，千源万湲[17]，经营淡澹[18]。各走相诡[19]，宛潬黯黮[20]。回锜隘巚[21]，迫触軩轕[22]。逆防孙理[23]，梢窘出窞[24]。势若矢激[25]，不可迫览[26]。雷出电追[27]，转石异声[28]。闉沛汩淚[29]，泙龙铿訇[30]。漻缪谾谺[31]，磕磕悲鸣[32]。钟镛穆羽[33]，将玱代更[34]。荡涉澡堨[35]，纤潜不藏[36]。文鳞锦砾[37]，莹莹煌煌[38]。若此者数百千处[39]。然后湀辟会流[40]，交注群输[41]，莅莅潼潼[42]。上合彭蠡[43]，下达曲江[44]。

尔其大势，则岎岺崆崇[45]，纠缠崛崎[46]。积沓匽匝[47]，阴阳蔽亏[48]。夫容菡萏[49]，倚天无茄[50]。形精亘辉，灼若朝霞[51]。其曾高则上出阊阖[52]，平睨寒门[53]。頫视一气，空如下天[54]。其穷阴则涸沍憀悷[55]，昧不见太阳[56]。乃有因提之雪，循蜚之霜[57]。其石则踸踔刻削[58]，岬累增积[59]，搏总别追[60]，重叠并益[61]。将颠复稽，附锷蹑蹠[62]。纵横駴盱，震心警魄[63]。黝质斑采，炫耀龙鳞[64]。随物成象，百怪千端，若有鬼神[65]；突怒凌厉，单不知其所原[66]。增岩重岫[67]，懿暧窈冥[68]。环橑复笮，肋施珑玲[69]。阳光迤辉，疑自地爓，不见天形[70]。或乃湏灶金鼎[71]，威蕤玢灵[72]。匡床方几[73]，罗于其庭[74]。霞文碧篆[75]，守以六丁[76]。

尔乃览其支络[77]，周其宫别[78]。于前则云门豁閕[79]，兀峙高阙。夫容桃花[80]，紫石丹砂[81]；叠嶂掷钵[82]，青鸾石人[83]，儦儦茷茷[84]。爰有温泉，是之自出[85]。天都巍巍[86]，岿然特雄。莲华右起，争隆匹崇[87]。红杳交错，洪纷冯戎[88]。群峰来朝，若环紫宫[89]。其上则有仙扉石室[90]，醴泉之池[91]，日精月魄[92]，藏华发奇[93]。其左则天柱崱屴[94]，探珠参差[95]。轩辕上升[96]，仙乐天衣[97]。青镡白鹅[98]，岑嶙峣嶷[99]。九龙悬泉[100]，消摇之溪[101]，堪嵣溶洗，千态万状[102]。澄奠百尺，辉黛沈飏[103]。列如繁星，挥布茫望[104]。于中乃有锦鳞扬鬐[105]，石班无雄[106]，魶鱼儿啼[107]。其右则有飞龙云际，容成浮邱[108]。石床布水[109]，圣泉飞来。松林采石，紫云翠微[110]。霍鲜互别，翾翔相追[111]。其谷则乖龙老蛟[112]，蜜蜷渊处[113]。千瀑乱入，冬夏激雨[114]。鸿扶延延[115]，云转雷聚[116]。丹台中填[117]，是曰天海。欝概众皱，棽棽累累[118]。冢彲厥崭，陴贡其隍[119]。络绎臬机，蔼空流光[120]。艳霞欱焱髦纷前，翠彩濯濩般爚旁[121]。于后则仙都岧峣[122]，师子亹奋[123]，丹霞石琴[124]，属以始信[125]。丛石笋植[126]，缘卒而起。箭篸嵯峭，傑池未已[127]。

尔乃其木，则有木莲九照[128]，神州无偕。檀杻蓊柏[129]，海桐辛夷[130]，枫樾桱榔[131]，枞桂黄杨[132]，枒杈交柯[133]，魁瘣纷扬[134]。冯陵藩京[135]，郁郁葐葐[136]。上矗重阳[137]，乔羽聂炕[138]。旁却日月[139]，中稽风声[140]。橚槭叫嚣，无时晏宁[141]。颓根阴干，出火自照，辉辉荧荧[142]。其下乃有白虎苍豹[143]，素雌元熊[144]，山间一角[145]，丑鹿人从[146]，倏来报往[147]，惊嗥群讧[148]。玃父喜顾[149]，狎子猿公[150]，苍髯修颜[151]，接干回丛[152]，透脱牢落[153]，夭掉无穷[154]。其上乃有双鹓独鹤，列仙之乘[155]。碧鸡流离，雍雍嘤嘤[156]。频伽之鸟，引曲赴节[157]，若调乎簧笙。其松则枝梧节族[158]，肤石鬣云[159]，蛟螭倒投，之而鳍鳞[160]。仰瞩撇烈[161]，不见柢根[162]，奇瑰易貌，视之无穷，察之无端[163]。其下乃有琥珀威喜[164]，伏灵石脂[165]，蕴精閟采[166]，仙灵是资[167]。草则铺于披靡[168]，轧芴蔚蓊[169]。蘼芜突蘺[170]，蒟蒻薜荔[171]，珊瑚翠云[172]，龙须云雾[173]，春芳隐隆[174]，秋馥霍濩[175]。蔌花散荣[176]，翕习蔓茗[177]。青碧翠紫[178]，菲菲菁菁[179]，炤耀煌扈[180]，不可纪名[181]。粤有大药[182]，黄连山精[183]，余粮大苦[184]，茱芐回芸[185]，赤砂石乳[186]，紫芝九茎[187]，石蓝之花，千年一荣[188]，神农未知[189]，俞跗未更[190]。若乃黄柑丹杏[191]，桃栗杜槈[192]，枇杷棠梨[193]，若榴木兰[194]，彼子楙梅[195]，罅芳裂芬[196]。林禽崖密，松肪出焉。[197]

尔乃其悬磴突臲[198]，揭孽侧足[199]，庋嵝犯岸[200]，坌踏确峃[201]。仰冠倾陊[202]，俛跖窔邈[203]。震震栗栗[204]，万端异类[205]。气尽汗臲 [206]，恍恍魂队[207]。进不敢征[208]，退不得喙[209]。悠忽怊怅，目不敢睐[210]，蚑息扶服[211]，熊经鸟晰[212]，然后得届焉[213]。若其凌鸿蒙[214]，贯倒景[215]，憩湎泫[216]，息滓溟[217]，浮恍惚[218]，超虚无[219]。烂昭昭[220]，神灵居[221]。沆瀣涌[222]，琼英充[223]。偓佺斯征[224]，欻扈丰融[225]。

聚谷公乐[226]，呼吸亡双。[227]

于是天雨新霁[228]，蔚荟朝脐[229]。噎魁坱圠[230]，滂洋四施[231]。襄混怀隧[232]，冯硿陵夷[233]。东混扶桑[234]，日之所出，南溃炎风[235]，西淹总极[236]，北冱积冰[237]，漫漫汩汩[238]。风至波起，天地岌業[239]。状若浮海，说于碣石[240]。沄沄积嶐，化为鱼鼋[241]，霉鲸奔鲵[242]，稠岌缤翻[243]。土囊郁勃[244]，万响怒叫，惊禽悲兽，跖魂哀啸[245]。辚辚隐隐，不知处所[246]。頫聆忽荒，皆在水下[247]。翔阳震荡[248]，涌波凭兴[249]。浮彩下烂，绚耀上升[250]。天纪地纬[251]，蓶扈煌荧[252]。九光十彩，转互代更[253]。蓬莱阆风[254]，昆仑曾城[255]，琪树建木[256]，珊瑚琳珉[257]，戴胜虎齿[258]，頟扬流形[259]，芒芒无端，随望而生[260]。细缊元黄憺将会[261]，軆凭蒙龙睨天綷[262]，灵之霏霏镇高迈[263]，横凌九坑杳天外[264]，于胥乐兮发蒙盖[265]。

## 注释

① 既：已经。作者在作此赋之前，曾作《游黄山赋》。

② 或：指有人。恨：憾。阙：同“缺”。

③ 昔者：指古代的赋。居：聚集。方物：各地的物产。别：辨别。图经：在文字外附有图画的书籍。沐浴：沉浸在其中。崇陴（pí），指地势起伏。陴，低。群类庶聚：使众多物类都得到集中。全句意为，《游黄山赋》没有达到古人写赋的上述四个要求。

④ 捃（jùn）：摘取。以上为序言。

⑤ 丹阳：汉郡名，治所在今安徽宣城，位于黄山之北。

⑥ 蛮障：蛮，我国古代对南方的称呼。障，阻塞，此指山峦形成的屏障。

⑦ 黟（yī）山：黄山古称。

⑧ 三天子之都：《山海经》称黟山为“三天子障”。

⑨ 络：犹言笼罩。斗：斗宿。古代天文家把天上的星星分为二十八个小星群，即二十八宿。斗宿是其中一宿。纪：星纪。古代把周天由西向东分成十二次，星纪是其中一次。古代天文家又把二十八宿与十二次根据方位远近对应起来，斗宿与星纪相

对应,合称斗纪。星象家把天象和地面上的地方相配合,即分野。斗宿和星纪对应的分野是吴越一带,黄山恰在这一区域,故说“上络斗纪”,意思是黄山上面是斗宿和星纪。

⑩ 楼:《尔雅·释诂》:“聚也。”衡巫:指湖南衡山、四川与湖北边境的巫山。

⑪ 率山:在安徽婺源县(今属江西)西北,为黄山之支峰。崔嵬:高峻。

⑫ 于近作嶂:意思是率山在近处作为黄山的屏障。嶂,通“障”。

⑬ 大鳙:山名,在黄山之北。

⑭ 属:连着。匡庐:即庐山。庐山亦名匡山,故常用匡庐指庐山。

⑮ 庐江:古水名。据《山海经》:“庐江出三天子都,入江彭泽西。”一说即今青弋江。

⑯ 浙江:即今安徽、浙江境内的新安江。

⑰ 千源万湲:源,源头。湲,水流。意谓水流众多。

⑱ 经营:犹言往来。淡澹(dàn):水波动荡。

⑲ 各走相诡:相诡,相反。此言这些水的流向往往相反。

⑳ 宛潬(shàn):蜿蜒曲折。黯黮(dǎn):昏暗,不明。黮,不明。

㉑ 回锜(qí)隘甗(yǎn):言水流在群山之间回环奔流,阻隘难泄。锜,釜。甗,古代一种炊器。锜、甗,状众山之环绕。

㉒ 迫触:急迫,冲击。轗轲(kǎnkǎn):不遇,不得志。此指水流坎坷。

㉓ 逆阞(lè)孙理:阞、理,均指地的脉理。孙,通“逊”,顺。此句言水势有的顺着地的脉理、有的逆着地的脉理而流。

㉔ 梢窘出窞(dàn):言水流的前头遇到困急之处,便出现深涡。梢,尖端。窘,困急。窞,深坑。

㉕ 势若矢激:言水势急如流矢。激,急疾。

㉖ 迫览:近看。

㉗ 雷出电追:指水声如雷声,水势如闪电。

㉘ 转石异声:冲击不同的石崖,发出不同的声响。李白《蜀道难》:“砯(pīng)崖转石万壑雷。”

㉙ 闛(tāng)沛汩(gǔ)淚:此言水流浩荡,水势疾急。闛沛,水流盛大的样子。汩,水流。淚,通“戾”,急。

㉚ 泙(pēng)龙铿訇(kēnghōng):泙龙,水声。铿訇,钟鼓齐鸣声。

㉛ 漻(liú)缪:变化多端。谽谺(hān xiā):山谷空旷而险峻。

㉜ 磕(kē)磕:水石相击声。

㉝ 镛:大钟。穆:和悦。羽:五音之一,音高亢。

㉞ 将玱(qiāngqiāng):同“锵玱”,金玉相击声。代更:有次序地更替。

㉟ 荡:荡涤。涉(huì):通“秽”,污秽。澡:冲洗。堨(ài):尘埃。

㊱ 纤潜不藏:此谓即使是非常细小的脏物也不能潜藏。纤,细小的。潜,指潜伏、潜藏的东西。

㊲ 文鳞:指有花纹的鱼。锦砾(lì):像锦缎一样的碎石。

㊳ 莹莹煌煌:光彩夺目。

㊴ 若此者数百千处:像这样的水流不可胜数。

㊵ 湀(kuí)辟:泉出。会流:水流汇合。

㊶ 交注群输:指众多水流交相注输到一起。

㊷ 莅莅:水流声。潼潼:水势高。

㊸ 彭蠡:即今鄱阳湖。

㊹ 下达:达,指流入。言下面流入。曲江:今江苏扬州市南的一段长江,古时因其水流屈曲而称曲江。以上一段写黄山的地理位置、周围环境及其山水之势。

㊺ 岎(fén)岑崆(kōng)崇:险而高峻。

㊻ 纠缠崛崎:许多山峰交错在一起,显得突兀不平。

㊼ 积沓:堆积重叠。匼匝(kēzā):环绕。匼,古代一种头巾。

㊽ 阴阳蔽亏:是说日月由于受到众峰遮蔽而有所亏损。阴,月亮。阳,太阳。

㊾ 夫容:即芙蓉。菡萏(hàndàn):指荷花。

㊿ 倚天无茄:联系上句,意为形容黄山像芙蓉、荷花靠在天上,而又看不到梗子。无茄(jiā),没有梗子。

51 "形精"二句:黄山通体晶亮,像朝霞一样光彩照人。精,晶亮。亘辉,通体光辉。

52 曾:通"层"。上出:高出。阊阖:传说中的天门。

53 睨(nì):视。寒门:古代传说中的地名,指所谓"北极之山"。

54 "頫(fǔ)视"二句:意为从黄山俯察万物,犹如从天上俯视下界一样的空荡。頫,通"俯"。一气,指构成天地万物的基本素质。下天,指下界。

55 穷阴:指背阴的地方。涸沍(héhù):寒气凝结。憀悷(liáolì):寒冷。

56 昧:昏暗。

57 "乃有"二句:意谓那里积有若干年的雪和霜。因提、循蜚:古代传说,自天地开辟以来至春秋鲁哀公十四年,共二百七十六万岁,分为十纪,即九头、五龙、摄提、合雒、连通、序命、循蜚、因提、禅通、疏讫。

58 踸踔(chěnchuō)刻削:此句说石头突然崛起,如刻似削。踸踔,暴长。

59 岾(gān)累增积:堆叠累积。

60 撙(zǔn)总别追(duī):意谓石头聚集一堆,就像雕塑起来一样。撙总,束集。追,雕塑。

61 重叠并益:重重叠叠合并增长。

62 "将颠"二句:意谓这些石头似乎要坠落,却又滞留下来,停在山崖边上踏脚。颠,坠落。稽,滞留。碍,疑为堮(è),边崖。蹑:登上,踏。蹠(zhí),脚掌。

63 駴(hài)盱:犹言骇目。駴,同"骇",害怕。震心警魄:犹今言惊心动魄。

64 "黝质"二句:意谓石质黝黑,表面色彩斑斓,犹如龙鳞一样的闪耀。黝,黑色。斑采,色彩斑驳。

65 "随物"三句:言这些石头随处形成各种物象,千奇百怪,仿佛是鬼斧神工造成的。

⑥"突怒"二句:意思是说有的石头突然奋起向上,又找不出其根源。怒,此指奋起。凌厉,勇往直前之势。单,只。

⑥增岩重岫:此言石头之上又增上石头,形成重重山洞。

⑥懿:深邃。暧(ài):昏暗。窈冥:幽暗。

⑥"环橑"二句:状石头形成的屋宇。橑,屋椽。笮(zé),铺在椽上瓦下的席子。肋施,指屋上的设施。

⑦"阳光"三句:言阳光透进石屋,好像光源出自地面,而见不到天空。迤(yǐ),延伸。爥,通"烛",照耀。

⑦澒(gǒng)灶金鼎:汞灶、金鼎,均为炼丹用具。澒,通"汞"。

⑦威蕤:即葳蕤,众多。玢(bīn):玉石的花纹。灵:好。

⑦匡床:亦作筐床,方正而安适的床。

⑦庭:指石室的厅堂。

⑦霞文:带有彩色的文字。碧篆:绿色的篆书。霞文、碧篆表示仙家留下的字迹。

⑦六丁:道教神名。六丁是阴(女)神,六甲是阳(男)神,为天帝所役使,能行风雷制鬼神。道士可用符篆召请,从事祈禳驱鬼。

⑦支络:指石室旁出的分支。

⑦周其宫别:遍及别的地方。

⑦云门:指开在云中的石门。豁閕(xiǎ):开敞。

⑧夫容桃花:指石头累积而形成的芙蓉、桃花状。

⑧紫石丹砂:炼丹用物。

⑧叠嶂掷钵:叠嶂,指重重叠叠的石头形成的屏障。掷钵,钵,一种盛器,佛道常有掷钵之说,此指有的石头形似仙家的掷钵。

⑧青鸾:传说中凤凰一类的神鸟。石人:石刻人像。

⑧儦(biāo)儦:众多的样子。茷(pèi)茷:严整。

⑧"爰有"二句:是说乃有温泉从此流出。

⑧天都:指黄山名胜天都峰。

⑧莲华:指黄山的最高点莲花峰。隆:高出。匹:比。

⑧洪纷:非常杂乱。冯戎:富盛。

⑧"群峰"二句:是说周围众峰都来朝见主峰,就像紫微宫的众星环绕北极一样。紫宫,即紫微宫,星官名,有星15颗,分两列,以北极为中枢,成屏藩状。

⑨仙扉石室:石头形成的屋宇与门户,为仙家居所。

⑨醴泉:甘美的泉水。

⑨日精:道家语,指日中五色。月魄:道家语,指月光。

⑨藏华发奇:藏着光华,发出奇景。

⑨天柱:黄山一峰名。崱屴(zèlì):高耸。

⑨探珠:即成语"探骊得珠"的省略。古代寓言说深渊中有骊龙,颔下有千金之珠,欲得之甚难。参差:不齐,状天柱峰的外形。

⑨轩辕上升:黄山上的峰名,即轩辕峰、上升峰。

⑰ 仙乐天衣：是说石峰上传出仙女所奏的音乐。天衣，织女所着之衣。

⑱ 青镡（xín）白鹅：有的石头形似青镡、白鹅。青镡，兵器，似剑而小。

⑲ 岑嶙峣嶷（nì）：高峻不平。

⑳ 九龙悬泉：指山上众多的瀑布如龙飞舞。

㉑ 消摇之溪：消摇同“逍遥”，此指山上清悠悠的溪水。

㉒ “堪嶒”二句：意谓岸边的山石被瀑布、溪水溶解冲刷，形成千奇万状之形。嶒（chēng），众山奇怪之形。

㉓ “澄奠”二句：澄澈的水从高处流下，水花飞溅，显出青黑的光辉。澄奠，澄淀。飏，同“漾”。

㉔ “列如”二句：言飞溅的水花，如排列的众星闪烁，令人眼花缭乱。挥布，泼洒。茫望，模糊不清。

㉕ 锦鳞扬鬐（qí）：色彩鲜艳的鱼扬起鱼鬐游荡。

㉖ 石班：指石斑鱼，能变换身上的色彩，无雄性鱼，只有雌鱼。

㉗ 魶（nà）鱼儿啼：魶，即鲵，俗称娃娃鱼，生长在山溪水中，声如小儿啼。

㉘ 飞龙云际：形容石头犹如云中飞龙。容成浮邱：黄山有容成峰、浮丘峰。

㉙ 石床：石形如床。布水：水从其上漫过，犹如铺垫。布，铺。

㉚ “松林”二句：意为松林中杂有彩石，犹如紫色的云彩浮在青山上。采石，彩色石。翠微，青翠的山色。

㉛ “霍鲜”二句：指紫云飘散，小山和大山分开，好像飞着相随。霍，大山围绕小山之称。鲜，通“巘”，大小成两截的山。翾（xiān），飞。

⑫ 乖：不和谐。

⑬ 蜜蜷：即蜿蜷，曲折而行。渊处：处在深水之中。

⑭ “千瀑”二句：是说无数瀑布纷纷落入谷中，无论秋夏，都像下着急雨一般。乱入，纷纷落入。激雨，犹急雨。

⑮ 鸿：大雁。扶：飞举。延延：长行。

⑯ 云转雷聚：指山谷中瀑布飞流而下，腾起水气，如云在旋转，声如雷鸣。

⑰ 丹台：道家称神仙居住的地方。中填：填在中间。

⑱ 矕（mǎn）：视。众皱：许多皱襞的土堆，指群山映在水中的倒影。棽（chēn）棽：绵密披覆。

⑲ “冢影”二句：形容群山在天海的倒影，犹如旗旁的绶带，又像城上的小墙。冢，指隆起的山顶。彯（piāo），旗旁的绶头。陴，城墙上的女墙。隍，护城壕。

⑳ 臬杌（nièwù）：动摇不定。蔼空流光：指山影在水中荡漾，水天相连，犹如光彩在空中流动。

㉑ “赩霞”二句：说，水中的倒影，有如红霞闪耀在彩旗前，有如翠绸飘舞在火旁。赩（xì），大红色。欱（hē），吮进。焱，火花。髦，通“旄”，旗杆上的装饰。濯濩，盛丽。般，通“斑”。

㉒ 仙都：黄山的一峰名。岧峣（tiáo yáo）：高峻。

㉓ 师：通“狮”。亹（wěi）奋：振奋。指形如狮子的石山奋起。

⑫④ 石琴:山上有石峰,俨如仙女操琴。
⑫⑤ 始信:黄山始信峰。
⑫⑥ 笋植:石头像笋子栽在那里。
⑫⑦ "箾篸"二句:那些石笋像竿子、簪子插在那里,密密麻麻,参差不齐。箾(shuò),古代跳舞者所执的竿子。篸(zān),同"簪"。嶕峭(mòpò),绵密。偨(cī)池:同"差池",参差不齐。以上一段写黄山的山势山貌,着力刻画黄山石的千姿百态。
⑫⑧ 木莲:即木兰。九照:九瓣。
⑫⑨ 杻:木名,似棣。蓊(wěng):盛貌。
⑬⓪ 海桐:常绿灌木。辛夷:落叶乔木。
⑬① 樧:古"杉"字。桱(jìng):一种似杉而硬的树木。
⑬② 枞(cōng):冷杉。
⑬③ 枒(yā)杈:旁出的树枝。交柯:树枝相交。
⑬④ 魁瘣(huì):拥挤。纷扬:茂盛。
⑬⑤ 冯(píng)陵:犹言进逼。藩京:指封建王朝的藩国都城。
⑬⑥ 郁郁蓴蓴:茂盛。
⑬⑦ 上矗重阳:高高地立在空中。重阳,指天。
⑬⑧ 乔羽聂炕:树叶疏密相间,或开或合。乔羽,树叶。聂(zhé),合拢。炕(hāng),张开。
⑬⑨ 旁却日月,即把日月赶到一边去。却:退。
⑭⓪ 中稽风声:即密树荫中风声很大。稽,留住。
⑭① "欇檆"二句:树枝发出相互碰撞的响声,没有安静的时候。欇檆(shèyì),树枝相击。
⑭② "颓根"三句:腐败的树根与阴枯的树干,常常自燃,发出微光。阴干,阴枯的树干。
⑭③ 白虎苍豹:指白色的虎与灰色的豹。
⑭④ 蜼(wěi):一种长尾猿。元熊:即玄熊,康熙名玄烨,清代避讳改玄为元。玄熊即黑熊。
⑭⑤ 山闾:山驴。一角:长着一只角。
⑭⑥ 丑鹿:鹿的一种。
⑭⑦ 倏来报往:犹言来往疾迅。报,疾速。
⑭⑧ 嗥:吼叫。
⑭⑨ 玃(jué):似猕猴而大,色苍黑,能攫持人,好顾盼。
⑮⓪ 狎(huī):猿的一种。
⑮① 修颜:长额。
⑮② 接干:指攀援树干。
⑮③ 透脱:跳跃。牢落:成群奔走。
⑮④ 夭掉无穷:活动自如,而无所顾忌。夭,面色愉悦。掉,摇。
⑮⑤ 鹓(yuān):传说与鸾凤同类的鸟。乘:坐乘。道家把鸾凤与鹤类说成是他们的坐乘。
⑮⑥ 碧鸡:传说中凤一类的禽鸟。流离:枭的别名。雍雍嘤嘤:鸟和鸣声。
⑮⑦ 频伽之鸟:传说中的人面鸟。引曲赴节:按照一定的曲调和节拍。
⑮⑧ 枝梧:指枝干互相抵触。族:丛聚。
⑮⑨ 肤石:表皮像石头一样。鬣:兽脖子上的长毛,此指松针。
⑯⓪ 蛟螭:传说中的两种龙。此比喻树枝如蛟螭盘曲。之而:须毛。鳍:鱼类在水中运动的器官。

⑯撇烈:迅疾。

⑯不见柢根:看不到树根。

⑯"奇瑰"三句:联系前两句是说,仰看松树,变化无穷,目不暇给。易貌,变换容貌。

⑯威喜:灵芝的一种。

⑯伏灵:即茯苓。

⑯閟:掩闭着。是说上面这些东西蕴藏着精粹与光华。

⑯资:凭借。

⑯披靡:随风偃倒。

⑯轧芴(wù):细密。蔚薱(duì):茂盛。

⑰蘼芜:一种多年生草。蘩(fán):小蒜。

⑰蒟蒻(jǔruò):一种多年生草,可作成食品。薜荔:常绿藤本,果实富果胶,可制成食用凉粉。

⑰珊瑚:珊瑚菌,可供食用。翠云:指翠云草,可供观赏,亦可入药。

⑰龙须:草名,即龙须草。云雾:草名,即云雾草。

⑰隐隆:隐,通"殷"。隐隆,茂盛。

⑰秋馥霍濩:与上句联系是说,无论春天或秋天,都长得茂盛而芬芳。

⑰藪(fū)花:开花。

⑰翕习:舒缓。蔓茗:散布广远。

⑰青碧翠紫:言草色多样。

⑰菲菲菁菁:形容芳美茂盛。

⑱炤耀:同"照耀"。煌扈:光彩鲜明。

⑱纪:同"记"。

⑱大药:道家所说的金丹。

⑱黄连:多年生草本,性寒味苦,可入药。山精:一种药草。

⑱余粮:一种矿石,可入药。大苦:草药名,一说即甘草。

⑱茱苄(biàn):即茱萸。回芸:即茴香。

⑱石乳:别名钟乳石。

⑱紫芝:灵芝的一种。九:言多。

⑱石蓝:又名石楠,俗称千年红,故下有"千年一荣"之句。

⑱神农:传说中农业和医药的发明者。

⑲俞跗(fū):传说是黄帝时的良医。更:阅历。

⑲黄柑丹杏:黄色的柑子、红色的杏。

⑲杜榛:指榛子一类的果子。榛,同"榛"。

⑲枇杷、棠梨:两种水果。

⑲若榴:即石榴。

⑲楙(mào):木名,可食。

⑲罅(xià)芳裂芬:指果实成熟时散发出芬芳。罅,裂开。

⑲以上一段写山上的草木禽兽,对奇松作了重点描绘。

⑲突駴:突然惊起。

⑲襞:衣饰华贵,此指衣。侧足:因畏惧而不敢正立。

⑳庾:通"俞",人身之穴道,此言通过。嵝(lǒu):山巅。崒(zú):高峻而险的地方。

⑳坌(bèn)踏:两脚踏上。确峃(xué):多大石的山。

⑳倾陊(duò):倾坠。

⑳跖:踩,踏。

⑳震栗:恐惧。

⑳万端异类:万物都像变了样。

⑳汗駴:因惊骇而汗出。

⑳⑦ 队:通“坠”。
⑳⑧ 进不敢征:不敢向前行进。
⑳⑨ 喙(huì):喘息。
⑳⑩ 睐:旁视。
㉑① 蚑(qí)息:虫行。扶服:同“匍匐”。
㉑② 熊经:像熊一样行走。旷:鸟从高向下飞。
㉑③ 届:到达。
㉑④ 鸿蒙:旧指宇宙形成前的混沌状态。
㉑⑤ 贯:通。倒景:道家指的天上最高的地方在日月之上,反从下照,故其影倒。景,同“影”。
㉑⑥ 湎泫(miǎn xuàn):流移的露珠。
㉑⑦ 涬溟:指混茫的自然之气。
㉑⑧ 浮:浮游。
㉑⑨ 超:超出。
㉒⓪ 烂昭昭:明亮而有光彩。
㉒① 神灵居:神仙居住的地方。
㉒② 沆瀣:夜间的露水,据说是仙家的饮食。
㉒③ 琼英:琼花。
㉒④ 偓佺:仙人名。尧时人。
㉒⑤ 歘(xū)扈:像闪光一样迅疾。
㉒⑥ 聚谷公乐:不详。
㉒⑦ 以上一段状登山之难,进一步写黄山之险及其仙境,以及作者的感受。
㉒⑧ 霁:雨停天晴。
㉒⑨ 蔚荟:云聚起。跻:云气上升。
㉓⓪ 曀(yì):阴暗。魅(mèi):传说人面兽身的四足怪物。魅,同“魅”。坱圠(yǎngyà):弥漫。
㉓① 滂洋:波澜壮阔。四施:向四面延伸。
㉓② 襄:漫过。混:水势盛大,此指水域。隧:通“遂”,郊外的地方。此指陆地。
㉓③ 冯:涉过。谾(hōng):空谷。陵:经过。夷:平地。
㉓④ 混:混合,此作弥漫解。扶桑:神话传说中日出之地。
㉓⑤ 溃:冲到。炎风:热风。此指南方之地。
㉓⑥ 总极:葱岭山,在西域。
㉓⑦ 冱:凝聚。
㉓⑧ 汩汩:像水一样在流动。
㉓⑨ 岌嶪(jíyè):高峻。
㉔⓪ 说:通“税”,止息。碣石:在今河北昌黎北。
㉔① 沄(yún)沄:水势汹涌。崚:高峻重叠,此状云浪。鼋(yuán):鳖类。
㉔② 霉鲸:鲸的一种。鲵:指雌鲸。
㉔③ 裯嶅(diào'ào):动摇。缤翻:飞翔。
㉔④ 土囊:大的山谷。
㉔⑤ “惊禽”二句:山谷发出的怒吼,好像惊禽悲兽在啼鸣,又像盗跖的鬼魂在哀啸。跖,春秋战国时奴隶起义领袖,儒家称为盗跖。
㉔⑥ 辚辚:车行声。
㉔⑦ “頫聆”二句:向下俯听,恍恍惚惚,声响都从水下发出。忽荒,同“恍惚”。
㉔⑧ 翔阳:太阳。古人认为日中有鸟,可以飞翔。
㉔⑨ 凭兴:凭着太阳兴起。
㉕⓪ “浮彩”二句:太阳的光芒四射,将上下都照耀得绚丽多姿。
㉕① 纪:丝线。纬:织物上的横丝线。
㉕② 蓶(wéi):草木花初开。煌荧:

明亮。

㉕③ “九光”二句:是说五光十色,不断更替。

㉕④ 蓬莱:古代传说海上的三座神山之一。阆风:相传为神仙居所,在昆仑之巅。

㉕⑤ 昆仑曾城:曾,通“层”。传说昆仑上有层城,为神仙居所。

㉕⑥ 琪树建木:指仙境中的树木。

㉕⑦ 琳珉:青碧色的玉石。

㉕⑧ 戴胜虎齿:《山海经》说西王母“戴胜,虎齿,豹尾,穴处”,此借指云的奇形怪状。

㉕⑨ 頟(é):即额,眉上发下部分。扬:眉上下部分。流形:流布成形。

㉖⓪ “芒芒”二句:上面这些仙境奇景,变幻万千,望到哪里就在哪里呈现出来。芒芒,同“茫茫”,广远。

㉖① 絪缊:同“氤氲”,形容烟和气很盛。元黄:即玄黄,指天地,也即“天玄而地黄”。憺:动。

㉖② 醶:同“郁”。醶凭:文彩充溢。蒙龙:即“朦胧”。天縡(zǎi):指天上的事。

㉖③ 灵:神灵。霏霏:雨雪密。

㉖④ 横凌:纵横凌厉,形容气势强盛。九坑:疑为“九垓”之误,指九州。

㉖⑤ 于胥乐兮:语出《诗经·鲁颂·有駜》。胥,相也。发:敞开。蒙盖:指被蒙蔽遮盖的东西。以上一段写登上黄山之后的所见所闻和飘飘欲仙的感受,突出了黄山云海的绚丽多姿。

## 鉴赏

张惠言(1761—1802),字皋文,江苏常州人。少年时学《周易》,深通大义。年十四教邑里儿童。他修学立行,敦品自守,为人称敬。嘉庆四年(1799)中进士,以其学识广博、谦逊恭让,深受当时大学士朱珪赏识。先授庶吉士,充《实录》撰修官,后为编修。嘉庆七年卒,年41岁。张氏擅长散文创作,与恽敬创“阳湖派”,古文理论与“桐城派”基本相同。工词,开“常州词派”,主张意内言外、比兴含蓄,辑有《词选》。张氏早年即致力于辞赋的写作,以司马相如、扬雄之赋为宗,编有《七十家赋抄》,只止于庾信,且对魏晋以下的赋家多有微词。这与乾嘉之时汉学大盛及他个人治经专宗汉儒是密切相关的。他的大赋主要学汉魏,兼学韩愈、欧阳修,小赋主要学六朝,但都能在前人的基础上有所创新,具有独特的风格。他的赋,比较突出地反映了乾嘉时期汉学与文学的密切关系。著有《茗柯文》初编及二编、三编、四编、补编、外编,凡9卷;《茗柯词》1卷等。

张惠言的《游黄山赋》是以七言为主的骚体赋,作者惋惜未能尽道黄山之景物,故又作《黄山赋》。

据作者《送钱鲁斯序》知此二赋作于乾隆五十三年(1788)入京会试途中,游安徽歙县时。

《黄山赋》是一篇描写山川的大赋,在写作手法上仿效汉大赋,以四言为主,大肆铺张扬厉,反映了祖国山河的壮丽。作者以超人的才情,具体、真切地描绘了黄山,并突出了黄山奇峰、奇松、怪石、云海、飞泉等特点,在写景状物上有独到之处。该篇并非一味模仿汉大赋。它舍弃了汉大赋"劝百讽一""曲终奏雅"的尾巴,成为一篇纯文学性的摹写山川自然的大赋。

赋的开篇点明了黄山的地理位置。作者胸襟阔大,博闻强记,以大手笔的写意手法,将黄山的方位刻画得气势恢宏,并奠定了整篇赋阔大、铺张的基调。先是由远及近,重点摹写环绕黄山的水。作者抓住了黄山流水的重要特点——急,进行了绘声绘色的描绘,以急驰的流水衬托了黄山的伟岸、峭拔。接着便转入对黄山本身的描写。在描写黄山本身时,作者由大及小,先对山势山貌加以整体的把握与概括,接着分别摹写了黄山的十座著名的峰,由近及远,前后左右上下,所见所闻一一道来。作者抓住每个支峰的特点,着重写其独特之处,无重复之笔。其写黄山怪石,充分发挥想象,曲尽其笔,将如刻似削的黄山石摹写得惟妙惟肖。整体把握、具体描写之后,进一步写山中的飞禽走兽、奇花异木。

整篇赋全仿汉大赋笔法,由远至近,由大到小,由高到低,前后左右,上下四方,极尽铺张扬厉之能事。此赋文采富赡,形容尽力,与过去写名山大川之作相比,虽嫌内容稍显单薄,但写景状物的功力,却远超前人。近代著名学者章太炎在《国故论衡·辨诗》中,用汉大赋的标准来看待它,极力称颂张惠言的这两篇黄山赋,但也认为"虽未至,庶几李、杜之伦"。其实,此二赋的缺点并不在于未达到汉人的水平,而是过于模仿追踪汉人,尤其是过多地堆砌生字僻词,损害了它的形象性、生动性。但张惠言毕竟才华横溢,又值年轻气盛,文章写得像汉大赋一样气势恢宏,在摹情状物上较汉大赋有很大进步,仍不失为一篇优秀赋作。

(程远芬)

# 哀邹阳赋[①]

管 同

遍干诸侯兮[②]，乃至于梁[③]。缅怀往哲兮[④]，爰吊邹阳[⑤]。遭世混浊兮，谗佞高涨[⑥]。佩实衔华兮，狴犴罹殃[⑦]。呜呼！天失其情，人违其度。阘茸者亲[⑧]，瑰琦者恶[⑨]。纫佩碔砆[⑩]，弃捐宝璐[⑪]。萧艾为香[⑫]，孰熏蘅杜[⑬]。坛堂燕飞[⑭]，鸾皇在笯[⑮]。骥伏于槽[⑯]，罢牛驾辂[⑰]。故以贤，则头虽白而如新[⑱]；以佞，则盖方倾而如故[⑲]。举前世而皆然兮，何夫子至今而始悟[⑳]！且夫盗憎主人，民恶其上。才高行琦[㉑]，众流攸谤[㉒]。彼众女之龋齿[㉓]，必交嫉夫蛾眉[㉔]。形吾射之不精，非杀羿其何为[㉕]！沫势积而漂山[㉖]，蚊声聚而成雷[㉗]，举左右而致谗[㉘]，子孤孑其何归[㉙]！彼世之主，方好谀而恶直兮[㉚]，夫孰能深察其是非！倘上书而终不悟兮[㉛]，嗟瘐死其何追[㉜]！曩曰国皆可干[㉝]，何必曳裾于吴主也[㉞]！去一吴而就一吴[㉟]，亦未知其所处也！神龙伏于江海，挟霄汉以飞翔[㊱]，就豢龙而求食[㊲]，即享醢如牛羊[㊳]。伊昔日之罹殃，亦唯君之自取也！瑑曼辞以鸣哀[㊴]，何不惮夫勤苦也[㊵]！水可钓而山可樵[㊶]，子岂遂无乡土也？就世主以求荣[㊷]，吾窃以为君子不取也。

乱曰[㊸]：鸿鹄在野，任翔飞兮。虽有罾卢[㊹]，将安施兮。恋彼稻粱，遭绁羁兮[㊺]。哀鸣嗷嗷，悔曷追兮[㊻]！

我吊古人，我心悲兮。明告君子，吾将从是以归兮[47]。

## 注释

① 邹阳：西汉临淄人。以文辩知名。
② 干：干犯。
③ 梁：今河南开封一带，为刘武封地。
④ 缅(miǎn)怀：追想。往哲：历史上的贤哲。
⑤ 爰(yuán)：于是。吊：哀悼。
⑥ 谗佞：说人坏话和用花言巧语巴结的人。
⑦ 狴犴(bì'àn)：牢狱。罹殃：遭受祸殃。
⑧ 阘茸(tàrǒng)：卑贱，低劣。
⑨ 瑰(guī)琦：宝石，珍宝。
⑩ 碔砆(wǔfū)：似玉的石块。
⑪ 宝璐(lù)：美玉。
⑫ 萧艾：野蒿，臭草，比喻小人。
⑬ 蘅杜：即"杜蘅"，香草。
⑭ 坛堂燕飞：比喻小人得志。
⑮ 鸾皇：鸾鸟与凤凰。鸾：传说中的凤凰类的神鸟。笯(nú)：鸟笼。
⑯ 骥：骏马。
⑰ 罢(pí)牛：疲牛，弱牛。罢通"疲"。驾辂(lù)：驾车。
⑱ "头虽白"句：谓久交而不相知，与新交无异。
⑲ 盖方倾：谓初交相得，一见如故。盖，车盖。谓行道相遇，停车而语，车盖接近。
⑳ 夫子：称邹阳。
㉑ 琦：奇伟不凡。
㉒ 攸：助词，所。谤：诽谤。
㉓ 齲(qǔ)齿：故作姿态之笑。
㉔ 蛾眉：眉弯曲细长，比喻姿色美好。
㉕ 羿(yì)：传说上古时的善射者。
㉖ 沫：唾沫。
㉗ "蚊声"句：比喻积小可以成大。
㉘ 左右：指身边的人。
㉙ 孤孑：孤单，孤独。
㉚ 好谀恶直：喜好阿谀奉承，厌恶正直敢言之人。
㉛ 上书：邹阳在狱中曾作上梁孝王书。
㉜ 瘐(yǔ)死：囚死于狱中。
㉝ 曩(nǎng)：从前。
㉞ 曳裾：指奔走于门下。曳，拖。裾，外衣的大襟。
㉟ 去一吴而就一吴：指邹阳去吴适梁，梁与吴是一路货色。
㊱ 霄汉：高空。
㊲ 豢(huàn)龙：传说虞舜时代能养龙的董父，被赐氏曰"豢龙"。
㊳ 享：供献祭品。醢(hǎi)：肉酱。
㊴ 瑑(zhuàn)：雕饰。
㊵ 惮(dàn)：怕。
㊶ 樵：打柴。
㊷ 世主：国君；诸侯国君。
㊸ 乱：辞赋篇末总括全篇要旨的话。
㊹ 碆(bō)卢：用弓发射打鸟的石箭头。
㊺ 绁羁(xièjī)：被擒捉。
㊻ 嗷嗷：惨叫声。曷：何。
㊼ 从是以归：将走隐居不仕之路。

## 鉴赏

管同(1780—1831),字异之,清代上元(今江苏南京)人。道光五年(1825)举人。桐城古文大师姚鼐的学生。以文名家,简严精深,著有《因寄轩文集》。有赋三篇。

桐城派古文对清代的文坛影响甚巨,但这一派古文家在赋的创作上成绩甚微。他们或者根本不写赋,或者偶尔为之,也多索然无生气。这大概与理学和八股文的影响有关。但属于桐城派作家的管同写的这篇《哀邹阳赋》却较有特色,尚可一读,如马积高先生所说:"在桐城诸家的赋中,这就算是翘楚了。"(《赋史》)

此赋先简述作赋缘起,紧接着大发感慨,进而连用"阘茸"和"瑰琦"、"碱砆"和"宝璐"、"萧艾"和"蘅杜"、"堂燕"和"鸾皇"、"骥"和"罢牛"等作对比,以示小人见用、贤才被弃的不合理事实。而后又针对邹阳《狱中上梁王书》所说的"白头如新,倾盖如故"的现象,说明这种事由来已久,"举前世而皆然",对邹阳"何夫子至今而始悟"似乎觉得不解和惊奇。接着又对那种"才高行琦,众流攸谤"的世风进行揭露和抨击,对"好谀恶直"的统治者进行了谴责。后面又用飞翔霄汉的神龙和向"豢龙"求食者作对比,责备邹阳就像求食于豢龙的人,难免会"享醢如牛羊"而任人宰杀,"伊昔日之罹殃,亦唯君之自取",表面上斥责邹阳,其实这是非常激切沉痛的愤世之言,言外之意似说你根本就不应向这种"好谀恶直"的世主"求荣",也不必不辞勤苦地写什么《上梁王书》,而"水可钓而山可樵",不如寄情于山水之中,全身而远害。最后的"乱曰",再次总括性地说出自己作赋的要旨和用心。希望接受邹阳的教训,不要恋稻粱而遭绁羁,而应该做任意飞翔的鸿鹄,也不怕统治阶级"弓箭"的伤害了。结尾说:"我吊古人,我心悲兮。明告君子,吾将从是以归兮。"直抒胸臆,表示自己坚决要走和邹阳不同的道路,决不"就世主以求荣"。这大概也是他虽然中了举人,但终生又未曾出仕的"政治宣言"吧。

这篇赋借咏叹历史人物,痛切地表现了自己对现实的不满,真实而深刻地表达了有抱负的失意文人的悲愤。言辞激切,气势凌厉。赋中连用了许多比喻和对比,使文章形象生动,语句自然流畅,一贯而下。对混浊的世风,谗佞小人的举止表现了极大的愤慨,对失意贤才的同情和哀怜溢于言表,是一篇感情浓烈、艺术感染力颇强的赋作。

(徐传武)

# 哀忍之华赋并序

龚自珍

有植焉在天地间①，不能以名，强名之曰“忍”。是能华而香不外出②，氲氲沉沉③，以返乎其根。为之哀曰：

云猗霞猗④，天女所怜猗，而投之人间猗。飘摇猗，悲风扬猗⑤。惨怛猗⑥，阴气戕猗。凄心魂猗，郁猗，坱猗⑦，又孔之飀猗⑧。何以宠之？棘十重猗⑨。春不得抽蕤⑩，夏殒妍猗⑪，蹇以盘猗⑫。毒霾霾猗⑬，蛇虺所蟠猗⑭。心苦猗，不可以传猗。材孔清猗，性孔灵猗，恍不可以名猗⑮。哀此忍树猗，毋久閟汝香猗⑯。行归而乡猗⑰，云霞之乐长猗。

## 注释

① 植：植物。

② 能华而香不外出：能开花而它的香气不能散发出来。华，同“花”。

③ 氲（yūn）氲：香气浮动的样子。沉沉：深沉的样子。

④ 云猗（yī）霞猗：云、霞，喻指如云如霞的忍之华。猗，语助词，犹“兮”。

⑤ 扬：飞举。

⑥ 惨怛：忧伤。

⑦ 郁猗坱（yǎng）猗：滚滚的烟尘。郁，茂盛。坱，尘埃。

⑧ 孔之飀猗：很强的北风。孔，甚。飀，或写作“飘”，同“凉”，北风。

⑨ 棘（jí）十重：荆棘重重。棘，酸枣树。

⑩ 抽蕤（ruí）：开花。蕤，草木花下垂的样子。

⑪ 殒妍：花儿陨落。

⑫ 蹇（jiǎn）：跛足，折断。盘：纡曲盘绕。

⑬ 霾(mái)霾:本指大气混浊呈浅蓝或微黄的天象,此指毒气聚积的样子。

⑭ 蛇虺(huǐ):毒蛇、毒虫。蟠:盘绕。

⑮ 恍:形象模糊,不易捉摸。

⑯ 毋久閟(bì)汝香:不能长久掩闭你的香气。閟,关闭。

⑰ 行归而乡:将要归乡隐居。

## 鉴赏

龚自珍(1792—1841),初名巩祚,字尔玉,又字瑟人,号定盦,法名邬波索加,浙江仁和(今杭州)人。道光九年(1829)进士,官至礼部主事。博学。提倡通经致用。一生困厄下僚,不得施展抱负,后辞官南归,50岁卒于江南丹阳书院。他深知清廷腐败,时局维艰,极力提倡"更法""改图"。其诗文首开中国近代文学植根现实的风气。散文奥博纵横。诗歌瑰丽奇肆,富有渴望变革、追求理想的时代精神。著有《定盦全集》。

龚自珍是第一位预见到清王朝即将崩溃的近代启蒙思想家,是提倡变法、改良的先驱者之一。他亲身经历了"将萎之华,惨于槁木"的黑暗现实,目睹了"日之将夕,悲风聚至"的险恶环境。他深知,社会不改革不行,要改革社会必须提倡个性的自由解放,支持人才的脱颖而出。

这篇《哀忍之华赋》,采用了托物言志的曲笔,借物喻人,表达了对统治者桎梏人才的不满,以及人才被桎梏的哀痛。作者的不满和哀痛,是借助于忍之华的形象来表达的。忍之华"植焉天地间","能华而香不外出,氤氲沉沉,以返乎其根。"为此,作者发出了深沉的哀叹。灿烂如云似霞的忍之华,本是天女所爱怜,却无私地把它散落到人间。但它在人间所遭受的却是被悲风的扬弃而飘荡,被阴气的戕害而忧伤。它那凄凉的灵魂游荡在滚滚尘埃之中,又凌受着北风的劲吹,无人把它当花来宠爱。它生长在荆棘丛中,春天不得抽芽开花,夏日花儿陨落后像折了腿似的盘膝而卧。更有蛇虺蟠绕,施放出霾霾毒气。它心中的苦痛,难以言传。它资质清白,生性灵淑,世人却并不认识它,也没有为它命名。它忍受着世俗社会的轻视、邪恶势力的摧残,令人为之哀叹。它的芳香还能掩闭多久呢?它似乎不堪忍受了,将归隐故乡,让云霞般的花朵永久开放。

这篇赋,与他在《己亥杂诗》之一中高呼:"九州生气恃风雷,万马齐喑究可哀。我劝天公重抖擞,不拘一格降人材。"以及《病梅馆记》所表达的爱才、惜才、护才的思想是一致的。当时的用人制度,论资排辈,任人唯亲,甚至世袭承荫,卖官鬻爵,有真才实学的被排挤、扼杀。他在《乙丙之际箸议第九》中曾指出:“左无才相,右无才史,阃无才将,庠无才士,陇无才民,廛无才工,衢无才商,抑巷无才偷,市无才组,薮泽无才盗……”本篇字面上写忍之华以及对其不幸命运的哀叹,但字字句句都是影射现实,控诉专制制度下严酷的思想统治和不合理的用人制度,反对统治者对人才的桎梏压抑,反映了一个觉醒的知识分子重视发挥人才潜力,积极变革现实的要求。

(韩进廉)

# 嘲哈密瓜赋并序

王闿运

哈密瓜贡自西域[①]，登于玉筵[②]。非近贵大臣，莫得受赐。其名震于本朝，通于四海。文人咏颂，以得尝为幸；夸其乡里者[③]，盖不可纪。余以公车，留于京师，从故大学士第中，与分半蒂[④]；又山东巡抚见饷一枚[⑤]；深求其味，玩其香色，至五六日旬时矣。既归乡井[⑥]，因暑盛削瓜，追思其事，恐后之迷者，随俗而称。方今天下多事，夷狄侵陵[⑦]，若道不由庚[⑧]，此瓜将蒙窃嘉号，遂作赋嘲之。其词曰：

汉武皇帝既席盛业，功德涥沸[⑨]，冠于禹汤[⑩]。乃作上林苑三百余里[⑪]，珍木瑰果，载籍之所不述者，骈阗排闼[⑫]，万树一行。辛有南越之桂[⑬]，苦有蜀蒟之酱[⑭]，甘有王母之桃[⑮]，酸有蒲桃之浆[⑯]，五味淫溢，涤酲解凉[⑰]，方朔不得窃[⑱]，栾大不敢尝[⑲]。乃以夏日，避暑建章[⑳]，使大官进冰，尚食副瓜[㉑]，绨巾既撤[㉒]，玉盘方举，帝色有不怿[㉓]，召上林丞榜之一百[㉔]，趣召博望[㉕]，求于西域。役死者数万[㉖]，得瓜一石，橐佗负载[㉗]，千里一息[㉘]，至于御前。蒂尚未黑，水名浮匏[㉙]，刀若画雪，香散四坐，味已入咽，甜若嚼霜，爽而无屑，寒若照胆镜[㉚]，肝肺沥沥，烦豁氛静[㉛]，其品第一。群臣见者，皆呼万岁，议功立名，因帝宠嘉[㉜]，越来自西，以谥此瓜[33]。三千年后，遍于四遐[34]，有东有南，望尘奔爬；中国圣地，长养精华；敦煌故邦，产无余柤[35]。

逮我神清受命，化覆无外[36]，汉之绝徼，曾不出砌[37]。于是骊山博士[38]，论瓜之党，有逃于发机者[39]，游于夷中[40]，好为游说，称道瓜美，以风夷类[41]，椎髻高鼻，深目丑种，习皇帝之仁义，弃弓戟而荷锄耒，率其妇子，种壅耘溉。以博士狃于温谷[42]，欲救其败，故瓜熟必十月，然后入内。名从主人，号曰“哈密”。如野献芹，口惨鼻螫[43]。而皇帝受之，以柔远国[44]，时赐近臣，以示来远物而已。尔其为状，则猥琐宛转，拥肿卷曲[45]，堕似败絮，重赘多肉。皮则不坚不柔，非青非绿，以为黄瓟[46]，又不可熟。瓤则甜比败蜜，厥气生腥[47]，榨之无浆，含之不冰，黏滞软涩，状譬胶饧[48]。圃中南瓜，正可为兄，曾不自耻，而贡于京。

则有膏粱余子[49]，食无正味，问其地产，而转自相贵，乞分十一，爰祭爰馈[50]。或田舍诸生，官若侏儒[51]，荣其得赐，怀持归家，反复叠传，曾不敢咀，黑腐败坏，犹欲为菹[52]。又安敢毁誉乎？

夫名价高族，依托附属。沙漠朽坏，败土硗确[53]，藤蔓牵引，钩带樛葛[54]，习惯僻陋，倔起阡陌，罢牛惫马，笼挂绳络[55]，车仄担踣[56]，因缘而进者，家家以为随珠[57]，人人忘其鱼目。或叶底瘠萎[58]，粪土未除，髦酋上疏[59]，荐登御厨[60]。他国劣种，微感地气，同车而进，不胫而至。而狂稚昏蒙轻薄之士[61]，望风承旨[62]，探头侧耳，摇唇嚼齿，尻高足痹[63]，目未及见，舌未及舐[64]，手未及扪[65]，口说其美。使老圃迷惑[66]，妇子咨嗟。楉楼入土[67]，匏瓜渡河[68]，东陵故侯[69]，矧敢疵瑕[70]？

瓜乎瓜乎？不亦过乎？若一旦天子弹五弦之琴[71]，求解愠除渴之用[72]，玉碗金刀，以待苞贡[73]，则此瓜将永屏塞外[74]，为田夫所羞种，泣而自责，愧而入瓮。

## 注释

① 哈密瓜：甜瓜之一种，古名敦煌瓜，今俗称缠头瓜，以新疆鄯善所产最佳，吐鲁番次之，哈密又次之。西域：指玉门关以西、巴尔喀什湖以东及以南的广大地区，其称始于汉武帝派张骞出使西域之后。

② 玉筵：高贵的筵席。

③ 夸其乡里者：向乡里夸耀（自己曾得尝哈密瓜）的人。

④ “余以公车”四句：公车代指举人入京应试，王闿运于咸丰七年（1857）中举，咸丰九年（1859）春入京应进士试，不中，留居京师，常出入于清权臣肃顺之门，颇受肃顺赏识。所谓“故大学士第中”，即指肃顺所。与分半蒂：分得半个哈密瓜。

⑤ 山东巡抚：指文煜。饷：馈赠。

⑥ 既归乡井：王闿运于同治二年（1863）夏和同治四年（1865）以后十二年间居湖南家乡。

⑦ “方今天下多事”二句：指道咸以来，内有农民起义不断发生，外有帝国主义频繁入侵。

⑧ 道不由庚：即万物不由其道。“由庚”为《诗经·小雅》中笙诗篇名，据《毛诗·由庚》序曰：“由庚，万物得由其道也。”

⑨ 浡沸：沸涌的样子。此处形容汉武帝建立功德极为广大。

⑩ 冠于禹汤：超过夏禹、商汤。

⑪ 上林苑：本为秦旧苑，在长安之西，后为汉武帝扩建，周围至三百余里，有离宫70所，苑中植果木，养禽兽，供皇帝游玩打猎。参见《太平御览》卷一九六《汉旧仪》和司马相如的《上林赋》。

⑫ 骈阗排闼：指果木布集相连，枝干交错相撞。

⑬ 南越：也作南粤，在今广东广西一带。

⑭ 蜀蒟之酱：蒟（jǔ）是一种植物，果实名蒟子，可作酱，也称蒟酱。蜀蒟，指来于蜀地（四川）之蒟。

⑮ 王母之桃：西王母之仙桃。

⑯ 蒲桃：即葡萄。

⑰ 涤酲：解酒。酲（chéng）：病酒。

⑱ 方朔不得窃：方朔指东方朔。其行窃之事出《汉武故事》。

⑲ 栾大：汉武帝时方士，本为胶东王宫人，后因妄言神仙方术而为武帝所宠信，封为五利将军、天士将军、大通将军、地士将军、乐通侯。

⑳ 建章：汉宫名，汉武帝太初元年（前104）二月建，在未央宫西，有千门

万户。

㉑ 尚食:官名,专掌帝王膳食。副瓜:据《礼记·曲礼》曰:“为天子削瓜者副之。”副,析也,既削又四析之,乃横断之。

㉒ 絺(chī)巾:以细葛布做成的餐巾。

㉓ 不怿:不高兴。

㉔ 上林丞:管理上林苑的官员。榜(péng):鞭打。

㉕ 趣召博望:趣(cù),急,从速。博望,指张骞,于建元二年(前139)奉汉武帝命出使月氏,亲历大宛、康居、大月氏、大夏等地,因往返途中均被匈奴扣留,至元朔三年(前126)方归汉,在外共13年。元朔六年(前123)封博望侯。元狩四年(前119)又奉命出使乌孙,并派副使出使大宛、康居、大夏、安息等地。张骞两次出使西域,加强了中原和西域少数民族的联系,发展了汉朝和中亚各地人民的友好关系。

㉖ 役死者数万:张骞第一次出使西域,随行仅百余人;第二次出使西域,随行也只有三百人。王闿运此处谓“役死者数万”,是故作夸张之词,以讽帝王贪求远方异物,残民以逞。

㉗ 橐(tuó)佗:即骆驼。

㉘ 千里一息:走一千里才休息一下。

㉙ 浮匏:“浮”通“瓠”,瓠与匏都属于葫芦一类的瓜,可食用,水分多。

㉚ 照胆镜:传说汉高祖初入咸阳宫,见方镜广四尺,能照见人肠胃五脏,知病之所在。

㉛ 烦豁氛静:意为扰人的烦闷和喧嚣的尘俗之气都被排遣,使心灵归于宁静。

㉜ 因帝宠嘉:凭借皇帝而受到尊崇、赞美。

㉝ “越来自西”二句:因此瓜远来自西域,而称它为西瓜。越,发语词。谥,称,号。

㉞ 四遐:四远(四方边远之地)。

㉟ “敦煌故邦”二句:言敦煌所产的敦煌瓜(即哈密瓜的前称)质量最好。敦煌,地处河西走廊西端,张骞二次出使西域皆经此道。汉武帝元鼎元年(前111)分酒泉置敦煌郡,自汉以来成为中原与中亚交通的门户。柤(zhā),同“渣”。

㊱ 化覆无外:中国教化没有达不到的地方。

㊲ “汉之绝徼”二句:言汉朝时最远的边境,现在也在清朝的教化之内。绝徼,极远的边境。砌,台阶。

㊳ 骊山博士:据《古今图书集成·草木典》引《古文奇字》曰:“秦始皇密令人种瓜于骊山硎谷中温处,瓜实成,使人上书曰:‘瓜冬有实。’有诏下博士诸生说之,人人各异。则皆使往视之,而为伏机。诸儒生皆至,方相难不决,因发机从上填之以土,皆压死。”

㊴ 有逃于发机者:指秦始皇骊山杀儒事件中幸免于难的儒生。按《古文奇字》说诸儒生“皆压死”,王闿运此处说“有逃于发机者”,显为杜撰。

㊵ 夷中:指中原以外的少数民族地区。

㊶ 以风夷类:借以劝告少数民族人民。风,通“讽”,劝告的意思。

㊷ 狃(niǔ):习惯。

㊸ “如野献芹”二句:据《列子·杨朱》

载:“昔人有美戎菽、甘枲茎、芹、萍子者,对乡豪称之。乡豪取而尝之,蜇于口,惨于腹,众哂而怨之,其人大惭。”王闿运这里以献芹比譬哈密瓜,本来味道不好,使人口惨鼻螫,却还要进献给皇帝。螫,同“蜇”(zhē),因受刺激而痛。

㊹ 以柔远国:借以安抚远方的国家。

㊺ 拥肿:即臃肿。

㊻ 黄甂(pián):甜瓜的一种,瓜呈黄色。

㊼ 厥:其。

㊽ 胶饧(táng):又名胶牙饧,即麦芽糖。饧,同“糖”。

㊾ 膏粱余子:富贵人家的子弟。

㊿ 爰祭爰馈:于是用以祭祀祖先神鬼。爰,乃,于是。祭,祭祖祭神。馈,祭鬼。

51 官若侏儒:据《汉书·东方朔传》载:东方朔自荐于汉武帝,初未受重用,乃故意恐吓侏儒,言皇帝要将他们尽数诛杀。汉武帝召东方朔而问之,他说:“臣朔生亦言,死亦言,朱儒长三尺余,奉一囊粟,钱二百四十。臣朔长九尺余,亦奉一囊粟,钱二百四十。朱儒饱欲死,臣朔饥欲死。臣言可用,幸异其礼,不可用,罢之,无令但索长安米。”王闿运用这个典故借以说明那些出身田舍的儒生,做官后待遇仍然很低。

52 菹(zū):肉酱。

53 硗(qiāo)确:土地瘠薄。

54 樛(jiū)葛:樛是一种向下弯曲的树木,葛是一种向上攀附的蔓草,二者常相互勾连缠附。

55 “罢牛惫马”二句:罢,通“疲”。惫,疲乏,困顿。笼,指马笼头。绳,指牛缰绳。

56 仄:倾侧。踣(bó):跌倒。

57 随珠:传说中的宝珠。

58 叶底瘠萎:指因土地贫瘠而在叶子底下枯萎的哈密瓜。

59 髦(máo)酋:指西方少数民族的首领。髦,西夷别名。

60 荐:进献。御厨:为皇帝和宫廷服务的膳食机构。

61 狂稚:狂妄幼稚。昏蒙:愚昧。

62 望风承旨:迎合别人的意旨。

63 尻(kāo):臀部。痹:麻木。

64 舐(shì):以舌取食或舔物。

65 扪(mén):摸。

66 老圃:老菜农、老园丁,这里指老瓜农。

67 栝楼:即栝(guā)楼,瓜名,属葫芦科,又名果羸、瓜蒌、天瓜、地楼等,状似土瓜,根入土六七尺。

68 匏瓜:即葫芦瓜。

69 东陵故侯:指召平,秦时为东陵侯,汉灭秦后,为民,种瓜于长安城东,瓜美,故世俗谓之“东陵瓜”。见《史记·萧相国世家》。这里借指种瓜专家。

70 矧(shěn)敢疵瑕:又岂敢指责呢?

71 天子弹五弦之琴:《礼记·乐记》中说:“昔者舜作五弦之琴,以歌南风。”此指清代皇帝。

72 愠(yùn):恼怒。

73 苞贡:即贡物。《左传·僖公四年》载:“尔贡包茅不入,王祭不共,无以缩酒,寡人是征。”

74 永屏塞外:永远摈弃在边塞之外。

## 鉴赏

王闿运(1832—1916),字壬父,又字壬秋,号湘绮。湖南湘潭人。道光三十年(1850)入县学为生员。咸丰七年(1857)应乡试,中第七名举人。咸丰九年(1859)入京应进士试不第,留居京师,常出入于军机大臣肃顺之门,为肃顺所赏识,与之约为兄弟。其间曾馆于山东巡抚文煜处,又曾游两江总督曾国藩幕。同治年间以著述为主,并一直与湘军首领曾国藩、左宗棠、彭玉麟及淮军首领李鸿章等保持密切联系。光绪四年(1878)以后历主四川成都尊经书院、长沙思贤讲舍、衡州船山书院、江西高等学堂讲席。光绪三十四年(1908)授翰林院检讨。民国三年(1914),以83岁高龄出任国史馆馆长,不久辞归。有《湘绮楼诗文集》《湘军志》等多种著述行世。存赋有《哀江南》《愁霖》《吊旧》《上征》《会试萍始生》《牵牛花》《嘲哈密瓜》等。陈衍《石遗室诗话》说王闿运的诗作“于时事有关系者甚多”。他的赋作也是如此,例如《哀江南》《愁霖》《上征》等叙事长篇都直接或间接地反映了太平天国农民起义,堪称纪实之作,即使如《嘲哈密瓜》这样的咏物讽刺小赋,也是有感于两次鸦片战争以来不少人由惧外转向崇洋媚外的世风时弊而发,具有鲜明的时代色彩。

《嘲哈密瓜赋》具体作于何年尚难确定,不过,据赋序王闿运称肃顺为“故大学士”,则可知此赋当作于咸丰十一年(1861)十月慈禧诛杀肃顺之后。王序还说此赋是“既归乡井,因暑盛削瓜,追思其事”而作,考王闿运生平行踪,知他于同治二年(1863)夏和同治四年(1865)以后十二年间居湖南家乡,又联系王序下文所说“方今天下多事,夷狄侵陵”的时代背景,这无疑主要是指洪秀全发动的太平天国农民起义、英法联军发动的第二次鸦片战争以及沙俄侵占我国北方大片领土,那么,该赋当作于同治初年。

在中国近代史上,王闿运充当的是一个日趋保守的封建文人和忧国忧民的正直的爱国者的双重角色。当帝国主义的坚船利炮不断侵入中国,中华民族面临深重危机的时候,王闿运还是把中国传统文化看作至高无上的文化,拒绝向西方学习,并仍以“华夷之辩”的传统观念来看待已经发生了巨大变化的国际秩序,这无疑显得保守、迂阔与不合时宜。但他敏锐地洞察到两次鸦片战争以来外来事物不断输入中国之时不乏鱼目混珠的现象和人们“望风承旨”、盲目崇拜的媚外心理,特作《嘲哈密瓜赋》,对此加以讽刺嘲弄,主张对外来事物要循名责实,“深求其味”,反对崇西媚外,“道不由庚”,让那些名不称实的舶来品“蒙窃嘉号”。这个问题的提出无疑有着深远的历史意义,至今还值得我们重视与反思。(顺便说一下,王闿运此赋中所讲的内外,实际上是中国境内的内地与边境,以此比况中国与外国,并不妥当。但这一点,我们可以姑且不论。)

相对于正文而言,赋序的文字完全是写实的。作者不仅按通例交待了写作该赋的时代背景、缘起和意图,使之成为读者理解和把握全篇思想倾向的一把钥匙,而且还特意概述了哈密瓜在清代常以入贡、人们以受赐为荣、以得尝为幸的情形和作者曾几次亲自品尝过哈密瓜的经历,以此作为正文中议论嘲讽的历史依据与现实依据,使序与赋互为唇齿,密不可分。

尽管从整体倾向上来说,王闿运是一位思想保守的爱国文人,拒绝学习西方文化,但他对外来事物并非一概排斥,全盘否定。因而他在《嘲哈密瓜赋》中有意先写了汉武帝引进西瓜与后文清代引进哈密瓜相对照。王闿运虽然对汉武帝贪求异味、残民以逞有所讽刺,但他对已经引进的西瓜这个外来事物本身基本上是肯定的。王闿运之所以反对引进哈密瓜这个外来事物,不仅在于哈密瓜不过是西瓜的一种而已,国内早已有之,用不着舍近求远、卑中尊西,更在于哈密瓜已是西瓜的变种,质劣味差,而皇帝未曾品尝就欣然接纳,用作御赐,使之名实不称,外给“西夷”可乘之机,内助国人媚外之风。作为一位忧国忧民的爱国者,王闿运对此不能不深表愤慨。不过,他所深恶痛绝的除了哈密瓜的鱼目混珠和“西夷”的投机钻营之外,主要是国人中的向声背实的崇西媚外者;对于皇帝,虽有微讽,却未敢作正面批判。

就艺术表现而言,这篇赋很有特色。首先,作为咏物讽刺小赋,作者所选择的嘲咏对象——哈密瓜就不是一般之物,而是在特定时代得已充分社会化了。因而在构思行文时不必着意苦心经营如何托物讽世,而可径直通过对物以及与物相关的人和事的嘲讽来达到对近代社会时风的批判。这就利于作品以较小的篇幅概括较为广阔的社会现象和表现较为深刻的思想主题。其次,作者在叙事时常常以虚构的细节和诙谐的语言来加强文章的形象性与幽默感,议论时又往往以热讽夹带着冷嘲,写得跌宕有致,摇曳多姿,嬉笑怒骂,皆成文章,读之令人忍俊不禁。

(黄仁生)

# 哀山东赋

章炳麟

夫何泰岱之无灵兮①，不能庇此齐鲁②。海潮忽其上逆兮，义重以钲鼓③。两雄奋而相撞兮④，金铁鸣于梧中⑤。初既藺吾田稼兮，后又处吾之宫⑥。彼姬姜之窈窕兮，充下陈于醮頳⑦；驱丁男以负儋兮，老弱转于沟浍⑧。厥角蛾伏兮，固庸态也⑨；奉箪食而不省兮，死又莫吾代也⑩。管仲化为枯腊兮，鲁连瘗于蒿里⑪。士乡无精甲兮，游谈不足恃⑫。昔余茇舍此都兮，楼橹郁其弭庄⑬；不逾稔而为丘兮⑭，血沾野之茫茫。闻老氏之遗言兮，惟大匠焉司杀⑮；白日中而下稷兮，噫乎何可以不察⑯。往者吾不见兮，来者吾不闻⑰。苟金陵之不可忘兮，天道岂其惛惛⑱！

## 注释

① 泰岱：指泰山，主峰在今山东泰安北，为五岳中的东岳。泰山别称岱宗、岱岳、泰岱。

② 齐鲁：皆周王朝时诸侯国名。周武王封太公望于齐，都临淄（今山东淄博）；封周公旦于鲁，都曲阜（今山东曲阜）。其地大体皆在今山东境内，故以代指山东。

③ 重（chóng）：复叠，重叠。钲（zhēng）鼓：古代军中所用乐器名。钲用以指挥停止，鼓用以指挥动作。这里用以代指战争。钲，亦名丁宁，形似钟而狭长，有长柄，用时口朝上，以槌敲击，行军时用以节止步伐。

④ 两雄：指德国、日本。

⑤ 金铁:本指旧式刀枪之类的武器,这里指各种现代化的枪炮之类的武器。栝(guā):同“栝”,箭末扣弦处。

⑥ 蔺(lìn):同“躏”,蹂躏,践踏。处吾之宫:谓敌军占据广大人民的屋舍。宫,宫室,屋舍。

⑦ “彼姬姜”二句:那些美丽漂亮的妇女,在折磨困苦中被敌人践踏侮辱。姬姜,周王室为姬姓,齐国为姜姓。在周王朝时,姬、姜常通婚,故后世常以姬姜代指贵族妇女,这里是用作妇女的别称。窈窕,美好。下陈,本指古代宾主相见时陈列礼品之处,因位于堂下,故称下陈。后来,统治者用财物、婢妾充实府库、后宫,炫耀权势,供其淫乐,叫做充下陈。醮顇,同“憔悴”,瘦弱萎靡,也泛指因受折磨而困苦。

⑧ 丁男:强壮的男子。负儋:同负担,肩挑背负,指丁男被掳去替敌人搬运物资。转于沟浍(kuài):转死于沟边路边。转,《孟子·梁惠王》章:“老弱转乎沟壑,壮者散而之四方。”朱熹《四书集注》注云:“转,饥饿辗转而死也。”沟浍,本指田间排水的渠道,这里泛指水边路边。

⑨“厥角”二句:向敌人叩头伏地求降,这是庸人的表现。这二句写出人民决不向敌人屈服的决心。厥角,叩头。角,额角,本指兽的头角。《尚书·泰誓》:“百姓懔懔,若崩厥角。”《尚疏》云:“以畜兽为喻,民之怖惧,若似畜兽崩摧其头角然。”后来称以头叩地为厥角。蛾(yǐ)伏,如蚁之蛰伏,蛾,同蚁。庸态,平庸之态,没有出息的人的态度。

⑩ 奉:捧着,拎着。箪食(sì):一竹筒子饭食。《孟子·梁惠王》章云:“箪食壶浆,以迎王师。”奉箪食引申有“迎王师”的意思。王师:这里指袁世凯政府的军队。不省(xǐng):不了解,不知道。莫吾代:即“莫代吾”的倒置。

⑪ “管仲”二句:当今已没有管仲、鲁仲连这种杰出人才了。管仲,春秋时齐国著名政治家。他主张通货积财,富国强兵。辅佐齐桓公九合诸侯,一匡天下,使之成为春秋五霸之首。枯腊,枯干的肉,干尸。鲁连,即鲁仲连,战国时齐国人,高蹈不仕,喜为人排难解纷。尝游赵,适值秦围赵急,魏使辛垣衍说赵帝秦。鲁仲连说服辛垣衍放弃要挟赵国尊秦为帝的做法,帮赵国坚定了抗秦的决心,终于在魏军支援下打败秦军,解除了邯郸之围。后来,燕国占领齐国的聊城,齐将田单攻聊城,死伤惨重,岁余不能下。鲁仲连乃作书与死守聊城的燕将陈说利害,燕将见书,惧祸自杀,田单趁乱才攻破聊城。齐王欲封鲁仲连以爵位,鲁仲连逃至海上,不肯接受封赏。瘗(yì),埋葬。蒿里,本山名,在泰山之南,为死人之葬地。后泛指人死后埋葬的地方。

⑫ 士乡:士人聚居的地区。《管子·小

匡》:"制国以为二十一乡,商工之乡六,士农之乡十五。"春秋时齐国管仲辅佐齐桓公,编制地方行政区划,使士、农、工、商不杂居。精甲:精良的武器装备。游谈:游说谈论,意谓空发议论,不务实际,故云"不足恃"。

⑬ 余:我。茇(bá)舍:谓草中止宿。《周礼·夏官·大司马》云:"中夏教茇舍,如振旅之陈。"注:"茇舍,草止之也,军有草止之法。"此指临时住宿。此都:此当指济南。章太炎于1913年6月,自北京到上海,8月,又自上海抵天津,到北京,往返皆须路过山东,故云"茇舍此都"。楼橹:古时军中用以瞭望敌军的无顶盖的高台。郁:积,甚。驵(zǎng)庄:高大而整齐。驵,粗大。

⑭ 逾稔(rěn):过一年。古代谷物一年一熟,故称一年为一稔。稔,谷物成熟。丘:废墟。

⑮"闻老氏"二句:据闻老子留下话说,只有司杀的人才能杀,如同只有大匠才能斫木一样。意谓天道好还,坏人总有一天要得到应有的报应。老氏,即老子,先秦时期杰出的思想家,道家学派的创始者。著有《老子》一书。遗言,留下的话。惟大匠焉司杀,《老子》:"恒有司杀者杀。夫代司杀者杀,是代大匠斫。夫代大匠斫者,则希不伤其手矣。"(七十四章)河上公注云:"司杀者天,居高临下,司察过人。天网恢恢,疏而不失也。"大匠,高明的匠人。司,主管,执行。

⑯"白日中"二句:太阳当中之后,就一定会西斜,唉,这道理怎么可以不细察!意谓"日中则昃,器满则倾",这是自然规律。下稷,同"下昃",天暮日将下落时。《穀梁传》定公十五年:"日下稷,乃克葬。"注:"稷,昃也。下昃,谓晡时。"噫乎,叹词。

⑰ 往者:指过去的贤人,如管仲、鲁仲连辈。来者:未来的贤才,后世的贤人。

⑱"苟金陵"二句:南京国民政府不可忘记,天道岂能迷糊不清?意谓粉碎袁世凯恢复帝制的皇帝梦,重建国民政府,是天意,亦即人愿。金陵,即今江苏南京。惛惛,迷糊不清。

## 鉴赏

章炳麟(1869—1936),原字枚叔,因仰慕顾炎武和黄宗羲(字太冲)之为人,更名绛,别号太炎,浙江余杭(今浙江杭州)人。早年参与康、梁改良主义运动,后积极参加民族民主革命,成为光复会等革命团体的领袖人物。1903 年被捕入狱，监禁三年，1906 年出狱后，东渡日本，加入同盟会，主编《民报》，积极宣传资产阶级民主革命。1911 年辛亥革命时回国。两年后，因反对袁世凯恢复帝制，而被软禁于北京，袁世凯死后才恢复自由。“五四”运动以后，专事学术研究。治经宗汉人，尤精小学，于音韵、文字之学颇多发明；其文章气势磅礴，但失之古奥，过于艰深。赋与诗文一样，虽声华不足，但多针对现实而发，且能表现其某种独特见解，放射出革命的光芒。著述颇多，有《章氏丛书》。

这篇赋大约作于 1914 年冬或 1915 年春。这时章太炎正被袁世凯软禁于北京钱粮胡同。

1914 年 8 月，第一次世界大战爆发，欧洲的主要帝国主义国家都卷了进去，无暇东顾。日本企图趁机独占中国。它借口对德宣战，派遣军队在山东半岛登陆，向德国侵占下的青岛及胶济铁路沿线进兵，一直打到济南，十月六日占领济南车站，十一月七日，打败德国在青岛的驻军，占领青岛，夺取了德国在山东的侵略地位。日军所经之处，“骚扰甚重”，“民不堪累”。而袁世凯政府初则竟然宣布“局外中立”，还划出“交战地区”，供日军作战。甚至协助日军镇压“联合六县团练”“保民抗日”的曲诗文以讨好日本帝国主义，换取其支持恢复帝制的阴谋。继而准备承认日本提出的灭亡中国的二十一条。因遭到中国人民的坚决反对，他们的阴谋才未能得逞。这篇赋即作于这个时期。章太炎站在民族民主革命的立场，对德、日两个帝国主义在山东的争夺、对袁世凯的卖国媚敌行径十分憎恨，对人民在战争中的悲惨遭遇深表同情，就写了这篇赋。

赋一开始就点出德、日在我礼义之乡展开了激烈的战争，连中国人奉祀千年的泰山之神也不能庇护这片神圣领土，表现了章太炎对这场侵略战争的满腔义愤。接着作者描写了这场侵略战争给山东人民带来的灾难，写得简明而具体，字字血泪，读来令人心折骨惊，意夺神骇。尽管敌人疯狂屠杀，人民是不会屈服的，当时就有“清末曾领导莱阳人民抗捐斗争的曲诗文，在群众的掩护下，联合六县团练，保民抗日”(《中国近代史》)，展开了英勇的反侵略斗争。当时的袁世凯政府虽还打着国民政府的旗号，但为了实现其皇帝梦，幻想取得帝国主义的庇护，对这场列强争夺山东的战争，采取所谓“局外中立”，任凭侵略者在神圣领土上横行无忌。“奉箪食而不省兮，死又莫吾代也”，是对袁世凯政府的卖国媚敌，置广大人民于不顾的愤怒谴责。面对如此现实，作者深感世无贤才，像管仲、鲁仲连那样的贤才都已“化为枯腊”，“瘗于蒿里”，成了历史的陈迹，而今这个礼仪之邦无精甲，只剩下些游谈误国之士，表现了作者深沉的感慨。最后，作者从客观规律的角度，指出日寇的失败，袁世凯政府的灭亡都是必然的。天网恢恢，疏而不失，天是不会放过任何一个作恶者的。物极必反的原则也是不可抗拒的。“苟金陵之不可忘兮，天道岂其惛惛”。天道好还，孙中山领导的南京国民政府是不可忘的，它合乎天道，顺乎人情。

辞赋是我国一种历史悠久的文学形式。随着我国逐渐沦为半封建、半殖民地社会，中国人民反帝、反封建的斗争一个高潮接着一个高潮。这一反帝、反封建的新主题，在辞赋中得到反映，给这一古老的形式注入了新鲜血液。鸦片战争时，金应麟就写有《哀江南赋》，反映了英国侵略军对镇江的侵犯和镇江人民英勇的反侵略斗争。章太炎作为辞赋的最后几位作家之一，也用辞赋反映了这一重大主题。《哀山东赋》即是。这篇赋虽然篇幅短小，全赋仅202字，语言也很朴质，但一股痛恨帝国主义侵略、憎恶袁世凯政府卖国、同情广大人民灾难的爱国主义激情洋溢于字里行间，今天读来还令人觉得它虎虎有生气，从中可以受到很好的爱国主义教育。

（叶幼明）

# 附　　录

## 历代辞赋书目举要

### 一、历代总集、选集

《楚辞补注》十七卷　(汉)刘向辑　(汉)王逸章句　(宋)洪兴祖补注　中华书局1957年9月据《四部备要》纸型重印本

《楚辞集注》八卷　(宋)朱熹集注　后附《楚辞辩证》二卷　《楚辞后语》六卷　上海古籍出版社1979年10月排印本

《楚辞通释》十四卷,卷末附撰者《九昭》一篇　(清)王夫之撰　中华书局1959年1月上海排印本

《楚辞书目五种・绍骚隅录》　(今)姜亮夫编著　中华书局1961年12月上海排印本

《文选》六十卷　附《考异》十卷　(南朝梁)萧统编选　(唐)李善注　中华书局1977年11月影印胡刻本　前19卷为"赋选"

《六臣注文选》六十卷　《四部丛刊》影印宋刊本　中华书局1987年8月影印本

《文苑英华》一千卷　(宋)李昉、宋白等编选　中华书局1966年5月影印本　前150卷为"赋选"

《古赋辨体》八卷　外集二卷　(元)祝尧编　明成化二年(1466)金宗润刻本　明嘉靖十六年(1537)刻本　嘉靖二十一年(1542)刻本　嘉靖二十一年(1542)苏祐刻本《四库全书》本

《历代赋汇》一百四十卷　外集二十卷　逸句二卷　补逸二十二卷　目录三卷　(清)陈元龙辑　清康熙四十五年(1706)内府刻本　扬州诗局刻本　光绪十二年(1886)刻本　光绪二十年(1894)上海点石斋石印本　江苏古籍出版社、上海书店1987年12月影印光绪间双梧书屋俞樾校本

《涵芬楼古今文钞》一百卷　(近)吴曾祺编　(清)宣统二年(1910)上海商

务印书馆排印本　民国三年(1914)三版本　其中卷九二至九八为“辞赋”

《赋苑》八卷　(明)李鸿辑　明万历刻本

《赋珍》八卷　(明)施重光辑明刻本

《辞赋标义》十八卷　(明)俞王言撰　明万历二十九年(1608)休宁金氏浑朴居刻本

《精镌古今丽赋》十卷　(明)袁宏道辑　王三余补　明崇祯四年(1631)刻本

《赋略》三十四卷　绪言一卷　列仙一卷　外篇二十卷　(明)陈山毓辑　明崇祯七年(1634)陈舒、陈皋等刻本

《赋海补遗》三十卷　(明)周履靖、刘凤、屠隆辑　明书林叶如春刻本

《钟伯敬先生秘籍(十五种)》十五卷　(明)钟惺辑　(清)叶舟校 1986 年北京中国书店据清康熙二十年(1681)刻本扫描油印本

《选赋》(《文选》赋部分)六卷　(明)郭正域批点明朱墨套印本

《类编古赋》二十五卷,(明)佚名辑　明抄本　存天一阁

《历代赋钞》三十二卷　(清)胡维烈辑　康熙二十四年(1685)玉尺楼刊本　康熙二十五年刻本

《历代赋格》三集十五卷　(清)陆棻辑评　康熙二十五年刻本

《历代赋楷》八卷　(清)王修玉辑　康熙二十五年(1686)文盛致和堂刻本　康熙尚德堂刻本

《古今文绘玉集》残存一卷　(清)陆次云辑　康熙刻本

《同声集》四卷　(清)胡浚评选　乾隆二十三年(1758)敷文书院刻本

《律赋偶笺》四卷　(清)沈丰岐笺　乾隆二十八年(1763)刻本

《赋钞笺略》十五卷　(清)雷琳(晓峰)、张杏滨(香圃)撰　乾隆三十一年(1766)刻本　嘉庆二十二年(1817),张士林重校刊本

《味兰轩百篇赋钞》四卷　(清)张士焘,彭克惠辑　乾隆三十八年(1773)刻本

《古今赋略》附续编　(清)沈业富辑　乾隆四十八年(1783)刻本

《律赋拣金录》　(清)朱一飞辑　乾隆五十七年(1792)博古堂刻本

《历朝赋选笺释》十卷　(清)沈德潜辑　乾隆刻本

《赋汇录要笺略》二十八卷　补遗一卷　外集一卷　补题注一卷　(清)陈书同辑　吴光昭注　乾隆汲古斋刻本

《古小赋钞》二卷　(清)郑抡才、蒋承志抄,　清嘉庆十七年(1812)刻本

《古赋识小录》八卷 (清)王芑孙辑 嘉庆二十二年(1817)衣言堂彭氏刊本

《韵兰集赋钞》 (清)陆云槎(茂才)辑选 嘉庆二十四年(1819)赋梅书屋刻本 道光元年(1821)明经堂袖珍本 道光七年(1827)西山堂刻本

《国朝律赋新机续钞》四卷 (清)胡玉树等编 嘉庆二十四年协盛堂袖珍本

《同馆赋钞》三十二卷 (清)法式善编 嘉庆刻本

《七十家赋钞》六卷 (清)张惠言辑 道光元年(1821)康氏刻本 光绪四年(1878)达宏堂刻本 光绪八年(1882)广东戴文堂刻本 光绪二十三年(1897)江苏书局刻本

《赋则》 (清)鲍桂星评选 道光二年(1822)刊本

《律赋正宗》 (清)潘世恩辑 道光二年(1822)凤池园刊本

《赋学鸡跖集》三十卷 附录一卷 (清)张维城辑 道光十二年(1832)张氏粲花吟馆刊本 光绪六年(1851) 粲花吟馆重刊本

《赋学指南》十卷 (清)王立莽鉴定 余炳照编辑 道光二十三年(1843)刊本

《注释韵兰赋钞》八卷 (清)屈麈庵编 道光二十五年(1845)天青堂刊本

《唐赋宜今集》一卷 (清)佚名辑 道光二十五年潘氏刻本

《玉堂清课赋钞》四卷 (清)龙瑛辑 道光二十八年(1848)书业德记刊本

《瀛奎玉律赋钞》二集八卷 (清)高敏辑 道光刻本

《律赋经畲集》四卷 (清)元亨辑 道光扬州二酉堂巾箱本

《澄江赋约》四卷 (清)杨景曾、汤士恺注 道光刻本

《云间小课》二卷 (清)续庭璜编 道光刻本

《茂林赋钞》一卷 (清)吴学洙编 道光崇文堂巾箱本

《同馆赋钞》 (清)朱九山辑 道光刻本

《同馆律赋精萃》六卷 七言长律钞一卷 (清)蒋攸铦辑 道光刻本

《赋汇海续编》 (清)黄爵滋辑 咸丰元年(1851)仙屏榭馆刻本 龙威阁刻本 同治八年(1869)更名《赋汇海续集》 前集六卷 后集二卷刊行

《四家赋钞》四卷 (清)景祺浚辑 咸丰三年(1853)董氏诵芬堂刻本

《东湖草堂赋钞》二卷 (清)程祥栋辑 同治六年(1867)抱朴山房刻本 光绪三年(1877)安怀堂刻本为初集二卷 二、三、四集各四卷

《竹笑轩赋钞》初集二卷、二集二卷 (清)孙清达辑评 同治六年纬文堂刊本

《赋学正鹄》十卷 (清)李元度辑 同治十年(1871)爽溪书院刊本 光绪十一年(1885)文昌书局刻本 光绪十七年(1891)益元书局刻本 经纶书局刻本 光绪二十年(1894) 北京琉璃厂萃英书室刻本

《律赋标准》四卷 (清)叶祺昌编 同治十二年(1873)书业德记刊本

《选注六朝唐赋》 (清)马传庚选注 同治十三年(1874) 京都玉堂书巢刻本 光绪二年(1876)艳沾草斋刻本 京都松竹堂刻本 光绪十四年(1888)文富堂刻本

《律赋新编》 (清)赵楫、赵霖同编 同治刻本

《玭珠赋钞》存二卷 (清)王琛编 同治刻本

《资中赋钞》二卷 (清)姜学渐编 同治刻本

《近九科同馆赋钞》四卷 (清)孙钦昂编辑 光绪二年(1876)刊本

《赋海大观》三十二卷 (清)鸿宝斋主人辑 光绪四年(1878)鸿宝斋书局印本

《得月楼赋钞》四编 (清)张元灏辑 光绪七年(1881)江左书林刊本

《律赋类纂》 (清)苏舆选辑 光绪辛丑(1762)四月思贤书局刊本

《萃林诗赋》 佚名辑 光绪刻本

《子笙赋抄》一卷 (清)江璧辑 光绪刻本

《律赋选读》 (清)刘岳云辑 光绪四川尊经书院刻本

《唐律赋钞》一卷 (清)杨泗孙辑 光绪刻本

《闽南唐赋》六卷 考异一卷 (清)杨浚辑 胡丹凤考异 光绪永康胡氏刻本

《分类赋学》 (清)张维城辑 光绪五年(1879)淞隐阁排印本

《赋汇题注》八卷 (清)王晓岩辑注 光绪刻本

《赋学正鹄集释》十一卷 (清)佚名集释 光绪上海涣文书局石印本

《同馆经进赋钞》 (清)佚名辑 光绪京师秀文斋刻本

《青云梯》(元赋集)三卷 (元)黄溍等撰 元佚名辑 清刻本

《小松鳞书屋赋存》一卷 (清)潘尊祁辑 清刻本

《律赋孳新》 (清)顾鹓辑 清刻巾箱本

《馆课赋钞》十四卷 (清)林召棠辑 清小蓬莱山馆重刻本

《同馆赋钞》十六卷 (清)王家相辑 清刻本

《湖北试牍赋》 佚名编 清刻本

《湖南试牍赋》 存一卷 佚名编 清刻本

《集英阁赋选》二卷 （清）林佶辑 清抄本 存河北大学图书馆

《宋金元明赋》八卷 （清）王宪辑 王鸿朗跋 清抄本 存国家图书馆

《丽则堂历朝赋钞》 （清）谢傲辑 清抄本 存福建师范大学图书馆

《赋海类编》二十卷 （清）关槐辑 清抄本 存上海图书馆

《骚赋杂文》 （清）丁履恒辑注 秦更年跋 稿本 存华东师范大学图书馆

## 二、历代评述、研究

《文心雕龙》 （南朝梁）刘勰撰 范文澜注 人民文学出版社 1958 年排印本

《古赋辨体》八卷 （元）祝尧撰

《赋论》 （清）纳兰性德撰 见其著《通志堂集》卷十四 康熙三十年（1691）刻本

《赋汇解题》 （清）倪一擎编 乾隆二十三年（1758）刻本

《读赋卮言》一卷 （清）王芑孙撰 《国朝名人著述丛编》本（光绪五年淞隐阁排印） 香港生活·读书·新知三联书店 1982 年 12 月《赋话六种》本 亦见作者《渊雅堂全集》内

《作赋例言》 （清）汪廷珍撰 《逊敏堂丛书》本（道光咸丰间黄氏刊本 木活字排印本）

《见星庐赋话》十卷 （清）林联桂撰 《高凉耆旧集》本（光绪十八年高城联经号刊）

《复小斋赋话》二卷 （清）浦铣撰《槜里遗书》本（民国二十五年嘉兴金氏刻） 《赋话六种》本

《赋话》十二卷（一作十卷） （清）李调元撰 乾隆四十三年（1778）刻本 道光五年（1825）《函海丛书》本 光绪七年（1881）瀹雅斋重刻本 商务印书馆《丛书集成初编》本又作《雨村赋话》

《春晖园赋苑卮言》二卷 （清）孙奎撰 道光孙长纪校刻本 嘉庆刻本

《骚赋》一卷 （清）杨慎撰 见《升庵别集》 道光周氏刻本

《赋品》一卷 （清）魏谦升撰 抄本 见《诗赋词品》四种本 《赋话六种》本

《艺概》六卷 （清）刘熙载撰 上海古籍出版社 1978 年 12 月重排本 内卷三为《赋概》 又见《赋话六种》本

《骚赋论》 （清）程廷祚撰 见其著《青溪集》卷三 上元蒋氏慎修书屋排印本 《金陵丛书乙集》本（民国四年排印） 又见民国二十五年（1936）东山草堂藏版重刻《青溪全集》（十二卷续编八卷附编一卷）内

《四六丛话》三十二卷 (清)孙海撰 嘉庆三年(1798)刻本 《丛书集成初编》本内《骚话》一卷 《赋话》一卷

《义门读书记》五十八卷 (清)何焯(义门)撰 中华书局1987午6月重排本内卷45为《赋评》 卷48为《骚评》

《历代诗话》八十卷 (清)吴景旭撰 中华书局1958年10月重排本 其中乙集六卷楚辞 丙集九卷为赋

《赋则》四卷 (清)鲍桂星撰 见《清史·艺文志补编》

《赋话》一卷 (近)程先甲撰 见其辑《千一斋全书》

《赋汇解题》(清)杭世骏撰 见范希曾《书目答问补正》 上海古籍出版社1983年4月排印本

《辞赋源流》 (现代)骆鸿凯著 国立北京师范大学1933年排印本

《辞赋学纲要》 (现代)陈去病著 民国年间国光书局排印本

《汉代辞赋之发达》 (现代)金巨香著 商务印书馆民国二十三年(1934)出版

《汉赋之史的研究》 (现代)陶秋英著 昆明中华书局1939年出版 浙江古籍出版社1986年重刊名为《汉赋研究》

《赋史大要》 (日)铃木虎雄著 殷石臞译 正中书局民国三十一年(1942)十月出版

## 三、今人评述、研究

《先秦辞赋原论》 姜书阁著 齐鲁书社1983年9月出版

《汉赋研究》 龚克昌著 山东文艺出版社1986年9月出版

《屈荀辞赋论稿》 李金锡著 春风文艺出版社1989年12月出版

《赋史述略》 高光复著 东北师范大学出版社1987年3月出版

《赋史》 马积高著 上海古籍出版社1987年7月出版

《汉赋——唯美文学之潮》 刘斯翰著 广州文化出版社1989年4月出版

《汉魏六朝辞赋》 曹道衡著 上海古籍出版社1989年8月出版

《汉赋通论》 万光治著 巴蜀书社1988年12月出版

《选堂赋话》 饶宗颐著 《赋话六种》本

《读赋零拾》 何沛雄著 《赋话六种》本

《赋学》 张正体、张婷婷著 台湾学生书局1982年2月出版

《汉魏六朝赋家论略》 何沛雄著 台湾学生书局1986年6月出版

《汉赋流源与价值之商榷》 简宗梧著 台湾文史哲出版社1980年12月

出版

庾信生平及其赋之研究　许东海著　台湾文史哲出版社 1984 年 9 月出版

赋史述略　高光复著　东北师范大学出版社 1987 年 3 月出版

辞赋通论　叶幼明著　湖南教育出版社 1991 年 5 月出版

魏晋南北朝赋史　程章灿著　江苏古籍出版社 1992 年 2 月出版

汉赋纵横　康金声著　山西人民出版社 1992 年出版

汉赋美学　章沧授著　安徽文艺出版社 1992 年出版

历代辞赋研究史料概述　马积高著　中华书局 2001 年 4 月出版

律赋论稿　尹占华著　巴蜀书社 2001 年 5 月出版

中国赋学历史与批评　许结著　江苏教育出版社 2001 年 7 月出版

金元辞赋论略　康金声、李丹著　学苑出版社 2004 年 5 月出版

汉赋通论(增订本)　万光治著　中国社会科学出版社、华龄出版社 2004 年 10 月出版

唐宋赋学研究　詹杭伦著　中国社会科学出版社、华龄出版社 2004 年出版

赋体文学的文化阐释　许结著　中华书局 2005 年 9 月出版

俗赋研究　伏俊琏著　中华书局 2008 年 9 月出版

赋学讲演录　许结著　北京大学出版社 2009 年出版

中国赋论史　何新文、苏瑞隆、彭安湘著　人民出版社 2012 年 4 月出版

六朝抒情小赋概论　池万兴著　人民出版社 2013 年 2 月出版

读赋献芹　赵逵夫著　中华书局 2014 年 10 月出版

中国辞赋理论通史(上、下)　许结著　凤凰出版社 2016 年 10 月出版

汉赋系年考证　彭春艳著　上海古籍出版社 2017 年 6 月出版

## 四、今人选注、选译、选评本

《汉魏六朝赋选》　瞿蜕园选注　上海古籍出版社 1964 年 7 月出版　1979 年 3 月新一版

《汉魏六朝赋选注》　裴晋南、何风奇、李孝堂、郭清津选注　上海古籍出版社 1983 年 5 月出版

《历代赋译解》　于晖、于非撰　黑龙江人民出版社 1984 年 2 月出版

《历代辞赋选》　刘祯祥、李方晨选注　湖南人民出版社 1984 年 3 月出版

《抒情小赋赏析》　殷海国撰　甘肃人民出版社 1986 年 5 月出版

《历代抒情小赋选》　黄瑞云选注　上海古籍出版社 1986 年 10 月出版

《古今名赋析注》 徐传礼、董康成选注 安徽文艺出版社1987年2月出版

《魏晋南北朝辞赋选粹》 王晨光译注 天津教育出版社1987年9月出版

《历代名赋赏析》 方伯荣主编 重庆出版社1988年2月出版

屈原赋校注、释译及评述、研究著作甚多,略。

《宋玉辞赋今读》 袁梅译注 齐鲁书社1986年出版

《宋玉辞赋译解》 朱碧莲编注 中国科学出版社1987年出版

历代赋辞典 迟文浚、李志刚、宋绪莲主编 辽宁人民出版社1992年9月出版

敦煌赋校注 伏俊琏校注 甘肃人民出版社1994年5月出版

名赋百篇评注 张崇琛主编 三秦出版社1996年1月出版

汉魏六朝赋点评 赵逵夫注评 三秦出版社2000年9月出版

历代赋广选·新注·集评(6卷) 曲德来、迟文浚、冷卫国主编 辽宁人民出版社2001年1月出版

全汉赋校注(上、下) 费振刚、仇仲谦、刘南平校注 广东教育出版社2005年9月出版

金元辞赋研究评注 武怀军著 群言出版社2006年4月出版

全汉赋(文白对照) 费振刚、仇仲谦、刘南平校注 广东教育出版社2006年8月出版

宋代辞赋全编 曾枣庄等编 四川大学出版社2008年出版

历代赋注评(7卷) 赵逵夫主编(各分卷主编:先秦——赵逵夫;汉代——赵逵夫、韩高年;魏晋——赵逵夫、杨晓斌;南北朝——赵逵夫、汤斌;唐五代——尹占华、杨晓靄;宋金元——霍旭东、李占鹏;元明清——龚嘉平) 巴蜀书社2010年2月出版

全三国赋注评 龚克昌、周广璜、苏瑞隆评注 齐鲁书社2013年6月出版

历代辞赋总汇(26册) 马积高主编,叶幼明、黄瑞云副主编(各分卷主编、副主编:先秦汉魏南北朝卷——黄瑞云、郭建勋;唐代卷、宋代卷——万光治、李生龙;金元卷——康金声、章沧授;明代卷——曹大中、常书智;清代卷——叶幼明、陈建华) 湖南文艺出版社2014年8月出版

历代辞赋鉴赏辞典 赵逵夫主编 上海辞书出版社2017年12月出版

(丁理根据刘志盛、马积高、霍旭东等先生提供的材料整理。)

# 后　记

时下编辑出版的鉴赏类辞书,大都能从"通""广"的角度出发,把丰富的文化知识与具体的分析论述结合起来,把文学作品的阅读与中国文学史的学习结合起来,把提高读者的阅读能力与提高读者的分析鉴赏能力结合起来,既有某一学科或门类知识的系统性、集中性,又有此类工具书的简便性、可读性,要比专史、专论,选本、注本拥有更多读者;对繁荣和发展社会主义文化事业,建设社会主义精神文明,具有积极意义和推动作用。

古代文学的各类鉴赏辞典或鉴赏集,诸如诗经、楚辞、乐府、唐宋诗、唐宋词、唐传奇、元戏曲、明清小说以及古代散文、古代诗歌等等,或通代,或断代,或专题,或专人,已应有尽有。但有些文体,似乎还没有引起编写者或出版家的重视。辞赋,就是其中之一。

在源远流长的中国古代文学中,创作的表现形式是丰富多彩、多种多样的,辞赋是其中一种很特殊的文学形式。它非诗非文,亦诗亦文,兼有两者的特点和特长。从战国到近代,经历了发展和变化,作家辈出,作品迭现,即使我们今天所能读到的作品,也是数以千万计的。虽然今天研究家们对它的产生、源流、特点、归属以至名称等方面,还有很多不同的看法,但从我国古代文学发展本身的实际情况看,说它是祖国文艺大花园中的一朵奇葩,说它在中国文学发展中起了重大的作用,应该是没有什么疑问的。历来人们都把诗、词、曲、赋的写作,看作衡量作家才华和文艺繁荣的标志。即使是元、明以后,戏曲、小说的创作发展了、繁荣了,人们依然把辞赋看作重要的文学形式。梁代萧统的《文选》,把"赋"排在最前面的十五卷;后代的一些总集、别集,也往往把辞赋编在集首。随着辞赋创作的发展和变化,历代还先后出现了许多辞赋专体的总集、选集和有关的论述及研究专著。可见,它在古代文学发展史中占有重要位置。

可惜，长期以来，在古代文学的学习和研究中，对于辞赋，不仅未能重视，反而常以“形式主义文学”“唯美主义文学”“宫廷文人文学”“歌功颂德文学”等对它加以轻视或抹杀，这是不符合历代辞赋创作实际的。翻开当前流行的几部《中国文学史》，虽然在“汉魏六朝文学”部分中提到了它，但又极为简略，语焉不详。再翻翻近几十年出版的有关古代文学的书目或索引，有关辞赋的编选或论述，更是寥寥无几。即使有一点，也仅仅集中在汉魏六朝时代中。“唐以后无赋”的观点，至今还在影响着辞赋的学习和研究。最近几年，虽然情况大有好转，但与辞赋存在的实际依然很不适应。为了更深入地发掘、研究和继承我国古代丰富的文化遗产，辞赋的整理和研究实在应该相应地加强了。

本书策划之初，适逢马积高教授惠赠其大著《赋史》，我们便决定以《赋史》的介绍、论述为线索，组织编写这部《历代辞赋鉴赏辞典》，并邀请马先生为此书撰写了条分缕析、深入浅出地介绍辞赋发展史以及辞赋分类研究的前言。本书编写过程中，得到海内专家、学者诸多支持与鼓励，如高海夫、殷呈祥、蹇长春、侯志明、吴大逵诸先生，还给我们组织了编写人力。我们谨向诸位先生、诸位作者致以诚挚的谢意。

选入本书的辞赋作品，上自战国下至近代，总计近二百名作家的241篇。我们按照中国辞赋发展的线索，选录代表作家的代表作，并力求照顾到前后发展衍变的渊源、继承和创造，注意到题材、体裁和艺术表现手法的多样性。有些名篇或某时代、某作家具有代表性的作品，因篇幅过长等而不得不割爱。每篇皆由原文、注释、鉴赏三部分组成。作家介绍置入鉴赏中。原文是据通行本抄录的，撰稿人还自择善本进行校勘，遇有异文，酌情处理，未列校记。注释，或简注，或详注，或适当引证、串释，亦据作品的不同情况而定，目的在于尽量让读者能够理解原文，并通过分析鉴赏文字加以理解。

参加本书编写工作的共有九十七位同志，绝大多数是全国各高等院校古代文学教师。其中有不少是在古代文学教学和研究上取得显著成果的专家、教授。

霍旭东负责组织本书的编写工作，并在初读了大部分来稿后，调整和编排了体例，对一些来稿进行了修改和订正，还重点审读和修订了战国至南北朝部分的书稿；赵呈元审读和修订了隋、唐、宋代部分的书稿；许宗元重点审读和修订了金、元、明、清及近代部分的书稿，并修订全稿。刘晓东同志初审了部分书稿、校勘了部分原文；王释非、杜泽逊、张涛等同志，在编写过程中给我们很多的帮助；商务印书馆国际有限公司对本书的编写、出版给予了大力支持，在此一并表示谢忱。

由于我们水平所限，本书一定存在很多缺点或错误，尚祈专家、读者不吝赐教。

霍旭东

# 再版后记

20世纪80年代,社会上出现了古代文学作品的鉴赏热,各个出版社先后出版了各种类型特别是诗词之类的鉴赏著作。当时,我在山东大学工作,有一天,山东大学出版社副社长赵呈元到我家聊天,特别说到这个问题。他说,看来,出版界将要出版一批相关类型的书籍,我想,诗词方面的材料,像诗经、楚辞、唐诗、宋词以及其他各种作品已经出了很多了,但辞赋的还没有看到一本,我们出版社也准备出上一两本,你能不能编一本这方面的书,我们保证出版。对于这种出版现状,我也很有同感。当时,文科教学没有辞赋方面的内容和课程,普遍认为没有什么思想艺术价值,我也没有接触过这方面的文献。恰在不久前,我刚收到了马积高先生给我寄赠的一本《赋史》,所以我就说,我现在正在看这本书,我试试吧。也不知怎么回事,过了不久,安徽文艺出版社知道了,文艺编辑室的许宗元先生主动来电话与我联系,表示他们愿意接受这个出版计划。赵呈元说,那好呀,他们出版比我们出版影响要大一些,于是我说,那你就和我一块主编吧。后来,许宗元也化名阿芷参加了主编工作。实际工作,如组织编写人员、编写选篇目录、制定编写具体办法,主要由我经手,他们两位分头审阅了一批来稿,也写了不少篇目。为了这本书,我们1987年、1988年整整忙了两年,才搞出了初稿,到了1992年8月正式出书。没料想,出版后,发行很顺利,不到一年就售罄,社会上也发了几篇书评,还被评为上海五省一市的优秀图书,甘肃省给评了二等奖。很遗憾,没过几年赵先生和许先生先后去世了,我也就没有再过问此书。不料想,安徽文艺出版社合同到期后,忽然接到商务印书馆国际有限公司王新民先生的电话,说他们也打算出一套“中国古典诗词曲赋鉴赏系列工具书”,拟把我们的这本书列入其中。我当时还有些犹豫,觉得这本书编得有些仓促,质量不是很高,加之自己身体状况不太好,难以支撑工作,但最后还是签订了出版合同。还是没料到,书出版后,反复加印了好几次。在这个过程中,责编朱洪军先生非常负责热情,在内容、格式等的编排上甚至是错别字的订正方面做了较多的改动和修正,特别是把原文后的注释分段批注,更方便读者的阅读和翻检,对原文的阅读和理解大有好处。对于领导的关注和责编的辛勤付出,在此表示衷心感谢!

现在这次的出版合同又快到期了,王新民先生又打算续签,但提出希望能压缩篇目、精简文字。我想,可以借此机会,将原书再梳理检查一遍,看有无注解不确、鉴赏错误或错别字等细节问题。这次修订,重点是检查原文的注解讹误和对篇目的精简。参加修订工作的有丁宏武、尹占华、伏俊琏、孙京荣、杜志强、赵红岩、郭令原等先生,他们做了认真的阅读和订正,对他们的辛勤劳动,在此表示衷心感谢!

本书一定还存在很多不足之处,望广大读者指正为盼!

霍旭东

**图书在版编目(CIP)数据**

历代辞赋鉴赏辞典 / 霍旭东主编. -- 北京:商务印书馆国际有限公司,2024.1(2025.11 重印)

ISBN 978-7-5176-1013-7

Ⅰ.①历… Ⅱ.①霍… Ⅲ.①赋-鉴赏-中国-辞典 Ⅳ.①I207.224-61

中国国家版本馆 CIP 数据核字(2023)第 250154 号

LIDAI CIFU JIANSHANG CIDIAN

**历代辞赋鉴赏辞典**

**主　　编**　霍旭东
**出版发行**　商务印书馆国际有限公司
**地　　址**　北京市丰台区右外西路 2 号院
　　　　　　中国国际出版交流中心 5 号楼 8 层
**邮　　编**　100069
**电　　话**　010-65592876(编校部)
　　　　　　010-65598498(市场营销部)
**网　　址**　www.cpi1993.com
**印　　刷**　三河市紫恒印装有限公司
**开　　本**　850mm×1168mm　1/32
**字　　数**　1380 千字
**印　　张**　40
**版　　次**　2025 年 11 月第 1 版第 2 次印刷
**书　　号**　ISBN 978-7-5176-1013-7
**定　　价**　98.00 元